Chris Kraus
Das kalte Blut

ROMAN

Diogenes

Covermotiv: Gemälde von Lucas Cranach, dem Älteren,
›Eva‹, um 1528 (Ausschnitt)
Galleria degli Uffizi; Florenz
Copyright © akg-images/Rabatti-Domingie

*Ähnlichkeiten mit lebenden Personen sind zufällig.
Die Handlungen der historischen Figuren sind teils allgemein
bekannt, teils aber auch erfunden.*

Alle Rechte vorbehalten
Copyright © 2017
Diogenes Verlag AG Zürich
www.diogenes.ch
220/17/36/1
ISBN 978 3 257 06973 0

»Es gibt kein Geheimnis,
das die Zeit nicht enthüllt.«

Jean Racine

Vorbemerkung des Autors

Viele der Umstände, historischen Ereignisse und Katastrophen des 20. Jahrhunderts, die im vorliegenden Buch eine Rolle spielen, dürfen als bekannt vorausgesetzt werden. Aber nicht alle. Manche mögen Staunen und Kopfschütteln hervorrufen, und sie erscheinen so sehr den Mitteln des Romans verhaftet, dass man sie womöglich für reine Erfindungen hält.

Obwohl auch diese vorkommen, ist nur ein kleiner Teil der hier geschilderten Geschehnisse und politischen Affären gänzlich erfunden. Und nur wenige der auftretenden Personen (und schon gar nicht die verrücktesten) haben nie gelebt.

Ihre Gültigkeit haben die Handelnden wie auch ihre beschriebenen Handlungen dennoch nur in der fiktiven Welt des folgenden Romans.

Außerhalb davon mag es sich so oder auch anders zugetragen haben.

Inhalt

I Der rote Apfel 11
II Der schwarze Orden 211
III Das goldene Kalb 463
IV Schwarzrotgold 767

I
Der rote Apfel

I

Manchmal legt er mir die Hände auf die Schultern und sieht mir traurig ins Gesicht. Er sagt mir in den einfachsten Worten, wie leid ihm das tue, was geschehen sei und was vermutlich noch geschehe.

Er weiß aber gar nicht, was geschehen ist.

Noch weniger weiß er, was geschehen wird.

Er ist ein richtiger Hippie, vielleicht Anfang dreißig, mit langen, blonden Locken, wenn er rechts von einem liegt. Wenn er aber links an meinem Bett vorüberschlurft (um aus dem Fenster schräg nach unten zu den Babys zu starren), dann sehe ich jedes Mal mit neuer Verwunderung, dass ihm über dem Ohr ein kreisrundes, perlmuttfarbenes Loch in die Botticelli-Frisur rasiert worden ist, groß wie eine Untertasse. Mittendrin blinkt eine Titanschraube, deren Gewinde irgendwo unter der Hirnschale endet und dafür sorgt, dass der Schädel nicht auseinanderbricht.

Der Hippie hat also eigene Sorgen.

Er liegt – schon seit Wochen – neben mir, mehr Orient als Okzident, liegt da ohne Ungeduld, ein verschlissener Teppich mit Spuren von indischem Einfluss.

Eins-Sein mit dem Universum, sagt er.

Eins-Sein mit dir selbst.

Das ist sein Mantra.

Wenn der Hippie tatsächlich hin und wieder aus dem Eins-Sein geschleudert wird, dann durch die Babys, die ein Stockwerk tiefer dösen.

Und natürlich darf man die Anfälle nicht vergessen.

Manchmal, bei den kleinsten Anzeichen einer Eruption, fahren die Pfleger ihn hinaus. Und wenn sie ihn zurückschieben, ist er stundenlang bewusstlos. Sie stülpen dann einen Schlauch über seine Schraube, die eigentlich eine Art Überdruckventil ist. Eines dieser piepsenden Geräte springt an. Und damit sein Kopf keinen Schaden nimmt, wird überschüssige Flüssigkeit aus seiner Hirnschale durch den Schlauch in einen Plastikbecher gepumpt.

Der Plastikbecher gehört der Nachtschwester. Sie heißt Gerda. Ihr Becher hat einen Henkel und schwarze Mickymausköpfe auf rotem Grund. Wenn der Becher bis zur dritten Mickymaus voll ist, schleicht sich Nachtschwester Gerda zu uns herein, schüttet das Zeug vorsichtig, ohne dass ein Tropfen danebengeht, in eine große Thermoskanne. Auch die anderen vier oder fünf Schädelfrakturen der Station werden von ihr angezapft. Sie schaut in die Plastikbecher und ist glücklich.

Nur ihr Mund ist dann nicht schön.

Später schmuggelt sie die Thermoskanne aus dem Hospital. Mit dem Sud werden Nachtschwester Gerdas häusliche Pflanzen gemästet. Muss unheimlich fruchtbar sein. Im Schwesternzimmer hängen Fotos an der Pinnwand von ihrem Wintergarten. Da ist ein Dschungel zu sehen aus Zier- und Nutzgewächsen, man kann nur den Hut ziehen, und zwischendrin Lianen und Vergissmeinnicht. Alles grün und riesig. Eine barocke Pracht, so wie auch Nachtschwester Gerda selbst eine barocke Pracht ist, ins Weite, Überbordende drängend, und auch ihr Temperament.

So ist es kein Wunder, dass Nachtschwester Gerda dem Hippie einmal eine selbstgezogene, tennisballgelbe Tomate geschenkt hat, die sie mit seiner Hirnflüssigkeit aufgepäppelt hatte. Er aß sie mit Behagen und Stolz und wollte mir, wie es seine Art ist, auch was davon abgeben.

Er ist bestimmt ein wundervoller Mensch, so wie man sich Hippies eben vorstellt. Fast jeden, sogar mich, duzt er. Es ist ihm völlig egal, dass nicht zurückgeduzt wird. Eine Anrede im herkömmlichen Sinne gebraucht er nicht, weder »Herr« noch »Frau« noch sonst was. Im äußersten Fall wird man »Compañero« genannt. Zum Chefarzt sagt er »Chefcompañero«. Formen sind nichts. Auch zu Namen hat er ein völlig anderes Verhältnis als du oder ich. Er glaubt, man solle eher nach jeweils in den Vordergrund tretenden Charaktereigenschaften heißen, so wie in Papua-Neuguinea, wo man im Laufe eines Lebens drei, vier oder sogar noch mehr Namen annimmt, die sich zum Teil widersprechen. Sagt der Hippie. Er hat dort längere Zeit gelebt. Und in Australien war er auch, hat nach Diamanten geschürft. Später wechselte er seine Tätigkeiten, arbeitete in einem Kindergarten und auf dem Flughafen Riem. Da hat er letztes Jahr das Gepäck der Rolling Stones ausgeraubt und besitzt noch immer ein paar ihrer Manschettenknöpfe.

Ich wusste natürlich nicht, was die Rolling Stones sind.

Jetzt weiß ich es aber, denn er hat mir eines ihrer Lieder vorgesungen. Man hätte ihn damals sofort genommen, du weißt schon, als sie für St. Petri Stimmen suchten, weil der halbe Chor von den Bolschewiken erschossen worden war (vor allem natürlich die Bässe).

Er kann sich nicht vorstellen, dass er mit einem Menschen das Zimmer teilt, der im Zarenreich geboren wurde. Ich selbst kann es mir kaum vorstellen.

Als ich vor einiger Zeit aus der Intensivstation hierher verlegt wurde, hat mich der Hippie gebeten, ihm nach meinem ersten Eindruck einen Namen zu geben. Ich erinnerte mich an einen Besuch im Prado. Dort kopierte ich einmal Francisco Goyas Porträt der degenerierten spanischen Königsfamilie, die auch blond und rachitisch gewesen war. Das sagte ich ihm.

»Bourbonen« hält er für mehrere Gläser Whisky.

Er heißt Mörle. Sebastian Mörle. Ich soll Basti zu ihm sagen, wenn mir nichts Charakteristisches an ihm auffällt.

Ich bin Konstantin Solm. Sagte ich. Und schon einen Tag später fügte ich hinzu (durchaus gleichgültig, ein Rauchring meiner Friedenspfeife), dass mich viele Koja nennen.

Der Hippie erwiderte, für ihn sei ich nicht Koja. Und Konstantin Solm habe nicht das Geringste mit mir zu tun.

Rostige Nägel.

Kälte.

Abstand.

Das sei ich.

Aber auch ein wunderbarer Mensch.

Er bringt einen wirklich zum Lachen mit solchen Sätzen. Zehnmal am Tag wispert seine im Chiemgau gebeizte Stimme, was ich für ein wunderbarer Mensch sei, obwohl er mich »fei fein« findet und an meiner Ausdrucksweise Anstoß nimmt. Sie ist ihm zu baltisch, glaube ich, zu wenig vulgär, und sie passt eher in ein Einzelzimmer, in dem ich jedoch naturgemäß schweigen würde. Vielleicht haben sie mich deshalb in einem Zweibettzimmer untergebracht. Um meine Zunge zu lockern. Kann schon sein.

Ich rede aber nicht. Fast immer ergießt sich der Hippie. Mein Alter schreckt ihn nicht davor ab, das leider meist schlichte Wort an mich zu richten. Ich bin das Ohr seiner ganz wenigen Sorgen. Das Krankenzimmer nennt er voll häuslicher Zuneigung »unser Fleckerl«. Er dankt überschwenglich dem Universum für jede kalte Milchsuppe, die man ihm einflößt nach seinen Anfällen. Und er hat keinerlei Vorbehalte, dass ich im Krieg war. Nie fragt er, was ich dort getan habe. In allen Kreaturen sieht er Anzeichen des kommenden Weltfriedens, auch in mir. Seit er weiß, dass ich einmal mit David Ben-Gurion Sekt getrunken habe (noch dazu aus seinem Glas nippte), teilt er meinen Standpunkt zur Israelfrage im Allgemeinen und zu Golda Meir im Besonderen, jedenfalls zu ihrem Vornamen, der wirklich bezaubernd ist. Da sind wir uns einig.

Allerdings bedauert er meine Haltung zu Marihuana (ein noch schönerer Vorname für diese so betäubende Ministerpräsidentin, finde ich).

Ohne Drogen fühlt der Hippie sich unvollständig.

Er hat daher Nachtschwester Gerda einen kunstvoll arrangierten Tipp gegeben, wo sie Cannabispflänzchen herbekommt. Und sie haben sich verständigt.

Manchmal bringt sie Fotos der Setzlinge mit, Fotos, die sie natürlich nicht ins Schwesternzimmer hängen kann.

Und manchmal bringt sie nicht nur die Fotos mit, sondern das ganze mit einem Affenzahn gedeihende Grünzeug. Der Hippie bietet mir dann die harzhaltigen, vielblättrigen, in Schwabinger Vorortblumenkästen und von seinen zerebrospinalen Ausflüssen gedüngte Botanik an, die ich natürlich ablehne, wie auch sämtliche Extrakte.

»Du kennst Hasch?«
»Ich kenne Hasch.«
»Du kennst Hasch, Compañero?«

Ich antworte nie auf Fragen, die wiederholt werden, und so sagt der Hippie nach einer Weile: »Dass jemand wie du Hasch kennt!«

»Wieso?«
»Das ist, als würde ich Kaiser Wilhelm kennen.«

Vor ein paar Tagen hat der Hippie mit Nachtschwester Gerda nahezu feierlich ein paar der Blätter gekaut. Es war zwei Uhr morgens. Ihr schwerer Leib schaukelte auf seinem Bett hin und her, an der Schulter des bourbonenhaften Hippies schwankend, und ich konnte wegen des Gequietsches kaum einschlafen.

Dennoch muss ich sagen: Man hätte es schlimmer treffen können. Viel schlimmer. Mit einem dieser Wahnsinnigen etwa, die Frankfurter Kaufhäuser in Brand setzen und gegen Vietnam protestieren und einfach gegen alles sind. Mein zotteliger Bettnachbar ist gegen gar nichts. Weil das Gegen-alles-Sein das Eins-Sein beeinträchtigt. Er glaubt an das Gute. Nicht an das Beste, wie das die Ideologen tun. Sondern an das Gute. Wie Mahatma Gandhi.

Sein Interesse an meinem Guten ist unverstellt, das erkennt man an vielen Details. Wenn ich zum Beispiel Besuch habe (er hat fast nie Besuch), hört er mit großen Augen zu, was gesprochen wird, rückt sogar haustierhaft näher, als wäre er, weil er zufällig neben mir liegt, ein Teil meiner Geschichte. Ich glaube, es ist gute Hippietradition, sich die Schicksale anzueignen, an deren Strand sie gespült werden.

Der Hippie kann einfach nicht glauben, was er hört.

Sobald der Besuch fort ist, fordert er mich auf, ihm alles zu erklären, die Augen von spontaner Emotion gefüllt, von einem weiten und tiefen Gefühl. Er glaubt, seine Anteilnahme lohne das Projektil, das ich in mir trage. Unter meiner Schädeldecke, eingeklemmt in meiner Hirnrinde, in diesem protoplasmatischen Wesen aus Abermillionen Neuronen. Ein mittleres Kaliber von 7,65 Millimetern, das ich manchmal zu erspähen meine, wenn ich die Augen schließe. Wie ein Schiffsrumpf schaukelt es im Ozean meiner Gedanken und Erinnerungen. Sinkt nicht. Schmerzt nicht. Kann nicht geborgen werden.

Unoperierbar, sagt der junge Assistenzarzt. Ein Grieche übrigens, etwas fischaugert (wie man im Chiemgau sagt). Seien Sie froh, dass wir 1974 haben, Herr Solm. Die Hirnhautentzündung hätten wir vor drei Jahren noch gar nicht in den Griff gekriegt.

Zu mir ist Doktor Papadopoulos freundlich, weil er mich für traurig hält.

Ich muss dich informieren, Ev, dass ich auch wirklich ein trauriger Mensch geworden bin. Ich glaube, ich bin immer traurig, aber es ist nicht so, dass ich das merke, denn große Traurigkeit hat mit dem normalen Zustand nichts zu tun, trübt ihn also nicht, sondern liegt meilenweit darunter, vielleicht auch darüber, so dass ich immer gleich und heiter erscheine, und ich verstehe auch, dass du mir nicht schreiben kannst, ich verstehe das. Aber ich muss dir schreiben, auch wenn ich vermute, dass ich wohl nie wieder von dir hören werde, und in diesem Moment, in dem ich das hier niederschreibe, sieht man mir deine Stille bestimmt nicht an.

Mir geht es gut, jedenfalls.

Ich kann sprechen, wenn auch etwas langsam. Im besten Fall wirke ich bedächtig. Ich kann aufrecht sitzen und esse mehr Süßigkeiten als früher. Am liebsten Zucker pur, gepresst in die kleinen kristallinen Würfel, die wie ein Gewitter über meinem unoperierbaren Schiffsrumpf grollen, wenn ich sie krachend zermalme. Die Geschmacksrezeptoren wurden durch das Geschoss so was von durcheinandergewirbelt. Mein linkes Auge hat vier Dioptrien verloren, aber das rechte ist in Ordnung, und ich kann alles lesen, wenn auch eine Brille unverzichtbar geworden ist. Kein Wunder, mit Mitte sechzig. Zum Laufen brauche ich leider eine Krücke und drei Minuten, um bis zum Klo zu kommen. Manchmal erzähle ich von dir, Ev. Und wenn ich von dir erzähle, vergisst der Hippie die Babys, die unten schreien. Aber nur für einen kurzen Moment, denn ich sage nicht mehr als das Nötige.

Sobald es sein Zustand erlaubt, hüllt sich der junge Mann in seinen abgewetzten, fadenscheinigen Bademantel. Er schlüpft in die Pantoffeln, die seinen Füßen kaum Halt bieten, und schlurft nach unten in die Geburtsstation. Dort pumpt er sein Herz voll mit dem namenlosen Leben, das

Tag für Tag hervorschäumt. Manchmal will er mich mitnehmen. Aber es würde mir nichts bringen. Er liebt den Blick in die hellen Terrarien, in denen die Säuglingsmaden liegen, umkränzt von glänzender Zuversicht, Liebe, Hoffnung. Meistens tut er nichts weiter, als in den Gängen sitzen, Schwangere beim Keuchen betrachten und technisch interessierten Vätern seine Titanschraube erklären. Hin und wieder stiehlt er ein paar der Geburtsanzeigen, die an den Wänden hängen, und bringt sie mit nach oben in unser gelobtes Fleckerl. Dann zeigt er mir entweder die Gesichter der fotografierten Mütter, die ihn an Orgien in Südfrankreich erinnern.

Oder er wundert sich über die Namen der Babys.

»Max. Wie kann man denn so einen Buben Max nennen. Wie soll sich denn das Früchterl individualisieren? Hat er nicht ein heftiges Temperament? Sieh nur, die Lauerstellung. Ich würde ihn ›Auf der Hut‹ nennen. Nicht wahr?«

Du kannst dir vorstellen, wie schwer es mir in solchen Momenten fällt, immer gleich und heiter zu erscheinen. Wie sehr die große Traurigkeit eben doch mit meinem normalen Zustand zu tun hat. Wie nah Anna wirkt. Wie anwesend. Und wie mich die Trauer umfasst mit ihrer kleinen Faust.

Kinder hat der Hippie keine. Das schmerzt ihn. Und ich sage kein Wort darüber, wie es ist, Kinder gehabt zu haben. Er meint, Kinder könne man gar nicht haben. Manschettenknöpfe auch nicht. Die Dinge suchen sich ihre Welt aus. Nicht umgekehrt.

Hätten wir Anna nur »Auf der Hut« genannt.

Der Hippie respektiert meine Traurigkeit. Wegen der Besuche kann er sich einiges zusammenreimen. Vor allem wegen der Besuche der Kriminalbeamten. Und von der Firma kamen auch einige. Selbst nach so langer Zeit haben sie noch Fragen wegen irgendwelcher Kleinigkeiten. Ich habe gedacht, man lässt die Dinge ruhen.

Aber so ist es nicht.

Du hast dich nicht ein einziges Mal blicken lassen, Ev. Ich verstehe das. Kein Anruf. Kein Brief. Ich verstehe das. Wer wohl mag es sein, der jetzt mit deinem Atem vertraut ist? Der das Gesicht auf deinen Leib legt, auf dein Schlüsselbein, und deine Rippen zählt, wie damals, weißt du noch? Weißt du noch, Ev? Jetzt kommt gleich der Grund, warum ich dir schreibe, der verdammte Grund, warum ich mich an diesen langen Brief gesetzt habe.

Jetzt also.

Denn eines Tages, als mein von dem Geschoss ermattetes Gedächtnis in alten Weißt-du-nochs watete, stand plötzlich Hubsi im Raum.

Du glaubst es nicht.

Erst dachte ich, es sei eine Erinnerung, die sich plötzlich ins Zimmer hereinmaterialisiert. So ist das ja manchmal. Aber er war es wirklich, füllte den ganzen Türsturz mit seinem massigen, nassen Trenchcoat. Tropfen fielen von seinem Hut, und erst durch die kleine Pfütze, die sich unter ihm bildete, wurde mir der Regen draußen bewusst.

Da Hub nur eine feuchte Silhouette war im Passepartout der offenen Tür und kein Wort sprach, richtete sich der Hippie in seinem Bett auf und fragte mit ausgesuchter Freundlichkeit: »Wen suchst du denn, Compañero?«

Hubsi kann man nicht Compañero nennen. Das ist ein Ding der Unmöglichkeit. Man kann ihn ja nicht mal Hubsi nennen.

Er steckte also die Hände in die Manteltaschen, beziehungsweise seine Hand. Er hat ja nur noch eine. Das vergesse ich immer wieder. Er verlagerte sein Gewicht um keinen Zentimeter auf uns zu. Er ist der Körpersprache, einer Sprache, die die ganze Welt versteht, immer noch mächtig. Und anders weiß er sich auch nicht auszudrücken.

»Bestimmt kannst du nichts dafür, Koja«, zischte er, »dass du mit einem solchen Menschen ein Zimmer teilst.« Erst die Stimme gab seiner Gegenwart die nötige Tiefe und Gefahr. »Aber setze diesem Langhaaraffen bitte auseinander, was mit dem traurigen Rest seiner Zöpfchen passiert, wenn er noch ein einziges Mal ›du‹ zu mir sagt.«

Ich wandte mich meinem verdutzten Bettnachbarn zu und erklärte ihm Dinge, die man über Hub und das intime »Du« sowie deren Verhältnis zueinander wissen sollte.

»Das ist Ihr Bruder?« Vor Schreck fiel der Hippie aus seiner Rolle und siezte mich.

»Hubert Solm«, nickte ich. »Sie sollten auf keinen Fall Hubsi zu ihm sagen.«

»Nein, nein. Ich werde ›Sir‹ sagen!«

Dann sind wir allein, Sir Hub und ich. Wir krabbeln wie zwei verstümmelten Insekten auf eine mannshohe Fensterscheibe im Flur zu. Dahinter ein Schleier aus silbernen

Graupelfäden, der alles verschwimmen lässt wie in einer dieser modernen Autowaschstraßen. Ich nehme seinen verbliebenen linken Arm nicht, wie auch, da klemmen ein Hut und eine Aktentasche. Mit meiner Krücke dauert es ewig, bis wir die wogende Fensterfront erreichen. Davor steht ein kleiner Resopaltisch mit Strohblumen darauf. Und ein Korb mit Krankenhausäpfeln.

Wir setzen uns.

Ein Armamputierter und jemand mit einer Kugel im Kopf. Zusammen zählen wir mehr als hundertdreißig Jahre, haben vier Beine, drei Arme und eine Frau. (Nicht nur die Flüchtigkeit des Daseins führt einem ein Hospital vor, sondern auch das Tempo derselben, in Tanzbars zum Beispiel würde man gar nicht merken, wie schnell man weniger wird.)

Man hat Hub korrekt behandelt, aber nun ist er gekommen, weil er seine Haft antreten muss. Er spricht immer noch nicht, und ich weiß auch nicht, was ich sagen soll. Er hatte geschworen, mich nie wiederzusehen, aber jetzt sieht er mich eben doch, und was er sieht, scheint ihm nicht zu gefallen.

»Es tut mir leid, dass das geschehen ist«, murmelt er.

»Sag einfach, was du willst.«

»Es tut mir leid«, wiederholt er.

»Und warum siehst du überhaupt nicht so aus, als ob es dir leidtut?«

»Du stehst jetzt mit weißer Weste da.«

»Ich stehe mit weißer Weste da?«

»Verdreh mir nicht die Worte im Mund.«

Er hat sich kein bisschen verändert. Er ist grob und

selbstgerecht, ein Fossil seiner selbst, vom versteinerten Scheitel bis zur Sohle.

»Gut«, schiebt er hinterher, »du verdrehst mir nicht die Worte im Mund. Aber ich weiß, das wird kommen. Du wirst sie verdrehen.«

»In Ordnung«, sage ich.

»Du hast doch schon alles gewonnen.«

»Gewonnen? Sieh mich an. Deine Freunde haben mir in den Kopf geschossen.«

»Es sind nicht meine Freunde. Es sind deine Freunde. Und deine Freunde bringen mich auch in den Knast.«

Draußen trommelndes, röhrendes, glucksendes Wasser, und in mir drin sehe ich stille Säle, vollgestopft mit Kunstwerken, dieses Museum in Syrakus, kannst du dich erinnern? Wunderbarer, violettfarbener Gipfel des Ätna, hoch über allem.

»Wie geht es Ev?«, sagt er nach einer Weile, als könne er Gedanken lesen.

»Sie ist hier nie aufgetaucht.«

»Sie wird schon noch auftauchen. Sie hat auch alles gewonnen.«

»Bist du hier, um übers Gewinnen zu reden?«

»Ich habe dich immer beschützt, Koja. Du warst in meiner Hut.«

»In deiner Hand.«

»In meiner Hut. Denn darum geht es in einer Familie.«

Er lächelt, auf diese kalte, verzweifelte Art.

»Aber nun ist alles schmutzig. Ich bin schmutzig. Du. Unsere Ehre. Alles.«

»Unsere Ehre. Dass ich nicht lache. Was ist denn unsere Ehre?«

»Treue.«

»Hör auf.«

»Unsere Ehre heißt Treue. Oder?«

»Du bist sicher nicht gekommen, um mit mir über die SS zu reden.«

»Weißt du noch, wie wir mal bei Heydrich im Büro saßen? Ganz am Anfang? Er verstand es vorzüglich, Menschen einzuschätzen. Er hatte eine Nase für durchdringenden Verstand und Charakter.«

»Charakter, Hubsi?«

»Ja. Nicht eigentlich notwendig in unserem Beruf natürlich. Aber immerhin. Er sagte mir später, er habe dich ausgewählt wegen der Intelligenz, nicht wegen des Charakters.«

»Bei dir war es offensichtlich umgekehrt.«

Sein Gesicht hält alles von der Oberfläche seiner Gefühle fern. Es lässt sich nicht beleidigen, nicht einmal die Lippen zeigen eine Reaktion, die trotz des Regens wie an Land gespülte Meeresreptilien regungslos vor sich hin trocknen. Alt ist er geworden, alt und grau, älter und grauer als seine neunundsechzig Jahre. Aber als er aufsteht, sehe ich, dass er sich immer noch wie in einer Arena bewegen kann. Er bückt sich zu seiner kleinen, durchweichten Aktentasche herab, öffnet sie behende (für einen Einarmigen behende) und zieht einen rostbraunen DIN-A4-Umschlag heraus. Er legt ihn behutsam vor mich auf den Tisch und setzt sich wieder.

Er keucht, während sein Blick auf den Umschlag fällt.

»Ev muss es wissen«, höre ich.

Was muss Ev denn wissen, Euer Unerträglichkeit, mach dich doch nicht so interessant, sitz doch nicht da wie mit zwölf, mit einem Frosch auf den Knien, um mir zu zeigen, wie man ihn aufbläst.

Ich lausche dem unendlichen Regen, höre gleichzeitig die Stille von Syrakus, die bestimmt zwanzig Jahre her ist, ach, das war so schön, und schließlich sagt er: »Dem Gericht habe ich nichts gezeigt. Die geht das nichts an. Aber Ev muss es wissen.«

Ohne in den Umschlag hineinzusehen, weiß ich jetzt, was drin ist. Und ich denke nicht nach und nehme aus der Obstschale vor mir einen dieser roten Krankenhausäpfel, einen Edelborsdorfer, wie mir scheint, auf jeden Fall eine Renette.

»Wag es nicht«, flüstert Hubsi beinahe sanft.

In den Sekunden, in denen ich die rote, glänzende Renettenschale reibe, muss ich an dich denken, Ev. Ich sehe dich nicht so wie in Syrakus, sondern ich sehe dich, wie ich dich als Kind gesehen habe, ein unendlich dünnes Mädchen aus dunkler Vorzeit, mit großen Säbelzahntigerzähnen, die in alles hineinbeißen, was ihnen vors Maul kommt, natürlich wie Schneewittchen auch in den Apfel, unseren heiligen Familiengral. Einmal auch in meinen Arm, weil ich dich festhielt und fesseln wollte, denn du warst der Räuber und ich der Gendarm, und als ich sagte, fast ohnmächtig vor Schmerz und du wie eine Muräne in meinem Fleisch, dass man nicht so fest beißen darf, ließest du los und sagtest lachend: Aber ich bin ein Räuber, und Räuber dürfen alles, und außerdem schmeckt deine Haut so komisch, du solltest dich mal waschen.

»Leg das wieder hin«, raunt mein Bruder.

Ich lege den Apfel nicht wieder hin, sondern ich beiße mit Säbelzahntigerkraft hinein, und im gleichen Moment ist es, als würde meine vollständige persönliche Geschichte aus Ereignissen und Augenblicken wie der Regen vor mir, wie der Regen also eines realen Lebens, auf mich herabrauschen. Mein Bruder reißt mir die Frucht aus der Hand, schleudert sie wütend fort, Richtung Getränkeautomat, mein Gott, sieht das aus, dabei höre ich Verwünschungen, die meinen unstatthaften Verzehr betreffen, und wie lange ich auch immer dort gesessen und in seine hasserfüllten schwarzen Augenschlitze gestarrt haben mag, irgendwann steht der Hippie neben uns und gibt mir den angebissenen Apfel zurück.

»Was macht der Sir denn mit dir?«

Ich schüttele nur heftig den Kopf, obwohl ich ihn natürlich nicht heftig schütteln darf, sehe nichts durch den Vorhang meiner Tränen und beiße zum zweiten Mal in das markige Fruchtfleisch.

»Beiß noch ein Mal da rein!«, droht mir Hub.

»Aber warum sollte Ihr Bruder denn nicht in einen Apfel beißen?«, wundert sich der Hippie, und Hub bellt, dass ihn das nichts angehe.

Der Hippie widerspricht: »Er braucht Vitamine.«

»Ab, marsch, ins Zimmer zurück!«

»Dies hier ist ein Ort für wunderbare Menschen, also sollten vielleicht besser Sie gehen.«

Dafür, dass der Hippie gegen gar nichts ist, ist er doch in beängstigender Weise gegen Hub.

»Sie wollen sagen«, fragt der höhnisch, »dass ich kein wunderbarer Mensch bin?«

»Ich will sagen, dass Sie jetzt gehen sollen, sonst passiert etwas Furchtbares.«

»Ach ja? Was passiert denn dann Furchtbares?«

»Ich rufe Nachtschwester Gerda.«

In die entstehende Stille hinein hört man nur meine mahlenden Kiefer, denn ich vertilge allmählich den ganzen verdammten Apfel, und meines Bruders Zorn schwillt mit jedem Bissen weiter an.

»Hören Sie mir gut zu, Sie Schwuchtel«, sagt Hub zu dem Hippie. »Sie sollten mal über das Wort ›wunderbar‹ nachdenken. Sie sollten mal ganz lange darüber nachdenken, was das Wort ›wunderbar‹ mit Leuten wie dem da zu tun hat!«

»Ihr Bruder hat ein gutes Karma.«

»Karma? Was soll das sein?«

»Und vielleicht sollte ich lieber mal über das Wort ›Schwuchtel‹ nachdenken.«

»Wenn Sie mit Karma die Seele meinen, die unsterbliche, die vom Heiligen Geist durchdrungene: Dieser Mann hat keine. Er hat kein Herz. Er ist ein Monster!«

»Du solltest echt mal runterkommen, Compañero!«

»Bitte, Basti, halten Sie sich da raus«, murmele ich besorgt und mit vollem Mund, während die Finger meines Bruders zu tänzeln beginnen, sogar die weggesprengten.

Dem Hippie reicht es, er macht die entsprechende Atemübung, um jeglichen Kontakt zu Hub abzubrechen. Er hat das in einem Ashram gelernt, wo sie ihm auch beibrachten, aus Steinen Brot zu backen. Er schließt die Lider, richtet sich auf und breitet die Arme aus.

Hub kläfft mich an.

»Zeig doch mal dem Hirnamputierten hier den braunen Umschlag. Zeig doch mal, wie ›wunderbar‹ du bist.«

»Basti, geh schon mal ins Zimmer bitte. Ich komme gleich, ja?«

»Genau, jetzt lenkst du ab! Jetzt lenkst du ab, weil du nicht sagen willst, dass du alle und jeden verraten hast.«

Die Arme der Hippies sinken herab: »Wen, bitte schön, soll denn der Compañero verraten haben?«

»Ja, Koja, sag doch mal, wen hast du denn verraten?«

»Die ganze Welt.«

»Die ganze Welt?«

»Ein anderes Wort für alles und jeden!«

»Ich hab's gewusst!«

»Was?«

»Du verdrehst sie! Meine Worte! In meinem Mund!«

»Nein, ich wiederhole deine beschissenen Worte. Ich spreche dir einfach nach, was du hören willst. Die ganze Welt leidet unter mir! Zufrieden?«

»Ja, Ironie ist alles, womit du dich wappnen kannst. Aber wir haben für die Freiheit gekämpft und gegen das absolut Böse. Wir haben dafür gekämpft, dass ein Trottel wie der hier seinem Buddha folgen kann und unsere Kinder mit Drogen vergiftet.«

»Sie sind beleidigend, Sir«, beschwert sich der Hippie.

»Ich sage die Wahrheit. Das ist alles. Ich habe immer nur die Wahrheit gesagt, und deshalb gehe ich ins Gefängnis.

Du, Koja«, richtet er sich an mich, »du hast gelogen und verraten und verkauft, und jetzt sehen dich Leute wie der hier in einer weißen Weste. Du sollst verrotten dafür. Sogar Großpaping hast du verraten.«

»Das habe ich nicht.«

»Neunzehnfünf hast du verraten.«

»Habe ich nicht.«

»Annus mirabilis!«

»Nein!«

»Du wagst es, vor meinen Augen einen Apfel zu fressen, du Schwein!«

»Hör auf!«

»Und sogar deine Nutte hast du verraten.«

Er ist so nah an meinem Gesicht, dass ich ihn mit der Krücke am Kinn erwische, mit einer für einen Krüppel vielleicht unerwarteten Plötzlichkeit. Es gibt ein knisterndes Geräusch, eigentlich leise, als zerdrücke jemand getrocknete Blumen. Über dich hätte er nicht reden dürfen, Ev. Nicht so. Er taumelt nach hinten, stolpert über den Stuhl, wirft seinen Arm irgendwohin, aber nicht an die richtige Stelle, fällt wie ein Baum, schlägt auf dem Boden auf und bleibt gekrümmt an der Glasfront liegen, zweifach abgewinkelt, mit Regen dahinter.

»Nachtschwester!«, schreit die Stimme des Hippies, aber bevor sie »Gerda!« hinterherschicken kann, steht Hub wieder, schüttelt kurz seinen Arm, wie ein Elefant den Rüssel, und geht auf mich los. Ich sehe nur, wie der Hippie sich ihm in den Weg stellt, mit um Gewaltlosigkeit bettelnden Gesten, und dann fliegt sein Kopf, sein schöner Dürer-Kopf mit der Ölporträtblässe von 1498, nach hinten, und ich denke, dass die Titanschraube das unmöglich aushalten kann, und plötzlich stehen Leute da, die vielleicht vorher schon da standen, aber auf ein unmissverständliches Signal gewartet haben, und was kann an diesem Ort schon unmissverständlicher sein als ein um Hilfe schreiender Hirnpatient?

2

Obwohl ich sie auf den alten Fotos leicht erkenne – ich muss nur mein eigenes Profil in dem ihren wiederfinden, denn beide haben wir dieselbe nach rechts drängende, leicht verunglückte Römernase –, kann ich sie mir als jungen Menschen nicht vorstellen, meine Mutter.

Aber sie war noch sehr jung und schon für das Pathos in unserer Familie verantwortlich, als ihr der Brauch mit dem roten Apfel einfiel.

Das alles war wegen Neunzehnfünf und des wankenden russischen Imperiums, in dem wir aufwuchsen. Meine Mutter hat immer gesagt: Annus mirabilis. So war Neunzehnfünf für sie, das wir nie Neunzehnhundertfünf nannten, denn so sprachen nur Reichsdeutsche. Zeit blieb für Mama stets etwas Organisches, das einen Willen und ein Ziel hatte, gut oder böse sein konnte, fast wie ein Mensch. Und in jenem elften Regierungsjahr Seiner allerunbeholfensten Majestät, des Zaren Nikolaus II., ging jegliche Ordnung bei uns in Rauch auf. Russland brannte, von Sankt Petersburg bis zu den entferntesten Provinzen.

Auch die Heimat meiner Eltern, das so malerische Baltikum, wurde von den Revolutionären abgefackelt. Der Hippie weiß nicht, was das Baltikum ist oder war, und ich sage:

Stellen Sie sich einfach einen wässrigen Claude-Lorrain-Himmel vor – gut, den Maler werden Sie nicht kennen, also machen wir es nicht kompliziert: einen schönen blauen Himmel. Darunter eine Miniaturausgabe von Kanada, an der Ostsee gelegen, mit unendlichen Weizenfeldern und großen Farmen, die von ihren furchtsamen Ranchern verlassen werden, in Kaleschen und Sonntagskutschen, gejagt vom Vietcong. Genau so fühlte sich das damals an. Es tobte die Rebellion. Alle deutschen Gutshöfe lagen brach. Die russischen Truppen waren in Japan damit beschäftigt, einen unverlierbaren Krieg zu verlieren. Lettische Knechte zogen marodierend durch die wehrlosen Provinzen, verbündeten sich mit den Ärmsten der Armen, drangen auf den Grund und Boden der Adligen vor, fällten die Bäume, mähten ihr Heu, stürmten die verlassenen deutschen Herrenhäuser und hinterließen Kothaufen auf und unter den Orientteppichen.

Mein Großvater, immer nur Großpaping genannt, der sich im Gegensatz zu den anderen Pastoren seines Landkreises nicht entschließen konnte zu fliehen, weil er niemals die ihm von Gott anvertraute Gemeinde im Stich gelassen hätte – denn dann hätte er ja Gott selbst im Stich gelassen –, dieser Großpaping Hubert Konstantin Solm (Huko für die, die sich trauten) soll unbekümmert in seinem Obsthain gearbeitet haben, als an einem warmen Augustabend über die Wiese ein Trupp grölender Sensenträger auf ihn zumarschierte.

Er kannte das schon. Seine Kirche wurde seit Monaten an fast jedem Wochenende von Demonstranten aus Riga heimgesucht. Oft drangen die Fremden mit roten Fahnen,

Trommeln und Äxten in das Gotteshaus ein und schmetterten vor dem Altar die Internationale. Mein Großpaping dankte dann für den schönen Gesang und fuhr ungerührt mit seinem Gottesdienst fort. Die lettischen Bauern liebten ihn, weil er in ihrer Sprache zu predigen wusste und in seinem stuckernden Zweispänner durch die gärende Provinz fuhr, ohne sich durch die weltlichen Imponderabilien vom Bestatten und Trauen, vom Trösten und Mahnen oder vom obligatorischen Komm-bald-wieder-Schnäpschen abhalten zu lassen.

Einmal nahm er in aller Ruhe einen Ukas der Revolutionäre von der Kirchentür ab und befestigte ihn am Tor des Schweinestalls, weil er dort hingehöre. Über unserem Esstisch hing später Großpapings Porträt, das mein Vater zwei Jahre vor den Ereignissen gemalt hatte. Es war ein düsteres Pastell, das einen Greis mit bizarrem Backenbart zeigte. Das schüttere Haupt – eingerahmt von der schlohweißen Schifferfräse – wurde von einem Pastorenmützchen behütet. Seine Züge mit den blassen, arroganten Wassereisaugen, den breiten Backenknochen und dem leicht geöffneten, fast wollüstigen Mund unter der ausrasierten Oberlippe erinnerten an die Art, wie Moses auf Seite 54 unserer Schnorr-von-Carolsfeld-Bibel dargestellt wurde: ernst, gewalttätig und immer bereit, Jerichos Mauern zum Einsturz zu bringen.

Neben dem Porträt war an der Wand auch das kleine Schwert angebracht, das Großpaping sich selbst geschmiedet hatte und immer unter dem Talar trug, wenn er die Kanzel bestieg. Er wollte nicht, dass man ihn lebend kriegte (er sagte »kriechte« im ostpreußisch-jiddischen Idiom meiner Heimat), und hielt den Revolutionären, als sie einmal ihre Äxte am Kruzifix zu erproben drohten, dieses rostige Eigenfabrikat entgegen, wie Vampiren, die man mit selbstgeschnitzten Birkenpflöcken einschüchtert.

Großpaping hätte gewiss nicht gezögert, sich die Klinge in den Hals zu rammen, coram publico, wenn ihm selbst oder dem Gekreuzigten jemand zu nahe gekommen wäre. Pastorenblut im Taufbecken war aber für die Revolution zum damaligen Zeitpunkt noch keine gute Reklame, zumal Großpaping als Märtyrer eine *bella figura* gemacht hätte, da bin ich sicher. Das dramatische Talent habe ich von ihm geerbt, doch hat mir immer der trotzige Mut gefehlt, diese einsame Höhe, *envers et contre tout*, die in unserer Familie so verbreitet blieb und so unendlich viel Unglück anrichtet, bis heute.

Die Maßnahme Großpapings, mit einem Schwert in der Tasche das Wort Gottes zu predigen, war sowohl grotesk als auch vernünftig. Aber ein Revolver in der Tasche wäre natürlich noch grotesker und noch vernünftiger gewesen.

Als Großpaping jedoch an jenem besagten Sommerabend in seinem violett glühenden Garten stand, neben und unter den Obstbäumen, und den Mob wie eine Mückenplage auf sich zufliegen sah, verfügte er über keine andere Waffe als einen Korb mit frischgepflückten roten Äpfeln. *Svaigiaboli* heißen sie im Lettischen, welch schönes Wort.

Vielleicht hätte die Situation anders enden können, wenn mein Großvater dieses Wort genutzt hätte, oder irgendein anderes Wort aus dieser reichen, wundervollen Sprache, die keine Schimpfwörter kennt, denn »schwarze

Schlange« ist das Schlimmste, was man auf Lettisch jemand anderem sagen kann. Wäre mein Großvater ruhig, demütig und bescheiden geblieben, hätte er die Forderungen der Abordnung, die fast wie höfliche Bitten klangen, mit dem Anschein schlichter Ergebenheit erfüllt oder wenigstens in lettischem Zungenschlag als unabwendbares Schicksal hingenommen, wer weiß, vielleicht wäre dann alles anders gekommen.

Aber sein Temperament ließ das nicht zu.

Er zischte deutsche Psalmen hervor, die wie Flüche klangen. Und als einer der Anführer, übergossen von den unanständigsten Teilen des lutherischen Evangeliums, die Geduld verlor und Hubert Konstantin Solm mit einer winzigen Prise Ruppigkeit aufforderte, ihm die Schlüssel der Sakristei auszuhändigen, *nekavējoties!, nekavējoties!*, schleuderte der alte Mann ihm einen der Äpfel entgegen, einen roten Herbstkalvill, aus drei Metern Entfernung. Eigentlich eine Geste von erstaunlicher Albernheit. Doch der Bursche duckte sich weg. Der Herbstkalvill sauste an ihm vorbei und traf wie ein Stein das dahinterstehende Mädchen im Gesicht, so dass ihr die kleine, spitze, fünfzehnjährige Nase brach. Blut schoss auf eine Schürze, vielleicht war es aber auch nur der rosafarbene Saft des zermatschten Fruchtfleisches.

Doch einen zarten Mädchenschrei später packten sie ihn. Man trat Großpapings Haustür ein, holte vor seinen Augen die Jesusbilder und Skulpturen, das böhmische Kristall und das gute englische Porzellan sowie die Totenmasken seiner zwei verstorbenen Ehefrauen aus dem Salon und haute alles in Scherben. Dann schob man den großen Familienflügel, auf dem mein Vater als kleiner Junge Mozart und Chopin kennengelernt hatte, auf die Veranda, zerlegte ihn und teilte die Elfenbeintasten untereinander auf. Als alles nur noch gurgelnd Halleluja schrie, forciert durch die beträchtlichen Bordeauxvorräte, die in unserem Weinkeller gefunden worden waren, sann man für Huko über *Sodīšana* nach, eine ganz besondere *Sodīšana*, die weniger ehrenhaft sein sollte als die altrömische Selbstentleibung, die sein kleines Schwert verursacht hätte.

Meine Eltern lebten zu jener Zeit in Riga, mitten im Artdéco-Viertel, wo Papa in der funkelnagelneuen Albertstraße – einer Operette der Baukunst, unikal in ganz Europa – gleichsam eine Arie von Atelier bezogen hatte. Hier waren ganz in der Nähe, nämlich westlich der Stadtweide, die wenigen militärischen Verbände konzentriert worden, vor allem lustlose Infanterie, so dass die Stadt, ganz besonders aber die nur von französischen Butlern und englischen Möpsen bewachte Albertstraße, trotz der brodelnden Umwälzungen als relativ sicher galt.

Papa nahm die vom Land getürmte Verwandtschaft bei sich auf. Nur Großpaping wollte und wollte nicht kommen. Er blieb im kurländischen Neugut zurück, widerspenstig wie seine Obstbäume, der einzige Deutsche weit und breit. Humorig illustrierte Briefe, lockende und am Ende verzweifelte Telegramme, zugestellt von lebensmüden Postillionen, flehten Großpaping an, Vernunft anzunehmen und schleunigst abzudampfen. Aber Vernunft, das habe ich gelernt, kann man nicht erflehen, weil man Mode nicht erflehen kann.

Die Mode der Feigheit, schrieb Großpaping zurück.

Der Alte ignorierte also nicht nur alle Aufforderungen zur Demission. Sondern er kümmerte sich im Gegenteil auch noch um die Seelsorge der fünf verwaisten Nachbargemeinden. Deren fahnenflüchtige Glaubenshirten, mit ihren Familien in Riga vorteilhaft untergekrochen, erkundigten sich, blass vor Schande, bei Papa in regelmäßigen Abständen nach Hukos Wohlsein, wobei Unwohlsein es besser getroffen hätte, weil dieses inständig erhofft wurde, um es einmal dezent auszudrücken.

Als Papa tatsächlich bei solcher Gelegenheit von einem scheinheiligen Geistlichen erfuhr, dass »*lejder, lejder, Lieberchen*« ganz in der Nähe des väterlichen Pastorats ein Zug zum Entgleisen gebracht, die Telefonmasten abgesägt und, »*nu, ich wäiß es aus allererster Quelle*«, die Polizeistation angegriffen worden sei, ließ er die Kutsche anspannen und war fest entschlossen, den störrischen Vater persönlich aus dem nur fünfzig Werst entfernten Aufstandsgebiet herauszuholen.

Doch verbot das am Ende meine Mutter. Oder vielmehr verbot es ihr Zustand. Sie war in jenem Sommer im neunten Monat schwanger, so dass ihr schwellender Leib sehr eindrücklich wirkte, als er von Mama höchstselbst quer über die Fahrbahn gelegt wurde. Und natürlich wagte der Gatte nicht, über eine solche Barrikade zu rollen.

Nicht etwa, dass Mama sich schutzlos ohne Papa gefühlt hätte, nein, ganz und gar nicht. Sondern vielmehr war sie in Sorge, dass er ohne ihre Begleitung auf einer so gefährlichen Fahrt in entsetzliche Schwierigkeiten kommen könnte, denn tatsächlich zog er – vermutlich ein Ausfluss seines künstlerischen Talents – Debakel, Fiaskos, Katastrophen und unglaubliche Komplikationen (von denen Mama sicherlich die unglaublichste war) geradezu magisch an, obwohl er am Ende des Tages ein Glückskind blieb, was sich in keiner Weise widerspricht.

Mama spazierte tagtäglich mit ihrem Kugelbauch zum Markt, an den öffentlichen Kundgebungen der Sozialisten vorbei, spukhaften, ölverschmierten Gestalten, die sie und ihre Brut mit Blicken vom Erdboden tilgten, denn Anna Marie Sybille Delphine Baronesse von Schilling war eine Geborene, keine Gewisse, also ein gnädiges Fräulein, auf einem schwebenden Wasserschloss in der Nähe Revals schon als Säugling zur Herrschaft erblüht. Ihr war Furcht ganz gewiss nicht fremd, sie war es aber nicht gewohnt, Furcht zu zeigen. Inbrünstig aufregen konnte sie sich, wenn sich jemand nicht zu benehmen wusste. Aber niemals habe ich sie im Zustand der Panik erlebt. Panik gehörte sich einfach nicht.

Die russische Revolution von Neunzehnfünf hat sie als eine Entgleisung menschlichen Anstands empfunden. Radikalen politischen Anschauungen brachte sie den gleichen Respekt entgegen wie Vergewaltigung oder Kindstötung. Und so wurde mein Bruder schon als Embryo mit einer mütterlichen Wut auf kommunistische Umstürze imprägniert, die sich von keiner Hippiebewegung der Welt mehr auflösen lässt, mein lieber pazifistischer Zimmergenosse.

Ich weiß, welches Interesse Sie für Geburten aller Art aufzubringen vermögen, Herr Basti. Aber die Geburt meines Bruders hatte die Eigenart, inmitten von Chaos und Hysterie stattzufinden. Eigentlich war sie eher eine Emanation als eine Geburt, da sie sich am selben Abend und sogar in derselben Stunde ereignete, zu der unser Großvater der Welt abhandenkam. Brahmanen wie Sie bezeichnen so etwas als Wiedergeburt, und vielleicht hat mein Bruder tatsächlich, als er durch den Geburtskanal gepresst wurde, das Leid seines erleuchteten Großpapings auf sich genommen, der gleichzeitig eine halbe Tagesreise entfernt sein Schicksal erwartete.

Nachdem man nämlich ihn, den wutschnaubenden deutschen Prediger, zwei Stunden lang in seine eigene Kirche gesperrt hatte, damit er von der Sakristei aus zusehen konnte, wie das über vier Generationen überkommene Pastoratsgebäude in Flammen aufging, ließ man ihm jene der Geistlichkeit vorbehaltene Behandlung angedeihen, für die man nur ein naheliegendes Gewässer, einen leeren Kartoffelsack und ein gespanntes Publikum braucht. All dies war vorhanden, und so holte man Huko johlend aus seiner Kirche, schnitt ihm den Bart ab und zwang ihn, vor allen Leuten den Roten Herbstkalvill aufzuessen, mit dem er gefrevelt hatte. Er spuckte das himbeerartige Fruchtfleisch, eine pomologische Besonderheit, voller Abscheu auf die rote Fahne, die in seinen eigenen Grund und Boden gerammt worden war und nur einen Schritt neben ihm flatterte.

Dann wurde er an den Händen gefesselt, bevor man ihm den Sack über den Kopf zog und an den Fußknöcheln festband. Schließlich hob ein stämmiger Hufschmied, der ein Jahr später dafür gehängt werden sollte, das hilflos zappelnde Gebinde in die Höhe und warf es in den Pastoratsteich. Die lettischen Schaulustigen spendeten Beifall, als das Ausbleiben von Gottes Hilfe so sinnlich offenbar wurde. Besonders unerwartet klangen die spitzen Schreie, die aus dem zappelnden Sack zu hören waren und die sich eine Weile hinzogen, da der Prozess des Ertränkens immer wieder unterbrochen werden musste, damit auch niemandem irgendwas entging.

Erst am nächsten Morgen wurde der Leichnam geborgen.

Anna Iwanowna, die russische Haushälterin meines Großvaters, mit der er nach dem Tod seiner zweiten Frau auf vieldiskutierte Weise zusammengelebt hatte, legte ihre Oberbekleidung ab, schwamm im Morgengrauen zu ihm hinaus und zog den Toten, auf dem angeblich ein Frosch saß, am nackten, knapp aus dem Wasser ragenden Fuß ans Ufer. Später wurde sie unsere Mary Poppins, die Gouvernante unserer Kindheit, und hat berichtet, in welcher Stille die Dorfbewohner sich um diesen in Jute verschnürten, nassen Leib versammelten, wie um einen gestrandeten Wal, den sie bitterlich beweinten. Ein halbes Jahrhundert lang war er, Hubert Konstantin Solm, in seinem Dorf für Taufen und Hochzeiten, für Geburten und Todesfälle, für das erste Gebet und das letzte Geleit zuständig gewesen. Sein Schicksal war selbst für die, die am Abend zuvor noch gejohlt hatten, ein unbegreifliches.

Für meinen Bruder und mich markierte sein Ende den Anfang, den archimedischen Ur-Punkt unseres Weltempfindens. Nichts, was in späteren Jahren geschehen sollte, kann ohne den aus Zorn geworfenen Apfel, das in Flammen stehende Haus, die bespuckte rote Fahne und die am Teich trocknende Leiche gewogen oder auch nur betrachtet werden.

Der ganze Erdkreis veränderte sich für meine Eltern, wurde zu einem Armageddon aus Schmerz und Schuld. Sogar als mein Vater bereits dem Sterben nah war (das Leben um sich herum duldend, ohne daran teilnehmen zu können), machte er sich noch Vorwürfe. Warum bin ich nicht gefahren, warum bin ich damals nicht gefahren, wimmerte er. Sie wäre doch nicht liegen geblieben, die! Ein Feigling bin ich, ein elender Weiberknecht!

So pfiff es durch seine Zähne, seinen gelähmten Mund.

Es konnte gar nicht anders sein, als dass mein Bruder den besten aller Namen erhielt, nämlich den des in ihm so prachtvoll reinkarnierten Großvaters.

Hubert.

Ich bekam den zweitbesten.

Konstantin.

Und so war unser Verhältnis auf lange Zeit festgelegt.

Damit will ich nicht sagen, dass er der Erste war und ich der Zweite, ich korrigiere: er der Erste und ich also das Letzte, er das Glück und ich das Pech, er vom Zufall verwöhnt und ich vom Schicksal geschlagen, er von Mama geliebt und ich von ihr drei Tage nach meiner Geburt auf den Marmorboden fallen gelassen wurde (wodurch ein leichter Hüftschaden zurückblieb, der mir gerade in der jetzigen Situation das Wieder-Gehen-Lernen nicht gerade erleichtert). Nein, das ist nichts, das ist nur Gejammer oder albern. Aber das eine stimmt wohl: Hubert und Konstantin waren schon als Hubsi und Koja ganz unterschiedlich nummerierte Sonnensysteme. Ich bin weder an Großvaters Todestag noch an seinem Geburtstag geboren, nicht an einem Sonn- oder Feiertag, an überhaupt keinem Tag, der für meine Familie irgendeine Bedeutung hatte. Ich wurde nicht einmal ein August- oder ein Dezembersolm wie zwei Drittel meiner Verwandtschaft, die nahezu ausschließlich in diesen beiden Monaten zur Welt zu kommen pflegte.

Mit der Unerheblichkeit meiner weltlichen Ankunftszeit hat mich mein Bruder immer geärgert, als wir noch klein waren. Ja, einmal prügelten wir uns sogar, und ich unterlag natürlich, vier Jahre schwächer als er.

Dabei gibt es wirklich nicht den geringsten Grund zur Freude, im Annus mirabilis geboren zu sein, diesem Satansbraten von Jahr. Und ist es etwa erstrebenswert, sein Wiegenfest immer an dem Tag feiern zu müssen, an dem direkt nach der Geburtstagsbescherung zum Friedhof gefahren und bitterlich geweint werden muss? In jedem zweiten Jahr kam dann noch die Martyriumsfeier in St. Petri hinzu, wo aller durch Bolschewikenhand gefallenen Geistlichen der Evangelischen Kirche Lettlands gedacht wurde. Hub hatte da immer viele Stunden lang vorne am Altar eine dicke weiße Kerze zu halten, die das Lebenslicht von Großpaping symbolisierte.

Als ich diesen Ehrendienst auch einmal übernehmen durfte, pustete ich aus Versehen die Flamme aus, bekam noch dazu einen verzweifelten Kicheranfall, weil der Bischof einen Knutschfleck im Nacken hatte, das sagte jedenfalls Baron Hase, von uns aus gegebenem Anlass Pickelhase genannt, der mit seiner Kerze und vor Schluckauf bebend neben mir stand. Nein, an einem solchen Tag wollte ich wirklich nicht geboren sein.

Ich war eigentlich recht froh, dass das unausweichliche Jubiläum ganz allein mir gehörte, denn es war der neunte November, an dem wegen eines Unwetters Mamas Fruchtblase zwei Wochen vor der Zeit platzte und ich zum Zweitgeborenen wurde. Und der neunte November war kalendarisch ein sehr unauffälliges, gänzlich auf meine Bedürfnisse zugeschnittenes Datum. Grau. Unterschätzt. Vielfach auslegbar.

Erst Neunzehnachtzehn änderte sich das. Am Ende jenes für Europas Geschick so bedeutenden Jahres war Riga bereits (oder man müsste vielleicht besser sagen: noch) von der Reichswehr besetzt und gehörte faktisch nicht mehr zu Russland. Am Abend, als wir Sackhüpfen machten – Sackhüpfen war nun etwas, das Hubsi an seinem Geburtstag wegen der schrecklichen Kartoffelsack-Assoziationen streng untersagt war, und auch zum Baden konnte man ja schlecht fahren an solch einem Tag –, als wir jedenfalls wie Kängurus durch das Wohnzimmer hopsten, erfuhren wir durch Papas herbeigeeilten Vetter, der bei der *Rigaschen Rundschau* arbeitete, dass Stunden zuvor der deutsche Kaiser Wilhelm abgedankt hatte und in Berlin die Republik ausgerufen worden war. Hubsi nutzte das sofort aus. »An meinem Geburtstag ging ein großer Mann zugrunde«, raunte er mir nachts zu, als wir in unseren Betten lagen. »Aber an deinem Geburtstag krepierte ein ganzes Land.«

Ich weinte sehr, denn inzwischen waren wir bekennende Deutsche. Russland liebten wir da schon lange nicht mehr.

Zwar hatten Mama und Papa nach der Niederschlagung der Revolution ab Neunzehnsechs wieder ein durchaus larges Leben geführt. Meine frühen Erinnerungen: überladene Interieurs, mit Kissen vollgestopfte Zimmer, ein silberner russischer Samowar, mit dem ich einmal nur halb aus Versehen unseren Cockerspaniel Püppi mit heißem Wasser verbrühte, eines meiner zahlreichen Missgeschicke. Wir waren umhegt von drei dienstbaren Annas, der Kibi-Anna (unserem Kindermädchen), der Kocka-Anna (einer dicken Köchin) sowie vor allem unserer geliebten Anna Iwanowna, die unaufhörlich von unserem Großpaping schwärmte, dem tragischen Heiligen, mit dem sie angeblich ein liederliches Arrangement gehabt hatte, obwohl Mama fuchsteufelswild wurde, wenn Papa so etwas augenzwinkernd andeutete und es offensichtlich nicht besonders schlimm fand.

Mama fand es schlimm, da sie nach Panegyrik dürstete, nach feierlicher Überhöhung. Und so wurde der Rote Herbstkalvill das Familiensakrament, das Mysterium meiner frühesten Kindheit. Denn Mama trug Anna Iwanowna auf, dass wir den Roten Herbstkalvill wie die Katholiken ihre Hostien zu behandeln hatten (den Leib Großpapings zu essen weigerte sich jedoch mein Vater, der die papistischen Anwandlungen Mamas sowieso nicht schätzte, und bitte, damit möchte ich Ihrem, ja wie soll ich sagen, Chiemgauer Herkunftsglauben in keiner Weise den Respekt versagen, verehrter Hippie).

Es gab einen festen Ritus, wie ein Apfel, nein, wie ein jeder Apfel durch uns Söhne verzehrt werden musste. Man schnitt ihn in der Mitte auf, wobei wichtig war, bei diesem Schnitt unbedingt andächtig zu schweigen und ganz fest an Großpaping zu denken, weshalb mir als kleinem Kind oft die Tränen kamen, wenn es in der Wohnung nach gebratenen Äpfeln roch. Danach wurden die beiden Hälften an Hubsi und mich feierlich übergeben. Auf keinen Fall durfte das Kerngehäuse entfernt werden, sondern man musste grundsätzlich alles vertilgen, sogar den Stiel und jeden einzelnen kleinen, nach Marzipan schmeckenden Kern, da damit Großpaping Ehre und Gedenken widerfuhr. Bevor wir in den Apfel beißen durften, mussten wir uns bekreuzigen, obwohl Mama verbot, es »bekreuzigen« zu nennen (Protestanten bekreuzigen sich nicht, sie machen ein Kreuzzeichen). Mama war im Grunde ihres Herzens gut lutheranisch, aber so wie Luther glaubte, mit Fürzen den Teufel vertreiben zu können, so hatte auch sie ihre abergläubischen Seiten. Ohne dass Papa es erfahren durfte, ließ sie uns direkt vor dem Verköstigen des Apfels die Formel »Hosianna in der Höhe« murmeln, wovon in späteren Jahren nur noch ein verstümmeltes »Anna« übrig blieb, was Anna Iwanowna stets entzückte.

Eine entscheidende Voraussetzung des sanktuarischen Mahls war hohe moralische Integrität, denn wer geflunkert oder gemopst hatte, tritschig oder truschig war, hatte sein Apfelrecht verwirkt. Mama war in dieser Frage unerbittlich.

Da das Rote-Herbstkalvill-Ritual nicht nur auf alle Apfelsorten der Menschheit, sondern auch auf deren Verwertungsprodukte übertragen wurde, mussten wir auch Apfelkuchen, Apfelkompott, Apfelsaft, Apfelwein, sogar die Handseifen mit Apfelaroma, die Mama so gerne kaufte, mit religiöser Ehrerbietung würdigen. Selbst vor unserem ersten Calvados hatten wir unser Kreuzzeichen zu machen. Da Mama dem französischen Kulturkreis nahestand, überlegte sie sogar, ob das Zeremoniell auch auf Kartoffeln übertragen werden müsste, die ja *pommes de terre* heißen und auch bei uns im Baltikum als »Erdäpfel« bekannt waren. Diese Konsekration hätte die liturgische Kost auf Kartoffelbrei, Bratkartoffeln, die noch unbekannten Pommes frites, Kroketten und natürlich Kartoffelpuffer (mit denkwürdigem Apfelkompott) ausgeweitet. Außerdem wären sogar Kartoffelstärke-Produkte wie Ethanol oder Papier in den Rang huldheischender Devotionalien gerückt, ja, in letzter Konsequenz steckte in jeder Zeitung ein bisschen Roter Herbstkalvill.

Papa fand all das furchtbar überspannt und warf Mama vor, dass sie mit dem halbkatholischen Zirkus nur ihr schlechtes Gewissen kompensieren wolle, da sie seinerzeit die Rettung von Großpaping so theatral hintertrieben habe.

Es wurden oft Türen geschlagen.

Aber wir hatten ja auch viele.

Für Hubsi und mich jedoch blieb der Apfel stets das Symbol unserer unverbrüchlichen Innigkeit. Als wir schließlich unzertrennlich wurden, er der kräftige, unverzagte Held meiner Kindheit, der mich stets zu retten wusste, ich sein etwas dicklicher Sancho Panza, gewöhnten wir uns an, nach gewonnenen Schulhofgefechten oder einer erfolgreichen Abiturientenschmore gemeinsam einen Apfel zu schlachten, wie wir es nannten. Den Apfel der Ehre und der Treue und der Zeit und der Ewigkeit.

Anna Iwanowna bestärkte uns in allem, was Großpaping im kollektiven Gedächtnis hielt. An der Art, wie sie uns ansah, erkannte ich, dass sie ihn sehr geliebt hatte, denn sie suchte ihn in unseren Zügen. Uns formte sie mit ihrem dramatischen Naturell, ihrem großen Busen und ihrem Gelächter. Sie lachte wirklich so laut wie ein Muschik und siezte aus unerfindlichen Gründen die Droschkenkutscher, was in ganz Riga sonst niemand tat. Noch dreißig Jahre später an ihrem Sterbebett mussten wir zu ihr *Mademoiselle* sagen, denn sie sprach ein vorzügliches Französisch.

Vor allem jedoch brachte sie uns Russisch bei, denn wir sollten ja auf eine Karriere am Zarenhof vorbereitet werden, um in die Fußstapfen von Mamas Vorfahren zu treten, die in Petersburg Karriere gemacht hatten als Admiräle, Generäle und illustre Diplomaten.

Mamas Vater wurde bei uns nicht in der gleichen Weise wie Großpaping, also nicht mit Äpfeln, ja nicht einmal mit Ehrfurcht, eigentlich gar nicht erinnert. Er hatte nämlich den Fehler begangen, schon wenige Monate nach Mamas Geburt auf seiner ersten wie letzten Orientreise einer Fischvergiftung zu erliegen – gemeinsam mit seiner Frau Clementine (geborene von Üxküll), meiner Großmutter, die Fisch gar nicht mochte, aber aus falsch verstandener Gattentreue von seinem verdorbenen Nilbarsch gekostet hatte. Ihr Kind (meine Mamutschka), das in Reval zurückgelassene, sechs Monate alte und von lettischer Ammenmilch gesäugte Annalinchen, wurde von seinem Großvater aufgezogen, einem Witwer, den wir alle nur Opapabaron nannten (obwohl Uropapabaron es besser getroffen hätte).

Opapabaron, eigentlich Friedrich Baron von Schilling, war noch in den Napoleonischen Kriegen geboren worden und hatte als Admiral mehrfach die Erde umsegelt. Das wonnevolle Hingleiten unter den vom wärmenden Passatwind geschwellten Segeln hatte er Mama, seiner Enkelin, einst so plastisch erzählt, dass sie das Leuchten des Meeres, die Schwärme fliegender Fische, einen angreifenden Pottwal, konträre Stürme und berghohe Wellen dermaßen lebensecht vor unser kindliches Auge zaubern konnte, dass Hubsi und ich sie lange Zeit selbst für einen Admiral hielten (sie benahm sich auch so).

Opapabaron hatte als Schiffskapitän und Entdecker alle möglichen Souvenirs von seinen Fahrten mitgebracht, den Skalp eines Tlingit-Häuptlings zum Beispiel, der in unserer guten Schublade lag und sich auf der nichtbehaarten Seite wie ein Fahrradschlauch anfühlte. Oder auch einen Hautfetzen eines Brontosaurus, den er im eisigen Kamtschatka am Fuße eines Vulkans gefunden hatte und der gleich neben Großpapings Schwert hing.

Überhaupt haben zwei Tierarten Opapabarons Schicksal geprägt: Den Mammuts hatte er zu danken, dass sich ihre Kadaver Zehntausende von Jahren unter den Schneedecken Sibiriens gehalten hatten (deshalb erhielt er den kaiserlichen Auftrag, sie auf der Suche nach ihrem Elfenbein aus dem Permafrost zu hacken). Und die Seeotter brachten ihn und seine zehn Jahre jüngere Gattin Anna, eine geborene von Montferrant, nach Alaska, wo er als Gouverneur beauftragt war, Millionen von Seeotterpelzen für die russische Krone gegen Indianerüberfälle zu sichern. Er avancierte schließlich zum Admiral und engen politischen Berater des Zaren, wobei die Beratung vor allem darin bestand, mit Seiner Majestät Bridge zu spielen.

Auch Mama kannte natürlich die Romanows.

Sie stieß im Alter von zehn Jahren bei einem Spaziergang im Park von Zarskoje Selo auf das Zarenpaar, wurde bei der Gelegenheit vom inzwischen schrumpfköpfigen Opapabaron vorgestellt, brachte unter Herzklopfen einen schönen Hofknicks an und erhielt eine Einladung, die Prinzessinnen mit ihrer außergewöhnlichen Lebhaftigkeit zu erfreuen. Mama besaß aus jener Zeit noch einen schneeweißen Polarfuchsmuff, ein sehr unnützes Stück Pelz, das nur dazu da war, damit junge Damen im Winter von beiden Seiten die Hände hineinstecken und beschäftigungslos herumstehen konnten. Um seine Eleganz zu erhöhen, hatte man Kopf und Läufe des Tieres an dem Balg gelassen, so dass einen über dem Muff die Leiche eines Polarfuchses aus stumpfen Augen etwas vorwurfsvoll anzublicken schien. Wir nutzten den Muff immer als bösen Wolf für unser Kasperletheater, dabei war er ein Geschenk der Zarentochter Xenia an meine gleichaltrige Mutter gewesen, mit der sie im Winter Achtzehnfünfundachtzig im Schloss Gatschina zwei Tage lang gespielt hatte.

Es ist wirklich erstaunlich, dass Mama ihrem adelsstolzen Opapabaron die Genehmigung abtrotzen konnte, einen bürgerlichen Herumtreiber und Habenichts wie meinen Vater heiraten zu dürfen, der nichts Besseres zu tun hatte, als Kunstmaler zu werden, sehr zur Enttäuschung meiner beiden Quasi-Großväter. Während der eine das für keinen Beruf hielt, hielt der andere jeden Beruf für keinen Beruf (weil normale Menschen keine Berufe hatten, sondern riesigen Landbesitz und Kapitänspatente). Opapabaron war dementsprechend angewidert. Großpaping erwog gar die

Enterbung. Aus seiner Sicht war Papa nämlich in erster Linie gezeugt worden, um dereinst das väterliche Pastorat zu übernehmen und damit die safrangelbe Dorfkirche, in der seit den Zeiten Katharinas der Großen insgesamt vier Generationen meiner Familie in Erbpacht gepredigt hatten. Die Solms waren die Windsors unter den baltischen Geistlichen, könnte man sagen.

Jedoch mein Papa Theo Johannes Ottokar Solm, der in diesem so vorgestanzten Leben in der entlegensten lettischen Provinz Großpapings Beitrag war, die Welt nach Gottes Wünschen einzurichten, hatte sich von diesen Wünschen nicht leiten lassen. Er besaß eigene. Den Wunsch nach künstlerischem Ausdruck zum Beispiel. Den Wunsch nach wechselndem Geschlechtsverkehr (der später auf mediterranen Malerfahrten mehr als erfüllt werden sollte). Den Wunsch nach psychographischen Ereignissen. Nach Zufall. Schönheit. Und, aus Mangel an tyrannischen Qualitäten, vor allem den Wunsch, kein Pastor zu werden.

Obwohl hier der Eindruck entstehen könnte, dass Papa ein besonders willensstarker Mensch gewesen sei, war er das gerade nicht. Nur wünschen konnte er, nicht wollen. Doch begriff er den Hirnhautentzündungstod seiner Mutter (der ersten Gattin Hukos) als Möglichkeit, mit deren bescheidenem Nachlass nach Berlin zu entkommen, trotz des tobenden Vaters an der Akademie der Künste Malerei zu studieren, als Meisterschüler zwei Hohenzollernhoheiten im Aktzeichnen zu unterrichten (erst an ihren Knien kaiserliche Gunst, dann an anderen Knien ein wenig Bohemeluft schnuppernd) und schließlich, nach römischen wie florentinischen Fortbildungsreisen, zurückzukehren ins Baltikum, um dort auf Gut Stackelberg der sehr weltliche Zeichenlehrer meiner Mutter zu werden.

Mama verliebte sich schnell in seine Leichtigkeit und Ruhe. Sie betete seinen sehr stolzen und geraden Gang an, der einer jugendlichen Wirbelsäulenverletzung durch einen Reitunfall geschuldet war. Sie war vernarrt in sein um zwölf Jahre vorausgeeiltes Alter, vielleicht auch in seine charmante, unwiderstehliche und oft unterhaltsame Entscheidungsschwäche, ganz gewiss in sein künstlerisches Talent, das enorm war, selbst im europäischen Maßstab, und nicht zuletzt natürlich in seine gelegentlichen sanften und samtschwarzen Depressionen.

In der Kunst hätte er sicher mehr erreichen können. Doch das Faustische blieb ihm fremd, und die mit dem Suchen nach persönlichem Ausdruck einhergehende Armutsfalle hatte für ihn keinen Reiz. Er sehnte sich, in ständigem Rechtfertigungsdruck meinen beiden Quasi-Großvätern gegenüber, in erster Linie nach gesellschaftlicher Anerkennung. Daher landete er schließlich beim Porträt, dem künstlerisch unergiebigsten, finanziell lukrativsten, sozial komfortabelsten aller Genres, das ich später auch sehr lieben lernte. Und Mama trieb ihm durch ihre Kontakte den halben Hochadel der russischen Ostseeprovinzen vor die Staffelei.

Das aber war Neunzehnachtzehn vorbei, das kein Annus mirabilis, sondern ein Annus horribilis wurde.

Ich erinnere mich noch gut, wie eines Oktobertages in Papas Atelier ein kleinwüchsiger Graf eintrat und sein halbfertiges Konterfei, auf dem er, weil Papa Haare immer zuletzt malte, noch völlig kahl und verletzlich aussah, mit einem kleinen Messer herausschnitt, die Leinwand zusammenrollte und mit den Worten »Wir missen läjder flichten, Lieberchen« an meinem leichenblassen Vater vorbei nach draußen eilte, nur einen Bruchteil des vereinbarten Lohnes zurücklassend. Die Hocharistokratie brauchte keine Zerstreuungen mehr, sondern Schiffspassagen. Der Zar war füsiliert worden. Blaublütigkeit wurde eine tödliche Krankheit, und Deutschland, das das Baltikum annektiert hatte, drohte den Krieg zu verlieren.

In Moskau hatte Lenin die Macht übernommen, seine Heerscharen fielen in unser Gottesländchen ein, und glauben Sie mir, ich will Sie nicht mit Allgemeinwissen langweilen. Eines aber muss gesagt sein: Unser Trauma von Neunzehnfünf schien sich zu wiederholen. In vielfacher Potenz.

Denn als sich am Neujahrstag Neunzehnneunzehn die letzten deutschen Besatzungstruppen zurückzogen und die Bolschewiken auf Riga zumarschierten, eine riesige Bugwelle aus Flüchtlingen und entsetzlichen Gerüchten vor sich herschiebend, stand Papa lange im Wohnzimmer vor dem Pastell des ertränkten Großpapings, schlug sich immer wieder vor die Stirn und entschied schließlich, in selbige hineinzuschießen, zuvor aber in die wohlfrisierten Köpfe seiner Söhne.

Mama war nicht da, sondern gehörte zu jenen Verzweifelten, die auf die wenigen britischen Dampfer flohen, die im Hafen bereits die Kessel heizten. Papa hatte ihr mit all seinen Ersparnissen und gegen ihre von Weinattacken befeuerten Proteste ein sündhaft teures Diplomatenticket und eine noch teurere britische Ausreiseerlaubnis besorgen können, denn sie durfte als Baronstochter den Roten auf keinen Fall in die Hände fallen. Ja, es war so eine ähnliche Atmosphäre wie letzte Woche in Saigon. Da haben wir doch die Nachrichten gesehen, unten im Fernsehzimmer, erinnern Sie sich, lieber junger Freund? Diese Schlitzaugen, die bibbernd ihre Koffer packen, weil der Vietcong vor den Toren steht, und da können die Zeitungen schreiben, was sie wollen, jeder weiß doch, dass die Stadt bald fallen wird. So fühlten sich auch meine Eltern am Neujahrstag Neunzehnneunzehn, als sie sich voneinander trennen mussten, denn der Herr mag für Moses das Rote Meer teilen, nicht aber für Theo Solm die Ostsee.

Nachdem Papa einen Abschiedsbrief an Mama geschrieben hatte (der in Ermangelung postalischer Gelegenheiten streng genommen fruchtlos war), nachdem er sich außerdem einer letzten Rasur unterzogen, seine Waffe überprüft und uns zu sich ins Atelier gerufen hatte, winkte er als Erstes meinen großen Bruder heran, und dieser glühte in der quer über die Dächer strahlenden Dezembersonne so überwältigend auf, eine goldene Sternschnuppe, mitten im Raum noch und gleich im Universum verlöschend, dass mein Vater entmutigt auf einen Stuhl sank.

»Was willst du denn mit der Pistole, Papa?«, fragte Hubsi.

»Ich will, dass sie uns nicht kriegen, mein lieber Sohn.«

Er sagte »kriechen«, ganz genau wie Großpaping es gesagt hatte.

»*Cher papa*, Koja ist noch so klein.«

Mein Vater blickte zu mir herüber, und ich war ja tatsächlich noch so klein, gerade mal neun Jahre war ich alt, ein wenig hinkend, gerne mit Puppen spielend, und Mamas Muff, den Wolf, ließ ich sinken.

»Komm, Koja, geh mal zu Papa und nimm seine Hand.«

Mein Bruder hatte damals schon große Macht über mich, und in jener Sekunde sah er wundervoll aus, ernst und heiter zugleich, wie ein Erwachsener, während mein Vater einer Libelle glich. Eifrig stolperte ich zu ihm hinüber, um seine Hand zu halten, damit er nicht davonflog mit den zitternden Libellenflügelchen, die seine Lider waren.

»Was soll das?«, fragte Papa mürrisch, den das Unmännliche meines Tuns irritierte.

»Ich glaube, er hat einen attischen Einfluss auf andere«, erklärte mein Bruder kryptisch (womöglich war das perikleische Zeitalter gemeint), und ich sah, wie Papa, bereits unter meinem attischen Einfluss stehend, immer mehr in sich zusammensackte, die Libellenflügel vor seinen Augen mit Daumen und Zeigefinger fixierte und seinen Plan abänderte, nämlich nur noch dessen letzten Teil ausführen wollte, also den dritten (in Schüssen gerechnet).

Ein männlicher Mann war er nie gewesen, schon gar nicht so männlich wie Mama, und einige Jahre später kleidete er sich in seinem Atelier in Damenmode, damit auch das Weibliche in ihm nicht zu kurz käme, wie er Hubsi sagte, der verbotenerweise die Tür geöffnet und ihn in einem Chiffonkleid erwischt hatte. Aber da war Papa in anderer Stimmung und hatte nicht vor, sich umzubringen.

»Du musst auf ihn aufpassen, Hubsi«, sagte Papa, schob

meine Hand sanft mit dem Pistolenlauf zur Seite, spannte den Hahn und machte Anstalten.

»Aber Papa, passt du nicht auf uns auf?«, fragte mein Bruder leise.

Von draußen hörte man die vielen Rufe und Schreie der Menschen, die Bolschewiken waren nur noch fünfzig Kilometer von der Stadtgrenze entfernt, im Hafen tuteten die englischen Schiffshörner, wie so oft konnte sich Papa nicht entscheiden, drückte Hubsi die geladene und entsicherte Pistole in die Hand und ging schließlich ins Atelier, eine Hyazinthe malen.

Letztlich hat die Rückkehr meiner Mutter alles auf Anfang gesetzt.

Sie bekam einen Anfall schrecklichen Kummers (schlug einem heillos verblüfften Matrosen, der sie unter Deck bringen sollte, bekümmert ins Gesicht), konnte den rettenden Dampfer in letzter Sekunde verlassen, rannte durch das Brodeln der kreischenden, weinenden, vor Angst und Zeit stinkenden Menschen ins Verderben zurück, zu ihren Kindern, die sie einfach nicht verlassen konnte, vor allem aber zu ihrem Mann, der zu viel Phantasie hatte, *quod erat demonstrandum.*

Hubsi und ich waren mit einem Schlitten unterwegs, um Kohlköpfe zu hamstern, die es irgendwo in einem Keller geben sollte, als uns ein paar Tage später ein Haufen roter Kavallerie begegnete. Sie kamen aus Richtung der Rennbahn, überwölbt von einer eisgrauen Wolkenbank, unter der sie auf ihren kleinen zottigen Pferdchen auf uns zutrabten, nur durch ihre Waffen als Soldaten ausgewiesen. Über einen Schimmel hatten sie einen Teppich gelegt, doch als er heranschaukelte, entpuppte sich das Ganze als eine in grüne Plane gewickelte Leiche, von der man nur die hervorbaumelnden Stiefel sah. Einer der Stiefel war aufgerissen, und ich sah, wie Blut heraustropfte und eine dünne, sofort gefrierende Linie in den Schnee schrieb.

Einer der Reiter winkte uns grinsend zu, und auch ich hob die Hand, ein Reflex, den mein Bruder mit einer Woche Verachtungsschweigen bestrafte.

Die Todesmühle begann noch am selben Tag zu mahlen. Mama und Papa und Hubsi und ich und Anna Iwanowna und nahezu alle unsere Freunde und Bekannten waren von einer Sekunde auf die andere satanische Schädlinge, vom Erdboden zu tilgende Insekten.

Baron Hase, der vorwitzige Pickelhase, gewärtigte dies als einer der Ersten, als er in der Schule einen zu lauten Witz machte, nicht wie früher über den Knutschfleck des Bischofs, sondern über die Visage des Genossen Gymnasialdirektor, woraufhin man dem Vierzehneinhalbjährigen diesen unerbaulichen Anblick durch fürsorgliche Exekution seiner selbst ersparte. Revolutionstribunale hatten gut zu tun, Erschießungskommandos ebenso, Proskriptionslisten gingen um, und es schien nur eine Frage der Zeit zu sein, bis man an unsere Tür klopfte.

Papa bekam vor Schreck einen Schnupfen, als ihn Mama auch noch drängte, in der Wohnung Teile ihrer erlesenen Verwandtschaft zu verstecken, ausgerechnet die per Haftbefehl gesuchten Teile, die sich Bärte wachsen lassen mussten, um unerkannt durch die Front wechseln zu können.

Bärte brauchen ein bisschen. Wenn man sie bei uns findet, sagte Papa und schneuzte sich, dann *finita la commedia*.

Die Tscheka hatte in der nahen Schützenstraße ihr Büro eingerichtet, und in dessen Keller zogen findige Mongolen den verhafteten Aristokraten die Haut von den Handgelenken bis hinunter zum kleinen Fingernagel, um den Verhören eine unverwechselbare Note zu verleihen.

Zu dem unmittelbaren Terror gesellte sich der Hunger hinzu, da die Nahrungsmittelversorgung zusammengebrochen war. Jeden Tag sah ich zugeschneite Menschenbündel in den Straßen und Hausfluren liegen, Verhungerte oder frisch Erfrorene, an letzte Träume gekrallt. Der extrem kalte Winter fegte über das Land. Um zu überleben, gab sich Papa als Sanitäter aus, obwohl er überhaupt kein Blut sehen konnte. Mit einem befreundeten Arzt durfte er in einem Feldlazarett der Roten Armee arbeiten, wo er ständig in Ohnmacht fiel, ab und zu jedoch ein paar Rubel nach Hause brachte. Sonst lebten wir von gestohlenen Kartoffeln und Kartoffelschalen, und Mama war sehr froh, dass der Verzehr von Erdäpfeln keine protokollarischen Rücksichten verlangte, Großpaping betreffend.

Als Nachbarn von uns verhaftet und einige Tage später gehängt wurden, drang Hubsi von außen über den Balkon in ihre Wohnung ein und fand in der Küche ein Fass mit gesalzenen Pilzen. Es wurde das Hauptreservoir unserer spärlichen Eiweißnahrung und hat uns und den mit großer Gemächlichkeit vor sich hin wachsenden Bärten ohne Frage das Leben gerettet.

Nun nahm der Mangel unerträgliche Formen an.

In jenen Tagen, die uns Kindern bunt und sonderbar vorkamen, wegen des ständigen Hungers und der vielen Leichen auch unangenehm – aber nicht wirklich bedrohlich, da wir niemals sterben würden –, erschien eines Tages Anna Iwanowna, begleitet von einem sichtlich aufgewühlten, bärtigen Russen namens Vladimir, der ein Kind an der Hand führte. Anna Iwanowna redete mit tränenüberströmtem Gesicht auf Mama ein, während sich Papa im Fauteuil davon erholte, aus Versehen einen völlig gesunden Oberschenkel amputiert zu haben, immerhin einen bolschewistischen, was man, wie die sich in der Küche herumdrückenden Bärte ihm versicherten, als gottgefällige Tat betrachten und werten müsse, da das Bein noch großen Schaden über die zivilisierte Menschheit hätte bringen können.

Am Abend kam Mama in unser Zimmer gerauscht und sagte, dass wir eine neue Mitbewohnerin hätten. Es war das Kind, das ich am Morgen gesehen hatte, ein Mädchen, schmal, mit wachen, kohleschwarzen Augen, die niemals zu blinzeln schienen und ungeheuer konzentriert, gleichzeitig auch seltsam leicht alles um sie herum musterten.

Hubsi musste das Bett räumen, in dem wir beide schliefen, denn alle anderen Betten, Sofas und Liegen waren von den erlauchten Gästen in Beschlag genommen. Mama entschied, dass es nicht ungebührlich war, mich und *la petite* zusammen »dormieren« zu lassen, da mein geringes Alter, meine mädchenhaften Züge, meine oft erwiesene Artigkeit und vor allem mein Mangel an Durchsetzungskraft mich nicht zu Unschicklichkeiten herabsinken lassen würden, die sie Hubsi bereits zutraute, zumal seine Zunge der von Großpaping ähnelte, wie Anna Iwanowna unvorsichtigerweise gesagt hatte. Er wurde in den Flur verwiesen, auf dem er wegen des allgemeinen Geschnarches kaum schlafen konnte.

La petite schlüpfte zu mir ins Bett. Ich wunderte mich, wie sehr ihr Körpervolumen dem von Püppi glich, unserem winzigen Spaniel, der sich nur noch von Ratten ernährte. Sie bekam einen Gutenachtkuss von Mama und lag dann gar nicht mal steif neben mir. Ich spürte die Wärme ihrer Haut unter der Decke. Ihre Haare rochen nach Kamille.

»Du hast ein schönes Bett.«
»Danke.«
»Gerne.«
»Wer bist du denn?«
»Eva. Aber du darfst Ev sagen.«
»Ich bin Koja.«
»Kann ich vielleicht in deinen Topf machen, Koja?«
Ihr Fuß klopfte schnell und streifte meinen.
»Du kannst auch auf unsere Toilette gehen«, schlug ich vor. »Es ist ja noch früh.«
»Da muss ich aber an diesen ganzen Menschen vorbei, die ich nicht kenne.«
»Ach so.«
»Ich glaube, dass du nett bist.«
»Danke.«
»Also kann ich in deinen Topf machen?«
»Ja, natürlich.«
Sie stand auf und setzte sich vor mir auf den Topf, von dem ich gar nicht wusste, dass man sich darauf setzen kann. Ich sog meine Wangen ein, betrachtete das Muster der Ta-

pete und fragte mich, wo sie wohl hinschaute. Als sie fertig war, schob sie den Topf neben das Bett.

»Du musst ihn unter das Bett stellen«, erklärte ich.

»Ja, gleich«, sagte sie, »aber jetzt bist du dran.«

»Ich muss aber gar nicht.«

»Ich hab auch nicht gemusst. Ich wollte nur gucken, ob man dir trauen kann.«

Ich war unfähig, irgendwas zu sagen. Sie roch nach Apotheke, nicht nur wegen der Kamille, mit der ihr offensichtlich die Haare gewaschen worden waren, sondern auch wegen des frischen, strengen Harndufts, der vom Boden aufstieg.

»Ich glaube, ich kann dir trauen. Du hast die ganze Zeit weggeguckt. Du bist ein Kavalier.«

»Ich mache auf keinen Fall Pipi.«

»Aber ich hab das doch auch gemacht.«

»Du kannst dich ja auch setzen, und dann sieht man nichts wegen dem Nachthemd. Aber ich muss den Topf hochhalten, und du kannst alles sehen.«

»Ich guck nicht hin, genau wie du.«

»Aber du hörst es.«

»Ich kann mir die Ohren zuhalten.«

»Und was hast du dann davon?«

»Dann sind wir Geschwister.«

So kam Eva, genannt Ev, in unsere Familie, zu uns geweht durch den Wahnsinn des Augenblicks. Denn ihre Eltern, ein deutscher Arzt und seine kranke Frau, Flüchtlinge aus Dünaburg, waren von der Tscheka ohne Angaben von Gründen verhaftet und einen Tag später hingerichtet worden. Ihr Vater hatte die kleine Eva zusammen mit zwei Würsten hinter eine Tapetentür gesperrt, gerade noch rechtzeitig, bevor seine Haustür von den Schergen aufgebrochen worden war.

Einige Zeit darauf fand sie der russische Hausdiener, ein Cousin von Anna Iwanowna. Er besaß einen Zweitschlüssel zu der Wohnung und hatte das Herz am rechten Fleck. Zunächst versteckte er die Kleine bei sich zu Hause, bis er vom Tod seiner Herrschaft erfuhr. Dann musste er handeln. Ein deutschsprachiges Kind in einer russischen Domestikenfamilie war ein lebensgefährliches Indiz für konterrevolutionäre Umtriebe. Noch dazu besaß Vladimir kaum Möglichkeiten, *la petite* mitten in der Hungersnot zu ernähren. Was lag näher, als sich an die findige und menschenliebende Cousine Anna Iwanowna zu wenden? Diese beschloss – in der fälschlichen Annahme, bei einer Baronesse wie Anna Marie müsse es noch Relikte des ehemaligen Reichtums geben –, uns um Hilfe zu bitten.

»Die Kleine ist ein Engelka«, beschwor Anna Iwanowna meine Mutter in ihrem herzzerreißenden Dialekt, »sie hat ihre Mamuschka, diese arme Mamuschka, gepflegt, wie man pflegt ein krankes Pony, denn die Mamuschka hat gehabt Nervosität und Verzweiflung« (vermutlich aber Krebs, sagte mein Vater) »und diese Mamuschka hat sie gewaschen jeden Tag, hat den Schleim abgewischt und sie abgetrocknet« (also hat sie ihr die Scheiße weggemacht, sagte mein Vater) »und angeleitet worden sie ist von ihrem armen Papaschka, der ein Arzt war mit immer sehr vollem Krankenzimmer« (kenne ich nicht, sagte mein Vater) »und dann hat ihn die Tscheka abgeholt, ihn und seine kranke, kranke Lastatschka, die man im Rollstuhl hinaus hat gebracht und für die die Kugel wohl war eine Erlösung, aber um Gottes willen, die kleine Eva hört das ja alles, sieht sie nicht aus zum Anbeißen? Und tanzen kann sie auch herrlich.«

Evs Verhältnis zu den Unkrautfunktionen des Körpers (wie Papa das abfällig nannte) war von ungewöhnlicher Empathie geprägt, vielleicht, weil ihr das Medizinische im Blut lag, Hubsi und mir überhaupt nicht, von Papa ganz zu schweigen. Ich konnte mir gut vorstellen, mit welch völligem Mangel an Ekel sie ihre Mutter versorgt hatte.

Vom ersten Moment an erlegte sie die Menschen, indem sie sie einfach rücksichtslos eroberte, direkt und weitgehend furchtlos, mit Augen, die wie Raben aufflogen. Sie hatte keine andere Chance des Überlebens und kämpfte um Liebe wie ein Raubtier um die Beute. Wir verstanden uns von der ersten Sekunde an, und schon am zweiten Abend legte sie mir den Arm um die Schulter und gestand mir ihre durch mich abnehmende Einsamkeit. Wir beteten zum lieben Gott und pinkelten dann immer gemeinsam wo auch immer hin, und sie beschloss, keine Waise mehr sein zu wollen, sondern eine echte Solm.

Sogar eine Geheimsprache trug sie in mein bisher so farbloses Leben. Als wir einmal unsere nach alter Sülze schmeckenden drei Pilze verzehrten (die übliche Tagesration) und ich über Kohldampf klagte, zog sie ein Stück schimmliges Brot, das sie von Rotarmisten erbettelt hatte, aus ihrer Jacke hervor, teilte es mit mir und flüsterte lächelnd, so dass es niemand hören konnte: »*A bisl un a bisl – wert a fule schisl!*«

Ich bekam einen Schrecken. Denn unter uns vornehmen Baltenkindern war es verpönt, sich des Jiddischen zu bemächtigen. Es war die Vagantensprache des Rigenser Straßenpöbels, die Mama noch mehr verabscheute als das Lettische, so wie sie auch die Juden noch mehr verabscheute als die Letten, die wenigstens den Anstand besaßen, sich aus der schönen germanischen Sprachfamilie herauszuhalten.

»*Bistu a jid?*«, stieß ich in meinem schlechten Bordstein-Jiddisch hervor. »*Bistu a goj?*«, lachte sie nur hell. Wie die kleinste Glocke von St. Petri klang dieses Lachen, ich höre heute noch, wie sie in den »*goj*« eine kleine Koloratur hineinkiekste, um die Frage nach meiner Idiotie mit all ihrem Charme aufzubetten, und dann sagte sie im besten Hochdeutsch einer Dünaburger Chirurgentochter: »Mit all meinen Freundinnen habe ich so geredet, wenn wir unter uns waren. Soll ich es dir beibringen, Koja?«

Und so brachte sie Koja die Sprache ihrer Freundinnen bei, und statt entsetzt zu sein, genoss ich es, mit ihr ins Reich des Verbotenen wie auch des Weiblichen einzutreten, und wenn uns der Hafer stach, dann beteten wir auf Gesindelart, denn *in onhejb hot got baschafn dem himl un di erd. Un di erd is gewen wist un lejdik, un finsternisch is gewen ojfn gesicht fun tehom, un der gajst fun got hot geschwebt ojfn gesicht fun di wasern.*

Wenn uns jemand gehört hätte in jenen Tagen, wenn jemand die Fortschritte, die ich in dieser fröhlichen Karnevalssprache machte, hätte würdigen müssen, wenn ein Bart seinen Ohren getraut hätte (denn manchmal, wenn wir wisperten, trafen uns stumpfe Blicke), hätte Ev ihre drei, vier

Sachen packen müssen (ein paar Kleider besaß sie, einen Jesus aus Silber an einer kleinen Kette, sonst nichts). Denn sowohl Mama als auch Papa als auch Hubsi – der in sein Bett zurückwollte, anstatt neben einem der schnarchenden Bärte auf dem Boden zu schlafen – entwickelten erhebliche Widerstände gegen den kleinen Gast, erfanden Ein- und Vorwände, von denen die materiellen natürlich die größte Überzeugungskraft hatten. Ich selbst lag meinen Eltern in den Ohren, dass ich Ev behalten wollte, so wie manche Kinder um einen kleinen Hund betteln. Tatsächlich schien Ev überhaupt keine leiblichen Verwandten zu haben, und Dünaburg, ihren Heimatort, konnte man nicht erreichen, weil sich dort Freikorps gebildet hatten und die Stadt von den Sowjets säubern wollten.

Nach der blutigen Wiedereroberung Rigas durch die Baltische Landeswehr im Mai Neunzehnneunzehn brachten wir aber auch nichts Näheres über Evs Herkunft in Erfahrung. In all den Wirrnissen jenes unruhigen Frühjahrs war es auch nicht ungewöhnlich, dass zahlreiche Menschen entwurzelt waren, versprengt und fern von allen Gewissheiten.

Nach fünf Jahren kriegerischer Auseinandersetzungen bot Lettland ein Bild der Zerstörung. Ganze Landstriche waren entvölkert. Die Verluste an Einwohnern hatten karthagische Dimensionen, vor allem im Verhältnis zur Größe des Landes, also der nicht vorhandenen Größe. Kaum jemand in Europa kannte dieses verwüstete Liliput, in dem wir Deutschen uns wie ein kleiner Haufen Gullivers fühlten, und ich sehe Ihnen an, lieber kataleptischer Freund, dass auch Sie immer noch gar nichts davon wissen. Und dennoch begannen dort nach dem Krieg Kräfte zu wirken, die bis heute andauern, denn alles, was gerade im Fernsehen läuft, Gerald Fords Feigheit, Breschnews Vorpreschen, Maos Kulturrevolution, Ho-Tschi-Minhs Nachleben und so weiter und so fort, all das wird bis zum jetzigen Tage von einigen dieser baltischen Gullivers begleitet oder bekämpft, gelenkt oder unterminiert, vor allem aber eines: erkundet.

Wir hassten diesen neuen Staat, die lettische Republik. Und die Republik hasste uns. Denn so, wie die Liliputaner Gulliver zum Tode verurteilten (weil er öffentlich uriniert hatte) und dann doch planten, ihn zu blenden und langsam verschmachten zu lassen, genau so behandelten uns die Letten. Wir sollten allmählich verhungern und verdursten.

Als der lettische Staat Neunzehnzwanzig Gestalt annahm, wurde Mamas Familie zwangsenteignet. Ihre Ländereien, eine Fläche von der Größe Andorras, verteilte man an zweitausend entzückte lettische Bauern. Opapabarons Wasserschloss wurde zu einem Landschulheim. Viele Freiherren und Exzellenzen emigrierten.

Papa gingen die solventen Porträtkunden aus. Meine Eltern wurden wie vom Blitzschlag gefällt. Familie Solm war, man kann es nicht anders sagen, bitterarm geworden. »Arm wie eine Kirchenmaus«, sagte Papa immer, mit einer merkwürdigen Befriedigung in der Stimme, als wäre eine Kirchenmaus noch etwas Sympathisches, Frommes und unbedingt Solidarisches. Personal konnten wir uns nicht mehr leisten. Mama, die in ihrem ganzen Leben noch keinen einzigen Teller abgewaschen oder gar Wäsche gebügelt hatte, holte die nötigen Kenntnisse verbissen nach, versuchte sich sogar als Köchin, sofern es überhaupt etwas zu kochen gab. Aber selbst Brennnesseln kann man schmackhaft oder weniger schmackhaft zubereiten. Bei Mama schmeckten sie wie frischgepflückt.

Ich muss schon sagen: Der Krieg, die Revolution, der Bolschewismus, die lettische Staatsgründung und der Untergang meiner Klasse brachten mir persönlich äußerst wenig Positives. Das Einzige, was ich an der lettischen Republik voll und ganz unterstützte, waren deren durch und durch neue und sehr ungezwungene Adoptionsvorschriften. Im Grunde durfte jedes verwirrte und Verlassenheit ausstrahlende Kind auf der Straße gekidnappt und zur Familienbeute gemacht werden. Das Land brauchte so viele Arbeitskräfte wie möglich. Und so war es uns gestattet – ohne bürokratische Komplikation, da im verwüsteten Dünaburg kein einziger von Evs Verwandten mehr aufgetrieben werden konnte –, aus dem niedlichen Kriegsbesuch eine Art Fräulein Solm zu zaubern. Meine brandneue, drei Sommerkleider und einen silbernen Jesus besitzende, zu verbotenen Dingen und geächteten Sprachen neigende Schwester.

Nicht nur ihr tragisches Los als Waisenkind hat meine Eltern dazu gebracht, trotz des Elends ein zusätzliches Maul zu stopfen. Ev hatte auch einen Instinkt dafür, sich unentbehrlich zu machen, war äußerst praktisch veranlagt, klagte nie. Und sie brachte Fähigkeiten mit, die ein kleines Mädchen aus feinem Hause eigentlich nicht haben konnte. Sie wusste sogar eine Nähmaschine zu bedienen und nähte Hubsi und mir aus den guten Wohnzimmervorhängen schreckliche Anzüge. Mama lernte von ihr, was eine Flachnaht ist oder ein Kettenstich. Und aus dem Polarfuchsmuff meiner Mutter schneiderte sie mir zu Weihnachten Neunzehnzwanzig neue, weiße Winterstiefel, die etwas komisch aussahen, wie riesige Schneebälle, und für die ich in der Schule ausgelacht wurde. Aber das war besser, als barfuß durch den Schnee zu laufen, und ich besitze sie heute noch, habe sie durch alle Kriege und Vertreibungen, durch Terror, Massenmord und Diktatur gerettet und liebe besonders den linken Schaft, auf den eine Polarfuchspfote appliziert wurde.

Ev war bewusst, dass sie nicht nur Mama beeindrucken, sondern auch Papa überwältigen musste. Er war vom Adoptionsgedanken zunächst weniger begeistert als meine Mutter und hielt diese Idee für einen erneuten Ausfluss ihrer Schuldkomplexe. Er behauptete sogar, dass das kleine, dürre, unsere letzten Vorräte anknabbernde Evakind eine Art Ablassbrief sei, den Mama an Großpaping ins Jenseits schreibe.

Mama schlug wieder Türen, sofern sie nicht zu Brennholz verarbeitet waren.

Ev reagierte mit Sanftmut. Ansonsten zeigte sie nie übergroße Anhänglichkeit, außer bei mir, denn mich nannte sie ihre große Schwester, während Hubsi ihr großer Bruder wurde.

Sie hatte überhaupt nichts Falsches, biederte sich nicht an und neigte nicht zur Schmeichelei, sondern zur koketten, manchmal auch frechen Unverzichtbarkeit. Sie hatte einen siebten Sinn für das, was ihr Gegenüber am verzweifeltsten suchte, und in ihrem Arsenal der angemessenen Handreichungen fand sie oft das Richtige, etwas, das man dankbar als Gefühl wahrnahm, obwohl das womöglich gar nicht existierte. Man hatte die Hoffnung, von ihr mit dem Herzen angeschaut zu werden. Wer kann das schon.

Ihr jedenfalls gelang es, auch bei Papa ins Schwarze zu treffen. Sie drängte sich ihm als Malermodell auf, wogegen er sich zunächst heftig, aber doch erfolglos wehrte. Papa hatte damals seinen ersten größeren Nachkriegsauftrag: Illustrationen des *Kamasutra*, die er für ein neues Kriegsgewinnler-Bordell in der Elisabethstraße als Fresken ausführen sollte. Mama durfte nichts davon erfahren und erfuhr es auch nie. Der Auftrag war weit unter meines Vaters Würde, trieb ihn zum Wodka und nährte uns heimlich. Auf die Hälse entblätterter und bacchantischer Frauenleiber pinselte er weiße, wütende Ovale, da die Nutten, die ihm Modell saßen, seiner Meinung nach keine Gesichter besaßen, sondern nur Fressen. Ev jedoch, die trotz ihrer erst zehn Lebensjahre ein kluges, umsichtiges und wenig verschämtes Profil hatte, das der jungen Mata Hari an Glanz und zu kurzer Oberlippe in nichts nachstand, verfügte über so viele Gesichter, dass sie auf allen Frauenkörpern ihren Platz fanden. Papa konzentrierte sich auf diese Vielgestaltigkeit, den Reichtum ihrer Mimik, ihren Blick und alle Variationen der Ekstase, die die kleine Ev maskenhaft darstellen konnte. Im Atelier musste sie ihre Gesichtsmuskeln oft eine halbe Stunde lang unverändert anspannen, während Papa sie mit feinem Strich auf das *Feuerrad*, das *phantastische Schaukelpferd* oder das *Nirwana* arrangierte.

»Weißt du, was eine Stellung ist?«, fragte mich Ev eines Abends.

Ich kannte die soziale Stellung, die militärische Positionierung im Gefecht, die Biegung des Pferdes im Genick, sogar die Stellung beim Roulette und natürlich auch den Abstand zum Beispiel der Sterne zueinander, den man aber eher Konstellation nennt.

»Nein, Koja, ich meine die Sexualpraktik.«
»Du darfst so nicht reden.«
»Wieso nicht? Papa hat es mir erklärt.«

Sie durfte Theo inzwischen Papa nennen, obwohl er zunächst zu »Vater«, zwischenzeitlich sogar zu »Onkel« tendiert hatte.

»Warum macht er denn so was?«, fragte ich fassungslos.
»Na ja, die ganzen Wände sind so verhängt mit Laken. Und neulich, als er mich malte, ist ein Laken heruntergefallen, und da musste er was sagen.«
»Aha.«
»Ja, denn da war an der Wand eine Inderin, mit Perlen und sonst nichts, und mit einem nackten Inder, der hockte hinter ihr wie ein Hund. So.«

Sie zeigte es.

»Papa war es sehr peinlich, und ich muss unbedingt darüber schweigen. Er hat mir gesagt, was ein Phallus ist.«
»Was?«
»Ein Phallus. Wenn ein Penis wächst, dann heißt er Phallus. Du kriegst später auch mal einen. Aber ich muss wirklich darüber schweigen.«
»Warum schweigst du dann nicht?«
»Ich schweige halt gerne mit dir zusammen.«

»Das muss ein schlimmer Anblick gewesen sein.«
»Ja. Willst du es auch mal sehen?«
»Nein.«
»Ich weiß, wie man ohne Schlüssel reinkommt. Ist ja eine Baustelle.«
»Papa wird mich grün und blau schlagen.«
»Ich habe mir alles angeguckt. Es gibt auch ein Bild, da hat eine Inderin den Phallus im Mund.«
»Das glaube ich nicht.«
»Ich schwöre.«
»Dann würde man ja in ihren Mund Pipi reinmachen.«
»Nein, Pipi machst du mit deinem Penis. Und in den Mund steckst du nur deinen Phallus, nicht den Penis.«
»Das ist ja widerlich.«
»Nein, das ist eine ganz normale Stellung.«
»Papa malt so was nicht. Nein, Papa malt so was nicht.«
»Warum weinst du denn, Koja? Entschuldige. Entschuldige bitte. Wir nehmen uns in den Arm und *dawenen zu dem gutn got, jo?*«

Jahre später, als ich als Student mit einigen Corpsbrüdern jenes diskrete Etablissement aufsuchte, dessen exotischer Name ebenso oft wechselte wie die beschäftigten Damen selbst, musste ich feststellen, dass in sämtlichen Zimmern einfallsreiche Wandmalereien schimmerten, mehrarmige Tempeltänzerinnen, die durch die unverkennbar kindliche Physiognomie Evs gekrönt wurden. Der Strich meines Vaters war signifikant. Ihre Unschuld offensichtlicher als seine. Ich wählte mir ein Zimmer mit Cunnilingusmotiven und eine etwas dralle Slowakin.

Als ich Ev später davon berichtete, dachte ich, dass sie darüber lachen könne. Aber dann war sie es, die in Niedergeschlagenheit versank. Und ich musste sie in den Arm nehmen und mit ihr *dawenen zu dem gutn got,* wie früher eng umschlungen. Denn es gab keine Unschuld mehr, es gab nur Schuld und Schuldige, und man hätte uns alle als Zentauren malen müssen, Ev, mich und Hub, aus einer dunklen Wolke entstandene Fabelwesen, unbeherrschte und lüsterne, miteinander vermählte Geschwister.

Und so wurden wir ja wirklich das Wüten der ganzen Welt.

3

Der Hippie reagiert nicht. Er liegt auf dem Rücken, die offenen Augen zur Decke gerichtet, reglos, atemlos, ein stummer Fisch und das Ohr meiner Unschuld, nicht meiner Sorgen. Vielleicht wartet er darauf, dass ich weiterspreche. Aber es gibt nichts, was ich noch sagen möchte, und so kippen seine Pupillen schließlich zu mir.

»Warum hörst du auf?«

»Ab jetzt wird es kompliziert. Das ist schwer zu erklären.«

»Nur weil es schwer zu erklären ist, hörst du auf? Wenn was schwer zu erklären ist, hört man doch nicht auf. Wenn was schwer zu erklären ist, fängt man doch erst richtig an. Ich höre überhaupt nicht zu, wenn mir irgendjemand was Leichtes erklären will. Das langweilt mich sofort. Aber was Schweres ist toll.«

»Ich wollte Ihnen nur sagen, was es mit meinem Bruder auf sich hat.«

»Roter Herbstmandrill.«

»Kalvill! Nicht Mandrill. Roter Herbstkalvill!«

»Was ist ein Mandrill noch mal?«

»Ein Affe.«

»Genau.« Er denkt nach. »Deshalb wollte er nicht, dass du dieses Apfeldings isst, dein Bruder.«

»Hätte ich tun sollen. Dann wäre das alles nicht passiert.«
»Mandrille sind die mit den roten Ärschen?«
»Affen, ja.«
»Mit roten Affenärschen?«
»Richtig.«
Man sieht förmlich, welch belebten Dschungel sich der Hippie vor seine innere Leinwand zaubert, und dann lacht er leise, denn lautes Lachen schmerzt ihn. Mich übrigens auch. In unserem Zimmer wird selten gelacht. Man kann, wenn man sehr vergnügt ist, die Hände mehrmals hintereinander auf die Bettdecke hauen, die Erschütterungen sind dann gedämpft, leider aber auch die Geräusche. Der Hippie kann gar nicht aufhören, es muss aus ihm raus, er kichert sich einen.

»Passen Sie auf, dass Sie mir keinen Anfall kriegen«, sage ich.
»Ich passe schon auf.«
»So witzig ist es nun auch wieder nicht.«
Hub hat ihn ausgerechnet am Stirnlappen erwischt. Übelkeit und Erbrechen waren die Folge, auch visuelle Halluzinationen, echte Photopsien. Nachtschwester Gerda und der griechische Assistenzarzt machen sich große Sorgen (aus womöglich unterschiedlichen Gründen), aber der Hippie winkt ab. Die Wahrnehmungstäuschungen erinnern ihn an durch und durch positive Drogenerfahrungen, sagt er.

Keine Frage, mein attischer Einfluss auf andere ist geringer geworden. Als mein Bruder von der Polizei abgeführt wurde, hat er mich keines Blickes gewürdigt. Hausfriedensbruch, Nötigung, schwere Körperverletzung. Kommt alles noch auf sein Konto. Mittlerweile wird er in einer Zelle sitzen. Drei mal drei Meter, das ist Standard. Vielleicht lassen sie ihn nach zehn Jahren wieder raus. Dann werden wir Neunzehnvierundachtzig haben. Was in jenen fernen Tagen wohl sein wird? Ist Deutschland dann noch geteilt? Haben die Amis eine Kolonie auf dem Mond? Wird George Orwell recht behalten? Als Kinder haben wir das oft gespielt: In-die-Zukunft-Schauen. Ein anderes Wort für: Große-Hoffnung-Haben. Aber Hub wird dann neunundsiebzig Jahre alt werden. Und es wird für ihn keine andere Hoffnung mehr geben, als achtzig Jahre alt zu werden.

Mit einer Kugel im Kopf hat man nicht einmal diese Hoffnung.

Vor dem Krankenzimmer sitzt nun ein Kriminalbeamter, blättert geruhsam in einer Illustrierten, bei jeder Seite den blätternden Zeigefinger anleckend, und wartet auf die Ablösung. Sie hätten sich denken können, dass es nicht schwer sein kann, unbemerkt in ein Krankenhaus einzudringen. Weder für Hub noch für irgendjemand anderen ist das schwer. Der Polizeischutz soll mich psychisch festigen, macht aber alle nervös und hindert Nachtschwester Gerda daran, dem Hippie seine Cannabispflanzen auszuhändigen.

Da mein keuchender Zimmerkamerad kaum aufstehen kann, humpele ich für ihn nach unten in die Geburtsstation, beobachte die Neugeborenen, blitze ihnen mit seiner Sofortbildkamera aus nächster Nähe ins Gesicht und habe das Gefühl, dass auch die Babys Polizeischutz bräuchten, denn ich vermag ohne jede Behelligung hinein ins Säuglingszimmer zu schleichen und könnte mir dort wen auch immer schnappen und in einer Sporttasche davontragen, die quirlige Wut-für-zwei zum Beispiel, oder Heiter-bis-wolkig, Fünf-Uhr-Tee, Let-It-Be und wie der Hippie sie alle nennt.

Mich machen diese Würmer fertig. Oben, in meinem Spind, habe ich den braunen Umschlag meines Bruders versteckt, mit den Fotos drin. Auf denen ist ebenfalls ein Säugling zu sehen. Wer immer diese Fotos gemacht hat, es muss ein perverses Schwein gewesen sein. Wenn ich unten im zweiten Stock auf den Auslöser drücke, über die gläsernen Körbchen der Säuglinge gebeugt, durchzuckt es mich, als würde sich die Netzhaut ablösen. Ich halte es nicht lange aus und möchte auch nicht, dass sich der Hippie ewig mit den Polaroids aufhält.

Nachts kann ich nicht schlafen.

Der Wind fährt stöhnend durch die Zweige vor dem Fenster. Doch dort sind gar keine Zweige. Der nächste Baum, die Karikatur einer Buche, steht weit entfernt und kann, selbst wenn er schreien würde, unmöglich gehört werden. Mich überfallen Sinnestäuschungen und dunkle Träume, die sich mit der hundertprozentigen Realität verbinden: dem Piepen, Sirren, Wimmern, Tacken, Quarren, Hauchen und Blasen all der Geräte, die uns umgeben, messen und behüten. In deiner Hut, Hub. Ja, in deiner Hut bin ich gewesen.

»Koja!«
»Hm?«
»Koja! Du hast Alpträume!«
»Quatsch!«

»Du hast peng peng peng peng gerufen.«

Der Hippie blickt mich aus großen Augen an, während ich wie in einem Sarg erwache. Die Stille des Krankenhauses umfängt mich. Dann das Piepen, Sirren, Wimmern, Tacken, Quarren und so weiter. Dann die Stimme, die direkt aus seinen Augen zu kommen scheint.

»Ich mache mir Sorgen, Koja.«

»Nein, Sie wurden zusammengeschlagen. Nicht ich. Wir sollten uns also um Sie Sorgen machen. Nicht um mich.«

»Weißt du was? Du bist wirklich ein wunderbarer Mensch.«

Ich kippe zur Seite und kotze auf den blauen Linoleumboden. Es fließt aus mir heraus wie aus einem Pumpbrunnen. Der Hippie will Nachtschwester Gerda rufen, aber ich möchte das nicht. Am Ende kommt sonst noch der BKA-Babysitter herein, und das ist das Letzte, was ich gebrauchen kann. Der Hippie bietet an, mit mir zusammen meine Kotze aufzuwischen. Diese Hippies übertreiben es wirklich.

Sicherlich ist Basti ein Extrem. Aber es gab in meinem Leben auch andere Personen – Männer, Frauen –, die sich von meiner Redlichkeit angezogen fühlten. Es waren nicht viele. Aber es gab sie. Zweifellos. Nur ob es diese Redlichkeit gab, das habe ich mich tatsächlich nie gefragt. Nicht dass ich mir Illusionen über mich gemacht hätte. Mir war immer bewusst, was mir geschehen war. Aber es war mir eben geschehen. Widerfahren. Zugestoßen. Passiert. Ich habe auf eine verfallende Welt reagiert, nicht umgekehrt. Ich war zutiefst aufrichtig. Zutiefst unaufrichtig war ich auch. Aber das Unaufrichtige gehörte zu meinem Job. Das Ehrliche war ich selbst. Eine Haut, die sich nicht schälen konnte, die allerletzte, vielleicht sehr dünne, aber reißfeste ehrliche Haut. Darunter das Fleisch, die Knochen, das Herz. Bis in die Eingeweide habe ich die Täuschung nicht eindringen lassen. Das denke ich immer. Das dachte ich. Das denken natürlich alle in meiner Position. Täuschung ist meine Währung. Es gibt keine härtere. Wer aber damit zahlt, das sage ich, ist noch lange nicht durch und durch falsch.

Ich gehe hinüber zum Fenster, öffne beide Fensterflügel, höre die Zweige rauschen, die gar nicht da sind, die es nur in meinem Kopf gibt. Ich steige auf das Fensterbrett und werde zurückgerissen, vom herbeigeeilten, hingebungsvollen und umständlichen Hippie zurückgerissen, der nicht glauben mag, dass ich nur frische Luft schnappen will, von oben bis unten, vom kaputten Kopf bis zu den nackten Füßen.

Zwei Tage später sitzen wir auf dem Dach des Krankenhauses.

Hier ist der einzige Ort, an dem man nachts unbehelligt das Dope rauchen kann, das sich der Hippie hat anbauen lassen. Nur eine Feuerleiter führt auf diesen Trakt hinauf, und wir haben fast dreißig Minuten gebraucht, um überhaupt hierherzukriechen. Der Hippie will feiern. Weil er sich wieder bewegen kann. Die Mitternacht ist warm, spätsommerlich warm, mit einer Spur von Verlust in der Wärme. Die Stadt liegt uns zu Füßen, weit genug weg mit den Lichtern, so dass die Sterne über uns zur Geltung kommen, tausend kleine Magnesiumsplitter.

Nachtschwester Gerda, inzwischen ein mit allen Wassern gewaschener Drogenkurier, hat unter den Augen des BKA-Zerberus sogar eine Kifferpfeife organisiert, die Bamboo heißt und deren Vorzüge mir von meinem Gönner nichtendenwollend dargelegt werden, ob ich möchte oder nicht. Der Hippie zerkleinert dabei die getrockneten Hanfblätter, selbst seine Hände sind Nervensägen. Seine krächzende Stimme erfüllt mein Herz mit Bitternis, und ich werde wütend, wenn er, wie vor einigen Tagen geschehen, sogar die Ärzte von Tabus und Zwängen befreien möchte, indem er nicht nur seine, sondern auch meine Medikamente mit großer Geste das Klo hinunterspült. Kurz: Er ist unerträglich, langweilt mich zu Tode mit esoterischem Terror und treibt einen durch nahezu jede Lebensäußerung zur Raserei.

Aber er ist das fleischgewordene Jenseits und mir weiß Gott nicht unsympathisch. Seine ungeheuerliche Selbstgefälligkeit ist so treuherzig wie die eines Pudels, und über seine Weltsicht könnte ich lächeln, wenn mir nach Lächeln zumute wäre. Immer ist er rücksichtsvoll und hat sich stets nach meinem Wohlbefinden erkundigt, hat mir mit rührender Selbstverständlichkeit regelmäßig seine Krankenhauswurstbrote abgegeben (getötete Tiere!), nimmt dafür meinen Nachtisch dankend entgegen, der mir zu wenig süß ist. Besonders gerne liest er mir grauenhafte buddhistische Lehrbücher vor, liebt aber auch hinduistische Traktate oder Ayurveda-Leitfäden, die vorschlagen, Projektile im Kopf mit Ölen und Düften zu heilen. Er hat sämtliche indischen Heilslehren in sich vereinigt, glaubt an die Heilige Kuh, an die göttliche Kraft Brahman, aber auch an Buddha, der in diese Umgebung nur schwer reinpasst. Sogar ein paar Tantra-Techniken, von denen ich zuvor noch nie gehört habe, konnten in seinem Energiezentrum, dem von Nachtschwester Gerda so oft entsafteten Hirnkasterl, wie er es nennt, Fuß fassen. Er ist von unendlicher Nächstenliebe durchflutet, reicht mir auch jetzt sein Haschpfeifchen und kann nicht akzeptieren, dass ich nicht einmal probieren möchte.

»Aber warum denn nicht? Es macht dich locker.«

Ich beginne mit der einfachsten aller Wahrheiten, dem Hasch.

Vor zwanzig Jahren hatten wir mit dem Projekt Artischocke zu tun. Unter diesem Decknamen wurden von der CIA Versuche unternommen, um Drogen wie Heroin, Amphetamine, Schlafmittel und das gerade erst entdeckte LSD zu testen. Da das Programm in Deutschland stattfand, in Kronberg vor allem, schönster Taunus, wurde unsere Dienststelle eingeweiht. Wir übernahmen Teile des Projekts, das so geheim war, dass vor lauter Aufregung leider jeder davon erzählte. Es ging um die Entwicklung einer Verhörtechnik, die wir den »Hexenhammer« nannten.

Der Hexenhammer sollte ein unerbittliches Wahrheitsserum werden. Personen, die unter seinem Einfluss standen, sollten unmöglich auf Befragen an einer Lüge festhalten können. Im Rahmen dieses Versuchsprogramms wurden im Herbst Neunzehnzweiundfünfzig sieben Häftlinge der Strafvollzugsanstalt Nürnberg siebenundsiebzig Tage lang mit Hasch und LSD vollgepumpt. Sieben war die Glückszahl des Versuchsleiters, eines Pharmakologen aus Philadelphia. Man kann sich ja vorstellen, was in diesem Gefängnis los gewesen ist. Mehr als bunt angemalte Zellenwände und gutgelaunte Lebenslängliche waren aber nicht zu bestaunen. Also suchte man sieben Freiwillige, fand aber in der gesamten Firma nur drei, die sich meldeten: ich selbst und zwei andere Beamte der operativen Abteilung. Drei sind nicht sieben, und der Versuchsleiter sagte später, an der Scheißzahl Drei habe alles gelegen. Wir bekamen das Marihuana intravenös eingeflößt, und ich will gar nicht viel von meinen eher relaxiven Erfahrungen sprechen. Aber mein Kollege Frank Burmeister sprang eine Woche nach Versuchsbeginn aus dem Fenster des dritten Stocks seines Mietshauses, weil er auf seinen Schwingen ins Stachuskino rüberfliegen wollte. Von dort hatte ihm Lauren Bacall zugewunken, nackt und groß wie ein Tyrannosaurus Rex. Es waren nur acht Meter freier Fall, aber der Boden unter Frank war blanker Asphalt. Er brauchte drei Tage zum Sterben.

Wir vernichteten danach fast alle Artischocken-Akten, denn das Ministerium hätte uns fertiggemacht, wenn irgendwas von der deutschen Beteiligung publik geworden wäre.

Daher kenne ich Hasch, und deshalb mag ich es nicht besonders, vor allem nicht auf einem Dach mit dieser Aussicht, wo man so leicht die Flügel spreizen und losfliegen kann.

»Herr Solm«, sagt der Hippie, und nach langer Zeit siezt er mich mal wieder, »verstehe ich das richtig? Wollen Sie sagen, Sie arbeiten für die Regierung?«

Er hält sein Haschpfeifchen wie Ev früher ihre Zigarettenspitze, grazil und besorgt.

»Darüber brauchen Sie sich keine Gedanken zu machen.«
»Aber Sie sagen, Sie haben mit der CIA zu tun gehabt.«
»Ich kann nicht darüber reden.«
»Sind Sie etwa so was wie ein Agent?«
»Ich sagte doch: Ich kann nicht darüber reden.«
»Sie sollen auch nicht reden. Sie sollen beichten.«
»Beim besten Willen, Basti: Sie sind kein Priester!«
»Ich bin Swami.«
»Wie bitte?«
»Ich gebe Kurse in dynamischer Meditation. Ich war dreimal in Bombay, und dort hieß ich Swami Deva Basti. Auf jeden Fall sehe ich Ihren Samen, Ihre Potentialität, und ich frage mich wirklich, wie Sie so weit abkommen konnten vom Weg Ihrer eigentlichen Bestimmung.«

Wie unfassbar kindsköpfig der Hippie auch sein mag, wie wenig er auch von der kristallklaren Reinheit des Bösen versteht (und noch viel weniger von dessen Stupidität): Ich würde gerne lernen, dass es etwas Normales sein kann, wenn mir Menschen ehrlich begegnen. In mir bewegen sich tektonische Platten der Rührung. Und auf diesen Platten werden kleine Kerzen der Kindheit angezündet. Doch, auch damals, liebe Erinnerung, gab es Momente spiritueller Potenz. Schließlich komme ich aus einer Pastorenfamilie. Selbst Papa hatte, bevor er Maler wurde, Theologie studieren müssen. Es war das Gebot des strengen Großpapings gewesen, der sich so sehr einen Nachfolger wünschte im Pastorat. Papa hat sogar seine Probepredigt mit Bravour bestanden, bevor er vor dem despotischen Vater in die Kunst floh. Viereinhalb Pastoren gehen mir also genetisch voraus, und vielleicht ist es kein Zufall, dass sich hier in diesem Krankenhaus der Kreis schließt und ich in Gegenwart eines infantilen Freizeitgurus auf mich selbst stoße. Nein, das kann gar kein Zufall sein. Auch der Hippie glaubt, dass es Zufälle nicht gibt, alles folgt bestimmten Regeln. Und alles ist miteinander verbunden. Wir müssen es nur erkennen. Wenn du die Verbindung hast, dann wird das Unnatürliche natürlich. Wer zu sich finden will, muss seine Geschichte finden. Erzähl mir den Anfang und dann die Mitte und dann das Ende deiner Geschichte. Dann hast du die Verbindung.

So etwa spricht er.

»Sehr kompliziert, der Anfang! Habe ich ja schon gesagt!«, krächze ich.

»Das ist der Sinn unserer Begegnung, dass du den Anfang erzählen kannst. Fast nie im Leben kannst du jemand den Anfang erzählen. Es ist so schwer. Alle wollen nur Schlüsse hören.«

Der Hippie wiegt traurig seinen Kopf, das linke lange Haupthaar wickelt sich um seine Pfeife.

Und so mache ich mit dem Anfang weiter.

4

In den zwanziger Jahren schien es mit uns wieder bergauf zu gehen. Papa verdingte sich als Kunstlehrer an deutschen Privatschulen und malte nebenher Bilderzyklen, die *Aphrodites Umarmungen* oder *Sappho im Bett* hießen. Um dies vor Mama geheim zu halten, unternahm er in den Sommermonaten oft mehrwöchige Porträtreisen nach Jütland, wo er angeblich alten dänischen Landadel konterfeite, in Wirklichkeit aber dessen Appetit auf galante und mehr als galante Schäferszenen stillte. Mama explodierte ein- oder zweimal, weil er so sonnengebräunt zurückkehrte, zündete sogar an einem denkwürdigen Sonntagmorgen ein *In flagranti* betiteltes Ölgemälde an, wodurch Papas Atelier Feuer fing, welches sie, als wäre es das Selbstverständlichste der Welt, durch das Aus-dem-Fenster-Werfen aller brennenden Bilder löschte.

Ansonsten aber machte sie *bonne mine à mauvais jeu*, tat einfach so, als wüsste sie von nichts, und ihre aristokratische Contenance half ihr dabei. Sie brachte uns mit Fleiß durch die ersten schlimmen Jahre, blieb eine miserable Köchin, liebte die auf unseren zwölf Quadratmeter großen Hinterhof beschränkte Gartenarbeit und jede einzelne ihrer Rosen. Sie hatte nie etwas Philosophisches oder gar Verstiegenes an sich, während Papa immer gedankenvoll wirkte, selbst wenn er stumm an der Staffelei saß und Brustwarzen kolorierte.

Mama hing trotz aller Untergänge strikt an ihrer Herkunft, verkörperte etwas Altbaltisches, blieb auch im größten Elend die Baronesse mit einem gewissen Adelsstolz. Dabei war sie nicht skurril, sondern einfach nur diesseitig, während Papa auch etwas Jenseitiges hatte, das früh ins Morbide schlug. Kinder nahm er ernst. Von ihm stammte der schöne Satz, dass Kinder immer mehr wissen, als sie sagen können, und Erwachsene immer mehr sagen, als sie wissen können. Vielleicht war das einer der Gründe, wieso er Ev bereits in so jungen Jahren als Modell akzeptiert hatte. Vermutlich spürte er schon damals, dass sie das in keiner Weise innerlich ankränkeln, sondern inspirieren würde. Auch zu mir sprach er manchmal anders, als Respektspersonen mit Elfjährigen zu sprechen pflegten. Einmal angelten wir zusammen an der holundrigen roten Düna, und nach einer halben Stunde stoischen Schweigens erklärte er mit großer Würde in der Stimme: »Man kann nicht wissen, ob die Fische pissen. Unterm Wasser sieht man's nicht, überm Wasser tun sie's nicht.«

Von seinem sich in Gegenständen verkörpernden Feinsinn liebte ich am meisten seine Leinwände, die er mit großer Inbrunst selbst kalkte und grundierte. Seine Eigelbgrundierung wurde nur in Gegenwart unserer alten Köchin, der Kocka-Anna, angerührt, da das Eigelb dafür wie für ein perfektes Omelett geschlagen werden musste. Und seine berühmte weiße Solmgrundierung stellte er nach einer jahrhundertealten Rezeptur her, die angeblich von Jan Vermeer stammte und zu deren Ingredienzen Marmorstaub und Quarzkristalle gehörten. Sie reflektierten das Licht in Papas Gemälde hinein und brachten sie zum Tanzen. Wahrscheinlich war es dieses flimmernde Weiß, das mich schließlich in den Wahn trieb, selber Künstler zu werden, denn die angemessene Assoziation von Weiß ist Unschuld, und Künstler zu sein hieß, das Unschuldigste auf der Welt zu sein.

Von Papa lernte ich, dass das Selbstbewusstsein unserer Zeit gerade aus der Zuwendung zur diesseitigen Welt erwächst, dass die Zuwendung zum Jenseits, das unsere Vorfahren, die Pastoren, und das selbst ihn, den halben Pastor, geprägt hat, abgelöst wird durch die Materie, durch das Stoffliche und Unmittelbare, dessen Erleben uns erst zu uns selbst führt. »Individualität, mein Sohn«, sagte Papa oft, »bedeutet, an das zu glauben, was du siehst.« Man kann daher gar nicht malen lernen. Man kann nur sehen lernen. Alles, was ich sehen kann, habe ich von Papa sehen gelernt. Auch Picasso hatte es nicht geschadet, dass sein Vater freischaffender Maler und Lehrer an der Kunstakademie San Telmo war. Und so wie Pablo mit sieben Jahren unter väterlicher Anleitung seinen Hund Clipper sehen lernte, so ließ mich Papa aus allen nur denkbaren Perspektiven mein liebes Püppi sehen lernen, das beim Anblick seiner Porträts aufgrund der Ähnlichkeit freudig zu bellen begann. Papa war sehr stolz auf mich, denn ich lernte schnell, und obwohl mir nie eine blaue oder rosa Periode gelingen sollte (höchstens eine schwarze), so habe ich doch technisch nie schlechter gemalt als dieser völlig überschätzte Spanier, was allein schon daran erkennbar ist, dass ich ihn Jahrzehnte später auf das Ergiebigste zu fälschen wusste.

Hub besuchte nach seinem Abitur die lettische Universität in Riga, genau wie ich. Er ließ sich, dem Vorbild Großpapings folgend, als evangelischer Theologe ausbilden, obwohl auch er, wie wir eigentlich alle, mit dem Jenseits nicht das Geringste mehr zu tun haben wollte. Wir traten beide der Curonia bei, einer schlagenden Verbindung. Mein Bruder erblühte im Mensurwesen, duellierte sich mit jedem, der ihm vor das Visier kam. Seinen ersten Schmiss feierte er wie einen Lottogewinn, riss Fechthelm und Takelage herunter, rief »Hurra« und ließ den Paukarzt einfach im Fechtsaal stehen. Er rannte geduldig blutend zu einem nahen Hotel, wo Ev schon auf ihn wartete. Sie nähte ihm die sprudelnde Wunde zusammen, nachdem sie das Blut abgeleckt und es damit auf ihre typische Art veralbert hatte. Damals war sie im ersten Semester ihres Medizinstudiums und wollte zeigen, was sie kann. Vor allem wollte sie es Hub zeigen, weil er studierende Fräulein für unweibliche Blaustrümpfe hielt, was im Übrigen die meisten von uns taten. Scherzend trug er ihr auf seiner Gitarre eines unserer Burschenlieder vor:

All eure aberklugen Sachen –
Wir schätzen sie kein Pfifferlein.
Denn Frauen sollen Gedichte nicht machen:
Sie sollen versuchen, Gedichte zu sein.

Hub hieß an der Universität und in der Curonia nur »Schnäuzchen«. Das war sein offizieller Spitzname, weil er ein großes Mundwerk hatte und sich von niemandem etwas gefallen ließ. Die Vorstellung, dass man als angehender Geistlicher ein besonders friedfertiges Gemüt auszubilden habe, galt damals allgemein als weltfremd, jedenfalls im Baltikum. Auch Großpaping hatte bei einer curonischen Mensur ein halbes Ohr verloren und war sein Leben lang stolz darauf gewesen.

Ich selbst mochte den Paukboden nicht, diesen Geruch aus Bier, Schweiß und altem Leder, in den man jeden Morgen verkatert trat, um die Hiebe zu trainieren, die Quarten und Terzen. Ein scharfes Kontrahieren ist mir erspart geblieben, daher habe ich leider keine Narbe, die mich an Ev erinnern könnte. In späteren Jahren war ich manchmal von Stichen der Eifersucht geplagt, wenn ich Hub irgendwo sitzen sah und er versonnen mit den Fingern über die weißadrige Linie auf seiner Wange strich. Ich muss das Geständnis machen, dass ich leider weder so fleißig wie Hub war, noch auch nur annähernd an seinen sagenhaften Erfolg bei Frauen herankam. Auch fehlte mir sein prachtvoller und völlig ungebrochener Glaube an sich selbst. Hub hatte eine natürliche Autorität, einfach durch die Art, wie er sprach und glänzte, und diese ungeheure Energie, die er ausstrahlte, nahm eigentlich jeden für ihn ein.

Während ich meistens um mich selbst kreiste, um Farben, Bücher und geistige Wahlverwandtschaften, hatte er eine ausgeprägt soziale Ader, liebte das harmonische Zusammensein in Gruppen, die seiner Meinung nach vor allem deshalb existierten, um sich darin auszuzeichnen oder ihnen voranzugehen. Seine Lieblingsworte waren »fabelhaft« und »enorm«, mit diesem Vokabular waren auch seine universitären Leistungen hinreichend beschrieben.

Wenn wir in Jugla waren, in unserer kleinen Datscha am Stintsee, forcierte er jede Art von Gesellschaftsspiel: Scharade, Skat, Mensch ärgere dich nicht. Meistens gewann er, und wenn er nicht gewann, tat er so, als hätte er gewonnen. Immer aber fand er die Zeit, sich um die Nöte derjenigen zu kümmern, die so gut wie nie gewannen, weder im Spiel noch im Leben. Als ich im Abitur durchzufallen drohte, weil mir Latein den Garaus machte, paukte er mit mir Cäsars *De Bello Gallico* ein. »Reiß dich enorm am Riemen, Koja!«, das wurde das geflügelte Wort: »Enorm-am-Riemen-Reißen!«

Denn während Hub, ohne ein Streber zu sein, so wie einst Jesus über den See Genezareth unangefochten durch alle theologischen Prüfungen marschierte, drohte ich als akademischer Müßiggänger zu ertrinken.

Mein Traumgespinst, Künstler zu werden wie mein Vater, hatte sich schnell im Gestrüpp der Realität verheddert. Papa unterstützte mich zwar weiterhin, behauptete, dass ich begabt sei, woran alle glaubten, ganz besonders Ev, die davon überzeugt schien, dass das nächste Jahrhundert nach mir benannt werden müsse.

Als Deutschbalte war es mir in Lettland aber nicht möglich, an der Kunstakademie zugelassen zu werden, obwohl ich die Prüfung als Bester meines Jahrgangs bestand. Papa ging wütend mit mir zum lettischen Akademiepräsidenten Celnins, um sich zu beschweren. Da Professor Solm eine Koryphäe war, wenn auch kein Professor, wurde er doch voller Respekt so tituliert, einem Respekt, dem das Bedauern eingeschrieben war, dass Deutsche und Juden den lettischen Talenten nun einmal nicht die Studienplätze wegnehmen dürften.

Ich verlegte meine künstlerischen Ambitionen daher notgedrungen auf die Architektur, obwohl ich Häuser so anregend fand wie einen Haufen Schutt. Ich sah mich schon bis an mein Lebensende Kohlekeller und Brandmauern entwerfen.

»Brandmauer klingt interessant, was ist das?«, wollte Ev wissen.

»Die Wand zwischen zwei Häusern, die ein Übergreifen von Bränden verhindert. Ein Schutzwall.«

»Es gibt bestimmt auch schöne Schutzwälle.«

»Man sieht sie nicht, Ev!«

»Am Riemen reißen«, lachte sie, »immer enorm am Riemen reißen!«

Aber das fiel mir schwer.

In jeder freien Minute holte ich Pinsel und Leinwand hervor. Wie Papa malte ich am liebsten Menschen oder, um genau zu sein, schöne Menschen, also Frauen.

Nachdem Püppi gestorben war (gewissermaßen auch eine Frau), stellte sich Ev gerne als Modell zur Verfügung. Uns kam es auch überhaupt nicht seltsam vor, dass ich sie nackt sah, und nicht nur sah ich sie nackt, sondern beim Malen studierte ich ja jede ihrer Körperfalten, jede Schattierung ihrer Haut, sogar das Sternbild ihrer Muttermale, das sie mir streng verbot abzubilden.

Seit sie als kleines Kind in der ersten Nacht ihrer Ankunft in mein Bett geschlüpft war, blieben uns unsere Körper vertraut, auch als wir heranwuchsen. Ich hatte keine besonders reine Haut in der Pubertät, aber sie liebte es, mir die Mitesser auszudrücken, mit einem sehr konzentrierten

Gesichtsausdruck, so als würde sie auf einem hohen Seil balancieren. Jedes Mal zeigte sie mir freudig die kleinen, gelben Talgwürmchen, die sich frisch erlegt auf ihren Fingernägeln krümmten, und wollte gelobt werden. Als Ev einmal ernstlich krank wurde, durften nur Mama oder ich in ihre Kammer, sonst niemand. Sie hatte Lungentuberkulose, ein »Infiltrat im linken Mittelfeld« nannten es die Ärzte, und obwohl es um Leben und Tod ging, beschäftigte sie vor allem der eigene Körpergeruch. Das war merkwürdig, wo ihr doch Ekel so fremd zu sein schien. Aber für eigene Not schämte sie sich, sogar vor mir, wenn auch nicht besonders. Sobald ich das Zimmer betrat, bat sie mich, das Fenster weit zu öffnen, was ich nicht tat, denn es war strengster Winter, weshalb sie dann, Abscheu vortäuschend, die Nase rümpfte, um sich schließlich von mir beruhigen, am nassen Arm streicheln und vorlesen zu lassen.

Ich mochte das Säuerlich-Harzige ihrer Ausdünstungen, diese feine Witterung nach Urin, obwohl mich Krankheiten bis heute abstoßen und ich dieses Krankenhaus, in dem wir vor uns hin vegetieren müssen, mein lieber gammeliger Freund, lieber jetzt als später verlassen würde. Aber Evs Geruch zeigte mir, dass sie noch am Leben war, und das machte mich glücklich, während das Kölnischwasser, mit dem Mama ihr täglich Stirn und Hals betupfte, auf einer Leiche ganz genauso geduftet hätte.

Während Ev und ich wie Amazonas-Indianer miteinander umgingen und uns auch gegenseitig Ringe durch die Nasenscheidewände gebohrt hätten, herrschte zwischen meinem Bruder und ihr eine geradezu angelsächsische Prüderie.

Beim An- und Auskleiden am Strand zum Beispiel war ihrer beider Keuschheit geradezu überwältigend. Wenn ich mit Ev einsam und alleine am Rigaer Strand lag, zog sie sich manchmal splitternackt aus, und wir sprangen kreischend gemeinsam ins Meer.

Sobald Hub auftauchte, war ihre sonst so kokette Seele völlig von der Rolle. In seiner Gegenwart wurde die Kleidung nur gewechselt, wenn ein unzüchtiger Anblick ausgeschlossen war. Es gab auch eine Zeit, in der sie sich angewöhnt hatte, lampionartig zu erröten, jedoch nur in Anwesenheit von Hub oder ernsthaften Adoranten, denen man als Backfisch peinlich sein könnte.

Bei mir blieb sie entspannt und porzellanblass, als wäre ich nichts weiter als eine Hauskatze. Niemals hätte sie Hub einen Mitesser ausgedrückt, allerdings hatte er auch keinen. Seine Haut war glatt und makellos, genau wie sein Körper. Dennoch spielte er sich ihr gegenüber selten als »Schnäuzchen« auf. Er neckte sie zwar gerne, hielt aber immer eine Kavaliersdistanz, aus der heraus er sogar ähnliche Genanterien wie sie entwickelte.

Es war mir klar, dass zwischen ihnen eine untergründige, vielleicht bedrohliche Anziehung herrschte, so als wäre Ev eine Art Loreley, vor der Hub die Ohren verschloss, eine jener menschenfressenden Sirenen, denen Odysseus zu entkommen suchte. Als ich Ev fragte, warum sie und Hub so komisch miteinander seien, ganz im Gegensatz zu uns beiden, sagte sie: »Er ist der Papa. Ich bin die Mama. Und du bist das Kind.«

Ich sprach eine Woche nicht mehr mit ihr.

Ev war das egal. Man konnte sie nicht mit Schweigen reizen, so wie man sie auch nicht mit Abwesenheit reizen konnte. Schreien und Da-Sein waren ihre Parameter, aber das lernte ich erst später. Jedenfalls passt in diese Kategorie, dass sie die treibende Kraft wurde, als es darum ging, die Mysterien der über uns hereinbrechenden Geschlechtsreife zu erkunden, die uns beide nicht kaltließen.

Als meine Eltern mit Hub, Jahrhunderte älter als wir und bereits Corpsstudent, zu einem Konzertabend ausgegangen waren, kam sie in mein Zimmer gehuscht, schloss hinter sich ab und erklärte sehr bestimmt, dass sie mich untersuchen müsse. Ich hatte mein Nachthemd auszuziehen, musste mich mit dem Rücken nackt auf das Bett legen und mir mein Geschlecht betrachten lassen. Sie blieb vollständig angezogen, trug noch ihre Tagesgarderobe, ein rotkariertes Kleid, einen hellen Schal und weiße Strümpfe. Sie setzte sich neben mich, ohne mich zu berühren, und betrachtete meine Nacktheit so, wie ich die ihre beim Malen betrachtete. Gründlich. Dann schloss sie vorsichtig ihre Hand um mein Glied. Innerhalb weniger Sekunden hatte ich ihre ganze Aufmerksamkeit.

»Ist es dir peinlich?«

»Ein bisschen.«

»Ach komm. Ich bin deine Schwester. Vor mir muss dir überhaupt nichts peinlich sein.«

»Schon gut.«

»Der wird ja ganz schön groß.«

»Nicht loslassen.«

»Was soll ich denn machen?«

Ich zeigte es ihr. Sie rutschte dabei nah an meinen Unterleib, beugte sich herab, und ich spürte ihren Atem an meinem Bauch. Als ich zu ihr hinuntersah, merkte ich, dass sie alles mit fast wissenschaftlichem Eifer verfolgte, aus kürzestmöglicher Distanz. Sie wollte auf keinen Fall irgendetwas Wichtiges verpassen. Als ich mich ergoss, zuckte sie nicht zurück, blinzelte nur etwas, und leider hatte sie den gleichen gespannten Ausdruck um ihre Lippen wie beim Mitesserausdrücken. Ein wenig war sie bereits jene Ärztin, zu der sie erst noch werden sollte. Sie stipste ihren Zeigefinger in mein ärmliches Ejakulat, wollte wohl probieren, wie es schmeckt, merkte aber meinen tödlichen Schrecken, nahm mir mit einem leichten, fast traurigen Lächeln die Sorge, rollte ihren Strumpf ab und reichte ihn mir diskret.

Später lagen wir nebeneinander und machten, was wir in solchen Augenblicken immer taten: Wir beteten in unserer Geheimsprache den silbernen Jesus an, den sie um ihren Hals trug, und ich musste bei meinen Lieblingsmalern Albrecht Dürer und Sandro Botticelli schwören, niemals einem Sterblichen von der schaumigen Untersuchung zu berichten, die im Übrigen zu Evs voller Zufriedenheit verlaufen war.

Sie kuschelte sich an mich und murmelte, dass sie die Liebe ihres Lebens gefunden habe. Ich war sehr zufrieden.

»Ja«, flüsterte sie, »Hub ist der Herrlichste, der Wunderbarste und der Gefährlichste.«

»Hub?«, hüstelte ich.

Und sie schilderte mir völlig unbefangen ihre kitschigsten und lächerlichsten Sehnsüchte, die meinem Bruder galten und offenbar durch Distanz, leisen Respekt, starkes Misstrauen und die vielen Sticheleien zwischen ihnen angefacht worden waren. Ich hingegen war, obgleich der treueste Diener all ihrer Launen, zum Kopfkissen degradiert, in das sie ihr Haupt schmiegte und ihre Träume hineinposaunte. Menschliche Dankbarkeit ist nicht eben ein Fels, auf den man bauen könnte.

»Glaubst du denn, dass er mich auch ein wenig gernhat?«, wollte sie wissen.

»Mhm.«

»Was ist denn los? Warum bist du denn so podolig?«

»Es ist spät. Die Eltern kommen gleich zurück.«

»Du bist doch nicht eifersüchtig, oder?«

Was soll man darauf antworten?

»Hub gehört einfach einer anderen Rasse an. Wir werden beide nie an ihn heranreichen. Ach Koja, liebster Koja, wir sind uns so ähnlich. Du liebst ihn doch auch, oder?«

»Ja, ich liebe ihn.«

»Wenn du magst, ziehe ich mich aus. Magst du?«

Man wird es kaum glauben, aber es kam mir alles völlig normal vor, unverdorben und rein, obwohl damals nicht Woodstock und Penny Lane unsere sittlichen Leitsterne waren, edler und womöglich gelangweilter Freund. Vielleicht fragen Sie sich, was das alles mit meiner Arbeit zu tun haben mag, mit dem Geheimdienst, der Regierung, der Kugel in meinem Kopf und dieser Welt da draußen. Aber Sie wollten den ganzen Anfang erfahren, und glauben Sie mir, es ist einer.

Ev und ich, wir fühlten uns nicht von diesem Stern. Zwar bewunderten wir Helden wie Hub und begehrten ihn auch (ich nehme für eine Sekunde Evs Perspektive ein), aber wir lebten nicht wie er oder unsere Eltern oder Anna Iwanowna mit oder unter den Menschen, sondern neben ihnen her, ganz am Rande, und während sie die Welt als fest und unumstößlich empfanden, sahen wir, dass sie an gelockerten Schrauben hing und der Wind an ihr rüttelte. Wir waren Außenseiter, hatten aber beide diese Gabe, nicht wie Außenseiter zu wirken, da wir uns gegenseitig Kraft gaben, ja, vielleicht auch durch diese harmlosen Berührungen, die dem Lausen unter Schimpansen ähnelten. Aber gerade das Schimpansenhafte hätte jeden um uns herum schockiert. Geschwister masturbierten damals einfach nicht miteinander. Womöglich wäre Ev sogar auf ein Internat gekommen oder ganz aus unserer Familie verschwunden, wenn diese *frejd* (wie Ev das nannte) aufgeflogen wäre.

Und dass sie mir die Macht gab, sie zu vernichten, schweißte uns auf alle Zeiten aneinander.

Hin und wieder wiederholten wir die Sache, mit wechselnden Rollen, niemals über die einmal gesetzten Grenzen hinausgehend. Manchmal lagen Monate dazwischen, einmal sogar ein ganzes Jahr. Ich hätte wahrscheinlich ewig so weitermachen können, gewöhnte mich auch daran, das schwärmerische Bejubeln Hubs zu ertragen, diese ausschweifenden Schilderungen seiner Charakterstärke, die sozusagen Hand in Hand mit unseren verschwiegenen und jeder Charakterstärke so entbehrenden Bacchanalien einhergingen.

Aber an ihrem zwanzigsten Geburtstag sagte mir Ev, dass sie sich in einen frischgebackenen Doktor der Jurisprudenz verliebt habe. Sie war ganz aufgelöst.

»Wir müssen damit aufhören. Es wird ihm bestimmt nicht recht sein.«

»Aber wir machen doch gar nichts.«

»Er sagt, er würde niemals ein Mädchen heiraten, das schon mal jemand andern geküsst hat.«

»Willst du ihn denn heiraten?«

»Er ist verrückt nach mir. Er ist der wundervollste Mann, den sich eine Außerirdische wünschen kann. Und ich will von Hub loskommen.«

»Wird dir das gelingen?«

»Mit vielen Kindern schon.«

»Was sind denn viele Kinder?«

»Er sagt acht.«

»Acht ist wirklich viel.«

»Er sagt, wir müssten unsere Rasse aufnorden, weil die Semiten uns sonst überfluten.«

»Ev?«

»Ja?«

»Das ist ziemlicher Blödsinn.«

»Ich weiß. Aber er ist so wundervoll.«

»Und wir haben uns noch nie geküsst.«

So geschah etwas sehr Entscheidendes.

Erhard Sneiper trat in unser Leben. Er war der Mann, der uns alle mit blutunterlaufenen Augen in das nationalsozialistische Paradies hineinhypnotisieren sollte, ein Paradies, von dem wir damals noch gar nichts wussten, das es auch noch gar nicht gab, für das Ev und ich uns nicht interessiert hätten, selbst wenn es das Paradies gegeben hätte mit oder ohne Herbstkalvill, Schlange und Gift. Denn wir interessierten uns beide nur für das eigene famose Haus, waren selbstbezogen wie die Muscheln, die nichts anderes in ihrem Leben kennenlernen als jene kleine weiße Perle, die sie sich aus dem eigenen Perlmutt herausfädeln.

Erhard Sneiper hatte Ev auf einem Studentenball kennengelernt, und obwohl er überhaupt nicht tanzen konnte, verlobten sie sich in Windeseile, und wenn ich nicht wüsste, in welchem Skandal das alles geendet hat, müsste ich zugeben: Erhard war kein schönes, aber ein großes Los. Sein schmales, etwas rattenschlaues Gesicht, das einen wachsamen Ausdruck hatte, signalisierte jene versammelte Intelligenz, wie man sie von Bildnissen des Kardinals Richelieu kennt. Er war dünn, gelehrtenhaft und Brillenträger (er bevorzugte eine Brille, wie sie derzeit Herr Lennon trägt, dieser Pilzkopfmann, über den Sie so viel reden). Von seiner ganzen schwindsüchtigen Erscheinung her war Sneiper das Gegenteil von Hub, der kräftig, athletisch, fast doggenhaft wirkte. Was Erhard auszeichnete, war ein herrlicher Tenor, eine außergewöhnliche Redegewandtheit, die ihm als angehendem Rechtsanwalt hilfreich zur Seite stand, ein klebriges Gedächtnis und ein politisch herausragendes Talent. Er kannte Gott und die Welt und war ein Mensch, der Fäden ziehen konnte. Außerdem liebte er Ev, weshalb ich ihn hasste. Ich hasse ihn unter meinem Zuckerhut, der unseren täglichen Umgang mit Herzlichkeit süßte. Aber ich hasste ihn.

Hub, der doch auf den ersten Blick so viel charismatischer erschien als Erhard, verfiel dem zwei Jahre Älteren auf der Stelle. Ich kann das bis heute nicht verstehen. Bis zu diesem Jahr Neunzehneinunddreißig hatten wir alle noch nie von

Adolf Hitler gehört. Aber Erhard erzählte uns von ihm, als wäre er König Artus, und ich war ein wenig erstaunt, dass sich der Führer Jahre später nicht als Majestät, sondern als eine Mischung aus King Kong und Charlie Chaplin entpuppte, immerhin zwei Filmdarstellern, die ich durchaus schätze.

Ich selbst wurde innerhalb kürzester Zeit ein guter Nazi. Nicht dass ich mir dessen bewusst war. Viele von uns wurden gute Nazis, fast ohne es zu merken, denn ein guter Nazi zu werden war so, als würde man ein guter Christenmensch werden. Gute Nazis waren selbstverständlich. Es gab keine anderen, und es schien ganz von alleine zu passieren.

Unsere politische Situation war nicht rosig. Das muss vielleicht einmal gesagt sein. Eine Weltwirtschaftskrise ist niemals schön, aber die über den ganzen Erdball rieselnden Asphaltstückchen der detonierten Wall Street hatten die letzten Reste von Optimismus zerstört, die man als Deutscher in Lettland noch haben konnte. Erhard agitierte offen und verdeckt gegen die lettische Staatsführung. Bald erhielt er von einem gewissen Herrn Himmler, von dem ich durch ihn zum ersten Mal erfuhr und den er in Berlin konspirativ traf, auch finanzielle Unterstützung. Er baute eine völkische Partei auf, die sogenannte »Bewegung«. Seine rechte Hand wurde Hub, ausgerechnet ein angehender Pfarrer, einem alten Priestergeschlecht entstammend, gewohnt, auf all seinen Wegen Segen zu spenden.

Mein Bruder war in erster Linie Idealist, das Gegenteil von Perlmuscheln wie Ev oder mir. Sein eigenes Fortkommen achtete er nicht besonders, er wollte helfen, die Welt zu retten, so wie das in Pastorenfamilien üblich ist. Sein Trotz, der von Großpaping auf ihn übergesprungen war, verwandelte sich in Eifer. Er liebte es, sich für eine Mission zu begeistern, die seine Unbeugsamkeit brauchte. Grübelei, Wankelmut, mangelnde Entschlusskraft waren stets meine Talente gewesen, nicht seine. Im Glauben an ein absurd Gutes, das nirgendwo in der »Bewegung« erkennbar war außer im Besoffensein an uns selbst, trat er an die Seite Erhards, und erstaunt musste ich feststellen: Zweiter zu sein reichte meinem so brillanten, so außergewöhnlichen Bruder, dabei war doch ich dazu da, Zweiter zu sein.

Auch zu mir kam Erhard. Ohne anzuklopfen trat er eines Morgens in Papas Atelier ein, in das ich mich zurückgezogen hatte, um über der Ansichtsskizze einer Palladio-Villa zu verzweifeln. Wenn einer spricht, schaue ich auf seinen Mund, nicht in seine Augen, denn als Maler kann ich erkennen, wie sich ein Mund in Desinteresse verbiegt oder Zärtlichkeit andeutet, denn so etwas muss ich zeichnen können. Ein Auge kann man immer nur als von hauchdünnem Leder überzogene Murmel zeichnen, ein Auge enthüllt mir gar nichts außer einem willkürlichen Sonnenreflex, aber ich sah Selbstgefälligkeit auf Erhards Lippen, als sie sich schmatzend öffneten, während er seinen knochigen Hosenboden auf meinen Zeichentisch pflanzte.

»Koja«, sagte er zur Begrüßung, atmete dabei zwischen den Silben.

Ko, Atmen, ja.

Ich legte meinen Stift zur Seite und tat, was er wollte: Ich blickte zu ihm auf.

»Von Ev weiß ich, dass du dieses Uniformzeug nicht sehr schätzt.«

»Welches Uniformzeug?«

»Die manchmal etwas primitive Art, mit der man in Deutschland die Probleme anfasst. Dieses Uniformzeug eben.«

»Kann schon sein.«

»Glaub mir, ich verstehe das. Als ich mal einen Parteitag in München erlebt habe«, er senkte die gutturale Stimme, hob die Hand, und sein Mund verriet, dass er nicht wusste, wie er inmitten all dieser anzüglichen Bilder Theos ein Gespräch eröffnen sollte, »hat es mich an-ge-wi-dert.«

Er glitt vom Tisch, trat neben mich, und ich spürte, wie seine Hand mir auf die Schulter klopfte, ein fast fröhliches Klopfen sollte das sein, ein Anklopfen.

»Aber bitte vergiss nicht, dass es um das Sein unseres Volkes geht, um etwas sehr Gutes, das von etwas sehr Bösem herausgefordert wird.«

»Erhard –«, begann ich, aber schon unterbrach er mich, während seine Hand auf meiner Schulter liegen blieb und sein Griff an Festigkeit gewann.

»Ja, deine Familie hat dieses Böse kennengelernt. Ich weiß, was die Letten mit deinem Großvater gemacht haben. So versuchen sie es mit allen Deutschen, die in diesem Land geblieben sind. Und deshalb, Koja, müssen wir uns wehren. Verstehst du? Widerstand leisten!«

Er machte eine dieser innigen Kunstpausen, die damals unter Möchtegerndemagogen unglaublich beliebt waren. Dann flüsterte er »Widerstand«, wiederholte es noch zweimal, fast versonnen, und kam mit seinen Lippen ganz nah an mein Ohr, wie Graf Cagliostro, der einem okkulte Liebestränke aufschwatzen möchte, und seine ölige Stimme summte: »Es gibt in ganz Europa nur einen Mann, der uns dabei nicht nur zuschaut.«

Er ließ mich los, stiefelte eine Weile durch das Atelier, heuchelte Interesse an all den die Wände emporkriechenden Schäferspielen und *fêtes galantes,* betrachtete ein Glas mit roten Farbpartikeln und fragte, was das sei. Ich sagte, dass es sich um Läuse handele aus Südamerika, die die Konquistadoren vor fünfhundert Jahren zerquetscht und als Farbe nach Europa gebracht hätten, und es gelang mir, Erhard für ein paar Sekunden aus dem Konzept zu bringen, die Geschichte des Karmesinrots war ihm aber scheißegal, die Verbindung mit Ev würde nie und nimmer gutgehen, da war ich mir sicher, und so fühlte ich mich um einiges wohler, als er schließlich mit liebenswürdiger Zartheit sagte: »Dein Bruder hat mir erzählt, was der Anblick eines Apfels in euch auszulösen vermag. Wann immer du dich entscheidest, für die gute Sache mehr als nur Sympathie aufzubringen – und auch mehr als einen Apfel –, melde dich bei mir.«

Er strahlte mich verheißungsvoll an und sagte: »Dein Leben wird dann sehr viel rasanter werden.«

Ich weiß nicht, habe ich schon betont, wie sehr ich Erhard Sneiper hasste?

Aber in einem hatte er recht. In den zurückliegenden Jahren war mein Leben tatsächlich alles andere als rasant verlaufen. Es war vielmehr eine einzige Siesta gewesen. Ich ließ das Studium und die Palladio-Skizzen schleifen, hatte in der Curonia meinen Spaß, entdeckte in meinen zahlreichen freien Stunden eine Leidenschaft für das Segeln, las ansonsten viel, lernte Motorradfahren und schlug im Sommer meine Zeit mit Malerei in Jugla tot, wo ich für meine besorgten Eltern ein kleines Holzhäuschen entworfen und gebaut hatte: das einzig handfeste Ergebnis eines vieljährigen, von Papas halbseidenen Einkünften abgesparten Studiums. Meine künstlerischen Ambitionen liefen auf eine Sackgasse zu, aber das wollte weder Papa noch ich sehen.

Die Großstadt Riga hielt zahlreiche Ablenkungen für verkrachte Studenten bereit: ein beinahe zaristisch anmutendes Nachtleben mit Wodka, Champagner, Zigeunern und Droschken, die mit ihren Kutschern vor den Lokalen warteten; Kabaretts, Varietés, vielgestaltige und aufregende Partys in der Foxtrottdiele oder im Alhambra; wunderschöne Bordelle, in denen ich immer mal wieder auf Fresken meines Vaters stieß. Vielleicht war das die beste Zeit meines Lebens, obwohl sie gleichzeitig Melancholie atmete, wie alle Trägheit. Die altmodisch ratternden Trambahnen, die klagend pfeifenden Dampferchen auf der Düna, das Geschrei der Ostseemöwen, die über die Boulevards segelten – die Stadt war eine Art Barcelona des Nordens geworden, hatte globales Flair, wie Sie es vielleicht von Paris her kennen. Man konnte sich nicht vorstellen, dass nur wenige Jahre zuvor in diesen Straßen Tausende von Menschen verhungert und erfroren waren.

In der Altstadt war die Kalkstraße ein Sammelsurium aus lettischen, jüdischen, deutschen und russischen Geschäften. Berühmt war der Beck'sche Schuhwarenhandel für seine Englandimporte, gegenüber lag das exzellente schweizerisch-jüdische Kolonial- und Weingeschäft Schaar

& Caviezel, rechts an der Ecke der Ulei, das russische Kulturzentrum, etwas weiter das AT-Theater, ein Zuckerbäckerkino, wo sie die ganzen Lilian-Harvey-Schinken spielten. Endlich die naschige Ecke mit der lettischen Chocolaterie Kuze links und der berühmten deutschbaltischen Konditorei Otto Schwarz rechts – und gegenüber die riesige Laima-Uhr, der Treffpunkt der Jugend Rigas, der Treffpunkt von uns allen.

Dennoch war die lettische Hauptstadt kein Schmelztiegel. Kein Ort der Assimilation. Nein, Riga war nicht New York. Eher Kapstadt. Apartheid also. Die Nationalitäten blieben streng voneinander getrennt. Jede Kultur verharrte in ihrem Kraal, hatte ihre eigene Selbstverwaltung, ihre eigenen Abgeordneten in der Saeima, ihre eigenen Schulen, ihren eigenen Sportverein, ja, es gab einen lettischen, einen deutschbaltischen und sogar einen jüdischen Yachtclub. Selbst die Schulmützen waren nicht einheitlich, sondern nach Abkunft koloriert. Wir Schüler aus den deutschen Schulen hatten grüne, die Juden hellblaue, die Russen dunkelblaue Mützen, die Letten dunkelrote, herbstkalvillrote, finde ich (die Farbe ihrer Fahne), und auch estnische und polnische Mützen hat es gegeben.

Daraus lässt sich das Phänomen erklären, dass Hub und ich die baltische Welt in Lettland eigentlich niemals verließen. Wir lebten in einer Enklave, in der Negertänze, französische Chansons, lettische Folklore oder jüdische Choralgesänge nicht stattfanden. Es ging immer nur um deutsche Lieder, deutsche Tänze, deutsche Klassik, deutsche Literatur, deutsche Geschichte und eine vollkommen deutsche Stadt.

Diesem teutonischen Wesen war einer der Kulturabende gewidmet, auf dem sich mein Leben für immer veränderte. Ein falsch klingender Satz, lieber Swami, aber kein falscher. Hub und Erhard hatten den Salomonski-Zirkus in der Elisabethstraße angemietet. Statt Artisten, Seilakrobaten, Clowns, Löwen und dressierten Elefanten sollten stramme Singscharen der Bewegung Erhebendes vortragen, in der Art von *Und wenn wir marschieren*. Die gesamte baltische Society war eingeladen, die oberen Zehntausend also, ein anderes Wort für alle.

Papa klagte schon am Nachmittag über Unwohlsein. Ev flößte ihm einen Kamillensud ein, maß seinen Puls und riet ihm, im Bett zu bleiben. Doch mein Vater wünschte nicht, im Bett zu bleiben. Er wünschte auszugehen, zumal auch viele Nymphchen aus seiner Klasse etwas darbieten sollten. Selbstverständlich unterrichtete er an einer reinen Mädchenschule, erhielt viele nach Lavendel duftende Liebesbriefe, obwohl er fast siebzig Jahre alt war und aussah wie Mark Twain.

Ich stand im Begriff, etwas durchaus Dummes zu tun, denn Hass hat immer auch eine Spur Idiotie in petto, aber niemand ahnte etwas. Erhards weißes Hemd, ein typisches Kulturabendhemd, das Ev mit in unsere Wohnung gebracht und dort so verliebt gewaschen hatte, hing tagsüber zum Trocknen auf der Leine, direkt vor meinem Fenster. Vielleicht ärgerte mich, dass mir die Sicht genommen war. Vielleicht quälten mich auch die üblichen Stacheln der Missgunst. Vielleicht mochte ich einfach dieses verlogene Weiß nicht. Jedenfalls hatte ich eine Woche zuvor mit Papa einen Anrührtag gehabt, wie er das nannte. An Anrührtagen brachte er mir das altmeisterliche Herstellen von Farben bei. Er verabscheute Tubenfarben und hatte eigene Rezepte, um die Pigmente mit Walnussöl, Ei, Wachs, Leim, zerstoßenen Insektenflügeln, Sumpfkalk, Borax oder Terpentin in Emulsionen zu verwandeln, die jahrhundertelang leuchten konnten. An jenem Tag erklärte er mir eine Tinktur, die fast nur aus Zitrone, Hirschhornsalz und Leinölfirnis bestand und für die Imprimitur verwendet wird. Einmal auf weißer Leinwand aufgetragen, verwandelt sich das völlig geruchfreie und farblose Mittel erst nach kompletter Eintrocknung über Stunden in ein sattes, warmes Braun, wie es beispielsweise Rembrandt für seine Gemälde genutzt hat. Das weiße Hemd von Erhard, das wie eine Leinwand leuchtete und mich geradezu darum anbettelte, möglichst eindrücklich beschmiert zu werden, wurde nun durch meinen Übermut, meine Eifersucht und eine Sekundenlaune, kurz: durch mich und niemand anderen, heimlich mit Papas Tinktur eingerieben, ohne dass mir mein künftiger Schwager auch nur das Allergeringste getan hätte. Nur die Schwester hatte er mir entrissen, die, mir freundschaftlich zuzwinkernd, fröhlich pfeifend das Hemd von der Leine nahm, das noch blütenweiße, und nichts bemerkte sie von meiner ruchlosen Tat, die ich bereits zutiefst, zutiefst, zutiefst bedauerte.

Als nun der Kulturabend im Zirkus Salomonski begann, in dem es nach gebratenen Mandeln, Sägespänen und Pferdedung roch, hielt Erhard eine mitreißend klirrende und recht völkische Rede. Er hatte sich auf die Empore des Zirkusorchesters gestellt und wurde von wackeren Fanfarenbläsern flankiert, die auf sein Kommando immer mal wieder in ihre Instrumente bliesen, ähnlich wie beim Tusch im Mainzer Karneval. Nur die Musikanten und er sahen nicht, wie sich vor aller Augen sein schneeweißer Kragen innerhalb weniger Minuten in gutgebügelte Exkremente verwandelte, als würde sich der liebe Gott persönlich über dem Hemd entleeren. Die ersten Kleinkinder auf den Rängen fingen an zu kichern, versteinerten das Publikum. Und die angetretene Bewegungsjugend, die in der Manege strammstand, stand nicht mehr ganz so stramm. Ich bemerkte aus dem Augenwinkel, dass Ev entsetzt ihre Hand vor den Mund presste, ihre Hand, die so fürsorglich gebügelt hatte.

In diesem Augenblick richtete sich mein Vater auf. Zwischen seinen Lippen las ich als geübter Lippenleser eine geradezu tobende Lebenslust, speichelnde Bläschen, umspannt von einem verzückten Lächeln, das zu gar nichts passte, vor allem nicht zu dem Ausdruck der Starre auf seinen Wangen, unter denen sich sein prominenter Kieferknochen abzeichnete. Nichts ist sicher, aber ich bilde mir ein, dass mein Vater zu mir blickte, bevor er vornüberkippte, offenbar selbst erstaunt über den Schlaganfall, der ihn auf die vor ihm Sitzenden purzeln ließ, und das kackbraune Hemd Erhards ging im Geschrei der Leute unter.

Seit diesem Tag war Papa halbseitig gelähmt.
Seine Stirn, die hohe, von Adern durchfurchte Stirn, blieb die einzige Konstante in seinem Gesicht, das ansonsten eine zerschmolzene Kerze war, alles schief, der Mund offen, reden konnte er gar nicht mehr. Er kam in einen Roll-

stuhl, und Mama fütterte ihn wie ein Kind. Ich war immer der Vatersohn, Hub hingegen der Muttersohn gewesen, so dass die Weichherzigen und die Hartköpfigen unserer Familie zwei Linien bildeten, die sich in Großpapings Schicksal kreuzten. Mein Vater hatte an mich geglaubt, und ich verlor mit ihm meine messianische Berufung.

Ich floh ins Bett und zitterte drei Tage lang im Halbdunkel.

Zwar erfuhr niemand von meiner hirnlosen Impertinenz, die man schon einem Zwölfjährigen kaum verziehen hätte, geschweige denn einem satisfaktionsfähigen Curonen im vierzehnten Semester. Aber ich wusste auch nicht, ob das Unglück durch meine Hand gestiftet worden war, die tinkturträufelnde, klandestine, von Papa trainierte Hand, die ich mir abhacken wollte, jedenfalls eine Minute lang.

Mama schien in Asche verwandelt. Ev war mit den medizinischen Notwendigkeiten halbwegs abgelenkt. Hub half der Alkohol, den er sich und Papa einzuflößen versuchte. Ich bildete mir ein, dass mein Vater Hubs Hand länger und lieber hielt als meine, an die er sich nie klammerte. Und in seinen Augen, die breiig wirkten und pastos, erkannte ich keinen Rest mehr jener ewigen Wärme, die stets Frauen und Kinder umhüllt hatte und alle anderen, die noch schwächer waren als er, mich aber so besonders.

Das war fort.

Von einem Tag auf den anderen wurden wir mittellos. Der Bankrott kam über uns wie eine Naturgewalt. Denn nicht nur kostete die medizinische Versorgung meines Vaters ein

Vermögen, sondern es fehlten auch sämtliche seiner Einkünfte, die offiziellen wie auch die obskuren. Andere hatten wir nicht.

Ev war gezwungen, ihr Medizinstudium aufzugeben. Hub hatte trotz Bestnoten nur eine kärgliche Anstellung als Herbergsleiter bei den Christlichen Pfadfindern gefunden, die ihn selbst kaum ernährte. Mama konnte lediglich Handschuhe stricken, erwog aber den verheerenden Gedanken, als Wäscherin zu arbeiten, inkognito. Ich studierte Architektur, ohne Aussicht auf ein Diplom. Es war mir klar, dass auch ich das Studium abbrechen und irgendeine Stelle annehmen musste, um zu helfen, uns alle durchzubringen. Ich wollte auf keinen Fall, dass Ev ihre Ausbildung verlor.

»Ach was«, sagte Hub, »Ev wird von Erhard versorgt werden, sobald sie verheiratet sind. Sie ist eine Frau, und eine hübsche dazu. Sie braucht kein Studium. Du brauchst ein Studium.«

»Sie hat die besten Noten in ihrem Fach und ich die schlechtesten.«

»Dann muss sich das eben ändern.«

Aber meine Lage als Student war hoffnungslos, wie auch Hub, nachdem er alle Fakten erfahren hatte, erkennen musste. Fast alle meine Fleißprüfungen fehlten noch, und allein für das Diplom mussten zwei Semester veranschlagt werden, für die es hinten und vorne an Geld mangelte.

Ev selbst war bereit, sich für uns aufzuopfern, hatte schon eine Sekretärinnenstelle bei der *White Star Line* organisiert, mit der sie uns alimentieren wollte.

»Koja«, sagte sie mir sanft, »deine Eltern haben mich in die Familie aufgenommen. Sie haben mir das Leben gerettet. Jetzt muss ich sie ein bisschen retten. Das schaff ich schon. Und du schaffst dein Studium, ja? Sonst wird Mama noch unglücklicher, als sie schon ist.«

Ich war so wütend, dass ich sie zur Salomé machte, nachts auf der Leinwand mit vielen Braun- und Rottönen, eine Eruption braunen Haars, umtänzelt von goldenen Schmetterlingen, an der ausgestreckten Hand den abgeschlagenen Kopf von Johannes dem Täufer, der meine Züge trug.

Aber da mir keine Wahl blieb, ging ich auf Erhard zu, erinnerte ihn an das Angebot, das er mir gemacht hatte, und bat um ein Treffen.

Zwei Tage später fand es statt, ganz hinten im Otto-Schwarz-Café, in Gegenwart von Hub, womit ich nicht gerechnet hatte. Ihre Silhouetten kamen zwischen den Tischen auf mich zu, ließen sich mir gegenüber nieder, auch ihre Gesichter blieben im Schatten, im Schatten ihrer Hüte, nur ihre Hände badeten im Sonnenlicht, das die ganze Tischplatte vergiftete.

»Das ist wunderbar, dass du da bist, Ko (Atmen) ja«, begann Erhard Sneiper das Gespräch, und ich versuchte, auf keinen Fall seinen schattigen Mund zu deuten. »Ja, es gäbe etwas für dich zu tun. Und meine Kontakte zu den einflussreichen Stellen im Reich würden dir ein auskömmliches Gehalt sichern, mit dem du deine Eltern und dich selbst finanzieren könntest.«

»Wo ist der Haken?«

Er lachte, und während er lachte, dachte ich, dass er auf

diese Art wohl auch abends mit Ev lacht. Er hatte einen Goldzahn, und sie hatte mir gesagt, dass seine Orgasmen kurz und nahezu spastisch seien.

»Es gibt keinen Haken. Du musst dich nur zum Nationalsozialismus bekennen. Denn wenn du dich nicht zum Nationalsozialismus bekennst, kann sich der Nationalsozialismus ja auch nicht zu dir bekennen.«

Ich wusste nicht, was ich sagen sollte, und Hub sprang mir bei.

»Kojas Euphorie ist eine, die nicht jeder sieht, Erhard, die aber in ihm tobt, ich kenne ihn gut.«

»Und, Ko (Atmen) ja, kennst du dich auch gut?«

»Keine Frage«, sagte ich. »Und das, was ich kenne, ist auf eurer Seite.«

Erhard gefiel meine Antwort nicht. Er legte die besonnten Hände ineinander, neigte leicht den Kopf, schob die Brille ein wenig über den Nasenrücken, es wirkte fast einstudiert. Er schien nachzudenken, blickte zu Hub und räusperte sich unwillig. »Nun gut, unsere Bewegung wird größer und größer. Wir brauchen eine professionelle Jugendführung. Zu viele unserer deutschen Mädel und Jungen sind Christliche Pfadfinder oder gammelige Wandervögel ohne jede politische Strammheit.«

Ja, Sie lachen, verehrter Bettnachbar, aber »Strammheit« war bei weitem nicht das absurdeste Wort, das ich an diesem denkwürdigen Tag hörte.

»Was wir benötigen, ist ein schlagkräftiges Instrument. Eine Organisation sämtlicher deutscher Jugendlicher in Lettland, die eines einzigen Willens sind. Eine Hitlerjugend, natürlich ohne Hitler. Die Letten dürfen keinen

Verdacht schöpfen. Es ist konspiratives, oder sagen wir: diplomatisches Geschick gefragt.«

»Die Christlichen Pfadfinder sollen zerschlagen werden?«, fragte ich. »Aber du arbeitest doch für die Christlichen Pfadfinder, Hub?«

»Es geht nicht um Zerschlagung«, knirschte mein Bruder, »es geht um Einigung. Das Gegenteil von Zerschlagung.«

»Deshalb ist Hub auch so geeignet wie kein Zweiter, unsere Jugend in eine andere Dimension zu führen. Er kann überzeugen.«

Erhard kratzte mit seinem Frohlocken an der harten Schale meiner Einsamkeit, ohne sie indes aufknacken zu können. Nie hatte ich mich schuldiger gefühlt, nie wollte ich mir von irgendjemand weniger gerne helfen lassen, und um mich davon abzulenken, blickte ich in das Café, fragte mich, ob ich nicht Kellner werden solle, Barpianist oder Säufer.

»Was dir Erhard sagen will: Ich trete hauptberuflich in den Dienst der Bewegung«, erklärte Hub eindringlich.

»Du wirst kein Pastor?«

»Nein. Ich werde kein Pastor.«

»Er wird Deutscher!«, warf Erhard ein, als hätte er etwas ganz besonders Gewichtiges gesagt.

»Genau. Ich werde Deutscher. Und du könntest als mein Stellvertreter anfangen.«

»Stellvertretender Deutscher?«

Erhards Körper straffte sich, auf seiner Stirn blitzte für einen Moment eine Falte auf, und seine Stimme bekam einen metallischen Schimmer.

»Um es ganz klar zu sagen, Koja (kein Atmen diesmal).

Es gibt andere in unserer Bewegung, die mehr Verdienste haben als du. Der Posten ist sehr anständig bezahlt. Du bist zu uns gekommen, weil wir dir aus einer schweren persönlichen Situation heraushelfen sollen.«

Er rückte mit seinem Stuhl heran, wie ein Veterinär, der zur Besamung heranrückt, und sein Gesicht wurde von ungeheuer viel Licht getroffen.

»Der Führer erwartet erstens Tüchtigkeit von seinen Leuten. Tüchtig scheinst du in den letzten Jahren nicht gewesen zu sein. Und er erwartet zweitens Loyalität. Und dazu klingen mir deine Sottisen zu dümmlich. Also wenn du deinem Bruder nicht helfen willst, eine deutsche Jugend in Lettland in großem Stil aufzuziehen, dann brauchst du es nur zu sagen. Aber dann (Atmen) sag es bitte jetzt.«

Ich sah auf sein weißes Hemd, und ehrlich gesagt, trotz der magisch-tragischen Begleitumstände, wünschte ich schon wieder sehr, dass es braun werde, und vor mir standen diverse Getränke, die dabei helfen konnten.

»Koja, bitte lass uns das zusammen machen!«, beschwor mich mein Bruder. »Wir brauchen beide diese Posten, sonst sind wir abgemaddelt. Und die Eltern auch. Und was glaubst du, wie Ev sich freuen wird?«

So wurde ich im Alter von vierundzwanzig Jahren hauptberuflicher NS-Jugendführer. Hub gab unserer Organisation das Gesicht und hielt die Reden. Ich stellte die Weichen. Wir waren beide nie in einer bündischen Jugend gewesen, von Hubs kurzer Episode als Herbergsvater mal abgesehen. Nun sollten wir all das im Methusalemalter nachholen: Zeltlager, Lagerfeuer, Kohten aufbauen, Morgenappell.

Hub erklärte mir, dass wir demnächst einen Lehrgang im Reich belegen würden, auf der HJ-Führerschule in Potsdam. Bis dahin machten wir, um uns in die Praxis des Pfadfinderdaseins einzuleben, einige deutschbaltische Lager mit. Hub war in seinem Element. Gruppen hatte er immer schon geliebt.

Mich störte nur der häufige Regen.

Es zeichnete sich schnell ab, dass ich im Hintergrund bleiben und die organisatorische Arbeit übernehmen sollte. Dem fügte ich mich. Solide wollte ich erscheinen. Aber zu mehr reichte es nicht. Mitglied der deutschen Jugend Lettlands sein hieß nämlich: in Kolonne marschieren. Nicht in Grüppchen wandern. Zucht. Disziplin. Gehorsam. Kein Schludern, kein Räkeln, kein Schlampigsein. Kein Trödeln und kein Gewäsch, keine Magazine, keine Schlager, keine Entschuldigungen. Keine Kondolationen. Keine Happy Ends. Und auch keine Maler oder Möchtegernmaler, keine Literaten, keine Erotomanen. Kein Hasch. Kein LSD. Und kein Rock'n'Roll. All das, was Sie, blumenmächtiger Swami Basti, mit Räucherstäbchen und Batikgewändern so anrichten, hätte absolut keine Begeisterung ausgelöst – eher schon Pogrome.

Ich übernahm die Kulturleitung, sorgte dafür, dass die jungen Spartaner auch mal ein Theater besuchten oder Stücke selbst inszenierten, Gitarre klampften und nach der Natur zeichneten, bemühte mich also um attische Muße.

Hub hingegen kümmerte sich, außer ums Chefsein, vor allem um Jiu-Jitsu und Religion, eine Mischung, die ihm körperlich und geistig einiges abverlangte, mich aber irritierte. Zum ersten Mal gab es so etwas wie Reibung zwischen uns. Bisher waren wir eigentlich immer einer Meinung gewesen, oder wenn wir es nicht waren, war es mindestens einem von uns egal.

Eine unserer ersten Aufgaben bestand darin, die einzelnen Untergruppen der Jungenschaft neu zu organisieren, die nun jeweils »Stämme« hießen und äußerst vaterländische Namen erhielten. Es gab den »Stamm Hagen«, den »Stamm Siegfried«, den »Stamm Schlageter«, den »Stamm Andreas Hofer«, den »Stamm Blücher«, den »Stamm Bismarck« und den »Stamm Arminius«, der später als zu römisch abgelehnt und in »Stamm Hermann der Cherusker« umgetauft, nach dem Hitler-Mussolini-Pakt jedoch völkerverbindend zurücklatinisiert wurde.

Ich forderte, dass es zumindest einen Stamm geben solle, der nicht das Martialische, sondern das Geistig-Seelische unserer Heimat betont. Hub versprach, sich etwas zu überlegen. Nach zwei Wochen, innerhalb derer alle meine Vorschläge abgeschmettert wurden (»Stamm Faust«, »Stamm Martin Luther«, »Stamm Bach«, womit natürlich Johann Sebastian gemeint war), kam er schließlich glücksstrahlend in unsere Geschäftsstelle gestürmt, riss meine Bürotür auf und rief: »Apfel!«

»Wie, Apfel?«

»Stamm Apfel! Da ist alles drin: deutsches Obst, deutsches Gefühl und so weiter!«

Ich blinzelte ihn nur an.

»Ja«, fuhr er fort »und Großpaping ist da natürlich auch drin, also baltische Geschichte, baltischer Mut, baltischer Geist.«

»Bist du dammlich?«

»Wieso?«

»Stamm Apfel? Das ist doch lächerlich.«

»Was sollte daran lächerlich sein?«

»Der Apfel fällt nicht weit vom Stamm?«

Er dachte eine Weile nach, wog bedächtig den Kopf hin und her und sagte dann, mit plötzlicher Heureka-Freude: »Deutsches Sprichwort! Kommt auch noch dazu!«

Ich kniff mich an der Nasenwurzel, eine Geste, die mir an Papa fehlte, seit er gelähmt war.

»Du kannst eine Gruppe von Leuten, die älter als drei Jahre sind und ihren Stuhlgang im Griff haben, nicht ernsthaft Stamm Apfel nennen wollen.«

»Erhard findet es auch gut.«

»Du redest erst mit Erhard, bevor du mit mir redest?«

»Zufall, wirklich. Er stand unten in der Tür.«

»Hör mal, Hub. Das Symbol berührt etwas, das nur wir verstehen. Du und ich. Es ist unser Schmerz. Es ist etwas, das alle, die diesen Schmerz nicht kennen und nicht teilen, einfach nur für einen Apfel halten. ›Stamm Apfel‹ ist unwürdig.«

»Unwürdig? Du hast ›Stamm Minna von Barnhelm‹ vorgeschlagen!«

»Was ist gegen Lessing zu sagen? Was ist gegen die Würde der deutschen Frau zu sagen?«

»Jungs, die als Minna von Barnhelm daherstöckeln, fühlen sich also besser, als wenn sie das Signum des Reiches und der Schönheit und der Tugend sind?«

»Dann sag wenigstens ›Stamm Roter Herbstkalvill‹. Da weiß zumindest kein Mensch, was damit gemeint ist!«

»Rot ist die Farbe der Kommunisten, Herbst ist zu morbide, und Kalvill heißt auf Finnisch Wintermütze, du Idiot!«

Wir stritten uns, wie wir uns selten wegen einer Banalität gestritten hatten. Schließlich einigten wir uns auf »Stamm Reichsapfel«, doch hatte ich das Gefühl, dass alle ursprüngliche Absicht verfehlt worden war.

Einige Zeit später, Monate nach der Machtergreifung Hitlers, fuhren Hub und ich im Eilzug nach Berlin. Wir mussten in unserem Ausreiseantrag angeben, was das Ziel unserer Reise war. Unter »Absicht« schrieben wir in das Visum: »Museumsbesuche«. Der speckige Zollbeamte musterte uns argwöhnisch, brummte im Namen seiner Regierung, dass wir uns nach Grenzübertritt keiner antilettischen Museumsbesuche schuldig machen dürften, wartete auf unser treuherziges Nicken und knallte dann den Stempel in die Pässe.

Wir verbrachten eine durch und durch staatsfeindliche Woche im schönen Potsdam auf der blitzeblanken HJ-Führerschule, lernten, wie wir Jugendliche zu führen und zu begeistern hätten, hörten Vorträge über Rassenkunde, Geographie, Geschlechtshygiene, sogar über korrektes Fahnenhissen, und bekamen am Ende jede Menge Fanfaren für unsere Musikzüge geschenkt. »Wie kriegen wir den Krempel nur durch den Zoll?«, seufzte Hub.

Am letzten Tag schlug er mir vor, das befohlene Pflichtprogramm zu schwänzen, um noch einen seiner Kameraden in Berlin zu treffen. Ob ich etwas dagegen hätte, das Seminar »Treu leben! Trotzig kämpfen! Lachend sterben!« zu verpassen. Ich hatte nichts dagegen. Der Tag war hell und warm, und von Berlin hatte ich bis auf einen Bahnsteig noch nichts Babylonisches erkundet.

Wir stiegen an der Station Potsdamer Platz aus der S-Bahn. Sie können sich das nicht vorstellen. Sofort ein Amazonasbecken aus Menschentropfen, ein Strom, der einen mitreißt, in die oder die Richtung, egal. Um und über uns Lärm, hochkochende Stimmen, meterhohe Worte wie »Chlorodont« und »Bolle«, auf riesige Doppeldeckerbusse gemalt, die wie Felswände vorüberglitten. Hier ratterte keine einzige Pferdedroschke mehr, so wie im altersschwachen Riga. Sondern es spielte eine Big Band aus Motoren, und funkensprühend gaben vor uns die Straßenbahnen ein wirres Ballett.

Hub wollte mir nicht sagen, wo es hinging. Mir war alles recht. Wir hatten noch etwas Zeit, schütteten eine Limonade hinunter, mit der großen, fünfeckigen Verkehrsampel im Rücken, die wie ein Roboter auf uns herabstarrte. Danach wühlten wir uns auf die andere Straßenseite und ab ins Haus Vaterland. Riesige Abluftventilatoren warfen uns fast um, bliesen ein Gemisch aus Rauch, Parfüm- und Biergeruch auf die Straße. Und innen erst. Zwei grinsende Hereros mit Ringen in der Nase drückten uns Prospekte in die Hand, die uns zum größten Ballsaal der Welt führten. Das Café ein Stockwerk tiefer hatte zweitausendfünfhundertzweiunddreißig Sitzplätze, von denen kein einziger für die zwei guten baltischen Provinznazis frei war, die mit großen Augen durch die spanische Bodega, das türkische Kaffeehaus, die Wiener Weinstube, die Arizona-Bar und hallenartige Räume taumelten, die wie Bordelle aus Tausendundeiner Nacht geschmückt waren, mit Wandmalereien, die alle von Papa hätten sein können, sofern er mit zu viel Wodka versorgt gewesen wäre. Für Leute, die kein Schludern, kein Räkeln, kein Schlampigsein, kein Trödeln, kein Gewäsch, keine Magazine, keine Schlager, kurz: kein Amüsement wollten, war das Haus Vaterland definitiv die Hölle auf Erden.

Hub zog mich nach draußen. Benommen lief ich schafsartig neben ihm her, ließ mich fast überfahren, weil ich für eine Sekunde vom Trottoir abkam. Aus einem Radiogeschäft dröhnte Hans Albers. *Flieger, grüß mir die Sonne.* Und neben mir ein frischfrisiertes Tanzmädchen, das mich anlächelte, den Mund aufriss und »grüß mir die Sterne, grüß mir den Mond« mitschmetterte, um sofort in einer Menschentraube zu verschwinden.

Dein Leben, das ist ein Schweben, durch die Ferne, die keiner bewohnt.

Wir gingen etwa fünfhundert Meter die Saarlandstraße herunter. Dann bogen wir in die Prinz-Albrecht-Straße ein. Erst dachte ich, Hub steuere das Museum für Vor- und Frühgeschichte an, das den Schatz des Priamos beherbergte und unser lettisches Museumsbesuchsvisum in schönster Weise beglaubigt hätte.

Doch wir spazierten daran vorbei auf das benachbarte, noch größere, noch delikatere Gebäude zu, das fünfstöckig nach Norden blickte und sich als Hauptquartier der Gestapo entpuppte, wie ich dem blankgewienerten Messingschild entnehmen konnte, in dem sich ein ss-Mann in Habachtstellung spiegelte: *Geheimes Staatspolizeiamt Berlin.*

Ich blieb abrupt stehen, noch voll mit Melodiefetzen, die

mich auf ein solches Schild nicht vorbereitet hatten. Hub packte meinen Arm und drängte mich hinein.

Innen herrschte kühle Stille. Es wimmelte von Bronzeskulpturen, Stuckaturen und geschwungenen Wandmalereien. Zusammen mit majestätischen Topfpflanzen gaben sie den Flurfluchten eine blasierte Vornehmheit, die nur noch von den übereinandergeschlagenen Beinen Erhard Sneipers übertrumpft wurde, der in einem Ledersofa im Foyer saß und lächelte. Er hatte uns erwartet. Höflich erhob er sich, so wie sich Gentlemen in britischen Gentlemen's Clubs erheben, und legte in der Tat die Londoner *Times* zur Seite, die man, ohne Verdacht zu erregen, wohl nur bei der Gestapo studieren konnte, dort aber nicht bekam.

Wo also hatte er sie nur her?

»Ich darf euch von Eva grüßen. Sie ist im Adlon.«

Schon klar, wo er sie herhatte.

»Ev ist hier?«, fragte ich dümmlich.

Sie hatte mir nichts gesagt. Nicht einmal angedeutet. Ich schaute die beiden Herren an. Die exquisite Fliege (Erhard). Die billige Krawatte (Hub). Ein Gefühl beschlich mich, das man schlecht erklären kann. Entrüstung trifft es nicht, sondern es ging mir, als wäre ich mitten in der Karibik statt auf tropische Fülle auf einen Eisberg gestoßen.

»Du hast ihn nicht vorbereitet?«, richtete Erhard mit einer Spur Schärfe das Wort an Hub.

»Er war noch nicht so weit.«

»Was passiert hier eigentlich?«, wollte ich wissen.

»Wir treffen unseren Arbeitgeber.«

»Die Reichsjugendführung ist auch in dem Gebäude?«

Beide starrten mich an. Trotz der vielen Topfpalmen

hatte hier überhaupt gar nichts mit der Karibik zu tun. Erhard trat taktvoll zur Seite, damit Hub sich leise zu mir herüberbeugen konnte.

»Du glaubst doch nicht, Koja«, fing er mit gedämpfter Stimme an, »dass uns jemand dafür, dass wir Geländespiele organisieren und *Die Fahne hoch* singen, ein solch fürstliches Gehalt zahlt!«

Schneller und immer schneller.

»Oder?«

Rast der Propeller, wie dir's grad gefällt.

»Oder? Glaubst du das?«

Piloten ist nichts verboten, drum gib Vollgas und flieg um die Welt.

Zehn Minuten später lernte ich Reinhard Heydrich kennen, einen Mann mit sehr klaren Vorstellungen und einer erstaunlich hohen, fast fisteligen Stimme, der uns bis zum Fünf-Uhr-Tee erklärte, wie er den SD in Lettland zu etablieren wünsche, welche Art Berichte, Erkundungen und Ergebnisse er erwarte und welche politischen Gegner wir zu observieren, zu infiltrieren oder gegebenenfalls zu liquidieren hätten.

5

»Der Geheimdienst?«, sagt der Hippie.
»Sicherheitsdienst«, erwidere ich. »SD heißt Sicherheitsdienst.«
»Ist Heydrich nicht dieses Schwein?«
»Ja, doch, aber ein kultiviertes. Hatte sein Dienstzimmer später im Nachbargebäude. Prinz-Albrecht-Palais. Mahagonigetäfelt. Spätbarocke Residenz französischer Seidenhändler.«
Der Hippie rührt sich nicht.
»In etwas Schönerem«, sage ich, »hätte die Blutmühle Europas kaum mahlen können.«
»Greislich«, stößt er welk hervor.
»Ja«, sage ich, »da mögen Sie recht haben.«
»Ich bin froh, dass du so sprichst. Wie kannst du sagen, dass du ein Nazi warst? Und noch dazu ein guter? Das ist wirklich greislich.«
»Es ist die Wahrheit. Und sie wird noch weitaus greislicher werden.«
»Aber du hast doch keinen Menschen liquidiert, oder? Herr Solm, das haben Sie doch nicht gemacht?«
Wir liegen in einer mondhellen Münchner Nacht, die sich über all die Geräte ergießt, die uns am Leben erhalten. Ich bin erschöpft. Betrübt blickt der Hippie zu mir herüber.

Er scheint noch etwas sagen zu wollen, schweigt dann aber. Ich schließe die Augen, und ohne sie zu öffnen, sage ich, als würde ich in einen lichtlosen Tunnel hineinsprechen: »Also wenn überhaupt, dann können Sie jetzt einen Rückzieher machen.«

Ich lausche, ob mir jemand antwortet.

Das Atmen des Hauses rückt näher.

Der Hippie scheint zu rascheln mit irgendwas, der Bettdecke vielleicht, dann liegt er still.

Mir wird nicht erwidert, doch ich deute das Nichterwidern als Zustimmung. Es kann natürlich auch Ablehnung sein. Schweigen kann einfach alles sein. Vielleicht ist er auch soeben gestorben. Vielleicht wurde in dieser Sekunde seine Swamiseele von Shiva heimgeholt, und ich rede mit einer leeren Hülle, die verbrannt, zu Mehl zerstoßen und in den Fluss geworfen werden kann, wenn sie alles gehört hat, in die arme, arme Isar.

Und das beruhigt mich.

6

Zwei Wochen lang sprach ich mit Hub kein Wort. Mein Schweigen entzündete sich, bis der Eiter aus allen meinen Poren kroch.

Aber wenn ich Hub mit diesem Eiter im Blick stumm ansah, kippten seine Pupillen weg. Er wollte nichts sehen. Ich gab ihm mit meinen vergorenen Augen ein Zeichen, er solle zu mir kommen, mich fragen, was ich habe. Aber er wollte nichts sehen. Und er wollte nichts fragen.

Wir benahmen uns nicht mehr wie ein Fleisch und ein Blut.

Dennoch. Die Tarn-und-Täusch-Frage musste ich stellen. War es nur unser finanzieller Kataklysmus, die Not um unseren Vater, die Erhard Sneiper auf die Idee gebracht hatte, uns Herrn Heydrich als heimliche Kundschafter vorzuschlagen? Oder hatte Hub bereits Erfahrung im Tarnen und Täuschen? Schließlich hatte er sich getarnt und mich getäuscht, seinen eigenen Bruder. Das war noch nie geschehen. Und ich konnte mir auch nicht vorstellen, dass Ev wusste, auf was wir uns einließen.

»Nein«, erklärte er, als ich ihn schließlich kurz vor der dritten Schweigewoche abpasste, »diese Sache ist nichts für Frauen. Ev ist in gar nichts eingeweiht. Und du musst mir schwören, dass es dabei bleibt.«

»Ich muss dir gar nichts schwören.«

Ich sprach mit müder, kehliger Stimme, eingedickt durch den Eiter, der auch in meinem Hals saß.

Die Spuren von Kummer, die ich auf Hubs Gesicht sah, ließen mich kalt. Meine Eingeweide bekamen eine niedrige Temperatur, das meine ich mit kalt. Auf meine Tarn-und-Täusch-Frage erhielt ich keine Antwort. Man kann es nicht anders sagen: Ich war hereingelegt worden, und nichts, was einer Aussprache auch nur ähnlich sah, ergab sich zwischen uns. Hub tat so, als hätte mir immer klar sein müssen, dass der »Bund deutscher Jugend« nur eine Tarnung war für den Verkauf unserer Würde.

Bis zu diesem Tag hatte ich meinen Bruder nicht so sehr als Mensch, sondern als Titanen empfunden, ein Prometheus, der den Sterblichen das Feuer bringt und sich für sie die Leber aus dem Leib hacken lässt, das Ganze in Marmor, wie von Adam le Jeune gemeißelt, wirklich, so war dieser Mann für mich gewesen, der Ihnen noch vor einer Woche ins Gesicht schlug, bedauernswerter Swami.

Unsere Aufgaben waren klar und deutlich. Wir sollten in großem Umfang Observationen vornehmen. Letten. Juden. Politische Gegner aus dem deutschbaltischen Lager. Herr Heydrich hatte darüber hinaus gefordert, wirtschaftliche, personelle, politische Strömungen und Persönlichkeiten in Lettland zu erfassen, zu charakterisieren und Karteien und Unterlagen für einen möglichen Eingriff in Lettland vorzubereiten. Hitlers möglicher »Eingriff« in Lettland – ein wahrhaft merkwürdiges Wort, in unserer Kindheit von Mama nur benutzt, um den Schlitz unserer Unterhosen zu tadeln, ihre Sauberkeit vor allem – war das erste Staatsgeheimnis, dessen ich je gewahr wurde. Während mein Bruder später Staatsgeheimnisse sammelte wie seltene Briefmarken, löste das in mir nie wohligen Schauer aus.

Ich muss zugeben, dass Hub Rücksicht zeigte mir gegenüber. Er wollte durch Rücksicht heilen, dabei sah er immer noch nichts. Etwas Rückblindes war es, eine Rückblindheit, die er für Schonung hielt. Er wollte vor allem nicht, dass ich es mir noch einmal anders überlege. Zu sehr hingen unsere Eltern von den ss-Zahlungen ab, die uns zugesagt worden waren.

Wir hatten ein Doppelleben zu führen: Nach außen hin waren wir Berufsjugendliche, NS-Funktionäre von eher niedriger Potenz. Im Innersten jedoch wurden wir Teile jener verborgenen Kraft, die die ganze Welt umwandelte. Wir wurden Wissende und Eingeweihte. Kein Unwissender, kein Uneingeweihter durfte davon erfahren. Mir wurde schon auf unserer Rückfahrt von Berlin nach Riga klar, dass der sportive Reiz der Rolle eines Spions gerade darin gründet, sie zu verbergen, sogar vor der engsten und vertrautesten Umgebung. Alle Stadien der Täuschung lagen vor uns, und wir traten nun nach und nach in sie ein.

Wie es Hubs Art war, schlug er vor, selbst die Drecksarbeit zu übernehmen. Er würde die Archive anlegen und die schwarzen Listen führen. Er würde unter den Jugendlichen Spitzel anheuern und ein Agentennetz über die Deutschbalten werfen, das sich gewaschen hatte. Die besonders unangenehme Aufgabe, unsere eigenen Hausnachbarn zu erfassen, zum Beispiel das steinalte Fräulein von Pilatier im

Erdgeschoss weltanschaulich und rassisch zu bewerten (die eine arisch unzuverlässige Hugenottin war, aber angeblich aus altrömisch konsularischem Geschlecht stammte, das einen Legionsadler im Wappen führte und sich bis auf Pontius Pilatus zurückverfolgen ließ), all das lag in seiner Verantwortung.

Ich hingegen war für die Spionage gegen Lettland zuständig. Also für den Spaß.

Im Grunde musste ich nur tagtäglich die lettischen Zeitungen lesen, im Laufe der Monate und Jahre durch unsere Heimat reisen und nebenbei die Kasernen und militärischen Sperrgebiete kartographieren, die mir begegneten. Lesen und Reisen und Zeichnen. Alles Dinge, die ich gerne tat. Das war ein geschickter Zug meines Bruders, mir die Skrupel zu ersparen, die mich oft, ihn jedoch niemals peinigten. Er war sich seiner Weltanschauung sehr sicher. Seiner Meinung nach tat er etwas absolut Gutes und Richtiges, da er gegen die Bolschewiken und Letten arbeitete, die Ersäufer unseres Großpapings. Und ich merkte, dass die Sicherheit des Glaubens, die Großpaping ebenso wie die vielen anderen Geistlichen meiner Familie in allen Generationen ausgezeichnet hatte, in meinem Bruder eine neue Gestalt annahm, die mich noch nicht ängstigte, aber verstörte, da ich sie beim besten Willen nicht teilen konnte.

Ich traf Ev, um ihr den Eiter zu zeigen, vielleicht, damit sie ihn mir abstreichen konnte. Zwar hatte Hub jedes Wort verboten, und ich begann mein allererstes Staatsgeheimnis bereits zu verraten, bevor ich es überhaupt richtig verstanden hatte. Aber das war mir egal. Und es wäre auch gar nicht möglich gewesen, irgendetwas vor Ev geheim zu halten, denn noch nie hatte ich etwas vor ihr geheimgehalten, nicht das Geringste. Sie wusste, wen ich liebte und mit wem ich schlief, und ich wusste, dass sie Hub liebte und mit Erhard schlief, auch wenn sie das romantischer ausdrückte, wenn auch nicht viel romantischer.

»Hub ist mein Schloss, das ich von ganz weitem sehe. Und Erhard ist so lieb. Der ist meine Höhle, in die ich mich kuschele.«

»Und ich«, fragte ich. »Was bin ich?«

»Du«, lächelte sie, »du bist meine Brandmauer.«

Das war so ihre Art zu reden.

Nein, nicht viel romantischer.

Wir verabredeten uns im Café Puschkino, einer verschlafenen Pracht unweit des Freiheitsboulevards, in der die russischen Emigranten ihre Verzweiflung in den Qualm ihrer Papirossy hüllten. Nie setzte ein Balte hier seinen Fuß hinein.

Es war später Abend. Sie saß in der hintersten, brokatroten Ecke, von Rauchschwaden umhüllt, im milchigen Glanz einer Glühbirne. Ihre Qual überraschte mich, das in die Hände gestützte Kinn, das davonflattern wollte mitsamt den unruhigen Fingerchen, auf denen es schwankte. Ich gab ihr einen flüchtigen Kuss, setzte mich ihr gegenüber, lobte ihr gelbes, schwarzgepunktetes Complet, mit einer Spur von Ironie, so wie sie es mochte. Sie lächelte schmerzlich. Der unstete Blick wich mir eher aus, als dass er nach mir suchte, so wie sonst.

Ich begann sofort mit den neuen, finsteren Geheimnissen, aber die Offenbarung oder Enthüllung oder wie immer man es nennen mag, ja, die Beichte, ging über sie hinweg. Ev schien weder amüsiert noch angewidert zu sein. Sie war auf zerbrechliche Weise geistesabwesend.

»Ev?«

»Ja?«

»Hörst du mir zu?«

»Ich höre dir zu.«

»Du wirkst so sonderbar.«

Sie verlagerte das Kinn auf die linke Hand, griff mit der Rechten einen kleinen Löffel und drehte mit ihm winzige Pirouetten auf dem Tischtuch.

»Was du mir sagst, weiß ich doch alles«, flüsterte sie rauh. Ich verstand sie kaum. Es war laut um uns herum.

»Du weißt alles?«

Sie nickte.

»Erhard hat dir alles gesagt?«

»Nicht Erhard.«

»Nein?«

»Hub.«

Nun war ich sicher, mich verhört zu haben.

»Hub? Er darf dir nichts sagen. Er hat mir streng verboten, dir irgendwas zu sagen. Das sind doch alles Staatsgeheimnisse.«

Sie blickte mich traurig an, in ihrem Blick eine Schwere, die neu für mich war.

»Hub und ich …«, fing sie an. »… na, du weißt schon.«

Der Kellner kam und brachte mir ein Bier. Hub und sie? Was sollte das heißen, Hub und sie? Ich versuchte, meine Verwirrung auf mein Bier zu lenken, das wie ein Meeresorganismus vor mir schwappte, wie eine gelbe Qualle – ob es wohl auch Gefühle haben kann, Hoffnungen, Ängste, dachte ich, was man halt so denkt in Momenten reinster Konfusion.

»Ich bin eine Ehebrecherin.«

Ja, mein Bier hatte Ängste, es hatte zum Beispiel wahnsinnige Angst davor, getrunken zu werden. Ich starrte auf das gelbe Kleid vor mir, dessen Punkte ich unbedingt zählen wollte, alle. Das Schloss und die kuschelige Höhle und auch die Brandmauer begannen, sich neu zu sortieren. Einer der Russen klappte das verstimmte Klavier auf, intonierte das Lied von der Petersburger Straße, und der ganze Tisch neben uns stimmte mit ein.

»Koja?«

»Das ist allerdings eine Neuigkeit.«

»Ja.«

»Hub und du ...?«

»Ja.«

»Weiß Erhard irgendwas davon?«

»Um Gottes willen.«

»Weiß Hub irgendwas von uns?«

»Spinnst du?«

»Weiß irgendwer irgendwas von irgendwem?«

Das halbe Lokal verströmte sich in diesem alten, nutzlosen Lied, während Ev die Tränen in die Augen stiegen.

»Mir war klar, du wirst mich verurteilen.«

»Ich frage nur.«

»Es ist einfach geschehen. Ich habe es nicht provoziert, hörst du. Ich fühle mich schlecht. Und Hub fühlt sich auch schlecht.«

»Nun, sieh mich mal an. Und dein Verlobter wird auch nicht vor Freude in die Luft hopsen.«

Die Russen lagen sich in den Armen, *nasdrowje* hier, *nasdrowje* da, sentimental, fröhlich, zornig, stolz, leidenschaftlich und verloren. Ich atmete tief durch, trank das furchtsame Bier aus. Eine Art von Umnebelung senkte sich auf mich herab, die mich ruhiger machte.

»Na gut. Ich glaube, wenn wir es bei Lichte betrachten, liebe Ev, gibt es einige Hoffnung, wirklich.«

Ich versuchte, mein Zittern zu verbergen, indem ich meine Finger an das leere Glas presste.

»Weißt du«, fuhr ich fort, »Hub hat keine Verpflichtung irgendjemand anderem gegenüber. Er hat ein paar Liebschaften, aber die sind federleicht. Und du, du kannst gar keine Ehebrecherin sein. Du bist ja nur verlobt. Du löst die Verlobung auf. Und dann heiratest du eben den lieben Hub …«

Die Stimme versagte mir etwas, aber nur etwas, ich fing sie gleich wieder. »… und ihr werdet glücklich sein, und du kriegst nicht acht, sondern zwei oder drei Kinder. Wie es bei den Solms eben üblich ist.«

Ich weiß, dass ich diesen Ton beherrsche, den man in solchen Momenten braucht. So einen Ton, mit dem man Damen aus dem Pelzmantel hilft oder Türen zuvorkommend öffnet und, seien wir ehrlich, auch Kirchentüren. Dennoch hellte sich Evs Miene nicht auf, wurde noch ernster, noch verlassener.

»Ich bin keine Ehebrecherin. Aber ich werde eine sein.«

Ihre Rabenaugen setzten sich.

»Ich heirate Erhard.«

Die Qualle in meinem Magen wollte wieder heraus.

»Schon in zwei Monaten«, hörte ich. »Er hat mir gestern einen Antrag gemacht.«

»Ev!«

»Ich muss, Koja!«

»Aber du liebst Hub! Seit Jahren! Du liebst ihn! Und nun gehört das bekloppte Schloss dir! Was redest du?«

»Verstehst du denn nicht? Hubs ganze Karriere ist an Erhard gebunden. Und deine auch. Wenn ihr diese Arbeit verliert, was wird dann aus Papa? Was wird aus Mama? Was wird aus dir, Koja?«

Es war unbedingt notwendig, dass ich aufsprang und nach draußen rannte, die halbe Kalkstraße hinunter. Das war wirklich notwendig. Eine Droschke wich mir aus, fast traf mich die Peitsche. Ein Hund lief mir nach, aber ich schrie ihn an. Auch das war notwendig.

Am Rathausplatz konnte ich nicht mehr. Ich sank keuchend vornüber, stützte mich an den alten Roland, vielmehr sein steinernes Schwert, und wünschte, der Mann aus Granit könne mir einfach sein Herz leihen. Denn meines pochte mich wund und pumpte mir wieder Blut in mein Gehirn, wo ich es doch dort am wenigsten brauchen konnte, weil mir sonst die Gedanken explodierten.

Der aufrichtigste Mensch, den ich kenne. Gründet einen Geheimdienst. Manipuliert seinen Bruder. Hintergeht seinen Vorgesetzten, Freund und Vertrauten. Vögelt dessen Verlobte, die seine eigene Schwester ist. Und willigt ein, dass dennoch sein Vorgesetzter, Freund und Verlobter sie zur Frau nimmt. Eine Trauung, die er, wenn es am Ende ganz konsequent abläuft, womöglich noch persönlich vollziehen wird, Gottes Segen für den Bund dieser Ehe erbittend, der wackere Geistliche.

Gesegnet sei Familie Solm, gelobt sei ihr Name, gesalbt ihr Schicksal.

Und als wäre das nicht entsetzlich genug, bin ich es, der all dies weiß und unterstützt und fördert und sogar braucht.

In Ewigkeit.

Amen.

Ein lettischer Polizist kam auf mich zu, fragte mich, ob es mir gut gehe, hielt mich für einen Trinker, und ich sagte ihm auf Lettisch ein paar zusammenhängende Sätze. Ich brauche keine Ausnüchterungszelle. Ich weiß nicht, was ich brauche.

Wie konnte all das nur geschehen?

Das, verehrter und moralisch haushoch überlegener Swami, habe ich mich oft gefragt. Die Geschichte, die ich Ihnen erzähle, ist nicht die Geschichte des deutschen Geheimdienstes, sondern die meiner Beteiligung daran. Berichten kann ich, um einen berühmten Satz von D. H. Lawrence zu zitieren, nur von unbedeutenden Geschehnissen unbedeutender Menschen, die sich nach trivialen Dingen sehnen, nach Anerkennung und Einfluss, nach Liebe und sogar nach Vertrauen. Niemand sollte die Überreste unerheblicher Begebenheiten, die ein Mann mit einer Kugel im Kopf für erwähnenswert hält, tatsächlich für Geschichte halten. Wir waren Zwerge. Und in unserem Kalkül, unseren Handlungen und unseren Entscheidungen waren wir unendlich zwergisch. Nicht jedoch in unseren Plänen und

Ideen. Niemals. Denn wir waren überwältigt von den Fragen unserer Zeit, von der Größe der Gegenwart, der Nähe des Krieges, dem Geschmack von Geheimnis und Gefahr. Das persönliche Geschick berauschte uns, selbst wenn uns an einer Rolandsäule das Leben wie ein Alptraum vorkam, ein Ameisenalptraum aus brennenden Ameisenhügeln.

Nicht dass wir Nazis waren, kann uns ernsthaft vorgeworfen werden, denn es macht nun einmal Sinn, in der Zukunft zu leben, und die Zukunft kann man sich nicht immer aussuchen, weil sie, bis sie dann zur beschissenen Gegenwart gerinnt, nur eine Hoffnung sein kann, eine Hoffnung auf Besserung durch Zeit.

Aber dass wir es nicht schafften, die Lüge aus unseren Leben herauszuhalten, obwohl Hub, Ev und ich, das schwöre ich, sich nach Wahrheit sehnten, das brachte das Zwergische in unser Dasein, später die Verworfenheit, danach das Verbrechen und schließlich den Tod.

Gut möglich, dass es den meisten Nazis so ging.

Aber dazu kann ich nichts sagen.

Die Hochzeit von Eva Solm mit Erhard Sneiper war ein Ereignis.

Die St.-Petri-Kirche war bis auf den letzten Platz gefüllt. Hub und Ev hatten Erhard mit Engelszungen überreden müssen, einer kirchlichen Trauung zuzustimmen. Unser anbetungswürdiger Bewegungsführer hätte ansonsten ein germanisches Vermählungsritual bevorzugt, ohne Pfarrer, unter gekreuzten Hammelkeulen.

Vermutlich hätte das Papa den Rest gegeben, der hochaufgereckt in seinem Rollstuhl saß, beim Choral kleine

Bröckchen und Haferflocken ausspuckend, das war sein Halleluja. Mama weinte. Alle schleuderten ihre Hüte. Das allgemeine Gegrinse war unerträglich.

Nur Anna Iwanownas Verstörung hätte mich erstaunen müssen. Ich brauchte aber noch fünf Jahre, und darauf komme ich noch.

Kameraden in weißen Hemden und weißen Strümpfen standen Spalier, wagten aber den Hitlergruß nicht. Denn auch Trenchcoats des lettischen Geheimdienstes waren anwesend, um die jubilierenden Gesänge auf Staatsfeindlichkeit zu prüfen.

Hub hatte Gott sei Dank auf das Amt als Pastor verzichtet. Er musste aber, was fast noch schlimmer war, seine in unschuldiges Bergkristallweiß gewandete, ja geradezu eingeschneite Schwester zum Traualtar führen, ihrem stolzen Gemahl entgegen. Ich hatte mich rundweg geweigert, den Brautvater zu spielen. Hub war vor mir auf die Knie gefallen, hatte mich angefleht. Mein Nein erschütterte ihn. Er konnte nicht begreifen, was los war. Ev hatte ihm nichts berichtet, und ich hütete mich, ihm meine geheimen Kenntnisse zu offenbaren, tat unwissend, um ihn nicht zu beschämen. Und so entfernten wir uns weiter voneinander, das glänzende Schloss und seine schäbige Brandmauer, die nun zu gar nichts mehr gut war und einstürzte. Nicht mal das. Zerfiel. Sand wurde. Nichts als Sand.

Ev zog aus unserer Wohnung aus und bei ihrem Gatten ein. Ich gab ihr einen brüderlichen Abschiedskuss. In den folgenden Jahren sah ich sie oft. Zu offiziellen Gelegenheiten, zu Weihnachten, bei ihrer Doktorfeier oder auf Veranstaltungen ihres Mannes. Aber nie mehr unter vier Augen.

7

Es war offenkundig, dass die Affäre weiterging. Manchmal starrte Hub im Büro zu merkwürdigen Zeiten nervös auf die Uhr (Montag, 11.00 Uhr, der Spitzel aus Libau wartete im Vorzimmer), um dann eine Stunde lang promenieren zu gehen, ausgerechnet Richtung Petersburger Hof. Wenn er zurückkam, hing der Geruch von Ev an ihm, Kindheitskamille oder jenes Parfüm, das ihr der mit Blindheit geschlagene Gatte regelmäßig aus Berlin mitbrachte.

Ich konnte Hubs Glück förmlich mit Händen greifen, sobald er seinen Schwager Erhard fürsorglich zum Flughafen Spilve gebracht hatte, von wo den Gehörnten ein Flieger in die konspirativ aufgeladene Reichshauptstadt schoss. Fröhlich pfeifend stromerte Hub danach in unsere Geschäftsstelle zurück, redete irgendein dummes Zeug, was wohl nach harmlosem Allerlei klingen sollte, und nahm sich schließlich für den Rest des Tages frei, mich bittend, Sneiper nicht davon zu berichten. Er fühle sich ein wenig abgespannt.

Es war kein Wunder, dass er mich brauchte. Sein jämmerliches Versteckspiel, bei dem ich ihm ohne sein Wissen half, wurde durch die heftige Leidenschaft, die dahinterstand, gleichsam transzendent und erschien beinahe gerechtfertigt.

Gleichzeitig nahm unsere Schattentätigkeit Formen an.

Mir war das Herz eingefroren, und ich spürte, wie sehr das dem beruflichen Fortkommen zuträglich sein kann.

Wir hatten durchaus Erfolge.

Ich lernte auf einem Volksfest ein reizloses Mädchen kennen, Mumu, eine pummelige Lettin aus Dünaburg, die als Sekretärin im Kriegsministerium arbeitete. Ich war seelisch dermaßen verwahrlost und fühlte mich gleichzeitig innerlich so vereinsamt, dass ich mir die Kleine zunutze machte, und es war meine erste Tücke, da Mumu arglos und guten Herzens war. Wie sehr sexuelle Aktivität dem Menschen die Zunge löst, weil er sie für Nähe hält, obwohl sie nur Wärme ist, im besten Falle Fieber, störte mich schon bald nicht mehr.

Mit meinem Motorrad brauste ich im Sommer durch das ganze Land, gerne in Höchstgeschwindigkeit, mit einer großen Zeichen- und Malausrüstung im Sozius. Ich gab Ausstellungen in Riga, meistens Landschaftsaquarelle, konzentrierte mich auf Pflanzenstudien, schaffte es, nahezu jede Schattierung des seelischen Ausdrucks einer Birke zu erfassen, des Nationalbaums der Letten. Unter diesem Vorwand hielt ich mich gerne unter freiem Himmel auf, in der Nähe der großen Truppenübungsplätze, weil dort und im Blickfeld von Kasernen, von Militärflughäfen und Bunkeranlagen die bezauberndsten aller Birken wuchsen. Schnell gelang es mir, nach Deutschland detailliertes militärisches Karten- und Statistikmaterial zu senden. Heydrich persönlich ließ mir Grüße ausrichten, und ich schenkte ihm keine Birke, die ja nur ein Baum ist, sondern eine Eiche in Öl, den teutonischen Überbaum.

Obwohl ich mein Studium abgebrochen und nie etwas Anständiges gelernt hatte, genoss ich dennoch ein gewisses gesellschaftliches Ansehen. Mein Ruf war ausgezeichnet, mein Rang, der sich aus der Multiplikation der Ränge meiner Altvorderen errechnete, blieb unangetastet. Noch dazu galt ich als wirtschaftlich an sich gutgestellt. Niemand ahnte, welche Anwendungen mir das Einkommen sicherten. Ich tarnte mich mit der Haltung des Gewusst-Wie, diversen Malaufträgen und dem Posten eines Jugendfunktionärs. Es gab nur Arbeit damals, nichts als Arbeit, von morgens bis abends, und ich kann nicht behaupten, dass mich das angeödet hätte. Alles lenkte mich ab, denn ich versuchte nach allen Kräften, meine Schwester zu vergessen, die mir manchmal in meinen Träumen erschien, kurz bevor ich, von einem Galgen fallend, aufschrie.

In diese persönliche Unruhe platzte der Putsch eines Mannes, den heute niemand mehr kennt. Ich ging an einem vierzehnten Mai Neunzehnvierunddreißig in einer lettischen Republik zu Bett und wachte an einem fünfzehnten Mai Neunzehnvierunddreißig in einer lettischen Diktatur wieder auf. Über Nacht hatte sich der rechtsgerichtete Bauernführer Kārlis Ulmanis an die Staatsspitze gebombt, wofür ihn Stalin zehn Jahre später in Sibirien verhungern lassen sollte. Auf allen großen Plätzen Rigas standen Panzer. Die Ausfallstraßen wurden von starken Militäreinheiten kontrolliert, und ich kann meinen Stolz nicht verhehlen, dass ich nahezu jedes Fahrzeug von meinen Sommerreisen her wiedererkannte.

Mama rollte an jenem Morgen meinen Vater in den nahen Stadtpark, so wie sie es jeden Tag tat, der guten Luft wegen. Und so wurde sie Zeuge, wie ein paar Kommunisten mit erhobenen Händen von Soldaten abgeführt und in einen Lastwagen getrieben wurden, was meine Mutter nicht daran hinderte, den verblüfften Kommandoführer höflich und unter Anwendung des baltischen Sprachgebrauchs zu bitten, sein Gewehr ein paar Meter weiter aufzupflanzen, da er ausgerechnet auf Papas Lieblingsplatz grassierte (das heißt tobte), mit dem herrlichen Ausblick auf den Dom.

Lettland hatte aufgehört, eine parlamentarische Demokratie zu sein.

Das sollte für mich und meine Familie Folgen haben. Denn die nun regierenden lettischen Ulmanis-Faschisten mochten die Deutschbalten nicht. Es wurden sogar Stimmen laut, uns allesamt zu fangen und auf Scheiterhaufen zu werfen, um damit unser schönes blaues Blut zu sieden und zur Explosion zu bringen, was Papa als Silvesterfeuerwerk bestaunt hätte, Mama jedoch zum Anlass nahm, Großpapings selbstgemachtes Schwert zu schleifen und unter ihr Kissen zu legen.

Am Ende wurde lediglich unser Stolz kastriert. Wir verloren alte und neue Rechte, es gab keine Parteien mehr, keine Presse- und Versammlungsfreiheit und natürlich auch keine »Bewegung«. Alles Eigentum der deutschbaltischen Verbände wurde beschlagnahmt, die Vereinsvermögen konfisziert. Selbst die jahrhundertealten Gildehäuser, Palazzi von italienischer Anmut, aber von lübeckischem Schrot und Korn, wurden von der Polizei besetzt und aufgelöst.

Es war, als wäre Al Capone nach Riga gekommen, mitsamt einer Armee sizilianischer Plünderer.

Erhard bekam sein wölfisches Grinsen und rief Herrn Himmler an.

Die »Bewegung«, schon in Zeiten der lettischen Demokratie maßvoller Verfolgung ausgesetzt, ging in die Illegalität. Hub und ich wären auch in die Illegalität gegangen, aber wir waren bereits Agenten, und etwas Illegaleres als Agenten kann es nicht geben. Also bereiteten wir uns auf sieben magere Jahre vor.

Es kamen aber sieben fette Wochen. Die Rechtsbrüche, die öffentlichen Demütigungen und der Verlust allen noch gebliebenen Einflusses trieben Erhard, Hub und mir eine Stampede aufgebrachter Deutschbalten zu. Unsere kleine Partei wurde mit heller Empörung gemästet.

Die Behörden zeigten schnell Interesse, denn wenn ich aus unserem Fenster nach unten auf die Straße blickte, sah ich, dass unser Haus beschattet wurde, aus einer dunkelgrünen Ford-V8-Limousine heraus, durch deren heruntergeklapptes Fenster ab und zu Zigarrenrauch entwich.

Die Demokraten unter den Balten gingen einer Konfrontation mit der Staatsmacht aus dem Weg. Ihrer Meinung nach konnte ein offener Aufstand nur in die Katastrophe führen. Ich kann nicht verhehlen, dass ich einen anderen Standpunkt hatte. So willig ich auch war, der Welt ihren Lauf zu lassen: Diebstahl, Raub, Piraterie gingen mir auf die Nerven. Und als ein vorwitziges Mitglied der enteigneten Gilden, ein deutschbaltischer Friseur, öffentlich die kriminellen Maßnahmen der Letten als überfällige Korrektur von überlebten Vorstellungen begrüßte, ja, den Diktator Ulmanis gar unverhohlen zu weiteren Modernitäten aufforderte, konnte ich mich eines galligen Gefühls nicht erwehren.

Noch am selben Abend suchten Hub und einige beherzte Jungs des indianisch erregten Stammes Reichsapfel im Forst nach dicken Knüppeln, zogen sich italienische Karnevalsmasken über und betraten um Mitternacht den Salon des beflissenen Friseurs, ohne einen Schlüssel zu benutzen.

Ich versichere Ihnen, nicht dazugehört zu haben – jedenfalls würde ich das am liebsten sagen. Aber ich gehörte dazu, verstörter Swami. Ich war sogar derjenige, der die psychische und physische Energie aufbrachte, in einer Art von Trance als Erster über die Schwelle des Anstands zu treten (vielleicht half auch eine Axt). Unser Besuch dauerte nicht lange, beeinträchtigte aber die Pracht der Fensterscheiben, des Mobiliars und der Perückenköpfe. Hub rollte einen Frisierstuhl auf die Straße, irgendjemand platzierte einen Schweinekopf darauf, und bevor mich das ästhetisch irritieren konnte, flogen zwei Brandsätze in die Schaufenster. Danach informierten wir die Feuerwehr. »Frei sein, high sein, Terror muss dabei sein.« Singen das nicht Ihre langhaarigen Kumpane? Wir sangen ähnlich idiotische Lieder.

Die lettische Presse griff den Fall auf. Liberale Landsleute prangerten unsere angeblich jakobinischen Methoden an. Es war herrlich. Und es war greislich. Es war herrlich greislich.

Wir hießen bei allen, die uns hassten, die Sneiper-Solm-Bande. Viele hassten uns. Selbst Mama, die fassungslos vor den rauchenden Trümmern des Frisierladens stand und sich fragte, wo sie sich in Zukunft die Haare waschen und legen lassen konnte, rief laut »Pfuich!«, und erteilte so der Sneiper-Solm-Bande eine Reprimande (Rüge), nicht ahnend, damit ihre eigenen Söhne zu tadeln.

8

Ich wusste es.
Ich wusste, dass die lettische Regierung handeln würde. Wusste, dass der Diktator außer sich war. Wusste, dass Ulmanis unmöglich ein paar Halbstarken erlauben konnte, einem kollaborierenden Friseur die Existenz unter dem Arsch abzufackeln. Ich wusste natürlich vor allem, dass der Schweinekopf keine gute Idee gewesen war.

Dies alles wusste ich, weil ich es aus erster Hand von meiner pummeligen Lettin Mumu erfuhr, die im Kriegsministerium unerfreuliche Dinge über mich gehört hatte und von Treffen zu Treffen trauriger wurde. Auch ihre Orgasmen wurden trauriger und blieben am Ende ganz aus.

»Du horchst mich doch nicht aus, oder?«, fragte sie, als wir uns wie so oft in einem der Séparées des Petersburger Hofes über eine Schale Erdbeereis hermachten, das sie so sehr liebte.

»Aber Mumu, wie kommst du denn darauf?«

»Ihr seid ein Haufen Staatsfeinde. Davon wird im Ministerium ganz offen geredet. Sneiper und Solm sind die schlimmsten Namen.«

»Ich bin nicht schlimm.«

»Wenn die herausbekommen, dass wir befreundet sind, verliere ich meine Stellung.«

»Dann sollten sie es nicht herausbekommen.«
»Du liebst mich auch ehrlich? Du nutzt mich nicht aus?«
Es war das letzte Mal, dass ich sie in meinem Leben sah. Zum nächsten vereinbarten Treffen erschien Mumu nicht mehr. Als ich sie im Ministerium telefonisch erreichen wollte, sagte mir eine kühle Stimme, das Fräulein Dalbeniks habe gekündigt.
Wer ich denn sei?

Ein paar Tage später erfolgte der Schlag.
Die konspirative Wohnung im Hafenviertel, die nur der innerste Zirkel der Mandarine kannte, wurde von der Polizei gestürmt, gerade als wir eine Versammlung abhielten. »Nun, meine Herren, dann wollen wir mal!«, rief Erhard, stopfte sich behende ein engbeschriebenes Strategiepapier in den Mund und zerkaute es geduldig und ziegengleich, als man von außen bereits die Tür mit einem Beil aufhackte. Dann standen wir an der Wand. Es war meine erste Festnahme.
Obwohl man nichts Belastendes bei uns fand, weil Waffen versteckt und belastende Schriftstücke verdaut waren, wurden wir wegen »pangermanischer Aktivitäten« in das Untersuchungsgefängnis in der Schützenstraße eingeliefert. Ein verhalten gähnender Kommissar eröffnete mir noch in der Nacht der Einlieferung, dass ich nach der Kerenski-Verordnung in Verwahrung genommen sei, einem Gesetz aus russischer Zeit, das Inhaftierungen ohne Gerichtsverhandlung und von bis zu sieben Jahren Dauer vorsehe.

Ich kam in eine Einzelzelle, was in Lettland nicht bedeutet, dass man sie ganz für sich hat. Ich teilte mir fünf Quadratmeter Steinfußboden mit Mortimer MacLeach, einem verfressenen Falstaff, der in spektakulärer Weise an Gewicht verlor und direkt vor meinen Augen wie ein Stück Butter in der Pfanne dahinschmolz. Sein Bruder war der einzige deutschbaltische Verkehrspolizist in Lettland, womöglich weil die Familie ursprünglich aus Schottland stammte und somit keine lettischen Ureinwohner ausgerottet haben konnte.

Trotz dieser staatstragenden Verbindung saß niemand von uns öfter in lettischen Gefängnissen ein als Mortimer MacLeach. Ihm unterstand der Saalschutz der »Bewegung«, der sich vor allem mit den Kommunisten prügelte. Von Mortimer lernte ich allerhand Nützliches, beispielsweise das Kochumer Lohschen, ein jiddisches Räuberalphabet, das die Verständigung von Zelle zu Zelle durch Klopfzeichen ermöglicht. Eine blühende Verständigung unter den Augen der Polizei war auf diese Weise ein Leichtes. Später schlug er noch Raffinierteres vor: Erhards Gattin, die wunderschöne Ehefrau unseres Führers und somit privilegiert, solle uns Proviant bringen, und das sei auch schon der ganze Plan.

Als Ev uns dann tatsächlich besuchen kommen durfte, sorgenblass, aber tapfer, trafen wir sie zu dritt im Besuchsraum, der erhörte Solm, der unerhörte Solm und der taube und blinde Erhard. Uns trennte eine Schranke, so dass Ev ihrem Mann über das Hindernis hinweg einen Handkuss zuwarf. Das schwache Leuchten in ihrem Gesicht glühte auf, als Hub sie anlächelte. Und es ermattete, als sie mir zunickte wie einem etwas unzuverlässigen Komplizen, der sich erst noch bewähren muss.

Sie brachte, neben einem Duft nach Zitronenseife – der die Kamille ersetzt hatte, aus ihrem Haar herüberwehte und noch tagelang in dem ganzen verdammten Gefängnis zu hängen schien –, auch ein Fresspaket mit, über das sich die Wärter schlapplachten, da es nur aus Krebsen und Äpfeln bestand.

Als er den Roten Herbstkalvill sah, musste Hub fast weinen, der hungrige Mortimer natürlich auch, aber aus anderen Gründen. Die Krebse und ihr feines, reputierliches, aber kaum vorhandenes Fleisch machten uns auch nicht gerade satt. Aus ihren Scheren jedoch bastelte mein geschickter Mitbewohner kleine Füllfedern. Mit Urin, der sich in einer Blechdose zu schwärzlicher Tinte verfärbte, konnte man durch eine in die Krebsschere hineingebohrte Düse ein passables Schreibgerät herstellen. Man musste nur den Zufluss der Pisse mit dem Zeigefinger etwas regulieren. Anfangs kostet so was eine gewisse Überwindung, vor allem, wenn es nicht die eigene Pisse ist, mit der man schreibt. Da wir nur eine einzige Blechdose hatten, nahmen wir Mortimers Pisse, die ungewöhnlich dunkel war. Auf diese Weise haben wir auf hartem Klopapier ungezählte Kassiber verfasst, sie in Zahnpastatuben versteckt und über den Waschraum an die verschiedenen Adressaten verteilen können. Wir fühlten uns wie die baltischen Herren, Barone und Grafen von Monte Christo, saßen auf einem vom Atlantik umtosten Felsen.

Ich kann bezeugen, dass sich das Quivive in den europäischen Gefängnissen bald ändern sollte. Denn in den Haftzellen der Gestapo wie auch in den NKWD-Folterkellern der Moskauer Lubjanka gab es niemals von untreuen Ehefrauen kredenzte Fresspakete, schon gar nicht mit frischen Krebsen darin.

Zweifellos kam ich mir pisseschreibend, ja sogar pissezeichnend (ich karikierte Mortimer als Oliver Hardy, mit dem er eine gewisse Ähnlichkeit hatte) wie Scarlet Pimpernel vor, pfiffig, gerissen und intransigent, während die Beamten des lettischen Staatsschutzes mir als endemische Kretins erschienen, die nicht die geringste Ahnung hatten, dass ihnen die durchtriebenen Nazis in ihrem eigenen Gefängnis auf der Nase herumtanzten.

Leider jedoch spielte sich die Sache genau andersherum ab.

Selbstverständlich nämlich wusste der lettische Geheimdienst über jeden Schritt seiner Häftlinge Bescheid. Die Zusammenlegung der aufmüpfigen NS-Funktionäre diente zu nichts anderem, als deren geheimste Pläne abzufangen. Nicht nur wurde das auditive Kochumer Lohschen auch von den Beamten selbst beherrscht (nachts stenographierte immer ein magenkranker Dolmetscher mit, als Aufseher getarnt), sondern auch die Krebsscherenkassiber, auf persönlichen Harnwegen einander zugestellt, um es einmal gewunden auszudrücken, wurden dem Staatsschutz zur Kenntnis gebracht.

Der Vernehmungsbeamte II. Grades Peteris Petrins wusste alles über mich, kannte jeden meiner Kontakte der vergangenen Monate und erfuhr sogar, dass ich ihn persönlich für einen »Kretin, der jeden Unsinn glaubt«, einen

»widerlichen Schmierlappen« und »für zu dumm, um auf Schnee zu pissen«, hielt. Obwohl er dies alles wusste, begrüßte er mich zu jeder der zahlreichen Vernehmungen mit zuvorkommender Herzlichkeit, schüttelte mir jedes Mal die Hand, wollte wissen, ob ich auch einen Weißdorn-Tee haben wolle (er hatte ständig Herzrasen), und ließ sich dann, ab und zu aus seiner Tasse schlürfend, stundenlang von mir mit großer Geduld die infamsten und phantastischsten Lügengeschichten auftischen. Obwohl er den Blödsinn in Gänze durchschaute, unterbrach er mich nie, sondern setzte ein geradezu atemlos interessiertes Gesicht auf, das bestimmt interessierteste Gesicht Rigas, von meinem einmal abgesehen, als ich an einem verregneten, schmutzig gelben Montag zufällig in seine Unterlagen schauen konnte.

Das geschah, weil Herr Petrins unerwartet von seinem Vorgesetzten, einem Vernehmungsbeamten 1. Grades, zu einer kurzen Unterredung gebeten wurde. Nur die Stenographin ließ er im Raum zurück, die just in diesem Moment beziehungsweise einen winzigen Moment später sehr dringlich das Klosett aufsuchen musste. Sie bat mich, da ihr das Verlassen des Vernehmungszimmers grundsätzlich nicht gestattet war, unbedingt Stillschweigen zu bewahren und während ihrer und Herrn Petrins kurzen Abwesenheit keinesfalls in die hinter dem Schreibtisch stehenden Vernehmungsordner zu sehen, ganz besonders nicht in den Ordner mit der Aufschrift *Centra*. Ich versprach ihr das mit dem gewissenhaften Unterton besonnener Reife, den schon die arme Mumu an mir so geschätzt hatte. Sie dankte mir, *paldies jums*, lächelte erleichtert und flatterte davon.

Kaum war die Tür zugeschnappt, raste ich zu dem Aktenordner *Centra,* riss ihn heraus, hielt kurz inne, lauschte, hörte nichts und schlug ihn auf.

Mir verging Hören und Sehen, wie man so sagt. Centra heißt auf Lettisch Mitte, und Mitte ist ein Deckname, und der Deckname bezeichnet eine Stellung, und die Stellung bezieht sich auf einen Spitzel, und der Spitzel kommt aus unserer Bewegung, und in unserer Bewegung sitzt er in der Mitte, und die Mitte heißt Centra, und Centra heißt MacLeach. Mortimer MacLeach war ein ND, ein *neformālās darbinieki,* ein »geheimer Informator«, wie der lettische Geheimdienst seine unangenehmsten Mitarbeiter nannte. Ich sah seine Verpflichtungserklärung auf der ersten Seite, blätterte fassungslos durch den Ordner. Sah Dutzende von Berichten. Vertraute Namen. Überraschende Namen. Vor allem meinen, der zu »K. S.« verstümmelt in jedem dritten Satz durch die Zeilen tänzelte.

K. S. ist ein snobistischer Intellektueller, der zweifellos über breiten Bildungsumfang verfügt und auch über künstlerische Anlagen in solidem Rahmen. Er hält sich aber für begabter, als er ist. Mag gerne Äpfel. Direkt daneben das Oliver-Hardy-Bildnis, das ich erst einige Tage zuvor von ihm angefertigt hatte: *Anlage: Konterfei des Berichterstatters Centra, Karikatur von K. S., Tuschezeichnung (Spezialtusche).*

Oder auch: *K. S. erklärt, Vernehmungsbeamter P. P. ähnele mit seiner dickgeränderten Brille und den auffallend großen Nüstern einem Scharfrichtergehilfen. P. P. sei Kretin, der jeden Unsinn glaubt.*

Und schließlich: *Weltanschaulich gesehen ist K. S. als Nationalsozialist noch nicht gefestigt. Hat nichts gegen Juden.*

Hat nichts gegen Kunst. Ohne seinen wesentlicheren Bruder H. S. wäre er in Bewegung abgemeldet.

Ich hing krumm wie ein Haken vor dem Konvolut. Ich blickte aus dem Fenster und konnte den Blick nicht vom Regen wegreißen. Ein Vorhang aus Schlieren.

Jede Sekunde konnten der Scharfrichter und seine Blasenkranke zurückkommen. Ich trennte den jüngsten Bericht meines Zellengenossen heraus, stopfte ihn in die Hosentasche, stellte den Aktenordner zurück und flitzte auf meinen Platz hinüber, keine Sekunde zu früh, denn im gleichen Augenblick ging die Tür auf, und die Stenotypistin schwebte herein, vollständig enthaart, und bedankte sich noch einmal überschwenglich bei mir.

Als Herr Petrins eintrat, fand er einen unverändert vor sich hin salbadernden, von sich eingenommenen Snob vor, der als Nationalsozialist noch nicht gefestigt, als Subjekt und Objekt nachrichtendienstlicher Infiltration, Penetration und Observation aber so weit erschüttert war, dass er die Welt mit völlig neuen Augen sah.

Ich verharre auch deshalb für einen Moment an dieser Stelle meines Lebens, weil ich für meine spätere Tätigkeit ungeheuer viel lernte. Es ist gar nicht leicht, einem Menschen wiederzubegegnen, der seine innere Gestalt gewandelt hat. Das Werwolf-Prinzip kannte ich bis dahin nur durch Ovids Metamorphosen. Der Arkadierkönig Lykaon wird da vom tobenden Zeus in einen Wolf verwandelt, der heult, reißt und Altgriechisch spricht. Und als ich in meine Zelle zurückgebracht wurde, sah ich einen fetten, auf seiner Pritsche dösenden Werwolf, der eine Stunde zuvor noch ein fetter, auf seiner Pritsche dösender Mensch gewesen war. In der Zeit dazwischen war der Mond aufgegangen und hatte auch mich verwandelt. Ich musste nun mit dem Tierchen spielen, es wie bisher mit Geschichten füttern, mit Wahrheiten und Details, ich musste mit ihm diskutieren und lachen und durfte ihm auf keinen Fall das Fell abziehen. Mortimer MacLeach sah dennoch aus wie Mortimer MacLeach, machte gerne gutmütige Witze, hatte die ganze Welt zum Freund, und deshalb war es gar nicht so schwer, sich vor ihm zu verstellen. Das Schwerste war noch, mit seiner Pisse zu schreiben. Aber das musste sein.

Drei Wochen lang behielt ich die Fasson, hörte mir seine Geschichten über den brüderlichen Verkehrspolizisten an (die nun anders klangen, denn daraus erklärte ich mir einiges), die Klagen über seine finanzielle Situation (aha) und einigen Liebeskummer, den er nur mir erzählte, weil er sich unendlich wohl fühlte in meiner indulgenten Gegenwart.

»Mich durchströmt ein Gefühl von Freundschaft, Koja«, seufzte er. »Ich kann dir vertrauen, das ist so wertvoll.«

Ich gab ihm absolut recht.

Niemandem durfte ich in dieser Zeit mitteilen, dass wir einen Maulwurf in unseren Reihen hatten. Immerhin wurden keine heiklen Informationen ausgetauscht, denn Hub und ich klopften uns nicht vor all den Kameraden, die unsere wahre Funktion gar nicht kannten, geheime Reichssachen um die Ohren. Auch kam nichts in die Zahnpastatuben, nichts außer Propaganda.

Als wir schließlich entlassen werden mussten, da man uns nichts nachweisen konnte und sich auch das Reich über die

Botschaftsstellen für seine Hopliten eingesetzt hatte, führte mein erster Gang ins Büro von Hub, dem ich alles erzählte. Den Spitzelbericht Mortimers, hinausgeschmuggelt auf Wegen, die Sie nicht wissen wollen, und daher olfaktorisch nicht in bestem Zustand, drückte ich in seine angewiderten Hände. Zwischenzeitlich hatte mich gewundert, wieso es keine anständige Razzia gegeben hatte. Wurde der aus dem Aktenordner gerissene Bericht vom lettischen Staatsschutz nicht vermisst? Hatte der irritierte Peteris Petrins gar für eigene Schlamperei gehalten, dass sich die Aussage Centras nicht mehr in seiner Ablage befand? Konnte es vielleicht noch eine andere Erklärung geben, die mein großer, weiser Bruder aus dem Hut zauberte?

Nein, konnte es nicht. Hub hörte sich den Wahnsinn mit zusammengepressten Lippen an und sagte nur: »Wir müssen zum Chef.«

Ev machte uns, bereits im Mantel, die Tür auf. Sie und Erhard bewohnten eine Villa im Kaiserwald. Jugendstil. Großes Grundstück. Windgebeutelte Kiefern. Sie lächelte. Es war ein anderes Lächeln als das Besuchslächeln im Gefängnis. Jetzt wurde sie selbst besucht, und es traf sie ins Mark.

»Schön, euch wiederzusehen«, sagte sie mit etwas übertriebener Hast, küsste uns unwirklich, als wären wir es gar nicht, als wäre es nicht mal Hub. Sie war auf dem Sprung.

»Es geht ihm nicht gut. Vielleicht kommt ihr ein andermal?«

Wir wussten nichts zu sagen, bis Hub langsam und ernst den Kopf schüttelte. Ich sah, dass sie erschrak, sah es an ihren Händen, ich kannte sie so gut. Sie nickte jedoch leichthin, lächelte wieder falsch, zog ihren Hut fest, band sich, während sie sich von uns löste, den Gürtel des Mantels enger.

»Es tut mir so leid, ich muss ins Krankenhaus«, rief sie und war schon fort, wie Herbstlaub weggeblasen. Hub sah ihr hinterher wie einer Fliehenden.

Dann traten wir durch die Tür, die sie vor Schreck offen gelassen hatte. Erhard stand im Salon und hatte uns den schmalen Rücken zugekehrt. Er blickte nach draußen, war barfuß und unrasiert. Als er sich umdrehte, sah ich in ein graues, entwurzeltes Gesicht, das aus einem hellen Bademantel hervorkragte, dessen linker Ärmel mit weichgekochtem Eigelb gefüttert worden war. An den Wänden hinter ihm hingen alle vier Bilder, die ich je für Ev gemalt hatte: ein Strauß Kornblumen; sie schlafend in meinem Bett als Zwölfjährige in blauem Nachthemd; das Urteil des Paris; und ein Aquarell, das ich *Melancholie* genannt hatte, obwohl sie es lebensbejahend fand.

Keines dieser Bilder passte zu Erhards Gesicht.

»Was gibt es?«, fragte er.

Hub erklärte, dass ein Problem aufgetreten sei, das keinen Aufschub dulde und sofort besprochen werden müsse.

»Ja, ja, ja …«, raunte Erhard unwillig und schwieg dann eine längere Zeit. Offensichtlich war er betrunken.

»Können wir die Sache besprechen?«, drängte Hub. »Es ist wirklich ernst, ein wirklich ernstes Problem.«

Erhard schien desinteressiert. Er machte eine wegwerfende oder womöglich auch einladende Geste Richtung

Couchgarnitur. Wir setzten uns und sahen, wie unser Chef zu einem Sekretär stakste, einen braunen Umschlag herauszog, sich eine Wodkaflasche von der Ablage angelte und zu uns herübertrottete.

»Ich zeig euch was.«

Er ließ sich vor uns auf ein Sesselchen fallen, zog ein Foto aus dem Umschlag hervor und schob es uns kommentarlos mit der rechten Hand herüber. Fast gleichzeitig goss er uns mit der linken ordentlich Wodka ein, was nicht gut funktionierte.

Das Foto war eine Vergrößerung, grobkörnig, nicht sehr scharf. Es war von einem Dach oder einem Balkon aufgenommen worden, und ich sah ein großes, offenstehendes Fenster, in das der Fotograf aus einiger Entfernung hineingeschossen hatte. Unverkennbar war die Frau, die sich am Fensterrahmen etwas erschöpft hinauslehnte, unsere Schwester Ev. Ihr Oberkörper war entblößt. Sie hielt die Arme vor der Brust verschränkt und rauchte eine Zigarette. Ihr Blick ging ins Nichts. Hinter ihr erkannte man ein Bett, auf dem ein Mann lag, ebenfalls unbekleidet, mit weiß erigiertem Glied. Nur sein Gesicht war von einer Zeitung verschattet, ein sich mit dem Dunkel des Zimmers vermählendes Schwarz.

Während ich noch verwirrt die ganze Bedeutung des Bildes zu erfassen suchte, reichte uns Erhard eine weitere Aufnahme herüber. Nun war Ev vom Fenster verschwunden, und sie und der Mann bildeten, auf dem Bett ineinander verknäult, ein Potpourri aus: Gliedmaßen, einem verhangenen Auge, einem aufgerissenen Mund, durchwühltem Haar, fast alles Ev gehörend, nicht dem Mann, dessen Gesicht abgewandt blieb und dessen Körper so durchtrainiert und makellos schimmerte, dass er auf keinen Fall der Leib dieses vor uns besoffen hin- und herschwankenden, wie vom Winde gefolterten Grashalmes sein konnte.

Auch Erhard kannte nun also das Werwolf-Prinzip.

Hub sprang neben mir auf, kreidebleich. Er schrie, dass er für eine Satisfaktion selbstverständlich zur Verfügung stehe. Erhard solle die Waffen wählen.

Seine Worte trafen auf völliges Unverständnis.

»Warum sollten wir uns duellieren, Hub?«, fragte Erhard erstaunt. »Wegen der Familienehre?« Er schüttelte den Kopf. »Deine Schwester ist mir untreu. Nicht du.«

In Hubs Iris sah ich flackernde Konsternierung, während Erhard in Abwesenheit versank und seine nackten Beine betrachtete. Ich musste irgendetwas tun.

»Wer hat diese Fotos gemacht?«, fragte ich leise.

»Ein Privatdetektiv.«

»Warum lässt du denn Eva von einem Privatdetektiv beschatten? Du hättest uns informieren müssen, dass sie Fifferulchen macht.«

»Fifferulchen? Sie hat mich nach Strich und Faden gebrietscht!«

Das Baltische kennt viele Worte für Betrug, »Brietschen« gehört jedoch zu den schärferen. »Ich glaube, sie brietscht mich schon seit der Hochzeit so. Sie ist eine Schlampe.«

»Erhard, bei allem Respekt. Du redest von unserer Schwester«, sagte ich hochtrabend.

»Und deshalb konnte ich euch nichts sagen«, nickte er. »Ihr seid gut Freund. Ihr seid die Familie.«

»Wir sind vor allem die Sicherheitsabteilung der Bewegung. Wir hätten das in die Hand nehmen müssen.«
»Ihr hättet das natürlich in die Hand nehmen müssen. Aber eben, sie ist ja eure Schwester.«
»Was sagt sie zu der Sache?«
»Sie weiß es noch nicht.«
»Sie weiß es noch nicht?«
»Nein.«
»Hub, sie weiß es noch nicht.«
»Ja, ich habe schon gehört.«
»Wieso weiß sie es denn noch nicht?«
Erhard brütete düster vor sich hin, der Mund ein Strich und für mich völlig unlesbar. Hubs Mund war noch dünner. Man konnte von seinem wachsfarbenen Gesicht auf Anteilnahme schließen, und es war auch Anteilnahme. Aber sie galt ganz bestimmt nicht seinem betrogenen Schwager.
»Entschuldige, Erhard«, beharrte ich. »Aber du lässt Ev über Wochen von einem Privatdetektiv beschatten, verfügst über diese Fotos – und sie weiß es noch nicht?«
»Nein. Ich will erst dieses Schwein kriegen.«
Hub trank seinen Wodka auf Ex und goss sich wieder ein.
»Hast du denn«, fragte ich zögernd, »irgendeinen Verdacht?«
Er grunzte nur. Ich sah Schuppen auf seinen frisch geraufften Haaren, und ich spürte, wie sich eine körperliche Süße in mir ausbreitete, eine Wolke aus Genugtuung und tiefem Wohlgefühl, vor allem auch, weil überhaupt keine Antwort kam.
»Ich meine, gibt es irgendeinen Hauch einer Vermu-

tung, um wen es sich handeln könnte?«, ließ ich nicht locker.

Erhard hob seinen Kopf, den Tränen nah.

»Der Detektiv hat seinen Kürbel einmal kurz gesehen, aber da funktionierte der Fotoapparat nicht, der Film war alle. Er soll einigermaßen aussehen, hat etwa deine Statur, Hub, trägt englische Sachen, Sonnenbrille, Hut. Er ist sehr vorsichtig. Schade, dass er hier nicht sauber erwischt wurde.«

»Wir erwischen ihn, mein Lieber!«, versprach ich.

»Ja«, sagte Hub, und es war das Erste, was er seit langem sagte, »wir erwischen ihn.«

Wir tranken alle noch eine Runde Wodka, schweigend und seufzend und in Gedanken, während vor dem Haus der Wind kleine Sandkörner an die Scheibe wehte. Schließlich blickte uns Erhard an, wie ein Erdmännchen, das einen Habicht am Himmel sieht.

»Was ist denn das große Problem, weshalb ihr mich sprechen wolltet?«

»Oh«, sagte ich abwiegelnd. »Wir haben kein Problem.«

Hub blickte mich von der Seite erstaunt an.

»Wir haben kein Problem?«, krächzte mein Bruder.

»Nein, nicht so ein ernstes.«

»Ich dachte, es ist ein sehr ernstes Problem?«, wollte Erhard wissen.

Einem Zweitgeborenen mangelt es nie an Listigkeit. Sein Denken hat Hintersinn, die einzige Art, sich gegenüber dem Älteren durchzusetzen. Hub wäre gewiss ein großer Prediger geworden (er predigte immer gerne), denn Predigten muss man nicht einfädeln, arrangieren, anzetteln, deichseln, hinbiegen oder gar aushecken. Eine Predigt hält man. Die List lässt man langsam kommen. Und dann wird sie zur Intrige.

»So ernst ist es auch wieder nicht«, sagte ich leichthin, fest entschlossen, das Thema Mortimer MacLeach auf keinen Fall anzuschneiden.

»Aber Koja, wir müssen Erhard sagen, was in der Bewegungsführung für eine Sauerei passiert.«

Ich rutschte ein wenig zur Seite, um mit meiner Schulter Erhards Aufmerksamkeit von Hub und seinem unerfreulichen Insistieren wegzubekommen. Dann beugte ich mich zu meinem Schwager vor.

»Ja«, raunte ich, »es ist eine unerfreuliche Sache, aber nicht zu vergleichen mit dem hier.« Ich schob Erhard seine Fotos zu. »Könnte es nicht sogar sein, Erhard, nur mal angenommen, ja? Könnte es nicht sogar sein, dass derjenige, der dir und uns solchen Schmerz zufügt, aus unserer allernächsten Nähe kommt? Ich kann mir sogar denken, dass das, was wir dir sagen wollen, und das, was du uns gesagt hast, in gewisser Weise kongruent ist.«

Niemand verstand, was ich sagen wollte.

»Ich will sagen, dass eine bestimmte Person aus unserer politischen Bewegung alles versucht, um uns zu destabilisieren.«

Erhard starrte mich an. Für einen Moment wirkte er wie in Trance.

»Indem er meine Frau fickt?«

»Ich würde das nicht so hart –«

»Du meinst, ein Mann aus unserer Bewegung, ein deutscher Mann mit deutscher Gesinnung, fickt meine Frau?«

»Ich kann es mir eigentlich auch nicht vorstellen, aber ...«

»Und er fickt nicht nur meine Frau, sondern er fickt uns alle, er fickt dich, er fickt Hub, er fickt mich, er fickt diesen Garten hier, er fickt die Möwen da draußen, er fickt das Gras und die Sterne, er fickt das Deutsche Reich und sogar unseren Führer?«

»Du solltest dich beruhigen, Erhard, es ist ja nur so eine Idee ...«

»Natürlich muss es so sein!« Er schlug klatschend die Hände ineinander. »Nur ein charakterloser Volksschädling fickt die Frau seines Führers! Ich bin der Führer der deutschbaltischen Volksgemeinschaft!«

»Das bist du zweifellos, Erhard!«

»ICH!«, schrie er, nahm sein Wodkaglas und warf es in die Vitrine, die klirrend zu Bruch ging, »ICH BIN DER FÜHRER DER DEUTSCHBALTISCHEN VOLKSGEMEINSCHAFT!«

»Bitte setz dich, Erhard!«

»ICH HABE DAS NICHT VERDIENT! ICH HABE SIE AUF HÄNDEN GETRAGEN! AUF HÄNDEN GETRAGEN! UND SIE FICKT MIT MEINEN EIGENEN LEUTEN!«

Er weinte. Das Schluchzen ließ seine Schultern wie Pudding wackeln, und als wäre das nicht genug, brach nun auch Hub zusammen. Eine Träne rollte ihm über die heldische Wange, und ich hatte alle Hände voll zu tun.

Später saß ich mit meinem Bruder weit draußen am Strand von Bilderlingshof, mitten in den Dünen. Er schien um Jahre gealtert. Der Wind pfiff uns um die Ohren, und Sturmwolken bauschten sich in den weiten Horizont.

Nachdem ich so getan hatte, als wäre mir von Hubs

Affäre mit Ev, die er mir nun zerknirscht beichtete, noch nie in meinem Leben etwas zu Ohren gekommen, ging ich daran, meinem Bruder den Plan zu erläutern. Die Tatsachen waren nämlich verheerend und vielgestaltig, die Optionen überschaubar. »Entweder wir alle kommen mit heiler Haut davon«, erklärte ich, »oder es gibt keine Haut mehr, kein Fleisch und keine Knochen.«

Dennoch fand Hub meinen Plan unverantwortlich und zauderte.

Zum ersten Mal in meinem Leben konnte ich ihm sagen, er solle sich enorm am Riemen reißen.

Alles war nämlich sehr einfach und todsicher, und deshalb blieb Hub auch keine Wahl, als schließlich nachzugeben.

Wir fuhren also zu Mortimer MacLeach, alias Centra.

Er lebte in der Moskauer Vorstadt, einer etwas heruntergekommenen Gegend nahe den Markthallen. Ich klingelte an einer grünen Tür, von der sich der Lack löste. Hub schlug sie ein, ohne dass irgendjemand im Haus reagierte. Wir zerrten ihn von der Toilette herunter, steckten seinen Kopf in die Schüssel, betätigten die Spülung, hörten, wie geblubbert und geschluckt wurde, erklärten danach sehr genau, was geschehen war (sieh an, das hatte er gar nicht gewollt), hielten seinen Agentenbericht vor panisch schreiende Augen und unterbreiteten, während der Mann auf die Knie fiel und um sein Leben bettelte, unseren Vorschlag. Entweder wir würden auffliegen lassen, dass er ein feindlicher Informant in den Reihen unserer Bewegung sei, der unsere Organisationsstruktur, unsere Waffenlager, unsere

Verbindungsleute in Deutschland und jeden Einzelnen von uns verraten hatte. Wie Ephialtes, der Abschaum der Thermopylen. Er wisse, was man in der Kampfzeit der Nationalsozialistischen Deutschen Arbeiterpartei mit Verrätern gemacht habe. Diesem Schicksal könne er frohen Mutes entgegensehen.

Oder aber wir würden perikleische Großmut walten lassen und seine Schande für uns behalten. Dann wäre aber Kooperation einzufordern in einer bestimmten Sache.

»In welcher Sache denn?«, winselte der Werwolf.

Und ich erklärte ihm, dass er erstens ab sofort jegliche Zusammenarbeit mit dem lettischen Staatsschutz einstellen müsse. Und dass er sich zweitens als Liebhaber meiner Schwester zu bekennen habe, nämlich Erhard gegenüber, dem neugierigen und etwas fuchsigen Ehemann.

»Seid ihr wahnsinnig? Der bringt mich um!«

Hub schlug ihm ansatzlos ins Gesicht. Ich hörte ein Geräusch, das ich beim Arzt einmal gehört hatte, als mir mein ausgekugeltes Schultergelenk wieder eingerenkt wurde. Mortimers Nase war gebrochen. Ein Blutschwall sprudelte ihm über die Lippen, aber er schien es gar nicht zu bemerken. Stattdessen bat er um Gnade und gab allerlei zu bedenken, unter anderem, dass er doch viel zu dick sei, um der unbekannte Adonis auf dem Foto zu sein.

An dieser Stelle wies Mortimer in der Tat auf eine nicht unbedeutende Schwachstelle des Planes hin. Zwar hatte er durch die wochenlange Gefängniskost inzwischen so stark abgenommen, dass zur Not eine physiologische Ähnlichkeit zu dem Mann auf dem Foto (meinem Bruder, ich will es nur noch einmal sagen) behauptet werden konnte. Aber der

Umstand, dass eine der schönsten und gebildetsten Frauen Rigas ausgerechnet mit einem Oliver-Hardy-Double ins Bett steigen könnte, einem pyknisch veranlagten Schläger und notorischen Versager, der interesselos an der Peripherie des europäischen Geisteslebens dahinvegetierte, mochte selbst in Erhard den Verdacht aufflammen lassen, dass hier irgendetwas faul war.

Dennoch mussten wir es riskieren.

Liebe macht blind.

Nichts ist unmöglich.

Wir meldeten Erhard telefonisch, dass er den Privatdetektiv nicht mehr brauche.

Er hängte wortlos den Hörer ein.

Wir trafen uns zwei Abende später in unserer Wohnung. Es war noch September. Mama hatte sich mit Papa eine Woche lang in die Kur nach Kemmern zurückgezogen. Zu viert saßen wir am Küchentisch, in unseren langen Mänteln, die Hüte auf dem Kopf, und der Werwolf machte seine Sache nicht schlecht. Mit Ev hatte Hub inzwischen gesprochen. Sie weigerte sich, die Komödie mitzuspielen, die sie unwürdig fand. Immerhin erklärte sie sich jedoch bereit, Erhard gegenüber zu schweigen, was ihre angebliche Affäre mit Herrn MacLeach anbetraf, also einfach gar nichts zu sagen und auf eine barmherzige Scheidung zu hoffen.

Nachdem Mortimer sein Geständnis abgeliefert hatte und unseren heißgeliebten Bewegungsführer um Vergebung gebeten hatte, zog der einen verblüffenden Revolver hervor, setzte ihn dem Liebhaber seiner Frau an die Stirn und forderte ihn gemessenen Tones auf, das Vaterunser zu beten.

»Erhard, was tust du denn da?«, fragte ich vorsichtig.

»Ich tue, was getan werden muss!«

»Du kannst ihn hier nicht erschießen. Das ist die Küche meiner Eltern.«

»Deine Eltern sind nicht da!«

»Das ist ein Teppich aus Schloss Peterhof. Da hat schon der Zar drauf gestanden!«

»Setz dich weg von dem Teppich, Mortimer!«

»Bitte verlier nicht die Nerven.«

»Ja, verlier nicht die Nerven«, bekräftigte Hub meine Mahnung. »Die ›Bewegung‹ braucht dich in Freiheit, nicht im Gefängnis. Er ist es nicht wert.«

Erhard zögerte.

»Bitte, Erhard«, sagte ich sanft. »Du kannst noch so viel leisten für unser Vaterland.«

Sein Mund erzählte mir, dass es in ihm drunter und drüber ging, die Oberlippe zitterte, und ich sah kleine Schweißperlen.

»Na gut«, knirschte es endlich aus ihm hervor.

Erhard entspannte den Revolverhahn, Tränen in den Augen, und steckte die Waffe zurück in seine Manteltasche. »Aber die Sau muss bestraft werden.«

»Natürlich«, sagte Hub und unterbrach Erhards Kaskade an Schimpfworten, die sich über dem partiell unschuldigen Ehebrecher ergoss (Loll, Ljurbs, Knot, Lurjus, Okladist, Bärenarschloch). Mein Bruder ging hinüber zum Bildnis unseres Großpapings und nahm dessen danebenhängendes, selbstgeschmiedetes Schwert ab. Er legte es vor dem

Werwolf auf den Tisch und sagte, er solle sich einen Finger abschneiden.

»Aber ihr habt versprochen, dass mir nichts passiert«, weinte Mortimer.

»Du hast fünf Minuten Zeit. Wir warten draußen.«

»Hub, wir sollten über eine saftige Geldstrafe nachdenken!«, rief ich, denn die Entwicklung der Sache hatte nun überhaupt gar nichts mehr mit meinem Plan zu tun.

»Nein! Seinen Finger oder seinen Schwanz! Irgendwas, was der Trops ihr reingesteckt hat!«, geiferte Erhard.

»Bitte, Kameraden. Lasst uns vernünftig sein!«

Doch in diesem Moment schrie Mortimer MacLeach: »Ihr scheißbrutalen Hunnen! Ich hasse euch alle!«, griff mit entstellter Fratze nach dem Schwert, hob es über seinen Kopf, zielte auf seine ausgestreckte linke Hand, rief: »Rule Britannia«, und schlug zu. Sein kleiner Finger flog in hohem Bogen durch die Küche und landete auf Mamas selbstgehäkelter Unterdecke, sah dort sehr selbstverständlich aus, ja, schien sich zu krümmen, jedenfalls aus meiner Perspektive. Niemand sagte ein Wort, Mortimer fing an, leise ein englisches Lied zu summen, und sprach von diesem Moment an überhaupt nur noch Englisch, und ich wunderte mich, dass aus dem Fingerstumpf gar nichts herausfloss.

So endeten die dreißiger Jahre in einer eigentümlichen Harmonie.

Natürlich benutzen Sie, hohes Astralgericht, das Wort Harmonie in anderem Zusammenhang. Sie denken dabei eher an ein kosmisches Maßverhältnis, an die Magie des Einklangs, ja womöglich an das, was Sie empfinden, wenn

Sie an Ihrem Haschpfeifchen saugen. Aber wenn man unter Harmonie die Zusammenfügung von Dingen oder auch Ereignissen versteht, die überhaupt nicht zueinanderpassen und eigentlich Chaos verursachen müssten, als symmetrisches Ganzes also, dann mündeten die schrecklichen Wirrnisse um Hub und Ev, um Erhard und Mortimer, um Detektive und Agenten, um Liebe und Politik doch in ein äußerst harmonisches Gefüge.

Der neunfingrige, ansonsten anglophile Mortimer MacLeach wanderte wenige Monate nach den Ereignissen ins Reich aus. Er hatte großes Glück gehabt. Die saubere Wundnachbehandlung hatte ausgerechnet Ev vornehmen müssen, die als Notärztin in der Knorr'schen Klinik Dienst tat, als wir ihren weiland Geliebten, den sie nie zuvor gesehen hatte, nachts in die Ambulanz einlieferten. Ihr Blick hatte eine felsige, undurchdringliche Schwere und fiel aus gewaltiger Höhe auf uns, und sie hätte Hub und mir niemals vergeben, wenn sie die wahren Hintergründe des Unglücks erfahren hätte. Immerhin verspürte Mortimer große Furcht vor uns (er war nahezu besessen von Furcht vor uns), und daher log er sie an und gab einen Holzhackunfall vor.

Doch wer hackt schon Holz im September?

Mister MacLeach hielt dicht, vor allem dem Vernehmungsbeamten II. Klasse Petrins gegenüber, was allein schon daran zu erkennen war, dass kurze Zeit nach dem Unfall Mortimers Bruder seinen exklusiven Posten als Verkehrspolizist an den Nagel hängen musste. Petrins wurde meines Wissens auch niemals Vernehmungsbeamter I. Klasse.

Unsere Arbeit als Sicherheitsdienst der Bewegung trug

also Früchte. Sie waren nicht immer schmackhaft, sondern zuweilen strychninbitter, denn es war nicht angenehm, den Menschen Gliedmaßen abzutrennen, ihnen hinterherzuspionieren, ihre Gewohnheiten zu überprüfen und ihre Abneigungen zu verzeichnen, vor allem, wenn es Abneigungen waren, die uns galten.

Hub nämlich trug all seine Erkenntnisse zusammen und reportierte sie regelmäßig an das Wannsee-Institut in Berlin. Dieses Institut war Heydrichs heilige Gralsburg, ein politisches SD-Labor, getarnt als zivile »Akademie für Altertumsforschung«, zu der ich mehrmals im Jahr einbestellt wurde. Es handelte sich um eine streng gesicherte, von der Gestapo beschlagnahmte jüdische Beutevilla am Wannsee, die einen herrschaftlichen Park mit Tierplastiken, Treibhäusern, einem Rosengarten, einer Bocciabahn und sogar einem SS-Reitplatz umfasste.

Die sinistre Baltikum-Abteilung, die sich um uns kümmerte, wurde von einem Cousin Erhards geleitet, dem einst im Roten Meer von einem Hai das Bein abgerissen worden war. »Der Hai ist der Jude unter den Fischen«, zischte der Cousin beharrlich wie Cato, wenn wir ihm unsere Aufzeichnungen übergaben und er auf seinem Holzbein davonhumpelte, hinüber zu den anderen faschistischen Exilbalten, die sich über unser Material hermachten. Ich kam mir eher wie ein Seepferdchen vor, das durch das Sternbild dieser deutschbaltischen Geheimdienstler schwamm, die sich gegenseitig wegbissen und gemeinsam zuschlugen, eine veritable Seilschaft schon damals, subversiv, dogmatisch und sehr gut bezahlt.

Inzwischen fand ich es nicht ohne Reiz, zum exquisiten

Club der SD-Elite zu gehören, zu dieser kühlen, akademischen Hochintelligenz, die die Eleganz des britischen Secret Service mit der kalten Pragmatik der Tscheka verband.

Wirklich gefallen hat mir aber nur die Fassade. Mich überwältigten die kraftvollen Bilder und die sich kühn verstellenden Menschen, die mir in den Farben Caravaggios aufleuchteten, so viel Licht, so viel Schatten, und was hinter der Fassade lauerte, zog mich langsam zu sich herüber in die versteckte, unterdrückte, uns alle verbindende Lust an Täuschung, Macht und Einsamkeit. Einmal Geheimdienst, immer Geheimdienst, heißt es in unseren Kreisen. Nur wer jene fast familiäre Verschworenheit selbst erlebt hat, kann ermessen, wie viel Wahrheit in diesem dummen Satz steckt.

Erhard hat niemals erfahren, was damals wirklich geschah.

Er bedankte sich überschwenglich bei seinen treuen Gefährten (also uns), nannte sie seine Burgunder, die ihrem Dietrich von Bern (also ihm) die Kastanien aus dem lodernden Feuer geholt hätten (ehrlich gesagt, wussten wir nicht, was er mit den Kastanien meinte, seinen männlichen Stolz vielleicht, das lodernde Feuer waren auf jeden Fall wir, Hub vielmehr, um genau zu sein, aber Erhard konnte das nicht ahnen).

Erhard reichte sofort die Scheidung ein, in die Ev erleichtert einwilligte. Sehr bald erzählte sie mir, dass das Zusammensein »mit diesem Gnom« der Fehler ihres Lebens gewesen sei. Sommer, Herbst, Winter, Frühling und noch einen Sommer habe sie mit jemandem verbracht, der sie vor einen Herd zu schnallen plante und ihr seine acht Kinder mittels eines allabendlichen Gutenachtküsschens in die

Gebärmutter atmen wollte, denn Sex habe ihn überfordert, zumal mit der eigenen Ehefrau. Tatsächlich habe er gerne mit sechzehnjährigen Knaben geduscht (das konnte auch der Jugendführer Solm, Konstantin, bestätigen, der sich über Erhards Eifer in dieser Hinsicht ein wenig gewundert hatte) und ansonsten einmal im Monat seine eheliche Pflicht erfüllt, für die sein Geschlechtsorgan, auf dessen Kondition es natürlich maßgebend ankam, jeweils für zwei bis drei Minuten bereitstand. Er hatte ihr Unerhörtes abverlangt, als er sie bat, ihre Stelle als Ärztin aufzugeben, was sie nicht tat und ihm damit unerträgliche seelische Qualen bereitete. »Weißt du, Koja, dieser ganze Nazikram ist außerdem absolut lächerlich. Ich weiß, du und Hub, ihr hängt auch dran. Aber das ist doch nichts für Erwachsene, finde ich.«

Wir kamen uns durch ihre Trennung wieder näher, und da sie nie ein Blatt vor den Mund genommen hatte und sich auch nie vor mir schämte, waren ihr weder die Fotos peinlich, die ihr Mann beauftragt und die ich gesehen hatte, noch deren Gegenstand. Erotisches Verlangen war der Beifang ihres Eigenwillens, von dem sie gewohnt war, ihn durchzusetzen. Gesellschaftliche Konventionen hatte sie noch nie nah an sich herangelassen. Dass sie mit Hub ein Verhältnis eingegangen war, hatte sie mir selbst gesagt. Und dass schließlich Sex für sie etwas Wichtiges war, wusste ich seit unseren gemeinsam geträumten Jugendträumen, Illusionen von Lebensfülle, von denen ich ihr nicht verriet, dass sie mich noch immer umschlangen. Denn meine Sehnsucht, das fühlte ich, galt diesen uralten Erinnerungen, denen wir nicht entkommen, keiner von uns. Doch Erinnerungen sind kein Leben, sie sind der Tod von allem, was jetzt ist.

Das wusste ich aber damals noch nicht.

Ich wusste nur, dass der Weg nun frei war für Hub und Ev. Nach einer Anstandspause konnten sie sich, vielleicht sogar ohne den Groll Erhards, einander hingeben, Mann und Frau werden, Kinder bekommen, gemeinsam alt werden, und ich gönnte es ihnen von ganzem Herzen, einem Herzen, das zwar Nagespuren aufwies, aber stark genug war, um meinen allerliebsten Menschen das Allerbeste auf Erden zu wünschen.

Und so nahm das Verhängnis seinen Lauf.

9

Ich mache mir Sorgen.

Denn der Hippie scheint mir Spuren einer Melancholie zu zeigen, die mir anfangs gar nicht aufgefallen waren.

Immer war er fröhlich, fröhlich wie ein Neger. Ich meine das nicht abwertend. Neger sagt man heute nicht mehr so, was ich komisch finde. Was soll an dem Wort Neger schlimm sein? Schlitzauge ist was anderes. Da klingt Asiat schon höflicher. Vielleicht sollte man also Afrikaner zum Neger sagen. Aber Schwarzer? Ich weiß nicht.

Ich würde das gerne mit dem Hippie durchdiskutieren, aber er ist unlustig. Früher zeigte er an mir eine Neugier, die sich nun allmählich auflöst, wie mir scheint. Sosehr mir sein Interesse noch vor ein paar Tagen aufdringlich erschien, so schmerzlich spüre ich jetzt dessen abnehmende Intensität. Ich merke das daran, dass der Hippie weniger mitteilsam wird und weniger um Mitteilsamkeit bittet.

Manchmal blickt er sogar trübe vor sich hin, wie ein Trauerkloß. Dieses Melancholische passt gar nicht zu ihm, denn Melancholie und Hochintelligenz sind ja zwei Seiten ein und derselben Münze, und hochintelligent ist der Hippie nun wirklich nicht.

Ich bin hochintelligent, und deshalb bin ich ein Melancholiker.

Kant hat ja mal darauf hingewiesen, dass der Melancholiker ein vorzügliches Gefühl für das Erhabene besitzt, weil er seine Aufmerksamkeit immer zuerst auf die Schwierigkeiten richtet. Hippies machen das natürlich nicht. Hippies richten ihre Aufmerksamkeit nie auf Schwierigkeiten, sondern auf weite Kornfelder, und deshalb singen sie ständig »*Happy Sunshine*« und sagen »*Take it easy*«. Für Hippies sind Schwierigkeiten wie Stechmücken, die man totschlägt, dabei hinkt das Bild, denn Hippies schlagen keine Mücken tot, sondern stellen sich vor, wie das ist, wenn sie in tausend Jahren als Mücke wiedergeboren werden. Das sind wahrlich keine Gedanken, die Erhabenheit ausstrahlen. Auch lange ungewaschene Haare und Jesuslatschen haben mit Erhabenheit überhaupt nichts zu tun. Die mit Melancholie und Erhabenheit einhergehende Egozentrik hat der Hippie auch nicht, sonst würde er nicht ständig fremde Babys anstarren und sich an ihnen erfreuen wie an eigenen. Ich weiß also beim besten Willen nicht, warum er so eine Miene macht.

»Warum sind Sie denn so einsilbig?«, frage ich.

»Was?«

»Warum Sie so einsilbig sind?«

»Ach, das täuscht.«

»Ist Ihnen der Cannabis ausgegangen?«

»Nein.«

Ich sage ja, der Hippie ist irgendwie anders. Ich frage mich, ob es was mit meinem Bericht zu tun haben könnte. Die wirklich furchtbaren Dinge kommen ja noch, und ich habe wirklich nicht vor, sie auszulassen. Ja, ich muss einräumen, dass ich mich auf gewisse Weise belebt fühle. Es ist doch enorm und fabelhaft, würde Hub sagen.

»Darf ich dich was fragen?«, sagt der Hippie endlich mal, ohne allerdings zu mir zu blicken, so dass mich nur seine Schädelschraube blendet, auf der sich ein kleiner, gelber Sonnenstrahl bricht.

»Natürlich.«

»Wieso bist du so gut gelaunt?«

»Bin ich das? Ich bin mir nicht sicher. Aber ich finde, Nachtschwester Gerda kümmert sich sehr zuvorkommend um uns. Die Ärzte sind nett. Ich habe keine Kopfschmerzen. Und wir beide kommen doch gut miteinander aus, oder?«

»Ja, aber du erzählst diese ganzen verstörenden Dinge, Mann, das ist echt ein Hammer. Der arme Typ hat sich den Finger abgehackt? Und du hast diese ganzen Leute um dich herum beschattet?«

»Mein Bruder hat das getan, ja. Meine Aufgabe war mehr …«

»Ich weiß schon.«

»Es ist nun einmal das Merkmal jedes Geheimdienstes, bizarr zu sein.«

Der Hippie dreht sich zu mir um und schaut mir in die Augen.

»Führt das auch irgendwohin, was du da von dir gibst, oder ist es nur eine Abfolge von echt nicht coolen Sachen?«

»Was ich Ihnen hier mitteile«, sage ich und mache eine dieser von Erhard Sneiper abgekupferten Kunstpausen, denn ich spüre, dass ich mir Mühe gebe, mich und meine Erzählung interessant erscheinen zu lassen, denn ich möchte, nein, ich muss sie fortsetzen, »was ich Ihnen hier erzähle, wird eine Moritat aus den wilden Tagen des Kalten Krieges werden. Wenn Sie so wollen, ein politisches Lehrstück über die Kontinuitäten internationaler Zeitgeschichte. Vor Ihnen liegt ein Mann, der die Geschicke dieses Landes in einem Maße gestaltet hat, das Sie sich gar nicht vorstellen können.«

»Nicht anblümeln!«

»Ich blümel Sie nicht an.«

»Ein Blödsinn.«

»Fragen Sie den Polizisten, der draußen vor der Tür sitzt.«

»Dein Bruder hat randaliert, deshalb sitzt er da.«

»Sie werden erfahren, warum ich diese Kugel im Kopf habe.« Ich deute darauf. »Aber Sie hatten gesagt, ich soll den Anfang erzählen. Und ich bin immer noch am Anfang.«

Er wendet sich wieder ab, greift zu seinem buddhistisch-vishnuitisch-shaktisch-schamanistischen Lehrbuch. Es ist vielleicht wirklich für einen Hippie am einfachsten, an Erleuchtung zu glauben, also an so einen Moment, wo der liebe Gott oder wer auch immer einen Lichtschalter umdreht, und zack, mit einem Schlag, ist alles hell. Aber so funktioniert ja Erkenntnisfortschritt nicht. Erkenntnisfortschritt resultiert aus einer unendlichen Abfolge von Niederlagen. Denn nur aus Schaden wird man klug. Dieses Projektil in meinem Stirnlappen müsste mich wahnsinnig klug machen, denn das ist der größtmögliche Schaden, den man sich vorstellen kann. Und vielleicht gelingt es mir ja auch deshalb, die Steine nun langsam zusammenzusetzen. Die Steine, die früher immer wieder abglitten, als hätte Sisyphos sie in mein Leben geschleppt. Diese sinnlosen Steine, mit denen ein Architekt wie ich nun tatsächlich sein

Haus baut. Sein Haus der Erkenntnis. Ich verstehe schon, dass der Hippie darin nicht wohnen will. Wer will das schon.

Ja, ich habe ihn zweifellos melancholisch gemacht. Er wacht morgens immer viel früher auf als in den ersten Wochen. Er ist appetitlos. Meinen Nachtisch will er nicht mehr, weil er schon seinen nicht hinunterkriegt (ich hingegen habe besseren Appetit bekommen, habe heute Morgen den ganzen Grießbrei aufgegessen). Er hat völlig unangemessene Schuldgefühle, ich glaube, weil er mir zuhört.
»Haben Sie Schuldgefühle, weil Sie mir zuhören?«
»Soll ich dir mal was sagen? Du hältst mich für dumm.«
»Nein, ganz und gar nicht.«
»Du hältst mich nicht für intelligent, aber dich hältst du für intelligent, weil du mal ein Studium nicht geschafft hast und deine Aristokrateneltern dich mit Gemälden und Goethe vollgestopft haben. Ich habe kein Abi, und mein Vater hat sich von einem Balken gestürzt, weil er schwere Depressionen hatte, und trotzdem glaube ich an den siebenpfadigen Weg. Ich bin Swami geworden, weil der europäische Weg Pipifax ist mit seiner Konzentration auf den Willen. Ich glaube an die Willenlosigkeit. Du glaubst wie die meisten Europäer, dass es auf den Willen ankommt. Aber wer einen Willen hat, der hat auch einen Standpunkt. Der lässt nicht Gott in all seinen Erscheinungen zu sich sprechen. Der groovt nicht. Ich verurteile dich nicht für das, was du getan hast. Und ich habe den Verdacht, dass mein fehlender Standpunkt der Hauptgrund dafür ist, dass du dich dazu herablässt, so viel Zeit mit mir zu verbringen.

Denn eigentlich hältst du dich für überlegen und glaubst, ich sei nur deshalb was wert, weil ich deine Biographie ertrage.«

»Es betrübt mich, wenn Sie das so sehen.«

»Wie soll ich es sonst sehen? Du bist ein wunderbarer Mensch, weil jeder Mensch wunderbar ist. Aber was du mir erzählst, das möchte ich eigentlich nicht an mich heranlassen, ich möchte keinen Standpunkt dazu haben, und deshalb bin ich erschöpft.«

Die Transparenz seiner Trauer ist ungeheuerlich. Ich möchte am liebsten aufstehen und mich vor ihm verbeugen. Leider lässt es mein Stolz nicht zu, denn er ist ja dreißig Jahre jünger als ich.

»Vielleicht bin ich so gut gelaunt«, beginne ich, »weil Sie mich ausreden lassen.«

»Ja, ich bin dein Therapeut, das ist auch in Ordnung, es ist nur so anstrengend.«

»Aber Sie wollen wissen, wie es weitergeht?«

»Natürlich will ich es wissen, weil Sie es wissen wollen.«

»Ich weiß es schon.«

»Niemand weiß irgendwas über sich. Nur Gott weiß alles über dich.«

10

Der Sommer Neunzehnneununddreißig war der heißeste Sommer seit Menschengedenken. Die Stadt schmolz dahin wie in einem Glutofen. Der Löschteich im Park fing an zu brodeln. Tote Karpfen trieben nach oben, und Pferdedroschken blieben im flüssigen Teer stecken. Wenn ich nachts auf den Balkon trat, weil ich nicht schlafen konnte, sah ich in der Ferne die Waldbrände, die sich in den Horizont fraßen. Um der Hitze zu entfliehen, fuhr ich oft mit dem neuen DKW, meinem ganzen Stolz, an den langen Strand von Wezahken zum Baden.

Hin und wieder nahm ich Donald mit. Er hatte, wie viele Amerikaner, nicht die geringste Ahnung, wo er sich überhaupt befand. Dabei arbeitete Donald schon seit Jahren als Russlandkorrespondent für die *Chicago Tribune*, ohne je einen Fuß nach Russland gesetzt zu haben. Er hatte sich einst geweigert, den sowjetischen Behörden positive Berichterstattung zu garantieren, verscherzte sich so die Akkreditierung für Moskau und lauerte seither in dieser ihm unheimlichen Grenzstadt auf Nachrichten. Er hasste Stalin so sehr, dass er ihm sogar zutraute, die Wüstentemperaturen in Mitteleuropa aus Niedertracht und Langeweile verursacht zu haben. »Die Roten brennen halb Sibirien ab, um die Erdatmosphäre zu terrorisieren. *Carbon dioxide, you know?*«

Ich fütterte ihn mit manch antisowjetischen Schauermärchen, die als Brosamen aus meiner SD-Tätigkeit abfielen. Natürlich legte ich auch eine Akte über ihn an, da er als Ausländer in meine Zuständigkeit fiel. Dazu benutzte ich die hellblauen Karteikarten, die mir Hub für diesen Zweck geliefert hatte, trug in die entsprechenden Felder die gewünschten Angaben ein, wusste nicht recht, was ich unter »rassisches Erscheinungsbild« verzeichnen sollte, entschied mich aufgrund seiner irischen Kartoffelnase für »nordisch-dinarisch«, hängte noch in Parenthese ein »artverwandt« hinterher, denn man weiß nie, wer so was liest. Zu notieren gab es ansonsten wenig. Donald Day hatte einen ulkigen Namen, war ein bulliger und polternder Yankee aus Philadelphia und liebte es, am Strand kleine Krebse zu jagen. Er war mein Nachbar im Junggesellenparadies in der Vorburg, einem vornehmen Mietsblock direkt neben dem US-Konsulat, den ich seit zwei Jahren bewohnte.

Manchmal schleppte mich Donald in die Bars, in denen die kleine amerikanische Gemeinde Rigas verkehrte, und eines Abends machte er mich mit einer Tänzerin bekannt, einer Negerin, nun ja, Afrikanerin, die aber aus der Karibik stammte. Sie hieß Mary-Lou und brachte mir ein wenig Englisch bei, was mir noch von Nutzen sein sollte, später bei der CIA. Mary-Lou rauchte wie die Straßenräuber, hatte krause Stahlwolle auf dem Nofretete-Kopf, und alles an ihr wirkte gelassen, sogar die anthrazitschwarze Haut, die mir wie ein wunderschönes Kleid vorkam. Sie hatte gar kein Fett am Körper, und die Muskeln waren einzeln sichtbar. Im Grunde hatten wir nichts weiter als Verlangen nacheinander und gingen vor allem aus, um uns von dem Verlangen zu erholen oder auf das Verlangen vorzubereiten. Sie hatte lustige Namen für mich, nannte mich »Shnitzl«, wenn ich gebräunt in ihre Tanzbar kam, oder auch »Fried Chicken«. Sie liebte Fleischgerichte über alles, es waren also Kosenamen.

Ich mochte sie gerne, wirklich sehr gerne, vor allem, wenn sie schlechte Laune hatte. Dann saß sie in meinem riesigen weißen Bademantel in der Küche, qualmte eine meiner ebenfalls riesigen Zigarren und sagte, wenn ich fragte, ob sie mit mir spazieren gehen wolle: »*Don't make me* Kopfschmerzen, *baby. Make yourself* Kopfschmerzen.«

Wenn sie gute Laune hatte, trug sie nie meinen Bademantel, denn sie mochte es, den lieben langen Tag splitterfasernackt herumzulaufen, setzte sich nackt an den Küchentisch, schlürfte dort nackt ihren Kaffee und winkte nackt den kleinen Jungen zu, die sie vom Nachbarhaus wie eine Fata Morgana anstarrten.

Wegen Mary-Lou hatte ich große Auseinandersetzungen mit Hub. Er meinte, ich sei unmöglich, weil ich in aller Öffentlichkeit mit »einem fremdrassigen Bastard« an der Dünapromenade entlangspazierte. Das sei keine gesunde Einstellung. In Berlin habe man auch schon davon gehört, und dort falle das, was ich mache, unter die Nürnberger Gesetze.

Ich mache es ja auch nicht in Berlin, sagte ich, sondern in meinem Schlafzimmer, und da gibt es keine Gesetze.

Hub hatte Sorge, dass man mich nicht in die ss aufnehmen würde, wenn der Krieg ausbrechen und die Wehrmacht in Lettland einmarschieren werde, womit er jeden Augenblick rechnete. Er hatte überhaupt viele Sorgen, die um seine hübschen Lippen einen verkniffenen Zug gegerbt hatten. Er war nun dreiunddreißig Jahre alt. Das Alter, in dem Alexander der Große starb. Und Jesus Christus. Mein Bruder, der bis dahin weder ein Reich noch eine Religion gegründet hatte, wurde nervös, fragte sich, ob seine große Zeit überhaupt noch kommen werde.

Eine noch größere Zeit konnte ich mir jedoch gar nicht vorstellen. Ich lebte in einer Rhapsodie aus sinnlosen und schönen Tätigkeiten, fand Zeit für Landesverrat und Aktmalerei (Mary-Lou entpuppte sich als begabtes Modell), stand gerne spät auf und organisierte danach mit leichter Hand für unsere Jugend Geländespiele, Marschübungen, Kleinkaliberschießen, Kartenlesen, Anschleichen, Robben, Kriechen, Entfernungschätzen, Meldewesen und Tarnungsübungen, all das eben, was Kinder und Diktatoren damals spitze fanden. Eigentlich jeder. Denn die Nationalsozialisten hatten unter den Deutschbalten schon längst gesiegt. Auf der ganzen Linie. Alles Liberale war weg. Der lettische Staat bekämpfte uns.

Aber was war schon der lettische Staat.

Erhard Sneiper, dieser Idiot, war zum Präsidenten der deutschen Volksgemeinschaft aufgestiegen. Kārlis Ulmanis traute sich nicht an ihn heran. Ich wiederhole: Der Diktator traute sich nicht an diesen Idioten heran. Das muss man sich mal vorstellen (normalerweise ist es umgekehrt).

Nein, es war zweifellos eine große Zeit.

Hub war der Kronprinz, und eigentlich hätte er triumphal leben können. Aber damals schlich sich zum ersten Mal so etwas wie Grimm in seinen Charakter.

Das hatte sicher auch damit zu tun, dass sein Verhältnis zu Ev ungewiss war. Den Skandal, mit der eigenen Schwester als Paar offen aufzutreten, mied er. Nicht nur hätte Papa ein erneuter Schlag und Mama die Verachtung aller verwandten und unverwandten Baronessen getroffen. Auch Erhard hätte ihm das nicht verziehen, denn obwohl er uns immer noch seine Burgunder nannte, war Ev doch der wunderschöne, verlorene Rosengarten, den er verflucht hatte wie einst der Zwergenkönig Laurin: Weder bei Tag noch bei Nacht sollte ihn jemals mehr ein Menschenauge sehen. Und obwohl Erhard wieder geheiratet hatte – ein stumpfes Blondchen, allen Elementen des Animalischen gegenüber ratlos – und obwohl er an der gesellschaftlichen Oberfläche mit Ev auf das Aufgeräumteste zusammentraf, verfolgte er sie insgeheim doch mit einem nachtragenden Hass, der verzehrend war. Ich sah das an seinem Gesicht, ein Gesicht, das mich in gewisser Weise auch erleichterte, denn er hatte es sich wahrlich verdient.

Für Hub und Ev jedoch bedeutete dieses Gesicht eine Gefahr, so dass sie auf der Hut sein mussten.

Sie wohnten in einem von hohen Backsteinmauern umfassten Häuschen, das Ev spöttisch »unser Sing-Sing« nannte. Nach außen hin lebten sie unverfänglich, so wie Geschwister eben zuweilen miteinander leben. Er gab vor, seiner geschiedenen Schwester ein Halt sein zu wollen, da sie nach der Trennung psychisch labil und gewissermaßen seelisch hilfsbedürftig geworden sei.

Nichts konnte falscher sein. Zwar hatte Ev ein hypochondrisches Talent aus ihrer Kindheit herübergerettet, klagte gerne über Kopfschmerzen und dachte sofort, sie hätte einen Tumor, wenn ihr mal der Bauch weh tat. Man musste sich auch unendlich lang ihre Sorgen bezüglich eines bestimmten Leberflecks südlich ihrer linken Achselhöhle anhören, den Leberfleck betasten und alles über Leberflecke lesen, was sie einem empfahl. Einmal brachte sie mir die Röntgenaufnahme ihrer linken Hand mit, nur weil sie glaubte, dass diese Hand bald brechen werde. Sie zeigte mir sogar die vermutete Sollbruchstelle, es war der Daumenbogen.

Was aber ihr Leid bezüglich des Verlustes von Ehre und Erhard anbelangte, so war das einfach nicht vorhanden. Sie wünschte sich einfach nur Hub an ihre Seite, hoffte auf ein baldiges Ende des Versteckspiels, denn niemals konnte sie meinem Bruder nahekommen in der Öffentlichkeit. Kein Kuss, kein Ritual unter Liebenden war möglich, und sie mussten darauf achten, auf keinen Fall ein Kind zu bekommen.

Als Ev dennoch schwanger wurde und Hub sie drängte, das Baby abzutreiben, legte sich ein gazeartiger Schleier zwischen die beiden, den selbst ich kaum bemerkte, eine schmerzlich-distanzierte Güte, mit der sie meistens miteinander umgingen, wenn ich als der Einzige, der ihr Geheimnis kannte, zu Besuch kam.

Beruflich machte meine Schwester Fortschritte, ging in ihrer Tätigkeit als Medizinerin auf. Einmal bekam sie sogar einen Orden, den lettischen Nationalorden der drei Sterne, weil sie bei einer Notoperation das Leben eines fettleibigen lettischen Ministers gerettet hatte. Die Notoperation musste in einem öffentlichen Freibad stattfinden, vor 500 gaffenden Badegästen, das war das Besondere.

Ihr Wesen schien mir weniger verspielt und viel einsamer geworden zu sein. Ihr Lächeln erschien seltener, konnte aber immer noch ganze Zimmer entzünden. Die Menschen mochten sie, vor allem ihre Patienten mochten sie, und ob sie sich selbst noch mochte, früher ein Zug ihrer selbstbezogenen Natur, den sie gerne ironisierte, konnte ich nicht durchschauen, obwohl wir über alles redeten, zumindest über das meiste, auf jeden Fall über alle ihre Krankheiten.

Wenn Dinge anders liefen, als sie sich das vorstellte, neigte sie zur Heftigkeit, stritt temperamentvoll dagegen an, mit ihrer kleinen, kühnen Hand auf einen zeigend, so wie früher.

Zum Beispiel regte sie sich unbändig darüber auf, dass Hub den Besuch von Mary-Lou in Sing-Sing grundsätzlich untersagte. Sie fand das borniert und sagte es auch.

Also traf sie sich mit meiner Freundin und mir im Café am Wöhrmann'schen Park, und wir hatten wirklich Spaß zu dritt. Inmitten all der hochmütigen, dekadenten und wie für einen Golfplatz gekleideten besseren Kreise sagte Mary-Lou: »*Sorry, I have to go to the kaka-house*«, erhob sich und glitt sehr elegant Richtung Damentoilette. Alle, wirklich alle blickten ihr nach, etwa so, wie man dem Elefantenmenschen nachblickt.

»Ich bin eifersüchtig«, sagte Ev, und in der Art, wie sie beim Lächeln die Mundwinkel herabzog, sah ich hinter dem Himalaya ihrer Koketterie eher eine Art Erstaunen über sich selbst.

»Wieso das denn?«, fragte ich erschrocken.

»Es ist bestimmt schön mit ihr?«

»Ja, wir verstehen uns gut.«

»Du weißt doch, was ich mit schön meine?«

»Die Liebe?«

»Und die Orgasmen.«

Ich sagte gar nichts.

»Hat sie viele Orgasmen?«, fragte Ev, wie so häufig auf stupende Weise rücksichtslos. Sie nuckelte an ihrem Campari, als ob nichts wäre, und dass die Farbe ihres Getränks aus den gleichen gekochten Schildläusen gewonnen wurde wie Papas Karmesinrot, hätte ich ihr wahnsinnig gerne erzählt, denn wer trinkt schon gerne zerquetschte Insekten.

»Du bist unmöglich«, sagte ich stattdessen.

»Wieso?«

»Was würdest du sagen, wenn ich mich nach Hubs Orgasmen erkundigen würde?«

»Das würdest du nicht tun. Das hast du noch nie getan. Es interessiert dich nicht. Und du bist ja kein Arzt. Ich hingegen frage aus rein medizinischem Interesse.«

»Du fragst aus rein medizinischem Interesse?«

»Du glaubst doch wohl nicht, dass ich aus rein medizinischem Interesse frage! Das sage ich nur, weil ich so amüsant und garstig bin.«

Normalerweise liebte ich es, wenn sie wieder das kleine Mädchen wurde, dem es vorbehalten war, einfach nur liebreizend zu sein und ihre beiden Brüder auf ewig unglücklich zu machen. Doch diesmal funktionierte es nicht. Mich erfüllte eine sanfte Traurigkeit, nur für einen winzigen Moment, und Ev erspürte das, so wie sie immer alles erspürte, und sie nahm meine Hand und sagte in einem anderen Ton: »Entschuldige, bitte entschuldige, lieber Koja. Sie ist ganz zauberhaft, wirklich. Du bist ein Glückspilz. Und sie ist ein großer bunter Regenbogen.«

Mary-Lou war begeistert, als sie vom Klo zurückkam und das deutsche Adressbuch des Cafés mitbrachte, das sie neben dem Telefon gefunden hatte: »*Oh my gosh!*«, schrie sie und buchstabierte die Überschrift: »Förnsprecktailnömervörzeiknis.« Sie juchzte: »*It's a poem for a phone book.*«

Ev musste lachen, ihr Herz war so weiß. Zwischen diesem Weiß und Mary-Lous buntem Regenbogen wollte ich ewig der Tagedieb bleiben, der Taugenichts und Tunichtgut, für den mich mein Bruder hielt. Es war ein träumerisches Idyll, es waren still sich selbst feiernde Farben, die ich mir unbedingt merken wollte, aber später vor der Staffelei entglitten sie mir wie mein eigenes Leben.

In Wirklichkeit saßen wir in jener Sekunde und jenen ganzen Sommer über auf einem Pulverfass. Adolf Hitler war auf dem Höhepunkt seiner Macht, hatte sich ohne einen einzigen Schuss jede Menge Länder einverleibt, die vor Glück delirierenden Österreicher zum Beispiel, insgesamt eine Landmasse von der Fläche Großbritanniens mit 25 Millionen Einwohnern. Es schien nur eine Frage der Zeit zu sein, bis auch das kleine Lettland an die Reihe kam.

Und diese Erwartung stieg bei uns von Woche zu Woche,

während die Tage klimatisch immer tropischer wurden. Ich weiß noch, dass der Wetterdienst in den Äther schnarrte: »Zunächst noch warm und schwül, später Abkühlung von Westen.« Donald Day sagte, dass seine Regierung erwäge, die Botschaft in Riga zu evakuieren und nur noch den Konsul zurückzulassen, und das sei die einzige Abkühlung von Westen, die er spüren könne.

»*My heart aches when I think of the Baltic States*«, seufzte er, blickte sich in der lettischen Spelunke um, in der wir vor zwei Schnäpsen saßen, und brüllte den wenigen Gästen plötzlich zu: »*We're all dead men drinking!*« Dann brach er in sein hustendes, homerisches Lachen aus, krümmte sich vor Lachen, kniff lachend die Augen zu und kippte den Schnaps hinunter.

An Hubs vierunddreißigstem Geburtstag fuhr ich hinaus zu unserer Datscha an den Stintsee. Es sollte nur ein kleines Fest werden, hatte aber für unsere Familie zur Folge, dass sie sich für immer veränderte.

Mama und Anna Iwanowna hatten gemeinsam einen baltischen Geburtstagskringel gebacken.

Papa schlief fast den ganzen Tag unter dem großen Apfelbaum, an dem Dutzende unreifer rotbackiger Herbstkalville glänzten, die wie an jedem Geburtstag von Hub unseren Großpaping priesen, dessen Grab am Morgen besucht worden war, ohne mich.

Denn ich hatte mich entschieden, zum ersten Mal Mary-Lou der Familie vorzustellen, nicht, weil ich das zwischen uns für eine ernste Sache hielt, sondern weil ich keinen Grund sah, eine Liebelei zu verstecken, die mich ausnahmsweise mal nicht um den Verstand brachte, sondern mir einfach nur guttat.

Mary-Lou hatte geglaubt, ich selbst sei das Geburtstagskind, und mir drei Stunden zuvor, als alle zu Großpapings Grab pilgerten, einen wilden Geburtstagsboogie vorgetanzt, ganz exklusiv, bekleidet mit nichts als meinen Pastellfarben, die sie sich kunstvoll auf den Körper gemalt hatte, so dass ihr Gesicht noch ein wenig ultramarin und ihre Fesseln silbrig schimmerten, als wir schließlich vor unserem Grundstück anhielten.

Ev war wirklich ein Schatz, nahm Mary-Lou kameradschaftlich in den Arm und zeigte ihr unser Segelboot und den kristallblauen See, vielleicht, um sie an die Karibik zu erinnern. Mama benahm sich abweisend, da sie sich Negerinnen nur auf Baumwollplantagen vorstellen konnte und vielleicht auch nicht recht wusste, in welchem Verhältnis ich zu ihr stand.

»Will er uns jetzt zeigen«, fragte Mama später, »dass er sich mittlerweile Dienstboten leisten kann?«

Papa hingegen lebte sichtlich auf, erinnerte sich womöglich an alte Gewohnheiten und begann, von seinem Apfelbaum aus auf Mary-Lou zuzurudern. Leider hatte man ihn zu seiner eigenen Sicherheit am Stamm vertäut. Donald freute sich mäßig über »Niggerblut«, und Erhard und einige andere Bewegungskameraden verhielten sich neutral bis staunend.

Hub jedoch erstarrte zum Eiszapfen, inmitten der klebrigen Schwüle, vielleicht sollte man eher Salzsäule sagen. Er verschwand dann hinter dem Haus. Dort trafen wir uns.

»Was fällt dir ein«, zischte er mich an, »du machst uns an meinem Geburtstag und an Großpapings Todestag zum Gespött der Leute?«

»In den Nürnberger Gesetzen steht gar nichts«, erwiderte ich. »Ich habe nachgeguckt. Man darf eine Mulattin nicht heiraten, aber alles andere darf man.«

»Wenn der Krieg kommt, wird sich die Welt drehen, Koja. Dann bezahlt niemand mehr deine Rechnungen dafür, dass du mit einem Ami säufst und mit dem Sarottimohr ins Bett steigst.«

»Was willst du damit sagen?«

»Du benimmst dich undeutsch. Und deine einzige Lebensversicherung ist, deutsch zu sein. Weißt du, was Rassenschande bedeutet?«

»Weißt du, was Inzest bedeutet?«

Er zwinkerte mit den Augen, und ich hatte kurz das Gefühl, dass er mich schlagen wollte. Aber dann schabte er sich nur den Schweiß und meine Dreistigkeit vom Nacken und blickte mich düster an.

»Du hast keine Ausbildung, Koja. Du hast nichts gelernt. Du malst ein paar Aquarelle und vergammelst, das ist alles. Du bist überheblich und wenig engagiert. Erhard hat nach Berlin berichtet, dass er dir höhere Aufgaben nicht zutraut.«

»Erhard ist ein Arschloch.«

»Dir hilft kein anderes Arschloch als dieses Arschloch. Und mir auch nicht. Deshalb haben wir ihn zu meinem Geburtstag eingeladen.«

»Du hast ihn eingeladen, nicht wir.«

Er kam einen Schritt auf mich zu und legte mir die Hand

auf die Schulter, aber es lag kein Trost in dieser Geste, nur Nachdruck.

»Unsere einzige Zukunft ist die ss. Also versau es nicht.«

Jetzt erst merkte ich, dass er über sich selbst sprach. Über seine eigenen Sorgen. Nicht über meine. Er war ein gescheiterter Theologe, ich ein abgebrochener Architekt. Er hatte Angst, dass ich ihm die Strahlen stehle, vielleicht die ganze Laufbahn, eine strahlende Sternenlaufbahn. Das Alexander-der-Große-und-Jesus-Christus-Werden. Weil ich nicht stramm genug war. Und mit falschen Leuten schlief.

Mir wurde schlagartig bewusst, wie sehr viel stärker er sich verändert hatte, als ich je gedacht hätte. Wir standen schweigend voreinander, in einem stechenden Sonnenglast, und dann hüpfte Mary-Lou um die Ecke und sang *Happy birthday*, ein Lied, das niemand außer ihr kannte, und Hub sollte die Geschenke auspacken.

Zur Bescherung versammelten wir uns alle auf der Veranda. Mein Bruder erhielt eine Motorradbrille aus Nappaleder, Hörbigers *Glazialkosmogonie*, Gebäck, ein Jagdmesser, ein Finnenmesser, ein Taschenmesser (es war eine gute Zeit für Messer damals), eine Dose Neunaugen, einen Malt-Whisky (von Mister Day), noch ein Taschenmesser, aber mit kleiner Nagelschere drin, zwei Doppel-Mäander-Eierbecher (pompejanische Hakenkreuze, oder eigentlich griechische) und einen selbstgestrickten Norwegerpullover von Mama, den er probieren musste, trotz der Hitze.

Mary-Lous Geschenk packte er am Schluss aus, ein Gesellschaftsspiel in amerikanischer Originalverpackung. Es hieß Monopoly und war eigentlich für mich gedacht. Eine

Freundin hatte es ihr direkt aus New York mitgebracht, denn in Lettland war es nicht zu erhalten.

»Oh honey, believe me, it's the hottest game in town«, flötete Mary-Lou meinem Bruder ins Ohr und öffnete den Deckel. Es hatte irgendwas mit Grundstücken und Hausbau zu tun und stand in Deutschland auf der Liste der verbotenen Spiele. Außer den Amerikanern wusste das jeder am Tisch. Entsprechend war die Stimmung.

Ev sagte tapfer in das betroffene Schweigen hinein: »Gut, dann lasst uns mal Geld verdienen.«

Das Geburtstagskind griff einen Ballen von Papiergeld aus dem Karton, schmiss ihn in die Luft, und wir alle sahen, wie der vermutlich erste Windstoß seit Stunden die Dollarblüten wie Konfetti umherwirbelte und unseren Garten reich machte. Dann erhob sich Hub und erklärte: »Das ist ein Judenspiel.«

Er drehte sich um und ging in seinem viel zu kleinen Norwegerpulli davon. Ev lächelte ganz leise, pflückte einhundert roséfarbene Dollar von ihrem Schlüsselbein, entschuldigte sich und folgte ihm. Nach einer Weile hörte man, wie er in gemessener Entfernung irgendetwas schrie. Sie schrie zurück. Ich konzentrierte mich auf die üppigen Kastanien im Garten, die über die betretene Stille unseres Tisches rauschten, und dann dachte ich an Großpaping und stellte mir vor, wie es ist, unter Wasser gedrückt zu werden, das Lachen von Menschen zu hören, während man qualvoll stirbt.

»Koja, did you like the party?«, fragte mich Mary-Lou auf der Rückfahrt.

»Und du?«, fragte ich zurück.

»Well, I think it was definitely not a party.«

Als ich mich später in der Hitze wälzte, schlaflos und vom Älterwerden gepeinigt, wurde mir erst gewahr, dass mein Bruder und ich zum ersten Mal nach einem ernsthaften Streit nicht gemeinsam einen Apfel gewählt, mit Kreuzzeichen gesegnet, geteilt und gegessen hatten, »Hosianna in der Höhe« murmelnd, diese versöhnliche, besänftigende und unangemessene Gebetsformel, so wie Mama und Anna Iwanowna sie uns einst beigebracht hatten. Mich erschreckte das, und im Nachhinein glaube ich, dass dieses Versäumnis den Kern aller folgenden Zerwürfnisse in sich trug.

Eine Woche später brach der Krieg aus.
Die Wehrmacht zerquetschte Polen. »Wie ein weichgekochtes Ei«, sagte Donald Day. Erhard flog ins besetzte Krakau zu Herrn Himmler, der ihm erklärte, dass auch Lettland aufhören würde zu existieren. Allerdings wolle nicht das Reich, sondern die Sowjetunion sich dieses Territoriums feierlich annehmen. Dies sei Stalin durch Hitler in einem Geheimvertrag gewährt worden.

Wir waren wie vor den Kopf geschlagen. Ein Geheimvertrag mit Stalin? Was sollte das sein? Ein anderes Wort für perverse Schenkung? Vor allem Hub, der die Kommunisten hasste wie sonst nichts auf der Welt, reagierte mit Unglauben und der von Opapabaron überlieferten russischen Feststellung: »*Wjesma samjetschatjelno!*« – überaus bemerkenswert. Nächtelang konnte er nicht schlafen und fragte sich, wieso der geliebte Führer das zuließ. Obwohl sich Hub von seinem Glauben an Gott längst abgewendet hatte, ging er sogar in den Dom und sank auf die Knie zu stundenlangen inneren Gebeten. Wie konnte den Mördern unseres Großpapings erlaubt werden, zurückzukehren, zurück nach Riga, zurück ins Pastorat Neugut, zurück in die St.-Petri-Kathedrale, in der dieses Jahr zum zwanzigsten Mal der evangelischen Märtyrer von Neunzehnneunzehn gedacht wurde?

Und auch für den im Zeichen seines Glaubens gefallenen, aufrechten, wahrhaften, stolzen, unbeugsamen und in einem Kartoffelsack ertränkten Hubertus Konstantin Solm würde wie immer eine geweihte Kerze brennen. Unmöglich vermochten wir es, das bevorstehende Unglück unseren Eltern mitzuteilen. Wir durften es auch nicht, denn dieses streng geheime Staatsabkommen kannten nur Erhard, Hub und ich, das eigentlich blonde, aber von Haarausfall gepeinigte Triumvirat der Bewegung, die längst jede Opposition innerhalb der baltischen Gesellschaft ausgeschaltet hatte.

Um unsere Landsleute vor der Roten Armee in Sicherheit zu bringen, wurde Hals über Kopf eine gigantische Expressumsiedlung in Angriff genommen. Die 80 000 Lettlanddeutschen sollten wie ein Indianerstamm ihre Tipis abbrechen und im besiegten Polen wieder aufbauen, ohne jedoch die alten Jagdgründe je wiedersehen zu dürfen.

Es war ein unwiderruflicher Exodus.

Erhard und Hub übernahmen als höchste Führer der Volksgruppe die Vorbereitungen. Alle Zeitungen berichteten über sie. Mama war so stolz. Durch all ihre Trauer über den unerwarteten Verlust der Heimat, die unser Urahn Wolfram von Schilling im 12. Jahrhundert unter dem Kreuz des Herrn Jesu den Eingeborenen geraubt hatte (und Eingeborene blieben sie für Mama bis an das Ende ihrer Tage), durch diesen ganzen physiognomisch verstärkten Kummer hindurch glänzten ihre Augen vor Freude, als sie in einer der letzten Ausgaben der *Rigaer Rundschau* ihren prachtvollen Hubsi, ja sogar ihr ewiges Hubsileinchen entdeckte. Unter einem Foto, das ihn im Halbprofil zeigte, stand: »*Der Räumkommandant Hubert Solm spricht vor den versammelten Räummannschaften im Hafenspeicher.*«

Auf dem Foto sah der Räumkommandant wie Clark Gable aus, nicht zuletzt wegen des neuen, schmalen, verwegenen Schnurrbarts. Auch wenn er noch nicht Alexander der Große war, eine Position, die Erhard für sich beanspruchte (und die er durch ein wesentlich größeres Foto in der *Rigaer Rundschau* unterstrich), war mein Bruder, jedenfalls für Mama, auf dem besten Wege, zumindest Alexander der Kleine zu werden.

Hub oblag es, alle Massentransporte abzuwickeln. Er war im Grunde Chef eines riesigen, tausendköpfigen Speditionsunternehmens, das 80 000 Personaltransporte und 15 000 Wohnungsumzüge mit Millionen von zu versendenden Gepäck- und Möbelstücken innerhalb von vier Wochen durchzuführen hatte.

Deutschland schickte eine Flotte von Passagier- und Transportschiffen, um die Völkerwanderung über das Meer abzuwickeln.

Ich sollte inzwischen so viele Daten wie möglich über die Fortifikationen, Geschützstellungen und so weiter in Lettland in Erfahrung bringen. Heydrichs Adjutant befahl mir das telefonisch. Am Ende sagte er »Heil Hitler«, und ich sagte es zum ersten Mal auch.

Mary-Lou war aufgelöst. Sie schloss sich sogar in der Küche ein (um mich an der Aufnahme von Nahrung zu hindern) und legte tagelang meinen weißen Bademantel nicht ab (am Ende schenkte ich ihn ihr). Ich konnte ihr keinen reinen Wein einschenken, drängte sie aber, sich mit Donald so bald als möglich um Schiffspassagen in ihre Heimat zu kümmern. Mary-Lou schürzte trotzig die Lippen und sagte: »*Poland is surely in a very bad mood. Don't they need a dancing queen?*« Dann sagte sie: »*I will miss you.*« Und schließlich, sehr leise: »*I'm your smile and you're my sadness.*«

Aber das war schon am Exporthafen.

Sie war die schwebendste, gelassenste und musikalischste Geliebte, die ich je gehabt habe. Vielleicht nicht die stilsicherste. Ich werde nie vergessen, wie sie mir einmal mitten in der Nacht mit ihrer kehligen, vor Jahrhunderten im Kongo oder Senegal geformten Dschungelstimme das Horst-Wessel-Lied vorgesungen hat, ohne dessen Bedeutung zu kennen, nur weil sie die Melodie mochte und glaubte, mir damit eine Freude zu machen. Statt »Die Fahne hoch, die Reihen fest geschlossen« hörte ich aus dem Kauderwelsch »Isch fahre noch, die Weine sind erschossen«. Und die Tränen rannen ihr über die Wangen, und sie tanzte sogar dazu.

Alle unsere Wohnungen mussten geleert, alles Inventar verpackt, das Überschüssige verkauft oder verschenkt werden. Haustiere durften nicht mit auf die Archen Hitlers, und das Wehklagen und Jammern all der Kinder, die ihre Putzis und Bellos, Schnuffis und Textors, Mohrchens und Stinkeminkes verloren an eine beträchtlich erhöhte Katzen- und Schoßhundsterblichkeit, leider, leider, gellte durch die Straßen Rigas.

Mama verschnürte all unsere Sachen sehr ordentlich. Opapabaron selig bekam eine eigene Seekiste mit all dem Apachenschmuck und den Stoßzähnen, die er aus fernen Ländern einst mitgebracht hatte.

Da Hub vollauf mit der Umsiedlung beschäftigt war, stellte ich in meinen wenigen freien Stunden die nötigen Papiere zusammen, die wir für die Einbürgerung ins Deutsche Reich brauchen würden. Ich versuchte es jedenfalls. Denn es war eine Heidenarbeit, all die Geburtsurkunden, Taufausweise, Sterbeeinträge, Grundbuchauszüge, Heiratsurkunden und Zeugnisse aus den undurchdringlichen Solm'schen Dossiers zu bergen, die mit der Akkuratesse von Brennmaterial verwaltet worden waren. Ich machte meiner Mutter, die als alte Baltin den bürokratischen Eifer der Reichsdeutschen nicht verstand, sanfte Vorwürfe wegen ihrer Unachtsamkeit im Umgang mit ihrer eigenen Geschichte.

»Ja, aber das ist doch keine Geschichte. Wozu braucht man denn den ganzen Kokolores?«, fragte sie mich kopfschüttelnd.

»Na, zum Beispiel für den Arierausweis.«

»Was ist denn ein Arierausweis?«

»Den brauchen wir, um in Deutschland eine gute Arbeit zu finden. Da müssen Hub und ich nachweisen, dass wir seit zweihundert Jahren von Deutschen abstammen.«

»Aber wir stammen doch nicht von Deutschen ab!«

Ich legte den Aktenordner, den ich gerade in der Hand hielt, auf den Schreibtisch und sah ihr in das faltige, ein wenig zerstreute Gesicht.

»Nicht?«

»Wir stammen von den Ynglingen ab!«, behauptete sie. »Deshalb heißt dein Opapabaron ja auch von Schilling.«

»Was sind noch mal die Ynglinge?«

»Yngvi war der Enkel von Odin.«

»Du willst mir sagen, dass wir von Odin abstammen?«

»Wenn du es für den Arierausweis brauchst.«

»Mama, wir können dem Reichssippenamt nicht sagen, dass wir von Göttern abstammen.«

»Wieso nicht? Es sind germanische Götter. Was ist an denen auszusetzen?«

»Gibt es über diese Abkunft irgendeine Urkunde, Mama?«

»Nein, aber ich kann es beschwören.«

Meine Eltern hatten niemals ihre Buchhaltung mit der nötigen Sorgfalt gepflegt. Schon von dem Charakter eines Buchhalters hielten sie nicht viel, da man für dessen Arbeit weder Gehirn noch Geschick brauche, wie sie zuweilen seufzten, und auf das amtliche Interesse an Steuererklärungen reagierten sie mit Anfällen schlampigster Langeweile, einfach weil sie Zahlen schrecklich gewöhnlich fanden. »Zahlen sind die Hölle, sie sind der Tod allen menschlichen Geistes«, hatte Papa immer gesagt, und er vergaß stets konsequent jeden unserer Geburtstage.

Meine Eltern fühlten sich von amtlichen Vordrucken

ebenso belästigt wie von Sippenarchiven, weshalb ich auf der Jagd nach unseren Abstammungszertifikaten in einem ungeordneten Wust staubiger Akten wühlte, die Papa in rosigem Frohsinn irgendwann einmal als Schmierpapier für seine Vorzeichnungen benutzt hatte. Schließlich waren er wie auch Mama Künstlernaturen, und in Riga brachte man auch staatlicherseits von jeher der Reputation einer Familie mehr Achtung entgegen als ihrem Papierkram.

Vermutlich war es dieser Lustlosigkeit im Umgang mit Dokumenten geschuldet, dass ich kaum Unterlagen über Ev fand. In ihrem Pass waren als Eltern Anna Marie und Theodor Solm eingetragen. In der alten Adoptionsurkunde von Neunzehnneunzehn, die ich zwischen zwei Kochrezepten fand (»Ach wie haarig schön, Kojaschkaschatz, die habe ich schon eeeewich jesuuucht«), waren immerhin ihre leiblichen Eltern gelistet, ein gewisser Marius Meyer, Kinderarzt aus Dünaburg, und seine Gemahlin Barbara Meyer, ohne Berufsangabe. Mehr war beim besten Willen nicht aufzutreiben. Nicht einmal eine Geburtsurkunde. Ev selbst hatte auch keine weiteren Informationen. Sie hatte sich nie um ihre Herkunft gekümmert und kümmerte sich auch jetzt nicht, denn sie war damit beschäftigt, ihr Krankenhaus abzuwickeln.

Ich durchstöberte Hubs Geheimarchiv der observierten und verdächtigen Balten. Aber natürlich hatte er über die eigene Familie nichts zusammengetragen.

Ich war ungehalten, denn inmitten all dieser enormen Plackerei und dem hysterischen Druck, rechtzeitig vor der

Ausreise alles Notwendige erledigt zu haben, blieb mir nichts anderes übrig, als persönlich nach Dünaburg zu reisen, 200 Kilometer durch eine sich in Auflösung befindende Nation. Auf den Straßen begegneten mir Kolonnen einmarschierender Rotarmisten, die in ihre Stützpunkte einzogen, exterritoriale sowjetische Pestbeulen, die Präsident Kārlis Ulmanis in sein Land hereinwuchern ließ, die einzige Chance, die endgültige staatliche Auflösung Lettlands zu vermeiden oder zumindest hinauszuschieben. Es war, als würde man einem Fuchs die Tür zum Hühnerstall aufschließen, um ihn am Fressen zu hindern.

In Dünaburg begann ich dann, mir die ersten Sorgen zu machen.

In den Kirchenbüchern fand ich zwar den Heiratseintrag von Marius und Barbara Meyer geborene Muhr. Aber in all den Jahrzehnten zuvor war kein Meyer und kein Muhr eingetragen. Das gleiche Bild in den Geburts- und Sterberegistern. Offensichtlich waren beide Familien nur zugezogen, und nun musste ich eventuell in ganz Lettland, vielleicht sogar im Deutschen Reich die Herkunftsorte der Familien ermitteln. Zwar gab es dafür sogenannte Sippenanwälte, die man mit umfänglichen Recherchen beauftragen konnte. Aber alles deutete darauf hin, dass Stalin schon sehr bald das Land kassieren würde. Wenn aber unsere Heimat erst einmal Teil der Sowjetunion geworden wäre, würde es keine Möglichkeit mehr geben, vor Ort gemächliche Familienforschung zu betreiben. Ich wusste, dass Ev für eine Anstellung als Medizinerin unbedingt den großen Arierausweis benötigen würde. Die Zeit war also knapp. Ich beschloss, mich vor Ort nach Menschen umzusehen, die die Meyers gekannt hatten. Da Vater Meyer Kinderarzt gewesen war, musste es Freunde, Nachbarn, ehemalige Patienten geben.

Ich übernachtete in einem Hotel in der Dünaburger Altstadt und trieb am nächsten Tag einen deutschen Notar auf, der bereits auf gepackten Koffern saß und nichts weiter zu tun hatte, als seiner Kanzlei nachzutrauern. Er lobte meinen Bruder (»Tüchtiger Mann! Haben Sie das Foto gesehen in der Zeitung? Wie Clark Gable, sagt meine Frau, enorm!«), eilte mit mir ins Rathaus, sah in den nötigen Aktenbeständen nach und erklärte mir nach zehn Minuten höflich, dass es nie einen Kinderarzt Meyer in Dünaburg gegeben habe.

In mein Schweigen hinein schlug er mir vor, alle möglichen Spuren in den örtlichen Archiven zu sammeln, um überhaupt Anhaltspunkte zu erhalten. Wir gingen nochmals alle evangelisch-lutherischen Kirchenbücher durch, mit Eifer, aber ohne Erfolg. Danach widmeten wir uns den Büchern der Griechisch-Orthodoxen, denn in Dünaburg waren viele Deutschbalten von den Popen eingefangen worden. Wieder nichts.

Schließlich war es schon Abend geworden, wir hatten den ganzen Tag nichts gegessen. Der Notar sah mich leicht von unten an, sein durch den Hunger gesäuerter Atem traf mich wie Moder, und er fragte dezent und mit gespitzten Lippen, ob der Herr Jugendleiter das Verlangen verspüre, in die Matrikel der Hebräer Einblick zu nehmen, vermutlich natürlich nicht, nur der Nachfrage halber.

Der Herr Jugendleiter war tatsächlich über alle Maßen erstaunt, spürte selbst, wie ihm der Mund im wahrsten Sinne des Wortes offen stand, ging hinaus in den sämigen Abend, wurde von Dämmerungsmücken umtänzelt und setzte sich ins Dünaburger Gras, um dort bis in die Dunkelheit hinein nichts als zwei knochige Knie zu umarmen und auf einem feuchten Rasen die Hämorrhoiden zu kühlen, die ihn seit Mary-Lous Abreise plagten.

Nachts gab er sich scheußlichen Visionen hin, Visionen grenzenloser Verwicklungen. Er stand auf, schluckte ein Aspirin, bedachte, dass auch diese für kopfschmerzende Gelegenheiten so hilfreiche Aspirintablette von einem Juden erfunden worden war, Herrn Eichengrün, wie ihm Ev erst vor einigen Tagen erzählt hatte, warum nur, warum denn nur, und er sah das als Zeichen, dass der gemeine Jude an sich nicht nur Menschheitsverbrechen begangen habe im Laufe der langen Kulturgeschichte, meistenteils aber schon, und dann spürte er die Wirkung der Acetylsalicylsäure und dämmerte in einen süßen, jüdisch gezuckerten Schlaf hinüber.

Anderntags beschloss ich den Gang in die Synagogenverwaltung.

Der Notar hatte einen Kollegen mitgebracht, einen uralten Israeliten namens Moshe Jacobsohn, der das jüdische Kappl trug, während er das Hebräische prüfte.

Zu meiner großen Erleichterung fanden wir weder Personen namens Meyer noch namens Muhr in den Aufzeichnungen. Wir machten eine Mittagspause, um nicht den Fehler des Vortages zu wiederholen. Herr Jacobsohn lud uns zu *gefilte Fisch* ein, und meine Laune besserte sich.

Wir kehrten in das Archiv zurück, um auch wirklich alle

Eventualitäten auszuräumen. Bei einem Namen stutzte der Jude, fragte den Notar, wann denn Frau Barbara Meyer geborene Muhr das Licht der Welt erblickt habe. Das sei am vierzehnten Juli Achtzehnachtundsiebzig gewesen, antwortete der Notar. Am vierzehnten Juli Achtzehnachtundsiebzig, wunderte sich Moshe Jacobsohn, schien in Dünaburg ein jüdisches Kind geboren worden zu sein, das nicht Barbara hieß, aber Bathia, und es hieß auch nicht Muhr, sondern Murmelstein, und über Bathia Murmelstein, sagte der Jude, gebe es in seinen Büchern keinen Eintrag über eine Bat Mitzwa und er habe auch keine Erinnerung. Gut möglich, dass die Eltern zum Christentum übergetreten seien.

Und dann hellte sein Gesicht sich plötzlich auf wie eine strahlende Sonne, und er sagte, ja, jetzt falle es ihm ein, von einem Meyer habe er natürlich gehört, aber das sei kein Kinderarzt gewesen, er habe auch glaublich Marian geheißen, nicht Marius, und er habe doch den Kellner, sogar Oberkellner vorgestellt, in genau jenem feinen Hotel, in dem der werte Herr Jugendführer abzusteigen sich die Ehre gegeben habe, und der arme Meyer sei ja von den Bolschewisten damals erschlagen worden, erschlagen wie ein Hund, und sogar seine Frau, weil sie neben der schönen Livree ihres Mannes so vornehm gewirkt habe, nur das kleine Mädchen habe überlebt, aber vielleicht auch nicht, es waren schlimme Zeiten, und der Meyer war kein Jude gewesen, schon lange nicht, schon seine Eltern seien Konvertiten gewesen, so habe es immer geheißen, aber das Mädchen, das arme Mädchen.

Es mag Ihnen heute nicht der Mühe wert scheinen, hohes therapeutisches Gericht, einen Gedanken an den Zustand eines gutmeinenden Mannes zu verschwenden, der innerhalb von vierundzwanzig Stunden erfahren muss, dass die ganze Welt sich auf den Kopf stellt. Natürlich sagen Sie heute, was spielt es schon für eine Rolle, ob jemand Jude ist oder Tennisspieler oder in einem Dorf in Malaysia Fische fängt.

Es ist so schwer, dafür eine Erklärung zu finden.

Wenn man »Damals« sagt, hat man schon verloren. »Damals« heißt, in einem Land vor unserer Zeit zu sein, aber dieses Land ist ja hier drin, lieber Gefährte, hier in diesem alten Herz, ich betrete das Land »Damals«, während ich davon spreche, es ist ein Land meiner Zeit, nicht Ihrer, ich bin damit verbunden, und zwar in dieser unangenehmen Sekunde. Ich kann mir selbst nicht vorstellen, dass der junge Mann, der ich einmal war, eine Einstellung verspürte, die man antisemitisch nennen könnte. Glauben Sie mir, es ist mir sehr fremd heute. Und während es mir so fremd ist, bin ich doch in dieser unangenehmen Sekunde in dem Land »Damals« und sehe mir, ich will mal sagen, selber zu beim Antisemitisch-Sein. Ich sehe also, wie ich vor diesem alten magenkranken Jacobsohn und dem taktvollen Notar sitze, mitten in der Synagogenverwaltung, die ein Teil der Synagoge ist, und wie sich die Erde vor mir öffnet und ich hineinfalle in ein tiefes Loch, nur wegen einer Erkenntnis, die jeden Ihres Alters, ich will sagen, Ihrer Generation, kaltlassen würde. Ich fahre fort, aber das musste einmal gesagt sein, da Ihnen plötzlich Melancholie so vertraut scheint, lieber junger und so transitorisch unterschätzter Freund.

Zwei Tage und etliche Aspirintabletten später war ich bei Anna Iwanowna und hörte mir ihre Version der Geschichte an. Sie weinte, wie nur Russinnen mit schlechtem Gewissen weinen können, nämlich herzzerreißend. Damals vor zwanzig Jahren, schluchzte sie, sei ihr Cousin mitten in der bolschewistischen Besatzung zu ihr gekommen mit dieser kleinen Malyschka an der Hand. Wie niedlich sei das Täubchen gewesen und schon halb verhungert, und wolle man dem Solnyschka das Leben retten, müsse eine Familie für sie her, sagte der Cousin. Aber für ein Judenkätzchen, wer wird da die letzten Kalorien spenden? Das fragte ich mich, mein Kojaschka. Sie war die Tochter eines lieben Kellners, mit dem Vladimir so befreundet war. Wir fragten sie, was für einen Beruf ihr guter Vater gehabt habe, und sie sagte, sie wisse es nicht, er sei immer weg gewesen, und so machten wir aus dem Kellner den Arzt, damit die Tscheka es nicht zurückverfolgen kann, und so ist das geschehen.

Aber man habe die gnädige Frau nicht anlügen wollen und den gnädigen Herrn, es ging doch um Leben und Tod, und die gnädige Frau habe einmal gesagt, ein Jude kommt mir nicht in dieses Haus, nicht mal ein getaufter, natürlich nicht, Koljascha, mein Engelchen, denn die Juden sind schlimme Leute, da hat euer Führerchen schon recht (ich unterbrach sie und sagte, sie dürfe nicht Führerchen sagen, aber wie alle Russen liebte sie den Diminutiv), natürlich, Kojinskaja, die Juden sind Verbrecher, aber diese kleine Gestalt, dieses Süßiska, was für große Augen sie hatte, man konnte es doch nicht umkommen lassen, so sagen Sie bitte nichts der gnädigen Frau, sie war so voller Großmut, um des lieben Herrgotts willen, sagen Sie nichts.

Eine Stunde später läutete ich an der Tür. Hub öffnete mir. Eine Serviette steckte in seinem Kragen. Er kaute.

»Entschuldige, ich dachte, du seist unten am Hafen«, sagte ich.

»Nein, Koja, komm rein. Wir haben noch Braten übrig. Schön, dass du da bist.«

Dann saß ich vor ihnen, wusste nicht, wo ich anfangen sollte, und die thermisch träge Küchenlampe, die über uns schwebte, gab allen Gesichtern einen warmen Ton, nur offensichtlich meinem nicht.

»Koja, geht es dir nicht gut?«, sorgte sich Ev. »Du siehst so blass aus.«

»Nun, es ist eine Menge los, es gibt viele Dinge.«

»Soll ich dir Tabletten holen? Ich hab noch welche von meiner letzten Migräne übrig.«

»Aspirin ist gar nicht jüdisch übrigens, höchstens halbjüdisch, wenn man die Bayer AG als eine natürliche Person betrachtet, also eine deutsche«, faselte ich.

»Was für eine große Zeit, mein Lieber«, sagte Hub genauso zusammenhanglos, und fügte an: »Deine Freundin ist schon weg?«

»Ja. Hat einen Schuppen in Marseille gefunden. Später will sie nach Paris.«

»Ihr schreibt euch noch?«

»Ehrlich gesagt, sie kann kaum schreiben.«

»Sie war sehr nett. Ich habe mich wie ein Trottel benommen mit diesem Monopoly-Spiel. Sie hat es ja gut gemeint.«

Ich hatte keine Ahnung, was diesen Ausbruch fehlgeleiteter Zerknirschung verursacht haben mochte, ganz sicher aber nicht eigene Einsicht.

Ev räusperte sich, tupfte mit der Serviette ihren Mund ab und griff zum Weinglas.

»Weshalb du auch immer hier sein magst, Kojaschatz.« Sie erhob lächelnd ihr Glas. »Vergiss das schlimme Köpfchen! Lass uns auf diesen Abend anstoßen!«

Nein, ich wollte ganz bestimmt nicht auf diesen Abend anstoßen, auch nicht auf die folgenden Abende, die ich als unentrinnbare Abfolge katastrophischer Ereignisse vor uns abrollen sah.

»Gerne«, sagte ich, und wir stießen an.

Hub hatte unverschämt gute Laune, schon von der ersten Sekunde an, als er mir die Tür geöffnet hatte. Er war sehr bemüht um mich, noch mehr aber um Ev, der er die Hand tätschelte, um mich dann anzulächeln, wie jemand, der weiß, dass nun etwas sehr Schönes passieren wird.

»Ich habe heute die Nachricht bekommen«, sagte er und platzte fast vor Begeisterung. »Ich wurde zum Sturmbannführer ernannt. Und Erhard ist Standartenführer.«

Sein Strahlen stieg wie eine Silvesterrakete in den Nachthimmel, und ich merkte, dass er noch nicht fertig war.

»Das bleibt aber geheim, solange wir noch lettische Staatsbürger sind.«

Er war immer noch nicht fertig.

»Was aber sowieso viel wichtiger ist«, fuhr er fort, »wir werden heiraten!«

Und dann sagte er gar nichts mehr, niemand sagte etwas, bis Ev hinterherhauchte: »Ja, Koja, wir werden heiraten, wir werden Mann und Frau.«

Und beide blickten mich gespannt an, ich weiß wirklich nicht, was um Gottes willen sie erwarteten, natürlich einen

Ausbruch der unendlichen Freude und Segensbereitschaft, klar, und ich kämpfte damit, ob ich »Wundervoll!«, oder wie im Baltikum üblich, »Nein, wie furchtbar herrlich!«, oder sogar »Wie viele Jahre habe ich mir nichts sehnlicher gewünscht!«, oder auch etwas prosaischer »Warum? Bist du schwanger, Ev?« sagen sollte.

Am Ende sagte ich nur: »*Nu, s'ken sajn as a chasene vet sajn gants schwer.*«

Eine Stille mit Zacken wie Stacheldraht.
»*A chasene?*«
»Mhm.«
»Ist das jiddisch?«
»Ja, Hub, das ist Jiddisch. Es heißt ›Hochzeit‹.«
»Woher kannst du Jiddisch?«
»Ev hat es mir beigebracht. Dir nicht?«
»Nein.«
Er dachte nach. Die Rakete fiel erlöschend zu Boden.
»Ev, du kannst Jiddisch?«
»Na ja, in Dünaburg konnten alle Kinder Jiddisch. Es waren jiddische Kinder.«
»Und wieso hast du es mir nicht beigebracht?«
»Du warst ja kein Kind mehr, Hub.«
Er legte die Hand vor den Mund, merkte, dass er mit dem Kauen schon lange aufgehört hatte, schob sich ein vergessenes Stück Braten in die linke Wangentasche und fragte:
»Was hat Koja eben gesagt?«
»*Nun, eine Hochzeit könnte etwas schwierig werden*, das hat er gesagt.«

Ev führte das Glas wieder an die Lippen, um irgendwas zu tun, die Augen auf die Kartoffeln gerichtet, die ich übriggelassen hatte. Hub schluckte herunter, nickte und wurde etwas formaler.

»Ich weiß, Koja, die Eltern werden es nicht gut auffassen. Da hast du recht. Aber ich will es ihnen erklären, ganz behutsam.«

»Und Erhard«, flüsterte Ev.

»Und Erhard erkläre ich es natürlich auch. Ich meine, wir sind ja erwachsene Männer.«

Es ist wirklich ein ausnehmend schönes Licht, das diese Lampe spendet, ich weiß nicht, warum mir ausgerechnet das durch den Kopf schoss, aber ich dachte tatsächlich daran, mir auch so eine zu kaufen, am besten sofort.

»Ich bin so froh, dass Hub zu unserer Liebe steht«, erklärte Ev, unsicher wegen all der Stille, die ich verbreitete.

»Es ist eine große Entscheidung. Aber jetzt, wo wir in ein neues Land aufbrechen und in ein ganz neues Leben, da werden die blöden Balten kaum jemand finden für ihren bösen Klatsch. Und wenn doch, dann saufen wir den einfach weg.«

Und mit diesen Worten trank sie das ganze Glas Rotwein aus. Sie schenkte sich sofort nach, und mir wurde klar, nein, Frau Doktor Solm geborene Meyer-Murmelstein ist ganz bestimmt nicht schwanger.

»Ja«, meinte Hub. »Wir sind ja nicht vom selben Fleisch und Blut. Bist du übrigens in Dünaburg vorangekommen?«

»Stimmt, du hast noch gar nichts gesagt, wie war es denn?«, fragte Ev. »Hast du die Papiere?«

Und ich starrte die beiden eine Weile an, und dann sagte ich: »*Nu, schturmbanfirer vestu sicher lang nit blajbn, majn Hubsilejn.*«

Um gleich keine falschen Vorstellungen aufkommen zu lassen, bester Swami aller Swamis: Natürlich habe ich das nicht gesagt, das wäre überhaupt nicht möglich gewesen in dieser Stimmung aus unendlicher Glückseligkeit, Hoffnung, Fatalität und Abgrundtiefe.

Aber innerlich sagte ich das schon zu mir, mit einer geradezu lächerlichen Überlegenheit, und als ich mir dann das Gesicht von Clark Gable-Solm vorstellte, das staunende Aufgesperrtsein seines Mundes, der sonst vor widerlichem Ehrgeiz strotzte, da musste ich plötzlich kichern, so wie man als Kind in der Kirche kichern muss, ohne dass man so recht weiß, warum. Ein unbezähmbarer Wunsch erfüllte mein Innerstes, lockerte meine Walfischzunge, entkrampfte meine Kiefer und – ich weiß kein besseres Wort, mein Freund, aber es trifft es am ehesten – umzingelte mich.

»Was gibt es denn da zu lachen?«

Ich prustete los, an Unzurechnungsfähigkeit grenzende Ausfälle fabrizierend, ja, trostloseste Heiterkeit, und Gott sei Dank entlud sich auch Evs ganze Ratlosigkeit in solidarischem Gelächter, bis schließlich sogar Hub, der eigentlich selten lachte, und wenn, dann praktisch tonlos, mit einem ziegenhaften Gemecker meine Verzweiflung zu einem neuen Höhepunkt trieb.

Und ich ersäufte mich im Rotwein und log ihnen was vor, dass sich die Balken bogen, so dass ganz am Ende gelallt werden musste, dass die Papiere gefunden seien in Dünaburg, erstklassige Papiere, erstklassige Meyers und Muhrs von arischstem Schrot und Korn, seit Jahrhunderten schon, ja wirklich.

Der Rest ist schnell erzählt.

In den nächsten Tagen fälschte und unterschlug ich alles, was zu fälschen und zu unterschlagen war. Moshe Jacobsohn erhielt unsere gute Couchgarnitur aus Büffelleder, frei Haus sozusagen, und ließ dafür gerne einige Seiten aus den Dünaburger Synagogenbüchern in Flammen aufgehen. Da Juden im Heiligen Russischen Reich sowieso immer mal wieder verbrannt worden waren, ebenso wie ihre Aufzeichnungen, konnte das nicht weiter wundernehmen.

Der taktvolle Notar erklärte sich bereit, mir die lutherischen Kirchenbücher seiner Heimatstadt für einige Stunden zur Verfügung zu stellen, ohne im Nachhinein einen detektivischen Blick hineinzuwerfen.

Der begabte Kunstmaler, Aquarellist, Karikaturist, aber natürlich auch Retuscheur, Typograph und Kalligraph Konstantin Solm fügte höchstpersönlich mit geschickter Hand und künstlich gealterter Tusche einige notwendige Ergänzungen ein.

Schließlich ließ sich der Notar gerne überreden (altes Zarengold aus Mamas Schatulle half dabei), eine erstklassige Ahnenreihe nie existiert habender, aber dennoch sehr gestorben erscheinender Personen auf Grundlage der eingesehenen Kirchenbücher zu bezeugen, Personen, mit deren Hilfe die direkte Nachfahrin Eva Solm jeden Sturmbannführer ihres Vertrauens zu behalten vermochte.

Am Abend des fünfzehnten Dezember Neunzehnneununddreißig verließen Mama, Papa und ich mit einem der letzten Schiffstransporte Riga.

Papa war als Schwerstversehrter dem Transport für Körperbehinderte und Psychiatriepatienten beigegeben worden, doch Mama hatte sich geweigert, ihn dort unter vierhundert Irren alleine zu lassen, wie sie sich ausdrückte. Wir bekamen eine luxuriöse Kabine neben der Kapitänskajüte, dem Herrn Räumkommandeur sei Dank, der selber mit seiner Frischverlobten auf einem anderen Schiff bereits ausgereist war, der *Deutschland,* wohl auch, um die immer noch schockierten Eltern nicht durch fasteheliche Zärtlichkeiten zu bekümmern.

An unserem Dampfer, der *Bremerhaven,* waren zuvor verschiedene, ausdrücklich mit Hub vereinbarte und in Danzig durchgeführte Einbauten vorgenommen worden, die sich als Gummizellen entpuppten.

Am Abend stand Mama auf dem Promenadendeck, das sie wegen all der unklaren Familienverhältnisse ihrer Reisegefährten als Promenadenmischungsdeck verachtete. Über die Reling gebeugt, sah sie hinüber zu der Silhouette der illuminierten Stadt, und ausgerechnet sie, die weder im Angesicht der Bolschewiken noch vor irgendeiner weltlichen Gefahr, weder aus Angst noch vor Rührung je zu weinen vermocht hatte, weinte und weinte. Selbst Papa weinte, neben ihr im Rollstuhl sitzend, und er stieß kleine, nach weit entfernten Möwen klingende Klagelaute aus.

Um Mitternacht lichtete die *Bremerhaven* den Anker, und die Wahnsinnigen und Dementen, die geistig Armen und Beladenen glitten auf unserem Narrenschiff in die stille

See hinaus, begleitet von dreißig Krankenpflegern, einhundert Krankenschwestern, einem veritablen Professor aus Wittenau sowie zwei hellerleuchteten Kriegsschiffen.

Trotz all dieser Mühen sollten nahezu alle Patienten dieses Transportes ein Jahr später tot sein, ausgehungert, totgespritzt, vergast oder vergiftet, übrigens durch meine eigene Dienststelle, aber darauf kommen wir noch.

II
Der schwarze Orden

I

Danke, dass Sie sich so brahmanisch zurückhalten. Vielleicht ist es manchmal sowieso das Beste, wenn es einfach weitergeht. Das dachte ich ja damals auch. Unbeirrt nach vorne sehen, sich treiben lassen von Kräften, die stärker, aber auch besser sind als man selber. Ist nicht auch der Herzüberwachungsmonitor dort drüben stärker und besser als wir selber? Das Quecksilberdings? Das Blutdruckaufpasstabernakel, oder wie heißt das gleich? Kontrollieren diese Apparaturen unseren Zustand nicht zuverlässiger, als wir selbst das jemals könnten?

Ganz ähnlich dachte ich jedenfalls, als ich mit der *Bremerhaven* nach einer zweitägigen Überfahrt das besetzte Polen erreichte. Polen nämlich war eine riesige Heilanstalt. Eine Polenheilanstalt, verstehen Sie? Das Land sollte kuriert werden, von seinen bisherigen Bewohnern vor allem. Und wir Balten waren das Serum, mit dem alles wieder gut und blond werden sollte.

So spritzte man die Solms mit einer Kanüle in den Warthegau hinein, in diese polnische Herzkammer, die mit chirurgischem Besteck (heilsamen Panzerdivisionen) ins Deutsche Reich hineintransplantiert worden war.

Unser Schiff lief mitten in einem Schneesturm im großen Ostseehafen Stettin ein. Hier nahmen sich, umtost von einer wie mit Meersalz überkrusteten, blaugefrorenen Blaskapelle, ekstatische Walküren der Volkswohlfahrt all der von Bord taumelnden Verrückten an, drückten den ratlosen Idioten zur Begrüßung gerahmte Fotografien eines grimmig in die Schneeflocken blickenden Irrenarztes in die Finger, den die Patienten nun »Führer« nennen sollten und von dessen Schnurrbartstummel sie die Schneeflöckchen gleich wegleckten. Alles war so zackig, bevormundend und hingebungsvoll, dass selbst meine Eltern und ich uns wie Schiffbrüchige vorkamen.

Immerhin kümmerte sich ein persönlicher Mercedes um uns, dessen von Hub abkommandierter Fahrer allerdings noch geisteskranker als die Geisteskranken schien, uns erst in ein Barackenlager fuhr statt in das von Mama erwartete und von der ss requirierte Luxushotel, dann mitten auf der Landstraße einen Hund überrollte mit den in die Familienchronik eingehenden Worten »Das war nur ein polnischer« und sich seinen Optimismus durch keine noch so betrübliche Reifenpanne dämpfen ließ.

Nach einer zweitägigen durch Schnee und Eis mäandernden Geisterfahrt (wir fuhren über ein Leichentuch von Land) erreichten wir das Ziel, die Gaumetropole Posen, in der die fast tausend Jahre alte Kathedrale mit der Grablege der polnischen Herrscherdynastie in die Luft gesprengt werden sollte, »schon nächste Woche«, wie unser Fahrer gutgelaunt versicherte.

Ich sage es ohne verborgene Absichten, sage es aber doch, dass gerade die kultivierten ss-Balten wie Hub und auch Erhard ihr Äußerstes taten, um diese Art von Stadterneuerung zu verhindern, was ihnen in dem betreffenden Fall auch gelang, mit Hinweis auf die westfälischen Baumeister und das von Christian Daniel Rauch gestaltete Mausoleum der Kirche (Sie kennen Rauch nicht? Seine tote Königin Luise? Seine Walhallabüsten, die Hitler so mochte?).

Mitten im kältesten Winter und in noch kälterer Fremde gingen wir in Posen auf Wohnungssuche. Das war gar nicht einfach. Niemand konnte sich selber aussuchen, mit wem er zusammenzog. Die meisten unserer Freunde und Verwandten wurden zunächst in Fabrikhallen, Kasernen, sogar in den ungeheizten, von Eisstalaktiten überwölbten Katakomben des Städtischen Stadions untergebracht, da die Behörden mit dem Enteignen, Deportieren und Erschießen der einheimischen Bevölkerung nicht nachkamen, deren Wohnraum man uns versprochen hatte. In den überfüllten Balten-Lagern zitterten die alten Damen, aufsässige Jugend schoss mit Blasrohren Papierkügelchen auf die feisten Lagerkommandanten, die mit Reitpeitschen bewaffnet über die Flure patrouillierten.

Um der Masseninternierung zu entkommen, mussten Mama, Papa, Hub, Ev und ich eine Sippenunterkunft beantragen, wogegen sich Ev zunächst sträubte.

Ich habe sie damals bestimmt zwanzigmal gezeichnet, heimlich, mit abgewandter Haltung in verlorenem Profil. Von ihren Augen sah ich nur die Rätsel, denn ich kam nicht nah genug heran, und ihr dunkler Blick schloss den hellen ein, von dem ich oft träumte. Sie wollte nicht mit uns allen zusammenleben, wollte in ihrem neuentdeckten Land der Liebe alleine sein, alleine mit meinem Bruder. »Aber alleine leben die Schnecken, Schatz«, hörte ich seine Stimme durch die Wand des Hotels dröhnen, in dem wir zeitweise unterkamen, »in diesen Zeiten können wir doch keine Schnecken sein.«

Unser Haus, das Hubs ss-Einfluss schließlich der ganzen Familie herbeizauberte, war eine von den Vormietern innerhalb von sechzig Minuten und keiner Sekunde länger freigeräumte Vorortvilla.

Als wir den Schlüssel ins Schloss steckten und eintraten, sahen wir, was sechzig Minuten anrichten können. Die Bewohner schienen wie einst in Pompeji und Herculaneum innerhalb von Sekunden verdampft zu sein, unter Zurücklassung ihrer intimsten Abdrücke. Die Wohnung war noch warm und möbliert, alle Schränke und Schubladen standen offen, die Böden waren übersät von verstreuten Kleidungsstücken. Im Bad lagen die feuchten Handtücher der verscheuchten Polenfamilie. An den Wänden hingen Fotos ihres Babys, eines wonnigen, prustenden, an den Gestaden der Ostsee mit seinem Holzbagger spielenden Prinzesschens. Derselbe Bagger lag nun umgekippt im Kinderzimmer, rot leuchtend, daneben Kuscheltiere.

Mama ging sofort zur zuständigen ss-Stelle, erklärte, dass ihr Sohn Räumkommandant in Riga gewesen war, und fragte, was mit den armen Menschen in ihrer Behausung geschehen sei. Der zuständige ss-Scharführer sagte ihr kühl, sie solle froh sein, dass sie ein Dach über dem Kopf habe und kein Blut auf den Tapeten.

Und das war die Realität.

Weder meine empörte Mutter noch sonst irgendjemand der Baltenflüchtlinge, ob er nun von Odin abstammte oder nicht, hatte von dem Moment der Ankunft an noch irgendetwas zu melden. Wir waren Trophäen, die man sich an die Wand nagelt. Wir waren die Hirschgeweihe Himmlers. Und dann auch nur Zwölf-, nicht Sechzehnender wie die Sudetendeutschen. Oder Vierundzwanzigender wie die Reichsdeutschen, die in den Warthegau strömten und sich alles unter den Nagel rissen, was die Deportationen Woche für Woche an Beute freigaben.

Innerhalb kürzester Zeit musste sogar Hub lernen, dass er als Alexander der Kleine nur noch winzige Brötchen im pangermanischen Schlaraffenland backen konnte. Selbst Erhard Sneiper, der mit Himmler und Heydrich jahrelang Buttermilch trinken durfte (viel gesünder als ein Cognäckchen), hatte seine Schuldigkeit getan. Die SS-Granden stellten jede Aufmerksamkeit für ihn und seinen Stellvertreter Solm ein. Man brauchte die beiden nicht mehr als unverzichtbare Topagenten im feindlichen Ausland. Sondern nur noch als Beamte.

»Ich soll Sesselfurzer werden«, jammerte Hub. Und Erhard, der gehofft hatte, als Großinquisitor eine ganze Provinz germanisch aufforsten zu dürfen, erhielt zwar ein Mandat als sogenannter Reichstagsabgeordneter (nicht mehr als eine Apanage, verbunden mit dem Gebot, sich jeder parlamentarischen Meinungsäußerung zu enthalten), versauerte aber in einer Art Einwohnermeldeamt für Balten, das er missmutig leitete, ohne die tückischen Brüder Solm um sich zu haben.

Hub kam zum SD an den Bismarckring, der die Altstadt Posens umschloss. Man gab ihm ein Büro, ein dralles Schreibfräulein, den geisteskranken Chauffeur und ein Hauptreferat, wenn auch eines von vielen. Er war für die Vertreibung der Polen und Juden im Posener Distrikt zuständig, fand die Aufgabe geisttötend (tötend war sie natürlich auch im unmittelbaren Wortsinne), bemühte sich aber trotzdem, mich nachzuziehen.

»Ich weiß nicht«, sagte ich. »Vielleicht gibt es ja auch die Möglichkeit, am Stadttheater unterzukommen.«

»Ach ja, als King Lear?«

»Sie suchen einen Szenenbildner.«

Sie hatten aber schon zwei, als ich dort anfragte, zwei magenkranke Dilettanten, wie man mir voller Geringschätzung zuraunte, als ich meine Bewerbungsmappe vorzeigte, die tiefe Bewunderung auslöste. Als man aber erfuhr, dass mein Bruder beim ss-Sicherheitsdienst arbeitete, indem er nämlich in voller Totenkopfmontur und schwerbewaffnet im Theaterfoyer auf mich wartete (was ich ihm streng verboten hatte), waren anderntags die Dilettanten gar keine Dilettanten mehr, sondern plötzlich famose Meister ihres Fachs, Unersetzbare, im Übrigen auch kerngesund, so dass leider keine Verwendung für den begabten Herrn Kandidaten Solm mehr bestehe, jedenfalls keine, die an irgendeine Form von Verdienst gekoppelt sei.

Es musste aber Geld her für die Eltern, für mich selbst, für das Haus – das zwar keine Miete verschlang, da wir es verschlungen hatten, aber ein neues Walmdach brauchte, da das vorhandene kommunistische Flachdach das Formgefühl eines Sturmbannführers beleidigte.

Schon einige Wochen später war ich daher Sachbearbeiter in einer Abteilung des SD, die sich »Baltenüberwachung« nannte.

Ich saß also in einem Großraumbüro des Gestapohauptquartiers in Posen, der einzige Zivilist dort, und wertete mit zwölf anderen Kollegen all die Daten aus, die Hub in jahrelanger Kleinarbeit über unsere Mitbürger in Riga gesammelt hatte. Mein Urteil entschied, wer von meinen Landsleuten einen guten Leumund besaß, wer weiterhin observiert werden musste, wer als rassisch unzuverlässig ins Altreich abgeschoben oder wegen krimineller oder sozialer Auffälligkeiten in ein Konzentrationslager verbracht werden sollte.

Das erbaute mich nicht. Meine schlechte Laune half mir jedoch, die Tätigkeit mit radikaler Subjektivität zu würzen. Das ging so weit, dass ich meinen alten Mathematiklehrer, der sich angeblich sozialdemokratischer Sympathien verdächtig gemacht hatte, für ein Jahr nach Dachau schickte (ein von Kollegen sehr empfohlenes Etablissement mit eindrucks- wie ausdrucksvollem Appellplatz), denn seine Art, wie er mich anderthalb Jahrzehnte zuvor durch die Quarta hatte rasseln lassen, war mir noch in lebhafter Erinnerung.

Leider plagte mich im Anschluss an meine kecke Tat ein unerwartet schlechtes Gewissen. Nach drei Wochen ließ ich daher Zupfenhannes, wie wir ihn nannten, aus dem KZ wieder herausholen (ohne Angabe von Gründen), erteilte ihm lediglich Arbeitsverbot (ebenfalls ohne Angabe von Gründen) und empfahl ihn wiederum zwei Wochen später (eine Angabe von Gründen wäre freudianisch gewesen) für einen gutdotierten Gymnasialdirektorenposten in Schwetz, um mich beim lieben Gott durch Feingefühl und Benimm zu entschuldigen.

Zupfenhannes wird sich über des Schicksals gewundenen Lauf vermutlich gewundert haben, der all jener gestrengen Logik entbehrte, die er auch in meinen Differentialgleichungen einst so schmerzlich vermisst hatte. Ich hatte ihm allerdings schon damals gesagt, dass er Logik völlig überbewerte.

Es war überhaupt kein Problem, in meiner doch recht untergeordneten Position nach Gutdünken über Sein oder Nichtsein der verdächtigen, besser gesagt meinem Bruder so verdächtigen Elemente unserer Volksgruppe zu entscheiden. Mein unmittelbarer Vorgesetzter nämlich, Hauptsturmführer Schmidtke, eine wohlbeleibte rheinische Frohnatur mit Hasenscharte (ich wusste gar nicht, dass Hasenscharten in die ss dürfen, entrüstete sich Hub), Hauptsturmführer Schmidkte also war der Ansicht, dass es einer kleinlichen Kontrolle unserer Verdikte durch ihn selbst oder durch irgendjemand anderen kaum bedürfe. Er war ein großer Anhänger der Eigeninitiative. Er wies nur darauf hin, dass ein gewisses Quantum an zur Vernichtung freigegebenen Staatsfeinden nicht unterschritten werden dürfe, schon aus Gründen der Ästhetik (»Fie alf Künftler, Eff-Eff-Bewerber Folm, wiffen doch, waf Äfthetik bedeutet!«).

Ich muss gestehen, dass ich für die Delinquenten zwar Bedauern empfand, darüber aber nicht das nötige Quantum zu vernachlässigen gedachte. Erbarmen hatte ich daher nur für zwei der asozialen Gruppen: erstens für die baltischen

Huren, vor allem für die hübschen und besonders für jene hübschen unter ihnen, die ich auf den Fotos wiedererkannte (ich konnte mir immer schon gut Gesichter merken, ein Charakteristikum des sentimentalen Damenporträteurs); und zweitens für die Juden, die versucht hatten, sich mittels Dokumentenfälschung als Deutsche auszugeben, aber von Sippenexperten anhand sorgsam überprüfter Taufregister enttarnt worden waren. Hier entwickelte ich erhebliches Beharrungsvermögen. An geradezu circensisch anmutende Fälle von Selbstarisierung behauptete ich, keinerlei Zweifel zu verschwenden.

»Alle Aftung«, staunte Schmidtke, »Fie gehen für einen Eff-Eff-Bewerber ganf fön weit mit der Judenfreundlifkeit. Fie haben fo ein gutef Händfen für Kinderfänder! Warum mit den Juden nift genaufo?«

Ich war damals wahrlich kein lauterer Mensch, schon gar kein wunderbarer, wie Sie die Größe haben, mir immer noch zugutezuhalten. Ich war auf subtile Weise verstrickt in die Erwartungen, die an mich gestellt wurden. Und deshalb half ich den Juden, fürchte ich, wohl leider nicht in erster Linie aus christlicher Nächstenliebe, sondern um Sie-wissen-schon-wem einen nachgiebigen, um nicht zu sagen nachsichtigen Boden zu bereiten.

Es dauerte ein paar Wochen, bis meiner SS-Bewerbung mit Hubs Hilfe stattgegeben wurde. Aufgrund seiner treuen Dienste als Mitarbeiter des SD-Auslandsgeheimdienstes wurde der Kunstmaler Konstantin Solm im Frühjahr Neunzehnvierzig offiziell in die Schutzstaffel aufgenommen. Heinrich Himmler ernannte ihn durch Urkunde zum SS-

Obersturmführer, eine Position, die zwei Ränge unter der von Hub lag (was ich nicht taktlos fand).

Für mich begann nun, inmitten der anbrechenden faschistischen Weltherrschaft, die Routine. Routine mit einem kleinen Schuss Wahnsinn drin. Mein Tagesablauf wurde nach Jahren, die ich in einer nach Boheme duftenden Hängematte verbummelt hatte, völlig neu geregelt. Hub weckte mich jeden Morgen mit einem Schrei. Ich drehte mich dann noch einmal im Bett herum, während er in mein Zimmer stapfte und keuchend seine Morgenübungen machte, uns beide ermunternd. Klimmzüge. Liegestütze. Kniebeugen. Immer sieben Stück. Sieben war Evs Glückszahl. Und Hub liebte Ev. Während ich mich aus dem Bett quälte, auf der Bettkante verharrte und einem letzten Traumfetzen nachhing, wusch er sich bereits im angrenzenden Bad, wie er sich wahrscheinlich jetzt noch mit seiner verbliebenen Hand im Knast wäscht, zackig, mit heftiger Gründlichkeit. Es sah aus wie eine Exerzitie.

Ich schlurfte gähnend ins Bad, aus dem er bereits pfeifend hinaustrat.

Wenn ich nass und schlecht abgetrocknet in meine Kammer zurückkam, hatte Ev mir bereits die Uniform frischgebügelt aufs Bett gelegt.

Für Hub war diese Kluft der Panzer der Autorität. Ich selbst musste mich bei ihrem Anblick an ein legendäres Wort meines Vaters erinnern, der einmal behauptet hatte, die Uniform sei die Titte des Mannes. Und ähnlich signalhaft und sexuell aufgeladen kam mir das Hemd mit den schwarzen Lederknöpfen auch vor. Und der ganze Rest. Schwarze Krawatte. Schwarze Reithosen. Schwarze

Reitstiefel. Schwarze Jacke: drei Silberknöpfe, zwei parallele Silberstreifen auf den Schulterstücken, auf dem linken Ärmel eine rotweißschwarze Hakenkreuzarmbinde. Schwarzes Pistolenkoppel. Schwarze Mütze mit silbernem Totenkopf und dem Parteiadler. Ich starrte mich im Schlafzimmerspiegel an. Ein lustloser ss-Obersturmführer starrte zurück. Die Mütze stand mir nicht besonders. Ich bevorzugte das Schiffchen, das mich mehr an die Seefahrt erinnerte. Immerhin, meine beginnende Jungmännerglatze verschwand.

Schließlich nahm ich vom Toilettentisch meine Dienstpistole, eine 9-mm-Luger (Hub bevorzugte eine Walther PPK), überprüfte sie, schob sie in das Halfter und ging nach unten. Dort traf ich meinen Bruder, und wir frühstückten schwerbewaffnet. Es gab Käse, Schinken, Dauerwurst, einen Berg Schwarzbrot, Milch, eine Tasse dampfenden Kaffees. Echter Bohnenkaffee, kein Muckefuck. Geredet wurde nicht viel am Morgen. Mama fütterte Papa. Ev spielte wie selbstverständlich die Rolle der Hausfrau, vielleicht, weil sie hinter dieser Fassade ihre Unzufriedenheit mit der häuslichen Situation am ehesten in Schicksalsergebenheit zu verwandeln mochte (obwohl ihr eigentlich jede Art von Ergebenheit schwerfiel). Immer noch konnte sie besser nähen, kochen, flicken und Marmelade gelieren als Mama, die alles, wirklich alles von ihrer Tochter gelernt hatte. Nur dass diese nun auch noch ihre Schwiegertochter sein sollte, das lernte meine Mutter nicht mehr.

Routine. Und ein Schuss Wahnsinn. Das galt für unser ganzes neues großdeutsches Leben. Schnell war die Umsiedlung beendet. Schnell waren die Möbel aus Riga angekommen und gegen die vorgefundenen, geraubten ausgetauscht worden. Schnell war der Winter vorbei. Schnell hatte auch die obligatorische Hochzeit stattgefunden.

Ev und Hub begannen vor den ungläubigen Augen der Eltern ihr so überraschendes Eheleben, das für mich peinigender war, als ich gedacht hatte.

Beide hatten mich als Trauzeugen benannt. Aber darüber hinaus wollte ich kein Zeuge sein. Kein Augenzeuge. Kein Ohrenzeuge. Kein Knallzeuge. Wissen Sie, was ein Knallzeuge ist? Jemand, der einen Autounfall nur durch dessen Knall mitbekommt. Und so wie ein Knallzeuge fühlte ich mich bei den gelegentlichen Streitigkeiten meiner Geschwister, die aus dem Nichts heraus irgendwo im Haus auflloderten, entweder geschürt durch einen der vielen Stimmungsumschwünge Evs oder durch die unerschütterliche Rechthaberei meines Bruders.

Noch schlimmer war es jedoch mitzuerleben, wie einer dem anderen morgens Schweineöhrchen ans Bett brachte (auch *Palmiers* genannt) oder wie sie nachts einander begehrten. Manchmal hörte ich durch die Wände, dass Ev beim Sex aus sich herausging, aus sich herausrannte vielmehr. Sie tat sich wahrlich keinen Zwang an, da Mama schwerhörig und Papa dankbar über jede Lebensäußerung seines Umfeldes war. Auf mich nahm die muntere Schwägerin keine Rücksicht. Ich kannte ja Evs Melodien besser, als Hub recht sein konnte, erkannte vertraute und liebgewonnene Tonfolgen von früher, aus jenen verschütteten Zeiten, als wir einander in die erotische Reife geholfen hatten. Ev mit nassem Haar in einem von heißem Wasserdampf beschlagenen Spiegel zu sehen war selbst dann schmerzhaft, wenn sie nicht einen erstaunten Augenaufschlag lang ihren Bademantel öffnete und dabei so tat, als wolle sie nur den Gürtel festziehen.

Aber ich kannte sie gut.

Eines Abends geschah etwas, was unserem Zusammenleben einen anderen Unterton gab, der von nun an leise, aber stets in unseren Schläfen summte. Die Eltern waren schon früh zu Bett gegangen. Wir hatten die Verdunkelung heruntergelassen und lümmelten zu dritt wie früher als Kinder auf der Wohnzimmercouch. Nur zwei Stehlampen brannten. Hub und ich saßen nebeneinander, jeder an eine Wange der Couch gelehnt, lasen unter den beiden spärlichen Lichtinseln jeder sein Exemplar des fast orientalisch blumigen *Ostdeutschen Beobachters*.

Ev hatte sich bäuchlings der Länge nach auf uns beide gefläzt, in den Arm ihres großen Bruders hinein. Aber ihre Beine kreuzten ungeschickt meinen Schoß. Es gelang mir dank einer Reihe verstohlener Bewegungen, mich von ihren ziellos reibenden Füßen zu entfernen, die aber wie kleine Kaninchen ihrem davonwandernden Stall nachhoppelten, um sich zu wärmen, oder mich, wie mir schien.

Mich überkroch ein aschiges Gefühl. Ich überlegte, ob ich aufstehen sollte, aber es war schon zu spät. Meine Erregung wäre unübersehbar gewesen, da ich nur einen Pyjama trug und mich jetzt wenigstens der *Ostdeutsche Beobachter* schützte, ein seitenlanger Artikel über Dünkirchen, das weiß ich genau. Ich seufzte also und zwängte mich so weit wie möglich in die rechte Ecke des Sofas, um wieder zu

Sinnen zu kommen. Im nächsten Moment drehte sich Ev ein wenig um ihre Achse, tuschelte irgendwas mit Hub, der tatsächlich begann, ihr und mir aus seinem Zeitungsexemplar Details über Dünkirchens Untergang vorzutragen, und ihre ganze wunderbar weiche Wade landete wie ein zufälliges Kissen auf meinem nun hilflos erigierten Schwanz. Ich war in Panik. Aber Ev, eine plötzlich glatte, unschuldige Kreatur, tat so, als habe sie überhaupt nichts bemerkt, da die Flucht der Briten in Schiffskuttern und Paddelbooten so furchtbar interessant war. Ihr Bein, das sich zunächst noch eine Spur fester auf meinen pulsierenden Unterleib presste, räkelte sich gleich darauf ein wenig und verlor einen Pantoffel. Dann ging auch der zweite Pantoffel flöten, und ihr rechter großer Zeh begann, das Söckchen des anderen Füßchens ganz langsam abzurollen, wobei reibende, wiegende, streifende, zuckende und sogar schaukelnde Vibrationen entstanden, die mir den Atem nahmen. Ich sah genau auf die nun nackten Fesseln, das einzig Nackte, was ich sehen konnte, sonst waren da nur Zeilen über die Südseite des Ärmelkanals, in die die Heeresgruppe A hineinstieß, Zeilen, die ich gleichzeitig vernahm, nun schon aus einiger innerer Entfernung, denn es war nicht Hubs sonore Stimme, die meine Sinne schärfte.

Als die deutsche Artillerie die Geschütze bei Gravelines erobert hatte, reckte sich meine Schwester erneut, um vom Tisch einen Apfel zu greifen, ausgerechnet einen roten, wäre er wenigstens grün gewesen, und ich war sicher, dass Hub sich diese Gelegenheit nicht entgehen lassen würde, unser altes Apfelspiel zu eröffnen, das ich in diesem Moment so wenig brauchen konnte wie nie. Ich spähte furchtsam zu ihm hinüber, aber er bekam überhaupt nichts mit, weil gleichzeitig die Royal Air Force sage und schreibe einhundertsechs Jagdflugzeuge über dem Kanal verlor. Evs Gesicht konnte ich nicht sehen, es glühte oder blasste irgendwo unter Hubs Lektüre, und ich hörte, wie sie krachend in den Apfel biss. Er lachte über irgendwas, wahrscheinlich über Churchills Wut, die er sich gut vorstellen konnte, auch Ev lachte, und ich nahm mir vor, während das Lachen mir den Rest gab, meine bis ins Rückenmark pulsierende Konvulsion im Nichts verebben zu lassen. Doch sie schob plötzlich ihren ganzen schnurrenden Körper um einen halben Meter zu mir herunter, um Hub einen apfelhaltigen Kuss zu geben, und ich konnte nicht anders, saß in der Falle und musste mich an ihrer rechten Gesäßhälfte ergießen, die sie ganz kurz an mein zuckendes Geschlecht presste und die nur durch meinen und ihren Pyjama geschützt war, also durch zwei Millimeter Baumwolle zwischen uns, das war alles.

Unmittelbar danach rollte sie sich vom Sofa und sprang auf die Füße. Ich sah eine Spur Röte an ihrer Wange. Sie fuhr sich durch das verwuschelte Haar und kaute. Ihr Blick ging so flüchtig über mich hin wie über einen Putzlappen. Sie sagte mit vollem Mund: »Komm!«, riss Hub an der Hand hoch, so dass er mir gar nicht mehr »Gute Nacht« sagen konnte, und beide taumelten und verschwanden wie der Blitz oder wie ein glückliches Kind in ihr Schlafzimmer.

Dann war es still, und ich hörte nur die große Kaminuhr ticken.

Auf dem Dünkirchenartikel auf meinem Schoß formte sich ein feuchter Fleck, genau über der grimmigen Nasenwurzel von Generalfeldmarschall Rundstedt. Ich löschte das Licht und starrte noch lange regungslos ins Dunkel. Erst als ich irgendwo in der Stadt zwei Schüsse hörte, weit entfernt, was des Öfteren vorkam in jenen Nächten, erhob ich mich und schlich beschämt und besudelt in mein Zimmer.

Es war der einzige Vorfall dieser Art.

Er wiederholte sich nicht, und nie kam es zu Anzüglichkeiten zwischen Ev und mir, sofern nicht der ganze Zauber ihres auf Unmittelbarkeit und Charme ausgelegten Wesens auch etwas Anzügliches hatte. Sie begegnete mir immer wieder auch scheu, vor allem am Morgen nach der Dünkirchenoffensive, die keiner von uns erwähnte. Vielleicht hatte der Angriff ja auch gar nicht mit der aggressiven Entschlossenheit stattgefunden, von der ich mich überrannt fühlte. Vielleicht war alles nur meine Einbildung gewesen, ich weiß es nicht.

Dennoch lag ab diesem Abend eine Befangenheit zwischen uns, die sich in gar nichts äußerte. Ich vermied nur, allein mit ihr in einem Raum zu sein, obwohl ich, wenn es denn geschah, und es geschah oft, nichts dagegen hatte.

Immer ging sie dann als Erste.

Wir verstanden uns gut. Sie neckte einen gerne, und ich konnte sie leicht zum Lachen bringen, sicher leichter als Hub, der so präsent und beeindruckend vital war, dass er dieses soziale Hilfsmittel einfach nicht brauchte, obwohl auch er Humor besaß.

»Ja, er hat Humor. Ich glaube, ich kann mit ihm lachend durchs Leben gehen. Obwohl er nicht immer das Lachen hat, das ich brauche«, sagte sie beiläufig fröhlich, während wir im Garten gemeinsam Erdbeeren pflanzten.

»Braucht man nicht jede Art von Lachen, um halbwegs durchzukommen?«, fragte ich.

»Das Lachen, das Gleiches in mir auslösen kann. Gleiches Empfinden.« Sie erhob sich, wischte sich mit der erdigen Hand über ihre Züge, die unruhig waren und gleichzeitig ruhig, wie eine herumwandernde Schildkröte. »Er hat kein Lachen, das fragt.«

Ich hätte die halbe Nacht mit ihr über diesem Quatsch zerreden können, so wie früher, und sie wollte das auch. Aber ich steckte nur die Erdbeerpflänzchen ins Beet und grub sie nachdenklich ein.

Ich hatte einfach nicht mehr das Gefühl, festen Boden unter den Füßen zu haben. Kennen Sie das, wenn alles schwankt und schaukelt und einem immer beinahe schlecht ist? Einmal ertappte ich mich dabei, wie ich in einem unbeobachteten Moment Evs kleinen schwarzen Stiefel nahm und meine Nase in den Schaft hineinpresste, hoffend, nicht Schweiß zu riechen, sondern etwas Schweres und möglichst Überraschendes, und genau so war es. Doch als ich den Stiefel absetzte, benommen von dem Duft ledriger Süße, sah ich Papa, den irgendjemand unter einen Türsturz geschoben hatte, drei Meter von mir entfernt, und er blickte mich fragend an aus seinen weisen, umnachteten Augen.

Mary-Lou fehlte mir, und deshalb lag selbst in einer scheinbar so unverfänglichen Sache wie einer defekten Glühbirne (ich wechselte sie, während Ev die Leiter und mein linkes Bein hielt) eine Last und Spannung, die mich ganz langsam zerrieb.

Hinzu kam, dass mein Wissen um ihre rassische Blöße –
also die Tatsache, dass ich sie tagtäglich durch mein Schweigen beschützte – eine über alle bisherige Nähe weit hinausreichende Bindung schuf. Natürlich nur von meiner Seite.
Ohne dass sie es wusste, war sie gefährdet, sogar bedroht,
denn ob nicht doch in meiner eigenen eleganten SD-Abteilung Hauptsturmführer Schmidtke oder einer meiner Kollegen bei Evs rassischer Überprüfung stutzig werden würde
(alle Urkunden fehlten, ihre Identität war nur über eine notarielle Erklärung der Einsichtnahme in ein Kirchenbuch
abgesichert), das konnte niemand wissen. Ich fühlte mich
für sie verantwortlich. Ich wollte in ihrer Nähe sein, falls
irgendetwas passiert. Nur deshalb wich ich der Qual nicht
aus, die ihre ungelenke Schönheit für mich bedeutete, ihre
verträumte Art, am Frühstückstisch ein Ei zu köpfen, ihre
in der Klobrille gespeicherte Körperwärme, die ich mit
meiner auf das Holz geschmiegten Wange aufsog, wenn
ich direkt nach ihr auf die Toilette stürmte, ihren Urin witternd, der ein paar Minuten nach dem Spülen noch in der
Luft hing, wie früher in den alten Nachttopfnächten.

Aber auch ihre mit Ärger über misslungene Plätzchen
geschleuderte Küchenschürze, ihr kehliges, vom Garten herübergewehtes Jungslachen, das Ballen ihrer Seifenlaugenfaust, ihr Jammer über sie vermutlich demnächst treffende
Todesarten, wie zum Beispiel im modernen Fahrstuhl meiner plötzlich Feuer fangenden Dienststelle stecken bleiben
und verbrennen, konnten mich stundenlang in Atem halten.

Ich erkannte erst jetzt, dass ein Teil ihrer multiplen
Persönlichkeit die Melancholie anzog. Manchmal lauerte
ein ganzer Abgrund von Trübsinn in ihr, den sie hinter

mehr oder weniger psychosomatischen Krankheiten wie Migräne, Bauchweh und grippalen Infekten verbarg, Symptome eines unbestimmten Lebensekels, den ich viel zu gut verstand. Und schließlich saß auch ihre unstete und wankelmütige Anteilnahme an mir selbst, an meinen eigenen Angelegenheiten, die sie im Grunde nicht sehr interessierten, wie ein Stachel in meinem Fleisch.

Selbst wenn ich aber gewollt hätte, wäre ein Entkommen aus dieser Situation und somit ein Umzug kaum möglich gewesen. Mir stand kein neuer Wohnberechtigungsschein zu, da ich ja durch die Sippenunterkunft mit Wohnraum versorgt war. Und durch die Myriaden von Zusiedlern herrschte nach wie vor eine große Wohnungsnot in Posen. Hub kam mit den Polen- und Judenvertreibungen überhaupt nicht mehr hinterher. Ev hatte er erzählt, er würde sich um die Nöte der deutschen Einwanderer kümmern und ihnen Unterkünfte besorgen, was natürlich in gewisser Hinsicht stimmte, denn er besorgte und besorgte und besorgte.

Überhaupt gelang es ihm ausgezeichnet, im Grunde alles, was wir taten, als etwas absolut Positives darzustellen. Und jeden Tag blickte er mich an mit Augen, die größer waren als das Leben, während ich nur Staub in meinen Adern spürte. Wir waren ausschließlich für das Großartige im Nationalsozialismus zuständig, davon war er überzeugt, und ich plapperte es ihm nach, weil ihn das freute.

Ja, mein Herr, wir waren das Gute.

Leider jedoch fand in jenen Tagen frühmorgens, noch in nächtlicher Dunkelheit, ein Gleisbauarbeiter der Reichsbahn an einem weit abgelegenen Gleis des Rangierbahnhofs Posen einen abgestellten Güterzug, aus dem er leise wimmernde Stimmen hörte. Nachdem er einen plombierten Waggon von außen geöffnet hatte (was ihn später die Stellung kosten sollte, denn niemand darf ungefragt einen plombierten Waggon öffnen, nur weil er sterbende Menschen hört), krochen Dutzende von nach Kot und Verwesung stinkende Gestalten hervor, fielen auf die Knie und begannen wie Vieh, aus der Pfütze zu trinken, in der der Mann stand. Es stellte sich heraus, dass ein Transport mit polnischen Deportierten, die ohne Essen, Wasser und Kleidung ins Generalgouvernement abgeschoben werden sollten, von einem unkonzentrierten Bahnbeamten vergessen worden war. Und zwar sechs Tage lang.

Als bei Tagesanbruch die überlebenden Frauen, noch die erstarrten Bündel an sich gepresst, die einmal ihre Kinder gewesen waren, gezwungen wurden, diese auf einen am Straßenrand neben den Gleisen abgestellten Lastwagen zu laden, ergab es sich, dass meine Schwester auf ebenjener Straße diese Szenerie passierte. Sie war auf dem Weg in das Krankenhaus, an dem sie zwei Tage zuvor eine Stelle als Assistenzärztin angetreten hatte. Und da Ev schon ihren weißen Kittel trug und in der Bläue der Dämmerung nur schemenhaft erkannte, dass viele Menschen weinten, bat sie den geisteskranken Fahrer von Hub, der sie an jenem Morgen zur Arbeit brachte, einmal bitte schön neben dem Lastwagen stehen zu bleiben.

Gewiss wäre jeder andere Zivilist von den ss-Leuten sofort barsch weggejagt worden, da Zivilisten interne Verwaltungsvorgänge nicht zu interessieren hatten. Aber die schöne, junge, offensichtlich finster entschlossene und vor allem aus einer offiziellen Offizierslimousine steigende Frau Doktor wagte niemand aufzuhalten. Sie passierte die Postenkette, beugte sich zu den halbverhungerten Frauen herab und warf einen Blick auf die kleinen schmutzigen Säuglingsmaden, die auf der Pritsche lagen wie eine Fracht Rüben.

Dann fragte sie den Befehlshabenden, wer für diesen Abgrund an satanischer Unmenschlichkeit verantwortlich sei. Und völlig wahrheitsgemäß antwortete der eingeschüchterte Mann, dass der Herr Gemahl der Frau Sturmbannführer, nämlich der Herr Sturmbannführer höchstselbst, in dieser Sache seine Befehle gegeben habe.

Vielleicht habe ich noch nicht geschildert, was mit Ev passierte, wenn sie wütend war. Viele Frauen können ja gar nicht wütend werden, sondern nur gemein. Ev aber verwandelte sich. Ihre Augen rissen einen in Stücke, Augen mit Nägeln drin, furchteinflößende Augen. Aus ihrem Gesicht entwich jegliche Farbe, um den vielen Gesichtsmuskeln, die man für Wut braucht, die wirkungsvollste Blässe zu geben. Rotgesichtige Wut war etwas für mich oder für Choleriker, die sieht man ja alle Tage. Ev jedoch wurde zu Schneeweißchen, so zart sah sie aus. Sogar an Porzellan denken diejenigen, die nicht genau wissen, was bevorsteht. Denn Blässe kann ja so vieles bedeuten. Als ich einmal als Zwölfjähriger von zwei Burschen aus der Parallelklasse verdroschen wurde, unten an der Düna, mitten im Hafengebiet, da dachten die beiden auch, sieh mal einer an, wer kommt denn da. Sie näherte sich damals sehr schnell, ohne dass es nach Eile aussah. Auf ihrem kreideweißen Gesicht war der elementare

Sturm, der gleich losbrechen würde, nicht abzulesen. »*Zwej akegn ejnem, ir zent mer nischt vi drek*«, sagte sie wie die Königin von Saba. Und dann schlug sie trotz ihrer Blutleere einem der verdutzten Affen auf die Nase, und es war damals noch eher selten, von einer porzellanfeinen, ins Straßenjiddisch wechselnden Gymnasiastin verdroschen zu werden.

Als Hub an jenem Abend nach Hause kam, natürlich schon aufgeklärt von seinem Fahrer über das Vorgefallene, einen riesigen Blumenstrauß im Arm, außerdem zwei Karten für *Rigoletto* in den schweißigen Fingern haltend, lief Ev bereits seit Stunden in der erbeuteten Villa umher, weiß wie Plastiksprengstoff.

Mama war völlig ratlos, denn sie kannte diese ungezügelte Form des Zornes nicht, kannte nur gezügelten Zorn und hielt diesen auch für den einzig richtigen Ausdruck von Unzufriedenheit unter zivilisierten Menschen. Allerdings sagte Ev, dass es hier nicht um zivilisierte Menschen gehe, sondern um ihren Bruder und Ehemann, eine Kombination, die Mama immer wieder aufs Neue herausforderte.

Glauben Sie mir, ich wurde Augenzeuge, Ohrenzeuge und Knallzeuge in einem an diesem Abend, ja, ich wurde regelrechter Zeitzeuge, denn es war ein epochales Gemetzel. Hub stammelte immer nur, Ev solle sich bitte beruhigen, mein Gott, das ist ja wirklich das Dümmste, was man zu einer aufgebrachten, sich im letzten Stadium der Zündvorbereitung befindenden Attentäterin sagen kann.

»Natürlich ist das … ist das eine Katastrophe, Ev. Aber

wir sind im Krieg, Schatz. Wir sind doch im Krieg. Jeden Tag sterben Hunderte von Volksgenossen an der Front. Du musst das doch mal in ein Verhältnis setzen!«

»Ich muss das doch mal in ein Verhältnis setzen?«

»Ja.«

»Ich muss das doch mal in ein Verhältnis setzen? Was macht ihr da eigentlich beim SD?«

»Ich sorge für die Sicherheit der Menschen. Und Koja auch!«

»Lass Koja aus dem Spiel! Bring Koja nicht mit diesem Scheißdreck in Verbindung!«

»Kindchen, wir sind hier nicht auf der Gosse!«, wunderte sich meine Mutter.

»O doch, wir sind auf der Gosse, Mama!«, empörte sich Ev und fuhr an Hub gewandt fort: »Du hast gesagt, du kümmerst dich um die Unterkünfte der Balten! Ich dachte, du hilfst den Menschen!«

»Das tue ich auch. Glaub mir, ich rette in meiner Position bestimmt mehr Menschen vor dem Tod als du!«

»Du hättest diese Babys mal sehen sollen! Du willst mit mir ein Kind haben und bringst Kinder um?«

»Aber Schatz. Jetzt wirf doch nicht Äpfel mit Birnen in einen Korb!«

Sie ging auf ihn zu, nahm ihm den Blumenstrauß aus der Hand und ohrfeigte ihn damit.

»Tu das nie wieder! Tu das nie wieder!«, schrie sie. »Nie wieder, hörst du? Äpfel und Birnen?«

Sie versuchte, ihm die Blumen in den Mund zu stopfen.

»Bist du wahnsinnig, Ev?«

»Dir fallen Äpfel und Birnen ein im Angesicht dieser verdursteten kleinen Wesen? Wir reden nicht von Früchten, Hub! Hab ein wenig Ehrfurcht!«

Sie weinte vor Zorn, und sie und Hub waren betupft von einem Durcheinander der wunderschönsten Blütenblätter.

»Stimmt das denn, mein Sohn? Da sind kleine Kinder gestorben?«

»Es war ein großes Unglück. Ja, Mama.«

»Oje.«

»Aber wir kümmern uns wirklich gut um die Polen. Das wird eine deutsche Provinz hier, deshalb müssen die umsiedeln, das weißt du ja, Mama.«

»Natürlich.«

»Aber sie bekommen im Generalgouvernement alle wieder sehr gute Wohnungen, werden bestens versorgt.«

»Evakind, na siehst du, sehr gute Wohnungen!«, seufzte Mama erleichtert und fügte hinzu: »*Tant de bruit pour une omelette!*«

»Ich weiß, was ich gesehen habe!«

»Du musst ein bisschen Vertrauen haben zu deinem …!« Mama kam kein passender Ausdruck für Hub in den Sinn, deshalb blickte sie ihn nur zögernd an, während er sich bewegt räusperte.

»Das war ein großes Unglück, das gebe ich zu. Es ist sehr unschön. Die Verantwortlichen werden zur Rechenschaft gezogen«, wurde versprochen.

»Schwör mir, dass das nicht wieder passiert!«, zischte Ev.

»Das schwöre ich.«

»Man hört so viele schreckliche Gerüchte.«

»Was denn für Gerüchte?«

»Dass es den Polen und den Juden gar nicht gutgeht.

Dass in den Gettos schlimme Dinge passieren. Ich habe das bisher nie geglaubt! Das kann man einfach nicht glauben!«

Hub streckte seinen Arm aus und zeigte auf das von Papa gemalte Porträt des tragischen Heiligen Hubert Konstantin Solm, dessen mosaische Strenge die ganze Küche dominierte.

»Sieh dir Großpaping an! Der war Pfarrer! Sein Vater war Pfarrer! Sein Großvater war Pfarrer! In den letzten hundertfünfzig Jahren kamen aus meiner Familie ausschließlich Geistliche! Ev, sogar ich bin Theologe!«

»Und ich bin im Kirchenrat«, ergänzte meine aufmerksame Mutter.

»Und Mama ist im Kirchenrat! Meinst du, ich oder sonst irgendeiner von uns würde zur ss gehen, wenn da nicht das Wohl der Menschheit im Mittelpunkt stünde?«

»Was ist mit den Leuten passiert, die hier früher wohnten?«

»Sie haben ein schönes Haus gekriegt. In Krakau!«

»Ganz genauso schön?«

»Schöner.«

»Besorg mir die Adresse! Ich will denen schreiben! Ich will das wissen!«

»Ich werde schauen, was sich tun lässt!«

»Du besorgst mir die Adresse?«

»Ich kann nicht garantieren, dass das alles nachvollziehbar ist. Aber ja, ich versuche es.«

»Ich will diese verdammte Adresse haben! Diese Adresse will ich haben, Hub!«

»Gut, die verschaffe ich dir, die blöde Adresse. Aber du

darfst auch das Leid der Menschen nicht so individualisieren.«

»Was redest du denn? Leid ist immer individuell!«

»Aber es geht um das Allumfassende. Vor dem Leid einer ganzen Nation ist dieses schlimme Unglück eben nicht das Allumfassende.«

»Hub, fang nicht schon wieder an!«

»Entschuldige. Aber du überlegst doch, als Ärztin zur ss zu gehen?«

»Nach dem, was ich heute erlebt habe?«

»Das solltest du wirklich tun. Ich habe gestern erfahren, dass die dort unheimlich viel medizinisches Personal brauchen. Für die Konzentrationslager zum Beispiel. Dann wirst du sehen, mit welch hohem ethischem Anspruch wir Nationalsozialisten unsere Pflicht erfüllen!«

»Nein«, rief ich benommen, »ich glaube nicht, dass Ev Lagerärztin werden möchte.« Und dann sagte ich noch hastig: »Dann seid ihr ja überhaupt nicht mehr zusammen! Die Konzentrationslager sind ja schrecklich weit weg!«

»Bitte kümmer dich um deinen Kram, Koja!«, fauchte Ev mich an. »Ich gehe zur ss, wann ich will! Und wenn es aus Jux und Dollerei ist!«

»Himmel!«, sagte mein Vater. Er hatte seit Jahren kein Wort mehr gesprochen, saß aber nun in seinem Rollstuhl, als wäre er auf dem Sprung. Wir konnten kaum glauben, dass aus dem Schacht dieser schief verzogenen Mundhöhle ein Laut nach außen dringen könnte. Aber erneut hörten wir »Himmel, Himmel« krächzen, als wäre mein Vater in meinem Vater eingesperrt und würde mit aller Kraft rufen, dass wir ihn herausziehen mögen aus seiner Kehle und seinen zu

Schnürsenkeln verknoteten Stimmbändern. Man vernahm sogar eine vertraute Tonlage. Leichtfüßig klang der »Himmel«, und auch überrascht. Wir blickten ihn alle an, meine Mutter rieb ihm den Rücken. »Er spricht, er spricht«, stammelte sie entzückt, als wäre er ein Säugling und würde sein erstes ›Mama‹ sagen. Und dann streichelte sie ihm die alte Wange, auch den weißen, wie ein Blumenbeet von ihr gehegten Bart. Als sie ihm vor Rührung einen Tee einflößen wollte, wurde das Gesicht meines Vaters von einem inneren Strahlen übergossen, seine Lippen formten sich zu einem Lächeln, er kippte zufrieden nach vorne und schlug ungebremst auf der Tischplatte auf, die Augen selig geöffnet. Und die letzte Regung meines Vaters, sein letztes Voilà gegen die Vergänglichkeit, wischte Ev später vom Stuhl, als wäre es ein wahres Gottesgeschenk. Ein ultimativer Liebesdienst für den Mann, der sie einst zur Tochter genommen hatte.

Und damit war der furchtbare Streit natürlich vorüber.

Wenn wir uns in den folgenden Wochen zum Frühstück trafen, waren wir alle in Schwarz gekleidet, in schlichtes Zivil-Schwarz, in elegantes ss-Schwarz, in das Schwarz, das gerade zur Hand war, das nahm Ev, oder in ein einhundertzwanzig Jahre altes Seidenspitzenschwarz des Trauerschleiers meiner Urahnin Großfürstin Mischkowa, das meine Mutter bevorzugte. Sie trug den Schleier zu jeder Minute, sogar im Bad und beim Essen, obwohl er hinderlich war.

Unter all unserem Schwarz war Unglück. Denn obwohl Papa jahrelang nur noch ein atmender Schatten gewesen zu sein schien, hatte sich doch sein Geist stets bei und um uns niedergelassen.

Die Beerdigung auf dem Neuen Friedhof von Posen glich einer Prozession des alten, zaristischen Riga. Selbst die längst verbotene Curonia durfte durch Sondergenehmigung Erhard Sneipers noch einmal den vollen Wichs anziehen und die ewigen Fahnen zeigen, die über Papas Grab gesenkt wurden.

Als ich acht Jahre alt war, hatte ich ihn als guten Nikolaus porträtiert, mit einer zu großen Nase, aber Papa hatte immer gesagt, eine schöne Nase kann gar nicht groß genug sein. Und diesen Nikolaus legte ich ihm mit in die Erde.

Jede Nacht hörten wir meine Mutter weinen, die niemals in ihrem Leben geweint hatte, von dem einen Moment auf der *Bremerhaven* einmal abgesehen. Die durch den Schock plötzlich dünn gewordene Haut sorgte dafür, dass die über sechs Jahrzehnte durch Contenance aufgestauten Tränen nun literweise aus ihr herausstürzten, als wäre der Damm gebrochen. Sie weinte über den Tod und das Leben, den Verlust der Heimat, die Ermordung der schönen Zarentöchter, aber auch über einen armen Mann mit gelbem Stern, der ihr auf dem Gehweg ausweichen musste.

Tagsüber wirkte sie meistens hartköpfig und gefasst wie immer. Abends jedoch kochte sie Theochen seinen Kamillentee, stellte die dampfende Tasse vor seinen Platz, bemerkte den Irrtum, seufzte »Ach Theochen« und goss ihn weg, während ihr die Tränen kamen, die dann bis weit über Mitternacht flossen. Monatelang ging das so. Manchmal hörte man durch die Tür, wie sie in ihrem Zimmer mit Theo sprach, leise schluchzend, oft vorwurfsvoll oder gar tadelnd. Das hatte sie auch in den Jahren zuvor gemacht, und Papa hatte auch damals nie antworten können. Dennoch wirkte es nun verstörend. Den Rollstuhl, der nach Seifenlauge roch, ließ sie am Küchentisch stehen, sie diskutierte mit ihm, schien ihm zuzuhören, obwohl er kein Wiedergänger Papas, sondern ein zusätzlicher Hauskobold zu sein schien (auch neu, vielleicht der Liebhaber, den Mama sich niemals gegönnt hatte).

Oft fragte sie uns, was Papa wohl mit seinem letzten »Himmel« gemeint haben könne, ob er womöglich das ewige Licht bereits gesehen habe oder ob es vielleicht die Stimme Gottes war, die durch ihn gesprochen hatte. Einmal hörte ich, wie sie sich betend bei Theo für Großpaping entschuldigte, für dieses einstige vor die Kutsche gelegte Abraten, ins Pastorat zu fahren und den starrköpfigen Vater zu retten. Ein langes Band ineinandergeflochtener Schluchzer begleitete diese Anrufung, und ich fragte mich zum ersten Mal in meinem Leben, ob meine Eltern, verstrickt in Schuld wie wir alle, sich wirklich geliebt hatten. Wieso brach Mamas umfassende, uns alle erschütternde Liebe für Papa erst jetzt aus? Wird man der Liebe immer erst gewahr, wenn es zu spät ist?

Das fragte ich mich auch bezüglich meiner Schwester, die Papas Tod sichtlich mitnahm und die nun ständig meine Nähe suchte, nichts ahnend von der Beunruhigung, die ich in ihrem Beisein empfand. Den unerträglichen, nach Verhängnis schmeckenden Zustand, den sie auf Schritt und Tritt bei mir auslöste, seit Jahrzehnten schon, konnte und wollte ich ihr nicht auseinandersetzen. Aber je mehr ich mich zurückzog, desto näher kam sie mir.

Gewiss hatten der Verlust meines Vaters, die somnambul werdende Mutter, das falsche Haus, die toten Babys, die um ihr Leben schuftenden Polen und der Krieg, hatten all diese elektrischen Entladungen des Leids ihre eigentlich noch so frische, ja flitternde Ehe zusammenzucken, womöglich sogar altern lassen. Vielleicht aber wollte sie diese Ewigkeit auch gar nicht, die eine Ehe, wenn man einmal darüber nachdenkt, eben immer bedeutet. Jedenfalls wunderte ich mich, dass ich seit Papas Todestag kaum mehr Geräusche aus dem ehelichen Schlafzimmer hörte, keine dieser kieksigen Seufzer, keine bettelnden Ahs und Jaaas und stöhnenden Kommandos, die mich noch ein halbes Jahr zuvor Nacht für Nacht gemartert hatten. Zwar herrschte die Pietas in unserem Haus. Aber Mama konnte ja nichts hören, und ich war immer egal gewesen. Auf jeden Fall störte mich die Stille nicht, sie freute mich sogar, verstehen Sie?

Als ich mit Ev eines Tages zum Friedhof fuhr, um Papa Blumen zu bringen, noch im frühen Morgendunst, vor ihrem und vor meinem Dienst, bat sie mich auf eine Friedhofsbank, um mir etwas mitzuteilen. Sie sah erschöpft aus, als habe sie die ganze Nacht kein Auge zugetan, und als ich nach dem Grund fragte, sagte sie nur, Hub hätte ihr noch immer nicht die Krakauer Adresse besorgt.

Ich wusste sofort, welche Adresse sie meinte.

Aber nicht deshalb wollte sie mit mir sprechen. Sondern zu meinem Schrecken teilte sie mit, dass sie sich auf eine Stellenanzeige in einer medizinischen Fachzeitschrift beworben habe. Eine Stelle als Lagerärztin in einem »Frauen-

Umschulungslager« in Ravensbrück. Es war ein Lager der
ss. Sie zeigte mir die ordentlich zusammengefaltete Annonce. Mit Hub hatte sie noch nicht gesprochen.

»Aber ihn solltest du als Ersten fragen.«

»Vielleicht ist er aber dagegen. Er hat zwar gesagt, dass er es unterstützt. Aber ich glaube das nicht. Weißt du, vielleicht tut uns ein wenig Abstand auch ganz gut.«

Sie beugte sich zu den Kieselsteinen herunter, die den Friedhofsweg aufhellten, hob einen kleinen, gelben Stein auf und hielt ihn sich ans Auge, versuchte hindurchzusehen und ließ ihn wieder fallen. Dann seufzte sie und sah mich direkt an.

»Hub ist ein so starker Mensch. Es ist schwer neben ihm.«

Ich nickte.

»Vielleicht sollte ich noch ein oder zwei Jahre etwas für andere leisten und mein Selbstvertrauen stärken, bevor wir wirklich eine Familie gründen.«

»Aber warum könnte denn ausgerechnet ein KZ dein Selbstbewusstsein stärken?«

»Ich will etwas beitragen. Für die Opfer, weißt du. Die haben gewiss keine guten Ärzte da. Ich will den Gefangenen helfen.«

»In einem Lager?«

»Ja, da sind doch Gefangene, oder nicht?«

»Hub sagte mir, dass es dort anders zugeht, als immer in den Illustrierten steht.«

»Das hat er mir auch gesagt. Aber er will ja beweisen, wie vorbildlich die ss mit ihren Gegnern umgeht.«

»Bitte, Ev, geh da nicht hin«, beschwor ich sie. »Du hast

hier eine gute Stelle. Du hast ein schönes, großes Haus. Du wirst mit Hub bald sehr glücklich sein.«

Hub war fassungslos, als ich ihm davon berichtete. Er sagte, dass unsere Schwester in den letzten Wochen immer labiler geworden sei. »Wenn nur der eine Punkt in Ordnung käme, diese dumpfe Angst und Schwere von ihr genommen wäre«, klagte er. »Es ist immer noch diese Sache mit den Säuglingen. Sie kriegt es nicht aus dem Kopf. Jetzt will sie die Welt besser machen.«

Er schüttelte den Kopf und sagte, dass sie die Stelle im KZ nicht bekommen werde, dafür würde er schon sorgen. Dann schwieg er, ohne wirklich abweisend zu sein.

Da es uns schwerfiel, uns gegenseitig Fragen zu stellen, redeten wir immer nur über andere Menschen, am meisten über Ev. Oft sprachen wir tagelang nicht, und wenn wir morgens gemeinsam ins Büro fuhren, im Fond seines Automobils sitzend, äugte jeder durch seine eigene Scheibe schweigend in die Stadt hinaus, blickte zu den geduckten Polen, sah die selbstbewussten Deutschen, die ihre Uniformen wie Balztrachten trugen, ja, wie Titten, da hatte Papa recht gehabt. Kaftane gab es keine mehr. Die Stadt war judenfrei.

Unser täglicher Weg führte uns an blauen Litfaßsäulen vorbei, die sowohl die wöchentlichen Geiselerschießungen im Posener Fort als auch die grandiosen militärischen Erfolge der Wehrmacht plakatierten. Eine in sanfte Ordnung gewickelte Provinzstadt, friedlich, behäbig und tödlich zugleich, vor allem aber ebendieses: Provinzstadt. Ein schläfriges Wort in einer Welt, die nur aus Superlativen bestand, aus Geschwindigkeit, Blitzen, Rekorden. Aus Welteroberung. Inmitten dieser großen Zeit führte Hub kein heroisches Leben. Ich spürte seinen Kummer. Er fühlte sich als Schreibtischhengst, gefangen in einer Klappermühle, geschlagen mit einer allmählich depressiv werdenden Frau, die er bisher nur als Mittagssonne kannte. Er erzählte mir, dass er Erhard verdächtige, ihm seinen unerquicklichen Job zugemutet zu haben. Eine unmittelbare Rache für die Heirat mit Ev, da war er sich sicher.

Es machte meinem Bruder zu schaffen, dass er Ev nur eine geschminkte Wahrheit zumuten konnte. Er empfand sich als energisch und aufrichtig. Ein energischer und aufrichtiger Mann. Ihr offensichtlicher Mangel an politischem Talent machte es seiner Meinung nach unmöglich, ihr den philanthropischen Kern unseres Glaubens nahezubringen. Sie sah nie das Allgemeine, Allumfassende, sondern immer nur das Besondere. Und ihr Lebensstil war zu individualistisch (übrigens ebenso der meine, wie er fand), um im Menschen den Wurm, im Volk jedoch den Drachen zu erkennen. Immer, wenn er versuchte, ihr nationalsozialistische Zusammenhänge aufzuzeigen, reduzierte sie die Welt auf die Frage nach dem Verbleib unserer Vormieter.

»Jemand aus unserer Abteilung muss jetzt diese Briefe fingieren«, seufzte er und sah mich brüderlich flehend an. »Könntest du das machen?«

»Ich soll so tun, als wäre ich der Vorbesitzer unseres Hauses?«

»Genau. Du lebst in Krakau und bist rundum zufrieden.«

»Ich kann kein Polnisch.«
»Du solltest schlechtes Deutsch schreiben. So radebrechen, verstehst du? ›Vieles Dank schänes.‹«
»Hub, das geht nicht. Du belügst deine Frau.«
»Nein. Ich beruhige sie.«
Und während er dies sagte, war ihm selber bewusst, wie schwachsinnig seine Worte klangen, an die er so gerne und immer wieder glaubte. Beruhigen, beschwichtigen, besänftigen, abwiegeln. Das Arsenal seiner Zuwendung. Er liebte Ev sehr, vielleicht mehr, als sie ihn liebte. Sicherlich war er im Wortsinne nicht ehrlich. Aber er blieb auf eine nahezu perverse Art loyal: zu seinem Heiligen, der Gott vom Thron stieß, zu mir, der ihn durch Passivität erzürnte, sogar zu Erhard, der ihn dazu gezwungen hatte, vielen Menschen unentrinnbares Verderben zu bringen, am meisten jedoch zu Ev, der traurigen Ev, die er doch so glücklich machen wollte dort unten im Brunnen seiner besten Absichten, in dem sie nun ertrank.

»Weißt du, was unser letzter wirklich durch und durch reiner Moment gewesen ist?«, fragte mich mein Bruder eines Morgens auf der Fahrt zu unserer Dienststelle. Er sah mich nicht an, aber ich spürte, wie sein Kehlkopf mit der Rührung kämpfte. »Das war, als wir alle drei auf dieser Couch lagen, so wie früher, und ich euch den Artikel vorgelesen habe, du weißt schon, Dünkirchen.«

Ende Juli Neunzehnvierzig fuhren er, Ev und Mama über das Wochenende auf ein Gut nach Westpreußen. Sie waren zur Hochzeitsfeier unserer Cousine eingeladen, die ich noch nie sonderlich geschätzt hatte. Außerdem arbeitete ich an meinem Abschlussbericht zur »Baltenüberwachung«, die allmählich zum Ende kam. Daher war ich zeitlich unabkömmlich und musste zu Hause bleiben.

Kurz vor der Abfahrt klagte Ev über Unwohlsein, bekam wie so oft in letzter Zeit Migräne und legte sich ins Bett. Hub war verständnisvoll, machte einen Waschlappen nass, presste ihn über ihrer Stirn zusammen und ließ Wasser in ihre geschlossenen Augen tropfen, so wie sie es mochte. Er kochte ihr noch einen heißen Tee auf, stellte einen leeren Putzeimer neben das Bett und zog die Vorhänge zu. Ich sah, wie er sie sanft küsste, auf den Mund. Dann mussten er und Mama ohne sie fahren, in seinem Dienstwagen. Dem geisteskranken Chauffeur hatte er freigegeben. Er umarmte mich zum Abschied. Das war seltsam.

Sie tauchte fast den ganzen Tag über nicht auf. Einmal ging ich nach ihr sehen. Sie hatte sich übergeben, offenbar schon vor Stunden, aber nicht nach mir gerufen.

»Brauchst du was, Ev?«

»Riecht das Zimmer nach Kotze?«

»Das ist doch egal. Brauchst du was?«

Sie brauchte nichts.

Am Abend ballten sich im Westen riesige Wolkenberge zusammen. Ein Wetterumschwung war zu spüren, ein Beben lag in der Luft, und die Birken schwankten. Der Blockwart klingelte bei uns und sagte, es gebe Sturmwarnung für die nächsten vierundzwanzig Stunden. Es sei mit schweren Unwettern zu rechnen.

Ich ging in unseren Garten und brachte die Wäsche herein, sicherte das Gewächshäuschen gegen herabfallende Äste, trug die Liegestühle ins Haus und verriegelte danach alle Fenster. Als ich hinter mir die Tür schloss, sah ich die ersten Regentropfen auf die Steinplatten fallen, aber der Donner war noch weit. Ich schmierte ein paar Brote und stellte sie Ev vors Bett. Sie war eingeschlafen, ihr Mund stand offen, und ein Speichelfaden zog sich von ihrem unteren Eckzahn hoch zu ihrer Oberlippe, wie von einer akkuraten Spinne gesponnen, die irgendwo in ihrem Rachen leben musste, oder noch tiefer, in ihrem Herzen.

Ich nahm den Putzeimer samt der neuen Kotze mit, schüttete den graugrünen Inhalt ins Klo, spülte ihn aus und stellte ihn in die Besenkammer.

Inzwischen fingen bereits alle Fenster zu rütteln und zu wackeln an, und draußen pfiffen und jaulten die ersten Vorläufer des Orkans. Ich ging frühzeitig ins Bett, wollte noch etwas lesen. Aber dann fiel im ganzen Haus der Strom aus. Das Zimmer war dunkel. Ein Blitz schlug kurz darauf irgendwo in der Nähe ein und spaltete einen Baum. Es klang wie ein Bombenangriff.

Fünf Minuten später wurde die Türklinke hinuntergedrückt, und Ev stand in meinem Zimmer. Ich sah sie nicht, hörte sie nur, denn ich lag von der Tür abgewendet und tat, als ob ich schliefe.

»Kann ich zu dir ins Bett kommen?«, flüsterte sie.
»Nein.«
»Nein?«
»Ich glaube, das wäre nicht gut.«

Ich wusste genau, was sie für ein Gesicht machte. Wenn man sich lange kennt, ist es nur noch eine Frage der Höflichkeit, einander in die Augen zu sehen.

»Ich wollte nur sagen, danke, dass du mir die Kotze weggemacht hast.«

»Gern geschehen.«

»Ich rieche aber nicht mehr nach Kotze.«

»Das ist gut.«

»Ich habe mir die Zähne geputzt.«

Ihre Stimme war wie dünnes Papier. Ich drehte mich um und sah sie mitten im Raum stehen, ein Gespenst in ihrem weißen Nachthemd und den zerzausten Haaren.

»Du kannst leider nicht zu mir ins Bett kommen, Ev. Ich möchte das nicht. Es geht nicht.«

»Ist gut.«

Sie blieb einfach stehen, ohne sich vom Fleck zu rühren. Ein Blitz erhellte für eine Sekunde den Raum, färbte ihr Nachthemd, und ich sah aufgerissene Augen und Auflösung, als wäre sie nur noch Staub oder Moleküle, dann brach der Donner aus, nur wenige Sekunden darauf.

»Ich habe Angst im Gewitter. Das weißt du.«

»Ja, das weiß ich, Ev.«

»Ich kann mich da drüben in den Sessel setzen. Das kannst du mir nicht verbieten.«

»Natürlich nicht.«

Sie saß dann eine halbe Stunde friedlich in dem alten Ohrensessel.

Ich dachte schon, sie sei eingeschlafen.

»Mir ist kalt, Koja.«

»Wenn du da ohne Decke sitzt.«

»Was ist denn dabei? Hub hätte bestimmt nichts dagegen.«

Ich sagte nichts.

»Koja, ich bin immer noch deine Schwester.«

»Das mag sein«, entgegnete ich. »Aber ich bin nicht mehr deine Schwester.«

Sie stand auf, kam auf mich zu und schlüpfte zu mir unter die Decke.

»Ich werde unglaublich böse, Ev.«

»Bitte werd morgen böse, ja? Bitte lass mich jetzt schlafen.«

Und mit diesen Worten schlief sie tatsächlich auf der Stelle ein.

Ich lauschte auf das Wüten der Welt draußen und auch auf das Wüten in mir. Sie hatte ihren rechten Arm um mich gelegt. Nicht das kleinste Gewicht konnte sie mir auflasten, ohne mich mit Erinnerungen zu verletzen, nicht einmal ihr schmales Handgelenk. Sie lag auf der Seite, das Gesicht in das Kissen gedrückt, so wie sie immer an meiner Seite gelegen hatte, als sie noch nicht verheiratet, nicht verschwägert und nicht jüdisch war. Ihr Atem ging leise und regelmäßig, ich konzentrierte mich auf diesen Atem, und ganz allmählich wurden meine Augen schwer, und das Toben und Tosen schlug herüber in meinen Schlaf, wie eine Galeerentrommel, und ich regte die Ruder.

Irgendetwas war kühl, aber ich wusste nicht was. Ich wachte auf. Das Handgelenk war weg, und ich lag nackt da. Neben mir lauerte Ev, ebenfalls nackt, den Kopf in ihren Arm gestützt. Sie beobachtete mich, vielleicht seit Stunden schon. Ich schreckte mit einem Schlag hoch.

»Wieso hab ich nichts an?«

»Ich habe uns ausgezogen.«

»Bist du wahnsinnig?«

»Wir haben geschwitzt.«

Ich stieß sie weg.

»Koja, bitte!«

Ich knipste die Stehlampe an. Es war wieder Strom im Netz. Der Regen hatte aufgehört. Ich sah zu ihr hinüber. Unsere Schlafsachen lagen als kleiner Maulwurfshügel auf dem Fußboden.

»Ich wollte nur ein einziges Mal so liegen wie früher.«

»Ich möchte, dass du sofort in dein Zimmer gehst!«

»Nein.«

»Du stehst jetzt auf!«

»Nein, bitte nicht ...«

»Ich trag dich rüber.«

Ich zerrte sie am Arm in die Höhe, aber sie hielt sich mit der anderen Hand am Bettpfosten fest. Ich versuchte sie loszueisen, das ärgerte sie, und sie biss mir wutentbrannt in die Schulter. Ich schrie auf. Als ich sie mit beiden Händen wie ein Bagger hochschaufeln wollte, trat sie zur Seite und schlug mir ins Gesicht. Meine Lippe platzte auf, und ich blieb benommen stehen. Wir keuchten beide. Wir waren völlig nackt, das sagte ich bereits. Schließlich sank Ev auf den kalten Boden, nach Atem ringend.

»Ich habe Angst, Koja«, japste sie.

»Du kannst nicht hier sein. Du musst bei Hub sein. Aber du kannst nicht hier sein.«

»Wo soll ich denn sonst sein, du bist mein einziger Freund.«

»Macht man so was mit seinem einzigen Freund?« Ich zeigte auf den Maulwurfshügel meiner Kleidung.

»Früher haben wir das gemacht!«

»Du nimmst nichts ernst.«

»Ich brauche dich. Alles ist so verwirrend. Ich bin vollkommen verwirrt. Nichts verwirrt einen so wie eine moralische Niederlage.«

»Ja, und du suchst gerade eine neue!«

»Ich weiß nicht, ob ich mit Hub nicht einen Fehler gemacht habe.«

»Papa hat immer gesagt«, stieß ich hervor, »wenn du nicht weißt, ob du einen Fehler gemacht hast, dann warte einfach ein bisschen!«

Sie beugte sich nach vorne, pflückte ihr Nachthemd vom Stapel, zog es sich über ihren Kopf. Sie weinte.

»Ich verstehe diesen Mann nicht«, hauchte sie. »Er ist so anders, als er als Kind war.«

»Ich bin auch anders, als ich als Kind war.«

»Aber dich habe ich nicht geheiratet.«

»Ganz genau. Und ist dir vielleicht mal in deiner ganzen Selbstbezogenheit, ist dir in deinem ganzen Ich-ich-ich-brauche-jemanden-der-mit-mir-mir-mir-lachen-kann auch nur für eine einzige Sekunde durch den Kopf gegangen, was das für mich bedeutet?«

»Wovon redest du?«

»Ich rede davon, dass du mich nicht geheiratet hast!«

»Aber du bist doch viel zu nett.«

Es war einer dieser Sätze, die nur Ev sagen konnte, ein wie von einem giftigen Baum gefallener Satz, den man sofort in sich hineinschlingt.

»Vielleicht bin ich zu nett, das kann schon sein, kein Mensch ist vollkommen«, flüsterte ich. »Aber ich liebe dich.«

Sie sagte nichts.

»Seit ich dich das erste Mal gesehen habe, bin ich in dich verliebt. Ich liebe dich seit zwanzig Jahren. Ich liebte dich schon, als wir zusammen in einen Topf gepisst haben.«

Sie sagte immer noch nichts, sah mich ungläubig an, aus Augen, die wie Fett in Wasser schwammen.

»Aber sosehr ich dich auch liebe: Ich werde nicht meinen eigenen Bruder brietschen! Und schon gar nicht mit jemandem, der mir jeden Tag Schmerz bereitet. Der sich einfach in mein Bett legt, obwohl ich das nicht wünsche. Der mich wie einen Säugling nackt auszieht. Der auf mich eindrischt. Ich bin eine Hure für dich, und glaub mir, ich weiß, was Huren sind. Man kann Huren unheimlich gernhaben, und genauso magst du mich, wie eine nette Hure. Und genauso magst du meinen Schwanz.«

»Hör auf, hör auf, Koja.« Sie krümmte sich zu meinen Füßen.

»Ich zeige dir mal, wie nett ich bin.«

Ich bückte mich zu ihr, packte ihr Bein und schleifte sie wie eine Schweinehälfte über den Boden. Sie wehrte sich nicht mehr, weinte nur, weinte und schrie, und ihr Nachthemd rutschte über ihren Hintern, und ich dachte, nein, ich habe schon bessere Hintern gesehen, und ich zog sie über die Türschwelle und sie rief: »Bitte nicht, bitte nicht, Koja, es tut mir leid«, und dann ließ ich sie draußen im Flur liegen und schloss meine Tür und drehte von innen zweimal den Schlüssel herum und hörte die ganze Nacht unsere alten, in mir zerbrechenden Schwüre.

2

Ich hatte das dringende Bedürfnis, eine Malerfahrt zu unternehmen.

Nur mit Staffelei und Skizzenblock unterwegs zu sein und fröhlich durch die Welt zu ziehen erfrischt das wichtigste Organ, das man als bildender Künstler braucht, nämlich das Auge.

Papa hatte uns immer geraten, in Zeiten innerer Unausgeglichenheit Gelb- und Rottöne zu bevorzugen, ansonsten dem momenthaften Seheindruck zu vertrauen, also im Grunde Licht ins Gehirn zu lassen, nichts als Licht. Darauf kommt es bei einer Malerfahrt an, das Gehirn mit hellsten Reflexen zu erfreuen, es ansonsten vollkommen zu schonen und einfach nur zu schonen, im Verzicht auf jeden Anflug eines Gedankens Farben aufzutragen, zu malen und zu zeichnen und wieder zu malen, so wie ein Schaf grast.

Am Tag nach seiner Rückkehr von einer offensichtlich heiteren, die mütterliche Verzweiflung jedenfalls abbremsenden westpreußischen Hochzeitsfeier trat ich in Hubs Dienstzimmer, machte ihm eine ordentliche Meldung und bat den Herrn Sturmbannführer um sofortige Versetzung. Man wollte Gründe hören. Ich erfand welche, und mein Wunsch nach einer lebenserleichternden Malerfahrt war auch dabei. Ich verlieh der Bitte Nachdruck, indem ich meine Luger aus dem Halfter zog, entsicherte und an meine Schläfe setzte, eine wahrlich drastische Variante, um Licht ins Gehirn zu lassen.

Mein Vorgesetzter verwünschte, mit den Augen rollend, das dramatische Talent seiner Geschwister, hatte aber in diesem Fall den Takt, mich nicht auf den Zustand meiner Waffe aufmerksam zu machen (ungeladen). Da er sein Brüderchen immer schon für überspannt gehalten, aber noch nie im Leben im Stich gelassen hatte, tat er innerhalb von drei Tagen eine Möglichkeit auf. Als Dank wurde aus seinem großherzigen, nur ein klein wenig salbungsvollen Gesichtsausdruck meine erste Porträtskizze seit Monaten. Ich fertigte sie mit dem guten, alten Graphitstift meines Vaters an, noch in meinem Büro, bevor ich es leerräumte.

Dann saß ich schon im Zug nach Berlin. Hub selbst hätte eigentlich als hoher SD-Offizier in diesem bequemen Abteil erster Klasse reisen sollen, um die nächste SS-Umsiedlung in Osteuropa durchzuführen. Doch wollte er partout nicht.

Zum einen konnte er Ev unmöglich drei Monate lang alleine lassen. Sie hatte, als er aus Westpreußen zurück war, Schürfwunden am Bauch und eine Prellung am Becken. »Vermutlich unglücklich gefallen, eine Art Zusammenbruch«, murmelte er. Ich tat sehr überrascht (»Nein, mir ist am Wochenende nichts aufgefallen, Hub. Sie hatte einfach nur Kopfschmerzen«). Er beachtete meine aufgeplatzte Lippe nicht.

Zum anderen sprach ein noch gewichtigerer Grund gegen seine Teilnahme an der Umsiedlungsaktion: Er hätte bei der Gelegenheit mit sowjetischen Offizieren dinieren und Wodka trinken müssen, anstatt sie erschießen zu lassen, und das konnte er dem ertränkten Großpaping nicht antun.

So erreichte ich an seiner Stelle das sonnenbeschienene Reichssicherheitshauptamt in Berlin und schlüpfte in eine viel zu verantwortungsvolle Rolle für einen kleinen Obersturmführer.

Man könnte es auch Karriere nennen.

Niemand wusste natürlich, dass ich im eigentlichen Sinne eine Malerfahrt machte, unter der Deckung von alltäglichem ss-Kram. In Berlin war mein allererster Gang der zu Heppen&Pelzmann Künstlerbedarf in der Friedrichstraße. Ich erstand Faber-Castell-Stifte, Malkreiden, Tusche, Chinaborste, Flach- und Rundpinsel (sibirisches Feuerwiesel). Ich kaufte fast manisch das halbe Geschäft leer.

Während ich in der Stahnsdorfer Kaserne heimlich mit dem neuen Faber-Castell Härte sechs B einen etwas ledernen Referenten karikierte, erklärte dieser mir und den anderen Agenten des Amtes VI, dass wir nach Bessarabien ans Schwarze Meer eilen und dabei helfen sollten, von dort einhunderttausend schwäbische Kolonisatoren heimzuholen. Der Referent nannte sie immer wieder »Volkstumssplitter«, die der Zar hundert Jahre zuvor ins Land gerufen und in die moldawischen Steppen bis hinunter nach Odessa gestreut habe. Nun wollten die Sowjets sie nicht mehr haben, und sie müssten zurückgefegt werden in das Land ihrer Väter.

Ich freute mich sehr auf all die exotischen Motive, die Verlockungen einer Karl-May-Wildnis, die bildnerisch gestaltet werden wollte. Aber mir entging auch nicht, dass ich nebenbei zum ersten Mal ein Vorgesetzter war, der eine eigene kleine Truppe des Auslandsgeheimdienstes führen sollte. Wir wurden als Umsiedlungsbeauftragte getarnt, vulgo Zivilisten. Mein Titel lautete: »Hauptbevollmächtigter des Distrikts Mannsburg«. Offiziell sollten wir organisatorische Leitungsaufgaben vor Ort übernehmen, inoffiziell aber das gesamte Land kartographieren und nach sowjetischen Militärstützpunkten fahnden. Sowjets und Nazis führten gemeinsam die Auswanderung der Bessarabiendeutschen durch. »Das kann ja heiter werden«, schloss der ganz und gar nicht heitere Referent seine Ausführungen.

Ich erhielt einen persönlichen Assistenten, Untersturmführer Möllenhauer, einen etwas weichlich wirkenden Hannoveraner mit angeklatschtem Haar und einem wie mit Mehl bestäubten Gesicht, das an den Pierrot der französischen Komödie erinnerte. Später hielt er sein Gewehr tatsächlich wie eine Mandoline.

Außer Möllenhauer wurde mir noch eine Art Leibwächter zugeteilt, ein bärenstarker Sachse, der wie ein heimlicher Trinker aussah, so auch genannt wurde und nie ein Wort sprach. Deshalb hatte ich den Trinker besonders gerne um mich, zeichnete ihn in der Manier von Goya in seinen *Los Disparates*.

Möllenhauer und der Trinker hielten mein kleines SD-Kommando aus sechzehn Mitarbeitern zusammen, mit denen ich nach Wien kommandiert wurde. Dort trafen aus allen Teilen des Reiches Hunderte von weiteren Umsiedlungshelfern ein: Sanitätspersonal, Ärzte, Kraftfahrer, Fernmeldetechniker, als Touristen verkleidete Waffen-ss,

Ministerialbeamte, Rassenforscher und sogenannte Kriegsdienstberichterstatter, also Fotografen, Reporter, Illustratoren und sogar ein Magier, der nicht recht wusste, was er bei dem Unterfangen zu suchen hatte und uns mit Kartentricks bei Laune hielt.

Mit einem schneeweißen Vergnügungsdampfer fuhren wir die Donau hinunter, passierten Budapest (ich aquarellierte die Franz-Joseph-Brücke), leerten kurz hinter der kroatischen Grenze die gesamten Tokajer-Vorräte (ein unvollendetes Stillleben zweier Gläser mit Obst und Schale war das Ergebnis), urinierten bei Wukowar zu vierunddreißigst mitten in den herrlichen Strom hinein (was nicht festgehalten wurde), glitten langsam an Belgrad vorbei (eine schöne Stadt, für die ich Pastellkreiden und Büttenpapier bereithielt), winkten in Serbien einem mitten im Fluss ankernden, rostroten, verrotteten Dampfer zu, der ein paar Juden nach Palästina bringen sollte, aber auf Grund gelaufen war (ein vorwitziger Kamerad entriss mir meinen Zeichenblock, schrieb »Juda verrecke« darauf und zeigte das Kunstwerk den verhungernden Antichristen), und auf der ganzen Fahrt entlang des bulgarischen Ufers sangen wir immer wieder *»Heut' kommen die Engerln auf Urlaub nach Wien«*.

Schließlich legte unser Donaudampfer in der rumänischen Hafenstadt Galatz an, wo die sowjetische Seite uns erwartete, und ich musste Block und Zeichenstift erst einmal beiseitelegen. Die Temperaturen waren erfreulich mediterran, die Begrüßung vollzog sich jedoch mit Frostigkeit. Der Leiter der sowjetischen Umsiedlungskommission kam mit zwei Begleitern aufs Schiff, erlitt aber sofort einen Herzanfall. Unser Arzt diagnostizierte eine schwere

Alkoholvergiftung und konnte helfen. Mehr als einstündige Verhandlungen waren notwendig, um die Durchführung der Gepäckkontrolle zu klären. Die Sowjets bestanden auf einer Durchsuchung des gesamten Gepäcks nach Waffen und konfiszierten dabei all unser Kartenmaterial, in das wir die gegnerischen Armeestützpunkte einzeichnen sollten, so dass unsere Mission bereits gescheitert schien, bevor sie überhaupt anfing.

In dieser lebhaften Atmosphäre wurde mir mein sowjetischer Kollege vorgestellt, ein NKWD-Major, mit dem ich unten am Kai des Galatzer Hafenbeckens zusammentraf. Er stand in einer Gruppe seiner Leute, hatte eine Hand in der Hosentasche und eine Zigarette zwischen den Zähnen. Mit ausgestreckter Hand kam er auf mich zu. Ich erinnerte mich an meinen curonischen Comment, übersah die Hand geflissentlich, wartete, bis die andere Hand aus der Hosentasche gezogen und die Zigarette artig aus dem Mund genommen wurde, wie es sich für eine Begrüßung unter Gentlemen geziemt.

Dies geschah nun leider nicht. Hand und Zigarette blieben, wo sie waren, und der NKWD-Major genoss sichtlich den Affront, den er sich gönnte. Ich griff blitzschnell in meine Tasche, zog das Skizzenheft heraus, zeichnete ihn in dreißig Sekunden, etwa so, wie man ihn im *Stürmer* gezeichnet hätte, denn er war ein Charakterkopf von einem Juden. Dieses Porträt, das er sofort haben wollte und stolz seinen Kollegen zeigte, hat mir seine Achtung eingetragen und bestimmte auch weiter unser Verhältnis.

Der Major hieß Uralow. Er war klein und drahtig, ein gemütlicher Bluthund. Da er nicht wusste, dass ich dank

Anna Iwanownas jahrelangen Bemühungen perfekt Russisch sprach, setzte er eine Dolmetscherin auf mich an, die mich nachrichtendienstlich abschöpfen und zu diesem Zweck intimen Verkehr mit mir haben sollte.

Ich machte von diesem Angebot sofort Gebrauch, was für einiges Getuschel in meiner Mannschaft sorgte. Mein Assistent Möllenhauer fragte mich bekümmert und schneeweiß um die Pierrotnase, ob ich wisse, was ich da tue, und er müsse dies eigentlich unseren Vorgesetzten nach Berlin melden. Nur zu, nur zu, sagte ich, aber ob ihm nicht bekannt sei, fügte ich hinzu, dass dieses Opfer, mit Untermenschen sexuelle Beziehungen aufzunehmen, zwar eines der schwersten, aber für die Sache des Volkes auch nützlichsten sei, denn das Bett sei das Schlachtfeld der Geheimdienste, schon Talleyrand habe das gesagt (er wusste, wer Talleyrand war!), und ich täte nur meine verdammte Pflicht. Ich riet ihm, in ähnlicher Weise aktiv zu werden, ahnte aber schon, dass er sich wohl eher auf kräftige Transportarbeiter aus Wladiwostok konzentrieren würde.

Die Dolmetscherin hieß Maja, war erst achtzehn und also noch ein halbes Kind. Alles an ihr war das genaue Gegenteil von Ev. Sie war nicht kokett und nicht kompliziert und nicht eigensinnig und nicht innerlich zerrissen und nicht hypochondrisch und nicht depressiv und nicht meine immer schwärende Wunde, sondern sie war die Salbe, die ich auftrug, sie roch wunderbar, genau wie die kleinen Steppenblumen, die sie mir pflückte, weil es vermutlich Uralow befahl. Das Mädchen war leicht wie eine Papiergirlande und so klar und durchschaubar wie Wasser, und genauso trank ich sie auch, ein Verdurstender.

Ich zeichnete ihre Details lieber als das große Ganze, opferte einen halben Pastellblock für ihren Arsch, ihren Nacken, ihre Augen mit der *plica mongolica*, ihr linkes Ohr (am rechten war das Ohrläppchen angewachsen, was ich nicht mag), ihren großen, aber noch schwerelosen Busen, ihre Vulva, die in wogender Vegetation fast verschwand, so dass ich sie bat, die Hecken zu schneiden, was sie tatsächlich tat (obwohl es mehr einem Rasenmähen glich am Ende). Sie hatte ein freundliches Fuchsgesicht und fragte mich so hemmungslos aus, manchmal sogar in den für Fragen ungeeignetsten Augenblicken, dass ich ob ihres Diensteifers ganz gerührt war und mir die herrlichsten Geschichten ausdachte. Major Uralow müssen die Ohren geklingelt haben.

Jeden Tag begleitete Maja mich und den Trinker, der stoisch meinen Dienstwagen fuhr, durch eine fast orientalische Umwelt, getüpfelt von verfallenen Moscheen, die die fliehenden Türken vor hundertfünfzig Jahren zurückgelassen hatten. Die Deutschen, die wir trafen, sprachen ein spätbarockes Deutsch. Sie kannten keine Elektrizität, keine Traktoren, kein Telefon. Ihre Felder mähten sie noch mit denselben Sensen, die ihre Urahnen von der Schwäbischen Alb mitgebracht hatten. Alles wirkte wie süddeutsche Bauernmalerei, die auf arabische Seide gepinselt worden war. Einige der knorrigen Physiognomien versammelte ich in meinem Skizzenbuch, ebenso ein paar der Katzen, die es zu Tausenden gab, vermutlich, weil es das Land der Mäuse war. Maja mochte nicht, dass ich ständig vor mich hin kritzelte, wie sie das nannte. Und da es viele Möglichkeiten gibt, Licht ins Gehirn zu lassen, küssten wir uns oft und gerne.

Bis auf die sexuelle Verständigung lief jedoch die gemeinsam durchzuführende Evakuierung der Bessarabiendeutschen alles andere als gut. Die Sowjets nahmen nicht nur recht originelle Taxierungen des Besitzes der Umsiedler vor, um so viele materielle Güter wie möglich im Land zu lassen. Sondern sie ließen unsere bäuerlichen Landsleute auch zwischen den Bajonetten aussiedeln, buchstäblich zwischen Kanonen, Panzern und Drahthindernissen. Manchmal hätte ein Zufall genügt, um die Gewehre losgehen zu lassen.

Wir wohnten mit Major Uralows Truppe unter einem Dach und benutzten dasselbe schlechtfunktionierende Telefon, das völlig hemmungslos vom NKWD angezapft wurde. Mir platzte der Kragen, und ich befahl Möllenhauer, eine Nebenleitung legen zu lassen, mit der wir uns sowohl untereinander verständigen als auch sämtliche Gespräche der Russen abhören konnten. Als Uralow dies herausbekam, stellte er uns zwei Mann seiner Knüppelgarde in unser Frühstückszimmer, was den Appetit so sehr beeinträchtigte, dass ich den Trinker bitten musste, die Herrschaften durch die Glastür hinauszubefördern, ohne sie zu öffnen.

Als die Umsiedlung voranschritt und die ersten Bessarabiendeutschen in malerischen Pferdetrecks und endlosen Lkw-Kolonnen zu den Donauhäfen transportiert wurden, setzte die Regenzeit ein. Die staubigen Straßen, die eher Sandpisten glichen, versanken in metertiefem Schlamm. Maja hatte einen kleinen, halbeingestürzten Stall gefunden, der im Gebirge lag, eine Stunde Fußmarsch von unserem Hotel entfernt. Dort trafen wir uns oft, da ich im Grunde nichts Besseres zu tun hatte, sondern mich auf Möllenhauers Eifer verließ. Natürlich sagte mir die Russin nicht, dass sie der Kamera entkommen wollte, die im Nebenzimmer unseres Hotels all unsere Bewegungen erfasste, was mir sowohl bewusst als auch völlig egal war. Denn die tiefschwarzen, feinkomponierten Gebrechen, die ich in mir spürte, wurden weder durch Scham noch durch Zärtlichkeiten berührt, durch keine einzige Angst.

Aber Maja schien das anzuziehen, das Unheilbare ist immer eine große Macht.

»Du traurig«, flüsterte sie manchmal in ihrem schlechten Deutsch, strich mit einem Grashalm über meine Wange, aber ich sagte nie etwas. Der Regen klatschte auf das schadhafte Dach, mein Schweigen machte sie anhänglich, und sie begann, unseren intimen Abendsport für bare Münze zu nehmen. Sie war so kindlich wie ein Welpe, und ihr Herz hatte genau die richtige gebäckartige Konsistenz zum Brechen. Ich glaube, dass sie Uralow nicht einmal verriet, dass ich besser Russisch sprach als er selbst, denn sonst hätte er sie von mir abgezogen, da bin ich sicher.

Manchmal saßen wir nackt unter einer Decke, blickten aus der alten Hütte auf die herbe, fast märchenhafte Poesie des Landes, das sich zu unseren Füßen ausbreitete, glitzernd von den häufigen Niederschlägen. Der Wind trieb den Geruch des nächsten Regenschauers zu uns hoch, noch vor dem Regen selbst, den Geruch nasser Erde und aromatischer Pflanzen. Die Steppe war unendlich, nachts überwölbt von einem sternenklaren Himmel, unter dem seltene Tierarten wie Bartgeier, Wölfe, Pelikane, Großtrappen und zwei einander tröstende Spione ihren Instinkten gehorchten. Oder ihren Befehlen.

Auf einer Fahrt glaubte ich einmal, am Rande des ausgefahrenen Weges ein Kalb sitzen zu sehen. Als wir näher kamen, erhob sich dieses Tier, breitete seine Flügel aus und rauschte auf uns zu. Es war ein riesiger Steppenadler, eine seiner Schwingen streifte die Windschutzscheibe, als er über uns hinwegflog. Der ganze Wagen verdunkelte sich, und Maja klammerte sich an mir fest, während wir uns instinktiv wegduckten. Der Trinker, den ich niemals trinken sah, hatte am Steuer nicht einmal gezwinkert.

Als ich Maja am Hotel abgesetzt hatte, wurde ich in unsere Dienststelle gefahren, die unten in Mannsburg in einer ehemaligen Dorfkneipe eingerichtet war. Es waren unsere letzten Tage in Bessarabien, und ich musste mit meinen engsten Mitarbeitern die kargen Ergebnisse unserer konspirativen Anstrengungen bilanzieren. Möllenhauer ging nach draußen, ich weiß gar nicht mehr, weshalb. Jedenfalls kam er kurz darauf mit dem Trinker und einer Aktentasche zurück. Es war die Aktentasche von Maja, die sie immer bei sich trug.

»Sehen Sie mal, was wir auf dem Rücksitz gefunden haben«, triumphierte Möllenhauer. Er tänzelte fast.

»Ja. Hat die Dolmetscherin wahrscheinlich vergessen.«

»Was für ein unglaubliches Glück, Obersturmführer!«

»Gefreiter!«, sagte ich zum Trinker. »Tasche zur Dame zurückbringen!«

»Sollten wir nicht erst mal einen Blick hineinwerfen?«, fragte Möllenhauer erstaunt.

»Wieso? Da ist Schminkzeug drin und die Dolmetschersachen.«

»Ja, aber sollten wir nicht einen Blick hineinwerfen?«

Nun wandten sich alle Augen mir zu. Sämtliche Dienstanweisungen des Amtes VI des Reichssicherheitshauptamtes liefen darauf hinaus, jedes Partikelchen feindlichen Eigentums in Augenschein zu nehmen. Und die Aktentasche einer auf mich angesetzten NKWD-Agentin von diesem Befehl auszunehmen ließ mich schon sehr nah in die Nähe eines Erschießungspelotons rücken.

»Selbstverständlich«, sagte ich.

Möllenhauer öffnete die Tasche, zog einen Schal hervor (den mir Maja noch Stunden zuvor um den Hals geschlungen hatte), zwei Stenoblöcke, die Zeichnung ihres verlorenen Profils (von ihrem lieben Obersturmführer drei Tage zuvor angefertigt und geschenkt), ein deutsch-russisches Wörterbuch, zwei Taschentücher, eine Damenpistole (sieh mal einer an) und am Ende eine dünne Aktenmappe. Möllenhauer starrte eine Spur zu lange auf den Einband.

»Ich kann ja nun Russisch nicht gut lesen. Aber ich glaube, das da wird den Herrn Obersturmführer sehr schnell in einen Herrn Hauptsturmführer verwandeln.«

Stolz zeigte er mir die Akte.

Vorne stand auf Russisch »Streng geheim«.

Darunter: »Verschlusssache! Nicht am Mann tragen!«

Wir öffneten das Dossier und sahen eine Übersicht über sämtliche Mitarbeiter der sowjetischen Bessarabien-Delegation, ihre Klar- und Decknamen. Es war eine perfekte Fahndungsliste. Ich hatte keine Ahnung, wieso Maja sie bei sich trug. Aber dass sie sie nicht bei sich tragen durfte, ergab sich aus Form und Inhalt.

Ich gab Anweisung, die Angaben sofort zu kopieren, und schrie meine verdutzten Leute an, sich gefälligst zu beeilen.

Zwei Stunden später raste ich mit der Aktentasche und dem Originaldokument hoch in unser Hotel.

Aber Majas Tür war verriegelt.

Ich rannte in unsere Berghütte, schaffte die Strecke in zwanzig Minuten, musste mich vor Erschöpfung übergeben, als ich schließlich ankam.

Maja war nicht da.

Die ganze Nacht lag ich wach, hoffte, dass es irgendwann klopfen möge.

Am nächsten Morgen warteten der Trinker und ich im Wagen vor unserer Unterkunft, wie wir es die ganzen Monate über gehalten hatten. Der Trinker ließ den Motor laufen. Schließlich öffnete sich die Haustür. Eine vierzigjährige, kurzbeinige Rabenfrau, die ich noch nie zuvor gesehen hatte, hüpfte ohne Lächeln auf uns zu, krähte, dass Genossin Maja Dserschinskaja krank geworden sei und sie nun die Ehre habe, meine Übersetzerin zu bleiben für die letzten Tage.

Sie wagte es, sich neben mich zu setzen.

Um nicht nervös zu erscheinen, besann ich mich auf meine eigentlichen Aufgaben, wandte mich den endemischen Pflanzen zu, die ich noch überhaupt nicht illustrativ gewürdigt hatte, zeichnete mit Akkuratesse kleine Sträucher und Nüsse, einen Strunk, eine einzelne Heckenrose, während der Herbst über die ganze unermessliche Steppe fiel, die nun ausgestorben schien, freigeräumt von fast allen ihren Bewohnern, eine Wüstenei mit Hunderten von entvölkerten Dörfern. Das pathetische, bauschige Grau der Regenwolken wurde von einem einförmigen mongolischen Nebelhimmelgrau verdrängt. Wenn ich längere Zeit draußen saß, wurden meine Kleider feucht, und das Papier wellte sich.

Möllenhauer merkte, dass ich angeschlagen war. Er verfügte über Taktgefühl und übernahm die ganze Organisation. Wir erhielten ein Telegramm, das uns lobte, und mich ganz besonders. Ein unkluges Telegramm, da es mit Sicherheit von den Sowjets abgefangen worden war.

Major Uralows Verhalten mir gegenüber schien dennoch ohne jede Eintrübung, das Abschiedsgelage war zweifellos fröhlich.

Um dem allem die Krone aufzusetzen, brachte mich der Major am Ende sogar noch persönlich zum Schiff. An der Kaimauer, an der wir uns drei Monate zuvor zum ersten Mal begegnet waren, umarmte er mich mit Tränen in den Augen. Er sagte, er habe an mir, dem deutschen Bastard, einen Narren gefressen. Dann sang er mir noch eine Strophe der *Katjuscha* vor und schenkte mir zum Abschied einen gelben Umschlag, auf dem »Streng geheim« stand.

Und darunter: »Verschlusssache. Nicht am Mann tragen!«

Wahrscheinlich sollte es Humor sein.

Meine Hände zitterten, als ich all die Schnappschüsse von Maja und mir herauszog, schwarzweiße Dokumente einer kurzen erotischen Ablenkung, mindestens dreißig koitale Erinnerungen.

Uralow lachte gutmütig, klopfte mir auf die Schulter und sagte, ich solle mir keine Gedanken machen, die Negative seien auch in dem Umschlag. Nichts werde gegen mich verwendet. Er sei mein Freund bis an sein Lebensende, und die Dolmetscherin sei eine gute Wahl gewesen. Er wölbte anerkennend seine Hände vor der Brust, der internationale Herrencode für schöne Titten. Vom Schiff wurde schon ungeduldig gerufen, wo ich nur bleibe, ich sei der Letzte.

Ich ging an Bord, war jedenfalls schon auf dem Weg, an Bord zu gehen, blieb auf der Gangway noch einmal stehen, fasste mir ein Herz, lief einige Schritte zurück und fragte meinen neuen Freund-bis-an-sein-Lebensende, ob er denn wisse, wie das Befinden meiner Dolmetscherin inzwischen sei.

Er blickte mich an wie ein Dackel, holte tief Luft, legte all seine Menschlichkeit in die versoffene, rauhe Stimme und sagte:

»Deine Dolmetscherin hat leider aufgehört zu leben.«

3

Im Krieg gesellt sich zur Empörung immer auch eine Art Einsicht. Keiner weiß wie, aber Schuld und Nichtschuld sind in diesen Zeiten ganz schwer voneinander zu trennen, gehen ineinander über, wie Aquarellfarben, Blau und Rot zum Beispiel, die man ineinander laviert. Der Dienst im Untergrund ist eine Nass-in-Nass-Technik, es gibt selten klare Konturen, und man muss aufpassen, dass am Ende nicht einfach nur alles violett wird, die furchtbarste Farbe, die ich kenne, neben Mumienbraun, das man aus einbalsamierten ägyptischen Leichen gewinnt, jedenfalls früher, und das uns Papa, als wir noch klein waren, nicht ohne Stolz präsentiert hatte. Er setzte diese bitumenartige Substanz beim Porträt ein, da sie sich hervorragend zum Schattieren von Hautpartien eignet. Die kleine Ev war so entsetzt gewesen, als sie erfuhr, dass diese Farbe Essenzen von menschlichen Leichen enthielt, und sie war gleichzeitig so hungrig nach einer Tat, dass sie die Tube heimlich aus Papas Atelier entwendete, in Mamas Garten hinuntertrug und ihr ein anständiges Begräbnis bereitete.

Ich will eigentlich überhaupt nicht von Ev sprechen. Auch damals wollte ich sie aus meinem Gedächtnis löschen, aber der Tod warf mich stets auf sie zurück, selbst der Tod Majas, den ich nicht begreifen konnte und der mich in die eiskalte Donau springen ließ, an der ungarischen Grenze war das, mitten in der Nacht. Aber die Brückenwache hatte es gesehen, alle Schiffsmotoren stoppten, man fischte mich aus dem Strom und hielt für alkoholische Gärung, was mich übermannt hatte. Tatsächlich war ich blau wie eine Haubitze gewesen, meine Rettung wurde gefeiert und wieder und wieder und wieder und wieder sang man um mich herum: »*Heut' kommen die Engerl'n auf Urlaub nach Wien.*«

Wie Sie sich denken können, war die Malerfahrt vorüber.

Keine Mauer ist unüberwindlicher als die, die man um sich selbst errichtet. Mein Gehirn würde nie wieder einen Lichtstrahl empfangen, da war ich sicher.

Ich bekam kaum mit, was mir geschah.

Irgendwann war ich wieder in Berlin. Viele Menschen, die mir gegenübertraten, benahmen sich freundlich. Man behielt mich als AbV (Agent zur besonderen Verwendung) in der Reichshauptstadt und steckte mich in einen vierwöchigen Lehrgang, von dem ich nur die Erinnerung an eine Stubenfliege zurückbehalten habe, die Tag für Tag sehr treu neben mir am Fenster saß. Sie freute sich, dass ich wegen der in Bessarabien so originell erbeuteten Personalunterlagen mit dem Kriegsverdienstkreuz 2. Klasse ausgezeichnet wurde, setzte sich jedenfalls stolz auf ebendiesen Orden mit ihren hässlichen Beinchen, minutenlang, vielleicht wollte sie ihn selber haben, eine durch und durch patriotische Stubenfliege (wie altes Gold, die glänzenden Flügel).

Kurz darauf wünschte Walter Schellenberg, mich kennenzulernen, der Chef der Auslandsspionage. Möllenhauer, der mich ab und zu ins Kino begleitete, war ganz aus dem Häuschen: »Herr Obersturmführer, das ist, als würden die Götter herabsteigen. Man hat bestimmt Großes mit Ihnen vor, ach, was sage ich: Prachtvolles!«

Zumindest fuhr man mich in einer Limousine zum Prinz-Albrecht-Palais. Ein zackiger Adjutant nahm mich dort in Empfang. Wir glitten auf roten Läufern durch etliche Marmorgänge und Fluchten, bis ich schließlich einer Vorzimmerdame übergeben wurde, die erstaunlich fett war und sich konzentriert die Nägel lackierte.

Nach ein paar Minuten des Wartens sprangen zwei Flügeltüren auf, und ich betrat ein Büro, das einem Wiener Kaffeehaus nachempfunden schien.

Herr Schellenberg saß auf einer Louis-Quinze-Couch vor goldgerahmten, mannshohen Spiegeln. Er erhob sich in einer Art und Weise, wie ich sie noch nie bei einem ss-General gesehen hatte. Wie ein perfekter Gastgeber trat er auf mich zu, federnd, schlank, fast beflissen und voll mit verborgenen Absichten. Statt einer Hand schüttelte ich einen leeren Handschuh, so kam es mir vor. Ich bestaunte sein weiches und zugleich nervöses Gesicht aus rosigem Fleisch, in dem der Mund schlaff und sinnlich zu einem arrogant ewigen Lächeln erstarrt war. Die vorbildlichen Umgangsformen, der attraktive Hochmut und die vornehme, ausdruckslose Physiognomie eines Tropenfischs beeindruckten.

Wir setzten uns an ein zierliches Tischchen, und er erklärte mir zunächst mit seiner hohen Stimme vorwurfsvoll, aber freundlich, dass ich doch für mein Alter nicht recht vorangekommen sei bisher. Wie er sich auf mein Alter herabließ, das im schalen Panier von einunddreißig Jahren nicht nur Ihres ist, erfahrener Swami, sondern gleichzeitig auch seines war (das des mächtigsten Geheimdienstchefs Europas, *Eheu fugaces, Postume, Postume, labuntur anni!*), hatte etwas unvermutet Streberhaftes.

Dieser Eindruck verstärkte sich, da mir der Herr Brigadeführer zunächst einmal zeigte, wo überall im geschmackvollen Inventar Abhöreinrichtungen versteckt waren, nicht ohne mich vorher spekulieren zu lassen. Ich erriet welche in seinem Schreibtisch, in der Stehlampe, im Kristalllüster. Aber mit einem Mikrophon unter dem Aschenbecher hatte ich nicht gerechnet und vermutete auch keines hinter der Wand, an die er klopfte und die hohl klang.

Sein Schreibtisch sah aus wie ein Renaissancemöbel aus Florenz. Zwei Maschinengewehre waren darin eingebaut, die im Nu unerwünschte Gäste durchlöchern konnten, »mit eintausend Schuss«, sagte er ehrfurchtsvoll und zeigte mir den Knopf an der mittleren Schublade, den es zu betätigen galt. Der Hebel daneben konnte ein Alarmsignal auslösen, das sämtliche Ausgänge des Gebäudes automatisch verriegelte.

Ich wusste nicht recht, was ich zu all dem sagen sollte.

Daher räusperte sich Schellenberg, beglückwünschte mich für den Coup in Mannsfeld und schlug mir eine besonders delikate Mission in Paris vor. Dort gebe es einen für die ganze deutsche Politik äußerst wichtigen Mann, erklärte er, einen georgischen Käsefabrikanten namens Kedia, der die russische Emigration um sich sammle und für die ss arbeite, leider aber auch hochverräterische Kontakte zur Résistance pflege. Diesem Gerücht müsse man unbedingt auf den Grund gehen, weshalb es notwendig sei, einen zuverlässigen Agenten auf die Frau Kedias anzusetzen, seine Achillesferse.

»Ich soll diese Frau observieren?«, fragte ich.

»Nein, nein, Sie sollen mit ihr schlafen«, lächelte Schellenberg.

»Warum das denn?«

»Weil Sie das gut können.«

Der menschliche Egoismus – seine Verwerflichkeit – hatte sich nun wahrlich in mancherlei Hinsicht in mir manifestiert. Dass er mich jedoch in den Augen meiner Vorgesetzten in einen Don Juan zu transformieren schien, noch dazu in einen käuflichen, erfüllte mich mit Abscheu, Zorn und einer eigenartigen Wehmut. Der Verwesungsprozess von Majas Körper konnte noch nicht weit fortgeschritten sein, schließlich war es Winter, und wo immer sie liegen mochte: In ganz Russland fror die Erde ein mit allem drin, was dort vergraben lag. Jeden Tag sah ich mir die Fotos von uns an, Schatten unserer Körper, entdeckte an ihrem Leib immer neue Details, die ich mit den vielen Zeichnungen, die ich von ihren Extremitäten angefertigt hatte, in Einklang zu bringen versuchte. Ja, ich hatte das Gefühl, dass ich erst jetzt wirklich verstand, wer dieses Mädchen gewesen war, dass ich sie erst jetzt erkannte. Und er erkannte sie und sprach zu ihr: Dies ist doch Bein von meinem Bein und Fleisch von meinem Fleisch.

Als ich damals in diesem mit Abhörwanzen und Maschinengewehren infizierten Büro Schellenbergs saß, das eher einem Puff oder einem französischen Spielsalon ähnelte als einer soliden Arbeitsstätte, spürte ich die biblische Wucht, mit der Maja, früher drei Gramm Papiergirlande, auf mir lastete, und gleichzeitig wurde mir klar, dass ich durch all diese eitlen Spiegel in eine Welt eintrat, in der nichts mehr Gewicht hatte. Nichts war so abwegig, als dass es unmöglich gewesen wäre. Jeder Besucher konnte ein Mörder sein. Hinter jeder Freundschaft steckte ein Vorteil. Ein Verhalten ohne Hintergedanken galt als bizarr. Ein Geschlechtsakt ohne Hintergedanken als reine Verschwendung.

Talleyrand hatte tatsächlich recht gehabt.

Bitte verstehen Sie mich nicht falsch. Ich habe das Angebot Schellenbergs am Ende angenommen. Ich war viel zu schutzlos, um mich gegen Avancen zu wehren, die mir irgendeine Form von sozialer Verbesserung versprachen. Aber es war mir klar, dass ich dieser Madame Kedia, auf die mein Geschlechtsorgan, meine Bildung, meine Talente und meine Freundlichkeit losgelassen werden sollten, nichts zufügen würde, keine Form täuschender Nähe, nicht einmal echte. Ich musste nur fort, weg aus diesem parfümierten Büro, weg aus Berlin, weg aus Deutschland, weit weg von Posen.

Und auch weit weg von mir selbst.

Unbedingt.

Paris schien ein blinkendes Universum zu sein, eine Milchstraße voll mit fremden Lebensformen und unerhörten Zerstreuungen. Eine Verheißung.

Dennoch schaffte ich es nicht, Majas Fotos zu verbrennen, all die Zeichnungen und Skizzen. Ich konnte mich nicht von ihrem Ohrläppchen trennen, dem nicht angewachsenen, das in meinem Portemonnaie zerknitterte (in Lebensgröße schraffiert). Mindestens einmal am Tag schaute ich in ihre Aktentasche, die ich immer bei mir trug, nahm die kleine russische Dienstpistole in meine Hand, die manchmal zu mir sprach (lockend), wenn ich zu viel getrunken hatte. Täglich drei bis vier Bier, eine halbe Flasche Rotwein, ein ordentlicher Korn und jede Menge süßer französischer Fusel begleiteten mich. Ich stürzte in die Kehrseite der Dinge, hinter die Kulissen, in das Getriebe hinab. Und dann, in der Schaufensterauslage des Moulin Rouge, traf ich auch noch Mary-Lou. Ein vergilbtes Foto von Mary-Lou, um genau zu sein.

Dieser Begegnung folgte ein Treffen mit dem bretonischen Kartenabreißer, ihrem Freund, und beide rasten wir vor Eifersucht.

Und wie ich mich Stunden später im Quartier mit Cahorswein in Begleitung einer Kerze von der Nachricht erholte, dass Mary-Lou drei Monate zuvor in die Staaten abgereist war und offensichtlich niemals, kein einziges Mal, von mir gesprochen hatte, werde ich auch nicht vergessen.

Garniert war all das von festlichen Abendessen im Palais Maubrid mit Monsieur Kedia und Gemahlin, einer dürren Ziege, mannstoll, die mir einmal an die Hose griff, aber da war nur Schneckenfleisch.

An den Wochenenden amüsierte ich mich in einem Etablissement, in dem man optische Halluzinationen kaufen konnte. Kleine Vietnamesinnen schnallten einen um Mitternacht auf einen Zahnarztsessel, während ein Kolonialarzt Merck-Meskalin, ein Peyotl-Derivat, in die erwartungsfrohen Venen spritzte. Danach verstand man plötzlich Vietnamesisch.

Sturmbannführer Lischka, mein Führungsoffizier, selbst mit einem Croissant im Maul schrecklich, vergällte mir jedoch diese Momente französischer Lebensart. Immer wieder und zunehmend ungeduldiger werdend, forderte er mich auf, meine Arbeit zu erledigen.

Also schrieb ich in volltrunkenem Zustand surreale, auf jeden Fall marginale Observationsberichte über die Kedias, die mich immer wieder freundlich zu sich einluden, um in aller Offenheit ein triadisches Projekt zu besprechen (ein erotisch-triadisches, um genau zu sein), das aber Zuckungen des Lebens einschloss, die mich nicht interessierten. Dennoch war ich bei den Soireen gerne gesehen, weil ich gut Russisch sprach und den Teint von Madame verbesserte, durch meine Aquarelle, meine ich, zu denen ich genötigt wurde. Einige davon legte ich den Rapporten an Berlin bei, einmal auch die Interpretation einer ss-Razzia, die ich zufällig am Boulevard Sébastopol genießen durfte.

Ich verzeichnete sämtliche Liebhaber der Frau Kedia sorgfältig in meinen Wochenberichten. Jeder, wirklich jeder schien bei ihr zum Zug zu kommen, nur ich nicht, kabelte ich betrübt nach Berlin. Ich fand keine Erklärung für meinen Misserfolg, meine Unlust durfte keine Rolle spielen. Also schob ich es auf meinen schlechten Atem und besuchte auf Schellenbergs Kosten einen teuren Zahnarzt. Dass Monsieur Kedia Kontakte zur Résistance hatte, konnte ich weder bestätigen noch dementieren, aber da die ganze Welt mit seiner Frau schlief, schlief natürlich auch die ganze Résistance mit ihr.

Und das war mein ganzes Resultat.

Mein Kopf fühlte sich an wie Sand, mein Geschlechtsleben blieb absolut mönchisch, Bordellen wich ich aus, die Realität vergaß ich, wie man das nur in Paris kann.

Aber leider wurde ich nicht vergessen.

Im Mai Neunzehneinundvierzig musste ich ins Gestapohauptquartier kommen, zum ersten Mal durch den Vordereingang, nicht mehr durch den Künstlereingang an der Rue d'Alsace. Sturmbannführer Lischka empfing mich reserviert und forderte mich auf, mich nicht zu setzen. Er sagte tatsächlich: »Bitte setzen Sie sich nicht!« Ich bekam auch keine seiner Zigarren angeboten.

Nach einigen scharf klingenden Fragen bezüglich gewisser Restaurant- und Zahnarztkosten und einem Hinweis auf die Anstrengungen und Leiden des deutschen Volkes, die das Leben im Speck, das man mir, der Made, ermöglicht habe, überhaupt erst ermöglicht haben, herrje, zweimal ermöglicht und zweimal haben, jaja, sie konnten einfach kein Deutsch, diese Sturmbannführer, wo war ich stehengeblieben? Jedenfalls erklärte mir Lischka nach seinem Prolog, dass Schellenberg von mir enttäuscht sei. »Schwer enttäuscht sogar.« Ich könne mich mit sofortiger Wirkung von meiner geheimen ss-Sonderaufgabe als entbunden betrachten. Stattdessen hätte ich mich umgehend bei Sturmbannführer Solm zu melden.

Sturmbannführer Solm, unterbrach sich Lischka, ist das ein Verwandter von Ihnen, Obersturmführer Solm?

Jawohl, ein Verwandter, sagte ich.

Sachen gibt's, hörte ich ihn murmeln, keine Spur freundlicher. In Sachsen, setzte er hinzu. Grenzpolizeischule Pretzsch. Dort erhielte ich weitere Order. Marschbefehl anbei. Heil Hitler. Weggetreten.

Als ich die Grenze nach Deutschland überquert hatte, musste die Lokomotive im Stuttgarter Sackbahnhof umgekoppelt werden. Ich trat auf den Bahnsteig hinaus und hörte, wie eine Sondersendung aus der Krolloper in Berlin übertragen wurde. Alle Menschen starrten zu den hoch über ihren Köpfen hängenden Lautsprechern und hörten Adolf Hitler brüllen, dass am selbigen Tag das Unternehmen Barbarossa an einer riesigen Front begonnen habe, dass man sich in einem Krieg auf Leben und Tod gegen die Sowjetunion befinde und dass er niemals kapitulieren, sondern erst dann den feldgrauen Rock ausziehen würde, den er an jenem Tage trug, wenn der endgültige Sieg über den Feind errungen worden sei.

Dass der Führer und Reichskanzler, in diesem Moment der Herr des halben Erdkreises, in dieser schlichten Uniform dereinst wie eine Fackel brennen würde, übergossen von zwei Kanistern Benzin, nur wenige hundert Meter vom jubilierenden Feind entfernt, glaubte an diesem Tag kein Mensch auf dem ganzen Stuttgarter Hauptbahnhof, ich selbst am allerwenigsten.

4

Als Kind war ich davon überzeugt, dass jeder eine Suche als Lebensvorwand benötigt. Ich meine gar nicht mal Schliemann und diesen ganzen Trojaquatsch. Also nichts Tatendurstiges. Keinen Gral. Sondern ich hatte das Gefühl, dass jeder wie Hänsel und Gretel im dunklen Wald ausgesetzt wird und schauen muss, wie er sich nach Hause durchschlägt.

Doch als ich älter war, wurde mir bewusst, dass eigentlich niemand aus dem Wald je herauskommt. Alle taumeln nur umeinander, bleiben im Unterholz stecken, und anstatt zu suchen, wollen sie nur nicht gefunden werden.

Und so ging es nun auch mir.

Aber was macht man, wenn der ganze verdammte Wald brennt?

Ich wusste nicht, was mich in Pretzsch erwarten würde. Aber es konnte nichts Gutes sein, bis auf die Aussicht, meinen Bruder zu treffen. Ich vermisste seine Fähigkeit, die Menschen um ihn herum zu Zeugen einer authentischen und unwiderstehlichen Würde zu machen, die ihm inzwischen auch etwas Steifes gab, der man sich aber anvertrauen wollte. Er konnte einen nicht aus dem Wald, aber auf Lichtungen führen, das war immer mein Bild von ihm gewesen.

Auch Bilder von Ev stiegen auf, als ich an ihn dachte, tief vergrabene Bilder, über die sich mein Wunsch, sie zu vergessen, die Tragödie um Maja und die Pariser Halluzinationen gebreitet hatten wie Schlamm. Ihre kindliche Art und ihre kindische Lebenseinstellung hatten immer etwas Tröstendes gehabt. Auch dass sie stets um ihre Wirkung wusste, hat mich, der nie um seine Wirkung wusste, aufgemuntert. Nur um die Wirkung ihrer Worte wusste sie nicht das Geringste. »Du bist wie Baron Münchhausen«, hatte ich einmal zu ihr gesagt, als sie wieder eine besonders unmögliche Geschichte aufzutischen wagte. »Wieso?«, hatte sie gefragt. »War er hübsch?«

Ich musste lächeln, wenn solche Erinnerungen in mir hochstiegen, die bunt schillerten wie Evs plötzliche Launen, ihre Tanzschritte mitten auf der Straße, ihre provozierenden und brillanten Einfälle. All das Düstere, die Delirien reinsten Unglücks, in denen wir uns zurückgelassen hatten, ein Jahr erst war es her, pochte hinter meinen Schläfen, löschte die Bilder, und mein Lächeln verschwand.

Wie es ihr wohl gehen mochte?

Kein einziger Brief hatte mich erreicht, nicht einmal eine Postkarte, weder in Bessarabien noch in Berlin oder Paris. Wir schrieben einander nichts, gaben keine Lebenszeichen, keiner von uns dreien. Das war einerseits erleichternd, andererseits neu. Denn stets war die ewige Erreichbarkeit, nicht die ewige Unerreichbarkeit das Symbol unserer Bindung gewesen.

Nur durch Mamas altbaltische Korrespondierfreudigkeit erfuhr ich die nötigen Dinge. *Mein lieber Kojaschka*, schrieb sie in ihren raschen, schnörkellosen Federhieben, *bei uns fängt es an, ungemütlich auszusehen. Recht sehr. Das leere Haus ist groß, der Garten müsste durchgeschaggert werden. Aber seit dem dummerlichen Sturz auf der Kellertreppe bin ich ein Hinkopinko (nicht herumsitzen, sagt Doktor Blumfeld!). Und mir fehlt ein Elektromann für die Lampe in der Küche, denn davon verstehe ich so viel wie die Kuh vom Sonntag. Der Gedanke, nicht von Kindern umbrandet zu sein, ist schrecklich himmlisch, und doch fehlt Ihr mir alle entsetzlich. Du bist bei den Franzmännern und machst dumme Sachen, wie man hört (mit Papa liebten wir die Madeleine!). Hubsilein wurde, stell Dir vor, von hier auf jetzt an die Front verlegt und jagt die Kommunisten, um sie gründlich abzumurcheln. Und das Evakind, wie immer lieb und etwas dwatsch, hat lange rumgedibbert, was tun. Aber statt ihrer alten Mutter zur Hand zu gehen (der ganze Schrott im Keller müsste brackiert werden, und mit dem Fahrrad, dieser Ruine, komme ich mit meinem Piratenbein nicht von Ass nach Taps, vom Rhabarber gar nicht zu reden), hat sie sich zum Kriegseinsatz gemeldet. Wie unvernünftig. Nicht? Deine Schwester hat zu viele Flausen im Kopf und braucht ein Kind! Gerade ist sie in der Nähe von Krakau in einer Klinik untergekommen, die furchtbar interessant sein soll. Mehr weiß man nicht wegen der Feldpost, der zensierten. In letzter Zeit hatte sie aber abgenommen und trägt die Haare wieder streng, war auch oft still, vielleicht weil Hubsi fehlte.*

Als ich im sächsischen Pretzsch ankam und mich in der Grenzpolizeischule meldete, starrte mich der Diensthabende nur irritiert an. Er blickte nach links und rechts in die leeren Gänge, machte eine hilflose Handbewegung und sagte: »Aber die sind doch schon alle weg!«

Ich erfuhr, dass an diesem schönen Ort (einem Renaissanceschloss, das als Unterkunft für Gäste des nahen Moorbades wie auch für erwartungsfrohe ss-Einsatzgruppen diente) wochenlang dem Feldzug entgegengefiebert worden war, der aber nun einmal vor Tagen begonnen hatte, weshalb meine Truppe bereits den deutschen Armeen Richtung Sowjetunion hinterherjagte, um das dreckige Hinterland zu reinigen. Genau das sagte der Diensthabende ganz unbefangen: das dreckige Hinterland reinigen. Zum Staubwischen Lettlands, Litauens und Estlands eingeteilt, das hatte man mich, und die fuchtige Putzkolonne, Einsatzgruppe A, war bereits auf und davon, eintausend Putzteufel sämtlicher nur denkbarer ss-Einheiten (die die seltsamsten Namen trugen, Gestapo und Kripo werden Sie kennen, Orpo als Abkürzung der Ordnungspolizei mag Ihnen unvertraut erscheinen, Popo unglaubwürdig, aber das war tatsächlich meine Einheit, und ich war froh, dass Himmler der Politischen Polizei dieses Signum erspart hatte, indem er sie SD nannte).

Meinen Marschbefehl reichte mir der Diensthabende eine Stunde später. Er trug einen dicken rotgoldenen Ehering an seinem Finger, der mir die Sicht auf das Papier verdeckte, auf die Zeile meines Einsatzortes, auf die er mehrmals klopfte, und erst als der Mann sich die Nase rieb, konnte ich lesen, wo es hinging: Riga.

Die Stadt stand kurz vor dem Fall, und es würde jede Menge Unrat geben.

So erreichte ich zwei Jahre nach unserer Umsiedlung und zwölf Monate nach meiner überstürzten Abreise aus Posen, am Abend des zweiten Juli Neunzehneinundvierzig, die ersten Ausläufer meiner Geburtsstadt. Der St.-Petri-Turm brannte lichterloh. Eine einhundert Meter hohe, orangegelbe Fackel war kilometerweit zu sehen. Wie ein Bunsenbrenner brannte sie den Regen über der Kirche weg, der stattdessen wütend und warm auf uns herabfiel, »als würde Gott auf die ganze Scheiße pissen«, wie ein Unteroffizier im Wagen maulte.

Die Kämpfe waren erst seit wenigen Stunden vorüber. Die Straßen säumten russische Leichen, die unbeachtet am Wegesrand lagen. Ein Kopf war von Panzern überrollt worden. Roter Brei, aus dem ein Augapfel unversehrt zum brennenden Kirchturm hinüberstarrte. Die Pioniere neben mir rissen ihre Witze, einer wollte gar rausspringen und das Auge mitnehmen, man hielt ihn lachend zurück. Ich saß im Fond des Pkw, der zwei Wochen lang meiner Truppe hinterhergerast war. Nun fuhren wir über menschliche Gedärme, kamen kaum vorwärts, steckten in einem brodelnden Chaos fest. Die Wehrmacht brachte in endlosen Konvois Nachschub nach vorne, während gleichzeitig große Mengen an Kriegsgefangenen die Straßen verstopften. Schon vor Stunden hatte der langanhaltende Regen eingesetzt, der die durch Hitze und Trockenheit ausgedörrten Wege in Morast und quellenden Matsch verwandelte.

An irgendeiner Kreuzung sah ich endlich jemanden, der zu meiner Einheit gehörte. Ich ließ neben ihm anhalten, kurbelte das Seitenfenster herunter, und erst jetzt gewahrte ich durch die Gischt des strömenden Regens, dass der Mann, ein ss-Scharführer mit sd-Raute am Ärmel, eine größere Anzahl von Zivilisten mit seiner Maschinenpistole bewachte. Sie machten einen verängstigten Eindruck. Eine kleine Frau mit kurzgeschnittenem weißem Haar, hellblau gekleidet, erbrach sich auf die Hand ihres Mannes, der sie stützte. Aus dem Augenwinkel meinte ich zu sehen, dass ein anderer Posten mit seinem Gewehrkolben in die Menge stieß.

Der Scharführer nahm Haltung an. Ich fragte, wo sich unsere Meldestelle eingerichtet habe. Er nannte die Präfektur. Und ob der Herr Obersturmführer den Petersburger Hof kennen würde. Dort sei das Offiziersquartier. Die kleine Frau ließ sich von ihrem Mann den Mund abwischen. Sie weinte und der Regen zerriss sie wie hauchdünnes Papier. Und ja, der schockierte Obersturmführer Solm kannte den Petersburger Hof.

Habe ich schon gesagt, wie sehr die ss Luxushotels liebte?

Im Empire-Speisesaal, der bei den Häuserkämpfen nur eine einzige Fensterscheibe eingebüßt hatte, traf ich am nächsten Morgen meinen Bruder. Er saß alleine an einem weißgedeckten Tisch. Obwohl wir uns nur ein knappes Jahr nicht gesehen hatten, hatte er sich doch völlig verändert. Das Clark-Gable-Bärtchen fehlte, was ihn nicht jünger, aber härter aussehen ließ. Immer noch waren seine blauen Augen die eines Mannes, der nicht die blasseste Ahnung hat, was Unehrlichkeit bedeutet. Aber ich sah auch Entschlossenheit darin, Nervosität und nicht die geringste Neugier.

»Koja«, sagte er nur herzlich, erhob sich, umarmte mich, und wir setzten uns.

Ein beflissener Ober kam herbeigeeilt, schenkte Kaffee in die zwiebelgemusterten Porzellantassen und strahlte uns an. Achtundvierzig Stunden zuvor hatte er noch drei abziehende Russen erschossen. Man erkannte es an der lettischen Kokarde am Ärmel seiner Livree. Drei eingestickte schwarze Kreuze.

»Außerdem hat er es mir gesagt«, erklärte Hub gleichmütig und bestellte bei dem treffsicheren Kellner unser Frühstück.

Wir benahmen uns, als sei alles wie immer. Wir redeten trotz unserer Uniformen so, als trügen wir keine, wie Touristen, Freunde oder einander zugewandte Brüder. Und ich wollte sehen, was aus Hub geworden war, hatte keine Lust auf Floskeln und begann, zu den Goldfasanen und ss-Snobs hinüberzustieren, die es sich um uns herum schmecken ließen, und ich lobte ihre Gier, ihre Dummheit und ihr Talent zur aufrechten Korruption, ohne meine Galle zu schonen.

Hub bat mich, leiser zu sprechen. Er wollte keinen Streit mit mir, leistete aber meinem Gekeife auch wenig Vorschub. Das einzig Kritische, was er über das Regime verlauten ließ, war ein kryptischer Satz: »Die Führung glaubt immer, dass auf Regen stets Sonnenschein folgt. Aber manchmal folgt auf Sonnenschein auch Regen. Das will hier niemand wahrhaben.«

Als er noch ein Junge war, wurde Hub mit Großpaping, einem deutschen Admiral, einem russischen Zaren, einem Engel, einem Spatzenbaby, einem Kriegsschiff und einem Schäferhund verglichen. Aber nun wand er sich, war tatsächlich ein Aal geworden (niemand hatte ihn je mit einem

Aal verglichen), ein sich Davonschlängelnder, der von Tarnkappen lebte.

»Ich kann dich nicht sehen«, sagte ich nach einer halben Stunde.

»Was meinst du?«

»Du weichst aus. Du wirkst fremd. Als wärst du mit den Gedanken woanders.«

»Der Krieg verändert dich, Koja. Der Krieg verändert alles. Du weißt das noch nicht. Paris bei Nacht ist sicher was anderes als das, was dich hier erwartet.«

Er griff zu seinem Glas Frühstückssekt, erhob es und sagte in versöhnlichem Ton: »Endlich!«

»Was endlich?«

»Endlich geht es den Bolschewiken an die Hälschen!«

Ich dachte an Major Uralow. Sehr sogar. Ich stellte mir Uralows Grinsen vor, als er einst am Kai in Galatz gestanden und sich seine Worte über Maja zurechtgelegt hatte. Über Majas Reste. Ja, meine Freundin hatte aufgehört zu leben. Ja, ich stieß mit meinem Bruder an. Er nahm sich ein Pumpernickel, bestrich das Brot dünn mit Butter und erwähnte, dass es Ev inzwischen wieder bessergehe. Sie habe eine neue Stelle angetreten.

Ich wollte aber über Ev gar nichts wissen.

»In der Dünaburger Vorstadt habe ich gestern ein paar unserer Leute gesehen«, sagte ich stattdessen. »Sie hatten Zivilisten zusammengetrieben.«

»Ja«, erwiderte mein Bruder. »Banditen, Kommunisten. Wurden vorhin liquidiert.«

Er schaufelte sich extra viel Holundermarmelade auf seinen Pumpernickel.

»Warum hast du mich angefordert?«, fragte ich einfach.

Er nahm sich Zeit, um abzubeißen und mir die Dinge in Ruhe auseinanderzusetzen, das auf jeden Fall. Mit gedämpfter Stimme erklärte er kauend, dass er von meinem Erfolg in Bessarabien gehört habe, leider aber auch von meiner Pariser Pleite. Das Scheitern meiner Mission dort habe um ein Haar zu meiner Kommandierung nach Auschwitz geführt. Das sei ihm geflüstert worden.

Ich wusste nicht, was er meinte. Auschwitz kannte ich nicht. Ich wollte auch nicht wissen, was Auschwitz war. Es schien jedenfalls nichts zu sein, was zur Fortsetzung seines Mahls gepasst hätte, denn er legte Messer und Gabel zur Seite, tupfte sich seine Lippen ab und beugte sich zu mir über den Tisch.

»Wenn es nicht Auschwitz gewesen wäre«, raunte er, »hätte ich dich ganz bestimmt nicht angefordert. Hier wird es leider auch nicht zimperlich zugehen. Wir kümmern uns um die Gegner. Hast du ja gesehen.«

Er nahm einen Schluck Kaffee, fixierte mich über den Rand der Zwiebelmustertasse hinweg, stellte sie ab und rückte noch ein wenig näher.

»Ich weiß, du bist ein Ästhet, Koja. Ein Liebhaber der Theorie und der Russen. Du wirst nicht alles goutieren können, was in unserer Einsatzgruppe geschieht. Aber es ist nichts gegen Auschwitz. Nicht das Geringste. Das schwör ich dir.«

Er schwieg kurz.

»Ev ist in Auschwitz.«

Ich starrte ihn an.

»Ich konnte sie nicht davon abhalten. Na ja, du weißt

ja, wie sie ist. Sie dient im Lazarett und hilft, wo sie kann. Aber sie schrieb mir, ich dürfe dich auf keinen Fall in den Auschwitzer Lagerdienst lassen. Und genau da solltest du hin.«

Er schenkte mir sein gewinnendstes Lächeln.

»Also sei froh, dass wir dich hierher kriegen konnten.«

Vier Tage lang blieb ich im Hotel mir selbst überlassen, da Hub zunächst seine Dienststelle einrichten musste. Er war Leiter des örtlichen SD geworden, Chef der Abteilung III des Kommandeurs der Sicherheitspolizei. Man schien viel von ihm zu erwarten.

Die Stimmung in Riga glich in jenen Tagen einem Volksfest. Letten und Deutsche promenierten abends, die Helligkeit der Mittsommernacht im Rücken, durch die Stadt. Ich zog mit Zehntausenden, meist in kleinen Gruppen, manchmal Arm in Arm, über die Boulevards. Der Kommunismus war vertrieben, die Niederlage der Sowjetunion schien besiegelt, das Versprechen auf eine neue Zeit lag in der Luft. Die Menschen hofften auf Lettlands Wiedergeburt.

Und diese Hoffnung, die noch wie an einem Fallschirm aus großer Höhe auf die Nation herabsegelte (bald schon würde sie ungebremst am Boden aufschlagen und zerschellen), führte immer wieder zu Massengesängen und Straßentänzen. Ich sah sogar einen halbnackten Feuerschlucker, der eine rote Fahne in Brand spuckte, und wie Tlingits um ihren Totempfahl tanzten wir um diese Flammen. Die Linden blühten, und selbst die letzten Panzerwracks und plattgefahrenen Leichen, die von singenden Straßenkehrern weggeschafft wurden, schienen nach Sommer zu duften.

Ein paar Tage später zeigte mir Hub unseren Arbeitsplatz, die Präfektur. Ich atmete auf. Die Flure waren sauber, die großen Fenster standen offen, irgendwo roch es nach frischgebrühtem Kaffee. Junge, hübsche Tippsen staksten die breiten Treppen hinauf. Das niedliche Fräulein Paulsen kümmerte sich um den wie eine Katze schnurrenden neuen Mitarbeiter, den Bruder ihres Chefs, also um mich. Sie wies mir ein Büro zu, das nach Süden zeigte und in frischem Lindgrün gestrichen war.

Ich teilte es mit Obersturmführer Dr. Grählert, einem zuvorkommenden Altphilologen, der ein gemütliches Honoratiorenkölsch sprach und wegen Überarbeitung an den Nägeln kaute. Grählert führte das SD-Dezernat »Kultur« (SD-D-III-C), übernahm aufgrund des Personalmangels auch noch die Sachgebiete »Literatur« (SD-D-III-C1) und »Bühne« (SD-D-III-C2) und verließ sich in seinen Urteilen auf nichts anderes als seine müden, intelligenten Augen. Ich war für die Unterabteilung »Architektur, Volkskultur und Kunst« (SD-D-III-C3) verantwortlich, die aus mir und einem lettischen Dolmetscher bestand, den ich nicht brauchte.

In meinen Zuständigkeitsbereich fielen vorrangig die Beobachtung und Überwachung aller bildenden Künstler Rigas, ihrer Organisationen, Ausstellungen und persönlichen Verhältnisse. Da ich einst durch Papa die Hautevolee der einheimischen Maler und Zeichner kennengelernt hatte (die sich nicht nur über ein Wiedersehen mit mir, sondern vor allem über Extrarationen an Butter, Speck und Honig von Herzen freuten), verfügte ich über sangesfrohe Kontakte. Meine Tätigkeit umfasste Observationen im lettischen Kunstbetrieb, das Führen und Abschöpfen der von mir eingesetzten Informanten und Spitzel sowie die Weitergabe von Informationen an andere Abteilungen, die auf meine Vorschläge hin dann alles Weitere veranlassten.

Kurz: Es war natürlich ein entsetzlicher Abstieg, nachdem ich für ein paar Monate als die große Hoffnung des deutschen Geheimdienstes gegolten hatte. Brigadeführer Schellenberg bereute vermutlich, jemals einer Kakerlake wie mir seinen selbstschießenden Renaissanceschreibtisch präsentiert zu haben. Aber Hub tat so, als sei ihm das nicht peinlich. Und ich fühlte mich pudelwohl, hatte das Gefühl, zum ersten Mal seit einer halben Ewigkeit wieder frei atmen zu können.

Mit meinem Kollegen Grählert, der auch die Überwachung der Theater abdeckte, besuchte ich hübsche Inszenierungen, lernte verkrampfte Schauspieler und weniger verkrampfte Schauspielerinnen kennen und ließ es mir gutgehen. Ich fühlte mich bereits an meine besten Vorkriegszeiten mit Mary-Lou erinnert, bewohnte ein sehr hübsches Appartement in der Wallstraße, das sogar geschmackvoll möbliert war.

Die Umgangsformen in Hubs Abteilung waren exzellent. Fast alle SD-Mitarbeiter entpuppten sich als lyrisch gestimmte, hochgebildete Metaphysiker oder waren ehemalige Orchestermusiker (ein sehr guter Bratschist unterdrückte die lettischen Gesangsvereine), gefallene Pastoren oder promovierte Geographen. Es war eine gänzlich neue und andere SS-Welt, die mich jetzt umgab.

Die Mahlzeiten nahmen sämtliche Angehörige der

Dienststelle gemeinsam ein, und unsere Abteilung wurde wegen der auffälligen Zuvorkommenheit, die in der Mittagszeit zwischen uns herrschte, nur der »Bittschön-Dankschön-Tisch« genannt.

Einige der anderen Mittagsgäste machten jedoch einen recht unangenehmen, ja abstoßenden Eindruck auf mich. Besonders die Angehörigen der Abteilung IV, der Gestapo, legten auf Feinheiten des Benehmens keinen Wert.

Einer dieser Kollegen, ein Wiener Obersturmführer namens Bertl, begrüßte mich in seinem österreichischen Parlando jeden Morgen mit »Habe die Ehre, scheiko«. Da das liebenswürdig klang, grüßte ich höflich zurück. Nie fragte ich nach, was »scheiko« denn nun bedeuten mochte, hielt es für ein Äquivalent zum schwäbischen »gell« oder zum bayerischen »woast«. Erst nach Wochen fragte mich das Fräulein Paulsen, warum ich mir das denn immer gefallen lasse, und es stellte sich heraus, dass »Scheiko« kein Adjektiv, sondern ein Substantiv und als solches die Abkürzung von »Scheißeierkopf« war. Später erfuhr ich, dass Bertl vor allem für Vernehmungen und Hinrichtungen gebraucht wurde.

Überhaupt schlichen sich immer mehr Irritationen in meinen so malerischen Alltag. Als ich eines Nachts ins Dienstgebäude eilte, um noch ein paar wichtige Akten für den nächsten Tag durchzuarbeiten, hörte ich aus den Heizungsrohren ein eigenartiges Wimmern emporkriechen, das störend war. Ich bat die Nachtwache, einmal die Anlage im Heizungskeller kontrollieren zu lassen. Der herbeizitierte Hausmeister zuckte nur die Achseln und sagte, im Untergeschoss des Hauses würden die verschärften Vernehmungen durch die Gestapo schon so diskret wie möglich vorgenommen. Sie seien nur nachts möglich, wenn das Gebäude leer stehe. Noch leiser gehe nicht.

Mitte Juli riegelte die Gestapo den Kaiserwald ab, das Villenviertel Rigas. Alle wohlhabenden Juden wurden verhaftet, um ihre Häuser für die ss-Führer frei zu machen. Ich erfuhr nur davon, weil einer der Teilnehmer der Razzia zufällig neben mir am Bittschön-Dankschön-Tisch saß. »Da hat man wirklich geschmackvolle Inneneinrichtungen gesehen, Junge, Junge«, sagte er und pfiff anerkennend durch die Zähne. »Wir mussten ja in jedes Zimmer, um die Juden auf die Straße zu treiben. Da kriegt man schon einen guten Eindruck. Aber du glaubst gar nicht, wie lange das dauert, bis alle auf den Lkws sind. Und dann die ganze Strecke hierher.«

»Die Juden kamen hierher?«, fragte ich entgeistert.

»Und wie!«, schmatzte der Mann. »Die standen zwei Stunden im Hof unten. Wir mussten sie bewachen, in der Mittagshitze. Volle Montur. So ein reiches Villenpack. Die haben ihr ganzes Leben lang ihre Ärsche nur auf Ledersofas gewuchtet. Na ja, ich habe dann gehört, dass sie erschossen worden sein sollen. Wie hast du es denn geschafft, davon nichts mitzukriegen, Kamerad?«

Ich hatte nicht die geringste Ahnung, wie ich das geschafft hatte. Mein Bruder hatte mich ausgerechnet an jenem Nachmittag zu einer Kunstausstellung nach Bauske geschickt. Vermutlich lag es daran. Und mir dämmerte plötzlich, dass meine vielen angenehmen Dienstreisen, die Hub oft spontan veranlasste, zu nichts anderem dienten, als den überempfindlichen, hochsensiblen Obersturmführer Solm zum Idioten zu machen.

Innerhalb von vierundzwanzig Stunden besorgte ich mir alle nötigen Informationen (ich war ja beim Geheimdienst). Danach wusste ich, dass die Präfektur der Nukleus der fürchterlichsten, unerträglichsten, im Hirn eines Perversen ausgebrüteten Verbrechen war, da konnte man am Bittschön-Dankschön-Tisch so viel über Geist und Materie bei Descartes diskutieren, wie man wollte.

»Jetzt beruhig dich erst mal, Koja«, bat Hub auf die gleiche Art, die er schon angesichts einer Fuhre aufgestapelter Babyleichen am Posener Güterbahnhof für richtig gehalten hatte. Und ich sagte meinem Bruder sehr schlicht, dass er nicht wagen solle, sein eigen Fleisch und Blut für blöd zu verkaufen und er müsse bei Opapabarons Ehre und bei Großpapings heiliger Wut schwören, dass er die Wahrheit sage, und zwar, wie es vor Gericht und auf hoher See heißt, nichts als die ganze beschissene Wahrheit. Hub nickte betrübt und zog das silberne Zigarettenetui Opapabarons hervor, ein Erbstück, handgemacht von Peter Carl Fabergé, Opapabarons weltberühmtem Osterei-Neffen, wie man in der Familie immer etwas spöttisch sagte (Stolz und Neid auf ihn geschickt verbindend). Immerhin ließ der Anblick des Etuis Hub nachgiebig aufseufzen. Er zog eine Reval-Zigarette heraus, zündete sie sich mit einem Streichholz an und tat einen tiefen Zug. Es war neu, dass er rauchte, mir schien, er konnte es noch nicht richtig.

»Na schön. Dann sage ich dir die Wahrheit.«

Er blickte wieder seine Zigarette an, als würde in ihr die

Wahrheit der Welt stecken, und sprach dann drei kurze Sätze, unterbrochen jeweils von einem hastigen Zug.

»Ich wollte dich einfach nicht belasten.«

Erster Zug.

»Du mit deinen Nerven.«

Zweiter Zug.

»Wir machen hier eine wichtige Arbeit.«

Der dritte Zug wurde dann durch meine Entgegnung, die ich mitten hineinsprach, wesentlich länger als die beiden zuvor. »Angeblich«, sagte ich nämlich, »angeblich werden von uns jeden Tag dreihundert Juden oben im Bickern'schen Wald erschossen.«

»Es sind Bolschewiken. Die geistigen Träger dieser Pest.«

»Sie werden ohne jeden Prozess erschossen?«

»Es ist Führerbefehl.«

»Der Führer befiehlt, jeden Tag dreihundert Juden im Bickern'schen Wald zu erschießen?«

»Nein, er befiehlt, alle Juden zu erschießen.«

Er zog an der Zigarette.

»Nicht nur dreihundert.«

Er zog an der Zigarette.

»Und zwar überall.«

Er zog an der Zigarette.

»Nicht nur im Bickern'schen Wald.«

Nun befand sich sein Schädel in einem seine Gesichtszüge verschleiernden Dunst, ich konnte ihn kaum noch erkennen, vielleicht war das auch die Absicht.

»Bist du wahnsinnig?«

»Himmler hat es mir persönlich gesagt.«

Mein Blick knickte zur Seite, und ich sah dieses Foto. Es

stand auf Hubs Schreibtisch, war hinter Glas gespannt, eingefasst von einem silbernen Rahmen, und dieses Foto zeigte meine Schwester im Halbprofil, die dunkle Ev – oder war es die dunkle Sulamith, deren Lippen eine scharlachfarbene Schnur sind? Und ihr Mund so lieblich, und die Schläfen hinter ihrem Schleier eine Scheibe vom Granatapfel? Und ich musste mich setzen und dachte an gar nichts, und sah nur dieses Mädchen an, ein Apfelbaum unter Waldbäumen war ihr Geliebter, in seinem Schatten begehrte sie zu sitzen, und Äpfel und Äpfel und Äpfel zu betrachten, Hubert Konstantin Solm zu Ehren, und schön sind deine Wangen zwischen den Kettchen, dein Hals in der Perlenschnur, und schön bist du, meine Schwester, ja du bist schön. Bei den Gazellen und Hirschen der Flur, beschwöre ich euch, Jerusalems Töchter: Stört die Liebe nicht auf, weckt sie nicht, bis es ihr selbst gefällt.

»Stell das Foto wieder hin, Koja.«

»Du kennst sie nicht.«

»Stell es hin!«

»Du hast keine Ahnung, wer sie ist.«

»Was soll das? Wir haben über Politik gesprochen. Nicht über Persönliches.« Und wieder sagte er etwas, was er schon einmal gesagt hatte und was er nicht hätte sagen sollen. »Du darfst nicht Äpfel und Birnen in einen Korb werfen.«

In meine ganze Ohnmacht hinein, die mich sofort bis in meine Fingerspitzen unendlich ermüdete, sprach mein Bruder, dass mir ein Wegmelden zur Front oder wohin auch immer nicht gestattet sei, da ich in Frankreich versagt hätte. Die Anweisung käme von ganz oben. Riga sei eine Strafversetzung. »Mein Gott, warum hast du die Frau in Paris nicht einfach durchgevögelt?«

Ich kann nicht fort von diesem unseligen Ort, es ist unmöglich, schoss es mir durch den Kopf. Schellenberg hatte mich mit voller Absicht in den Ausguss des Imperiums gekippt. »Und das wundert dich, Koja? Du glaubst, dass du durch diesen Krieg kommst, indem du in Bessarabien alten Frauen in den Aussiedlungsbus hilfst und in Paris Opiumhöllen vollkotzt?«

Doch Hub versprach, mich vom Abgrund fernzuhalten. Ich müsse an keinen Aktionen teilnehmen, erklärte er. Ich müsse nicht wissen, dass Aktionen stattfänden, ich müsse nicht einmal wissen, was Aktionen überhaupt seien, viele wissen das nicht oder vergessen es einfach, das freundliche Fräulein Paulsen zum Beispiel.

Am Ende saß ich nur da, die Fäuste in die Augenhöhlen gerammt, und wollte auch eine Zigarette haben.

Je weiter der Sommer voranschritt, desto deutlicher traten die Spannungen in unserer Dienststelle zutage. Während ich und die anderen vom Bittschön-Dankschön-Tisch vorwiegend an Schreibtischen Kassiber formulierten oder in Kabaretts saßen und Couplets kritisierten, ansonsten aber mit dem Fegefeuer, das Tag für Tag über die Träger der Weltpest kam, nur hin und wieder durch gedämpfte, kaum vernehmbare Schreie aus den Kellern der Präfektur belästigt wurden, wateten andere Abteilungen bereits bis zu den Knien im Blut.

Doch mit jedem Tag, an dem die Gestapo-Henker merkten, dass ihre feinnervigen SD-Kameraden mit dem Auswerten von Feuilletons beschäftigt waren, sich also nicht die Finger und nicht die Seele schmutzig machen mussten, keine Hirnmasse von den Stiefeln kratzten und keine fleckigen Uniformen trugen, wuchs die Erbitterung. Es kam zu Beschwerden. Und Bertl nannte mich nicht mehr Scheiko, sondern offen »Arschloch, dummes«, als er mit umgehängter Maschinenpistole an meinem offenstehenden Büro vorbeikam und sah, wie ich mit feinem Strich das süße Fräulein Paulsen in meinen Skizzenblock hineinkonterfeite.

Hub bat mich in sein Büro.

Man kam dort kaum noch zu Atem in dem ganzen Qualm, den er erzeugte.

Er wirkte verstört und wusste nicht recht, wie er es mir sagen sollte. Jedenfalls, fing er an, hätte ich ja den Befehlshaber der Einsatzgruppe, Brigadeführer Stahlecker, noch gar nicht kennengelernt. Einen Schwaben, impulsiv, temperamentvoll, krankhaft ehrgeizig, unausgeglichen, arrogant, eitel, sprunghaft, die Personifikation eines wunderlichen Profilneurotikers, weshalb Hub alles getan hätte, um ihn von mir fernzuhalten. Dies jedoch sei ihm nun nicht mehr möglich. Es habe Forderungen der Exekutoren von Abteilung IV gegeben, nicht im Stich gelassen zu werden bei ihren löblichen Reinigungsanstrengungen. Ja, zum Saubermachen sei man gekommen, zum Schrubben, Wienern, Scheuern und Spülen. Den Müll bringe man gerne weg. Aber doch nicht alleine. Aber doch nicht ohne jede helfende Hand. Aber doch nicht ohne jeden Ausdruck herzlicher Solidarität.

Und Brigadeführer Stahlecker, der fürsorglich-perfide

Kommandeur, habe sich die Klagen seiner Männer angehört, Himmler angerufen und den gutväterlichen Befehl erhalten, dass jeder Angehörige der Einsatzgruppe, insbesondere jeder ss-Führer, auch der künstlerisch interessierteste, mindestens einmal an der Sonderbehandlung von Juden teilzunehmen habe. Himmler habe erklärt, schon aus Korpsgeist müsse jeder mindestens einmal bei so etwas mitmachen.

»Es tut mir leid, Koja, ich kann dir das nun nicht ersparen. Du wirst Stahlecker bald begegnen. Aber ich habe mit ihm ausgemacht, dass deine Abteilung nur zuschauen muss. Ich verspreche dir das.«

»Was heißt denn ›Sonderbehandlung‹?«, wollte ich wissen.

»Du musst nur zuschauen«, wiederholte Hub unbeirrt. »Bitte denk doch dann an irgendwas anderes. Am besten, man summt innerlich ein Lied. Glaub mir, das hilft. Immer summen.«

Wissen Sie, dieses Wort Korpsgeist gibt es ja heute gar nicht mehr. Aber damals verstand man darunter so eine Art Rücksichtnahme. Rücksichtnahme eines jeden Einzelnen auf das Wohl aller.

Und genau deshalb wurde ich zur Sonderbehandlung befohlen.

Um Rücksicht zu nehmen.

Noch heute sehe ich diesen Tag vor mir. Ein warmer Augusttag war das, voll mit Zweigen. Hinter einem keilförmigen Riss in der Krone einer sommerlichen Eiche blitzte himmlische Harmonie auf, blaue Harmonie, die auf irdischen Schlamm traf. Denn als ich den Kopf senkte und herunterschaute, sah ich die Grube, die ich nicht sehen wollte, eine frisch ausgehobene, tiefe Grube, zehn Meter lang, zwei Meter breit, mandelbraun glänzend wegen eines zehn Minuten alten Sommerregens. Neben mir stand Hub, roch nach Rasierwasser und summte nach Kräften. Manchmal blickte er mich an. Es sollte wohl eine Aufmunterung sein.

Der Wald war noch still. Aber die Delinquenten würden gleich kommen. Zweige, durch die der Wind weht, klingen immer nach Wasserfall, oder wie ein heftiger Regen. Ich habe mal gelesen, dass die Tonfrequenzen von Wasser und Wind dieselbe Wellenlänge haben sollen. Für mich wird es immer nach Warten klingen.

Rechts neben uns standen drei Beamte der Gestapo, deren Namen ich beim besten Willen nicht mehr weiß, bis auf Bertl natürlich, der eine rote Luftmatratze dabeihatte, ich weiß nicht, warum. Links wartete die vollständig angetretene SD-Abteilung, bebend und blass.

Und vor uns stand Brigadeführer Stahlecker, die Hände in die Hüften gestemmt, ein roher Feldstein, mit einer Reitpeitsche in der Faust, die an seinem Rücken hin und her schwankte wie der dünne Schweif eines Äffchens. Damals sah ich ihn zum ersten Mal, und ich wusste sofort, dass er jemand war, den ich nie wieder vergessen würde.

Hinter ihm wartete der befehlshabende Offizier der Letten.

Der blaue Bus aus Riga schimmerte durch andere Zweige, hatte einen Zug lettischer Spezialisten aus Dünaburg gebracht. Sie lungerten herum, einige gruben aus Spaß einen Ameisenhaufen um. Schaufeln gab es genug.

Schließlich hörte man Lkw-Motoren heranbrausen. Unsichtbar erstarben sie, nur wenige hundert Meter von uns entfernt. In das Kommando kam Unruhe. Der befehlshabende Offizier der Letten ging ein paar Meter zur Seite, setzte sich hinter einen Busch und holte in aller Offenheit eine Bibel hervor. Hub folgte ihm und fragte, weshalb er das Alte Testament bevorzuge. Der Offizier erwiderte, dass das Neue Testament keine passenden Stellen habe. Eine mutige Antwort. Dann gab er zu, dass er sich nicht zeigen wolle. Zu einer weiteren Erklärung kam es nicht. Ich nehme an, dass er unter den Juden Bekannte hatte. Stahlecker ließ ihn gewähren.

Sie wurden nun herangeführt, kamen stumm durch die Bäume, flankiert von der Eskorte. Männer, Frauen, keine Kinder. Sie mussten die Jacken und Oberhemden, die Röcke und Hosen ausziehen und ablegen. Alles sollte später gereinigt und wiederverwendet werden. Ich versuchte mich auf den schnell wachsenden Kleiderberg zu konzentrieren. Dort sammelten sich ein paar meiner liebsten Farben, die nicht zum Wald passten und die mich ablenkten, Ultramarin zum Beispiel oder ein schönes Gold, das in dünnen Fäden ein Kostüm durchwirkte.

Solange noch kein Schuss gefallen war, erschienen einem alle Menschen so, als könne das Kommende gar nicht eintreten. Niemand schrie oder weinte. Die Angst war so präsent wie der Duft der Bäume – aber genauso unsichtbar. Die Welt schien unveränderlich. Vögel zwitscherten. Ameisen flohen aus ihrem zerstörten Bau. Wieder hörte ich die Zweige, die Blätter, sogar das Licht glaubte man zu hören, das durch das Astwerk rauschte und tropfte. Vielleicht war das einzig störende Element nicht der Erdaushub, sondern der Behälter mit Chlorkalk. Man hatte ihn nahe an die Grube gestellt, und manchmal wirbelte eine leichte Brise weiße Wölkchen hervor, die auf die Farne und Moose herabstäubten.

Dann sah ich Moshe Jacobsohn. Den Alten aus Dünaburg. Auf meiner Zunge schmeckte ich den *gefilten fisch*, den er mir einst kredenzt hatte, fast schmeckte er jetzt besser als damals. Der kleine Jude stand in der zweiten Reihe, auf Zehenspitzen, und starrte unablässig an seinen Vorderleuten und einer Wache vorbei zu mir herüber. Ich sage nicht, ich bin erblindet, das sage ich nicht. Sondern für einen Moment war ich wirklich blind. Als ich die Augen wieder benutzen konnte, stand Moshe Jacobsohn immer noch an derselben Stelle und krächzte sogar: »Herr Jugendfirer!«

Die drei Gestapoleute, die der Blickrichtung des Alten folgten, linsten von der Seite zu mir herüber. Brigadeführer Stahlecker ließ seinen Affenschweif starr in der Luft stehen, drehte sich betont langsam um und fixierte mich. Hub summte verständnislos, ich schwieg, und Jacobsohn rief nun lauter: »Lieber Herr Jugendfirer! Wissen Sie noch?«

Ein Bewacher stapfte auf ihn zu.

»Wissen Sie noch? Meyer und Murmelstein?«

Dann traf ihn ein Schlag im Gesicht. Er ging zu Boden. Zwei der anderen mussten ihn wieder aufrichten. Ich hörte, wie aus dem blutenden Mund mal »Meyer« und mal »Murmelstein« herausfiel. Ich versuchte, wieder blind zu werden, aber es ging nicht. Was hätte ich für ein Glas Wasser gegeben, um den Fischgeschmack loszuwerden.

Eine Handvoll Schützen machte sich bereit. Jemand

blickte auf die Uhr. Sie stellten sich fünf Meter vom Graben entfernt in eine Linie.

Neunzig Sekunden.

Die Zutreiber wählten die ersten zehn Delinquenten aus.

Sechzig.

Bedeuteten ihnen, sich hinzustellen.

Dreißig.

Einige von ihnen versuchten sich zu widersetzen, wollten nicht aufstehen und nicht zum Graben gehen.

Zehn Sekunden.

Und dann standen sie doch da.

Fünf Sekunden.

Auch Moshe Jacobsohn.

Drei.

Die üblichen Befehle.

Eins.

Und null.

Das Exekutieren aus der Nahdistanz bringt es mit sich, dass Hirnmasse und Blut der Opfer für gewöhnlich in alle Richtungen spritzen. Und genau so war es. Abgesplitterte Schädelknöchelchen wurden wie Granatsplitter über zwanzig Meter weit geschleudert und trafen auch mich. Todesschreie blieben nicht aus. Dutzende von Litern Blut sickerten ins Erdreich, schwängerten die Sommerluft mit dem Geruch nach nassem Eisen, vermischten sich mit Angstschweiß, Exkrementen, Urin. Etwa zwei Minuten vergingen jedes Mal vom Aufruf der Opfer übers Herantreiben, Durchladen, Zielen und Schießen bis zum Ende. Darüber lag ein unaufhörliches Brüllen und Schlagen, und ich fragte mich, wie der lettische Oberst bei diesem Lärm seine Bibel lesen konnte. Schließlich trat Ruhe ein.

Dennoch war es nicht totenstill.

Wir vernahmen eine gedämpfte Stimme, die röchelte. Irgendwoher aus den Tiefen der Grube kam das. Hub wollte die Initiative ergreifen. »Ihr Bruder soll das machen«, stoppte ihn Stahleckers schnarrendes Kommando. Hub hatte schon vier Schritte in Richtung Grube gesetzt, die Hand nestelte am Pistolenhalfter. Nun hielt er inne und drehte sich ungläubig dem Kommandeur zu: »Brigadeführer, es wäre mir eine Ehre, das zu übernehmen.«

»Ihrem Bruder ist es sicher auch eine Ehre.«

Ich blickte zu Hub, wusste, dass die Entscheidung gefallen war. Aber in ihm regte sich Trotz. Er senkte die Stimme, um nicht offen einen Befehl zu verweigern: »Obersturmführer Solm ist nur zur Beobachtung abkommandiert, Brigadeführer. Bitte gehorsamst, den Gnadenschuss ausführen zu dürfen.«

»Danke!«

»Aber –«

»Keine Diskussion! Weggetreten!«

Die Letten hatten bereits begonnen, Chlorkalk ins Grab zu schaufeln, trotz der vernehmlichen Klagelaute, die aus dem Leichenallerlei unter ihnen aufstiegen. Ich zog meine Luger, trat an den Grubenrand und blickte hinab.

Inmitten des Stilllebens von ineinandergesunkenen Körpern sah ich nun einen verdrehten, weiß gepuderten Leib mit Füßen, die noch zuckten. Außerdem zitterte der Kopf. Die Schädeldecke war abgesprengt und lag wie ein aufgeklappter Topfdeckel neben der Stirn. Darunter blickten mich die fragenden und sehr wachen Augen einer noch jungen Frau an. Sie hielt einen Säugling im Arm, der zu schlafen schien, ganz unberührt. Ich hatte ihn zuvor nicht bemerkt. Hinter mir hörte ich einen Fotoapparat klicken. Mein erster Impuls war, den Fotografen niederzuschießen, aber ich tat es natürlich nicht. Mein zweiter Impuls war, einfach loszurennen – die Waffe wegzuwerfen, mich umzudrehen und loszurennen, was ebenfalls nicht geschah. Mehr Impulse gab es nicht. Der Rest war Leere.

Und dann sah ich, dass sich plötzlich auch der Säugling bewegte. Die Frau, immer noch blutgurgelnd, auch ein paar Bläschen werfend durch den Chlorkalk, der ihr die Mundhöhle verätzte, die Frau also blickte hinüber zu dem winzigen Bündel, und bevor ich mich wegen des freiliegenden Gehirns übergeben konnte, tat ich etwas, was später für Heiterkeit bei Stahlecker sorgen sollte, ja sogar zu der scherzhaften Überlegung führte, mich wegen Verschwendung von Rüstungsgütern zur Verantwortung zu ziehen: Ich schoss das ganze verdammte Magazin leer.

5

Der Hippie liegt im Bett und hält Nachtschwester Gerda an den Händen fest. Ich höre, wie er darum bittet, in ein anderes Zimmer verlegt zu werden. Nein, er bittet nicht darum. Er fleht.

Aber wir haben doch kein anderes Zimmer, lieber Basti, höre ich. Was stört Sie denn plötzlich? Sie mögen doch diese Aussicht so sehr, mit dem vielen Grün vor dem Fenster und dieser hohen Eichhörnchenwahrscheinlichkeit. Und die Sonne mit den guten Manieren, die tut Ihnen doch gut! Und der neue Notknopf für die Toilette, den man auch im Liegen noch drücken kann, wenn einem schon die Sinne schwinden, den haben wir doch extra für Sie eingebaut. Und kein anderes Zimmer hat eine Dunstabzugshaube. Oder eine lindgrüne Wand. Oder so einen netten, charmanten Herrn Solm.

Ich sehe, wie der angsterfüllte Hippie der Nachtschwester Gerda ein Zeichen gibt. Er zieht sie noch näher zu sich herunter, ihr Ohr spürt schon seinen Atem, und dann höre ich nur noch Tuscheln und Wispern.

Aber nein, lacht die Nachtschwester Gerda plötzlich hell auf, der Herr Solm hat ganz bestimmt kein kleines Kind umgebracht. Das ist ja absurd. Wissen Sie, wir sollten das mit dem Cannabis ein wenig reduzieren. Wir dürfen die

Wahnvorstellungen nicht vergessen. Wir dürfen natürlich auch den griechischen Assistenzarzt nicht vergessen, den argwöhnischen Doktor Papadopoulos. Wir dürfen das Betäubungsmittelgesetz nicht vergessen. Und meinen Arbeitsplatz in diesem Haus, den vergessen wir bitte auch nicht. Am Ende springen Sie mir noch aus dem Fenster, lieber Basti. Wie können Sie nur über den armen Herrn Solm so schlimm denken! Er ist doch Konsul (ich bin kein Konsul)!

Und hat Ihnen einen Pyjama geschenkt!

Und das hübsche Bild, das er mir gemalt hat!

Und ich bin so gut getroffen!

Ja, ich habe die Dame zehn Jahre schlanker gemacht und ihr Pferdeherz erobert, und nun kann sie überhaupt nicht begreifen, wieso der Hippie in Tränen ausbricht. Er ist jetzt stundenlang bei den Babys unten. Viele sanfte Worte hat es mich gekostet. Er ist nur bereit, mir weiterhin zuzuhören, wenn ich in der Geburtsstation ein Baby finde, das dem anderen Baby ähnlich sieht, dem Baby von Neunzehneinundvierzig, dem Kindlein in der Grube. Ich glaube, das ist wieder so eine verrückte Swamisache mit Seelenwanderung und so.

Aber ich habe das Spiel mitgespielt.

Dort unten liegt so einer, ident zu damals, sagte ich, wulstig seine Lippen, platt die Nase, armselig das Haar (und rot dazu), mit einem Ausdruck von Bockigkeit in den Augen, er liegt dort unten, und der Name »Maximilian« steht an seinem Körbchen.

Der Hippie und ich haben uns nachts in den Krippenraum geschlichen und indische Sachen gemacht vor Maximilian. Ich musste mich vor dem Baby hinknien und von seinen Träumen schöpfen (Unschuld vor allem, und ein bisschen Lust auf Muttermilch). Ich habe auch um Verzeihung gebeten und einen roten Punkt auf die Stirn Maximilians gedrückt (Nachtschwester Gerdas Lippenstift wurde dazu verwendet, sie weiß es aber nicht).

Doch insgesamt gesehen und unter uns: Das war natürlich alles ein großer Blödsinn. Es gab und es gibt keinen Wiedergänger jenes Bickern'schen Säuglings. Für mich sehen sowieso alle Säuglinge gleich aus. Ich habe dieses Theater nur unterstützt, weil ich wirklich dem Hippie nicht die Anteilnahme an mir nehmen möchte. Er nennt das, was er zu hören kriegt, *bad vibrations*.

Immerhin hat er bei Nachtschwester Gerda durchgesetzt, und ich gab mein Einverständnis, dass unsere Betten weiter auseinandergerückt wurden. Nun liegt ein Bann auf diesem etwas größeren Zwischenraum. Eine verhexte Zone, in die niemand von uns treten darf. So steht der Hippie immer auf der linken Seite seines linken Bettes auf, und ich stehe immer auf der rechten Seite meines rechten Bettes auf, und auf diesen streng festgelegten Seiten steigen wir auch wieder in die Betten zurück, so dass wir uns nie im verhexten Bereich begegnen können, der gerade durch seine Präzision und Beständigkeit etwas Gläsernes hat, was natürlich auf uneingeweihte Naturen irre wirkt.

Als mich eines Tages Donald Day besuchte, alt geworden, weißhaarig, tatterig, aber dröhnend, konnte er nicht begreifen, wieso er die gute Flasche Malt-Whisky nicht auf den Stuhl zwischen unsere Betten stellen durfte, ein Stuhl, den die Visite dort vergessen hatte. Aber der Hippie sagt, er brauche exakt diesen Abstand zu mir, ein neutrales Nirwana, in dem keine Gegenstände liegen dürfen, die Kontakt zu mir gehabt hätten (wie zum Beispiel ein Kamm, eine Zahnbürste, ein Testament) oder noch Kontakt zu mir bekommen würden (wie ein Malt-Whisky, der ja durch meinen halben Körper rinnt, zwar diesen Körper auch wieder verlässt, aber nicht rückstandsfrei).

Dies vorausgesetzt, interessierte sich der Hippie dann aber doch für Donald Day, fragte ihn, ob er mich tatsächlich in Riga kennengelernt habe und ob er so ein schlimmer Kommunistenfresser gewesen wäre, wie ich behaupte. »*Oh my goodness*«, lachte Donald, »da hätten Sie mich mal mit dem Halunken hier in der Kubakrise erleben müssen. Wir waren sogar Senator McCarthy zu antikommunistisch. Leute wie Sie hätten wir damals als Hotdog verspeist.«

Solche Sprüche eben.

Der Hippie will nicht glauben, dass ein ehemaliges Mitglied der ss-Einsatzgruppen bei der CIA landen kann.

Dabei ist das die natürlichste Sache der Welt.

6

Man darf am Nationalsozialismus dessen Irrtümer bedauern, diese aber nicht dazu missbrauchen, um ihn in Frage zu stellen.

Nichts an Hub errötete oder zitterte, als er das sagte.

Es war auch kein Sarkasmus.

Drei Tage lang meldete ich mich krank. Mein Bruder ließ mich gewähren. Am vierten Tag schließlich suchte er mich in meiner Wohnung auf, deren Mobiliar ich kurz und klein geschlagen hatte, um, ich weiß nicht wem, vermutlich mir selbst, zu beweisen, dass sie nichts mit mir zu tun hatte, denn sie war eine jüdische Trouvaille mit allem, was drin war. Nahezu alle ss-Führer, die ich damals kannte, wohnten in liebevoll zusammengeraubten Inneneinrichtungen. Man besaß komplette Schlafzimmer in galiläischer Eiche und durchschlummerte die Nächte, dass es eine Freude war. Manch ein Sturmbannführer sagte nach diesen erquickenden Erfahrungen, er könne gar nicht mehr in Räumen leben, in denen Möbel stehen, die ihm gehören.

Hub nahm mir den Wodka weg. Er schüttete das Zeug in die Spüle. »Der Suff ist Gottes Art, dir zu sagen, dass du zu viel Zeit hast«, sagte er. Erstaunlich, dass er von Gott sprach. Ein Relikt aus seiner Theologenzeit.

Er schmiss die leere Flasche zu den anderen leeren

Flaschen am Boden und verkündete eine Nachricht, die er »fabelhaft« nannte. Reichsführer Heinrich Himmler komme. In den nächsten Tagen schon. Ihm sei das Reisen durch frischeroberte Kolonien zur lieben Gewohnheit geworden, und deshalb beginne er eine mehrtägige Baltikumsvisite im schönen Riga. Und da in der ganzen Einsatzgruppe kein anderer ss-Offizier so profunde Kenntnisse der Kultur-, Kunst- und Geistesgeschichte unserer Heimat besitze wie ich, habe Brigadeführer Stahlecker zugestimmt, mir die Aufgabe des landeskundigen Adjutanten zu übertragen.

»Es ist nicht gut, wenn ich Herrn Himmler treffe«, sagte ich.

»Aber Koja! Das ist deine Chance, dich zu rehabilitieren! Himmler atmet Bildung und Kultur! Er wird dir aus der Hand fressen, und dann wirst du diesen elenden Betrieb hier los sein!«

»Es ist nicht gut, wenn ich Herrn Himmler treffe.«

Drei Tage später jedoch traf ich Herrn Himmler. Er saß in einem offenen Mercedes-Coupé südlich vom Ritterhaus und bewunderte das mittelalterliche Stadtbild, umwölkt von einem Tross glanzvoll uniformierter ss. Stahlecker war ebenfalls bei ihm. Und auch mein Bruder.

Als Hub mich auf die Gruppe zukommen sah, ging er mir entgegen, zischte: »Guck freundlicher!«, führte mich an der Wehrmachtsgeneralität vorbei (zu der er das Gleiche hätte sagen können), direkt hinüber zu Himmler und stellte mich vor. Ich machte Meldung. Himmler musterte mich wohlgefällig.

»Ihr Bruder sagt, dass Sie hervorragend zeichnen können?«

Ich konnte nichts antworten, sah nur diesen außergewöhnlich kurzsichtigen Mann an, der beim Exekutieren so viel Wert auf Korpsgeist legte. Hub erwiderte für mich, dass ich in der Tat ganz hervorragend zeichnen könne.

»Nun, dann karikieren Sie mich doch einmal, Obersturmführer.«

»Jetzt, Herr Reichsführer?«

»Sie haben fünf Minuten.«

Ich zog gehorsam mein Skizzenheft aus der Rocktasche, nahm meinen Bleistift und begann mit den Augen. Man muss immer mit den Augen beginnen, viele, die nicht zeichnen können, glauben fälschlicherweise, man könne auch mit den Gesichtslinien oder gar der Nase beginnen, aber das ist der Anfang vom Ende. Ich zeichnete die Augen einer Hyäne, denn so wie eine Hyäne lachte Himmler, laut aufkreischend und schlagartig stumm. Er hatte winzige Zähne, aber die mussten warten. Unter die Augen setzte ich einen Rüssel, einen schönen Schweinerüssel, und unter den Schweinerüssel seinen Schnauzbart, und unter dem Schnauzbart öffnete sich ein kuhartiges, sehr schiefes Maul, aus dem ich ein bisschen Heu heraussprießen ließ. Ein Kinn bekam Himmler keins, denn er hatte ja auch keins, die Ohren wurden die Ohren eines Pinselohräffchens, und als ich ganz am Ende die Kopfform wählen sollte, unentschieden schwankend zwischen Karpfen und Nilpferd, griff ich doch wieder auf das gute alte Hausschwein zurück, übrigens auch für die hängenden Bäckchen.

»Ich bin fertig, Herr Reichsführer.«

»Na, dann her damit.«

Himmler blickte Hub auffordernd an, der drei zackige Schritte auf mich zutrat. Ich überreichte ihm die Karikatur. Hub starrte darauf, lange und unschlüssig.

»Nun, was ist?«, fragte Himmler ungeduldig. Die ganze ss-Führung Rigas blickte erwartungsvoll zu meinem Bruder.

Hub faltete das Papier zusammen, zerriss es und steckte es in die Tasche seines Ledermantels.

»Ich glaube, es ist dem Obersturmführer noch nicht ganz gelungen, Herr Reichsführer.«

»Kann er es besser?«

»Er kann es sehr viel besser. Ich glaube, der Obersturmführer ist ein wenig nervös.«

»Dann soll er nicht nervös sein. Wir beißen nicht.«

Ich kam zu Sinnen, fertigte eine zweite Zeichnung an, die Herrn Himmler als Lancelot porträtierte, in schimmernder Wehr und mit den Gesichtszügen und dem Bart von Douglas Fairbanks.

Danach reisten wir gemeinsam durch das gesamte Baltikum, Herr Himmler und ich. Der Reichsführer dozierte die ganze Fahrt über in seiner bayerisch gefärbten Mundart, die mich übrigens an die Ihre erinnert, Swami, und ob Sie es glauben oder nicht: Er war mit den spirituellen Lehren Asiens, die Sie mir so kenntnisreich und überzeugend präsentieren, auf das Erstaunlichste vertraut. Ja, im Grunde war Himmler der erste Hippie, den ich traf, also jedenfalls, was den Grad der inneren Unabhängigkeit anbelangt. Und er konnte auch die Seele baumeln lassen. Wie alle Buddhisten liebte er Tiere, und eines Nachmittags mussten wir auf den von langen Krötenwanderungen belästigten Landstraßen Estlands zwei Stunden lang stehenbleiben und den Motor abschalten, um allen 20 000 Kröten eine sichere Überquerung des Fahrweges zu ermöglichen.

Natürlich war Herr Himmler auch ein überzeugter Vegetarier, nahm ständig homöopathische Mittelchen zu sich, glaubte, dass der Germane direkt aus dem Weltall in einem Eismeteoriten in der Gegend von Bad Wimpfen eingeschlagen wäre, und fragte mich nach meinem Sternzeichen. Die im Sternzeichen Skorpion Geborenen, erfuhr ich sogleich, seien sinnenfroh und würden sich in den Städten Münster, Osnabrück und Lissabon wohl fühlen.

Sehr gerne hielt Himmler immer wieder Vorträge über seine geliebte ss.

Einmal erklärte er mir, dass für diesen heiligen Orden Männer nordischen Blutes gebraucht würden, die intelligent und intolerant seien. Das sei das Allerwichtigste. Ob ich intelligent und intolerant genug wäre, das sei die Frage.

Zu meiner Intelligenz könne ich nichts sagen, entgegnete ich, denn die läge durchaus im Auge des Betrachters. Was jedoch die Intoleranz anginge, so hätte ich in den letzten Wochen beträchtliche Fortschritte gemacht. Himmler grunzte zufrieden.

Als ich mit ihm das estnische Reval besichtigte und wir inkognito durch die mittelalterlichen Straßen der alten Ordensstadt schlenderten (»Welch unvergängliches Denkmal deutscher Städtebauweise!«), blieben wir am Ende vor der russisch-orthodoxen Alexander-Newski-Kathedrale stehen, oben auf dem Domberg. Himmler gefiel sie nicht, da ihm die Zwiebeltürme zu überraschend in die Blickachse gerutscht waren und mit der gotischen Architektur Revals nicht das Geringste zu tun hätten. Außerdem konnte er das viele Gold auf dem Dach nicht leiden (»Weibisch, guter Solm, tandhaft und weibisch!«). Er gab Befehl, unverzüglich die Sprengung des Bauwerks vorzubereiten. Sofort machten sich seine beiden Adjutanten auf den Weg, um die entsprechenden Schritte in die Wege zu leiten. Geschockt taumelte ich meinem in aller Ruhe und völliger Einsamkeit davonspazierenden Reichsführer hinterher, wollte ihn bitten, die Sache noch einmal zu überdenken. Doch bevor ich etwas sagen konnte, fasste er mich am Arm und rief: »Obersturmführer, haben Sie eben das Paar gesehen, das an uns vorüberging?«

»Leider nein. Denke noch gehorsamst über die wahren Worte des Herrn Reichsführers bezüglich der Kathedrale nach.«

»Ein blutjunger deutscher Seekadett! Und sehen Sie nur, dieses Mädel!«

Er zeigte mir ein Paar, das uns überholt hatte, einen achtzehnjährigen Rekruten und an seinem Arm eine blonde Estin, die ihn anschmachtete.

»Eine Mongolin! Vollkommen mongolischer Gesichtsschnitt. Also so was von mongolisch! Unglaublich!«

Himmler befahl mir, den Seekadetten aufzuhalten und ihn auf der Stelle zu ihm zu bringen. Der Junge war äußerst überrascht, folgte mir jedoch, nahm Haltung an, grüßte den Reichsführer ss vorschriftsmäßig, dessen Aufwallung sich gelegt hatte und der in gnädigem Ton sagte:

»Mein lieber Junge, du bist doch sicher bei der Hitlerjugend gewesen?«

»Jawohl, Herr General!«

»Hast du da auch was von der Rassenkunde gelernt?«

Der Junge blickte Himmler verständnislos an.

»Ich meine, weißt du, wie die Menschenrassen in etwa aussehen?«

»Jawohl, Herr General!«

»Hast du dann nicht bemerkt, dass das Mädel, das du da im Arm hast, eine reine Mongolin ist?«

Der Junge stutzte einen Augenblick, blickte zu seiner Freundin, die zwar kein Wort der Unterhaltung verstand, aber sehr wohl spürte, dass eingehend über sie gesprochen wurde, was ein geschmeicheltes Grinsen auf ihre Lippen spielte. Der Seekadett straffte sich.

»Herr General! Ich habe sie ausdrücklich danach gefragt! Sie hat mir gesagt, sie sei keine Mongolin! Sie sei eine Lehrerin!«

Himmler zeigte sich perplex. Er war so perplex, dass er sogar vergaß, anderntags die Alexander-Newski-Kathedrale in die Luft jagen zu lassen, obwohl die ss alle verfügbaren Dynamitbestände der Stadt bereits ins Kirchenschiff gestapelt und drei Sprengmeister einer Wehrmacht-Pionierabteilung mit der komplexen Aufgabe betraut hatte.

Als wir nach fünf sonnenhellen Tagen Herrn Himmler zum Flughafen Spilve brachten (gebräunt war er und allerbester Laune), schenkte mir mein Reichsführer zum Abschied den großen ss-Kinderfrieserkerzenhalter mit umlaufendem Kinderfries aus feinstem Allacher Porzellan, obwohl diese

Gabe eigentlich nur zur Geburt des vierten Kindes einer ss-Familie überreicht werden sollte. »Nehmen Sie es als Ansporn, lieber Solm. Ihre reichen Talente dürfen nicht versiegen. Streuen Sie Ihren guten Samen in eine fette Ackerfurche!«

»Sehr gerne, Herr Reichsführer!«

»Denken Sie daran: Sie sind nur ein Glied!«

Er zeigte auf das Schriftband des lebensklugen Kinderfrieserkerzenhalters: »In der Sippe ew'ger Kette bin ich nur ein Glied!« Ich bedankte mich artig, ein solch wertgeschätztes Glied zu sein, und sah sicher gerührt aus. Pflichtschuldig streckte ich den rechten Arm aus, als der Reichsführer – hinter dem Fenster im Flugzeug sitzend – die Hand hob. Ich schrie den Motoren »Heil Hitler« zu, denn man hatte mir erzählt, dass er hervorragend Lippen lesen könne, der Kerl, über vierzig Meter hinweg ist das ein Kinderspiel, ja, vielleicht habe ich sogar »Heil Himmler« geschrien. Ein wenig fühlte ich mich wie in jenen längst verflossenen Kriegstagen, als die Bolschewiken in Riga Einzug gehalten hatten, der Kavallerist auf dem Panjepferd dem kleinen Jungen, der ich war, zuwinkte und ein innerer Trieb mich daran hinderte, den Gruß zu verweigern. Man nennt es wohl Überlebenswille.

Im Gegensatz zu damals reagierte Hub diesmal jedoch überschwenglich. Er sagte, dass Himmler ganz begeistert von mir gewesen sei.

Tatsächlich stellten sich in kürzester Zeit Folgen ein.

Schon zwei Wochen später wurde ich instruiert, erneut einen Spezialauftrag zu übernehmen. Man versetzte mich an die Front nach Leningrad. Ich wurde Adjutant von Brigadeführer Stahlecker, meinem peitschenschwingenden Kommandeur und Chef der Einsatzgruppe A, die nun direkt vor den feindlichen Linien Spione, Terroristen, Attentäter, Zigeuner, Juden und nicht zuletzt jede Menge Ölgemälde jagte, die aus den Zarenschlössern nicht hatten fliehen können. Meine Aufgabe war es, Stahleckers Berichte nach Berlin zu beglaubigen, denen dort kaum jemand traute. Ich sollte den Herrn Brigadeführer Tag und Nacht observieren, denn Himmler liebte es, seine Generäle heimlich überwachen zu lassen, vor allem, wenn sie geltungssüchtige Psychopathen waren wie Stahlecker.

Ich vergaß nie, dass dieser angeberische Kraftprotz, der fast nie, und wenn doch dann homerisch lachte, mich beauftragt hatte, meine Waffe auf ein nacktes Gehirn abzufeuern. Ich vergaß auch nicht, was für ein Amüsement es ihm bereitet hatte, auf welche Weise ich das tat. Entsprechend fielen meine Berichte aus.

Ich meldete, dass Stahlecker bei allen Gefechtssituationen grundsätzlich auf Deckung und Selbstschutzmaßnahmen verzichtete und jeden Kugelhagel wie eine Erfrischung genieße.

Ich meldete, dass er als Grund dafür angab, er sei unverletzlich, er würde nie getroffen werden, und jedes Geschoss müsse ihm aus dem Weg gehen.

Ich meldete, dass er jede Möglichkeit nutzte, um Eindruck zu machen, und deshalb mit einem völlig zerschossenen Wagen vor Leningrad herumfuhr, einem Triumphwrack, dessen zerbrochene Seitenscheiben mit Metallblechen vernietet worden seien.

Ich meldete, dass Stahlecker seinem Stab befohlen habe, jeden Morgen und jeden Abend ordentlich zu masturbieren.

Ich meldete, dass der Grund dafür in seiner Sorge um unsere Selbstzucht läge.

Ich meldete, dass der Spitzname des Brigadeführers Stahlecker bei der 18. Armee »Arschlecker«, bei der 4. Panzerdivision »Stahlficker« und innerhalb seiner eigenen Einsatzgruppe »der Kranke« lauten würde.

Ich meldete, dass Stahlecker die Juden in seinem Kommandobereich auch dann noch ausrotte, wenn es gar keine Juden mehr gäbe, er würde dann einfach möglichst jüdisch aussehende Russen füsilieren, um hohe Abschusszahlen nach Berlin melden zu können.

Ich meldete, dass Stahlecker am zweiundzwanzigsten März Neunzehnzweiundvierzig – während eines Partisanengefechts – einem frei und ziellos durch die Luft fliegenden Projektil begegnet sei, das ihm trotz seiner Unversehrbarkeit ein Körperteil durchschlug.

Ich meldete, dass es sich bei diesem Körperteil um das Gesäß des Herrn Brigadeführers gehandelt habe, genauer gesagt um seine beiden sauber perforierten Arschbacken.

Ich meldete, dass Stahlecker am dreiundzwanzigsten März gestorben sei, nicht aufgrund der harmlosen Verletzung, sondern den Ärzten zufolge an einem totalen Kreislaufversagen anlässlich der psychischen Erschütterung durch die Erkenntnis, gar keine übernatürlichen Kräfte zu besitzen.

All diese Meldungen hatten zur Folge, dass man mir im Reichssicherheitshauptamt wieder Vertrauen entgegenbrachte. Zwar musste ich im Spätsommer noch einen Partisaneneinsatz in Weißrussland hinter mich bringen. Ich gehörte einer Einheit an, die westlich von Minsk, zwischen Uzda und Sluzk nahe den Naliboki-Wäldern, Mörsergranaten in die Sümpfe feuerte und daher jede Menge Birken und Erlen tötete, aber keinen einzigen Partisanen.

Aus Erbitterung ließen die Kommandeure uns zu umliegenden Gehöften und Dörfern marschieren, friedlichen Gemeinwesen, aus denen heraus uns die Bewohner liebenswürdig zuwinkten, und wir erschossen sie alle. Und wenn wir sie erschossen hatten, erschossen wir ihre Hunde und Katzen, plünderten, vernichteten, brannten nieder, und innerhalb weniger Stunden verwandelten sich diese blühenden Ortschaften in Reiche des Mineralischen, Vegetabilen und Anthropomorphen.

Eines dieser Dörfer hieß Wischnewa. Viele Jahre später erst sollte ich mich in Gegenwart eines israelischen Ministers daran erinnern, eine Scheune half mir dabei, auf die wir mit großen kyrillischen Buchstaben *Wischnewa leuchtet* geschrieben hatten, bevor wir sie in Brand setzten.

Ich dachte, Wischnewa wäre das Höllentor, der Schlund.

Doch scheint es sich nur um eine letzte perverse Prüfung gehandelt zu haben.

Denn inzwischen war von Herrn Himmler etwas Neues in die Welt befohlen worden, und ich wurde, da er mich mochte, ein Teil davon.

7

Schellenberg, den einzigen ss-General ohne Händedruck, traf ich zum zweiten Mal in meinem Leben, und erneut war er ein höflicher Tropenfisch, diesmal sogar noch höflicher als beim ersten Mal. »Da hat wohl jemand einen Narren an Ihnen gefressen«, sagte er nur maliziös. Danach durfte ich mich auf sein bordellrotes Plüschsofa setzen. Von seinem Maschinengewehrschreibtisch aus las er mir ein Zitat von Lawrence von Arabien vor, um mich schließlich zu fragen, ob ich nicht Lust hätte, im Auftrag der ss die sieben Säulen der Weisheit zu erobern, und ich dachte mir, warum eigentlich nicht, die sieben Säulen der Dummheit, des Wahnsinns und der abartigen Verbrechen kennen wir ja schon.

Weil in den Gefangenenlagern Millionen Russen elend verreckten – begann Schellenberg seine Rede schmissig – und ein Überleben nur denen möglich sei, die sich in unsere Dienste stellten, habe man sich im Reichssicherheitshauptamt gefragt, was für Dienste sie uns denn überhaupt erweisen könnten. Und man habe sich an die Pharaonen erinnert, die ihre hethitischen Gefangenen zu Agenten gemacht hätten, zu willenlosen Objekten der ägyptischen Strategie. Und das Gleiche habe die ss nun auch mit den Russen vor.

So wie Ramses den Sklaven die Köpfe schor, geheime

Mitteilungen auf ihre Schädel tätowierte und dann wartete, bis die Haare über die Hieroglyphen gewachsen waren (damit man die Männer unbemerkt durch die feindlichen Linien schicken und an fernen Außenposten kahlrasieren konnte, um den konspirativen Glatzen wichtige Nachrichten des Gebieters zu entnehmen), so sollten auch unsere Russen die Kopfhaut sein, auf die wir schrieben, die Beine, die uns trugen, die Arme und Hände, die unsere Maschinenpistolen hielten.

Schellenbergs altägyptische Formulierungsfreude gipfelte in der Feststellung, dass eine Operation begonnen worden sei, die die Larve des Kommunismus von innen heraus zerfressen würde.

Und diese Operation sei das »Unternehmen Zeppelin«.

Das Unternehmen Zeppelin werde Tausende russischer Freiwilliger zu Guerillakämpfern, Sabotageakteuren, Kundschaftern ausbilden und sie im sowjetischen Hinterland absetzen, wo sie dann Aufstände anzetteln und die Rote Armee besiegen könnten, was den deutschen Divisionen in letzter Zeit leider nicht mehr besonders gut gelänge.

»Natürlich braucht das Unternehmen Zeppelin fähige und einfühlsame deutsche Führer. Und da hat jemand, der Ihre künstlerische Einfühlsamkeit schätzt, ein gutes Wort für Sie eingelegt.«

»Das freut mich, Herr Brigadeführer.«

»Jeder hat eine zweite Chance verdient.«

»Danke, Herr Brigadeführer.«

»Aber eine dritte wird es nicht geben.«

In Papas Atelier hing bis zur Umsiedlung eine Kopie von Arnold Böcklins *Pan im Schilf*.

Als Kind hatte ich täglich diese Komposition vor Augen gehabt, die so friedlich schien, voll mit quakenden Fröschen und schwellender Natur. Das Bild erzählte die Geschichte des Nymphenjägers Pan, dieses geilen Bocks, der der besonders keuschen Syrinx nachstellt, einer Waldnymphe. Statt sich ihm und seinem behaarten Riesenschwengel hinzugeben, entkommt Syrinx der Verfolgung, indem sie sich von ihren Schwestern, den Flussnymphen, in Schilfrohr verwandeln lässt. Der lüsterne Pan, um seinen Stich gebracht, schneidet einige Rohre ab, aus denen er sich eine Flöte bastelt. Auf Böcklins Gemälde sitzt er mitten im feuchtschwülen Schilf und bläst traurige Melodien auf den Resten seiner Angebeteten, denn von Papa erfuhr ich, dass Nymphen sterblich sind.

Das erschütterte mich. Die Panflöte war nichts anderes als eine Leiche, bestand aus den zerteilten Überbleibseln einer wie auch immer variierten Weiblichkeit, und deren heisere Töne, die Papa so zart nachpfeifen konnte, gingen einem durch Mark und Bein. »Das ist der Schrecken des Pan«, sagte er mir einmal mit seiner sanften Stimme. »Oder auch der panische Schrecken. Der panische Schrecken ist der Idylle sehr nah, aus der er unverhofft hervorbricht. Die Angst ist was anderes, Koja. Angst ist immer fürchterlich, sie bereitet uns aber auf das Grauen vor, wie die Nacht. Der Schrecken jedoch, mein lieber Sohn, der Schrecken wohnt im hellen Tag, er kommt jäh und aus heiterem Himmel.«

Deshalb habe ich Pan stets für den Gott des Terrors gehalten.

Papas Böcklin-Kopie verkaufte ich nach seinem Schlaganfall. Ich wollte die ständige Mahnung, dass auch in der Liebe Krieg herrscht, nicht um mich haben.

Je länger ich jedoch beim Unternehmen Zeppelin blieb (und ich blieb lange), desto öfter musste ich an Papas Bild denken, an diese Elegie der schlummernden Gewalt, die den Gott der Bombenanschläge und des Meuchelmords im Zustand fortgeschrittener Träumerei zeigt.

So arkadisch wie auf Papas Gemälde (allerdings nicht schwül, sondern nass und kalt) begann auch der November Neunzehnzweiundvierzig. Mein neuer Aufgabenbereich veränderte mein Tätigkeitsprofil. Und er veränderte mich. Mit den ss-Einsatzkommandos hatte ich nichts mehr zu tun. Ich wurde wieder Nachrichtenoffizier. Spezialist für Aufklärung und Abwehr.

Meine Lektion hatte ich gelernt. Sosehr ich nämlich das Sternbild verlogener Geheimdienstler nach Majas Tod verachtet hatte, so erleichternd war es, aus den Todesschwadronen herauszutaumeln. Ja, das ist das richtige Wort: Das Unternehmen Zeppelin begann mit dem Gefühl unendlicher Erleichterung.

Meine Versetzung brachte mich zunächst nach Schlesien, in die Nähe von Breslau, wo Tropenfisch Schellenberg bereits einen riesigen Lagerkomplex für die russischen Freiwilligen hatte aus dem Boden stampfen lassen. Ich wurde Leiter der zentralen Agentenschule.

Mein Vorgänger, ein Derwisch mit glasigem Blick, erklärte mir bei der Amtsübergabe, dass Russen keine militärischen Vorgesetzten bräuchten, sondern Dompteure. »Das sind hungrige Tiger! Füttern Sie sie mit Wodka! Peitschen Sie sie aus! Drehen Sie ihnen niemals den Rücken zu!«

Ich hielt vor den vierhundert Russen des Schulungslagers eine Antrittsrede in bestem Anna-Iwanowna-Russisch, voll mit Verniedlichungen, albernen Witzen, Schmeicheleien, Anzüglichkeiten und offenen Warnungen. Die Tiger leckten mir wie Kätzchen übers Gesicht. Die meisten waren jung, tapsig, mit offenen Gesichtern, oft lustig und laut und genauso froh, den Höllen der Kriegsgefangenschaft entkommen zu sein, wie ich Tag für Tag dem Schicksal dankte, in einer Art fliegendem Klassenzimmer unterrichten zu dürfen. Es gab Streber und Clowns, Büffeleien, Klassenarbeiten und Sprachunterricht, es gab einen Pausenhof und Streiche und sogar eine echte Schulglocke.

Allerdings merkte ich nach einer Weile, dass viele der fleißigen Pennäler, die natürlich auch im Umgang mit Funkgeräten, Waffen und Sprengstoff, im Fälschen amtlicher Dokumente und anderen subversiven Fähigkeiten ausgebildet wurden, nicht unbedingt tauglich für diese Aufgaben zu sein schienen. Außerdem waren jede Menge Sowjetspitzel und Smersch-Doppelagenten unter ihnen, meistens die Klassenbesten. Und nicht wenige warteten nur auf die nächste Gelegenheit, in ihre Heimat abzuhauen.

Daher brauchte ich einen Vertrauten.

Ich brauchte jemanden wie Uncas oder Chingachgook, einen freundlichen, tapferen, loyalen und mich aus vollem Herzen anbetenden Mohikaner.

Eines Sonntagmorgens, als ich mit einem Kaffee auf der Veranda meiner Unterkunft saß und in den wolkenverhangenen Herbst blickte, bemerkte ich einen jungen Burschen, der in einiger Entfernung mit einem Stock Figuren in den feuchten Sand zeichnete, einen Haufen Gesichter, wie mir schien. Ich rief den Jungen und fragte, was er da mache. Und er stand stramm und meldete gehorsamst, dass er seinen Traum der vergangenen Nacht nachzeichne, in dem einige seiner Familienmitglieder als Vögel in den Himmel gestiegen seien, um ihn zu suchen, doch hätten sie nirgendwo einen Vogel wie ihn gefunden, denn er habe in einem riesigen Ei gelebt, mit anderen ungeborenen Vögeln, und dann hätte das Ei geschaukelt und man sei auf dem Meer gewesen, und der untere Teil des Eis, das plötzlich ein Schiff war, habe ein Leck gehabt, und viele Haie seien in das Schiff geschwommen und hätten die Vögel gefressen, aber er habe ein Mittel gehabt, das er schlucken konnte, und dann habe er wegen des Mittels alle seine inneren Organe ausspucken können, er habe sie in einen Topf gespuckt, und so leicht sei er dann gewesen, dass er plötzlich habe fliegen können, und er sei mit dem Topf im Arm in den Himmel hochgeflogen, aber da sei weder die Babuschka noch der Valery noch der Pjotr noch die liebe Anouschka gewesen.

Solch eine militärische Meldung hatte ich noch nie gehört, zumal der Bursche, nachdem er abschließend salutiert hatte, erneut ein Gesicht in den Sand zeichnete, ein Frauengesicht, in dessen Mitte ich mit meinen ss-Stiefeln hineinschritt, immer noch die Kaffeetasse in der Hand haltend. Ich betrachtete mir die eigenartigen Gravuren unter mir am Boden, die sich wie ein Teppich aus Ritzungen über zehn Meter in jede Richtung ausdehnten, strömende Ornamente. Ich fragte den Jungen, wer er sei, und er sagte, während er um mich herumlief, wenn er die Organe aus dem Topf esse, könne er auch wieder am Boden landen, und dann sei er Grischan aus Usbekistan.

Zehn Minuten später, nachdem ich seine Trance beendet und ihn wegen unvorschriftsmäßigen Grüßens zu 100 Liegestützen verdonnert hatte (er jedoch absolvierte 200, um Buße zu tun), beschloss ich, Grischan aus Usbekistan zu meinem Mohikaner zu machen.

Es gibt sicher bessere Methoden als einen Traum, um einen brauchbaren Agenten zu finden. Aber letztlich ist es egal. Denn niemandem, keiner Menschenseele, kannst du trauen. Das wusste ich ja schon. Und das weiß ich immer noch.

Dass Grischan mir stets treu geblieben ist, bis zu seinem furchtbaren Tod, kann ich bis heute nicht verstehen.

Und dann klingelte mein Telefon.

»Heil Hitler.«

»Hallo Hub.«

»Kannst du dich an Arnold Böcklin erinnern?«

»Was?«

»*Pan im Schilf?*«

»Ja, natürlich.«

»Er hatte vierzehn Kinder. Acht starben vor ihm, drei wurden geisteskrank.«

Ich richtete mich auf, denn »geisteskrank« war unser Wort für Dinge, die niemand erfahren durfte, schon gar kein neugieriges Telefonfräulein.

»Ja und, was ist mit Arnold Böcklin?«

»In der Nähe von Auschwitz soll es eine Ausstellung seiner Bilder geben.«

»In der Nähe von Auschwitz?«
»In Krakau.«
Ich schwieg.
»Willst du sie dir nicht ansehen?«
Ich schwieg und wartete, was kommen würde.
»Ev war auch noch nicht da.«
»Ich habe hier viel zu tun, Hub.«
»Ev war auch noch nicht da, obwohl Krakau so nah liegt an ihrem Dienstort.«
Wie kommt es, dass es mir nie gelang, mich in ihn hineinzuversetzen? Obwohl er doch so viele Jahre im Mittelpunkt meines Lebens gestanden hatte? Seine Stimme klang drängend und gepresst.
»Du möchtest, dass ich Ev besuche?«, fragte ich. »Ist es das, was du mir sagen willst?«
»Von dir ist es nicht weit weg. Und wie ich höre, habt ihr da ein Vorlager?«
»Kommst du auch?«
»Ich kann nicht. Hänge in Riga fest. Dabei würde ich so gerne die *Toteninsel* sehen.«
»Auschwitz?«
»*Die Toteninsel* von Böcklin. Das berühmte Gemälde. Das hängt auch da.«
»Ich werde einen Blick drauf werfen.«
»Halt dich an einen Mann namens Dressler, wenn du da bist.«
Nachdem wir das abstruse Telefonat beendet hatten, sagte ich Grischan, dass er mich für einige Tage auf eine Dienstfahrt begleiten müsse. Er solle mir frische Wäsche einpacken.

Ich kümmerte mich um den Marschbefehl, was relativ einfach war, denn ich konnte ihn mir selbst ausstellen. Ich musste nur in Berlin anrufen und mich zwecks Inspektionsfahrt abmelden. In Auschwitz unterhielt das Unternehmen Zeppelin tatsächlich ein Vorlager. Ein Vorlager, das ich noch nie inspiziert hatte. Jetzt war es an der Zeit.

Denn in Krakau gab es natürlich keine Böcklin-Ausstellung zu sehen. Keine *Toteninsel*. Keinen *Pan im Schilf*. Nur eine einzige, von der Presse in höchsten Tönen gelobte Kunstausstellung war in den Krakauer Tuchhallen zu bewundern: »Die jüdische Weltpest«. Keine Frage, ich sollte nach meiner Schwester sehen, nicht nach metaphysischer Enigmatik. Irgendetwas Bedrohliches hatte den verschwörerischen Anruf meines Bruders gezeitigt. Ich musste so schnell wie möglich aufbrechen.

Von Breslau waren es nur zwei Stunden Zugfahrt.

Aber ich beschloss, den Wagen zu nehmen.

8

»Und was dann?«
»Ich habe Ev abgeholt.«
»Was hat sie getan?«
»Sie hat sich geweigert.«
»Sie hat sich geweigert, dass Sie sie abholen?«
»Sie hat sich geweigert, ihren Patientinnen Holzsplitter und Glas in offene Wunden zu schütten.«
»Um Gottes willen.«
»Oder Fäulniserreger zu spritzen.«
»Um Gottes willen.«
»Einer ihrer Kollegen hat den Patientinnen mit einem Hammer die Gliedmaßen zertrümmert, damit möglichst perfekte Verletzungen entstehen. Verletzungen wie im Krieg. Und er hat Ev aufgefordert, das ebenfalls zu tun.«
»Und sie hat sich geweigert?«
»Nein, sie hat sich nicht geweigert.«
»Um Gottes willen.«
»Sie hat den Hammer genommen und dem Arzt mit aller Kraft auf die Hand geschlagen. Zweimal. Zack und zack. Na ja, Sie wissen ja, wie sie sein kann.«
»Das ist natürlich nicht richtig.«
»Nein, das ist nicht richtig.«
»Sie war bestimmt wahnsinnig blass.«

»Wie seeweißes Treibholz.«
»Und?«
»Einzelhaft.«
»In Auschwitz?«
»Als ich kam, ja.«
»Und dann?«
»Dann habe ich sie abgeholt.«
Der Hippie schaltet das Licht ein und beschließt, einen Comic zu lesen, obwohl Mitternacht schon vorbei ist. Er hat unglaublich viele Comics. Ich habe das noch nicht erwähnt. *Asterix und Obelix. Gaston. Das Marsupilami.* Ich lese so was nicht. An *Tim und Struppi* gefällt mir aber, dass dieser Tim so aussieht wie die Karikaturen, die ich früher von Hub gemacht habe. Genau so sah Hub als Junge aus, wie der Reporter Tim. Vorwitzig, dynamisch, irgendwie ein großes Kind, und mit so einer blonden, hochgezwirbelten Tolle, in die dann später die Kahlheit fuhr.

Tim und Struppi in Auschwitz, so kommt mir das vor, wenn Sie jetzt einfach Ihre Nase in dieses Schundheftchen stecken. Da hätte ich jetzt eher erwartet, dass Sie sich die Pulsadern aufschneiden. Nach dem ganzen Zirkus, den Sie vorher veranstaltet haben. Sind ja ein falscher Heiliger. Und jetzt schlagen Sie einfach Seite vierzehn auf und lesen da weiter, wo Sie stehengeblieben sind. Schultze und Schulze haben lila Haare. Lenkt Sie das etwa ab? Oder integrieren Sie alles? Schultze und Schulze gucken Menschenversuche, die Professor Bienlein bedauert? Haben Sie denn keinen Anstand? Keine Pietät? Wissen Sie nicht, dass man nicht einfach einen Comic liest, wenn einem so was erzählt wird? Was glauben Sie, wie ich mir vorkomme? Seien Sie so gut und hören Sie mir zu. Legen Sie das weg!

Danke.

Und bitte machen Sie wieder das Licht aus!

Danke.

Es ist nämlich so, dass es nicht leicht war, Ev abzuholen. Das war schwer. Das war auch Glück. Dressler zum Beispiel! Ein Freund von Hub, der in der politischen Abteilung in Auschwitz saß, also Abteilung II, ein Obersturmführer! Pures Glück!

Und auch andere Beziehungen. Geld.

Dass sie nicht bei der ss war! Unendliches Glück. Denn Frauen konnten nicht bei der ss sein, auch wenn sie ss-Ärztinnen waren. Sonst hätte man sie hart angefasst. Da kannte Himmler kein Pardon.

Und dass die Hand Matsch war, das war ja nun nicht wegzudiskutieren. Zack und zack. Da bleibt nichts übrig. Aber das Schwein hatte mehrmals versucht, Ev zu belästigen. Es gab Zeugen. Und Dressler und ich, wir sprachen mit diesem um seine Operateursgriffel bangenden Perversen und erklärten ihm, dass wir es als versuchte Vergewaltigung hinstellen würden, wenn es zu einer offiziellen Untersuchung käme. Und Ev hätte sich nur gegen seine Zudringlichkeiten zur Wehr gesetzt. Das zu sagen war durchaus wirkungsvoll. Können Sie mir folgen?

Jedenfalls saß Ev nach drei Tagen zäher Verhandlungen schließlich bei mir im Wagen, hinten im Fond, wie eine mit Salz überstreute Nacktschnecke, während Grischan uns nach Hause fuhr. Aber was heißt schon nach Hause. Sie weigerte sich, mit ins Zeppelin-Lager zu kommen. Sie würde nie wieder irgendwo hineingehen, wo ss draufstehe. Sie sagte praktisch gar nichts, aber das sagte sie immer wieder. Und Grischan hörte zu.

Ich musste sie nach Breslau bringen. In ein Hotel. Wir nahmen das Excelsior am Naschmarkt. Ein Doppelzimmer war leicht und unauffällig zu haben, trotz meiner Uniform, denn ich war Herr Solm, und sie war Frau Solm. So stand es in unseren Pässen.

In dieser Nacht haben die Solms zum ersten Mal miteinander geschlafen. Sie haben nicht aus Trauer miteinander geschlafen und auch nicht, weil sie sich zwei Jahre nicht gesehen hatten und diese Jahre stets aneinander denken mussten.

Sondern sie haben deshalb miteinander geschlafen, weil es die einzige Chance war, Ev vom Sterben abzuhalten. Irgendetwas war in ihr schon gestorben, und in der Nacht kam es wie schwarze Fliegen aus ihren Ohren und ihrer Nase und ihrem Mund, das sagte sie selbst. Ich spürte, wie es in ihr emporstieg, und dann presste ich meine Lippen auf ihren Mund und hielt ihre Nase und ihre Ohren zu, aber ich habe nur zwei Hände, und deshalb übernahm sie die Ohren, und ich fing die Fliegen mit meiner Zunge und zermalmte sie. Aber es waren so viele. Ich kann nicht erklären, warum alles plötzlich so selbstverständlich war. Wenn man sehr großen Schmerz empfindet, dann spürt jeder Mensch eine Schwere in sich, aber wenn der Schmerz noch größer wird, wenn er platzt, dann fühlen sich manche auch wie in einem mit Helium gefüllten Ballon.

Das ist sicher gefährlich, und ich wusste damals auch, dass nichts von dem, was geschah, richtig war. Aber es war auch absolut nicht falsch, sondern das einzig Mögliche, und deshalb schliefen wir miteinander, mein Fleisch in deinem Fleisch, dein Fleisch in meinem Fleisch, immer wieder, und deshalb sprachen wir miteinander, als würden wir uns zum ersten Mal begegnen. Wir waren unendlich vorsichtig, strichen wie Wind über die Haut, die wir fanden. Drei Tage blieben wir in diesem Hotel und hatten vielleicht die Hoffnung, zu einem Abschluss zu kommen. Ich weiß nicht, ob da wirklich so etwas wie Hoffnung war, vielleicht ist Aussicht das bessere Wort. Ein Horizont. Wissen Sie, wo ein Horizont ist, da ist die Welt leider nicht zu Ende, aber es ist eben eine Aussicht.

Vielleicht wäre ja auch alles zu einem Abschluss gekommen, wenn Ev nicht schwanger geworden wäre in einer dieser Nächte, ich glaube, es war die dritte, denn das war der neunte November, mein Geburtstag. Und so wie Hubs Geburt und Großpapings Tod zusammenfielen, so fielen vielleicht auch Annas Zeugung und mein Geburtstag zusammen, und Evs Tod natürlich auch. Denn etwas in Ev war tot an diesem Tag, es waren zu viele Fliegen, die aus einer Leiche stiegen, sie starb und wurde, wie Goethe meint. Niemals ist irgendwas zu Ende. Nichts findet einen Abschluss. Jede Lösung ist das Problem.

Als ich Ev zum Breslauer Bahnhof brachte, damit sie zu Mama nach Posen fahren konnte, hatten wir nicht ein einziges Mal über Hub gesprochen.

Aber nachdem Grischan, zuvorkommend wie ein Chinese, ihre Koffer aus dem Kofferraum geholt hatte und wir nebeneinander auf die Wartehalle zuliefen, sagte sie mir, dass sie ab nun alles tun würde, was in ihrer Macht stünde, um die Nazis zu bekämpfen. Sie würde ab sofort nur noch Feindsender abhören. Sie würde keinen Pfennig mehr für das Winterhilfswerk spenden. Sie würde nur noch »Guten Tag« sagen und nie wieder »Heil Hitler«. Sie würde keine ss-Uniform mehr waschen oder bügeln oder mit silbernen Knöpfen benähen. Sie würde jedem erzählen, was sie in Auschwitz gesehen hatte. Sie würde sagen, was mit den Juden geschah. Sie würde es auch Hub sagen. Und in diesem Zusammenhang also fiel Hubs Name endlich. Und die alte, quer über uns hängende Bahnhofsuhr zeigte, dass wir nicht mehr viel Zeit hatten.

Ich beschwor sie.

»Nein, Koja«, sagte sie. »Sei still. Ich werde mit Hub reden. Er muss da raus.«

»Er kann da nicht raus. Und ich auch nicht. Wir können nicht aus der ss einfach austreten. Versteh das doch.«

»Hast du jemals etwas Unrechtes getan?«

»Nein, Ev.«

»Schwör, dass du niemals einem Menschen ein Leid zugefügt hast.«

»Ich schwöre.«

Täuschungen gibt es in einer Vielzahl von Situationen, nicht wahr? Dabei geht es immer um die Frage, welche Auswirkungen die Täuschung auf die getäuschte Person hat. Ich denke, die Auswirkung war bei Ev äußerst positiv. Beruhigend, hätte Hub gesagt. Deshalb versicherte ich ihr auch gleich, dass ihr Mann ebenfalls nie etwas verursacht habe, dessen er sich zu schämen brauche.

Doch sie erwiderte nur knapp, dass Hub ihr fingierte

Briefe aus Krakau habe schreiben lassen, ein ganzes Jahr lang, nur um zu beweisen, dass die Vormieter ihrer Posener Villa ein schönes Zuhause gefunden hätten. Da aber Krakau nur fünfzig Kilometer von Auschwitz entfernt sei, habe sie sich natürlich auf den Weg gemacht in die Huttenstraße 24 und keine Familie Brusila angetroffen, sondern nur eine Menge erstaunter reichsdeutscher Gesichter, die aus gestohlenen Wohnungen herauslugten und nie von einer Familie Brusila gehört hatten. Es gibt kein Geheimnis, das die Zeit nicht enthüllt, Koja. Sagte sie leise. Jede Lüge wird offenbar. Und Auschwitz wird auch offenbar werden, dafür werde ich schon sorgen.

Ich erklärte ihr, dass das nicht gehe, da es ein Teil der äußerst kulanten Abmachung mit Dressler und dem netten Standortarzt sei, dass kein Wort über die Geschehnisse nach außen dringe. Ich hätte ihnen mein ss-Ehrenwort gegeben (sie lachte höhnisch, aber nur einmal, so dass es wie ein trockener Husten klang). All ihre Papiere seien bearbeitet worden, setzte ich hinzu, so dass sie nur noch als Hospitantin in den Akten auftauche, nicht mehr als Lagerärztin. Ein paar Menschen müssten sich darauf verlassen können, dass es bei dieser Interpretation der Fakten bleibe.

»Interpretation der Fakten!«

Hasserfüllt erblasste sie. Und obwohl ich flehte und ihre Dämonen zu rufen versuchte, verschloss sie sich, und meine Verzweiflung stieg, da der Zug bald kommen würde und ihr Leben in Gefahr brachte. Sie musste sich an das halten, was vereinbart war. Sie durfte Hub nichts sagen und ihn schon gar nicht aufklären über ihre verrutschten Ansichten, die ja vielleicht nur eine vorüberziehende Regenwolke waren, womöglich nichts Ernstes. Von Hub jedoch sei sie abhängig, erklärte ich ihr. Sie könne unmöglich das Risiko in Kauf nehmen, dass er mit ihr breche, denn er wäre ja imstande, mit jedem zu brechen, der nicht die gleichen Feinde habe wie er selbst. Die Feinde sind ihm das Wichtigste im Leben, nicht die Freunde und nicht die Liebe, ganz im Gegensatz zu dir, Ev, die doch keine Feinde braucht.

»Nein, Koja«, erklärte sie, »in diesem Fall gibt es nur eine Wahrheit. Und Hub und du, ihr müsst raus aus der ss.«

Ausscheiden.

Wir standen vor ihrem reichsbahngrünen Waggon, und die Lokomotive hatte längst die Kessel hochgeheizt, und der Dampf wurde von einem unangenehmen Windzug um unsere Gesichter gewirbelt. Dann glitzerte etwas unter ihrem Hals, das silberne Kettchen mit dem silbernen Jesus daran, der gemeinsam mit ihr in die Familie Solm gekommen war und nun gleich nur noch ein alter Klumpen Metall sein würde. Denn da ich ihr sagen musste, wie sehr ich sie liebe, und da ich ihr sagen musste, dass nur meine Uniform sie schützen könne, ebenso wie Hubs Uniform sie schützte, musste ich ihr auch sagen, was es überhaupt zu schützen gab. Und als sie schon im Abteil saß und mir durch das offene Abteilfenster die Hand hinausreichte, mehr die Skizze einer Hand, ein erstes Konzept aus kleinen, kalten, gläsernen Hühnerknochen, sagte ich ihr die Sache mit Meyer und Murmelstein und alles, was in vierzig Sekunden möglich ist.

Und dann sagte ich: »*Wos, du host gornischt nischt gewust? Wi is dos meglech?*«

Ich sah ihr lange nach, und ihre halbe Hand war das Letzte, was ich sah, denn sie schloss nicht einmal das Fenster.

9

Es war Hub, der mir jede Woche neue Fotos meiner Tochter schickte.

Seiner Tochter, wie er glaubte.

Sie hieß Anna. Aber Anna hieß sie nicht wegen Anna Iwanowna, wie diese gerührt hoffte, sondern zu Ehren von Anna Baronesse von Schilling, Mamas Großmutter, meiner Urgroßmutter, Annas Ururgroßmutter und Opapabarons Gattin, die in Alaska als Gouverneursfrau von den Tlingit-Indianern zur Königin gemacht worden war. Für die Tlingits waren Frauen die klugen und Männer die starken Menschen. Deshalb konnte kein Mann einen Stamm führen, sondern nur eine Frau. Kein Mann durfte ein Gebet sprechen. Nur eine Frau. Alle Menschen bekamen die Nachnamen ihrer Mütter, und die Tlingit-Krieger mussten den Namen ihrer Squaw annehmen, wenn sie heirateten. Allerdings hießen sowieso alle Tlingits entweder Adler oder Wolf oder Büffel.

Es war eine große Ehre für Anna Baronesse von Schilling, zu einer amerikanischen Königin gekrönt zu werden, was deshalb geschah, weil ihr gelungen war, ein Indianerkind von den Pocken zu heilen, einfach nur indem sie in seiner Gegenwart lieblich gesungen hatte, wie die Tlingits glaubten. Denn sie glaubten sehr an Gesang und sangen jeden Abend am Totempfahl gemeinsam ihre Schöpfungsmythen.

Aber die Familiengeschichten mussten im Verborgenen gesungen werden, nur die älteste Frau jeder Familie hatte das Recht, ihren Nachkommen vorzusingen, was bisher geschah. Anna Baronesse von Schilling konnte nur *Es ist ein Ros entsprungen* darbieten, aber sie musste es vor den begeisterten Tlingits oft wiederholen, denn sie war ja eine Königin. Und vor ein paar Jahren traf ich bei einem CIA-Meeting in Oregon einen amerikanischen Kollegen, der aus Alaska stammte und dessen Großmutter eine Alaska-Indianerin gewesen war, und er behauptete, ihm sei als kleines Kind immer diese Melodie vorgesungen worden und er hätte gedacht, es sei ein altes Indianerlied.

Jedenfalls hatten die Tlingits versucht, Anna Baronesse von Schilling einen Pflock durch die Lippen zu schlagen, wie es bei Königinnen Brauch ist, und sie hatte sogar überlegt, sich diese Tortur anzutun, um endgültig für Frieden in der russischen Kolonie zu sorgen. Aber ihr Mann und Gouverneur von Russisch-Amerika, Opapabaron von Schilling, hat die Unversehrtheit und fleischige Fülle gerade dieses Organs an ihr sehr geschätzt und sich gefragt, was man mit einem Stück Holz vor den Zähnen wohl beim jährlichen Zarenball in St. Petersburg für eine Figur macht. Und so kam es nach einiger Zeit doch wieder zu Kriegen, und fast alle Tlingits starben am Ende an den von den Russen und Balten eingeschleppten Krankheiten.

Ich fand, dass Anna ein hervorragender Name war. Das Baby sah so niedlich aus, dass es auch von einem Lippenpflock kaum entstellt worden wäre. Es war eine kleine, furchtlose und entschlossene Prinzessin, die sehr nach ihrer Mutter kam. Hub war ganz verrückt nach ihr. Ev schrieb, dass er sie und Klein-Anna zu sich nach Riga geholt habe, in die einzige ss-Offiziersvilla dieser Stadt, die jeden Monat Miete überweise. Hub kümmere sich sehr um die Familie, fügte sie hinzu, und verbringe jede freie Sekunde mit unserer Anna. Ev sprach gerne von »unserer« Anna, von »unseren« Sorgen um sie, von »unserem« süßen Spatz, denn in diese Formulierung konnte sich jeder eingeschlossen fühlen.

Obwohl Hub in allerlei Hinsicht ein vorbildlicher Vater war, verfügte er nur über wenig freie Zeit. Man hatte ihn vom SD abgezogen, zum Obersturmbannführer befördert und als Frontkommandeur des Unternehmens Zeppelin eingesetzt. Ihm unterstanden alle Operationen des Hauptkommandos Nord. Daher war er mein unmittelbarer Vorgesetzter, mit Amtssitz in Riga.

Vielleicht ist es mühsam.

Ich denke aber doch, dass sich an dieser Stelle lohnen könnte, ein wenig mehr über das Unternehmen Zeppelin zu erfahren. Für Sie natürlich. Bitte werden Sie nicht ungeduldig, ich habe auch zugehört, als Sie mir über die Kundalini-Meditation einen Vortrag hielten, von dem ich nur Alpha- und Theta-Gehirnlinien behalten habe, aber doch immerhin weiß ich, dass es um den Abbau von emotionalen Spannungen geht.

Das Unternehmen Zeppelin hingegen zog emotionale Spannungen geradezu an. Grund war der Wandel des Universums. Ich meine die Kriegslage.

Nach dem Sieg von Stalingrad konnten die Sowjets mehr als sechs Millionen Menschen ins Feld stellen. Eine komplette Geisterarmee, geformt aus dem Schlamm der Schlachtfelder, denn genauso viele Soldaten hatten sie seit Kriegsbeginn verloren. Sie verfügten also, obwohl wir eigentlich alle totgeschlagen hatten, über doppelt so viele Streitkräfte wie wir. Das war magisch und mysteriös.

Wir hingegen bluteten aus, so wie ein Tier ausblutet, dem man bei lebendigem Leib die Kehle durchschneidet. Die Rüstungsproduktion der UdSSR explodierte, und der massive amerikanische Einsatz ließ keinen Zweifel daran, dass auf längere Sicht gesehen der Ofen aus war. Das wusste Hitler. Das wusste seine Generalität. Das wussten sogar Hub und ich. Denn wir waren es, die das Wissen beschafften.

Die Zeit arbeitete gegen uns.

Daher wurde an alternativen Strategien gearbeitet. Alles versuchte man. Wunderwaffen. Die Atombombe. Frisches SS-Fleisch aus halb Europa, sogar Moslems aus Turkestan, Jakuten, Schweizer, Franzosen, Flamen und eine Handvoll Briten von der Insel Jersey.

Aber die Strategie aller Strategien war Tropenfisch Schellenbergs Idee, die Russen selbst gegen Stalin kämpfen zu lassen. Ein Irrwitz für jeden, der einmal in Hitlers *Mein Kampf* reingeblättert hat. Vor allem mein horoskopvernarrter Reichsführer Himmler war nur halbherzig bereit, jene Leute mit Waffen zu versorgen, über die er eine kleine, sorgfältig gestaltete Broschüre mit dem Titel *Der Untermensch* zusammengestellt und an unsere Streitkräfte verteilt hatte.

Aber der Wandel des Universums.

Nach Stalingrad war alles anders.

Schellenberg ließ meinem Bruder und mein Bruder ließ mir ausrichten, dass meine gemütliche Zeit als Breslauer Schuldirektor abgelaufen sei. Das Unternehmen Zeppelin sollte in seine operative Phase treten. Die Allianz zwischen ss und russischen Parias hatte ich auf russischen Boden zu verlegen, um so schnell wie möglich die Qualität der nachrichtendienstlichen Erkundung verbessern und erste Guerillabewegungen im sowjetischen Hinterland aufbauen zu können.

Ich war aus diesem Grund von Breslau aus nach Pleskau versetzt worden, einer hübsch aufgetürmten russischen Bischofsstadt, die durch einen meiner Vorfahren, Hermann von Schilling, im Mittelalter vier Monate lang belagert worden war. Seine Katapulte hatte er am Ufer der dunkelgrünen Welikaja aufgereiht – einem an dieser Stelle mississippiartigen Strom –, und sie schossen in schönen, weiten Bögen Pferdekadaver hinter die Mauern, was sicher ein prächtiges Bild von über den Himmel galoppierenden Rössern abgab, aber auch eine Art Milzbrand in die Stadt trug und nahezu alle Kinder hinwegfegte.

Pleskau bildet schon seit Menschengedenken den westlichsten Punkt Zentralrusslands. Nur wenige Werst sind es bis zur estnischen Grenze. Der Peipussee ist nah. Und Ev, um einmal auf sie beziehungsweise auf mich zurückzukommen, konnte natürlich ebenfalls nah sein.

Bis nach Riga brauchte ich von Pleskau aus mit Grischan höchstens vier Stunden über die schnurgeraden, durch helle Birkenwälder geschlagenen Sandpisten. Meistens war Hub auf Inspektionsreise, wenn ich kam. Er musste für den ganzen Norden Russlands die Einsatzorte des Unternehmens Zeppelin koordinieren. Mein Bruder war auch froh, dass ich oft da war und mich so intensiv um seine Familie kümmerte. Denn Evs Nerven lagen blank. Oft klagte sie über Kopf- und Gliederschmerzen und wurde von Anfällen großer Niedergeschlagenheit gepeinigt. Mein Bruder hatte mich voller Sorge auf die Medikamente hingewiesen, die Ev täglich einnehmen sollte, und ich hatte ihm versprochen, mich darum zu kümmern. Er verließ sich auf mich. Daher ging ich selten in sein Schlafzimmer mit Ev, sondern wir liebten uns im Gästezimmer und hatten Anna im Körbchen immer bei uns.

Wie bei jedem Betrug fühlte es sich zunächst gedämpft an, abgefedert durch die Gewissheit, dass wir jederzeit aufhören könnten, da wir vor der verruchten Schande durch Freundschaft und Verwandtschaft gefeit waren, vor allem aber durch eine Liebe, die nichts Körperliches hatte, sondern im Körperlichen nur eine reinigende oder auch erdende Mal-so-mal-so-Ergänzung erfuhr. Manchmal sagte sie, ich solle ihre Handgelenke halten, und ich hörte das Knacken und Schaben ihrer Knorpel, wenn sie sich wand und hin und her drehte und nach einer Position suchte, die sie nur für mich finden wollte. Manchmal weinte sie aus diesen mundgeblasenen Opakglasaugen, und ich ahnte, in welche Schächte der Beklemmung sie fiel und dann dort unten halbe Ewigkeiten feststeckte, obwohl sie niemals auch nur ein einziges Detail aus Auschwitz preisgab. Oft imitierten wir unsere kindlichen Erinnerungen, dann sank sie über mich und betrachtete meinen gereiften Schwanz aus der größtmöglichen Nähe, und ich meinte unsere alte

Wohnung zu riechen, das Bohnerwachs, die vielen Farben meines Vaters und den Nachttopf unter unserem Bett.

Ev hatte ein Dienstmädchen, das Olga hieß, eine Russin, und einmal hörten wir ihr Klingeln nicht, und als wir es doch wahrnahmen, riss sich Ev los und flog an die Tür. Und ich sah, dass das Fenster weit offen gestanden hatte, so dass Evs kleine Schreie in den trockenen, heißen und atemlos lauschenden Mittsommertag hinausgeflogen waren und sich auf die Bäume, den Rasen und die vor der Tür wartende Olga gesetzt hatten, wie ich befürchte.

In solchen Momenten der unmittelbaren Gefahr hoffte ich, dass mein Herz verrotten möge, und ich verachtete uns für das Triviale unseres Tuns, für all die List, mit der wir uns vor überraschenden Besuchen wappneten (so stellte Ev nachts, bevor wir ins Bett gingen, immer kleine Blechdosen auf den Steinplattenweg, pling, pling, pling). Ich beschloss, mich mit innerer Abwesenheit zu bestrafen, die jedoch nur höchstens zwei Stunden anhielt, denn Ev fiel dann in einen Zustand der Geborstenheit, den ich nur durch totales Da-Sein wieder ganz machen konnte. Gerne sah ich zu, wie sie unsere Anna stillte, liebte die kleinen, aufplatzenden Schmatzer. Es war das Geräusch vollkommen unschuldigen Hungers, während unser Hunger so anders klang.

Niemals fragte ich, welcher Art die Riten zwischen Ev und meinem Bruder waren. Ich wollte es einfach nicht wissen, während Ev alles von mir wissen wollte.

Ich erzählte ihr von Maja, und es gelang mir, nachdem sie mit mir um meine schöne Freundin geweint hatte, wieder zu Kohle und Papier zu greifen. Ich hätte nie gedacht, dass ich jemals wieder einen Frauenkörper würde zeichnen können, ohne an Verwesung zu denken, doch auch das gelang. Ich benutzte eine andere Technik als bei Maja, andere Stifte, andere Farben. Zu Evs makellos traurigem, fast knochigem Körper passten gedeckte, helle Farben besser, ich ließ viel mehr Linien weg, und es ähnelte ein wenig den Franzosen, die ich in Paris gesehen hatte.

Und immer bat ich Ev, mich anzusehen.

Schon wegen Anna hatte sie sich entschlossen, ihr Verhalten ganz den Erfordernissen anzupassen. Obwohl sie den Nazis inzwischen Feuer und Schwert an den Hals wünschte und auch mich stets spüren ließ, dass meine Tätigkeit mich von ihr entfernte (nie durfte ich Uniform tragen im Haus, nie auch nur das Allerkleinste von der Front erzählen), tarnte sie sich doch nach außen mit überzeugender Konformität und Hakenkreuzseligkeit. Hub hatte sie von Auschwitz nur das erzählt, was sich nicht vermeiden ließ, denn Dressler hatte ihm natürlich berichtet. Zwei Monate lang suchte sie Vergessen in einer Kurklinik in Bad Pyrmont.

Doch dann wölbte sich ihr Bauch.

Manchmal, wenn ich aus Pleskau nach Riga kam, erwartete sie mich an der Tür, juchzte laut und umarmte mich glücklich, weil die BBC berichtet hatte, dass die Royal Air Force irgendeine Talsperre in die Luft gejagt oder eine ganze Stadt in Schutt und Asche gelegt hatte. Ich konnte diese Begeisterung nicht teilen und hoffte auch nicht auf eine möglichst baldige Niederlage unserer Truppen. Ich kämpfte vielleicht nicht für mein Land und ganz gewiss nicht für die Nazis, aber doch für die Menschen um mich herum, nicht besonders mutig womöglich, ganz sicher nicht mit der Inbrunst, die Hub an den Tag legte. Doch ich kämpfte, wie eben jemand kämpft, der sehr viel lieber in den Tuilerien sitzen und ein Herbstblatt in einem Buch zu einer morbiden Erinnerung pressen würde.

Ein Held bin ich nie gewesen.

Ev und Hub hingegen waren auf ihre Weise Helden. Denn das leuchtend Heroische verkörpert für mich jemand, der sich unerbittlich treu bleibt. Und treu sind sich beide geblieben, in völlig unterschiedlicher Gestalt. Hub Solm war immer nur Hub Solm, und Ev Solm war niemals nur Ev Solm, aber ob ich jemals oder niemals Koja Solm gewesen bin, außer in den kurzen und betörenden Momenten der traurigen Verworfenheit damals in Evs Haus, das werde ich nie erfahren.

10

Mein Kommando in Pleskau erreichte ich fast immer erst kurz vor Dienstantritt im Morgengrauen. Wegen der häufigen Partisanenüberfälle war uns das Fahren in der Dunkelheit außerhalb einer Kolonne eigentlich nicht gestattet. Aber Grischan war das egal, weil es mir egal war. Er schaltete die Notek-Scheinwerfer aus und brauste durch die tückische Nacht, seinem sündigen Obersturmführer zuliebe, der hinter ihm auf Gottes rächende Faust wartete. Niemals saß die Angst in Grischans Nacken, das Einzige, was ich von ihm sah in der Finsternis. Er glaubte an das Fatum und erzählte mir oft seine absonderlichen Träume.

Sein künstlerisches Talent hatte sich schon bei unserer ersten Begegnung gezeigt, als er die Gesichter seiner Familie in den Sand geschrieben hatte.

Immer, wenn ich tagsüber irgendwann auf einer Wegstrecke stehen blieb und meinen Zeichenblock hervorholte, fiel er in ehrfürchtige Katalepsie.

Einmal schenkte ich ihm das Aquarell eines Birkenwäldchens, und als er starb, fand ich dieses Bild in seiner Brusttasche, blutbefleckt. Ich habe es heute noch. Da er vor Neugier und Eifer überkochte, überließ ich ihm einen meiner Skizzenblöcke. Als ich Wochen später dieses eher zufällige Präsent schon längst vergessen hatte, zeigte er mir schüchtern, was inzwischen mit ein paar Bröckchen Kohle entstanden war. Ich sah wilde, expressive Zuckungen, ich sah Gnome, die seine Kameraden, und Bäume, die seine Vorgesetzten waren, naiv wie Kinderzeichnungen, aber von einem Ungestüm, das ich nie in meinem Leben erreicht habe. Grischan hatte kaum technische Fertigkeiten, aber dieser etwas zu kurz geratene, verträumte Schafhirt, der ohne mit der Wimper zu zucken jeden Menschen tötete, auf den ich zeigte, war sicherlich der größte Künstler, den ich je in meinem Leben getroffen habe.

Wir gingen später oft gemeinsam in die Natur, die sich, wie mein Vater immer gesagt hatte, danach sehnte, erkannt zu werden. So wie Papa mir als Kind das Pleinair-Zeichnen beigebracht hatte, so wurde nun ich Grischans Lehrer in dieser Kunst und wiederholte vor endlosen Ebenen aus federndem Gras und inmitten violetter Blumenteppiche all die Lektionen über Kreuzschraffur, Fluchtpunkte, Lavierungen, die mich über Papas Tod wieder trauern ließen. Grischan lernte schnell, ohne seine Kraft zu verlieren. Er gewann nur.

Die von mir befehligte Zeppelin-Einheit befand sich in einem kleinen Örtchen, acht Kilometer vom Pleskauer Stadtkern entfernt, direkt am Ufer der Welikaja. Deshalb wurden die Unterkünfte dort auch »Flusslager« genannt. In diesem Quartier war die Bewachungskompanie untergebracht, die aus fünfzig Kosaken bestand. Außerdem lebten dort die russischen Agentenrekruten, grüne Jungs, blass und erschrocken, erst frisch aus dem Breslauer Vorbereitungscamp eingetroffen.

Meine eigentliche Agentenschule befand sich einen Kilometer ostwärts. Hier wurden die Freiwilligen, die offiziell »Aktivisten« hießen und im Flusslager harte Eignungstests durchlaufen hatten, in einer requirierten Grundschule ausgebildet und auf ihre Einsätze vorbereitet. Der Stab des »Kommandos Pleskau«, wie die Einheit offiziell hieß, wurde ebenfalls dorthin verlegt.

Ich war nicht gerne dort. Es herrschte Galeerenstimmung, und auf der anderen Uferseite lag im Glast meist grandioser Sonnenaufgänge die verwundete Stadt, entvölkert, entkräftet, vergewaltigt, zerbombt, außerdem beherrscht von einer riesigen Wehrmachtsgarnison. Überall blühte der Hass. Nicht nur in den Straßen Pleskaus. Auch auf dem offenen Land. Die Partisanenbrigaden überfielen deutsche Stützpunkte, Polizeistationen und Gemeindeverwaltungen. Oft wurden die kleinen Besatzungen bis auf den letzten Mann niedergemacht. Auf der Eisenbahnstrecke nach Narwa, die drei Kilometer nördlich des Flusslagers entlanglief, detonierte mindestens einmal täglich ein Sprengsatz.

Ich selbst kam während der Sommer- und Herbstmonate am malerischsten aller Standorte unter. Es war das Gut Hallahalnija, das zwanzig Kilometer westlich von Pleskau lag, fern von allem, was an den Krieg erinnerte. Hier bauten wir Ställe, hielten Hühner und Kühe, züchteten Schweine und haben auch die örtliche Bevölkerung hin und wieder beglückt, indem wir ihr, aus einem Hochgefühl kolonialer Größe heraus, ein paar Ferkel zukommen ließen.

Ich liebte alles in Hallahalnija, die Petroleumlampen am Abend, die Fledermäuse in meinem Zimmer, den unablässig strahlenden Sonnengott, der den von der feindlichen Außenwelt nahezu völlig abgeschotteten Ort wärmte.

Umgeben von Wiesen und flimmernden Wäldern leisteten hier – neben einer zehnköpfigen Bewachungseinheit, die aus musikalischen Kaukasiern bestand – nur noch Grischan und meine zwei engsten Mitarbeiter ihren Dienst ab: Untersturmführer Möllenhauer, der melancholische Pierrot aus Bessarabien, sowie der Trinker, mein alter Fahrer, der mittlerweile so korpulent geworden war, dass er kaum noch hinter das Steuer passte. Beide Herrschaften hatte ich vom Reichssicherheitshauptamt angefordert und gestellt bekommen.

Der Gutshof diente neben der Versorgung meiner Pleskauer Einheit mit Brot, Fleisch, Milch und Eiern vor allem als letzte Station für Agentengruppen, die bereits ausgebildet und somit fertig für den Einsatz hinter den russischen Linien waren. Jede Gruppe bestand aus vier Aktivisten und wurde von einem russischen Instrukteur im Range eines Offiziers in die Mission begleitet.

Möllenhauer war Ia-Offizier. Ihm unterstand die exakte Planung der Einsätze. Er verteilte Ausrüstung, Proviant, Waffen, Kleidung und alle anderen Materialien an die Freiwilligen, die ausschließlich von ihm in ihre Aufträge und Zielorte eingewiesen wurden. Wenn er, verfolgt von einem Schwarm Mücken, eine Einheit herüber in das Herrenhaus brachte, in dem sie vor mir ihren Schwur auf den Führer und das heilige Russland mit einem Schnäpschen in der Hand wiederholten, so war das der Moment ohne Wiederkehr, der den unabwendbaren Aufbruch einleitete.

Die Todgeweihten wurden danach in kleinen Blockhütten untergebracht, nochmals einige Tage lang genau beobachtet und durch psychologische Tests ein letztes Mal überprüft.

Nach ungefähr einer Woche sah man in der Ferne ein Fahrzeug heranstauben. Es war immer derselbe gepanzerte Kastenwagen ohne Seitenfenster, der das streng isolierte Kommando abholte und es direkt zum Pleskauer Flugplatz brachte. Dann gab es für die Männer nur noch das Geräusch von Heinkels Flugmotoren und den Absprung über der Tundra.

Drei- oder viermal geschah es, dass Agenten, nachdem sie als Geheimnisträger in alle Details ihres Auftrags eingeweiht worden waren, sich bei den abschließenden Sicherheitsüberprüfungen als nicht zuverlässig genug erwiesen. Da sie zu viel wussten, musste dieses Wissen gelöscht werden.

Es gab nichts, was ich in meiner Zeit in Hallahalnija mehr gehasst habe als die Momente, wenn Grischan zu mir in das Gutshaus schlich, höflich an die Glastür der Veranda pochte und mit betretener Miene sagte, dass wir einen »Brand« hätten. Niemand wollte einen »Brand« haben. Aber ich konnte den »Brand« nicht zur Stammeinheit ins Flusslager zurückschicken, das war unmöglich.

Die Löschung eines jeden Brandes hat immer Grischan übernommen. Ich weiß nicht, wie er es tat. Ich wollte es auch nicht wissen. Er ging mit dem Betreffenden untergehakt und freundlich plaudernd in den Pferdestall. Dort geschah dann etwas, was kein Geräusch macht und kein Blut hinterlässt. Auch die Leichen habe ich nie gesehen.

Zwei Jahrzehnte später wurden die Vorkommnisse Gegenstand einer staatsanwaltlichen Untersuchung gegen mich. Man hatte mich im Verdacht, ohne Legitimation und ohne Anlass einige unbequem gewordene Agenten beseitigt zu haben. Einfach so.

Der BND hat diese Ermittlungen damals aus der Welt geschafft, so dass es zu keinem Prozess kam. Aber ich muss schon sagen, dass ich das auch als starkes Stück empfunden hätte. Denn die Vorwürfe stimmten nicht. In Hallahalnija meldete mir Grischan nur dann einen »Brand«, wenn es ein wirklicher »Brand« war. Seine Träume brachen danach aus ihrer Magmakammer, seine Gnome und Bäume veränderten sich, wurden für ein oder zwei Wochen zu Rorschach-Klecksen auf dem Papier, das ich ihm gab. Er war kein kaltblütiger Killer, sondern ein loyaler. Er war ein Soldat.

An einen Fall erinnere ich mich noch.

Da hatte Grischan einen Tag vor dem Abflug des Kommandos noch einmal sämtliche marschfertig gepackten Tornister, Materialkisten und Waffensäcke der Agenten kontrolliert, was eigentlich niemals vorkam, da das Verpacken sehr aufwendig war. Er gab sich wie immer großherzig, erlaubte den Männern, die Fotos ihrer Freundinnen und ihrer Eltern mitzunehmen, auch Kondome oder Tolstoi, obwohl das verboten war. Alles Private war verboten in der Wildnis.

Doch als die Visite schon vorüber schien, Grischan sich noch einmal umdrehte und einen letzten Blick in die Habseligkeiten der Russen warf, entdeckte er bei dem eifrigsten von ihnen, einem hübschen und sehr beliebten Balalaikaspieler, statt der Balalaika, die in dem viel zu dicken Gepäck zu vermuten war, eine komplette sowjetische Uniform, gefälschte Papiere und einen echten NKWD-Ausweis. Der Musikant hätte nach der Landung alle umgebracht. Seinen Führungsoffizier. Seine Kombattanten. Sogar die Mädchen, die Geschwister, die Väter und Mütter seiner Landsleute, die man aufgrund der Fotos in ihren Brieftaschen identifizieren würde, hätte er zur Jagd freigegeben. Denn das war sein Auftrag. Und unser Auftrag war, den Tod unserer Jungs zu verhindern.

Der Balalaikaspieler wurde auf Grischans Anraten hin eine Stunde später seinen Stubenkameraden übergeben. Sie ließen sich Zeit, schabten ihm bei lebendigem Leib mit unseren Kornsensen das Fleisch von den Knochen und jagten ihn, da er sein Recht auf ein Grab verwirkt hatte, schließlich als Rauch aus dem Schornstein unserer kleinen Gutsbäckerei.

Das mag barbarisch erscheinen, lieber Swami, es war auch barbarisch, und ich konnte danach einige Wochen lang kein selbstgebackenes Brot mehr zu mir nehmen.

Aber es liegt nun einmal in der Natur jedes Nachrichtendienstes, sich in rigoroser Weise gegen Verrat zu schützen. Gegen das, was ich später bei der CIA erlebt habe, wo beim geringsten Verdacht nach amerikanischer Lebensart gefoltert, eliminiert und vertuscht wurde, ist das, was bei uns damals vorfiel, kein Maßstab. Als ich vor ein paar Jahren in Indonesien als Diplomat zu Besuch war, brachten die Militärberater der CIA den antikommunistischen Todesschwadronen von General Suharto sogar das »Happy Killing« bei. Also Töten bei Rockmusik. Es mag abstrus erscheinen, aber was glauben Sie, wie melodiös da in Saigon gerade der Vietcong verhört wird?

Direkt nach der Geburt Annas waren auch Hub und Ev bei mir in Hallahalnija.

Hub hatte anlässlich der Niederkunft seiner Frau zwei Wochen Sonderurlaub bekommen. Es war August, ein vor Hitze glühender August, eigentlich ein doppelter, so heiß war es.

Wenn man auf den Balkon im ersten Stock trat, sah man links und rechts staubige Wälder und dazwischen eine sich bis zum Horizont erstreckende fahle Weide aus Unkraut und verbrannten Sonnenblumen, durch die schnurgerade der Lehmweg auf unsere Toreinfahrt zuführte. Der Abendwind blies Tausende von abgestorbenen Wiesenblüten durch die offenen Fenster. Sie tüpfelten die schlafende Anna und auch die wache, und wir fragten uns, ob blütenbedeckte Säuglinge nicht doch schon erste Sinneseindrücke sammeln, die sich bis in ihr Greisenalter in die Hirnwindungen krallen.

Wir pusteten Klein-Anna die Flöckchen vom Haupt, trugen sie nach draußen, zeigten auf die russischen Wolken, die sich über ihr ballten, und sie hechelte fröhlich. Wir zogen Grimassen und alberten vor ihr herum, bis sie lächelnd wieder einschlief. Dann legten wir sie oben im ersten Stock des Gutsgebäudes in ihr Zimmer zurück und rochen gegenseitig an unseren Händen, die sie gehalten hatten.

Einige der Aktivisten hatten ein Bettchen geschreinert, ein Himmelbettchen *en bleu,* um das Warten auf den Tod abzukürzen, in den ich sie schicken musste.

Nur bruchstückhafte Bilder habe ich von diesem Besuch zurückbehalten. Eine Glastür mit bunten Fenstern, die von Ev klirrend aufgerissen wird. Der große Salon mit dem Kristalllüster, unter dem wir *Es ist ein Ros entsprungen* singen, das alte Indianerlied. Und natürlich dieser Tag, als Grischan uns allen das Bild zeigte, das er von Ev gemalt hatte, ihr grünes, schweißnasses Gesicht, das von van Gogh hätte sein können und von schlechtem Geschmack zeugte, wie Hub grummelte, aber vollkommen war in seiner Art des schlechten Geschmacks.

Mit Ev hatte ich nur einen Moment, in dem wir unter vier Augen waren, und da sagte sie mir, dass sie Hub unendlich liebe, unendlich, und wir küssten uns.

Das passierte wenige Monate, bevor alles anders wurde.

Denn als bereits der erste Schnee gefallen war und Grischan den Wolf, den er geschossen und gehäutet hatte, an einen der Zaunpfosten band, den gelbweißen, nackten Körper kopfunter, um nach altem russischem Brauch die anderen Wölfe zu warnen, da sah ich, wie hinter ihm ein Konvoi aus Wehrmachtsfahrzeugen auf unser Gut zufuhr. Auf jedem der Wagen hielt ein frierender, lauernd geduckter Landser seine Maschinenpistole im Anschlag, denn die Partisanen waren inzwischen überall.

Die zwei Kübelwagen und der Lkw hielten vor meiner Tür. Grischan ließ den Kadaver hängen, wischte sich die Hände an seiner Hose ab (wie oft hatte ich ihm das verboten!) und eilte hinzu. Er wollte die Fahrer bitten, ihre Motoren woanders abzuschalten, denn der ehrwürdige, soeben vom ss-Obersturmführer zum ss-Hauptsturmführer veredelte Kommandeur mochte es nicht, wenn ihm die freie Sicht auf den Schnee verstellt wurde. Doch da trat ich schon ins Freie, um die nötigen Anweisungen zu geben, und die unerwarteten Gäste waren bereits im Begriff auszusteigen.

Ich erkannte Maja, bevor sie mich erkannte, denn sie sah hinüber zu dem gehäuteten Wolf, auf eine Weise abgestoßen, die ihrem Wesen nicht entsprach.

II

Vielleicht muss ich zuallererst über Jan Vermeer sprechen, um Ihnen die äußerlichen Verhältnisse schildern zu können, die Majas plötzliches Auftauchen zu jenem nicht nur schockierenden, sondern auch zutiefst plausiblen Moment machten, als der er am Ende auch Ihnen erscheinen wird. Mit Jan Vermeer lässt sich gewissermaßen die Zeit in Hallahalnija noch ganz anders fassen, da hinter dem, was ich Ihnen berichtet habe, für mich völlig unsichtbare Dynamiken wirksam waren, die konsequent auf Majas Erscheinen hinausliefen, so wie ein Fluss immer ins Meer fließt.

Jan Vermeer mag Ihnen nichts sagen, Swami. Er war ein Maler des Barock und kam aus der niederländischen Stadt Delft, die von Gottfried dem Buckligen gegründet wurde, und genau so sieht sie auch aus. Jan Vermeer hat in seinem Leben nicht viele Bilder gemalt. Vielleicht war er faul, vielleicht auch nur bedächtig, jedenfalls hatte er keine Neigung zum Rekord. Ich glaube, das ist auch einer der Gründe, wieso er nie etwas Bedeutsames abbildete, keinen Heiligen, keine Jungfrau Maria, erst recht keine rubenshafte Allegorie auf die Segnungen des Friedens. Seine Gemälde nannte er *Die Magd* oder *Frau mit Wasserkrug* oder *Das Milchmädchen*.

Deshalb, und weil seine ruhigen, ausgewogenen Kompositionen stets im Zentrum des Lichts stehen, nahm ich seinen Stil zum Vorbild, um den Stab meines »Kommandos Pleskau« zu porträtieren, eine Ansammlung höchst bedeutungsloser Männer.

In Pleskau und Hallahalnija lernten sie täuschen, tarnen und töten. Aber sie lernten es nicht von mir. Ich selbst hatte zu Anfang noch einiges zu lernen. Vor allem musste ich mit meinen Mitarbeitern auf eine Weise umgehen, die ihnen Furcht und Respekt einflößte sowie das Gefühl, von mir abhängig zu sein. Deshalb kamen sie alle vor die Staffelei.

Sosehr sie die flämische Porträtkunst akzeptierten – gebildet und sensitiv, wie sie durch die Bank waren –, so widerwillig hielten sie ihrem Vorgesetzten den Kopf hin. Einmal, weil er nicht Jan Vermeer war (nicht einmal an Chardin reichte er heran). Zum anderen, weil sie spürten, dass die Konzentration auf die Physiognomie eines Menschen auch Teile seines Wesens erfasst.

Der alte Mythos, das Abbild einer Person gewähre einem Macht über dieselbe, steckt in jedem von uns. Als ich einmal meinen Stellvertreter Girgensohn im Halbprofil pastellierte, fingen seine Lider nach einer Weile zu flattern an, seine Wangen röteten sich, und am Ende der Sitzung gab er stammelnd zu, vier Gläser Kaviar aus den Truppenbeständen entwendet und seiner Familie im Warthegau geschickt zu haben. Das Bild nannte ich *Der Nimmersatt*, denn Girgensohn führte im Zeppelin-Kommando die Versorgungsabteilung und hatte eine Vorliebe für Delikatessen aus der Auvergne.

Nach dem Krieg heuerte er, kulinarisch durchaus konsequent, beim französischen Auslandsgeheimdienst an, wie sowieso fast alle meine Mitarbeiter nach beruflicher Kontinuität suchten. Sie können sich gar nicht vorstellen, wie schlagartig ihre in meiner Obhut erworbene subversive Kompetenz in demokratische Verdienstmöglichkeiten umschlug, nachdem Hitler in Flammen aufgegangen war.

Auch mein Ic-Offizier, Obersturmführer Dr. rer. pol. Dr. phil. hal. Hans von Handrack, konnte seine Schäfchen ins Trockene bringen. Er schlüpfte in der Stunde null zunächst bei der CIA unter, wechselte danach zur Organisation des Herrn Gehlen (von der noch die Rede sein wird) und blieb jahrzehntelang beim Bundesnachrichtendienst als Referatsleiter und *nature morte* seiner selbst tätig. Ich zeichnete ihn als Prototyp des müden, die Entfernung zu den Sternen in wüst vielen Mäuseschwänzen rechnenden baltischen Lahmarschs.

Sein Stellvertreter, Untersturmführer Dr. Gerhard Teich, ein Leipziger Geograph und auf Osteuropa spezialisierter Völkerwissenschaftler, von Beruf aber eigentlich Zwerg, wurde nach dem Krieg wissenschaftlicher Mitarbeiter am Weltwirtschaftsinstitut in Kiel. Wie ich erfuhr, hatte der Zwerg alles, wirklich alles über mich den Briten verraten, und ich konnte in den Verhörprotokollen nachlesen, dass er auch über das Verhältnis zwischen mir und meiner »schönen Schwägerin«, wie er Ev nannte, wild spekuliert hatte. Als er sich Jahre zuvor in Hallahalnija in meinem behelfsmäßigen Atelier wie befohlen einfand (»Melde gehorsamst, Untersturmführer Teich vollständig zum Porträt angetreten!«), zeigte sein Gesicht Widerstand und Trotz, und ich fragte ihn, ob er so in meiner geplanten Heldengalerie verewigt werden wolle.

»Was denn für eine Heldengalerie, Herr Hauptsturmführer?«

»Die Heldengalerie unseres Führungspersonals, die unten im Salon hängt.«

»Dort habe ich gar keine Bilder hängen sehen.«

»Sie werden natürlich erst hängen, sobald das Führungspersonal gefallen ist, Untersturmführer«, erklärte ich milde, und der Zwerg versuchte, etwas freundlicher und weniger zwergisch auszusehen.

Leider war es aber so, dass am Ende des Krieges nicht mein deutsches Führungspersonal in der Heldengalerie landete, sondern das russische. So wie Major Laschkow beispielsweise, ein ehemaliger zaristischer Gardeoffizier, der die militärische Grundausbildung der Aktivisten verantwortete und den ich mit Kosakenbart und seinem goldenen Lorgnon verewigte, schon weil es das einzige Lorgnon der gesamten ss war. Oder die russischen SD-Angehörigen Pawel Delle (der für die Schießausbildung verantwortlich war) und der wegen seiner teilweise gelähmten Gesichtsmuskulatur schwer zu zeichnende Hauptmann Palbyzin, dem das wichtige Fälschungslabor unterstand. Es gab noch andere, deren Namen Ihnen nichts bedeuten müssen, sie alle aber vermochten leider, wie wir noch sehen werden, dem sowjetischen Bedürfnis nach Vergeltung nicht so erfolgreich entgegenzutreten wie unsereins.

Von meinen Offizieren, ob deutsch oder russisch, war mir der brave Möllenhauer mit Abstand der liebste (dem ich die hübschesten russischen Bauerntölpel als Hausburschen genehmigte, allerdings war er beim Sex zu laut, was ihn fast vor das ss-Gericht gebracht hätte). Möllenhauers blasses Köpflein glich dem einer Frau, er hatte also ein kleineres Gesicht, eine stupsigere Nase, etwas größere Augen und ein runderes Kinn als Lahmarsch Handrack, Nimmersatt Girgensohn oder der Berufszwerg. Auf Möllenhauers Bitte hin machte ich ihm die Freude, ihn pierrotgerecht im eleganten weißen Hemd abzubilden – und nicht in Uniform, wie alle anderen.

Er revanchierte sich Neunzehnneunundvierzig, als er für die CIA eine achthundert Seiten dicke, geradezu ans Phantastische grenzende Expertise über das Unternehmen Zeppelin schrieb, die den Hinweis enthielt, dass *Hauptsturmführer Solm seit einer legendären Attacke während der Bessarabienumsiedlung gewiss als einer der erfolgreichsten Beischläfer des SD gegolten habe.*

Von meiner Vorliebe für Mitarbeiterporträts schrieb er nichts, womöglich hielt er sie nur für exzentrisch und hatte ihren führungsspezifischen Wert nicht erkannt. Seine freundlichen Bemerkungen jedoch über meine antisowjetische Haltung und einen phantasievollen, wenn auch nicht allzu beherzten Führungsstil brachten mich bei den Amerikanern überhaupt erst in eine aussichtsreiche Position.

Um in aller Demut zu rekapitulieren, skeptisch lauschender Swami: Meinem »Kommando Pleskau«, geleitet von banalen Gestalten, festgehalten in Vermeers flämischen Farben, gelang es in den Sommer- und Herbstmonaten Neunzehndreiundvierzig, zur effektivsten deutschen Agenteneinheit auf russischem Boden aufzusteigen. Fast zwanzig

Sabotage- und Vernichtungstrupps wurden in dieser Zeit weit hinter den russischen Linien durch meine Leute mit dem Fallschirm abgeworfen, eine Tatsache, die Jahre später bei CIA-Bewerbungsgesprächen immer wieder für Furore sorgte.

Die Aktivisten stammten meist aus den Operationsgebieten, so dass sie im Umkreis von fünfzig Kilometern auf Verwandte und Freunde stoßen konnten, um mit deren Hilfe ein Untergrundnetz aufzubauen.

Wichtiger aber war, dass sich Nimmersatt Girgensohn als ein Meister der Beschaffung entpuppte, und Möllenhauer und ich legten Wert darauf, dass unsere Agenten erstklassig ausgerüstet wurden. Das war der Schlüssel zum Erfolg.

So erhielt eine aus fünf Mann bestehende Standardgruppe ein festliches Waffenarsenal, bestehend aus fünf sowjetischen Karabinern, fünf Maschinenpistolen, fünfundzwanzig Handgranaten, vier deutschen und zwei sowjetischen Pistolen, fünf Dolchen aus Solingen, einem sowjetischen Maschinengewehr mit 50 000 Schuss Munition, zwei Jagdgewehren, dreißig Kilo Plastiksprengstoff, fünfzig Kilo Pioniersprengstoff und einem Zentner Dynamit. Im Grunde genommen (und wenn man nicht ganz bei Trost war) konnte damit eine ganze Garnison angegriffen werden, zumindest eine, die in tiefem Schlaf liegt.

Hinzu kamen 100 000 Rubel in bar, ein halbes Schwein in Büchsen, mehrere Zentner Hirse und Nudeln, hundert Kilogramm Salz zum Einpökeln von erlegtem Wild und jede Menge Werkzeug zum Bau der Erdbunker. Selbst an Dextroenergen, zehn Dosen Schokakola, hundert Zitronen und tausend Tabletten Prontosil, Tannalbin, Aspirin, Chinin sowie zweitausend Zigaretten und fürsorglicherweise auch an fünf Selbstvernichtungskapseln (mit dem typisch deutschen Aufdruck »Nur zum Gebrauch in aussichtsloser Lage«) war gedacht.

Das Wichtigste jedoch war die Kommunikations-Nabelschnur nach Deutschland, ein eigens für das Unternehmen Zeppelin entwickeltes, extrem kleines und leistungsfähiges Funkgerät mit Batterien und Werkzeug.

Womöglich geht bei dieser Aufzählung ein wenig der sentimentale Stolz mit mir durch, eine alte Agentenkrankheit, Entschuldigung. Aber von den zwanzig abgesetzten Sabotagegruppen meldeten sich immerhin siebzehn Linien zurück. Das war schon was. Leider wurde eine große Zahl von Zeppelin-Agenten nach dem Erreichen ihres Zielgebietes früher oder später vom NKWD verhaftet und umgedreht, so dass wir wohl gegen Kriegsende nur noch drei oder vier loyale Agententrupps in der Sowjetunion hatten. Immerhin aber konnten wir sie später den Amis verkaufen, die leider mit ihrer heillosen Unvernunft nur Chaos anrichteten.

Aber es gab auch Volltreffer. Uns war es beispielsweise gelungen, antisowjetische Widerstandsgruppen im Transkaukasus aufzubauen, da die Aktivisten dort über enge verwandtschaftliche Kontakte zur Bevölkerung verfügten.

Auch der Einsatz »Ulm«, der die Lahmlegung der industriellen Energieversorgung im Ural zum Ziel hatte, konnte einen Anfangserfolg vermelden. Der stolze Funker meldete uns aus 5000 Kilometern Entfernung, dass es dem Kommando geglückt sei, in Nowosibirsk drei Strommasten umzusägen. Das setzte uns dermaßen in Verzückung, dass ich für den gesamten Kommandostab Wodka ausschenken ließ, bis sich meine Kraftfahrer mit mehreren Promille Alkohol im Blut kreischend in die Welikaja stürzten, in der dann drei von ihnen ertranken, ein Kraftfahrer pro Strommast, wie der traurige Möllenhauer zu Recht anmerkte.

Ein auf andere Art bitterer Triumph, nämlich die Einschleusung einer kleinen Zeppelin-Schar nach Moskau, hat mir die Beförderung zum Hauptsturmführer eingetragen. Dass die »Aktion Josef«, die mit diesen nur wenige hundert Meter vom Roten Platz entfernt stationierten ss-Aktivisten einherging, nicht nur dramatisch, sondern auch tragisch verlief, werde ich Ihnen noch zu schildern wissen. Es darf und wird Sie aber nicht überraschen, dass das Glück uns nur zögerlich zur Seite stand.

Denn natürlich ist die Tatsache nicht zu leugnen, dass am Ende fast alle unsere hinter die Linien gesandten Aktivisten der Kälte, dem Hunger, den Braunbären, den giftigen Pilzen, dem NKWD, der Smersch, den defekten Fallschirmen, der eigenen Verzweiflung, dem Volksgericht, den Bazillen, Viren und Fleischwunden, der Einsamkeit, den brunsblöden und das Funkgerät nicht bedienen könnenden Amis und, *last but not least,* dem von Deutschland verlorenen Krieg zum Opfer fielen, denn niemand rauschte heran, um unsere jahrelang in den Urwäldern des Ural ausharrenden Robinson Crusoes freizukämpfen, obwohl das natürlich die wichtigste aller Abmachungen gewesen war.

Nicht dass Sie glauben, nur die Nazis hätten sich solch einem Irrsinn hingegeben. Himmelfahrtskommandos dieser Art unternahm jede kriegführende Partei, und ich weiß, aus buddhistisch-hinduistischer Sicht (verzeihen Sie, ich kann das kaum auseinanderhalten) sind kriegführende Parteien nicht hinnehmbar, aber was soll man da erst über Himmelfahrtskommandos sagen?

Die Sowjets beispielsweise verloren Tausende ihrer Agenten alleine dadurch, dass diese ohne Fallschirm abgeworfen, richtiger gesagt herausgestoßen wurden. Allerdings erfolgten diese, nun ja, nennen wir es Sprünge, nur aus langsam fliegenden Flugzeugen und aus niedriger Distanz auf sumpfiges und mooriges Gelände, wobei niemand gerne ungebremst aus dreißig Metern Höhe auf der Erdoberfläche aufschlägt (wie flüssig sie auch sein mag) und dies auch nicht als niedrige Distanz empfindet. Unsere Abwehrtruppen zogen dann in weitgefächerten Sperrketten durch die Sümpfe, um all die bewegungsunfähigen, schwerverletzten, hilflos auf dem Rücken strampelnden menschlichen Maikäfer vom Boden aufzulesen.

Selbst die Briten, die bis heute die mit Abstand effektivsten Geheimdienste der Welt unterhalten, hatten nur wenig *luckiness*. Sehen Sie sich zum Beispiel den James-Bond-Autor Ian Fleming an! Seine Spezialtruppe mit der Lizenz zum Töten jedenfalls – die *Red Indians* des britischen Marinegeheimdienstes – operierte so ergebnislos hinter den Linien, dass ihm die Beförderung dreimal versagt wurde. Und im Londoner Imperial War Museum habe ich vor zwei Jahren die Jacke gesehen, die Commander Fleming bei der Flucht aus Dieppe anno Neunzehnvierzig trug. Also diese Geschichten, die sich der Versager da irgendwo auf Jamaika aus den Fingern gesaugt hat, sind weit weniger authentisch als die von Tim und Struppi, das muss ich schon sagen.

Spektakulär erfolglos waren auch die Amerikaner, die für Geheimdienstarbeit nun wirklich untalentierteste Nation auf Gottes weiter Erde. Der oberste Befehlshaber des Militärnachrichtendienstes OSS, Bill Donovan (genannt Wild Bill), wollte zur gleichen Zeit wie ich seine Agenten absetzen, und zwar direkt über dem Odenwald. Er tat es, und sie kamen dabei um. Von den einundzwanzig Zweierteams, die in Deutschland landeten, hat Wild Bill nie wieder gehört.

Und was phantastische, geradezu durchgeknallte Operationen betrifft, so führen die Vereinigten Staaten mit großem Abstand die internationale Exzellenztabelle an. So weiß ich von Donald Day persönlich, dass eine ganze Planungsabteilung unter seinem Kommando monatelang hatte prüfen müssen, ob es möglich wäre, mit Hilfe von Fledermäusen, die man aus ihren Massenquartieren in den Höhlen der Rocky Mountains holen wollte, Tokio abzufackeln. Indem man ihnen Brandbomben auf den Rücken schnallt und sie in der Luft aussetzt (Tokio sei aus Papier gebastelt, dachte Wild Bill).

Weshalb ich Ihnen das alles erzähle, hat mit einem Ereignis zu tun, das allmählich seinen Schatten vorauswirft. Der Bruch mit meinem Bruder – durch Mary-Lous Geburtstags-Monopoly eingeleitet, von Unterwerfungs- und Überwerfungspoker befördert, schließlich in das Russische Roulette mündend, das Ev und ich unverzagt spielten (und Russisches Roulette ist eine Sache, bei der man nun wirklich den Kopf verlieren kann) –, dieser Bruch wartete auf seine Vollendung.

Und die Vollendung sollte niemand Geringerer als Josef Stalin in Händen halten.

Einige Wochen nach seinem Augustbesuch in Hallahalnija nämlich empfing mich Hub in Riga. Er saß unruhig hinter seinem Büroschreibtisch, unruhig, aber bester Stimmung. Und gerade in dem Augenblick, als er mir ein brandneues Foto unserer Tochter zeigte (Ev in Kopftuch und Schürze flößt Klein-Anna Apfelbreichen ein, Apfelbreichen!), konnte er nicht anders: Er platzte mit der Nachricht heraus, dass der sowjetische Staatsführer erlegt werden solle.

Der sowjetische Staatsführer, wiederholte ich tonlos und reichte ihm das Foto zurück.

Erlegt, genau, sagte Hub. Einige verstärkende Adjektive sorgten für Klarheit (»ausgeschaltet«, »ausradiert«, »um jeden Preis«).

Hubs freudige Fiebrigkeit wurde von einem Zigarettenkonsum begleitet, der einem die Luft nahm. Ich öffnete das Fenster, obwohl es draußen schon herbstlich kühl war. Zerstreut blickte ich über die Häuser Rigas, in Gedanken im Petersburger Hof, wo Ev auf Zimmer Zwei-Eins-Fünf bereits auf mich wartete, unter dem vorwurfsvollen Dach, das ich von Hubs Büro aus sehen konnte, schamrotes Kupfer.

Während ich mich innerlich darauf vorbereitete, es Ev wenige Minuten später zu besorgen, vis a tergo, sie auf allen vieren rumpelnd, ich eher still und bescheiden hinter ihr kniend, loderte Hub in meinem Rücken und berichtete in einer Mischung aus Hybris und verzweifelten Rachephantasien, dass in den Schaltzentralen Berlins ein Mordkomplott ersonnen worden sei, das in den letzten Kriegsminuten noch einmal das Ruder herumreißen werde.

Ich schloss das Fenster und zeigte Interesse.

Die Beseitigung Josef Stalins, erklärte mein Bruder feierlich, sei eine Herzensangelegenheit von Heinrich Himmler. Der Chef der SD-Auslandsspionage (der mich einst mit Details seiner Bürobewaffnung langweilende Tropenfisch Schellenberg) bestehe deshalb darauf, dass Hub persönlich die Leitung und Gesamtverantwortung des Einsatzes übernehme. Für die operative Gestaltung hingegen – Vorbereitung, Ausführung und Postscriptum – habe man mein »Kommando Pleskau« vorgesehen. Grund dafür sei, dass sich in der von mir geführten Einheit der einzige Agent des Dritten Reiches befinde, dem man das Knacken einer solch harten Nuss zutraue.

»Der einzige Agent?«, hörte ich mich fragen.

Als ich in Evs Vagina eindrang, ihre wogenden Schultern im Blick und nur eine Viertelstunde später, denn ich war die letzten Meter tatsächlich gerannt, ging mein Atem schwer, aus mehreren Gründen, von denen Pjotr Politow sicher der welthaltigste war.

12

Pjotr Politow war ein bemerkenswerter Mann.
Er traf einige Wochen vor Himmlers Entscheidung, Stalin töten zu lassen, im Flusslager Pleskau ein, mit dem üblichen Transport aus Breslau. Ich hatte vom Reichssicherheitshauptamt den Befehl erhalten, ihn als »Terrorspezialisten« für nicht näher definierte »Sonderaufgaben« auszubilden.

Major Laschkow (der mit dem Lorgnon) und Hauptmann Delle (Schießausbildung) waren begeistert und sprachen von ihm wie von einem schönen Rennpferd. Als ich Politow das erste Mal sah (ich weiß es wie gestern, er stand in Hallahalnija vor der Scheune, Grischan daneben, berstend vor Eifersucht, hinter den beiden schraubte sich ein Habicht in den Himmel), fiel mir seine Ähnlichkeit mit Max Schmeling auf, dessen sprichwörtliche Bescheidenheit er nicht teilte.

»Ich schnell, ich stark, du Hauptsturm«, grinste er mich an und salutierte sowohl formvollendet als auch temperamentvoll.

Grischan hasste ihn von der ersten Sekunde an, vermutlich, weil der robuste Politow in jeder Hinsicht das Gegenteil von ihm war. Er beherrschte vollständig die sowjetische Unterweltsprache, den sogenannten »Blat«, den ich überhaupt nicht verstehe. Seine rasche Entschluss- und Auffassungsgabe korrespondierte mit maximaler Anpassungsfähigkeit. Dennoch wirkte er nie devot, sondern traf immer den richtigen Ton aus Großmäuligkeit, Trara und Lustigsein, der seinen Kollegen Respekt einflößte. Er verfügte über eine stupende politische Bildung, kannte fast sämtliche sowjetischen Gesetze und Erlasse auswendig und war völlig frei von Skrupeln.

Am stärksten verband mich mit ihm der Tod seines Vaters, den die Bolschewiken vor seinen Augen erschossen hatten, als er noch ein Kind war. Als es mir einmal gelang, Großpapings tragisches Ende im Dorfteich anzudeuten, beugte Politow sich vor, tätschelte meine Hand und zauberte eine Träne in sein verschlagenes Auge.

»Herr Hauptsturm«, raunte er, »Politow kann beruhigen Ihnen. Politow wird das passieren nicht! Politow kann so gut schwiemen!«

Seine Vergangenheit war wie eine Mischung aus Salon- und Höhlenmalerei, ein eiszeitliches Felsbild, aber dekadent, die Bisons von Altamira, die man in Seidenkostüme steckt, ein Ausbund an Hochstapelei.

Kurz vor dem Krieg hatte Politow als Verwalter eines Öllagers eine schwindelerregende Geldsumme veruntreut, setzte sich damit ab und entging der landesweiten Fahndung. Später konnte er sich unter Inanspruchnahme von Urkundenfälschung, Betrug, Missbrauch von Titeln und Amtsanmaßung als Untersuchungsrichter in die Staatsanwaltschaft von Woronesch einschleichen.

Nach einigen Monaten wurde der selbsternannte, charismatische und überraschend jugendliche Richter in die Rote

Armee einberufen. Dort täuschte er unter seinem falschen Namen Offizierskenntnisse vor, machte Karriere, wurde mehrmals ausgezeichnet und stieg zum Kompanieführer auf. Als seine durch und durch erlogene Identität Anfang Neunzehnzweiundvierzig aufflog, desertierte er noch am selben Abend, um der Verhaftung durch den NKWD zuvorzukommen.

Nachdem er zu uns übergelaufen war, fragte er gleich den ersten Vernehmer, dem er gegenübersaß, ob er ihn küssen dürfe. Wie ich den Personalunterlagen entnehmen konnte, denunzierte er kurz darauf seine sowjetischen Mitgefangenen bei der Gestapo, die ihn zwar nur als bedingt zuverlässig, aber als subversiv hochbegabt einstufte. Ich las in seiner Beurteilung, dass die Beamten ihm »Leaderqualitäten« attestierten, außerdem »Findigkeit«, »Geistesgegenwart«, »Antibolschewismus«, »Geldgier«, »Strebertum« und »Prinzipienlosigkeit«.

Der Mann war die perfekte Waffe.

Mit jenem Tag, an dem Hub mir den Auftrag gab, Pjotr Politow als Stalinattentäter auszubilden, begann eine Phase in meiner Dienstzeit, die nicht mehr den hergebrachten Grundsätzen des nationalsozialistischen Berufsbeamtentums folgte. Sondern ich wurde nun SS-Hauptsturmführer Siegfried von Xanten und Politow mein braves Schwert Balmung.

Gemeinsam stiegen wir in den Berg hinab, um den Drachen zu töten.

Wir wollten in Stalins Blut und nicht mehr in seiner Scheiße baden.

In den kommenden Monaten wühlten sich Akademiker, fleißige Aktenwälzer, brillante Analysten und begabte Kunstmaler in eine Henkersaufgabe hinein, die gegen nahezu alle Genfer, Haager und sonstigen Konventionen verstieß.

Allerdings verstieß sie nicht gegen die Konventionen der Nibelungensage.

Und nur das kam uns zu Bewusstsein.

Diesen Zustand nenne ich das gordische Phänomen. Denn wer den Gordischen Knoten durchschlägt, anstatt ihn aufzudröseln, fühlt sich immer großartig, solange er nicht für das zerhackte Seil geradestehen muss. Das gordische Phänomen ist mir später immer wieder begegnet, beispielsweise in der Kubakrise. Aber auch die Hinrichtungen unserer russischen Verräter, die Grischan so verfahrensfrei wie rechtswirksam in die wörtliche Hand nahm, leuchteten gordisch.

Eine meiner ersten Maßnahmen war es, Politow aus dem offiziellen Lagerbetrieb herauszulösen und ihn in Pleskau unter falschem Namen wohnen zu lassen. Nimmersatt Girgensohn besorgte eine angemessene Unterkunft in der Altstadt, wies Politow einen Ingenieurposten in einem Baubetrieb zu und untersagte ihm, seine Arbeitsstelle öfter als eine Stunde wöchentlich aufzusuchen.

Stattdessen verbrachte Pjotr sehr viel Zeit mit mir. Bevor wir ihm mitteilen konnten, für welch herkulische Mission er ausgewählt worden war, musste ich ihn von Grund auf kennenlernen. Und die beste Art, jemanden von Grund auf kennenzulernen (ich sage es immer wieder), ist das Mitarbeiterporträt.

Keiner meiner Gefolgsleute hatte ein solches Verlangen danach, in die Heldengalerie aufgenommen zu werden, wie Pjotr Politow. Er brachte zu unserer Sitzung einen Kamm mit für die herrlichen Max-Schmeling-Haare und einen zweiten Kamm, eher ein Kämmchen, ich schwöre es, um seine struppigen Augenbrauen zu frisieren. Er war ganz huschig, wie Mama gesagt haben würde, beschnupperte meine Pastellkreiden, ich hatte sogar Sorge, er könnte sie essen.

Nur mühsam gelang es mir, für ihn eine angemessene Pose zu finden, noch dazu eine, die Jan Vermeers versammelte Ruhe in mein Bild gezwungen hätte. Papa hat immer gesagt, in jeder Bewegung gäbe es eine Linie, die wichtiger sei als die anderen. Bei Politow jedoch waren alle Bewegungen und daher auch alle Linien gleich wichtig. So sah ich bei ihm nur Einzelheiten (Einzelheiten sind Schwätzer, fand mein Vater). Ich drang einfach in Politows Geist nicht ein. Und verfehlte seine Form.

Und während ich ratlos Nase, Mund, Kinn umeinander schmierte, erschüttert wegen der kaum vorhandenen Ähnlichkeit, erkannte ich mit jedem missglückten Strich immer deutlicher, dass es überhaupt keinen Sinn haben würde mit Politow, wenn er nicht eine Gefährtin bekäme. Nicht etwa aus sexuellen Gründen, dafür bedarf es ja keiner Gefährtin. Sondern aus Gründen der Selbsterhöhung. Denn jeder Mann braucht unablässige Bestätigung, aber das Ausmaß an Bestätigung, das Politow schon von mir einforderte (indem er mich fragte, ob er gut genug sitze, ob er ruhig genug sitze, ob er im richtigen Licht sitze, ob er sich nicht besser das Oberhemd aufknöpfen solle, ob ich wirklich fände, dass seine Zähne ein selten reines Weiß hätten, oder ob ich nur ein höflicher Deutscher sei, ob er denn mal gucken dürfe), war so enorm, dass nur eine echte und dauerhafte Gefährtin ihm das Maß an ununterbrochener Wertschätzung geben könnte, das er nun einmal brauchte, um Stalin in die Luft zu sprengen.

»Sie sollten nicht immer so düster dreinblicken, Herr Politow«, sagte ich ihm daher ein paar Tage nach dem desaströsen Porträtversuch. »Alles fabelhaft. Berlin ist mit Ihnen zufrieden. Sie sollten sich nach einer Frau umsehen.«

»Nach ain Frau?«

»Nach einer Frau.«

»Was für ain Frau?«

»Eine richtige Frau.«

»Ain Frau, das macht Wäsche für Politow und sauber für Politow?«

»Nein, keine Putzfrau. Eine Frau, die Sie mögen.«

»Ach – Nutte?«

»Sie wissen doch, was eine Frau ist?«

»Kinder?«

»Genau. Die Mutter Ihrer Kinder.«

»Politow will kain Kinder. Politow will sterben für Chitler.«

»Niemand will sterben für Hitler. Nicht einmal ich will sterben für Hitler.«

In Pjotrs Blick trat ein Ausdruck abgrundtiefen Erstaunens, und er lauschte gleichzeitig den umherirrenden Gedanken in seinem Kopf, das sah ich.

»Nicht sterben für Chitler?«, raunte er entsetzt.

Ich wechselte die Sprache, gegen seinen inneren Protest, benutzte mein Anna-Iwanowna-Russisch, um aus den Krümeln unseres Gesprächs ein wenig Nahrung zu formen.

»Der Mensch darf nicht einsam leben, das ist gegen die Natur«, begann ich daher mit Philosophie. »Warum sollten Sie, Aktivist Politow, nicht ein normales Familienleben führen?«

Natürlich sprach aus Sicht von Aktivist Politow einiges dagegen, ein normales Familienleben zu führen, denn sein tägliches Allerlei bestand aus Schießunterricht, Nahkampftechnik, Spezialkursen in Auto- und Motorradfahren, aus Boxkampf, Giftmischerei und diversen Spielarten des Tötens. Da ich aber darauf bestand, begann Politow dennoch, sich in Pleskau nach einer Braut umzusehen, und da er nicht nur wie Max Schmeling, sondern auch wie Max Schmeling als Johannes der Täufer aussah (ich denke da an ein Bild von Dürer, das jetzt im Germanischen Nationalmuseum in Nürnberg hängt), brauchte er nicht einmal eine Woche, um die Bekanntschaft der Schneiderin Schilowa zu machen, die in einer Ausbesserungswerkstatt für den deutschen Stab Uniformjacken bügelte.

Ich hatte nicht das Geringste gegen das Mädchen einzuwenden: Schilowa war auf verschlossene Weise hübsch, zwölf Jahre jünger als der zweiunddreißigjährige Politow, und ihr Vater saß seit Ewigkeiten wegen antisowjetischer Umtriebe in einem Straflager in Sibirien. Sie passte ausgezeichnet.

»Ich hoffe«, sagte ich, »Sie werden nichts dagegen haben, wenn wir Ihre künftige Gattin als Spezialagentin ausbilden?«

»Chail Chitler!«, sagte er stramm und hatte überhaupt nichts dagegen.

Ich besprach mich mit meinem Stab. Während Nimmersatt Girgensohn der Ansicht war, dass es ein großartiger Coup wäre, zwei Agenten miteinander zu verheiraten und dann in ein Selbstmordattentat zu jagen – ihn erinnere das an Abaelards und Héloïses aussichtslosen Liebesbund, der für die Kirche doch so viel Gutes bewirkt habe –, reagierte der Berufszwerg skeptisch. Es könne durchaus sein, behauptete er, dass die Frau wegen ihrer lebenempfangenden Säfte die lebenspendenden Säfte des Mannes für sich selbst bewahren wolle und ihn in seiner Tötungsabsicht behindere, da ihr das abstrakte Prinzip des Heldischen nicht unmittelbar einleuchte. Möllenhauer war bedrückt, denn er gab zu bedenken, dass man damit ja auch ein junges Mädchen, er wolle nicht sagen arglistig, aber eben dennoch in den Tod schicke.

Ihm schlug von allen Seiten wegen dieses emotionalen Ausbruchs Unverständnis entgegen, ich hörte sogar, wie der Berufszwerg in seinen Giftbart murmelte, das sei eine verschwulte Ansicht. Lahmarsch Handrack erklärte, dass er eigentlich keine Meinung habe und sich daher meiner Meinung anschließe, wie immer sie auch ausfallen möge.

Am selben Nachmittag noch funkten wir nach Berlin, dass Politow für die große vaterländische Aufgabe unserer Auffassung nach bestens geeignet sei. Er solle allerdings mit einer weiblichen Aktivistin nach Moskau geschickt werden, die in allerkürzester Frist vollumfänglich ausgebildet werden müsse. Da wir nur männliche Instruktoren am Standort hätten, bäten wir das geneigte Reichssicherheitshauptamt, uns zusätzlich eine weibliche Ausbilderin, nach Möglichkeit Russin und mit hinreichender nachrichtendienstlicher Erfahrung, nach Pleskau zuzuführen.

Ich bin mir sicher, dass ich ohne dieses Fernschreiben Maja niemals wiedergesehen hätte.

13

Von Hallahalnija aus war es ein Fußmarsch von rund fünf Kilometern am Waldsaum entlang bis zu der kleinen Anhöhe, die die Bauern »Broschnij« nannten, den Hünen oder besser die Hünin. Es war der einzige Hügel in dieser Gegend, und obwohl er nicht das Geringste mit dem karpatischen Massiv zu tun hatte, das vor Jahrhunderten Maja und mir ein Refugium, fast ein Dach der Welt geboten hatte, war es doch der einzige Aussichtspunkt, den ich kannte. Oben auf dem Gipfel stand ein einzelner Baum, ein Ahorn. Die Russen glauben, dass der Ahorn vor Hexen schützt, und das deutete ich als gutes Zeichen. Ich lehnte mich an den Stamm und sah, wie sich nach zehn Minuten jemand aus dem Schatten des Waldes löste und auf mich zukam. Als man in der Ferne einen der Wölfe heulen hörte (auf der klagenden Suche nach seinem Gefährten, der an unserem Zaun hing), hielt die Gestalt einen Moment inne. Auf dem Schnee sah sie im Mondlicht wie ein Tuschefleck aus. Wie die Flügel eines Raben.

Doch dann stand sie neben mir.

Es war nicht sehr dunkel.

Ich erfuhr, dass sie nicht erschossen worden war, aber das sah ich natürlich selber. Ich erfuhr, dass meine Stimme viel mehr Nägel hatte als früher und voller Befehle sei. Das

Russische ist eine bildreiche Sprache, und sie wollte, glaube ich, sagen, dass ich nicht freundlich klang, nicht warm, nicht so, wie ich in ihrer Erinnerung geklungen hatte. Ich erfuhr von ihrer Folter, aber nur zwei Sätze, den Rest zeigte sie. Ich erfuhr, wie ihre Arme und ihr Rücken aussahen, indem ich darüberstrich, und ich fühlte Wülste und Narben überall, und ihre körperliche Schönheit gab es nicht mehr. Ich erfuhr, dass sie Angst vor Wölfen hatte und froh war, dass ich eine Luger bei mir trug (sie kannte sich aus mit Handfeuerwaffen). Ich erfuhr, dass sie zu den Deutschen übergelaufen war, weil sie gedacht hatte, alle Deutschen seien so wie ich. Ich erfuhr auch, dass das nicht stimmt. Ich erfuhr, dass Major Uralow tot war. Ich erfuhr, dass sie keine Kinder mehr kriegen konnte. Auch dass sie sich in der Besserungsanstalt in einen Wärter verliebt hatte, der sie am Leben erhalten hatte und dafür nach Sibirien gekommen war, erfuhr ich. Und ich hätte immer noch das Traurige in mir, und das habe sie nun auch. Es sei eine Zeiterscheinung und nichts Besonderes. Ich erfuhr, dass sie mich damals liebgewonnen hatte, aber ihr seien alle meine Zeichnungen weggenommen worden und Uralow habe sich den Arsch damit gewischt. Ich erfuhr gleich noch mal, und später sogar noch mal, dass Major Uralow tot war. Und ich erfuhr, dass die Aussicht hier ganz anders sei als damals über der Steppe, aber schön weit, und sie wisse ja noch, wie gerne ich eine weite Aussicht hätte, und nebenbei erfuhr ich, dass es kalt wurde, aber das erfuhren wir beide. Am Ende gaben wir uns die Hand unter dem Ahorn, und Maja versprach, mit der Aktivistin Schilowa gut umzugehen und mich immer »Herr Hauptsturmführer« zu nennen und niemals Koja.

Ich war viele Nächte in meinem Zimmer eingeschlossen, das können Sie sich vielleicht vorstellen.

Ich wollte nicht, dass es klopft.

Wenn es hell war, sah ich, dass man Maja auch beide Wangen zerschnitten hatte, und die Mundwinkel hatte man ihr mit einer Stichsäge zertrennt. Sie konnte nicht mehr lächeln, nur noch grinsen, selbst im Sarg würde sie grinsen müssen.

Weil Krieg war und weil wir Stalin umbringen wollten, hatten wir keine Zeit, und ich wollte über nichts nachdenken.

Und ich wollte wirklich nicht, dass es klopft.

Aber als ich das nächste Mal nach Riga kam, schlief ich nicht mehr mit Ev. Es war nicht ich, der das beschloss, sondern es wurde noch viel tiefer in mir beschlossen, da wo auch Atmen und Trauer beschlossen werden, denn es wäre nicht richtig gewesen, nicht mal auf jene falsche Art richtig, die wir damals brauchten.

Und ich hatte keine Lust.

Und wie sehr ich Ev liebte, das kann man vielleicht daran ermessen, dass ich ihr sagen konnte, wie wenig Lust ich hatte.

Und sie schnitt sich die dunkel schimmernden Haare vor dem Gesicht ab, um mich besser sehen zu können, und dann nahm sie mich in den Arm, obwohl sie nicht sehr gut darin war, jemanden in den Arm zu nehmen, weil sie glaubte, dass ihre Arme dazu da seien, sich festhalten und ansonsten frei damit herumschlenkern zu können. Sie maß meine Temperatur und legte unser Baby auf meinen Bauch, und ich suchte in Anna die Augen von Ev und sah für einen

Moment das liebe Elefantenauge meines Vaters, von dem ich geerbt habe, keine unverrückbaren Vorsätze zu haben, und wenn doch, dann nicht an ihnen festzuhalten, vor allem dann nicht, wenn man seine eigenen Söhne erschießen möchte, und mir fiel dieser Tag wieder ein, Neunzehnneunzehn, als Hub zu Papa sagte, dass ich noch so klein sei.

Ich hatte nicht das Gefühl, größer geworden zu sein seit damals, nur Anna gab mir das Gefühl, größer zu sein, und ich steckte ihre Finger in meinen Mund wie alle Väter, und sie mochte meine warme, feuchte Mundhöhle.

Wenn ich von den äußeren Ereignissen sprechen muss, dann dürfen Sie nicht vergessen, Swami, dass meine Seele damals krank war und alle äußeren Ereignisse, so furchtbar sie auch sein mochten, der Seele die Wucht nahmen, aber natürlich nicht die Last.

Ich spürte, wie sehr mich Ev brauchte. Ich spürte, dass sie in Sorge war wegen Hub. Zwar sagte sie das auch, aber sie konnte viel sagen, wenn der Tag lang war. Ich glaubte eher ihrer Nackenmuskulatur, die sich verspannte, wenn wir über ihn redeten.

Er hatte ihr nichts über Stalin erzählt, nur ich verriet ihr alles wie ein Waschweib.

Sie behauptete, dass Hub sich verändert habe, dass er immer härter, straffer, blitzender werde. Und um Karriere zu machen, dränge er auf ein zweites Kind, obwohl sie erst vor einem halben Jahr entbunden habe. Genauso zusammenhanglos sprach sie. Einfach hintereinander weg. Und sie sagte, dass sie sich vor dem Tag fürchte, an dem er von ihrer Abkunft erfahre. »*Er wil mich tejtn, ich bin sicher, as er wil mich tejtn.*« Ich beruhigte sie. Hub könnte niemanden töten (nun ja), er würde ihr niemals irgendetwas antun (genau). Er liebt dich doch (stimmt). Und du liebst ihn doch (oder?).

»*Ich wejs nischt, Koja, ich wejs nischt.*«

Wir nannten sie nur die Schilowa, obwohl sie Natascha hieß, mein russischer Lieblingsname. Während Major Laschkow aus Protest auf sein Lorgnon verzichtete und der Schilowa kein noch so bescheidenes militärisches Know-how zumuten wollte – da er der Meinung war, dass Frauen im Krieg nichts verloren hätten und er schon deshalb Antikommunist geworden sei, weil die Rote Armee das Flintenweib erfunden habe –, kümmerte sich der Scharfschützenausbilder und vielfache Vergewaltiger Hauptmann Delle mit Hingabe um die neue Rekrutin.

Ich war daher froh, dass Maja immer in Schilowas Nähe blieb. Sie brachte ihr bei, ein Kampfmesser wirkungsvoll einzusetzen. Sie brachte ihr bei, nicht mürrisch zu glotzen, wenn man eine Handgranate wirft, sondern aufmerksam hinzusehen (sie hätte sich mit Papa gut verstanden, der das aufmerksame Hinsehen ja für das Wichtigste in der Kunst wie im Leben hielt). Auch dass man niemals eine Aktentasche im Auto des Feindes liegenlassen darf, brachte Maja der Schilowa bei.

Was eine Angehörige des sowjetischen Geheimdienstes sonst noch wissen muss – denn die Schilowa sollte zu einer tüchtigen NKWD-Beamtin umfrisiert werden –, wurde in langen und tränenreichen Scheinverhören erarbeitet. Jeden Abend erstattete mir Maja Bericht. Ich hörte ihr zu und blickte auf ihre Narben. Wir waren sehr höflich, etwa so, wie zwei einander völlig fremde, aber gemeinsam Reisende zueinander höflich sind. Danach trank ich immer alleine meinen Schnaps.

Im November heiratete Politow die Schilowa. Sie war bestimmt eines der hübschesten Mädchen Pleskaus, und nur aus einem einzigen Grund ließ sie das Grauen in seinen zunächst noch schläfrigen, bald aber endgültigen Formen in ihr Leben hinein, nämlich weil sie verliebt war.

Ich wurde Trauzeuge dieser von mir inspirierten Agentenehe. Während wir vor der Kirche standen und alle Gäste einem glücklichen Brautpaar zujubelten, jubelte ich zwei Leichen auf Abruf zu (immerhin zwei sich küssenden Leichen). Als ich in der alten Pleskauer Kathedrale rechts neben dem Altar stand, inmitten all dieser Kerzen und Gerüche und blutenden Ikonen, als mir die viereinhalb Pastorengenerationen meiner Familie über die Schulter sahen und entdeckten, dass ihr Erbe und Nachfahre unter Glockengeläut eine vor Glück fiepende Maus aufs Schafott schickte, spürte ich wieder das dringende Bedürfnis nach einem Schnaps. Aber so viel Schnaps hätte man gar nicht trinken können (ich).

Das gordische Leuchten, das ich in der Abgeschiedenheit rein beruflicher Anstrengungen in einen perfiden Einfall umgelenkt hatte, war erloschen. Zurück blieb nur Reue. Aber diese Reue stieg nicht nach oben, vermaß nicht mein Gehirn, sie lähmte lediglich die Eingeweide, zerfraß das vegetative Nervensystem, veränderte Pulsdruck, Blutdruck, Muskeltonus. Und das Brot, das Salz, der Brautschuhklau, ein weißes Kleid vor einem goldgewirkten Popen – das waren die Bilder einer Hochzeitsfeier, die im Grunde eine wunderschöne, ja eine fröhliche Beerdigung einschloss.

Zumindest ich wusste das. Und ich wusste, wie alle meine Mitarbeiter ebenfalls, dass Politow längst verheiratet war. Er hatte seine Frau in Jekaterinburg zurückgelassen. Die Schilowa hat das nie erfahren, niemals, jedenfalls nicht durch uns.

Bevor wir dem frischgebackenen Paar unsere Pläne offenbaren konnten, musste eine letzte Weiche gestellt werden. Voraussetzung für die Attacke auf Josef Stalin war Synchronizität. Und Chronologie. Ob das Anfangsereignis (die lebhafte, aufwühlende Idee zum Meuchelmord) in das Schlussereignis *(exitus letalis)* überhaupt würde münden können, hing vom Ablauf der Zwischenereignisse ab.

Das »Kommando Josef« in Moskau (es wurde Ihnen bereits angekündigt) war solch ein Zwischenereignis. Bei diesem Kommando handelte es sich um eine zwei Aktivisten umfassende, geheime Zeppelin-Zelle im Stadtzentrum, die *(nomen est omen)* der Beobachtung Stalins diente. Den beiden Josefisten war es ein halbes Jahr zuvor gelungen, nach ihrem Fallschirmabsprung in die russische Hauptstadt einzusickern – in erster Linie ein Erfolg unserer ausgezeichneten Passfälschungsabteilung. Mit ihren gefälschten Dokumenten Moskau zu erreichen, die aus einer Spionageparanoia resultierenden endlosen Sicherheitssperren der Stadt zu überwinden, einen Unterschlupf zu finden, eine konspirative Existenz aufzubauen, den Blockwarten nicht aufzufallen – all das war chronologisch gesehen eine Apriori-Leistung der Männer, auf der alles Folgende aufbauen musste. Sehr viel mehr als Warten auf dieses Folgende war den beiden (wir nannten sie Fix und Fertig) aber nicht möglich. Zweimal in der Woche hielten Fix und Fertig die Funkverbindung zu uns, direkt unter den Augen und Ohren der Lubjanka. Allein das schon konnte das Zwischenereignis zu einem Schlussereignis werden lassen (mit *exitus letalis* auf unserer Seite, versteht sich).

Als wir nach einer längeren Pause über Funk hörten, dass die Wohnung von »Kommando Josef« mit offiziellem Mietvertrag abgetarnt sei und unsere beiden Ritter der traurigen Gestalt (ehemalige zaristische Gardeoffiziere) behördlich genehmigt in einer Straßenbaubrigade schufteten, schien uns die Synchronizität der kommenden Ereignisse beherrschbar zu sein. Der Moskauer Unterschlupf stand. Politow und die Schilowa konnten eingeweiht werden. Und unser höchster Vorgesetzter, Brigadeführer Schellenberg, wollte das persönlich und auf Tropenfischart erledigen: also angemessen pompös und brutpflegend.

Zu sechst flogen wir zu ihm nach Berlin. Ein heftiger Wintersturm rüttelte an der altersschwachen Ju 52, in der es nach Diesel, Terpentin und Schilowas Erbrochenem roch. Alles um uns herum wimmerte, Blech und Mensch, vor allem unsere luftkranke Sonderagentin, die sich hinten in der letzten Reihe immer wieder in ihre Tüte übergab. Maja hielt ihr die Hand. Möllenhauer und Politow starrten in das stampfende Gewitter. Ich saß ganz vorne, nur durch den Gang von Hub getrennt. Er machte Fingerballett, war blass und völlig erledigt.

Die Luft ist was für Spatzen, hatte Opapabaron Achtzehnachtzignochwas dem Zaren gesagt, als Seine durchlauchte Majestät, technikbegeistert wie das ganze Jahrhundert, in den Luftschiffbau investieren wollte (Lenoir'scher Gasmotor). Oft und gerne sind die Schillings mit Mann und Maus und der Hand am Steuerrad im Atlantik versunken. Aber aus einem Himmel abstürzen, aus dem für gewöhnlich nur Regen oder Möwenscheiße fällt (von Phosphor und Benzol, Minen und Sprengbomben konnte Opapabaron nichts wissen), gar wie ein Hühnerei auf dem Boden aufplatzen? Das war einer baltischen Seefahrerdynastie unwürdig. Hubs Flugangst hatte so gesehen einen familienhistoriographischen Kern, passte aber trotzdem nicht zu seinem Selbstbild.

Seine schöne ss-Nase begann zu bluten. Ich reichte ihm mein blütenweißes Taschentuch. Er nahm es, presste es gegen das Gesicht. Als es sich dort in ein monochromes Aquarell von Emil Nolde verwandelte, eine zerknautschte Tulpe im Schnee, legte er den Kopf in den Nacken, lächelte versonnen und sagte, dass Ev ihn betrüge.

»Machst du Witze?«, sagte ich mit belegter Stimme.

Der Kopilot trat in die Kabine und schrie Dinge, die im Orkan kaum zu verstehen waren. Er blickte verdattert auf Hubs blutiges Taschentuch, bekreuzigte sich und verschwand.

Er mache keine Witze, sagte Hub. Ev betrüge ihn, er wisse nur nicht, warum, wie, wann und mit wem. Am liebsten würde er einen Privatdetektiv anheuern. So wie Erhard damals. Aber es gebe ja keine Privatdetektive mehr. Ob ich ihm einen von meinen Russen nach Riga schicken könne. Einen Russen, der sich auf die Lauer legt, der fotografieren kann und die ganze Schande zu dokumentieren weiß, der wäre genau richtig.

Ich rief entsetzt, es sei nicht leicht, jemand Verschwiegenen zu finden. Hub sagte, verschwiegen müsse er nicht sein, denn danach könne man ihn ja erschießen.

»Meinst du das ernst?«

»Was?«

Die Maschine sackte hundert Meter in die Tiefe.

»Was du eben gesagt hast?«

»Weißt du, wie es in mir aussieht? Hast du die geringste Idee?«

»Hub«, hörte ich mich einfühlsam sagen, »du kannst keinen unserer Russen erschießen.«

Er setzte das Taschentuch ab, betrachtete es wie ein unwillkommenes Geschenk (das es ja auch war) und drückte es mir in die Hand zurück.

»Ich weiß«, nickte er. »Aber sie sterben doch sowieso.«

Dann hatte ich Kopfschmerzen.

Als die Turbulenzen nachließen, setzte sich Politow zu seiner erschöpften Schilowa und sang ihr leise ein Kosakenlied. *Eintönig klingt hell das Glöcklein,* Gift in Moll für betrogene Ehemänner. Dumpf brütete Hub neben mir über seinem Verdacht (nur welchem?). Seine Uniform saß tadellos, eine tadellos sitzende Uniform aus angefaultem Laub. Sie stank, oder er stank. Gewiss hatte Ev sie seit einem Jahr nicht mehr gewaschen und gebügelt. Was mochte geschehen sein? Was hatte Hub in Erfahrung gebracht? Ich blickte ihn verstohlen von der Seite an, sah nur Abwehr. Sein Fingerballett zertanzte die Fensterscheibe, vor der sich eine Eisschicht gebildet hatte. Manchmal schlug er mit der Faust dagegen, so dass alle zu uns herüberschauten.

Nachdem wir in Tempelhof gelandet waren, holten uns zwei Limousinen der Gestapo ab. Wir glitten im Regengeriesel durch eine schwerversehrte Stadt. Überall Ruinen und rauchende Trümmer. Am Lützowplatz muss kurz zuvor eine Bibliothek getroffen worden sein. Tausende rauchgeschwärzter Papierfetzen wirbelten durch die Luft, ein paar Seiten Lessing blieben an unserer Windschutzscheibe kleben. Hub saß neben mir wie eine Puppe.

Wir setzten die Frauen (zu denen Möllenhauer unbedingt gezählt werden muss) am Café Josty ab. Von dort ging es für Hub, Politow und mich ins beschauliche, unversehrte Schmargendorf, wo das SD-Amt VI, unsere Dienstzentrale, das ehemalige jüdische Altersheim requiriert hatte, ein wie ein Zebra gestreiftes, langgezogenes Backsteingebäude mit kulturbolschewistischem Flachdach. Im Betsaal hatte man eine bayerische Zirbelstube eingerichtet, als Kantine. Dort warteten wir mehrere Stunden lang auf zünftigen Holzbänken, zwei Drittel von uns tranken Kaffeeersatz aus Hakenkreuz-Porzellan, der Rest wollte Bier haben (über uns Davidsterne an der Decke, geschickt überklebt, des guten Appetits wegen). Hub schrie schließlich eine Ordonnanz an, aus nichtigem Anlass. Ich bat ihn, sich zusammenzureißen. Er ging auf die Toilette, ich glaube, er weinte.

Tropenfisch Schellenberg empfing uns in seinem Büro, das nicht im entferntesten an die Pracht des Prinz-Albrecht-Palais-bevor-es-zerbombt-wurde erinnerte, abgesehen von dem riesigen Renaissanceschreibtisch, von dem sich der Brigadeführer, schon wegen der beruhigenden Maschinengewehre darin, nicht hatte trennen können. »Was soll man sagen«, seufzte er indigniert und klopfte mit dem gekrümmten Zeigefinger demonstrativ an die Zimmerwand, »ein rassisch durch und durch entartetes Haus. Immerhin haben wir den Architekten nach Theresienstadt geschickt, ein zarter Protest gegen seinen Kretinismus.«

Schellenberg hatte das arrogant-ewige Lächeln nicht verloren. Vielleicht wirkte es eine Spur gefrorener als in den seligen Zeiten der Triumphe. Er empfing den fröhlichen Politow und die blassen, beide auf ihre Art kurz vor dem Zusammenbruch stehenden Gebrüder Solm durchaus leutselig, hatte aber nur zwanzig Minuten Zeit. Hub stand einmal kurz auf, blieb stehen, schüttelte den Kopf und setzte sich wieder. Schellenberg überschüttete Aktivist Politow mit Komplimenten bezüglich der unübersehbaren Max-Schmeling-Ähnlichkeit. Danach fragte er ihn ohne jede thematische Überleitung, ob er für eine Mission zur unmittelbaren Ausschaltung der sowjetischen Staatsführung das Herz habe. Politow erklärte bei Sekt und Obst einige elementare Dinge, die man über sein Herz wissen musste. Ich kannte sie schon alle. Hub hörte nicht zu.

Noch in derselben Nacht bewilligte Brigadeführer Schellenberg, nach Rücksprache mit Heinrich Himmler, den von »Kommando Pleskau« durchzuführenden Einsatz.

Das Unternehmen erhielt die Bezeichnung »Sternstunde«.

14

Am Tag darauf meldete sich Hub krank.
Der Rest der Rigaer Delegation fuhr in Begleitung zweier höflicher Standartenführer und eines allmählich in Schneefall übergehenden, unaufhörlich nieselnden Dauerregens auf einen Schießplatz, der weit vor den Toren Berlins lag. Wir wurden von einem zackigen Major empfangen, der uns in einen langen, eingeschossigen Bau mit vermauerten Fenstern führte. Dort zeigte man Politow zehn Meter unter der Erde die Spezialausrüstung, die in den vergangenen Monaten für ihn entwickelt worden war, natürlich unter strenger Geheimhaltung. Doch welcher Geheimhaltung fehlt es schon an Strenge, dachte ich, und schon fiel mir Ev ein und unser eher nachgiebiges, gebrechliches, angeschlagenes Geheimnis, und ich brauchte eine Weile, bis alle meine Gedanken wieder im Raum waren.

»Eine Panzerknacke« nannte in diesem Augenblick der Major fast zärtlich das kleine Gerät, das er mir vor das Gesicht hielt. Es bestand aus einem kurzen Stahlrohr von etwa sechzig Millimetern Durchmesser, einem Granatenaufsatz, mehreren Lederriemen, bunten Leitungsdrähten und einem Knopfschalter. Ein Miniraketenwerfer, so schmal, dass Politow ihn sich an den nackten Unterarm schnallen und damit in einen Mantelärmel schlüpfen konnte, ohne dass man auch nur die winzigste Wölbung darunter sah. Politow lachte und drehte sich wie vor einem Garderobenspiegel. Er brauchte wirklich viel Bestätigung.

Andere Geheimwaffen wurden ebenfalls präsentiert: Haftminen mit elektronischer Fernzündung, Spezial-Parabellum-Pistolen mit Giftampullen als Geschosse, neu entwickelte Schalldämpfer, ein Motorrad mit Rückwärtsgang. Sogar das für den Transport des Kommandos notwendige Spezialflugzeug, eine viermotorige Arado 332, konnten Politow und ich einen Tag später in einem Brandenburger Flugzeugwerk besichtigen. Die ganze Hightech-Leistungsschau wurde für den so faszinierenden, vielversprechenden, vor Temperament und Zuversicht berstenden Edelkollaborateur veranstaltet, um ihn nachhaltig zu beeindrucken und von der Überlegenheit der deutschen Militärtechnik zu überzeugen.

Das war auch bitter nötig.

Denn während unseres Aufenthalts wurde Berlin von mehreren verheerenden Bombenangriffen heimgesucht. Brennende Häuser, fliehende Menschen, in Bunkern ausharrende Bombenopfer. All das sah nicht nach Endsieg aus.

Am Morgen nach einem Nachtangriff, während dessen ich vor mutloser Kümmernis – in Sorge um Hub, um Ev, um mich – fast wahnsinnig geworden war, konnte ich Politows ewige Munterkeit nicht mehr ertragen. Entnervt schickte ich ihn in ein Geschäft, um Strümpfe für die Schilowa zu kaufen. Sie wollte unbedingt durchsichtige Perlonstrümpfe haben, die man für sündhaft viel Geld und ohne Marken im Femina-Palast kaufen konnte, ss-Beziehungen vorausgesetzt.

Auf dem Weg zu den Strümpfen beobachtete Politow, wie ein großes Mietshaus durch Funkenflug Feuer fing. Das Feuer, gerade erst im Entstehen, nicht mehr als ein Rauchwölkchen im Dachstuhl, weckte seinen Ehrgeiz. Im Nu raste er die Treppen hoch, ergriff unterwegs zwei auf dem Treppenflur stehende, mit Wasser gefüllte Eimer und stürmte weiter auf den Dachboden zu, wo der Brandherd lag. Bevor er aber die Bodentür erreichen konnte, hörte er von unten eine kreischende Frauenstimme: »Meine Eimer, meine Eimer! Was wollen Sie mit meinen Eimern?«

Politow drehte sich auf der Stelle um, rannte die Treppe wieder herunter, stellte die beiden Eimer der Frau vor die Füße: »Hier twoi Aimer!«, und ging gemessenen Schrittes auf die Straße, wo er sich in einen aus dem Nachbarhaus geretteten Polstersessel setzte und seelenruhig zusah, wie das Haus, das er so gerne gelöscht hätte, bis auf die Grundmauern abbrannte.

Ich glaube, das war der Moment, an dem Herr Politow begann, sich Gedanken zu machen, sagte später Möllenhauer, der ihn begleitet hatte (selbstverständlich kaufte auch er sich Perlonstrümpfe).

Kurz danach rief mich Hub im Hotel an. Er erklärte mit tonloser Stimme, dass er bereits auf dem Weg nach Riga sei. Er habe sich einem Wehrmachtstransport angeschlossen. Ein paar Dingen müsste auf den Grund gegangen werden. Ich sei zum Delegationsleiter ernannt worden. Schriftliche Bestätigung folge per Fernschreiben. Rest des Besuchsprogramms sei befehlsgemäß zu absolvieren.

Ich hörte ein Knacken in der Leitung. Das Gespräch war beendet.

Ich legte auf.

Die Luxuspension am Kurfürstendamm, in der wir damals alle untergebracht waren, steht heute noch unversehrt. Das Gebäude hat alle Bombenangriffe überstanden. Als ich vor ein paar Jahren in Westberlin war, habe ich mir den Eingangsbereich noch einmal angesehen. Der Luxus war weg, aber die Karusselltür existierte noch. Selbst die alten Ledertapeten, prachtvoll und dunkel, haben sich im Treppenhaus erhalten. Den kann man sich heute gar nicht mehr vorstellen, den Farbraum der alten Reichshauptstadt, den Glanz, wie ein von Tintoretto gemalter, von aller irdischen Schwere losgelöster Bombast. Ich ging in den dritten Stock hinauf und stellte mich vor das Zimmer von damals, legte das Ohr an die Tür und hörte zu, wie ich dort dreißig Jahre zuvor hin- und hergerannt bin, stundenlang. Wie ich mit der Stirn an die Wand schlug (bong-bong!). Wie ich mir in die Handknöchel biss. Denn Ev konnte ich in Riga nicht anrufen. Die Wahrscheinlichkeit, dass die Verbindung bereits abgehört wurde, war zu hoch.

Später lag ich im Bett. Noch später lag ich immer noch im Bett, benommen vor Sorge. Wie Blei, das in Wasser fällt.

An Schlaf war nicht zu denken, und so schleppte ich mich hinunter in den Frühstücksraum, und da saß Maja. Sie hatte die Verdunkelung abmontiert, und durch das hohe Fenster fiel das, was draußen ein paar Sterne und der Mond hinter den Wolken anrichten konnten ohne Hilfe von Gaslaternen, Leuchtreklame und Scheinwerfern. Es war nicht viel, ein grau-silbriges Licht, das sich über Maja streute als säße sie in Asche, so sah es aus. Eine Grisaille.

Die Uhr zeigte halb drei und dröhnte. Ihr Zeiger war das Einzige, was sich im Raum bewegte. Die Gestalt am Fenster hingegen hätte auch aus Gips sein können. Ich setzte mich zu ihr. Wir waren lange still.

»Es ist schön, wenn es dunkel ist.«

»Ja«, sagte ich.

»Dann sieht man nicht, wie hässlich ich bin.«

»Du bist nicht hässlich.«

»Du ekelst dich vor mir.«

»Nein.«

»Ich tue dir leid.«

»Nein.«

»Ich tue dir nicht leid?«

»Mir tut nur leid, was man dir angetan hat. Nicht, was aus dir geworden ist.«

»Wenn du blind wärst ... das wäre das Schlimmste für dich, oder?«

»Warum?«

»Weil du ein Maler bist.«

»Das kann schon sein, ja.«

Draußen hörten wir Gekicher, ein betrunkenes Pärchen, trotz der Sperrstunde. Ansonsten war die Nacht völlig still, wie auf dem Land. Keine Autos. Keine Menschen. Keine Fliegerangriffe. Nur die Uhr in der Ecke.

»Für mich wäre das nicht das Schlimmste, wenn du blind wärst.«

Ich blickte zu ihr. Es war schon immer schwer gewesen,

in ihrem Gesicht zu lesen, auch als es noch ein offenes Buch war und kein Durcheinander aus schlecht zusammengeklebten Scherben.

»Schon lange hat mir niemand mehr so etwas Nettes gesagt«, sagte ich.

»Hast du jemanden?«, erwiderte sie ebenso leise.

»Nein.«

»Aber dein Herz gehört jemandem. Das merke ich.«

Nun hörte man von draußen eine schroffe Stimme, schon weit entfernt. Offensichtlich war das betrunkene Pärchen in eine Kontrolle geraten.

»Wenn ihr den Krieg verliert – und ich glaube, ihr verliert den Krieg –, wenn ihr also den Krieg verliert, dann werden wir beide sterben, so oder so. Aber ich glaube, dass nach ein paar Jahren dann alles wieder schön sein wird für all die Menschen, die wir gekannt haben.«

»Ja, vielleicht«, sagte ich.

»Was hast du mit deiner Stirn gemacht?«

»Ich bin gegen die Wand gerannt, oben im Zimmer.«

»Ach, du warst das.«

»Ja.«

»Bongbong.«

»Ja.«

»Ganz schön oft.«

»Ich habe mich auch gebissen«, sagte ich und schob ihr meine Hand hinüber. Sie tastete sie ab, blieb an den Hautabschürfungen hängen. Ihre Finger waren kühl.

»Wollen wir zusammen beten?«

»Es tut mir so leid, Maja.«

»Warum nicht?«

»Als ich ein Kind war, habe ich mit jemandem gebetet. Ich kann mit niemand anderem beten.«

»Als Kind ist es am besten.«

»Maja?«

»Was?«

Ich zog meine Hand vorsichtig wieder zurück, so dass die ihre ganz verloren auf dem Tisch zurückblieb.

»Ich werde auf mein Zimmer gehen.«

Sie schlug die Augen nieder, nun war doch ein bisschen Farbe auf ihren Wangen.

»Ja, wir werden auf unsere Zimmer gehen.«

Zwei Tage später erhielt ich aus Riga ein Telegramm.

LIEBER KOJA STOPP BITTE KOMMEN STOPP UNGLUECK STOPP EV

15

Schon immer war meine Schwester um ihre Gesundheit besorgt gewesen. Bereits als Zehnjährige hatte Ev die unglaublichsten Vorstellungen. Manchmal stürmte sie in die Küche und schrie: »Mir faulen meine Ohren ab!« Ihr kamen ihre Ohren so weich vor wie alte Pfirsiche, und niemand durfte ihr den Kopf streicheln, auch nicht Mama, denn die allerkleinste Erschütterung konnte die Ohren zum Abfallen bringen und die müssten dann beerdigt werden und sie könnte nichts mehr hören.

Oft dachte sie an Krebs. Und manchmal kroch sie zu mir ins Bett und weinte, weil sie sich eine Krankheit vorstellte, die sie bei Charles Dickens gelesen hatte. Hunger zum Beispiel. Oder das Pickwick-Syndrom. Als sie schon Medizin studierte, sagte sie mir, dass das Pickwick-Syndrom mittlerweile Obesitas-Hypoventilationssyndrom heiße. Man habe es aber nur, wenn man sehr dick werde und stets übersättigt sei. Man könne also niemals Hunger und gleichzeitig das Obesitas-Hypoventilationssyndrom haben. Das sei das einzig Gute an diesen beiden Krankheiten, dass sie sich gegenseitig ausschlössen.

Bitte. Ev meinte das ernst. Sie hatte bedrückende Obsessionen. Manchmal fand sie die Kraft, sich ironisch über sich selbst hinwegzusetzen. Oft aber auch nicht. Als in

Belgisch-Kongo einmal eine Grippewelle grassierte und es bei uns Bananen gab, die aus dem Kongo stammten, damals noch eine Delikatesse, weigerte sie sich, die Küche zu betreten. Drei Tage lang. Da war sie vierzehn. Sie dachte oft über den Tod nach. Das Jenseits hatte etwas Faszinierendes für sie, weshalb sie so gerne betete. Und da ihre beiden Eltern gestorben waren und sie keine Geschwister hatte und keine Verwandten und seit ihrem achten Lebensjahr auf einem völlig unbekannten Planeten gelandet war – während der alte Planet, ihre Urmutter Erde, von jeglichem Leben gereinigt durch die Galaxien schwebte –, wurde sie von der Angst getrieben, dass auch sie, das letzte Überbleibsel einer überkommenen und womöglich vom Allmächtigen verdammten Lebensform, jederzeit untergehen könne, und zwar aufgrund der unvorstellbarsten Infektion oder lächerlichsten organischen Störung, die niemanden auf diesem neuen Stern bedrohe außer sie, die Altirdische. Sie brauchte keinen Sturm, um hinweggefegt zu werden, keinen Wind und nicht mal eine Brise. Ein Atemhauch konnte genügen.

Für Ev müssen die Monate in Auschwitz schon aus diesem Grund die manifestierte Gewissheit gewesen sein, dass alles jederzeit möglich ist, auch das Undenkbare, das Unvorstellbare und das Unbegreifliche. Dazu konnte sogar Veranlassung geben, was noch weniger ist als ein Atemhauch, eine dunkelbraune Iris zum Beispiel.

Verglichen damit waren die Verletzungen, die Ev durch meinen Bruder zugefügt worden waren, von beruhigender Geheimnislosigkeit. Nichts weiter als Prellungen, Blutergüsse, Ödeme – sowie eine Riss-Quetschwunde über der linken Braue, die mit einer halbgeglückten Einzelkopfnaht versorgt worden war. Und dennoch durchbrach ein Asteroidensturm Evs Stratosphäre. Nichts anderes waren die Schläge ihres Mannes für sie gewesen.

Steine aus dem Weltall.

Sie empfing mich bei sich zu Hause. Klein-Anna schlief hinter der von mir vor Wochen erst buntbemalten Kinderzimmertür. Ich sah umgeworfene oder wie verloren im Raum träumende Möbel, umspült von Wellen aus herausgerissenen Büchern, die über die Böden wogten. In Evs Gesicht waren alle Farben. Die medizinische Versorgung hatte sie alleine übernommen. Hub hatte ihr beim Nähen der Wunde helfen müssen, geschüttelt von eruptiven Schluchzern, so dass die Nadel hin und her getanzt hatte. Nun hat jeder dem andern einen Schmiss verpasst, witzelte sie bitter, oder auch: »Schmiss kommt von Schmeißen.« Und ich brauchte eine Weile, bevor mir wieder einfiel, wie sie Hubs Lippe einst geflickt hatte nach seiner ersten Mensur, so dass jeder seiner Küsse sie an damals erinnerte.

Sie konnte nicht aus dem Haus, nicht einmal in den Garten konnte sie, wahrscheinlich für Wochen nicht, außer wenn es dunkel war. Eine Sonnenbrille und der über das Kinn bis zu den Ohren gezogene Schal waren nicht genug. Auch Olga durfte nicht kommen und die gnädige Frau Obersturmbannführer in diesem Zustand sehen, oder gar die zertrümmerte Wohnung. Ev weigerte sich, im Haushalt irgendetwas aufzuräumen oder anzurühren. Nur um Anna kümmerte sie sich, die unablässig weinte.

Hub war völlig aufgelöst gewesen, war auf die Knie gefallen, hatte sie angefleht, ihm zu verzeihen, mein roter Fleck, mein roter Fleck, habe er geschrien, sagte sie. Er meinte seine Netzhaut, die sich bei Wut rot einfärbt, als Kind schon immer, und er schrie und schrie ununterbrochen.

»Es muss aufhören mit uns«, flüsterte Ev.

»Natürlich«, sagte ich.

»Er wird uns umbringen. Er wird uns alle drei umbringen. Ich weiß es.«

»Wir hören auf.«

»Ich habe ihn nicht mehr erkannt. Er hatte kein Gesicht mehr. Er hatte nur noch Augen.«

Sie sagte mir, dass er sie wie im Rausch geprügelt habe, weil sie ihm nicht erzählen wollte, was geschehen war.

Einen einzigen Hinweis hatte er gefunden. Ein Blatt ihres Tagebuchs. Es war wohl irgendwann herausgefallen und hatte sich hinter der Bettstirn eingenistet. Und als ihm vor einer Woche im Schlafzimmer eine Traube von einem Teller fiel und fortrollte unter das eheliche Lager und er nicht wollte, dass die Traube unter ihm verfault und verschimmelt oder auch nur vertrocknet, schob er das Bett zur Seite, und da lag die Traube auf dem verlorenen Blatt, wie ein Magnet auf Stahl liegt. Er hob das Papier auf, las in den wenigen Zeilen die Beschreibung eines sexuellen Vorgangs, an dem er nicht beteiligt war. Es kamen Wörter vor, die Ev und ich benutzten. Und es kam das Datum vor. Und es kam die Erwähnung einer schönen Zeichnung vor, Evs Nacktheit betreffend. Ich kam nicht vor. Nicht namentlich. Aber Hub wollte wissen, wer der Betreffende sei. Ev sagte nichts. Er wollte den Rest des Tagebuchs haben. Sie log. Sie sagte, sie habe es verbrannt, da die Affäre vorbei sei, aus und vorbei, und sie schäme sich. Sie schäme sich.

Minuten später musste er zum Flughafen, setzte sich in den Flieger nach Berlin, sauste mit mir und den anderen zur »Sternstunde«.

Ev verging vor Übelkeit und Bammel, vor Selbsthass und Schuldgefühlen, hoffte aber, dass sich alles noch zum Guten wenden könne. Dann stand er plötzlich vor der Tür, drei Tage vor der geplanten Rückkehr. »Wer ist es?«, fragte er auf der Türschwelle und schlug schon zu, als sie noch die nassen Spülhände im Flur auswrang. Er schüttete jede Schublade ihrer Wohnung aus und verschob alle Tische und Schränke und Regale und fand am Boden einige Trauben, ein Stück Brot, jede Menge Insekten und zwei Mäuse, die verwest waren und von Schimmel überzogen.

Aber das Tagebuch fand er nicht, denn sie hatte es gut versteckt.

Er ließ jedoch nicht locker und überprüfte das auf dem Blatt vermerkte Datum, kombinierte es mit anderen Terminen, kombinierte es mit Spekulationen über die erwähnte Zeichnung, kombinierte es mit der Wortwahl auf dem Corpus Delicti, und am Ende kam er zu dem Schluss, dass nur ein Mensch in Frage käme, der ihn auf solch infame Weise hintergangen haben könnte. Und er habe sie immer wieder geschüttelt und geschlagen und gefragt, ob das stimme, ob dieser Mensch es gewesen sei, er konnte sich niemand anderen vorstellen, bitte Koja, es tut mir so unendlich leid, weinte sie, aber ich musste am Ende sagen: Ja, es stimmt.

»Du hast gesagt, dass ich es bin?«

»Nein. Du doch nicht. Das würde er niemals glauben.«

»Wer denn sonst?«

»Der Fahrer.«

»Mein Fahrer?«
»Ja.«
»Grischan?«
»Er war hier an diesem Tag.«
»Du hast gesagt, du hast mit Grischan geschlafen?«
»Er war ja immer hier, wenn du auch hier warst. Und er ist so hübsch. Und weißt du, Grischan und ich, wir sind ja ein paarmal spazieren gegangen im Sommer, als ich mit Hub bei dir in Hallahalnija war. Und da hat er mich ja auch gemalt. Du hast gesagt, es erinnert dich an van Gogh?«
»Dein grünes Gesicht, ja.«
»Und damals war Hub schon so eifersüchtig, als er das grüne Gesicht sah, und sagte, ich solle mich nicht vom Russen malen lassen.«
»Ev.«
»Es tut mir leid. Es tut mir leid.«
»Ev, das ist furchtbar schlimm.«
»Ich weiß. Aber er ist der einzige Mensch, der zeichnet, außer dir.«
»Ich muss sofort mit Grischan reden.«
»Ich habe schon mit ihm geredet.«

Ich kann mir vorstellen, dass jemand wie Sie, der die Welt für eine Art Woodstock hält und diese Zeit nicht miterlebt hat, kaum ermessen kann, was dieser Satz bedeutete. Dieser Satz bedeutete, dass es meiner Schwester gelungen war, schneller mit Grischan Kontakt aufzunehmen als ihr Mann. Dies war einem erheblichen Zufall, vielleicht einer Kombination aus Zufall und Notwendigkeit, in letzter Konsequenz Josef Stalin persönlich zu verdanken.

Der Stählerne nämlich hatte die Rote Armee angewiesen, genau zwei Tage zuvor, am zwölften Januar Neunzehnvierundvierzig, eine Großoffensive an der gesamten Breite der Nordfront zu beginnen. Zwei Millionen gehorsame Rotarmisten überrannten, während mein Bruder auf seine Schwester eindrosch, unsere Winterstellungen bei Luga und Nowgorod und rasten auf Leningrad und Pleskau zu, so dass Hub von Ev ablassen musste, da war er allerdings schon im Zustand schluchzender Zerknirschung. Das schwarze Telefon klingelte drüben im Flur, weil sein Furor übersehen hatte, das Telefonkabel aus der Wand zu reißen. Entnervt wimmerte er in den Hörer, ja, Solm, was ist los. Und er hörte einen Zahlencode. Ein Zahlencode bedeutet einen Alarmanruf. Und ein Alarmanruf bedeutet, dass man sofort in seine Dienststelle eilen muss, ohne sich um den Liebhaber seiner Gemahlin zu kümmern.

Zwei Stunden und vier Minuten nach diesem Alarmanruf parkte der gewissenhafte Grischan meinen Dienstwagen, einen blitzeblanken Opel Olympia, ordentlich vor Hubs tiefverschneiter Einfahrt, wie ich es ihm eine Woche zuvor, bevor ich in die Ju 52 nach Berlin gestiegen war, aufgetragen hatte. Denn er sollte Ev und ihre Tochter abholen und zum Flugfeld fahren, damit Klein-Ännchen uns – den lieben Vater und den als lieben Onkel getarnten lieben Vater – dort lächelnd und brabbelnd in Empfang nehmen konnte. Es sollte eine Überraschung für Hub sein, eine schöne natürlich. Das war der Plan. Ein Plan, der durch verschiedene Entscheidungen außer Kraft gesetzt worden war, vor allem durch Hubs fatale Entscheidung, drei Tage früher als vorgesehen in Riga einzutreffen.

Im Orkan der Kalamitäten hatte ich vergessen, Grischan die veränderte Ankunftszeit telefonisch mitzuteilen. Niemand hatte ihm daher gesagt, dass seine Dienste nicht mehr gebraucht wurden. Er wusste von nichts.

Mein Bursche klingelte also irrtümlich, aber befehlsgemäß (eine furchtbare Kombination) zur anberaumten Zeit an der Haustür der Familie Solm, straffte sich und seine sehr saubere Uniform. Hernach bewunderte er die schöne Mischung aus roten und blassen Ziegeln, aus denen die Villa erbaut war. Und während ein paar Schneeflöckchen in seinen bewundernden Blick rieselten, öffnete Ev die Tür, und er sah eine zusammengeschlagene, blutende und mit vier zitternden Stichen am Augenbogen genähte Dame des Hauses, deren Gesicht ihn an überhaupt gar nichts erinnerte, was er jemals gemalt hatte. Er wurde in eine verwüstete Wohnung gebeten und erfuhr alles über Ev und mich, was er nie hätte erfahren dürfen und sicher nie erfahren wollte. Unter anderem wurde ihm mitgeteilt, dass er, Grischan, ein intimes Verhältnis mit der gnädigen Frau gehabt habe, was er, Grischan, gegenüber jedem, der ihn danach fragen sollte, unbedingt und unter allen Umständen zu beteuern hätte, obwohl ihm, Grischan, dieser sensationelle Umstand völlig unbekannt war.

So viel zu Evs Instruktionen, die aufgrund starker Gesichtsschwellungen nur genuschelt werden konnten.

Sicher hat Grischan mit großen Augen und äußerst respektvoll den Anweisungen zugehört und sich ansonsten jeden Urteils enthalten. Er sagte nicht viel und konnte den

Anflug von Bestürzung hinter seiner natürlichen Würde verbergen.

Gegen meinen ursprünglich erteilten Befehl fuhr er danach so schnell wie möglich nach Pleskau zurück. Die gnädige Frau hatte ihm das aufgetragen, da sie nicht wollte, dass er und ihr Mann, der Herr Obersturmbannführer, allzu frühzeitig einander Beachtung schenkten.

Als ich das hörte, war mir klar, dass Ev nun einen Kronzeugen erschaffen hatte. Grischan konnte uns nach Gutdünken erpressen. Er konnte fordern, was immer er fordern wollte. Oder aber er konnte großherzig sein, loyal, vergesslich. Wenn ihm danach war, konnte er auch einfach nur seine Träume bereichern, seine Macht genießen und sich Ev splitterfasernackt vorstellen.

Was immer ihm auch gefallen würde, er hatte uns in der Hand.

Ich verabschiedete mich von Ev, der erste Abschied seit Jahren, bei dem ich sie nicht berührte. Ich hob noch, völlig idiotisch, im Flur zwei Bücher auf und ließ achthundert Bücher zurück, so wie ich auch meine Tochter und Politow und die Schilowa in Riga zurückließ. Wie ich überhaupt Riga zurückließ.

Nur mit Möllenhauer (entgeistert) eilte ich (betäubt) in einem Sanitätstransport nach Pleskau, den zwei Millionen auf uns zurasenden Rotarmisten entgegen. Der Offizierswagen, der mir zustand, blieb in der Präfektur zurück. Ich war in keinem Zustand, in dem ich meinem Bruder dort hätte begegnen können.

Als wir mitten in einem Schneesturm, zitternd aus vielerlei Gründen und viele Stunden zu spät, beim Pleskauer Zeppelin-Kommando eintrafen, herrschte dort Unruhe. Nimmersatt Girgensohn kam mit flatternden Armen auf uns zu und rief dreimal hintereinander: »Unser guter Laschkow!« Dann blickte er mich aus seinen hypnotisierten, roten Kaninchenaugen an und bebte schweigend. Ich brauchte eine Viertelstunde, bis ich von meinem für Feinschmeckerfragen hochkompetenten, ansonsten überforderten Stellvertreter erfuhr, dass ein schlichter Pferdeschlitten mit vier in Schafspelze gekleideten und mit Maschinenpistolen und Handgranaten bewaffneten Männern am Abend nach meiner Abreise vor Major Laschkows Privatquartier vorgefahren sei, einem kleinen Bauernhaus unweit des Flusslagers. Die Schaffellmänner hätten sachte an der Tür geklopft, geduldig gewartet, bis geöffnet wurde, die Wirtin geknebelt und gefesselt und neben den Ofen gesetzt, wo sie alles gut beobachten konnte, sowie schließlich unseren guten Laschkow gebeten, sich warm anzuziehen. Danach sei er auf den Pferdeschlitten gesetzt worden und wie ein gefangener Weihnachtsmann mit wehendem Bart auf und davon gefahren, direkt unter den Augen eines dreihundert Meter entfernten Zeppelin-Wachtpostens.

Nach dieser Schilderung führte mich Nimmersatt zu einer im Vorratsschuppen stehenden Bleiwanne. Er zog eine Decke von der Wanne, und mir wurde im Licht der tänzelnden Petroleumlampen schlagartig bewusst, dass meine Jan-Vermeer-Heldengalerie eröffnet war. Nimmersatt tockte mit einer Reitgerte an den Eisblock, den man wenige Stunden zuvor aus der bis fast auf den Grund gefrorenen Welikaja gehackt hatte. Der nackten, zusammengekrümmten, violett schillernden und von einer fünf bis zehn Zentimeter dicken Eisschicht umhüllten Leiche fehlte der linke Fuß. Die Kopfhaut hatte man vollständig abgezogen, bis zum Nacken hinunter. Was mich aber am meisten verblüffte, war Laschkows bartloses Kinn, das ebenfalls skalpiert worden war. Das goldene Lorgnon hatte man ihm in die rechte Augenhöhle gestoßen, so weit in sein Gehirn hinein, dass der gesamte Griff verschwunden war und nur noch die beiden Augengläser herausstanden, wie auf einem Bild von Georges Braque.

In die Bleiwanne ließ ich bis zum Rand Benzin einlaufen und dann das expressionistische Kunstwerk anzünden, die einzige Form einer Bestattung, die bei gefrorenem Boden möglich ist. Während wir salutierend in die Flammen blickten, befürchtete Nimmersatt, dass Laschkow, der knackend zerbrach, die Klarnamen unserer russischen Agenten verraten haben könnte. Niemandem, dem bei vollem Bewusstsein die Haut abgezogen und der Fuß amputiert wird, könne daraus ein Vorwurf gemacht werden, gab der verständnisvolle Möllenhauer zu bedenken. Aber die Decknamen der von Stalin als Hochverräter verfolgten Aktivisten waren die Lebensversicherung ihrer Familien.

Wir mussten, um Unruhen zu vermeiden, sofort die Agentenschule, das Flusslager und Hallahalnija aufgeben. Gleichzeitig schob sich die Front heran, und Möllenhauer meldete, dass das sowjetische Artilleriefeuer wie ein monströser Mähdrescher über die deutschen Divisionen hinwegfegte und sie zermalmte.

Ich ordnete eine Alarmräumung mit Rückverlegung

nach Riga an, die trotz eines nächtlichen Bombenangriffs der sowjetischen Luftwaffe nicht unterbrochen wurde. Auf der anderen Uferseite war ein Munitionsdepot getroffen worden, das zwei Tage lang brannte.

All das Tohuwabohu mischte sich mit meiner inneren Unruhe. Denn ich fand Grischan nicht. Weder war er in Pleskau noch in Hallahalnija, wo ich meine persönlichen Habseligkeiten einsammelte. Erst im Flusslager stieß ich auf Berufszwerg Teich, der gerade im Begriff stand, das Personalarchiv in feuerfesten Blechkisten auf einen Magirus Deutz aufladen zu lassen. Während neben uns alles, was nicht niet- und nagelfest war – Strohmatratzen, Decken, Stacheldraht, Schulbänke, sogar zwei kleine Hundewelpen –, für den Abtransport auf einen großen Haufen geworfen wurde, erfuhr ich von ihm, dass Grischan auf Sonderbefehl von Obersturmbannführer Solm kurz nach seiner Ankunft mit allem Material zurück nach Riga gefahren sei. Mitsamt seinem Opel Olympia. Also meinem. Mit gütiger Boshaftigkeit fügte der Zwerg hinzu, dass ich ja mangels eigener Motorisierung gerne in seinem Dienstwagen mitfliehen könne. Aber zu seiner Verblüffung war das gar nicht nötig. Ich teilte ihm mit, dass sein Fahrer und sein Fahrzeug mit sofortiger Wirkung für meine Kommandeursbedürfnisse konfisziert seien und er bei seinen feuerfesten Blechkisten auf der Lkw-Pritsche sitzen dürfe, da er dort hingehöre und nirgendwohin sonst.

Als ich Hub über die offene Fernsprechleitung anrief, klärten wir nur Dienstliches. Weder Grischans Verbleib noch mein Besuch bei Ev und schon gar nicht sein unheilvolles Verhalten in dieser oder jener Angelegenheit wurden erwähnt.

Seine Stimme erklärte in metallischem Ton, dass derzeit in Riga kein geeignetes Garnisonsgelände für meine Einheit frei zu machen sei. Wir müssten mit allen Pferden, unseren Kühen und sogar den Hallahalnija-Schweinen in den Rigaer Tierpark umziehen. Mehr könne nicht für uns getan werden. Ende und aus.

Die Fahrt des Trosses führte eine Nacht später über die schneebedeckte Rollbahn, die unter einem feindlichen Vollmond flimmerte und aus der Luft als schmaler, milchweißer Strom gelockt haben muss, mit kleinen und noch kleineren schwarzen Punkten darauf, die wie aneinandergebundene Flöße hilflos Richtung Ostsee trieben – das waren wir: Lastwagen, Limousinen, ein Panzerwagen, Pferde. Nach der folgerichtigen Attacke eines sowjetischen Tieffliegers, der ausgerechnet unseren Viehtransporter mit den beliebten Schweinen in Brand schoss (noch tagelang roch der Fahrer, der sich hatte retten können, nach gebratenem Schinkenspeck), erreichten wir das sichere Lettland und schließlich meine wie im tiefsten Frieden schlummernde Geburtsstadt.

Unsere zweihundert Russen schlugen ihr Lager befehlsgemäß im Städtischen Tierpark auf. Der lag idyllisch im Villenviertel Kaiserwald, unweit des gleichnamigen Konzentrationslagers, so dass das KZ-Personal morgens und abends in bequemem Fußmarsch zwischen Arbeitsplatz und den requirierten Judenvillen pendeln und mittags durch einen kurzen zoologischen Abstecher Entspannung atmen konnte, vermutlich der Hauptgrund, warum die

Besatzungsbehörden den Zoo trotz der Kriegslage offen hielten. KZ-Kommandant Sauer, der am Wochenende von der Elefantenkuh Siam und ihren fröhlichen Fanfarenstößen geweckt wurde (sein Anwesen lag direkt gegenüber dem Haupteingang), hatte aus Tierliebe ganze Tagesrationen der Häftlinge an das darbende Wild verfüttert, vor allem die wenigen Fettvorräte an die Eisbären, damit ihr stumpfes Fell wieder mehr Glanz bekam. So stießen wir also auf einen erstaunlich wohlgenährten Tierbestand.

Die Menageriehäuser beherbergten zahlreiche exotische Arten, mit denen wir uns zu arrangieren hatten. Die meisten Soldaten wollten verständlicherweise im mehr als wohltemperierten Terrarium nächtigen. Der fette Mississippi-Alligator, den die Letten »Honigschnäuzchen« getauft hatten, brauchte feuchte Tropenhitze, ebenso wie all die Anakondas, Boas, Leguane und Geckos, die gute Laune verbreiteten und nicht so laut waren wie die Schimpansen, die einen auch manchmal mit Scheiße bewarfen. Eine ganze Abteilung Russen kampierte im Elefantenhaus. Manche Männer schmiegten sich sogar möglichst nah an die Raubtierkäfige, um von der Körperwärme der Tiger zu profitieren. Die vielen Pferde unseres Kommandos kamen zu den Damhirschen auf ein großes Freigelände. Es waren zottige Panjepferde, die den eisigen Januartemperaturen trotzen konnten.

Die acht Kühe, die wir in Hallahalnija mit gefesselten Beinen auf die Pritschen unserer Lkws geschoben hatten, überstanden den Transport nicht unbeschadet. Denn natürlich hatten sich einige der Russen trotz Verbots während der Fahrt auf die brüllenden Tiere gesetzt, da sie keine Lust hatten, stundenlang zu stehen. Eines der Rinder starb unter dem Gewicht eines halben Dutzends schunkelnder Krimtataren. Immerhin gab es eine ganze Woche lang Schnitzel und Steaks, was die Stimmung in der Truppe trotz des demoralisierenden Rückzugs wieder ein wenig hob.

Hub sah ich erst zwei Tage später. Er ließ mich aus dem Besprechungsraum holen, den wir in der Vogelvoliere eingerichtet hatten. Sie war mit blauen und roten Papageien getupft, später konnten einige von ihnen »Heil« und »Hitler« sagen, einer sogar »Hitler kaputt« (was politische Nachforschungen in der Stammeinheit nach sich zog und für den vaterlandslosen Papagei den Kochtopf bedeutete). Als ich jetzt an ihnen vorüberkam, blickten sie mich nur alle an, die Schnäbel wie Gewehre präsentiert, stumm wie Fische.

Er wartete vor der Tür, eingehüllt in Zigarettendunst. Es war noch früh. Wir begrüßten einander nicht. Ohne ein Wort drehte er sich um, klappte sein Mantelrevers hoch und setzte sich in Marsch, so dass ich ihm folgen musste. Wir durchstreiften schweigend den winterlichen Zoo, umrundeten den vereisten Schwanenweiher, stiegen über einen bewaldeten Hügel, und ich merkte, dass Hub auf das abseits gelegene Wolfshaus zustrebte. Hier waren keine Soldaten einquartiert, denn das Wolfshaus war nichts weiter als eine große, fensterlose Blockhütte, in die das Rudel sich zurückziehen konnte, wenn es zu kalt oder zu windig wurde im Gehege.

Vor der Anlage stand meine Dienstlimousine. Der heftig vermisste Opel Olympia. Gefüllt mit Grischan, auf die eine oder andere Art, wie ich dachte. Aber als wir herankamen, waren es nur zwei ss-Männer, die heraussprangen und salutierten. Hub nickte ihnen zu, schnippte seine Kippe in den Schnee und sagte, dass er mit mir alleine hineingehe. Sie sollten vor der Tür warten. Sie hätten lieber im Wagen gewartet. Das sah man.

Das leichte Zittern meiner Hände zeigte mir, dass ich die Vorgänge um mich herum genau beobachtete und auch zu werten wusste.

Einer der Männer fummelte am Gehegetor herum, öffnete es, ließ Hub vorbei, der zwei Schritte hinüber zum Wolfshaus stapfte. Er stieß die Eingangstür auf, drehte sich halb zu mir um, mit einer kühl einladenden Geste, und ich ging voran.

Die uns umfangende Dunkelheit und der strenge Geruch nach Wolfsharn nahmen mir den Atem. Hub drehte an einem Lichtschalter. Über uns sprang eine nackte Glühbirne an. Auf dem Lehmboden gegenüber kauerte Grischan, in eine Ecke gepresst. Er war geknebelt. Die Füße hatte man mit einem Gürtel fixiert, die Hände vor dem Bauch gefesselt. Den Zeige- und Mittelfingern fehlten die Fingernägel.

»Jetzt sitzt der Vogel auf dem Leim«, grunzte Hub.
»Was soll das?«
»Der Vogel, der über uns gelacht hat.«
Im selben Moment wusste ich, dass die Folter zu nichts nutze gewesen war.

Was Grischan über mich wusste, hockte immer noch unangetastet hinter seinem verquollenen linken, wie vom Meister der Erasmusmarter auf Lindenholz gemalten Auge, mit dem er mich kaum sah. Das rechte war nur Brei und Grind.

»Er hat über uns gelacht«, sagte Hub. »Als du dich um Ev gekümmert hattest, hat er gelacht. Immer wenn du aus dem Haus warst, ist er zu ihr und lachte und lachte.«

»Mach ihn los«, sprach ich mürbe.

»Sagt ein Freund zum Ehemann: ›Du, deine Frau soll so gut im Bett sein!‹ ›Na ja‹, antwortet der, ›die einen sagen so, die andern sagen so.‹«

Sein Lachen klang kehlig und bitter, es war gar kein Lachen.

»Das bist du nicht, Hub. Du bist völlig außer dir.«

»Der Vogel hat alles gestanden.«

Hub erfuhr, was ich davon hielt, dass er meinen Schild, meine Wehr, meinen treuen Knappen foltert und unsere untreue Schwester zusammenschlägt. Er entschuldigte sich, sagte, wie sehr er sich schäme für das, was er Ev angetan habe. Dann ging er drei Schritte auf Grischan zu und trat ihm mit dem Stiefelabsatz ins Gesicht. Mein Fahrer spuckte einen Zahn auf den Boden, pendelte seinen Oberkörper wieder in die Vertikale und strahlte Würde aus. Selbst als er für mich in Hallahalnija die Verräter erwürgt oder erdrosselt oder mit einem der Ledertücher erstickt hatte, im Pferdestall, wird er das mit dem Anstand und der Würde bewerkstelligt haben, die ein Henker im besten Falle haben kann.

Ich sagte meinem Bruder, dass er es nun gut sein lassen solle. Er habe seinen Spaß gehabt. Ich würde mich um Grischan kümmern.

»Nein, Koja, warte auf den Leim.«

»Du wolltest mal Pfarrer werden, Hub. Lass uns hier aufhören.«

Aber Hub zeigte nur ein Lächeln, das ich nicht kannte, und ging auf die gegenüberliegende Seite des Blockhauses zu. Er öffnete den Türriegel und schob das schwere, quietschende Holztor langsam auf, so dass wir den Schnee sahen, der das Gehege bedeckte, die braungetretenen Wolfspfade und auch die Wölfe selbst, die wie graublau gemeißelte Granitskulpturen in der umzäunten Welt verharrten, die sie nicht ganz verstanden, das war das Einzige, was man ihren regungslos starrenden Blicken entnehmen konnte. Hub ging zu einem Tischchen, nahm eine emaillierte Schüssel, die mir bisher nicht aufgefallen war, hockte sich damit zu Grischan hinunter und deklamierte sanft:

»*Jetzt sitzt der Vogel auf dem Leim, er flattert sehr und kann nicht heim.*«

»Was ist das?«, fragte ich.

»*Ein schwarzer Kater schleicht herzu, die Krallen scharf, die Augen gluh. Am Baum hinauf und immer höher ...*«

Er machte eine Pause, streckte den rechten Arm aus und hielt die Schüssel hoch, als wolle er ihren Inhalt über sein Haupt schütten.

»*... kommt er dem armen Vogel näher.*«

Ich sah, wie die Finger seiner linken Hand in die Schüssel griffen und das blutige Lendenstück einer Halahallnija-Kuh hervorzogen.

»Mach das nicht«, presste ich durch die Zähne hervor.

»*Der Vogel denkt: Weil das so ist und weil mich doch der Kater frisst, so will ich keine Zeit verlieren, will noch ein wenig quinquilieren.*«

Er ließ die Lende in Grischans Schoß fallen.

»*Und lustig pfeifen wie zuvor.*«

»Komm zu dir. Das ist krank.«

»*Der Vogel, scheint mir, hat Humor*«, flüsterte Hub. Dann erhob er sich und stellte die Schüssel leise in die Ecke, um die Wölfe nicht zu erschrecken.

Grischan beugte sich zur Seite und zeichnete mit einem der verwundeten Finger ein Gesicht in den Staub, einen Kreis mit einem Strich als Nase, einem nach oben offenen Bogen als lächelndem Mund und schließlich zwei kleinen Kommata, die die geschlossenen Augenlider vorstellten. Das Gesicht eines Schlafenden, eines Träumenden, der Traum eines Lebens oder Todes.

»Kommst du?«, fragte Hub, der schon die Türklinke in der Hand hatte, denn der erste Wolf duckte sich bereits und pirschte einen lauernden Schritt näher. Ich komme, sagte ich, holte erst im letzten Moment aus, genau so, wie man es mir beigebracht hatte. Hub sank mit einem Ausdruck grenzenlosen Erstaunens an der Tür herab, der zweite Schlag brach ihm irgendwas, ich glaube die Nase, und er begann sich zu wehren. Dann prügelten wir aufeinander ein.

Irgendwann sah ich, dass die ss-Männer über uns standen. Danach schaute uns ein Wolf aus nächster Nähe zu. Allen schrie Hub entgegen, dass sie in den Wind pissen sollten, was die ss-Männer gehorsam taten, der Wolf aber erst, nachdem er mit schnappendem Biss die Lende von Grischans Körper gezupft hatte. Schließlich saß mein Bruder über mir und schlug mir immer wieder ins Gesicht, mit der flachen Hand, und ich konnte nicht mehr, und ich wollte, dass er tot wäre. Und dann schrie ich ihm entgegen, dass ich Ev liebe und dass ich an allem schuld sei und dass ich ihn entehrt habe, aber doch niemals, niemals Grischan, der aus nichts anderem als Ehre bestehe. Alles schrie ich heraus, und Hub ließ von mir ab, wie ein vom Schmerz Gesättigter. Nur von Meyer und Murmelstein schrie ich nichts, und natürlich nichts von meiner Tochter Anna, meinem weißen Pünktchen Licht am Ende der Felsenhöhle, die dieses Leben war.

Und dann blieb ich still, und alle Wölfe waren mittlerweile in ihrem Bau eingetroffen und standen als gebanntes Publikum um uns herum, still und reserviert auch sie, und einer leckte Blut vom Boden auf, das von Grischan oder mir oder auch von Hub stammen konnte.

Hub nickte versonnen.

»So ist das also«, sagte er milde, und ich sah keine Spur von Wahnsinn mehr in seinem Blick.

Danach knöpfte mein Bruder sein Pistolenkoppel auf, zog seine Walther PPK hervor und schoss Grischan eine einzige Kugel in die Stirn, so dass der Körper erst nach hinten an die Holzwand katapultiert wurde, von da nach vorne sackte und in den Staub fiel, und der Kopf landete genau in der Mitte des träumenden Gesichts.

16

Mama kam im April am Bahnhof an. Ich hatte sie seit fast zwei Jahren nicht mehr gesehen. Sie sah noch habichtartiger aus als je zuvor, verwandelte sich auch sonst äußerlich in Papa, bekam jenen Lippenspalt, der eigentlich zu ihm gehörte, und auch sein Gähnen.

Mit dem Weinen hatte sie wieder aufgehört, sie empfand das als Unart, und durch die Übernahme so vieler äußerlicher Reminiszenzen an Papa (ihr wuchsen auch exakt die gleichen beiden Leberflecke neben dem linken Jochbein, ich glaube nur deshalb, weil sie es wollte) hatte sie vielleicht auch das Gefühl, ihn wieder um sich zu haben. Eigentlich wäre sie nie auf die Idee gekommen, Posen zu verlassen, denn der tägliche Gang an sein Grab hatte sie doch immer aufgerichtet. Stets konnte sie zumindest eine halbe Stunde mit ihm plaudern, gerne auf Französisch, wie früher am Zarenhof, zumindest aber auf Russisch, denn das Russische fehlte ihr. Die Letten hingegen mochte sie gar nicht, hatte sie nie gemocht, Kuschen und Kollen waren sie für Mama, knotige Bauern, und deshalb gab es einen Grund mehr, nicht nach Riga zurückzukommen.

Hub hatte sie aber darum gebeten. Telepathisch. Telefonisch. Und in Briefen, die erst mit Hubsi, später sogar mit Hubsilein unterzeichnet wurden. Mama wurde gebraucht.

Denn Ev arbeitete wieder, diesmal im Wehrmachtshospital. Zum einen musste also jemand auf Anna aufpassen. Zum anderen musste jemand auf Ev aufpassen.

Jeglicher Kontakt zwischen meinen Geschwistern und mir war erloschen. Hubsilein siezte mich nur noch. Kam es zu Dienstbesprechungen, so gab er jedem die Hand, auch mir. Aber er schüttelte sie nicht. Er reichte mir eine schlaffe, seehundartige Flosse, so als wollte er mich auffordern, sie zu zerquetschen, so wie ich alles andere von ihm bereits zerquetscht hatte. Ich gewöhnte mir an, auch in meiner Hand keinen Muskel zu regen, so dass wir uns wie zwei Wasserleichen begrüßten, die der hohe Seegang aufeinander zuschwappt. Jedes Mal wusch ich mir danach das Leichengift von den Fingern.

Niemand im Dienstbetrieb bekam von der Zerrüttung mehr mit als meinen Waschzwang oder diese merkwürdige Indulgenz, die Hub mir zubilligte, eine nachsichtige Korrektheit, unter der keine Spannung lag, so wie auch in seiner Hand keine Spannung lag.

Nimmersatt Girgensohn, Berufszwerg Teich und Lahmarsch Handrack richteten ihre Loyalitätsantennen neu aus, da sich unsere Wolfshausprügelei herumgesprochen hatte. Natürlich war es auch merkwürdig, dass sich zwei Brüder ausschließlich siezten. Allerdings ließ sich Hub von jedem siezen. Sie wissen ja selbst, lieber Swami, was hier los war, als Sie meinen Bruder geduzt haben, dort drüben an der Tür stand er und nannte Sie »Schwuchtel«, vielleicht haben Sie es vergessen.

Möllenhauer war der Einzige, der sich ohne Abstriche zu mir bekannte, was auch dem Umstand geschuldet war, dass nur ich über seine Saturnalien mit Schankpersonal oder gelenkigen Strichjungen hinwegsah, die ihn den Kopf kosten konnten. Alle anderen zeigten mir gegenüber ein freundliches Gesicht, drückten sich ansonsten vorsichtig in die schmalen dunklen Spalten zwischen die Mauern, nichts als Eidechsen.

Mama bemerkte natürlich schnell, dass etwas Grundlegendes nicht in Ordnung war. Kein Roter Herbstkalvill, kein leckerer Apfelkuchen, kein Spieleabend konnte darüber hinwegtäuschen. Mit abgrundtiefer Niedergeschlagenheit musste sie hinnehmen, dass Ev und Hub und Hub und ich und ich und Ev einander die dunklen Wolken waren, die sie uns wegtreiben wollte. Sie drohte sogar, Riga wieder zu verlassen und nach Posen zu Papa zurückzukehren, der sich nie mit ihr stritt und auch nie mit irgendjemand anderem (sie war sehr froh, dass Jeremias von Ottenklonk und Peter Johannson links und rechts von ihm lagen, keine Damengräber Gott sei Dank, und beide Herren sehr gebildet und umgänglich). Daher gab Hub ihr das schönste Zimmer in seiner Villa, nämlich das ehemalige Schlafzimmer, nun ganz neu: zerhackt das entweihte Bett, gestrichen die entsetzten Wände, alles vollgehängt mit Papas Bildern und Skizzen, nämlich den patriotischen (Ordensritter auf ihren Rappen galoppieren über das Eis des Peipussees, so was).

Da Mama dennoch unter Papaweh litt, führte mein Bruder ab dem späten Frühling gespenstische Familiensonntage ein, zu denen wir uns manchmal allesamt in Jugla trafen, wie vor Urzeiten in unserer alten, von Papa so heißgeliebten Datsche, die Hub angemietet hatte, vielleicht auch, weil es dort keinen einzigen Raum gab, in dem Ev und ich jemals Geschlechtsverkehr gehabt hatten.

In Jugla konnte Hub mich natürlich nicht siezen. Er vermied es aber penibel, mich direkt anzureden. Am Tisch fiel das nicht weiter auf, da konnte er einfach sagen: »Könnte ich mal das Salz haben?« Schwieriger wurde es, wenn Mama mit uns dreien Skat spielte. Er löste das dann friderizianisch: »Er komme raus, bitte!«

Es fiel auf, wie rücksichtsvoll und zärtlich er mit Ev umging, was man schon daran erkannte, dass er niemals in ihrer Gegenwart Uniform trug. Und auch sie erarbeitete sich eine Nähe zu ihm, die mir nicht falsch vorkam, nur angestrengt, aber bedürftig. Beide waren hinreißend lieb zu Klein-Anna, und als sie einmal von einem Ganter gebissen wurde, war Hub als Erster bei ihr zum Pusten.

Ich tat alles, um Ev kein einziges Signal auszusenden, nicht einmal Sorge. Sogar Anna versuchte ich als Kind meines Bruders zu sehen, redete mir ein, dass Ev mich angelogen hätte. Obwohl ich sicher war, dass sie es nicht getan hatte, redete ich es mir eben ein. Nichts ist verlässlicher als der Zweifel. Alles, was ich je für sie empfunden hatte, versuchte ich im Angesicht des Verhängnisses, das über uns allen lastete, in einem tiefen Loch zu vergraben, so wie die Römer ihre Schätze vergruben, wenn die Germanen heranstürmten.

Eines Tages Anfang Juni brachte ich Maja mit, schon Mama zuliebe.

Maja hatte wochenlang versucht, meinem Wunsch nach respektvoller Distanz nachzukommen, der jedoch an jenem

Abend in sich zusammenfiel, als sie zum üblichen Rapport vor meine Kaiserwaldvilla trat, fünf Minuten klingelte, weitere fünf Minuten an die verschlossene Tür hämmerte, schließlich durch das offene Küchenfenster in das Haus eindrang, mich aber nicht vor dem Schreibtisch, sondern auf dem Wohnzimmerboden antraf, mitten in einer Urinpfütze liegend, die mindestens drei Promille Alkohol enthielt, ebenso wie mein Blut. Am nächsten Morgen wachte ich gewaschen und gesalbt in meinem Bett auf. Maja lag neben mir, wir redeten und weinten, bis sie sich zwei Stunden später vorsichtig auf mich setzte, langsam niederglitt, mit einer Hand nach meinem Glied griff und es genau an die Stelle führte, die schon vier Jahre zuvor genau richtig gewesen war.

Ach, Mama freute sich wirklich sehr, meine »kleine Freundin« kennenzulernen, wie sie sie nannte. Russische Konversation munterte sie immer auf. Sie schloss Maja sofort in ihr Herz, auch wegen der Turgenjew-Gedichte. Maja kannte so viele.

Es war eigenartig, mit ihr in Jugla zu sein. Denn ich saß unter der Eibe drüben am spirreligen Tisch und sah in den knospenden Zweigen den Schatten, der einst auf Mary-Lou gefallen war. Und nun fiel er auf Maja. Der ganze Garten war noch voll von Mary-Lous altem Sommer. Ich hätte mich nicht gewundert, wenn Monopoly-Dollar aus dem Himmel gefallen wären und Papa, am Apfelbaum festgebunden, nach ihnen gehascht hätte, und dazwischen das zornige Gebrüll meiner Geschwister. Alle Sommer gleichen einander. Die Verlorenen und die Toten fehlen einem nicht, wenn es warm ist. Nur selbst will man nicht sterben.

Maja trug trotz des Sonnenscheins und auch später in jeder Hitze ein hochgeschlossenes Kleid mit langen Ärmeln, die bis über die Handgelenke reichten. Ein Schal verbarg die Narben an ihrem Hals. Nur ihr zerschnittenes Gesicht, ihr Clownsgrinsen, lag ohne Visier blank und wünschte sich mein Gesicht oder meine Hand oder irgendetwas von mir, das zwischen meine Familie und ihre Qual streichen möge. Ich brachte die Geste nicht fertig vor meiner Mutter, die sich für eine gute Apotheke hielt, nur weil sie zu Maja viel über innere Schönheit sprach.

Ich liebte aber die Narben, jede einzelne von ihnen. Ich hätte sie den ganzen Tag betrachten können, diese Abdrücke menschlicher Gemeinheit und Niedertracht, die meine Geliebte überlebt hatte, so wie meine Geliebte mich überlebt hatte, denn genau so wirkte sie in diesem von Erinnerungen knospenden Garten, wie eine Überlebende, die sich in die Stoffe der Dahinlebenden kleidet, um nicht erkannt zu werden – dabei war sie so schön. Die seelischen Beimengungen der Schönheit, wie Mama sie verherrlichte, nahm man nur mit Maja alleine wahr. Anders als Ev hatte sie nicht vieles, was man auf einem Opernball oder in einem literarischen Salon und ja, vielleicht auch in diesem hochmütigen Garten interessant gefunden hätte. Aber wenn ich abends neben ihr lag und das Flussdelta betrachtete, das man ihr in den weißen Rücken gepeitscht hatte, die Linien auf ihren Wangen, auf denen keine feinen Härchen wuchsen, die ich ablecken konnte, dann war sie meine Queequeg, mein Harpunier und Kannibale aus *Moby Dick,* dessen Wangen auch manchen Leuten Angst gemacht hatten. Und ich wurde ihr Ismael, ein Name, den sie geradezu beschwor, nachdem ich ihr das Buch vorgelesen hatte, denn Ismael war der einzige Überlebende der *Pequod* gewesen, und sie betete jeden Abend, dass ich ihr einziger Überlebender sein möge, denn dann wären wir zu zweit.

Maja war in Riga meine engste Mitarbeiterin geworden.

Ohne dass ich das damals in aller Klarheit hätte sehen können, ersetzte sie mir Grischan und spannte für mich, wie einst er, die Brücke zu den russischen Aktivisten, zu ihrer Kosmologie allemal (metaphysisch gesehen), denn es ist wichtig, dass Russen einen Vorgesetzten für einen Menschen halten.

Das Verschwinden Grischans wurde von niemandem erwähnt. Es wurde auf eine Weise nicht erwähnt, die klarmachte, dass sie bemerkt worden war und Furcht verbreitete. Aber es wurde hingenommen wie ein Lawinenabgang, mit dem in den Bergen zu rechnen ist. Selbst Möllenhauer tat so, als habe es nie einen Vorgänger meines neuen Fahrers gegeben, der gar kein neuer Fahrer war, sondern ein alter, nämlich der Trinker. Auch der Trinker aber benahm sich, als seien wir immer noch in Bessarabien. Ein Menschenleben zählte nicht viel, und das Menschenleben eines Russen war ein Russenleben, also gar nichts.

Maja wusste das. Vielleicht war sie deshalb so streberhaft tüchtig und ungeheuer distanziert, ja sogar abweisend im Dienst, strahlte stets eine gewisse Härte und Unnahbarkeit aus, ein Harpunier eben.

Nur in Jugla, in einem ihr so unbekannten Gewässer, war sie es, die harpuniert wurde, ein wunder Wal. Hub verhielt sich ihr gegenüber auf feindselige Weise korrekt, kaum spürbar verächtlich. Wie Mary-Lou war auch sie nicht das Gelbe vom Ei, rassisch gesehen, Ev übrigens auch nicht und die kleine Anna schon gar nicht, die ja nicht mal Hubs arische Tochter war, sondern die arische Tochter seiner Schwester, die nicht mal seine arische Schwester war.

Aber von all dem hatte mein Bruder nicht die geringste Ahnung.

Das Merkwürdige an diesem paranoiden Geheimdienstleben ist, dass das Mehr an Herrschaftswissen, das man den anderen voraushat, also die Macht, die man zu fühlen meint, einen in die Kälte treibt. Ich wollte damals für immer dieses wohlige Frieren beibehalten, zumindest Hub gegenüber. Ich hätte mir gewünscht, dass er nie die ganze Wahrheit erfährt, und das hätte vielen Menschen das Leben bewahrt.

Nachdem unser Kommando nach einigen Wochen aus dem Zoologischen Garten abgerückt war (nicht ohne einen der köstlichen Tapire mitzunehmen, eine Wonne), wurde die Einheit nach Riga-Strand verlegt. Hier bauten wir in zwei ehemaligen Kurhotels die Agentenschule wieder auf und verwandelten eine Jugendstilvilla in unser Stabsgebäude. Und jeden dritten Tag fragte Hub zu Beginn der Lagebesprechung, nachdem er seine tote Flosse in meine geschoben und die Rapporte der Untergebenen mit drohendem Schweigen angehört hatte, warum Josef Stalin noch immer nicht tot sei.

Diese Bosheit galt mir.

Tatsächlich jedoch war ich fleißig gewesen, trieb unter hohem Druck der »Sternstunde« entgegen. Nichts lenkte mich nachhaltiger ab von Grischans zerschmettertem Schädel (und den dunklen Träumen, die er mir hinterlassen hatte und die ich nun weiterträumte, wie mir schien) als die reine und inspirierende Vorbereitung auf einen Mordanschlag. Dessen perfekte, ja in bestem Sinne bildnerische Komposition imaginierte ich, Ideen leuchteten in mir auf wie bunte Kirchenfenster, und aus einem Strom von Farben und Explosionen formte sich in meiner Vorstellung eine Sixtinische Kapelle des Terrors, so wie Michelangelo sie gesehen haben mochte, bevor er zum Pinsel griff. Mir stand nicht nur Hingabe, sondern die von Himmler persönlich genehmigte Summe von vier Millionen Reichsmark zur Verfügung, ein Vermögen, mit dem man eine halbe Panzerbrigade aufstellen konnte.

Aber Kreativität hat natürlich nichts mit Geld zu tun. Kreativität ist in erster Linie Assoziationsfreude, Perspektivwechsel, Grenzüberschreitung, anders gesagt, sie hat mit der Plastizität des Gehirns zu tun, und mein Gehirn (damals noch von keiner Patronenkugel behindert, natürlich, das wissen Sie) dehnte sich erstaunlich weit aus, um die bestmögliche Legende für unseren Erlöser, Superaktivist Pjotr Politow, zu erschaffen. Denn seine Legende war der kreative Kern des gesamten Auftrages, ein Kern, den ich und nur ich erschaffen konnte, so wie Dalí aus verrückten Träumen den Surrealismus schuf.

Schließlich entschied ich mich für Großes. Nach Abwägung aller Optionen schien es das Beste, Politow in einen goldfarben umrandeten Oberst der Artillerie zu verwandeln. Ein Held der Sowjetunion sollte er sein, ein Genosse, mehrmals und vor allem heldisch verwundet, einem Frontarmeekorps zugeordnet und mit der Beschaffung von Lastwagen und Kanonen beauftragt. Diese Mission gab ihm die Möglichkeit, im Innern der Sowjetunion kreuz und quer herumzureisen, Offiziersunterkünfte für durchreisende Offiziere zu benutzen und – so lange wie es seine gefährdete Gesundheit erlaubte – sich in Moskau aufzuhalten, ohne mehr als den üblichen Verdacht zu erregen. In der Sowjethauptstadt, die Politow und seine Schilowa nach geheimer Absetzung mit einem Motorrad erreichen sollten (im Schutze der Nacht und unbehelligt, ich hatte schon alles detailgetreu auf die Leinwand gebannt, ein Canaletto der Konspiration), mussten sie das Quartier unseres »Kommando Josef« aufsuchen. Politow sollte dann von dort aus, unterstützt von den Aktivisten Fix und Fertig, in den Folgewochen die Lage erkunden und in Erfahrung bringen, zu welchen Zeiten sich Stalin in der Öffentlichkeit zeigte und auf welche Art man möglichst nahe an die lebenserhaltenden Organe des Diktators herankommen könnte.

So weit also meine rosa Periode.

Um dann seinerseits kreativ auf die Situation reagieren zu können, wurde Politow durch Nimmersatt Girgensohn mit allerhand Gestaltungsmitteln ausgerüstet. Er erhielt Giftprojektile, eine Maschinenpistole, eine Armeepistole, zwei Handgranaten, eine Haftmine mit Fernzündung und die in Berlin präsentierte »Panzerknacke« zum Durchschlagen der gepanzerten Dienstlimousine Stalins, mit der dieser jeden Morgen in den Kreml fuhr, wie die Josefisten uns gemeldet hatten.

Das Gemälde war farbenfroh, konnte aber nur Auswirkungen auf den Verlauf der Kunstgeschichte haben, wenn die Realität die Phantasie einholen konnte. Die Achillesferse war der lange, womöglich mehrtägige Zeitabschnitt zwischen der Absetzung der Agenten im sowjetischen Hinterland und ihrem Erreichen des Unterschlupfs in Moskau.

Um das Risiko so klein wie irgend möglich zu halten, mussten alle meine Atelierfreunde absolut akribisch arbeiten.

Möllenhauers Aufgabe war es, sämtliche Uniformteile, Orden, Waffen und Transportmittel für den Spion der Spione zu beschaffen, vor allem Bargeld für einen womöglich mehrjährigen Aufenthalt: eine Million und zweihunderttausend Rubel (in Scheinen zu fünf und zehn Tscherwonzen), fünfzehntausend Rubel in ein Sparbuch gemalt, tausend Dollar und fünfhundert englische Pfund.

Hauptmann Palbyzins Spezialität war die Anfertigung täuschend echter Dokumente und Stempel, die er in unserer Werkstatt in beeindruckender Qualität herstellte. Unter Palbyzins meisterhafter Hand (ein wahrer da Vinci des individuellen Passwesens) entstanden Politows Soldbuch, sein Marschbefehl nach Moskau, dreißig Marschbefehle blanko, Verpflegungsmarken, Urlaubsscheine, sein Parteibuch, ein NKWD-Smersch-Ausweis, drei Lazarettentlassungsscheine (ausgefüllt), diverse Bescheinigungen über Verwundungen sowie einhundertacht Gummistempel aller in Frage kommenden Truppenteile, Lazarette und Behörden.

Hauptmann Palbyzin brachte Politow außerdem verschiedene Handschriften bei, so dass er graphologisch gesehen zu fünf verschiedenen Politows wurde, außerdem

Eigenarten des Behördenumgangs und vor allem alle bürokratischen Details der Ausweiserstellung lernte.

Hauptmann Pawel Delle schließlich, unser zuverlässiger Vergewaltiger, bildete Politow in allen Waffengattungen aus, ebenso im Nahkampf und in der Handhabung der komplizierten »Panzerknacke«, die als realistischste Option zur Verwandlung Josef Stalins in meine, ja, so kann man sagen, ureigenste Vorstellung galt.

Da Politows Legende, also die von mir ersonnene, aufgrund der einmal gewählten Farbpalette vorsah, dass er ein schwerverwundeter Kriegsheld war, wünschte ich auch in dieser Hinsicht Imitatio, oder sagen wir besser: Mimikry.

Ich suchte daher Politow auf, zu dem sich seit meiner Zeit als sein Trauzeuge ein ausgezeichnetes Verhältnis entwickelt hatte, und erklärte ihm das Prinzip. So wie wehrlose Schwebfliegen die europäische Honigbiene sehr überzeugend nachahmen (begann ich), in Flugverhalten, Brummerei und Warntracht (ergänzte ich), und solcherart vermeiden, von Vögeln gefressen zu werden (fügte ich der Anschaulichkeit halber hinzu), so sollte auch er, der liebe Aktivist Politow, bezüglich der unabdingbaren Kriegswunde seines Alter Ego ein besonders gut getarntes Insekt werden. Politow nickte ernst und männlich, verstand aber nicht die Bohne, worauf ich hinauswollte. Ich drücke mich manchmal etwas kompliziert aus, bester Swami. Menschen, die mir nicht wohlgesinnt sind, nennen es geschraubt. Deshalb versuchte ich es Politow gegenüber mit einer anderen Deutlichkeit. Ich erklärte, dass unser Führer und Reichskanzler beschlossen habe, ihn, den russischen Retter Europas vor der bolschewistischen Weltgefahr, als lahmen Behinderten hinter die Front zu schicken.

»Särr woll!«, sagte Politow gehorsam.

Und um diese Tarnung möglichst überzeugend wirken zu lassen, fuhr ich fort, würden nun die besten Chirurgen des Militärhospitals Riga ihm unter Narkose seine Schenkelknochen brechen, falsch herum wieder zusammennageln und so einen überzeugenden Krüppel aus ihm machen.

»Särr woll!«

Ich freute mich, dass er es so gut aufnahm. Deshalb fügte ich gleich hinzu, dass man außerdem an einen Klumpfuß denke, weil ein Klumpfuß im Allgemeinen eine besonders schöne Signalwirkung habe.

»Särr woll! Und wie kann Agent Politow dann wieder sausen?«

»Sausen?«, fragte ich.

»Sausen«, bekräftigte er. »Schnäll, schnäll. Sausen.«

Er rannte sehr schnell den Korridor hinunter und wieder herauf, um mir zu zeigen, was er meinte, und mir fiel ein, dass er ja als Jugendlicher einst Bezirksmeister in der Leichtathletik gewesen war.

Ich konnte ihm schlecht sagen, dass es nichts mehr zu sausen geben würde, sobald sein Auftrag erledigt wäre. Dass er als russischer Märtyrer für die ss und Adolf Hitler, oder sagen wir meinetwegen: für die Menschheit, sterben würde, ergab sich eigentlich von selbst. Nur Politow schien das überhaupt nicht in den Sinn zu kommen. Und kein Mensch sagte es ihm.

Der Hauptnachteil meines schönen Gemäldes bestand deshalb darin, dass für den entscheidenden Moment nach

Ausübung des Anschlags die Farben ausgingen. Es gab nicht mal ein klitzekleines Rettungsprogramm, kein Fluchtszenario, keine noch so abstruse Verhaltensoption für Herrn und Frau Politow (außer sich zu erschießen, sich zu vergiften, sich in die Luft zu sprengen, irgendwas in der Art). Mir wäre das allerdings auch albern vorgekommen. Denn ob der Auftrag nun scheiterte oder ins Schwarze traf: Die Aktion selbst konnte nur mit der Ergreifung des tapferen Agentenduos enden – also schlussendlich mit Folter und Tod.

Als mich daher Politow nach seiner postoperativen Sauswahrscheinlichkeit fragte, erklärte ich ihm nicht, dass seine Überlebenschance als Attentäter gleich null war – was ich vielleicht hätte machen sollen, schließlich hatte er doch selbst gesagt, dass er keine Kinder wolle, sondern nur für Adolf Hitler sterben. Doch er keuchte noch von seinem kurzen Sprint so schön, war ein so vitaler, kerngesunder, attraktiver Athlet, dass ich es nicht über das Herz brachte. Also sprach ich lediglich mahnend davon, dass im Tierreich jene Spezies, die sich nicht oder nur unzureichend zu tarnen wüssten, dem Untergang geweiht seien.

Aber Politow wehrte sich mit aller Kraft dagegen, ein Insekt zu werden.

»Todesverachtung sieht ja nun wirklich anders aus«, seufzte Möllenhauer betreten auf unserer Krisenbesprechung.

»Ja«, keifte der Berufszwerg, »Aktivist Politow wird nie und nimmer bereit sein, sein Leben zu opfern, wenn es ihm schon so schwerfällt, sein Bein zu opfern.«

Ein Zurück war jedoch nicht mehr möglich. Die Rote Armee hatte bereits ihr ehemaliges Staatsgebiet wieder vollständig unter Kontrolle gebracht, war in Estland und ins ehemalige Polen einmarschiert und bedrohte die Grenzen Lettlands.

Maja erzählte mir in unseren Nächten, die wegen all der Plackerei und der heranrückenden Mittsommernacht immer kürzer wurden, wie sehr sich die Stimmung im Unternehmen Zeppelin geändert hatte. Viele ihrer Landsleute versuchten sich von der auch in Riga allmächtigen sowjetischen Untergrundbewegung als Doppelagenten anwerben zu lassen, die einzige Möglichkeit, bei einem Triumph der Alliierten dem sicheren Tod zu entgehen. Alle spürten die hereinbrechende Dämmerung, das nahe Finis. Aber jeder tat so, als stünde er im hellsten Licht. Maja und ich entglitten dem würgenden Gefühl, indem wir uns tagsüber auf unsere Aufgabe konzentrierten. An den Abenden achteten wir auf die Arme, Hände und Finger (ganz besonders die Finger!), die Geräusche, die Gerüche und die Zunge sowie auf jeden Funken Kraft des anderen, mit einer ungeheuren Zartheit, die viel zu zart war, um ein wirklicher Halt zu sein.

Manchmal schrie Maja mitten in der Nacht auf oder redete im Schlaf, und Ismael lag neben ihr und lief voll mit ihrem Schmerz, und draußen rauschte das weite Meer.

Nach langwierigen Verhandlungen und erheblicher Überzeugungsarbeit meinerseits gestattete Politow, wenn auch widerstrebend, zumindest einige kosmetische Eingriffe in sein Gewebe. Mehrere plastisch-chirurgische Operationen brachten ihm tiefe Wunden in der Nierengegend und einige Narben auf den Handflächen und im Gesicht bei. Bei oberflächlicher ärztlicher Untersuchung würde seine Legende (Schrappnellein- und -austritte im Hypogastrium) plausibel wirken. Eine Röntgenaufnahme jedoch wäre sein Ende.

Als Abschluss der medizinischen Präparation setzte ihm ein Zahnarzt eine aufschraubbare Metallplombe ein, in der die obligatorische Zyankalikapsel verborgen wurde. Auf keinen Fall durfte Politow lebend in die Hände des NKWD fallen. Er verstand das und bat den Zahnarzt, ihm bei der Gelegenheit eine Goldkrone vorne auf den Schneidezahn zu setzen. Er finde das schick.

Sechs Wochen später war Politows Ausbildung abgeschlossen. Seine künstlichen Narben waren verheilt. Er war in der Lage, jeden russischen Kfz-Typ zu fahren, beherrschte das Motorrad (eine Spezialanfertigung), konnte Sprengfallen bauen und wusste, nach den Worten Hauptmann Delles, »alles über das Vergiften und Aufhängen eines Opfers sowie dessen Abwurf aus einem fahrenden Zug«.

Natascha Schilowas Grund-, Spezial- und Funkerausbildung war ebenfalls beendet. Maja zeigte sich aber unzufrieden. Ihre Schülerin sei labil, ohne Durchhaltewillen und wenig belastbar, erfuhr ich. So wie sie einst im Flieger nach Berlin gekotzt hatte, sagte Maja, so würde die Schilowa auch im Flieger nach Moskau kotzen, sie würde an jedem einzelnen Tag in Moskau kotzen, selbst Stalin würde sie vollkotzen, statt ihn zu erschießen, wenn er plötzlich vor ihr auftauchen sollte.

»Willst du sagen, sie ist ein Totalausfall?«
»Na ja, sie ist verliebt.«
»Das ist keine Entschuldigung.«
»Verliebt zu sein ist keine Entschuldigung?«

»Nein, das ist ein schlimmer Charakterfehler.«

Sie drehte sich zu mir um, ihre nackte Brust hob und senkte sich, ihre Augen sprangen in meine, so fühlte es sich immer an, wenn sie mich anblickte, als würden ihre Augen wie Gummibälle in mich hineinhopsen, so dass ich mich gar nicht wehren konnte.

»Es macht mir Angst, dass wir ihr das antun«, sagte sie sanft und legte ihren Kopf auf meine Brust. Ich streichelte ihr Haar.

»Wir wollen nicht darüber nachdenken.«

»Ich weiß.«

»Es ist Krieg.«

»Vielleicht können wir nach Amerika gehen«, sagte sie nach einer Weile.

»Wie kommst du denn darauf?«

»Amerika nimmt viele Menschen auf. Pawel Delle sagt, dass Roosevelt jeden Russen haben will, der gegen Stalin ist.«

»So, sagt das der Pawel Delle?«

Sie hob ihren Kopf.

»Ja, du wirst ihm aber nichts tun, oder?«

»Wieso sollte ich?«

»Er hat auch gesagt, wenn wir verlieren, wird Stalin den Churchill zwingen, dass man uns alle ausliefert. Ich bin sehr neugierig.«

»Wenn du nicht so süß wärst, könnte ich dich glatt erschießen lassen. Du darfst so nicht reden, Liebste.«

»Du denkst gar nicht an später, oder?«

»Was meinst du mit später? Wenn Stalin tot ist?«

»Ach Schatz. Lass uns liebhaben.«

Der erste Versuch zum Absetzen Politows und seiner Frau wurde Mitte Juni Neunzehnvierundvierzig unternommen, blieb aber erfolglos. Das Flugzeug geriet in starkes Flakfeuer, brach die Landevorbereitungen ab und hatte auf dem Rückweg mit einem der Fahrwerke Schwierigkeiten, deren Ursache auf Sabotage schließen ließ. Schilowas Magen beschäftigte auf dem turbulenten Flug zwei Brotbeutel (sie liefen voll bis oben hin).

Die Vorbereitungen auf den nächsten Einsatz dauerten einige Tage, so dass die meisten Offiziere Urlaub nehmen konnten. Mama lud uns alle auf das Sommergut von Baron Otto Grotthus ein, einem ehemaligen Verehrer von ihr. Er entpuppte sich als lustiger Witwer, der es, heimwehkrank, mit Sondergenehmigung geschafft hatte, als einer der wenigen Altlivländer nach Lettland auf seinen alten Landsitz Spahren zurückzukehren.

Schon als der Baron uns vor seinem Landhaus begrüßte, diminuierte er nahezu jedes Substantiv, das ihm einfiel, sprach von Männerchen, die bitte ins Gästezimmerchen spazieren und dort die Köfferchen abstellen mögen und dann einfach ausspannen vom Kriegchen. So kam es zu einer letzten Sommerfrische, die aber schon an den Vormittagen an Frische verlor, wenn die Temperaturen nordafrikanische Werte erreichten. Wie im Jahrhundertsommer Neunzehnneununddreißig sah man auch jetzt, fünf Jahre später, nachts am Horizont die Wälder brennen, und wer vor die Tür trat, wirbelte Staub auf, der nach Bittermandel roch, des soeben verblühten Jasmins wegen.

Meine Familie fand sich, innerlich zerrüttet, ansonsten aufgeräumt, auf den zwei vorhandenen Veranden ein, die

Schatten spendeten. Man reichte sich Hände oder Seehundflossen, und Hubs lauernde Augen verfolgten mich auf Schritt und Tritt.

Nur einmal sah ich Ev unbegleitet, am einzigen Ort, an dem wir alleine zusammentreffen konnten, dem malerisch im Gutswäldchen gelegenen Plumpsklo.

Sie öffnete gerade die Holztür und trat heraus, noch ihr Kleid an den Oberschenkeln glattstreichend, als ich abrupt drei Meter vor ihr stehen blieb. Wie verharrten beide für einen Schreckmoment. Zwischen unseren Pupillen spann sich ein Faden der Verlegenheit. Ihr schien peinlich zu sein, dass ich ihre Exkremente gleich in Augenschein nehmen würde, und mir war peinlich, dass sie wusste, wie gerne ich so etwas tat. Sie trug helle Baumwolle, und ein Film aus Schweiß zog sich über ihr Gesicht. Sie hatte Hitze nie gemocht, da ihre Augen dadurch stärker hervorzutreten schienen, ihr Atem ging auch flacher, aber vielleicht hatte das jetzt einen anderen Grund, und sie sagte mit einer unsicheren Geste, vermutlich um irgendwas zu sagen, dass es sehr heiß sei. Ich erwiderte, ja, das stimmt. Die Erdbeeren mit Sauermilch seien jetzt genau das Richtige, meinte sie hastig, es seien die besten Erdbeeren, die man sich denken könne (auch das stimmte), und der Baron Grotthus sei so nett.

»Ja«, sagte ich, »du siehst gut aus.«

Sie sagte eine Weile nichts mehr, und der Raum wuchs zwischen uns, bis er sich wie ein Abstand anfühlte, und dann sagte sie mit veränderter Stimme: »Pass auf dich auf, Koja. Er will dich vernichten.«

Sie ging rasch davon.

Später reichte sie mir einen Teller mit den fabelhaften Erdbeeren (ich zählte jede einzelne nach, und ich glaube bis heute, dass sie mir mehr davon aufgelegt hatte als Hub).

Maja fragte mich am Abend unbestimmt, wie ich zu meiner Schwester stünde. Ich sagte nichts, denn ich hatte ihr nie irgendwas gesagt. Sie nickte nur. Ich glaube, dass Maja zu den Menschen gehörte, die wissen, dass nicht das, was man sagt, wesentlich ist, sondern das, was man nicht sagt.

Mit der kleinen Anna durfte ich nach Herzenslust spielen. Daher wusste ich, dass mein Bruder nichts ahnte. Sie war nun fast ein Jahr alt, wurde bewundert für jedes einzelne Schrittchen, das sie tat. Sie konnte drei Worte sprechen: »Mama«, »Anna« und »Ansa«. Ansa hieß Panzer. Ich rollte mit Anna am See herum, legte ihr Schnecken auf das Bäuchlein, wickelte sie in meinen Bademantel ein (sie juchzte) und brachte ihr das vierte Wort ihres Lebens bei: »Papa«.

Wenn sie im Bettchen im Garten schlief, unter einem türkisblauen Schirm, zeichnete ich ihre Augen.

Und als ich meiner Mutter die Zeichnungen später zeigte, nahm sie ihre Brille, hielt sie vor ihr Habichtsgesicht, ging ganz nah an das Papier heran und rief: »Also das Annachen sieht ja aus wie du, Lieberchen!«

Hub hörte es nicht.

Vor Einbruch der Dunkelheit lief ich gerne den ganzen Spahren'schen See entlang, bis zur Südseite. Wie die meisten Russen hasste Maja Spaziergänge und hielt Wandern für eine Erniedrigung. Deshalb blieb ich meistens allein.

Eines Abends, die saharaheiße Glut dröhnte noch im

Boden, ich spürte sie durch die dünnen Sohlen meiner Leinenschuhe, setzte ich mich ans Ufer, trotz der vielen Mücken, und sah der Sonne zu, die hinter dem Schilf unterging, und in diesem Augenblick wurde am ganzen See ein merkwürdiges Geräusch hörbar. Ich kniff die Augen zusammen und bemerkte eine Bewegung, als würde die Luft zittern, und dann sah ich, dass fast gleichzeitig Tausende und Abertausende von Libellen aus ihren Larven schlüpften und bei dem Durchbrechen der Haut ein Geräusch vollführten, das wie ein allgemeines Rauschen anzuhören war, und mir trat das Bild der Insekten vor Augen, die sich tarnen müssen, um nicht gefressen zu werden, und dann stoben Hunderte von grünschillernden, transparenten und gutgetarnten Insekten um einen Mann herum, den sie in ihrer Mitte fast verschwinden ließen, obwohl er sich einbildete, wenige Tage später den Lauf der Welt zu verändern.

17

Der Hippie hat sich meine Mutter genau so vorgestellt. Sie hat als Erstes versucht herauszubekommen, ob er mit bedeutenden europäischen Fürstenhäusern verwandt ist, da er dann sozusagen automatisch mit ihr verwandt wäre. Das ist aber natürlich nicht der Fall.

Der Hippie sagte gleich, dass er aus kleinbürgerlichen, noch dazu oberbayerischen Verhältnissen stamme und sein Vater sich umgebracht habe. Keinem fehlt je ein guter Grund, sich zu murcheln, sagt Mama trocken und erinnert gerne an ihren Neffen zweiten Grades, Nicolas de Staël, der ein paar Jahre jünger war als ich, den sie, glaube ich, nie kennengelernt hat und dessen Bilder sie noch dazu scheußlich fand, wie überhaupt alles an ihm, bis auf seine nicht allzu nahe Verwandtschaft. Und sie respektierte, dass er sich in Antibes aus seinem Atelier gestürzt hat, denn Antibes ist eine von Mamas Lieblingsstädten.

Sie erzählt mir, wie es Hub geht, dass er sich wohl fühlt und einen netten Zellennachbar habe, und sie fragt mich, ob der Hippie ein Mörder oder ein Vergewaltiger sei oder einfach nur ein Schlabammel.

Eigenartigerweise fragt sie das nicht den Hippie persönlich, der einen Meter hinter ihr liegt, aus verschiedensten Gründen empört, denn sie hat den Abstand und die unbetretbare Zone, welche der Hippie zwischen seinem und meinem Bett mit Bedacht geschaffen hat, völlig ignoriert und sitzt jetzt gemütlich ganz genau zwischen uns.

Nein, sage ich, der Herr Basti kann keiner Fliege was zuleide tun, er ist ein Swami und äußerst spirituell veranlagt.

Na, dann ist er wohl ein schoveliger Betrüger, meint Mama freundlich lächelnd. Wahrscheinlich versteht sie nicht mehr so ganz den Unterschied zwischen Haftanstalt und Heilanstalt. Sie vergisst, welcher ihrer Söhne jetzt wo untergebracht ist, aus welchen Gründen und für wie lange. Für eine Fünfundneunzigjährige ist Mama dennoch beeindruckend viril. Sie sieht aus wie Sitting Bull, sitzt äußerst gerade, hat zwar einen Gehstock, kann sich damit aber behende bewegen, sogar in sumpfigem Gelände. Sie lebt nicht in einem Altersheim, sondern immer noch in ihrer kleinen Wohnung in Nürnberg, die vollgestopft ist mit allem, was sie aus dem Baltikum hatte retten können. Sie ist sich sicher, dass sie mindestens hundert Jahre alt werden wird, denn alle ihre Vorfahrinnen, die eines natürlichen Todes starben (das waren allerdings nicht viele), haben biblische Werte erreicht.

Meine Mutter will wissen, wie es mir geht.

»Wir haben gerade über Spahren gesprochen.«

»Wie bitte?«

Ich lehne mich vor und schalte ihr Hörgerät ein.

»WIR HABEN GERADE ÜBER SPAHREN GESPROCHEN. SPAHREN NEUNZEHNVIERUNDVIERZIG. WEISST DU NOCH?«

»Ach, Grotthus, der Halunke. Herrliche Erdbeeren waren das.«

»ES WAR UNHEIMLICH HEISS DAMALS!«

»Es war unheimlich heiß damals. Gottchen, war das heiß. Und Klein-Anna war so pirzig. Ihr habt immer so schön am Strand gespielt zusammen. Ich habe noch die Zeichnungen, die du damals von ihr gemacht hast. Du hast viel von Papa gelernt, aber Kinder kannst du nicht so gut. Das ist ja auch so schwer, weil die keine Kanten haben. Es war unheimlich heiß damals.«

Ich kann nicht sprechen.

»Schade«, sagt Mama dann auch noch, »dass Klein-Anna so früh verstorben ist.«

Der Hippie lässt mich in Ruhe. Auch noch viele Stunden nachdem Mama gegangen ist, lässt er mich in Ruhe. Wenn mich Mama besucht, redet sie fast immer von Anna. Wie oft habe ich sie schon gebeten, das nicht zu tun.

Ich will keinen Besuch mehr von ihr haben.

Wie oft habe ich sie gebeten.

Sie hat einen Schal hiergelassen. Aus Versehen. Und wie immer eine Blechdose mit selbstgebackenen Mandelplätzchen.

Sicher hat Hub auch eine.

Selige Materie.

Wie klein waren deine Finger, kleiner als der Regen.

Es vergeht kein Tag.

Mein kleines, kleines Mädchen.

18

Um uns an den dritten Jahrestag unseres Einmarschs in die Sowjetunion zu erinnern, brachte Baron Grotthus Champagnerchen und Gläserchen sowie die festlich gestimmten Solmchen in seiner Pferdekutsche zum großen Usma-Seechen, der aus den Sumpfgebieten Kurlands gespeist wird und daher torfig braun ist. Wir schwammen in der Brühe, der Abkühlung und Mücken wegen, und gegen Mittag sahen wir einen einsamen Kradfahrer aus dem Grün des Kiefernwaldes hervorknattern und auf unsere Stranddüne zubrausen. Kurz bevor er uns erreichte, blieb er in einer Kuhle Sand stecken, seine Maschine drohte umzufallen, und um dies zu verhindern, musste er herunterspringen und das Ungetüm mit beiden Händen am Lenker festhalten, so wie ein hilfloser Torero den Stier an den Hörnern packt. Auch der Stahlhelm fiel ihm zu Boden.

Hub stapfte verärgert zu ihm hinüber, bekleidet mit nichts als einer dunkelblauen, mit Hosenträgern befestigten Badehose. Der Kradfahrer wusste nicht, wie er gleichzeitig die Kopfbedeckung aufheben, vorschriftsmäßig salutieren, das Motorrad vor dem Sturz bewahren und die Eildepesche übergeben soll, deshalb blieb er einfach wie angewurzelt stehen, und mein Bruder bediente sich selbst (linke Brusttasche, es dauerte ein bisschen).

Auf diese Weise erreichte uns die Nachricht, dass auch die Rote Armee – die es liebte, sich bei der Terminierung ihrer Operationen an Jubiläen zu orientieren – uns an den dritten Jahrestag unseres Einmarschs in die Sowjetunion erinnern wollte, wenn auch nicht mit Champagnerchen. Am frühen Morgen war sie mit einer pompösen Gedenkoffensive über die Breite der gesamten Front in unsere Stellungen eingebrochen und zerquetschte alles, was sich ihr in den Weg stellte. Ihre Überlegenheit betrug beim Personal das 3,7fache, bei der Artillerie das 9,4fache, bei Panzern das 23fache, bei Sturmgeschützen das 3,6fache und bei Flugzeugen das 10,5fache, und mit jedem eleganten Schwimmzug, den Ev weit draußen im See tat, starben fünfzig deutsche Soldaten.

Bevor wir nach Riga zu unseren Einheiten aufbrachen, stießen wir auf den gastfreundlichen Baron an (drei Monate später verbrannten ihn die Sowjets mitsamt seinem Haus). Danach hörten wir zu, wie Hub einen Toast ausbrachte auf den bedeutenden Tag, dessen Schicksalhaftigkeit er seine fanatisch flackernde Physiognomie lieh, leider aber auch seine lächerliche Badehose. Maja kicherte neben mir einmal kurz auf. Sie kicherte nur, da bin ich sicher, weil irgendwas in diesem schwefelfarbenen Moment sie gekitzelt hatte, vermutlich einer meiner verstohlenen Finger, aber ich weiß es nicht mehr. Nur an den Blick erinnere ich mich noch, den Hub ihr zuwarf, weil ich ihn später aus meinem Gedächtnis holte, nach all dem, was passieren sollte. Da schien er mir erst eine Bedeutung zu bekommen und schwarz wie Teer zu sein.

Von jenem zweiundzwanzigsten Juni Neunzehnvierundvierzig bis zum finalen Sturm auf Riga vergingen zwölf Wochen. Zwölf Wochen, die selbst ein an weltlicher Geschichte und zeitlichen Dimensionen desinteressierter Buddhist wie Sie – voller Mitgefühl mit allen Kreaturen, welche geboren werden und Leiden ertragen müssen – als einschneidenden Schöpfungsakt bezeichnen wird: Eine Million deutsche Soldaten mussten nach diesen zwölf Wochen wiedergeboren werden.

Das Unternehmen Zeppelin stand derweil still. Sämtliche Flüge wurden uns auf unbestimmte Zeit gesperrt. Politow konnte nicht mehr nach Moskau fliegen. Er musste miterleben, wie seine Zielperson bei bester Gesundheit im Kreml saß und die geliebten Übermenschen wie Hasen davonliefen. Maja sagte mir, dass er nicht mehr schlafen könne. Die Schilowa sah ihn morgens, geschüttelt von Weinkrämpfen, auf der Couch zittern. Jeden Tag rasten Stalins Truppen zwanzig Kilometer näher an Riga heran. Panik brach keine aus, nur eine dumpfe, still brütende Verzweiflung war in den Straßen zu spüren.

Hub sorgte dafür, dass Mama und Anna Iwanowna so schnell als möglich auf die Evakuierungsschiffe kamen. Sie nahmen die kleine Anna mit, die winke, winke machte an der Reling oben, während ihre Mutter und ihr Vater (mich meine ich nicht, ich hielt mich weit entfernt im Gewühl der Massen versteckt) unten am Kai standen und ihren Tränen freien Lauf ließen beziehungsweise verborgenen (Hub natürlich).

Ev musste zurückbleiben. Alle Rotkreuz-Schwestern mussten zurückbleiben. Das Gefühl unmittelbarer Bedrohung war nichts Neues für Ev, eigentlich war sie ihr Leben lang bedroht gewesen, aber noch nie hatte sie sich so sehr darüber gefreut.

Sie konnte den Untergang des Dritten Reiches kaum erwarten.

Schon bald hörten wir ein wisperndes, fernes, kaum wahrnehmbares, aber ununterbrochen näherkommendes Grollen: die Front. Ich wurde, weil ich mit meinen Russen die einzige Einheit stellte, die noch am Strand von Riga existierte, zum Kampfkommandanten ernannt.

Ganz gewiss wollte ich kein Kampfkommandant sein. Denn einen Tag nach meiner blödsinnigen Beförderung brach die 1. Baltische Front südlich von uns an die Ostsee durch und schnitt damit den dreißig deutschen Divisionen den Rückweg ins Reich ab. Wir saßen in der Mausefalle. Ich musste in meinen fragilen, dornröschenmüden Kurhotels zweihundert entsetzte und um ihr Leben bangende russische Hochverräter mit Waffen, Munition und Zyankalikapseln aufmuntern. Nur der zwanzig Kilometer breite und völlig menschenleere Tuckumer Wald (unzuverlässige, unterholzarme Kiefern) trennte unseren mondänen Badeort von den sowjetischen Linien.

Nimmersatt Girgensohn fing plötzlich morgens an, in seinem Zimmer den Herrgott anzuwinseln, während Möllenhauer sich von einem kleinen braunhaarigen Turkmenen jede Nacht ficken ließ, was niemandem verborgen bleiben konnte, da mein lebensfroher Adjutant genau um selbige Handreichung lautstark bettelte. Lahmarsch Handrack bat mich gar, für ein sofortiges Ende dieser unwürdigen

Bacchanalien zu sorgen, aber er konnte mich mal, und ich behauptete, der moralisch einwandfreie Kamerad Möllenhauer habe lediglich germanische Alpträume.

Die Nerven lagen blank.

Unsere Gefangennahme hätte die ewigen Jagdgründe bedeutet.

Hub ließ mich in die Präfektur kommen.

Als ich in sein Büro trat, begutachtete er gerade seine neuen Schulterstücke, die er wie kostbare Reliquien ins Licht hielt. Er sei mit sofortiger Wirkung zum Standartenführer befördert worden, erklärte er beiläufig. Sämtliche ss-Polizeiverbände der Stadt fielen unter sein Kommando: die Gestapo, der SD, die Orpo. Ich gratulierte angemessen. In einer weniger verzweifelten Situation hätte es sehr nach Jesus-Christus-und-Alexander-der-Große-Werden geklungen.

Er fragte mich, wie Politow und die Schilowa sich halten würden.

Politow sei angespannt und die Schilowa keine gute Agentin, erwiderte ich.

»Was ist denn eine gute Agentin, Hauptsturmführer?«

»Maja Dserschinskaja ist zumindest eine gute Ausbilderin und der Aktivistin Schilowa in allen Belangen ein Vorbild, Herr Obersturmbannführer.«

Hub dachte über diesen Satz nach, bevor er erst sich und dann mich daran erinnerte, dass er seit einigen Minuten Standartenführer sei und auch so genannt zu werden wünsche. Dann forderte er mich auf, einer wenige Tage zuvor aus Berlin eingeflogenen ss-Einheit behilflich zu sein, die die 50 000 von uns fabrizierten jüdischen Kadaver in den Bickern'schen Wäldern ausgraben, verbrennen, die Knochen zu gestaltloser Materie zermahlen und zu Gelee einkochen sollten, unter Zuhilfenahme der KZ-Insassen aus Kaiserwald, die nach getaner Arbeit ebenfalls den Weg alles Irdischen zu gehen hätten.

»Verzeihung, ich verstehe nicht, Herr Standartenführer.«

»Enterdung.«

»Wir graben die Juden aus und verbrennen sie?«

»Sie verstehen bestens.«

»Warum sollten wir das tun?«

»Damit der Feind nichts findet.«

»Bitte gehorsamst, von dieser Aufgabe entbunden zu werden.«

»Negativ. Abtreten und ausführen!«

Für einen Moment blitzten vor meinem geistigen Auge eine Frau ohne Schädeldecke und ihr kleines Baby auf, als vollskelettierte Briketts, die ich im Bickern'schen Wald anzünden und zerstampfen sollte, und ich sagte meinem Bruder, dass er mich mal kreuzweise am Arsch lecken könne.

Hub zwinkerte einmal, ansonsten sah ich keine Regung in seinem Fünf-Uhr-Tee-Gesicht. Eine ganze Weile lang ging das so. Dann drückte er auf einen Knopf an seinem Schreibtisch. Prompt erschienen eine Sekretärin und sein Adjutant.

»Hauptsturmführer«, sagte Hub feierlich zu mir, »ich verwarne Sie hiermit vor Zeugen. Angesichts Ihrer Leistungen bezüglich der gegen Moskau laufenden Sonderaktion werde ich von einer Wiederholung des eben gegebenen Befehls absehen.«

»Danke, Herr Standartenführer.«

»Ich rate Ihnen gut, nie wieder einen Befehl zu verweigern.«

»Sehr wohl.«

»Sie hätten ansonsten alle Konsequenzen, auch die schärfsten, persönlich zu tragen. Ich sage Ihnen das nur ein einziges Mal und auch nur aus dem einen Grund, weil ich Ihr Bruder bin.«

»Danke, Herr Standartenführer«, sagte ich, »dass Sie mein Bruder sind!«

In den folgenden Tagen fiel ölige Asche vom Himmel, und ich stellte fest, dass von Osten her der Wind einen bestialischen Gestank herübertrieb. Mit dem Geruch der Judenleichen, die nun irgendein nicht mit Hubs Verwandtschaft belasteter Hauptsturmführer fleißig verbrannte, strömten Zehntausende von Flüchtlingen in die Stadt. Vor den Behörden, die die letzten Schiffspassagen nach Deutschland verteilten, stauten sich endlose Menschenschlangen. In den Gesichtern sah man alle Farben des Entkommenwollens (Scharlach- und Bettelrot, Magengrün und Wunschgelb, das changierende Rosé des Bluthochdrucks und immer wieder Kreideweiß, die internationale Farbe der Kapitulation).

Auch in unserem Kommando herrschte Unruhe. Eine Funkerin brachte erst einen Aktivisten, danach sich selbst um, wir wussten nicht weshalb. Zwei Ukrainer riefen Nimmersatt zu: »Du zuerst!«, als er ihnen befahl, eine verdächtige Erdhöhle in unserem Frontabschnitt aufzuklären. Er und Möllenhauer hatten alle Hände voll zu tun, um die Disziplin aufrechtzuerhalten.

Maja entwickelte angesichts all dessen eine Tapferkeit, die ich bei keinem meiner deutschen Mitarbeiter fand, unter den Russen auch nicht. Sich nicht den Schwung nehmen zu lassen, frohgemut hinauszuschwimmen, obwohl gar kein Land kommt, das meine ich mit Tapferkeit. Sie richtete jeden, dem sie begegnete, mit ihrem zerschnittenen kleinen Fuchsgesicht auf, einfach nur durch die Art, wie sie die Menschen ansah. Ich habe nie wieder jemanden getroffen, auch keinen Swami, der so wenig Hass hatte. Und als wir eines Abends, wach gehalten von dem fernen Donner der Geschütze, nebeneinander auf meinem Balkon saßen und das tosende Wetterleuchten am Horizont betrachteten, fragte ich sie, ob sie sich vorstellen könne, meine Frau zu werden.

Sie schlug tatsächlich ihre Hand vor den Mund, erschrocken wie ein kleines Ding. Dann stand sie auf, ging, immer noch die Hand ans Gesicht gepresst, hinüber zum Bett, ließ sich fallen, verkroch sich unter der Bettdecke und zog die Decke fest über ihren Kopf. Ich schmiegte mich an ihren Leib und dachte, ich hätte sie vielleicht verärgert, weil es wirklich kein Antrag war, keine Rose, kein Kniefall, kein gar nichts, nur eine Frage. Aber sie war so glücklich über diese Frage, dass sie mir fest in den Arm biss. Ich stöhnte auf, so weh tat es, und dann machten wir eine Kissenschlacht, und da sie es sich sehr gut vorstellen konnte, meine Frau zu werden, ließ ich sie gewinnen.

Ende August schien der Kampf um Riga unmittelbar bevorzustehen. Das Heeresgruppenkommando befahl, innerhalb von zwei Wochen den Großteil der deutschen Zivilisten aus der Stadt zu evakuieren sowie alle weiblichen Wehrmachtshelferinnen, Blitzmädel und Krankenschwestern.

Mich erreichte eine beunruhigende Nachricht, und ich eilte, obwohl das den brüderlichen Neutralitätspakt verletzte, in das Wehrmachtskrankenhaus Düna-Mitte. Als ich in das Foyer trat, hatte es sich in einen surrenden Verbandsplatz verwandelt. Vor mir lag ein rot-weiß-wehrmachtsgrauer Flickenteppich aus Verwundeten, die direkt von der Front herangeschleppt worden waren. Es stank nach Jod und Exkrementen, und als ich meine Schwester schließlich in der Nähe der Operationsräume im zweiten Stock fand, neben einem Sack von amputierten Gliedmaßen, trug sie einen blutigen Kittel, und man merkte ihr an, dass sie seit Tagen nicht geschlafen hatte. Sie sah mich, war aber in sich gekehrt, im Panzer einer Entschlossenheit, durch den ich nicht drang.

»Du hättest nicht kommen sollen, Koja.«

Sie ließ mich stehen, und ich folgte ihr.

»Ich habe gehört, dass du dich aus der Evakuierungsliste gestrichen hast.«

»Er lässt das Hospital überwachen.« Sie betrat die zentrale Aufnahme, in der wie im Foyer Neuzugänge lagen, in Reihe dicht nebeneinander, fast alle noch in Gefechtsuniform. Sie blieb vor dem Jungen stehen, der am lautesten stöhnte, eine Kugel war ihm in die Leistengegend gedrungen, das Blut hatte seine Drillichhose durchtränkt. Aus einer großen Karaffe goss sie Wasser in ein Glas und ließ ihn trinken.

»Bitte mach das wieder rückgängig. Bitte, Ev. Du kannst

dir nicht vorstellen, was hier in ein paar Tagen los sein wird. Denk doch an Klein-Anna.«

»Die Abmachung war, dass wir einander nicht alleine treffen.«

»Ich weiß.«

»Ich werde nicht gehen. Du siehst ja, was hier los ist.«

Sie setzte das halbvolle Glas ab und tupfte dem Jungen den Mund trocken.

»Und ich habe was gutzumachen, das kannst du mir glauben.«

Sie ließ den Verletzten liegen und ging hinaus. Er konnte nicht sprechen, lag mit durchgedrücktem Rücken da, drehte den Hals, um ihr nachzublicken. Ich gab ihm ebenfalls einen Schluck Wasser, keine Ahnung warum, vielleicht wollte ich einfach auch einmal etwas Gutes tun. Aber wer weiß, ob er überhaupt Wasser wollte.

Ich fand Ev im Treppenhaus. Sie lehnte an einem der großen Fenster und blickte nach draußen.

»Warum lässt Hub das zu?«, fragte ich und stellte mich neben sie.

»Was?«

»Wieso lässt er zu, dass du in solcher Gefahr bleibst?«

»Hier kann er auf mich aufpassen.«

Sie sagte es ohne Ironie, ihr Kinn wies in Richtung Straße. Ich folgte ihrem Blick. In dem gegenüberliegenden Hauseingang stand ein Gestapobeamter in Zivil. Er schaute zu uns hoch. Ich kannte ihn flüchtig.

»Du musst weg, Ev.«

»Nein. Du musst weg. Geh durch den Hinterausgang. Vielleicht hat er dich nicht gesehen.«

Als der Angriff begann, ließen die Sowjets eintausenddreihundert Panzer auf Riga los, mehr als Hitler fünf Jahre zuvor für ganz Frankreich zusammengekratzt hatte. Innerhalb weniger Tage stand unsere Verteidigung vor dem Zusammenbruch. Die Verluste an Personal und Material waren so verheerend, dass die Musikkorps aller Einheiten aufgelöst und die fassungslosen Posaunisten und Hornbläser (von den Heeresbäckern gar nicht zu reden) mit Beutekarabinern ausgestattet werden mussten, für die es nicht einmal Munition gab.

In meinem Abschnitt in Riga-Strand hatten wir noch Glück. Die Sowjets wollten nicht durch das Tuckumer Wäldchen angreifen. Das sich rapide verschlechternde Wetter – eine Reihe einander ablösender Wolkenbrüche – spülte unsere provisorischen Abwehrstellungen ins Meer. Anhaltende Regenfälle machten aus den Schützengräben Schlammwüsten. Als später Mörsergranaten in unseren Strandabschnitt schlugen und einer ihrer Splitter Hauptmann Palbyzin wie Butter durchschnitt und in zwei Hälften teilte (in der Breite, nicht in der Länge), war damit auch unsere Fälschungswerkstatt hinüber. Das »Kommando Pleskau« wurde aus dem unmittelbaren Kampfgeschehen herausgezogen und als Einsatzreserve im Zentrum kaserniert, im ehemaligen Horaz-Gymnasium.

Die Wucht der Verhältnisse war atemberaubend, und die Stadt starb entsprechend. Die Verkehrsmittel lagen lahm. Büros und Geschäfte wurden verbarrikadiert. Niemand kehrte die Unmengen an Herbstlaub weg, so dass die Straßen verfaulten. Ich sah von meinem Fenster aus, wie über die große Dünabrücke ein Strom an fliehenden Menschen abfloss, fort ins Nirgendwo. Panjewagen und Lkws, Männer, Frauen und Kinder, dazwischen blökendes Vieh. Strömender Regen und windig aufgerissener Himmel.

Das war das Ende.

Mitten in der Nacht klingelte das Telefon. Notwecken. Die Offiziere mussten unverzüglich in der Präfektur antreten. Gefechtsmäßig, aber nicht marschbereit. Ich ließ Maja schlafen und rief meinen Chauffeur, den immerwachen Trinker.

Alle waren blass und unruhig, als sie eintrafen.

Hub empfing uns in seinem Büro, dessen Luftschutzvorhänge allesamt aufgezogen waren. Wir konnten aus den Fenstern sehen und überblickten, in dem dunklen Raum enggedrängt stehend, vom fünften Stock aus die ganze Stadt. Ich spürte die Wärme der Körper um mich herum, sah ihre Umrisse und hörte ihren Atem. Ihre Gesichter blieben unsichtbar, ihr Geruch war der nach Schlaf, Angst, Rasierwasser, Kautabak und muffiger Baumwolle. Hub stand aufrecht hinter seinem Schreibtisch, hatte die Hände in die Hüften gestützt und musterte unsere Schatten. Merkwürdigerweise sagte er zur Begrüßung: »Schwül hier drin, meine Herren!« Er drehte sich um, öffnete das Fenster hinter sich und ließ kühle Herbstluft und den summenden Donner der Geschütze ins Zimmer. In nicht allzu großer Entfernung sah man ein Panorama all der pyrotechnischen Anstrengungen, die einer Stadteroberung vorausgehen: Bombenblitze, Granateinschläge, blaue Rauchfäden, Mündungsfeuer der Panzer, brennende Vororte. Darüber in Kirschblütenmustern explodierende Leuchtmunition. Spektakulär, das muss man sagen.

Heute Nacht, erklärte mein Bruder und räusperte sich, als hätte er zu plötzlich mit dem Reden begonnen (eine rote Signalrakete schlug einen neugierigen Halbbogen um seinen Kopf und schien zuzuhören), heute Nacht hat man sich in Berlin entschlossen, angesichts unserer kurz vor dem Fall stehenden Stadt den alles entscheidenden Versuch zu wagen. Die Genehmigung zur finalen Attacke auf Josef Stalin ist durch den Führer soeben erteilt worden. Das Kommando wird nach Moskau fliegen. So schnell als möglich. Der Flughafen Spilve kann nur noch wenige Tage gehalten werden. Alle Mann auf Gefechtsstation.

Ich hätte gerne ein Wort für »entsetzte und völlig leere Begeisterung«. Auch ein Wort für »die Euphorie, Großpaping zu rächen, gedämpft durch die Aussicht, ein Liebespaar in den sicheren Tod zu schicken« wäre willkommen. Es gibt aber keine einfachen Worte für das, was ich in der atemlosen Stille nach Hubs kurzer Rede empfand. Alles, was ich Ihnen sagen kann: Mich durchflutete für einen Moment das reine Glück, das reine Endlich-ist-es-so-weit-Glück, und im gleichen Moment fühlte es sich schal an und verdorben.

Autorenstolz. Oder Malerstolz. Jedenfalls Künstlerstolz. Vielleicht war es das, was sich durchsetzte, als ich am frühen Morgen zu Maja zurückkehrte. Wir schliefen ausgiebig miteinander, auch Rembrandt hatte angeblich immer ausgiebig mit seiner Frau geschlafen vor der Enthüllung eines neuen Gemäldes. Nervöser, erwartungsfroher Sex vor der Vernissage. Einer Vernissage, von der man nicht wusste, welche Ohs und Ahs es geben würde.

Wir hatten nur zwei Tage Zeit für alle Vorbereitungen.

Palbyzin wurde schmerzlich vermisst. Zwar übernahm der Berufszwerg letzte Aktualisierungen in Politows Papieren, konnte aber unseren halbierten Fälschungsexperten nicht annähernd ersetzen. Pawel Delle sah sämtliche Waffen durch, Möllenhauer kümmerte sich um alles Operative. Ich ging mit Politow ins Ulei-Kino, um ihm kurz vor seinem Abflug noch frisch erbeutete Wochenschaurollen zu zeigen. Politow sah Sowjetoffiziere, die an Deck stillstehen, Sowjetoffiziere, die Artilleriebefehle geben, Sowjetoffiziere, die Stalin Meldung machen, Sowjetoffiziere, die im eroberten Kiew herumtollen und den Bauern und Arbeitern der Sowjetunion durch die Kamera Handküsschen zuwerfen (also eher den Bäuerinnen und Arbeiterinnen). Nachdem er zehn Minuten lang diese vielgestaltigen militärischen Umgangsformen zur Kenntnis genommen hatte, drehte er sich zu mir um und fragte, ob er, wo er nun schon einmal hier sei, nicht auch *Vom Winde verweht* angucken dürfe.

»Bitte schän, Herr Hauptsturm: Politow liebt Clark Gable, wail Clark Gable sieht aus wie Politow. Wail Clark Gable macht Sachen wie Politow. Wail Clark Gable küsst wie Politow küsst die Schilowa.«

Politow als Clark Gable gefiel mir besser als mein Bruder als Clark Gable, das muss ich schon sagen (aber Hub war inzwischen viel zu glatzköpfig, um dafür kategorial überhaupt noch in Frage zu kommen). Mein Gewissen konnte sowieso ein wenig Erleichterung vertragen. Also schickte ich Nimmersatt Girgensohn los, der es schaffte, im umkämpften Riga innerhalb von zwei Stunden die einzige lettische Kopie des vor gut behandelten Sklaven nur so wimmelnden Südstaatenepos aufzutreiben. Am

Abend saßen Politow und seine Frau Arm in Arm im Parkett des Kinosaals. Sie weinten und weinten, genau wie ich, der majaumschlungen in der Loge versank, gepeinigt von den Plantagen Taras, die mich an die Plantagen Opapabarons denken ließen, an die Obstbäume Großpapings, an den Roten Herbstkalvill – und doch blickte ich tränenblind immer wieder zu dem von mir verzapften Ehepaar.

Lahmarsch Handrack übernahm die dienstliche Verbindung von uns zu Hub, der wiederum mit Berlin Kontakt hielt. Vielleicht hätte ich mich fragen sollen, wieso mein Bruder einen glitschigen Dotter wie Lahmarsch (eigentlich nur fähig, in die Pfanne gehauen zu werden) überhaupt als Liaisonoffizier akzeptierte. Jeden Tag betrat er mit derselben distanzierten, gelangweilten Miene die Präfektur, schlurfte in von seinem Burschen zwei Stunden lang gewienerten Stiefeln über die Flure (obwohl Hub eigentlich nur Marschieren oder Schreiten für die eines ss-Führers in ss-Stiefeln angemessene Fortbewegungsart hielt) und wartete ansonsten völlig initiativ- und ideenlos auf Instruktionen, im Grunde ein rotes Tuch für Hub. Allerdings dachte ich nicht weiter über diese Absonderlichkeit nach, war froh, Lahmarsch los zu sein, und geradezu glücklich, nicht mit meinem Bruder in Fühlung treten zu müssen.

Hub bestand darauf, Lahmarsch zu meinem offiziellen Stellvertreter zu ernennen (die operativen Notwendigkeiten legten das nahe), aber ich beruhigte Nimmersatt, dass diese Hierarchie nur für die »Sternstunde« galt und nicht für die Zeit danach.

19

Der Tag begann kühl und neblig. Für den Abend war Nieselregen angesagt.

Maja weckte mich früh und brachte mir Kaffeeersatz ans Bett. Als ich mich rasierte, trat sie hinter mich, küsste mir die nackte Schulter und sah mich nicht über den Spiegel an. Als sie das Bad verließ, meinte ich einen Vorsatz in ihrer Bewegung zu erkennen, etwas winzig Fremdes in der Art, wie sie den Kopf hielt. Das war irritierend, da es am Morgen doch selten etwas Fremdes gibt zwischen Liebenden (am Abend auch nicht, nur in den Stunden dazwischen). Ich vergaß es gleich wieder, war zu beschäftigt mit Dingen. Nach dem gemeinsamen Frühstück, bei dem wir kaum ein Wort sprachen, suchten wir unsere Agenten auf.

Politow schien gefasst. Er saß in sowjetischer Unterwäsche in der Kleiderkammer, aß Unmengen an Kirschen und spuckte die Kerne in hohem Bogen in den Papierkorb. Er traf immer. Um ihn herum wuselten fünf meiner Mitarbeiter, zählten sämtliche Ausrüstungsgegenstände, alle Orden, Waffen, Stempel, Papiere, Uniformen, Fotografien, Funkutensilien ein letztes Mal durch und verpackten alles.

Maja kümmerte sich im Nebenraum um die Schilowa, die eine Angstattacke hatte, so klang es. Lahmarsch Handrack war bei ihnen. Hin und wieder hörte man lautes Schluchzen.

Am Nachmittag fuhr ich mit Handrack zum Flugplatz, um mit der Luftwaffe die letzten Details zu klären. Er hatte eine grüne Munitionskiste dabei, die auf Veranlassung des Herrn Standartenführers Solm noch in den Flieger mitgenommen werden sollte. Sie war plombiert. Lahmarsch sagte, er habe nicht die geringste Ahnung, welchen Inhalt die plombierte Munitionskiste habe, er tippe aber auf Munition (jedes Eichhörnchen hat mehr Phantasie und wäre weniger überrascht als er, in einer Nussschale auch mal keine Nuss zu finden).

Nach unseren Treffen mit den Luftwaffenoffizieren wollte ich zurück ins Hauptquartier fahren. Ein telefonischer Befehl meines Bruders hielt mich davon ab. Ich hatte mit Lahmarsch die Installation unserer Funkanlage im Auge zu behalten, die wir in einem Hangar unterbrachten. Im Übrigen schien das Wichtigste zu sein, einen Buffettisch mit Sekt, Obst und Laima-Schokolade aufzubauen.

Am frühen Abend, kurz nach Sonnenuntergang, auf die Sekunde genau zu der Zeit, die man in Berlin angekündigt hatte, landete die Arado-232. Wie ein riesiger Flugsaurier durchstieß sie die tiefhängende Wolkendecke und schwebte auf uns zu: eine vom Aussterben bedrohte Wunderwaffe (sieben Exemplare weltweit). Später stand ich auf der regennassen Rollbahn, legte die Hand ehrfürchtig an die Saurierhaut. Acht eingebaute Maschinengewehre. Frachtraum mit Platz für Pkw-Transport. Hydraulische Heckklappe. Nachtnavigationsgeräte. Und zwanzig Gummiräder unter dem Rumpf, die die Maschine nach der Landung über Schützengräben rollen lassen konnte, als wären sie aus Watte. Sechs Mann Besatzung waren nötig, um dieses Wunderwerk modernster Flugtechnik zu zähmen. Der Pilot sah aus wie Hemingway, begrüßte mich und fragte lässig: »Wo ist die Kundschaft?«

Die Kundschaft fehlte. Es blieb nicht mehr viel Zeit. Zwar lag der Flughafen nördlich von Riga und daher noch weit außerhalb der Reichweite russischer Artillerie. Aber jederzeit konnten feindliche Nachtjäger auftauchen. Luftwaffenhelfer rollten das präparierte Spezialmotorrad der sowjetischen Marke M-72 herbei und ließen es vor dem Arado-Heck stehen. Die restliche Ausrüstung des Kommandos wurde zügig aus unserem Lkw ausgeladen und in dem gewaltigen Bauch des Drachens mit Riemen und Gürteln verstaut.

Als in dünnen Fäden der Regen einsetzte, sah ich, wie ein langer, grauer, summender Wurm aus unbeleuchteten Fahrzeugen durch die Dunkelheit auf unser Flugfeld zukroch. Vorneweg der Generalswagen meines Bruders, der knapp neben der Arado hielt. Die anderen Limousinen parkten in Reih und Glied dahinter. Nimmersatt Girgensohn, Möllenhauer, Pawel Delle, der Berufszwerg und noch ein Dutzend weiterer Führer und Unterführer stiegen hastig aus und sammelten sich in dem offenen Hangar, von dem aus die Maschine während des Fluges per Funk überwacht werden würde. Auch Maja war gekommen. Natürlich. Sie blieb ein wenig abseits, so wie wir es im Dienst immer hielten.

Politow kletterte als Letzter aus seinem Fahrzeug. Wie Herr Armstrong, der Mondfahrer, vor ein paar Jahren in seinem Astronautenanzug in Cape Canaveral auf die Apollo 11 zugestiefelt kam, genau so kam nun Politow auf uns zugestiefelt. Er baute sich vor mir auf, zog seinen schwarzen Ledermantel glatt und fragte ungewohnt ernst, wo seine Frau bleibe. Ich stellte Lahmarsch die gleiche Frage. Er bekam seinen Dackelblick und sagte, sie sei unterwegs.

Um die Zeit zu nutzen und ihn gleichzeitig abzulenken, bat ich Politow, vor den Herrschaften einige Be- und Entladungsversuche mit seinem Motorrad durchzuführen. Das Kraftrad mit Beiwagen wurde rückwärts in den geöffneten Rumpf der Maschine hineingeschoben. Die Verladeöffnung schloss sich hydraulisch. Alle staunten. Denn eine Heckklappe, groß wie ein Scheunentor, die gleichzeitig als Rampe fungierte, wie von Geisterhand bewegt wurde und sich vollautomatisch verriegelte: So etwas hatte ich noch nie gesehen, und auch sonst keiner der Beteiligten. Nach einiger Zeit öffnete sich die Klappe wieder, und Politow fuhr mit eigener Motorkraft ins Freie. Die versammelte ss klatschte erfreut. Das Motorrad wurde endgültig ins Flugzeug geschoben und sorgfältig gesichert. Die letzten Startvorbereitungen begannen.

Aber die Schilowa war immer noch nicht da.

Nun wurde Politow nervös. Ich versuchte ihn zu beruhigen. Hub, der sich inzwischen im Hangar umgesehen, mit den Funkern gesprochen, die versammelte Luftwaffe mit seiner Arroganz brüskiert und sich immer wieder am Buffettisch gelabt hatte, kam auf den Russen zu, gemeinsam mit Lahmarsch Handrack, als hätten sich da zwei gefunden. Ein alkalisches Gefühl beschlich mich (ein Gefühl von

Fleisch-in-Natronlauge), als ich in Lahmarschs Händen die grüne Munitionskiste sah, die er am Morgen mitgebracht hatte. Irgendetwas schien ganz und gar nicht in Ordnung zu sein, und ich merkte beim zweiten oder dritten Blick, dass es die Plombe war, die man aufgebrochen hatte. Wieso hatte mir Lahmarsch nichts davon gesagt? Munition jedenfalls, das war schon einmal klar, war nicht in dieser Kiste, sonst wären meinem Mitarbeiter längst die dünnen Arme abgefallen.

Hub hüstelte. Die Umstehenden wurden leise, und mein Bruder wollte eine Ansprache halten, dachte ich. Das wollte er aber gar nicht. Er blickte nur unserem nach allen Regeln der Kunst herausgeputzten Sowjetoberst fest in die Augen und sagte:

»Aktivist Politow! Glück und Segen und Heil Hitler!«

Er machte eine kurze Pause, hüstelte erneut und fuhr fort:

»Die Position von Aktivistin Schilowa, die nicht erscheinen kann, wird Instrukteurin Dserschinskaja einnehmen.«

Er blickte zu Maja. In meinem Hals löste sich Geröll und stürzte nach unten, ich weiß nicht wie tief, und dann sprach er meinen Harpunier Queequeg direkt an.

»Instrukteurin Dserschinskaja! Auch Ihnen Glück und Segen und Heil Hitler!«

Maja salutierte verwirrt. Ich sah, dass Lahmarsch zu ihr hinüberschlurfte. Aus der Kiste unter seinem Arm zog er Schilowas NKWD-Uniform hervor und überreichte sie freudlos. Dann zeigte er Maja mit einer Handbewegung, wo sie sich umziehen konnte, und siehe da, es war der kleine, sinnlose Holzverschlag neben der Funkanlage, den er am

Nachmittag von einem der Schreiner hatte anfertigen lassen, offensichtlich schon im Bilde, was geschehen würde. Ich ballte meine sensiblen Künstlerfinger zu einer Faust, die seinem Lamagesicht auch noch den letzten Rest an Vitalität entziehen würde, das schwor ich mir.

Bis auf ihn schien aber niemand eingeweiht zu sein. Alle Anwesenden blickten entgeistert. Ausgerechnet der Berufszwerg fing sich als Erster.

»Verzeihung, Herr Standartenführer«, sagte der Zwerg. »Wir haben Aktivistin Schilowa fast ein ganzes Jahr lang ausgebildet. Alle Ausweise, alle Wehrpässe, alle Zeugnisse sind mit Lichtbildern von Aktivistin Schilowa versehen.«

Zitternd öffnete er seine Aktentasche, suchte darin nach einem Beleg, doch Standartenführer Solm schaute gar nicht hin. »Das ist nicht wichtig, Untersturmführer«, schnarrte er. »Wichtig ist, dass wir auf die Minute pünktlich starten.«

Und lächelnd nahm er die Ehrenbezeugung der inzwischen umgekleideten Kameradin Maja Dserschinskaja entgegen, die drei Monate zuvor am Usma-See über ihn gekichert hatte.

»Ich sehe nicht«, schloss er zufrieden, »was der Starterlaubnis noch im Wege stehen könnte.«

Seine Offiziere starrten ihn fassungslos an, während er es fertigbrachte, von einem Obstteller auf dem kleinen Buffettisch einen Apfel zu nehmen, offensichtlich in der festen Absicht, ihn vor meinen Augen aufzufressen.

»Herr Standartenführer«, erklärte ich tonlos, »Sie können die Instrukteurin nicht an Stelle der Aktivistin nach Moskau schicken.«

»Nun, Frau Schilowa hat einen Nervenzusammenbruch.«

Er rieb den Apfel an seinem Ärmel blank.

»So was hat sie öfter.«

»Und Sie sagten, Instrukteurin Dserschinskaja sei Aktivistin Schilowa in allen Belangen ein Vorbild. Das sagten Sie doch.«

Ich griff in meine Uniformtasche und zog den Zettel hervor, den mir Tropenfisch Schellenberg in Berlin überreicht hatte.

»Der Einsatzbefehl, der mir vorliegt, gilt nur für Schilowa.«

Er warf einen Blick auf das Papier. Es trug die Unterschrift unseres Vorgesetzten und legitimierte ausdrücklich Politow und seine Frau für die »Sternstunde«, sonst niemanden.

Hub dachte kurz nach und erklärte dann beiläufig: »Angesichts der eingetretenen Situation gilt er nun nicht mehr nur für Frau Schilowa.«

»Verzeihen Sie, Standartenführer«, sagte ich leise, »aber das ist Führerverrat.«

Standartenführer Solm hielt den Apfel in der Luft an, den Mund bereits zum Biss geöffnet.

»Das Flugzeug zu starten ohne die ausgebildete Aktivistin«, fuhr ich rasch fort, »und ohne ausreichenden Schutz mit präparierten Papieren bedeutet, das gesamte Unternehmen zu gefährden. – Die Aktivistin Schilowa wird in wie viel Minuten hier sein können?«, fragte ich Möllenhauer.

»Wenn sie noch im Quartier ist: in etwa sechzig, Herr Hauptsturmführer.«

»In etwa sechzig Minuten, Standartenführer! Die Zeit sollten wir uns nehmen!«

Standartenführer Solm blickte, immer noch den Apfel in die Höhe haltend, meine Leute an, die betreten den Kopf wendeten. Dann öffnete er alle Arsenale seiner Amtsgewalt.

»Übergeben Sie Ihre Waffe!«, befahl er.

Ich salutierte, nahm die Pistole aus dem Halfter und übergab sie dem verdatterten Möllenhauer.

»Melden Sie sich im Hauptquartier«, befahl Standartenführer Solm. »Halten Sie sich zur Verfügung des Standgerichts.«

Er legte den Apfel zurück in die Obstschale und gab den Startbefehl.

Maja Dserschinskaja, mein trauriger Engel, mein reiches, erzgleiches Glitzern einer Mine aus Unglück, blickte zu mir herüber aus einer viel zu großen Uniform. Gewiss war sie gezwungen worden, denn ich sah keine Überraschung in ihren Augen. Keine Empörung. Nicht mal einen Wink. Man hatte ihr nicht gestattet, mit mir Kontakt aufzunehmen. Und man gestattete es auch jetzt nicht. Politow führte sie fort in den Regen, der Arado entgegen, erschüttert, seine Frau zurücklassen zu müssen.

Das Letzte, was Ismael von Queequeg sah, war die Silhouette ihrer Hand, an das matt erleuchtete Bullaugenfenster der Maschine gepresst, die langsam auf die Rollbahn glitt, der Nacht entgegen.

III
Das goldene Kalb

I

Kurz vor dem Fall der Stadt wurde ich vor einem fliegenden ss-Sondergericht der schweren Gehorsamsverweigerung und des Hochverrats angeklagt.

Man brauchte zweiundzwanzig Minuten, um mich zum Tode zu verurteilen.

Der Vorsitzende des dreiköpfigen Tribunals war mein dreiköpfiger Bruder (jeder Kopf der seine, weil die beiden Beisitzer nur halsabwärts sie selbst waren).

Das Urteil war nicht rechtskräftig, da es von Heinrich Himmler bestätigt werden musste.

Ich bezog eine Zelle in der Präfektur. Ein fensterloser, stinkender Kellerraum, aus dem ich es durch die Heizungsrohre hatte wimmern hören vor Jahren, als ich nachts in meinem Büro saß, genau drei Stockwerke über den Ratten, die mir nun Gesellschaft leisteten. Ich sah sie nicht, sondern hörte ihr Aus-den-Löchern-Strömen. Die Glühbirne an der Decke über mir sprang an, wenn jemand von außen durch den Türspion hereinblicken wollte, was jede Stunde einmal geschah. Ansonsten blieb es, als hätte sich Majas alter Wunsch erfüllt, als hätte man mir sanft die Augen wie Pudding aus den Höhlen gelöffelt, mich in das warme Bett der Blindheit gelegt, in ein ganz jenseitiges Schwarz, und trotzdem war ich noch da.

Überall in der Gegend schlugen Granaten ein.

Sehr viel später sollte ich davon Kenntnis erhalten, dass zwei Abende vor dem Hinrichtungstermin Ev meinen Bruder in der Präfektur aufgesucht hatte. Eine Woche lang war er nicht zu ihr nach Hause gekommen, sondern hatte in seinem Büro genächtigt. Auch jetzt lag er auf seiner Ledercouch, als sie vor ihn trat. Das Weiß ihrer Schwesterntracht verlängerte das Weiß ihres Gesichts in den Raum hinein, jedenfalls stelle ich mir das so vor, sehe Evs kalte Glut vor mir und kann nicht glauben, dass sie in den nun folgenden sechzig Sekunden der Zusammenkunft auch nur ein einziges Mal geblinzelt haben könnte.

»Alle reden darüber, was du Koja antun wirst«, sagte sie leise und blickte auf ihn herab. »Das kann niemand glauben und niemand verhindern. Aber eines solltest du wissen: Sobald ich am Grab stehe, wirst du dich davonmachen müssen, denn wenn ich dich irgendwo finden sollte, und ich bin sicher, ich werde dich finden, dann schlage ich dich tot, oder ich vergifte dich, oder ich werde dir Milzbrand-Bazillen einimpfen, wie ich es in Auschwitz gelernt habe, das schwöre ich dir beim Leben unserer Tochter.«

»Du wirst nicht am Grab stehen«, sagte mein Bruder und sorgte dafür, dass Ev am nächsten Morgen auf das letzte Schiff kam.

Ich erfuhr davon, weil Heinrich Himmler fliegende Standgerichte nicht mochte. Womöglich hatte er auch unsere einstigen Spaziergänge durch das schöne Reval in sentimentaler Erinnerung, oder vielleicht stand meine ihm so schmeichelnde Lancelot-Karikatur auf seinem Schreibtisch. Jedenfalls entschied der Reichsführer-ss, mich nicht ohne vorschriftsmäßige Anhörung füsilieren zu lassen. Ein Fernschreiben aus Berlin ordnete an, mich nach Deutschland auszuschiffen. Ich sollte dort vor ein ordentliches ss-Gericht gestellt werden. Unverzüglich.

Mein Bruder trat in meine Zelle, wie er früher in unser Kinderzimmer getreten war, wenn er herausbekommen wollte, ob ich mit seinen Zinnsoldaten gespielt hatte. Er stand in einem Rechteck aus Glühbirnenlicht, in das ich hineinblinzelte, während ich hörte, wie draußen in den Fluren die anderen Zellen geöffnet wurden. Tür für Tür. Man vernahm keine Stimme, nur ein oder zwei Schüsse, die die jeweilige Zelle unwiderruflich entrümpelten. Bei jedem Knall zog sich mein Körper zusammen, um der Gewalt, die sich auf mich zufraß, standzuhalten.

Mein Bruder setzte sich auf einen Schemel, den er mitgebracht hatte, reichte mir Himmlers Fernschreiben und sagte tonlos: »Gratuliere.«

Dann mussten wir gehen.

Während meine Mitgefangenen, in Eile und vom Mittelgang aus betrachtet, in ihrem Blut zu schlafen schienen, hasteten ihre Exekuteure und der Standartenführer Hubert Solm, mit meiner Minderwertigkeit im Schlepptau, auf den Hof hinaus.

Dort herrschte ein Höllenlärm. Die Augen begannen sofort zu tränen. Der Rauch des brennenden Torhauses hüllte einen Lkw und zwei Limousinen fast vollständig ein. Sie warteten mit laufenden Motoren. Wir sprangen in die Wagen, überwölbt von den hohen Zischlauten fallender Granaten und dem krachenden Einsturz einer vierstöckigen Hauswand direkt hinter uns.

Vier oder fünf Minuten später war die Präfektur vollständig geräumt. Ein pflichtbewusster Scharführer schloss sogar ordentlich die Eingangstüren ab, wurde von einem Offizier angeschrien und legte, da er es nicht übers Herz brachte, den Schlüsselbund wegzuschmeißen, diesen sorgsam neben dem Fußabtreter ab.

Man fesselte mich nicht. Im Fond des Opel Admiral, der sogar meiner sein konnte, saß ich in verdreckter ss-Uniform inmitten von Hubs Leuten, die ich alle nicht kannte. Wir fuhren in einem Konvoi aus drei Fahrzeugen aus dem Hof hinaus, rasten durch die berstende Stadt, dem einzigen Fluchtweg im Westen entgegen, den die Wehrmacht unter Aufbietung aller Kräfte durch den sowjetischen Belagerungsring hatte sprengen können. Geschosse stürzten wie Pflastersteine vom Himmel. Die Straßen waren menschenleer. Einzelne Alleebäume standen in Flammen. Die Wehrmacht schien bereits vollständig abgezogen zu sein. Wir trafen auf keine einzige Nachhutabteilung.

»Hoffentlich ist der Iwan noch nicht an den Brücken«, stöhnte der Scharführer vorne und trat aufs Gas.

Der ss-Konvoi bog in die Elisabethstraße ein. Für einen Moment war es still, kathedralenstill, so schien mir. Ich lauschte, und alle lauschten im Wagen, die Köpfe leicht angehoben oder in den Nacken gelegt, als wolle man die Zukunft wittern.

Dann sah ich einen Blitz irgendwo, und wir flogen

schwerelos durch die Luft. Als ich kopfüber auf den Asphalt zuschwebte, platzte mein Trommelfell, und bei vollem Bewusstsein zerflossen alle Gegenstände, alle Gewissheiten und Erwartungen in einem ungeheuren Pilz aus Stille. Es war dunkel, und ich dachte, da es so dunkel und still war, in aller Ruhe über bestimmte Bewegungen nach. Bewegungen meines Armes. Wollte sie vornehmen. Aber sie gelangen nicht. Obwohl es sich wie Watte anfühlte, lag ich eingekeilt in zersprengtem Metall, irgendetwas Spitzes war in meine Leiste eingedrungen, schmerzte aber nicht.

Mir strömte warmes Blut in den Mund, das mir nicht gehörte, sondern dem Mann über mir, der kein Gesicht mehr hatte, als ich die Augen aufschlug.

Schwindelig rappelte ich mich auf, kroch unter der Leiche weg durch das Fenster des qualmenden Wracks.

Als ich draußen ankam, sah ich, dass die ganze windige Straße vor uns ein paar Sekunden zuvor von einer Art Meteorit aufgerissen worden sein musste. Ein riesiger Krater tat sich vor mir auf. Den Lkw mit einem Dutzend unserer ss-Leute darauf gab es nicht mehr. Nur noch zerstampfte Stahlschmelze, dazwischen Holz, Fleisch und blubberndes Gummi.

Volltreffer.

Ein Granatsplitter, den nicht mal zwei Männer hätten anheben können, hatte als gezackter Riesenbrocken einen ss-Führer der Länge nach entzweigeschnitten, Hauptmann Palbyzins Halbierung variierend. Der Mann und der Splitter qualmten. Die Kraft der Detonation hatte einem anderen den Schädel in den Brustkorb hineingehämmert. Da, wo früher sein Hals war, lugten nun ein paar erstaunte Augen hervor. Zehn Meter entfernt saß ein blutjunger ss-Mann, der pausenlos quiekte. Sein Schließmuskel hatte versagt. Ansonsten schien er unversehrt, war vielleicht nur von der offenen Lkw-Pritsche geschleudert worden.

Jenseits des in die Straße geschlagenen Bombentrichters lag das Auto von Hub. Der Explosionsdruck hatte es wie mit einer Riesenfaust an eine Mauer gedroschen, an der es zu kleben schien. Auf die Distanz erkannte ich, dass Leichenfetzen oder Eingeweide aus der Karosserie hingen. Und der Arm von Hub.

Ich schrie den vollgeschissenen ss-Mann an, und er und ich robbten bäuchlings zu dem brennenden Auto hinüber, zogen an dem Arm, und in einem ganzen Stück flutschte mein Bruder heraus, kurz bevor der Wagen explodierte. Dadurch wachte Hub auf und wunderte sich, dass ich ihm das Leben gerettet hatte. Nicht dass er es gesagt hätte, aber er wunderte sich. Und während er sich noch wunderte, sahen wir, wie zwei Querstraßen weiter ein T-34 gemächlich Richtung Düna rollte, genau in dem Moment, als sich mein Gehör zurückmeldete.

»Scheiße!«, rief Hub. »Wir müssen hier weg!«

Er scharte, obwohl über und über mit Brandblasen bedeckt, den stinkenden ss-Jungen und zwei weitere Überlebende um sich, erklärte ihnen, dass alle Fahrzeuge durch den Granateneinschlag zerstört worden waren, was niemanden von uns überraschen konnte, da wir das unzerstörteste Zerstörte dieser Fahrzeuge darstellten. Dann gab er das Kommando zum Durchschlagen zu den eigenen Linien, zu Fuß, marsch, marsch. Erst als ich aufstehen wollte, merkte ich, dass es mich selbst erwischt hatte. Ich fiel zu Boden, und an beiden Füßen spürte ich einen stechenden Schmerz, den ich zuvor nicht gespürt hatte.

»Seine Hufe sind am Arsch!«, sagte der ältere ss-Mann.

»Wird getragen«, entschied Hub.

»Wenn wir ihn tragen, Standastenführer«, erwiderte der Mann und zeigte auf das rohe Fleisch, das sich von seinem aufgerissenen Rücken schälte, »dann nur bis zur anderen Straßenseite.«

Irgendwas dachte in mir, aber das war nicht ich.

Irgendwas dachte an die Kinder, die wir einst waren. An die Kugel meines verzweifelten Vaters, vor der mich mein zwölfjähriger Bruder bewahrt hatte. Und an diese andere Kugel, zu der er mich nun, ein Vierteljahrhundert später, fürsorglich über das Meer bis nach Berlin tragen lassen wollte, nicht mehr mich, aber meine Beinstümpfe schützend. Mein Schild war er und meine Vernichtung und der Grund, warum ich war, was ich war, und warum ich wurde, was ich wurde. Irgendwas dachte das alles, ohne dass es mir gewahr wurde – dachte es, ohne dass es mich durchschüttelte, mich zum Brüllen und Toben brachte und mir das brandige Herz aufriss. Und neben all diesen Gedanken, denen ich aus weiter Ferne zusah, wie sie wolkenhaft entstanden und über mir abregneten, ohne mein Innerstes zu benetzen, dachte ich auch selbst, dachte an Maja, die in Moskau gelandet war oder auch nicht, die Stalin getötet hatte oder auch nicht. Eher nicht, wenn man sich so umsah.

Warum liebt der Mensch den Menschen? Warum liebt der Mensch den Menschen, obwohl jede Liebe zugrunde geht? Warum wird die Wüste, die unsere Seele ausmacht, von kleinen grünen Olivenbäumen belebt, die fast alle in Sandstürmen untergehen, aber auch immer mal wieder gedeihen? Ja, warum liebt der Mensch den Menschen? Warum liebte ich Maja? Warum hatte ich in unserer letzten Nacht in ihren Augen einen Blick gesehen, dessen fernes Ende völlig grenzenlos war, einen Ort versprechend, an dem ich grenzenlos geliebt würde, wo alles, was ich war, und auch alles, was ich nicht war, dankbar angenommen würde? Warum fehlte sie mir so, obwohl wir immer gewusst hatten, dass es uns nicht geben kann, und obwohl wir so lange nur unser Begehren liebten? Und warum hatte ich Mary-Lou geliebt? War es Zufall? Oder folgt alles einem trivialen Muster? Warum um Himmels willen liebte ich immer nur Frauen, deren Namen mit M beginnen? Maja. Mary-Lou. Mumu aus Riga. Alle begannen sie mit M, sogar Ev, die eigentlich Meyer und Murmelstein hieß, begann mit M, und genau dieses M zackte sich mir als Bild durch den Kopf, als ein zweiter T-34 die Elisabethstraße kreuzte, schon eine Querstraße näher als der erste.

»Ich bleibe hier«, sagte ich zu Hub. »Entweder du schießt mich über den Haufen. Oder du gibst mir was, damit ich ein bisschen Sinn in die Situation bringen kann.«

»Was meinst du?«

»Wie kann ich sie aufhalten?«

Hub blickte mich an, wie er jeden anblickt, mit anliegenden Armen, einen Fuß auf eine herabgefallene Laterne gestellt. Als Hippie würde man sagen: cool. Dann nickte er dem ss-Mann zu, der am wenigsten blutete. Der Mann humpelte zu den zerfetzten Leichen, sammelte ihre Waffen ein und legte schließlich drei Pistolen, eine nassglänzende

Maschinenpistole, zwei Karabiner und mehrere Handgranaten vor mir ab. Er erläuterte die Gebrauchsweise der MP 40, die ich nicht kannte, während der Vollgeschissene kotzen musste und der andere und Hub das Gelände sicherten. Der Artilleriebeschuss hatte aufgehört. Die sowjetischen Spähtrupps mussten in unmittelbarer Nähe sein.

In diesem Moment hätte ich gewiss mit allem gerechnet. Aber ich rechnete nicht damit, dass Hub einen Karabiner nahm, seinen Männern befahl, sich sofort abzusetzen, und sich dann neben mir und meiner MP platzierte. Nein, damit konnte man auch nicht rechnen.

Sie ließen uns im Bombentrichter liegen und verschwanden.

Hub lag zehn Minuten lang brüderlich neben mir, das Gewehr im Anschlag, ohne ein Wort zu sagen. Ich roch sein Rasierwasser, war verwirrt, weil er tatsächlich Rasierwasser aufgetragen hatte an einem solchen Tag. Ich hörte seinen Atem und ab und zu ein Stöhnen, weil er nun die verbrannte Haut spürte.

»Was soll denn das?«, fragte ich.

»Ich lass dich hier nicht alleine verrecken.«

»Was bist du für ein Riesenarschloch.«

Er sagte nichts und rührte sich auch nicht und stöhnte auch nicht mehr.

»Hau ab und kümmer dich um deine Familie!«

»Du bist meine Familie.«

Ich drehte mich zur Seite und schoss ihm mit der Maschinenpistole aus fünfzig Zentimetern in die rechte Hand. Er rollte nach hinten. Ich konnte ihm bequem die Waffe an den Kopf halten.

»Ich will nicht in schlechter Gesellschaft sein in so einem wichtigen Moment«, sagte ich. »Wenn es mich erwischt, dann weißt du, dass ich dich bis zur letzten Sekunde für ein Riesenarschloch gehalten habe.«

Er hielt seine blutende Hand hoch, blickte mich an, blickte mich durch seine blutende Hand an, durch das Loch in der Hand, meine ich, und nickte. Dann erhob er sich, und aller Wahnsinn der letzten Tage, Wochen und Monate schien aus seinem Blick gewischt, der Blick eines kleinen, ernsten Jungen.

Das Letzte, was ich von Hub sah, war die pulsierende Ader auf dem verkohlten Rücken seiner unverletzten Hand, als er eine Schachtel mit fünf Zigaretten neben die Handgranaten legte. Ich sah, dass diese schwarzviolett gebeizte Hand mich zum Abschied berühren wollte, ich erkannte es, aber es geschah nicht.

Es war ein wunderbares Gefühl, ohne ihn übrig zu bleiben.

Als Erstes zündete ich mir eine der Zigaretten an.

Ich kann mich nicht erinnern, niedergeschlagen gewesen zu sein. Höchstens fiebrig. Nicht mal Einsamkeit spürte ich, als er weg war, denn all die Gedanken in meinem Kopf, die eigenen und die, denen ich zusah, sorgten für Versunkenheit, ein merkwürdig geselliges Gefühl in jenem Moment. Ich schnalzte die Zigarette fort, griff meine Waffe und nahm die Straße vor mir ins Visier. Ich würde in die erste Stirn schießen, die um die Ecke kam. Ich fand das in Ordnung. Auch *vice versa*. Zerrissen, in Stücke zerhackt, zu Brei zerstampft zu werden ist eine Aussicht, die das Fleisch weitaus mehr ängstigt als so eine kleine Kugel. Heute, wo solch ein Geschoss in mir wohnt, weil mir selbst in die Stirn geschossen wurde, denke ich anders, Swami, aber damals kam es mir wie eine akzeptable Lösung vor.

Es dauerte eine Stunde oder vielleicht auch einen Tag, ganz sicher mehrere Regenschauer lang, bis mich die Russen fanden.

Ich erwachte, pudelnass, aus einem giftigen Schlaf. Über mir sah ich vier Schatten, Menschensilhouetten, die nicht nur ihre Maschinenpistolen auf mich anlegten, sondern auch meine eigene MP 40. Ich erstarrte. Das also ist die Sekunde aller Sekunden, dachte es in mir. Die kleine Sekunde Tod.

Doch etwas anderes passierte. Die Schatten griffen zu. Packten meine Arme und Beine, rissen mich hoch aus dem Ascheschlamm und rannten, ich wie eine Hängebrücke zwischen ihnen wippend, mit mir zu ihrem Kommissar.

Er verhörte mich kurz, überlegte, mich zu erschießen, doch mochte er mein Anna-Iwanowna-Russisch gerne. Er kannte ein Gedicht von Heine, nahm eine Stimmgabel aus seiner Tasche, die er offensichtlich stets bei sich trug, schlug sie an eine Tischkante, hielt sie an sein Ohr, summte das A und deklamierte, dieses A haltend: *Wir wollen auf Erden glücklich sein und wollen nicht mehr darben.* Dann schaltete er mit dem Deklamieren einen Gang herunter und flüsterte: *Verschlemmen soll nicht der faule Bauch, was fleißige Hände erwarben.*

Er grinste, steckte die Stimmgabel wieder ein und ließ mich auf eine Trage legen, meiner Beine wegen.

Fünf Monate später, an einem Tag im März, im Matsch schmelzenden Schnees, beim Scheppern und Krachen der

Eisschollen auf der Düna und unter dem ständig grau verhangenen Himmel des Nordens, brachte man mich nach Moskau, lieferte mich in die Lubjanka ein und begann, mich über viele Monate hinweg zu verhöhnen, zu erniedrigen und zu foltern.

Und mir wurde klar, warum der Mensch den Menschen liebt, da er ihn nämlich lieben muss, weil das für jeden Einzelnen die einzige Hoffnung ist, trotz allem ein Mensch zu bleiben.

2

»Das ist jetzt die Transformation«, sagt der Hippie.
»Wie bitte?«, sage ich.
»Die Transformation zu einem wunderbaren Menschen. Deshalb haben Sie so viel geredet über diese Dinge – um Ihre Gefühle zu verdecken. Aber jetzt werden Sie nichts mehr sagen. Jetzt wird alles gut.«
»Aber nein, ich werde Ihnen alles sagen. Ich bin noch am Anfang.«
»Ja, am Anfang von etwas Neuem.«
»Am Anfang meines Lebens.«
»Der Mensch liebt den Menschen. Da haben Sie recht. Ein Swami hätte das nicht besser sagen können.«
»Der Mensch liebt nicht jeden Menschen. In der Lubjanka habe ich niemanden geliebt.«
»Erzählen Sie es mir nicht. Konzentrieren Sie sich auf Ihre Gefühle.«
»Ist das kein Gefühl, wenn man jemanden nicht liebt?«
»Jedenfalls keines, zu dem man JA sagen kann, mit großem J und großem A.«
»Sie wollten, dass ich Ihnen alles erzähle. Und ich erzähle Ihnen alles.«
»Aber alles, was Sie erzählen, ist nur Reden. Jetzt reden Sie über die Lubjanka und was dort Schreckliches gesche-

hen ist. Einfach durch Reden davon ablenken, was Sie gefühlt haben und vielleicht immer noch fühlen, ist eine der leichtesten Übungen.«

»Ich rede, um nicht reden zu müssen? Und ich rede zum ersten Mal über etwas, worüber ich noch nie geredet habe, um nicht darüber reden zu müssen?«

»Ja, freilich, genauso ist es.«

»Das ist ja kreuzverrückt! Wieso sollte ich das tun?«

»Das lenkt Sie von Ihren Gefühlen ab.«

»Und woran meinen Sie das zu erkennen?«

»Sie haben noch kein einziges Mal geweint.«

»Aha.«

»Kein einziges Mal.«

»Was wollen Sie damit sagen?«

»Nun ja, was ist denn das für eine Frage? Warum weinen Sie nicht? Ist Ihnen gar nicht klargeworden, dass Sie, bitte verstehen Sie das nicht falsch, unerträglicher Abschaum sind?«

Meine Augen wenden sich von den Milchglasscheiben ab, auf die sie gestarrt hatten, mein Rücken richtet sich leicht auf, und ich schaue hinüber zu ihm. Zusammengekauert, an den Bettpfosten geklammert, eingekeilt zwischen dem weißgestrichenen eisernen Nachttisch und meinem Unglück, beobachtet er mich, zwingt sich zu einem umnebelten Kifferlächeln.

Langsam, um mir über die Bedeutung der Worte klarzuwerden, stehe ich auf, überquere den lächerlichen Meter gesprenkelter Fliesen, den er zur entmilitarisierten Zone erklärt hat, und setze mich sanft zu ihm aufs Bett. Seine Augen treten fast aus den Höhlen vor Angst.

»Sie halten mich für Abschaum?«, frage ich freundlich.

»Nein, um Himmels willen, ich halte Sie für einen wunderbaren Menschen, wie oft soll ich es denn noch sagen? Aber ich warte schon ein bisschen auf die Transformation. Auf den Augenblick der Verwandlung. Denn ehrlich gesagt: Sie reden ja die ganze Zeit selbst über sich wie über Abschaum und kriegen die Kurve nicht zum reinen Gefühl, das aus Ihnen herausfließen muss.«

»Ich soll flennen vor Ihnen?«

»Nun, das Problem ist – wenn Sie immer nur reden und reden, dann werden verdrängte Gefühle in Ihrem Körper abgespeichert. Entweder direkt in Ihrem materiellen Körper. Oder in einem der feinstofflichen Körper, also im Spiritualkörper, Mentalkörper, Emotionalkörper oder Ätherkörper. Sind wir so weit klar?«

Er zittert an all seinen Körpern, und ich versuche eine Mischung aus einer mitleidigen, gleichgültigen und herrischen Miene aufzusetzen, um ihn zu beruhigen.

»Völlig klar. Wir sollten die Lubjanka also überspringen.«

»Ja, vielleicht lassen Sie die furchtbaren Schilderungen und kommen gleich zum Gefühl, das hemmt dann nicht Ihren Energiefluss, Mann. Könnten Sie vielleicht bitte wieder in Ihr eigenes Bett gehen?«

»Zu welchem Gefühl soll ich denn kommen?«

»Schuld vielleicht, oder Angst«, sagt er, als ich wieder unter meiner Decke liege.

»Aber«, meint er nach einem Zögern, »sagen Sie doch selbst, Compañero: Was war denn Ihr bestimmendes Feeling damals?«

3

Wenn ich an die Zeit in der Lubjanka zurückdenke, an die Monate und Jahre zwischen den Kerkergewölben, die wie Karusselle um mich kreisten und die ich Ihnen nicht schildern darf, immer unbegreiflicher werdender Swami, wenn ich also an die ewige Winterkälte und die ewige Sommerkleidung (sofern es überhaupt Kleidung war, dieser Fetzen feuchte Watte), wenn ich an die Nässe und das Ungeziefer und den Hunger denke, dann fallen mir nicht in erster Linie Gefühle von Schuld oder Angst ein, sondern von Schwäche und Schmerz, von jenem ganz konkreten Schmerz zum Beispiel, den das Extrahieren von Fingernägeln in den Wunderkammern der Erinnerung hinterlässt, vor allem aber natürlich in den Fingern selbst, die sich heute noch taub anfühlen an ihren Spitzen.

Und selbst wenn ich davon einmal absehe, selbst wenn ich also die Bedürfnisse meines materiellen Körpers außer Acht lasse und meinen Spiritualkörper, Emotionalkörper oder Ichweißnichtwaskörper zu mir sprechen lasse, Manifestationen meiner selbst, die offensichtlich für Winseln, Zittern und Zagen verantwortlich sind, selbst dann sind es nicht Schuld- und Angstgefühle, zu denen ich JA sagen würde mit großem J und großem A, um den Abschaum in mir abzuschöpfen.

Sondern es ist das überwältigende Gefühl der Einsamkeit, das mich in jenen Jahren beherrschte.

Wenn ich von dieser Einsamkeit rede, blüht ein nussiger Nachgeschmack in meinem Mund auf, alte, ranzige Nüsse, verstehen Sie? Und dennoch können Sie auf die Tränen warten, bis Sie schwarz werden. Denn die Einsamkeit war mein Schrecken. Und wurde dennoch meine Freundin. Meine schreckliche Freundin. Nur deshalb habe ich die Lubjanka überlebt. Das weiß ich heute. Die Einsamkeit zwingt einen nie, irgendetwas zu tun, bei ihr gibt es keinen Zwang, kein Missverständnis. Sie ist nur schlecht für einen. Man leidet an ihr. Aber sie ist schön. Haben Sie sie nie gesehen? Meine war groß und ganz dünn, hatte schwarze Haare, tiefe grüne Augen, ein Gesicht, das einem überallhin folgt. In jedes dreckige Loch. Und in jedes Verhörzimmer. Wenn man die Einsamkeit liebt, ist man nie allein. Das ist das Verrückte. Und wichtig ist, dass man sie während der Gespräche mit den Vernehmungsbeamten nicht ziehen lässt. Sie versuchen, deine Partner zu werden, deine Nächsten. Doch wenn du dich ihnen anvertraust, wenn du dich ihnen auch nur für eine Sekunde hingibst, bist du verloren. Einen Entzug dieser einmal gewährten Nähe hält niemand aus, und die Einsamkeit kommt umso heftiger zurück, befreundet sich aber nie wieder mit dir. Du musst ihr treu bleiben, unbedingt.

Der einzige NKWD-Offizier, der mich je in Versuchung brachte, war Genosse Nikitin.

Nikitin war ein fast fünfzig Jahre alter, zurückhaltender Satyr, der während der Schlacht um Moskau durch den damals herrschenden Jodmangel an Morbus Basedow erkrankt war. Nikitins hervortretende Glupschaugen gaben ihm ein amphibisches Aussehen, man konnte ihn nicht ertränken, weil er auch unter Wasser atmen konnte, das sah man gleich.

Trotz seiner Macht, seines Leidens und seiner jüdischen Abkunft war er mir gegenüber von erstaunlicher Liebenswürdigkeit. Behängt mit einem Kropf, so groß wie eine Sumpfschildkröte, zum Skelett abgemagert, quälte er sich immer von seinem Stuhl auf, wenn ich, begleitet von einem der Wärter, in sein Büro trat. Er gab mir die Hand, knochig und dennoch weich, etwas feucht und leichenkalt, und noch während er mich begrüßte, begann er über Kunst zu sprechen. Genosse Nikitin kannte sich aus in der russischen Avantgarde, hatte Neunzehnzwanzig an der Akademie Witebsk Malerei studiert, bei Marc Chagall, und ein mit blauen bärtigen Violinspielern und mehreren am Himmel fliegenden Ziegen und Engeln bemaltes Triptychon hing an der Wand hinter ihm, vermutlich, um seine Opfer zu Kommentaren zu verleiten.

In ästhetischer Hinsicht hatten wir einen ähnlichen Geschmack. Er applaudierte, als ich ihm gestand, wie sehr ich den Suprematismus verachte. Er öffnete eine Schublade und zog ein dickes Fotoalbum mit all jenen Suprematisten hervor, die er persönlich auf ebenjenem Stuhl verhört und gefoltert hatte, auf dem nun ich saß.

Ich sah auch Polizeifotos von Mejerhold und seiner Frau (»eine wunderschöne Schauspielerin, wie schade«), ein Foto von Kandinsky aus dem Jahr Neunzehneinundzwanzig (»damals fing ich hier gerade erst an«), ein Privatbild von Nikitin, Arm in Arm mit Lion Feuchtwanger vor dem

Haupteingang der Lubjanka (»der kam damals nur zu Besuch und fand dieses Haus so schön, er wollte gleich einziehen«), oder Isaak Babel (»ach, er starb sehr unerfreulich, war aber zwei Monate lang in derselben Zelle wie Sie, hat bestimmt Gedichte in die Mauern geritzt, schauen Sie mal«).

Kurz, Nikitin ging mit vollem Karacho auf meine Einsamkeit los, suchte sie mir zu entreißen, baute über die Künstlerthemen eine hintergründige Brücke in mein Staubkornherz, suchte das homerische Beieinander, das WIR, das Gemeinsame, um mich fertigzumachen, und probierte erst gar nicht, meine Geheimdiensterfahrungen anzusprechen.

Ich hatte den Sowjets auf Hunderten von Seiten aufgeschrieben, was sie wissen wollten. Namen, Orte, Aktionen, Zeppelin. Unsere russischen und lettischen Spitzel mit Namen und Adresse. Alle musste ich ans Messer liefern. Vor allem über meinen Bruder wollten sie jedes Detail wissen. Über Heydrich. Über Tropenfisch Schellenberg. Und ich sagte es auch.

Aber ich sagte es nur bis zum Rande des Abgrunds.

Ich schwieg über diesen Abgrund.

Es fehlte einiges.

Es fehlten die Massaker. Es fehlten die Bickern'schen Wälder. Es fehlten die Moshe Jacobsohns. Die lagen im Packeis meines Schweigens, das Nikitin nicht aufhacken, sondern auftauen wollte. Nicht mit Martern sprengen wie die anderen. Sondern enteisen mit wohltemperierten Komplimenten über meine Zeichnungen, die ich anfertigen durfte.

Er gewährte mir einen Bleistift (obwohl ich ihn mir durchs Auge ins Gehirn hätte rammen können, um damit für immer dem irdischen Einerlei zu entkommen). Er ließ mir Papier zuteilen, jede Woche zwei Bögen. Und ich zeichnete meine grindigen Knochen, meine schlecht verheilenden Füße, meinen Penis, der wie mürber Teig zerkrümelte, nichts als ein Pissschlauch war er, und wie einen alten Penis schüttelte ich auch mein Gesicht aus, wenn ich es hin und wieder im Spiegel sah und angewidert zeichnete.

Nikitin war ganz begeistert von diesen Zeugnissen meines Verfalls, hängte einige zu seinen blauen bärtigen Violinspielern und gratulierte mir zu meinem großen Talent.

Das Kriegsende ging an mir vorüber.

Ein Volksfest, das über dem eigenen Grab lärmt.

Man hörte durch die dicken Mauern das Jubeln der Menschenmassen am neunten Mai. Posaunen. Glückliche Panzer. Hitler kaputt. Friede den Völkern.

Der Sommer kam. Der Herbst. Der Winter.

Im folgenden Frühjahr nahm Nikitin Jodtabletten, und die Schildkröte in seinem Hals schrumpfte, was man zwar nicht sah, aber hörte. Seine Stimme nahm zu, die Freundlichkeit ab.

Ich wurde Vier-Vier-Drei.

Im Sommer Neunzehnsechsundvierzig bekam ich Typhus.

Als es wieder anfing zu schneien, entzog mir Nikitin Bleistift und Papier, sowohl das Papier zum Zeichnen als auch das Klopapier, so dass ich mir meinen Arsch wieder mit den Fingern abwischen musste. Ich sank in eine Schneedecke aus Zeit, allmählich wurde es weiß vor meinen Augen. Es gab kein Gedicht Babels an meinen Wänden. Irgendwo stand nur das Wort »Scheiße«.

Nikitin wartete auf etwas Bestimmtes. Er sagte sogar, dass er auf etwas Bestimmtes von mir warte und wie sehr er bedauere, dass ich ihm das nicht freiwillig gebe.

Mir war klar, dass ich nicht mehr lange leben würde.

»Sehen Sie, Vier-Vier-Drei«, flüsterte er mir eines Tages zu, »wir haben so viel über die bildende Kunst geplaudert. Aber nicht ein einziges Mal über die Kunst der Fotografie.«

»Ich interessiere mich nicht für Fotografie.«

»Das ist sehr schade«, sagte Nikitin.

Er legte mir einen Packen von Schwarzweißabzügen auf den Tisch. Ich nahm die Fotos und sah mich selbst. Ich trage eine ss-Uniform. Ich habe eine Pistole in der Hand. Ich ziele, unter den Kronen schwarzer Bäume stehend, auf Menschen, die in einer Grube liegen.

»Ich finde Fotos faszinierend«, bekräftigte Nikitin.

Ich sah diesen Säugling wieder, den ich nur ab und zu in meinen Träumen gesehen hatte. Nun starrte er mich, freundlich brabbelnd, so schien es, direkt aus dem Foto heraus an, während ich ihm in das Köpfchen schieße, und mir fiel dieser Fotograf ein, der sich damals neben mich gestellt hatte, und ich sah im Hintergrund Brigadeführer Stahlecker und Hub, wie sie zu mir herüberblickten, als ich das ganze Magazin in diesen kleinen Körper feuerte.

»Faszinierend, ja. Ein interessantes Wort. Aus dem Lateinischen. *Fascinus*«, dozierte Nikitin. »Übrigens ein Wort, das denselben Stamm hat wie das Wort ›Faschismus‹.«

»Ich bin dazu gezwungen worden.«

»Selbstverständlich. Ich wollte Sie auch nur auf die Komposition aufmerksam machen. Dieses Wechselspiel von Natur und Mensch.«

Ich konnte nichts mehr sagen.

»Der war ein großer Künstler, dieser Fotograf. Er ist in Stalingrad verhungert. Wir fanden damals in seinem Gepäck diese beeindruckenden Zeugnisse seiner Schaffenskraft.«

Ich drehte mich zur Seite und übergab mich in den Papierkorb. Mitfühlend stand mir Nikitin bei, kam von seinem Schreibtisch herübergedackelt, legte seine Hand in meinen Nacken, ohne jeden Druck, und seine Sekretärin brachte gleich einen neuen Papierkorb, einen aus Blech, damit nichts herauslaufen konnte.

»Was wollen Sie von mir?«

»Sehr schön«, grunzte er befriedigt. »Jetzt sind wir auf dem richtigen Weg. Was ich von Ihnen will, ist, dass Sie bitte darüber nachdenken, was Sie, außer diesem Nachmittag im Wald, noch zu erwähnen vergessen haben könnten.«

Aber ich wollte nicht darüber nachdenken. Ich war lange genug in dem Geschäft, um zu wissen, dass ich das nicht wollte.

Und so begann eine Phase, die ich nicht schildern darf, ich weiß schon, zartbesaiteter Swami. Aber nun gab es einen klassischen Trainerwechsel. Die Schläger übernahmen das tägliche Programm. Und sie kümmerten sich um meine Fitness, indem sie monatelang Hanteln, Springseile und Lederpeitschen zum Einsatz brachten. Ich staune, was sie alles konnten. Aber ich staune schweigend. Und irgendwann Anfang Neunzehnachtundvierzig, nachdem ich unten im Erschießungskeller meine dritte Scheinhinrichtung hinter mich gebracht hatte, zweifellos auf Nikitins Befehl hin, wurde ich wieder zu ihm gebracht.

Im Gegensatz zu mir sah er gesünder aus diesmal, selbst sein Kropf hüpfte lebhafter. Er erhob sich nicht, gab mir nicht die Hand und erlaubte mir nicht, mich zu setzen. Eine Lampe war direkt auf mein Gesicht gerichtet. Ich war schwach vor Hunger. Meine Knochen waren zu Brei geschlagen, so dass ich fast umgefallen wäre. Zum ersten Mal seit unserem Kennenlernen begann Nikitin das Gespräch nicht mit Bemerkungen über die europäische Kunstgeschichte. Stattdessen fragte er, ob ich jemals den Namen Politow gehört hätte.

»Nein«, sagte ich.

Er lachte gutmütig, drohte mit dem Zeigefinger und guckte mich an, wie man einen kleinen Schlingel anguckt.

»Nein, habe ich nicht«, wiederholte ich.

»Sie haben also nie mit einem Herrn Pjotr Politow zu tun gehabt?«

»Nein.«

»Er hat geplant, unseren großen ›Woschd‹ zu ermorden.«

»Das ist ja entsetzlich.«

»Ja, denn unser Väterchen Stalin liebt die Menschen. Er kümmert sich um sie, so wie er sich um die Rosen und die Apfelbäume kümmert, die er auf seiner kleinen Datscha gepflanzt hat.«

»Sicher legt er auch herrliche Zitronenplantagen an und sät Melonen.«

»Das kann man so sagen.«
»Und hat im Garten Nester für Vögel und Eichhörnchen angebracht.«
»Gewiss wollen Sie sich nicht über irgendjemanden lustig machen?«
Ich schüttelte den Kopf.
»Das ist gut.«
»Verzeihen Sie, dass es so klingen konnte.«
»Ich will darüber noch einmal hinwegsehen.«
»Wie heißt dieser Attentäter doch noch gleich?«
»Das ist doch egal, wie er heißt. Wenn Sie ihn nicht kennen.«
»Natürlich.«
Nikitin musterte mich. Seine hervorquellenden Krötenaugen, über die im Schlaf keine Lider mehr passten, hatten so viel Ausdruckskraft wie in Grütze liegende Glasmurmeln.

»Wir haben die Information«, sagte er sanft und streichelte seinen Kropf, »dass dieser Verbrecher Politow in Riga von einem SD-Offizier ausgebildet und auf den Genossen Stalin angesetzt wurde. Die Beschreibung des SD-Offiziers trifft auf Sie zu.«

»Wir SD-Offiziere sehen doch alle gleich aus«, sagte ich, rostig lachend.

»Bitte seien Sie so freundlich und bestätigen mir noch einmal, dass Sie diesen Mann nicht kennen.«

Er schlug sein grünes Fotoalbum auf, suchte ohne Eile eine bestimmte Seite heraus. Dann zeigte er mir das Foto von Pjotr Politow. Rasiert, aber mit wirren, nassen Haaren, Blutergüssen unter dem linken Wangenknochen und einem stieren, in die Ferne gerichteten Blick, starrte er durch die NKWD-Kamera hindurch. In seinem Haar, einem Klumpen aus Dreck und Blut, sah ich Unmengen von weißen Federn. Sein Gesicht hatte man sauber gewischt, aber auch in den Wimpern hingen noch weiße Flausen, so als hätte er eine Kissenschlacht hinter sich. Ein aschiges Gefühl des Entsetzens kroch in mir hoch, denn ganz offensichtlich zeigte das Foto die mitten im Morast liegende, mit den offenen Augen ganz erstaunt wirkende Leiche von Politow. Deshalb konnten sie uns nicht einander gegenüberstellen, schoss es mir durch den Kopf. Sein Tod war meine einzige Chance, mich herauszuwinden, und ich sagte: »Nein, diesen Mann habe ich noch nie gesehen.«

Nikitin nickte traurig, klappte das Fotoalbum zu, lehnte sich in seinen Stuhl zurück, wippte einmal nach links und einmal nach rechts und erklärte: »Ich hatte wirklich gedacht, Häftling Vier-Vier-Drei, dass uns so etwas wie gegenseitiger Respekt verbindet.«

Er drückte einen roten Knopf auf seinem Schreibtisch, musterte mich erneut, und mit einer ins Schmerzliche gleitenden Stimme seufzte er: »Ja, Sie sind mir sogar ein wahrer Freund geworden.«

Die Tür ging auf, und zwei Wärter traten ein.

»Aber wo steht geschrieben«, setzte Nikitin hinzu, »dass wir unseren Freunden vergeben müssen?«

Ich rede nicht. Ich bin mitten im Fühlen meiner Gefühle, lieber Swami, wenn ich nun noch einmal im Geiste diesen Gang entlanggehe, in den Vier-Vier-Drei damals geführt wurde, flankiert von den Wärtern, deren schwarze Augenhöhlen unter den funzligen Korridorlampen ins Unergründliche sackten. Ihre Gesichter waren eine Zange, so konzentriert, und ich spürte, dass mein Glück mit jedem Schritt knapper wurde. Nikitin humpelte hinter uns her wie der Teufel persönlich. Noch nie zuvor hatte er mich begleitet oder auch nur sein Büro mit mir verlassen. Noch nie zuvor hatte ich ihn so zornig gesehen.

Wir betraten das Treppenhaus der Lubjanka, eine Operette aus Stein, in der große Filmscheinwerfer den Marmor zum Glitzern brachten. Und zwischen den Balustraden waren in jedem Stockwerk Netze gespannt, damit sich niemand in den Tod stürzen konnte. Bis in den Keller stiegen wir hinunter, ohne ein einziges Wort, vorbei an den Kontrollposten, durch die doppelte Gitterschleuse hindurch, hinein in das Gewirr der Kerker.

Als wir an meiner Zelle vorübergingen, hinüber zum Todestrakt, in dem die Exekutionskandidaten untergebracht waren, wurde mir klar, dass es dort keine Scheinhinrichtungen gab. Dort gab es in einem speziellen Raum einen Tisch, von dem Injektionsspritzen mit sirupartigen gelben Flüssigkeiten kullerten oder Rasierklingen abrutschten, da der Boden stark abgeschrägt war, damit das Blut besser abfließt.

Ein weiterer Wärter nahm mich in Empfang, schlang mir eine Binde um die Augen. Nun war ich wirklich nur noch ein Emotionskörper. Das Wort Angst trifft nicht annähernd die pfeifende Kälte, die durch mein Blut kroch und es vereiste. Dieses Feeling. Dieses Feeling, nur noch mit den Zähnen atmen zu können, in die winzige kleine Lungen hineingesprengt sind.

Es ging nochmals einige Stufen hinab. Ich hörte dunkle

Stimmen. Gemurmel. Dann packten mich links und rechts ein paar kräftige Hände, und ich spürte, wie Genosse Nikitin sehr nahe an mich herantrat.

»Wenn Sie da jetzt hineingehen, dann deshalb, weil ich Ihnen nicht mehr glauben kann«, keuchte seine Stimme, geplagt von den vielen Treppenstufen und der feuchten Luft.

Man schließt meine Arme mit Handschellen auf den Rücken, eine Tür wird geöffnet, man führt mich in ein nach Exkrementen und Schwefel riechendes Verlies. Die Augenbinde wird mir abgenommen, und ich lande, wie abgeworfener Ballast, vor dem grauen Schatten, der drei Jahre zuvor noch Maja Dserschinskaja gewesen war.

4

Folgendes hatte sich zugetragen:
Die Arado hatte Kurs nach Osten genommen und in stockfinsterer Nacht die Frontlinie überquert. Tief unten zogen Wolken dahin. Es regnete. Maja Dserschinskaja bekam davon nichts mit. Aber der Funker, auf dessen verschwitzten Nacken sie starrte, gab ständig alle Details über den Flugverlauf nach hinten, auch die meteorologischen.

Es war noch eine halbe Stunde bis zum Landeplatz, als der Strahl eines Scheinwerfers die Dunkelheit durchschnitt und rechts und links gelbe Feuerbälle aufflammten. Flakgeschosse, deren Bässe sich in der Außenhaut des Flugzeuges fingen und von dort an Majas Rücken rüttelten. Sie drückte ihre Wirbelsäule fester an das Blech, als wollte sie jede Druckwelle in sich aufnehmen, und tief in ihren Knochen spürte sie, wie das Flugzeug noch schneller flog und an Höhe gewann. Trotzdem explodierten die Granaten bereits in so unmittelbarer Nähe, dass es in ihrem Schädel dröhnte. Und das Lichtschwert des Scheinwerfers kam immer näher.

Der Pilot wechselte mit einer scharfen Kurve den Kurs. Ein zweiter Scheinwerfer flammte auf, dann ein dritter. Bald konnte die Arado ihnen nicht mehr entrinnen. Die Kabine war plötzlich so grell beleuchtet, als stünde sie in Flammen.

Maja fürchtete sich nicht mehr.

Sie hatte den ganzen Flug über geweint, ohne dass es jemand sah, auch Politow nicht, der ununterbrochen in seine Motorradkappe hineinschimpfte, die er vor das Gesicht hielt. Ihr Mund schmiegte sich an ihren Handrücken. Sie roch ihre Haut, deren Vertrautheit. Erinnerte sich, wie sie als Dreizehnjährige zum ersten Mal ihren Unterarm geküsst hatte, um sich im Küssen zu üben. Und küsste auch jetzt diesen Handrücken, um über Hunderte von Kilometern leichter an mich denken zu können, an diesen Blick, den ich ihr vom Flugplatz aus zugeworfen hatte, und diesen letzten Blick tröstete sie mit ihrem Kuss, mitten im Hagel der Detonationen. Immer fürchtete sie die Vernichtung, aber nicht die eigene, und während sie ihre linke Hand küsste, drückte sie mit der rechten auf ihre Augen, damit nicht wieder Tränen kamen.

Mehrere kleine Splitter trafen den Flugzeugrumpf, durchschlugen ihn aber nicht. Wieder wechselte der Pilot den Kurs, und schließlich gelang es ihm, die Gefahrenzone zu verlassen.

Von einer Landung an dem geplanten Ort, einer abgelegenen Hochebene vor Smolensk, konnte nicht mehr die Rede sein. Der Pilot, dem Hub ein Abbrechen des Manövers untersagt hatte, musste improvisieren und einen nicht ausgekundschafteten Ersatzlandeplatz suchen. Mitten im feindlichen Territorium. Unter Beschuss. Bei Nacht und bei Regen. Womöglich verfolgt von Abfangjägern.

Nur drei am Bug montierte Scheinwerfer standen ihm zur Verfügung, um überhaupt etwas zu erkennen.

Felsen oder Bäume.

Etwa um ein Uhr in der Nacht erreichte die Maschine, ohne noch einmal von der feindlichen Luftwaffe behelligt worden zu sein, eine Landestelle hundertfünfzig Kilometer nordwestlich von Moskau. So weit das Auge reicht Kartoffelfelder, hatte der Bordfunker gesagt.

Keine Felsen. Keine Bäume.

Das Flugzeug kreiste und begann auf ein baumloses Feld zuzusinken, das man nicht sehen, auf das man nur hoffen konnte.

Es war aber keines, wie Maja erkannte, als sie wenige Meter vor der Landung aus ihrem runden Fenster blickte und im Scheinwerferlicht eine Wiese mit gezackten, vier Meter breiten Panzergräben sah. Als der Flieger zur Landung ansetzte, gab es ein lautes Krachen. Alle Scheiben zerbarsten. Jemand schrie. Die Maschine wurde um ihre Achse geschleudert, schlitterte in eine Fichtenschonung und stoppte abrupt, durchbohrt von geborstenem Geäst. Passagiere und Besatzung krochen aus dem Wrack. Manche bluteten. Dem Bordschützen war von einem Ast die Hand abgerissen worden. Bis auf sein Stöhnen herrschte absolute Stille. Außerdem Dunkelheit. Und unendlicher, strömender Regen.

Maja blickte sich um.

Es war ein richtiger Gedanke gewesen, fand sie, das Flugzeug in dieser Gegend zu landen. Mitten in der ehemaligen Frontlinie. Fast alle Dörfer ringsum waren niedergebrannt. In den Ruinen lebte niemand mehr. Zudem lag die Wiese abseits von allen Verkehrswegen. Das war gut.

Dennoch konnte die Bruchlandung bemerkt worden sein. Es zählte jede Minute.

Die Deutschen ließen eilig die Bordklappe herab und

halfen Politow und Maja, ihr Motorradgespann aus dem Wrack zu ziehen. Maja sah, dass Politow ins aufgeweichte Gras sank. Wie ein Schaf kaute er einen Halm, während sich der Schock in ihm konzentrisch ausbreitete. Und während sie ihn betrachtete, fiel sie in eine Art Hypnose. Und in dieser hypnotischen Sekunde beschloss Maja, mich noch einmal wiederzusehen. Sie nahm es sich vor, wie sie sich auch vorgenommen hatte, Uralow zu überleben, die deutsche Gefangennahme zu überleben, das Unternehmen Zeppelin zu überleben, ja sogar ihren Vater hatte sie überlebt, diesen Dreckskerl, der sie, als sie noch ein Kind war, in Tagen und Nächten zu sich rief.

Sie öffnete ihre Augen wieder, straffte sich, spuckte die Furcht aus, übernahm die Initiative, kontrollierte ihre Waffe und lud sie durch, um sich durch das Geräusch Mut zu machen. Und während sie bereits ihren Motorradhelm aufsetzte, schnippte der Pilot hinter ihr ein brennendes Streichholz in die Benzinlache, die sich unter dem Fahrwerk gebildet hatte. Innerhalb von Sekunden stand das Flugzeug in Flammen, und es wurde taghell.

»Sind Sie wahnsinnig?«, zischte Maja den Piloten an. »Das ist eine Fackel! Die sieht man zehn Kilometer weit!«

Der Mann musterte sie geringschätzig, verwies auf seine Befehle und drehte sich auf dem Stiefelabsatz um. Er und seine Besatzung legten den Bordschützen, der bereits das Bewusstsein verloren hatte, unter einem Baum ab, wo er langsam verblutete. Dann nahmen sie ihre Waffen und verschwanden in der Nacht.

Sieben Wochen lang schlugen sie sich zur Front zurück, wurden in mehrere Gefechte verwickelt und schließlich nach einer stundenlangen Schießerei an der polnischen Grenze von einem Smersch-Kommando gestellt und festgenommen. Stalin ließ sie allesamt wegen des geplanten Anschlags auf seine Person als Kriegsverbrecher anklagen, verurteilen und hinrichten.

Doch ihr Schicksal kannten sie in jenen Minuten natürlich nicht, als sie den Unglücksort hinter sich ließen und von einer Regenwand verschluckt wurden. Und auch ich erfuhr erst Jahre später, dass der Kapitän bis zu seiner Erschießung in der Lubjanka gesessen hatte, eine Etage über mir. Nikitin erzählte mir, dass er sehr schöne und literarisch interessante Abschiedsbriefe an seine Frau verfasst haben soll, bevor er starb.

Maja trat zu Politow. Er reagierte nicht.

Sie schüttete eine Flasche Wasser über seinen Kopf, was nichts nützte, da es sowieso wie aus Kübeln goss. Daher schlug sie ihm mit der flachen Hand ins Gesicht, einmal, zweimal, was ihn etwas aufmunterte. Sie sprach zu einem Kind, so klang es. Sie waren auf sich gestellt.

Wenn wir nicht fliehen, müssen wir sterben.

Lieber Pjotr, komm. Komm doch zu mir.

Wie in Trance setzte Politow sich auf das Motorrad, ließ den Motor an und fuhr mit Maja im Beiwagen davon.

Als sie außer Reichweite des Flugzeugs waren, befahl sie ihm anzuhalten. Sie stieg aus, schnallte das Funkgerät ab und warf es in die Büsche. Es war vorne am Motorrad befestigt, sehr schwer und behinderte die Sicht. Politow schwieg. Maja hatte sich entschieden, dem Unternehmen Zeppelin zu kündigen. Ausgerechnet das Funkgerät zu entsorgen, über das sie den Kontakt nach Deutschland halten und allen Nachschub anfordern sollten, bedeutete: Maja wollte weder töten noch getötet werden. Sie hatte nichts anderes vor, als mir beizustehen. Zu mir zurückzukehren, gegen alle Flaggen, wie Graugänse das tun, und ja, das stimmt, ich selbst empfinde mich als Abschaum, wenn ich an dieser Frau erkennen muss, zu was der Mensch eben auch fähig ist.

Maja musste zunächst sich selbst retten. Sich und Politow musste sie retten, der ein Fels aus Trauer war, umschnürt von seinem Ehering, an dem er nervös rieb. Maja schüttelte den Mann. Sie weinte mit ihm. Sie schrie ihn an, dass der beschissene Plan, Stalin mit einer Rakete in die Luft zu jagen, nur in den Köpfen verstiegener Nazis existierte. Doch nicht in ihrem Kopf. Doch nicht in seinem Kopf. Sie waren doch keine Idioten.

Und allmählich kehrte die Hoffnung in Politow zurück, kein Idiot zu sein. Sein Selbsterhaltungstrieb rumorte. Seine Kraft. Sein Sausen. Schließlich besaßen sie mehr als eine Million Rubel Bargeld. Und eine perfekte Tarnung. Sie mussten nur die nächsten Stunden überstehen, in denen sie von Tausenden von Menschen gejagt werden würden.

Politow schwang sich auf sein Motorrad. Er schien wie ausgewechselt. Aber seine plötzlich aufflammende, überdrehende Energie ersetzte keinen Kompass, und er konnte sich in der Dunkelheit, inmitten des peitschenden Regens, kaum orientieren. Erst brauste er einen Feldweg entlang, der in eine Schlucht führte. Danach landeten sie vor einem nach Petroleum stinkenden See, aus dem die Wracks zerschossener Panzer ragten.

Nachdem sie ziellos hin und her gefahren waren, sahen

sie ein in Trümmern liegendes Dorf und steuerten es an. In dem Dorf trafen sie eine betrunkene junge Frau, die gerade ihren kleinen Hund ausführte, den einzigen männlichen Überlebenden ihrer Familie, und Politow bat sie, ihm, der nun Tawrin hieß und ein Held der Sowjetunion war, den Weg nach Rschew zu weisen. Sie setzte sich mit dem Hund zu ihnen auf das Motorrad, lachte hysterisch, warf den Hund mitten in der Fahrt einmal in die Luft, fing ihn wieder auf und sang ihnen den Weg. Sie erreichten jedoch nur einen anderen Ort, in dem das Mädchen verschwand und der genauso zerstört aussah wie der erste. Und dann wieder einen Ort. Und wieder einen.

Politow raste blind gen Osten, immer paranoider werdend.

Um etwa sechs Uhr morgens, als es hell wurde, kamen sie vor einem Örtchen namens Karmanowo an eine Straßensperre. Politow nestelte an seiner Pistolentasche herum. Maja behielt die Nerven und fragte einen der drei bewaffneten Beamten sehr freundlich nach dem Weg nach Rschew. Der Posten hatte einen Kosakenschnurrbart und wies die Richtung.

Ein Mirakelchen, hätte Mama gesagt.

Es regnete noch immer, aber schwächer, und in diesem Moment der aufklarenden Dämmerung, als Politow seine erste Straßensperre überstanden hatte, gab es plötzlich einen Plan für ihn und seine Gefährtin. Einen realen, einen naheliegenden Plan, denn in Rschew hatte Maja einige Zeit ihres Lebens verbracht, bei der Schwester ihrer Mamuschka, einer Köchin, wie ich wusste. Ganz gewiss konnte sie da ein

Versteck finden. Die Landstraßen waren frei, solange NKWD und Smersch nicht ahnten, dass die Saboteure des in Brand geratenen und wahrscheinlich längst entdeckten Flugzeugs ein Motorrad besaßen.

Politow drückte aufs Gas, überholte einige Fuhrwerke von Kolchosebauern, die trotz des Unwetters und der frühen Morgenstunde unterwegs zu ihren Feldern waren. Die Wegbeschreibung nach Rschew, die der Kosake an der Straßensperre gegeben hatte, verstand er anders als Maja. Er bog statt nach links, wie Maja es ihm zubrüllte, nach rechts ab. Und anstatt umzukehren, als sich die Stichstraße in zwei Richtungen gabelte, die beide falsch waren, nahm er trotz aller Proteste Majas als Abkürzung einen Waldweg.

Maja wurde nervös, denn die kostbare Zeit verrann. Minute für Minute. Und Minute für Minute wurde es heller und trockener. Schließlich stießen sie, nachdem Politow kreuz und quer durch den Wald gerast war, wieder unverhofft auf eine gepflasterte Landstraße.

Politow jubilierte und fuhr, während Maja ihn zu hassen begann, in viel zu hohem Tempo auf eine erneute Straßensperre zu. Als sie anhielten, bemerkten sie jedoch, dass es keine neue Straßensperre war, sondern die alte in Karmanowo, an der sie bereits Stunden zuvor so aufgeräumt empfangen worden waren.

Diesmal jedoch – vermutlich auch, weil es inzwischen Tag geworden war, überhaupt nicht mehr regnete und das kurz zuvor entdeckte Arado-Wrack eine Großfahndung nach deutschen Spionen ausgelöst hatte –, diesmal also untersuchte der gar nicht mehr so freundliche Schnurrbart-

Kosake die Erscheinung des hochdekorierten Obersts genauer. Zwar waren alle Papiere Politows in Ordnung. Doch in Majas Ausweis fiel auf, dass das eingeklebte Passfoto der Schilowa nur eine entfernte Ähnlichkeit mit Majas narbiger Clownsphysiognomie aufwies. Sie log, dass das Foto vor ihrem Unfall gemacht worden sei, einem Autounfall, der ihr das Gesicht und den halben Körper zerschnitten hatte.

Der Posten wollte sich damit schon zufriedengeben, da fiel ihm ein weiteres Detail auf: Politow hatte seinen Leninorden an die falsche Seite der Uniform geheftet. Jedes russische Kind wusste, wo und wie diese Auszeichnung korrekt angebracht werden muss, denn ständig wurden in den Zeitungen die »Helden der Sowjetunion« abgebildet und gefeiert. Der misstrauisch werdende Beamte fragte, wo die Genossen denn herkämen. Maja wollte antworten, wie Pawel Delle es ihr und wie sie es der Schilowa beigebracht hatte. Doch Politow schnitt ihr das Wort ab und befahl dem Genossen in barschem Tonfall, einen ranghohen, mit einem Leninorden dekorierten Offizier nicht weiter zu belästigen, sondern ihn auf der Stelle durchzulassen. Der Mann erschrak, denn die NKWD-Direktive J 1423 hatte vor einigen Wochen an sämtliche Streitkräfte den strengen Befehl ausgegeben, dass sich kein sowjetischer Offizier einer Routinekontrolle durch Verweis auf seine Stellung entziehen durfte. Niemals. Unter keinen Umständen.

Daher salutierte der Posten gehorsam, aber nachdenklich, ließ Politow an sich und mehreren Hühnern vorbeifahren und eröffnete danach mit seiner Maschinenpistole das Feuer. Die Kugeln trafen die Reifen, den linken Arm Politows, seine rechte Herzkammer sowie ein schneeweißes Caux-Schopf-Huhn. Das Motorradgespann kam ins Schleudern, kippte in den Graben und überschlug sich. Das Paar wurde von hinzueilenden Rotarmisten aus dem Schlamm gezogen. Bei Politow konnte nur noch der Tod festgestellt werden. Sein Gesicht war in das ebenfalls tote Huhn gefallen, und so erklären sich das Blut und die vielen weißen Federn in seinem Haar, die sein NKWD-Foto festhielt und über die ich Jahre später so rätseln sollte.

Maja hatte nur ein paar Blutergüsse davongetragen. Sie wurde festgenommen, durchsucht und in Sekundenschnelle überführt.

Es war acht Uhr dreißig.

Siebeneinhalb Stunden lang hatte meine viele Millionen Reichsmark teure, über ein Jahr lang geplante Operation zur Ausschaltung Josef Stalins gedauert. Ihr Scheitern bedeutete, dass der Lauf der Geschichte nicht geändert wurde und ich aus den Rängen der Prätendenten um weltlichen Ruhm für immer ausschied.

Bereits wenige Stunden nach dem Ende Politows und der Ergreifung der Agentin Dserschinskaja traf Genosse Nikitin vor Ort ein. Er kam in einem eleganten, schwarzen Moskwitsch angefahren, in den er sich nicht nur eine Liege, sondern auch eine Sauerstoffflasche hatte einbauen lassen, von der er manchmal seinen Kehlkopf erfrischen ließ.

Maja hasste ihn schon nach dem ersten Verhör, da er sich nie in den Strudel des Problems begab, sondern auch mit ihr zunächst einmal über ihr feines Profil sprach, das ihn an die Achmatowa erinnerte. Es war Majas Glück, dass er nach der Vernehmung und einem Tässchen Tee nicht die sofortige Erschießung anordnete, sondern seinen Vorgesetzten in Moskau vorschlug, ein großangelegtes Funkspiel mit Majas faschistischem Führungsoffizier in Riga zu beginnen. Also mit mir.

Dafür musste man sie am Leben lassen.

Die deutschen Kommandofunker in Riga konnten nämlich an den Nuancen der manuellen Funkeingabe ihre etwas ruckig morsende Hand erkennen. Und Hauptsturmführer Solm (der zu dieser Zeit bereits in seine Gestapo-Zelle in der Präfektur Riga geführt wurde, aber das wusste Moskau nicht) war die schriftliche Ausdrucksweise Pjotrs vertraut, die sie ebenfalls kannte und imitieren konnte.

So ließ Genosse Nikitin das von Maja ins Gebüsch geschleuderte deutsche Funkgerät suchen, aufklauben und sorgfältig reinigen.

Vierundzwanzig Stunden nach ihrer Verhaftung setzte er sich neben die Spionin, erklärte, dass ihr Profil doch eher dem von Marlene Dietrich ähnele, und diktierte ihren ersten Funkspruch an mich, der mich zwar nie erreichte (ich war vollauf damit ausgelastet, auf meine Hinrichtung zu warten), dafür aber meinen Bruder in höchste Euphorie versetzt haben wird: »Solm. Absetzung erfolgt. Eine Tragfläche bei Landung beschädigt. Besatzung nach Vernichtung der Maschine zu Fuß westwärts. Wir auf dem Wege nach Moskau. HH. Pjotr.«

Die Genehmigung dieses großangelegten Täuschungsmanövers kam von Lawrenti Beria persönlich, dem Schellenberg des Kreml, der den Spitznamen »Krankhafte Geschwulst« trug, also den gleichen, den auch Brigadeführer Stahlecker einst getragen hatte und der als *nom de guerre* eigentlich jedem Geheimdienstchef, dem ich in meinem Leben begegnet bin, mit Fug und Recht zustand.

Berias Engagement rührte daher, dass Stalin ihm mit ernsthaften Konsequenzen gedroht hatte, sollte es einem weiteren deutschen Mordkommando gelingen, bis auf hundert Kilometer an ihn heranzukommen. Bis zum Kriegsende funkte Maja daher unter dem Dirigat Nikitins meinem Bruder möglichst lebensnahe Nachrichten zu, damit jede weitere Gefahr frühzeitig erkannt und abgefangen werden konnte. So lautete ein Funkspruch vom einunddreißigsten Januar Neunzehnfünfundvierzig: »Solm. In dieser Stunde der Prüfung versprechen wir höchstes Engagement. Situation ernst. Es fehlt an Fernrohren und deutschem Liedgut. Egal, was passiert, wir werden die Umsetzung der gesteckten Ziele verfolgen. Leben in der Hoffnung auf den Sieg. HH. Pjotr. Maja.«

Hub antwortete in meinem Namen: »Pjotr und Maja, ganz herzliche Grüße. Der Sieg wird am Ende unser sein. Vielleicht ist er sogar näher, als wir denken. Helfen Sie und vergessen Sie nicht Ihren Eid. Neue Gruppe bringt bald gute Volksliedsammlung. Solm.«

Um Angehöriger dieser neuen Gruppe habhaft zu werden, richtete der NKWD für Maja eine Scheinadresse in der Moskauer Lesnaja Uliza ein, von der Hoffnung geleitet, dass einer der deutschen Spione dort auftauchen würde. Es war ein hübsches, ganz im Stil des deutschen Bauhauses möbliertes Appartement in einem Mietshaus der Jahrhundertwende. Maja war ein Köder, zappelte jahrelang auf Marcel-Breuer-Möbeln dem angekündigten Kommando entgegen. Noch lange nach der Kapitulation wartete man. Aber niemand erschien. Nicht Neunzehnfünfundvierzig.

Nicht Neunzehnsechsundvierzig. Und auch nicht Neunzehnsiebenundvierzig.

Am Ende jenes Jahres schloss der NKWD das Appartement und brachte Maja in eine Lubjanka-Zelle.

Still standen wir voreinander.

Maja bewegte sich nicht. Sie war wie die Mauern. Nur weiter weg. In Relation zu den Mauern Peripherie. So fühlte ich mich auch. Zu vernachlässigen. Nicht vorhanden. Temporär. Und angesichts dieser steingewordenen Gewalt um uns herum spürte ich noch stärker, wie wir einen Luftzug lang einander wahrnahmen. Majas Fragmente aus Wangen und Anmut und Leid und dieses mich wie ein Sonnenstrahl treffende Erkennen flogen mir um die Ohren, obwohl sie einfach nur dastand, die Augen zwei staubige schwarze Stückchen Mauer, die auf mich zuflogen.

Wenn Sie mich fragen würden, ob ich ihre Gestalt vergessen hätte im Laufe der drei Haftjahre, so müsste ich sagen, nein, ganz bestimmt nicht, ich vermochte sie immer noch aus dem Gedächtnis zu zeichnen. Doch diesen Moment des Luftzuges konnte ich später niemals wiedergeben, obwohl ich es hundertmal versuchte. Ich konnte nicht wiedergeben, wie sie da verharrte, drei Meter vor mir, ihre Finger wie Flügelspitzen am Schlüsselbein, ihre Füße auf dem Steinboden parallel nebeneinander, ihr Gesicht verdreckt und blass und eine von Hohlwegen zerschnittene Landschaft. Obwohl ich Jahre zuvor begonnen hatte, sie ein wenig zu lieben, weiß ich nicht, ob dieser Prolog nicht schon das Hauptstück geblieben wäre ohne dieses beschissene Jahrhundert, das uns in diese Sekunde zwang. In diese ewige Zelle.

Ich hörte in der krächzenden Stimme Nikitins nur Bruchteile dessen, was ich Ihnen hier über Majas Geschick anvertraue, lieber Swami. Denn das meiste erfuhr ich erst später. Viel später.

Aber was ich damals spürte, war dieses Ziel in ihr, das sie erreicht hatte, als ich über die Schwelle trat. Sie hatte mich gefunden. Ich hatte sie gefunden. Die Hypnose war geglückt. Und natürlich haben Sie recht, dass ich ein einziger menschlicher Makel bin, aber sie war das nicht, und nun muss ich weinen. Ich muss flennen. Ich muss trenzen, grainen, plärren, es läuft mir herunter wie einem kleinen bayerischen Mädchen. Wie Pipi läuft es mir herunter. Weil ich damals auf keinen Fall heulen konnte. Ich war Peripherie, verstehen Sie? Ich war der Rand eines Menschen. Ich war ausgehöhlt und einsam. Das habe ich Ihnen doch erklärt, was Einsamkeit bedeutet.

Meine Leere. Majas Stille.

Und Nikitin redete und redete.

Er sagte, was für ein Lügner ich sei. Er zählte meine Verbrechen auf. Er zählte ihre Verbrechen auf. Er sagte, dass nun die Zeit vorbei sei und er nichts mehr machen könne. Der Krieg sei am Arsch. Selbst der Nachkrieg sei am Arsch. Er müsse meine Mitarbeiterin, meine Agentin, meine Liebste, diese das Profil der Achmatowa, der Marlene Dietrich, ja der herrlichen Kleopatra nun bald verlierende Volksverräterin erschießen. Und mich natürlich auch. Wir seien zu nichts mehr nütze. Ihm seien die Hände gebunden. Er mache mich voll und ganz für alles verantwortlich. Denn ich, und nur ich, hätte das Schicksal von uns allen dreien in der Hand.

»Was kann ich tun?«, sagte ich, und es war komisch, die

eigene Stimme zu hören, denn sofort hatte ich Sehnsucht nach Majas Stimme, nach ihren weich dahinrollenden Konsonanten, verbunden mit der Angst, dass es sie womöglich gar nicht mehr geben könnte. Vielleicht hatten sie ihr die Zunge herausgeschnitten, eine Spezialität des Hauses in jenen Jahren.

»Sie müssen kooperieren, Vier-Vier-Drei. Wir wissen doch längst alles über Sie.«

»Ich kooperiere.«

Sie sprach immer noch kein Wort. Sie atmete nicht. Sie zwinkerte nicht mal.

»Nein, das ist kein Kooperieren. Sie müssen rückhaltlos die ganze Wahrheit sagen. Wissen Sie, was Karl Marx gesagt hat?«

»Ich kooperiere.«

»Karl Marx hat gesagt, dass wir ein Produkt unserer Umwelt sind. Menschen ändern sich. Menschen können besser werden, wenn sie nur wollen.«

»Ich will.«

»Wir werden gemeinsam an Ihrer Selbstkritik arbeiten.«

»Ich arbeite.«

»Wollen Sie wirklich kooperieren?«

»Ich kooperiere.«

»Wollen Sie aus tiefstem Herzen und aus freiem Willen ein nützliches Mitglied der sozialistischen Gesellschaft sein?«

»Jawohl.«

»Dann werden wir Sie zu einem Kundschafter machen für die Sowjetunion.«

»Maja«, sagte ich.

Und endlich sagte sie meinen Namen.

5

Es war wieder Frühling, fast schon Sommer. Ein Mittwoch im Mai Neunzehnachtundvierzig. Der Wind trieb mich das breite Tal entlang. Klein kroch ich auf dem Talboden dahin, langsam und anonym, ein Käfer. Links und rechts das elefantengraue Gebirge.

Die Luft ging noch rauh und kühl. Es würde Föhn geben, ich spürte das, obwohl ich das Wort Föhn noch gar nicht kannte. Der Föhn verändert das Blut, seine Zusammensetzung. Er macht benommen und böse und verdunkelt das Denken, so dass ich in allem die gleiche Bosheit zu spüren vermeinte, die mich zu umgeben schien. Vielleicht sind die Berge nur gleichgültig. Aber mir kam es so vor, als würden sie gleich Steinlawinen auf mich herabspucken.

Auf den Kundschafter.

Die Straße, auf der ich ging, gabelte sich in einen Forstweg und eine Ulmenallee, genau wie man es mir gesagt hatte. Das strudelnde Wasser des Flüsschens, das neben mir herlief, war jadegrün und milchig. Ich setzte mich noch einmal auf einen der großen Ufersteine, in den Geruch des nassen Mooses. Die Grausamkeit und Härte der Welt sah ich im aufblühenden Wiesengras, dem satten Rot der nahen Dächer, den violetten Felswänden, dem Azurblau des Himmels, sogar in den hellbraunen Punkten der Kuhherde, die der Punkt, nein das Pünktchen eines Bauern in einiger Entfernung über die Weide trieb. Niemand, der direkt aus dem Hades kommt, kann in all dieser Schönheit etwas anderes entdecken als den blanken Hohn Gottes. Ich fühlte mich von der irdischen Schöpfung ausgeschlossen, verarscht, ich war nicht Teil der Dinge, sondern hielt sie nur für einen Moment fest, wie eine Kamera. Denn ich wusste, dass man mir all das jederzeit nehmen konnte, deshalb war es die pure Arglist für mich, der nicht zu trauen war.

Nicht einmal dem schwarzen Ulmenleib traute ich, an den ich mich lehnte, und ich erblickte überdeutlich die Risse und Schrunden in ihm. Die Maserung seiner Haut. Eine Ameise.

Sieben Stunden hatte ich von München gebraucht. Erst mit dem Zug bis Garmisch-Partenkirchen. Dann fuhr die Mittenwald-Bahn nicht weiter, weil die Elektrik mal wieder ausgefallen war. Ich ließ mich schließlich von einem Holzhändler bis Klais mitnehmen. Und dann zu Fuß. Am Erderlinger Hof sollte ich abbiegen. Und nun war ich am Weg zum Spital Pattendorf, sah schon den kleinen Kirchturm in zwei Kilometern Entfernung.

Ich stand wieder auf, wünschte der Ameise Glück, wanderte auf die Gebäude zu, die in nichts an die fratzenhaften Bombenruinen Münchens erinnerten. Ein Mann im Nachthemd kam mir entgegen, die Arme wie Windmühlenflügel rudernd, er rief »Blaisi, Blaisi!« und wurde von einer Nonne gejagt.

Ich trat durch das Haupttor in einen großen Innenhof. Drei Wohnflügel und ein Stall- und Scheunengebäude fassten ihn quadratisch ein, und in der Mitte standen ein

Brunnen, ein Kastanienpaar, eine Trauerweide und mehrere Geisteskranke, die darum stritten, wer auf der einzigen Bank sitzen dürfe und ob sie grün oder infiziert sei. Ich wandte mich an eine Nonne, die nervös auf die Gruppe der Irren zueilte, teilte ihr mit, wer ich war und dass ich meine Mutter und meine Schwester suche. Sie schüttelte nur den Kopf und zeigte hinüber zu einem Laubengang, in dessen Schatten ein kleines Mädchen saß, auf einer steinernen Stufe.

Sie war vielleicht fünf Jahre alt, hielt einen Zeichenblock auf den Knien und malte den lieben Gott. Der liebe Gott hatte eine Brille und natürlich einen Bart. Mit der Brille konnte er die Menschen nackt sehen. Er kann durch die Kleider hindurchsehen. Sogar durch deine Haut. Und die Engel haben Flügel, damit sie ihn überall hinfliegen können. Sie versuchen mich katholisch zu machen. Aber Amama sagt, das könnte ihnen so passen.

All das sprach das Mädchen, wie ein Wasserfall sprach sie, als ich vor ihr stand. Sie trug ein weiß-rot-schwarzes Kleid mit aufgenähten roten Herzchen, offensichtlich aus einer großen Nazifahne geschneidert, denn von der Taille zackte es sich auf weißem Grund recht schwärzlich herab. Ihr Gesicht sah aus wie von Hans Holbein gezeichnet, so blond und blass und englisch. Mein Gefühl der Ausgeschlossenheit mäßigte sich bei ihrem Anblick, und ich staunte, wie sehr sie Ev ähnlich sah. Ich konnte mir überhaupt nicht vorstellen, so etwas Schönes in die Welt gesetzt zu haben, und musste mich sehr zusammenreißen, um ihr nicht väterlich über den Kopf zu streichen.

»Bist du neu hier?«, fragte sie.

»Ja.«

»Bist du ein Krüppel?«

»Nein.«

»Das habe ich mir gedacht. Als du da drüben gestanden bist … oder sagt man ›gestanden hast‹? Wurscht!«, lächelte sie.

»Was hast du dir denn gedacht?«

»Ich hab mir gedacht, das ist bestimmt kein Krüppel, das ist ein Minderbegabter.«

»Was ist denn ein Minderbegabter?«

»Einer, der hier lebt und keinen Hinkefuß hat oder so.«

»Ein Idiot?«

»Mami sagt, man darf nicht Idiot sagen.«

»Das stimmt.«

»Man sagt Minderbegabter. Außer Amama. Die sagt aber immer Idiot, und manchmal sogar Depp, obwohl das Bayerisch ist, und Bayerisch darf ich nicht sprechen.«

»Krüppel darf man aber auch nicht sagen.«

»Ich weiß. Mein Papi ist einer.«

Ich starrte sie an.

»Also bist du ein Stinknormaler?«, fragte sie.

Ich nickte.

»Aber wenn du ein Stinknormaler bist, dann muss ich ja ›Sie‹ zu dir sagen.«

»Nein, denn weißt du was? Ich bin ja dein Onkel. Dein stinknormaler Onkel Koja. Und du bist die stinknormale kleine Anna, nicht wahr?«

Sie blickte mich an, nun mit einer veränderten Neugier und einer inspizierenden Intensität.

»Du bist aber dünn, Onkel Koja.«

»Ja, wegen der Kriegsgefangenschaft. Mich haben sie gerade entlassen.«

»Wenn du willst, kann ich dir einen Apfel stehlen.«

»Das sieht aber die Mami bestimmt nicht gerne.«

»Ach, die ist ja im Krankenhaus. Und die Amama ist auf dem Feld. Und wenn du doch gerade aus der Kriegsgefangenschaft kommst.«

Sie verschwand im Hausinneren und kam nach fünf Minuten mit zwei Äpfeln und einem hartgekochten Ei zurückgehüpft. Sie schaute mir über die Schulter, denn ich hatte inzwischen ihren Zeichenblock genommen, das schlechteste Papier, das ich jemals in der Hand hielt, und zeichnete mit Kinderbuntstiften die demenzkranke Alte, die inzwischen die grüne Bank unter der Trauerweide erobert hatte.

»Das sieht aber schön aus, Onkel Koja«, sagte sie sowohl artig als auch anerkennend, und ich wollte unbedingt, dass sie noch viel stolzer auf mich würde.

Dann aßen wir die Äpfel und teilten uns das Ei.

Bis zur Dämmerung verbrachte ich den Tag mit Anna, ließ mir von ihr das ganze Spital zeigen und erfuhr, dass sie vorhatte, später auch einmal Nonne zu werden, weil man dann Schwester Elegiana, Schwester Ambrosilla, Schwester Violentia, Schwester Ditberga, Schwester Nemesia, Schwester Waldeburga und nicht zuletzt Schwester Aldemarana heißen kann. Oder sogar Frau Oberin. Nur Schwester Anna wollte sie auf keinen Fall heißen, und katholisch wollte sie auch nicht werden, um die Amama nicht zu verletzen, an der sie sehr hing.

Um mir zu zeigen, in welcher Umgebung sie groß geworden war, stellte mir Anna die Insassen des Spitals vor.

Den Flattermaki zum Beispiel, der immer rannte, dabei stets mit abstehenden Armen fuchtelnd. Den Taschenkrebs mit falsch eingeschraubtem Holzbein. Den dicken Glockenläuter, der früher Schiffskoch in Hamburg war. Die Lies mit der Stimm'. Den Pfarrersepp, so genannt, weil sein Bruder Geistlicher war. Den Ochsensepp. Den Abbodeggnsepp. Das Kinnloll, welcher ein Mützenfetischist war und ein Kinn wie eine Kommode hatte und Anna durch Nachmachen von Hunde- und Katzenstimmen erfreute. Schließlich den Einbeinigen-auf-Krücken, der heimlich Karten legte, obwohl das nicht gottgefällig ist, sondern ketzerischer Zauber, aber der Einbeinige-auf-Krücken war ebenso wie ich aus der Kriegsgefangenschaft entlassen. Er sprach mich an und sagte mir, dass ein schweres Schicksal vor mir läge, es sei denn, ich hätte eine Zigarette für ihn, da könne er dann in den Karten noch einmal nachsehen.

Als der Abend kam und von der Isar ein Nebel herüberzog und die Sonne den Hof und den Nebel mit Licht besprühte, erschien Mama in dem glitzernden Dampf. Sie stapfte durch das Tor, und ich sah sie, bevor sie mich sah. Eine kleine goldene Frau mit grauem Kopftuch, drahtig und energisch und in einem Rock, der aus alten Wehrmachtshosen geschneidert war, so sah es jedenfalls aus. Sie erblickte mich endlich, blieb stehen, schüttelte den Kopf. Ihr fiel tatsächlich der Spaten aus der Hand. Sie hob ihn aber sofort wieder auf, denn Schwäche war Mama immer suspekt gewesen, bei ihr und bei allen anderen, aber dennoch kam sie vor Schwäche glucksend auf mich zu. Ich rannte ihr entgegen, und sie umarmte mich und hielt sich an mir fest, und der

Spaten wurde mir immer wieder zärtlich ins Kreuz geschlagen, und ich roch Erde und Unkraut und Erdbeeren und Alter und den Geruch, den ich schon kenne, seit ich riechen kann.

Wir weinten und weinten und sagten, wie sehr wir uns vermisst hatten, und immer wieder sah sie mich aus tränenschwimmenden Augen an, schüttelte den Kopf und klagte, was für ein »spiddiges« Männchen ich geworden sei, ein armer »Schlapps«.

Wir gingen hoch in Mamas Wohnung, betraten die geräumige Stube, wie sie es nannte, während Anna sich im kleinen Zimmer für die Nacht fertig machte, das aber gar kein Zimmer war, nicht mal eine Art Kammer war das, sondern lediglich ein Schrank. Die ganze Wohnung bestand nur aus der einen geräumigen Stube, in der drei Betten, ein Tisch, mehrere Taburette (wie Mama zu Stühlen sagte, denen nicht zu trauen war) sowie ein Waschlavoir und ein riesiger alter Bauernschrank standen. An den Wänden hingen Bilder von mir, die ich Ev vor über einem Jahrzehnt geschenkt hatte. Nichts deutete auf die Existenz von Hub hin. An der Decke sah ich grünlichen Schimmel blühen.

»Immerhin ist es eine Bleibe«, erklärte Mama. »Wir kamen ja völlig zermaddert und abgerissen hier an, haben aber einiges bekommen, meist alte Sachen, und besonders Anna ist gut versorgt durch die Hilfe des Landrats und der Nonnen.« Sie holte aus einem kleinen Schränkchen ein paar Schneidebrettchen, Besteck und einen Laib Brot hervor. »Es wurden in Mittenwald auch von den Amis Kleidungsstücke verteilt. Aber nur an Polen, Ukrainer und dergleichen, die durch Überfälle und Plünderungen nicht auf ihre Kosten gekommen waren. Aber an so zweitklassige Banditen wie deutsche Flüchtlinge natürlich nicht!«

Ihr Empörungstalent, ihr Dünkel, ihre an Strenge gemahnende Urteilsfreudigkeit hatten kein bisschen gelitten in den Jahren der Demut, die sie ganz offensichtlich noch nicht hinter sich hatte.

Das Abendbrot nahmen wir nach einem Gebet ein, es gab Radi und Sellerie zu dem Brot und ein bisschen Schmalz sowie Wasser aus dem Brunnen. In einer Konservendose stand der Strauß Wiesenblumen, den ich mitgebracht hatte.

Mama achtete darauf, gewissen Themen auszuweichen, das merkte ich. Ich wollte nicht direkt fragen, wieso Hub ein Krüppel geworden sei. Und sie sagte auch nichts, erwähnte meine Geschwister mit keinem Wort. Umso mehr konzentrierte sie sich darauf, die Schwierigkeiten einer protestantischen Familie im katholischen Feindesland zu schildern, das noch dazu mit einer unmöglichen Sprache alle Zukunftschancen von Klein-Anna bedrohte. »Die Nonnen werden von ihrem Kloster hierher abkommandiert. Wahre Drachen, bei denen das wüste Kirchenlaufen und Gebeteplappern nichts an ihrem schlechten Charakter ändert«, schimpfte sie. »Hast du mal dieses eintönige Hersagen von Litaneien gehört? Eine Judenschule ist nichts dagegen.«

»Was ist eine Judenschule, Amama?«, fragte Anna.

»Das ist ein anderes Wort für Synagoge, mein Schatz.«

»Was ist denn eine Synagoge?«

»Das ist eine Kirche für die Juden. So, und jetzt iss mal schön den Radi auf.«

»Was sind denn die Juden?«

»Das sind gläubige Leute, die nicht Protestanten sind.«

»Also Katholiken?«
»Das nun nicht gerade.«
»Fein«, juchzte Anna, »dann werde ich später Nonne bei den Juden!«

Wir brachten Anna ins Bett und verließen den Raum, setzten uns in den Voralpenjuli, der so nah am Fluss kühl und feucht in unsere Körper kroch. Noch sangen viele Vögel, obwohl es schon stockdunkel war. Es klang, als lebten hier Myriaden von Nachtigallen. Aber in Wirklichkeit waren es die erblindeten Wellensittiche des Spitalleiters, deren Augen in einem Münchner Hochbunker drei Jahre zuvor durch austretendes Gas verätzt worden waren und die nun in ihrem Käfig, der zehn Meter über uns am offenen Fenster stand, den großartigen Karwendel verpassten, jedenfalls den Blick darauf.

»Ich frage nicht, mein Lieberchen.«
»Danke, Mama.«
»Eigentlich ist die Situation ja klar.«
»Findest du?«
»Hinter dem unermesslichen Leid des Menschen steht, als dessen wahrer Grund, die Sünde. Aber es gibt ein Heilmittel.«
»Ganz bestimmt.«
»Wenn die Traurigkeit aus der Sünde herrührt, dann ist die Freude ein Kind der Erlösung. Und heute freue ich mich. Was freue ich mich!«
»Ich freue mich auch, Mama.«
»Dass du am Leben bist, heißt, dass Gott dich beschützt und liebt. Und Hub und Ev beschützt er auch.«
»Geht es ihnen gut?«

Sie antwortete nicht, zögerte, was gar nicht ihre Art war. Schließlich legte sie mir ihre Vogelhand auf mein Knie, blickte mich resigniert an und sagte leise: »Ich freue mich so sehr.«

Als wir in die geräumige Stube zurückkamen, schlief Anna schon. Mama sagte, dass Ev unter der Woche oft in Mittenwald in ihrer Dienstwohnung bleibe. Nur alle paar Tage komme sie herüber. »Du kannst heute in ihrem Bett schlafen. Wir erwarten sie erst morgen.«

Also schlief ich in Evs Bett. Ich bohrte meine Nase in ihr Kissen, bohrte nach ihrem Geruch, bohrte und bohrte und roch aber nur Seife, ich suchte nach Haaren von ihr, fand sie auch, eines hatte sich um einen Kissenknopf gewickelt, und ich spürte sogar die herausgerissene Wurzel zwischen Daumen und Zeigefinger, klein wie eine winzige Zwiebel.

Mitten in der Nacht wachte ich auf.
»Du musst aufstehen, Onkel Koja.«
»Hm?«
»Du musst aufstehen. Ich muss piseln. Ganz dringend.«

Für eine Sekunde verstand ich nicht, vermischte ein Traumgespinst mit uralten Erinnerungen an eine Nacht vor Jahrtausenden, als die kleine Ev sich vor mir erleichterte, der Beginn von allem, auch der Beginn von Anna, in gewisser Hinsicht.

Anna schüttelte mich und zeigte mir ihren Nachttopf, darauf bestehend, dass ich mich vor die Tür stelle, während sie ihr Pfützchen Schande fabrizierte. Sie schickte mich nach draußen, schloss sogar sorgfältig die Tür ab (zweimal).

Dann vergaß sie mich und schlief wieder ein, während ich im Dunkeln auf das doppelt abgesperrte Schloss starrte.

Da ich weder sie noch Mama wecken wollte, klopfte ich nicht, sondern bettete mich seufzend auf den riesigen Steinflur, eingewickelt in einen der rotkarierten Fenstervorhänge, den ich mühevoll von der Gardinenstange gezupft hatte. Und während ich dalag und durch die Türkolonnen das gedämpfte Stöhnen und Schnarchen all der Verrückten hörte, erfüllte es mich mit Genugtuung, dass Anna meine Schamhaftigkeit geerbt hatte, meine große Angst vor Nacktheit, die Scheu vor dem Exkrement, vor dem eigenen Schweiß und Blut.

Nein, sie würde niemals eine Ärztin werden, jedenfalls keine gute.

Und erfüllt von einer unbändigen Liebe für meine Tochter, einer Liebe, die erst an diesem bösartigen, arglistigen Tag geschlüpft war und mir schon einen Halt gab, schlief ich ein.

6

Früh am nächsten Morgen gab es die große Topfparade. Es schlurrten, stolperten, krabbelten und hüpften all die Fabelwesen über mich, ihre gefüllten Nachtgeschirre balancierend, sich gegenseitig freundlich grüßend mit »Servus« oder »Hobediejehre« oder »Griasdigot«, auf dem Weg zu dem einzigen Klo, das ebenso wie die Waschräume neben der Schweineküche über dem Hof lag.

Der Flattermaki verschüttete ein paar Tröpfchen, und alle machten ihm Platz, als er wedelnd heranstürmte mit einem riesigen Topf, auch ich robbte zur Wand und richtete mich auf.

Ich tat Anna sehr leid, weil ich auf dem harten Fußboden hatte schlafen müssen, und sie versprach, mir ein Bild zu malen, auf dem ich mich im Himmel auf weiße Wolken betten würde, wegen der Weichheit, und außerdem würde sie nie wieder die Tür abschließen. Nie wieder.

Dann musste sie mit ihrem uralten Tornister ab in den Dorfkindergarten (katholisch, aber weder Mama noch Ev konnten sich um sie kümmern). Ihre Zöpfe wippten auf und davon.

Mama nahm wieder ihren Spaten und verschwand zu einer Arbeit, über die ich nichts Näheres erfuhr.

Ich blieb im Stift zurück. Ev würde am Nachmittag kommen, da sie Nachtschicht gehabt hatte. Ich begab mich in die Stiftskirche, eine gotische Kapelle, notdürftig in stuckatierte Barockphrasen gepackt, ein geeigneter Ort, um das Leben vom Tod her zu lieben, so wie man auch Ev vom Tode her lieben musste, dessen war ich sicher.

Aber dann traf ich gar nicht Ev.

Ein grauer Vorkriegs-DKW hielt im Innenhof, und ein Armamputierter kletterte aus dem Wagen. Ich wunderte mich über die Athletik seiner Bewegungen und erkannte meinen Bruder erst, als ihn eine Nonne mit »Grüß Gott, Herr Solm« begrüßte. Erst später erfuhr ich, dass mein Empörungsschuss durch seine Hand zu Splitterfrakturen und Blutvergiftung geführt hatte, so dass die Wehrmachtsärzte ihm zunächst die Hand, dann den Unterarm und schließlich aufgrund unzureichender chirurgischer Nachversorgung auch noch den Oberarm abtrennen mussten.

Nach dem Krieg machte er das Beste aus dem Verlust und schrieb einen Ratgeber, der den Titel *Nicht Krüppel – Sieger!* trug. Ein sehr lesenswerter Almanach, medizinisch lektoriert von Ev, inspiriert durch das Irrenhaus, in dem seine Frau und Tochter lebten, mit vielen nützlichen Tipps für das tägliche Leben eines Kriegsversehrten. Sogar wie man sich als Einhänder die Fingernägel schneidet und die Schnürsenkel bindet, hatte er herausgefunden. Fotos zeigten, wie man die Schere mit der gebeugten Kniekehle betätigt oder wie er selbst mit geschickten Bewegungen von Daumen und kleinem Finger den Senkel zur Schleife schließt. Und natürlich, wie er einarmig Auto fährt. Ein probater Bestseller, den man heute nicht mehr kennt. Auch wenn er sie nicht dabeihatte (und auch gar nicht benötigte), als er Ihnen auf den Kopf schlug, lieber Swami, so verfügt Hub doch inzwischen über fleischfarbene Prothesen aus witterungsbeständigem PVC. Die Medizin hat wirklich rasende Fortschritte gemacht.

Damals jedoch baumelte von Hubs Schulter nur ein leerer Jackenärmel herab, als er mit der Nonne über den Hof eilte, in der übriggebliebenen Hand eine kleine Puppe, offensichtlich ein Geschenk für Anna, die er überraschend besuchen kam.

Ich sprach ihn an.

Zehn Minuten später lag er vor mir auf den Knien und schluchzte. Es war unübersehbar, dass er sich Gott zugewandt hatte, da er mich fragte, ob auch ich mich Gott zugewandt hätte. Und er sprach, dass da, wo die Sünde mächtig geworden ist, auch die Gnade mächtig geworden ist. Und nur an einzelnen Redensarten wie »Was für ein Pomuchelskopp« oder »Da pisst du in den Schnee« erkannte ich, dass es wirklich mein Bruder war.

Weitere zehn Minuten später fuhr er wieder ab, nachdem er versichert hatte, dass ich seinen Segen hätte, um mit Ev glücklich zu werden.

Ich war ungeheuer verwirrt, das können Sie sich denken, denn zwischen dem grausamen Standartenführer und dem winselnden Diener Gottes wartete mein Wunsch nach Rache, und der war einfach nicht schwach genug, um unerfüllt im Raum stehenzubleiben.

Als meine Schwester dann schließlich kam, schienen die Blumen, in die wir uns setzten, von innen heraus zu leuchten, ebenso die Berge und vor allem Ev selbst. Sie trug einen enggeschnittenen hellblauen Rock mit einem Seitenschlitz, so etwas hatte ich noch nie gesehen. Sie musste ihn in einem richtigen Geschäft gekauft haben. Es war so viel Stoff, dass er sich wie ein Flussdelta zu ihren Füßen ausbreitete. Dazu trug sie eine einfache helle Bluse, ein umgenähtes ehemaliges Herrenhemd, das ihre Burschikosität betonte.

Sie war um Unbeschwertheit bemüht, die etwas aufgesetzt wirkte, vor allem, weil wir uns nur kurz gedrückt hatten bei der Begrüßung. Als wir unsere Körper nah beieinander spürten, bekam sie plötzlich Schluckauf und versuchte dennoch zu sagen, unterbrochen von regelmäßigen Hicksern, dass sie nach der Flucht vor allem deshalb im Spital Pattendorf geblieben sei, um hier Gott näher zu sein, den sie Tag für Tag angefleht habe, mich vor Unheil zu bewahren. Und sie habe geschworen, zum Katholizismus überzutreten, wenn ich je zurückkommen sollte aus der Gefangenschaft. Und da es nun einmal so sei, müsse sie also jetzt eine Papistin werden.

Ich fragte mich, was mit meinen religiös entflammten Geschwistern los war. Selbst in den entsetzlichsten Momenten in der Lubjanka hatte ich keine Zwiesprache mit Jesus Christus gehalten, sondern nur mit meiner Freundin, der Einsamkeit.

»Das wird Mama aber gar nicht gefallen«, sagte ich, um irgendwas zu sagen.

»Nein, aber es macht für Anna hier einiges viel einfacher.«

»Sie ist wirklich süß und hübsch geworden.«

»Und sie hat dein Talent geerbt. Und deine Art, die Dinge meist etwas zu kompliziert anzufassen.«

»Weiß Hub etwas?«

Ev hickste, so dass ihre Finger von ihrem Knie hüpften, schöne Ärztinnenfinger, einer davon in vollem Eheschmuck, alle etwas nervös. Sie griff sich an den Hals, strich über die Haut an ihrem Kehlkopf (um den ich mich so oft gesaugt hatte vor vielen Jahren) und schüttelte den Kopf: »Er hält sie für seine Tochter.«

Dann rupfte sie Gras aus, als wären es Haare.

»Wir haben uns nach dem Krieg getrennt, sofort, als wir hier ankamen.«

»Warum?«

»Was er dir angetan hat …«

Sie vollendete den Satz nicht, sondern wand sich stumm die Grashalme um die einzelnen Finger.

»Er war vorhin hier«, sagte ich.

Die Grashalme wurden in winzige Stückchen gehäckselt und rieselten ins hellblaue Flussdelta.

»Wir haben gesprochen«, sagte ich.

»Das ist gut.«

Ich nickte und hatte das Gefühl, dass sich im Tal wärmerer, milderer Wind gesammelt hatte als tags zuvor.

»Er kommt wegen Anna oft aus München herüber. Manchmal schläft er auch bei uns.«

»In deinem Bett?«

»Ja, in meinem Bett. Wir sind immer noch verheiratet.«

»Natürlich. Das ist doch sehr gut.«

»Und wir sind vorsichtig miteinander. Freunde.«

»Das klappt?«

»Er trinkt nicht mehr«, erwiderte sie ausweichend. »Und gläubig ist er geworden.«

»Nicht nur er, offensichtlich.«

»Und er ist sehr lieb zu Klein-Anna.«

»Wie geht's ihm beruflich?«

»Willst du Konversation machen?«

»Was? Wieso? Nein. Ich will nur wissen, was er tut.«

»Ich weiß nicht genau«, sagte sie lustlos. »Immerhin hat er ein Auto. Wer hat das schon. Eigentlich nur Schieber und Schwarzmarkthändler. Aber offiziell arbeitet er in einer Spedition in Pullach.«

»In einer Spedition?«

»In Pullach, da bei München.«

»In einer Spedition? Als Einarmiger?«

»Liebst du mich noch, Koja?«

»Ev.«

»Was?«

»Natürlich liebe ich dich noch.«

»Ich meine nur, weil du mir gar kein Geschenk mitgebracht hast.«

»Du wirst dich niemals ändern«, lächelte ich.

»Ich habe die ganze Zeit gewartet, weißt du. Ich glaube, dass du mein Schicksal bist. Und auch wenn es furchtbar war, was wir getan haben, war es doch auch richtig. Jedenfalls hätte ich dir bestimmt ein Geschenk mitgebracht nach all den Jahren, und wenn es ein blöder Kieselstein von da drüben gewesen wäre.«

Sie zeigte verstimmt hinüber zur Isar.

»Ich kenne keinen Menschen, Ev, der so etwas sagen würde, außer dir.«

»Soll das heißen, du findest mich merkwürdig?«

»Eher ungewöhnlich.«

»Sonst noch was?«

»Wie meinst du?«

»Attraktiv?«

»Ja, ich finde dich attraktiv.«

»Begehrenswert?«

»Begehrenswert.«

»Begehrenswert trotz der vielen Falten im Gesicht und trotz der Augenringe und trotz meines ersten grauen Haars?«

»In diesem Rock wärst du selbst mit einer Glatze die begehrenswerteste Frau, die ich je getroffen habe.«

»Bestimmt?«

»So wahr ich hier sitze.«

Nun erst blickte sie mich an. Sie bekam diesen Ausdruck in die Augen, den ich von früher kannte und der einem sagt, dass ihre Gedanken schon weit vorausgeeilt sind, dass sich ihr Leben bereits woanders abspielt und dass sie es nur noch hinkriegen muss, diese Verheißung auch wahr werden zu lassen, und wie leicht ihr das fiel, das hinzukriegen, das stand auch in ihren Augen, die mich an irgendwas erinnerten.

»Wir haben noch zwei Stunden, bevor Mama und Anna zurückkommen«, sagte sie vorsichtig.

»Das ist schön.«

»Wir können die Zeit hierbleiben an der frischen Luft, beobachtet von der halben Geistlichkeit des Alpenvorlandes …«, der Satz stockte, obwohl er weitergehen wollte, und ich dachte schon, sie würde wieder zu hicksen beginnen, aber dann, in einem raschen Schwall: »... oder wir gehen hoch in die Stube.«

Nun ja, ich konnte mir wirklich nicht vorstellen, dass sie jemals Papistin werden würde.

Ich wusste auch, woran mich ihre Augen erinnerten. An das Bild einer Schneeeule, die Papa einmal gezeichnet hatte, da war ich fünf, und er hatte gesagt, dass Schneeeulen nicht bereit seien, auch nur ein einziges Mal zu zwinkern, bevor sie nicht das bekommen hätten, was sie bekommen wollten: eine Maus.

»Magst du nicht?«, fragte sie unsicher, fast rauh.

»Frische Luft ist doch etwas sehr Gutes«, sagte ich hilflos.

Sie hickste nur einmal. Ungläubig.

Dann begann sie wieder, das Gras zu rupfen. Nach einer Weile sagte sie in verändertem Ton: »Entschuldige, dass ich so kindisch bin. Aber ich würde gerne mit dir leben.«

»Ich auch, Ev.«

»Ich meine es ernst.«

»Es geht nicht.«

»Gibt es jemand anderen?«

»Ja, es gibt jemand anderen.«

Wir saßen da und blickten beide hoch zu den Bergen. Sie zuckte zweimal mit den Schultern und sagte schließlich: »Wirklich?«

»Wirklich.«

»Das ist nicht schlimm.«

»Ev.«

»Ich werde dich immer lieben. Und ich bedaure keinen Tag all dieser Jahre, die ich auf dich gewartet habe.«

»Ev…«

»Bitte geh jetzt. Ich möchte ein bisschen allein sein.«

Noch am selben Abend, zurückgekehrt in das Auffanglager in Schwabing-Nord, schrieb ich einen langen Brief an Maja Dserschinskaja. Ich legte ihn einer Depesche bei, die ich anderntags über die vereinbarte Deckadresse nach Moskau schickte.

Ich ließ Genosse Nikitin wissen, dass mir die Kontaktaufnahme zu meiner Familie geglückt war.

7

Vier Monate später holte mich Hub mit seinem tuckernden Zweizylinder-DKW am Münchner Stachus ab. Er hatte Anna dabei, die auf dem Rücksitz saß und mir von hinten ihre Spinnenarme um den Hals schlang. Sie benutzte bei »Onkel« und auch bei »Koja« lange Ohs, die mir in den Nacken geatmet wurden. Oohnkel Koohja.

Kinder spielten auf den Trümmerhaufen gegenüber dem Karlstor. Ich glaube, Verstecken. Exekutieren wurde nicht mehr so oft gespielt. Anna sagte das.

Wir fuhren durch die zerstörte Stadt, an vielen Baugerüsten vorbei, sogar an frisch verputzten Gebäuden, aber vor allem an höllenschwarzen Immernochs, an Halden aus rußigem Terrakotta und Schutt, an Dachgerippen und Fenstern mit nichts als weißblauem Gewölk dahinter. Wir passierten den belebten Schwarzmarkt am Sendlinger Tor und erreichten die südlich gelegene große Knochensammelstelle. Ich gab einen Korb mit fünf Kilo Findeknochen ab, die ich in den Bombentrichtern ausgegraben hatte, meistens Skelette von Hunden und Katzen. Anna hatte aus Pattendorf sogar Knochenabfälle aus der Spitalküche hergeschleppt. Menschenknochen durften nicht abgegeben werden. Als Bezahlung gab man uns zwei große Stücke Kernseife. Stolz stiegen wir in Hubs Auto zurück.

»So was wirst du bald nicht mehr machen müssen, Koja. Dann hast du genug Moneten«, stieß er grinsend hervor, die Zigarette im Mundwinkel, die wie festgeklebt auf seiner Lippe tanzte.

»Aber Papi«, sagte Anna, »die Nonnen behaupten immer, man braucht keine Moneten, um reich zu sein.«

»Und da haben sie recht, meine Kleine. *Dient einander, ein jeder mit der Gabe, die er empfangen hat.*«

Über die Isarvorstadt, Sendling, Thalkirchen und das Villenörtchen Solln fuhren wir auf der Wolfratshauser Straße nach Süden, ab und zu von Fehlzündungen des uralten Motors gepeitscht. Die Spuren des Krieges verblassten Meter für Meter, und den ganzen Weg über sangen wir evangelische Kirchenlieder. Hub übertrieb ein wenig, deshalb kamen noch ein paar Landsknechtslieder hinzu.

Wir ließen die Stadtgrenze hinter uns, überholten einige Bauernfuhrwerke, bis wir kurz vor Pullach auf eine kleine Schotterstraße Richtung Isar abbogen.

Nach vierhundert Metern hielten wir vor einem Drahtzaun und einem provisorischen Tor. Ein farbiger GI wollte von Hub die Papiere sehen. Ich kannte nur MaryLou in dieser Haut, hatte noch nie aus solcher Nähe eine schwarze Männerhand gesehen, schon gar keine, die weder Erfrischungen noch Gebäck reicht. Mein Bruder achtete darauf, sie nicht zu berühren, als der Soldat den Ausweis durch das offene Fenster zurückschob, die Hand an die Stirn presste und sagte: »*Welcome home, Mister Ulm, Sir.*«

Dann sah er Anna und mich.

»*He's my brother*«, erklärte Hub.

»*Mister Neu-Ulm, Sir?*«, grinste der Soldat, der offensichtlich ein bisschen herumgekommen war im schönen Alpenvorland.

»*He's been announced*«, erwiderte Hub säuerlich.

Der Gefreite sah in seinem Wachbuch nach. Gemütlich öffnete er danach den Schlagbaum, und wir rollten auf das riesige Gelände, auf dem Hub seit über einem Jahr, wie soll ich sagen, tätig war.

Vom ersten Augenblick an schien es mir eine perfekte Parodie zu sein. Eine Parodie auf die Weimarer Klassik mit den Mitteln absurder Architektur. So weit das Auge reichte, sah ich inmitten akkurat geschnittener Rasenflächen zwei Dutzend NS-Kopien von Goethes berühmtem Gartenhaus (an der Ilm, Sie wissen schon), die mit steilen Walmdächern und in Habachtstellung in gleichmäßigen Abständen um einen rechteckigen, mehrere Fußballplätze großen Anger angetreten waren. Ein Blut-und-Boden-Idyll, das auf den Erlkönig wartet.

»Wer hat das gebaut?«, fragte ich Hub, während wir ausstiegen. »Und über wen wollte er sich lustig machen?«

»Aber Koja, ist das nicht wunderschön? Eine komplette Siedlung mitten im Grünen! Weit weg von jedem Radau. Schau mal, Anna, da vorne ist die Schaukel.«

Meine Tochter sprang zu der Schaukel, die einen manierlichen Spielplatz mit kleiner Rutsche, Sandkasten und Sportstange krönte. Wir schlenderten ihr hinterher, und ich bemerkte, dass hinter dem Spielplatz ein baumhoher Fahnenmast aufragte mit einer im leichten Wind vibrierenden Stars-and-Stripes-Flagge.

»Dreimal darfst du raten, wer hier gewohnt hat«, sagte Hub.

»Schneewittchen und ihre siebenhundert Zwerge?«

»Martin Bormann. Seine ganze Entourage. ss-Brigadeführer aufwärts. Und drüben, jenseits des Wegs, liegt der Führerbunker. Wollen wir mal gucken?«

»Ich bitte dich, Hub, sag mir eins: Wieso lassen sich die Amis ausgerechnet hier nieder?«

Wir waren bei Anna angelangt, die darum bettelte, angeschubst zu werden, und er war sehr schubsbereit, der Oohnkel Koohja.

»Doch nicht die Amis. Nein, das ist ein rein deutsches Projekt. Und ein gottgefälliges Projekt. Sonst wär ich nicht hier.«

Er spuckte seine Kippe weg, und bevor ich reagieren konnte, gab er unserer Tochter einen recht unamputierten Schwung.

»Der Doktor hasst die Amis. Das sind nur unsere nützliche Idioten.«

»Dein Papi meint, nur unsere nützlichen Minderbegabten«, erklärte ich der vorbeifliegenden Anna.

»Sie versuchen es jetzt mit einem eigenen Dienst. Zeh-Ih-Ah heißt der.«

Er klang wie ein Eselsschrei. Erst Jahre später sollte er auch bei uns »Ssi-Ai-Äi« heißen, in der englischen Aussprache, die wir damals alle noch mieden.

»Ein paar von denen sind hier, um von uns zu lernen.«

»Was denn? Verlieren?«

»Übertreib mal nicht.« Hub wurde ernst und sah auf die

Uhr. »Es ist Zeit. Ich stelle dir jetzt den Doktor vor. Denk daran, was ich gesagt habe.«

Denk daran, was ich gesagt habe.
 Zwischen uns war es fast wie früher. Großer Bruder, kleiner Bruder. Großpapings Vermächtnis. Eine Dualität aus Sagen und Darandenken, aus Kümmern und Aufbegehren, aus Hubert und Konstantin. Und war das ewige Entmündigen, das ich in Hubs Verhalten mir gegenüber seit Kindertagen erlitt und duldete, nicht mit meinem Todesurteil exemplifiziert worden? Und hatte ich diesen durch ihn verkündeten Tod nicht ebenso pariert wie Nachtisch-Hergeben? Im-falschen-Monat-geboren-Sein? Seine-Klamotten-Auftragen? Oder Daran-denken-was-er-gesagt-hat?
 Immer konnte er für mich sorgen, immer konnte er mich regulieren. Sogar jetzt noch, nach allem, was geschehen war.
 Er wollte mich unterbringen, genau wie Genosse Nikitin es vermutet hatte. Hätte er mich im Krieg erschossen, so hätte er mich in gewissem Sinne ja auch nur untergebracht. Und nun war er gottgefällig geworden, so wie er früher auch gottgefällig geworden war. Natürlich, er hatte Theologie studiert, natürlich, er kannte alle Psalmen und Bibelverse. Aber die hat er auch gekannt, als er mich wegen Befehlsverweigerung verurteilen ließ. Sie waren ihm nur nicht eingefallen.
 Dient einander, ein jeder mit der Gabe, die er empfangen hat.
 Gewiss. Mit der Gabe, die ich von ihm empfangen hatte, würde ich ihm schon noch dienen. Ich spürte in mir nichts als Kälte, als ich das dachte.

Aber er wirkte arglos. Es schien ihm ganz natürlich zu sein, dass ich von ihm abhängig blieb, von seinen Beziehungen, von seinen Geheimnissen und Entscheidungen.

Die Tatsache, dass ich nicht mehr mit Ev schlief, was weder er noch sie verstand, gab mir immerhin ein wenig Souveränität zurück, oder besser gesagt: Selbständigkeit. Obwohl ich ihm alles Schlechte der Welt wünschte, versuchte ich, die beiden wieder aneinander heranzuführen. Zwar traf mich dies in der ärmlichen, harten, kleinen Stube meines Herzens. Aber Klein-Anna brauchte einen Vater. Und ich war bereit, alles für Anna zu tun, und daraus entspann sich die neue Vertrautheit zwischen uns allen, die ich so rücksichtsvoll wie möglich zu missbrauchen gedachte.

Wir ließen Anna und ihr Juchzen auf dem Spielplatz zurück. Hub lief auf den zweistöckigen, breitgelagerten Kopfbau der Siedlung zu. Ich folgte ihm staunend. Denn je näher wir kamen, desto deutlicher wurde, dass die Bormann-Villa den Untergang des ehemaligen Hausherrn weitgehend zu ignorieren verstand. Über der Eingangspforte des Hauses krallte immer noch der NS-Hoheitsadler, in Stein gemeißelt, ins Allerdingsleere, denn das Hakenkreuz darunter war weggehauen worden. Im Garten reckten sich zurückgelassene schmale Bronzegermanen von Thorak und Breker. Und an der Stirnwand im großen Speisesaal im Erdgeschoss banden Damen mit wogenden Busen Ährenhalme zu gelben Garben.

Dort warteten wir. Mein Kopf an einer blauen Freskoschürze.

Eine Ordonnanz in weißer Livree brachte uns hin und wieder eine Tasse Ersatztee.

Als der Doktor schließlich auftauchte, begleitet von einem Adjutanten, der ihm nicht von der Seite wich, fiel zuallererst die Sonnenbrille auf, die er trug. Ein aufgespannter Regenschirm hätte mich nicht stärker überraschen können. Heutzutage sieht man so was in jedem schlechten Spionagethriller, aber damals vermutete ich eine Augenkrankheit.

Wir erhoben uns, und er nannte sich Doktor Schneider.

Ich hatte bisher nur einen der drei prominenten NS-Geheimdienstchefs näher kennengelernt: den stets wohlfrisierten SS-Tropenfisch Walter Schellenberg, Chef der SD-Auslandsspionage, der genau an jenem Tag – dann war es also der vierzehnte September Neunzehnachtundvierzig – vor dem Nürnberger Gerichtshof gegen die Todesstrafe ankämpfte.

Der zweite NS-Geheimdienstchef, Admiral Canaris, Leiter der Abwehr und extrem überraschender Hitler-Attentäter (am Ende wegen seiner geringen Körpergröße und der KZ-Essensrationen ein solches Fliegengewicht, dass er am Strick fünfmal rauf- und runtergezogen werden musste, bevor sein Genick brach), ist mir nie begegnet.

Und der dritte NS-Geheimdienstchef stand nun kahl, mit Segelohren und Sonnenbrille vor mir und hieß aus den gleichen Gründen Doktor Schneider, aus denen Hub Herr Ulm hieß.

Ich kannte seinen richtigen Namen. Als Leiter der Feindlagebeurteilung im Osten, der sogenannten FHO, hatte General Reinhard Gehlen eng mit Hubs Unternehmen Zeppelin kooperiert. Ein Wunder, dass der General noch lebte. Und offensichtlich noch fröhlich weiterleben durfte, sofern es nach der US-Army ging, die aufgrund ihres unergründlichen Ratschlusses lieber Tropenfisch Schellenberg hängen sehen wollte als Gehlen oder Hub.

»Enorm«, sagte der Doktor, »Sie sehen sich ja überhaupt nicht ähnlich.«

»Mein Bruder ist erst vor ein paar Wochen aus der Sowjetunion zurückgekehrt«, erklärte Hub.

»Und was heißt das?«

Das hieß, dass ich immer noch ein halbverhungertes Skelett war, mein Bruder aber schon Fett ansetzte und teigige Gesichtszüge bekam, was man aber beim besten Willen dem Herrn General nicht sagen konnte, weshalb ich es mit einem Scherz versuchte: »Nun, man hat eine Gesichtsoperation bei mir durchgeführt. Gestatten, Solm. Es ist mir eine Ehre, Herr Doktor Schneider.«

Ich stand stramm und war nahe daran, einen Hitlergruß zu versuchen.

Gehlen trat sehr nahe an mich heran und nahm seine Brille ab. Ich roch Pfeifentabak, sah kratzeblaue Augen, ein kleines Bärtchen und darunter Zwergenlippen, die sich spitzten. Er will mich küssen, dachte ich. Aber dann sagte er nur, zehn Zentimeter von meinem Gesicht entfernt: »Er hat gar keine Narben.«

Es war also ein Fehler gewesen, es mit einem Witz zu versuchen. Witze verschwanden in ihm wie Regentropfen im Meer.

»Da sieht man mal«, wandte sich der Doktor sowohl an seinen Adjutanten als auch an meinen Bruder, »wie der Gegner uns schon in der Gesichtschirurgie davoneilt. Erst schlägt er seine Opfer zu Brei. Und danach flickt er sie wie mit Zauberhand wieder zusammen. Lassen Sie Ihren Herrn Bruder für das Archiv nachher unbedingt fotografieren, Ulm. Ist auch propagandistisch nutzbar: Menschenversuche im Osten!«

»Sehr wohl, Herr Doktor.«

Ich sollte nie wieder die Chance bekommen, den Irrtum zu korrigieren. Noch Jahre später kam Gehlen mitten in internationalen Verhandlungen auf mich zu und stellte mich irgendwelchen philippinischen oder jordanischen Militärs vor, um sie mit den Worten: »Ist das nicht eine unglaublich gerade Nase?« zu beeindrucken.

Als Gehlen seinen Adjutanten fortgeschickt hatte und uns bat, ihn hinüber in sein Büro zu begleiten, betraten wir einen Raum, der wie ein gutgehendes Beerdigungsinstitut ausgestattet war. Weiße Tulpen auf dem Tisch, ein Kruzifix an der Wand, daneben eine Totenmaske von Friedrich dem Großen. Ein Sammelsurium aus protestantisch-katholischen Devotionalien und drum herum alle Brauntöne dieser Erde.

Nichts konnte einen größeren Kontrast bieten zu dem vollverspiegelten samtrot-plüschigen Bordell, in das einst Tropenfisch Schellenberg seine Berliner Diensträume zu verwandeln pflegte. Hier gab es auch keine im Schreibtisch versenkbaren Maschinengewehre, keine Tapetenbars mit Brandy und Scotch, keine eingebauten Mikrophone. Selbst die Sekretärin sah aus wie ein Tambourmajor der Heilsarmee. Während Schellenberg gewandt, urban, formvollendet und erfahren in den vielen Nutzanwendungen von Charme gewesen war, blieb das Charmanteste an Gehlen sein vollkommener Mangel an Humor, den er mit Herablassung und Arroganz wettzumachen suchte.

»Sie wollen also bei uns anfangen?«, fragte er mich etwas schroff.

»Es wäre mir –«

»Bitte sagen Sie ja oder nein, dafür gibt es ja die kurzen Worte in unserer schönen Sprache.«

»Ja, Herr Doktor.«

»Lubjanka?«

»Ja, drei Jahre.«

»Angeworben?«

»Durch NKWD. Mein V-Führer heißt Nikitin.«

»Übler Bursche. Lassen Sie die Linie weiter laufen. Wir geben Ihnen Spielmaterial.«

»Sehr wohl.«

»SS?«

»Ja, zuletzt Hauptsturmführer. Unternehmen Zeppelin.«

»SS-Ausschluss?«

»Ja. Durch meinen Bruder. War die einzige Möglichkeit, mich aus dem Schussfeld Himmlers zu bringen.«

Die Lüge ist eine zarte Freundin. So weiche Hände.

»Was ich an der SS wirklich schätze«, sprach der General mit einiger Befriedigung in der schnarrenden Stimme, »das ist ihre zuverlässige Haltung gegenüber der Weltanschauung, gegen die wir arbeiten. Diese Haltung meine ich auch bei Ihnen zu spüren.«

»Danke, Herr Doktor.«

»Gut. Dann sage ich Ihnen, was Sie hier sehen. Oder wissen Sie, was Sie hier sehen?«

Er zeigte nach draußen, ohne Spur von Feierlichkeit.

»Jedenfalls viel Sonne und Natur«, versuchte ich vage zu bleiben und blickte wie er aus dem Fenster hinaus, sogar mit dem gleichen Ausdruck grundlegenden Misstrauens.

»Westeuropa.«

»Westeuropa, ausgezeichnet.«

»Westeuropa, das im Chaos wirtschaftlicher Zerrüttung und kommunistischer Machtgelüste zu versinken droht.«

»Genau das sehe ich«, bestätigte ich mit zusammengekniffenen Augen.

»Angesichts der vorwärtsstampfenden russischen Dampfwalze haben meine engsten Mitarbeiter und ich daher unsere Erkenntnisse, unsere Akten und unser Knowhow dem KÜ zur Verfügung gestellt.«

Er sagte Ka-Üh.

»Dem KÜ, Herr Doktor?«

Mein Bruder räusperte sich.

»Dem ›Kleineren Übel‹, Koja.«

»Dem kleineren Übel?«

»Den Kaugummifressern.«

»Verstehe.«

»Ich möchte klarstellen«, knüpfte der Doktor an Hubs Ausführungen an, »dass wir die degenerierte Lebensweise der Amerikaner ablehnen.«

»Jawohl, Herr Doktor.«

»Die Demokratie ist was für Lumpen.«

»Sehr wohl.«

»Die Sozialdemokratie ist zu bekämpfen.«

»Selbstverständlich.«

»Der ›Zwanzigste Juli‹ besteht aus Flaschen und Verrätern. Von denen kommt mir hier niemand ins Haus.«

»Gut.«

»Antisemitismus wird es bei uns nicht geben. Aber natürlich auch keine Juden.«

»Verstehe.«

»Nazis brauchen wir hier nicht. Aber Hitler war ein interessanter Mensch, und er verstand was von seinem Beruf.«

»Ein ausgezeichneter Diktator, Herr Doktor.«

»Ich war oft genug bei ihm, um das bestätigen zu können.«

»Ich bin so begeistert von jedem einzelnen Ihrer Worte. Es wäre mir eine Ehre, unter Ihnen –«

Gehlen unterbrach mich, indem er seinen rechten Zeigefinger wie einen Taktstock hob. Danach legte er die Hände auf den Rücken, trat näher ans Fenster und blickte noch entschlossener hinaus. Vor dem Panorama der fernen Alpen klötzelten sich Bormanns Goethehaus-Persiflagen um den großen Anger, auf dem ganz alleine meine, meine, meine Anna vor sich hin schaukelte, unter der Flagge der Vereinigten Staaten von Amerika.

»Ihre Tochter?«

»Meine«, irrte sich Hub. »Sie kennen doch die kleine Anna?«

Gehlen nickte versonnen und wandte sich dann an mich.

»Haben Sie auch Familie?«

»Nein.«

»Das ist schade. Aber vielleicht kriegen wir Sie dennoch unter. Herr Ulm wird Ihnen sagen, wie das Leben bei uns geregelt wird.«

Zwei Stunden später erreichten wir den Flaucher, einen alten Forsthausbiergarten in den südlichen Isarauen der Stadt. Wir ließen uns etwas abseits nieder, am Kieselufer des flachen Stroms. Das Wasser war klar mit einem Stich ins Grünliche, es fischelte ein wenig unter uns, aber kaum merklich.

»Viel kommt derzeit nicht aus den Alpen herunter«, sagte Hub. Er hatte seine Hosenbeine hochgekrempelt, hielt die Füße ins Wasser, die er »Haxen« nannte. »Kasig«, sagte er, als er meine in jahrelanger Lubjanka-Haft entfärbten Waden sah, und auch sonst schien er das Bajuwarische zu mögen, mit dem er hin und wieder sein Baltisch aufmischte. Zu Anna rief er »Saugaudi«. Sie plantschte ein paar Meter weiter in einem aufgestauten Becken, und nachdem Hub uns aus der Schenke zwei Glas Weißbier besorgt hatte (seinen Hut tief ins Gesicht gezogen), erfuhr ich, wie das Leben bei Herrn Gehlen geregelt wurde.

»Du heißt ab jetzt Dürer.«

»Dürer wollte ich schon immer heißen.«

»Heinrich Dürer.«

»Auch gut.«

»Unsere Organisation ist die Org. Nichts weiter. So heißt sie auch.«

»Ich arbeite in einer Org?«

»In der. Die Org. Die. Nicht eine. Die Org im Camp Nikolaus.«

»Kleiner Scherz?«

»Nein. Wir sind am sechsten Dezember eingezogen.«

»Nur gut, dass ihr nicht am vierundzwanzigsten Dezember eingezogen seid.«

»Alle Mitarbeiter der Org leben auf dem Gelände. Ihre Frauen. Ihre Kinder. Alle.«

»Ich auch?«

»Du. Ich. Alle.«

Er seufzte.

»Nur Ev will ja unbedingt in Pattendorf bleiben, im Pattendorfer Elend. In der Org hätte sie es gut. Und Klein-Anna erst.«

Ich sagte nichts, beobachtete Anna, wie sie mit nackten Füßen durch das Flussbett balancierte, die Hände weit zur Seite gestreckt, wie eine Seiltänzerin: »Guckt mal! Paaahpi! Ooohnkel Koooohja, die Bulanxe! Ich verlier keine Bulanxe!«

Hub lächelte ihr zu, nahm einen Schluck Bier und fuhr fort: »Camp Nikolaus funktioniert völlig autark. Die Kleinen gehen dort in den Kindergarten. Die Größeren besuchen die Siedlungsschule. Die Männer arbeiten in den Stäben, fast alle Ehefrauen sind Sekretärinnen.«

»Ein Paradies.«

»Es gibt eine Gärtnerei, eine Bibliothek, Kino, Schwimmbad, zwei Sportplätze. Sogar eine Golfbahn hat sich der Doktor stecken lassen. Zur Selbstversorgung haben wir eine eigene Bäckerei, eine eigene Wäscherei, eine eigene Tankstelle und einen eigenen Friseur.«

»Du hast noch die eigenen Baumwollplantagen und die eigene Hochseefischerei vergessen.«

»In dieser Hinsicht nutzen wir die px-Läden der Amis. So große Steaks gibt's dort. So groß!«

Er zeigte es mit nur einer Hand. Ich blickte auf mein Stück Kernseife, das neben dem Bier lag, und dachte an all die Katzenskelette, die ich dafür aus Münchens Bombenkratern hatte kratzen müssen.

»Ansonsten gibt es noch eine wichtige Sache«, sagte er leise, holte seine Füße aus dem Wasser und zog die Knie an. »München ist verboten.«

Es war das Erste, was mich wirklich überraschte.

»Was heißt das?«

»Eine verbotene Stadt. So wie Peking. Oder Lhasa.«

»Verstehe ich nicht.«

»Betreten verboten. Du kannst nur einmal die Woche mit unserem Bus in die McGraw Barracks zum Einkaufen fahren. Und einmal im Jahr geht die ganze Org geschlossen aufs Oktoberfest.«

Ich verstand »Orgtoberfest«, womöglich verwirrt, weil Hub mehrmals wiederholte, wie verboten München für uns ansonsten war.

»Ich darf nicht in die Stadt rein?«

»Wenn Gehlen dich ungenehmigt im Englischen Garten erwischt, bist du geliefert. Das gesellschaftliche Leben ist ab jetzt tabu. Wir sind Gespenster. Wir leben in einer Geisterstadt. Niemand darf von uns erfahren. Das ist der Preis.«

»Und die da?«, wollte ich wissen und sah erst hinüber zu ein paar dicken Anglern, die dumpf vor sich hin dösten, blickte dann hinter mich zum Biergarten, der vollgestopft war mit Kriegsgewinnlern, Ami-Liebchen, Schiebern und den vielen trachtentragenden Altbayern, die zünftig vor ihren blonden Bieren hockten.

»Wir sitzen hier auf Steinen in der Isar, Koja. Das ist in Ordnung. Aber in diesen Biergarten dürfen wir nicht.« Er zog wieder seinen Hut ins Gesicht, wie um seinen Worten

Nachdruck zu verleihen. »Für Biergärten gilt ein Sicherheitsabstand von vierzig Kilometern.«

Er zog mit dem Zeigefinger einen Kreis in die Luft.

»Auch alle Familienausflüge: mindestens vierzig Kilometer Entfernung. Urlaub: mindestens hundert Kilometer. Wir haben auch keinerlei Kontakt in die umliegenden Dörfer. Null. Du darfst dort nicht mal eine Zeitung kaufen. Eltern achten auf ihre Kinder. Freundschaften mit der Dorfjugend werden unterbunden.«

»Übertreibt ihr nicht ein bisschen?«

»Wer bist du?«

»Wer ich bin?«

»Wie du heißt?«

»Koja.«

»Du heißt nicht Koja.«

Ich schwieg.

»Du heißt Dürer. Und du wolltest schon immer Dürer heißen. Heinrich Dürer. Und in München wimmelt es von Sowjet-Killern. Und von denen willst du nicht gefragt werden, wer du bist und wie du heißt.«

»Du hast mich reingelegt.«

»Willkommen in der Org.«

»Was soll ich tun?«

»Ich hatte dich vorgeschlagen für die Hauptabteilung I, Beschaffung von Auslandsnachrichten. Aber der Doktor hat deine Akten geprüft und deine Ausbildung.«

»Und?«

Er stand auf und rollte sich die Hosenbeine wieder herunter. Er rief nach Anna, die Theater machte, weil das Wasser so herrlich kalt war und sie nach Meerjungfrauen

Ausschau hielt, und nachdem er mit ihr geschimpft hatte – wie man damals mit Kindern schimpfte, die nicht bei drei aus dem Wasser waren –, blickte er mich an und sagte: »Du hast Architektur studiert. Wir brauchen einen zuverlässigen Baumeister.«

Im Herbst Neunzehnachtundvierzig wurde ich der zuverlässige Baumeister jenes Doktors ohne Gesicht und ohne Namen, der mit den Dollarmillionen der Sieger und dem Personal der Verlierer aus einem Arkanum vielversprechender Beziehungen einen Nachrichtendienst destillierte, der ebenfalls kein Gesicht und keinen Namen hatte. Und auch keinen Ort, an dem er sich befinden durfte.

Und an diesem Ort, der gar nicht existierte, weil er ja gar nicht existieren durfte, begann ich mein ästhetisches, ja man kann sagen alchemistisches Programm mit einer drei Meter hohen und vier Kilometer langen Backsteinmauer, die ich um das bisher nur durch einen Stacheldrahtzaun gesicherte Gelände zog. Und während es das Gelände selbst nicht gab, gab es die Mauer sehr wohl, ein Widerspruch, der sich gegenüber neugierigen Fragen (denen von Ev allemal, aber auch denen von ratlosen Spaziergängern) nicht immer auflösen ließ.

Und dennoch schuf ich inmitten des Amorphen und Gespenstischen Bleibendes, und es darf wohl gesagt sein, dass die bauliche Verwandlung vom Abgeriegelten ins hermetisch Abgeriegelte ausschließlich über meinen Zeichentisch lief.

Ich ließ jenseits der Mauer Bienenstöcke und diesseits der Mauer Gewächshauskulissen aufstellen, damit die Bevölkerung (vulgo die ratlosen Spaziergänger) hinter dem Festungsring Hunderte von fleißigen Gärtnern, Botanikern und Bienenzüchtern vermutete, die gerne ungestört harken, säen und züchten wollten.

Aus dem in einem dunklen Hain verborgenen Führerbunker, der allgemein »Haus Hagen« genannt wurde, machte ich eine Fälscherwerkstatt.
Ein Stockwerk unter der Werkstatt schuf ich das größte Stempellager der Welt: In den ehemaligen Privatgemächern des Gröfaz, eiskalten Zementhöhlen, wurden dicht an dicht Regalwände mit 100 000 Stempelhaltern eingezogen, in denen man Stadtsiegel brasilianischer Großstädte genauso finden konnte wie die Stampiglie eines kleinen Krankenhauses in Turkestan.
Alle Reminiszenzen an das Tausendjährige Reich (»Betreten nur bei Fliegeralarm gestattet!«) ließ ich weiß übertünchen und riss aus des Führers Nasszelle die Führerbadewanne, die Führerdusche und das Führerbidet heraus (ein Führergemahlinnenbidet, streng genommen). Nur das Führerklosett ließ ich stehen, ummauerte es jedoch mit Armaturen made in USA und erleichterte mich sehr gerne an diesem stillen Ort.
Außerdem kümmerte ich mich um die Dienstvilla des Herrn Doktors. Neue Teppiche mussten besorgt werden (ohne Hakenkreuzmuster), ich ließ die Flure streichen und die Lampen erneuern. Für Gehlens Büro entwarf ich einen mächtigen Trophäenschrank, dessen Innentüren sich beim Öffnen zu einer Intarsien-Weltkarte zusammenfalten ließen (die sowjetische Hauptstadt erhielt als einzige Metro-

pole einen Anfangsbuchstaben, ein Lindenholz-M, das der Doktor als Abkürzung für Moskau missverstand, es sollte aber natürlich Maja heißen).

Unter dem Org-Kindergarten entstand ein nuklearbombensicherer Schutzraum für die Kleinen, die Reichsarbeitsdienstbaracken neben »Haus Hagen« verwandelten sich in winzige Büros, und Anna erhielt eine zweite Schaukel, die direkt vor dem Fenster meines Büros stand.

Gibt es etwas Schöneres, als sein kleines Kind schaukeln zu sehen?

Ich selbst zog in ein Goethehexenhäuschen ganz an den Rand der Siedlung. Allerdings musste ich mir das Etablissement mit einem V-Mann-Führer, einem Planungsspezialisten und einem dicken, quallenartigen Räuberhauptmann aus der Oberlausitz teilen, von dem ich bis heute nicht viel mehr weiß, als dass er Hortensius Vierzig hieß. So lautete jedenfalls sein exotischer Deckname.

Wir redeten niemals über unsere Identitäten oder Aufträge. Und wenn Männer weder über sich selbst noch über ihren Beruf reden können, dann vergeht ihnen jede Lust auf Kommunikation, und so schwiegen wir eigentlich ständig, ohne dass es wirklich jemals still war, spielten Skat oder Doppelkopf und studierten unser Erdinger Weißbier.

Überhaupt war das schwierigste Element im Camp Nikolaus wie immer das menschliche.

Viele der neuen Mitarbeiter kannte Hub noch aus dem Reichssicherheitshauptamt.

Manchmal rief er mich hinüber in seine Gemächer und

bat mich, die Herrschaften gemeinsam mit ihm zu begrüßen. Das war nicht immer ein Fest.

Zwei ehemalige ss-Standartenführer zum Beispiel brachen in schallendes Gelächter aus, als Hub ihnen »Guten Tag« sagte. Sie grüßten betont deutsch zurück, legten die Arme um seine Schulter und versuchten auf diese Weise, Kameradschaft und Wiedersehensfreude auszudrücken.

Ein anderer, der einst sieben Pariser Synagogen hatte in Brand stecken lassen, verbeugte sich knapp und wollte wissen, wie man an einem so völlig autarken, sich selbst genügenden Ort ausgerechnet das lagereigene Bordell vergessen konnte.

Sie alle ließen sich von mir und meinem Bautrupp ihre Einbauküchen ausmessen und die Büros einrichten, am liebsten in gebeizter Eiche.

Bald schon begegnete ich ehemaligen SD-Mitarbeitern von mir, dem noch schwuler gewordenen Möllenhauer zum Beispiel, der mit einer lesbischen KZ-Aufseherin (die im Kontrast zu seiner Pierrot-Blässe sehr hübsch errötete und zart wie ein Sappho-Gedicht sprach) eine stabile Zweckehe eingegangen war.

Sie lebten nur zwei Häuschen von mir entfernt und hießen Herr und Frau Pichelstein. Abends war ich öfter mal bei ihnen zu Gast. Möllenhauer schien sich ehrlich zu freuen, mich lebend wiederzusehen. Sicher war er überrascht, mich im Einvernehmen mit Hub zu wissen. Aber er stellte keine Fragen. Klug war er schon immer gewesen, klug und listenreich. Und so war er auch der Einzige, mit dem man mal ausbüxen und abends heimlich nach München fahren konnte.

Während er bei diesen Gelegenheiten bis zum nächsten Morgen die Homosexuellenlokale der Stadt abklapperte, traf ich mich in wechselnden Bierkneipen mit Nikitins Kontaktmann.

Ich saß immer allein, gerne an Tischen in Fensternähe. Der Agent platzierte sich an der Bar. Wir trugen Hüte als Bitte um Ansprache, und legten sie ab, wenn wir uns beobachtet fühlten.

Auf der Toilette tauschten wir unsere Kassiber aus. Er erhielt von mir alle meine Baupläne, die Personalübersichten, soweit sie mir bekannt wurden, wichtige Memoranden und die Zusammenfassungen der Gespräche mit Hub.

Ich erhielt Briefe von Maja, die ich immer nur an Ort und Stelle lesen konnte, im nach Urin stinkenden Scheißhaus, unter einer nackten Glühbirne. Ich las sie mindestens zehnmal, bevor sie in der Flamme meines Feuerzeuges auflodertern. Hauchdünne Kohle, die ich, zwischen den Fingern zerreibend, möglichst lange bei mir trug. Die kurzen Briefe lernte ich auswendig, wie den vom neunten November Neunzehnachtundvierzig:

Liebster! Tausend Küsse überall. Wie fehlst Du mir. Du fehlst mir unendlich. Ich habe das Gefühl, dass Du mir fehlst, obwohl ich bei Dir bin. Ich bin verlorener Staub in allen Deinen Taschen. Ich bin so unsichtbar. Ich lese viel. Sie erlauben es. Ich danke ihnen. Immer wirst Du mir fehlen. Dein Klopfklopfklopf. Ich gehe ohne Dich durch meine Zeit. Und was ich tat und bin, alles, alles, am Ende nur Dein Name. Liebster Koja.

*Mach kein Bongbong! Herzlichen Glückwunsch zu
Deinem neununddreißigsten Geburtstag.
Maja*

Unter Schluchzen zogen ganze Panoramen an mir vorbei, wenn ich so etwas las. So etwas Wirres, das gar nicht zu ihr passte. Das nur zeigen sollte, dass sie es war und kein Zensor, der mir schrieb. Ich versuchte, die Tränen zu unterdrücken und quietschte in meiner Kabine. Wie eine Maus, auf die man tritt. Sicher dachten die Männer, die jenseits der Klotür an die Blechrinne pissten, dass da einer onaniere hinter dem roten Besetzt-Riegel. Was sollte ich tun, außer den Schwung der Handschrift zu studieren wie ein Graphologe? Außer zu versuchen, Majas Stimmung aus der Unterlänge ihrer g und p zu erfassen?

Lange Briefe konnte ich nicht auswendig lernen, nur einzelne Wörter merkte ich mir, wenn es besondere Wörter waren, wie zum Beispiel das Wort »Traubenzuckergespräche«, das im Weihnachtsbrief Neunzehnachtundvierzig Erwähnung fand:

Wie oft träume ich von unseren Nachmittagen in den Bergen, damals in Bessarabien. Liebster, weißt Du noch? Der Regen auf dem Blechdach? Was war ich jung. Wie einfach das Glück. Und nun bin ich eine alte Frau von 29 Jahren. Drei Zähne habe ich verloren. Ich habe seit dem letzten Brief von Dir Zeit gehabt, mich zu entwickeln. Da Du alles tust, um mich und (der folgende Name war vom Zensor geschwärzt) *zu retten vor der Strafe, die eigentlich nur gerecht wäre, kommen wir in den Genuss von Traubenzuckergesprächen.*

Ich wusste nicht, was damit gemeint war. Waren »Traubenzuckergespräche« ein anderes Wort für Folter? Oder ein anderes Wort für Verhör? Waren sie überhaupt ein anderes Wort? Oder hatten sie einfach nur mit Traubenzucker zu tun, über den gesprochen wurde? Durfte ich in meinem Brief danach fragen? Oder verlor sie danach nochmals drei Zähne?

Während ich oft in Depressionen sank, waren meine Briefe an Maja optimistisch und hatten kleine lustige Zeichnungen am Rand. Ich wollte, dass sie etwas lächelt.

Ich schrieb ihr, dass ich an der unsichtbaren Front für den Sozialismus großartige Ergebnisse erzielte. Ich sagte, dass sie aufgrund meiner Erfolge vielleicht schon in fünf Jahren freikäme und wir dann Kinder haben könnten, für jedes Lubjanka-Jahr ein fröhliches Kind. Macht fünf, wenn man jetzt zu zählen anfinge. Ich zeichnete fünf Porträts der kleinen Anna, zum Beispiel ihren wippenden Zopf, als sie ihre Bulanxe nicht verlor, was Maja wundervoll fand.

Immer kam ich nach diesen Abenden völlig erschöpft, aber auch emotional entladen im Camp Nikolaus an, dem Geisterarchipel, schneite unbeobachtet durch eine Doktorentür hinein, die der weitsichtige Architekt Konstantin Solm in die Mauer hatte einpassen lassen, nur zum Gebrauch des Doktors bestimmt (der den einzigen Schlüssel besaß) sowie seines verräterischen Baumeisters (der den einzigen Zweitschlüssel besaß).

Ich fühlte mich trotz meines Tuns (die moralischen Implikationen betreffend) so ruhig wie ein Schaf beim Grasen. Maja das Leben zu bewahren war jeden Preis wert. Und das eigene Leben bewahrt man ebenfalls gerne, wenn es denn möglich ist. Meine Güte, war ich ruhig. Ich rate wirklich niemandem zur Lüge und zum Verrat. Außer unter gewissen Umständen. Das Lügen ist oft der einzige Schutz der Selbst- und der Sehnsüchtigen. Es hält alles Wichtige in Gang. Alle Familien würden untergehen, wenn es in ihnen keine Lügen geben dürfte. Und auch alle Staaten. Eine Welt ohne Lüge gibt es nicht, und eine Welt, in der die Lüge gebilligt würde, kann es ebenso wenig geben.

Leider führt das Lügen dazu, dass wir uns allmächtig wähnen. Hub gegenüber verschaffte es mir zum Beispiel das Hochgefühl, ihm Majas Schicksal eher verzeihen zu können, weil ich ihn in der Hand hatte. Weil ich zärtlich zu ihm sein konnte. Weil er wie ein Haustier für mich war, ein Kaninchen.

Doch ich war abgeschnitten vom Kaninchen, was eine etwas unglückliche Formulierung ist, deshalb würde ich sagen: abgeschnitten von meiner eigenen Hand, die es streichelte. Sie dürfen nicht glauben, verehrter Swami, dass mir die Wahrheit damals egal war. Die Wahrheit blieb mein oberstes Gebot, kollidierte aber mit meinem anderen obersten Gebot, dem Selbsterhaltungstrieb.

Und so enthüllte ich dem Genossen Nikitin so detailliert, wie es mir möglich war, auf welch perfekte Weise Herr Doktor Schneider und seine zweihundert Adepten im Auftrag Washingtons fortführten, was sie unter Hitler gelernt und für Hitler getan hatten. Wie sie Truppenstärken und militärische Bewegungen erkundeten, wie sie Kräftepotentiale und Produktionsziffern berechneten, wie sie Personalien und Umbesetzungen in der militärischen Führung des Ostens registrierten und dass manche Nikitin für eine Frau hielten, und zwar eine gutaussehende.

Zwar hatten sie keinen blassen Schimmer von politischen Nuancen oder gar der Mentalität des Feindes. Ja, Reinhard Gehlen hatte die generalstäblerische Faustregel ernst genommen, sich auf keinen Fall mit Fremdsprachenkenntnissen zu belasten. Daher kannte er nur ein einziges Wort Russisch, nämlich *nasdrowje*, was ihn jedoch nicht daran hinderte, gelegentlich Monologe über das slawische Gemüt zu halten. Übrigens wusste er sich auch im Englischen *(cheers)*, im Französischen *(à la vôtre)*, im Italienischen *(cincin)*, im Japanischen *(kampai)* und später im Umgang mit dem Mossad *(mazel tov)* nur recht elementar zu unterhalten, da er allen Fremdsprachen gegenüber das Misstrauen hegte, das sie ihres grundsätzlich fremdartigen Charakters wegen nun einmal verdienen. Im Spanischen brach auch noch sein Rudimentärwortschatz zusammen, weil er an das spanische Prost glaubte, was es bekanntlich so nicht gibt, weshalb der Doktor immer, zur Überraschung der Falangisten, auf die Prostata anstieß, *a la próstata*, sehr höflich, sehr ahnungslos. Und dann auf Ex.

Dennoch beherrschte sein Dienst das Abc militärischer Feindaufklärung.

In seinem Bienenstock voll fleißiger Geheimdienst-Immen, auf einem Hochufer neben der Isar gelegen, sammelte sich ein Sumpfblütenhonig, dass man sich nur die Finger lecken konnte. Es war ein Geschwirre und Gesumm. Wirklich wahr.

Als ich im März Neunzehnneunundvierzig das Privathaus Gehlens umbauen sollte, erhöhten sich die Ansprüche an mein architektonisches Geschick.

Der Doktor hatte von den KÜS eine Villa am Starnberger See geschenkt bekommen, in Berg, einem malerischen Fischerdorf, das bis heute stolz darauf ist, dass König Ludwig II. hier dem Wahnsinn anheimfiel und erst seinen Leibarzt unten im See ersäufte, danach sich selbst. Ihr Bayern seid doch merkwürdige Menschen.

Das zweistöckige Anwesen des Doktors bestand vorwiegend aus zum ländlichen Repräsentationsstil gehörenden Erkerchen und Türmchen und musste vor dem Einzug der Familie baulich den Erfordernissen eines paranoiden Import-Export-Unternehmers angepasst werden, für den sich Doktor Schneider ausgab.

Zunächst kümmerte ich mich also um das Dreimeterhafte der Grundstücksmauern, mein Spezialgebiet. Dann baute ich den Werkzeugkeller zu einer Unterkunft für die Bodyguards um. Ich ließ Türen und Fensterläden des Holzhauses mit Stahlplatten verstärken und sorgte für die Installation einer Alarmanlage.

Die wirkliche Herausforderung war allerdings, überall im Haus kleine elektronische Abhörgeräte für den KGB unterzubringen, worum mich Genosse Nikitin sehr dringlich gebeten hatte. Aufgrund der Renovierungsarbeiten konnte das Mauerwerk selbst komplett verwanzt werden. Ich benutzte hühnereigroße, durch hochkonzentrierte

Trockenbatterien betriebene Plastikbehälter (Alkali-Mangan, damals eine völlig neue galvanische Option), die sich im Zement pudelwohl fühlten und per Funk zwei Jahre lang Signale liefern konnten. Eine Weltneuheit damals, ebenso wie der KGB (»Kerberos glotzt blöde«, Lieblingshohn von Reinhard Gehlen), der noch ein junger verspielter Hund war und noch völlig anders hieß in jenen Jahren, aber allmählich zu dem wurde, was wir heute kennen: ein Ungeheuer mit metallisch klingendem Bellen, tödlichem Atem, hundert Köpfen und einem Schlangenschwanz, und der war ich.

Eines Tages, als ich nach Feierabend alleine auf der Baustelle war und gerade eine frischverputzte Wand aufhackte, um eines der Plastikeier unterzubringen, hörte ich, wie sich unten am Eingang der Schlüssel im Schloss drehte.

Hektisch warf ich nassen Zement an die Wand und konnte ihn gerade noch mit dem Spachtel über das Mikrophonei pressen, als die Tür aufging und Frau Doktor Schneider alias Frau General Gehlen alias Herta von Seydlitz in das Zimmer trat. Sie war eine sorgfältig gekleidete Dame Anfang vierzig, schlank und eckig, deren Haut im Gesicht und an den Händen schuppig aussah. Sie hatte ein Gemälde ihres Urahnen Friedrich Wilhelm von Seydlitz unter dem Arm, ich weiß wirklich nicht, wieso. Vielleicht suchte sie ein gutes Plätzchen für ihn an der Wand.

Jedenfalls kamen wir ins Gespräch, da ihr Vorfahr, der berühmte syphilitische Kavalleriegeneral (Pazifisten wie Sie können ihn nicht kennen), soeben erst von den rachsüchtigen Sowjets aus seinem jenseits des Eisernen Vorhangs gelegenen zweihundert Jahre alten Barockmausoleum gezerrt und in die Wälder Schlesiens gestreut worden war, also seine Knochen.

Innerhalb von fünf Minuten stellte sich heraus, dass irgendeine Urururgroßtante von Frau Gehlen, ewiger schlesischer Hochadel, zu Zeiten Peters des Großen nach Kurland ausgewandert war und dort von einem Schilling gefreit wurde, von dem ich noch nie gehört hatte, aber Mamas Familie ist groß.

Die Frau Doktor beschloss jedenfalls, dass wir sozusagen engstens miteinander verwandt seien, sein könnten vielmehr, und sie lachte hell entzückt auf, als sie erfuhr, dass ich eigentlich Künstler war.

»Leider fehlt das ästhetische Bedürfnis ein wenig in Reinis Leben«, seufzte sie. »Bildende Kunst, das ist für ihn ein Bühnenmagier im Circus Krone, der hin und wieder gelbe Farbkleckse in grüne Farbkleckse verwandelt.«

Frau Doktor bestand darauf, dass ich sie Herta nannte, dabei natürlich das geziemende Sie beibehaltend. Und als Anrede »Frau«. Frau Herta. Herta ohne h in der Mitte (und ohne M am Anfang, was mich beruhigte). Sie war kontaktfreudig, anhänglich und gesellschaftlich völlig ausgehungert, hatte sich auch sofort bei ihrer Nachbarin, der Schauspielerin Ruth Leuwerik (»Frau Ruth«), mit selbstgebackenem Apfelkuchen vorgestellt (selbstgebacken von der Köchin selbstverständlich) und hasste das zurückgezogene Leben ihres Mannes. Für ihn, der am liebsten die Präsenz einer Amöbe gehabt hätte, muss die mopsfidele Gattin eine Zumutung gewesen sein. Niemals sah ich ihn in ihrer Gegenwart lächeln. Ich glaube, er hatte immer Angst.

Frau Herta schenkte ihrem Gemahl zum Geburtstag am dritten April Neunzehnneunundvierzig ein Dreiviertelprofil von mir, besser gesagt, ein von mir noch zu erstellendes Dreiviertelprofil von ihm. Eine Art Gutschein vor dem Hintergrund, dass all ihre Seydlitz-Urahnen gleichfalls im Dreiviertelprofil abgebildet worden waren, des seitwärts zum Betrachter gerichteten Blicks wegen, der immer ein wenig tiefgründig wirkt.

Ich glaube, dass der General mich im ersten Affekt feuern wollte, auch weil seine Frau ihn vor meinen Ohren Reini genannt hatte. Frau Herta war aber sehr hartnäckig, und nach einer dreiwöchigen Schweigestrafe (er schwieg, nicht ich) brummte er mir eines Mittags in der Kantine des Camp Nikolaus zu, dass seine Gattin es für eine gute Idee hielte, ihn von mir porträtieren zu lassen. Er würde dies aber nur unter der Bedingung erdulden, dass ich ihn nicht in ein dämliches Dreiviertelprofil zwänge.

Das sagte ich zu.

Die zweite Bedingung sei, dass ich ihn ausschließlich von hinten porträtiere.

»Von hinten, Herr Doktor?«

»Den Hinterkopf und den Rücken.«

»Das Wesen eines Porträts, Herr Doktor, liegt in der physiognomischen Ähnlichkeit.«

»Dann machen Sie eben den Hinterkopf so ähnlich wie möglich. Und bitte legen Sie die Ohren an. Und machen Sie sie ein wenig kleiner.«

»Und das Wesen eines Menschen, seine Persönlichkeit, die sollte auch zum Ausdruck kommen.«

»Ich überlege mir, ob ich einen Hut aufsetze.«

»Ein Hut hat leider keine große mimische Ausdruckskraft.«

»Wissen Sie was? Porträtieren Sie doch meine Frau, da haben Sie die mimische Ausdruckskraft.«

»Gibt es denn nichts, was ich von Ihnen von vorne malen darf und was Ihnen ein wenig Freude bereitet?«

Wenn Sie meine Scheinheiligkeit verurteilen, lieber Swami, dann vergessen Sie bitte niemals Maja. Vergessen Sie bitte nicht, dass ich von Briefen und Erinnerungen gepeinigt wurde. Wie oft schreckte ich in den Nächten hoch und sah diese sich zu mir herunterbrechende Gestalt im Todestrakt der Lubjanka aufschlagen. Vergessen Sie das nicht. Die Traubenzuckergespräche. Der verlorene Staub in meinen Taschen. Das Lindenholz-M im Schrank des Doktors. Ich jedenfalls vergaß es nie.

Der Doktor dachte eine Weile nach, seine Lippen ineinanderfaltend. Dann fragte er mich missmutig: »Können Sie auch Almen?«

»Almen?«

»Ja?«

»Was ist das? Ein Verb?«

»Können Sie eine Alm malen?«

»Eine Hütte meinen Sie? Ja, ich denke schon.«

»Dann malen Sie doch meine liebe Elend-Alm. Das würde mir gefallen.«

Ich erfuhr, dass der Doktor, als er noch General war, die letzten Tage des Zweiten Weltkrieges in einer Alphütte dieses Namens verbracht hatte, einer Hütte auf dem Schlierseer Elendsattel, die ihm sehr am Herzen lag und nicht das Geringste mit Elend im landläufigen Sinn zu tun hatte.

Hoch oben in den herrlichen bayerischen Bergen, in Gesellschaft sechs seiner treuesten Stabsoffiziere, hatte der desertierende General im April Neunzehnfünfundvierzig auf die Kapitulation gewartet. Um ihn herum blühte die Alpenflora über den Millionen von Mikrofilmen, die von ihm in wasserdicht verschlossenen Aluminiumbehältern vergraben worden waren. In ihnen lagerten sämtliche Informationen über die UDSSR, die sein Stab über Jahre hinweg hatte ansammeln können, bereit, an das sowohl solvente als auch begeisterungsfähige Kleinere Übel veräußert zu werden.

Und diesen historischen Moment, an dem die hirschnahe Almhütte, die würzigen Borstgrasweiden und der von den Stahlkisten gespickte Humusboden gespannt auf das Eintreffen der Amerikaner warteten, den sollte ich festhalten. Mit ihm, Reinhard Gehlen, und seinen geliebten Stabsoffizieren in der Hütte.

»Soll ich malen, wie Sie aus dem Fenster sehen?«
»Nein, nein, ich will ein völlig menschenleeres Bild.«
»Wie mache ich Sie dann kenntlich, Herr Doktor?«
»Ich weiß ja, dass ich in der Hütte bin.«

Der Doktor gab mir einige Fotos der Elend-Alm (eine Blockhütte, nichts weiter) und beauftragte mich, ein Fresko zu erschaffen, vier Meter breit und zwei Meter hoch, mitten in seinem Wohnzimmer. Genremalerei. Viel Braun und viel Grün, die schlimmsten Farben der Welt. Frau Herta war nicht wirklich glücklich, zumal ihr die modernere Kunst am Herzen lag, die großen Impressionisten, gerne Manet, Degas oder Monet.

»Franzosen und Kommunisten, nein danke, Herta«, schnaubte Doktor Schneider. »Ich möchte eine schöne hölzerne Alm und viel Natur, die man auch erkennt. Das möchte ich.«

Die Freskotechnik ist gar nicht leicht, weil alles in einem Schwung auf den feuchten Putz gemalt werden muss, damit die Farbpigmente wie eine Infektion in ihn eindringen und ihn mit Blau, Rot, Gelb entzünden. Jeden Tag also brachte ich eine frische Kalkputzschicht auf und malte in den üblichen *giornate* Stückchen für Stückchen die Elend-Alm weiter, von links unten nach rechts oben, in der Manier von Tiepolo (von dem ich nichts brauchte bis auf die Geduld).

Eines Morgens Anfang Mai hatte der Linienbus Verspätung. Ich eilte im Laufschritt hoch zum Haus des Doktors (getrieben von der Aussicht, vielleicht am Abend mit allem fertig zu sein). Als ich am Eingangstor klingelte, sah ich in der Einfahrt eine schwarze Limousine stehen. Verstaubt. Kölner Kennzeichen. Englische Besatzungszone.

Frau Herta machte auf, mit leicht verstörtem Gesichtsausdruck.

»Um Gottes willen, hören Sie das, Herr Dürer?«

Erst dachte ich an einen Specht. Dann merkte man, dass jemand das Haus kurz und klein schlug, so klang es jedenfalls.

Ich rechnete mit dem Schlimmsten, während ich die Treppe in den ersten Stock hochhetzte.

Ich riss die Tür auf. Heller Kalkstaub hing in der Luft. Vor mir saßen in zwei gemütlichen Ledersesseln, die Hände um die Lehnen gekrallt, der Doktor und sein Besuch, ein hagerer, uralter Schildkrötenmann mit winzigen Schlitzaugen. Ihre schwarzen Anzüge, ihre Glatzen, sogar die Wimpern waren mit einer schneeweißen Puderschicht bedeckt.

»Was tut er da?«, fragte ich blöde, einen Chauffeur meinend, den ich noch nie gesehen hatte. Mit großen Schafsaugen blinzelte er zu mir herüber und ließ langsam seine Spitzhacke sinken, die er offensichtlich einige Dutzend Male in die arme Elend-Alm gehauen hatte. Mein Fresko war bereits halb zerstört, lag als buntes Geröll und in wohlportionierten Stückchen auf dem Teppich.

»Guten Morgen, Herr Dürer«, sagte der Doktor höflich, aber ich hatte keine Lust, höflich zu sein, und rief aufgebracht: »Sie machen das ganze Bild kaputt!«

Der Doktor drehte sich feierlich zu seinem Gast um.

»Ich darf Ihnen den Künstler vorstellen: Herr Dürer.« Dann zu mir: »Und das ist Herr Adenauer von der CDU.«

Die Schildkröte nickte nur.

»Der Herr Adenauer wollte gerne das Haus sehen«, sagte der Doktor völlig sinnlos.

»Schönes Jewässer«, sagte der Greis in unverfälschtem kölschen Idiom, schielte zum Starnberger See hinüber und schob ein »Hm, hm, ja, ja« hinterher.

»Leider hat Herr Adenauer«, seufzte der Doktor, holte Luft, hustete wegen all der in ihn hineintanzenden Staubpartikel und fing den Satz noch einmal von vorne an: »Leider hat Herr Adenauer gestern ein anderes Haus gesehen, das Haus von Major Heinz, diesem Versager.«

»Der Herr Heinz is ne jute Mann.«

»Heinz, sage ich Ihnen, ist ein Blender!«, widersprach der Doktor. »Ein Blender und außerdem ›Zwanzigster Juli‹.«

Der Schildkrötenmann griff in seine Hosentasche, holte einen eigroßen Behälter hervor, schraubte ihn auf und präsentierte mir, aber doch eigentlich eher dem Doktor, die Eingeweide: ein Mikrophon, einen Sender, eine Batterie.

»Abhörjerät«, fasste Adenauer zusammen.

»Lächerlich«, sagte Gehlen.

»Janz raffinierte Methode.«

»Das denkt sich der Heinz doch nur aus, um sich wichtig zu machen.«

»Hat er in seinem Haus jefunden. Haben die Sowjets da reinjesetzt. In seine Wand reinjemauert.«

»Ich bitte Sie!«

»War ein Polier, den der Heinz von vor dem Krieg kannte. Is einfach jekauft worden vom Geechner.«

»Wird doch nicht mal –«, ein erneuter Hustenanfall erschütterte den Doktor, so dass kleine, weiße Wölkchen aus seiner Kleidung rhythmisch aufstäubten, »– wird doch nicht mal mit einem Maurermeister fertig, der Heinz.«

»Aber Ihnen, lieber Jeneral, fehlt das Quantum Geopolitik.«

»Sie glauben doch nicht im Ernst, dass ich mir in meine eigenen vier Wände Wanzen reinsetzen lasse.«

»Na, mer werden ja sehn«, sagte der alte Mann versonnen, wedelte sich die Sicht frei und blickte zu der entstellten Wand, »wat da alles rausjeplumpst kommt.«

»Sie hacken mein Bild kaputt«, fragte ich zitternd, »weil Sie nachsehen wollen, ob hinter zwei Wochen harter Arbeit so ein Ding steckt?«

»Das haben Sie nun davon, Herr Adenauer. Jetzt fängt auch noch der Künstler an zu lamentieren.«

»Aber bitte, bitte«, sagte der Gast und setzte ein beschwichtigendes Gesicht auf, »dann hören mer doch auf mit diesem albernen Zeuch.«

»Nein.«

Der Schildkrötenmann lachte, und man merkte, dass er nicht oft lacht.

»Se sin exzentrisch, Herr Doktor.«

»Weil ich es nicht auf mir sitzenlasse, mich mit der Dämlichkeit von Major Heinz vergleichen zu lassen? Seinem Nachrichtendienst können Sie genauso wenig trauen wie seiner Wand.«

»Sein Se nich eifersüchtig, mein lieber General. Mer werde uns schon einjen. Falls mer Bundeskanzler werden, versteht sich.«

»Natürlich werden Sie Bundeskanzler.«

»Wird knapp werden. Man wüsste doch zu jern, wat de Herrn Sozialdemokraten noch im Köcher han, drei Monate vor der Wahl.«

»Sollen wir es herausbekommen?«

»Diese Frage han isch nu wirklich nid jehört.«

»Zumal ich sie gar nicht gestellt habe.«

»Herr Müllerstein, nu können Se ens jonn.«

Der Chauffeur nickte ehrerbietig, stellte die Spitzhacke an die Wand, direkt neben das winzige Stück modernster Abhörtechnik, das aus der Mauer hervorlugte und mir, seit ich den Raum betreten hatte, die Nerven zerfetzte.

Der Chauffeur sah es jedoch nicht, so wie es auch kein anderer sah. Er nahm seine mehlige Uniformjacke, setzte die Chauffeursmütze auf und verließ das Zimmer. Ich hob ein Stück Putz auf, um damit das verräterische Plastikei zu kaschieren.

»Herr Dürer«, stoppte mich der Doktor. Ich drehte mich zu ihm um, halb ohnmächtig vor Furcht. Er und der Schildkrötenmann wischten sich mit ihren Taschentüchern den weißen Staub aus den Gesichtern.

»Hätten Sie nicht Lust«, fragte Herr Gehlen, »Mitglied der SPD zu werden?«

8

Der Hippie kann nichts Festes mehr essen. Er ernährt sich von Suppen und Griesbrei. Nachtschwester Gerda kümmert sich rührend um ihn. Mir fällt auf, dass er sich nicht mehr beklagt. Aber er scheint eindeutig angespannter zu sein als sonst. Das ist schlimmer, als wenn er sich beklagt.

Neulich hat er Besuch bekommen.

Eine Frau, die er »Pilgerin« nannte.

Sie sah aus wie ein Strich, trug Jesuslatschen und ein grün-braunes Batikgewand, das wie das Blattwerk eines soeben abgeholzten tropischen Regenwaldes von ihren knochigen Schultern sackte. Sie saß eine Stunde lang auf dem Bett des Hippies und fragte nach der Häufigkeit seiner fallweise auftretenden Erektionen. Dann bekam er eine.

Später schmiegte sie ihre Hand um seine Schädelschraube. Ihn schien es nicht zu stören, und so begann sie, als sei es das Selbstverständlichste der Welt, an der Schraube zu kratzen und herumzufummeln. Ein bisschen dauerte es, aber schließlich drehte sie an ihr wie an einem stinknormalen Wasserhahn. Natürlich mit diesem komischen Grinsen im Gesicht, das diese Leute alle haben. Sehen die ständig Jesus oder was? Ich weiß wirklich nicht, was sie erwartete, aber irgendwann gab es ein Geräusch, so wie bei einem Bus, der mit pneumatischem Druck die Türen öffnet. Ich sagte, Leute, passt auf, das ist ein Gehirn und kein Spielzeug. Aber der Hippie zischte, ich solle mich um meine eigenen Angelegenheiten kümmern. Das war schon merkwürdig, da er ja als Swami immer behauptet, dass es keine eigenen Angelegenheiten gibt, sondern dass die sogenannten eigenen Angelegenheiten unser kosmisches Bewusstsein unterdrücken und die Energie für alle blockieren.

»Puh, der Typ ist aber festgefahren«, murmelte die Pilgerin, um mir kritischen Response zu geben.

Dann hatte sie plötzlich die Schädelabdeckplatte in der Hand. Irgendwas Kleines aus Metall fiel herunter und kullerte über den Boden. Die Frau blickte schläfrig auf Swami Bastis freigelegtes Gehirn, fand es wunderwunderschön und fragte den Swami, ob sie eine Kerze hineinstecken solle.

Und so merkte ich leider viel zu spät, in welch rettungslos bedröhntem Zustand sie sich befand. Ich schrie, obwohl ich nicht schreien darf, weil das der Kugel in mir gar nicht gefällt, und schreiend drückte ich, schreiend hämmerte ich auf den Notschwesternrufknopf oder Schwesternnotrufknopf, was weiß ich, und dann war natürlich erst mal die Hölle los.

Sie schoben den Hippie sofort in den OP und versuchten, ihm das Leben zu retten. Und seitdem kann er nichts Festes mehr zu sich nehmen. Und ihm ist ständig schwindelig. So ist das.

Auf die Pilgerin lässt er nichts kommen. Er behauptet, sie habe Naturheilkräfte und im Gegensatz zu mir sei sie empfindsam. Und sie würde bestimmt keine Wanzen in die Wände stecken und fremde Leute abhören.

Ich frage, ob es besser wäre, Kerzen in fremde Köpfe zu stecken und anzuzünden. Aber er hüllt sich in eisiges Schweigen, ausgerechnet der Dampfplauderer. Er duzt mich schon seit langem nicht mehr. Er ist nahe an einem Gift-und-Galle-Zustand, wie ich ihn von Hub her kenne. Und bei Gift-und-Galle macht man nur den Mund auf, um jemanden anzuspucken, nicht um über Petitessen zu reden oder den Herrn zu preisen.

»Basti?«
»Hm?«
»So geht das nicht weiter.«
»Was?«
»Sie sind schlecht drauf.«
»Ich bin am Sterben.«
»Wollen wir Gras rauchen?«
»Ich habe kein Gras.«
»Natürlich haben Sie Gras. Ich würde gerne mal wieder aufs Dach rauf und mit Ihnen kiffen.«
»Sie haben noch nie mit mir gekifft. Sie haben zugeguckt, wie ich gekifft habe.«
»Ich bezahle es auch.«
»Sie wollen ja nur, dass ich durchdrehe wie Ihr Kollege damals und über die Dächer Münchens fliege und dann zerschelle.«
»Vielleicht sollte ich auch mal selbst kiffen.«
»Sie?«
»Sie und ich.«
»Sie haben gesagt, Sie nehmen kein Marihuana mehr, niemals.«
»Ich hätte aber Lust, alte Strukturen aufzubrechen.«

Der Swami blickt mich erschrocken an. Dann fixiert er einen Punkt an der Wand, erhebt seine Stimme und verkündet: »Ich habe nicht die geringste Ahnung, wovon dieser Mann spricht! Ich nehme keine illegalen Rauschmittel! Ich verstoße nicht gegen geltendes Recht! Ich kenne diesen Mann nicht! Er ist ein völlig Fremder für mich!«

Er steht auf und beginnt, alle Ecken des Raumes abzusuchen. Er blickt in die Fassungen der Tischlampen, schraubt die Gegensprechanlage auf. Ein Blick unter den Bettrost.

»Was soll denn das?«, frage ich.

»Moment, ich hab's gleich.«

»Ich habe hier keine Abhöranlage installiert, falls Sie darauf anspielen.«

»Sicher?«

»Wie soll das überhaupt gehen?«

»Und Kameras?«

»Natürlich, ich lasse ein Team von Spezialisten rund um die Uhr ein Nichts wie Sie überwachen. Warum sollte ich das tun?«

»Sie versuchen, mich zu provozieren. Sie wollen mich zum Kiffen bringen. Meinen Drogenkonsum dokumentieren, den es gar nicht gibt. Sie wollen, dass ich eingesperrt werde.«

»Sie sind eingesperrt, Basti.«

»Sie wollen mir etwas Schlimmes antun.«

»Sie sind am Sterben, Basti. Man kann Ihnen nichts Schlimmes mehr antun.«

»Danke!«, sagt er gift-und-gallig.

»Ich meine es gut. Sie meinen es gut.«

»Ich bin mir nicht sicher, ob Sie es gut meinen.«

»Langsam tritt sich das tot mit der Abschaumnummer.«

»Aber wo ist die Transformation? Wann beginnt der Übertritt? Wann werden Sie wunderbar?«

»Gar nicht! Ich bin kein wunderbarer Mensch! Das habe ich nie behauptet. Sie behaupten das, weil eine rosa Swamischeiße aus Ihrem Hirn quillt, die verhindert, dass Sie Menschen so sehen, wie Menschen nun einmal sind.«

»Ich muss mir das nicht von jemandem anhören, der Juden und Russen umbringt und seinem Bruder den Arm wegschießt und jeden Menschen verrät, der ihm begegnet.«

»Es kann sich niemand aussuchen, wann er geboren wird und wo und in welchen Verhältnissen. Man wächst in die Zeit hinein, die gerade da ist, und es kann weiß Gott nicht jeder in eine Zeit hineinwachsen, in der Hippies am Leben gelassen werden.«

»Ich kann mit Aggressionen nicht umgehen.«

»Sie sind doch derjenige, der aggressiv ist!«

»Ich bin nicht aggressiv. Ich bin schlecht drauf.«

»Sie sind aggressiv mit Ihrem ganzen messianischen Dreck, dass die Welt so und so ist und nicht anders.«

»Es gibt Wahrheiten des Seins.«

»Ich muss gleich kotzen.«

»Es gibt sie.«

»Alle Wahrheiten des Seins sind beschissene Ansichten. Man wächst hinein in diese beschissenen Ansichten, die immer zu einer bestimmten Zeit gehören! Die immer von einer bestimmten Zeit hervorgebracht sind! Alle beschissenen Ansichten geben sich als gültig und dauerhaft. Und nichts sind sie weniger als gültig und dauerhaft.«

»Aber die Welt wird doch besser.«

»Die Welt wird besser?«

»Sie glauben doch wohl nicht, dass es in vierzig Jahren noch das patriarchale Prinzip gibt?«

»Was soll das sein?«

»Na, die Herrschaft des Mannes über die Frau. Unterdrückung der Sexualität. Bürgerliche Ehe. Das wird alles verschwinden. Das ist doch völlig klar.«

»Im Jahr Zweitausendvierzehn wird die Welt ein Ashram sein?«

»Natürlich. Und Menschen wie Sie wird es nicht mehr geben.«

Ich sage nichts mehr. Wir sind an einem Punkt angelangt, von dem aus es nichts mehr zu sagen gibt. Es gibt nicht mal mehr was zu schweigen. Man kann nur noch transzendieren, in dieser Hinsicht hat der Buddha-Vishnu-Hare-Krishna-Zirkus der Menschheit durchaus Gutes gebracht, ich will das gar nicht bestreiten. Ich weiß, dass manche Leute von einem Ort zum anderen reisen können, ohne sich zu bewegen. Im Traum kann das aber jeder, deshalb habe ich immer den Traum so gemocht. Auch den Schlaf, ohne den es keinen Traum gibt. Und deshalb fürchte ich den Tod nicht, der längste Schlaf, der dem Menschen geschenkt wird.

Und ich sinke in mein Kissen und warte auf die jungfräulichen Tempeltänzerinnen, die mir auf gelben Wölkchen entgegenhüpfen.

»Es tut mir leid, Compañero«, sagt der Hippie mit einer anderen Stimme, zwanzig Minuten später. »Ich habe überreagiert. Natürlich wird es Menschen wie Sie geben. Ich wollte Sie nicht beleidigen.«

»Sie haben mich nicht beleidigt. Ich habe Sie beleidigt. Und das wollte ich auch.«

»Ich verstehe nicht, wie man für die Nazis arbeiten kann und für die Kommunisten und für die Reaktionäre – und am Ende tritt man der SPD bei.«

»Ich habe doch noch gar nicht gesagt, ob ich der SPD beigetreten bin. Und wir sind noch lange nicht am Ende.«

»Sind Sie der SPD beigetreten?«

»Ja.«

»Ich bin mir nicht sicher, ob ich mich freuen soll, wenn Sie auch noch zum Hinduismus konvertieren.«

»Die Politik ist ein Narrenschiff, mein Freund.«

»Warum sind Sie nicht einfach Baumeister geblieben im Camp Nikolaus?«

»Weil die Welt nicht besser wurde. Nichts wird jemals besser. Niemals.«

9

Die Org war für die Geheimdienste der Besatzungsmächte eine Jauchegrube, warm blubbernde Gülle, in die sich jeder nach Belieben entleeren durfte, und der Doktor schwamm in einem Meer aus Verachtung und Pisse.

Major Louis Maxwell vom britischen MI 6 nannte ihn nur »den Überläufer«.

Die Franzosen (SDECE) sprachen hinter vorgehaltener Hand von ihm als »Fantômas« und machten sich über seine Augen und Ohren lustig, da seine Augen als die bestgehüteten des Westens galten *(lunettes de soleil!)* und seine Ohren genauso weit abstanden und auch noch die gleiche Form und Größe hatten wie die von Charles de Gaulle.

Der Münchner Resident des militärischen US-Geheimdienstes (CIC), Colonel van Halen, hatte erfahren, dass er in Pullach als *»the lesser evil«* bezeichnet wurde (KÜ gewissermaßen), so dass er sich weigerte, dem Doktor fürderhin auch nur die Hand zu geben.

Stattdessen hatte er die konkurrierende CIG ersucht, die Org zu übernehmen.

Die CIG wiederum hatte jedoch mit dem Hinweis, dass man sich von niemandem in den Arsch kriechen lassen wolle, der schon in Adolf Hitlers Arsch gesteckt habe, dankend abgelehnt, und bitte, verehrter Basti, ersparen Sie mir,

Ihnen auch noch die Aufgaben oder gar die Abkürzung der nichtswürdigen CIG erklären zu müssen, sondern lassen Sie es mich auf den folgenden Punkt bringen: Die britische, die französische und die US-amerikanische Gegenspionage standen uns offen feindlich gegenüber.

Nur die neugegründete CIA, die niemand mehr Zeh-Ih-Ah nannte, war eine erfreuliche Ausnahme.

Sie liebte uns, wie jede Mutter ihr Kind liebt, mag es auch noch so missraten sein.

Wir wurden gestillt und gewickelt, erhielten beste Säuglingspflege und viele Sachen zum Spielen. *The Best Mum Ever* sorgte in jeder Hinsicht für Lebensqualität. Täglich schickte sie ein paar Dutzend Babysitter ins Camp, die auf Schultern klopften, die fragten, wo der Schuh drückt, und die nach dem Rechten sahen. Was altruistische Verbindungsoffiziere halt so tun.

Viele von ihnen hatten einiges auf dem Kasten, hatten an renommierten Universitäten studiert, waren Wissenschaftler, Schriftsteller, Journalisten. Sonntags spielten wir mit ihnen auf dem Sportplatz ein absurdes Spiel mit einem eiförmigen Ball.

Unter der Woche tauschten wir Erkenntnisse aus.

Kein Wunder also, dass ich eines Morgens, an einem leicht verhangenen, fast noch kühlen Maitag, gegenüber von Haus Hagen Donald Day wiedertraf, den alten Haudegen aus Riga. Er hatte seinen Job als Russlandkorrespondent der *Chicago Tribune* an den Nagel gehängt, war inzwischen fett geworden wie ein Buddha und arbeitete als Experte in der Auswertungsabteilung der Agency, wie er die CIA nannte. Er lud mich auf der Stelle zu einem Lettland-Gedenkbier ein.

Da kann man nicht nein sagen.

»Die Britenschwuchteln und die geschlechtskranken Marie Antoinettes sitzen da auf ihrem hohen moralischen Ross und fragen: Warum nutzt ihr die *fucking* Nazis?«, schimpfte er schmatzend, als wir im Flaucher vor unseren Krügen und Weißwürsten hockten und alle Biergartenbesuchsvorschriften der Org in den letzten Maiwind schlugen. »Ist das nicht eine beschissen dumme Frage? Es ist für uns doch völlig unmöglich, hier in Süddeutschland ohne euch operativ zu arbeiten.«

»Ich bin kein Nazi, Donald.«

»*Of course not.* Aber ich bin ein Ami. Und sobald ich hier eine Bratwurst bestelle, merkt jeder, dass ich ein Ami bin. Wenn du aber eine Bratwurst bestellst, merkt keiner, dass du ein Nazi bist.«

»Ich bin kein Nazi.«

»*Of course not.* Was ich sagen will: Wer kann sich besser tarnen in diesem Land als die Nazis? Wer kennt Deutschland besser als sie? Wer ist am besten organisiert? Wer sind die besten Antikommunisten? Ich sag's dir: Leute wie du.«

»Ich werde echt sauer, Donald. Ich bin das Gegenteil eines Nazis. Ich bin in der SPD!«

»Nazis nicht zu nutzen, das kommt einer vollständigen Kastration gleich. Also nutzen wir sie. Und soll ich dir was sagen?« Er patschte mit seiner Hand auf mein Knie und sah mich aus seinen kleinen Lammaugen an. »Auch die hochnäsigen Tommies nutzen sie, wenn keiner hinguckt. Die

Froschfresser nutzen sie, wenn keiner hinguckt. Sogar die Commies nutzen sie.«

»Die Kommunisten? Das glaube ich nicht.«

»Ich sage dir: Da sitzen in Moskau Leute beim KGB, die in Auschwitz die Morgenappelle organisiert haben.«

»Unglaublich.«

»Diese ganzen Schwanzlutscher im State Department glauben, dass Vorteile keine Argumente sind. Aber eines ist doch wohl klar: Den dritten Weltkrieg werden wir nicht vermeiden können. Also sollten wir ihn wenigstens gewinnen.«

Es war Donald Days Einfluss, durch den meine Tätigkeit als Camp-Nikolaus-Architekt beendet und ich Anfang Juni Neunzehnneunundvierzig von einem Tag zum andern in ein Labyrinth alter Narben und neuer Wunden gestoßen wurde.

Die CIA ging dazu über, die Steuergelder amerikanischer Bürger mit verdeckten Großoperationen gegen Stalin zu verschleudern, deren verdeckteste die Finanzierung und Ausbildung einer geheimen ukrainischen Guerilla war. Dazu brauchte man die Org. Denn die paramilitärischen Verbände sollten in der bayerischen Landeshauptstadt aufgestellt werden, aus dem einfachen Grund, weil sich hier das ukrainische Exil gesammelt hatte.

Donald bat mich, in München nach ukrainischen Zeppelin-Überlebenden und anderen möglichst unternehmungslustigen Konterrevolutionären zu suchen.

Das hatte erstens den Vorteil, dass ich mich endlich offiziell in der Stadt bewegen durfte. Zweitens stellte sich die

Aufgabe auch als Kinderspiel heraus. Denn München quoll über vor schlecht ernährten und schlechtgelaunten Ukrainern.

An der ukrainischen Universität (in der Pienzenauerstraße, gar nicht weit von hier, auf der anderen Seite des Englischen Gartens) musste ich nur einen einzigen diskreten Aushang anbringen. Schon tauschten dreißig junge Patrioten den Hörsaal gegen einen neuen Krieg ein. Mehrere Exilfunktionäre der sogenannten Bandera-Gruppe, faschistisch bis auf die Knochen, ließen sich über das US-Konsulat anwerben. Und meine alten, kampferfahrenen Zeppelin-Veteranen traf ich schließlich in den Barackensiedlungen im Norden oder im Ausländersammellager Zirndorf an.

Einige kannten mich noch. Einer hatte sogar als Talisman den Eckzahn eines Tapirs um den Hals hängen, den wir einst im Rigaer Zoo geschlachtet hatten.

Die Krieger von damals lebten nun von Suppenküchen der Caritas, schlugen sich als Tagelöhner durch und sehnten Abenteuer und Gefahr herbei. Sie klebten an meinen großspurigen Versprechungen, waren neugierig wie Kapuzineräffchen und wurden mit Schokolade, Zigaretten und Whisky ins Verderben gelockt.

Am Flughafen Schleißheim brachte man die Freiwilligen in drei ehemaligen Fliegerbaracken unter. Ich bekam eine amerikanische MP-Uniform ohne Rangabzeichen und wurde zum operativen Einsatzleiter der Truppe ernannt. Da ich irgendeinen Dienstgrad brauchte, nannte man mich »Chief«. Möllenhauer nahm ich als »Deputy« mit. Wir sahen aus wie zwei Yankees aus Wisconsin. Der Doktor erschrak, als wir uns bei ihm in voller US-Montur für die Sonderaktion abmeldeten, und sein Befehl lautete, den Kaugummifressern zu zeigen, wie man Osteuropa wieder in den Griff kriegt.

Unserem Kommandeur war Osteuropa allerdings egal. Er war ein engstirniger Südstaatler namens Dana Durand, der seine Stelle einer Mischung aus Zufall, Versehen und Irrtum verdankte und zu allen Freiwilligen nur »Nigger« sagte, übrigens auch zu mir.

Statt »Unternehmen Zeppelin« wurde das Projekt »Red Cap« genannt. Es hatte seinen Namen von den Kopfbedeckungen amerikanischer Bahnhofsgepäckträger erhalten, einem zwar hilfsbereiten, aber wenig heroischen Berufsstand, der noch dazu im Ukrainischen ein Synonym für »Speichellecker« ist, ein Sachverhalt, den man in Washington leider übersehen hatte.

Noch dazu überreichten wir den Rebellen Samtbarette, die eigentlich rot sein sollten, aber mehr ins Rosépink schillerten, und kein Ukrainer mit ein klein wenig Selbstachtung setzt sich ein rosa Narrenkäppchen aufs Haupt, wenn man ihn nicht mit Waffengewalt dazu zwingt.

Die Guerillaeinheiten sollten mit einer Douglas C-54 hinter den Eisernen Vorhang geflogen werden, über der Ukraine mit Fallschirmen abspringen und zu den aufständischen Bandera-Separatisten in den Wäldern bei Kiew vordringen. Man versprach ihnen unbeschränkte finanzielle und militärische Unterstützung und für die Zeit nach dem Krieg das Blaue vom Himmel. Ihr Befehl lautete, in den Sümpfen auszuharren und so viele Sowjets umzubringen wie irgendmöglich, bis die amerikanischen Truppen in die UdSSR einmarschieren würden.

Planung, Vorbereitung, Ausstattung und Ablauf der Aktionen lagen in meinen Händen. Ich und mein Deputy machten alles so, wie wir es vom Unternehmen Zeppelin her kannten, denn letztlich erwies sich der ganze Zauber ja als nichts anderes als ein Dacapo unter neuer Flagge.

Zwar war das Schicksal der Aktivisten den Amerikanern genauso schnuppe, wie es uns Deutschen einst schnuppe gewesen war. Sie besaßen aber nicht einmal den Anstand, Anteilnahme oder auch nur Interesse zu heucheln.

Der Kommandeur hielt Ansprachen, in denen er davon schwadronierte, wie herrlich es sei, Kommunisten zu killen, weil damit das Privileg einhergehe, von Kommunisten gekillt zu werden, was ein sehr viel erstrebenswerteres Schicksal sei, als von ihm, Major Durand, gekillt zu werden.

Obwohl ich als Dolmetscher fungierte, übersetzte ich diesen Schwachsinn, der Humor sein sollte, niemals, weil damit erhebliche Irritationen in der Truppe verbunden gewesen wären. Stattdessen ließ ich kleine russische Redensarten in meine Simultanübersetzung einfließen, die völlig sinnfrei waren, aber die slawische Seele ermunterten. Zum Beispiel gab ich statt »Ihr Hurensöhne müsst lernen, euch mit der Perfektion von Schwulen zu tarnen« die kleine Tolstoi-Wahrheit zum Besten: »Wenn man einen Baum verstecken will, muss man damit in den Wald gehen.« Und die Losung »Sterbt tapfer und nicht erbärmlich!« tauschte ich gegen so was ein wie: »Lust und Last unterscheiden sich nur durch einen einzigen Buchstaben.«

Major Durand blickte während seiner Reden, die die Reden eines gefährlichen Irren waren, dank meiner Übersetzungskünste in offene, vertrauensselige, durchaus Zustimmung signalisierende Gesichter, was ihn zu immer wahnsinnigeren Tiraden hinriss.

Am Ende sprach er die Kämpfer nur noch als »liebes Plutonium« an.

Möllenhauer und ich schlugen die Hände über dem Kopf zusammen, als ganz offenbar wurde, dass der aus sieben oder acht Ignoranten bestehende US-Ausbilderstab alle Angehörigen des ukrainischen Volkes für Marsianer hielt, die auf dem Planeten Erde maximal als Baumwollpflücker zu gebrauchen waren. Den ehemaligen Studenten der ukrainischen Universität verweigerte man sogar einen von ihnen erbetenen Englischkurs mit der Begründung, dass an Analphabeten grundsätzlich keine Unterrichtskapazitäten verschwendet würden. Jeder Fehler, den wir Deutschen einst in Pleskau und Hallahalnija gemacht hatten, wurde von den Yanks wiederholt und gesteigert. Ich fühlte mich wie in einem Bild von William Blake, der einmal die Seele eines Flohs gemalt hatte, und die Seelen all der um uns herumhüpfenden ukrainischen Flöhe schienen mir wie eine dunkle Wolke um uns aufzusteigen.

Der einzig signifikante Unterschied zwischen Zeppelin und Red Cap bestand in der erheblich differierenden Ausstattungspracht. Während wir beim SD an allen Ecken und Enden hatten Mangel verwalten müssen, barsten die Red-Cap-Lager vor schwarz organisierten Waffen und Munition, vor Hubschraubern, Jeeps, Handgranaten, Uniformen, vor eingefrorenen T-Bone-Steaks, Cornflakes, Bibeln und allem, was man sonst noch für politische Umstürze braucht.

Ich litt jedes Mal unter Magenkoliken, wenn ich die einzelnen Kommandos nachts zur Startpiste ans Schleißheimer Feld begleiten musste. Die Abläufe und Befehle waren vertraut, die guten alten Zeppelin-Rituale aus Pleskau und Riga wurden beibehalten, bis auf das abschließende »Heil Hitler« natürlich. Ich hörte die Motoren und roch den Treibstoff und das regensatte Gras und wurde von Erinnerungen an zwei Finger von Majas Hand überwältigt, die ich am Fenster der Arado hatte kratzen sehen, eine halbe Ewigkeit war das her.

Und während ich salutierte und Zeuge wurde, wie die Flöhe einer nach dem anderen in die Maschine hüpften, in der gleichen, unterdrückt verzweifelten Gelassenheit, die auch Politow und Maja mit in ihren Flieger genommen hatten, war mir klar, dass wir sie niemals wiedersehen würden.

Tatsächlich verloren sie sich innerhalb weniger Minuten am Nachthimmel, wurden über den Karpaten abgeworfen und allesamt verheizt. Es erreichte sie weder Nachschub noch irgendeine andere Art von Unterstützung. Nur *Radio Free Europe* sendete verschlüsselte Appelle in die Urwälder der Ukraine, sich nicht unterkriegen zu lassen. Und da Möllenhauer den Freunden der freien Welt empfangsstarke Funkgeräte mit auf die Reise gegeben hatte, gingen sie mit Glenn Millers *In the mood* oder George Gershwins *Rhapsody in Blue* der Gefangenschaft, dem Verhör, der Folter und dem Tod entgegen.

Noch dazu war ich gezwungen, ihrem Schicksal Vorschub zu leisten. Alle Einsätze und Zielkoordinaten von Red Cap musste ich dem Genossen Nikitin melden. So führte ich die Jungs, die ich zum Teil noch aus Hallahalnija kannte, mit denen ich einen Tapir geteilt, die *Katjuscha* gesungen und unsere rosa Barette verflucht hatte, fort von diesem Schmerzensplaneten.

Oder klarer ausgedrückt: Ich lieferte sie ans Messer.

Ich brachte sie um, trauriger Swami.

Man kann es nicht anders sagen.

Sie werden verstehen, dass das ein völlig unhaltbarer Zustand war. Sie werden verstehen, dass ich Rappel und Pieps bekam, wie Mama das zu nennen pflegte. Auch wenn ich kein Held bin, habe ich mich nie als amoralischer Mensch gefühlt. Ich mag ein Verräter gewesen sein, aber kein feiger Verräter. Zwar fühlte ich in mir keinen Mut. Aber Tapferkeit. Jedenfalls hin und wieder.

Und in gewisser Weise galt die Sorge um Maja auch meinem eigenen Seelenheil, denn diese Sorge ließ mir die Illusion, alles Erbärmliche für einen höheren Zweck zu tun – und was kann ein höherer Zweck sein als das Bewahren eines nach allen Regeln der Kunst verwirkten Agentinnenlebens?

Doch dafür andere zu opfern, noch dazu auf jene Art, wie ich es tat, war das, was Pieter Brueghel als Raubzug vor der Hölle gemalt hat, ausschließlich in Schwarz, Rot-, Gelb- und Brauntönen, die »Tolle Grete« zeigend, die auf Dämonen und Horden von Fabelwesen einprügelt, nur um selber in ein aufgerissenes Maul hineinzumarschieren.

Ich versuchte, einen Rest an Verbindlichkeit zu bewahren, indem ich nach Moskau falsch berechnete Landeplätze übermittelte. Doch das Risiko war unkalkulierbar. Der KGB konnte auch Red Cap infiltriert haben und die korrekten Koordinaten über andere Quellen erfahren. Ein Abgrund der Gefahr für Maja und mich, falls meine Ungenauigkeiten auffliegen sollten.

Ich musste einen Weg finden, dem drohenden Verhängnis zu entkommen.

Vielleicht merken Sie es an meinem Tonfall, an den langen Pausen, die ich mache. Es fällt mir schwer, über diese Zeit zu sprechen. Lieber würde ich sie aus meinem Leben streichen, zumal sie kurz und ohne Personal war. Denn alle Menschen, die mir damals in Schleißheim begegneten, von der fleischgewordenen Dummheit namens Major Durand einmal abgesehen, sind wie Nebel an mir vorbeigezogen.

Womöglich keimen auch neue Vorbehalte oder gar Verwünschungen in Ihnen auf, lieber Swami. Und dennoch: Ich kann jene Wochen nicht aussparen, die so unrühmlich, so besoffen und verwickelt waren, voll mit Skrupeln, die sich wie zwei Millionen Moskitos auf mein dummes Blut stürzten.

Als kein Tropfen mehr davon in meinen Adern war, fuhr ich zu Ev hinunter in ihr Irrenhaus nach Pattendorf. Sie schickte Anna aus dem Zimmer und kühlte mir mit einem nassen Lappen die Stirn. Sie wollte keine Details wissen. Ihr reichte mein zusammenhangloses Gestammel und die Tatsache, dass sie meine Schwester war und meine unerfüllte Liebe. Sie spritzte mir ein Serum, das eine heftige Reaktion auslöste, eine akute Infektion, so dass ich mich schon drei Tage später krankmelden konnte.

Noch im Hospital beschwor ich Hub und Donald, mich von der operativen Arbeit gegen den sowjetischen Erzfeind zu befreien. Ich schob das Unvermögen der Amis vor, deren Inkompetenz einen Perfektionisten wie mich in die Demoralisierung gehämmert hätte.

Obwohl beide meinen Wunsch nicht verstanden, akzeptierten sie ihn. Sie holten den Chief und seinen Deputy schon nach einem Vierteljahr Red-Cap-Verirrung Ende August Neunzehnneunundvierzig heim in die selige Org.

Möllenhauer übernahm wenig später die Gehlen-Filiale in Hannover, seiner Heimatstadt, so dass ich meinen engsten Mitarbeiter verlor, was mich betrübte. Ich hatte ihn immer gemocht, obwohl mir sein Vorname nie von den Lippen ging. Günther hieß er. Wir schrieben uns noch regelmäßig zu Weihnachten, bis ihm ein Strichjunge ein paar Jahre später den Hals durchschnitt.

Ich wurde vom Doktor in die Hauptabteilung Inland versetzt, und Genosse Nikitin tobte, als er davon erfuhr.

Wochenlang erhielt ich keine Nachricht mehr von Maja. Mir wurde zu verstehen gegeben, dass ich alles zu tun hätte, um zu Red Cap zurückkehren. Ich gab auch vor, mich mit großem Nachdruck darum zu bemühen, fälschte entsprechende Eingaben, sandte Nikitin die Kopien mit der gebotenen Devotion zu.

Ich weiß nicht, was geschehen wäre, wenn mir der KGB als Aufmunterung ein Ohrläppchen Majas geschickt hätte. Vermutlich hätte ich einfach getan, was von mir verlangt wurde. Aber das Ohrläppchen kam nicht, auch kein anderer Körperteil. Maja wurde nichts abgetrennt, nichts eingeflößt, nichts zugefügt.

Nikitin schien mir zu trauen.

Es lag wirklich in meiner Macht, die Stellung bei Red Cap loszuwerden.

Ich glaubte fast selbst daran, es ist zum Lachen.

10

Als Konrad Adenauer mit einer einzigen Stimme Mehrheit, nämlich seiner eigenen, am fünfzehnten September Neunzehnneunundvierzig zum ersten Kanzler der Bundesrepublik Deutschland gewählt wurde, hatte ich das düstere Red-Cap-Kapitel beendet und in Pullach bereits ein neues Büro in Baracke E bezogen.

Ich war in der Sektion III für Gegnerbeobachtung Inland zuständig. Meine Aufgabe bestand darin, die Dossiers der Zielpersonenkartei zu führen. Im Zuge dieser Tätigkeit bündelte ich vor allem sämtliche Observationen gegen die Sozialdemokraten.

Hin und wieder wurde ich in jenen Jahren für Sondereinsätze abgestellt, die dieses Wort kaum verdienen. Da ich der einzige Porträtist der Org war, musste ich ab und zu Phantombilder von gegnerischen Agenten zeichnen, eine künstlerisch eher ermüdende Arbeit. Selbst blaue Blümchen auf Delfter Porzellan gehen einem leichter von der Hand.

Und weil außer mir in ganz Pullach kein Mensch Jiddisch verstand oder sprach, musste ich bei den deutschen Reparationsverhandlungen mit Israel wochenlang die verwanzten Hotelzimmer der israelischen Kommissionsmitglieder abhören.

Da dies schon die Höhepunkte meiner Tätigkeit darstellten, kann man mit Fug und Recht behaupten: Die Arbeit für die Sektion III war das Langweiligste, Armseligste und Harmloseste, was man in der Org überhaupt tun konnte.

Ich fühlte mich also pudelwohl.

Auch mein Bemühen, einen ordentlichen Informationsfluss für den KGB zu organisieren, trug reiche Früchte.

Im SPD-Ortsverein München-Schwabing hatte ich die Position des Kassenwarts übernommen, unter meinem richtigen Namen. Meine Münchenbesuche wurden somit endgültig legalisiert, so dass die Treffen mit Nikitins lebenden Briefkästen weniger riskant erschienen und einen schönen Rhythmus bekamen.

Es gehörte auch zu meinen KGB-Aufgaben, alle Versuche Adenauers zu registrieren, den von den britisch-französischen Alliierten großflächig verabscheuten Doktor gegen jeden Widerstand zum deutschen Geheimdienstchef zu machen.

Es waren eine Menge Versuche, Swami. Denn ob die von den Siegermächten besetzte, durch Militärgouverneure kontrollierte, nur pro forma souveräne Bundesrepublik überhaupt einen Nachrichtendienst haben durfte, war Gegenstand heftiger Debatten.

Ein Jahr lang dauerten die Verhandlungen, von denen ich durch meine Informanten Mitteilung erhielt.

Bei den großen Montagsbesprechungen im Camp Nikolaus, die es Mitte Neunzehnfünfzig noch gab, trug ich den jeweils aktuellen Stand meiner Erkenntnisse vor und erlebte, wie nervös der Doktor in seinem Sessel wippte und sich über alle Details aufregte, die er erfuhr.

»Was ist denn das für ein dämlicher Name?«, bellte er.
»Tut mir leid, aber so soll das Amt heißen«, bedauerte ich.
»Amt für Verfassungsschutz?«
»Ich fürchte, ja.«
»Diese elende Bezeichnung hat sich doch bestimmt ein Sozi ausgedacht.«
»Es war eine parteiübergreifende Kommission, die einstimmig dafür votierte.«
»Aber das Land hat überhaupt keine Verfassung, die man schützen kann. Wir haben nur ein provisorisches Grundgesetz!«
»Ja, ein Namensvorschlag war auch ›Bundesdienst für Grundgesetzhütung‹.«
»Grundgesetzhütung?«
»Sehr wohl.«
»Soll ich Grundgesetzhüter werden? Geht es darum, auf Schafe aufzupassen? Grundgesetzhütung?«
»Der Vorschlag war nicht mehrheitsfähig, Herr Doktor.«
»Was stand denn noch zur Auswahl?«
»Bundesbüro für Bundesuntersuchungen.«
»Und?«
»Das war wegen der Abkürzung keine Option.«
»Abkürzung?«
»Bu für Bundesbüro und Bu für Bundesuntersuchungen.«
»Bubu?«, fragte er.
Ich schwieg.
»Um Himmels willen.«
Ich schwieg.

»Bubupräsident?«

Er wuchtete sich zornig aus seinem Stuhl hoch und lief vor allen Dezernenten mit rotem Kopf auf und ab.

»Ich hab's verstanden! Die können sich ihren Bubupräsidenten in die Haare schmieren! Warum heißen wir nicht einfach wieder ›Abwehr‹? Oder ›Sicherheitsdienst‹?«

»Sicherheitsdienst, Herr Doktor?«

»Meinetwegen ›Bundessicherheitsdienst‹.«

»Weil die anderen Kommissionsmitglieder leider der Meinung sind, dass der beste Name ›Amt für Verfassungsschutz‹ sein könnte.«

»Wie nennt man das noch mal, wenn es eine Rolle spielt, welche Meinung die anderen haben?«

»Demokratie, Herr Doktor?«

»Nein, Dekadenz!«

»Verstehe.«

»Ich weiß wirklich nicht, welchen Narren meine Frau an Ihnen gefressen hat, Dürer. Ich soll Sie und Ihren Bruder für kommendes Wochenende zu unserem Gartenfest einladen.«

»Es wäre mir eine Ehre, Herr Doktor.«

»Sonst noch was?«

»Nun, wenn Sie Präsident des Amtes für Verfassungsschutz werden, wird es wohl unerlässlich sein, dass die Behörde nach Köln umzieht. Herr Adenauer will uns in seiner Nähe haben.«

»Ich baue auf Sie, Dürer. Sie müssen für meine Frau unbedingt ein schönes Haus am Rhein finden.«

Während die einzelnen Abteilungen begannen, die Mitarbeiter, die nach Nordrhein-Westfalen wechseln sollten, auf den bevorstehenden Umzug einzustimmen, fuhr ich auf Frau Hertas Wunsch hin nach Köln, um nach einem geschmackvollen Heim für die Familie Schneider alias Gehlen zu suchen.

In der Kastanienallee in Köln-Marienburg, fernab von dem seit fünf Jahren mit einer Ascheschicht bedeckten Pompeji, zu dem das Zentrum der Domstadt gebombt worden war, führte mich ein Makler durch den Traum eines Anwesens, das Schinkels Strenge mit neobarocken Putten erfrischte und über einen kleinen Park, ein Schwimmbad und einen Tennisplatz verfügte.

Leider hatte es den Nachteil, dass es niemand an einen verdienten Hitler-General verschenken wollte, wie sich das in Berg am Starnberger See so glücklich gefügt hatte. Als ich Frau Herta anrief und sowohl von der Preziose schwärmte als auch von der Komplikation berichtete, dass womöglich am selben Tag noch ein anderer Interessent die Villa erwerben wolle, wies sie mich aufgeregt an, den Kauf sofort zu tätigen und die nötige Anzahlung zu leisten.

Ich fragte, ob sie sich sicher sei, ohne eigene Anschauung und nur auf meinen Rat hin eine solche Lebensentscheidung zu treffen. Jaja, lachte sie hell. Ich hätte solch famosen Geschmack. Und Reini seien diese Dinge sowieso egal. Reini könne auch in einer Regentonne alt werden.

Leider waren die Dinge Reini aber doch nicht egal. Überhaupt nicht. Reini wurde nämlich gar nicht Präsident des Amtes für Verfassungsschutz.

Er musste daher nicht nach Köln ziehen und brauchte vor allem kein schlossähnliches Palais in einer Stadt, der er ab nun eine ähnliche Wertschätzung wie Stalingrad entgegenbrachte.

Die Besatzungsmächte Großbritannien und Frankreich hatten sich nach einem langen Ringen gegen Adenauer und die innerlich uneinigen KÜs durchgesetzt. Sie hievten ausgerechnet die schärfsten Konkurrenten des Doktors, nämlich die ehemaligen Hitler-Verschwörer aus dem Kreis um Admiral Canaris, auf den Platz an der Sonne.

Wie mir später einer unserer Maulwürfe aus dem Bundeskanzleramt zutrug, war der britische Gouverneur Sir Robertson nach der Entscheidung persönlich zu Adenauer marschiert, hatte ihm herzlich die Hand geschüttelt und gesagt, wie stolz es ihn mache, dass der Nazihalunke in Pullach damit ein für alle Mal erledigt sei.

Wir alle schienen ein für alle Mal erledigt zu sein.

Über das Camp Nikolaus legte sich eine lähmende Schwere. Wir tauchten in das Schweigen unserer nun ungeschützten Burg ab, verrichteten unsere Arbeit wie schleppende Klavierübungen.

Die Org stand Ende Neunzehnfünfzig vor dem Aus. Die CIA hatte Millionen von Dollar in ein Geheimunternehmen gesteckt, das abserviert worden war und der Zerschlagung entgegendöste.

Schon fünf Tage nach der Entscheidung gegen Reinhard Gehlen kündigten vierundzwanzig Mitarbeiter der technischen Abteilung. Sie waren von Köln abgeworben worden.

Hub nannte sie Ratten.

Die Stimmung war auf dem Nullpunkt, als mein Bruder und ich an einem Winterabend, es lag schon Schnee, über den gepflasterten Vorplatz die Bormann-Villa betraten.

Die Räume dämmerten im Zwielicht, unzureichend erhellt von zwei Standleuchten. Ein Adjutant winkte uns durch den großen Saal hinüber in den kleineren, getäfelten Raum, den ehemaligen Musiksalon. Außer einer kleinen Bar in der einen Ecke und einem Louis-quatorze-Tisch mit vier Stühlen in der anderen gehörte nur noch ein Bechstein-Flügel zur Einrichtung. Er stand direkt vor den Fenstern. Einige brennende Kerzen auf dem Tisch und eine Leselampe über dem Notenpult illuminierten den Raum.

Der Doktor saß kerzengerade am Flügel und spielte Bach. Der Adjutant bat uns stumm an den Tisch. Wir setzten uns und hörten fünf Minuten lang ehrfürchtig der Fuge in As-Dur aus dem *Wohltemperierten Klavier* zu, bis sie in einem hellen Schlussakkord verklang.

»Nun, Herr Dürer«, sagte der Doktor in die letzte Note hinein, ohne sich zu uns umzudrehen, »Sie haben also an der Rheinpromenade diese Luxusvilla erworben.«

»Ihre Frau Gemahlin bat mich darum.«

»Sie wollen diese Transaktion doch nicht auf meine Frau schieben?«

»Natürlich nicht.«

»Selbstverständlich werden Sie den Kauf rückgängig machen.«

»Das ist bereits geschehen.«

»Gut.«

Er begann ein kleines Präludium, aber bevor es sich zur Fuge hinüberhangeln konnte, räusperte ich mich und sagte:

»Der Makler verlangt lediglich, die Courtage behalten zu können.«

Der Doktor wandte sich von Bach ab und uns zu.

»Wie viel?«

»FünftausendMark.«

»Gut. Ich denke, das werden Sie sich leisten können.«

Ein Moment der Stille, als er aufstand, über die knarrenden Dielen zu unserem Tisch kam, sich an seinen Platz setzte und die Akte aufschlug, die dort schon für ihn bereitlag.

»Sind Sie der Ansicht, Herr Doktor, dass ich für diese Summe aufkommen möge?«, fragte ich dezent.

»Selbstverständlich. Sie nicht?«

»Nun, das ist ein ganzes Jahresgehalt.«

»Sie haben, ohne mit mir Rücksprache zu halten, ein Haus gekauft.«

»Wie Sie wünschen.«

»Sicherlich wird Ihnen Herr Ulm aushelfen können. Deshalb zahlen wir so hohe Gehälter, damit man seinen Verwandten zur Not aushelfen kann.«

»Sehr wohl, Herr Doktor«, erwiderte Hub dumpf.

»Außerdem erwarte ich, Dürer, dass Sie mir diesen Bubupräsidenten von Englands Gnaden auf dem Präsentierteller servieren.«

»Ich kümmere mich bereits darum.«

»Dann fangen wir also an.«

Die Haut spannte sich eng über seine Wangenknochen, als er mich ausdruckslos musterte. Ich schlug meinen Hefter auf und überflog die Aufzeichnungen.

»Der Herr heißt Otto John.«

»Ich weiß, dass er Otto John heißt. Ich wusste nicht, dass er ein Herr ist.«

»Zumindest ist er ein Präsident.«

»Fahren Sie fort, Sie Schlaumeier.«

»Otto John, Präsident des Bundesamtes für Verfassungsschutz«, fuhr ich also eingeschüchtert fort, ohne von meinen Papieren aufzublicken, »ist ein mit einer Jüdin verheirateter Linksliberaler, der sich um die Teilnahme am Krieg drücken konnte. Er war im Widerstand gegen Hitler aktiv und hat den ›Zwanzigsten Juli‹ als Kurier mitorganisiert. Sein Bruder wurde von der ss als Hochverräter hingerichtet.«

»Entschuldigung, das habe ich ganz vergessen: Möchten die Herren vielleicht einen Keks?«

Er schob uns einen Teller mit Gebäck zu, und wir lehnten höflich ab, während er zu knabbern begann.

»Otto John selbst«, führte ich weiter aus, »floh nach der Niederschlagung der Verschwörung über Spanien nach England und hat gegen Deutschland beim Soldatensender Calais gearbeitet. Nach dem Krieg stellte er sich den Alliierten als Zeuge der Anklage zur Verfügung. Er sagte gegen mehrere Generäle der Wehrmacht aus. Das gab viel böses Blut.«

»Sie sollten wirklich probieren. Vor allem die Makrönchen.«

»Von geheimdienstlicher Arbeit hat Otto John keine Ahnung«, referierte ich ungerührt weiter. »Er gilt als exzellenter Jurist, arbeitete jahrelang als Syndikus bei der Lufthansa. Politisch steht er den Sozialdemokraten nahe und bezeichnet sich als Antifaschisten und Philosemiten. Seine

Frau ist Jüdin, wie bereits gesagt. Sie ist fast zehn Jahre älter als er, angeblich Lesbierin. Keine gemeinsamen Kinder.«

»Das ist alles?«, fragte der Doktor mit vollem Mund.

»Er gilt als Schürzenjäger. Außerdem wird gemunkelt, dass er homosexuell sein soll und sich mehrmals im Monat Strichjungen leiste. Sein Hobby ist der Alkohol. Außerdem ist er tablettensüchtig und oft verschuldet, da er viel Geld in seine Kunstsammlung investiert. Er hat einmal gesagt, für Kunst könne er töten.«

»Die Sicherheit unseres Landes scheint ja in den allerbesten Händen zu liegen.«

»Adenauer ist gegen ihn und versucht, Herrn John so viele Kompetenzen wie möglich zu entziehen. Das Ressort Ausland wird er auf keinen Fall übernehmen. Das ist schon sicher. Sein operativer Apparat wird ausschließlich von seinem Stellvertreter Albert Radke geleitet.«

Der Doktor nickte und mümmelte langsam an seinem Keks, während er sich seinen unglaublichen 22-Uhr-Kaffee einschenkte. Noch niemals zuvor hatte ich jemanden gesehen, der drei Löffel Zucker in einem kleinen Tässchen Kaffee versenken kann, ohne eine einzige Welle zu schlagen.

»Ich kenne Radke«, sagte er schließlich. »Radke wird uns behilflich sein.«

»Wirklich?« Ich war erstaunt, wenn auch nicht ganz so erstaunt wie Jahre später, als ich erfahren sollte, dass Albert Radke ein alter Vertrauter des Generals war, den dieser beim Verfassungsschutz eingeschleust hatte.

Jetzt sagte ich ahnungslos: »Radke versucht nämlich seit Tagen vehement, uns die Leute abzuwerben.«

»Was die Situation der Org anbelangt«, grunzte der Doktor, während er mit dem Löffel umrührte, »lassen Sie die bitte meine Sorge sein.«

»Sehr wohl.«

»Bezüglich des ›Großen Übels‹, dieser uns alle erschütternden Krise«, sanft klöpfelte er den Löffel am Rand der Tasse ab, »nun, ich glaube, wir werden es mit Hilfe des ›Kleineren Übels‹ loswerden.«

Er seufzte nahezu wohlig, schlug den Aktenordner zu, lehnte sich zurück und schlürfte seinen Kaffee, als säße er auf der malerischen Elend-Alm.

Nach einer Weile sagte er: »Was Otto John betrifft, erwarte ich, dass Sie ihn fertigmachen.«

»Ich werde alle verfügbaren Informationen zusammenziehen.«

»Ich spreche von Fertigmachen, nicht von Informationenzusammenziehen. Es liegt im nationalen Interesse, dass ein linker Vaterlandsverräter mit perversen sexuellen Neigungen und schweren psychischen Problemen nicht den deutschen Nachrichtendienst übernimmt. Das muss rückgängig gemacht werden.«

Ich wusste nichts dazu zu sagen, wiegte nur mein Haupt, klappte den Hefter zu und legte meine Hände ineinander. Alles Gesten, die stummes Einvernehmen ausdrücken können. Ich spürte eine pedantische Feierlichkeit, die sich um den Nussbaumtisch erhob, vielleicht hervorgerufen durch das Zuklappen der beiden Aktenordner, vielleicht unterstrichen durch all die Schatten, die die Kerzen an die Wände schlugen. Und unter der Stille, die plötzlich an Verschwiegenheit grenzte, an die Verschwiegenheit einer Abtei, hörte ich Hubs flachen Atem schwinden, als würde er tatsächlich die Luft anhalten.

Dann sagte er: »Liquidieren?«

Der Doktor lachte nicht, so wie ich das vermutet hätte. Er lachte überhaupt nicht, blickte nicht auf, sondern wartete, bis sich Hubs Worte, immerhin die Worte eines gottesfürchtigen Christenmenschen, verflüchtigt hatten.

»Es ist gut, dass über alles geredet wird«, sagte er ernst, und plötzlich hatte ich einen unerhörten Drang, den letzten Keks zu essen, der vor mir lag, und ich nahm ihn einfach und biss ihn tot.

»Wir sollten das aber zunächst zurückstellen. Es gibt andere Mittel und Wege. Und mein Instinkt sagt mir, dass Herr Dürer diese Mittel und Wege finden wird.«

II

Drei Tage bevor ich Herrn Otto John kennenlernte, einen Mann, den ich bis zu meinem letzten Atemzug als Herrn bezeichnen werde, feierte die ganze Familie Solm in Pattendorf das Weihnachtsfest.

Mama hatte sich einen typisch baltischen Heiligabend gewünscht. Nicht die goldenen Nüsse oder der Mistelzweig, der Siegellack oder der Hafertumm störten mich. Sondern die knallroten Äpfel, die unweigerlich in ein Apfelschmalunz, zuvor aber in das brüderliche Andachtsritual übergehen würden, das es seit Jahren nicht mehr gegeben hatte.

Klein-Anna wollte unbedingt hören, was es damit auf sich hatte, aber eigentlich wusste sie es schon.

»Bittebitte«, bettelte sie, »bitte, Amama, erzähl doch, wie Großpaping von den Kommunisten unter Wasser gehalten wurde, bis er keine Luft mehr bekam.«

»Heute ist Heiligabend, Schatz«, mahnte Ev. »Da wollen wir nur an ganz schöne Sachen denken.«

»Genau, mein Liebes«, ergänzte Hub, »da ist jetzt Zapzerapp. Und die Amama soll dir nicht immer diese Schauergeschichten erzählen.«

»Außerdem bekam der Großpaping ja gleich wieder jede Menge Luft«, erklärte meine Mutter in ihrer unnachahmlichen Art, »als er oben im Himmel war.«

Wir gingen mit allen Irren und Krüppeln in die katholische Weihnachtsmesse – denn eine evangelische gab es nicht –, die in der kalten, weihrauchgesättigten Barockkirche des Spitals gefeiert wurde. All die Monstranzen und Kandelaber erzitterten, als die Verrückten *Stille Nacht* zu singen versuchten, ein wildes, gottgefälliges Geheul anstimmend, orchestriert von einer brausenden Orgel und den letzten blinden Wellensittichen, die der Herr Spitalvorsteher vorne auf die Empore gestellt hatte, so dass sie in ihrem verkoteten Käfig um ihr liebes Leben pfiffen. Die Nonnen bekamen rote Bäckchen, als sie das Vaterunser sprachen und immer wieder türmende Deppen einfangen mussten. Das Kinnloll fing an, eine große Weihnachtskerze abzulecken, vielleicht, weil sie aus echtem Honigwachs gezogen war.

Wenn du mit deiner eigenen Tochter zum ersten Mal in einer Kirche stehst und ihre weiten Augen siehst und der Glanz hinter diesen Augen anzeigt, dass sie den großen Worten lauscht, die von der Kanzel tropfen, dann wirkt es gar nicht mehr verlogen, dieses bayerische Latein. Und all die Leiden und Erniedrigungen und Niederbrüche, von denen die Beladenen um uns Zeugnis ablegten, ließen die strahlende Zukunft Klein-Annas in aller Deutlichkeit hervortreten. Und es konnte gar nicht anders sein, als dass sie fürderhin ein guter und hilfsbereiter Mensch werden würde, der niemals unter seine eigene Existenz hinabsinken könnte, so wie ihre beiden Väter, sondern sich über alles erheben würde, was uns klein und hässlich und gemein macht.

»Warum weinst du denn, Onkel Koja?«, fragte sie mit ihrer etwas rauhen, von Ev geerbten Schnupfenstimme. Ihre

Hand rieb tröstend an meiner, und ich sagte ihr, dass ich nicht traurig, sondern glücklich sei, so wie sie unendlich glücklich sei.

»Genau«, zwitscherte sie, »weil der Herr Jesus heute geboren ist.«

Und ich fing den Wimpernschlag meiner Schwester auf, deren Herz ich springen hörte, und neben ihr war dieser leere Ärmel meines Bruders, der ständig zitternde Ärmel, und ich schmetterte wie alle »O du fröhliche, o du selige«, und ich hoffte auf die gnadenbringende Wahrheitszeit, und statt Weihnachtszeit sang ich also Wahrheitszeit, immer und immer wieder Wahrheitszeit, weil es furchtbar ist mit deiner eigenen Tochter in der Kirche, und sie weiß es nicht.

Nachdem wir durch den tiefen Schnee in Mamas Kammer zurückgestapft waren, nachdem wir den Putz des roten baltischen Weihnachtsbaumes bestaunt hatten, einer durch Hubs Restarm gefällten Raubtanne, nachdem Mama die »Gespinste von Silberhaar«, wie sie Lametta nannte, in den Zopf ihrer entzückten Enkelin geflochten hatte, um ihn christkindmäßiger zu machen, nach all dem Zapzerapp also begann die Bescherung.

Anna fand die Nibelungensage unter ihrem Beschertuch, einhundertvierundzwanzig Seiten, von mir in dreiunddreißig Nächten handgeschrieben und in Tusche illustriert, mit Hagen als düsterem Recken und einem heldisch schillernden Siegfried, der nicht nur die Gesichtszüge meines Bruders hatte, sondern auch nur einen Arm besaß, den linken mit Schwert Balmung (ach, ich musste an Politow denken).

Diese künstlerische Freiheit erlaubte ich mir und verbesserte die alte Mär, indem in meiner Version der böse Drache die ritterliche Hand fraß, übrigens auch meine gelungenste Illustration. Klein-Anna gluckste, und Hub atmete gerührt. Sie blätterten in meinem Buch, faszinierte Linkshänder alle beide. Er hatte so ein lautes Atmen bekommen wie viele Männer Mitte vierzig, und er nahm mich in seinen verbliebenen Siegfried-hält-sein-Schwert-Arm wie früher und sagte irgendeinen Psalm auf.

In Evs Blick schien mir eine Spur von Spott zu schimmern, sie hatte einen Feiertagsmund, wie Anna Lippenstift nannte, und wie gerne hätte ich ihren Normalmund gesehen, ihren Alltagsmund, nur ihren Kindermund, den sah ich, denn der lachte blass über Klein-Annas ganzes Gesicht.

»Danke, Koja, dass du meinem Töchterchen so eine Freude gemacht hast«, flüsterte Hub sehr weich. »Da musst du ja wochenlang dran gesessen haben.«

Mama brachte uns schließlich den vermaledeiten Apfel, ein Brettchen und ein Messer, und feierlich taten wir, was von uns erwartet wurde. Teilten das Ding. Steckten Stücke in den Mund. Hosianna in excelsis.

Mama, von allen nur noch Amama genannt, erzählte vor dem erlöschenden Tannenbaum alte Prattchen, während wir mystisch kauten. Sie berichtete von dem vor einem halben Jahrhundert auf ein Nasenbein geschleuderten Apfel, von dem Frosch auf der Leiche des Großpapings, von dem heiligen Martyrium des Hubert Konstantin Solm und von der unergründlichen Bosheit der Bolschewiken.

Amama ließ es sich auch nicht nehmen, das Wasser zu erwähnen, unter das Großpaping gehalten wurde, bis er keine

Luft mehr bekam. Klein-Annas Gesichtszüge verzogen sich vor Zorn, sie stieß hervor, dass alle Bolschewiken sich zu Stein verwandeln sollten, und mir war klar, dass sie keinesfalls erfahren durfte, wer ihr Vater war, vor allem aber nicht, was er war und für wen er insgeheim arbeitete.

Dann gab es den ersten Gänsebraten nach Kriegsende, wir schnabulierten süße Leberwurst und Fruchtpasta, Anna erhielt ihr Madeiraschlückchen, und Hub erhob sein Glas und sagte, dass seine geliebte Frau und seine wunderschöne Tochter nun nach Jahren der Trennung zu ihm ziehen würden nach Haidhausen.

Ja, man würde wieder zusammenziehen, wiederholte er in die einsetzende Stille hinein.

Denn seine Firma, die Speditionsgesellschaft Hubermaier in Pullach (Hub und Hubermaier, da hatte er aber sehr improvisiert), habe ihm die kleine Dienstwohnung auf dem Betriebsgelände gekündigt. Ev ergänzte schnell, dass sie eine gute Stelle im Münchener Kinderklinikum angeboten bekommen habe. Das sei etwas anderes als ein Alpenhospital.

Amama fasste sich als Erste, freute sich »ganz furchtbar schrecklich« über diese unglaubliche Überraschung, sagte »Erbarmung« und zitterte etwas.

Auch ich zitterte etwas. Ich stieß mit allen auf ein glückliches neues Eheleben an. Wir versprachen Amama, sie so oft im Irrenhaus besuchen zu kommen, wie es nur irgend möglich war. Und dann breitete sich eine schwebende Laune in allen aus. Nur nicht in mir, denn ich kam mir wie entkernt vor und fühlte mich plötzlich unwohl, ich war bedrückt, sogar eifersüchtig, und bekam ein Vorgefühl von nahem Unheil, obwohl ich das eigentlich ununterbrochen hatte, von den Augenblicken oder Jahren abgesehen, in denen das Unheil ganz unbestritten da war.

»Du bist schon wieder so komisch, wie in der Kirche vorhin«, sagte Klein-Anna später, als sie schon im Nachthemd war und ich draußen neben ihr auf dem Flur stand, am Fenster. Hinter den Bergen ahnte man ein schwaches Mondglühen.

»Ich bin überhaupt nicht traurig.«

»Man darf nicht lügen.«

»Das stimmt, man darf nicht lügen, Anna.«

Der Flattermaki und die Lies mit der Stimm' schlenderten vorbei und warfen uns Kusshände zu.

»Ist das wahr, dass Siegfried nur einen Arm hatte?«

»Ja, das ist wahr.«

»Hast du das nicht nur gemalt, damit Papi denkt, dass du ihn magst?«

»Ich liebe deinen Vater sehr.«

»Liebst du die Mami auch?«

»Ja, natürlich.«

»Sie sagt, dass sie dich auch liebt, obwohl du so unheimlich viel lügst.«

»So, sagt sie das?«

»Siegfried kann gar nicht nur einen Arm gehabt haben, sonst hätte er doch gar nicht die Brunhild besiegen können.«

»Vielleicht hatte Brunhild ja auch nur einen Arm, so genau weiß man das nicht.«

»Und wieso hat sie dann König Gunter in der Hochzeitsnacht fesseln können?«

»Vielleicht hatte König Gunter überhaupt keine Arme. Und keine Beine.«
»Du lügst wirklich sehr doll.«
»Nein, Anna. Die Wahrheit ist das Wertvollste, was es zwischen Menschen gibt.«
»Hast du deshalb ›gnadenbringende Wahrheitszeit‹ gesungen beim Gottesdienst?«
»Da musst du dich aber verhört haben.«
»Ich habe mich nicht verhört. Ich habe dich genau angeguckt. Du hast ›gnadenbringende Wahrheitszeit‹ gesungen.«
Ich konnte nichts sagen.
»Ich möchte später auch Maler werden, so wie du.«
Ich konnte nichts sagen.
»Würdest du dich freuen?«
Immer noch nicht. Aber Nicken ging.
»Wahrheitszeit ist ein unheimlich schönes Wort.«
»Fröhliche Weihnachten, Anna.«
Ich gab ihr einen Kuss auf die Stirn.
»Fröhliche Wahrheiten?«, fragte sie.
»Nein, Schatz. Fröhliche Weihnachten.«
»Fröhliche Weihnachten, Onkel Koja.«

Der Kalte Krieg befand sich in jenem Winter Neunzehnfünfzig auf seinem Höhepunkt. Die Zeitungen waren gespickt mit Psychosen und Gerüchten, die mit seriösen Nachrichten nichts zu tun hatten und meist mit einem Fragezeichen endeten. Korea? Irak? Griechenland? Berlin?
Immer ging es um Krieg, oder besser um das, was Mama Nichtfriedennichtkrieg nannte. Und der Nichtfrieden-

nichtkrieg kletterte in jedes Grüß Gott, das man einander zuwarf. Alles konnte ein Angriff sein. Selbst der tägliche Wetterbericht in der Zeitung erinnerte an Kriegsberichterstattung. Manchmal war von sibirischen Kaltfronten die Rede, die in breiter Aufstellung nach Westen vorstießen, die Elbe überschritten, Keile bildeten. Mit heftigen Sturmschäden musste gerechnet werden, auch mit zahlreichen Tiefoffensiven. Nicht einmal stinknormalen Hagelschauern konnte man trauen (Dächer und Mamas Regenschirm wurden durchschlagen).

In dieser paranoiden Atmosphäre war Spionage ein gefährliches Geschäft, das jede Menge echten und vermeintlichen Mitarbeitern von Nachrichtendiensten das Leben kostete.

Deshalb war meine Reise nach Berlin zu Otto John minutiös geplant worden.

Am zweiten Weihnachtsfeiertag hatte ich mich um sechs Uhr morgens bei dem zuständigen Truppenoffizier des Hauptbahnhofs München zu melden. Er wies mir einen Platz im amerikanischen Dienstzug nach Berlin zu. Es war das übliche militärische Verfahren, seit die Berlinblockade wieder aufgehoben worden war. Von einem Amerikaner war ich praktisch nicht zu unterscheiden. Ich trug einen dicken Schal, einen hellen Trenchcoat, dunkle Hosen und hatte eine Baskenmütze auf dem Kopf (ein Geschenk von Ev, das sie mir zwei Tage vorher an Heiligabend in die Stirn geschoben hatte, untermalt von einem kleinen, wehmütigen Lächeln).

In Helmstedt stiegen sowjetische Soldaten zu und kontrollierten die Papiere aller Zivilisten. An meinen mit Sorgfalt gefälschten Dokumenten hatten sie nichts auszusetzen.

Als wir durch die Ostzone fuhren, stand ich am Fenster. Natürlich war nichts Besonderes zu sehen. Schnee vor allem. Die Straßen waren leer, die Bahnsteige lagen verlassen, und als der Zug langsam in den Bahnhof Zoo einfuhr, bot sich mir das Bild einer karthagischen Wüstenei.

Der amerikanische Zugoffizier stand auf dem Bahnsteig und gab die Kommandos, um das Zeremoniell des Aussteigens zu regeln. Der erste Befehl lautete: »*All ranks from General to Colonel!*«

Die Herrschaften stiegen aus dem Salonwagen aus.

Es folgte eine Pause und dann: »*All ranks from Colonel to Captain!*«

Die Stabsoffiziere folgten.

»*All ranks from Captain to Sergeant.*«

Eine Wolke aller möglichen Uniformen.

Und danach: »*The Germans.*«

Die GIs lachten uns aus, als wir Deutschen an ihnen vorbei nach draußen krochen, eine Prozession erschrockener Lemuren. Ich nahm ein Taxi und fuhr durch die Schuttfelder des Kurfürstendamms den kurzen Weg in die Bleibtreustraße hinüber. Was an neuen Gebäuden links und rechts emporstieg, löste in mir Erleichterung aus, nicht mehr als Architekt arbeiten zu müssen. Lieber hätte ich bis an mein Lebensende Org-Mauern hochgezogen, als solch erbärmliche Kinderklötzchen zu verbrechen.

Anna Iwanowna machte mir auf. Schon fast achtzigjährig, hatte sie ihr Augenlicht nahezu vollständig eingebüßt, erkannte nur noch Silhouetten.

»Nu, Kojaschatzky, du bist es wirklich?«

Sie tastete mein Gesicht ab, auch meinen Trenchcoat, war

trotz ihres Alters gut auf den Beinen, lebte ganz alleine in einer erstaunlich großen, aufgrund der Kohleknappheit eiskalten Parterrewohnung. Wir hatten Tränen in den Augen, als wir uns umarmten. Ich besuchte sie, da die Org private Unterkünfte weitaus unauffälliger fand als ein Hotel. Nur konnte ich hier nicht Dürer heißen. Aber mein Auftrag sah sowieso vor, den richtigen Namen zu benutzen. Das Risiko war ganz auf meiner Seite.

Anna Iwanowna kochte Teewasser in ihrem verbeulten Samowar und tätschelte immer wieder meine Wangen, während wir über das Baltikum redeten und über all die baltischen Mortalitäten, die mich nicht interessierten.

»Ach, lieber Koja«, seufzte sie später, »wie schade, dass du nicht bist geworden ein Mädchen!«

Die ganze Nacht dachte ich über diesen rätselhaften Satz nach.

Am nächsten Tag holte mich der Resident der Org ab, mehr Schlauch als Mann, der sich unablässig räusperte. Er brachte mich zu Wolfgang Wohlgemuth in ein Café in der Lietzenburger Straße, und ich weiß, ich weiß, spätestens jetzt geht es ein bisschen bunt zu mit all den Namen, da haben Sie recht. Aber eines der typischen Merkmale von Verschwörern ist, dass sie ganz schön viele sein müssen, ein richtiger Haufen, damit es funktioniert, und so kommen wir um die Namensfülle leider nicht herum, hochkonzentrierter Swami.

Wenn man Ihrem Vorschlag folgte und die Menschen nach ihren hervorstechendsten Eigenschaften benennen würde, so müsste Wolfgang Wohlgemuth eigentlich »Die ganze Breite der Straße« heißen. Er war eine sonnige Hierkomm-ich-Existenz, die sich selbst als Honigtopf und den Rest der Menschheit als Bienenvolk empfand, natürlich als rein weibliches.

Ich hingegen, aufgrund meines Geschlechts nicht zu den Immen zählend, war für ihn eine Art Schlupfwespe, und die Schlupfwespe war auf so einen fulminanten Honigtopf, mit dem sie ja auch gar nichts anfangen konnte, überhaupt nicht vorbereitet, so dass ihr ganz eng im Herzen wurde. Allerdings hatte sie ja als Angehöriger (oder sagt man Angehörige?) der Gliederfüßer (und der Org) überhaupt kein Herz, das jetzt fassungslos vor Freude über Wolfgang Wohlgemuths herrliche Gegenwart hätte durcheinanderschlagen können. Und deshalb sagte ich einfach nur, dass ich Solm heiße, Konstantin Solm, bezüglich unseres Auftrages am besten Koja, und Herr Wohlgemuth erklärte großzügig, ich könne ihn Wowo nennen.

Und während sich der Org-Resident von dannen räusperte, im besten Glauben, zwei treue westliche Agenten ihren klandestinen Gesprächen zu überlassen, teilten sich in Wirklichkeit zwei treue östliche Agenten ganz sozialistisch die Kirschschnitten.

Wowo fragte mich nach dem dritten Bissen, wie die Org so beieinander wäre. Die Stasi empfand er als »Schrebergartenverein«. Ulbricht als »Portokassenbürschel«. Da sprach nun wirklich jemand, wie ihm das Maul gewachsen war. Ich genoss es in gewisser Weise, auf einen anderen Söldner zu treffen, einen Doppelagenten, den ich studieren konnte in Hinblick auf wahrnehmbare psychische Defekte.

Da war aber nichts.

Wowo wirkte weder zerknirscht noch verzagt, noch morphinistisch, er war blanke und bestens aufgelegte Berliner Schickeria, die es offensichtlich schon wieder gab. Er sah aus wie ein UFA-Star, wie O. W. Fischer in den Kulissen von Alt-Heidelberg, sogar wenn ihm die Sahne vom Mund rutschte. Seine Lederschuhe blitzten weiß, sein Teint hatte Sylt im Sinn.

Da mir Genosse Nikitin Wowos Akte hatte zuspielen lassen, wusste ich, dass der erfolgreiche Gynäkologe auch Frauenheld war, besser gesagt Vielvögler, außerdem Jazztrompeter, Bohemien und engster Vertrauter von Otto John. Zeitweise im KZ gewesen, seit den dreißiger Jahren heimlicher Kommunist. Auch Wowo hatte sich in den Widerstand gegen Hitler verstricken lassen, hatte Johns Bruder nach Schwerstversehrung zusammengeflickt. Daher rührte die Nähe zu meiner Zielperson. Eine Schützengrabenfreundschaft der besonderen Art.

Niemals hätte ich zu Wowo Zugang gefunden, wenn er nicht zufällig selber für den KGB gespitzelt hätte. Nikitin hatte das eingefädelt. Er versuchte alles, damit ich Reinhard Gehlens Wunsch erfüllte, Otto John fertigzumachen.

Denn Nikitin wollte Gehlen an der Spitze eines deutschen Geheimdienstes haben. Dort hatte er mich als fröhlichen Unterwandersmann, aber bei John hatte er niemanden außer Wowo. Und der war nichts weiter als ein einflussarmer Spitzel mit hoher Meinung von sich selbst.

»Otto kommt heute so gegen zwanzig Uhr«, flötete er. »Ich habe ein paar Freunde eingeladen, allesamt Sartrianer. Ich hoffe, Sie sprechen *un peu* Französisch.«

Um ihm seine Aufgeblasenheit zu nehmen, sagte ich:

»Vor allem spreche ich *un peu* Russisch, sehr gerne auch mit *un peu* Russen.«

Er verstand den Wink offenbar. Seine Gesichtsfarbe verlor an Frische.

»Ich werde das Gespräch nachher dahingehend lenken«, beeilte er sich in tieferer Tonlage zu sagen, »dass ich Ihnen die Möglichkeit gebe, einige Schnellporträts der Gäste zu fertigen. Otto liebt so was. Der Rest liegt dann bei Ihnen.«

»*Honni soit qui mal y pense*«, erklärte ich.

Sagt Ihnen Otto John überhaupt etwas?

Vielleicht sagt er Ihnen ja gar nichts.

Otto John ging in die Geschichte ein als einer der raffiniertesten Vaterlandsverräter, die es jemals auf deutschem Boden gegeben hat. Andere bezeichnen ihn bis heute als Opfer einer Entführung. Und nicht wenige glauben, dass er damals zu Tode kam und von einem Doppelgänger ersetzt wurde, der für ihn ins Gefängnis spazierte. Ein großes Durcheinander. Über seine Person ist seinerzeit fast die Regierung gestürzt, was junge Leute wie Sie kaum noch parat haben. Und den Bundesnachrichtendienst hätte es ohne seinen Untergang nie gegeben, was erst recht niemand weiß.

Die Rolle, die ich in dieser Affäre spielen musste, war keine, auf die ich stolz bin. Denn Otto John war ein Mann, der trotz seiner Kapriziosität, Zügellosigkeit und naiven Leidenschaft über messerscharfen Verstand verfügte, über Witz, Mut und einen unfassbaren Reichtum an gewinnenden menschlichen Eigenschaften, von denen sein persönlicher Anstand mit Sicherheit am krassesten von dem Bild abweicht, das von ihm bis heute gezeichnet wird. Er gehörte zu den Menschen, die verliehene Ämter keinen einzigen Zentimeter größer machen, als sie tatsächlich sind, wodurch er in natürlichen Widerspruch geraten musste zu allen Kaulquappen der Politik, die den Sinn für historische Verantwortung niemals von der vergänglichen Froschwerdung mittels persönlichen Erfolgs unterscheiden können.

Amphibien halten Wasser und Luft für ein und dasselbe. Otto John ging das nicht so.

Das bemerkte ich schon, als ich ihn an jenem Abend in Wowos Villa traf. Als Präsident des Verfassungsschutzes war er damals einer der einflussreichsten Männer der jungen Republik. Er trug einen weißen Anzug mit knallblauem Einstecktuch, und man sah an der lässigen Art, wie er auf der großen Treppe saß, dass er eigentlich nur einen schönen Abend haben wollte.

Er war so alt wie ich, aber viel jungenhafter. Der jüngste Amtsträger der Bundesrepublik. John F. Kennedy sah er nicht unähnlich. Seine Eitelkeit galt dem eigenen Haarschnitt (dichtes, dunkles, nach hinten gekämmtes Haar), der Skifahrerbräune, der geistigen Virilität, nicht der Macht. Das schien sofort durchschaubar. Eine trotzige Unbedingtheit ging von ihm aus, mit der man Revolutionär oder depressiv werden konnte, aber kein sonnenbebrillter Schlapphutmann. Obwohl seine prachtvolle Schönheit den ganzen Raum füllte, wirkte er auch später immer so, als würde er am Rande des Spielfelds stehen. Ein Widerspruch, so wie der ganze Mann.

Wowo umarmte mich, küsste mich sogar und rief aus, mein Gott, mein Gott, jetzt ist das bestimmt schon ich weiß nicht wie viele Jahre her! Ich schüttelte irgendwelchen Menschen die Hand, bis wir an der Treppe ankamen.

»Sieh mal, Otto«, sagte Wowo begeistert. »Ich muss dir einen sehr guten alten Freund vorstellen: Koja Solm. Phänomenaler Künstler!«

John blinzelte. Er war bereits betrunken.

»Welcher Art Kunschd, wenn ich fragen darf?«

Er sagte es freundlich, in einem weichen, beschwipsten Äppelwoi-Hessisch, das er nur mühsam im Zaum hielt.

»Ach, der Wowo«, sagte ich verlegen, erinnerte mich an all die Informationen, die ich erhalten hatte, und erklärte in einer wirkungsvollen Mischung aus Scham und Bescheidenheit: »Vor Giganten wie Dalí oder Picasso bin ich ein Zwerg, da kleckse ich nur ein bisschen.«

»Sie schätzen Pablo Picasso?«

»Haben Sie von ihm gehört?«

»Gehört?«

Er lachte ungläubig, blickte mich mit gespielter Entgeisterung an und wechselte dann wieder in seinen Frankfurter Singsang:

»Gehnse fordd, sonst werd isch ungemietlisch.«

»Nicht jeder kennt ihn.«

»Ich liebe Picasso!«

Ich wusste natürlich, wie sehr Herr John Picasso liebte. Weil es jedoch mein Beruf war, sagte ich, dass ich es nicht wüsste.

Dann fügte ich mit wohldosierter Ironie hinzu:

»Ist ja auch selten: Staatsmänner und moderne Kunst!«

»Ehrlich gesagt, sammel ich sogar ein bissel. Wir haben eine kleine Skizze aus der blauen Periode, die Lucie und ich, da war der Picasso zwanzig, unglaublich schön, nicht wahr, Lucie (nedd wohr, Lucie)?«

Er wandte sich um zu seiner Frau, die drei Stufen über ihm saß, und sie nickte ihm zu, und in dem Nicken sah ich eine milde Mahnung, die »Gib nicht so an!« heißen konnte, vielleicht auch »Trink nicht so viel!« oder »Unterlass doch bitte diesen provinziellen Dialekt!«. Herr John fühlte sich in selbigem aber sauwohl, je nach Lage konnte er ihn jedoch fast rückstandsfrei ausschalten.

Er nahm einen kräftigen Schluck Cognac, lächelte mich an und erklärte, dass sein Herz für Fauvisten, Expressionisten und Käthe Kollwitz schlüge.

»Das ist nun wirklich ein großer Zufall«, staunte ich ausdrucksstark, nahm meine Angel und warf sie in den Fluss, der schönen, armen Forelle entgegen.

»Denn wissen Sie, ich dilettiere wiederum ein wenig als Kunsthändler.«

Nun konzentrierte sich John, rieb sich die Augen, sagte nur: »Ach ja?«

»Und von Kollwitz habe ich noch aus der Kriegszeit ein sehr schönes Selbstporträt.«

»A nää«, rief er plötzlich in tiefstem Brachialhessisch aus und lachte: »Jetzt wolle Se awwer em alde Trabber in de Colt brunze.«

Er rief Lucie ganz aufgeregt zu sich herab, eine herbe Schönheit mit weicher Stimme, die letztes Jahr (oder war es dieses?) in London ein Buch mit dem programmatischen Titel *The Art of Singing* herausbrachte. Müssen Sie unbedingt lesen, bevor Sie sterben, wenn ich das sagen darf, lieber Swami. Sie fragte mich gleich auf Englisch, ob ich auch singen könne, da ich den typischen Kehlkopf eines Tenors hätte. Innerhalb kurzer Zeit sprachen wir über *Guernica*, die Bombardierungen der Legion Condor, über Jerusalem, das Bauhaus, den Existentialismus und natürlich über meine Tätigkeit als Kunsthändler.

»Nun ja, von irgendwas muss man ja leben«, erklärte ich geradeheraus. »Suche gerade nach Geschäftsräumen in Schwabing. Bisher ging das alles über private Kontakte. Also bitte, besuchen Sie mich doch einmal. Ich habe einen kleinen, feinen Grundstock an Entarteten.«

»Entartete!«, empörte sich John. »›Gequälte Leinwand‹. ›Geistige Verwesung‹. ›Geisteskranke Nichtskönner‹. Pervers, wie die Nazideiwel über diese großen Künstler hergefallen sind. All' Verbrescher!«

»Wem sagen Sie das.«

»Wieso? Wem sage ich das denn?«

»Unsereiner saß Vierundvierzig hinter Gestapo-Gittern.«

»Nein!«

»Leider.«

»Sie waren im Widerstand?«

Ich nickte betrübt.

»Todesurteil. In Riga«, ergänzte ich. »Wegen Hochverrats. Ein Wunder, dass es nicht vollstreckt wurde.«

»Meinen Bruder hat die ss in Moabit erschossen.«

Ich wurde von meinem Bruder und der ss erschossen, jedenfalls beinahe, aber das konnte ich nicht sagen. Stattdessen sagte ich: »Furchtbar, Herr John. Eine furchtbare Zeit.« Und während die furchtbare Zeit für einen Moment in unsere alten Widerstandskämpferherzen rieselte, schob ich hinterher: »Man hat mich als Dolmetscher zur ss dienstverpflichtet. Habe den Juden geholfen, wo ich konnte. Das flog auf, und ein Standgericht hat mich verurteilt.«

»Sie haben meinen vollsten Respekt, Herr Solm. Meinen allervollsten. Ich freue mich wirklich außerordentlich, Sie kennenzulernen.«

»Ja, ich bin auch froh.«

Er leerte sein Glas mit Eleganz, hickste zutraulich und schenkte sofort nach.

»Man trifft ja kaum noch auf bekennende Antifaschisten. Überall kriechen sie aus ihren Löchern, die alten Nazisimbel.«

»*Honey!*«, sagte seine Frau.

»Ist doch wahr«, brummte John.

»Ich teile Ihre Auffassung völlig«, sagte ich etwas förmlich. »Vor zwei Jahren bin ich in die SPD eingetreten, die einzige Partei, die diesem Rückfall in die Barbarei Einhalt gebietet.«

»Ai, ich freu mich«, sagte John. »Ich freu mich wirklich sehr.«

Die Forelle war am Haken.

»Was halten Sie denn von Klee zum Beispiel? Oder von Kirchner und Franz Marc?«, wollte ich wissen und holte langsam die Rute ein.

»Da könnte ich mich dumm und dormelisch dran sehen.«

»Dann zeige ich Ihnen gerne mal ein lila Pferd mit gelber Mähne von Marc. Also falls Sie mal nach München kommen ...«

»*Unbelievable.* Sie sind wirklich *unbelievable, old boy.*«

»Darf ich Sie vielleicht einmal zeichnen? Jetzt? Wie Sie beide so dasitzen, Sie und Ihre schöne Frau?«

Mein kleines Skizzenbuch zauberte sich wie von selbst aus der Jacketttasche, der Bleistift war gespitzt, das Auge scharf, der Geist wach, das Gewissen taub.
»Das ist sehr berührend. Bitte halten Sie einen winzigen Moment still! Und gerne lächeln!«

12

So begann meine Bekanntschaft mit dem Ehepaar John. Die Gemälde, die ich großmäulig angepriesen hatte, befanden sich in einem Depot am Münchner Königsplatz, das die CIA verwaltete. Es waren Restbestände der NS-Raubkunst, Eigentum enteigneter und umgebrachter Juden. Die Sammlung, sofern man organisierten Diebstahl als Sammeln bezeichnen möchte, war Neunzehnfünfundvierzig im Salzbergwerk Altaussee gefunden worden. Dort hatte sie das Amt Rosenberg zur späteren Verramschung eingelagert. Aus irgendeinem Grund waren die Werke nach Schließung des amerikanischen Central Collecting Point nicht, wie so viele andere, restituiert worden, sondern in die Zuständigkeit der Agency gefallen.

Ich hatte davon durch Hub erfahren, die Gemälde besichtigt und vom Doktor die Zusicherung erhalten, im Falle einer erfolgreichen Kontaktaufnahme zu Otto John frei darüber verfügen zu dürfen.

Es war aber eine völlig andere Herausforderung, nun nach meiner Blitzkarriere als Kunsthändler diese wertvollen Gemälde auch wirklich zu erhalten. Und zwar sofort.

»Nein«, sagte der Doktor, »die Amerikaner wehren sich mit Händen und Füßen.«

»Warum?«

»Die hängen sich den Kram in ihre eigenen Büros. Mir wurde berichtet, dass die US-Fahrbereitschaft einen Antrag auf Herausgabe gestellt hat, weil sie was für die Wände braucht.«

»Die Trucker wollen sich Max Liebermann ins Klo hängen? Reichen da nicht ein paar Pin-ups?«

»Ist eine diffizile Situation, Dürer.«

Noch diffiziler war, dass ich innerhalb weniger Tage Geschäftsräume brauchte, im Grunde eine vollständig eingerichtete Galerie. Außerdem eine zuverlässige Assistentin, gefälschte Persilscheine, Urkunden, Zeugnisse meines Studiums an der Kunstakademie Lettland, Kontakte zu Kunsthändlern in München – und all das auf höchstem Konspirationsniveau. Mit Gewissheit würde das Amt für Verfassungsschutz mich und meinen Laden in die Mangel nehmen, sobald sich der Kontakt zu seinem Präsidenten intensivierte.

Der Doktor fiel fast in Ohnmacht, als ich ihm die Monatsmiete für einen kleinen Laden in der Salvatorstraße vorlegte. Er lag genau zwischen dem jüdisch geführten Palais Bernheimer am Lenbachplatz (hier hatte Göring so gerne seine Orientteppiche gekauft, mit den legendären Worten an Otto Bernheimer: »Na, du feine Judennase!«) und Adolf Hitlers Lieblingskunsthändler Adolf Weinmüller in der Briennerstraße. Die Kassettendecken waren chinois bemalt, und für ein prätentiöses und unzerstörtes Stadtpalais des 19. Jahrhunderts war der Mietzins real bis freundlich.

Gott sei Dank half auch Genosse Nikitin aus, der mir über Kuriere eine Transportkiste voll mit Ölbildern erschossener Klassenfeinde zukommen ließ.

Ich nahm es als Zeichen tschekistischen Humors, dass unter dem Konvolut auch meine Zeichnungen aus der Lubjanka waren. Mein zerschrundener Leib. Mein wie eine aufgeplatzte Nacktschnecke verendender Penis. Meine von Isaak Babel geerbte Zelle. Und sogar das tänzerblaue Marc-Chagall-Tryptichon, das in Nikitins Büro gehangen hatte, befand sich darunter.

Wäre Otto John bewusst gewesen, dass nicht nur die CIA, die deutsche Regierung und die Org des jagdfreudigen Doktors, sondern auch der KGB an seiner Existenz sägten, wäre ihm außerdem bewusst gewesen, dass all diese dunklen Kräfte sich in mir und meiner vorgeblichen Lauterkeit vereinigten, dann hätte er ganz gewiss nicht mit der heiteren Sorglosigkeit meine Geschäftsräume aufgesucht, mit der er es tatsächlich in zunehmender Frequenz tat.

Vier- bis fünfmal im Jahr tauchte er auf, meistens ohne Lucie, so dass ich ihn am Abend durch die Schwulenlokale des Glockenbachviertels begleiten konnte, um, wie er sich ausdrückte, »einen druffzumache«.

Otto liebte Sprossenfenster und Butzenscheiben wie in der Deutschen Eiche, drückte sich dort meist in die dunkelsten Ecken und redete am liebsten über die Symbiose von Kunst und Eros, die sich oft im Schankpersonal vollendete. Seine beiden Leibwächter ließ er regelmäßig im Hotel zurück, und sobald wir unbeobachtet waren und er eine Flasche Wein intus hatte, wurde er redselig und vertraulich und sprach von sich selbst in der dritten Person.

»Da ist der flodde Oddo net so gern!«
»Wo?«, fragte ich überrascht.

»Na hier, in der Stadt der Bewegung.«
»Ist doch Schnee von gestern.«
»Wer weiß, wer weiß.«
»Kommen Sie, ich bestell noch eine Runde.«
»Kennste Reinhard Gehlen, den Dabbes?«
Das kam völlig unvermittelt. Wenn er einen in der Krone hatte, duzte er mich manchmal, jedenfalls bis es hell wurde. Ich blickte schnell zum Kellner, machte ihm ein Bring-uns-zwei-Bierchen-Zeichen, und die Tunte nickte herablassend.
»Nein«, sagte ich dann.
»Dabbes ist noch 'n viel zu schwaches Wort.«
»Wer ist das?«
»Nazigeneral. Aber vom Feinsten. Füttert hier in München mehr Agentenschlamber durch, als sich mein gesamtes Bundesamt leisten kann. Und das Gesocks schnuffeliert mir auch noch nach.«
Mir wurde plötzlich sehr warm unter den Achseln, und ich legte mein Jackett auf den Barhocker neben mir.
»Der will meinen Deets. Und Amerika hält ihn am Leben«, setzte er hinzu, »denn eigentlich will Amerika meinen Deets.«
»Sie haben mir noch gar nicht gesagt, wie Ihnen der grüne Paul Klee gefallen hat.«
»Dich interessiert das gar nicht, Koja?«
»Nicht besonders.«
»Aber du fährst des Öfteren nach Pullach, hab ich mir sagen lassen.«
Vielleicht blinzelte ich ein wenig, aber mehr nicht.
»Ja, mein Bruder arbeitet da. Für eine große Speditionsgesellschaft.«

»Für eine große Speditionsgesellschaft?«
Ich nickte.
»Ist das der verehrte Herr Bruder?«
Er zog eine dünne Akte aus seiner Manteltasche und zeigte sie mir. Es war die ss-Personalakte von Hub.
Ich nickte schon wieder.
»Da steht drin, dass er bei der ss war. Standartenführer in Riga.«
Ich kam aus dem Nicken nicht mehr heraus.

Herr John griff erneut in seinen Mantel (»Wo is'n maan Brill schon widder?«), beugte sich über die Akte (»Des Gekritzel kann kaan Mensch lese!«), fand, wonach er gesucht hatte, und sagte:

»Er hat dich zum Tode verurteilt, dein feiner Bruder.«
»Wo haben Sie das her?«
»Das ist ja ein wenig meine Aufgabe, so etwas von irgendwoher zu haben.«

Wahrscheinlich zeigte ich Spuren von Kummer. Jedenfalls beugte er sich vor und legte mir die Hand auf die Schulter.

»Alleweil Obacht geben, Solm.«

Die Hand walkte meine Schulter durch, und seine andere Hand schob mir die aufgeschlagene Akte direkt vor die stöhnenden Augen.

»Glaub mir, das hier«, sein Zeigefinger pochte auf Hubs junges ss-Antlitz, »das hier wird alles unter uns bleiben. Es zeigt Größe, dass du immer noch mit diesem Scheusal Kontakt hältst. Größe und Tragik.«

Er hatte nun völlig in sein Amtshochdeutsch gewechselt, in dem nur noch tonale Reste des üblichen Gebabbels zu ahnen waren. Sein Gehirn arbeitete auf Hochtouren. Meins auch. Das hyänische Auflachen eines Gastes schwappte herüber zu dem Pferch, in dem ich mich gefangen fühlte.

Schließlich ließ er meine Schulter los, und ich spürte, wie sich sein Körper entkrampfte.

»Ich versteh dich. Er ist dein Bruder. Einmal Bruder. Immer Bruder.«

Das Lachen verebbte in einem sibyllinischen Kichern. Das Lokal war voll mit jungen, parfümierten, gierigen Männern. Viele von ihnen blickten immer wieder zu John, der wohlhabend, duftend und generös wirkte. Eine perfekte Beute.

»Vielleicht solltest du wissen, dass dein Bruder nicht in einer Speditionsfirma arbeitet.«

»Nicht, Herr John?«

Herr John schüttelte betrübt den Kopf.

»Er ist einer von Gehlens Abteilungsleitern. Nennt sich Heribert Ulm. Wird versuchen, dich über mich auszufragen. Du hast ihm erzählt von unserem Kontakt?«

Mir stiegen Tränen in die Augen.

»Peifedeckel, Solm!«, rief er mit nachsichtiger Handbewegung. »Sag einfach, dass wir einen künstlerischen Austausch pflegen. Halt dich ansonsten fern von ihm.«

Er steckte die Akte wieder in den Mantel zurück, blickte mich aus seinen großen Augen an und sagte: »Wie konnte er dir das nur antun?«

Dann rief er dem Kellner etwas zu und strahlte jene großzügige Arglosigkeit aus, die ihn seinen Job so vollständig verfehlen ließ.

»Hub wurde im Krieg schwer verletzt, wissen Sie«, sagte

ich irgendwann. »Ich liebe ihn. Und ich hasse ihn. Ich verstehe ihn. Und ich verstehe ihn kein bisschen.«

Eine Träne tropfte wunderbar wirkungsmächtig auf die Tischplatte.

»Du hast eine zu weiche Seele. Du bist wie van Gogh, Solm, rein psychisch betrachtet. Lucie liebt die Zeichnung, die du von uns gemacht hast.«

»Sie wollen sagen, dass mein Bruder ... dass er wieder für den Geheimdienst ...?«

Ich konnte den Satz vor Erschütterung nicht fertigsprechen, und der Chef des Amtes für Verfassungsschutz begann tatsächlich, mir mit seinem Taschentuch Nase und Augen abzutupfen.

»Ich hoffe, das wird dich nicht in ein abrupt neues Verhältnis zu ihm zwingen ... Das wäre ... womöglich wäre das recht auffällig ...«

»Nein, nein«, sagte ich traurig. »Sie haben völlig recht: Einmal Bruder. Immer Bruder.«

»Na ja«, seufzte Otto John. »Einmal Geheimdienst. Immer Geheimdienst.«

Fünf Minuten lang hingen wir stumm vor unseren leeren Biergläsern. Ich zerknetete Herrn Johns Taschentuch und hatte nicht die geringste Ahnung, ob der Abend schließlich mit meiner Verhaftung enden würde.

»Nimm es nicht zu schwer«, sagte John schließlich. »Gehlen baut mit alten Nazibambeln für Adenauer eine Armee auf. Und ich bin sehr froh, dass du nicht dazugehörst. Dass du den Weg aus der Nazifalle herausgefunden hast. Das ist so wertvoll. Ich bin der Otto.«

»Ich bin der Koja.«

»Prost, Koja.«

Er nahm das Bier, das die Tunte robust vor ihm abstellte, stieß mit mir an und trank in langen, tiefen Schlucken, während er dem davonwackelnden Arsch des Kellners nachblickte.

»Ich kann in meinem eigenen Amt niemandem mehr trauen. Wir haben Gehlen ein paar Mitarbeiter abgeworben. Aber manche von denen tragen auf zwei Schultern. Wenn der Brozzkopp mich hier erwischt, wird das gegen mich Verwendung finden.«

»Warum? Wir trinken ein Bier, das ist alles.«

»Ich brauche einen Chauffeur«, erwiderte er. »Absolut loyal und diskret muss er sein. Kein nixnudsisch Gebabbel.«

Er blickte vielsagend zu zwei Bauernburschen an der Theke, die einander völlig ungeniert die Zungen in den Mund steckten. Ich wusste genau, was er meinte.

»Kennst du jemanden?«

»Ich?«

»Ja?«

»In Köln, Herr John?«

»Otto.«

»In Köln, Otto?«

»Besser wäre, aus deinem direkten Umfeld hier. Dann weiß ich, dass die Schose nicht faul ist.«

»Du darfst den Leuten nicht so ein Vertrauen entgegenbringen, Otto. Du ... du kennst mich doch gar nicht.«

»Doch. Jetzt kenn ich dich ein bissel. Ich weiß, dass du kein Schluri bist. Das hat mir ja auch der Wowo schon gesagt.«

Dann stand er auf, drückte mir die Hand, ging hinüber zu den beiden Bauernburschen, wechselte charmant lächelnd ein paar Worte und verschwand, nachdem er alle Getränke bezahlt hatte, in ihrer beider Begleitung für den Rest der Nacht.

13

Die Kunstgalerie beziehungsweise die ganze Idee dahinter funktionierte genau bis zu dem Moment, als Otto John eines Tages gemeinsam mit Lucie völlig überraschend hereinschneite und beide fest entschlossen waren, mein Kollwitz-Porträt zu erwerben.

Ich versuchte, wie bisher, das Arsenal der üblichen Ausflüchte: Vorkaufsrechte eines anderen, fehlende Expertise, laufende juristische Auseinandersetzung.

Aber es nützte nichts.

»Du wehrst disch ja mit Händ unn Fieß gesche ein Geschäft!«, lachte Otto und zerwuschelte mein schütteres Haar.

Lucie zog ein dickes Bündel mit Hundert-Mark-Scheinen hervor und drückte es mir in die Hand. Ihre warmen Augen und Ottos offenes, waches Gesicht sagten mir, dass sie dem armen, erfolglosen und mit einem Nazischwein verschwisterten Kunsthändler Solm eine Gefälligkeit erweisen wollten. Denn die Kollwitz war damals noch nicht so teuer. Das können Sie sich gar nicht vorstellen, wie ein paar Jahre später die Preise explodierten.

Lucie nahm jedenfalls einfach das Bild von der Wand, klemmte es unter den Arm, ohne es einpacken zu lassen, und verließ, zu Otto nur »*Would you come?*« trällernd, mein bimmelndes Geschäft.

Otto umarmte mich und war weg.

Eine Katastrophe.

Denn ich durfte die Kunstwerke nicht veräußern. Das war Teil des Deals. Die Gemälde waren uns von der CIA nur leihweise überlassen worden, um meinen konspirativen Auftrag erfüllen und die Existenz einer Kunsthandlung vorgaukeln zu können, solange das nötig war. Es war aber länger nötig, als wir das jemals gedacht hätten. Und das Verrückte ist, dass ich sogar heute noch Besitzer dieser Galerie wäre, wenn mich nicht weltpolitische Umstände gezwungen hätten, sie zu verkaufen (doch besitze ich längst eine andere, während die weltpolitischen Umstände, darauf kommen wir noch zurück, im Wesentlichen gleich geblieben sind).

Hub, der Doktor und ich überlegten hin und her, was geschehen sollte.

Schließlich gaben wir dem Chauffeur, den Otto auf meine Empfehlung hin eingestellt hatte, den Befehl, einen Einbruch zu fingieren und die Kollwitz zurückzurauben. Dreimal dürfen Sie raten, wer dieser Chauffeur war. Es handelte sich natürlich um den Trinker, meinen wackeren Fahrer aus alten bessarabischen Tagen. Wir hatten ihn in Hamburg aufgestöbert, wo er auf den Werften arbeitete. Mit sicherem Janitscharengespür betrachtete er mich als seinen Sultan und hätte auch Konstantinopel für mich erobert, wenn ich ihn darum gebeten hätte.

So funktionierte es natürlich, die alte Frau Kollwitz (eigentlich war sie noch jung auf dem Porträt) von Ottos Wand abzuhängen und fortzutragen. Allerdings wäre es auffällig und daher unklug gewesen, ausschließlich das von der CIA geliehene Bild zu entwenden. Wir gönnten uns, um keine Spur zu mir zu legen, auch ein paar schöne Landschaften von Kandinsky und natürlich das wertvollste Stück: Picassos Vorskizze zu *La Vie*. Dieser blaue Mann, der mit seiner Frau spricht, während die nackte Geliebte sich an ihn schmiegt. Wundervoll.

Der Raub fand in Otto Johns Abwesenheit an einem lauen Frühjahrsabend in großer Gemächlichkeit statt. Alle Bilder wurden sofort an die Amerikaner geliefert und verschwanden in den Depots. Die 10 000 D-Mark Kaufpreis wollte die Org behalten. Ich protestierte jedoch, und es gelang mir, dem untröstlichen Otto zumindest die Hälfte des Geldes zurückzuerstatten, was unsere Freundschaft weiter festigte.

Unser treuer Trinker war geistesgegenwärtig genug, sich überzeugend für die Untersuchung zu präparieren (er rammte sich das mit fremden Fingerabdrücken präparierte Messer in die linke Schulter und ließ es dort in malerischem Winkel stecken). So konnte er glaubhaft machen, die Diebe gestellt und verfolgt zu haben. Otto John, durch und durch ein Pechvogel, schaltete nur seinen internen Sicherheitsdienst, nicht aber die Polizei ein.

»Wie sieht denn das aus«, brummte er, »der oberste Chef des Geheimdienstes kann sein Haus nicht bewachen? Wie soll er dann sein Land bewachen, der Hannebambes?«

Otto brachte es nicht einmal übers Herz, seinen blutenden und effektvoll winselnden Fahrer zu feuern, den er persönlich ins Krankenhaus kutschierte. Obwohl er den Trinker im Verdacht hatte, wie ich später erfuhr, beließ er ihn auf seiner Position. Die Vorstellung, irgendein Lebewesen ungerecht zu behandeln, und sei es eine Fruchtfliege, bereitete ihm Gewissensnöte.

Der Doktor konnte darüber nur den Kopf schütteln, als er meinen Bericht las. Zimperlichkeit war aus seiner Sicht nicht nur Schwäche, sondern ein Verbrechen.

Die zahlreichen Opfer unter seinen Quellen und geheimen Truppen hinter dem Eisernen Vorhang entlockten ihm niemals auch nur ein einziges Wort des Bedauerns. Das waren seiner Meinung nach Leute, die gegen erstklassige Bezahlung willens waren, a) etwas Gutes zu tun und b) die Konsequenzen zu tragen.

Als die Chefsekretärin des DDR-Ministerpräsidenten Otto Grotewohl, eine Topagentin der Org mit dem sinnigen Decknamen »Gänseblümchen«, Anfang der fünfziger Jahre enttarnt und auf besonders grausame Weise guillotiniert wurde (die Stasi ließ das Gerücht verbreiten, man habe das Mädchen verkehrt herum aufs Schafott gelegt, so dass sie das Fallbeil auf sich zurasen sah), zuckte Gehlen nur mit den Schultern.

»Ein paar Märtyrer muss man haben«, sagte er trocken. »Einige Leute müssen dran glauben.«

Trotz seiner Ledrigkeit musste jedoch selbst der Doktor ein Einsehen haben, dass in Herrn Johns Haus eine zweite kunsträuberische Aktion, wie erfolgreich die erste auch gewesen sein mag, nicht mehr folgen durfte.

Denn Otto war außer sich.

Schlimm für uns schien vor allem, dass er den Verlust des Picasso-Bildes so schwer verkraftete. Um ein Haar hätte er mit der ganzen Sammelei aufgehört. Das wäre das Ende meines Kontaktes zu ihm gewesen, vor allem aber das Ende seines finanziellen Engagements für die Kunst, eines Engagements, das nicht jedes Leben, wohl aber das Leben eines Präsidenten des Verfassungsschutzes so wunderbar verfehlt und dekadent erscheinen lässt.

Hinzu kam, dass inzwischen auch Laufkundschaft mein Etablissement besuchte, vorzügliche Trachtenjanker, erstklassige Lodenmäntel, schimmernde Riegerpelze, die von der prosperierenden Wirtschaft profitierten. Wie konnte ich ihnen Bilder präsentieren, die allesamt nicht verkäuflich waren?

Was sollte ich vor allem meiner neuen Assistentin Monika erklären, die das Geschäft am Laufen hielt, während ich mich, immer in Acht vor Observanten, nach Pullach begab? Und die ich anweisen musste, auf gar keinen Fall jemals ein Bild zu veräußern?

Und die Kollegen, die Kunsthändler, die Galeristen, die Museumsdirektoren, die ich gezwungenermaßen nach und nach kennenlernte, durfte man auch nicht vor den Kopf stoßen.

Eines Tages, ich war auf Reisen, kam der große Bernheimer in mein Geschäft. Otto Bernheimer, grüß Sie Gott, brummte er zu meiner Assistentin, diese wunderschöne Zeichnung da in Ihrem Schaufenster, die würde ich gerne haben. Es tut mir leid, sagte das Mädchen. Das ist leider nicht möglich. Ja mei, ist es denn schon verkauft, das Buildl, wollte der große Bernheimer wissen. Nein, der Herr, man kann es nicht kaufen. Daraufhin legte der Kunsthändler alles auf den Tisch, was er in den Hosentaschen bei sich hatte, und das war wirklich viel, denn er pflegte die Geldscheine zu dicken Bündeln zusammenzurollen, wie ein Zuhälter. Und er sagte, bitte, wenn's doch die Liebenswürdigkeit würd' haben können, das gnädige Fräulein, und würd' schauen können, ob man es vielleicht doch kaufen kann. Es sind so um die dreitausend Mark. Vielleicht viere. Und diesen Künstler, den kennt man ja gar nicht sehr. Wie soll er denn heißen? Solm? Nie gehört.

Tja, lieber Swami, so hatte der größte Kunsthändler der Stadt sich in das Porträt meines Lubjanka-Schwanzes verguckt, das ich für zweihundert Mark angeboten und ins Schaufenster gehängt hatte, nicht ahnend, dass es meine Monika nicht mal für die britischen Kronjuwelen herausgerückt hätte.

Vielleicht gab das den Ausschlag.
Jedenfalls begann ich, die Strategie zu ändern.
Alle Werke wurden Ware.
Und als Otto John mich wieder besuchen kam und eine Eierfrau mit Eierkind von Oskar Schlemmer erwerben wollte, lobte ich die kluge Wahl, zog mich ein paar Tage in meine neue Wohnung in der Kaiserstraße zurück und malte das Bild einfach ab.

Papa hatte mir Jahrzehnte zuvor eine so umfassende Ausbildung zukommen lassen, dass ich nahezu alle gebräuchlichen und ungebräuchlichen Techniken beherrschte, selbst nach so langer Zeit noch. Ich brauchte ein wenig Übung. Aber vom Kreidegrund über Tempera bis zum Firnis konnte ich jeden Arbeitsschritt selbst erledigen. Und Oskar

Schlemmer, bei allem Respekt, war ein Schmierer, den sogar Klein-Anna hätte kopieren können.

Ich schickte Otto meine Version von der Eierfrau mit dem Eierkind (ein paar unerträgliche Fehler der Blaulasur erlaubte ich mir zu korrigieren, so was merkt eh keiner). Es gab keinerlei Beanstandung. Das Original kam ins US-Depot. Und ich hatte plötzlich sehr viel Geld.

Einer lästigen wie auch damals üblichen Prüfung auf Echtheit älterer Gemälde musste allerdings vorgebeugt werden. Deshalb kam ich nicht umhin, bei einigen Nachschöpfungen eine Krakelüre zu bewirken, ein Netz aus hauchdünnen Leinwandrissen, das jedes Ölbild wie faltige Greisenhaut erscheinen lässt, aber erst Jahrzehnte nach dessen Vollendung.

Um diesen Effekt schnurstracks zu erhalten, arbeitete ich nach Papas Kopenhagen-Verfahren (so genannt nach einem seiner Nachkriegsaufträge in der dänischen Hauptstadt, in ein Palais sollte künstlich gealterter Schweinkram einziehen, mehr Details weiß ich gar nicht). Ich legte mir einen Trockenofen zu, den ich auf hundert Grad Celsius erhitzte. Bevor ich die bemalte Leinwand in diesem Ofen langsam aufbuk und dadurch ausdörrte, zog ich sie über eine Tischkante, einmal längs und einmal quer, und erzielte auf diese Weise eine außerordentlich echt wirkende Sprungbildung. Schließlich trug ich eine Schmutzlasur aus Hausstaub, Abwasserrückständen und Eigelb auf, die ich vor dem letzten Trocknungsgang sauber abwischte, so dass der Dreck auch in den allerfeinsten Rissen zurückblieb. Die Wirkung war verblüffend.

Als Bildträger dienten mir oft auch ältere Ölgemälde, die mir Nikitin geschickt hatte: Ich behandelte sie erst mit Abbeizpaste, schabte mit Rasiermessern oder grobem Schleifpapier die Oberfläche bis auf die Grundierung ab und schuf darauf die herrlichsten Lovis Corinths.

Die Johns luden mich auch mehrmals nach Köln zu sich nach Hause ein. Wir festigten die nette Verbindung so weit, dass ich nahezu alle Pläne und Vorhaben Ottos in Erfahrung brachte. So erkannte ich in aller Klarheit, dass der Präsident des Bundesverfassungsschutzes eine Behörde aufzubauen versuchte, deren grundlegende Entscheidungen unter dem Primat der heiligen Einfalt standen.

Die obersten Prämissen allen Handelns von Herrn John hätten nämlich auch durchaus die Ihren sein können, lieber Swami: erstens Legalität und Grundgesetztreue, zweitens demokratische Kompetenz und hin und wieder ein paar Rauschmittel (drittens).

Eines müssen Sie aber wissen: Ein Geheimdienst arbeitet umso besser, je weniger er von demokratischer Kompetenz versteht. Und Legalität und Grundgesetztreue helfen nicht viel, wenn man sowjetische Spione umbringen muss (Rauschmittel hingegen schon).

Es war also kein Wunder, dass die Mitarbeiter Otto Johns in heller Aufregung waren. Vor allem schmiss ihr Chef alle ehemaligen Gestapoleute raus, die er erwischen konnte, exzellente Fachkräfte, die sein operativer Leiter, Herr Radke, mit Engelszungen der Org abspenstig gemacht hatte. Gegen kommunistische Infiltration setzte Herr John auf korrekte Observation. Er führte sogar den Begriff der »Observationswarnung« ein.

»Wollen Herr Präsident damit sagen«, fragte Albert

Radke ihn einmal eisig, »dass unter ›Observationswarnung‹ zu verstehen ist: Wir warnen die Zielperson, dass sie observiert wird?«

»So ist es.«

»Aber wenn wir sie warnen, Herr Präsident, dann brauchen wir sie nicht mehr zu observieren.«

»Genau, und wenn wir sie nicht mehr observieren, dann brauchen wir auch irgendwann das Amt für Verfassungsschutz nicht mehr. Ist das nicht herrlich?«

Radke starrte seinen Chef an wie einen Geistesgestörten. John war aber kein Anarchist, sondern besaß politischen Weitblick und hintergründigen Humor. Beides kam in seinen Stäben unglaublich schlecht an.

Im Gegensatz zum Doktor hatte Otto nicht die geringste Freude daran, Intrigen zu spinnen. Er unternahm nichts, um seine Widersacher auszuschalten. Nicht mal, als der Doktor nach seiner missglückten Präsidentenwahl Tonnen an Penicillin aus deutschen Krankenhäusern stehlen ließ und sie an die Sowjets verscherbelte, um die CIA-Subventionseinbußen zu kompensieren, meldete John das der Regierung.

Zwar hielt er Gehlen nach wie vor für einen »Affeheini«, aber nicht sich selbst. Er wollte integer bleiben und war fest entschlossen, den deutschen Geheimdienst streng nach parlamentarischer Vorschrift aufzubauen.

Selbst die ehemaligen Canaris-Kräfte in seinem Amt liefen Amok, weil ihnen John nicht gestattete, heimlich einen Auslandsnachrichtendienst hochzuziehen.

»Wenn wir das nicht machen«, warnte Radke, »werden Sie von Gehlen über kurz oder lang abgeschlachtet.«

»Ach wissen Sie, Radke«, erwiderte der Amtschef dann gutgelaunt, »bei uns im schönen Frankfurt sagen wir: *Irgendein Arschloch kommt ewwe immer aageschisse …*«

Man konnte das für Hochmut halten.

Aber Otto John war sich sicher, alle Trümpfe in der Hand zu halten. Er war Beamter auf Lebenszeit und hatte bis zur Pensionierung fünfundzwanzig Jahre zur Verfügung, die Behörde nach seinen Vorstellungen zu formen. Kanzler Adenauer hatte keine fünfundzwanzig Jahre zur Verfügung, denn dann würde er hundert sein. Er hatte nicht einmal fünfzehn Jahre zur Verfügung, denn dann würde er neunzig sein. Und in fünf Jahren würde er achtzig sein und genug damit zu tun haben, seinen Stuhlgang zu kontrollieren. Also was sollte passieren?

Ich hätte damals schon wissen können, und vielleicht wusste ich es auf irgendeiner Terrasse meines Bewusstseins sogar, dass dieser unüberbrückbare politische Gegensatz zu Kanzler Adenauer, zu den Amerikanern und dem intriganten Doktor ihn, Otto John, eines Tages auslöschen sollte.

Er selbst sagte, dass die Träume sein Schicksal begrenzten, da er Nacht für Nacht seinen kleinen, von den Nazis gekillten Bruder sähe, wie er ihm aus dem Grab zurufe, dass genug Platz sei für sie beide. Und wie früher, als sie noch Kinder waren, schlüpfte Otto dann zu Hans in dessen geräumigen Sarg und schmiegte sich an ihn, um ihm mit Körperwärme und hessischem Gebabbel die Angst zu nehmen.

Vielleicht können Sie ermessen, wie entsetzt ich war, dass ausgerechnet ich dazu ausersehen wurde, Otto John zu eliminieren.

14

Das Letzte, was ich erkenne, ist sein aufgerissener Mund, und ich wundere mich, weil der Mund so weit offen steht, dass ich wirklich glaube, durch seinen ganzen Kopf hindurch bis hoch zur Schädelschraube sehen zu können.

Dann wird es dunkel.

Als ich aufwache, liege ich in einem Raum aus Ruhe.

Die Nachtschwester Gerda ist bei mir, links, und sie ist gar keine Nachtschwester.

Sehr oft hat sie auch Tagdienst, so wie jetzt. Dann sitzt sie in einem dunstigen Spätnachmittag. Sie freut sich, dass ich aufgewacht bin, und holt den griechischen Doktor.

Schon steht er rechts und will wissen, was geschehen ist.

Ich sage, ich könne mich an nichts erinnern.

»Sie haben aber eine Prellung an der rechten Wange. Wie ist denn die Prellung da hingekommen?«

»Ich kann mich an nichts erinnern«, sage ich.

»Sind Sie gefallen? Sie lagen auf dem Boden, als wir Sie fanden.«

Nun, dann werde ich wohl gefallen sein, vermute ich, aber ich kann mich wirklich an nichts erinnern.

»Sie haben großes Glück gehabt«, behauptet der griechische Arzt. »Wurden Sie angegriffen?«

»Wieso sollte ich denn angegriffen worden sein?«

»Nun, der Herr Bastian sagt, er habe Sie angegriffen.«

»Nein, das kann nicht sein«, mischt sich Nachmittagsschwester Gerda ein (ich weiß gar nicht, wie ich sie jetzt nennen soll). »Basti würde so etwas nie machen«, stottert sie aufgewühlt, »niemals, nie, der kann ja keiner Fliege was zuleide tun, und der trauert ja ... schon seit Tagen trauert der ja um den Herrn Solm.«

»Stimmt«, sage ich und meine damit, dass der Hippie keiner Fliege was zuleide tun kann. Aber dass er trauert? Seit Tagen? Um mich? Das verstehe ich nicht.

»Sie lagen im Koma«, sagt Tagundnachtschwester Gerda. »Lang. Stundenlang.«

Und der griechische Arzt fragt: »Sagen Sie mir mal, wie viele Finger Sie hier sehen? – Gut. Jetzt sprechen Sie mir nach: Oxopetlpirmasens. – Gut. Und welche Pflanze ist das hier auf dem Foto von Schwester Gerda? – Nein, das ist nicht Cannabis. Woher wissen Sie denn, wie Cannabis aussieht?«

»Ich glaube, es geht ihm schon viel besser«, meint Allwetterschwester Gerda mit einer Spur von Dringlichkeit.

»Beobachten Sie ihn intensiv weiter«, fordert der Arzt.

Er wendet sich an mich.

»Wir haben Ihnen den Kopf kurz öffnen müssen. Halten Sie ihn so still wie möglich in den nächsten Tagen.«

Ich verspreche es.

Er sagt, ich solle erst mal in keinen Spiegel sehen, und ich wiederhole, dass ich mich wirklich an überhaupt gar nichts erinnern kann.

Später schiebt mich Schwester Gerda (ich werde neutral) in mein altes Zimmer. Der Hippie liegt in seinem Bett. Über sein Gesicht hat er ein Handtuch gelegt, ein weißes. Gebreitet sozusagen. Das macht er jetzt ständig, das mit dem Handtuch, seufzt Schwester Gerda.

»Es tut mir leid«, wimmert der Hippie unter seinem Handtuch hervor. »So leid.«

»Ach, Basti«, sagt Schwester Gerda. »Entwarnung, Basti. Herr Solm sagt, Sie haben ihn gar nicht angegriffen.«

»Er lügt«, sagt der Hippie, »er ist unheimlich gut im Lügen, er ist ja ein Geheimagent.«

Schwester Gerda hilft mir, von der Liege ins Bett zu kommen.

»Der arme Basti ist ein wenig verwirrt, Herr Solm. Er ist geistig verwirrt, wissen Sie«, flüstert sie so leise, dass ich es kaum verstehen kann. »Wenn Sie in ein anderes Zimmer wollen, dann sagen Sie es. Aber Sie mögen sich doch so gern leiden. Und nun hatten Sie beide so schwere Vorfälle. Das verbindet doch, oder?«

»Ich will in kein anderes Zimmer«, sage ich.

»Sie sind ein ganz ein Netter«, seufzt Wiedernachtschwester Gerda erleichtert. »Ein richtiger Herr.«

Dann sind wir alleine, das Handtuch mit dem Hippie drunter und ich, und das Erste, was ich frage, ist: »Warum hast du mich angegriffen?«

Großpaping ist Pfarrer gewesen, lutherischer Märtyrer, und dennoch habe ich, wie du weißt, Ev, nie einen Sinn gehabt für Spiritualität. Darin unterscheide ich mich fundamental von unserem Bruder. Selbst als ich mal in der Kirche vor allen Menschen Pastor Hubert Konstantin Solms Tod gedenken durfte, kam ich nicht zu Gott, obwohl ich damals zwölf Jahre alt war, das beste Alter für so was.

Die katholischen Weihnachten, die wir in Pattendorf erlebten, hatten einen zu bizarren Anteil durch all die Wellensittiche und die Wahnsinnigen, die zusammengenommen durchaus als Engel durchgehen konnten. Aber als echte Transzendenz kann ich das nicht durchgehen lassen. Und du, Ev, bist ja nun auch alles andere als eine Katholikin geworden.

Mein einziger Kontakt mit dem Islam betraf einen bosnischen Imam der Waffen-ss, der aus Versehen dem Unternehmen Zeppelin zugeteilt worden war und ständig seinen Gebetsteppich in meiner Schreibstube ausrollen wollte.

In den letzten Jahren habe ich mich mit dem Judentum beschäftigt, vor allem, weil ich dich verstehen wollte, kleine Schwester, nicht zuletzt aber aus Gründen, die dem Hippie später noch erläutert werden müssen.

Einige der großen Weltreligionen haben mich im Laufe meines Lebens also folgenlos gestreift.

Der Buddhismus jedoch, mit all seinen hinduistisch-bastianisch-magischen Einsprengseln, ist mir erst zu Bewusstsein gekommen, als ich dem Hippie begegnet bin. Er redete auf seine Swami-Art (und Swami-Art und Buddhismus passen eigentlich gar nicht zusammen) unablässig davon, dass alle unerleuchteten Wesen einem endlosen Kreislauf von Geburt und Wiedergeburt unterworfen sind und so weiter und so fort. Also man wird zur Schnecke, wenn man tot und unerleuchtet ist, und dann wird man eine Ziege und so weiter und so fort.

Ziel der buddhistischen Praxis ist, aus diesem Schnecken-Ziegen-Menschen-Kreislauf des immerwährenden Leidenszustandes herauszutreten. Das geht nur durch ethisches Verhalten, durch Kultivierung der fünf Silas, durch die Praxis der Versenkung und das Vermeiden jeglicher Gewalt.

Zum ersten Mal in meinem Leben habe ich in diesem Krankenhaus so etwas wie geistige Berührung empfunden. Obwohl ich Religion wirklich nicht ernst nehmen kann, war ich nämlich beeindruckt durch das unverfälscht Kindische, das dem Buddhismus eigen ist. Vielleicht ist es auch nur dem Swami eigen, kann schon sein. Ich war jedenfalls auf Empfang programmiert, aber nicht auf den Empfang von Prügel, ehrlich gesagt, schon gar nicht durch den Swami persönlich, den gewaltlosen.

Wieso war er aus seinem Bett gestiegen, zu mir herübergesprungen, hatte mir auf den wunden Kopf geschlagen, so dass ich hätte sterben können?

Fragen wir es mal pathetisch.

Ich höre Schluchzen unter dem Handtuch, und da es keinen Sinn hat, streng oder laut zu sein, seufze ich und frage noch einmal ganz einfühlsam, wieso er getan hat, was er getan hat.

»Der arme Herr John«, flüstert es unter dem Stoff hervor, »und Sie haben ihn getötet.«

»Getötet? Ich sollte ihn töten. Ich habe doch noch gar nicht gesagt, dass ich ihn getötet habe.«

»Sie haben ›eliminieren‹ gesagt.«

»Warum hören Sie denn nicht einfach zu? Ich will doch nur, dass Sie mir zuhören.«

»Ich halte es nicht mehr aus!«, schnieft er. Dann zieht er sein Handtuch vom Gesicht, und ich blicke in ein ausgemergeltes, verheultes Jesus-Christus-Antlitz und höre ein Wispern: »Es tut mir leid.«

Ich will nicken, aber es geht nicht. Mein Kopf fühlt sich an, als würde ein Elefant darauf sitzen.

»Ich verliere mein Chakra, wenn ich mich von meinen Gefühlen treiben lasse. Seit Tagen versuche ich zu meditieren. Aber ich kann den Zorn nicht mehr bändigen. Warum haben Sie denn den Herrn John nicht gewarnt?«

»Das war nicht mein Auftrag.«

»Alles, was wir hören, prägt uns. Wir hören Bäume rauschen, und deshalb werden wir ruhig. Ich dachte, ich höre einen Wald rauschen, wenn Sie reden. Aber ich höre nur, dass der Wald brennt.«

»Mir tut es auch leid.«

»Worte verändern uns. Man sollte schlechte Worte nicht benutzen. Ich denke, man sollte vor allem über die Liebe reden.«

»Aber ich rede über die Liebe, glauben Sie mir.«

»Das ist doch keine Liebe.«

»Das ist keine Liebe, wenn man so tief sinkt, dass man alles Verbindliche und Wahrhaftige zurückstellt für jemand anderen?«

»Für jemand anderen? Sie tun doch alles nur für sich selbst!«

»Das ist nicht wahr.«

»Wohl!«

»Hören Sie mir einfach zu, bis die Geschichte zu Ende ist. Als wir uns kennenlernten, haben Sie gesagt, jeder

Mensch will nur Enden hören, keine Anfänge. Aber Sie hören nur die Anfänge, nicht das Ende.«

»Sie wollen über die Liebe reden?«

»Ich rede über die Liebe. Ich erzähle Ihnen eine Liebesgeschichte. Sogar zwei. Hören Sie die nicht?«

»Ich höre die nicht, nein. Ich höre die nicht.«

15

Dann hören Sie gut zu.

Etwas in meinem Bericht nämlich fehlt. Vollständigkeit kann es niemals geben in einem Leben, schon gar nicht in einem so unvollständigen wie meinem. Ich habe Ihnen nicht alles gesagt, nicht alles sagen können, weil Sie mich immer unterbrechen mit Ihren Affekten. Also tun Sie mir den Gefallen und spitzen Sie die Ohren.

Denn an jenem siebenundzwanzigsten Dezember Neunzehnfünfzig, als ich in Berlin in der Lietzenburger Straße bei Wowo zum ersten Mal den bedauernswerten Herrn John traf, war ich nur von einem einzigen Wunsch beseelt: Alles, wozu mich der Doktor beauftragt hatte, wollte ich pflichtgemäß erledigen. Jeglicher Erwartung von Genosse Nikitin wollte ich ebenfalls unbedingt entsprechen. Und warum? Und warum, von Misstrauen zerfressener Swami?

Um Maja wiederzusehen.

Alle Briefe, die wir uns schrieben, alle Hoffnungen, die wir uns aufzeigten, waren doch nur Flaschenpost aus dem Jenseits. Sie wurde an Land gespült, sie linderte den Schmerz, sie schürte das Bedürfnis, sie gab aber keinen Kurs vor.

Können Sie ermessen, Sie schwerhöriger, Sie nahezu tauber Swami, was es für mich bedeutete, als mir Genosse

Nikitin mitteilte, dass ich bei meinem Berlinbesuch Maja würde treffen können? Soll ich es Ihnen ins Ohr schreien? Sie kam nach Berlin. Ich kam nach Berlin. Verstehen Sie diese beiden einfachen Sätze? Können Sie die in ein Verhältnis setzen?

Sie sind doch nicht blöd.

Ich war ein wichtiger Kundschafter des KGB geworden, und um mich in unendlicher Abhängigkeit zu halten, um mich in Wachs, in Sand, in Schaum, ja in schwarze Schuhwichse zu verwandeln, mit denen sie ihr System fetten und zum Glänzen bringen konnten, gaben sie mir diese Aussicht. Die nämlich hatte ich verlangt. Eine Aussicht. Einen höher gelegenen Punkt, von dem aus man eine Insel entdecken könnte, wenn sie denn am Horizont auftaucht.

Hören Sie zu?

Ich frage nicht noch mal, ich möchte wirklich nur sicherstellen, dass Sie mir zuhören.

Als ich im Militärzug nach Berlin saß, als ich bei Anna Iwanowna russischen Tee trank (mit einem Spritzerchen Wodka drin), als ich Wowo bei Kirschschnitten traf und Otto John mit Käthe Kollwitz verführte, dachte ich an nichts anderes (unter all den unerheblichen Gedanken, die mein unmittelbares Überleben und Funktionieren betrafen) als an den möglichen unmöglichen Augenblick. Wenn ich die Forderungen erfüllte, die arme Forelle Otto John ins Netz zu ziehen, sollte ich diesen möglichen unmöglichen Augenblick erleben dürfen.

Es war Weihnachten.

Sie war in Berlin. Ich war in Berlin.

Ich wiederhole es nur.

Hören Sie?

Ich war bereit zu täuschen, zu betrügen und zu lügen. Ich hätte nicht gezögert, mich zu verstellen, jede List und Tücke anzuwenden und jeden Menschen aus dem Weg zu räumen, um den Präsidenten des Verfassungsschutzes einzufangen, oder einen Elch, oder einen Walfisch, oder wer auch immer die Trophäe sein sollte.

Nur diese Trophäe konnte Nikitin bewegen, Maja und mir eine Stunde zu gewähren, vielleicht sogar mehrere Stunden, ja, er schrieb mir einmal von einem ganzen Tag.

Auf diesen Tag lebte ich hin. Auf diesem Tag in Berlin, auf diesem möglichen unmöglichen Augenblick, gründete die groteske Idee des Kunsthändlers Solm, der sich an den Kunstsammler John heranmacht.

Als ich aus Wowos Villa hinaustorkelte, früh am Morgen, mit der Visitenkarte von Otto John in der Tasche und mit Cognac im Herzen, fuhr ich mit der S-Bahn in den sowjetischen Sektor.

An der Friedrichstraße stieg ich aus, lief zur Oranienburger Straße und fand in einem Hinterhof das beschriebene schwarze Fahrzeug. Der Fahrer schwieg, als ich mich hinten in den Fond setzte. Kurz nur trafen sich unsere Blicke. Dann ließ er den Motor an.

Wir fuhren durch ein Berlin, das ich wie aus einem Aquarium heraus betrachtete und das sich von dem der drei Westsektoren deutlich unterschied. Noch kaputter. Noch heruntergekommener. Noch ärmlicher. Kopftücher. Malochermützen. Nirgendwo eine Spur von Weihnachten. Es war mir egal.

Wir erreichten eine Siedlung im Norden Berlins.

»Karlshorst«, sagte der Fahrer, und es war das einzige Wort, das er auf dem ganzen Weg gesprochen hatte. Ein Äquivalent zur Org-Siedlung, nur größer. Eine ganze Stadt aus Vorortvillen, umgeben von einer Mauer, die ich weiß Gott viel, viel besser hingekriegt hätte.

Genosse Nikitin empfing mich im KGB-Gebäude, einer ehemaligen Pionierschule.

Sein Kropf war so gut wie verschwunden, dafür sahen nun die Basedow'schen Augen wie Tischtennisbälle aus, auf die man jeweils einen dunklen Punkt gemalt hatte, unergründliche Pupillen.

Das Erste, was mich Nikitin fragte, war tatsächlich, ob ich schon Zeit für einen Besuch im Pergamonmuseum gefunden hätte. Ich hatte nicht das geringste Bedürfnis nach ehemaligen Konversationsmustern. Ich knallte ihm die Visitenkarte Herrn Johns hin, auf deren Rückseite Otto seine private Telefonnummer geschrieben hatte.

Dann fragte ich, ob sie da sei.

Nikitin lächelte freundlich, rezitierte irgendein Liebesgedicht eines russischen Lyrikers, den er persönlich wenige Wochen zuvor erschossen hatte. Aber nein, ich übertreibe, weder weiß ich, noch wusste ich, was er getan hatte in Moskau. Meine Wut ging mit mir durch, auch meine Ungeduld. Jedenfalls nahm er seinen Mantel vom Haken, setzte seine Pelzmütze auf und brachte mich, am Stock hinkend, persönlich zu der kleinen Villa.

Am Fenster oben im ersten Stock sah ich ihre Silhouette. Sie traute sich nicht, die Hand zu heben, aber selbst aus dreißig Metern Entfernung sah ich, dass sie weinte, obwohl sie den Mund nicht verzog. Auch das las ich in ihrem Schattenriss. Konturen sind alles, in der Malerei wie im Leben.

»Das ist eine Villa, die der Architekt Seuberlich 1907 für den Kaffeeplantagenbesitzer von Raspe entworfen hat. Sie werden im Foyer ein paar Karyatiden sehen mit Negerköpfen, ein Hinweis auf den Kaffee. Und dann gibt es noch ein Fresko aus den zwanziger Jahren. Das Fresko sollten Sie sich ansehen.«

»Kann ich jetzt hinein?«

»In achtundvierzig Stunden hole ich Sie wieder ab. An dieser Stelle. Verspäten Sie sich nicht.«

Er drehte sich um und verschwand.

Ich sah nirgendwo eine Wache, überhaupt niemanden, bis auf ein paar Krähen, die auf dem First des Hauses saßen. Ich stürmte hinein, und während ich vorher gedacht hatte, dass wir zu Salzsäulen erstarren würden beim Anblick des anderen, flogen wir nun einfach ineinander. Mitten auf der Treppe. Flüssiges Metall.

Wir badeten nackt zusammen in einem prachtvollen, mit lapislazuliblauen Fliesen gekachelten Badezimmer, wuschen einander und verflüssigten uns immer weiter, tropfendes altes Eisen ich, sie wie Quecksilber.

Wir halfen uns beim Einseifen, massierten uns gegenseitig die Haare. Wir verglichen unsere Körper, unsere Haut, unsere Hintern, sogar unsere Augenschärfe miteinander, um ermessen zu können, wie grausam die Zeit mit uns umgegangen war.

Majas Narben waren inzwischen besser verheilt, und es waren keine neuen hinzugekommen. Obwohl sie dünn war, wirkte sie nicht mehr unterernährt. Ihre Brüste hingen etwas herab, wofür sie sich schämte. Aber ich mochte es, sie ein wenig anzuheben und dann fallen zu lassen. Ihre Haut war nicht nur blass, sondern schneeweiß oder fast grünlich, vermutlich kam sie mir perfekter vor, als sie tatsächlich war, so wie ich auch ihre Gesichtsnarben kaum wahrnahm, sondern nur in ihren Blick sank.

Sie hatte graue Haare bekommen, steingraue, gritzegraue Haare mit weißen Strähnen darin, obwohl sie erst einunddreißig Jahre alt war. Aber mir gefiel es. Fünf Zähne fehlten ihr. Man sah es kaum, denn aus dem Vordergebiss war nur ein einziger Schneidezahn gefallen. In die Lücke steckte ich meine Zunge. Wir ließen uns mit allem Zeit, obwohl ich von der ersten Sekunde an eine Erektion hatte, was ich angesichts der Tragweite und fundamentalen Traurigkeit unserer Begegnung unangemessen fand. Sie hatte auch Furcht, dass ihr Geschlecht verwaist sein könnte. Ohne Leben. So drückte sie sich aus. Sie sagte nie »Möse« wie Ev, nahm aber nach einiger Zeit meinen Schwanz in den Mund. Und dann ging alles.

Wir lagen in einem Bett mit nach Holunder riechender Bettwäsche und hielten uns an den Händen. Obwohl die Wände verwanzt waren, sprachen wir ohne jede Rücksicht, so wie früher in den Bergen Bessarabiens. Sie wollte wissen, ob ich eine Gefährtin hätte. Ich gestand ihr einige Gassenliebschaften, Besuche in Stundenhotels, die mich unglücklich gemacht hatten, denn im Gegensatz zu früher liebte ich es nicht mehr, ohne Hoffnung zu vögeln.

»Du musst keine Rücksicht nehmen auf mich, Koja. Ich verdanke dir mein Leben.«

»Wir werden zusammenziehen, wenn du entlassen wirst.

Dann komme ich nach Moskau und werde Gefängniswärter.«

Sie kicherte, es war so unwahrscheinlich schön, dieses Kichern zu hören.

»Du wärst bestimmt kein guter Gefängniswärter. Du bist viel zu höflich.«

»Hätten Sie bitte die Güte, nicht so zu zappeln, während ich Ihnen die Haut abziehe?«

Sie lachte und bat mich, mit mahnendem Blick zu den hellhörigen Wänden, nicht zu weit zu gehen.

Etwas später sagte sie, dass sie nicht möchte, dass ich einsam sei und auf sie warte. Denn irgendwann würde sie erschossen werden, das sei klar.

»Dir wird nichts passieren, Maja. Ich werde Erfolg haben. Ich werde ein Held der Sowjetunion. Und dann lassen sie dich frei.«

»Natürlich, mein Liebster. Lass uns nicht mehr davon reden.«

»Hat Stalin die Todesstrafe nicht abgeschafft?«

»Sei still und hör mal, wie die Erde bebt.«

Ich hörte.

Ganz gewiss hörte ich besser als Sie, in Ehren ertaubter Swami.

Ich hörte, wie die Erde bebte unter uns, während wir ganz still lagen und manchmal auch nicht so still. Und dann sah ich, die Augen nach oben gerichtet, plötzlich ein Bacchanal, das Fresko nämlich, von dem Genosse Nikitin gesprochen hatte. Es befand sich an der Decke und zeigte die obszöne, von Zimbeln und Trommeln befeuerte Vereinigung zweier nackter römischer Konsuln mit einer gelenkigen Grazie, die so sehr Ev glich, dass ich mich aufrichtete. Und tatsächlich war es ein Gemälde meines Vaters, offensichtlich ein Produkt seiner erotomanen Malerfahrten in aller Herren Länder. Ich erkannte es an seinem Strich, an seinen Farben, an der auffälligen Abwesenheit von Grün und an den perlmuttweißen Brustwarzen.

Doch woran hatte es Nikitin erkannt? Eine Signatur existierte nicht, kein Monogramm und kein *fecit*. Was war das für ein Monster, das uns seelisch entbeinte und ausgerechnet dieses Haus für Maja und mich gewählt hatte, dieses Haus und dieses Zimmer und vielleicht sogar dieses Bett, in dem mein Vater gelandet war, dreißig Jahre zuvor, ausgerechnet Ev als Modell imaginierend, seine Tochter.

Maja fragte mich, was los sei, und vielleicht wäre es der richtige Augenblick gewesen, ihr alles über Ev zu erzählen, über Ev und mich und Klein-Anna. Aber ich schaffte es nicht. Ich brachte es nicht übers Herz, in die hauchdünne Hülle Zeit, die uns noch blieb, jemand anderen hineinzuwickeln, und so verstrich diese Gelegenheit, wie ein Zug, den man verpasst, und nicht einmal mit Maja lernte ich das ganze Land der Wahrheit kennen.

Nur mit Ev war das möglich gewesen, mit Ev, die über unseren Köpfen penetriert wurde, in ihren Anus und in ihren Mund, mit einem weißen und mit einem braunen Phallus, während wir uns unter ihr kosend umarmten.

Ev, die ich vergessen wollte.

Und ich hielt Maja fest wie mein eigenes Leben.

Die Villa war gut geheizt, sauber und wie ein Luxushotel ausgestattet. In der Küche stand ein Schrank voll mit Lebensmitteln. Schinken, Brot und sogar Orangen, mitten im Winter. Was immer Genosse Nikitin sich bei all dem gedacht hatte, es schien mir dem sehr nahezukommen, was ein Swami unter erleuchteter Gnade versteht.

Manchmal legten wir uns zusammen in einen großen Sessel, den wir vor das Balkonfenster geschoben hatten, damit Maja so viel Himmel wie irgend möglich tanken konnte. Sie verfolgte den Zug der Wolken, freute sich über jeden Vogel, den sie entdeckte, und wünschte sich, dass wir uns das nächste Mal im Sommer treffen könnten. Wir schwatzten bei gelöschtem Licht bis zum Morgengrauen. Sie rauchte wie ein Schlot. Sie konnte mit der Glut im Mund rauchen, wie die Rotarmisten in Kriegsnächten, um nicht von den glimmenden Zigaretten verraten zu werden.

Sogar an einen Zeichenblock hatte Nikitin gedacht. Aber ich wollte keine Minute verschwenden. Leider habe ich nichts erschaffen. Nur einen Brief schrieb ich am Ende, als sie einmal einschlief, nachdem wir uns geliebt hatten, und diesen Brief voll von Küssen und Beschwörungen schmückte ich mit ihrem Ohr, einem Fuß und der linken Hand, auf der ihre Wange ruhte.

Wie ruhig, wie ungeheuer ruhig war ihr Atem.

16

Als ich zurück nach München kehrte, begann mein neues, mein wunderbares Leben. Nikitin versprach, Maja und mich zweimal im Jahr in die Karlshorster Villa einzuladen. Sein Brief klang ungeheuer freundlich. Er schrieb tatsächlich »einladen«.

Außerdem stellte er in Aussicht, eine Begnadigung für Maja zu erwirken, sofern ich treu meinen Dienst für die Sowjetunion erfüllen würde.

Keinen Zweifel ließ er daran, dass die Vernichtung Otto Johns und die Errettung Maja Dserschinskajas einander bedingen würden, so wie sich Wohltat und Dankbarkeit bedingen oder Mann und Frau.

Es lag im Interesse des Kreml, den infizierten Doktor (infiziert mit mir, wenn man mich für einen Moment als sowjetischen Bazillus sehen möchte) auf den Thron zu hieven.

Und in meinem Interesse lag Maja.

Ich zögerte keine Sekunde, das Nötige zu tun.

Verstehen Sie, verständnisloser Swami?

Meine von zwei verfeindeten Geheimdiensten finanzierte Kunstgalerie in der Münchener Salvatorstraße war vermutlich die beste Geschäftsidee meines Lebens. Innerhalb kürzester Zeit verfügte ich aufgrund meiner eifrigen Nachschöpfungen all der Klees, Kandinskys, Münters et cetera et cetera über erhebliche finanzielle Mittel (Gabi Münter besuchte ich im folgenden Sommer in Murnau und nahm später ihre echten Bilder in Kommission, aber sie hingen wie Blei an den Wänden, das glaubt einem heute kein Mensch).

Ich bezog eine helle Dreizimmerwohnung in der Schwabinger Kaiserstraße.

Hub, Ev und Klein-Anna wohnten gar nicht weit entfernt.

Anna traf ich so oft wie möglich. Ich gab ihr Zeichenstunden, so wie mir mein Vater früher Zeichenstunden erteilt hatte (immer mit einem Apfelsaft in der Nähe, einem geheiligten). Linienführung, Erfassen der Form, Perspektive, Licht, Schatten, Bildaufbau und jede Menge Pferde. Pferde von vorne, Pferde von hinten, Pferde mit Reitern drauf, lächelnde Pferde (»es gibt keine lächelnden Pferde, Schatz«), also fröhliche Pferde, weniger fröhliche Pferde – die erkannte man an der heraushängenden Zunge –, stehende Pferde, galoppierende Pferde, trabende Pferde niemals, denn Trab ist blöd, große Pferde, niemals kleine Pferde, denn Ponys sind was für Angsthasen, außer Islandponys, die sind süß.

Ich hatte mir ein kleines Atelier in der Kaiserstraße eingerichtet, und dort zeigte ich meiner Tochter, wie man Perspektiven konstruiert, was Fluchtpunkte sind, und ließ sie ihre eigenen Finger zeichnen, Finger im Regen, diese Finger habe ich heute noch, aber ich habe sie weggeschlossen, sie wühlen noch immer in mir, diese kleinen verregneten Finger.

Die Kunstakademie war nicht weit entfernt, und man

staunte nicht schlecht, als ich die achtjährige Anna dort Ende Neunzehneinundfünfzig zu einem Aktkurs anmeldete. Es brauchte eine Sondergenehmigung, denn ein Kind durfte eigentlich keine nackten Erwachsenen betrachten.

Doch für einen Galeristen war es nicht schwer, sich mit den Professoren anzufreunden, die alle einen Galeristen brauchten. So akzeptierte der grantige Professor Grobl schließlich meine Anna, denn sie war, das kann mit Fug und Recht behauptet werden, außerordentlich begabt. Sie nahm auch den Kurs sehr ernst und gewöhnte sich an, immer auf die Zungenspitze zu beißen, wenn sie sich beim Malen konzentrierte oder dem Professor lauschte. Einmal bat sie das Malermodell vor allen Studenten, ob es sich nicht mal anders hinstellen könne.

»Mei, wie denn, Herrschaftszeiten?«, fragte verblüfft die etwas zünftige Odaliske.

Anna sagte sehr artig: »So wie sich ein Pferd hinstellt, bitte.«

Der ganze Saal lachte, und jeder liebte Anna, weil sie reine Poesie war, selbst wenn es ihr schlechtging. Aber es ging ihr nicht schlecht.

Hub und Ev schienen einander näherzukommen. Sie hatten Haidhausen wieder verlassen und wohnten nun einen Steinwurf entfernt vom Englischen Garten, ein Paradies für konventionelle Ehen, wegen der guten Luft, und ihre Straße hieß tatsächlich Biedersteinerstraße, und wie eine Biedersteinerfamilie lebten sie.

Aber ich spürte die Angst meines Bruders. Und auch ich selbst hatte Angst, denn ich konnte mich Evs Anziehung, einer körperlichen Anziehung, einer Eisenspan-trifft-auf-Magnet-Anziehung, kaum erwehren.

Papas Fresko in Karlshorst, das ich bei meinen Begegnungen mit Maja immer und immer wieder sah, marterte mich so sehr, dass ich eines Tages den dunklen Penis mit einem Löffel abschabte. Evs Kindergesicht auch, das sich um einen Konsul saugte.

Manchmal, wenn wir uns sahen, brauchte Ev nur auf eine bestimmte Weise beim Bäcker ein Brot zu kaufen, und die Art, wie sie das Brot umfasste, oder vielleicht die Art, wie sie es drückte, vielleicht das Geräusch, das die aufspringende Brotrinde dann machte, erinnerte mich an einen vor Jahren registrierten koitalen Moment, der mich nicht reizte, aber zutiefst traf, wie eine Kugel, deren Schmerz man erst später spürt.

Und noch schlimmer war ein Sommertag, der mir jetzt einfällt. Sie trat an diesem Tag im Nordbad in einen Glassplitter, und ihr Gesicht verzerrte sich. Es gab winzige Risse in ihren Wangen frei, die man sonst kaum sah, ähnlich wie die künstlichen Leinwand-Krakelüren, die ich damals in meinem Trockenofen schuf, und mit einem Mal flackerte die ganze Zerstörung auf, die Hub einst in ihr Antlitz gehackt hatte.

Es gab nur zwei Möglichkeiten, für Mäßigung zu sorgen.

Die erste war die bigotte Gläubigkeit meines Bruders, die sich in regelmäßigen Kirchgängen, in Bibelkreisen, in demütigen Übungen, das eigene Schicksal dem Allmächtigen und seiner Weisheit anzuvertrauen, fast verzweifelt niederschlug. Ihm nachzueifern erwog ich ernsthaft.

Die zweite Möglichkeit: Ich brauchte eine Frau.

Es musste natürlich eine möglichst reizlose, gleichzeitig menschlich erträgliche, jederzeit wieder kündbare Beziehung sein, die mit dieser Frau zu führen wäre. Eine Beziehung, die keinesfalls Maja bedrohen, aber Hub endgültig davon überzeugen dürfte, dass ich keine Gefahr mehr darstellte für sein Leben. Ich entschied mich erstens für diese zweite Möglichkeit und zweitens für die erste Frau, die mir in den Sinn kam, nämlich für Monika, obwohl das Einzige, was mir von Anfang an an ihr gefiel, das M in ihrem Namen war.

Monika war meine Galerieassistentin, ein dünner, völlig farbloser Faden, eine Brillenschlange mit etwas breiter, winziger Nase, die über noch weniger Humor als der Doktor verfügte, aber wahnsinnig gerne lachte, eine äußerst anstrengende Kombination. Sie hatte bei der Org als Sekretärin angefangen, war die Tochter eines Wehrmachtsmajors, der sie wegen der Bücher von Bert Brecht, die sie laut lachend las (das eben meine ich), nicht mehr ins Haus ließ.

Ihre Arbeit in der Galerie liebte sie, da sie Kunst liebte. Leider jedoch war Monika, die alle nur Mokka nannten, völlig unbegabt, vermutlich der künstlerisch unbegabteste Mensch, den ich je getroffen habe, was mich in gewisser Hinsicht faszinierte, da das ihrer Begeisterung für die Kunst keinen Abbruch tat, obwohl sie das Schöne nicht erkennen konnte, es sei denn, man zeigte es ihr. Ihre Begeisterung für mich rührte vermutlich daher, dass ich es war, der es ihr zeigte. Sie liebte an mir die Kunst, die ich ausschwitzte und natürlich auch besaß, wie sie dachte (uiuiui, all die berühmten Gemälde der klassischen Moderne!).

In gewisser Hinsicht war auch der enorme Altersunterschied zwischen uns für sie von Reiz. In den ersten Monaten, als sie für mich arbeitete, hatte sie gleich zwei Verehrer, die sie oft im Geschäft abholten, immer abwechselnd, fast adonishaft der eine, zumindest fesch alle beide. Sie servierte sie ab, direkt vor meinen bejahrten Augen, blickte ihnen durch das Schaufenster hinterher und seufzte altklug in meine Richtung, dass ihr das Gemüse zu jung sei, diese netten Buben. Wie schade.

Einer tauchte sogar noch einmal auf, und sie benahm sich wie die Königin von Saba.

Ich fragte mich, wie das möglich war. Weder war sie auffallend hübsch noch inspirierend, weder unterhaltsam noch besonders klug, so dass ihre angelesene Bildung das einzig Frappierende blieb an ihr, obwohl alles, was sie empfand, auf irgendeine Weise beliehen wirkte. Man konnte gut mit Mokka schweigen. Und es ist sehr wichtig, wenn man stundenlang in einer Galerie zusammenarbeitet und sich nichts zu sagen hat, dass es sozusagen dennoch eine angenehme Atmosphäre bleibt, in der man sich nichts sagt.

Manchmal jedoch hatte sie monologische Anfälle, vor allem, wenn es Begegnungen in der Straßenbahn gegeben hatte mit angeblich interessanten Menschen, die sie stundenlang schildern konnte. Einen Bergarbeiter aus dem Ruhrgebiet zum Beispiel, der ihr von tiefen Schächten und seiner Staublunge erzählt hatte, brachte sie sogar mal in die Galerie mit (danach musste sie den feinen Ruß von allen Bildern wedeln).

Eines Abends, als ich einen sehr schwierig zu fälschenden Jawlensky recht ordentlich verkauft hatte, lud ich sie in den Bayerischen Hof ein, um das Ereignis bei einem feierlichen Abendessen zu würdigen. Ich hatte keinerlei Absichten, denn es behagt mir nicht, mit Angestellten zu schlafen, es ist, als würde man mit seinen Haustieren schlafen.

Aber sie stellte sich geschickt an. Sie lenkte meinen Blick auf ihre Hände, die grazil mit dem Rotweinglas spielten, brachte ihr Gelächter zur Geltung und hielt dabei immer ihre wirkliche Cranach-Hand vor den Mund, weil sie ihre Zähne nicht schön fand.

Da hätte sie mal die Zähne von Maja sehen sollen.

Wir landeten dann in einem Hotelzimmer im dritten Stock. Es war bestimmt ihr erstes Hotelzimmer, aber sie zog sich ganz selbstverständlich aus, schien sich weder für ihre vorspringende Hühnerbrust, ihre Plattfüße, ihren flachen, aber erstaunlich festen Arsch oder die winzigen Brüste zu genieren. Überraschenderweise roch sie viel besser, als sie aussah. Beim ersten Stoß hörte ich tatsächlich das Knacken ihrer Knöchelchen, was bei mir Mitleid erweckte. Aber dann warf sie mich auf den Rücken und setzte sich auf mich, und ich erkannte sehr schnell, warum ihre zwei attraktiven Verehrer so an ihr gehangen hatten. Sie war ein begnadeter Rammler. Ihre Sekrete gaben ihr allerhand Möglichkeiten in die Hand, ihre Stimme vermochte ganze Gewitterfronten zu imitieren, und sie konnte einen derart zurichten, dass man sie geradezu anbettelte, bitte niemals, niemals aufzuhören. Ganz sicher war das Portiönchen sexuell gesehen das Beste, was mir jemals passiert ist, inklusive der verschwenderischen Mary-Lou, und es war nach dem M in ihrem Namen das Zweite, was ich an ihr außerordentlich mochte.

Das Dritte, was mir gefiel, war ihre Schüchternheit, die sich ihrer, außerhalb des erotischen Miteinanders, sofort bemächtigte. Sie machte es einem sehr leicht, sie mal zart, mal weniger zart zu dominieren.

Und viertens würde ich sie niemals lieben können, was mich endgültig für sie einnahm.

»Das gestern war also deine Freundin?«, fragte mich Ev, als ich Klein-Anna bei ihr abholen wollte, um sie zu Professor Grobls Aktkurs an die Akademie zu begleiten.

»Mokka, genau. Wie findest du sie?«

»Ja, nett.«

»So schlimm?«

»Als du aus der Gefangenschaft kamst, hast du gesagt, es gäbe jemanden.«

»Lass uns nicht mit den alten Sachen anfangen.«

»Ich dachte nur, du bringst irgendwann mal« (sie machte eine Pause, wackelte mit den gespreizten Händen und rief schelmisch »hu-huuh«) »die große Geheimnisvolle mit. Und nicht Aschenputtel.«

»Wurde der schöne Prinz nicht sehr glücklich mit Aschenputtel?«

»Sie tut mir jetzt schon leid.«

»Und bist du nicht sehr glücklich mit Hub?«

Bevor Ev etwas sagen konnte, zwängte sich Anna an ihr vorbei, mit den Malsachen unter dem Arm.

»Wollen wir gehen, Onkel Koja?«, sagte sie streng.

»Ja, wir wollen gehen.«

»Ich habe gestern Abend drei neue Pferde gemalt.«
»Du sollst doch nicht so viele Pferde malen.«

»Sie tut, was sie will, Koja«, sagte Ev, ging in die Knie und fuhr mit ihrem Zeigefinger über Annas Nase, »das hat sie von mir. Aber ist es nicht schön zu sehen, was sie alles von dir hat?«

Das war äußerst gefährlich von Ev, so etwas zu sagen. Denn Anna war klug und in einem Alter, in dem man noch unter die Worte blicken kann, und deshalb fixierte sie mich aus verblüfften und leicht zusammengekniffenen Augen, und ein Splitter ihrer Aufmerksamkeit blieb an der Kurve meiner Nase hängen, von der sie nie erfahren sollte (und ich auch nicht), ob sie ein paar Jahre später die ihre war.

Ich sprach viele Wochen nicht mehr mit meiner Schwester.

Alles Vergängliche ist nur ein Gleichnis.

17

Während es mir besser und immer besser ging, ging es Hub schlechter und immer schlechter.

Es hatte sich zunächst nur dadurch angedeutet, dass er wieder lachte.

Anna berichtete davon, dass sie nicht hatte schlafen können, weil der Papi die ganze Nacht mit der Mami gelacht hatte, besser gesagt, ohne die Mami, weil die Mami niemals lachte, nur er. Aber sein Lachen war nicht mehr das schallende, volle, aus dem ganzen Körper hervorbrechende Lachen, das ich so sehr geliebt hatte, als wir noch Kinder waren. Sondern es hatte einen schrillen, höhnischen Klang bekommen.

So erfuhr ich, dass Hub wieder begonnen hatte zu trinken. Denn nur, wenn er einen sitzen hatte, gelang ihm Gelächter, nur dann konnte er ertragen, dass beim Lachen sein leerer Hemdsärmel auf und nieder hüpfte, und deswegen fürchteten wir alle diese Stimme, weil wir wussten, dass dieses Lachen nichts mit Furchtlosigkeit zu tun hatte, so wie früher, sondern mit ihrem Gegenteil, der abgrundtiefen Furcht und Sorge, vor allem aber mit Alkohol.

Ich glaube, dass Hub von dem Moment an, als Ev mit Sack, Pack und der kleinen Anna vor seiner Tür stand und ihren Körper und ihren Geist neben den seinen legte – wonach er sich seit Kriegsende gesehnt, wonach er sich sogar in den Momenten des Krieges gesehnt hatte, als er nur noch aus Hass bestand –, dass er also von dem Moment an von einer unbezähmbaren Angst erfüllt war, erneut einen Verlust hinnehmen zu müssen. All die Kälte und Härte, die er Ev und mich hatte spüren lassen in den Jahren der Umnachtung, schien schon mit seinem Arm wie weggeschossen, hatte sich durch seine Hinwendung zur Kirche in Reue gewandelt und war mit Evs Rückkehr endgültig in Rauch aufgegangen, aber in giftigen, ängstlichen Rauch. Denn nun blühte in ihm eine sanft daherkommende Verbitterung, die er durch Hintersinn und Gottgefälligkeit noch verkomplizierte.

So legte er es geradezu darauf an, dass Ev und ich uns ohne ihn trafen, und sei es an jenen Nachmittagen, an denen er noch im Bibelkreis und ich bereits mit Anna im Zeichensaal saß und Ev hinzustieß, so dass wir die Striche unserer Tochter gemeinsam deuteten.

Oder manchmal rief er an, wenn ich in der Galerie war, und fragte, ob ich nicht »die Kleine«, wie er sie nannte, zum Kinderarzt bringen könne. Und dann kam Ev immer mit, denn sie ließ Anna niemals alleine, wenn es ihr schlechtging. Sie nannte sie auch niemals »die Kleine« (vielleicht gerade, weil sie so hasenklein war), sondern »Schätzchen«, manchmal »Schlambl« (bayerisch), manchmal »Rebbelus« (baltisch), was Reblaus heißt, und wir saßen nebeneinander in einem von typischen Kinderkritzeleien tapezierten Wartezimmer, Kritzeleien, die Anna aufgrund ihrer künstlerischen Majestät nur verachten konnte und manchmal von den Wänden zupfte, um sie, wie sie sich ausdrückte, »richtig zu machen«.

Ich glaube, Hub stellte uns ununterbrochen auf die Probe. Vielleicht tat er es unbewusst, vielleicht auf die gleiche Weise, wie er sich durch Gott auf die Probe gestellt fühlte. Er fragte Mokka nach unserer Beziehung aus, hörte befriedigt, dass wir über Kinder nachdachten (ich dachte niemals über Kinder nach, jedenfalls nicht mit Mokka, ich hatte ja ein Kind), und ließ hin und wieder scheinbar launige Bemerkungen über die sexuelle Treue der Anwesenden fallen.

Einmal verließ Ev wütend den Kaffeetisch, ich weiß nicht mehr, warum.

Niemals wurde über das Unbesprechbare gesprochen, das vor Jahren Geschehene meine ich, und doch hing es im Raum wie der Geruch nach Verwesung.

Ein einziges Mal ließ Hub sich von mir in sein Herz blicken, als wir eines Morgens gemeinsam nach Pullach hinausfuhren. Da fragte er mich plötzlich, ob ich ihn jemals wieder hintergehen würde.

»Dann werde ich nicht mehr wollen, dass du stirbst, Koja. Dann werde ich selber sterben.«

Er lachte wieder furchtbar. Homerisch.

Ich schwor ihm, dass er sich keine Gedanken machen müsse.

Vor allem schwor ich es mir selber.

Interessanterweise empfand ich es nicht als Betrug an meinem Bruder, dass ich heimlich seinen Schreibtisch durchwühlte, seine Aktenordner fotografierte, dass ich seine Agentenlisten kopierte und unsere Gespräche protokollierte. Und dass schließlich alles Material taufrisch an Genosse Nikitin und somit nach Moskau geschickt wurde, war für mich lediglich der von Hub zu entrichtende Preis dafür, dass ich Maja retten musste, die er vernichtet hatte.

Oft ging mir dieser Zusammenhang durch den Kopf, wenn ich ihn in der Mittagspause auf seiner Bank mitten im Pullacher Anger sitzen und das Wurstbrot kauen sah, das Ev ihm geschmiert hatte. Ich formulierte dann in Gedanken Sätze für meine Briefe an Maja, während er in die Sonne blinzelte, und mir wurde bewusst, dass Maja, wenn sie dann diese Sätze las, niemals in irgendeine Sonne blinzelte. Sie blinzelte höchstens in grelle Glühbirnen und vegetierte vor sich hin, weil Hub in einem bestimmten historischen Moment in einer Version seiner selbst gewohnt hatte, in der auf Dauer nicht gut zu schlafen ist. Deshalb hatte er sie einfach gegen eine andere Version eingetauscht. Ich nenne sie die »evangelische Version ohne Erinnerung«.

Hub erwähnte Maja nie, ihr Schicksal wurde kein einziges Mal Gegenstand irgendeines Gespräches. Er hielt Maja für tot, sofern Maja überhaupt noch für irgendwas gehalten wurde. Der »evangelischen Version ohne Erinnerung« nämlich konnte Maja genauso entfallen sein wie dieser Version Politow entfallen war oder Grischan oder Mortimer MacLeach oder vielleicht auch ich selbst, mein früheres, unevangelisches Ich.

Sie wissen schon.

Hub betete oft, konzentrierte sich auf seine Arbeit, war in Gedanken immer bei neuen Org-Einsätzen, so wie seine Kiefer mahlten.

Mich erfasste dann, wenn ich aus dreißig Metern Entfernung dieses Mahlen sah, eine geradezu wilde Lust, ihm seine idiotischen Geheimgeheimnisse zu entreißen, wie Anna es nannte, wenn man niemandem außer seiner Lieblingspuppe etwas anvertraut. Und es fühlte sich rundherum richtig an, dass ich Hubs Fürsprache bei Reinhard Gehlen und seine Unterstützung, für mich eine berufliche Perspektive zu finden, damit dankte, dass ich sämtliche seiner Anstrengungen zunichtemachte, ohne dass er davon erfuhr.

Das war aus meiner Sicht kein Betrug, sondern eine Strafe.

Er machte, ohne es zu wissen, mit jedem Blättchen Papier und mit jeder Information, die ich ihm abluchste, ein klein wenig wieder gut.

Ich schwor mir, von diesem Handel abzulassen, sobald Maja wieder in Freiheit war und wir ihm alles erklären konnten. Und wenn Hub damit in fernen Zeiten ein Problem haben sollte, würde ihm Maja Dserschinskaja ihre fünf Zähne und ihre zehn Jahre in die Hand drücken, die sie verloren hatte, und er würde nur undeutlich stottern können, davongespült vom Strom schuldbewusster Verlegenheit.

Wenn ich heute daran zurückdenke, was ich mir damals so alles zurechtlegte, bin ich erstaunt. Welchen Illusionen sich der Mensch hingibt! Wie leicht er bereit ist, ein gewisses Gleichgewicht der Moral herbeizuzaubern, obwohl es außerhalb der eigenen Wahrnehmung überhaupt nicht existiert! Wie einfach es ist, sich der Wärme der Wahrheit hinzugeben, sie wie eine Höhensonne anzuknipsen, selbst wenn man in der kältesten aller Täuschungen nicht nur lebt, sondern sie sogar selbst verursacht!

Fast alle Menschen, die ich kennengelernt habe und bis

heute kennenlerne (und dazu zähle ich auch Sie, verehrter Swami), folgen fortwährend einem Realitätskompass, der stets die für sie günstigste Himmelsrichtung anzeigt, die sie fälschlicherweise auch dann noch für den Norden halten, wenn sie im Süden oder in der Hölle liegt. Zittern wir uns nicht alle an dieser Nadel entlang, selbst auf die erhebliche Gefahr hin, Tatsachen verdrehen zu müssen, damit sie in unsere Wirklichkeit passen? Gibt es also nicht in jedem von uns eine »evangelische Version ohne Erinnerung«? Und ist es deshalb nicht begreiflich, dass Hub plötzlich wieder mit seinem meckernden Lachen begann, obwohl er unendlichen Schmerz empfand?

Nur beim Doktor verging ihm das Lachen, obwohl er auch dort unendlichen Schmerz empfand.

Doch auf den Pullacher Montagssitzungen konnte beim besten Willen nicht gelacht werden, auch nicht geweint, geschrien, gebarmt, gebettelt. Die maximale Emotion bei diesen Gelegenheiten war Zynismus, zu dessen Gebrauch jedoch nur der Doktor befugt war.

Hub musste erhebliche Anwendungen über sich ergehen lassen, vor allem bezüglich seines Interesses an Spirituosen und Gottesdiensten. Unter dem Spott lag eine machtvolle Ablehnung, die immer stärker anschwoll. Hatte Reinhard Gehlen meinem Bruder zu Anfang ihrer Zusammenarbeit nahezu blinde Konfidenz gewährt, ihm sogar das wichtige Referat VII (Sowjetunion) zugewiesen, schrumpfte diese Huld nun auf das Registrieren diverser Pleiten und Pannen zusammen.

Hub war Gehlens Mann für alles gewesen. Er hatte der

CIA geholfen, überall in den Bergen und Wäldern Bayerns, Hessens, Baden-Württembergs und Niedersachsens Goldbarren in Seen zu versenken und Waffenvorräte für die kommenden Schlachten zu vergraben – doch zahlreiche der geheimen Bunker waren geknackt und ausgeräumt worden, ohne dass man die Täter fassen konnte.

Auch viele der Agenten, die durch Hubs sinistre Abteilung gegangen waren, flogen auf. Informanten in Russland wurden zu Dutzenden verhaftet. Zahlreiche in unserer Werkstatt gefälschte Materialien (wie zwei Millionen konterrevolutionäre Briefmarken, auf denen SED-Generalsekretär Walter Ulbricht mit einer Henkersschlinge um den Hals zu sehen war) gingen schon beim konspirativen Transport in die DDR in Flammen auf.

Ein Misserfolg jagte den anderen. Hub konnte es nicht verstehen. Er konnte es so wenig verstehen, dass er eines Morgens vor Wut in den Badezimmerspiegel schlug und sich den Mittelfinger brach. Er glaubte sogar, dass es in der Org eine undichte Stelle geben musste, ein Verdacht, den der Doktor mit verächtlicher Geste wegwischte: »Bei uns gibt es keine faulen Eier.«

Ich legte Hub meinen Arm um die Schulter und sprach ihm ins Gewissen. Er dürfe nicht solch einen Blödsinn von sich geben. Wer sollte denn in der Org zum Verräter taugen? Könne er mir irgendjemanden benennen, dem er solch ruchlose Taten zutraue?

Hub fing an zu weinen, bedankte sich für meine Anteilnahme und beschloss, in Zukunft noch mehr zu beten und noch öfter in die Kirche zu gehen.

Natürlich hatte sein Niedergang damit zu tun, dass

meine Nachrichten in Moskau entsprechende Maßnahmen verursachten. Ganz sicher sogar. Aber das ließ ich gar nicht an mich heran, sondern ich machte vor allem Hubs durch die Org-Flure wehenden Schnapsfahnen, seine Bitterkeit und »*fucking caginess*« (Donald Day) dafür verantwortlich, dass er im Konferenzsaal seinen schönen Honoratiorensessel gleich rechts neben Gehlen verlor.

Dort nahm bald ein neues Gesicht Platz. Heinz Felfe, ein aalglatter Streber, gegen dessen Rekrutierung Hub Sturm lief.

»Ich kenne Felfe«, hatte Hub zum Doktor gesagt. »Das ist ein Schwein in Nadelstreifen.«

»Er war bei der ss wie Sie. Er war beim Unternehmen Zeppelin wie Sie. Er führt sowjetische Quellen wie Sie. Er trinkt nur nicht so viel wie Sie.«

»Felfe war mein Untergebener. Er ist nicht zuverlässig. Wir sollten ihn wirklich auf Herz und Nieren prüfen.«

Das machte der Doktor auch, aber auf gute Doktorenart, nämlich durch seinen fluoreszierenden, von der Sonnenbrille abgeschirmten Röntgenblick, und der musste genügen. Zumindest hatte er bei mir genügt. Und ich war froh darum, so wie auch Felfe froh darum gewesen sein muss, denn er war nach mir der zweite sowjetische Maulwurf, den Nikitin dem Doktor in den Pelz setzte.

Doch das wusste ich damals noch nicht.

Heinz Felfe schaffte es innerhalb weniger Monate, Hub in seiner eigenen Abteilung zu marginalisieren. Wie ein Schatten folgte er Gehlens Gedanken auf Schritt und Tritt und war so diensteifrig und so dezent devot, dass es schon wieder aufdringlich wirkte. Er hatte etwas Katzenhaftes, brachte sehr schnell erste Ergebnisse, wie eine eifrige, schwarze Miezemutze, die einem jeden Abend drei tote Mäuse vor die Tür legt, um gelobt zu werden. Ich hasse Katzen.

Niemand aber, nicht einmal ich, wäre auf die Idee gekommen, dass all das, was Felfe anschleppte, frisiertes Spielmaterial der Sowjets war. Er schindete vor allem damit Eindruck, dass er eines Tages den detaillierten Lageplan der KGB-Zentrale in Karlshorst aus dem Hut zog (Maßstab 1:1000). Ich entdeckte unsere liebe Villa darauf, das Refugium und Sakrament der heiligen Maja-Koja-Beschwörung. Und in einem Aufriss war sogar verzeichnet, welche Toilette von welchem KGB-Offizier benutzt wurde.

Der kindlich begeisterte Doktor fragte mich, seinen ehemaligen Baumeister, ob ich nicht so freundlich sein könnte, ihm aufgrund des Lageplans ein Architekturmodell der feindlichen Geheimdienstzentrale zu basteln (aber im Grunde war ich so feindlich und bastelte ihm eine freundliche).

Über Wochen sägte ich abends in meinem Atelier mit gehorsamem Balsaholz an der Kubatur herum. Was für ein sehnsüchtiges kleines Häuschen setzte ich in deren Mitte, mit einem Zuckerglasurfenster und einem Balkon aus gespaltenen Streichhölzern. Wie Gott schaute ich auf diesen Balkon und in dieses Fenster, aus dem heraus wir so oft ins Universum geblickt hatten, Maja und ich, ohne IHN je zu erkennen. O mein Swami. Der Doktor stellte sich das Modell in seinen aufklappbaren Trophäenschrank (dort, wo das Lindenholz-M glühte) und hätte am liebsten eine Spielzeugeisenbahn hindurchbrettern lassen.

Nominell blieb Hub Chef der Abteilung VII, doch nach diesem Coup hatte Felfe sich bereits in eine Position gebracht, von der aus er später die wichtigsten Geheimnisse der westdeutschen Aufrüstung, der Bundesregierung und der Nato preisgeben konnte.

Bis zu seiner Festnahme gelang es Heinz Felfe, den deutschen Nachrichtendienst in einem solchen Maße zu schädigen und zu demütigen, dass dies nur noch von dem Schaden übertroffen werden konnte, den ich anrichtete.

Damals aber segelte ich auf einer Welle des Erfolges.

Was immer der Doktor seinerzeit gemeint hatte, als er mich beauftragte, Otto John fertigzumachen: Auf jeden Fall tobte der Krieg zwischen den beiden Geheimdienstchefs, und zwar mit unübersehbaren Vorteilen für die Auswärtsmannschaft, den 1. FC Pullach.

»Sehr schön«, lobte mich der Doktor des Öfteren, wenn er meine Observationsberichte las, die Mitteilungen über Präsident Johns Aufenthalt in halbseidenen Etablissements (»Lustgrotten«), die Listen mit Ottos Vertrauensleuten, die bestochen und in den Dienst der Org genommen werden konnten, all die Aufzeichnungen über abfällige Urteile, die dem Kanzler, dem Außenminister, dem US-Präsidenten galten (den Otto John einen Nazi nannte, obwohl Herr Truman ja die Nazis verdroschen hatte), einen Polizeibericht über Trunkenheit am Steuer, den das Amt für Verfassungsschutz zur Seite räumen ließ. Vor allem jedoch lieferte mein alter Chauffeur (der Trinker, Sie erinnern sich) wertvollste Informationen über Zusammenbrüche, Angstattacken, Tablettensucht seines Dienstherrn.

Gehlen arbeitete mit diesen Erkenntnissen.

Er ließ sie in der Politik kursieren, schickte Adenauer persönlich ein Dossier.

Mit dem Material, das ich ihm brachte, dekonstruierte er Otto John, verwandelte ihn in eine Karikatur, die in den politischen Reißwolf wanderte.

Und wie hätte ich dagegen angehen können, da auch Nikitin mir stets zu verstehen gab, dass doch nur Ottos Sturz zu Majas Freiheit führen konnte?

Otto war zunehmend niedergeschlagen, wenn ich ihn und Lucie in Köln besuchte. »Ach Koja«, seufzte Otto dann, »das sind infame Zeiten. Infame Zeiten, *old boy*. Und wenn isch net uffpass, dann werd misch der Pips hole.«

Getrost kann ich die dahinziehenden Monate überspringen, in denen der Verfassungsschutz immer mehr zu jenem Instrument herabsank, das er heute noch ist: eine Stelle zur Sammlung von Auskünften über Hippies wie Sie, über völlig harmlose Spinner und Weltverbesserer, und bitte, das sage ich wirklich mit dem allergrößten Respekt.

Aber ein Nachrichtendienst ohne polizeiliche Befugnis, ohne doppelte Buchführung, ohne operative Basis, ohne Auslandsabteilung und ohne Waffendepot, das ist ein Nachrichtendienst ohne Macht, man könnte auch sagen: ohne Noblesse. Ursprünglich hatte dieses Amt der Zellkern eines fulminanten und allumfassenden Organs werden sollen. General Gehlen jedenfalls hatte diese Vision gehabt, als er selbst die Präsidentschaft anstrebte.

Nun jedoch tat er alles, um seinem Rivalen all jene Kompetenzen vorzuenthalten, die für den Aufbau eines international wie national agierenden Geheimdienstes unerlässlich waren.

»Gehlen schlägt sich auf die Seite der Amis und gibt den gesamten Osten unseres Landes preis«, klagte John. »Im Grunde ist er ein Vaterlandsverräter, da hilft auch kein Hessisch.«

Er fraß sich Kummerspeck an. Schon mittags stand sein Alkoholbarometer auf Sturm. Am Abend kam Medikamentenallerlei hinzu, und nachts konnte er nicht schlafen. Mit jedem Tag zog sich die unsichtbare Schlinge enger um ihn, und er spürte, dass er es mit einem Gegner zu tun hatte, dem nichts heilig war: »Der will nicht mehr meinen Job«, jammerte Otto. »Sondern der baut einfach einen zweiten Dienst auf. Einen Schattendienst, den Adenauer irgendwann übernehmen wird. Die wollen nicht diesen Staat schützen. Die wollen Krieg führen.«

Solange das Besatzungsstatut noch nicht aufgehoben war, konnte sich Otto jedoch der vollen Unterstützung der Briten sicher sein, die nach wie vor den Doktor für einen Wiedergänger des Führers hielten, schon wegen seines gritzegrauen Hitlerbärtchens (eine Pikanterie, die niemand, der an seinem Job in Pullach hing, auch nur zu bemerken wagte).

Mit Mokka war ich einmal auf Lucies Kölner Geburtstagsparty eingeladen (ich schenkte Lucie einen kleinen, kostbar gefälschten Ernst Ludwig Kirchner, den ich *Hamburger Hafen* nannte und der täuschend echt nicht nur nach Hamburg, sondern auch nach Ernst Ludwig Kirchner aussah, obwohl der ja nie in Hamburg gewesen ist, ich übrigens auch nicht).

Leider trank Mokka an jenem Abend etwas über den Durst, ein Umstand, der ihre natürliche Schüchternheit beeinträchtigte. Auch hatte sie an mir etliches auszusetzen (zum Beispiel die mangelnde Verlobungsfreudigkeit), lachte wie irre, als Lucie uns ihren Taufpaten Theodor Heuss vorstellte. Ihr Lachen ging erst in Kreischen und dann in Geheul über, denn leider war Mokka auf Partys immer überspannt und eifersüchtig, und Theodor Heuss, der große Tröster unter den deutschen Bundespräsidenten, nahm sie in den Arm und erfuhr, was für ein Schuft ich sei und wie vielen Damen ich schöne Augen machte, und Theodor Heuss sagte immer wieder: »Ach, Sie sind doch noch so jung.«

Später ließ ich mich mit der vom Staatsoberhaupt hinreichend beruhigten Mokka durch die Feier treiben, die unter dem Motto *Rule Britannia* stand. Mokka wollte mit vorgestülptem Mäulchen immer wieder einen Kuss haben, und zwischen den lästigen Küssen musste ich ihr erklären, wieso sie so viele Engländer sah.

Das läge nicht zuletzt an Lucie John, dem Geburtstagskind (behauptete ich), in deren Leben eben viele Engländer vorkämen (Mokka wusste das), weil das britische Empire ihr, der deutschen Jüdin, einst Unterschlupf gewährt habe, weshalb sie dem britischen Empire nun zu ihrem Geburtstag Unterschlupf biete, in Form von Punsch, Roastbeef, Yorkshire Pudding und Mince Pies.

Mokka staunte nicht schlecht, als wir schließlich inmitten einer Traube von fröhlichen Briten Otto John entdeckten, der sich zur Feier des Abends einen Union Jack um seinen Leib hatte schneidern lassen, als zweireihiges Sakko, das ihn wie Admiral Hornblower aussehen ließ. Auf den Gesichtern aller Nichtbriten (Bonner Ministerialräte, Bundestagsabgeordnete, Leute, deren Häuser im Krieg weggebombt wurden) waren betretene bis versteinerte Mienen zu betrachten, aber der Präsident des Verfassungsschutzes hatte einfach keine Lust auf Nichtbriten.

»*Miss Mokka, you're looking great*«, rief er uns in seinem hessisch gefärbten Upperclass-Englisch zu, »*take your boyfriend and join us, here are some very fine Wichtigtuer.*«

Die Gentlemen, zu denen wir uns gesellten, ließen nicht ein einziges Oscar-Wilde-Klischee aus. Vor allem ein sarkastischer, dicker Gnom mit Groucho-Marx-Brille fiel auf, der sich mit »Gestatten, Sefton Delmer« vorstellte. Er galt als der bekannteste politische Publizist Großbritanniens, war einst Ottos höchster Vorgesetzter beim Soldatensender Calais gewesen und nannte seinen Gastgeber immer nur »Patriotto«: »*Hey, Patriotto, don't be a fool and get us some weird German drinks!*«

Otto ließ Mokka sein Union-Jack-Sakko anfassen (es war auch noch aus Seide!) und machte uns dann mit dem Begleiter Delmers bekannt, einem ältlichen Professor, der für einige Tage aus London zu Gast und von Distinktion getränkt war.

»*Pedo mellon a minno*«, sagte der Herr mit geneigtem Kopf leise, Mokka lächelte verständnislos, während Delmer stöhnte: »*Oh my goodness*, die Linguisten, was das wohl wieder heißen mag.«

»Sprich, Freund, und tritt ein«, erklärte der Herr und behauptete, Sindarin zu sprechen, eine Elfensprache. Er war der mit Abstand exzentrischste Engländer, den ich an jenem Abend traf. Neben Sindarin beherrschte er auch das Deutsche, behauptete, eigentlich Johann Tollkühn zu heißen und strich, mit erhabener Geste, die ursprünglich sächsische Herkunft seiner Familie heraus. Natürlich kam er aus Oxford und hatte, wie alle Gelehrten dieser schönen Stadt, ein bisschen Eigelb auf seinem weißen Kragen. Als Otto, auf dem Höhepunkt der Festivität und reichlich beschwipst, sein Leid über die Org klagte, fragte der Oxforder Professor interessiert: »*Ork? What are you talking about?*«

Und Otto erklärte ihm, wovon er geredet hatte. Der Professor hörte zu und erwiderte, dass er vor Jahren ein kleines Kinderbuch geschrieben habe mit jeder Menge Orks drin, und dann sagte er, dass er den kleinwüchsigen Mister Delmer für einen typischen Zwerg aus Moria halte, die nette »*Mrs. Mokka-Bokka*« für eine listige, heiratswütige Elfe und Otto John für einen Hobbit.

Aber was ein Hobbit sei, könne er unmöglich erklären, das würde den Abend sprengen und die Konzentration auf »*the marvellous Mrs. Lucie*«. Aber dafür erläuterte er sehr plastisch das Erscheinungsbild der Orks. Und seit jenem Abend hatten Gehlens humanoide, spitzzahnige, wolfshaarige und grauschwarzhäutige Mitarbeiter bei Otto, Mokka und auch mir ihren Namen weg, außer natürlich, wenn ich hin und wieder selber einer war.

Mich bezeichnete der Professor als Sauron, eine Art Zauberer, glaube ich, und ich erfuhr, dass er seinen deutschen Namen in John Tolkien umgebogen hatte, denn ein Umlaut wie das westgermanische ü war in England unmöglich durchzusetzen, bedauerte er.

Sefton Delmer, der Zwerg aus Moria, kümmerte sich um die Orks.

Otto hatte ihm erzählt, wie erfolgreich es ihnen gelungen war, in der Bonner Regierung Fuß zu fassen und die Macht des Bösen im englischen Sektor zu etablieren. Delmer begann eine Offensive, die sich gewaschen hatte. Am siebzehnten März Neunzehnzweiundfünfzig druckte der Londoner *Daily Express* einen großen Artikel von ihm, der die Überschrift trug: *Hitlers General spioniert jetzt für Dollars.*

Ich will Sie nicht langweilen, wirklich nicht, aber die Anfangszeilen dieses Artikels kann ich bis heute auswendig, aus den gleichen Gründen, aus denen manche Menschen Goethe-Gedichte memorieren.

»Achten Sie auf einen Namen, der Schlimmes verheißt«, begann Delmer das Pamphlet. »Er steht für den meiner Meinung nach gefährlichsten politischen Sprengstoff im heutigen Westeuropa. Dieser Name lautet Gehlen. Vor zehn Jahren war dieser Mann einer der fähigsten Stabsoffiziere Hitlers. Heute ist Gehlen das Rubrum einer Geheimorganisation von gewaltiger und zunehmend größerer Macht. Während er seine Organisation immer weiter ausbaute, krochen jede Menge früherer Nazis, SS- und SD-Leute in seiner Organisation unter, wo sie vollen Schutz genossen. Heute ist Gehlen der Kopf einer Spionageeinheit, die ihre Diversanten unter der Flagge der Vereinigten Staaten in allen Teilen der Welt hat. Die Gefahr, die von dieser Organisation ausgeht, liegt in der Zukunft.«

Der Artikel schlug wie eine Bombe im Camp Nikolaus ein.

Über den Doktor war bisher nie in den Medien berichtet worden. Es gab keine Fotos von ihm, keine Beschreibungen, es lagen keine Berichte vor. Er gab keine Interviews, hinterließ keine Kommentare, er legte seine Sonnenbrille selten und ungern ab, was übrigens auch für seinen Hut galt. Der Doktor betrachtete sich bis zu diesem Augenblick als so geheim, dass er sich einreden konnte, er existiere eigentlich gar nicht.

Das war nun schlagartig anders.

18

Während Anna älter, aber nicht größer wurde, während Hub verzweifelt um seinen Job kämpfte, der ihm umso deutlicher abhandenkam, während sich Ev als Kinderärztin von den ständigen Erschütterungen jener zweiten Chance abzulenken suchte, die sie meinem Bruder zum dritten, vierten und fünften Male gab, ohne dass er es merkte, während Mama im katholischen Pattendorf kleine protestantische Lesekreise als Zeichen des Widerstandes organisierte und das Kinnloll zur Konversion bereit war, während Maja und ich uns alle sechs Monate in Karlshorst auf ein Leben freuten und Mokka allmählich in Schwermut fiel, die sie mit ihrem Lachen durchstoßen wollte, während Hubs Lachen seinem Zorn Zucker gab und Annas Lachen explodierte und Ev selten lachte – während all das geschah, ging der unerklärte Krieg gegen Otto John in seine letzte Phase.

Schließlich war es sein Zusammenbruch, der alles ins Rollen brachte.

Der Trinker fand Herrn John eines Abends delirierend in seinem Swimmingpool treiben. Lucie war für einige Tage zu ihrer Tochter nach London gereist, und ihr Mann hatte sich offensichtlich einen Cocktail aus Barbituraten,

Neuroleptika, Tryptaminen und zwölf Jahre altem Scotch eingeflößt, der sich aus seinem Magen wieder zu befreien wusste und den schönen blauen Swimmingpool ein bisschen weniger blau färbte. Otto befand sich im Zustand vollkommener physischer und psychischer Zerrüttung. Wowo musste extra aus Berlin eingeflogen werden, da sein Patient sich dagegen verwahrte, von irgendeinem anderen Arzt behandelt zu werden.

Wowo rief mich von Köln aus an.

»Ich glaube, es ist so weit«, raunte er.

»Sicher?«

»Schwerster Verfolgungswahn. Paranoide Reaktionen. Sie sollten herkommen.«

»Ist Lucie das recht?«

»Seine Freunde müssen jetzt alles tun, damit es ihm wieder bessergeht«, seufzte er scheinheilig. »Er wird sicher einsehen, dass er sich mit seinem Posten nur die Gesundheit ruiniert.«

»Ja, Herr Wohlgemuth«, sagte ich aasig, »wir müssen unbedingt auf seine Gesundheit achten.«

»Er gibt viel auf Ihr Urteil. Dürfen wir mit Ihnen rechnen?«

Ich wusste, dass der KGB Wowo angeboten hatte, die chirurgische Klinik an der Ostberliner Charité zu übernehmen. Die Nachfolge von Professor Sauerbruch, dessen Assistent er einst war: Das war der Pokal, den er mit seinem Verrat erringen konnte.

»Ich werde Otto nicht im Stich lassen«, sagte ich eine Spur zu salbungsvoll und legte auf.

In der Bormann-Villa knallten die Korken, und die Orks

jubelten, da es nun vorbei war mit dem englandhörigen *Protector of the Constitution.*

Ich schrieb am selben Abend noch einen langen Brief an Maja, erklärte, dass sie nun nur noch ein kleines bisschen Geduld aufbringen müsse, legte ihr mein schwarzes Herz zu Füßen.

Der Sieg war so nah.

Leider kam Mokka in mein Zimmer, sah, dass ich über einem Brief saß und sich mein tränenüberströmtes Gesicht innerhalb von einer Sekunde in ein verschlossenes umwandelte. Sie bekam mal wieder diese zitternden Lippen, die mich aufregten, sagte aber nichts und verließ den Raum postwendend.

Ich musste mir jetzt wirklich etwas einfallen lassen, wie ich sie sowohl elegant als auch unwiderruflich loswerden konnte. Denn so schlecht ich Mokka auch behandelte, sie deutete die Zeichen nicht oder konnte sie nicht deuten. Sie hoffte tatsächlich, dass wir dereinst noch heiraten würden. Ich war abscheulich zu ihr, und mein Kummer darüber sowie meine Unfähigkeit, ihr absichtsvoll weh zu tun und einfach *tabula rasa* zu machen, machten mich noch abscheulicher.

Als ich nachmittags in Köln eintraf, gerüstet mit den besten Petri-Heil-Wünschen des Doktors, Nikitins und sogar Klein-Annas (die jedoch ebenso wie Ev dachte, dass ich zu einer Kunstauktion fahren würde), war sehr schnell klar, dass es nicht schwer werden würde, Otto den Rest zu geben. Sein Gesicht war aufgeschwemmt, seine Pupillen hatten einen stumpfen Glanz, und in gewisser Hinsicht unterschied sich sein seelischer Zustand nicht wesentlich von dem meines Bruders. Beide verstanden die Welt nicht mehr, beide verzweifelten an sich selbst, beide waren auf dem Auge, das mich betrachtete, völlig blind.

»Alls druff,«, sagte Otto tonlos, als ich durch die Tür trat. »Alls druff uffn flodde Oddo, Koja!«

Ein merkwürdiger Satz, voller Selbstmitleid, gesprochen mit geschlossenen Augen und aus einem schiefen Mund, schief wie der Mund eines frisch vergifteten römischen Senators, und wie tot lag er auch da auf seiner Wohnzimmercouch im weißen, mit Marmelade beschmierten Schlafrock. Lucie saß neben ihm und drückte ihm einen nassen blauen Waschlappen auf den Kopf. Dahinter stand Wowo und zog eine Spritze auf. Er schaffte es sogar, sich eine Träne aus dem Auge zu pressen.

»Was ist nur geschehen?«, fragte ich voller Anteilnahme und stellte meinen Koffer ab.

»Das ist ja allerhand, dass du mich besuchen kommst. Was wird denn das, wenn's fertig ist? Ein Beese-Bube-Daach?«

Er nahm den Lappen von der Stirn und blickte mich an. Und in seinem Blick erkannte ich etwas, womit ich nicht gerechnet hätte, einen unbedingten Willen, sich zur Wehr zu setzen, einen Willen, der unter seiner Hinfälligkeit gut verborgen war und nicht in diesen Raum sickerte.

»Was meinst du denn mit einem Böse-Buben-Tag?«

»Ich werd's dir zeigen«, sagte er mit fast behutsamer Stimme und richtete sich langsam auf.

»*Honey, please!*«, drängte ihn Lucie, sich wieder hinzulegen.

»Wir fahren nur kurz ins Amt. Sind gleich wieder da.«
»Bitte überanstreng dich nicht!«, bat ihn Wowo.
»Ich glaube eher, dass es für Koja ein bissel anstrengend sein könnte.«

Er ließ sich im Stehen von Wowo die Spritze setzen. Dann ging er und zog sich um.

Ich war beunruhigt, als wir in Ottos Dienstwagen durch Köln glitten. Der Trinker saß am Steuer und warf mir über den Rückspiegel warnende Blicke zu, so schien es. Otto selbst blieb kühl und abweisend. Seine Hand spielte mit dem blauen Lappen, den er sich hin und wieder gegen die pochende Stirn presste.

Das Dienstgebäude seines Amtes war ein achtgeschossiger Neubau, ein schmuckloser Riegel direkt an der Ludwigstraße, den man über Nacht aus Pappe, Zementklinkern und unter sichtbarem Einsatz allerschlechtesten Geschmacks hochgezogen hatte.

In den Fluren roch es noch nach Farbe und frischem Putz. Die Fußböden waren mit einer breiigen roten Masse belegt, Steinholz, der Billigvariante von Linoleum. Die Diskrepanz zum salonhaften Bormann-Gepränge in Pullach hätte nicht größer sein können. Hier gab es keine Goethehaus-Persiflagen, sondern blanke Demut. Nichts Großkotziges. Nur Kleinkotziges. Selbst in der Wahl der Deckenbeleuchtung, durch Messingdraht umfasste Glühbirnen, schien die Verachtung für eine Behörde mitzuschwingen, die sich in aller Machtlosigkeit selbst genügte.

Otto führte mich in sein Büro, dessen Vorzimmer so winzig war, dass es wie halbiert wirkte. Die Sekretärin blickte uns erschrocken an. Sie war schon in Hut und Mantel, um in den Feierabend zu gehen. Ihr Chef nickte ihr unter seinem Lappen vage zu, hielt mir die Tür zu seinem Arbeitszimmer auf, ich trat ein, und noch bevor er irgendetwas sagen konnte, spürte ich einen Windzug, vielleicht wegen des gekippten Fensters, vielleicht wegen der noch nicht geschlossenen Tür, vielleicht auch, weil ich plötzlich alle acht Stockwerke, die ich soeben hinaufgestiegen war, in freiem Fall herunterstürzte, aber nirgendwo aufschlug. An der in Kölner Brückengrün gestrichenen Wand hinter Ottos Schreibtisch, auf die ich starrte, hing der blaue Mann, der mit seiner Frau spricht, die nackte Geliebte im Arm.

Das Bild.

Die Graphik, wissen Sie?

Der von mir geraubte Picasso.

Und direkt daneben sah ich Käthe Kollwitz mit verhangenem Blick in den grasfarbenen, mit Thonet-Möbeln dekorierten Raum starren, in dessen hinterster Ecke zwei Zuluspeere standen (Geschenk des britischen Kolonialamtes).

»Bitte setz dich«, sagte Otto, und so fing mich also ein Sessel aus Chromrohr auf, karierte Wollpolsterung, fabrikneu, auf den danach gewiss nie wieder so viel Panik gefallen ist. Herr John rief seiner Sekretärin zu, dass sie nach Hause gehen könne, tschöh, und schloss die Tür. Er ging hinüber zu einem Wandschrank, nahm zwei Tassen heraus, holte die Teekanne von der gläsernen Schreibtischplatte und schenkte mir schwarzvioletten Tee ein, der unglaublich kalt sein musste. Dann ließ er sich mir gegenüber nieder, und ich sah zu, wie er sich mit dem Lappen über den Augen selbst Tee eingoss. Seine Hand zitterte.

»Du erinnerst dich an diese beiden Bilder, Koja?«
»Ja«, sagte ich.
Keine Ahnung, wer von uns beiden die grauere, die ungesündere Gesichtsfarbe hatte.
»Vor zwei Wochen war ich beim Ivone.«
Er meinte den britischen Hochkommissar.
»Hingen bei ihm im Salon. Einfach so.«
Er schnipste mit den Fingern.
»Geschenk der amerikanischen *administration*.«
»Das ist ja unglaublich, dass die wiederaufgetaucht sind.«
»Ja, das ist *unbelievable*.«
Er machte beim Sprechen von jenen schönen, vernuschelten Vokalen Gebrauch, die der hessischen Mundart ihren heimeligen Charakter geben und auch noch den sarkastischsten Bemerkungen einen Rest menschlicher Wärme erhalten.
»Gibt es irgendwas, Koja, was du mir sagen möchtest?«
Es gab nicht das Geringste, was ich ihm sagen mochte.
Während Gehlen in einer solchen Situation erst mal die Teetasse genommen, seine drei Löffel Zucker hineingeworfen, stundenlang umgerührt und somit meine Nerven zum Reißen gebracht hätte, war Otto viel zu nervös und fassungslos, um das Mittel der Entschleunigung als Waffe einzusetzen. Er stürzte den kalten Tee wie Medizin hinunter und rutschte nach vorne auf die Sesselkante.
»Dann solltest du wissen, dass diese Kunstwerke, die ja mal mir gehörten, die mir irgendein Bangert aus meinem Wohnzimmer stahl und die ich vermisst hab wie ein Puma sein Junges«, er musste Atem schöpfen, als er zu Picasso

hinaufsah, »dass diese Kunstwerke also aus den Raubkunst-Beständen der US-Army stammen.«

»Was?«

»Sie lagerten in einem Keller der CIA in München. Es sind Bilder, die nicht restituiert werden. Ihre Besitzer sind angeblich unbekannt.«

»Wie merkwürdig.«

»Und auch wieder nicht.«

»Soll das heißen, du glaubst, die CIA ... die CIA hätte deine Bilder aus deiner Wohnung gestohlen?«

»Und auch wieder nicht.«

»Nein?«

»Wenn es die CIA gewesen wäre, hätten die Amerikaner den Klambatsch nicht verschenkt, schon gar nicht an Ivone. Aber für die Agency arbeiten auch Gehlens Leute ...«, wieder eine Pause für die arme Lunge, dann im Autosuggestionsdialekt: »... dem Gehlen sei Leit.«

»Verstehe.«

»Nein, ich glaube nicht, dass du das verstehst. Diese Bilder sind vor vier Wochen aufgetaucht – und ich habe natürlich Nachforschungen anstellen lassen.«

Seine Zähne schimmerten in einem leicht verzerrten, unnatürlichen Lächeln. Er legte den Lappen beiseite, stand auf, humpelte zu einem Aktenschrank, und ich bemerkte, dass er vergessen hatte, sich Socken anzuziehen – sein linker Schuh umschloss einen sichtlich entzündeten Knöchel. Er öffnete eine Schranktür und zog einen dicken Leitz-Ordner hervor. Er legte ihn vor mir auf den Tisch und begann, durch den Raum zu streunern, den linken Fuß leicht nachziehend.

»Die Orks sind überall, Koja. Seit Jahren beschatten sie deinen lieben Otto.«

»Du musst aufpassen mit diesen Verdächtigungen. Auch Wowo sagt das.«

»Wer hat mir den Herrn Chauffeur empfohlen?«

»Er ist absolut vertrauenswürdig.«

»Vertrauenswürdig war er vielleicht im Krieg, beim Russentöten. Daher kennst du ihn wahrscheinlich.«

»Wie kommst du denn darauf? Du bist so komisch, Otto, ehrlich. Kannst du mir verraten, was das hier alles soll?«

»Immer aans nach em annere. Wie man die Kleeß isst! Gell!«

»Was wirfst du dem Trinker vor?«

»Ich glaub nicht, dass er damals die Diebe wirklich gestellt hat.«

»Er hat ein Messer in den Leib gekriegt!«

»Ja, sein eigenes Messer.«

»Wirklich, Otto, das ist absurd.«

»Wer hat den Herrn Chauffeur empfohlen?«

»Das hatten wir bereits.«

»Du hast ihn empfohlen!«

»Otto, worauf willst du hinaus?«

»Er arbeitet für Reinhard Gehlen.«

»Unmöglich.«

Er zeigte auf den Leitz-Ordner.

»Seite 324.«

Ich sah nach.

»Um Gottes willen«, sagte ich.

»Und jetzt zu dir!«

Das Blut stieg mir plötzlich den Hals hoch ins Gesicht.

Ich konnte das heftige Pochen meines Herzens hören. Ich schwamm im Blut.

»Seite 325«, sagte er, und dann: »Des kriege mer im Lebe nemme gebacke.«

Er schwieg grimmig, als ich den Recherchebericht über mich las, und so konnte ich meine Gedanken sammeln. Durch alle Detonationen jeder einzelnen Zeile hindurch, die mir galt, konnte ich feststellen, dass der Verfassungsschutz nur meine frühe Tätigkeit als Architekt in Pullach entdeckt hatte. Weder meine Zugehörigkeit zum Red-Cap-Programm der CIA noch mein Einsatz für die Org-Hauptabteilung Inland war bekannt. Ich versuchte, das Blut aus meinem Hals zu kriegen und den Strohhalm zu ergreifen. Ich blickte in das offene Buch, das mein gekränktes, von Migräne gemartertes Gegenüber war, und begann darin zu blättern. Das Wichtigste in einer solchen Situation ist, auf der Stelle eine Erklärung abzuliefern. Es gehört zum metallurgischen Einmaleins des Agenten, dass Schweigen immer Silber und Reden immer Gold ist. Ich redete um mein Leben, vor allem um Majas Leben (»Lass des, Koja, da is alls verdrebbelt un' verschitt«). Immerhin fielen mir Wörter ein, und jedes Wort, das ich in den Mund nahm, war zwar gelogen, aber mit einer Leidenschaft gelogen, die mich mit der Überzeugung flutete, nichts als die reine Wahrheit zu sagen (»Ei her doch uff mit dene Ferz«). Ich erklärte Otto, dass ich niemals für die Org gearbeitet hätte, außer ein einziges Jahr lang als Architekt, der die demütigende Aufgabe gehabt hatte, eine Mauer zu bauen (»Isch kann den ganze Scheiß nemme hern«).

»Mein Bruder hat mir diesen Job verschafft«, rief ich, »aber hätte ich verhungern sollen? Du weißt, dass er mich um ein Haar an den Galgen gebracht hat. Und diese Mauer war seine Art der Wiedergutmachung. Ich habe direkt nach dieser Tätigkeit mit dem Kunsthandel begonnen. Niemals hätte ich für diesen Gehlen gearbeitet. Niemals. Ich habe mit den Nazis nichts zu tun!«, gellte ich. »Ich bin ein Antifaschist!«

»Du hast mich hintergangen!«

»Nein, ich habe dir gesagt, wer ich bin. Und was ich sagte, stimmt auch.«

»Ich hatte dich so gerne, Koja. So ungeheuer gerne.«

Sein Atem flog.

»Das Einzige, wovon ich dir nichts gesagt habe, Otto, war die Tätigkeit meines Bruders. Aber die hast du selbst herausgefunden.«

»Ich glaub dir nicht!«, schrie er plötzlich, hochrot im Gesicht.

»Ich bin Künstler, Otto!«, wehrte ich mich genauso laut. »Künstler und Kunstliebhaber und ja, ich bin auch Architekt! Meine Güte, ich habe einen Kinderspielplatz in Pullach errichtet! Mit zwei kleinen Schaukeln drauf! Bin ich deshalb ein Verbrecher?«

Er nahm den blauen Lappen und schmiss ihn mir mit voller Wucht ins Gesicht. Vielleicht sagt das am meisten über ihn. Er hätte ja auch seine Teetasse schleudern können oder – wie der Doktor das gemacht hätte – einen der beiden Zuluspeere hinter ihm. Aber er war nur ein Lappenschmeißer. Ich blickte in zornige und, je länger ich blickte, in von Zweifeln gemarterte Unentschlossenheit, und als ich noch länger blickte, ahnte ich, dass eine allerletzte Chance auf mich zukroch.

Er wandte sich ab, ballte die Fäuste und rang mit sich.

»Schwör mir«, hörte ich nach einer halben Ewigkeit, in der er seine Fäuste in die Kopfhaut einmassierte, »schwör mir, dass du nie gegen mich gearbeitet hast.«

»Das schwöre ich.«

»Schwör es bei deiner Liebe zu Mokka.«

Da ich Mokka nicht liebte, konnte ich das ohne weiteres schwören, fand ich.

Nach meinem widerlichen und feigen, mich erst viele Jahre später bis in die Schlaflosigkeit marternden Notschwur plumpste Otto in seinen Sessel und sackte in sich zusammen. Die Unschuld seiner kindlichen Seele war nicht durch Rationalität gefährdet. Mit einiger analytischer Anstrengung hätte er mich auseinandernehmen können damals. Aber es entsprach einfach nicht seinem Charakter. Er war eben ein durch und durch romantischer Schmalzdackel, labil wie alle Romantiker, unfähig zu glauben, dass die Menschen, denen er vertraute, von durchtriebener Gemeinheit sein könnten. Für den Geheimdienst war er die ungeeignetste Person, die man sich vorstellen kann. Selbst Pu der Bär hätte mehr Gerissenheit an den Tag gelegt.

Natürlich war er hochintelligent, saß da und glaubte mir nicht. Aber es war auch nicht so, dass er mir gar keinen Glauben schenkte. Denn ich klang überzeugend, und Otto John war ein Mann der Klänge. Die Schönheit einer Stimme war ihm wichtiger als das, was sie sagte. Deshalb hatte er wohl auch eine Sängerin geheiratet.

»Gehlen denkt, dass er mich aus dem Verkehr zieht«,

murmelte er dumpf, schlüpfte aus dem Schuh, der ihn schmerzte, und feuerte ihn in die Ecke. »Aber er wird es sein, der aus dem Verkehr gezogen wird.«

Es war an der Zeit, still zu werden, das Reden einzustellen, die Schönheit meiner Stimme zu schonen.

»Weißt du, wie viele ss-Mitglieder die Organisation von Gehlen umfasst?«

Ich wusste es nicht.

»Hast du auch nur die geringste Ahnung, dass zwei Drittel der leitenden Beamten des Bundeskriminalamtes ehemalige ss-Offiziere sind?«

Ich hatte nicht die geringste Ahnung.

»Ist dir jemals zur Kenntnis gekommen, dass das Innenministerium zur Hälfte aus NSDAP-Mitgliedern besteht?«

Nein.

»Und du willst ein Antifaschist sein?«

»Worum geht es?«

Er zeigte auf den Ordner.

»Davon haben wir 140 Stück. Voll bis oben hin mit allem, was man über die Hydra wissen muss.«

»Recherchen?«

Er schüttelte den Kopf.

»ss-Akten.«

»ss-Akten?«

»Personalakten aus dem *Berlin Document Center*. Und aus anderen Quellen.«

»Du willst diese ss-Akten gegen Gehlen einsetzen?«

»Gehlen. Adenauer. Außenminister Schröder. Die ganze *Bagaasch*.«

»Bist du wahnsinnig?«

»Das kommt alles an die Presse.«

»Bist du vollkommen wahnsinnig?«, wiederholte ich.

»Ich weiß nicht, ob ich dir noch trauen kann, Koja. Meinetwegen verpfeifst du das. Ist mir egal. Es ist nicht aufzuhalten. Da stehen Sachen drin ...«

Er lachte leise und fing an, seinen blutigen Knöchel zu massieren.

»Dein Bruder war in Riga. Hat bei den Judenmassakern mitgemacht. An vorderster Front. Steht da drin. Und Lucies Familie wurde nach Riga deportiert.«

»Du machst einen Fehler.«

»Und meinen Bruder haben sie im KZ zu Tode gefoltert. Haben ihm die Augenlider abgeschnitten, damit er nicht mehr schlafen kann. Weißt du, was mit deinem Augapfel passiert, wenn man dir die Lider abschneidet?«

»Du darfst auf keinen Fall belastendes Material an die Presse geben.«

»Dasselbe wie mit jedem Apfel. Er verfault.«

»Du hörst mir nicht zu, Otto.«

»Die können sich alle warm anziehen. Deinen Bruder wird man wegen Mordes drankriegen. Kannst du ihm schon mal ausrichten. Und Gehlen schießen wir seine Kriegsverbrecher unter dem Bobbes weg.«

Ich sah zur Seite, suchte Trost in dem blauen Mann an der Wand, fragte mich, wieso er diese zwei Frauen liebt, und erinnerte mich an Picassos wunderbaren Satz: »Malerei ist nicht erfunden worden, um Wohnungen auszuschmücken! Sie ist eine Waffe zum Angriff und zur Verteidigung gegen den Feind.«

Über diesen heroischen Gedanken, der Papas Meinung

über die Malerei geradezu konterkarierte, da mein Vater sein Leben lang mit seiner Malerei ausschließlich Wohnungen ausgeschmückt hatte, noch dazu mit Bacchantinnen oder feierlichen Erektionen, vergaß ich fast, dass Otto John ein toter Mann war.

19

Ich schreckte hoch. Aber es war nur Maja, die sich an mich schmiegte. Sie kam vom Klo, ich hörte den Spülkasten. Meistens versuchten wir, die zwei Tage wach zu bleiben, die uns vergönnt waren. Doch je mehr Stunden verstrichen, desto öfter nickten wir ein. Wie Grenadiere auf Wache, deren Ablösung man vergessen hat.

Ich sah auf die Uhr, während sie ihren Kopf in meinen Arm wühlte. Noch fünfzig Minuten.

»Deutschland ist Weltmeister«, flüsterte Maja.

»Was?«

»Du bist Weltmeister.«

Sie hatte an der Toilettenwand gelauscht, was wir immer taten, wenn wir auf dem Klo saßen. Hinter der dünnen Mauer wussten wir den Posten, der unser Tun über all die Wanzen verfolgte, die unter den Tapeten, in den Steckdosen und Teppichstangen der Villa lauerten. Er hörte oft Radio, was unter strenger Strafe stand, mir aber lieber war, als dass er uns hörte.

»Es kam gerade in den Nachrichten. Drei zu zwei gegen Ungarn.«

»Dann können wir ja reden.«

»Ja, wir können reden. Er hört uns nicht.«

Was hätte er auch hören können außer die Geräusche

der Transparenz, die mit der Liebe einhergehen, mit der schmatzend körperlichen zumal, aber auch der anderen. All die Mausezähnchen, Schnasen, Muckerchen, Flusen, Murmeln, all die Kisskas, Zajuschkas, Daragos, Slatkajas, die durch die Villa kosten, müssen von erbärmlicher Langeweile gewesen sein für das halbe Dutzend KGB-Ohren, das wir an einem Wochenende verbrauchten.

»Was denkst du, mein Kisskaja?«, fragte sie.

»Nur noch fünfzig Minuten.«

»Denk das nicht.«

»Gut, dann denke ich es nicht.«

»Das war sehr schön wieder.«

»Ja, das war es.«

»Aber du bist bedrückt.«

»Mein Schatz.«

»Ich will, dass du nie wieder bedrückt bist. Ich werde dir immer Lieder singen. Später.«

»Was für Lieder?«

»Lieder, die dich froh machen. Zum Beispiel das Lied von dem Üferchen entlang dem Fluss Kassanka.«

»Wie geht das?«

»Das singen wir, wenn er wieder zuhört.«

»Willst du es ihm auch singen?«

»Du hast doch gesagt, wir wollen jetzt reden.«

»Mein Schatz.«

»Was bedrückt dich nur so? Was ist denn da in dem Klopfklopfklopf?«

Sie meinte mein Herz und pochte mit dem Zeigefingerknöchel in die entsprechende Gegend. Wir hatten inzwischen viele Worte für das, was in jenen Stunden eine

Rolle spielte. Ich sah oben an der Decke das abgeschabte Gemälde meines Vaters und hoffte, dass es das letzte Mal wäre, dass ich es zu Gesicht bekam.

»Ich muss etwas tun, was sehr schwer ist.«
»Was denn?«
»Das kann ich nicht sagen.«
»Schade.«
»Aber du darfst nicht denken, dass ich ein schlechter Mensch bin.«
»Du bist der beste Mensch, den ich kenne.«
»Aber ich bin auch schlecht. Denn ich liebe nicht viele.«
»Du liebst nur mich.«
»So schlecht bin ich auch wieder nicht.«
»Ich habe immer nur Schufte geliebt, weil die so gut küssen können.«
»Mein Schatz.«

Als wir uns verabschiedeten, sagte ich ihr, dass ich sie das nächste Mal holen würde. Das sei so sicher wie das Amen in der Kiche.

Damals dachte ich, dass sie so heiter war wie nie, weil diese Aussicht ihr das Glück verhieß.

War sie anziehend? Sie hatte dünne Haare bekommen, und ihr lückenhaftes Gebiss und das Schaschlikgesicht, wie sie es nannte, minderten den Reiz ihrer Erscheinung. Aber so zerpflügt ihre Schönheit auch war, blühten doch an allen Ecken ihr Lächeln, ihr Hals, ihr von der Haft unberührter Stolz, ihre beiden Schulterblätter, die wie Felder wogten, das Weiß ihrer übrigen und gar nicht mal so wenigen Zähne (dreiundzwanzig), die Härchen auf ihren Armen, ihr Birkenundbuchenkörper, ihre bernsteinfarbenen Augen. Es ist so ein Klischee, von bernsteinfarbenen Augen zu sprechen, eine Poesiealbumslösung, um nicht einfach nur hellbraun zu sagen. Aber ihre Augen hatten tatsächlich eine harzige, fossile, also damit meine ich uralte Weisheit, die sich im Blut dieser Bäume ausdrückt, das ich als Kind so oft am Rigaer Strand gesucht hatte. Und nun fand ich es in dem letzten Blick, den sie mir zuwarf.

Dieser Glanz.

Danach musste ich zu Genosse Nikitin. Er sah furchtbar aus. Krank und alt wie nie zuvor. Seine Augen hätten eine Sonnenbrille weitaus nötiger gehabt als die des Doktors. Er kam nur einmal im Jahr aus Moskau hierher, um mich zu instruieren. Ich wunderte mich, dass er in einem sehr kleinen, schäbigen Büro saß, nicht in dem herrschaftlichen Amtszimmer, das ihm sonst in Karlshorst vorbehalten war. Er erriet meine Gedanken und entschuldigte sich fast für die beengten Verhältnisse.

»Es wird renoviert, Genosse Vier-Vier-Drei. Alles wird neu.«

»Das ist gut, wenn alles neu wird.«

»Nicht wahr? Aber beim nächsten Mal wird alles wieder alt sein.«

Ich fragte ihn direkt, ob es bei unserer Abmachung bliebe. Er bestätigte. Ich bat ihn, mir sein Wort zu geben. Eigentlich absurd, wo ich doch mein eigenes Wort nicht weiter wertschätzte und Mokka schon jetzt verraten und verkauft hatte und auch Otto John und meinen eigenen Bruder und ein saftiges Stückchen Vaterland.

Er blickte mich an. Es fehlte völlig der Spott in diesem Blick.

»Ich gebe Ihnen mein Wort, dass Sie und Genossin Drei-Eins-Drei nach Abschluss Ihrer Mission gemeinsam in Westdeutschland eingesetzt werden. Allerdings nur unter der Voraussetzung, dass Ihr erstes Baby Nikitin heißen wird. Nikitin der Zweite.«

Obwohl er wie immer zum Scherzen aufgelegt war, spürte ich doch eine Konzentration oder vielleicht sogar Trauer unter seinem Witz, die mir neu war. Vielleicht lag es an den schwierigen Umständen des letzten Jahres, ich sage nur siebzehnter Juni Neunzehndreiundfünfzig. Eine Million Arbeiter auf den Straßen, Vulkanausbrüche an Streiks und Massenprotesten, Dutzende von Toten. Das hatte den KGB unter Druck gesetzt, da man den Volksaufstand in der DDR nicht hatte kommen sehen, nichts davon, und vom Ausmaß der Ereignisse völlig überrascht wurde.

Ich fragte Nikitin, ob es für Otto John nicht doch eine andere Lösung gäbe als die vorgesehene. Aber er bedauerte. Als ich schon an der Tür stand, rief er noch einmal meine Agentennummer, und ich drehte mich um.

»Gratulation übrigens«, sagte er und kraulte sich den spärlichen Rest seines Kropfes. »Ein tolles Tor von Rahn.«

Mein Bruder erklärte mir einige Tage später, wie es laufen solle.

Wir saßen im Hotel Kempinski.

Wir saßen im Hotel Kempinski, da wir nicht bei Anna Iwanowna sitzen konnten, die gestorben war, an einer Grippe, drei Monate zuvor. Sie hatte uns ein altes Bett, sehr viele Fotos unseres Großpapings, ein Amulett, fünf Ikonen, zwei Straußenfederhüte, den geliebten Samowar, ein Buch mit handgeschriebenen russischen Kochrezepten und die Abstammungsunterlagen von Ev hinterlassen.

Als Ev die Papiere nach Anna Iwanownas Beerdigung in die Hand bekommen und die Namen ihrer Eltern gelesen hatte, die Namen Meyer und Murmelstein, war ich aus dem Schneider. Nun gab es Dokumente. Ev musste nicht preisgeben, dass sie um ihre Herkunft schon seit Jahren wusste, weil ausgerechnet Hubs tückischer Bruder, der einstige ss-Hauptsturmführer Koja Solm, ihr diese nach zwei Tagen ununterbrochenen und melancholischen Geschlechtsverkehrs in Breslau enthüllt hatte.

Ev fuhr noch am selben Tag mit ihren Geburtsdokumenten hinaus nach Pullach, holte Hub am Tor der Org ab, der sich darüber erfreut zeigte, aber nicht lange, denn sie zeigte ihm die Papiere und erklärte, dass sie Jüdin sei und sein Kind eine Halbjüdin. Dies gehe aus Anna Iwanownas Unterlagen klar und eindeutig hervor. Daher wolle sie sich ab sofort in die jüdische Gemeinde Münchens einbringen, jedenfalls in das, was davon noch übriggeblieben war, und zwar mit Haut und Haaren.

Sie kaufte auf dem Flohmarkt einige jüdische Kultgegenstände, einen Chanukka-Leuchter, Hawdala-Kerzen, mehrere Amulette mit dem Davidstern (sogar eins für Hub, das muss man sich mal vorstellen). Außerdem besorgte sie sich ein Kochbuch für koscheres Essen. Klein-Anna fand Evs Ma'amouls und Haman-Taschen so lecker, dass sie Hub sagte, wie froh sie sei, eine »süße Judenschnut« zu sein. In jenen Tagen zeichnete sie auch ihr erstes Selbstporträt, wählte dazu die Pose der Königin Esther, mit Mondscheinaugen und einer orientalischen Krone auf dem Haupt.

Ich will eigentlich davon reden, dass ich mit Hub im Hotel Kempinski saß.
Aber Sie müssen auch verstehen, wie aufgewühlt mein Bruder damals war.
Er, jedenfalls seine »evangelische Version ohne Erinnerung«, hatte nach all diesen Neuigkeiten zunächst einfach nur betäubtes Verhalten gezeigt (wie ein mit einem Blasrohr narkotisierter Elefant, der auch nicht sofort umfällt). Nach verschiedenen Lähmungsphasen war es aber auch zu Wutausbrüchen gekommen, die Ev mehrmals veranlassten, mich anzurufen. Ich kam auch jedes Mal sofort hinüber in die Biedersteinerstraße geeilt, und Klein-Anna weinte sehr und sagte, dass Mami und Papi ungeheuerlich geschrien hätten, und sie machte nach, was sie gehört hatte.
Hubs Lachen und Hubs Schreien wechselten sich ab, und man wusste gar nicht mehr, wovor man mehr Angst haben sollte.
Und nun, Wochen später, saß ich also mit ihm im nagelneuen Hotel Kempinski, in einer geräumigen, geschmackvoll eingerichteten Suite, und er zeigte mir die Waffe, mit der ich den amtierenden Präsidenten des Bundesverfassungsschutzes ausschalten sollte.
In seinem Bestseller *Nicht Krüppel – Sieger!*, dem feinen Selbsthilfe-Almanach für Armamputierte, hatte es eine Gebrauchsanweisung gegeben, wie man mit nur einer Hand eine Waffe reinigt, lädt, sichert, spannt, entsichert

und abfeuert. Das Kapitel hieß etwas barock »Handhabung ohne Handhaben«. Nun presste Hub mit seinem rechten Fuß die Walther PPK auf den Boden und zeigte mit der linken Hand die gesamte Bedienungsbreite der Pistole, was insofern merkwürdig war, als ich sie in- und auswendig kannte.

»Warum machst du das, Hub?«
»Das ist eine dienstliche Einweisung.«
»Ich weiß, wie das geht.«
»Versau es nicht, hörst du? Versau es nicht!«
Magazinauswurfsknopf.
Sicherungshebel.
Handspannung des Hahnes.
Schlagbolzen.
Sicherungsbrücke.
Ich musste ihm alle Begriffe aufsagen.
Er war nervös. Denn diese Aktion, daran hatte der Doktor keinen Zweifel gelassen, war Hubs letzte Chance, im innersten Zirkel zu bleiben.

Drei Wochen zuvor hatte meine Nachricht, dass Otto John nicht daran denke, von seinem Amt zurückzutreten, im Camp Nikolaus zunächst für helles Gemurmel, nach näheren Erläuterungen für Betroffenheit gesorgt. Dass er jedoch über 140 Aktenordner Material verfügte, mit dem die Führungsspitze der Org ein paar Dutzend Jahre Gefängnis gleichmäßig unter sich hätte verteilen können, führte zu blanker Hysterie.

Heinz Herre zum Beispiel, der spindeldürre Verbindungsoffizier zur CIA, erhob sich am Ende der Lagebesprechung, bleckte die Zähne und schlug vor, das komplette Kölner Bundesamt für Verfassungsschutz einfach nachts in Brand zu stecken, mit allen verdammten Aktenordnern drin und hoffentlich auch ein paar strebsamen, scheißlinken Sachbearbeitern. Dieser absurde Neubau sei sowieso eine Verschandelung des Stadtbildes, schrie er.

Heinz Felfe mochte zwar die ästhetischen Implikationen dieser Lösung, gab aber zu bedenken, dass auf diese Weise alle Erkenntnisse über BRD-Verfassungsfeinde zum Teufel gehen würden. Herre polterte, dass das doch schnurzegal sei, da die Org verflucht noch mal genug BRD-Verfassungsfeinde hinter Schloss und Riegel bringen könne, dazu brauche man die Dilettanten aus Köln nicht.

Ein anderer wisperte vorsichtig, dass die CIA-Labore gerade an kleinen Tropenkäfern forschten, die sich von Papier ernährten und innerhalb von wenigen Stunden ganze Archive auffressen könnten, wie Piranhas Rinderherden. Man könne die Käfer einfach in Herrn Johns Büro schmuggeln und dort aussetzen. Zwanzigtausend Stück müssten genügen.

Irgendjemand lachte, und fast wäre es zu einer tätlichen Auseinandersetzung gekommen.

Nur der Doktor blieb eisig, hörte sich den Tumult an und sagte schließlich: »Die Ordner sind nicht das Problem.«

Auf der Stelle trat Ruhe ein.

»Das stimmt«, erwiderte Hub. »Die Ordner sind nicht das Problem. Herrn Johns rechte Hand, Albert Radke, gehört seit Jahren zu uns. Der könnte die Ordner problemlos verschwinden lassen, sobald John den Posten verlässt.«

»Aber gerade das tut der ja nicht«, sagte ich.

»Nein«, brüllte Herre, »der will uns umbringen!«

»Deshalb ist Herr John das Problem«, sagte der Doktor. Dann schickte er alle aus dem Besprechungszimmer, alle bis auf Hub, Felfe und mich.

Drei ehemalige ss-Offiziere und ein ehemaliger Hitler-General blieben übrig, um die westliche Demokratie vor einem durchgeknallten Irren zu bewahren, der absurderweise überall ehemalige ss-Offiziere und Hitler-Generäle zu wittern meinte.

»Also meine Herren, was schlagen Sie vor?«, fragte Gehlen fast lässig und bot uns, wie es seine Art war in dramatischen Situationen, Kaffee, Gebäck und Erfrischungsgetränke an.

»Wir müssen den Druck auf den Britenfreund noch weiter erhöhen«, probierte es Felfe mit einer Binsenweisheit.

»Wie soll das gehen, Friesen?«, fragte Hub, an seiner Cola nuckelnd. Er baute Felfes Decknamen so häufig wie möglich in Konversationen ein, weil er seinen Klang herrlich abstoßend fand. »Mein Bruder hat dafür gesorgt, dass er von allen Seiten Saures kriegt. Noch mehr öffentliche Ablehnung geht ja gar nicht.«

»Ja«, pflichtete ich ihm bei und deutete auf den Zeitungsartikel, den ich mitgebracht hatte. »In diesem Interview spricht ihm Bundesinnenminister Schröder sogar offiziell das Misstrauen aus.«

»Vorlesen!«, befahl der Doktor.

Ich nahm die Zeitung und las vor:

»*Was unsere innere Sicherheit anbelangt, so wird Deutschland nach Erlangung der vollen Souveränität, mit der wir in wenigen Monaten rechnen, völlig freie Hand haben ...*«

Ich stockte, blickte auf, erklärte, dass jetzt die entscheidende Stelle käme, Achtung, und fuhr fort: »*... völlig freie Hand haben, Persönlichkeiten mit Verfassungsschutzaufgaben zu betrauen, die wirklich über alle Zweifel erhaben sind.*«

»Das sagt der Minister?«, staunte Felfe.

»Exakt«, bestätigte ich. »Er will auf dem Posten jemand, der *wirklich* über alle Zweifel erhaben ist.«

»Junge, Junge«, pfiff Felfe durch die Zähne.

»Das heißt, wenn die Engländer weg sind, wird John ausradiert?«, fragte Hub.

»Na ja, Verfassungsschutzaufgaben soll er jedenfalls keine mehr bekommen, das steht hier schwarz auf weiß. Und da steht auch, dass er eine Pfeife ist.«

»Da schießt man sich doch eine Kugel in den Kopf«, brummte Hub, »wenn der eigene Vorgesetzte einen dermaßen blamiert.«

»Ich fürchte, dass Herr John es nicht selbst sein wird, der ihm in den Kopf schießt«, sagte Gehlen leichthin.

Wir alle zählten die Löffel Zucker mit, die in seinen Kaffee wanderten. Es waren fünf.

»Bei dem schönen Frühlingswetter werde ich meinen Kaffee besser draußen trinken, mit dem lieben Herrn Friesen.« Der Doktor erhob sich mit Felfe, der schnurrenden Mietzemutze. »Vielleicht grübeln die Herren Ulm und Dürer hier noch ein wenig über die Situation nach?«

Das war eine Liquidationsweisung.

Haben Sie schon mal eine Liquidationsweisung erhalten, Swami?

Nicht nur für Hippies, die ja schon Blumenpflücken für einen Akt des Terrors halten, ist das ein Schock. Ich war so perplex, dass mir schlagartig meine bionegative Energie wieder einfiel. Ein Terminus technicus, den Papa einst aus seinem Lieblingsbuch *Genie, Irrsinn und Ruhm* entlieh und sich zu seinem Schmerz gezwungen sah, ihn auf seine Kinder zu übertragen, da die dreizehnjährige Ev in Jugla in einen fremden Garten gestiegen war, einen Obstbaum erklommen und in lichter Höhe drei Kilogramm Birnen gemopst hatte (während ich unter ihr am Stamm mit einem Korb in der Hand zitternd und erfolglos Schmiere stand).

Bionegative Energie war Papa zufolge das, was Michelangelo, Benvenuto Cellini, Leone Leoni, Giuseppe Cesari, Caravaggio und auch Bernini zu Dieben, Hochstaplern, Falschmünzern, Totschlägern oder Mördern gemacht hatte, eine abnorme, vor allem im italienischen Künstlertum tief lauernde Affinität zum Verbrechen, die Ev und mich zu den verbotenen Birnen trieb, dessen war Papa sich sicher.

Ich hatte damals von meinem so gutmütigen Vater die einzige Tracht Prügel meines Lebens erhalten. Sie fiel besonders schmerzhaft aus, weil auch noch die Sünden Evs getragen werden mussten (denn ein Mädchen durfte nicht gezüchtigt werden, schon gar nicht mit einer Reitpeitsche). Außerdem hatte ich zu lernen, dass auch ein Künstler, denn auf einen solchen hoffte Papa in mir, mit irdischen und somit gesetzlichen Maßstäben zu messen sei. »Du bist gefährdet, mein lieber Sohn«, sagte Papa den Tränen nah, als er mir Salbe auf meinen zerhauenen Rücken strich, »sehr gefährdet.«

Es mag also sein, dass ich eine psychisch durch und

durch bionegative, halbitalienische Persönlichkeit bin, das glauben ja auch Sie, voreingenommener Swami.

Dennoch war eine Liquidationsweisung etwas so Unvorstellbares für mich, dass ich nach ihrem Erhalt nur sprach- und grußlos Pullach verlassen konnte in der Hoffnung, dass alles nicht so gemeint gewesen war.

Es war aber alles so gemeint gewesen.

Hub blühte sogar auf.

Er fühlte nichts als reine Freude, den Auftrag des Doktors übernehmen, leiten und gestalten zu dürfen. Er ließ sogar das Saufen sein und verdoppelte sein Kirchgangspensum, vielleicht weil ihm klarwurde, dass sein Vorhaben die Bilanz beim Jüngsten Gericht erheblich drücken musste.

Während er an den Wochenenden vor diversen Altären kniete und betete, entwickelte er wochentags unter Zuhilfenahme der operativen Org-Abteilung und zusammen mit Donald Day ein streng geheimes und vollkommen wahnsinniges Attentatsprogramm.

Zentrum der Operation sollte Berlin sein. Dort würde am zwanzigsten Juli Neunzehnvierundfünfzig ein Festakt stattfinden: der zehnte Jahrestag jenes so völlig anders gelagerten Hitler-Attentates, dessen teils erschossene, teils strangulierte, teils enthauptete, ansonsten selbstentleibte Verschwörergruppe nur wenige Überlebende ins Hier und Jetzt herübergerettet hatte, unter ihnen aber Verfassungsschutzpräsident Otto John.

Er war daher auch herzlich eingeladen.

Nicht nur der Bundespräsident, wichtige Regierungsvertreter und hochrangige Abgesandte der Alliierten würden ihm bei der Veranstaltung ihre Aufmerksamkeit schenken, sondern auch zwei ukrainische Scharfschützen, Überbleibsel meiner Red-Cap-Truppe. Ihre Springfield M1903-A4-Präzisionsgewehre konnten jeweils zwei Schüsse abgeben, jedenfalls unter der Voraussetzung relativer Ungestörtheit.

Da jedoch das gesamte Gelände um den Bendlerblock von der Polizei abgeriegelt werden würde, mussten die Killer vom angrenzenden Tiergarten aus agieren, einem seit Kriegsende von Bombenkratern zerwühlten Gelände. Hier führte aber leider nicht die Fahrtroute der Trauergäste vorbei.

Daher brauchte man mich.

Mein Auftrag lautete, mir von Otto John eine Einladung zu dem Festakt zu besorgen und ihn während der Zeremonie in einen bequemen Schusswinkel der Orks zu stellen. Sollten die Scharfschützen ihr Ziel verfehlen, müsste ich meine Waffe ziehen und auf die Männer recht ungeschickt feuern. Dabei geschähe mir ein bedauerliches Missgeschick. Eine Kugel würde sich unbeabsichtigt lösen, ins Stammhirn des Verfassungsschutzpräsidenten eindringen und dort für Ruhe sorgen.

In dem daraufhin ausbrechenden allgemeinen Chaos könnten die Attentäter in ein bereitstehendes Fahrzeug der US Army springen und in Sicherheit gebracht werden. Ein Bekennerschreiben einer KPD-Zelle sei vorbereitet. Mir könne nichts passieren, da mich die Org schützen würde und ich als Freund und Kunsthändler von Otto John, mit dem ich bekanntlich seit Jahren in lebhaftem Kontakt stand, ein tragisches Unglück verursacht hätte, für das ich vor jedem Gericht der Welt einen Freispruch erhalten würde.

So weit die Theorie.

Der absolut brillante, perfekte und abstruse Plan hatte nur einen einzigen Haken, und der war ich.

Ich wollte diesen Plan nicht.

Auf keinen Fall.

Dieser Plan störte mich so sehr, weil er ein noch viel brillanterer und perfekterer und abstruserer Plan gewesen wäre, wenn man auch mich noch eliminiert hätte. Denn dann wäre einer der wichtigsten Belastungszeugen des Doktors aus dem Weg geräumt worden. Und überhaupt: Wieso brauchte man zwei Scharfschützen? Das leuchtete mir nicht ein. Wenn zwei Toreros in die Arena gehen, dann muss es auch zwei Stiere geben. Bot ich mich als Ergänzungsstier nicht geradezu an? Würde sich Hub durch eine geringfügige Erweiterung des Auftragsumfangs nicht auf sehr elegante Weise seines Bruders entledigen können, dessen Loyalität er sich nie sicher war und der ihm schon einmal sein Leben ruiniert hatte?

Unser Verhältnis verschlechterte sich von Tag zu Tag. Es war nicht nur der empathisch unterschiedlich gewichtete Umgang mit den Orks. Sondern ich pflegte auch immer intensiveren Austausch mit Ev, den ausgerechnet Hub provozierte. Mein Verhältnis zu seiner Tochter war enger als seines, und auf das Verhältnis zu Ev traf das womöglich auch zu, obwohl da niemals irgendwelche Grenzen verletzt wurden.

Er merkte, dass es mit Mokka und mir zu Ende ging, und das setzte ihn unter Druck. Machte ihm Angst, sagen wir mal so. Und mein Engagement in der SPD, mein plötzlicher Wohlstand durch die Kunstgalerie, die Statuserhöhung durch meine Freundschaft mit Otto, mein Prestigezuwachs bei Gehlen – all das hatte wohl auch dazu geführt, dass mein Bruder sich mehr und mehr im Alkohol, in der Larmoyanz und im Lachen und Schreien verlor. Ich konnte mir vorstellen, da ich mir so vieles vorstellen konnte, dass Hub in dieser Verfassung zwischen sich selbst und mich ein Fadenkreuz schiebt.

Ich traute ihm nicht.

Ich traute auch seiner bescheuerten Frömmigkeit nicht.

Einmal sagte er mir, dass in der Bibel immer der älteste Sohn am schlechtesten wegkommt, ob mir das jemals aufgefallen wäre. Immer schaue der Älteste in die Röhre. Das beginne schon bei Kain und Abel. Kain sei der Älteste, und was tue er? Genau. Dann könne man sich Esau und Jakob betrachten. Dann die ganzen Söhne Jakobs: Die Ältesten sind schlecht, die Jüngsten sind gut. Und als die Israeliten aus Ägypten flohen, tötete Gott alle Erstgeborenen. Was hat Gott eigentlich gegen Erstgeborene? Was hat Gott eigentlich gegen mich? Und wieso bevorzugt er dich? Das alles fragte mich Hub, und ich wusste wirklich keine Antwort, und er sagte, erinner dich nur an das Gleichnis vom verlorenen Sohn. Der ist auch wieder der Jüngste. Für ihn wird das gemästete Kalb geschlachtet. Das ist doch Scheiße, Koja.

Nein, ich glaubte wirklich nicht an seine Frömmigkeit. Obwohl er kein Künstler war, verfügte er über erhebliche bionegative Energie, und er ging damit so großzügig um, dass mir angst und bange wurde. Haben Sie schon mal gesehen, wie ein Einarmiger betet? Er kann nicht die Hände falten. Er macht eine Faust.

Dennoch musste ich tun, was ich tun musste.

Auch Genosse Nikitin hatte das verlangt.

Ohne meinen unbedingten Gehorsam würde ich mein unbedingtes Versprechen Maja gegenüber nicht einhalten können.

Ich nahm also im Kempinski schweren Herzens die Walther PPK an mich, die mir Hub nach meiner Unterschrift unter drei Formulare (ein grünes, ein gelbes, ein rotes) übergab.

In den folgenden Tagen führte ich die Pistole oft bei mir, im Halfter unter meiner linken Schulter. Übrigens ist das ein Mythos aus den billigsten Schundheftchen, dass sich Schusswaffen angeblich unter dem Jackett abzeichnen. Jemand mit Ihrer Körperhaltung zum Beispiel könnte den ganzen Tag eine Pistole spazieren führen, ohne dass sich da irgendwas ausbeult. Nicht mal auf Ihrem Pyjama beult sich was aus. Man muss eben immer so ein bisschen krank und gebeugt gehen, es muss aussehen, als hätte man einen runden, kaputten Rücken, dann bemerkt kein Mensch, dass Sie schwer bewaffnet sind.

20

Als ich Otto und Lucie John am fünfzehnten Juli Neunzehnvierundfünfzig am Flughafen Tempelhof abholte, hatte ich mir die gebückte Haltung schon angewöhnt.

Otto begrüßte mich fröhlich. Er hatte sich entschieden, auf meinen Schwur zu bauen. Alle Vorbehalte waren wie weggewischt, und in seinem vom Kampf der letzten Monate gezeichneten Gesicht sah ich die alte Herzlichkeit, die mich erschütterte. »*Old boy*, schön, dass du uns abholst. Wowo wo, die *ahl Muck*?«

»Wowo wo« war Ottos Lieblingsspruch, wenn er Wolfgang Wohlgemuth vermisste. Ich hatte Wowo nicht zum Terminal mitgenommen. In die Operation war er nicht eingeweiht. Und die Verdoppelung verlogener Freundschaft brauchte niemand.

Dennoch tauchte der Arzt am selben Abend im Kempinski auf, traf mich an der Hotelbar, setzte sich neben mich auf den Barhocker und bestellte eine Bloody Mary. Sein sahneweißes Haar reflektierte die gelben Glühbirnen über dem Tresen, so dass er fast blond wirkte.

»Was ist los mit Ihnen?«, fragte er mit leichter Gehässigkeit. »Mein Gott, Sie sehen furchtbar aus! Kommen Sie aus ostasiatischen Typhusgebieten?«

»Die Musik ist furchtbar, das ist das Einzige, was furchtbar ist«, sagte ich.

Er blickte sich zu der Jazzcombo um, die unter einer rosa Plastikmuschel vor sich hin jammte.

»Da haben Sie recht, vor allem die Trompete.«

Die Bar war ziemlich voll, aber nicht überfüllt. Ich ließ meinen Blick über alle Gäste schweifen, sah aber niemanden, der mir bekannt oder verdächtig vorkam.

»Was bitte wollen Sie hier, Herr Wohlgemuth?«

»Irgendwas ist im Gange, das merke ich doch.«

»Ich weiß von nichts.«

»Will er überlaufen?«

»Was?«

»Ich könnte ihn fahren.«

Mit unbekümmerter Frivolität nahm er es hin, dass ich ihm den Vogel zeigte. Es erheiterte ihn sogar. Stadtbekannt zwischen Gedächtniskirche und Clay-Allee, mit Schauspielern wie Gert Fröbe auf Du und Du, konnte er bereits von allen möglichen Gästen erkannt worden sein, was mich daran hinderte, ihn am Schlafittchen zu packen und aus der Bar zu schleifen.

»Schauen Sie nicht so angewidert«, sagte er freundlich. »Ich wollte nur mitteilen: Falls Sie mich brauchen, ich stehe zur Verfügung.«

Wowo lächelte mich an, und ich lächelte nicht zurück.

»Was ist das für ein Schwachsinn?«, sagte ich betont gelassen. »Niemals würde Otto überlaufen. Ist jemals irgendwann und irgendwo auf der Welt der Chef eines Geheimdienstes übergelaufen?«

»Außer Reinhard Gehlen, meinen Sie?«

»Außer Reinhard Gehlen, meine ich.«

»Verkaufen Sie mich nicht für blöd. Es steht sogar in den Zeitungen, dass Minister Schröder unsern Patienten abschießen will. Also will ihn auch der Kanzler abschießen. Und warum sind Sie überhaupt hier die ganzen Tage und scharwenzeln um ihn herum?«

»Ich mache Urlaub mit lieben Freunden, das ist alles.«

»Mir kommen die Tränen«, sagte er.

»Sehr unvorsichtig von Ihnen, hier einfach aufzutauchen.«

Ich machte meinen krummen Rücken sehr gerade, knöpfte mein Jackett etwas weiter auf und ließ ihn einen tiefen Blick auf mein pralles Pistolenhalfter werfen.

Er kräuselte die Lippen, kippte seine Bloody Mary herunter und knallte das leere Glas vor sich auf den Tresen.

»Na gut. Wie auch immer. Ich treffe mich mit ihm und werde ihm zuraten, die Seiten zu wechseln. Und ich wette, Sie werden das Gleiche tun, Herr Solm.«

Er stand auf, schlenderte hinüber zu der Band und ließ sich von dem verblüfften Bläser die Trompete überreichen. Die Gäste begannen zu klatschen, als Wowo, hin und her schwankend wie eine karibische Palme im Wind, sich mit diesem Instrument auf Louis Armstrong stürzte, auf sein *Heebie Jeebies* und andere Hot-Five-Knaller, so dass ich, obwohl ich gar keine Lust hatte, doch noch einige Minuten sitzen blieb.

Ich weiß, dass all das wie eine Räuberpistole klingt. Nicht nur für Sie, verehrter Swami, sondern auch für mich. Und nicht nur heute, sondern auch damals.

Ich verließ die Bar und ging auf mein Zimmer, um den Jazz wieder loszuwerden. Die Suite lag im obersten Stock. Ich konnte nicht schlafen, öffnete das Fenster und blickte hinüber zum Tiergarten, über all die Bäume und ihre üppigen Laubkronen, und ich dachte über ihre sesshafte Lebensweise nach und den Sommer, der in ihnen gipfelte. Es war eine helle Nacht, in deren grauem Zwielicht die vibrierenden grünen Flecken der Bäume zu ahnen waren, und darüber das lilarosa Glimmen am Horizont, als der Morgen kam, begleitet vom ersten Vogelgezwitscher.

Drei Stunden stand ich dort am Fenster, vielleicht auch vier, hörte jeder einzelnen Amsel zu, die erwachte, und konnte mir nicht vorstellen, dass ich wenige Tage später auf der anderen, zwei Kilometer entfernten Tiergartenseite einen Menschen erschießen würde. Nein, ich konnte es mir nicht vorstellen. Ich würde es nicht tun.

Und ich wusste gleichzeitig, dass ich es auf jeden Fall tun würde.

Niemals nämlich, zu keiner Sekunde, verließ mich Majas Stacheldrahtgesicht. Und wenn ich in den folgenden Nächten gar nicht mehr schlief und bis sechs Uhr in der Frühe den Abendstern am Firmament suchte, legte ich mich nieder und tröstete mich damit, dass ich in nicht mehr allzu ferner Zukunft nur noch die Hälfte eines Bettes sein würde, die Hälfte eines Tisches, die Hälfte einer Wohnung und die Hälfte einer Kriegs-und-Gefängnis-Liebe. Was freute ich mich auf die andere Hälfte, die so viel besser war als ich und die meine erbärmliche Hälfte kurieren würde, heilen würde, bessern würde, verschönern würde, tapezieren würde mit gedeckten Schecks auf das Glück, auf das ich hoffte.

Und mit diesen Gedanken schlief ich immer ein, nicht ein einziges Mal an Mokka denkend, die mich für ihre bessere Hälfte hielt.

Das Ehepaar John war in einem anderen Hotel untergekommen, dem einzigen Haus, das einen heimeligen, ja süddeutschen Klang hatte in Berlin, nämlich das Hotel Schaetzle.
Während ihr Mann Termine wahrnehmen musste, bat mich Lucie, mit ihr ihre Geburtsstadt zu erkunden. Sie war zwanzig Jahre nicht mehr in der Heimat gewesen. Das Wetter war ein Traum, die Menschen schienen ebenfalls verträumt zu sein, zitterten noch vor Freude über die wenige Tage zurückliegende Sensation im Berner Wankdorfstadion. Weltmeister war ein Wort, das man oft hörte zu jener Zeit.
Lucie wollte durch den Tiergarten spazieren, ausgerechnet. Sie interessierte sich für Rabatten und Spaliere, für Brunnen und Vasen und war fassungslos, dass große Teile des Parks nur aus Strünken und begrünten Bombentrichtern bestanden. Die alten Bäume waren nach Kriegsende von den Berlinern gefällt und zu Brennholz verarbeitet worden. Hunderte von Schösslingen hatte man gesetzt, aber sie sahen noch wie kleine Vogelscheuchen aus, tatsächlich wagten sich die Spatzen nicht in ihre Nähe. Lucies Entsetzen machte es mir leichter, mich heimlich zu übergeben. Der Spaziergang kam mir wie eine vorgezogene Tatortbegehung vor. Eine Inspizierung des kommenden Wahnsinns.
Ich schleppte uns in ein Café am Ku'damm, es kann das Kranzler gewesen sein. Dort redeten wir bei Himbeereis

über die treuen Freunde der Johns, denen ich immer noch, trotz aller Friktionen, zugerechnet wurde. Ganz oben auf der Liste jedoch stand Theodor Heuss, Lucies Taufpate und der beste Jugendfreund ihres Vaters. Sie sagte mir, dass sie mit »Theochen« über mich gesprochen habe. Ihm habe mein Schicksal, das traurige Schicksal eines unbeugsamen Widerstandskämpfers gegen die Nazidiktatur, zutiefst imponiert. Sie werde mich ihm vorstellen.

Das Himbeereis schmolz in der Sonne.

Lucies Taufpate wurde am siebzehnten Juli Neunzehnvierundfünfzig im halb ausgebrannten Reichstag als Bundespräsident wiedergewählt.

Ich begegnete ihm jedoch erst beim Senatsempfang zwei Tage später im Rathaus Schöneberg. Mit den Johns und ihren alten, vertrauten, sehr britisch aussehenden Freunden saß ich an einem Seitentisch der Brandenburghalle, umbrandet von Gläserklirren und Gesprächsfetzen der Gästeknäuel, die an den benachbarten Tafeln auf den Ehrengast hofften.

Der Bundespräsident blickte jedoch nicht nach links und nicht nach rechts, als er nach seiner kurzen Diner-Rede schnurstracks zu uns herüberkam und jeden Einzelnen am Tisch herzlich begrüßte. Er schüttelte auch meine Hand und klopfte mir, nachdem ich ihm von Lucie als »der unbeugsame Du-weißt-schon« und »wunderbarer Künstler« vorgestellt worden war, etwas unpräsidentenhaft auf meinen Brustkorb. Leider traf er dabei genau die Walther PPK, die unter meiner linken Schulter schlummerte.

»Nanu, sind Sie bewaffnet?«

»Aber selbstverständlich, Herr Bundespräsident«, sagte ich, denn was hätte ich auch sonst sagen können.

Heuss zwinkerte kurz, sagte: »Gut so, gut so«, zeigte damit eine beeindruckende Kostprobe seiner durch und durch liberalen Gesinnung, dachte vermutlich, dass Künstler komische Dinge machen, und ging von dannen.

Es war natürlich vollkommen unsinnig, ununterbrochen die Pistole mit mir herumzuschleppen. Vielleicht hatte ich gehofft, verhaftet zu werden. Ich weiß es nicht.

Von diesem Vorfall abgesehen, verlief der Abend jedoch lange äußerst protokollgemäß. Erst zu vorgerückter Stunde hörte man Otto John schimpfen: »Auch hier sind lauter Nazibambel! Auch hier!«

Er hatte sich, voll wie eine Haubitze, an einen benachbarten Tisch gestellt, hielt sich an einem Heizungsrohr fest und dirigierte seine Ausfälle mit einer Champagnerflasche, aus der es munter heraussprudelte, wie auch aus ihm. Lucie sprang gleich auf, um ihn zu beruhigen. Aber er sei doch ganz ruhig, brüllte er. »Ich bin doch ganz ruhig! Aber ihr werdet bald nicht mehr ruhig sein, ihr!«

Aber da täuschte sich Otto, denn die vierhundert Gäste des Senatsempfangs, auch die vierundvierzig Kellner und selbst der wie Mao reglos grinsende Herr Heuss konnten gar nicht ruhiger sein. Sie waren geradezu mucksmäuschenstill, als sie diesen jungenhaften, gutaussehenden Geheimdienstchef wie einen Irrwisch vor seiner Frau davonlaufen sahen. Dabei brüllte er, außer sich geraten, mit hochrotem Gesicht und aufgebracht keuchend in den riesigen Festsaal hinein: »Ihr werdet euch alle noch umgucken! Alle werdet ihr euch noch umgucken, ihr Faschisten!«

Dann blieb er plötzlich stehen, breitete wie ein Tenor die Arme aus und sang mit voller Inbrunst: »*Heija Bobbaja, schlaachs Gickelsche dood, lehscht me kaa Eier unn frisst me ma Brood!*«

Wir brachten ihn in sein Hotel, zogen ihm die Klamotten aus, aber er bekam es kaum mit, gluckste nur selig »Schaetzle, Schaetzle, Schaetzle, ach Hotel Schaetzle«.

Lucie dankte mir, mit Tränen in den Augen, und verwies darauf, dass ihren Mann die bevorstehende Gedenkveranstaltung innerlich sehr aufwühle.

»Sie sind ein wirklicher Freund, Koja. Ein ganz wunderbarer, wunderbarer Mensch.«

Ja, das sagte sie, genau wie Sie das immer sagen, mein Swami. Und dann fügte sie hinzu: »Bitte holen Sie uns doch morgen ab, ja?«

Ich ging ins Kempinski und stürzte mich nicht aus dem Fenster.

21

Der nächste Tag war eine Mischung aus permanenten und vorübergehenden Gefühlen. Meine permanenten und vorübergehenden Gefühle meine ich natürlich, denn an diesem Tag, dem zwanzigsten Juli Neunzehnvierundfünfzig, ging es nur um meine Gefühle, da alle anderen an dem Attentat beteiligten Personen keine Gefühle hatten, sondern klare Absichten. Sie wollten, dass sich diese Absichten erfüllten, und sofern sie das taten, würde das wiederum zu Gefühlen führen, also zu positiven. Oder wenn sie das nicht taten, dann nicht zu positiven.

Aber bei mir waren es ungeheuer viele Absichten, die ich hatte und die sich allesamt widersprachen. Und sich widersprechende heftige Absichten führen immer zu sich widersprechenden heftigen Gefühlen.

Ich wollte nicht, dass Otto stirbt.
Ich wollte nicht, dass Maja stirbt.
Beides ließ sich nicht unter einen Hut bringen.
Ich wollte niemanden erschießen.
Ich wollte vor allem Otto nicht erschießen.
Ich wollte nicht erschossen werden.
Ich wollte kein Geheimagent sein.
Ich wollte kein Lügner sein.
Ich wollte gnadenbringende Wahrheitszeit.

Wie bitte schön soll das alles gehen?

Ein permanentes Gefühl an diesem Tag war Harndrang. Ein anderes Angst.

Die vorübergehenden Gefühle hingen wiederum davon ab, welche Absichten sich zu welchem Zeitpunkt in den Vordergrund schoben.

Ein Attentäter sollte überhaupt keine Gefühle haben. Das hatte ich sogar Politow immer wieder eingetrichtert. Aber das nützt ja nichts, das Eintrichtern.

Hub hatte mich am frühen Morgen zum letzten Mal instruiert, als ich trotz Nieselregen einen unverfänglichen Spaziergang hinüber in den Tiergarten unternahm. Er zog mich in ein Gebüsch. Unter tropfenden Mistelzweigen erfuhr ich, dass die Ukrainer bereits in Position lagen, getarnt als Forstbeamte. Wie kann man sich im Zentrum Berlins als Forstbeamter tarnen? Noch dazu, wenn man kaum Deutsch kann? Und sich dann auch noch in den Matsch legt, mitten im Regen?

Ich schrie Hub an. Aber das war nur Kompensation.

Nach dem Frühstück, das aus einem langen Blick in meine Kaffeetasse bestand, holte ich die Johns mit dem Taxi ab, wie ausgemacht. Sie warteten schon vor ihrem Schaetzle, wie schwarze Pilzstengel unter ihrem dunklen Regenschirm. Otto ging es besser. Aber er wirkte zart und durchlässig, ein in Seidenpapier gewickelter Mensch. Schon während der Fahrt begann er stumm zu weinen, und ich schwitzte wie ein Schwein und spürte, wie die Pistole in meiner Achselhöhle nass wurde. Draußen donnerte es. Ein Unwetter schien im Anmarsch zu sein.

»Ich gehe nachher zu Wowo«, sagte Otto unvermittelt. »Er will mich sprechen.«

»Mach das, Otto«, nickte Lucie. »Wowo tut dir immer so gut.«

»Ich hoffe, ich falle nicht.«

»Keiner wird fallen.«

Der Bendlerblock, ehemaliger Sitz des Oberkommandos der Wehrmacht, liegt am Reichpietschufer und ist ein abweisender Klotz aus Muschelkalk, in den damals ein paar Behörden zurückgekrochen waren. Verkehrsbehörden. So was.

Unablässiger Regen schlug an die Scheiben des Taxis, als wir vor dem Portal hielten, hinter Dutzenden anderer Taxis und schwarzer Staatslimousinen, aus denen Menschen ins Innere des Gebäudes hasteten. Wir stiegen aus, wurden aber von Nässe und Begegnungen überwältigt, da Otto ständig Menschen begrüßte, deren gehängte und erschossene Ehemänner, Väter, Geschwister und Freunde er überlebt hatte, wofür er sich mit jedem Händedruck, jeder Umarmung und hin und wieder sogar einem militärischen Gruß zu entschuldigen schien.

Mama hätte hier sehr gut hereingepasst, denn die distinguierte Mischung aus Trauer und *gloire,* die allmählich den Hof füllte, in dem Stauffenberg und die anderen hocharistokratischen Attentäter hingerichtet worden waren, hätten ihr Bedürfnis nach standesgemäßer Kondolation gestillt, die gegenüber hingeschiedener Abbodeggnsepps und Kinnlolls schlicht unangebracht schien.

Otto zeigte Lucie und mir das Fenster, wo er nach dem

Scheitern des Aufstands mit Graf Stauffenberg eine letzte Zigarette geraucht hatte. Danach stiegen seine Finger die Treppen hinunter (oder flitzten vielmehr), zeichneten seinen damaligen Fluchtweg nach, wiesen über jenen Hof, stolperten genau über diesen Wackerstein, der immer noch so weit wie damals aus dem Boden ragte. »Das müsste man mal begradigen«, hörte ich. Er schwieg wieder, schöpfte Atem und sagte »Tempelhof«. Und dann noch mal: »Flughafen Tempelhof.«

Dann simulierte seine Hand ein abhebendes Flugzeug, eine Geste, die uns erklären sollte, wie er damals als Letzter entkommen konnte aus dem Bendlerblock, zum Flughafen Tempelhof gerast und sich als Lufthansa-Syndikus in einen Flieger nach Spanien gesetzt hatte, wenige Minuten nachdem die ss die Fahndung nach ihm eingeleitet hatte.

Der große, rechteckige Innenhof war an allen vier Seiten von fünfstöckigen Fassaden eingefasst, und in der Mitte stand eine nackte Bronzefigur mit gefesselten Händen. Niemand hatte daran gedacht, die aufgereihten Stühle vor dem Unwetter zu schützen, und so setzte sich Gräfin Moltke als eine der Ersten kerzengerade mit ihrem schwarzen Samtkleid in eine Wasserlache, so dass es alle nachmachen mussten, ohne die Sitzflächen trockenzureiben, wegen der Pietät.

Als Philipp Boeselager zu reden begann, ein noch unglaublich junger, wie ein Student aussehender ehemaliger Sprengstoffbesorger, flüsterte Otto, dass er, Otto John, nicht mal Sprengstoffbesorger gewesen sei, sondern nur ein Kurier nach Madrid, aber sein Bruder, der Hans ... Und dann brach seine Stimme, und Lucie nahm seine linke

Hand, und ich war drauf und dran, seine rechte Hand zu nehmen, und da er so lautstark schluchzte, dass sich schon wieder alle nach ihm umdrehten, musste auch ich mit den Tränen kämpfen.

Dann war es Zeit, die abgemachte Zeit, ich konnte es nicht glauben.

Der Regen wusch uns die Gesichter leer, nur Otto nicht. Ich zupfte ihn am Mantel, sagte, mir sei etwas sehr Wichtiges eingefallen, er solle bitte mitkommen. Bitte. Ich musste ihn hinüber zur Bendlerstraße kriegen, denn dort warteten die Förster, die ukrainischen, und ihre Schießgewehre, zweihundert Meter die Straße abwärts. Es war tatsächlich so leicht, wie Hub gesagt hatte, eine Schranke, an der man vorbeimusste, eine Handvoll Polizisten. Das war alles.

Aber Otto wollte nicht.

Er rührte sich nicht vom Fleck.

Stattdessen grub er sich in Lucies Gestalt, sagte immer nur »Hans«, was später in allen Zeitungen stand. Hans, Hans, Hans. »Mein Bruder.«

Mir brach der Schweiß über der rostfreien Walther PPK aus, denn nun kam mir wieder Maja in den Sinn, ihre bernsteinfarbenen Augen. *Dort auf dem Üferchen entlang dem Fluss Kasanka.*

Permanente und vorübergehende Gefühle.

Dann gingen sehr viele vorübergehende Gefühle mit einem Mal tatsächlich vorüber, und allmählich, ganz allmählich bekam ich meine Absichten in den Griff.

»Otto!«, raunte ich. »Es geht um Gehlen. Ich muss dir was über Gehlen sagen.«

Aber Otto heulte lauter und immer lauter, und ich fragte

mich, was wohl passieren würde, wenn ich jetzt vor allen Leuten meine Waffe zöge und nicht nur einen – noch dazu heulenden – Überlebenden des Bendlerblocks niederstrecken würde, sondern tatsächlich den letzten, ja den allerletzten (denn niemand außer Otto war damals noch aus dem abgeriegelten Gebäude entkommen). Und das komplette, ultimative Feuerwerk auch noch am zwanzigsten Juli! Mein Gott, würden alle Nazis dieser Erde Hosianna schreien!

Und widerstrebend flutete sich mein Herz mit Empörung darüber, dass es jemand wagen konnte, an diesem heiligen Ort einen Widerstandskämpfer umzubringen, und was mich noch zorniger machte, war die Tatsache, dass auch noch ausgerechnet ich dieses Arschloch sein sollte. Und plötzlich stieg in mir eine Idee empor, wie ein Fliegenpilz schoss diese Idee nach oben, und ich fragte mich, wieso ich nicht früher auf die rot-weißen Punkte dieser Idee gekommen war. Wieso ich nicht an Wowo gedacht hatte.

Alles schien plötzlich einfach zu sein und folgerichtig, und das überraschend Neue war, dass sogar mein permanentes Gefühl sich änderte. Der Harndrang war weg. Die neue Angst war das Gegenteil der alten.

Und als ein weißgekleideter Kinderchor aus dem Trockenen kam, mit einem Wald aus schwarzen Regenschirmen über den Köpfchen (eine mystische Verbundenheit mit der Harmonie und Disharmonie dieses Ortes ausdrückend), als noch dazu der nahezu süße Klang ihrer Kinderstimmen anhob und sogar Lucie John, die lyrische Sängerin, zum *Ave Maria* zu seufzen begann, da hielt es Otto nicht mehr aus.

Er riss sich von seiner Frau los, sprang auf und rannte über den Hof direkt auf die Bendlerstraße zu.

Ich war überrascht, vielleicht auch darüber, dass Otto so unglaublich schnell rennen konnte. Aber er war genauso alt wie ich und weitaus sportlicher, liebte das Segeln, das Skifahren, das Bergsteigen und die Eintracht Frankfurt. All das sah man seinen Schritten an, die schnurstracks durch die Toreinfahrt an den Wachen vorbeitrommelten und in das Schussfeld der Killer gerieten.

Ich war ihm auf den Fersen, kann ich Ihnen sagen, aber dann rannte er auf die Fahrbahn, und es knallte ein Schuss. Gleichzeitig donnerte es. Otto fiel auf den Asphalt.

Ich war bei ihm und warf mich über ihn, so dass sie mich umbringen mussten, um an ihn ranzukommen. Ich half ihm hoch, obwohl selbst noch halb am Boden.

»Das war ein Schuss«, stammelte er.

»Quatsch! Ein Donner!«

Ich stieß ihn hinter ein parkendes Auto.

»Das war ein Schuss! Ich hab's doch gehört!«

»Kein Mensch hat einen Schuss gehört. Es hat nur gedonnert.«

Er war unverletzt. Keiner der Polizisten, die interessiert zu uns herüberblickten, rührte sich.

»Sie haben versucht, mich umzubringen! Sie bringen mich um!«

»Niemand bringt dich um, Otto! Was machst du denn hier? Wieso haust du denn ab? Komm weg von der Straße.«

Ihn abdeckend mit meinem Körper, ihn umfassend mit meinem Arm, zog ich ihn hinter dem Auto hervor. Wir überquerten den Bürgersteig, suchten hinter einer Säule

Deckung. Dann brachte ich ihn, flankiert von polizeilichen Blicken, die uns für bekloppt hielten, zurück auf das Gelände des Bendlerblocks.

Dort, unter einer Toreinfahrt, begannen wir beide zu weinen. Das heißt, ich begann, denn er weinte ja schon seit längerem, und wir weinten gemeinsam in die letzten Takte des *Ave Maria* hinein, und ich sagte ihm, dass er zu Wowo gehen solle. Dass er unbedingt zu Wowo gehen solle. Unbedingt.

»Alla, ich sag dir, das war ein Schuss, *old boy*, aber es glaubt mir wieder keiner.«

Und damit verklangen die letzten Worte, die Otto John in diesem Leben zu mir sprach.

22

SEHR VEREHRTE
KRANKENHAUSOBERVERWALTUNG!

WAS NÜTZT ES WENN ICH EUCH SAGE DASS
EIN VERBRECHER IN DIESEM KRANKENHAUS
LIEGT NÄMLICH NEBEN MIR?
ABER? WAS PASSIERT?
NIEMAND KÜMMERT SICH DARUM? WARUM?
DER VIERTE PFAD DER WEISEN SAGT DAZU
VIELES. SAMMA KAMMANTA.
BITTE KOMMT UND HOLT MICH HIER RAUS.
ABER NICHT DIE KRANKENSCHWESTER
GERDA. SIE GLAUBT DEM VERBRECHER.
GLAUBT ICH BIN GEISTIG VERWIRRT.
ICH BIN GEISTIG SEHR IN ORDNUNG DES-
HALB SCHREIBE ICH EUCH DIESEN BRIEF.
UNVERWIRRT.
ICH WAR NICHT GUT IN DEUTSCH ABER
MATHE 2.
IMMER.
DIE ZEUGNISSE KÖNNEN GEZEIGT WERDEN.
EIN VERBRECHER. WIRKLICH. ER HEISST
SOLM.

HOLT MICH HIER RAUS. ICH BIN HAUPTBE-
RUFLICH INTERESSIERT. ALSO PRIESTER.
WENN IHR MIR GLAUBT DANN SOLL DER
HERR DOKTOR KOMMEN (GRIECHISCH)
UND DREIMAL GESUNDHEIT SAGEN (NICHT
GRIECHISCH) OBWOHL ICH NUR ZWEIMAL
NIESEN MUSS. DANN WEISS ICH: ES WIRD.

HOCHACHTUNGSVOLL
BASTI

P.S. IHR SOLLT MICH HIER RAUSHOLEN.

23

Wolfgang Wohlgemuth musste über 24 Anzüge, 4 Apartments, 5 Geliebte, 2 Exfrauen, 1 aktuelle Gattin, die nicht zu Hause war, und 1 Walther PPK entscheiden, die ich ihm am Ende des Abends an die Stirn drückte.

Am Anfang des Abends jedoch war unser Verhältnis noch ausgezeichnet gewesen.

»Wirklich?«, fragte er da. »Otto kommt?«
»Ich bin mir sicher, dass er kommt.«
»Das ist gut.«
»Er wird überlaufen.«
»Habe ich es nicht gesagt?«
»Ja, aber er weiß es noch nicht.«

Wowo machte seinen Trompetenmund, merkte, dass kein Ton kam, lächelte und sagte mit dieser unglaublichen Herablassung: »Selten so gelacht.«

Seit ich den tränenüberströmten Otto John vier Stunden zuvor an einen Pilaster im Bendlerblock gelehnt hatte, war ich unterwegs oder, um es einmal berufstypisch auszudrücken, auf der Flucht. Ich hatte die Beine in die Hand genommen, war aus dem Haupteingang gerannt, an zwei fassungslosen Orks vorbei, die mich abpassen wollten. Einer stellte sich mir in den Weg und schüttelte bedauernd den

Kopf. Ich rammte ihn, er fiel hin wie ein Kind. Ich sprang in das nächste Taxi und wurde nicht verfolgt.

Im Ostsektor angekommen, wählte ich von einer Telefonzelle aus die Nummer, die ich nicht wählen durfte.

Genosse Nikitin traf ich eine Stunde später in der Karl-Marx-Allee. Ich blickte in ein unendlich wütendes Morbus-Basedow-Gesicht. Ich sagte, was geschehen war und was meiner Meinung nach geschehen musste, und suchte in seinen Augen nach dem Maja-Gefährdungsgrad, fand aber nichts, denn er nickte nur. Es werde alles vorbereitet, sagte er knapp. Ich solle Informant XT Null-Drei-Drei ein Angebot machen, ein äußerst großzügiges.

»Ich mache Ihnen ein Angebot«, erklärte ich also zwei Stunden später Herrn Doktor Wolfgang Wohlgemuth, nachdem er mich durch die Hintertreppe an seiner Sprechstundenhilfe vorbei in die Gynäkologenpraxis geschmuggelt hatte. »Sie bekommen die Chefarztstelle in der Charité.«

Ich weiß nicht, ob ich an seiner Stelle für eine medizinische Rangerhöhung 24 Anzüge, 4 Apartments, 5 Geliebte, 2 Exfrauen und 1 aktuelle Gattin in den Wind geschossen hätte. Er aber bekam leuchtende Augen und erklärte sich bereit, Otto zu überzeugen, das für ihn zweifellos Richtige zu tun.

Ich wartete in einem abgeschlossenen, expressiven, über und über mit Medikamenten vollgestopften Nebenzimmer, das Amama zweifellos als »Kamorka« bezeichnet hätte. Um zwanzig Uhr schellte die Türglocke. Ich konnte Otto nicht sehen, nur hören. Er schien sich inzwischen beruhigt zu haben, seiner Stimme nach zu urteilen, die sich mit dem Regen mischte. Immer noch prasselte es gegen die Fenster. Deshalb verstand ich, an der geschlossenen Tür horchend, wenig von dem, was gesagt wurde, eigentlich gar nichts.

Irgendwann ging die letzte Patientin, ihr folgte die Sprechstundenhilfe. Die Zeit verrann. Ich aß einige Amphetaminpräparate, die in dunklen Röhrchen in den Regalen standen und laut Beipackzettel erhöhte Wachheit, bessere Konzentrationsfähigkeit, gesteigertes Selbstbewusstsein, Fokussierung bis hin zu Tunnelblick, außerdem Kammerflimmern, Euphorie, sexuelle Leistungssteigerung, Augenzittern und Zähneknirschen versprachen.

Nach etwa einer Stunde schlich sich Wowo in mein Zimmer, flüsterte, dass Otto auf dem Klo sei und er das Gefühl habe, dass die Sache nicht gut laufe.

»Was läuft denn nicht gut?«, wollte ich wissen.

»Er will nicht, dass ich ihn rüberfahre.«

»Nicht mal für zwei Stunden?«

»Nicht mal für zwei Stunden.«

»Haben Sie ihm gesagt, dass er dort Akten bekommt über Globke und Oberländer?«

»Er meint, ss-Akten habe er genug.«

»Geben Sie ihm eine Spritze.«

»Was?«

»Ein Betäubungsmittel.«

»Sind Sie wahnsinnig?«

»Oder schütten Sie ihm was in sein Getränk.«

»Otto ist mein Freund.«

»Dann tun Sie endlich mal was für ihn!«

»Das geht nur, wenn er freiwillig mitmacht.«

»Ihr Freund wäre heute um ein Haar getötet worden. Sie haben nicht die geringste Ahnung, was ich hier für uns alle riskiere.«

»Ich mache kein Scheißkidnapping, Sie Irrer.«

Das war also der Moment, in dem die Amphetaminpräparate ihre erfreuliche Wirkung zeigten, vor allem in puncto gesteigerten Selbstvertrauens und Zähneknirschens. Herr Wohlgemuth lernte meine Walther PPK kennen, und zwar aus allernächster Nähe. Und glauben Sie mir, nach all dem, was in den letzten Tagen geschehen war, hatte ich eine merkwürdige Lust, dieses Ding einfach mal auszuprobieren. Eine Waffe, die man mit seinem Achselschweiß tränkt, aber nie benutzt, macht ihren Träger lächerlich, vor allem vor ihm selbst, so dass er sich wertlos und unnütz fühlt, und das sagte ich auch Informant XT Null-Drei-Drei, und Sie können gar nicht ermessen, wie schnell das Betäubungsmittel hervorgezaubert war.

Schon zehn Minuten nachdem der zukünftige Chefarzt der Charité sich aus der Kamorka geschlängelt hatte, öffnete sich die Tür erneut, und er winkte mich hinüber in den Salon. Otto lag in einem Ledersessel neben einem farbig bemalten Skelett. Der Kopf ruhte auf der Rückenlehne, die Augen waren geschlossen, er schnarchte leise. Seine Arme baumelten herab, und ein Cognacglas lag auf dem Fußboden, inmitten einer orangeroten Pfütze.

»Auf geht's«, sagte ich.

»Aber Koja, verehrter Herr Solm«, wimmerte Wowo, »das können wir doch nicht machen.«

Selbstverständlich können wir das machen, dachte ich und sagte laut, wir hätten keine Wahl. Er solle dafür sorgen, dass Otto bald wieder zu sich käme, ihm aber etwas verabreichen, was den Willen ebenso wie das Vergnügen an sinnloser Widerrede nachhaltig beeinträchtigt.

Außerdem riet ich dem vollkommen überfordert wirkenden Doktor, auch an sich selbst zu denken und ein paar Sachen des persönlichen Bedarfs einzupacken, Unterhosen zum Beispiel, jedenfalls nicht nur seine Trompete. Alles, was ihn mit der DDR oder den Führungsstellen der Org in Verbindung bringe, müsse er vernichten. Er werde nicht mehr in das Haus zurückkehren.

»Ich soll alles aufgeben? Meine Praxis? Meine Wohnung? Meine Frau?«

»Ja, aber die Reihenfolge ist natürlich Ihre Sache.«

Ich diktierte ihm einen Brief an seine Sprechstundenhilfe (Stolz und Rechtfertigung eines KGB-Agenten auf der Flucht). Danach packte er, und ich rief von seinem Telefon aus in der Charité an, denn damals gab es noch ein gemeinsames west-östliches Fernsprechnetz in Berlin. Als sich am anderen Ende die bewusste Stelle meldete, reichte ich Wowo den Hörer. Er lauschte kurz, stand dann stramm und raunte in die Muschel: »Mein guter Freund und ich kommen jetzt, sehr wohl.«

Danach spritzte er dem bewusstlosen Otto eine Ladung Chlorpromazin, aber es war mir egal, wie es hieß, Hauptsache, es wirkte.

»Er wird sich wie unter Hypnose meinen Vorschlägen anschließen. Das Mittel wirkt sedierend über eine reversible Blockade zweier Subtypen der Dopamin-Rezeptoren.«

»Ich verstehe kein Wort.«

»Otto wird tun, was wir ihm sagen.«

»Gut.«

»Aber er wird es nicht lange tun. Wenn wir an den Kontrollpunkten angehalten werden, kann ich für nichts garantieren.«

»Haben Sie einen Zweitwagen?«

»Der Wagen meiner Frau.«

»Sie fahren in Ihrem Auto mit Otto voraus. Ich folge Ihnen.«

»Er wird gleich aufwachen.«

»*Tempus fugit.*«

Er gab mir die Autoschlüssel zu einem roséfarbenen Damen-Fiat. Ich fuhr ihn vom Hinterhof und wartete vor seinem Haus. Im Wageninneren lag ein so starker Geruch nach Parfum, dass ich das Seitenfenster herunterkurbeln musste. Der Starkregen traf meine linke Wange, meine linke Hand und den linken Oberschenkel. Ich beobachtete die überflutete, menschenleere Uhlandstraße, während die Dämmerung allmählich in Nacht überging. Die parkenden Fahrzeuge, die trüb unter zwei funzligen Straßenlaternen schimmerten, schienen leer zu sein. Niemand observierte Wohlgemuths Praxis, außer mir natürlich.

Die Salonlichter brannten und brannten. Es dauerte viel zu lang.

Ich war schon drauf und dran, meine Waffe zu nehmen und in diese widerwärtige, von zwei grauen Marmorsäulen flankierte Renaissancekarikatur zurückzustiefeln, als sich erneut das Tor zum Hinterhof öffnete. Zwei Scheinwerfer leuchteten auf. Wowos amerikanischer Ford rollte heraus und an mir vorbei. Otto saß auf dem Beifahrersitz und schien recht munter zu sein.

Ich startete den Wagen und folgte dem Ford. Die Walther lag neben mir. Ich schmiss sie auch nicht aus dem Fenster, als wir uns der Sektorengrenze näherten.

Nach Ostberlin zu kommen, war damals, sieben Jahre vor dem Bau der Mauer, noch einfach: Man brauchte sowohl den West-Schupos als auch den Ost-Vopos nur ehrerbietig seinen Ausweis und ein nettes Gesicht zu zeigen.

Ich weiß aber bis heute nicht, welchen Übergang wir angesteuert hatten. Dass Wowo jedoch schneller und immer schneller durch die Nacht raste, das weiß ich noch. Zwischenzeitlich sah ich nur noch schlierige rote Rückleuchten.

Die Scheibenwischer des Fiats waren ein Witz.

Als wir an einem Schlagbaum ankamen, erblickte ich zwei Uniformierte. Sie waren mit britischen Maschinenpistolen bewaffnet, hatten die Waffen aber nicht im Anschlag. Der Regen spritzte von ihren Anoraks, als sie vortraten und offensichtlich dem halb betäubten und vollständig entführten Verfassungsschutzpräsidenten den Befehl gaben, die Seitenscheibe herunterzukurbeln. Sie nahmen zwei hoffentlich gut gefälschte Ausweise in Empfang und stellten sich zum Prüfen mit einer Taschenlampe unter ein Stück Teerpappe.

Sicherlich wäre es mir möglich gewesen, mit einer Salve direkt durch die Windschutzscheibe den vorderen Posten zu erwischen. Aber danach hätten sich aus der MP des zweiten Mannes 120 Schuss innerhalb von sieben Sekunden entleert, wohin auch immer.

Es schien mir vernünftiger zu sein, beide Posten einfach umzufahren.

Sie drängten sich unter der wackeligen Teerpappe und kamen mit den Ausweisen nicht weiter. Die Teerpappe, dachte ich, muss ich also auch umfahren. Ich muss mit meinem zarten Damen-Fiat das ganze Wachhäuschen umfahren. Und danach den heruntergelassenen Schlagbaum aus bitte keinerlei Metall.

Das alles dachte ich, legte den ersten Gang ein und machte mich bereit.

Aber es geschah nichts.

Wowos Ford erhielt die Ausweise zurück und wurde dann durchgewinkt. Auch mich ließ man in Ruhe. Der Schupo zog sich nur seine triefende Ölzeugkapuze tiefer ins Gesicht, und so bin ich sicher, dass wir unser Glück dem Regen zu verdanken hatten.

Otto selber sollte viele Jahre später aussagen, sein bester Freund, vielmehr sein ehemaliger bester Freund Wolfgang Wohlgemuth, habe ihn in seine Praxis gelockt, mit einem Schlafmittel zunächst betäubt und später hypnotisiert. Er sei niemals freiwillig in den Osten gegangen, sondern verschleppt worden. Er könne sich an nichts mehr erinnern, außer an die Tatsache, dass sie mit irrsinnigem Tempo von Wowos Praxis aus losgebraust seien. Dann habe er das Bewusstsein verloren und sei nach einer vierundzwanzigstündigen Narkoseartigkeit (manchmal drückte sich Otto schon komisch aus) im sowjetischen Hauptquartier Karlshorst wieder aufgewacht. Er habe vor sich drei Bewacher und eine Frau im Arztkittel erblickt – das Spritzenkommando. Außerdem habe er einen stark verunstalteten, steinalten KGB-Offizier gesehen und gesprochen.

Mich sah und sprach Otto nicht, aber ich sah und hörte ihn durch eine verspiegelte Scheibe, hinter der er auf einem Operationstisch zu sich kam. Er wurde von Nikitin begrüßt wie von einem leiblichen Bruder. Ich meine die Küsse auf Wange und Stirn.

In die Proteste und Verwünschungen Ottos legte der Genosse eine Westberliner Morgenzeitung (die *Mopo* vielleicht), in der bereits in großen Buchstaben zu lesen war: BRD-GEHEIMDIENSTCHEF BEGEHT FAHNENFLUCHT. Dann bot er dem schockstarren Otto John eine antifaschistische Partnerschaft auf Augenhöhe an, um gemeinsam die von Hitlers Schergen unterwanderte Bundesrepublik Deutschland zurück auf die Straße der Demokratie zu führen.

Oder so ähnlich.

Otto erklärte sich nach einigem Hin und Her (»Sesselforzer«, »Arschbabbler«, »kommunistischer Drecksaudeiwel«) zur Mitarbeit bereit.

Angesichts der ihm offenbar werdenden abgebrochenen Brücken in den Westen sowie der sanften Hinweise auf Haft, Folter und die psychopharmazeutischen Möglichkeiten des KGB war das eine kluge Entscheidung.

Er begann, dem geduldig zuhörenden Nikitin von all dem Bösen zu berichten, das im Westen sein Haupt erhob. Vor allem verwies er auf die hundertvierzig erhellenden Aktenordner, die in seinem Büro in Köln lägen, was im Übrigen nicht mehr der Wahrheit entsprach. Denn dass sein Stellvertreter Albert Radke die Ordner längst kassiert, an Gehlen übergeben und somit der endgültigen Verklappung zugeführt hatte, sollte ich wenig später erfahren.

Otto erwähnte auch einige vorbildliche Demokraten, zu denen er zwar nicht an erster Stelle, aber immerhin unter anderem den treuen Konstantin Solm zählte: »Ein aufrechter Mann und Künstler, der ein schweres Leben hatte. Auf der Gedenkveranstaltung des zwanzigsten Juli wollte er mir irgendwas über Gehlen sagen. Ich weiß nicht, was es war, aber es schien dringlich zu sein.«

Otto hielt für einen Moment inne, schloss die Augen. Zu viel hatten sie schon gesehen, und in gewisser Weise auch zu wenig, und nun dachten sie darüber nach, was zwei Tage zuvor geschehen war, und sie erinnerten sich an nichts, denn als sie jetzt aufklappten, sah ich in ihnen nur ausgestorbene Plätze.

»Vielleicht könnte man ihn fragen, was er mir mitteilen wollte«, begann Otto vorsichtig. »Aber Koja Solm wird sicher nicht mit einem Geheimdienst zusammenarbeiten, keinem aus dem Westen, und erst recht keinem Arschbabbler-Geheimdienst aus dem Osten. Das entspricht nicht seiner Mentalität.«

Ich sah, wie Nikitin heimlich in meine Richtung blickte. Er reckte den Daumen in die Höhe.

Maja würde es gutgehen.

24

Man hätte glauben können, nun sei für lange Zeit ein ungestörter Friede und Glückszustand im Haus eingekehrt. Im Haus meiner Familie, meine ich, das ja aus mehreren Häusern bestand. Aus dem Spital in Pattendorf zum Beispiel, das wir immer wieder besuchten, der rüstigen Amama zuliebe und auch weil Klein-Anna die Berge so gerne mochte und auch die vielen Pferde natürlich, die sie dort zeichnen, streicheln, füttern und sogar reiten konnte, denn in München gab es kaum noch welche, selbst die Brauereigäule wurden nach und nach abgeschafft.

Dann gab es auch mein eigenes Heim, in dem ich mit Mokka eine Art Distanzprojekt aufzubauen versuchte, eine ganz sanfte, liebe Trennung, die ihr vielleicht gar nicht auffallen würde, bis sie sich damit zufriedengäbe, fern von mir und ohne jeden Kontakt, aber voller Freundschaft und Zuneigung, an mich und meine süße Frau zu denken.

Auch die Lubjanka in Moskau zählte ich zu den Häusern meiner Familie, denn schließlich wohnte meine zukünftige Gemahlin dort, unter beengten, aber verhältnismäßig angenehmen Bedingungen, wie sie schrieb. Und wie freute sie sich auf den baldigen Umzug.

Schließlich war da noch die Wohnung von Ev, Anna und Hub in der Biedersteinerstraße. In diesen Räumen kam es zu den meisten der nun folgenden Unruhen, die sowohl kindisch als auch unvermeidlich waren.

Dort nämlich, in der hellen, aufgeräumten Küche, schlug mich Hub.

Als ich aus Ostberlin zurückgekehrt war, an seiner Tür geklingelt hatte und vor seinem Herd stehend vorgab, mich nach der vermasselten Sache im Bendlerblock zwei Tage in Kreuzberger Bordellen herumgetrieben zu haben, schlug er mich mit seinem einen Arm. Er schlug mich mitten ins Gesicht. Er schlug, so fest er konnte.

Es tat weh, und ich sagte ihm, einmal Schlagen sei in Ordnung, aber beim zweiten Mal solle er seinen anderen Arm benutzen. Er ging wütend auf mich los, aber ich hielt ihn fest. Er war ungeheuer zornig und frustriert. Das Scheitern des Attentats auf Otto John besiegelte sein Schicksal.

Einige Wochen später wurde er degradiert. Statt eines Referats leitete er nur noch eine Org-Unterabteilung: Spionageabwehr Inland, Bezirk Oberbayern. Er verlor damit den direkten Zugang zu den Hauptabteilungsleitersitzungen, weil der Doktor ihn nicht mehr sehen wollte.

Mich hingegen wollte er sehen. Denn das Versagen in Berlin wurde nicht mir angelastet, vor allem deshalb nicht, weil letztlich die Affäre für General Gehlen auf die überhaupt nur denkbar beste Weise erledigt worden war.

Otto John blieb für alle Zeiten als Überläufer stigmatisiert. Den Aufruhr, den es damals in Deutschland gab, der Millionen Menschen beschäftigte und die Politik in Atem hielt, kann man sich heute gar nicht mehr vor Augen führen.

Otto hielt in Ostberlin eine internationale Pressekonferenz ab, auf der er unter dem Druck des KGB und der Stasi seinen Übertritt in die DDR als freiwilligen Akt darstellen musste. Familie Solm hing, wie die Mehrheit der Bevölkerung, an den Radioapparaten und hörte, wie Otto vor der Weltöffentlichkeit seine Motive zu erklären versuchte:

»*In der Bundesrepublik ist mir die Grundlage für eine politische Aktivität entzogen worden*«, dröhnte es empört und ohne jede hessische Selbstermunterung aus dem Äther.

Eine Pause entstand, in der man die Masse der lauschenden Journalisten hörte, ihr Atmen, ihr Rascheln, die Geräusche, die Fotoapparate erzeugen, wenn sie betätigt werden. Als sie in immer schnellerem Stakkato klickten, fuhr Otto mit gepresster Stimme fort:

»*Nachdem ich in meinem Amt fortgesetzt von den sich überall im politischen und auch im öffentlichen Leben wieder regenden Nazis angeprangert worden bin, hat nunmehr der Herr Bundesinnenminister mir die weitere Arbeit in meinem Amt unmöglich gemacht, indem er vor der Presse erklärte, dass man nach Erlangung der Souveränität freie Hand und die Möglichkeit haben werde, Persönlichkeiten mit Verfassungsschutzaufgaben zu betrauen, die ... die wirklich über alle Zweifel erhaben sind.*«

Er sprach ausschließlich in Schachtelsätzen, denen man kaum folgen konnte, und kündigte an, in der DDR bleiben und von dort aus für die Wiedervereinigung des Vaterlandes kämpfen zu wollen.

Als eine Journalistin aus dem beharrlichen Großbritannien auf der Pressekonferenz fragte, wie denn Herr John, den sie »Mister Dschonn« nannte, die Situation des bundesdeutschen Geheimdienstes einschätze, sagte er: »*Wie jeder-*

mann weiß, hat die amerikanisch finanzierte Organisation Gehlen jahrelang gegen mein Amt gearbeitet, das versucht hat, auf demokratische Weise die Bundesrepublik vor Feinden von links, aber auch von rechts zu bewahren.«

Ein Raunen ging durch die Menge der zweihundertfünfzig Journalisten, denn dass jemand in Ostberlin von »Feinden von links« sprach, war angesichts der historischen Tatsache, dass es Feinde von links ja gar nicht geben könne, sondern natürlich nur Freunde, zumindest ein Raunen wert.

»Diese Organisation Gehlen«, fuhr Mister Dschonn fort, *»beschäftigt in ihren großen Mitarbeiterstäben zahllose SD- und SS-Führer, die bestialische Kriegsverbrechen begangen haben und über deutsche Widerstandskämpfer zu Gericht gesessen oder diese einfach umgebracht haben. In dieser Organisation Gehlen werden alle die beherbergt, die mit Hitler bis zum bitteren Ende gekämpft haben. Widerstandskämpfer sind in diesen Reihen als Eidbrecher verfemt.«*

Der Doktor frohlockte.

Denn von einem Deserteur und amtlich beglaubigten Verräter beschimpft zu werden, ist für jeden Patrioten der Nachweis, so ziemlich alles richtig gemacht zu haben.

Niemand in Westdeutschland nahm die Anwürfe Otto Johns ernst. Genauso gut hätte sich Stalin oder Iwan der Schreckliche über Herrn Gehlens Charakterschwächen ereifern können.

Die hundertvierzig Aktenordner, von denen Otto in offiziellen Interviews nur in Andeutungen sprach, tauchten nie wieder auf. Aber wen hätten sie auch interessieren sollen?

Ottos Stellvertreter Albert Radke jedenfalls nicht. Was immer er mit den Beständen auch gemacht haben mag: Am Ende wurde er zum kommissarischen Leiter des Amtes für Verfassungsschutz bestellt.

Dem Doktor standen daher in Köln, aber auch in allen Landesämtern Tür und Tor offen, und das ermöglichte ihm, endgültig nach den Sternen zu greifen.

Im Grunde nämlich war die Entführung Otto Johns nach Ostberlin und sein Entschluss, das eigene Leben zu retten und sich von Ulbricht wie ein Tanzbär vorführen zu lassen, die Geburt des Bundesnachrichtendienstes aus dem Geist der totalen Konspiration. Der Effekt auf John war tödlicher, als seine physische Liquidierung jemals hätte sein können.

»Nun ist der Wurm im Apfel«, freute sich der Doktor und hielt sich für den Wurm.

Genosse Nikitin sagte den gleichen Satz, hielt den Doktor aber für den Apfel und mich für den Wurm.

Er war unendlich glücklich, nun mit meiner Hilfe einen sowjetisch komplett unterwanderten Nachrichtendienst abschöpfen zu können. Mich erreichte im Spätsommer seine Gratulationsdepesche, dass ich den Rotbannerorden III. Klasse erhalten würde, außerdem ab sofort monatliche Gratifikationen in erheblicher Höhe. Agentin Drei-Eins-Drei sei im Herbst zur Übergabe freigegeben.

Übergabe. Was für ein Wort.

Meine Freude war so ungeheuer groß, dass ich der Gefahr, die meiner Familie durch Hubs Hinfälligkeit drohte, einfach nicht gewahr wurde.

Obwohl ich bereits die Tiefe der Finsternis, die Hubs Seele zu verdunkeln vermochte, vollständig ausgemessen hatte, festigte sich in mir die Addition der guten Nachrichten zu einer Summe, die es gar nicht gab. Es gibt keine Summe guter Nachrichten. Alle guten Nachrichten stehen für sich und können jederzeit einzeln oder zusammen vernichtet werden durch eine winzige Torheit. Die Arithmetik der guten Nachrichten liegt in ihrer Nullpotenz. Ich aber hatte Wind in den Segeln und war auf mich bezogen, wie es gute Malerart ist. Doch könnte ich mich heute dafür ohrfeigen, die Zeichen nicht erkannt zu haben. Stattdessen überschätzte ich meinen Triumph.

Ich bekam neben Nikitins Rotbannerorden (man schickte ihn mir tatsächlich mit der deutschen Bundespost zu, wirklich schade, dass man ihn niemandem zeigen konnte) auch noch eine Ehrenmedaille des Doktors verliehen, den eigens für diesen Anlass gestifteten »Organisationsverdienstorden« (kurz: Orgvdorden, auch er durfte nicht gezeigt, aber mit ins Grab genommen werden).

Die künstlerische Gestaltung dieser Plakette, die im Übrigen bis heute nachgegossen und um verdiente Agenten-, Spionen- und Verräterhälse gehängt wird, hatte ich selbst zu übernehmen. Als Motiv schlug ich die Elend-Alm vor (ach, ich mochte den Namen) – Gehlen aber wünschte sich den heiligen Georg, seinen Lieblingsdrachentöter. Als Material wählte ich Blech. Er aber bestand darauf, auf solide Bronze zurückzugreifen und für mich persönlich auf Gold.

Denn immerhin sei es mir gelungen, schwärmte er, Otto John auf die bestmögliche Weise fertigzumachen, so wie einst Jago den tumben Othello auf die bestmögliche Weise fertiggemacht hatte, nämlich durch gespieltes Mitleid, geheuchelte Treue und vorgetäuschte Freundschaft.

Der Doktor überreichte mir während einer Verleihungszeremonie in der Org-Kantine den achtkarätigen Orgvdorden. Alle Hauptabteilungsleiter, Nebenabteilungsleiter, Unterabteilungsleiter der Firma traten an, um zu applaudieren und auf einen eigenen Orgvdorden zu hoffen. Zur Feier des Tages durfte sogar der abgesetzte Hub bei dem Ereignis dabei sein. Ich weiß nicht, warum ich so überzeugt war, dass er sich bald wieder beruhigen würde, denn ich sah seine hassstarren Augen, glaubte ihnen aber nicht.

An jenem Nachmittag hielt Gehlen eine Ansprache und sagte, dass ihm Bundeskanzler Konrad Adenauer zehn Tage nach der Flucht Otto Johns – und somit auch zehn Tage nach der moralischen Vernichtung des Bundesverfassungsschutzes – eine persönliche Garantie ausgesprochen habe. Der Doktor stand, während er das sagte, wie Hannibal vor seinen Elefanten. Er ließ sie tröten und auf den bayerischen Boden stampfen, und dann sprach er, dass der Kanzler ihm zugesichert habe, alle Heerscharen der Org innerhalb der kommenden zwei Jahre in den offiziellen Dienst der Bundesrepublik Deutschland zu übernehmen.

»Die Org ist tot!«, rief er. »Lang lebe der Bundesnachrichtendienst!«

Ein karthagischer Jubel brauste dem Doktor entgegen, und mitten in diesem Jubel legte er seinen Arm um meine Schulter, und Hub sah das.

Zu Lucie John hielt ich engen Kontakt. Der Verlust ihres Mannes, der ihrer Meinung nach wie ein Lawinenopfer unter Massen von Lügen begraben lag, viele hundert Kilometer entfernt und jenseits des Eisernen Vorhangs, machte sie fassungslos, brach aber weder ihr Herz noch ihr schönes Rückgrat. Sie und ihre britischen Freunde waren überzeugt, dass Otto aus Westberlin verschleppt und einer Gehirnwäsche unterzogen worden war.

Es empörte Lucie, wie kühl Adenauer und die Regierung ihren Mann fallenließen, obwohl die Indizien gegen eine Flucht Ottos in den Osten sprachen. Vor allem hätte er, ein Ehrenmann, seine Frau niemals ohne jede Nachricht zurückgelassen, wehrlos preisgegeben allem Hohn und Spott. Jeder, der Otto und Lucie kannte, wusste, dass die beiden einander Philemon und Baucis waren. Leib und Seele von Otto verlangten im Grunde gar nicht nach all den heterosexuellen, homoerotischen und polymorph-perversen Ausschweifungen, auch wenn er keine Gelegenheit verpasste, diesen nachzugehen, einfach weil er ein großes Kind war.

Während all der Zeit in der babylonischen Gefangenschaft ihres Mannes wurde Lucie John geborene Manen niemals an ihm und seiner Liebe zu ihr irre. Sie freute sich über meine Anhänglichkeit, und als sie hörte, dass auch meine Schwester Jüdin war, so wie sie selbst, kam sie uns in München besuchen. Hub mied diesen Besuch, wollte nicht mit »drei Jüdinnen« an einem Tisch sitzen, wobei er damit seine Frau, seine Tochter und die Gattin eines Mannes meinte, den er wenige Monate zuvor hatte umbringen wollen.

Ich Idiot dachte dennoch nicht weiter darüber nach. Ich verstehe mich nicht. Ich verstehe mich einfach nicht.

Die Trennung von Mokka war leider nicht so lieb und sanft, wie ich mir das in unserem ambitiösen Distanzprojekt erhofft hatte. Aber der Zeitpunkt, an dem ich Maja aus Karlshorst abholen, über die Grenze bringen und als freigelassene Kriegsgefangene in mein persönliches Umfeld einführen musste, rückte immer näher.

»Du magst mich nicht mehr?«

»Natürlich mag ich dich, Mokka. Ich mag dich sogar sehr gerne.«

»Aber warum soll ich dann ausziehen?«

»Vielleicht brauchen wir mal eine Pause.«

»Eine Pause? Ich brauche keine Pause. Ich tue doch alles für dich.«

»Das stimmt, Mokkachen.«

»Ich wasche für dich, und ich bügele für dich, und ich koche für dich, und ich lerne alle Kunstepochen für dich auswendig, und ich«, sie hielt kurz inne, um sich einen Tropfen von der Nase wegzuwischen, »und ich ... ich verkaufe alle gefälschten Bilder für dich.«

»Was denn für gefälschte Bilder?«

»Die Bilder, die du fälschst.«

»Ich fälsche keine Bilder.«

»Da lachen ja die Hühner.«

»Du spinnst wohl.«

»Ich bin doch nicht blöd. Ich weiß doch, was frische Farbe ist. Ich male doch selbst ein bisschen.«

Ich stöhnte, denn es kann keine entsetzlicheren Disharmonien geben als die von Mokka. Rosen und Tulpen in der Manier von Renoir, von dem Papa gesagt hatte, dass er nur Hüte malen könne, einfach entsetzlich.

»Ich weiß, dass ich nicht gut male, nicht mal so gut wie Klein-Anna. Aber selbst das Malen mache ich für dich, damit du mich ein bisschen achtest und liebhast. Ich bin doch ein Mensch, Koja.«

»Du bist ein sehr, sehr lieber Mensch, Mokka. Aber trotzdem gehen alle schönen Dinge mal vorüber.«

»Ich werde niemals sagen, dass du Bilder fälschst. Denn du fälschst die Bilder wirklich sehr gut, dafür bewundere ich dich. Und wenn ich so gut malen könnte wie du, würde ich auch Bilder fälschen und so viel Geld verdienen, und es wäre mir egal, denn ich würde das Geld für dich verdienen und für unsere Kinder.«

»Ich fälsche keine Bilder, Monika.«

»Jetzt sagst du nicht mal mehr Mokka zu mir?«

»Liebste Mokka«, erwiderte ich sanft, »das ist Verleumdung, wenn du das sagst mit den Bildern, da könnte ich dich anzeigen, weißt du.«

»Ach hör doch auf. Ich werde dich nicht anschwärzen. Ich habe dich doch lieb, auch wenn ich weiß, dass du viele Menschen hintergehst und dass Klein-Anna deine Tochter ist.«

»Anna ist doch nicht meine Tochter.«

»Das sieht doch ein Blinder, dass das deine Tochter ist. Nur dein Bruder sieht das nicht, ich weiß wirklich nicht, warum. Du hältst mich für beschränkt. Aber ich habe Augen im Kopf.«

»Ich wollte eigentlich, dass du dir in Ruhe erst mal eine schöne Bleibe suchst und so lange hierbleibst, bis du was gefunden hast.«

»Alle Menschen benutzt du nur. Alle.«

»Ja«, seufzte ich. »Vielleicht bringen wir es einfach hinter uns.«

»Du behandelst mich schlecht und bist immer gut zu deiner Schwester, mit der du irgendwann mal geschlafen hast. Ich merke das alles und schlucke das alles runter und würde sogar verstehen, wenn du weiter mit ihr schläfst, weil sie sehr schön ist und weil ich dich liebe.«

»Ich hol schon mal einen Koffer.«

»Ist denn das Einzige, was du an mir geschätzt hast, dass ich ein guter Rammler war?«

Sie weinte.

»Du warst kein guter Rammler, Monika. Du bist ein guter Rammler.«

»O wie gemein. Du bist so gemein.«

Als sie aus dem Haus ging, schluchzend und zart und hässlich wie ein aus dem Nest gefallener Rabe, den Koffer hinter sich herziehend und geschüttelt von heftigen, ihren ganzen Körper überwältigenden Schauern des Entsetzens, blickte ich ihr lange nach und genoss dieses Gefühl von unendlicher Schwerelosigkeit.

Ev war die Erste, der ich es erzählte.

Sie freute sich nicht über den Laufpass, den Mokka von mir erhalten hatte. Das wunderte mich.

Und dass Maja aus Russland zurückkehren würde, überforderte ihr Vorstellungs- und Erinnerungsvermögen. Auch das wunderte mich.

Zwei Frauen mit M, sagte sie gedehnt. Und die Vokale klingen so ähnlich. Wie soll man die auseinanderhalten?

Ich rief ihr die letzten Tage Rigas in Erinnerung, den

Sommer bei Baron Grotthus, als Anna noch so klein war, da gab es das Mädchen mit den Schnitten im Gesicht, weißt du noch?

Und da sich jeder Mensch ein zerschnittenes Gesicht merkt, konnte ich meiner Schwester beim Erinnern zusehen, aber auch bei dem damit untrennbar verbundenen Ausdruck der Ungläubigkeit.

Es war kurz vor Sonnenuntergang. Wir saßen unter einzelnen, dicken Herbstwolken im Herbstgras auf einem Reiterhof bei Pattendorf, und vor uns ritt Anna auf ihrem ersten Pony, das ich ihr gekauft hatte. Es war ein vom KGB finanzierter Isländer, tatsächlich rotschimmernd, munter und ein wenig charakterlos.

»Schaut mal, was ich kann!«, rief Anna, ließ die Zügel los und ritt freihändig auf der Koppel, während ihr die Alpen zujubelten.

»Hör damit auf!«, schrie Ev ein wenig schrill, wie ich fand.

Anna gehorchte, aber man sah, dass sie nicht mehr lange gehorchen würde. Sie war elf Jahre alt, aber zu klein für ihr Alter, so dass sie oft noch für eine Neunjährige gehalten wurde. So brach auch in ihr Leben, wie in jede menschliche Existenz, allmählich der Schmerz ein, die Demütigung und das Ungenügen – aber niemals auf Parvenü, ihrer Stute.

»Glaubst du denn, Koja, dass du dich mit dieser Maja noch vertragen wirst?«

»Ja, das glaube ich schon.«

»Ist das die, von der du damals sprachst? Da saßen wir dort drüben, weißt du noch?«

Sie zeigte es.

»Du kamst gerade aus der Gefangenschaft und sahst furchtbar aus, ein richtiger Hungerhaken. Und ich sagte, dass ich auf dich gewartet hätte. Und du sagtest, es gäbe jemand anderen.«

»Wir sind schon eine Weile in Kontakt, ja.«

»Wie ist denn das möglich, mit jemandem in Kontakt zu sein in Russland?«

»Freust du dich denn nicht?«

»Doch, ich freue mich für dich, Koja. Aber ich bin sehr unglücklich.«

Anna fiel mit Parvenü vom Schritt in den Galopp, ohne in den Trab zu wechseln. Denn wie beim Zeichnen hasste sie diese Gangart. Man wurde elend herumgeschüttelt, ohne einen Lohn in Form von Geschwindigkeit zu erhalten. Und als sie erfuhr, dass Trab eine für das Pferd im Grunde unnatürliche Bewegungsart war, die der Mensch sich ausgedacht hatte, um Trabrennbahnen am Leben zu erhalten, beschloss sie, diesen Unsinn vollständig abzuschaffen, wenn sie einmal groß sein und die Pferde der Welt befreien würde.

Noch aber war es nicht so weit, denn sonst hätte sie ja auch Parvenü befreien müssen.

Ich merkte, wie sich Evs Körper verkrampfte. Das tat er immer, wenn Anna in den Galopp wechselte. Ev stellte sich dann alle möglichen Verletzungen vor, die passieren können. Sie hatte sogar ein Buch aus ihrer Praxis mitgebracht, in der besonders scheußliche Schädelwunden abgebildet waren, hervorgerufen durch Kavalleriegefechte, nicht durch den Galopp, wie ich anzumerken wagte. Und kleine Mädchen fielen auch nicht in schwere Kürassiersäbel.

»Mach langsam, Anna! Das reicht jetzt!«, rief Ev dennoch und sprang auf.

Ich nahm sie bei der Hand und zog sie wieder herunter zu mir. Sie entwand sich der Hand, sehr achtsam, blieb jedoch sitzen.

»Warum bist du so unglücklich?«

»Du hättest ihr das Pony nicht schenken dürfen. Schon wegen Hub nicht.«

»Wieso?«

»Er kann das nicht. Er hat nicht so viel Geld wie du. Es demütigt ihn.«

»Ich tu es doch nur für Anna.«

»Auch Hub ist sehr unglücklich.«

Anna ritt nun langsam aus der Koppel hinaus. Ev hatte ihr erlaubt, immer zum Abschluss über das freie Feld zu galoppieren, obwohl dabei ihre Fingerknöchel weiß wurden vor Anspannung.

»Mir geht es gerade so gut, und ich möchte nicht, dass es euch nicht gutgeht.«

»Vielleicht hätten wir es nicht noch mal versuchen dürfen, Hub und ich. Er will Anna nicht beim Reiten zusehen. Er will Anna nicht beim Zeichnen zusehen. Er will nicht mit Anna nach Israel.«

»Du fährst nach Israel?«

»Ich weiß es nicht. Deutsche dürfen nicht nach Israel. Ich weiß nicht, wie unser Leben weitergeht.«

Sie wandte sich mir zu. Durch ihre Haare strich der Wind, der vom Fluss hochzog.

»Wir hintergehen Hub immer noch. Vielleicht müssen wir ihm die Wahrheit sagen. Ich meine die ganze Wahrheit.«

»Daran darfst du nicht einmal denken, Ev.«

Sie dachte aber daran. Ihre Lippen pressten sich zusammen auf diese trotzige Art, mit der sie ihren Willen durchzusetzen pflegte. Sie blickte hinüber zu unserer Tochter, die wie ein Kosake über das Feld flog, schreiend und glücklich.

»Wir werden alle krank, Koja«, sagte sie nach einer Weile. »Ich würde es ihm nicht sagen, wenn ich mit jemand anderem als ihm mein Leben leben würde. Aber jetzt, wo wir zusammen sind, muss ich es ihm sagen.«

»Nein.«

»Koja, ich lebe mit ihm, ich sehe ihn jeden Tag.«

»Ich will davon nichts hören.«

»Aber weißt du: Er ist zu Anna wie ein guter Onkel. Und du bist zu Anna wie ein guter Vater. Ihr verhaltet euch schon so, als wüsstet ihr von eurer wahren Bestimmung.«

»Ich weiß es ja auch. Aber ihn würde dieses Wissen vernichten.«

»Ich habe große Angst, Koja. Ich habe große Angst, dass etwas passiert.«

»Was soll denn passieren?«

»Es ist nicht recht. Es ist die letzte gewaltige Lüge.«

Für Ev war es die letzte gewaltige Lüge, nicht für mich. Und deshalb, glaube ich, konnte ich sie nicht verstehen. Denn die letzte gewaltige Lüge ist etwas, was jeden in den Wahnsinn treibt. Was man loswerden muss. Was einen verfolgt. Aber das weiß ich erst heute, als alter Mann. Damals wusste ich es noch nicht.

»Hör mal, Ev«, sagte ich, »wenn Maja hier ist und wenn sie ein Kind bekommt, dann können wir es ihm meinetwegen sagen. Denn nur, wenn ich mit Maja lebe und sie ein Kind bekommt, wird er dich nicht verlassen. Weil er sich dann sicher fühlt.«

»Wieso sollte er sich sicher fühlen?«

»Weil wir nicht mehr zusammenkommen.«

»Ich werde nie mehr mit dir zusammenkommen, Koja. Für nichts auf der Welt. Du bist so ungeheuer kalt geworden.«

Sie sagte es sehr freundlich und, ja, geradezu warm. Zärtlich. Ich war erstaunt und blickte sie an.

»Wie kommst du denn darauf?«

»Wie kannst du Mokka so behandeln? Ich mochte sie nicht. Aber sie hätte alles für dich getan. Sie wäre für dich auf den Mond gestiegen. Wie kannst du sie nur einfach ...«, sie suchte nach dem richtigen Ausdruck »... ersetzen?«

»Sie ist zu nett.«

»Zu nett?«

»So hast du sie genannt. Nett. Und ein bisschen gewöhnlich.«

»Ich wusste nicht, dass sie für dich auf den Mond steigt. Niemals wieder wirst du so jemanden finden. Leute, die für einen auf den Mond steigen, sind nicht einfach nur nett. Und überhaupt nicht gewöhnlich. Ich würde für niemanden irgendwohin steigen. Auch nicht für dich. Ich würde alles nur für mich selber tun. Genau wie du.«

»Was mich an dir schockiert«, lächelte ich matt, »ist, dass du immer genau das sagst, was man nicht sagen darf.«

Sie traf ein scharfer Strahl der tiefen Sonne, die unter einer abziehenden Wolkenwand hervorrollte wie eine Goldmünze. Sie schirmte ihre Augen ab und suchte Anna.

Aber im Gegenlicht sahen wir nur die Silhouette von Parvenü, die am Horizont entlangtrabte, ohne ihre Reiterin.

Ev schnellte hoch. Sie rannte los. Ich rannte hinterher. Wir schrien Annas Namen. Nichts ist schrecklicher für alle Eltern dieser Erde, als den Namen ihres Kindes schreien zu müssen. Und nichts trennt sie mehr voneinander als ein solches Martyrium.

Nach fünf Minuten Angst (Fingerkribbeln, ein hoher Ton im Ohr, der vergorene Hackbraten, der mir hochstieg) kam Anna hinter einem Busch hervor. Sie lächelte schief und sagte, sie habe einen Streich gemacht. Wir hätten überhaupt nicht mehr nach ihr geguckt. Da habe sie sich versteckt und wollte mal schauen, was passiert.

Ich sah, wie Evs Lippe zu zittern begann. Dann schlug sie Anna ins Gesicht, fing an zu heulen und umarmte sie, die ebenfalls heulte.

Und ich umarmte alle beide. Und heulte mit.

25

Am neunten November Neunzehnvierundfünfzig, meinem fünfundvierzigsten Geburtstag, holte ich Maja in Berlin ab.

Hippies kaufen bestimmt nicht gerne ein, und schon gar nicht, um sich todschick zu machen. Sie können sich daher vielleicht nicht vorstellen, lieber Swami, wie viele Münchner Herrenbekleidungsfachverkäufer ich um den Verstand gebracht habe. Bei Hemden-Blösdorfer ließ ich mir *cutaway collar*, *pin collar* und *tab collar* vorführen. Bei Lodenfrey holte ich mir einen Mantel, tauschte ihn um, holte einen neuen Mantel, tauschte ihn ebenfalls um und ging schließlich zu Pelze-Rieger. Was den Anzug anbelangt, konnte ich mich nicht entscheiden zwischen Cashmere, Seide, Mohair und Baumwolle.

Als ich mich entschieden hatte (Cashmere), dachte ich lange über den richtigen Schneider nach. Schließlich wählte ich einen wunderbaren Italiener in der Ledererstraße. Pietro Cifonelli hieß er. Pietro Cifonelli sagte, er werde alles tun, um meine Einmaligkeit hervorzuheben, *sì*, aber nicht durch Extravaganz, *signore*, sondern durch Eleganz. Er fragte mich, ob ich zu Barock *(barocco)* oder zu Renaissance *(rinascimento)* tendiere. Ich entschied mich für Klassik *(stupido classico)*. Aber Pietro meinte, für *stupido clas-*

sico sei er nicht zuständig, für *stupido classico* müsse ich zu einem englischen Schneider, der sich nicht für Eleganz interessiere, sondern nur dafür, langweilige Menschen richtig anzuziehen.

Also nahm ich die Renaissance und erhielt etwas überhebliche Nadelstreifen auf grauem Grund, in den Schultern leicht gepolstert, fallend gebaut. Hohe Taille, weiche, majestätische Rockschöße. Dazu Budapester Schuhe, feinstes Rindsleder. Einen neuen Hut, der einfach großartig aussah.

Für Maja kaufte ich mehrere Kostüme in eher gedeckten Farben. Ich hatte mich nicht getraut, ihre Konfektionsgröße zu erfragen. Abhängig von der Ernährungslage im sowjetischen Strafvollzug konnte das ja auch erheblich variieren. In meine beiden großen Willkommenskoffer kamen noch Pralinen, ein Bordeaux, Parfum, Mereschkowskis *Leonardo da Vinci* (das Buch hatte sie sich gewünscht, aber ich half ihr beim Wünschen), eine Perlenkette, zwei Erste-Klasse-Tickets der Lufthansa von Berlin-Tempelhof nach München-Riem und eine von mir gezeichnete Karte Italiens mit allen Städten drauf, die wir im Dezember besuchen würden, was durch kleine Karikaturen unserer kaputten Visagen (sie mit Gulaschgesicht, ich altersentsprechend aufgedunsen und fast kahl) kenntlich gemacht wurde.

Es war herrlich, mitten im ekelhaftesten Novemberwetter in Berlin zu landen.

Vor dem Tempelhofer Flughafen schenkte ich einem kriegsversehrten Bettler einen Kaugummi, was ich noch nie getan hatte. Ich nahm mir ein Taxi, fuhr zur Friedrichstraße, mit dem ganzen Gepäck.

Der übliche KGB-Fahrer stand am üblichen Treffpunkt und staunte nicht schlecht darüber, wie viele Rindslederkoffer in den Kofferraum eines schäbigen Pobeda passten. Genosse Nikitin hatte mir geschrieben, dass ich mit meiner Zukünftigen gerne noch eine Nacht in der Karlshorster Villa bleiben könnte. Aber je näher ich dem sowjetischen Hauptquartier kam, desto deutlicher spürte ich, dass ich Maja schnappen und auf und davon fahren würde. Unseren Einsatzbefehl könnten sie uns auch hinterherschicken.

Als wir vor dem KGB-Gebäude hielten, nahm ich alle Koffer aus dem Wagen, obwohl mir der Fahrer anbot, darauf aufzupassen. Aber mir war schon klar, was er unter Aufpassen verstand.

Nikitin hatte recht behalten. Das große Amtszimmer im KGB-Trakt sah schon wieder alt aus. Ich entdeckte nicht die geringste Spur einer Renovierung. Typisch, dachte ich. Der Adjutant, der mich empfangen hatte, stellte meine Koffer ab, salutierte, vermutlich wegen des Rotbannerordens, den ich mir im Auto an meinen feinen Zwirn gesteckt hatte. Er verkündete, es würde gleich jemand kommen. Mit knallendem Gruß zog er sich zurück.

Ich war mehrere Male in diesem Zimmer gewesen, aber noch nie ohne Stalin und ohne KGB-Chef Beria. Beide Porträts waren abgehängt und gegen ihre Nachfolger Chruschtschow und Iwan Serow ausgetauscht worden. Ich fragte mich, ob das vielleicht mit »Renovierung« gemeint gewesen war.

Dann ging die Tür auf. Mein Herz machte einen Glückshüpfer, denn es dachte, meine Augen hätten Maja gesehen, wegen der grauen Haare, die sie tatsächlich sahen. Sie war es aber nicht, sondern eine fünfzigjährige, kleine und kugelförmige Frau in Uniform, die ich noch nie zuvor getroffen hatte. Sie begrüßte mich förmlich, und als ich charmant fragte, ob sie die reizende Adjutantin von Genosse Nikitin sei, sagte sie kalt, sie sei noch niemals Adjutantin gewesen, jedenfalls nicht nach dem Krieg. Dann musterte sie mich von oben bis unten, betrachtete meine Koffer, meinen Pelzmantel, den Anzug, den Hut in meiner Hand, sogar die Schuhe.

»Genosse, was sind Sie denn von Beruf? Königliche Hoheit?«

Ich spürte, dass irgendetwas sich ganz anders entwickelte, als ich das erwartet hatte. Genosse Nikitin hatte noch zwei Tage zuvor einen Kassiber geschickt, in dem er mir freundlich und exakt den Ablauf der sogenannten »Übergabe« geschildert hatte.

»Nun, Genosse Vier-Vier-Drei, bitte setzen Sie sich.«

Ich setzte mich, und während ich mich setzte, setzte sie sich ebenfalls, und das erstaunte mich, denn sie setzte sich auf Nikitins Platz.

»Mein Name ist Pertja, General Pertja«, erklärte sie, und sie erklärte auch, dass sie mit sofortiger Wirkung mein neuer Führungsoffizier sei. Sie habe die Pflicht, die befohlene Übergabe vorzunehmen. General Nikitin sei verstorben.

»Verstorben?«, fragte ich erschrocken. »Er hat mir vorgestern noch geschrieben.«

Nein, die Korrespondenz des Genossen General sei schon seit einigen Monaten durch fähige Mitarbeiter in dessen Namen besorgt und in der des Generals eigenen und unsozialistischen Ausdrucksweise formuliert worden. Das würde in Zukunft nicht mehr geschehen.

Ein rötlicher Schleier senkte sich vor meine Augen, vorgespiegelt durch das in den Kopf steigende Blut, und General Pertja verwandelte sich in eine rötliche Erdbeerfrucht, und ihre Uniform war ebenfalls rötlich, und ich musste aufpassen, keine Antworten auf nicht gestellte Fragen zu geben. Ich setzte meinen Hut auf, ich weiß nicht, warum, vielleicht um mich zu behüten, wie man so sagt.

Die Frau betrachtete aufmerksam meine Kopfbedeckung. Sicherlich hätten wir uns beide gewundert, wenn ich aufgestanden wäre.

Das geschah aber nicht.

General Pertja räusperte sich und nahm eine kleine Schachtel, die ich bisher nicht beachtet hatte, obwohl sie die ganze Zeit über auf dem Schreibtisch stand.

»Nun, Genosse Vier-Vier-Drei, müssen wir zur Übergabe der Genossin Drei-Eins-Drei kommen.«

Ja, eine Erdbeerfrucht, weich und immer rötlicher werdend und am Rande der Fäulnis, vielleicht einmal süß gewesen, vielleicht.

»Ich darf Ihnen das überreichen.«

Sie schob mir die Schachtel entgegen. Ich konnte nicht aufstehen, war in den Sessel gepresst und gurgelte gerade mit meinen Innereien. Sie hob die Schachtel ein wenig an, zeigte sie mir, stellte sie wieder ab, mit einer beiläufig gewährenden Geste, aus der zu lesen war, dass ich befugt sei, das Objekt jederzeit an mich zu nehmen. Sie setzte eine Brille auf, eine Lesebrille. Und dann las sie mit großen Augen:

»*Im Verfahren H/314 lm-1951 gegen Maja Dserschinskaja wird die Angeklagte für schuldig befunden, dass sie, als Unteroffizier des 11. Strafinfanterie-Regiments der 359. Infanterie-Division der 30. Armee der Kalinin-Front, am 31. Mai 1942 in der Stadt Rschew freiwillig zu den Deutschen übergelaufen ist und sich des Hochverrats schuldig gemacht hat.*«

Um mich auf irgendwas zu konzentrieren, konzentrierte ich mich auf ihre Brille, an der sie nach jedem Satz ruckte.

»*Die Angeklagte wurde vom Militärtribunal des Obersten Gerichts der UdSSR am 1. Februar 1952 zum Tode verurteilt.*«

Sie seufzte, kratzte sich an ihrem Doppelkinn, rückte die Brille zurecht.

»*Das Urteil wurde am 31. Oktober 1954 im Gefängnis Butyrka per Genickschuss vollstreckt. Die Exekutionsdauer betrug 1 Minute 30 Sekunden.*«

Sie legte die Brille beiseite und sah mich danach ohne Brille an. Ich wusste nicht genau, was sie sah, aber ich hatte das Gefühl, dass sie nun mit ganz neuem Interesse die Maßarbeit von Pietro Cifonelli würdigte, den Sitz meines Tap-Collar-Kragens, meinen eigens für Maja gelernten Rusti-Krawattenknoten, die Budapester Schuhe und natürlich die beiden Willkommenskoffer aus Kalbsleder.
»Genosse Vier-Vier-Drei. Sie haben sich um die Sowjet-

union verdient gemacht. Dafür gebührt Ihnen Dank und Anerkennung. Es tut mir sehr leid, dass die Übergabe nun in dieser Form stattfinden muss. Ich darf Sie nun bitten, die Überbleibsel von Genossin Maja Dserschinskaja an sich zu nehmen.«

Ich starrte sie nur an.

»Ich meine diese Schachtel.«

Ich weiß.

»Sie müssen sie jetzt an sich nehmen.«

Es gelang mir.

»Dann darf ich Ihnen im Namen des KGB sehr herzlich zu Ihrem Geburtstag gratulieren.«

26

Es regnete sechs Jahre, neun Monate und sechs Tage.
Es gab Zeiten des Nieselregens, in denen man vor die Tür treten und eine Genesungsmiene aufsetzen konnte. Es gab den üblichen Starkregen. Es gab flutartige Regengüsse, die ganze Dächer abdeckten. Es gab gefrierenden Regen, warmen Regen, Monsunregen. Es gab sogar Aufheiterungen und einige Regenpausen.

Aus einer anderen zeitlichen Perspektive gesehen, würde ich sagen, dass es vorrangig Sprühregen gegeben hat, doch bei dieser Definition dauerte der Regen elf Jahre, zwei Monate und fünf Tage.

Aus meiner heutigen Sicht scheint mir gar, dass der Regen niemals aufgehört hat, sondern sich wie kondensierende Luftmasse ab meinem fünfundvierzigsten Geburtstag um mich herum ausbreitete, aller Tage Dunst.

Wo ich auch stand und ging, trocken war es nie.

Und wenn es doch mal trocken war, dann kam der Ascheregen, oder es kam der Schnee, der nur wenig feucht schien und manchmal Frieden brachte.

Sehr viel habe ich in diesen Jahren des Regens gelernt. Zum Beispiel habe ich niemals wieder jemanden geringgeschätzt, nur weil er zu nett oder ein wenig zu gewöhnlich war.

Ich hätte mir General Pertja gerne nett oder gewöhnlich gewünscht.

Ich hätte mir Maja gerne nett und gewöhnlich und völlig zahnlos und ihre Haut wie in Streifen geschnittenes Leder gewünscht. Ich hätte sie dennoch geliebt, das weiß ich jetzt.

Und an Mokka habe ich oft gedacht in meinem Leben und habe ihr alles Gute gewünscht und nach einigen Jahren auch nach ihr geforscht. Aber sie war ausgewandert nach Australien. Irgendwo im Busch ist sie verschollen. Vielleicht züchtet sie dort heute australische Kamele oder schürft in Kimberley nach Diamanten oder hat ein Dutzend hässlicher, kunstbesessener Outback-Kinder. Wo immer sie jetzt auch sein mag, ich hoffe und bete, dass sie mir mein hochmütiges und unerträgliches Wesen verzeihen möge.

In der kleinen Schachtel hatten Majas fünf Zähne gelegen. Ich habe mir alle Zähne immer und immer wieder angesehen. Einmal gab ich sie einem Zahnarzt, damit er sie auf ihren Zustand prüfen möge, und er sagte, dass alle Zähne schwer kariös gewesen seien, weich wie eine Paste. Ich habe die Zähne gemalt, das war Anfang der sechziger Jahre, jeden einzelnen Zahn habe ich gemalt, auf riesige Leinwände gemalt, die weißgrau waren, weißgrau wie die Zähne, so dass alles wie dichter Nebel im November aussah. Das hatte mir mein Psychiater empfohlen, meine Psychiaterin besser gesagt, in die ich mich verliebte, weil ich ihr fast alles gebeichtet hatte, aber nicht so viel wie Ihnen.

Den Totenschein hatte mir General Pertja ebenfalls mitgegeben, und so las ich wieder und immer wieder, dass Maja am »*31. Oktober 1954*« hingerichtet worden ist. Aber ihr Todesurteil hatte sie am »*1. Februar 1952*« erhalten, kurz nachdem wir uns in Karlshorst das erste Mal getroffen hatten.

Zwischen dem ersten Februar Neunzehnzweiundfünfzig und dem einunddreißigsten Oktober Neunzehnvierundfünfzig liegen genau tausendunddrei Tage.

Tausendunddrei Tage mit letzten Mahlzeiten.

Tausendunddrei Tage mit letzten Gedanken.

Tausendunddrei Tage, in die verrückte und vollkommen verzweifelte Sehnsüchte brechen, oder sind das eher die tausendunddrei Nächte?

Nimm dir jeden Tag die Zeit, stillzusitzen und auf die Dinge zu lauschen. Achte auf die Melodie des Lebens, welche in dir schwingt. Sagt das nicht Ihr Buddha? Jedes Leben hat sein Maß an Leid. Aber Maja hat all die tausendunddrei Tage zwischen Urteil und Vollstreckung der Strafe gewusst, dass irgendwann eine Kugel ihren Nacken durchschlagen würde, nämlich genau dann, wenn mein Auftrag erledigt war. Das ist ein Leid ohne Maß. Ohne Vorstellung. Maja war, als sie mit mir lachte und träumte und Zigaretten rauchte, eine lebende Tote gewesen, selbst in der Wollust, im Vergehen, vielleicht gerade dann.

Und dennoch hat es in diesen tausendunddrei Tagen Momente gegeben, in denen sie unverstellt glücklich war. Dieser Moment, als wir zusammen in dem Lapislazulibad badeten, ich ihre zum Tode verurteilten Beine wusch. Die Blicke in den Himmel, wie aus einem einzigen Auge. Und all die Briefe.

Sie schrieb noch, wie sehr sie sich wünscht, dass ich sie in bester Garderobe abhole.

Und so holte ich in bester Garderobe ihre Zähne ab.

Die beiden Kalbslederkoffer habe ich niemals ausgepackt. Es wäre mir unmöglich gewesen, die Kostüme in die Hand zu nehmen. Sie waren aus Chiffon, langsam zu Boden fallende Stoffe, wenn man sie in die Luft wirft. Oh, Maja hätte sie bestimmt in die Luft geworfen, ich sehe genau ihre Geste, wie ihr Lächeln explodiert und wie sie das Tuch mit ihrem Gesicht fängt, dem lieben Schaschlikgesicht.

Deshalb also stehen die Kalbslederkoffer heute immer noch auf meinem Dachboden, unberührt, wie ich sie aus Berlin zurückbrachte, vollgestopft mit alter Sommermode, meiner schönen Karte von Italien und der Flasche Bordeaux, die ein Vermögen wert sein muss inzwischen. Damals schlief ich mit den Koffern in meinem Bett, und ja, ich umgriff sie nachts, denn etwas anderes hatte ich nicht zum Umgreifen. Wochenlang schloss ich mich in meiner Wohnung ein, dachte, dass der Regen bald vorbei sein würde.

Ich habe diesen Regen unterschätzt.

Ich nahm mir vor, Frau General Pertja zu entsagen, doch mit der Verpflichtungserklärung hatten sie mich in der Hand.

Und dennoch schiss ich auf die ganze Welt, Swami.

Auf meine Arche lud ich niemanden ein.

Die Galerie stand leer.

Ich nahm mir Urlaub von der Org. Und erhielt sehr viele Anrufe. Doch kein einziger erreichte mich.

Ev wollte wissen, was geschehen war. Sie überraschte mich, als ich in der Akademie mit Majas Zähnen in meinem Mund auf Anna wartete, die Zähne schmeckend, nass vor Tränen. Vor Schreck verschluckte ich zwei Zähne (sie tauchten später wieder auf), doch die drei großen gab ich preis, ließ sie in mein Taschentuch fallen und rief Verwunderung hervor.

Da konnte ich nicht ehrlich sein, verstehen Sie?

Stattdessen sagte ich zu Ev: Majas Flugzeug ist abgestürzt. Stürzte eine Stunde nach dem Start in Moskau ab und explodierte, als sie am Boden aufschlug. Und diese Zähne Majas sind das Einzige, was man in der Taiga von ihr fand (so sagte ich gleich mehrmals).

Ev nahm mich in den Arm. Dann riet sie mir, die Zähne wegzuschmeißen. Gewiss seien das nicht die Zähne meiner großen Liebe, sondern vom KGB gefälschte, vom KGB aus einem Delphinkiefer herausgebrochene Zähne, die sähen ja nicht nach einem Menschen aus. Man hat dich reingelegt, Koja. Vielleicht bist du einer Spionin aufgesessen. Vielleicht lebt sie munter in der Taiga, und sie haben dich die ganze Zeit belogen.

Das klang so unverfänglich, lieber Swami. Und so herrlich.

Ach wäre es nur wahr gewesen. Dann wäre sie jetzt noch am Leben.

Und eines Abends, wenige Tage vor Heiligabend, kam der Anruf.

Es war mein Bruder, und ich hörte an der Stimme, dass ich kommen musste.

Die Schreie waren so laut, dass ich mich fragte, wieso die Polizei nicht längst vor dem Haus stand. Ich eilte die Treppen hoch und sah Klein-Anna vor der offenen Tür.

Sie weinte.

Mein Schatz. Was ist denn los?

Und sie weinte, dass die Mami gesagt hat, dass der Papi nicht der Papi sei. Sondern der Onkel Koja sei der Papi. Also du.

Also ich.

Die Undurchdringlichkeit des menschlichen Blicks hebt sich bei Überraschungen fast immer auf. Aber nur für einen winzigen Moment, und dann rasselt der Schock herunter. Die Jalousie.

Mein Schatz. Bleib du hier draußen und rühr dich nicht.

Der Papi hat eine Pistole in der Hand, und die Mami ist ganz still, Onkel Koja.

Doch es klang nicht still, es war ein einziges Brüllen. Aber es war meines Bruders Brüllen.

Ich lief in die Wohnung, den Flur hinunter, die kleine Biegung nach links, dann stand ich in ihrem Zimmer. Ev sah eigentlich aus wie immer. Sie lehnte am Fenster und weinte nicht, schüttelte nur langsam den Kopf, entsetzt, weil ich gekommen war.

Hub stand da mit seiner Pistole und sah wie ein Clown aus. Ein Einarmiger mit einer Pistole sieht wie ein Clown aus, wie eine Witzfigur. Man lacht über ihn.

Eine Jüdin und mein dreckiger Bruder, schrie dieser besoffene Mann. Ihr habt mein Leben zerstört! Warum hasst Gott die Erstgeborenen? Warum liebt er die Zweitgeborenen und die Juden? Beruhig dich, Hub! Bitte beruhig dich! Wir hörten von ferne ein paar Martinshörner, noch weit weg, aber immerhin.

Wie könnt ihr mich schon wieder so anheimgeben! Der Vernichtung! Anheimgeben! Was habe ich euch denn getan? Ich habe euch doch nichts getan! Ich habe so verziehen! Ich habe dir dein Leben geschenkt, Koja! Ich habe dir wieder vertraut! Ihr schlaft doch miteinander!

Nein, Hubsi, schrie Ev, aber er wollte nicht Hubsi heißen. Nicht jetzt. Er hielt ihr die Waffe an den Kopf. Eine Walther PPK. Die Waffe aus Berlin. Du hast mir meine Tochter gestohlen. Du bist nichts wert, Ev. *Omnium bipedum nequissimus.* OMNIUM BIPEDUM NEQUISSIMUS!

Beruhig dich, Hub!

VON ALLEN ZWEIBEINERN DER NICHTSWÜRDIGSTE!

Hub!

Das ist das gemästete Kalb, das Kind da draußen! Das kriegst du jetzt, Koja! Das gemästete Kalb! Alles hast du mir genommen! Meine Frau! Mein Kind! Meine Ehre! Sogar mein Amt! Vielleicht bist du sogar der Spion, von dem sie alle reden! Bist du das Schwein, das in unserem Stall grunzt?

Beruhig dich, Hub.

Bist du der Maulwurf?

Nein, Hub. Verdammt, nimm diese Waffe runter!

Ich sag euch jetzt, was ich tun werde. Ich werde mir jetzt vor euren Augen eine Kugel hier rein schießen. Hier mitten rein. Das werde ich tun.

Ev schrie so laut, dass sogar die Polizeisirene übertönt wurde, die in diesem Augenblick in die Straße bog. Papi, was machst du da, sagte eine winzige Stimme, und ich fuhr herum, und Hub fuhr herum, die beiden Papis fuhren herum, und durch die Bewegung kam sein Finger an den Abzug. Die Kugel verließ den Lauf, und ich schwöre, dass ich sah, wie sie den Lauf verließ und an Hubs Schläfe knapp vorbeischrammte, wegen der Drehung seines Gesichts, und ich wusste, was geschehen würde. Die Augen meiner Tochter waren groß. Was hatte sie für eine wunderschöne Haut, so blass sie auch war. Dann fiel sie hin, wie gestoßen, und ihr Bäuchlein war ganz rot, in kurzer Zeit. Und ich war bei ihr in dem Lärm, der uns umfasste, und hob ihre Augen mit meinen Augen an, und sie wollte mich etwas fragen, irgendetwas lag ihr auf der Zunge, und es ging nicht, und dann sagte sie nur wieder: »Papi, was machst du da?«

Mein Schatz.

Und sie war fort.

Es regnete sechs Jahre, neun Monate und sechs Tage.

IV
Schwarzrotgold

I

Der Hippie hat seine Zukunftserwartungen an mich auf ein Minimum reduziert. Auf die Art, wie ich ihn lange und auf sein Drängen hin befüllt habe mit meiner gelebten Zeit, die sich in ihm sammelt wie in einer Mülltonne (findet der Hippie), auf diese Art will er auf keinen Fall mehr befüllt werden. Die Folgen, die er für sich daraus erwartet, sind keine positiven.

Er hat einen Brief geschrieben. An die Krankenhausverwaltung. Einen verletzenden sogar, was mich betrifft.

Er will den Müll wegkippen. Er will hier raus.

»Ich werde so desolat«, klagt er. »So bedrückt, bekümmert, ja mei, kummervoll. So viel Dukkha überall. Ich bekomme solche Schmerzen in den Nieren. Ich muss so oft billige Illustrierte lesen. So viel *Asterix* und *Tim und Struppi*, um nicht an die Säuglinge zu denken und an das arme kleine Madl. Ich mag nicht mehr in einem Zimmer liegen voll mit Übel. Ich will nicht auf meine Tür starren und wissen, dahinter sitzt das Bundeskriminalamt. Ich will keinen Compañero verachten. Und ich will kein einziges ›wunderbar‹ zurücknehmen. Nein, ich muss Sie verlassen, Herr Solm.«

Er duzt mich gar nicht mehr und hat noch nie jemanden verlassen, da bin ich sicher.

Nachtschwester Gerda habe ich fünfhundert hoffnungsvolle Mark gegeben, und sie hat versucht, auf den Hippie einzureden. Sie hat seine Absicht als Bereitschaft missverstanden, dabei war er nicht nur bereit, aus unserem Zimmer verlegt zu werden, sondern er hatte die volle Absicht, und die äußerte er auch, nachdrücklicher als je zuvor.

»Weg!«, sagte er. »Weg, weg, weg!«

Aber es gibt nur schlechtere Zimmer, lieber Basti, gab Nachtschwester Gerda zu bedenken. Zimmer mit einem Hausmeister aus Erding, einem frisch operierten zumal, so dass Sie nicht schlafen können. Zimmer voller Außenwelt wie das vorne in der Drei, wo ein homosexueller Florist liegt in einem Meer von Hyazinthen. Oder das schreckliche Zimmer mit dem Bundeswehroffizier. Nirgendwo werde ich Ihnen Ihr Cannabis hinbringen können, und mit niemandem können Sie über Ihre Fehler reden.

Ich will nicht über meine Fehler reden, sagte Basti. Dann könnte ich ja gleich über das Dukkha-Dukkha reden.

Das Dukkha-Dukkha?

Den Tod.

Ich werde nicht über den Tod reden, das verspreche ich ihm.

Ehrlich gesagt, werde ich nicht einmal über das Leben nach dem Tod reden, also über Auferstehung oder Wiedergeburt, obwohl das mit niemandem besserginge als mit einem Swami. Und über nichts könnte es ergiebiger sein als über die eigene, zu Staub zerfallene Tochter.

Ich werde aber nicht über den Tod reden, und wie der Hippie merken müsste, rede ich derzeit doch vor allem über das Leben, über seines nämlich, das er so nachhaltig zu ändern wünscht. Ihm geht es nicht gut, deshalb sollte jemand bei ihm sein. Alle Haare haben sie ihm abrasiert, die verbliebene halbe Botticelli-Tolle mit Muße geschoren, weil man ihm eine zweite Schraube in den Kopf bohren muss. Immer stärker werden seine Schmerzen, über die ich auch nichts Genaues weiß. Und der griechische Doktor hat dem Hippie gesagt – ich lag daneben und hörte zu –, dass er das Krankenhaus über kurz oder lang nicht wird verlassen können. Es klang nach nie mehr.

Auch die Zukunft des Swami also ist nicht grenzenlos, da ihre Möglichkeiten sich in festliegende, unbeeinflussbare Bestandteile seiner Vergangenheit verwandeln, in eine Krankengeschichte nämlich, die vielleicht das Interessanteste ist an seiner Person.

Nicht dass ihm das irgendjemand sagen würde außer mir.

Er will trotzdem gehen, er will unbedingt weg von mir, er will nichts hören und nichts sehen.

Und so verlegen sie ihn an einem herbstgoldenen Freitagmorgen zu dem Bundeswehroffizier, einem Piloten, der sich aus einem abstürzenden Starfighter hatte retten können.

Und das soll kein Dukkha sein oder was?

Jetzt, wo die Anfänge längst erzählt sind, jetzt, wo es allmählich auf ein Ende zielt, bedaure ich, dass ich alleine im Zimmer zurückbleibe.

Ich bekomme zwar einen Motorradfahrer als Bettnachbarn, aber das ist etwas anderes. Der Motorradfahrer ist gar nicht vorhanden. Sein Gesicht ist auf dem Asphalt geblieben und wurde dort, mitsamt seinen Zähnen, über eine Strecke von fünfzig Metern verteilt, die er vom Aufprall auf der regennassen Straße bis zum nächsten Baumstamm brauchte. Ich glaube nicht, dass er jemals wieder sprechen kann. Was würde er wohl über Zweck und Nutzen des menschlichen Unglücks sagen, wo er es doch selbst in fast idealer Weise verkörpert?

Großpaping zum Beispiel, ein Pastor von altem Schrot und Korn, wäre davon überzeugt gewesen, dass es Ausdruck sinnvoller Absicht einer göttlichen Instanz sein kann, meine wunderschöne, hochtalentierte und durch und durch unschuldige Anna auszulöschen, denn Großpaping selbst wurde ja auch durch himmlischen Ratschluss ausgelöscht. Das jedenfalls hat er sicher bis zum letzten Schluck aus seinem Pastorenweiher geglaubt.

Papa wiederum, der sein Theologiestudium abgebrochen hat, weil er sich von Großpaping gequält fühlte und die Natur genau und zeichnerisch durchschaute, war der Überzeugung, dass es nur das sinnlos waltende Schicksal ist, das uns existentiell bedroht, und das genau hätte er in Annas so abrupter Vergänglichkeit gelesen, nichts anderes.

Was ist aber mit der dritten und letzten Möglichkeit, die durch keinen meiner Vorfahren beglaubigt ist, aber so naheliegend scheint: Wieso könnte man nicht die ganze Katastrophe jeden Lebens, statt es Gott oder dem Schicksal in die Schuhe zu schieben, als Konsequenz von uns selbst begangener Fehler betrachten? Ein Mensch, der selbst Schuld trägt an dem, was ihm zustößt, hält somit auch die Besserung seines Loses selbst in der Hand.

Ein Vater, der selbst Schuld trägt an der Patrone, die seine Tochter durchschlägt, hält nicht die Besserung seines Loses in der Hand. Aber wenn er weiß, dass der vermeintliche

Schicksalsschlag die Folge eigenen fehlerhaften Verhaltens war, dann kann er ein solches in Zukunft zumindest vermeiden.

Er kann Mord vermeiden.

Er kann Täuschung und Betrug vermeiden.

Er kann jede Art von Verbrechen vermeiden.

Er kann Laster vermeiden.

Er kann die ss vermeiden.

Er kann die Org, den KGB und die CIA vermeiden.

Na gut, die Org, den KGB und die CIA kann er vielleicht nicht vermeiden. Aber er kann sich bessern, das will ich sagen.

Also warum hört Basti mir nicht zu? Warum hört er mir nicht zu, wie ich besser werde? Er hat doch auf die Transformation gewartet? Jetzt stehen wir kurz davor, und er, was tut er? Er packt seine Koffer, zieht in das schlimmste Zimmer und legt sich zu einem Piloten, den sein Karma offenbar daran gehindert hat, den Schleudersitz anständig zu bedienen.

Ich bin ungerecht.

Ich bin ungerecht zu dem Hippie.

Ich will ihn nicht bedrängen. Ich blicke oft aus dem Fenster, sehe dem Herbst zu, der jetzt unten auf dem Rasen liegt, sehe den gelben, roten, rostbraunen Laubteppich, halte ihn für eine Million ausgerissene Schmetterlingsflügel, aus denen hin und wieder ein Spatz aufsteigt und in den grauen Himmel fliegt.

»Ach, lieber Herr Solm, was machen Sie nur für ein trauriges Gesicht«, seufzt Nachtschwester Gerda.

Sie steht hinter mir, neben dem Motorradfahrer, und tauscht seine Gesichtsverbände aus, wie eine Töpferin steht sie da, die mit flinken Fingern einen Klumpen Lehm formt.

»Der Sommer ist vorbei«, sage ich.

»Ja, der Sommer ist vorbei.«

»Wie geht es Basti?«

»Ich habe ihm das schlimmste Zimmer gegeben, so, wie Sie es gewünscht haben. Aber ich fühle mich nicht wohl dabei.«

Ich nicke. Sie hat von mir nochmals fünfhundert hoffnungsvolle Mark erhalten für das schlimmste Zimmer mit Blick auf den widerwärtigsten Bundeswehrpiloten. Vielleicht bessert man sich einfach nicht, keiner von uns.

»Ich verstehe ja, dass Sie ihn zurückhaben wollen«, sagt Gerda. »Ich will ihn auch zurückhaben. Da im schlimmsten Zimmer, da hat man ja gar nichts voneinander.«

»Es wäre nur zu seinem Besten.«

»Natürlich. Wenigstens kriegt er wieder ab und zu das Pfeifi.«

Ich merke auf.

»Wie, das Pfeifi?«

»Ach, der Herr Pilot merkt das gar nicht.«

»Sie bringen Basti Rauschgift, wollen Sie das sagen?«

»Aber Herr Solm!«

»Was?«

»Rauschgift! Also wirklich! So ein gemeines Wort!«

»In seiner Verfassung? Ich dachte, sein Schädel muss noch einmal trepaniert werden?«

»Es bringt ihn auf andere Gedanken. Und der Herr Pilot merkt das gar nicht. Der Herr Pilot ist ja fast immer bewusstlos. Und wenn er nicht bewusstlos ist, dann brüllt er vor Schmerz.«

Der Kopf des Motorradfahrers wird etwas zu hastig eingepackt in die weißen Mullbinden, so dass er Luft durch die geschlossenen Kauleisten zieht (und natürlich auch durch die geschlossenen Mullbinden, die Gerda eilig von seinen Lippen zupft). Nur weil er nicht sprechen kann, heißt das nicht, dass er nicht hören und nicht verstehen kann.

»Schwester Gerda«, sage ich und habe einen berückenden Tonfall in der Stimme, »hätten Sie vielleicht Lust, dem Herrn Motorradfahrer einmal die Ohren zuzuhalten?«

Sie macht es, ohne zu zögern, obwohl nur noch ein Ohr da ist.

Zwei Tage später treffen wir uns auf der Parkbank, die direkt unter unseren Fenstern liegt. Wir dürfen nur für kurze Zeit nach draußen (das Freie an der Freiluft wird hier immer als Gefahr für Leib und Leben gesehen).

Beide tragen wir aufgespannte schwarze Regenschirme, damit uns nichts vom Himmel auf den kranken Kopf fallen möge, sei es ein Regen- oder Vogeltropfen.

Der Hippie kommt zwischen den beiden Ulmen auf mich zu, windschief, umleibt von einem Bademantel, den beschirmten Schädel zusätzlich unter einer Plastiktüte verborgen, Edeka, was das wohl soll? Sein Gang ist überbedächtig und simpel, Ausfluss seines Zustandes, der meinem immer ähnlicher wird. Er setzt sich neben mich, so weit von mir entfernt wie möglich, und in seinen verkniffenen Zügen erkenne ich Elemente von Verstocktheit.

Ich sage: »Warum haben Sie denn eine Plastiktüte auf dem Kopf?«

»Er wurde angemalt.«

»Tatsächlich?«

»Man sucht die richtige Stelle für das neue Loch.«

»Darf ich mal sehen?«

»Nein.«

Wir sitzen da, lassen beide die Schirme über unseren ruinierten Häuptern rotieren, ich ganz langsam, er viel nervöser. Vor uns der kleine Springbrunnen des Krankenhauses, der nicht mehr lange plätschern wird. Ende Oktober schalten sie ihn immer aus, habe ich gehört.

Ich sage: »Jedenfalls danke, dass Sie den Weg hierher gefunden haben.«

»Sie haben Schwester Gerda Geld gegeben«, stößt er hervor, ohne mich anzusehen. »Sie haben ihr Geld gegeben, damit ich kein Gras mehr bekomme.«

»Das hat sie gesagt?«

»Sie haben ihr Geld gegeben für das unerfreuliche Zimmer! Und für Informationen über mich! Und dafür, dass ich mich hier mit Ihnen treffe, haben Sie ihr auch was gegeben!«

»Mich wundert, dass Gerda Ihnen so was erzählt.«

»Warum tun Sie das? Warum wollen Sie, dass es mir schlechtgeht?«

»Aber ich will doch gar nicht, dass es Ihnen schlechtgeht«, sage ich, »ich will Ihnen auch Geld geben. Damit es Ihnen gutgeht.«

Ruckartig zieht er seinen Kopf zu mir, wie ein Schwarm wachsamer Möwen.

»Ach ja? Glauben Sie, dass Sie mich kaufen können?«
»Ich möchte nur Ihre Zeit kaufen.«
»Ich habe nicht mehr viel Zeit, und das wissen Sie auch.«
»Niemand kann das wissen.«

Er senkt seinen Schirm, beugt sich vor, greift von der Erde einige Ulmenblätter, hebt sie auf, langsam ausatmend. Bestimmt würde er sich lieber mit den Ulmenblättern unterhalten als mit mir, er könnte das auch, er spricht oft mit Pflanzen, die haben sicher auch einiges auf dem Herzen, vor allem die sterbenden Blätter in seiner Hand, ganz mitleidig sieht er sie an. Gleich bricht er in Tränen aus, wenn ich mich nicht beeile.

»Ich mache Ihnen einen Vorschlag«, sage ich rasch. »Wir treffen uns hier einmal am Tag, und an der frischen Luft bringen wir die Sache zu Ende.«

Er zeigt mir stumm die Ulmenblätter. Vielleicht ist es auch umgekehrt, und er will ihnen zeigen, was ich für ein Mensch bin.

»Lieber Basti, was sagen Sie dazu?«

Er schweigt hartnäckig, schüttelt nur langsam den Kopf, so dass die Edeka-Tüte wie ein verlängertes Edeka-Gehirn kurz nach links schwabbelt.

»Und im Gegenzug erhalten Sie von mir nicht dieses Kraut, das Gerda Ihnen da anbaut auf ihrem Balkon. Sondern wir reden hier von Marrakesh Gold!«, versuche ich ihn zu locken. »Direkt vom Hauptbahnhof! Beste Qualität!«

Ich ziehe einen goldenen Haschbarren aus meiner Manteltasche, kein Klacks für Gerda, so was zu besorgen.

Die Ulmenblätter fallen zu Boden. Der Swami zögert, greift den Würfel, einen Moment lang habe ich Angst, dass er ihn mit einem Haps verschlingen könnte. Seine Augen heften sich an meine. In der linken, taubenblauen Iris glitzert Verlangen, in die rechte, etwas grünere rinnt Resignation.

Dann sagt er leise: »Ja, Sie glauben tatsächlich, dass Sie mich kaufen können.«

»Es macht mich traurig, wenn Sie es so sehen.«

»Ich habe Angst vor Ihnen!«

»Sie haben wirklich keinen Grund, vor mir Angst zu haben!«

Ich nehme ihm sanft die Plastiktüte vom Kopf und lasse sie los. Sie fliegt mit einem Windstoß davon und entblößt einen kahlgeschorenen, mit blauen Linien und Zeichen bemalten Maorischädel. Ich sehe ganz genau, an welcher Stelle das zweite Loch gebohrt werden soll, und wehmütig tocke ich mit meinem Finger dagegen.

»Sie machen mir furchtbare Angst!«, höre ich.

2

Ev lag in Annas Bett.
Von früh bis spät.
Sie stand nicht mehr auf, wusch sich nicht, aß nichts und trank sehr viel Wasser und den Kamillentee, den ich ihr morgens und abends brühte und vor das Kinderzimmer stellte.

Als der Schweiß an ihrer Haut dick und sauer wurde, schlich sie nachts ins Bad, reinigte sich leise und sorgfältig, um nicht ihren Geruch mit dem Geruch Annas zu vermischen, der in der Kinderbettwäsche hing, in die sie ihre Zähne grub, ihre Fäuste und ihren Geist.

Immer schloss sie hinter sich ab. Nach vielen Tagen musste ich die Tür eintreten, weil dahinter kein Klagelaut mehr zu hören war und kein Atmen, auch mit dem Stethoskop nicht, das ich aus Evs Arztkoffer genommen und von außen an das geschlossene Fenster gedrückt hatte, mühsam auf dem kleinen Mauersims balancierend, das den dritten vom vierten Stock trennte.

Ev hatte immer eine Spur zu laut geatmet, schon als Kind beim Versteckspielen, mit einem knapp ans Kichern grenzenden Rasseln, weshalb sie schnell entdeckt werden konnte hinter Betten und Vorhängen. Doch nun wurde sie unvernehmbar, und ich habe keine Ahnung, wie sie überhaupt noch Luft bekam. All ihre Überlebensreflexe erschöpften sich. Am Ende nahm sie so stark ab, dass sie fast so dünn wurde wie im Hungerwinter Rigas, als ihre Rippen sich wie Draht unter dem Nachthemd gebogen hatten. Drei Tage nach Annas Tod hatte sie versucht, mit einem Glas Milch dreißig Nägel zu trinken. Sie hatten sich noch vor dem Zugang zur Speiseröhre quergestellt, wurden alle ausgespuckt, verletzten aber ihren Rachen so nachhaltig, dass Mama und ich sie keinen Moment mehr alleine ließen.

Hub blieb in Untersuchungshaft.

Ich zog in sein und Evs verwaistes Schlafzimmer. Immer noch war dort der Hall des Schusses zu hören, wenn man nicht einschlafen konnte.

Zwei Nächte lang starrte ich Hubs Bettdecke an und sein Kissen, auf dem man noch den Abdruck seines Kopfes sah, sofern man über genügend Vorstellungskraft verfügte. Und ja, Vorstellungskraft ist schon immer mein größtes Talent gewesen.

Deshalb brachte ich das ganze Zeug in den Hof runter, hängte es dort über die Teppichstange, besprengte es mit Hubs gesammelten Wodkavorräten und zündete es an. Brennende Daunen stoben bis hoch an Evs Fenster, aber natürlich sah sie es nicht.

Den Sarg ließ ich mir in das Wohnzimmer tragen. Er roch angenehm, hatte aber ein hässliches Braun, das Anna niemals gefallen hätte, und so bemalte ich ihn mit blauem Lack, einem goldenen Mond und silbernen Sternen. Danach schlug Mama ihn mit weißem Satin aus und legte ein Kissen aus Opapabarons Säuglingsbettchen hinein, damit ihr Kopf es gut hatte.

Sargträger sollten Erhard Sneiper, Annas Großcousins Fieps und Flops, Papas nahezu erblindeter Bruder (ein Journalist, der dreißig Jahre lang kein Wort mehr geschrieben hatte), Annas Klassenlehrer Herr Delaroix (ein Hugenotte mit Magen-Darm-Krebs im Anfangsstadium) und ein gewisser Jakobus Solm sein, den ich in keine Familienanekdote einordnen konnte.

Allerdings schob Ev die Namensliste, die ihr neben die Morgenbrühe gelegt wurde, schon drei Minuten nachdem sie sie erhalten hatte, wieder unter der Tür durch.

Mit großen Buchstaben stand »KEINE BALTEN!« darauf, und nur Herr Delaroix war aufgrund seiner französischen Abkunft so unzweifelhaft kein Balte, dass er nicht ausgestrichen werden musste. Daher blieb er übrig und durfte gemeinsam mit Annas nichtbaltischem Kunstlehrer (Bad Tölzer Urgestein), ihren beiden Reitlehrern (die nicht einmal wussten, wo Riga überhaupt liegt), dem gestrengen Professor Grobl (geboren in Nürnberg und desinteressiert an nichtmediterranen Landschaften), dem ehemaligen Pattendorfer Spitalleiter Boehringer (einem Katholiken, weshalb er kein Balte sein konnte) sowie mit Doktor Julius Spanier als völlig überraschendem Juden den blauen Sarg schultern, dessen Farbe und Träger für helle Aufregung bei den Trauergästen sorgen sollten.

Mama hatte diese Aufregung kommen sehen, Tage zuvor, kurz nachdem Ev begonnen hatte, wieder ein wenig zu sprechen, aber nur durch die geschlossene Tür hindurch, die notdürftig geflickte, etwa wie folgt:

Mama: »Sind wir uns sicher, dass wir einen Juden und einen Katholiken als Sargträger wollen?«

Ev: »Ja.«

Mama: »Weißt du, was Großpaping von Katholiken gehalten hat?«

Ev: »Ja.«

Mama: »Aber ...«

Ev: »Ich kann jetzt nicht, Mama, bitte.«

Mama: »Natürlich.«

Mama stützte ihren Arm an die Türlaibung, zählte langsam und tonlos bis zehn, denn die Dinge mussten entschieden werden, und überwältigende Feinfühligkeit war noch nie in Mamas *vision générale* gewesen, zumal sie nicht begriff, wieso man sich nicht ein wenig zusammenreißen konnte, denn Schicksalsschläge waren schließlich ein reinigendes Gewitter, durch das der liebe Gott einen schickte.

Mama: »Evakind?«

Ihre Tochter antwortete nicht.

Mama: »Es tut mir leid, Evchen, an einer Sache dibber ich.«

Ev: »Was denn?«

Mama: »Es klingt vielleicht *étrange*, aber nun haben wir schon keinen einzigen Verwandten als Sargträger, keinen einzigen Balten und nicht mal einen Herrn Baron, und ich glaube daher, dass es unangebracht und etwas kladdrig wäre, wenn da stattdessen eine jüdische Person Annas Sarg trägt.«

Ev: »Da liegt eine jüdische Person in Annas Sarg, Mama.«

Meine Mutter darf man nicht falsch verstehen. Sie hatte immer ein helles Wesen gehabt, aber kein warmes. Ich konnte ihr nicht böse sein, dass sie innerhalb von fünf Minuten ihre Sachen packte, die Wohnung verließ und am liebsten hinter sich die Tür zugeschlagen hätte, aber natürlich, dazu war sie zu aristokratisch erzogen.

»Warum bist du so?«, fragte ich später traurig, vor Evs verrammelter Tür sitzend, das Kinn auf die angezogenen Knie gestützt.

»Ich bin Jüdin«, hörte ich. »Also ist Anna auch Jüdin. Also kann Mama froh sein, dass es kein jüdisches Begräbnis ist. Da hätten viel mehr Juden den Sarg getragen.«

»Dürfen Juden überhaupt einen Sarg mit einem Kreuz tragen?«

»Er hat Anna den Blinddarm operiert.«

»Ich weiß.«

»Sagt dir das was, Gesellschaft für christlich-jüdische Zusammenarbeit?«

»Nein.«

»Hat er gegründet.«

»Ev ...«

»Natürlich darf Doktor Spanier, der zwei Jahre in einem Konzentrationslager überlebt hat und danach trotzdem die Gesellschaft für christlich-jüdische Zusammenarbeit gründet, einen Sarg mit einem beschissenen Kreuz tragen.«

»Es tut mir leid, wenn ich dich aufgebracht habe.«

»Der Blinddarm war schon fast durchgebrochen.«

»Ich weiß.«

»Ist doch völlig egal, welcher Gott Anna nicht gerettet hat.«

»Natürlich.«

»Ist doch völlig egal, welcher Gott der allmächtige Vater

ist, der sein Kind zu sich genommen hat. Was für ein beschissener Vater soll das denn sein?«

»Du hast recht.«

»Protestantische Beerdigung! Katholische Beerdigung! Jüdische Beerdigung! Ist mir doch egal!«

»In Ordnung.«

»Ich will das nicht! Ich will das alles nicht! Ich will, dass Anna lebt!«

»Das will ich auch, Ev.«

»Vielleicht lassen wir es einfach.«

»Ja, das wäre schön. Aber wir können es nicht lassen. Anna lebt nicht mehr.«

Ev weinte.

»Was sollen wir denn machen, Ev?«

Ev weinte.

Dann weinte ich auch.

»Können wir sie nicht begraben wie die Tlingits?«

»Das geht doch nicht, Ev.«

»Aber Anna hat die Tlingits so geliebt. Und wie du ihr von den Tlingits erzählt hast, das hat sie so geliebt.«

Und dann kam unter der Tür ein leicht vergilbtes Aquarell durch. Ich schneuzte mich, rieb mir die Augen trocken, hob das Aquarell auf und sah die elegante Pinselführung meiner Tochter und wie sie rote Indianer in feuchtes Blau hineingemalt hatte, das gleiche Blau wie das Blau ihres Sarges, und in der Mitte des Bildes war eine weiße, huldvolle Dame in einem eleganten Seeotterpelz zu sehen, die an den Gestaden Alaskas ein Kind segnet, und diese Dame war meine Urgroßmutter Anna Baronin von Schilling beziehungsweise das, was meine Tochter von ihr hielt, meine

Tochter, die nach jener vorübergehenden Königin der Tlingits hieß. Über dem Aquarell stand in schöngeschwungenen Lettern »Anna I. 1845«, und signiert war das Bild mit »Anna II. 1954«, und dann fand ich es eine gute Idee, eine Tlingit-Bestattung zu versuchen.

Da man Anna II. nicht bei Musik und Tanz unter offenem Nachthimmel verbrennen konnte, entschied ich mich für den Münchener Waldfriedhof und eine vernünftige nordindianische Erdbestattung. Unter einem schönen Fichtenhain, wie er in Alaska nicht subarktischer hätte grünen können, mietete ich eine Grabstätte und bestand darauf, sehr zur Verwunderung der Münchner Friedhofsverwaltung, diese mit dem Kopfende nach Norden auszuschachten, da von dort der große weiße Bär nach meiner Tochter sehen würde.

Auch in den Grabstein ließen wir ein schützendes Bärenantlitz eingravieren, das leider zu einem Teddy verunglückte, und sangen mit der ganzen Trauergemeinde *Es ist ein Ros entsprungen*, das schamanische Lied meiner Urgroßmutter.

Ev war in jenen eiskalten Januartagen nur noch ein Schatten, mit niemandem und nichts als dem Jenseits in Kontakt. Vermutlich aus dieser Stimmung heraus kam sie auf die wahnsinnige Idee, Annas Pony Parvenü zur Trauerfeier einzuladen (denn der Schöpfungsmythos der Tlingits sieht im Tier den verborgenen Gott, der ebenfalls trauern will, und nichts hatte Anna mehr geliebt als ihr Pferdchen).

Das Islandpony kam den ganzen langen Weg von seinem Stall in Holzkirchen herbeigeschaukelt, begleitet von Annas Freundin Erna Müllerlein, aber natürlich hinderte ein aufgeregter Friedhofswärter das Tier, bis zum Grab vorzudringen, da es schon am Eingang einen Kondolenzstrauß gefressen hatte.

Ehrlich gesagt, glaubten sowieso alle, dass Ev völlig übergeschnappt war. Mama schämte sich, und die Balten schlugen die Hände über den Kopf. Tatsächlich verbarg Ev nur unvollständig die ungeheure Gewalt des Schmerzes unter der Betäubung formaler Verrichtungen, die uns beiden abverlangt wurden und zu denen ein unerträgliches Ertragen gehörte, das Ertragen der Gegenwart meines Bruders zum Beispiel, der in Begleitung zweier Justizbeamter im rechten Winkel zum Grab stand, also im besonnten Westen, und den der blaue Sarg, das Pony, die jüdisch-katholischen Sargträger und das Fehlen einer evangelischen Einsegnung mehr zu bekümmern schien als der Anlass der Veranstaltung. Das jedenfalls meinte ich in den flackernden Augen des Unsäglichen zu lesen, wie Ev ihn nannte. Der Unsägliche selbst sprach kein Wort, und Mama war die Einzige, die ihn umarmte.

Am fünften Januar Neunzehnfünfundfünfzig begruben wir unsere Tochter auf einem schneebedeckten, schattigen Hügel unter einer Fichte, die in Anna hineinwachsen würde im Laufe der Jahre, da war ich sicher, als sie den kleinen Körper in die gefrorene Erde senkten und ich mich vorbeugte und ein allmählich zugeschaufelter goldener Mond auf blauem Grund meinen Sinn für Mitgefühl schärfte, ein Mitgefühl, das sich über so vieles breiten sollte und meine Entscheidungen der kommenden Monate vielleicht erst verständlich macht.

Denn als ich nach einigen Wochen immer noch bei Ev nächtigte, um auf sie aufzupassen, als wir trotz allen verzweifelten Nächtigens nicht einmal annähernd wussten, wie das Leben weitergehen sollte, als wir zum Abendbrot erst aus Versehen, später planmäßig drei Teller auf den Tisch stellten (aber für Hub niemals einen vierten), als niemand von uns sich um Annas Sachen kümmern wollte und als wir ihr Zimmer daher in einen Schrein verwandelten, aus dem wir kein einziges Molekül ihres Lächelns zu vertreiben wagten, als Hub aus der Haft entlassen und die polizeiliche Untersuchung niedergeschlagen wurde, als auch ich Ev dazu gedrängt hatte, auf belastende Aussagen gegen ihren verfluchten und uns verfluchenden Ehebruder zu verzichten, als wir beide entschieden, das Unglück als Unglück und – mit einiger Phantasie (einer Phantasie, die eher meine war als die ihre) – sogar als allseitig schuldloses Unglück darzustellen, als all dies unser Dasein vollkommen überwältigte, kam Ev eines Abends leise zu mir ins Schlafzimmer geschlichen (in dem ich lagerte, ohne Schlaf zu finden, nicht einmal Ruhe fand ich).

Sie setzte sich ans Fußende des Bettes und fragte, ob ich schon eingeschlafen sei und wieso ich im Februar die Fenster aufreißen würde.

Während sie sprach, kam ihr eigener, schmaler Atem in weichen Wolken zu ihr zurück. Das Mondlicht reichte, um das zu sehen, und ich war erleichtert, sie wieder beim Atmen betrachten und ihre Lunge hören zu können. Ich deutete das als gutes Zeichen. Und mitten in einer weißen Atemwolke, illuminiert durch ein unsicheres, aber manisches Leuchten in ihrem Blick, teilte sie mir mit, dass sie beschlossen habe, nach Israel auszuwandern.

Ich stand erst einmal auf, schloss die Fenster wieder und machte die Heizung an, holte meinen Mantel und legte meine Decke über ihre Schultern. Sie schien gar nicht zu frieren, obwohl sie nur ein Nachthemd trug und nicht einmal Strümpfe.

»Du kannst nicht nach Israel auswandern.«

»Aber wieso denn nicht? Was gibt es denn hier noch für ein Leben? Ich hasse das alles. Letzten Monat wurde die Bundeswehr gegründet. So ein Wahnsinn. Überall nur Irre und Idioten!«

»Ja, aber du kannst nicht nach Israel auswandern.«

»Aber die suchen Mediziner dort. Händeringend. In Haifa gibt es ein ganz neues Krankenhaus, und sie haben überhaupt kein Personal.«

»Ev, vergiss es! Du kannst auf gar keinen Fall nach Israel auswandern!«

»Nenn mir bitte einen vernünftigen Grund, wieso das nicht möglich sein sollte.«

»In Israel leben Juden!«

»Ich bin doch Jüdin.«

»Du bist keine Jüdin, Ev. Du hast in einem Konzentrationslager gearbeitet.«

In der Dunkelheit sah ich, wie ihre Augenbögen rund wurden.

»Was soll denn das, Koja? Was redest du da?«, fragte sie leise, mit einer ungeschützten, fast staunenden Stimme.

»Fordere dein Schicksal nicht heraus. Du bist keine Jüdin!«

»Meine Eltern waren Juden.«

»Deine Eltern waren zum Christentum übergetretene

Juden! Das waren Christen! Judenchristen! Deine Adoptiveltern waren Christen! Deine Geschwister waren Christen, Christen und Nazis! Nazichristen! Deine Herkunft ist nazichristlich und judenchristlich, dein Land, dein Name, deine ganze Kultur, alles nazijudenchristlich! Sogar deine Papiere sind nazijudenchristlich, denn die habe ich persönlich gefälscht! Deine ganze Geschichte ist gute nazijudenchristliche Geschichte!«

»Man kann Geschichte auch verändern. Du veränderst doch ständig deine Geschichte.«

»Israel ist ein Witz, Ev. Die Orks gehen davon aus, dass dieses Land bis Neunzehnsechzig überrannt sein wird. Die Araber werden es in Schutt und Asche legen und jeden Hals durchschneiden, den sie kriegen können!«

»Was hast du denn, Koja? Warum bist du so wütend?«

»Ich kann dich nicht auch noch verlieren.«

»Koja.«

»Das überlebe ich nicht. Das überlebe ich einfach nicht.«

Sie nahm meine Hand, legte sich zu mir, breitete meine Decke über uns beide, über unsere Köpfe. Sie schmiegte ihre Nase an meinen Hals, eine Nase, die nass wurde, und ihre Augenwimpern, die ebenfalls nass wurden, klimperten wie winziger Stacheldraht über meine Haut. Ich spürte Evs imposante Wünsche unter dieser Verzweiflung, die ich mit meiner Verzweiflung nicht lindern konnte, keine Verzweiflung kann eine andere lindern, so wie kein Inferno ein anderes löscht.

»Ich sehe nur Höhlen«, flüsterte sie, und ihr Finger krabbelte trostlos über meine Stirn. »Nur Höhlen sehe ich nachts, Höhlen, Tunnel, Röhren, Höhlen, so wie unsere

Decke hier eine Höhle ist. Wenn ich die Höhle verlasse, dann wird mir schwindelig. Ich kriege Druck hier im Hals, ich kriege Schmerzen im Magen, ich kriege Krämpfe im Bauch, meine Arme fühlen sich gelähmt an, meine Beine, dieser Finger hier, spürst du?«

Sie meinte den Finger, der immer noch auf meiner Stirn herumkratzte, kalt und weich wie eine todkranke Raupe.

»Ich will diese Höhle nicht verlassen, weil ich immer dich neben mir in dieser Höhle weiß. Wenn ich mal eine Landschaft sehe, ein paar Bäume, einen Bach im Nebel, dann nehme ich meine Höhle mit, in einer kleinen Tasche oder an der Hand, und ich weiß, wenn ich die Höhle aufschlage, dann wirst du da drin sein, wie in einem Zelt aus Steinen.«

»Es geht dir nicht gut. Das sind schwere Depressionen, unter denen du leidest. Lass uns zu einem Fachmann gehen.«

»Lass uns nach Israel gehen, bitte.«

»Uns?«

»Ich will mit dir dorthin, wir haben doch jetzt nur noch uns auf der Welt.«

»Ev, ich bin nun wirklich kein Jude.«

»Du bist beim Geheimdienst, Koja. Kann nicht der Geheimdienst einen Juden aus dir machen?«

»Du bist krank. Du bist wirklich total krank.«

»Ich kann dir helfen, ein Jude zu werden.«

»Niemand kann das!«

»Ich bin Ärztin. Ich kann dir die Vorhaut abschneiden, wenn du willst.«

Das meine ich mit Mitgefühl, verehrter Swami. Wie hätte ich nach all den Dingen, die geschehen waren, auf den Kummer meiner verrückten Schwester anders als mit Mütterlichkeit reagieren können, denn das war mein beherrschendes Gefühl damals für sie, nachdem Mama weg war.

Wir schliefen nicht miteinander, wir begehrten uns nicht einmal, die körperliche Anziehung war die von ausgestopften Tieren. Zu sehr hatte mich die elementare Abwesenheit Majas mit Sehnsucht erfüllt, als dass ihre nun noch elementarere Abwesenheit mich nicht mit noch größerer Sehnsucht erfüllen sollte, und die elementare Anwesenheit Evs konnte in dieser Hinsicht keine Lücken stopfen. Wir trieben wie auf einer Eisscholle nebeneinanderliegend durch die Wohnung, in der unsere Tochter erschossen worden war. Und ich verstehe ja, dass Ev am Horizont dieses Polarmeers, das nirgendwo zu enden schien, einen schmalen Streifen Land sehen wollte – aber wie kam sie auf Israel?

Israel war damals kein Land, sondern Mondgestein im Besitz von Mondmenschen. Denn dass die seit zweitausend Jahren umherwandernden Juden einen eigenen Staat haben konnten, lag außerhalb aller Vorstellungskraft.

Drei Jahre nachdem Hitlers Leiche in einer Zinkbadewanne mitten im Garten des Führerbunkers in Flammen aufgegangen war, erzürnten eine Handvoll Zionisten seine Asche, indem sie in einer fernen Hafenstadt der Levante die israelische Nation proklamierten. Und über Deutschland verhängten sie sofort nach Staatsgründung einen *herem*, eine rabbinische Verdammung, die vom Säugling bis zum Greis die gesamte Bevölkerung einschloss. Jeder Verkehr, jeder Handel, jede Beziehung mit Deutschland wurde untersagt. Die deutsche Sprache, die deutsche Musik, die Einfuhr deutscher Zeitungen, deutscher Zeitschriften und deutscher Bücher, das Inszenieren deutscher Theaterstücke, das Züchten Deutscher Schäferhunde, ja sogar das Backen deutscher Kuchen war in Israel verboten (obwohl selbst das zionistisch gesinnte WIZO-Kochbuch in den Goldenen Zwanzigern die Zubereitung von Apfelstrudel erklärt hatte, doch damals wusste noch niemand, wie sehr der Führer seine Linzer Torte lieben würde).

Alles Deutsche wurde ausnahmslos exorziert. Kein deutscher Fuß durfte den Boden zwischen Haifa, Tel Aviv, Eilat und Jerusalem entweihen. Und keinem Israeli war es von Staats wegen erlaubt, in das geächtete Land zu reisen, weder zu Begräbnissen noch zu Bar-Mizwas, nicht zu kranken Verwandten und nicht einmal, um dort seine geraubten Immobilien zurückzuerhalten, weshalb in jedem Pass die Bemerkung eingestempelt war: *Valid to any country except Germany.*

Sogar deutsche Postsendungen wurden zurückgeschickt, weil die Bundespost nicht mehr alle Tassen im Schrank hatte und sich auf ihren Briefmarken mit gütig schimmernden Konterfeis von germanischen »Helfern der Menschheit« brüstete, all den philanthropischen Bodelschwinghs, Sonnenscheins, Pestalozzis und Kneipps, durch die sich israelische Briefträger mit vergastem Familienhintergrund provoziert fühlen mussten.

Als Neunzehnfünfzig die Westmächte den Kriegszustand mit Deutschland für beendet erklärten, protestierte die Knesset und erwog, ein Exempel zu statuieren und

Deutschland formal den Krieg zu erklären. Der Antrag fand nur deshalb keine Mehrheit, weil Ministerpräsident Ben-Gurion auf die zwanzigtausend obszönen Juden verwies, die trotz des *herem* ins Land der Gojim zurückgekehrt waren. Im Falle eines israelischen Krieges mit der Bundesrepublik wären sie die Leidtragenden gewesen.

Ich selbst war gut zweieinhalb Jahre vor Klein-Annas Tod, im Frühjahr Neunzehnzweiundfünfzig, mehrere Wochen lang zu einem Sondereinsatz in Den Haag stationiert gewesen. Dabei konnte ich meine eigenen Erfahrungen mit dem *herem* machen, eigenartige Erfahrungen, das muss ich schon sagen.

Im Schlösschen Oud-Wassenaar, einem Hotel von burgundischem Gepränge, fanden damals die Entschädigungsverhandlungen zwischen Deutschland und Israel statt. Bundeskanzler Adenauer hatte seinen alten Freund Gehlen gebeten, ein paar zuverlässige Orks abzustellen. Sie sollten für die geheimdienstliche Abschirmung zuständig sein, sich aber auch, so wie ich, um die Telefondrähte der israelischen Delegation kümmern.

Ich kann Ihnen sagen, skeptischer Meister: Noch nie zuvor sind Telefonleitungen mit solch hingebungsvoller Akkuratesse angezapft worden, was allerdings auch einigermaßen von der Hand ging. Denn die Abhöranlage war in der deutschen Besatzungszeit im Weinkeller eingerichtet und beim Abrücken vergessen worden, angeblich von der Gestapo (während der gutsortierte Weinkeller von der Gestapo weder eingerichtet noch vergessen worden war). Da die Alliierten und wohl auch der holländische Hotelbesitzer eine Demontage nicht in Betracht gezogen hatten (wer baut schon eine erstklassige Abhöranlage aus, das ist, als würde man einen erstklassigen Parkettfußboden herausreißen), funktionierte sie auch Jahre später noch tadellos und war gegen einen fürstlichen Aufpreis im Mietzins enthalten. So konnten wir ganz Ohr sein, vor Enttarnung nahezu sicher, eine *conditio sine qua non* auf solch einem Pulverfass.

Wochen zuvor hatte ein israelisches Terrorkommando auf Bundeskanzler Adenauer einen Bombenanschlag verübt, übrigens hier in München, ein Toter (ja, Sie gucken ganz erstaunt, Menachem Begin war das, ich sage Ihnen, der wird noch ein Großer). In Israel hatten aufgebrachte Massen auf Begins Anregung hin versucht, die Knesset zu stürmen und all die Abgeordneten zu lynchen, die der Aufnahme von Entschädigungsverhandlungen mit dem ruchlosen Deutschland zugestimmt hatten.

Entsprechend unaufgeräumt liefen die Verhandlungen in Wassenaar ab. Die Israelis durften keinem Deutschen die Hand reichen. Sogar das Rauchen war ihnen untersagt, damit die Verdammten ihnen kein Feuer anbieten konnten. Und obwohl alle Juden und alle Gojim des Deutschen mächtig waren, musste um jeden Preis auf Französisch verhandelt werden, die schöne Weltsprache der Diplomatie, die aber kaum jemand der Anwesenden beherrschte.

Erschwert wurde die Situation noch dadurch, dass sich die israelische Kommission in die Fraktionen der Vergeltungs- und Vergebungseiferer geteilt hatte. Ich hörte höchstpersönlich, wie ein unversöhnlicher Vergeltungseiferer seinen israelischen Delegationsleiter Felix Schneebalg durch das Telefon anschrie, ein Faschistenfreund und Vergebungsjid zu sein. Der Anlass: Dem Gescholtenen hatte sein deutsches Pendant Otto Küster kurz zuvor heimlich einen Zettel zugeschoben, auf dem Schneebalg nach seinem auch im Französischen nicht zu unterdrückenden schwäbischen Akzent befragt wurde. Als sich herausstellte, dass Schneebalg und Küster einst gemeinsam das Realgymnasium in Stuttgart besucht und obendrein denselben Lateinlehrer veräppelt hatten, sandten sie diesem eine Postkarte zu, auf der zu lesen stand:

Verehrtester Doktor Schlehmil, beste Grüße und Wünsche aus Den Haag, wo wir gemeinsam suchen – Sie wissen schon – die Aurea Mediocritas. Mit äußerster Huldigung, Bällchen und Okü.

Dieses Vergehen kam Bällchen Schneebalg teuer zu stehen. Um ein Haar hätte ihn Israel von seinem Posten abgezogen. Und selbst als das vom Tisch war, sah sich der israelische Delegationsleiter allerlei Anfeindungen und einem Schwall jiddischer Schimpfworte ausgesetzt, die ich, als einziger Jiddisch-Experte der Org, pflichtgetreu zu Protokoll nahm.

Ansonsten wurde in Wassenaar aber nur wenig Jiddisch gesprochen. Die Israelis bevorzugten das Hebräische, das in der Firma nur unser Palästinareferent beherrschte. Er war ein blitzeblonder Kölner Religionswissenschaftler mit dem Decknamen Hach, Vorname Friedrich, allgemein nur Palästinafritz genannt.

Palästinafritz, von meiner Statur und mit schmalem

Schnurrbart, saß damals in Holland im aprilkalten Weinkeller meist neben mir, murmelte konzentriert mit, was aus den Kopfhörern drang. Wie so viele Kölner war er stets um Lustigkeit bemüht, wurde durch Wein gut gelaunt, verzehrte dann Blumen, vorzugsweise Tulpen, mit Stengel und Blatt. Und bei einer dieser Gelegenheiten hatte er, noch mit einer Blüte zwischen den Zähnen, in höchsten Tönen geprahlt, dass er jeden Spion nach Israel kriegt, der da hinwolle.
Jeden.

Es war der vierzehnte Februar Neunzehnfünfundfünfzig. Ev stand in der Küche und bereitete, sechs Wochen nach der indianischen Bestattung, Annas elfeinhalbten Geburtstag vor, denn bis zum zwölften wollte sie nicht warten.

Sie kochte Klein-Annas Leibgericht, Klimpen mit Schwarzbeersoße, und ich legte Annas Löffelchen vor mich, das von Amama geerbte Silberlöffelchen, das auch mich schon gefüttert hatte, als ich noch nichts von der Streckbank menschlicher Erinnerung wusste, und als würde man mir Dornen ins Fleisch drücken, erinnerte ich mich daran, wie dieses Löffelchen von Annas Fingern akkurat geführt im immer gleichen Ritual in die Klimpen stach, sie säuberlich vierteilte, mit schönem Sinn für Symmetrie, Quarkknödel sagt man hier in München, Quarkknödel mit Heidelbeerkompott. Es roch so gut.

Wir hatten bunte Luftballons gekauft, die ich aufblies. Als ich beim roten Luftballon war, sagte ich Ev, dass ich vielleicht einen Weg gefunden hätte, um uns nach Palästina zu bringen, aber erst nach zwei weiteren blauen und einem gelben drehte sie sich zu mir um und erklärte, dass es dann auch nötig wäre, Maja aus meinem Herzen zu streichen.

»Aber sie ist gestrichen, Ev.«

»Ich habe ihre Zähne gefunden. In einer Zigarrenschachtel. Du bewahrst ihre Zähne auf?«

»Vielleicht sind es gar nicht ihre. Das hast du doch selbst gesagt. Vielleicht sind es irgendwelche Zähne vom KGB.«

»Schmeiß sie weg.«

»Wieso?«

»Oder schaffst du das nicht?«

»Ich … ich weiß nicht …«

»Nimmst du die Zähne in den Mund und lutschst sie?«

»Wie kommst du denn darauf?«

»Du bist ein Romantiker, deshalb komme ich darauf.«

Ich ging zu ihr an den Herd hinüber, überrascht von ihrem Anfall fehlgeleiteter Verzweiflung. Ich nahm ihr das Quarkbällchen ab, das sie auf dem Löffel hielt, und ließ es in den Topf gleiten, in das leise siedende Wasser.

»Maja war auf dem Weg zu mir, als ihr Flugzeug abstürzte«, log ich, so nah wie möglich an der Wahrheit bleibend. »Warum muss ich jemand aus meinem Herzen streichen, der für mich in den Tod ging? Du wirst mich auch nicht aus deinem Herzen streichen, wenn ich für dich in den Tod gehe.«

»Warum solltest du das tun?«

»In Palästina, Ev? Was sollte ich dort sonst tun?«

Als wir am nächsten Tag Anna gratulierten, umgeben von elf Geburtstagskerzen und einer halben sowie Luftballons, all ihren Zeichnungen und ihrer Totenmaske (aus Gips, angefertigt von mir in der Gerichtsmedizin zwölf Stunden nach dem Exitus, ein Kontakt von Gehlen hatte dabei geholfen), öffnete Ev das Fenster und schmiss mitsamt der Porzellanschüssel alle Klimpen hinaus in den Schnee. Vielleicht freuen sich ein paar hungernde Vögel darüber. Wie gerne hatte Anna einst Schwäne gefüttert, Enten und Spatzen, die sie Patzen nannte, als sie noch ganz klein war.

Ach mein Patz, wie hoch sollst du leben, hinter meinen Tränen, und dreimal hoch.

3

Palästinafritz residierte in Pullach in einem winzigen Büro unter dem Dach eines Goethe'schen Gartenhauses, nur von einer Pappwand getrennt vom Referat Panama (kein pragmatisches Geschick, sondern ein alphabetisches). Er wusste vieles, was man über Judäa, den Talmud oder die Kabbala wissen konnte, und er wusste es von Adolf Eichmann.

In Wassenaar hatte er einmal angedeutet, wie er mit diesem wissensdurstigen Hebraisten in den dreißiger Jahren die herrlichsten Ausflüge nach Palästina geplant habe, die dann leider nicht stattfinden konnten (britische Unlust in Visumsfragen). Und nie habe sein Vorgesetzter ein schlechtes Wort über den Juden verloren. Gerade den Respekt fremden und vor allem destruktiven Kulturen gegenüber habe Herr Eichmann an seine jungen Praktikanten weitergegeben, nicht zuletzt an Herrn Doktor Hach selbst, der dann die Dienststelle mental bereichert wieder Richtung Universität verlassen musste, lange bevor es zu den bedauerlichen Begleiterscheinungen des Amtes Eichmann kam. Friedrich Hach alias Palästinafritz stand, wie eigentlich jeder bei der Org wusste, immer noch in brieflichem Kontakt mit dem ehemaligen Chef, der sich Klement nannte und in Argentinien lebte.

»Auch äußerlich sieht er inzwischen wie ein Jude aus«, seufzte Hach des Öfteren, was sich deskriptiv anhörte, womöglich bekam er Fotografien?

Hinter Doktor Hachs Schreibtisch hing eine große Palästinakarte, noch aus den Zeiten des britischen Mandats stammend, daneben eine Tafel mit Informationen zur jüdischen Speisegesetzgebung. Wussten Sie zum Beispiel, dass ein Jude keinen Habicht essen darf, weil er dann selber anfängt, Mäuse zu jagen, die er natürlich auch nicht essen darf?

Jedenfalls blickte mich Palästinafritz völlig fassungslos an, als ich in sein Büro getreten war und ihn höflich anlächelte. Er erhob sich, schüttelte meine Hand und sprach mir sein großes Mitgefühl aus.

Ich wollte kein Mitgefühl, sondern wissen, ob er sich noch an Wassenaar erinnern könne.

»Das waren Zeiten, Herr Dürer!«

»Das kleine Café am Kanal?«

»Ach, die Poffertjes!«

»Da haben Sie mir damals gesagt, Sie kriegen jeden nach Israel, der da hinwolle.«

Palästinafritz nahm die Hand von meiner Schulter, die dort ein Weilchen für Wärme gesorgt hatte, und wusste nicht, wohin damit. Schließlich stemmte er sie in seine Seite, aber nur kurz, führte sie an seinen Hinterkopf, wo einige Härchen gekrault werden wollten, und ich glaube, danach hat er sie vergessen und ich auch.

Wir setzten uns an seinen Schreibtisch, und er fragte vorsichtig, ja geradezu misstrauisch (und mit gesenkter Stimme wegen Panama), ob ich vorhätte, in Israel irgendwas kaputtzumachen, Menschen, Materie, irgendwas.

»Nein, darum geht es nicht. Die Frau meines Bruders würde gerne nach Israel auswandern.«

»Ist sie denn Jüdin?«

»Ja.«

»Die Frau Ihres Bruders ist Jüdin?«

»Ja.«

»Wirklich?«

»Ja.«

»Wir reden von der Frau Ihres Bruders, den wir hier alle ...?«

»Habe ich mich unklar ausgedrückt?«

»Ist sie denn als Jüdin legitimiert?«, fragte er nach einer Pause.

»Wie meinen Sie das?«

»Besitzt sie Papiere, die ihre Abstammung ausweisen?«

»Papiere?«

»Es ist nicht tragisch, wenn es diese Papiere nicht gibt. Eine Menge Papiere gibt es nicht mehr wegen der ...«, er schüttelte sich, als hätte er Wasser in den Ohren, »... wegen der Hitze natürlich.«

»Was denn für eine Hitze?«

»Die ganz normale Kriegshitze.«

»Aha.«

»Flammen zum Beispiel. Archive in Flammen, Ausweise in Flammen, Einwohnermeldeämter – ein einziges Flammenmeer. Die Identität kann dann auch durch Zeugenaussage oder Bürgschaft von zwei –«

»Nein, nein, es gibt natürlich Papiere«, sagte ich forsch und meinte die Anna-Iwanowna-Papiere sowie jene, die Fälschermeister Solm erst noch herstellen musste.

»Oh, aber dann dürfte es keine ernsten Probleme geben. Per Rückkehrgesetz wird jedem jüdischen Menschen, der sich in Israel ansiedelt, das Bürgerrecht gewährt. Und jüdischer Mensch ist, wer eine jüdische Mutter hat.«

»Gut. Wie kommt jemand wie ich nach Israel?«

»Sie wollen auch nach Israel?«

»Nein, ich frage rein theoretisch. Jemand wie ich.«

»Jemand wie Sie ist Deutscher. Kein Deutscher kommt nach Israel.«

»Ich weiß.«

»Es sei denn, er hat eine jüdische Mutter.«

»Verstehe.«

»Sonst müssten Sie konvertieren, ich meine, jemand wie Sie.«

»Wie geht das?«

»Das ist nicht leicht, um nicht zu sagen sehr kompliziert.«

»Was heißt sehr kompliziert?«

»Jemand wie Sie müsste alle sechshundertdreizehn Mizwot kennen und sie auch einhalten. Er müsste einen Rabbi finden, der sich seiner annimmt, und dann ein Jahr lang die Synagoge besuchen. Jemand wie Sie müsste von der Gemeinde angenommen werden. Dabei geht es um Aussehen, um Auftreten, darum, wie er riecht, wie er die Leute begrüßt …«

»Ich werde nur Jude, wenn ich gut rieche?«

»Es geht auch um Sympathie, ja. Aber vor allem um Taten.«

»Fahren Sie fort.«

»Wenn Ihre Taten angenehm sind, dann gehen Sie beim

Rabbi Ihres Vertrauens in das zweite Jahr, das liturgische Jahr. Dort lernen Sie Tausende von Thoravorschriften und Nebenvorschriften auswendig, und selbst wenn Sie das schaffen, dann ist das gewiss eine wunderbare Sache, Sie können dann für Ihre Familie eine Sukka bauen oder das Schofarhorn blasen, aber wenn es keins der universellen noachidischen Gebote ist, wie zum Beispiel Zedaka, so ist es eben doch keine Mizwa. Und dann lassen Sie die Prüfungsrabbiner beim Beit Din eiskalt durchfallen, und Sie müssen in eine andere Stadt ziehen und dort noch einmal zwei Jahre versuchen, ein richtiger Jude zu werden, das müssen Sie tun, um nach Israel zu gehen, beziehungsweise jemand wie Sie.«

Interessant, was man alles bei Adolf Eichmann lernen konnte, dachte ich.

Aber ich sagte: »Klingt in der Tat kompliziert.«

»Na ja, und tagsüber arbeiten Sie ja bei der Org.«

»Wie kriegen Sie also jeden, der will, nach Israel?«

»Bisher wollte noch niemand.«

»Warum nicht?«

»Weil keiner so blöd ist, Herr Dürer. Jeder Deutsche, der dort spioniert, würde aufgehängt werden.«

Wie zur Verdeutlichung schlang er sich ein imaginäres Seil aus Luft um den Hals, verknotete es am Nacken und knüpfte sich mit der rechten Hand an einem Ast auf, wobei er die Zunge aus dem Mundwinkel streckte, was für ein Spaß.

Zwei Tage später gab es den Termin, der seit Wochen auf uns zugekrochen war und den der Chef »die Aussprache« nannte.

Reinhard Gehlen saß rauchend im Salon der Bormann-Villa, trug eine neue Sonnenbrille und schaufelte Berge von Zucker in seinen Tee. Seine zwei wichtigsten Mitarbeiter flankierten ihn links und rechts. Der linke hatte an der Ostfront einen Gesicht-Nacken-Durchschuss überlebt und hieß Wolfgang Sangkehl, der rechte, Heinz Danko Herre, wurde allgemein nur Pinocchio genannt, was mehrere Gründe hatte, auch physiognomische. Beide rauchten mit ihrem Chef um die Wette. Man saß vor einem dreischlotigen Vulkan.

Ihnen gegenüber wartete der Unsägliche. Er war blass, dünn und nicht bereit, im Boden zu versinken. Mich hatte man vom Tisch weit weg gesetzt, in einen der braunen, weichen Polstersessel, die an der Wand standen.

Gehlen sprach Hub sein Beileid aus, mit einer Stimme, die so klang, wie ein unbeschriebenes Blatt Papier aussieht.

»Danke«, sagte mein Bruder fast unhörbar.

»Wir müssen heute dennoch sehr eindringlich darüber reden, wie es mit Ihnen weitergeht, Herr Ulm.«

»Selbstverständlich, Herr Doktor.«

»Der tragische Unfall Ihrer Tochter hat auch die Org in Schwierigkeiten gebracht. Wir mussten Teile unserer Tarnung aufgeben, um Sie da rauszuhauen.«

»Das ist mir bewusst.«

»Ihr Bruder und Ihre Frau haben denkbar günstig für Sie ausgesagt.«

»Sehr wohl.«

»Dennoch haben Sie, Herr Ulm, die Scheidung eingereicht.«

»Ja.«

»Könnten Sie mir verraten, warum?«

»Nein, Herr Doktor.«

Gehlen nickte und tippte ein wenig Asche auf die Untertasse.

»Ich mag es nicht, wenn meine Mitarbeiter sich scheiden lassen.«

Ob er es auch nicht mochte, wenn seine Mitarbeiter ihre Kinder erschießen, kam nicht zur Sprache.

Hub dachte kurz nach, räusperte sich und erklärte, dass er in demütiger Ergebenheit alle Entscheidungen des Doktors bezüglich seiner beruflichen Zukunft akzeptieren würde. Allerdings bitte er darum, nicht mehr dienstlich mit seinem Bruder in Berührung zu kommen, dem Herrn Dürer.

Ich griff zu meiner Teetasse und trank, ein dummer Zweitgeborenenreflex.

»Wie schade«, sagte Gehlen, »Herr Dürer berichtet nur Gutes über Sie.«

»Schön. Die Frage ist, ob ich auch nur Gutes über ihn berichte.«

»Das nehme ich mal an. Vor allem, da ich nur Gutes über ihn hören möchte. Ein ganz ausgezeichneter Mann, Ihr Herr Bruder.«

Gehlen pflückte sich einen Tabakkrümel vom Mund und wandte sich dann freundlich lächelnd an mich.

»Herr Dürer, ich höre, Sie tragen sich mit dem Gedanken, ins Land der Kreuzfahrer zu ziehen?«

Es war ein Wunder, dass mir die Tasse nicht aus der Hand rutschte, das können Sie mir glauben. Ich tat aber so, als hätte ich mich verbrüht, und versuchte, nachdenklich den verbrühten Mund zu verziehen, um Zeit zu gewinnen und um mir darüber klarzuwerden, auf was das Ganze hinauslaufen würde. Wieso fragte Gehlen das? Gab es eine Chance für Kreuzzüge?

»Die Wahrheit ist«, begann ich vorsichtig, »ich habe beim Palästinareferat nur ganz theoretisch angefragt, ob es Möglichkeiten gebe, dass jemand wie ich, und genau diese Formulierung hatten wir benutzt, dass also jemand wie ich nach Israel reisen könnte.«

»Mit Frau Ulm?«

»Es war wirklich nur eine ganz theoretische Frage.«

»Na sehen Sie, Herr Ulm«, strahlte Gehlen den Unsäglichen an, »Ihren Bruder und Ihre Exfrau werden wir nach Palästina schicken. Sie werden nicht den Hauch einer beruflichen Berührung mehr miteinander haben. Sicher wird Sie das beruhigen?«

Man konnte dabei zusehen, wie Hub noch blasser wurde, als er sowieso schon war. Dennoch gelang es ihm zu nicken.

»Und was Ihre Zukunft bei der Org anbelangt, ich denke, da lässt sich was machen.«

»Vielen Dank«, krächzte Hub.

»Herr Sangkehl, was hatten wir uns denn da noch mal gedacht?«

Der rotwangige und durch den Gesichtsdurchschuss immer recht staunend aussehende Adjutant klemmte die Zigarette zwischen die Lippen, genau dorthin, wo seine lange wulstige Narbe einen zweiten Mund quer zum richtigen gebildet hatte, der vom Kinn bis zur Nase verlief, sich aber natürlich nicht öffnete. Sangkehl beugte sich vor und tat so, während er paffte, als würde er in seinen Unterlagen irgendetwas nachlesen, was aber gar nicht sein konnte bei all dem Qualm, den er produzierte.

»Kantine, Herr Doktor«, sagte er schließlich lustlos.

»Genau. Sie übernehmen die Dienstkantine.«

Ich kenne meinen Bruder in all seinen Erscheinungen, und ich bin sicher, dass er – Klein-Anna hin, Klein-Anna her – eine Waffe gezogen, sie Reinhard Gehlen und Herrn Sangkehl an den Kopf gehalten und neue Gesichtsdurchschüsse fabriziert hätte, wenn er in dieser Sekunde eine zur Hand gehabt hätte.

Dem war aber nicht so. Er konnte nichts anderes tun, als gefährliche Ruhe ausstrahlen.

»Sie wollen, dass ich koche und backe?«

»Aber um Gottes willen«, lachte der Doktor spitz. »Ich esse ja täglich hier. Nein, Sie managen den Kantinenbetrieb, eine wichtige Angelegenheit. Sangkehl, was gehört alles dazu?«

»Einkauf, Mitarbeiterführung, Disposition, allgemeine Geschäftsleitungsaufgaben. Und enorme Verantwortung: Mehr als tausend Essen täglich!«

»Herr Doktor, bei aller Bescheidenheit«, zischte mein Bruder. »Ich habe den operativen Dienst geleitet. Ich war für die Sowjetunion verantwortlich. Ich habe Ihren ganzen Laden geschmissen.«

»Das ist richtig«, erwiderte Gehlen freundlich. »Und wenn der BND im nächsten Jahr erst mal offiziell läuft, dann sind es sogar mehr als zweitausend Essen täglich.«

Als ich am Abend nach Hause kam, hörte ich schon an der Haustür ihr Keuchen.

Ev kniete inbrünstig sägend in ihrem ehemaligen Schlafzimmer, also meinem. Sie hatte das Bett mit einer Stichsäge in kleine Portionen unterteilt, mit denen sie heizen wollte.

Auch die Wohnzimmercouch hatte sie zerstückelt, dazu einen vom Unsäglichen geliebten Sessel. Außerdem waren dem Küchentisch die Beine amputiert worden. Sie musste von morgens bis abends gesägt haben, ihre Finger hatten Blasen, das Innere ihrer rechten Hand schälte sich rötlich. Sie schien desorientiert, als ich ihr die Säge aus der Hand nahm.

»Ev, was tust denn da?«, fragte ich sinnlos.

»Hast du ihn getroffen?«

»Ich habe ihn getroffen, ja. Es war nicht schlimm.«

»Das glaube ich nicht.«

»Gehlen hat ihn fertiggemacht, und weißt du was? Israel könnte klappen.«

Sie schien gar nicht zuzuhören.

»Der Chef hat da so eine Bemerkung fallenlassen. Eine wirklich vielversprechende.«

»So, so, eine wirklich vielversprechende Bemerkung hat der Chef fallenlassen.«

Sie lächelte so bitter, dass es eigentlich kein Lächeln mehr war, verfiel für den Rest des Abends in einen verächtlichen, anklagenden Ton, der nur in den Höhen noch halbwegs nett klang (aber zwitschern so wie früher konnte sie sowieso nicht mehr, ihre Rotkehlchenzunge war herausgeschnitten und gegen etwas Reptilienhaftes, zutiefst Gespaltenes ausgetauscht, das einen vergiften konnte mit bösen Bemerkungen). Sie spuckte in die Hände und begann, da sie die Säge nicht zurückbekam, nach anderer Betätigung zu suchen. Ich konnte nichts für sie tun, sie war ein waidwundes Tier, das ohne Hilfe auf den Beinen bleiben muss, denn wer hinzueilt, wird gebissen.

Also beobachtete ich, wie sie schließlich voll untergründiger, zielloser Wut mit einem Tortenheber an den Tapeten herumkratzte. Natürlich bekam sie dabei die Art schwieriger Augen, die ich immer an ihr geliebt hatte. Sie stieß aber auch an die Grenzen ihrer geistigen Gesundheit vor.

Als sie fix und fertig und völlig verdreckt vor einem Berg von Schutt saß, drängte ich sie, mit mir in mein funktionstüchtiges Apartment in die Kaiserstraße zu fahren und dort zu übernachten. Aber sie weigerte sich. Annas Zimmer konnte sie nicht mal für eine Nacht freigeben.

Ich war unschlüssig, was ich tun sollte. Ich konnte sie in ihrem Zustand nicht alleine lassen. Aber es gab in der verwüsteten Wohnung keine Schlafstatt mehr für mich, außer Annas Bett.

Und dass mich Ev schließlich mit in Annas Bett hineinließ, hätte mir Warnung genug sein können. Sie krümmte sich ermattet an die Wand, sagte, dass mein Atem schlecht sei und dass ich sie in Ruhe lassen solle, einfach gar nichts sagen solle ich.

Ich sagte auch nichts. Ich schwieg. Und schweigend hoffte ich, dass sie meine kursorischen Erektionen an ihrem Rücken nicht persönlich nahm. Sie schienen mir nur eine Reihe physiologisch leicht erklärlicher Umstände zu sein, vermutlich waren sie das auch. Aber dennoch zog ich meinen Unterleib, als sie fest eingeschlafen war, ganz vorsichtig an sie heran, parkte meinen Sie-wissen-schon an ihrem warmen, trauernden Gesäß, denn sie bestand darauf (ich hätte das erwähnen sollen), dass wir nackt im Bett liegen, alles andere hätte unsere verwandtschaftliche Beziehung völlig verhöhnt, so was sagte sie, das muss man sich mal auf der Zunge zergehen lassen.

Als ich schließlich einen wirklich über alle Maßen unangenehmen Ständer hatte, den ich ihr nicht zumuten konnte, andererseits aber in Bann geschlagen war von ihrem wogenden Atem, der fast normale Lautstärke erreicht hatte, spürte ich in mir erst ein ziehendes Zittern, dann eine vulkanische Eruption aufsteigen, daher bog ich meinen Leib in letzter Sekunde von ihrem Körper weg, drückte mich fest ins Laken, in meine eigene Temperatur gewissermaßen, und ergoß mich stumm strömend in das von feinstem Sägemehlstaub aufgeraute Leinen.

Sofort schreckte Ev auf, sah, was geschehen war, und schlug mir ins Gesicht.

»Spinnst du?«, rief ich perplex.

»Du spritzt in Annas Bettchen?«

»Entschuldige.«

»Was fällt dir ein?«

»Es ging nicht anders.«

»Du zerstörst ihren Geruch?«

»Es tut mir leid, ich habe geträumt.«

»Ich will Anna riechen! Ich will nicht dein Sperma riechen! Hier, riech mal dein Sperma!«

Sie drückte meinen Kopf in den feuchten Fleck.

»Riechst du das?«

»Jetzt mach mal einen Punkt, ja? Was soll ich denn machen?«

»Du liegst doch an meinem Rücken. Kannst du nicht einfach an meinen Rücken spritzen? Du kannst doch meine Arschbacken aufmachen, wenn es dir kommt, und da ganz friedlich reinspritzen, wie in eine verdammte Tasche! Da kann man das Zeug wenigstens abwaschen.«

»Ich hasse es, wenn du so vulgär wirst!«

»Ich soll vulgär sein? Uriniere ich etwa in das Bett meiner Tochter?«

»Sperma hat mit Urin nicht das Geringste zu tun!«

»Das musst du mir nicht erklären! Das musst du nicht einer Ärztin erklären, junger Mann! Gott, ich muss das sofort rauswaschen!«

Sie hetzte ins Bad, und ich hörte, wie sie Wasser in einen Eimer ließ.

»Bist du verrückt geworden?«, rief ich ihr hinterher. »Du liegst hier seit Wochen in diesem ungewaschenen Bett. Hier riecht doch überhaupt nichts mehr nach Anna! Alles riecht nur nach deiner Hysterie!«

»Dieses Zimmer ist Anna! In diesem Zimmer wird nichts verändert!« Sie kam mit dem vollen Eimer ins Zimmer zurück. Ein nasser Lappen in ihrer Hand rieb über meinen Fleck und machte einen größeren Fleck daraus.

»Nichts verändert, ja? Du hast doch die ganze Wohnung hier verändert! Guck dich da draußen mal um, das sieht aus wie ein Schlachtfeld! Und wenn wir jemals hier wegkommen, dann wird sich auch das Zimmer hier verändern! Alles wird weggeschmissen! Alles, was an Anna erinnert, wird weggeschmissen! Nichts bleibt übrig!«

»Ich will nicht, dass du bei mir schläfst, wenn du dich nicht im Griff hast!«

»Ja, dann schlafe ich eben nicht bei dir! Ich bin nur hier, weil du mich drum gebeten hast. Du hast mich drum gebeten, nackt in dein Bett zu steigen!«

»Wegen deiner Temperatur. Weil deine Temperatur mich tröstet! Aber es tröstet mich nicht, wenn du mit stinkendem Maul in Annas Bettchen spritzt!«

Jetzt schwoll in mir der Zorn, ich hätte platzen können wegen ihrer sagenhaften Grobheit, einer Grobheit, die mich in warmen Wellen überflutete, und ich tauchte daraus auf und hielt ihre Hand fest mit dem bescheuerten Lappen darin.

»Lass sofort los!«, keifte sie.

»Du bist gemein und herzlos! Alles tue ich für dich, alles ertrage ich für dich, sogar nach Israel gehe ich für dich!«

»Du sollst loslassen!«

»Weißt du, wie gefährlich das ist? Weißt du, was mir passieren kann in Israel? Hast du auch nur die geringste Ahnung, auf was ich mich da einlasse, wenn wir emigrieren?«

Sie riss sich los, schrie aus voller Kehle »Furunkel!« und schüttete den ganzen Eimer Wasser mit Schwung über das Bett, vermutlich, um es von mir und meiner Schmach zu reinigen, ich weiß nicht, sie erklärte nichts, stand nur da mit dem tropfenden Eimer in der Hand und betrachtete konsterniert ihr Werk.

Draußen klopfte es an der Tür. Ich riss sie auf, wie ein Wärter eine Zellentür aufreißt. Ein erschrockener Nachbar in Wilhelm-Busch-Nachthemd sagte, dass er die Polizei rufe, wenn wir nicht still wären, und dann erhaschte er einen Blick auf die kleinportionierte Wohnungseinrichtung, die im Flurlicht schimmerte. Schnell suchte er das Weite.

Als ich zurückkam, stand Ev immer noch vor dem nassen Bett, äußerlich unverändert, aber schlagartig nüchtern, mit all den Garstigkeiten und Beschimpfungen im Mund, die sie nun zu zerbeißen schien, so sah es aus.

Und mit dieser Bitternis auf der Zunge ging ihr plötzlich die Kraft aus. Sie setzte sich auf den Boden, auf den halben Sessel, lehnte sich gegen Annas Staffelei, und dann sagte sie, eher zur Staffelei als an mich gerichtet, dass sie im Augenblick wohl etwas spinnert sei und wie leid ihr das tue. Es falle ihr sehr schwer, bis zum Ende zu gehen, zum Ende der Welt, aber sie müsse durchhalten, sie werde nun die Ausreise vorbereiten, mit mir oder ohne mich, bei Doktor Spanier habe sie bereits gekündigt, ihre Kündigung jedenfalls angekündigt, eine Kündigung ankündigen, na, das sei ja nichts, aber sie werde das Nötige tun. Und sie habe nicht geschlafen und habe sich sehr gewünscht, dass ich hinter ihr liege, und das Wort »eindringen« passe nicht zu dem, was sie gerade fühle, und das Wort »hineinspritzen« erst recht nicht, sie wünsche doch nur, dass ich ihr Schutz gebe, wie es in meiner Macht stehe, und sie könne nicht glauben, dass es nicht in meiner Macht stehe, mit ihr überall dort hinzugehen, wohin sie gehen müsse, wohin sie nun einmal gehen müsse, um nicht zu sterben.

»Liebst du mich, Ev?«, fragte ich.

Sie blickte zu mir, bog sich weg von der Staffelei. Ich hörte ihr näselndes Lächeln, das vor mir wegkroch.

»Ich bin so müde, Koja. Ich kann niemanden lieben. Es geht leider nicht.«

»Schon gut.«
»Komm, alles ist nass. Wir legen uns auf den Teppich und umarmen uns.«
»Obwohl wir uns nicht lieben?«
»Du liebst mich doch, oder?«
»Ja.«
»Das reicht.«

Sie werden verstehen, verehrter Swami, wieso ich in jenen schwierigen Wochen und Monaten ernsthaft erwog, Ev in die Psychiatrie oder wenigstens in Kur zu schicken. Sie gehörte nicht nach Israel, sondern nach Bad Pyrmont oder Baden-Baden, nach Bad Ischgl oder in ein Ostseebad mit einer Seebrücke und einem Kurgarten voll mit meersalzigen Rosen und alten Menschen in hohen Frühstückshallen, vor allem ohne ein einziges reizendes Kind, das einen mit furchtbaren Assoziationen beschäftigen könnte. Evs Nerven waren direkt vom Gehirn in ihre Haare gekrochen, bis hoch in die Spitzen, so drückte sie es selber aus, und einmal schnitt sie sich eine Locke ab, nur um zu sehen, ob es so ist, als würde man sich einen Finger abschneiden.

4

Ich musste mich auf Israel vorbereiten. Das gab Palästinafritz mir zu verstehen. Geistig, seelisch, kulturell und vor allem sprachlich sollte ich gewappnet sein. Die Org braucht einen Residenten in Palästina (erfuhr ich). Dinge geschähen dort (fügte der Referatsleiter geheimnisvoll hinzu), die nichts mit den offiziellen Dingen zu tun hätten. Der Doktor benötigt in Tel Aviv ein Auge. Ein Ohr. Vielleicht sogar einen Apparat.

Organe. Wahrnehmung. Alles.

Womöglich wird es noch eine Weile dauern, bis sie eine Idee haben, wie es gehen kann, raunte Hach. Bis dahin solle ich die Weichen stellen.

Be prepared.

Palästinafritz liebte Englisch.

Ich bekam einen Sprachlehrer vermittelt: Jeremias Himmelreich, einen freundlichen Mann meines Alters, der sich nur langsam bewegte, mit wie vor Angst oder Verdrossenheit gekrümmtem Körper.

Ich traf ihn zum ersten Mal Anfang März Neunzehnfundfünfzig im Café Burger in der Luitpoldstraße. Er saß in verknittertem Anzug, die Lippen abgewinkelt, hinter einem kleinen Tischchen, vergraben in Friedells *Kulturgeschichte der Menschheit*. In seiner Frisur steckte ein riesiger Kamm aus zehn zitternden Fingern, die seine zu langen, frühweißen Haare zu einem Kranz aufgerichtet hatten, so dass er wie eine Pusteblume aussah. Und wie eine Pusteblume wogte er auch durchs Leben. Auf alles um ihn herum, auch auf das leiseste Lüftchen, schien er wie auf einen Orkan zu reagieren. Ich hatte Angst, dass er in Einzelteilen davonfliegt, wenn der Kellner allzu hastig an uns vorbeieilt, und das Einzige, was ihn zusammenhielt, war eine drahtige, um den ganzen Kopf gezwirbelte Trotzki-Brille.

Schon als er meinen Gruß erwiderte, hörte ich seine baltische Aussprache. Er war in der Tat ein Estländer, ein etwas dammeliger *Dojahn*, wie Mama ihn genannt haben würde. Von seinem Vater, einem Augenarzt, der es in Dorpat zum Vizestadtmeister im Bridge gebracht hatte, kam seine Sanftmut, von seiner Mutter die Czernowitz-Panik, wie er sie bezeichnete, ein latenter Alarm, der ihm in den Jahren der Verfolgung das Leben gerettet hatte. Auf Details ging er nicht ein. Er lehrte mich das Hebräische im weichen baltischen Dialekt, mit jener philologischen Akribie, die im Judentum etwas Anachronistisches sieht.

»Ivrit kann ich nicht«, sagte Pusteblume versonnen, »viel zu modern. Stattdessen reden wir so, wie Moses der Schnabel gewachsen war, nu ja, Herr Dürer?«

Mühsam war es, die Schrift zu lernen. Das dauerte fast den halben Frühling. Von rechts nach links lesen und von rechts nach links schreiben ist nicht meine Stärke. Aber für jeden neuen Buchstaben, den ich konnte, erhielt ich von Pusteblume zur Belohnung einen jüdischen Witz.

Der Aleph-Witz, ein Anfängerwitz und daher in meiner persönlichen C-Klasse einsortiert, ging so: Fragt die Nachbarin: »Wie alt sind denn die beiden Kleinen?« Zeigt die jüdische Mamme stolz auf ihre Fracht im Kinderwagen: »Der Arzt ist sechs Monate alt und der Anwalt zwei Jahre.« Den Daleth-Witz, solide B-Klasse, mochte Pusteblume besonders gern, hingegen forderte mich die Pointe emotional heraus: Zwei uralte Greise, er sechsundneunzig, sie fünfundneunzig Jahre alt, kommen zum Rabbiner: »Lieber Rebbe, wir wollen uns scheiden lassen.« – »O gütiger Gott, warum denn bloß, nach siebzig Jahren Ehe?« – »Wir wollten warten, bis die Kinder tot sind.«

Sicher ein guter Witz. Mir traten dennoch die Tränen in die Augen. Es ist so vollkommen unnatürlich, es widerspricht dem notwendigen Ablauf der Dinge so fundamental, wenn ein Kind vor den Eltern stirbt, es geht über deinen Verstand und die Reste deines Vorstellungsvermögens, deshalb kann es witzig sein, das sagte ich auch Pusteblume, der gerührt war, dass ich wegen eines Witzes von ihm weinen musste. Er reichte mir seine Serviette, er war ein guter Mensch.

Schließlich verband uns gerade dieser Daleth-Witz in besonderer Weise, und Pusteblume weitete danach die Witze auf alle Lebensgebiete aus, Witze der luxuriösen A-Klasse also, wie zum Beispiel der Taw-Witz, ein Lindwurm von Witz, den man auf jeden Fall in freudloser Stimmung erzählen sollte, einer Stimmung, die Jeremias Himmelreich mir von morgens bis abends ans Herz legte, unterfüttert von einem ganzen Arsenal unfroher Gesichtsausdrücke:

Kommt der Bräutigam am Morgen vor der Hochzeit

zum gestrengen Rabbiner: »Rebbe, heute Abend nach der Trauung, darf ich da endlich mal mit meiner Frau tanzen?«

»Du weißt doch, dass das Gesetz das nicht zulässt. Männer tanzen mit Männern. Frauen tanzen mit Frauen. Beim Tanzen gibt es keine Ausnahme, auch nicht zu deiner Hochzeit.«

»Aber danach, da darf ich doch mit meiner Frau schlafen?«

»Natürlich, wie es in der Heiligen Schrift steht: Seid fruchtbar und mehret euch.«

»Und was ist erlaubt?«, will der Bräutigam wissen. »Nur liegend, oder dürfen wir es auch im Sitzen treiben?«

»Sitzen ist kein Problem.«

»Sie auf mir, ich unter ihr?«

»Gerne.«

»Auf dem Küchentisch?«

»Unbequem, aber erlaubt.«

»Oralverkehr?«

»Geht völlig in Ordnung, wenn er nicht den gottgefälligen Zeugungsakt ersetzt.«

»Und im Stehen?«

Der Rabbi haut mit der Faust auf den Tisch und brüllt außer sich vor Zorn: »Bist du meschugge? Auf gar keinen Fall im Stehen!«

»Wieso denn nicht?«

»Das könnte zum Tanzen führen!«

Pusteblume verlangte, dass ich alle Witze auf Hebräisch aufsagen kann, möglichst genauso unbeteiligt und lustlos, wie er das tat, denn das würde mir in der jüdischen Gesellschaft Tür und Tor öffnen.

Mit der Zeit wurde offenbar, dass Jeremias Himmelreich ein Geheimnis mit sich herumtrug. Ein Geheimnis, das er für sich behalten wollte, das aber dennoch in Andeutungen an die Oberfläche kräuselte und mit einer längst verflossenen Liebe zu tun hatte, die einer Frau mit dem unjüdischsten aller Namen galt: Sie hieß Christiane, und er sprach immer wieder von ihr, als stünde ihr Geist für jeden sichtbar neben ihm.

Mal sagte er, wie Christiane dies oder jenes einschätzen würde, ein anderes Mal, ob sie mich gemocht oder weniger gemocht hätte, und in welches Restaurant wir gehen sollten, schlug sie ebenfalls vor (denn wir gingen oft in Restaurants, da Christiane fand, dass man Hebräisch am besten unter fremden Menschen bei einem schönen Gläschen Wein lernt, obwohl Christiane selbst natürlich nie Hebräisch gelernt hatte).

Einst war Pusteblume seiner Christiane in der Berliner Charité begegnet, das konnte ich mir zusammenreimen. Auch dass sie beide als junge Ärzte in der Chirurgie gearbeitet und sich ineinander verliebt hatten, war offensichtlich. Später ist im Tausendjährigen Reich daraus offensichtlich etwas Dramatisches oder Tragisches oder, wie mit Balten so oft, Groteskes geworden, irgendein Abglanz von Rassenschande, aber weiter drang ich nicht vor. Himmelreich hielt sich bedeckt.

Im Übrigen lebte er in nahezu völliger Isolation, wie einer der frühen Eremiten. Erst spät erfuhr ich, wo er überhaupt wohnte. Freunde oder auch nur Bekannte schien er in

München kaum zu haben. Wieso er als ausgebildeter Chirurg nicht in einem Krankenhaus arbeitete, sondern sich mit Gelegenheitsjobs im Dunstkreis deutscher Geheimdienste herumschlug, war auch nicht zu begreifen (erst später erfuhr ich, dass Pusteblume einfach kein Blut sehen konnte).
Er war ein sehr feiner, ungemein kultivierter Mensch, Ihnen in seiner Arglosigkeit durchaus nicht unähnlich, seinen Witzen wie kleinen Lebewesen verbunden.

Sein plötzliches Verschwinden traf mich unvorbereitet. Ich wartete im Osterwaldgarten bei einer Weißwurst auf ihn. Der Frühling war nach einem langen, kalten Winter so wach wie ein frischgeschlüpftes Küken. Ich saß im Biergarten unter einem knospenden Baum, des kargen Schattens wegen, denn Himmelreich mied direkte Sonneneinstrahlung. Wir wollten mit den Konjugationen fortfahren, *ani kotew, ata kotew, hu kotew*. Aber er tauchte nicht auf.
Palästinafritz war ganz aufgeregt, als ich ihn anrief und informierte. Wir fuhren im Dienstwagen in die Oettingenstraße zu *Radio Free Europe*, weil Himmelreich dort für die CIA das tschechische Programm bearbeitete. Aber im Studio hatte man ihn nicht gesehen.
In seinem Einzimmerapartment nahe am Englischen Garten fand man ebenfalls keine Spur, dafür aber ein aufgespanntes Bügelbrett mit einem auf dem Rücken liegenden und seit Tagen glühenden elektrischen Bügeleisen, das die ganze Wohnung geheizt hatte, so klein war sie.
Vierundzwanzig Stunden später, kurz nach einem mittelschweren Regenguss, stieß ein Förster im Forst Kasten auf ein Seil, das um einen Ast gewickelt war und in dessen

Schlinge mein Hebräischlehrer hing, drei Meter über einem Blumenteppich aus blauen Hasenglöckchen. Eine Leiter lehnte am Stamm, deren Enden tief in den nassen Waldboden gepresst waren. Man fand keine Fußabdrücke unter der Leiter, und ich bin fast sicher, dass Herr Himmelreich mit Anlauf über die Hasenglöckchen auf die Leitersprossen gesprungen war, um keine der lavendelfarbenen Blumen zu zertreten. Er baumelte friedlich an seinem Ast, bestaunte hinter seiner Trotzki-Brille die lebensfrohen, munter sprießenden Bäume um ihn herum und sah so verdrießlich-melancholisch aus, als wollte er gleich einen zum Besten geben. Erhängt sich ein Jude im deutschen Wald, so etwa. Der nächtliche Regen hatte seinen abstehenden Haarkranz flach auf die Kopfhaut geklatscht, als wäre er nie eine Pusteblume gewesen.

Ich betrachtete lange das Tatortfoto und las auch den Abschiedsbrief durch, der mich ratlos zurückließ, denn er war von dem freundlichsten, liebenswürdigsten, zuvorkommendsten Einsiedler geschrieben, dem ich je begegnet bin.

Für euch verschissne Affen, so begann das bemerkenswerte Dokument.

Für euch verschissne Affen, ihr falschen Irren, war ich nicht auf der Welt. Rührt euch Geheimpolizisten noch irgendwas außer Lügen? Senkt ihr vor Gott noch eure Scheißgesichter? Leckt mich am Arsch, ihr Arschlöcher, nein, er ist zu gut für euch. Der Dürer ist auch ein verlogenes Schwein. Wer in der Sehnsucht lebt, wächst zum Riesen. Wenn nur das Herz nicht so feige wär, ihr blöden Büffel!

Schon wenige Tage später erhielt ich einen Anruf von Gehlens Sekretärin, die mir mitteilte, dass mich der Doktor zum Teeabend in seiner Villa am Starnberger See zu empfangen wünsche, am kommenden Wochenende, wenn es beliebt.

Ich war schon Jahre nicht mehr beim Doktor in Berg gewesen und schon gar nicht zu den berühmten Teeabenden, zu denen eigentlich nur Landedelmänner und ehemalige Fliegerasse, meist schlesischen Adels, hinzukommandiert wurden, um dereinst Gehlens reizlose Töchter zu heiraten.

Eine von ihnen öffnete mir die Haustür, gewandet in parlamentarisch-demokratische Vorstellungen eines Cocktailkleides, also geradezu schockierend progressiv, und auch noch violett. Sie verhielt sich aber nicht anders, als Mama sich ein halbes Jahrhundert zuvor am Zarenhof verhalten hätte, und geleitete daher den späten und von Tragödien aller Art gebeutelten Gast im Takt von Tschaikowskys *Schwanensee*, der aus einem Plattenspieler durch das ganze Haus perlte, zu ihrem Vater.

Das Haus war hell erleuchtet. Wir mussten an gutgelaunten Schwiegersohnvarianten vorbei, die mit Teetassen vor dem dunkel schimmernden Panorama des Starnberger Sees standen, und wenn sie sich umgedreht hätten, wäre ihnen auf der großen Wand gegenüber ein letzter grün-brauner Farbklecks aufgefallen, der Rest der Elend-Alm, die ich einst dort hingezaubert hatte.

Aber natürlich, warum sollten sie sich auch umdrehen.

Die violette Tochter klopfte an eine Tür (zweimal kurz, einmal lang, zweimal kurz, eine wirklich bis ins Kleinste durchkomponierte Geheimdienstfamilie), zog sie leise auf und führte mich in den kleinen Rauchsalon.

Gehlen saß dort an seinem Sekretär vor einer Tischlampe. Ich blieb für ein paar Sekunden im Partylicht stehen. Dann schob mich die Tochter hinein, sagte »Herr Dürer, Vater« und schloss die Tür hinter mir, so dass der Lichtkegel vom Teppichboden kippte, mit ihm der Schatten, den ich schlug. *Schwanensee* war wie ausgeknipst, und mich umfasste ein dunkles Grau mit nichts als der matten, kleinen Lampe als Lichtquelle.

Gehlen, nur eine Silhouette, bedeutete mir mit einer schwachen Handbewegung, näher zu kommen. Ich kam näher, wobei ich fast auf einen riesigen, dumm aussehenden Labrador getreten wäre, der neben einem großen Holzofen lag. Es dauerte einen Augenblick, bis man sich an die Dunkelheit gewöhnt hatte und sehen konnte, dass ein Stückchen vom Holzofen entfernt, auf einem prallgefüllten orientalischen Lederkissen, Palästinafritz wie aufgespießt saß.

Er trug einen schwarzen Anzug, und seine Lackschuhe standen ordentlich neben den Füßen, die in karierten Socken steckten. Als er seinen Blick schmunzelnd in meinen senkte, wusste ich, dass irgendetwas ganz und gar nicht in Ordnung war.

»Möchten Sie eine Tasse Tee oder sonst etwas?«, fragte mich der Hausherr.

Ich sagte, einen Tee würde ich gerne trinken. Dann ließ ich mich, seinen schmalen Fingerzeig als Einladung deutend, auf das zweite prallgefüllte Kissen sinken, das neben Palästinafritz lag.

»Ein Geschenk des jordanischen Königshauses«, sagte Gehlen leichthin, während er mir den Tee aus einer Silberkanne eingoss. »Im jordanischen Königshaus zieht man sich die Schuhe aus, wenn man sich darauf niederlässt. Hier übrigens auch.«

Man saß nicht unbequem, nur sehr viel niedriger als Gehlen, der wie ein Beduinenscheich auf uns herabsah und ruhig mit dem heißen Tee über meinem Kopf hantierte. Ich band gehorsam meine Schnürsenkel auf, schlüpfte aus dem Schuhwerk, stellte es neben meine Füße und hörte einen kurzen Vortrag über die Vorteile der Barfüßigkeit, in seelischer, orthopädischer und geheimdienstlicher Hinsicht (im Vorteil ist immer der barfüßige Komantsche). Und wie gerne der Doktor im kommenden Sommer barfuß die Alpen überqueren würde, nämlich wegen seines Rückens, der davon profitieren könnte, erfuhr ich auch.

»Aber wir wollen mal nicht über meinen Rücken reden«, sagte Gehlen, nachdem er genau dies ausgiebig getan hatte, und reichte mir die Tasse.

Ich schlürfte andächtig den Tee, der nach überhaupt gar nichts schmeckte, der Labrador schnarchte, vielleicht war es auch der grinsende Palästinafritz, der schnarchte, ich hätte es nicht beschwören können.

»Was für ein tragischer Vorfall, das mit Ihrem Herrn Lehrer«, sagte Gehlen, als er wieder saß. Er konnte so etwas sagen, ohne ein tragisches Tragischer-Vorfall-Gesicht zu machen, für das ich zuständig war, denn Palästinafritz blieb ein Honigkuchenpferd. »Aber wir sollten jetzt einmal die menschlich verständlichen Gefühle außer Acht lassen, Dürer, und uns ganz dem größeren Zusammenhang widmen.«

»Sehr wohl, Herr Doktor.«

»Sie kennen die israelische Haltung zu unserem Land?«

»Selbstverständlich.«

»Aus Sicht eines *homo politicus*, der seine sieben Sinne beisammenhat, wird sich an den Schwierigkeiten in den kommenden Jahren nichts ändern.«

Der Doktor lehnte sich in seinem Bürostuhl zurück, und erst jetzt sah ich, dass auch er sich die Schuhe ausgezogen hatte und die Fersen behaglich gegeneinanderrieb.

»Ich persönlich glaube aber«, fuhr er fort, während er sich am Bewegungsdrang seiner beiden großen Zehen ergötzte, »dass sich Israel nicht von der Landkarte radieren lassen will. Deshalb wird früher oder später das Spiel beginnen.«

»Welches Spiel, Herr Doktor?«

»Ihr Spiel, Dürer. Niemand zwingt Sie dazu. Es ist Ihr Spiel. Da sind wir uns doch einig?«

Ich richtete mich auf und erklärte den behenden Füßen des höchsten Geheimdienstchefs der Bundesrepublik Deutschland (denn in seine Augen konnte ich nicht schauen), dass ich den Auftrag übernehmen würde, sehr gerne und freiwillig, aber um Details bitte, bei allem gebotenen Respekt.

»Es geht um eine verdeckte Mission in Palästina, die übernommen werden muss, unter hohem Einsatz.«

»Wie hoch ist denn der Einsatz?«

»Der höchste.«

Palästinafritz hatte sich bisher überhaupt nicht gerührt, reagierte nun aber wie auf ein geheimes Stichwort. Er musste nur kurz neben sich greifen und schob mir, immer noch bestens gelaunt, eine vorbereitete, schmale Mappe zu.

Ich nahm sie, stand auf, lief auf Strümpfen zu der Tischlampe hinüber, zupfte mir meine Lesebrille aus dem Etui, nachdem ich die Tasse Tee abgestellt hatte (eine weise Entscheidung). Ich sah, dass auf der Vorderseite der Mappe »Verschlusssache« stand und darunter »Himmelreich«. Ich schlug die Mappe auf und brauchte drei Minuten, um sie durchzuarbeiten, und noch einmal drei Minuten, um meine Fassung wiederherzustellen. Dann gab ich das Schriftstück Palästinafritz zurück und setzte mich erneut auf das Kissen des jordanischen Königshauses, das nun aber mit Splitterhandgranaten und Plastiksprengstoff gefüllt schien.

»Ich soll eine Doublette sein?«

»Eine perfekte Doublette, ehrlich gesagt«, entgegnete Palästinafritz, freudig erregt. »Schon aus dem einfachen Grund seiner jüdischen Gegebenheit könnten Sie mit Himmelreichs Identität weit kommen.«

»Der Mann hängt sich auf, das Ganze geht hier durch die Zeitungen, und ich soll seine Rechnungen begleichen?«

»Nichts ging durch die Zeitungen«, wiegelte Palästinafritz ab. »Die Polizei hat den Vorgang auf unsere Veranlassung hin verschwinden lassen. Es gibt keine Leiche Himmelreich. Es gibt nur einen quicklebendigen Himmelreich, und der sitzt vor mir.«

»Quicklebendig wie lange?«

»Solange Sie wollen. Ihr Lehrer wird niemandem fehlen, er hat keine Nachkommen, seine sterblichen Überreste wurden bereits eingeäschert.«

»Irgendwer wird ihn vermissen.«

»In München bestimmt nicht. Sozialkontakte gleich null. Seine Familie ist in Auschwitz geblieben. Beruflich war er für die Org und die CIA tätig, also für niemanden. Seine

Kollegen bei *Radio Free Europe* unterstehen der Geheimhaltung. Die würden weder über seine Person noch auch nur über das Kennen seiner Person sprechen. Es kennt ihn auch wirklich kein Mensch. Sie sind ein Glückspilz, Herr Dürer.«

»Ach ja?«

»Himmelreich wird Ihr Fahrschein nach Israel sein.«

Nur dass Sie es recht verstehen, womöglich rettungslos verwirrter Swami: Herr Gehlen und der frohgemute Palästinafritz planten, den Selbstmord Himmelreichs zu nutzen, um ihm seinen Namen, seine Charakteristika, seine Interessen und seine Einsamkeit, also seine ganze jüdische Haut, vom Fleisch zu ziehen und mir wie eine blutige Tarnkappe überzustülpen.

Von außen hörte man ein helles Lachen aufgaloppieren, so dass sogar der Labrador aufschreckte, und auch Gehlen blickte zur Tür, hinter der eine neue Schallplatte lief, *Moonlight Serenade,* Gift für die Ohren.

»Nun, da gibt es noch eine winzige Sache«, wandte sich Palästinafritz in diesem Moment an mich, und zum ersten Mal ahnte ich einen Schatten in seinen Mundwinkeln und auf seinem Räuspern, »eine winzige Sache mit Herrn Himmelreich, die man aber wirklich nicht dramatisieren sollte.«

Mein Swami, ich ... ich habe Ihnen gesagt, ich würde Ihnen alles erzählen, und das werde ich auch tun, ungeachtet des Umstandes, dass die Kammer des Dukkha, die wir nun betreten, eine besonders unerwartete ist, unerwartet für mich, aber unerwartet vielleicht auch für Sie, da Sie sich über den guten, hilfreichen und hasenglöckchenliebenden Herrn

Himmelreich doch ein Bild gemacht haben, durch meine Augen gewissermaßen. Aber es waren geschlossene Augen, durch die Sie nur sahen, was ich sehen wollte, verrammelte Augen, wie sie Palästinafritz auch mir damals aufriss, indem er mir zunächst erzählte, was ich ja schon wusste, dass Herr Himmelreich Anfang der dreißiger Jahre als *studiosus medicinae* an der Universität Dorpat das Studium begonnen hatte, seinen Abschluss jedoch in Berlin machte.

In seiner ersten Anstellung als Assistenzarzt lernte Pusteblume an der Charité eine junge Kollegin kennen und lieben, natürlich Christiane, die damals völkisch bewegte. Und sie konjugierte aus Himmelreichs blauen runden Augen eine ganz famose germanische Erscheinung heraus, die er zunächst unkommentiert ließ, denn er war ja vernarrt in das Mädchen. Um sie nicht zu verlieren, gab er sich mit baltischer wie auch jüdischer Chuzpe noch eine ganze Weile als Arier aus, aber kurz bevor die Nazis an die Macht kamen, schenkte er ihr reinen Wein ein, obwohl er sich denken konnte, in welcher Lichtgeschwindigkeit er verlassen werden würde.

Das geschah nun aber gerade nicht.

Christiane entschied sich für ihn und nicht für das deutsche Volk (so fasste es ihr Chefarzt zusammen und entließ sie alle beide). Christianes Entscheidung war so nachdrücklich, dass es sogar zur Heirat kam. Die Eltern der Braut waren, ganz im Gegensatz zu ihr selbst, eiserne Hitlergegner gewesen. Ihr Vater hatte als sozialdemokratischer Stadtverordneter in Potsdam Schuld auf sich geladen (vulgo sozialdemokratische Schuld), der schwerbehinderte Bruder blieb stets von Euthanasie bedroht. Je bedrückender die Situation für Himmelreich wurde, desto unerschütterlicher gab sich die Gemahlin.

Während des Krieges musste er in ein Berliner Judenhaus umziehen, gemeinsam mit seiner Frau. Um sie zu schützen, um auch ihren Sozi-Vater vor dem KZ zu bewahren, um die Einweisung von Christianes Bruder in eine Tötungsanstalt abzuwenden und natürlich auch um selbst der Deportation zu entgehen, begann er auf ihre Bitte hin, mit dem SD zusammenzuarbeiten.

Himmelreich tat dies schweren Herzens. Er hatte sich lange geziert. Aber als Christianes Vater von der Gestapo abgeholt und in einen Herzinfarkt hineingeprügelt worden war, erhob mein Hebräischlehrer sich zu einem erstklassigen Informanten, fahndete vom Scheunenviertel bis zum Ku'damm nach untergetauchten Juden, freundete sich mit ihnen an und lieferte sie schließlich der Gestapo aus.

»Himmelreich war ein Greifer?«, fragte ich fassungslos.

»Greifer, Denunziant, Kollaborateur. *The whole thing.*«

»Und das halten Sie für eine winzige Sache, die man nicht dramatisieren sollte?«

»Kaum jemand weiß davon. Anfang 1945 kam Frau Himmelreich bei einem Bombenangriff ums Leben.« (Denn sie durfte mit ihrem Mann ja nicht in den Luftschutzkeller, das war Juden und jüdisch Versippten verboten, vielleicht wissen Sie das nicht, nachgeborener Basti.) »Himmelreich überlebte. Im Nachkriegschaos tauchte er unter, hielt sich von den früheren Freunden fern, aus Angst, erkannt zu werden. Den SD-Männern, denen er im Krieg gedient hatte, schloss er sich an und diente ihnen, vielmehr uns, nach dem Zusammenbruch erneut.«

»Sie glauben doch nicht im Ernst, dass ich mich als ehemaliger Greifer nach Palästina schicken lasse?«

»Oh, Herr Himmelreich war immer sehr vorsichtig gewesen. Es gibt nicht viele Juden, die von ihm wissen. Die er verraten hatte, sind fast alle vergast worden.«

Verschissene Affen, die wir sind, die auf verschissene Palmen klettern für die allerletzte verrottete Kokosnuss, nur um sie der kleinen Sehnsucht zu opfern, in der wir leben und, da hatte Himmelreich recht in seinen kryptischen Abschiedszeilen, die uns zu Riesen macht. Auch wenn er mich für ein verlogenes Schwein hielt und sich selbst ebenfalls für ein verlogenes Schwein hielt, ich hatte ihn sehr gemocht. Er war ein so sensibles, so gebildetes, so poetisches verlogenes Schwein, und das sagte ich auch Palästinafritz.

»Sehen Sie«, grunzte dieser gutgelaunt, »und auf Sie trifft das auch alles zu. Sie werden ein viel besserer Jeremias Himmelreich werden, als er selbst es jemals sein konnte.«

Man braucht nur eine Handvoll Schmerz und Kummer zum Verrat und einen einzigen leuchtenden Stern in der Nacht, damit in all das Grauen ab und zu ein wenig Licht scheint.

Der leuchtende Stern von Pusteblume war Frau Himmelreich gewesen, und meiner würde nun genauso heißen, verrückt.

»Nun, Herr Dürer, trauen Sie sich die Sache zu?«, fragte Gehlen schwungvoll, indem er sich endlich seine Schuhe anzog. »Dann kann ich Ihnen Ihre Mission ja erklären.«

5

Das Möhlstraßenviertel in München-Bogenhausen, nach dem Krieg das einzige osteuropäische Schtetl des kurz zuvor noch judenfreien Landes, voll mit Kaftanen, Lärm, Silberwarenhändlern und einem riesigen Schwarzmarkt, lag wie eine Geisterstadt vor uns, als Ev und ich dort an einem kühlen und regnerischen Septembertag eintrafen. Das letzte verbliebene koschere Restaurant, das Astoria, hatte noch geschlossen. Den Markt mit seinen Bretterbuden, Verkaufsständen und provisorischen Kiosken gab es schon lange nicht mehr. Auch die Synagoge war aus der Schwesternschule ausgezogen, den jüdischen Kindergarten und selbst die jüdische Grundschule hatte man aufgelöst.

Nur einige der Villen, die links und rechts der Möhlstraße emporragten, wurden noch von jüdischen Institutionen belegt. Sie hatten Zehntausenden chassidischer Ostjuden, die dem Holocaust von der Schippe gesprungen und auf ihren Fluchtrouten aus Polen und Russland für ein paar Jahre in München zwischengelandet waren, legal oder illegal nach Palästina und Amerika verholfen. Die Büros der Jewish Agency, des American Jewish Joint Distribution Committee oder der UNRAA standen jedoch inzwischen leer. Übrig war nur noch die Hebrew Immigrant Aid Society, auch HIAS genannt, die in der Hausnummer siebenunddreißig, einer Zuckerbäckertorte von Haus, auf nachzuckelnde Juden wartete.

Also auf Leute wie uns.

Wir klingelten.

Eine Dame namens Rosensaft, alt, klein und drahtig, öffnete die Tür. Sie begrüßte uns mit fröhlichem »Schalom«, zeigte, wo wir die Jacken und unseren Schirm ablegen konnten, denn kurz zuvor hatte es einen Wolkenbruch gegeben. Mit kleinen Ballerinaschritten führte sie uns in ihr Büro im ersten Stock. Wir nahmen an ihrem wackeligen Tischchen Platz und blickten an die gegenüberliegende Wand. Dort sah man auf einem Plakat zwei Traktoren, die grüne Ackerfurchen in Form eines Davidsterns zwischen zwei riesige braungebrannte Frauenbrüste pflügten, die erst bei genauerem Hinsehen auch Wüstendünen sein konnten. Darunter stand: *Welcome to Israel! Keren Hayesod! United Israel Campaign!* Draußen fing es erneut an zu regnen.

Frau Rosensaft stellte eine Schüssel mit uralten, hart gewordenen Plätzchen in die Mitte des Tisches und hörte sich mit Engelsgeduld an, dass Ev von lettisch-jüdischen Eltern abstamme und vorhabe, unter Mithilfe der HIAS nach Israel umzuziehen (sie sagte tatsächlich »umziehen«), allerdings kein Hebräisch spreche, keinen jüdischen Glauben praktiziere, sich im rabbinischen Schrifttum nicht auskenne, von Pessachfest und Jom Kippur keine Ahnung habe, nie in einer zionistischen Vereinigung aktiv gewesen sei, nie in einem Konzentrationslager gewesen sei, jedenfalls nicht als Gefangene (an dieser Stelle blickte ich Ev scharf an), auch nicht als Verfolgte im Sinne der Nürnberger Gesetze anerkannt sei, im Übrigen im Dritten Reich getarnt überlebt hätte, nämlich zum einen durch ihre Tätigkeit in diversen nationalsozialistischen Organisationen (Frau Rosensaft biss in diesem Moment geräuschvoll in ein Anisplätzchen, Gott sei Dank), zum anderen durch den Namen Solm, den sie per Adoption erlangt habe und noch einmal doppelt erlangt habe durch ihre Heirat.

»Sie haben Ihren eigenen Bruder geheiratet?«, fragte Frau Rosensaft interessiert.

»Er ist nicht mein richtiger Bruder.«

»Haben Sie Kinder?«

»Gehabt.«

»O Gütiger.«

»Eins.«

Frau Rosensaft nickte geschockt, unterbrach den Verzehr des allzu diesseitigen Gebäcks, kaute liturgisch zu Ende, die Hand vor dem Mund, und sagte dann krümelfrei: »Ihr Mann hat in den Zeiten der Verfolgung zu Ihnen gehalten?«

»Ich wurde nicht verfolgt.«

»Wurde Ihr Mann verfolgt?«

»Nein, wir wurden beide nicht verfolgt.«

»Warum nicht?«

»Er war ss-Standartenführer.«

»Ach«, sagte Frau Rosensaft. Sie nahm wieder sehr langsam ein Plätzchen aus der Schüssel, zerbröselte es aber in Gänze und nachdenklich zwischen den Fingern. Ich hatte Ev vor dem Treffen gesagt, dass sie sich unter ihrem Mädchennamen vorstellen solle, besser noch unter dem Mädchennamen ihrer Mutter, Murmelstein, ein vortrefflicher Name in jeder Hinsicht, aber nein, Ev wollte ja unbedingt ehrlich sein. Warum glauben immer alle (bis auf Geheimagenten natürlich), dass Ehrlichkeit am längsten währt? Ehrlichkeit hat niemals eine Zukunft, es sei denn, sie lässt sich als List gebrauchen.

»Frau Solm hat sich von Herrn Solm inzwischen scheiden lassen, Schnellscheidung«, erklärte ich daher mit einem gewissen Eifer, hätte fast »Blitzscheidung« gesagt, aber Blitzscheidung, wie klingt das denn im Land der Blitzkriege?

»Ach«, sagte Frau Rosensaft erneut. Dann sagte sie eine Weile nichts mehr, ordnete ihre Papiere, fuhr mit der Zunge über die trockenen Lippen und zischte, an Ev gewandt und schon mit einer anderen Gesichtsfarbe: »Und wer ist dieser Herr, wenn ich fragen darf?«

Stellen Sie sich nur vor, ich hätte »Mein Name ist ebenfalls Solm, und ich wurde ebenfalls nicht verfolgt« gesagt. Wir wären doch hochkant rausgeflogen.

Aber immerhin war ich ja nun Jeremias Himmelreich, und das gab ich Frau Rosensaft auch mit fester Stimme zur Kenntnis, inklusive zahlreicher Verfolgungsumstände. Auch eine kleine Verfolgtenrente konnte Himmelreich (ich) vorlegen. Außerdem war Himmelreich (mir) drei Wochen zuvor eine KZ-Häftlingsnummer in den Arm tätowiert worden, und um die ganze Sache abzurunden, hatte man Himmelreich (mich) auch noch beschnitten (ohne dass Ev zum Zug gekommen wäre, das wollte ich nicht, aber ich konnte noch gar nicht richtig laufen, dieser Eingriff ist schmerzhaft und der Heilungsprozess langwierig).

Während ich Teile meiner neuen Identität preisgab, andere nicht, spürte ich, wie Ev neben mir innerlich von meiner Seite abrückte. Sie konnte diese nennen wir sie einmal Wenigeralshalbwahrheiten nicht ertragen, und als ich dann auch noch sagte, dass Frau Solm und Herr Himmelreich (wir) uns vor der Münchner Reichenbachsynagoge kennengelernt und am selben Nachmittag, noch auf den Stufen des Gotteshauses sitzend, verlobt hätten (Blitzverlobung), katapultierte sie jegliche Hinwendung aus ihren Gesichtszügen, was unseren Konflikt der kommenden Wochen in etwa vorwegnahm, denn ab nun machte Ev mir mein angebliches Doppelleben zum Vorwurf, auf das sie andererseits ihre ganze Existenz gründete.

Ehrlichkeit wurde ihr Mantra.

Auch als wir am zehnten Oktober Neunzehnfünfundfünfzig im Standesamt München III die Ehe schlossen (ohne Mamas Segen leider, die es schwer verwinden konnte, dass ihre Kinder Juden wurden, wären sie wenigstens Alaska-Tlingits geworden, dann hätten sie auch indianische Namen annehmen und allesamt untereinander heiraten dürfen, aber Juden, so etwas hatte es bei den Baronen von Schilling noch nie gegeben), als wir also diese im Himmel der Geheimdienste arrangierte Ehe schlossen, sagte Ev Solm geborene Meyer-Murmelstein auf die Frage, ob sie diesen Mann, Jeremias Himmelreich, zu ihrem angetrauten Ehegatten nehmen wolle, bis dass der Tod sie scheide, ja, ich nehme dich, Koja Solm – eine Antwort, die den Bräutigam innerlich gefrieren und den Standesbeamten ein paarmal seine Papiere hastig hin- und zurückblättern ließ.

Die Trauung hatte jenen Mangel an Glanz, den Mama niemals ausgehalten hätte. Unsere Trauzeugen waren nicht Palästinafritz oder andere Orks, die uns ihren Dienst aufdrängen wollten (wie Ev glaubte), sondern zwei sächsische

Tippelbrüder, die wir am Hauptbahnhof zum Preis von zwei Bratwürsten engagiert hatten (eine Bratwurst davor, eine Bratwurst danach).

Während der ganzen Zeremonie berührte mich Ev kein einziges Mal, nicht am Arm, nicht an der Hand, schon gar nicht im Gesicht, das man ja auch mit Blicken berühren kann. Sie lieh mir nichts mehr von all der Nähe, die sie mir ein Leben lang geschenkt hatte.

Als ich den Ring auf ihren Finger steckte, versuchte wiederum ich, sie dabei nicht zu berühren, ein rachsüchtiger Reflex, der ihr egal war und mich zutiefst bekümmerte. Ich wünschte mir Majas Finger herbei, der wie ein Delphinschnabel in diesen Ring hineingestoßen wäre, verspielt und glücklich, ja, diesen Finger hätte ich gerne gestreichelt, selbst wenn er nur noch ein von Würmern abgenagter Knochen gewesen wäre.

Als der Standesbeamte meine Tränen sah, hielt er sie für Freude. Ich drückte heimlich Majas Zähne. Das war gewiss nicht richtig, vor allem, weil Ev in so einem schwierigen Verhältnis zu diesen Glücksbringern stand und mich daher gebeten hatte, sie auf keinen Fall zur Trauung mitzunehmen, aber ich hatte sie in den Saum meines Sakkos eingenäht. Sie wurde nicht fündig, obwohl sie mich auf der Herrentoilette des Standesamtes von oben bis unten abgeklopft hatte, ein neben uns urinierender Protokollschreiber wunderte sich. Ich schwor Ev, nicht an Maja zu denken, nicht ihre Zähne in diesen wunderschönen Mund zurückzuwünschen (aber doch, genau das tat ich).

Ev hielt mich für einen Lügner, und dabei war sie es, die mich in die Täuschung zwang. Niemals wäre ich ohne sie zur Pusteblume geworden (der Friseur in der Kaufingerstraße schüttelte bedauernd den Kopf, mit meinen wenigen Haaren ließ sich kein himmelreichartiger Kranz formen).

Im DP-Lager Föhrenwald, südlich von München, wo wir ein paar Herbstwochen lang mit weiteren jüdischen Nachzüglern allerlei Israelvorbereitungskurse belegen mussten (Hebräisch, Zionismus, Agrarökonomie unter besonderer Berücksichtigung der Plantagenwirtschaft), sollten wir Herzl, Tagore, Stefan Zweig, Rosa Luxemburg und Martin Bubers *Ich und du* gemeinsam studieren und uns gegenseitig nützliche Erbauungsliteratur zueignen, und wissen Sie, welches Buch Ev unter mein Kopfkissen schob? Gandhis *Die Geschichte meiner Experimente mit der Wahrheit*.

Als wir kurz nach Neujahr Neunzehnsechsundfünfzig am Hafen von Marseille landeten und die französische Grenzbehörde eine Erklärung für die mannshohen Transportkisten verlangte, die wir nach Palästina einführen wollten, legte ich umständehalber dar, dass es sich um Herrn Himmelreichs (meine) allernötigsten Malutensilien handele.

Selbst unter diesem kleinen Experiment mit der Wahrheit litt Ev.

Nach der Überfahrt über das Mittelmeer bestaunte der israelische Zoll in Jaffa die enormen Mengen Material und wollte wissen, wieso ich denn siebenhundertfünfzig Aquarellmalkästen mitbrächte, worauf Ev sagte, ohne gefragt worden zu sein, dass es schließlich um »hochwertigen deutschen Künstlerbedarf« gehe, mit dem wir in Tel Aviv Handel treiben wollten, da das die »Qualität israelischer Malerei auf eine völlig neue Entwicklungsstufe heben könnte«.

Die Zollbeamten blickten uns ausdruckslos an.

Bevor ich noch reagieren konnte, schwärmte Ev bereits in bester Absicht, dass deutscher Künstlerbedarf weltweit führend sei in Qualität und Pigmentdichte. Man sei also gekommen, um Israel auf diese außergewöhnliche Art kulturell mit aufzubauen, und ob sie denn noch niemals was von Hermann Schminckes feinsten Künstlerfarben, von Horadams Patent-Aquarellfarben, von Mussini-Künstler-Harz-Ölfarben aus Nürnberg, von Lyras umfangreichem Gouache-Programm, von Faber-Castells berühmten achtkantigen Bleistiften, von Staedtlers Zedernholz- und Rötelstiftimperium oder gar von den legendären Lukasfarben aus Düsseldorf gehört hätten, zu denen schon van Gogh in Liebe entflammt war (Schoenfelds grandioses Mineralblau nicht zu vergessen).

Nur mit großer Mühe konnte ich verhindern, dass die erzürnten Zollbeamten noch am Kai des Zollhafens all meine perversen Faschistenfarben verbrannten. Es kostete mich Wochen und einen Teil des eingeschmuggelten Org-Vermögens, die beschlagnahmten Waren wieder auszulösen, um jenen Camouflage-Handel aufzuziehen, mit dem ich mich tarnen musste.

Ich erinnere mich, wie wir danach aus der Zollbaracke taumelten. Ev rief immer wieder: »Sechster Erster Sechsundfünfzig!«, das nämlich war das Jubeldatum jenes Tages. Ich musste Ev vom Boden aufheben, den sie in guter Pilgertradition inbrünstig küsste, und ich sagte ihr, dass es so nicht weitergehen könne.

»Ich kann dich nur schützen, wenn du mich auch schützt«, insistierte ich. »Nur weil ich mich verstelle, kann ich bei dir sein. Wenn du jetzt dort rübergehst und den Leuten verrätst, wer ich wirklich bin, dann hängen sie mich auf. Sie hängen mich auf, Ev.«

Sie legte ihren Kopf an meine Schulter und nickte kraftlos. »Es macht mich krank.«

»Was?«

»Dein Motiv, hier zu sein, macht mich krank.«

»Du bist mein Motiv, hier zu sein.«

»Du willst dieses Land ausspionieren, Koja.«

»Nenn mich bitte nicht Koja.«

»Es macht mich krank, dich nicht Koja nennen zu dürfen.«

Ich nahm sie in den Arm, und obwohl wir erst wenige Minuten zuvor angekommen waren, fühlte sich alles falsch an: die Entscheidung, der Auftrag, mein gehäuteter Penis, die logischen Schmerzen, die untropischen, fast kühlen Temperaturen, einfach alles.

»Um Himmels willen!«

»Was?«

»Schau nur, dieses großartige Land!«

Sie machte sich los von mir, zeigte hingerissen auf ein paar räudige Hunde und von Staub gebeizte Palmen, die den Hafen von Jaffa säumten. Gehäutete Tierkörper und übelriechender Fisch hingen in der Januarsonne, weil die letzten verbliebenen Araber der Stadt gerade Markttag hatten. Ich konnte hinter den paar Winterfliegen, die vor meinen Augen schwirrten, kein großartiges Land entdecken, gar nichts Großartiges war zu sehen, und auf meinen Lippen sammelten sich winzige Staubkörner, damit die Fliegen besser landen konnten.

Der Bus von Jaffa fuhr erst am Meer, dann an den eingestampften ehemaligen Araberviertlen Manshiyas, schließlich an ein paar Orangenhainen vorbei und erreichte nach kurzer Fahrt das benachbarte Tel Aviv, schaukelte die ganze Dizengoff Street hinunter, an weißen Bauhauskuben entlang bis zum Busbahnhof, wo Ev und ich ausgespuckt wurden, sie mit glänzenden Augen, ich voll Zweifel und Unglück.

Als wir mit unseren Koffern in die benachbarte Ben Yehuda Street einbogen, wo wir zunächst in einer der Einwandererpensionen unterkommen wollten, befanden wir uns mitten in Deutschland. Zwischen den fahrenden Garküchen, die an allen Ecken und Enden standen, wurde überall Deutsch gesprochen. Der *herem* war hier nicht spürbar. Trotz aller offiziellen Verbote sah man deutsche Cafés, deutsche Buchläden, alle Metzger waren deutsch, es gab eine bayerische Bäckerei und einen Konditormeister aus Königsberg. Immerhin fehlte ein deutscher Laden für Künstlerbedarf, wie ich erleichtert feststellte.

Ein alter Herr, der wie Gerhard Hauptmann aussah, trat mit einem umgeschnallten Bücherbauchladen auf uns zu: »Hawwe die Ehre, die Herrschafde«, sagte er in weichem Frankfurter Otto-John-Singsang, »ahn Jeckes schniffel isch aaf hunnäd Mehda.«

Er wollte uns Goethes *Wahlverwandtschaften* verkaufen, und da ich nicht gleich anbiss, begann er, sie uns mit Stentorstimme und in breitem Hessisch, der Ursprache Goethes, auswendig vorzutragen.

Als wir am selben Abend in einer winzigen, nur von einer grünen Glühbirne erleuchteten Kammer lagen, während im Nebenzimmer andere Hotelgäste eine schnatternde Gans zu schlachten versuchten, gelang es mir endlich, meine Ängstlichkeit und lähmende Desorientierung abzustreifen.

Ich sagte Ev in einfachen Worten, dass ich großen Kummer hätte, aber nicht wegen ihr, und dass ich verliebt sei, aber nicht in sie, dass jedoch meine große und überquellende Geschwisterliebe auf alle Zeiten ihr gehöre und dass dies die einzige Wahrheit sei, die mir zu Gebot stehe, und ich sie darüber nie zu täuschen vermocht habe und auch in Zukunft nicht zu täuschen vermöge.

Ich bat sie daher, mich für einen redlichen Menschen zu halten, zumindest in Bezug auf sie selbst, deren Redlichkeit eine Qual sei für andere (mich), und dass ich mich nach einer Toten sehnte, dürfe mir nicht übelgenommen werden, da wir beide uns nach ein und derselben Toten sehnten, und bei mir käme noch eine weitere hinzu.

Sind es nicht immer die Toten, die uns treiben?

Wir saßen nebeneinander auf einem britischen Feldbett, das leise quietschte, als mir Ev die Hand auf das Bein legte und dort liegen ließ, bis ich sie ergriff.

»Es ist gut, dass du nicht in mich verliebt bist«, sagte sie etwas heiser.

Es lag nicht in meiner Macht, etwas zu tun. Sie übernahm die Initiative und begann, mich auszuziehen. Sie knöpfte mein Hemd auf, streifte es mir vom Körper, zog das Unterhemd über meinen Kopf, öffnete die Gürtelschnalle, entledigte mich meiner Hose und – mit Vorsicht, um das immer noch wunde Geschlecht nicht zu entmutigen – auch der Unterhose, wobei sie bat, das Gleiche mit ihr zu tun.

Danach flüsterte sie: »Sechster Erster Sechsundfünfzig.«

Wir schliefen miteinander, während die Gans im Nebenzimmer starb, und die Gans und ich schrien vor Schmerz. Es war, als würde ich mit einem Skorpion schlafen.

Später merkte ich, wie leise wir beide weinen konnten.

Am Ende beteten wir wie früher, und mir wurde schlagartig bewusst, dass wir dieses uralte religiöse Ritual in unserer Kindheit wohl nur aus einem einzigen Grund erschaffen hatten: um das verstörende Küssen zu vermeiden.

Und um das verstörende Küssen zu vermeiden, vereinten wir uns auch jetzt in der Anrufung Gottes.

Erst auf Hebräisch.

Doch die alte Verbundenheit wollte sich nicht einstellen.

Und so segneten wir unser neues Leben als Juden schließlich etwas unorthodox mit dem christlichen Abendgebet, das Großpaping Huko einst in unsere Familie Wort für Wort gepflanzt hatte, so dass seine Worte in uns weiterwuchsen und aus uns hinaus.

Ich danke dir, mein himmlischer Vater, durch Jesus Christus, deinen lieben Sohn, dass du mich diesen Tag gnädiglich behütet hast, und ich bitte dich, du wollest mir vergeben all meine Sünden, wo ich Unrecht getan habe, und mich diese erste Nacht im Heiligen Land auch gnädiglich behüten. Denn ich befehle mich, meinen Leib, meine Seele, meine geliebte Schwester und die vielen Gestorbenen und alles in deine Hände. Dein heiliger Engel sei mit mir, dass der böse Feind keine Macht an mir finde.

Amen.

6

Die ersten Wochen in Tel Aviv waren anstrengend.
Wir meldeten uns bei der deutsch-jüdischen Hilfsorganisation, die tatsächlich Olej Germania hieß und deren haselnussbraune Mitarbeiterinnen unbedingt »die ollen Germanen« genannt werden wollten. Meinetwegen. Mein Vorhaben, Israel mit deutschen Ölfarben zu übergießen, wurde dort jedenfalls mit Belustigung aufgenommen.

Dennoch half man mir, in einem kürzlich pleitegegangenen Blumengeschäft in der Ben Yehuda Street einen wohlriechenden Laden zu finden, der auch Platz für eine kleine Galerie bot.

Ganz in der Nähe mieteten wir eine Wohnung in der ruhigen Graets Street, Ecke Shir Street, und zogen in einen Kreidequader, der von meinem Professor Krastins entworfen schien, so krumm und modern war er. Ich hatte mich wahrlich nicht sehr angestrengt in meinem Architekturstudium in Riga, aber so einen Kasten mit Flachdach, rundem Erker und Bauchbalkon hätte ich sogar in den Anfangssemestern schon hingekriegt.

Wir wohnten im zweiten Stock, in einer winzigen Wohnung mit zwei Zimmern, die Ev mit Stahl- und Leichtholzmöbeln einrichtete und mit Bildern unserer Tochter schmückte. Vielleicht war das schon ein Fehler, sich all den lebensfrohen Ponys auszusetzen, die uns tagtäglich an das gemahnten, was wir verloren hatten.

In unserem Haus wohnten noch fünf andere Parteien, alle aus Europa. Die meisten waren Ehepaare, die den Vernichtungslagern hatten entrinnen können. Ihre Kinder spielten draußen auf der frischasphaltierten Straße Völkerball und waren für Ev ein ständiger Quell des Entsetzens.

Manchmal lud sie Shoshana Kohn zum Mittagessen ein, das Nachbarsmädchen, neun Jahre alt, deren Eltern beide im Kraftwerk arbeiteten und dankbar für Evs Hilfe waren. Shoshana brachte uns beim Nachtisch Hebräisch bei. Sie war ungeheuer liebenswürdig und temperamentvoll, ein schwarzhaariger Schatz und in allem brillant, in Geschichte, Mathe, Sport, in Gitarrespielen und vor allem als Pfadfinderin. In ihrem blauen Rock und der weißen Pfadfinderbluse war sie die israelische Privatfahne der Kohns, die tagtäglich über Auschwitz gehisst wurde.

Jeder im Haus bedauerte uns, denn da wir schon Mitte vierzig waren und Shoshana von den vielen wunderschönen Kinderbildern in unserem Wohnzimmer berichtet hatte, schlossen die Nachbarn auf das Naheliegende. Auf das Unermessliche. Das Untröstliche.

Gefragt wurden wir nie.

Sie hielten uns für ihresgleichen.

Viele hatten ihren Nachwuchs im Gas verloren. In unserer Straße gab es ausschließlich Kinder, die nach Kriegsende geboren worden waren. Und ihnen allen fehlten die Verwandten – die Großväter, die Großmütter, die Tanten, die Onkel, die Cousins und die Cousinen, so wie uns die Tochter fehlte. Jede Familie hatte nur ein Kind, wenn sie

Glück hatten, zwei. Und hinter jeder dieser kleinen Familien verbarg sich eine größere Familie, die es nicht geschafft hatte.

Herr Krausz aus dem Hochparterre hatte seine erste Frau in Kaunas verloren. Madame Anton (erster Stock) waren im KZ zwei Söhne aus den Händen gerissen und auf einen Lkw geworfen worden, der bei Marschmusik erst irgendwohin und dann zu den Krematorien fuhr. Shoshanas Großmutter lebte in einem Irrenhaus außerhalb Tel Avivs, denn sie hatte zusehen müssen, wie ihr Mann in Minsk öffentlich verbrannt wurde. In der klitzekleinen Hausmeisterwohnung im Erdgeschoss, die nur aus einem Verschlag und einem Wasserklosett bestand, hauste der alte Hausmeister Levy, dessen vierunddreißig nahe und ferne Familienmitglieder allesamt »drüben« geblieben waren, wie Levy das Sterben nannte. Unaufhörlich litt er an Migräne, weshalb er stets einen Waschlappen an seine Stirn hielt, morgens, mittags, abends, sogar beim Straßenfegen, so dass er den Besen, wenn er zu kehren begann, nur mit der linken Hand umgreifen konnte, während er mit der rechten den Waschlappen gegen die Laufrichtung und gegen seine Erinnerungen presste.

Im ganzen Haus also schliefen die Dämonen, nicht nur in unserem Schlafzimmer.

Vielleicht war es das, was Ev zu ein wenig Linderung verhalf und zum Bewusstsein, dass ein Leben im Schatten der Toten immer noch ein Leben war.

Denn das Leben war nicht düster. Tel Aviv konnte gar nicht düster sein. Optimismus war Bürgerpflicht. So mühsam die Arbeitswoche und so schwer das Gewicht des töchterlichen Staubs auch sein mochte, der Feierabend endete oft am Strand. Selbst Ev und ich schwammen manchmal bis zu den Fischerbooten hinaus.

Am Wochenende ließen die Leute ihre Waschbecken volllaufen, setzten einen Karpfen hinein, denn *gefilte fisch* gehörte zum Sabbat wie ein Kiddusch. Shoshanas Eltern klingelten am Sonntag immer bei uns, um auf unserem Balkon, dem einzigen Balkon des Hauses, Zeitung lesen zu können, die *Rosenthals Neueste Nachrichten* und *Yiddish Velt*.

Als es wärmer wurde, tanzten die Kinder um den bunten Eiswagen herum und bettelten um Eiswasser, das ihnen der Eismann über die kreischenden Häupter spritzte. Und Familie Eisenshtejn spielte auf dem Dach gegenüber halbnackt Skat, trank Wodka oder koscheren Wein dabei, prostete uns zu und wurde von allen nur als »die Panzerkreuzer« verulkt.

Ev ließ sich in diesen bunten Haufen hineinfallen. Vielleicht spürte sie, dass die Abwesenheit großer Familien immer zur Bildung neuer großer Familien führt, die nichts mit Blut, sondern manchmal nur mit Nachbarschaft zu tun haben, und dann eben doch wieder mit Blut, denn es war eine Nachbarschaft des Verlusts, den es zu kompensieren galt, so dass selbst ich nach kurzer Zeit eine jüdische Blutinfusion in mich hineinschießen fühlte, was Ev sofort als Rassismusrest verurteilte.

»Hör doch mal auf, in diesen Kategorien von Blut und Rasse zu denken«, mahnte sie. »Es sind einfach gute Menschen hier, die Schlimmes erlebt haben, und deshalb fühlen sie sich zugehörig.«

»Ja, und ich fühle mich auch zugehörig, und das ist absurd.«

»Wieso sollte das absurd sein? Du fühlst dich mir zugehörig, und ich fühle mich ihnen zugehörig. Absurd ist höchstens, dass du gegen sie arbeitest.«

»Ich arbeite nicht gegen sie, Ev.«

»Was machst du eigentlich, außer in deinem Laden zu sitzen und auf Kundschaft zu warten?«

Das war tatsächlich schwer zu sagen.

Was meine konspirative Tätigkeit betraf, so reduzierte sich diese auf ein wöchentliches Treffen in wechselnden Cafés, in denen der *station agent* der CIA mich zu einem vernünftigen Kaffee einlud. Es war mein alter Freund Donald Day, den die Amerikaner hierher verfrachtet hatten, um an meinen wertvollen Erkenntnissen teilhaben zu können. Mitteilen konnte ich aber nur, dass durch erhebliche Verkaufsanstrengungen meine siebenhundertfünfzig Aquarellmalkästen im Laufe des Jahres auf siebenhundertvierzig Aquarellmalkästen zusammenschrumpfen würden und dass meine Frau eine Arbeit im Assuta-Hospital gefunden hatte, nicht weit entfernt von unserer Wohnung.

»*Don't worry*«, erklärte Donald und übergab mir die Fernschreiben, die von der Org über die amerikanische Botschaft an mich geschickt worden waren. Sie blieben in den ersten Monaten mein einziges Bullauge nach Pullach. Dumm nur, dass auch die Amis hindurchschauen konnten und das Gleiche sahen wie ich.

General Gehlen wollte Mitwisserschaft vermeiden. Schon aus Prinzip. Und daher schickte mir Palästinafritz über Draht weder konkrete Direktiven noch Einzelheiten, die der CIA Hinweise geben konnten auf das, was geschehen würde.

Leider fehlten mir diese Hinweise ebenfalls.

»Das ist doch idiotisch«, erklärte ich Donald frustriert, »wieso machen wir diese ganze Aktion überhaupt? Erst katapultiert man mich hierher, und dann lässt man mich im Unklaren, was im Einzelnen zu tun ist?«

Auch Donald war auf seine bärbeißige Art sauer. Er glaubte, dass die Org ein doppeltes Spiel trieb, und damit hatte er nicht einmal unrecht. Unablässig schwitzte er, klagte über die Hitze, selbst als es noch gar nicht heiß war. Und wenn wir uns verabschiedeten, wünschte er mir alles Gute und beteuerte, dass es bald losgehen würde.

Ich wartete, während die Wochen verrannen, durchaus nervös auf den Startschuss meiner Mission.

Vielleicht wundern Sie sich, dass ich Ev nicht einweihte, die doch so stark darunter litt, dass ich tat, was ich tun musste und wofür ich überhaupt hergekommen war. Aber angesichts der Tragweite meines Auftrags hätte ich Ev nur beunruhigt. Und nichts lag mir ferner, als die kleinen Anzeichen von Erholung zu zermalmen, die ich bei meiner Schwester sah.

Denn als Schwester sah ich sie damals, auch wenn wir seit der grünlichen Nacht unserer Ankunft begonnen hatten, mehr als geschwisterlich miteinander umzugehen. Schon der hohe Grad an pflegender Zugewandtheit aber, den mein skalpierter, nun sichtbar zum Judentum übergetretener Schmock erflehte (Ev verglich ihn wegen seiner Rötungen unter dem Eichelrand mit einer Korallenart, die man beim Tauchen vor Tel Avivs Küste zu Gesicht bekommt), schränkte den Radius, vor allem aber die Intensität erotischer Gefälligkeiten enorm ein, so dass höchstens ein sanftes Pusten möglich, zuweilen auch bitter nötig war.

Ev hinderten außerdem ihre Depressionen, ihren Körper freigiebig auszubreiten. Im Gegenteil kugelte er sich oft neben meinem ein, wie eine Kellerassel und aus dem gleichen Grund.

Wie es häufig vorkommt, wenn die Menschen um einen in großer Nähe und somit unbemerkt altern, erkannte ich erst aus dem Abstand, den Klein-Annas Nichtauferstehung in unsere Verbindung gesprengt hatte (und der jeden Morgen nach dem Aufwachen erneut vor uns lag und dem ich in jeder Nacht wieder mit gleicher Angst entgegensah, bis er sich dann durch einen lieben Blick oder das Geräusch der Zahnbürste auf Evs Zähnen schloss), dass meine Schwester inzwischen vierundvierzig Jahre alt war. Ihre Hände tänzelten noch schön und fordernd, ihr Haar jedoch war fast über Nacht ergraut. Ihre magere Gestalt machte das Haar noch grauer und stumpfer, oder es war die unbarmherzige Sonne, die es in Asche verwandelte. Die Knie schmerzten sie und mussten, als wären sie doppelt so alt wie der Rest ihrer komplizierten Knochen, vor hohen Treppen und Stürzen bewahrt werden. Ihr Gesicht, fragil und im Halbprofil verblühend, wurde von einem Netz aus winzigen Fältchen bedeckt, so dass es wie eines meiner krakelierten Barockbilder wirkte oder wie eine Eisfläche, in die man mit einem Hammer hineingeschlagen hatte.

Und dennoch war unter diesem Mantel aus Zeit immer

noch das kleine, hübsche Mädchen verborgen, das sich einst so frohlockend in mein Leben gewühlt hatte, und es hätte mich nicht gewundert, wenn sie ihn abgeworfen hätte, den Mantel, mit typischem Aplomb, traraaah!, und ganz nackt und rücksichtslos vor mich getreten wäre, jung und ohne Gottes perversen Plan einer vor ihr sterbenden Tochter in den Eierstöcken.

Wir gingen oft aus, denn bei Nacht roch Tel Aviv noch betäubender als tagsüber. Vom Hafen wehte ab Anfang April der Sharav das Meer in die Straßen. Die Wärme hing unter den Mandelbäumen der Boulevards. Es gab wunderbare Aufführungen im Habimah-Theater, von denen wir kein Wort verstanden, aber auch jiddische Bühnen, da flüsterte ich ständig Kommentare in Evs rechtes Ohr, obwohl sie die eine Schulter hob, die linke, eine mir schon ewig vertraute Geste der totalen Ablehnung, über die ich hinter einem Lächeln hinwegsah, das unerwidert blieb.

Oft gab es Feste in der Graets Street. Unser erster gemeinsamer Feiertag mit den Kohns, mit Hausmeister Levin und den anderen Nachbarn war der Maifeiertag Lag baOmer, der aber Neunzehnsechsundfünfzig schon am neunundzwanzigsten April stattfand, in unserem kleinen Stadtpark ganz in der Nähe.

Die Kinder unseres Hauses und der Nachbarhäuser trugen Pfeil und Bogen und sammelten Kleinholz und Sperrholzreste für ihr Freudenfeuer zu Ehren des tapferen Bar Kochba, der es den Römern vor zwei Jahrtausenden auf gute Teutoburger-Wald-Art gezeigt hatte. Alle Bewohner der Straße scharten sich um den Holzstoß, jemand entzündete das Feuer, die Kinder jubelten und brachten eine Puppe herbei, die sie in der Schule gebastelt hatten.

Dieses Jahr war die Puppe zum ersten Mal seit Jahren nicht Adolf Hitler, denn Hitler hatten sie schon so oft verbrannt. Stattdessen war die Figur dem ägyptischen Präsidenten Nasser nachempfunden, übrigens durch mich, da Shoshana wusste, wie lustig ich karikieren kann, und unter großem Beifall gingen Herrn Nassers Knollennase und Zauberermund in Flammen auf. Ev und ich umfassten uns, beklatscht von kleinen Kindern, überwältigt von töchterlichem Staub, der um und auf uns tanzte.

Doch zwei Tage später war alles anders. Ich traf Donald Day im Café Mersand. Er hatte eine Aktentasche dabei, die er mir mit dem Fuß zuschob, um es ein wenig dramatischer erscheinen zu lassen.

»*It's partytime, buddy.*«

Soll das ein Witz sein, fragte ich ihn. Nichts war vorbereitet, nichts hatte man mir gesagt, und in dem Fernschreiben von Palästinafritz, das Donald mir übergab, stand: *Himmelreich! Bitte handeln wie vereinbart! Bitte Übergabe wie vereinbart! Weitere Anweisungen abwarten gemäß Reaktion Gegenseite! Hach.*

Genauso gut hätte man mir ein Kochrezept schicken können.

»Wann?«

»*Tomorrow. Eight o'clock.*«

»Wo?«

»*You know* wo.«

Ich erfuhr, wann er mich abholen würde (halb acht), auf

was ich zu achten hätte (Kleidung) und dass er unter der Hitze leide (zweiunddreißig Grad Celsius im Schatten, zu heiß für Anfang Mai). Der benötigte Ausweis steckte in der Aktentasche. Ich schaute ihn mir an. Schon wieder hatte ich einen neuen Namen, der hier nichts zur Sache tut. In meinem Beruf wechselt man die Namen wie Reifen, es gibt Winternamen, es gibt Sommernamen, es gibt Ersatznamen, es gibt geflickte und geplatzte Namen, es gibt natürlich auch Namenspannen, die können tödlich sein.

Ich ging zu Hause alle wichtigen Dinge durch, die wichtigen verschlüsselten, die wichtigen memorierten, die wichtigen unwichtigen. Schließlich besorgte ich die Unterlagen, ich sage gleich, wie.

In der Nacht konnte ich nicht schlafen. Ich trat auf die Straße hinaus, überquerte sie barfuß, ging hinunter zum leeren Strand. Erst Teer unter den Füßen. Dann etwas Weicheres. Warmer, grober Sand. Ich ließ mich nieder, fasste hinein. Er war wie Wolle. Warme, silberne Wolle unter dem halben Mond, auf den das Meer kleine Aufmerksamkeiten gebreitet hatte: Muscheln, Korallenreste, Krebse hier und da. Auch etwas Tang.

Ich blickte aufs Meer hinaus, überlegte, hineinzuwaten und zum Tang hinabzusinken, um in einigen Tagen ebenfalls an Land gespült zu werden.

Aber ich tat es nicht. Es fehlten die Kraft oder die nötigen Impulse.

7

»Und was ist mit den Zähnen?«
»Den Zähnen?«
»Den Zähnen der Compañera?«
»Was soll mit denen sein?«
»Hatten Sie sie dabei, da am Strand?«
»Ich habe sie immer dabei.«
»Auch jetzt?«

Statt zu antworten, falte ich meinen Schirm zusammen, stelle ihn beiseite, hebe den Kopf und vergewissere mich so des ausbleibenden Niederschlages, greife in den Bademantel, ziehe das silberne Zigarettenetui hervor und öffne es.

»Ich habe sie noch keinem Menschen gezeigt außer Ev.«

Neugier ist seine größte Schwäche. Er guckt, obwohl er nicht gucken möchte. Er hat die Edeka-Tüte aus dem Springbrunnen gefischt, in den sie geflogen war. Er hält sie wie einen Vorwurf in den Fingern, knistert mit ihr. Er ist verärgert.

Gleichzeitig ist er auch nicht verärgert, weil Ärger zu nichts Gutem führt, keine Emotion führt zu etwas Gutem, deshalb faltet er die Tüte sorgsam zusammen, legt sie neben sich auf die nasse Bank und blickt gespannt in mein Etui. Fünf kleine gelbe Menschenzähne auf rotem Samt.

Er fragt, ob er sie anfassen darf. Aber das möchte ich nicht.

»Dann geben Sie mir das Marrakesh, und Schluss ist«, sagt er mürrisch. »Ich habe lange genug zugehört.«

»Aber jetzt wird es spannend.«

»Ich habe lange genug zugehört«, wiederholt er. »Und außerdem sitzen wir hier schon viel zu lange.«

»Warum wollen Sie wissen, was mit den Zähnen ist?«

Zum ersten Mal und völlig unerwartet sehe ich Hass in seinen Augen, kurz nur, ein dunkler Schleier.

Dann ist der Schleier wieder fort, und es bleibt nur noch Schrecken übrig in seinem Blick, Schrecken über sich selbst.

»Bitte sagen Sie es mir. Was beschäftigt Sie?«

»Sie haben keine Ahnung vom Tod, Mann. Nicht die geringste«, stößt er hervor und saugt trotzig die Lippen ein.

»Finden Sie?«

»Ja. Sie können töten. Sie haben ja getötet. Und natürlich können Sie sterben. Wir beide werden bald sterben. Aber Sie sollten wissen, dass sie noch lange nicht weg ist.«

Er zeigt auf mein Zigarettenetui, das ich fast reflexartig schließe.

»Ich glaube nämlich, das war die Compañera. Die Compañera hat Sie daran gehindert, ins Meer zu steigen und zu Tang zu werden. Sie war in Ihrer Tasche und hat Sie gehindert.«

»Ach ja? Wie denn?«

»Wenn Sie über den Tod Bescheid wüssten, dann wüssten Sie auch, wie, Mann.«

»Sie wissen also über den Tod Bescheid?«

»Sie klingen schon wieder so skeptisch und voller Unglaube. Ich habe nichts dagegen, wieder ins Zimmer zurückzukehren, echt. Es ist kühl hier draußen, nur so im Bademantel.«

»Verzeihen Sie. Was wissen Sie über Majas Tod, verehrter Swami?«

»Das ist leicht zu beantworten. Als die Compañera erschossen wurde von den Kommunisten, glaubten die Kommunisten natürlich, dass sie erledigt sei. Aber das ist Schmarrn. Man kann keinen Menschen erschießen.«

»Nicht?«

»Nein. Ein Todesurteil ist ein Witz. Ich sage Ihnen, was mit Ihrer Freundin geschah, nachdem die Kugeln in sie eingedrungen und durch sie hindurchgeflogen sind.«

»Bitte.«

»Eine weiße, eine jedenfalls von vielen Swamis als weiß bezeichnete männliche Energie bewegte sich innerhalb von zehn Minuten von ihrem Kopf«, er zeigte auf eine Stelle seines kahlen Schädels, die die Ärzte mit einem kleinen Kringel bereits markiert hatten, »von ihrem Kopf also in Richtung Herz. Dabei erfuhr die Compañera eine große Klarheit, und dreiunddreißig verschiedene Formen von Zorn verschwanden.«

»Maja kannte keine dreiunddreißig verschiedene Formen von Zorn. Sie kannte keine einzige Form von Zorn. Sie war vollkommen unzornig.«

»Dann stieg eine rote, weibliche Energie von der Mitte ihres Körpers«, spann er den Faden ungerührt weiter, öffnete seinen Bademantel, hob den Pyjama an und zeigte auf eine Stelle unterhalb des Nabels, »in Richtung Herz hinauf.

Dabei verschwanden vierzig verschiedene Arten von Verbundenheit.«

»Verbundenheit?«

»Anhaftung, Mann. Mit-der-Welt-verschmolzen-Sein. Wissen Sie nicht, was Verbundenheit ist?«

»Fahren Sie fort.«

»Als das rote und das weiße Licht im Herzen der Compañera zusammentrafen, entstand eine, wie soll ich sagen, eine tiefe Schwärze, wobei sich sieben Arten von Unwissenheit auflösten.«

»Mein lieber Herr Gesangsverein.«

»Dann erschien Ihrer Freundin ein gleißendes weißes Licht, das die Swamis ›Tudam‹ nennen. Tudam bedeutet, dass der Geist im Herzen ist. Das Tudam war der Augenblick der Trennung von Körper und Geist. Ungefähr eine halbe Stunde nach dem angeblichen Erschießungstod war der Körper nun auch wirklich tot. Der Körper blieb zurück. Der Geist fiel in Ohnmacht. Was ist daran lustig?«

»Nichts. Nichts ist lustig.«

»Warum lachen Sie dann?«

»Ich lache gar nicht. Aber es klingt so wenig plausibel. Was war das denn für eine Ohnmacht?«

»Wir nennen sie die Zweiundsiebzig-Stunden-Ohnmacht.«

»Aha.«

»Nach zweiundsiebzig Stunden wacht nämlich das Bewusstsein wieder auf, und da es immer noch alte Gewohnheitstendenzen besitzt, sucht es bekannte Menschen und Orte auf. Und zum Beispiel Compañera Majas fünf Zähne wird das Bewusstsein natürlich auch aufgesucht haben.

Und ich glaube, dem hat es da gefallen. Es gibt eine gewisse Wahrscheinlichkeit, dass sich Frau Dserschinskajas Bewusstsein gerade in diesem Augenblick immer noch dort drin befindet.«

Er zeigt auf die silberne Schatulle, die ich nach wie vor in Händen halte.

»Sie wollen mir sagen, Maja lebt in meinem Zigarettenetui?«

»Das wäre zu einfach. Weil Ihre Freundin ohne Körper ist, hat sich bei ihr natürlich große Verwirrung eingestellt. Ja sogar Panik. Die Wahrnehmung der Phänomene ändert sich ja in diesem Zustand: Alles erscheint dumpf, wie aus einem Nebel, und dann wieder verschwindend. Verstehen Sie?«

»Mhm.«

»Diese Art der Wahrnehmung verstärkt die Verwirrung noch. Ungefähr zehn Tage nach ihrer Erschießung entstand im Geist der Compañera dann die endgültige Gewissheit, dass sie wirklich tot ist. Das führte natürlich zu einer weiteren kurzen Ohnmacht.«

»Und ist Maja aus dieser ... aus dieser Ohnmacht inzwischen erwacht?«

»Natürlich. Und entweder hat sie sich danach neue Eltern gesucht, ist also in ein ihr sympathisches Ei und einen geistig verwandten Samenstrang eingedrungen und mittlerweile schon wieder ein kleines Fräulein, okay. Oder aber sie haftet noch an Ihnen, verlässt Sie also nicht, Sie und diese Zähne. Worauf ich tippen würde, Compañero.«

Ich gab ihm seinen Haschwürfel und traf ihn zwei Tage nicht.

Es dauerte eine Weile, bis wir auf der Bank wieder zusammentrafen.

Ich beschloss, über Maja nicht mehr zu reden.

Was ich über sie fühle oder nicht fühle, was ich von ihr erinnere oder nicht erinnere, breitet sich explosionsartig aus, wenn es gefühlt oder erinnert wird.

Es passt nicht in ihre fünf Zähne.

Es ist einfach zu groß.

8

Ich war schon vor halb acht da, aber nicht viel früher.
Ich wartete unten am Hafen an der vereinbarten Stelle, da wo der Bus auf dem gelbgestrichenen Vorplatz wendet. Hinter mir erscholl in der Ferne eine Schiffssirene. Der Ton war wie ein fester, dunkler Hieb, der die satte Luft teilte. Ich versuchte, meine Nervosität von meinem erstklassigen Abendanzug zu klopfen, und lief ein paar Schritte in den neuen Walker-Schuhen, lief hin und her, um trotz allen Zitterns meine Kraft zu spüren.

Dann fuhr Donald in einem klapprigen Ford ohne Diplomatenkennzeichen vor. Ich stieg ein, wir rauschten los, und obwohl es eine kurze Fahrt war, brachte Donald dreimal unter, wie *fucking hot* es doch sei.

Selbst jetzt, eine halbe Stunde bevor sie ganz untergegangen war, brannte die Sonne noch auf der Haut.

Die amerikanische Botschaft hatte eine Vorderfront aus dunklen Ziegeln, wahrscheinlich das einzige dunkel geziegelte Haus in ganz Tel Aviv. Drei Stockwerke. Die untersten Fenster lagen auf der Höhe des kleinen Vorgartens und waren zugemauert.

Donald begleitete mich über die Freitreppe nach innen. Ich zeigte meinen falschen neuen Ausweis mit dem falschen neuen Namen vor. Der GI, ein kleinwüchsiger Komantsche, warf einen Blick hinein und salutierte zufrieden. Donald stieg mit mir zum ersten Stock hoch und ging auf eine Tür mit einer Riffelglasscheibe zu. Er öffnete sie, stapfte nochmals drei Stufen höher, an denen Messingleisten waren, und erreichte schnaufend eine zweite Tür aus schwerer Eiche.

Er klopfte nachlässig und betrat einen Raum, der aus lauter amerikanischen Präsidenten in Öl bestand, die auf einen ellipsenförmigen Konferenztisch herabstarrten. Und auf vier Männer, die sich zu uns umdrehten.

Bei keinem von ihnen schien mein Erscheinen Entzücken auszulösen.

Donald zeigte auf jenen freien Platz, der am nächsten an der Tür lag. Ich ging hinüber, sagte »Schalom«, setzte mich und tat so, als würde ich nicht merken, dass der Gruß von niemandem erwidert wurde. Ich stellte meine Aktentasche auf den Tisch und war gespannt, was nun wohl passieren würde.

Der Mann am Kopfende des Tisches machte den Eindruck, als wisse er es. Er war der jüngste aller Anwesenden, nickte aber wie ein weiser Druide dem sichtlich genervten Donald zu, der sich schweigend in einer Ecke neben der Tür niederließ, knapp hinter mir, so dass ich ihn nur noch im Augenwinkel spürte. Der junge Gentleman mir gegenüber verschränkte die Arme auf der Tischplatte, musterte mich mit Spott in den leicht angewiderten Mundwinkeln, die mit dem netten Grübchen am Kinn ein gleichschenkliges Dreieck bildeten. Selten hat mich jemand so sehr an Humphrey Bogart erinnert.

»Sie sind also der deutsche Gesandte?«, sagte Mister Bogart schließlich auf Deutsch.

Vielleicht brachte mich sein unerwarteter Zungenschlag aus der Fassung, vielleicht seine prachtvolle Jugend oder einfach die Nähe der Gefahr, jedenfalls hob ich instinktiv die Arme, um zu antworten, eine Bewegung der reinsten Verlegenheit. Dabei traf ich mit dem Ellenbogen die Aktentasche, sie kippte zur Seite und schlug knallend auf dem Parkettboden auf, spie dort all meine Papiere, ein Butterbrot und einen Lippenstift aus, den Donald darin vergessen haben musste und der daher treu auf ihn zurollte und direkt neben seinen Schuhen liegen blieb.

Es wurde nicht gelacht. Es wurde nicht einmal gegrinst, während ich errötend die Unterlagen zusammenklaubte. Ob man wohl schon mal einen errötenden Spion geköpft hat, dachte es in mir, und ich sagte, als ich wieder saß, in schlechtem Hebräisch: »Ich heiße Jeremias Himmelreich. Ich bin sehr froh, hier bei Ihnen sein zu dürfen.«

Es dauerte eine halbe Ewigkeit, bis ein hässliches Pummelchen mit Glatze, das sich genauso wenig vorstellte wie Bogart, die eisige Stille unterbrach: »*Der schojte ken afile redn wi a mentsch.*«

Schojte heißt »Dummkopf«, und den Rest können Sie sich denken, Swami. Ich fragte mich, wie Herr Himmelreich (der echte, nicht ich) auf so eine Beleidigung reagieren würde, ob er zum Beispiel den Taw-Witz aus dem Ärmel zöge, was ich für eine Sekunde erwog, angesichts der unabsehbaren Folgen aber schnell verwerfen musste.

»*Brider, es schlogt mir tsu der gal*«, sagte ich stattdessen. »*Ich wejs nit tsi dos is klor: Ich bin a jid!*«

Keine Angst, ich werde Ihnen alles, was damals gesprochen wurde, treulich übersetzen, Swami, denn ich weiß, wie schwer Sie sich mit dem jiddischen Daitsch tun, kein Wunder, für jemanden aus dem Chiemgau. (Andererseits: Beherrschen Swamis nicht alle Sprachen der Welt, auch die der Vögel und Murmeltiere?)

Jedenfalls gratulierte mir Bogart dazu, ein Jude zu sein, und fuhr, ins Jiddische wechselnd, freundlich fort:

»Wie uns die CIA mitteilt, kommen Sie aus gutem Haus?«

»*I've known this guy for a long time*«, bestätigte Donald hinter mir, während er seinen Lippenstift einsteckte. »*Himmelreich is one of the best agents of the German Intelligence Services.*«

»Gut«, sagte Bogart. »Da die Sache so vertraulich ist, wie sie nun einmal ist, akzeptieren wir, dass Deutschland mittels eines Emissärs verhandeln will. Wir selber werden Oberst Tal«, er zeigte auf den Mann links von mir, »in den nächsten Tagen zu Ihnen schicken, direkt in die Kölner Israel-Mission.«

Oberst Tal besaß Unterarme wie ein Ringer und allerlei nasenbeinbrechende Talente, das sah man schon auf den ersten Blick. Auf sein kurzgeraspeltes Haar hatte er eine Sonnenbrille geschoben. Statt Uniform trug er ein grünes Hawaiihemd.

»Oberst Tal macht dann bei Ihnen das, was Sie bei uns machen. Ebenfalls inkognito. Würden Sie das bitte weiterleiten?«

Ich nickte und versuchte, ein möglichst eingeweihtes Gesicht aufzusetzen, obwohl ich überhaupt keine Ahnung hatte, um was es im Einzelnen ging. Ich hasste Palästinafritz, der mich auf keinen dieser Leute vorbereitet hatte.

»Außerdem werden Sie Verständnis dafür haben, dass wir Sie als Ausländer unter Beobachtung stellen. Sie bleiben vorerst ein Bürger Israels. Die Bürgerrechte werden Ihnen nicht genommen werden, aber dieser Herr hier ...«, er nannte einen Decknamen, das hörte man schon am Klang, »... dieser Herr wird Ihr Kontakt in Tel Aviv sein.«

Er deutete direkt neben sich auf einen Zwerg mit riesigem Kopf und noch größeren Ohren, die, das schwöre ich Ihnen, werter Swami, die absolut gleiche Form und gleiche Größe wie die von Reinhard Gehlen hatten.

Hätte ich gewusst, dass jener Mann in Wirklichkeit Isser Harel war, hätte ich außerdem gewusst, welche Rolle Isser Harel in meinem Leben noch spielen würde, dann hätte ich ihn mir sicherlich genauer angesehen.

So aber versuchte ich, nicht ihn, sondern Pummelchen zu durchdringen, der als Letzter vorgestellt wurde, mich unverhüllt feindselig anglotzte, angeblich Goldenhirsh hieß und irgendwas mit verfehlter Außenpolitik zu tun hatte, wie ich noch erfahren sollte.

Nachdem jeder wusste, wie man hieß oder heißen wollte, wandte sich Bogart wieder mir zu.

»Ich bin Staatssekretär Shimon Peres«, sagte er einfach und fuhr sich mit der Hand durch die pechschwarzen Haare. »Ich vertrete den Ministerpräsidenten und Verteidigungsminister, Herrn Ben-Gurion.«

Er lächelte gewinnend. Sein Selbstbewusstsein wirkte nicht aufpoliert, sondern sehr natürlich. Er sah blendender aus als Bogie, so als hätte Bogie auch noch sehr gut Tennis gespielt, wobei in seinen Bewegungen auch die herbe Grazie Lauren Bacalls durchschimmerte, der Gattin Bogarts, und das ist auch kein Wunder.

Denn als ich die Bacall viele Jahre später auf einem Dinner in New York traf, erzählte sie mir, dass Shimon ihr Cousin sei, der Neffe ihres Vaters, eines Arschlochs von Vater, der sie verlassen hatte, als sie sechs Jahre alt war, um statt ihrer Mutter eine Schickse aus Brooklyn zu ficken, ja, so drückte sich *The Look* aus, wenn zu viel Bourbon im Spiel war. Sie verachtete ihren Vater, weshalb sie ja auch nicht Peres hieß wie Shimon, sondern Weinstein wie ihre Mum, und warum man sie Bacall nannte, das ist eine andere Geschichte aus dem antisemitischsten Hollywood, das Sie sich denken können, aber ich schweife ab, verzeihen Sie, lieber Swami. Kehren wir also an diesen von schlechtgemalten amerikanischen Präsidenten gutbewachten Tisch zurück, an dem mir der Cousin der größten Stilikone dieses Jahrhunderts gegenübersaß, die Hände ineinandergeschoben und gespannt wie ein Flitzebogen.

»Nun, dann schießen Sie doch mal los, Herr Himmelreich«, sagte er. »Wie steht es um unsere Panzerabwehrkanonen?«

Ich muss ihn blöde angestarrt haben.

»Wie es um Ihre Panzerabwehrkanonen steht?«

»Ja. Und die Patrouillenboote?«

»Die Patrouillenboote?«, wiederholte ich wie das Kinnloll in Pattendorf, und so ähnlich sah ich wohl auch aus.

»Nun, die Patrouillenboote, die Sie uns gerade bauen, mein Freund?«

»Er hat keine Ahnung«, sagte Pummelchen böse.

»Sei still, Benji.«

»Aber wo er doch keine Ahnung hat.«

»Du hast auch keine Ahnung.«

»Ich soll keine Ahnung haben?«

»Du hast nur von anderen Dingen keine Ahnung als er.« Und zu mir: »Wie ist denn der Stand Ihrer Informationen derzeit?«

»Nun ja«, sagte ich, »meine Behörde hat mich instruiert, darüber nur auf israelischem Territorium zu sprechen.«

»Sie befinden sich auf israelischem Territorium.«

»Befinden wir uns nicht alle gewissermaßen auf dem Territorium der Vereinigten Staaten von Amerika?«

Donald blickte auf, erstaunt, als sei ihm irgendwas entgangen, was auch so war, denn er verstand ja kein Jiddisch.

»*Well*«, sagte Peres sanft, »*perhaps our host will kindly leave us alone for a moment.*«

Donald konnte es nicht fassen, hörte sogar vor Schreck zu schwitzen auf, so kam es mir vor.

»*You want me to leave the room?*«

Er funkelte Peres wütend an, schüttelte den Kopf wie ein Stier, der keine Lust auf den Torero hat, und verließ dann abrupt und ohne ein weiteres Wort den Saal.

Ich griff in meine Aktentasche und zog den grauen Umschlag hervor, den ich in Zügen, Bussen und einem Passagierdampfer über dreitausend Kilometer bis hierher geschmuggelt hatte, eingeklebt in meinen Großpaping, in die Rückwand seines Porträts nämlich, das Papa mir einst geschenkt hatte.

Peres brach das Siegel auf, zog eine schmale Akte aus dem Umschlag, überflog die ersten Seiten. Nach zwei Minuten schloss er die Akte wieder und strich verwundert über den roten Siegellack.

»Ihnen ist nicht bekannt, was hier drinsteht?«

»Ich soll Ihnen das übergeben. Aber Details kenne ich nicht, nein.«

»Aber Sie wissen schon, weshalb Sie in Israel sind?«

»Wir werden gemeinsam die Lieferungen der Waffen abwickeln, die Ihnen Deutschland zur Verfügung stellt.«

»Korrekt. Das hoffen wir doch alle sehr. Das ist ja nicht einfach.«

»Nein«, sagte ich. »Ich wurde fast verhaftet, weil ich deutsche Wasserfarben nach Israel eingeführt habe.«

»Ja, und für die Wasserfarben muss man nicht mal Handelsgesetze brechen. Aber für Mausergewehre schon.«

»Die Deutschen«, zischte Pummelchen aufgebracht, »die Deutschen haben Tausende unserer Brüder und Schwestern mit Mausergewehren erschossen.«

»Benji, das ist jetzt wirklich nicht zielführend.«

»Warum verhaften wir nicht diesen Möchtegernjuden, der so viel weiß wie ein Neugeborenes? Die Deutschen haben ihm gar nichts gesagt. Weil Deutsche einem Juden eben gar nichts sagen. Weil Deutsche sind, wie sie sind!«

»Und deshalb werden sie schon wissen, wen sie hierherschicken.«

»Es ist eine Schande *(a schand!)*, dass wir hier jemanden einreisen lassen, der sich in Eretz Israel frei bewegen kann, der Militäranlagen und Bunker besichtigt und ihre Positionen an die Araber weitergibt.«

»Herr Himmelreich ist Jude. Das wird er nicht tun.«

»An die Deutschen gibt er sicher alles weiter!«

»Du sprichst abfällig über unseren Gast. Das ist nicht recht. Was kann Herr Himmelreich dafür, wenn ihn Direktiven von dem Wissen ausschließen, das er uns übermitteln soll?«

»Ein schöner Übermittler, in dessen Gehirn nur Luft ist.«

»Meine Vorgesetzten halten es für richtig«, sagte ich, »mich nicht mit geheimen Informationen zu überlasten.«

»Ja, Sie arbeiten völlig unbelastet von geheimen Informationen«, höhnte Pummelchen, »und zwar so völlig unbelastet, dass Sie nicht einmal wissen, dass Sie hier sind!«

»Hier steht drin, dass wir über ihn alles transferieren können«, sagte Peres, der erneut in die Akte blickte.

»Ich traue keinem Juden, der für die Deutschen arbeitet. Und dass du so jemandem traust und so offen vor einem Fremden sprichst, Shimon, das zeigt wieder mal, dass du einen Pakt mit dem Teufel schließen würdest.«

»Wir brauchen Waffen, das weißt du so gut wie ich. Und die Deutschen haben nun mal die besten Waffen, und hier, lies das doch mal!« Er warf Pummelchen die Akte zu. »Da kannst du sehen, dass sie die Patrouillenboote bereits in zwei Monaten liefern! Wir brauchen ihm nur die Details der Übergabe zu nennen.«

»Ich hätte große Lust, den ganzen Scheißdreck Scharet zu sagen. Dass das hier alles hinter seinem Rücken läuft, ist unverzeihlich, eine richtige Schande ist das *(a schand, a schand, a geherike schand)*!«

»Weißt du, was mich Scharet mal kann?«

»Was kann dich denn unser Außenminister, hm? Was kann er dich denn?«, bellte Pummelchen.

Shimon Peres sagte es ihm.

Pummelchen bekam daraufhin einen Tobsuchtsanfall und schrie, dass Peres ein Karrierist sei ohne Rückgrat und sich den Deutschen an den Hals schmeiße und sein ganzes Volk und seine eigene Verwandtschaft verrate.

»Du bist aufgeregt, Benji. Du kannst dich später entschuldigen.«

»Ich werde mich gar nicht entschuldigen! Nicht vor Ben-Gurions Stiefellecker! Nicht vor einem grünen Jungen, der keine Achtung vor der Geschichte hat!«

»Ich weiß, dass sie deine Mutter getötet haben. Aber was weißt du über mich?«

»Ich will nichts über dich wissen!«

»Du entehrst mich, Benji. Du entehrst mich vor unseren Freunden. Du entehrst mich vor den Ohren unseres Gastes. Und du machst uns zum Gespött der Amerikaner.«

Pummelchen blickte ihn aus dampfenden Augen an, in deren verhangenem Weiß kleine Äderchen platzten. Er stemmte sich mit ausgestreckten Armen am Tisch ab, die Patschhände zu walnussbraunen Fäusten geballt. Wir hörten alle seine Lunge rasseln. Schließlich senkte er den Blick und setzte sich langsam wieder. Niemand bewegte sich, keiner blinzelte. Selbst die amerikanischen Präsidenten schienen den Atem anzuhalten. Irgendwo im oberen Stock stiefelte eine Sekretärin auf hochhackigen Schuhen über das Parkett, und mir fiel auf, dass niemand das Licht anschaltete, obwohl es draußen längst dämmerte und wir nur noch Konturen und Schatten waren.

Peres wartete eine ganze Minute, bevor er zur Wasserkaraffe griff. Er schenkte zwei Gläser ein, schob eines dann zu Pummelchen hinüber, der es ignorierte, und trank das andere in großen Schlucken aus.

»Rabbi Zwi Meltzer war mein Großvater«, begann er, »und er hat mich die Thora gelehrt. Und da er mich die Thora gelehrt hat, lehrte er mich auch die Achtung vor der Geschichte, Benji«, sagte er ruhig und stellte das leere Glas zurück. »Ich sehe ihn deutlich vor mir mit seinem weißen Bart, eingehüllt in den Gebetsmantel. Eine prachtvolle Erscheinung war er damals in der Synagoge in Wischnewa, das kannst du mir glauben.«

Um Himmels willen, dachte ich, das darf doch nicht wahr sein. Bitte nicht Wischnewa.

»Ich hüllte mich gerne in den Gebetsmantel meines Großvaters. Und ich lauschte seiner schönen Stimme. Noch heute klingt das Echo dieser Stimme in meinem Ohr, das Kol-Nidre-Gebet.«

Ich war mal in Wischnewa gewesen. Wissen Sie noch, Swami? Nach Stahleckers Tod war das. Weißrussland. Wischnewa. *Wischnewa leuchtet.*

»Ich erinnere mich, wie er am Bahnsteig stand, von wo aus die Eisenbahn mich wegbringen sollte. Mich, den elfjährigen Enkel, sollte sie für immer wegbringen. Ich erinnere mich an seine feste Umarmung. Und ich erinnere mich an seine Worte, als ich ihn da am Bahnhof das letzte Mal sah: ›Mein Junge, bleib immer ein Jude!‹«

Ich griff zur Karaffe und schenkte mir Wasser ein.

»Als die Nazis zehn Jahre später in Wischnewa einmarschierten, befahlen sie allen, sich in der Synagoge zu versammeln.«

Ich griff das Glas und sah, wie das Wasser darin zitterte.

»Mein Großvater ging als Erster hinein, eingehüllt in denselben Gebetsmantel, in den ich mich als Kind immer eingewickelt hatte.«

Ich trank.

»Seine Familie folgte ihm.«

Ich trank.

»Die Türen wurden von draußen verriegelt. Die Deutschen schrieben *Wischnewa leuchtet* über die ganze Breite des Holzgebäudes. Dann wurde es angezündet.«

Ich trank.

»Von der Gemeinde blieb nur glühende Asche übrig. Asche und Rauch. Keiner hat überlebt.«

»Entschuldigung, kann ich noch etwas Wasser haben?«, fragte ich.

»Natürlich«, sagte Isser Harel, der Kleine mit den Gehlen-Ohren, und stand auf.

»Also bitte ich dich um ein wenig Respekt, Benji. Gerade weil ich an meinen Großvater denke, werde ich alles tun, um für unser Land Waffen zu besorgen. Wo auch immer die Waffen herkommen, nie wieder wird uns jemand in eine Synagoge stecken und bei lebendigem Leib verbrennen. Keinen deiner Leute. Keinen meiner Leute. – Herr Himmelreich«, rief Peres erstaunt, »Sie sind ja ganz blass. Ist irgendwas nicht in Ordnung?«

»Nein, nein, alles bestens.«

Ich merkte, wie ich langsam vom Stuhl glitt.

»Wahrscheinlich wurden seine Leute auch verbrannt«, hörte ich eine Stimme rufen und sah als Letztes George Washington, der sich besorgt zu mir herabbeugte.

9

Bereits Neunzehnsiebenundvierzig benutzte die jüdische Untergrundbewegung Hagana Hunderte von auf Kamelrücken über den Sinai nach Palästina geschaukelte Handfeuerwaffen aus General Rommels Beständen.

Ein Jahr später, kurz vor Ausbruch des Unabhängigkeitskriegs, kauften die Israelis in Prag fünfundzwanzig der in den Avia-Werken noch für die Luftwaffe gefertigten Messerschmitt-Flugzeuge, übermalten die Hakenkreuze mit Davidsternen und schossen nach alter Messerschmitt-Tradition feindliche Spitfires in Brand (ägyptisch lackierte).

Während der erbitterten Kämpfe mit Jordanien, Syrien, dem Libanon und den Königreichen Irak und Ägypten wurden aus Südfrankreich MG 42, sogenannte »Hitlersägen«, nach Israel eingeschmuggelt.

Heckler-und-Koch-Pistolen kamen in erheblichen Mengen aus dem Familienbesitz der sizilianischen Mafia.

Bei griechischen Waffenschiebern fand man die MP 40 in nennenswerter Stückzahl.

Zusammengefasst: Deutsche Waffen verhinderten den Untergang der israelischen Streitkräfte.

Nach den Verhandlungen von Wassenaar und der Verpflichtung der Bundesrepublik zu Entschädigungszahlungen eröffneten sich Neunzehnzweiundfünfzig neue Perspektiven. Einmal reiste sogar ein Expertenteam des israelischen Verteidigungsministeriums, getarnt als Abordnung italienischer Spitzenköche, nach Deutschland, vermochte aber im Waffenhandel keine wesentlichen Akzente zu setzen, nicht zuletzt, da niemand aus der Delegation Italienisch oder auch nur kochen konnte (außerdem weigerten sie sich, eine italienische Fahne zu halten, die der Delegationsleiter für eine irakische hielt und sie daher vor der einzigen und man kann sagen staunenden Trattoria Münchens öffentlich verbrannte).

Die Israel-Mission in Köln, die ab Neunzehndreiundfünfzig die Warenlieferungen Deutschlands nach Israel koordinierte (leidenschaftlich gehasst von Menachem Begins Cherut-Partei), versuchte heimlich, kriegsrelevante Rüstungsgüter zu erwerben, die als »brennstoffbeheizte Apparaturen zum Backen Elsässer Brotes« getarnt wurden. Auch die zwei Patrouillenboote, nach denen mich Peres gefragt hatte, waren als Backstuben deklariert worden.

All diese Bemühungen kamen jedoch zum Erliegen, als die Bundesrepublik nach den Pariser Verträgen und durch die Wiederbewaffnungsabkommen mit den NATO-Verbündeten die Gründung der Bundeswehr ins Auge fasste.

Kein politisch Verantwortlicher Israels war bereit und willens, Verhandlungen mit den neubestellten Bundeswehrgenerälen zu veranlassen, die allesamt aus der Wehrmacht übernommen worden waren und Blut an den Händen hatten, womöglich jüdisches Blut. Nicht moralische Bedenken waren der primäre Auslöser dieser Weigerung. Sondern blanke Furcht. Das Bekanntwerden einer solch teuflischen Kooperation hätte in Israel zu Volksaufständen geführt und jeden Beteiligten auf alle Zeiten kompromittiert.

Aus diesem Grund, und nur aus diesem Grund, tauschte Reinhard Gehlen meine Vorhaut gegen die Chance, mich als Juden nach Israel zu schleusen. Nur über einen jüdischen Agenten wie den unwissenden, emotional labilen und gerne in Ohnmacht fallenden Jeremias Himmelreich schien die Anbahnung von streng geheimen Waffengeschäften, die auch im nationalen Interesse Deutschlands lagen, möglich zu sein.

Deshalb war ich in Tel Aviv, verehrter Swami.

Deshalb befand ich mich in der amerikanischen Botschaft.

Deshalb wachte ich unter einem ratternden Deckenventilator auf einer Ledercouch auf, in einem kleinen, dämmrigen Büro, in dem Donald Day bei offenem Fenster hinter heruntergelassenen Jalousien saß, mit einem Bart wie ein Mammut, ohne Jackett, aber in durchgeschwitztem Hemd, mit einer Waffe im Schulterhalfter, die endlich mal nicht aus deutscher Produktion zu stammen schien (eine Browning).

Er rauchte.

Ich richtete mich benommen auf. Statt amerikanischer Präsidenten hing der Niagarafall an der Wand, den ich wahnsinnig gerne auf Donald hätte niederstürzen lassen, und das sagte ich auch.

»*Shut up!*«, murmelte Donald schlechtgelaunt und erläuterte mir ein paar komplizierte Zusammenhänge, die ich sehr viel lieber ein paar Wochen, Tage oder wenigstens Stunden vorher erfahren hätte.

»*Bullshit.* Es ist gut, dass du nur wenig gewusst hast«, brummte er.

»Was soll daran gut sein? Ich wurde wie ein Tanzbär am Nasenring durch die Arena geführt.«

»Was, wenn sie dich vorher erwischt und gefoltert hätten?«

»Wieso würde man Jeremias Himmelreich foltern wollen?«

»Man würde nicht Jeremias Himmelreich foltern wollen! Man würde dich foltern wollen! Du bist nicht Jeremias *fuck the hell* Himmelreich!«

»Und was hätte ich ihnen gesagt?«

»Ja eben. Nichts. Wer nichts weiß, kann nichts sagen.«

Es war eine Vorsichtsmaßnahme gewesen, das rieb er mir unter die Nase, so wie es eine Vorsichtsmaßnahme gewesen war, das Treffen in seiner Botschaft zu arrangieren anstatt irgendwo da draußen, wo ich kein Kostgänger der mächtigsten Nation der Erde, sondern nichts als ein schutzloser Organismus gewesen wäre.

»Ich bin zusammengeklappt wie ein Fräulein«, klagte ich.

»Das war ganz große Schauspielkunst, *buddy*. Hat aber auch nichts genützt.«

Er zog ein Taschentuch raus und wischte sich übers Gesicht, ohne die Kippe von den Lippen zu nehmen.

»Was heißt das?«, wollte ich wissen.

»Sie lassen sich nicht drauf ein.«

Ich setzte mich auf, spürte den Luftzug des Ventilators auf meiner Kopfhaut, aber vielleicht war es auch was anderes, das jedes einzelne Haar meines Körpers in eine Nadel verwandelte.

»Ich glaube, dass Peres dich akzeptiert hätte«, murmelte Donald. »Aber dieser Goldenhirsh ...«

Er beendete den Satz nicht, ließ ihn in der dampfenden Luft hängen und blickte ihm melancholisch nach, wie er unter der Decke vom Ventilator zerhackt wurde.

Dann, nach einer kleinen Weile: »Blöderweise ist Ben-Gurion geschwächt. Ist über ein paar jüdische Agenten in Kairo gestolpert, die gefangen und aufgehängt wurden, die Idioten.«

Er verzog verächtlich die Lippen, so dass seine Kippe ihre Asche verlor.

»Scharet ist zwar nicht mehr an der Macht, aber immer noch Außenminister«, fuhr er fort und griff zu einem Aschenbecher. »Er hasst Agenten. Er hasst den Krieg. Er will um jeden Preis Frieden mit Nassers Ziegenfickern. Erbärmlich.«

»Wenn die Juden Waffen wollen, warum holen sie die ausgerechnet aus Deutschland?«

»Woher denn sonst?«

»Ich meine: Wieso kauft man die nicht woanders?«

»Wie denn? Waffenembargo weltweit! Sanktionen weltweit! Und warum? Weil die Palästinenser hier zu wenig Rosenblüten unterm Arsch haben!«

»Was ist mit Amerika?«

»Meine schwule Regierung?«

»Amerika unterstützt Israel.«

»Das glaubst auch nur du. Das schwule Außenministerium pisst sich ins Hemd. Das schwule Verteidigungsministerium pisst sich auch ins Hemd. Alle schwulen Politiker pissen sich ins Hemd, und sogar Eisenhower hält sich ans

Embargo der Vereinten Schwulen Nationen. Nur die CIA pisst sich nicht ins Hemd, weil sie gar keins hat. Ich bin ein nackter *station agent*. Ich sitze hier, wie Gott die CIA erschaffen hat. Das Treffen heute geht auf meine Kappe. Was glaubst du, warum du George Springsteen heißt?«

Er zeigte auf meinen falschen Ausweis mit seinem fetten, grimmigen, reaktionären Yankee-Zeigefinger.

»Und jetzt?«, fragte ich.

Er hielt mir die Zigarettenpackung hin. Ich nahm eine Kippe, zündete sie mit dem Feuerzeug an, das er mir rüberreichte.

»Jetzt gehst du rüber in unsere Funkstation und gibst nach Pullach durch, dass du zurückkommst.«

Ich nahm zwei Züge und blies schöne Rauchringe ins Halbdunkel, bevor ich sagte: »Donald, ich lebe hier. Ich gehe nicht wieder weg.«

»*Are you kidding?*«

»Ich mein's ernst.«

»Die akzeptieren dich nicht als Unterhändler. Goldenhirsh ist dagegen, weil er glaubt, dass Scharet dagegen ist. Und Peres traut sich nicht alleine. Also *farewell, my love*.«

»Das da ist jetzt mein Zuhause«, sagte ich und pustete wieder ein bisschen Rauch Richtung Tel Aviv.

»Glaubst du, nur weil dein Schwanz kupiert wurde und du dir eine blöde Nummer ins Fleisch hast brennen lassen, kann das hier jemals dein Zuhause sein?«

»Ich bin jetzt Jude. Und ich werde Jude bleiben.«

Donald blickte mich an. Dann drückte er die Kippe aus, stand auf, ging zum Fenster hinüber und sah durch den Jalousiespalt hinaus.

»Da unten steht ein grüner Simca, den ich, glaub ich, schon mal gesehen habe«, sagte er mit einer anderen Stimme. »Aber vielleicht auch nicht. Sehen ja viele so aus.«

Er setzte sich wieder, ich sagte nichts.

»Glaub mir, *buddy*, die Jungs hier sind wirklich gut. In den Zeiten der englischen Besatzung nannten sie sich ›Shai‹. Die ›Shai‹ hatte jüdische Spione, arabische Spione, sogar britische Spione. Selbst die Schafe und Ziegen haben für sie spioniert. Es gab nichts, was sie nicht wussten. Jetzt nennen sie sich ›Schin Bet‹.«

»Nie gehört.«

»Und ›Mossad‹.«

»Nie gehört.«

Er schob mir eine Visitenkarte zu, auf der man einen abgeschlagenen Löwenkopf sah. Keinen Namen. Keine Nummer. Ich wusste nicht, was ich damit anfangen sollte, aber er sagte, ich solle das Ding einstecken. Der Gnom mit den Elefantenohren habe es für mich liegenlassen. Isser Harel. Seinen Namen hörte ich nun zum ersten Mal.

»Sie werden maximal drei Monate brauchen, bis sie deine Identität geknackt haben. Die werden die Abwasserrohre unter deinem Haus aufschrauben und deinen Stuhlgang durchwühlen. Die werden deine Mülltonnen untersuchen. Die werden in deine Wohnung einbrechen und jeden Quadratzentimeter deiner Schubladen inspizieren. Und wenn die wissen, wer du bist, WER DU WIRKLICH BIST, nehmen sie einen deiner kostbaren Faber-Castell-Bleistifte und machen einen Strich durch deinen Namen.«

10

Seit jenem wunderlichen Abend in der amerikanischen Botschaft standen immer Leute auf der Straße.

Vor meinem Laden in der Ben Yehuda Street saß einer mit Schlapphut auf einem Blumenkasten, stundenlang, als wollte er von mir gemalt werden, in der melancholischen Manier von Edward Hopper.

Gegenüber der Graets Street patrouillierte ein älteres Semester mit Gehstock, das sich nur ab und zu an einen Baum lehnte, um sich von der Anstrengung des Patrouillierens zu erholen.

Selbst wenn ich mich mit Donald in Cafés traf, waren Menschen mit pechschwarzen Sonnenbrillen in der Nähe, bestellten oft das gleiche Getränk wie wir und vermerkten, was sie und wir tranken, in ihren kleinen Notizbüchern.

Bei unserem allabendlichen Schwimmen folgte Ev und mir stets ein achtzehnjähriger Junge, schön wie Thomas Manns tödlicher Tadzio, der sich in andächtiger Entfernung an den Strand setzte und uns nicht einen Moment unbeobachtet ließ. Einmal platzte mir der Kragen, und ich stapfte mit von Haut und Haar tröpfelnden Meeresresten auf ihn zu und erklärte, dass es mir äußerst angenehm sei, von ihm verfolgt zu werden, er könne aber den Anstand haben, seine Augen nicht ständig zu benutzen und schamlos auf uns draufzuwerfen, das sei das kleine Einmaleins eines Observanten, ich wisse schließlich, wovon ich rede.

Ab dem nächsten Tag waren sie dann zu zweit.

Selbst Ev ließen sie nicht in Frieden. Stets wartete jemand vor ihrem Krankenhaus und folgte ihr in immergleichem Abstand auf dem Fahrrad, wenn sie abends zu Fuß nach Hause ging.

Als uns Shoshana Kohn eines Tages besuchen kam, um die Hebräischlektionen durchzugehen, wirkte sie ungewohnt still und ausweichend. Auf die Frage, ob sie etwas bedrücken würde, riss sie die Augen auf, schüttelte heftig den Kopf, schloss danach die Lider sehr langsam und nickte noch sehr viel langsamer. Dann beichtete sie, dass man sie in der Schule zum Direktor gerufen habe. Dort hätten zwei Männer gewartet, sie in dies und jenes eingeweiht und ihr schließlich einen Fotoapparat in die Hand gedrückt.

»Hier«, sagte sie und zeigte uns eine Schraub-Leica, echt verrückt, deutsche Kameras durfte es also geben im Land der Import-Export-Verbote. »Ich soll damit Ihre Wohnung knipsen«, murmelte sie stimmlos, doch auch stimmlos hätte sie uns kein Sterbenswörtchen verraten dürfen.

Obwohl wir Shoshana ihre Aufgabe erledigen ließen (ehrlich gesagt war ich es, der meine Wohnung für sie fotografierte, es sollte ja zumindest scharf werden und nach was aussehen), verlor sie zwei Wochen später ihre Position als Pfadfinderführerin. Kurz danach wurde sie aus dem Korps ausgestoßen und musste ihre Uniform abgeben. Das flatternde Blau-Weiß ihrer Familie wurde eingerollt.

Wir sahen sie danach nur noch, wenn wir ihr zufällig

im Flur begegneten. Stets senkte sie dann die Augen und drückte sich an uns vorbei, und auch ihre Eltern kamen sonntags nicht mehr zum Zeitunglesen auf den Balkon.

»Was geschieht mit uns, Koja?«
»Wie oft habe ich dir gesagt, dass du mich nicht so nennen sollst!«
»Warum bis du denn so aggressiv? Wir sind in unserer Wohnung. Hier hört uns keiner.«
»Bist du dir so sicher?«
»Niemand ist hier, oder?«
»Es gibt Mikrophone, die kann man in die Wand einmauern.«
»Ja, und auf dem Mars wohnen grüne Männchen.«
»Ev.«
»Was?«
»Würdest du mit mir zurückgehen nach Deutschland?«
»Wieso?«
»Würdest du?«
»Nein, Koja, und das weißt –«
»Nenn mich nicht so!«
»Du musst nicht laut werden.«
»Verdammt!«
Ich musste doch laut werden.
Sie ging aus dem Zimmer und kam nach fünf Minuten zurück, als ich wieder klang wie eine Sanduhr.
»Warum bist du denn so bedrückt, Schatz?«
»Bin ich gar nicht«, sagte ich.
»Wieso verfolgen uns diese Menschen? Hat es was mit deiner Tätigkeit zu tun?«

»Du musst jetzt gar nicht so mitfühlend tun.«
»Ich war furchtbar zu dir.«
Ich sagte nichts.
»Die ganzen Monate.«
Ich sagte nichts.
»Das hast du nicht verdient. Ich versuche, es besser zu machen.«
»Dann geh mit mir zurück.«
»Ich kann das nicht.«
»Sie bringen mich um, Ev.«
»Was ist denn nur?«
Ich sagte ihr alles.
Zumindest alles, was gesagt werden konnte.

Danach lagen wir im Bett, einer dem anderen ein Halt in der Mitte dieses Schlundes, durch den alles gefressen und gesoffen und geatmet und gewürgt und ausgespien und wieder hinuntergeschluckt wird, weil er die Welt ist, dieser Schlund, nichts als die Welt.

»Aber sieh mal«, flüsterte Ev sanft, drei Zentimeter von meinem Gesicht weg, trotz der Hitze von drei Bettdecken überwölbt, damit kein Mikrophon uns hören konnte, »wenn du unten am Strand liegst und versuchst, braun zu werden, dann wünsche ich jedes Mal, dass du keinen Hautkrebs bekommst. Und wenn du dann im Wasser bist, hoffe ich, dass du nicht ertrinkst – denn neunzig Prozent aller Ertrinkenden sind Männer, und vor Tel Aviv wird viel ertrunken, ich habe schon Salzwasser aus Lungen gepumpt, da wird der Hund in der Pfanne verrückt. Dann hoffe ich, dass dir kein Hai begegnet und dass es keinen Sturm mit Blitzen gibt, wenn du so weit rausschwimmst, wie du immer rausschwimmst. Wenn du danach neben mir liegst, dann wünsche ich, dass du dich nicht angesteckt hast in den letzten Tagen, dass du keine der Krankheiten bekommst, die mir im Krankenhaus Tag für Tag begegnen, keine Pocken, keinen Typhus, keine tödliche Infektion. Und wenn ich mir all das gewünscht habe, dann kriege ich plötzlich das Gefühl, dass eine meiner Ängste oder vielleicht alle meine Ängste zusammen eintreffen, dass du also ertrinkst und verbrennst und an Hautkrebs stirbst und von einem Virus dahingerafft wirst, alles gleichzeitig. Und dann ist mein einziger Wunsch, dass mir das in der gleichen Sekunde ebenfalls geschieht. Und deshalb will ich, dass sie mich auch umbringen, wenn sie dich umbringen.«

Sie küsste mich unter den Bettdecken, so wie sie mich seit Annas Tod noch nicht geküsst hatte. Wir würden noch beten an diesem Abend, das war gewiss.

»Früher, als wir noch klein waren«, wisperte sie, »da habe ich mir nie vorstellen können, dass ich mal einen Prinzen treffe, mit dem ich gut zusammen sterben möchte. Ich hätte gedacht, dass ich mit ihm gut zusammen leben möchte. Aber das Leben ist so unendlich schwer, Koja. Es ist ja schon schwer genug, überhaupt einen Prinzen zu treffen, auch wenn er lügt und manipuliert und nie die Wahrheit sagt und deshalb niemals mein König werden kann.«

»Ich weiß, Ev.«

»Kannst du nicht mein ehrlicher König werden, Koja?«

Sie lag neben mir, und obwohl sie versuchte, leicht wie ein tirilierendes Vögelchen zu klingen, fühlte sie sich wertlos und zerbrochen, beschämt und schuldig. Sie würde niemals mit mir nach Deutschland zurückkehren, immer wieder sagte sie das.

Was tun wir denn in Deutschland, flüsterte sie. Wir backen Kuchen, wir gehen Rotkehlchen anhören, wir laufen durch den Bayerischen Wald, wir kaufen ein Grab, wir leben nicht miteinander, wir betrügen unseren Bruder, wir sagen nicht die Wahrheit, wir verlieren unser Kind, weil wir nicht die Wahrheit sagen.

Die Wahrheit, erwiderte ich vorsichtig, hat Klein-Anna das Leben gekostet.

Die Lüge war es, hauchte Ev. Es war die Lüge. Brauchen wir nicht eine Geburt? Müssen wir uns nicht selbst gebären, wenn wir schon kein Kind gebären? Tabula rasa? Ein inneres Reinemachen? Wir haben niemals wir selbst sein können. Als ich damals zu euch kam, da war ich auch nicht ich selbst gewesen. Mein Leben hat vielleicht deshalb keine Bedeutung. Klingt banal, ist aber wahr. Das banale Böse, das banale Gute, das banale Wahre. Ich habe in äußerliche Dinge investiert, Koja. Oft in extrem dumme Dinge. Meistens habe ich in die Bestätigung durch andere Menschen investiert, mit der starken Erwartung, dass man mich für ziemlich geheimnisvoll halten sollte, ohne selbst irgendetwas leisten zu müssen, was Anerkennung verdient.

Du warst eine gute Ärztin. Du bist eine gute Ärztin, Ev.

Scham und Bedauern empfinde ich für das, was ich in den letzten vierzig Jahren gemacht habe, sagte sie. Aber so geht es nicht mehr weiter. Wenn du zurückkehrst nach Deutschland, dann ist es für mich, als ob du stirbst. Du wirst fort sein. Und dann werde ich auch sterben.

Du setzt mich unter Druck. Du erpresst mich, klagte ich.

Nein, sagte sie. »Immer wollte ich die Menschen nur als Spiegel und als Bestätigung. Ich habe nie jemanden geliebt außer Anna. Ich glaube, dass ich dich liebe, aber ich weiß nicht, ob ich mir trauen kann. Das eine aber weiß ich: Das hier ist zum ersten Mal in meinem Leben eine vollkommene Wahrheit. Israel ist kein doppelter Boden. Ich kann hier nicht weg. Und wenn sie dich umbringen, dann bringen sie mich auch um.«

Ev, sagte ich, aber sie hörte mir nicht mehr zu, drehte ihren Kopf weg und stellte all die Fragen, die sie an sich selbst stellte und die ich mir später aufschrieb, weil sie so verrückt klangen.

Warum fühlt man sich lebendiger, wenn man unglücklich ist?

Warum ist der hohe Flug in einem Himmel nicht möglich, in den die Irren Nägel schlagen?

Warum gibt es deutsche Wörter, die man nicht ins Hebräische übersetzen kann, Wörter wie »Feierabend« zum Beispiel?

Warum ist mein Schatten kein Problem für mich, aber für so viele andere?

Warum wissen wir so wenig?

Warum ficke ich nicht mehr gerne, obwohl ich früher so gerne gefickt habe, und warum möchte ich deinen verheilten Schwanz nicht in mir fühlen, nicht in meinem Schoß und nicht in meinem Mund, obwohl er so gut schmeckt und obwohl er mir auch guttut?

Warum stelle ich all diese Fragen, Koja?

Warum können wir nicht hierbleiben, und du wirst mein ehrlicher König?

11

Es war nicht mehr möglich, auf konspirativen Wegen mit Donald Day zusammenzutreffen. Diese Wege standen alle unter Beobachtung.

Deshalb pfiff ich auf jede weitere Abtarnung, nahm mir ein Taxi und fuhr wie ein Tourist, dem man den Reisepass geklaut hat, direkt zur amerikanischen Botschaft.

Dort ließ ich mir die Fernschreiben aus Pullach aushändigen. *Station agent* Day übergab mir persönlich den schriftlichen Befehl von Palästinafritz, mich in die nächste Maschine nach Paris zu setzen und von dort mit dem Zug nach Deutschland zu reisen.

Meine Mission war beendet.

»Sorry, *buddy*«, sagte Donald. »Ich kann nicht mit ansehen, wie du dich hier ins Unglück stürzt. Der Mossad hat uns offiziell angefragt, ob wir Akten über dich haben. Die Luft wird dünn.«

»Meine Frau will nicht mitkommen.«

»Sie ist nicht gefährdet. Also kann sie hierbleiben, bis sich der liebe Gott ein elftes Gebot ausdenkt.«

»Sie ist meine Frau. Sie kann nicht hierbleiben. Wir müssen sie irgendwie rausbringen.«

»Gegen ihren Willen?«

»Wenn sie erst mal weg ist, wird sie schon wollen.«

»Was willst du tun? Sie wie ein Nashorn mit einem Blasrohr betäuben und in einer Convair-Maschine ausfliegen?«
»Wäre das denkbar?«
»Du hast wirklich zu viele Agentenfilme gesehen.«

Es war in meines Lebensweges Mitte, als ich mich fand in einem dunklen Forst, denn abgeirrt war ich vom rechten Wege, wohl fällt mir schwer, zu schildern diesen Wald, der wildverwachsen war und voller Grauen, und die Erinn'rung macht die Furcht erneut so groß, dass Tod zu leiden wenig schlimmer.

So ging mir Dante durch den Kopf. Wie gerne hatte Papa ihn zitiert, wenn er an seinen kleinen runden Ärschen malte, die Mama eigentlich nicht sehen sollte. Ich war gepeitscht durch mein Inferno. Ich war ein blaugefrorener Kopf im neunten Kreis der Hölle. Doch was, gelehrter Swami, was kann denn ein verfluchter Mann im dunklen Wald schon tun?

Ich stieg zurück ins Taxi.

Ich fuhr zu Ev ins Krankenhaus.

Ich ging hinüber zu dem Arschloch. Es wartete schon am Eingang auf sie und war ehrlich erstaunt, dass ihm sein Fahrrad weggerissen wurde, von mir nämlich. Ich hielt es hoch über meinen Kopf, schleuderte es mit aller Kraft auf die Granitplatten und trampelte darauf herum.

Danach lief ich durch die Eingangsschleuse ins Hospital hinein, rempelte einen alten Arzt an und störte seine Brille, und fast wäre ich in den OP gerannt, in dem Ev jemandem den Unterschenkel amputierte.

Als sie zu mir in den Flur herauskam, kniete ich mich

vor sie und sagte, dass es mir nicht möglich sei, ihr ehrlicher König zu werden. Die Macht der Täuschung habe mich erfasst, und nur wenn sie sich auch davon erfassen lasse, könne unser Leben weitergehen. Sie müsse bereit sein, meine listige Königin zu werden. Auch wenn es das Abstoßendste sei, was sie sich denken mochte, so sei es doch auch das Wahrhaftigste, uns beide betreffend. Alles könne es uns kosten, alles könne uns abverlangt werden.

Dann nahm ich ihre Hand, an der kleine Blutspritzer klebten, und legte sie an meine Wange, und sie kam zu mir herunter wie eine Heilige. Sie umschloss mich mit ihren langen dünnen Armen, die mich niemals im Stich lassen würden, das spürte ich.

Wir gingen beide hinaus vor das Spital, wo das Arschloch versuchte, sein von mir zertretenes Fahrrad wieder aufzurichten. Sie ahnen gar nicht, wie verblüfft der Mann war, als ich ihm die kleine Visitenkarte Donalds in die Hand drückte, ohne Nummer und Namen, aber mit Löwenkopf drauf, und ich sagte ihm, dass meine Frau und ich ein Treffen haben müssten, so schnell es irgend möglich sei.

12

Bis heute weiß niemand, wo genau sich die Zentrale des Mossad befindet.

Damals jedenfalls bat man uns in eine etwas heruntergekommene arabische Villa in maurischem Stil, die die Ausmaße eines kleinen Palastes hatte und in Jaffa stand, an der ehemaligen King George Avenue, die seit Neunzehnachtundvierzig Jerusalem Boulevard heißt.

Ein Packard-Sedan hatte uns am Morgen abgeholt und durch ein lediglich von zwei Palmen bewachtes Tor gefahren, die sich durch das völlige Fehlen von Palmzweigen auszeichneten und daher wie große gelb-braune Furunkel vor dem satten Grün des Rasenrondells eiterten.

Der Chauffeur brachte uns zum Haupteingang, musste dort an die Holztür klopfen und irgendwas durch einen kleinen Trichter ins Innere flüstern, vermutlich ein Losungswort. Die Tür öffnete sich wie von Geisterhand, und wir wurden in ein Vestibül geführt, dessen kahle Wände noch die fleckigen Umrisse ehemaligen Wandschmucks zeigten. Nur ein jahrzehntealter einäugiger, schlecht ausgestopfter Löwenkopf, in dessen mottenzerfressener Mähne eine Schwalbe nistete, war hoch oben an der Wand verblieben. Darunter hing etwas schief die israelische Flagge.

Man führte uns in ein Nebenzimmer, dessen orientalisch

verspielte Holzvertäfelungen gegen die brutale Leere protestierten, die sie umfassen mussten, und irgendjemand, der jede Art von Bequemlichkeit hasste, hatte die ehemals vermutlich prachtvollen Möbel gegen solche aus Stahlrohren und Eisengarn eingetauscht. Außerdem gab es einen Holztisch mit nichts als einem schwarzen Telefon und einer Gegensprechanlage darauf.

Nach einer ganzen Weile sprang eine Tür auf, und der kleine, vergrämte Isser Harel trat ein. In der amerikanischen Botschaft hatten seine Ohren den hinter ihnen hängenden Präsidenten Jefferson marginalisiert (der Präsident mit den kleinsten Ohren, die jemals das Weiße Haus erobert haben). In seinem Büro gab es kein Gemälde oder auch nur einen Farbtupfer, mit dem diese knallroten Hasenlöffel hätten konkurrieren können.

Herr Harel trug ein zerknittertes sandfarbenes Safarihemd, kurze, zerknitterte sandfarbene Hosen, ja selbst die Sandalen sahen zerknittert und sandfarben aus, dabei waren sie nur alt und brüchig und vor Jahren einmal dunkelbraun gewesen. Ich konnte meine Augen von seinen azurblauen Socken kaum losreißen, aus denen sich nachtblaue Adern die Unterschenkel hochschlängelten. Er begrüßte Ev mit einer gewissen puritanischen Scheu, während er mich ohne jeden Ausdruck betrachtete, nicht mal maliziöse Herablassung konnte ich in seinen Zügen erkennen, die undurchsichtig blieben, auch als ich ihm sagte, dass meine Frau und ich gekommen seien, weil wir gerne für den Mossad arbeiten würden.

»Glauben Sie denn«, fragte seine mürrische Kastratenstimme, »dass der Mossad auch gerne mit Ihnen arbeiten möchte, Herr Himmelreich?«

Wie es Art meiner nun über Nacht listig gewordenen Königin war, konnte sie nicht an sich halten und klärte Herrn Harel in bestem Jiddisch darüber auf, dass ich als treuer Jude auf nichts anderes gewartet hätte, als meine ganze Kraft in den Dienst Israels zu stellen.

»Nun, wenn Ihr Mann so viel Kraft hat«, sagte Herr Harel und fasste sich an sein linkes großes Henkelohr, »warum geht er dann nicht erst mal zur Tel Aviver Müllabfuhr?«

Erst Jahre später merkte ich, dass Sätze wie dieser nichts mit Ironie zu tun hatten, denn etwas Ironiefreieres als Herrn Harel kann man sich kaum vorstellen. In Wirklichkeit hatte er eine Taktik entwickelt, die ich schon bei meiner alten Gouvernante Anna Iwanowna Jahrzehnte zuvor beobachten durfte und die manche Menschen brauchen, um ihre Gedanken im Dickicht völlig unzusammenhängender Worte zu verbergen, die nichts als Nebelkerzen sind und keinerlei Bedeutung tragen. Während sie reden, werden in ihrem Gehirn miteinander ganz unvereinbare Synapsen zusammengeschaltet, und ich war mir fast sicher, dass hinter der Netzhaut von Herrn Harel, noch während sein Mund groteske Dinge sagte, ein unsichtbares Erschießungspeloton Aufstellung nahm und auf mich anlegte.

»Ich würde Ihnen gerne ein paar Sachen erklären«, sagte ich daher nicht ohne Hast, und da Herr Harel überhaupt keine Erklärungen verlangte, begann ich unaufgefordert mit der Schilderung der charakterlichen Vorzüge Herrn Himmelreichs, so wie ich sie mir im Einklang mit meinem eigenen Ich vorstellte – eine echte Herausforderung, da ich nicht nur Herrn H.s überraschendes Überleben im Dritten Reich offenbaren musste, sondern auch die zugrundeliegende Kollaboration mit Regierungsstellen zu Ruhmeskränzen wand, die mir aber Gott sei Dank Ev aufs Haupt setzte.

»Uns ist bewusst«, erklärte sie in genau der richtigen Mischung aus Demut und fraulicher Wärme, »wie irritierend unser Besuch Ihnen erscheinen muss. Aber mein Mann hat in den Jahren der Unterdrückung keinem jüdischen Glaubensgenossen geschadet. Zu solch einer Charakterlosigkeit wäre er gar nicht fähig. Botengänge, das war alles. Das Überstellen von Deportationsbefehlen. Mehr nicht.«

Ich hörte, wie eine große innere Unruhe Herrn Himmelreich erfasst habe wegen dieser unrühmlichen Tätigkeiten, eine Unruhe, die seinen brennenden Wunsch erklären mochte, ab nun für alle Zukunft dem israelischen Staat dienen zu dürfen. Und genau dasselbe wollte Ev an meiner Seite auch tun.

Die kleinen Augen Herrn Harels wurden zu Schlitzen.

»Name?«, fragte er knurrend.

Ev sagte erst ihren falschen Namen, der meiner war, dann ihren richtigen, der auch meiner war.

»Solm?«, fragte Isser verblüfft.

»Ich wurde mit neun Jahren von einer baltendeutschen Familie adoptiert.«

»Kennen Sie Standartenführer Hubertus Solm?«

»Ja. Mein Bruder«, sagte Ev.

»Wir suchen Ihren Bruder.«

»Ich weiß, wo er ist.«

»Wir beide«, sagte ich, »wissen, wo er ist.«

Er blickte uns an, fragte aber nicht, wieso Jeremias Himmelreich wusste, wo der Bruder seiner Gemahlin sich aufhält.

Ev sagte: »Ich habe erfahren, was Hubertus getan hat in Riga. Furchtbar.« Sie straffte sich. »Aber seine Familie hat mir, einem Kind jüdischer Eltern, das Leben gerettet. Deshalb fällt es mir schwer, meinen Bruder einfach nur zu verdammen.«

Zumal sie mit ihm verheiratet gewesen war, ein Detail, das bei Bekanntwerden die Atmosphäre im Raum sicher nicht maßgeblich entspannt hätte.

Es war bemerkenswert, mit welcher Geschwindigkeit Ev ihr Leitbild der unbedingten Ehrlichkeit an das unbedingt Notwendige anpasste.

Ehrlich zu sein ist leider niemals unbedingt notwendig.

Herr Harel setzte sich hinter den blanken Tisch, drückte auf einen Knopf der klobigen Gegensprechanlage und fragte auf Hebräisch, ob die Zellen Null-Vier und Null-Fünf im Hausgefängnis noch belegt oder schon frei geworden seien. Eine krächzende Stimme antwortete, man werde sich sofort darum kümmern und dem Herrn Oberst Bericht erstatten. Der Oberst ließ den Knopf los, schlug die Knie übereinander, unter denen es azur- wie nachtblau flimmerte.

»Herr Himmelreich, was wollten Sie mir sonst noch sagen?«

»Ich bin von meiner Regierung hergeschickt worden«, begann ich, und ich bin heute noch voller Verwunderung, dass mir unter den gegebenen Umständen ein verbindliches Lächeln gelang, »um Ihr Verteidigungsministerium von der absoluten Zuverlässigkeit der deutschen Regierungsstellen zu überzeugen. Deutschland baut derzeit eine eigene Armee auf, wie Sie wissen. Die Regierung ist an einer langfristigen und inoffiziellen Zusammenarbeit mit Israel interessiert, unabhängig davon, dass die deutsche Diplomatie die arabischen Staaten unterstützt. Der deutsche Verteidigungsminister, Strauß ist sein Name, garantiert absolutes Stillschweigen über jegliche Art von Absprache.«

»Es gibt einen deutschen Verteidigungsminister Blank. Es gibt keinen deutschen Verteidigungsminister Strauß.«

»Es wird einen geben. Schon bald. Und man hat mir versichert, sein Ministerium werde Ihnen schneller Waffen zur Verfügung stellen, als Sie ›Hoppla‹ sagen können.«

»Zu welchem Preis?«

»Im Gegenzug erwartet die deutsche Regierung eine erhebliche Lockerung der Einfuhr- und Ausfuhrbeschränkungen des bilateralen Warenverkehrs. Alle Transaktionen bezüglich des Luxemburger Abkommens« – jetzt müsste ich weit ausholen und Ihnen das Luxemburger Abkommen erklären, bitte nicht, wissensdurstiger Swami, bitte nicht –, »alle Transaktionen bezüglich des Luxemburger Abkommens also werden in Zukunft nur über Warenlieferungen, nicht über Bargeldtransfer getätigt. Und die Konsultationen mit Ihrem Verteidigungsministerium finden zunächst über mich statt.«

»Verteidigungsminister Ben-Gurion soll mit einem ehemaligen ss-Spitzel verhandeln?«

»Sehen Sie, Herr Oberst, die Furcht vor dieser Frage hat mich so lange zögern lassen, Ihre Dienststelle aufzusuchen«, seufzte ich. »Ich habe im Dritten Reich in einer privilegierten Mischehe gelebt. Halten Sie es für richtig, mich deshalb als SS-Spitzel zu verhöhnen? Meine erste Frau starb im Bombenhagel, weil sie nicht in den Bunker durfte als Gattin eines Juden. Aber auch Kurt Himmelreich, Hannah Himmelreich, David Himmelreich, alle Himmelreichs, die ich liebte, wurden vernichtet. Halten Sie es also wirklich für richtig, mich Ihre Verachtung spüren zu lassen?«

Ich merkte, wie Ev neben mir das Wort »Verachtung« auf mich selbst, dann auch auf sich selbst projizierte, auf uns beide also, und diese Selbstmissbilligung gab ihr etwas Vornehmes, ja sogar zerknirscht Würdiges, und ich betete, dass meine unaufrichtige Königin ihrem Drang, unseren enormen Lügen ein Ventil zu verleihen (eine gehetzte Geste etwa, ein Seufzen, irgendetwas, das uns auffliegen lassen konnte), nicht nachgeben würde.

»Ich glaube nicht, dass Sie das für richtig halten«, sagte Ihre Majestät schließlich huldvoll, nach einer etwas zu langen Schweigephase, die Herr Harel nutzte, um in eine Art lethargischen Stupor zu fallen. Müde blickte er auf seine breiten Zwergenhände mit den abgekauten Fingernägeln.

»Wir jedenfalls halten es beide nicht für richtig«, unterstrich ich nervös und wedelte mit dem Zeigefinger zwischen Ev und mir hin und her. »Wir sind hier, um Ihnen gegenüber absolut ehrlich zu sein.«

Ich nahm ein gar nicht königinnenhaftes Zucken wahr, sie musste damit unbedingt aufhören.

»Und als Zeichen unserer ehrlichen Absichten«, setzte ich nach, »gilt mein Angebot, ab sofort über sämtliche Vorgänge meines Hauses bezüglich der Nahostproblematik Bericht zu erstatten.«

Nun gähnte Herr Harel.

»Mein Mann macht dies nicht aus Mangel an Loyalität«, beeilte sich Ev zu sagen.

»Nein, natürlich nicht«, lachte ich fahrig. »Ich glaube, dass Deutschland und Israel aus Verantwortung gegenüber all dem Schrecklichen, das geschehen ist, gute Freunde werden müssen.«

Ich sah ein zweites Gähnen, diesmal hielt er sich nicht einmal die Hand vor den Mund.

»Ich … ich …«, entschlüpfte mir ein Stotterer, »… ich für meinen Teil möchte der erste gute Freund sein. Ich muss mich aber völlig aus mir selbst heraus befreunden. Natürlich unterstützt mein Dienstherr … nun ja, er unterstützt diese Art Freundschaft noch nicht.«

»Wir wollen keinerlei Lohn und keinerlei Gegenleistung«, stammelte Ev, der Hysterie nah, denn Herr Harel schien drauf und dran, ein kleines Nickerchen zu halten. »Sondern wir lieben Israel. Wir möchten nichts weiter als in diesem Land leben und diesem Land dienen. Und mein Mann könnte das auf seiner Position in ganz herausragender Weise tun.«

»Wenn Sie …«, begann ich, aber dann versagte meine Stimme, ich räusperte mich und versuchte es erneut: »Wenn Sie den Herrn Staatssekretär Peres vielleicht noch einmal kontaktieren könnten und ihm sagen würden, was wir offerieren.« Ich machte eine unendlich lange und lärmende Kunstpause, griff in die Brusttasche meines Hemdes, zog ein zusammengefaltetes Blatt Papier hervor und legte es Herrn Harel auf den Schreibtisch. »Nun, vielleicht wäre das der Beginn einer völkerverbindenden Freundschaft.«

»Was ist das?«, fragte mein barsches Gegenüber.

»Das Personalblatt von Friedrich Hach, Chef der Palästina-Abteilung meines Dienstes. Mein Vorgesetzter.«

Harel faltete das Papier auf und blickte hinein.

»Er ist Alkoholiker?«

»Leider«, sagte ich.

»Eheprobleme«, sagte ich.

»Große«, sagte ich.

Es klopfte an der Tür. Ein Adjutant kam herein, salutierte und erklärte, dass die Zellen Null-Vier und Null-Fünf beide frei seien. Zelle Null-Fünf müsse aber noch gereinigt werden. Einen halbvollen Eimer hatte er dabei.

Herr Harel nickte unschlüssig und legte das Blatt Papier vor sich auf den Tisch. Dann blickte er ins Nichts, versonnen, als suche er nach einer aufglühenden Inspiration.

»Sie kommen also aus Lettland«, sagte er. »Genau wie ich.«

Er erhob sich und kam zu uns herüber. Vor Ev blieb er stehen, wie er vermutlich früher im Kibbuz vor seinen Orangenbäumen gestanden hatte, als es an die Ernte ging. So wenig notwendig er es fand, eine Orange zu küssen, so wenig notwendig fand er es auch, eine Frauenhand zu küssen, das war unübersehbar, als er dennoch eine Art halbherzigen Versuch dazu unternahm und dabei den Eindruck erweckte, als würde er auf Evs Armbanduhr nach der Zeit sehen.

»Ich bin Oberst Harel«, sagte er feierlich zu ihr. »Ihr Herr Bruder hat viele Menschen erschossen. Auch viele Menschen aus meiner Familie. Gute Menschen.«

Er behielt ihre Hand in der seinen.

»Vielleicht können Sie mich eines Tages einmal mit ihm bekannt machen.«

Sie nickte.

»Wenn Sie für mich arbeiten wollen, dann sollten Sie mich Isser nennen. Kein Herr. Kein Harel. Kein Oberst. Einfach Isser.«

Nun nickten wir beide.

»Willkommen Ev. Willkommen Jeremias.«

Der Adjutant hinter ihm schlug die Hacken zusammen, verschüttete dabei ein wenig Wasser, das mir rötlich gefärbt vorkam, drehte sich um und schloss hinter sich die Tür. Oberst Harel, ein Meter achtundfünfzig groß, Ohren wie Dumbo, Chef des Schin Bet, des Mossad, des Aman und bald auch des Lakam, ein auf krummen Alligatorenbeinen watschelndes Staatsgeheimnis, öffnete die Tür wieder, führte die frischgebackenen Mossad-Agenten an dem Löwenkopf vorbei nach draußen, wo er sie in die Gluthitze eines neuralgischen Tages mit der Bemerkung entließ, dass sie ein schönes Paar seien.

Ich zitterte am ganzen Körper und Ev auch, aber wir waren wirklich ein schönes Paar.

13

Der erste Schnee fällt früh in diesem Jahr. Eigentlich braucht man gar nichts weiter tun, um weise zu werden, als den fallenden Schnee zu beobachten, der in großer Stille alles unter sich bedeckt, das Laub und den Kot und die entsetzlichen Erinnerungen. Auch der Hippie scheint wie mit einem Salzfass überstreut. Er sitzt auf der verschneiten Bank vor mir, in einen dunklen Pelz gehüllt, den ich ihm geschenkt habe und der mit jeder weißen Flocke an Vitalität verliert.

»Wollen wir nicht lieber reingehen?«, frage ich und trete von einem Fuß auf den anderen. Sein Pelz ist wärmer als mein eigener.

»Ich bin froh, dass ich nicht mehr in Ihrem Zimmer bin, Compañero.«

»Dann ist doch alles gut.«

»Ich kriege ein Einzelzimmer nach der OP. Wenn man einen so kaputten Kopf hat, kriegt man ein Einzelzimmer.«

»So kaputt ist Ihr Kopf doch gar nicht.«

»Er wandert.«

»Der Kopf?«

»Wie so tektonische Platten, sagt der Doktor.«

»Ich bringe Ihnen morgen ein schönes neues Stückchen Marrakesh mit.«

»Schwester Gerda sagt, ich darf es nicht mehr nehmen.«

»Weil?«

»Weil wegen der Medikamente. Die Medikamente sind brennende Streichhölzer, und das Hasch ist die Lunte, und wenn die Streichhölzer an die Lunte kommen, dann macht es da drin am Ende rummbumm.«

Seine Hände formen über dem bald von zwei Schrauben zusammengehaltenen Hippieschädel, den man wegen der darübergestülpten Fellmütze nicht sieht, eine imaginär explodierende Bombe mit wegfliegenden Fingern und allem Drum und Dran.

»Sie wollen kein Hasch mehr haben?«

»Doch, natürlich, Mann. Aber wenn was passiert, dann wissen Sie, dass Sie schuld sind.«

»Es wird schon nichts passieren.«

Ich schlage meine Arme um den Leib, um das Blut in die Fingerspitzen zu kriegen.

»Warum haben Sie denn den armen Mann an Oberst Harel verraten?«

»Welchen armen Mann?«

»Diesen Herrn Palästinafritz. Der war so nett zu Ihnen.«

»Doktor Hach war doch nicht nett zu mir. Und ich habe ihn auch nicht verraten. Ihm konnte doch gar nichts passieren.«

»Sie haben verraten, dass er Eheprobleme hat. Und Alkoholprobleme.«

»Das habe ich nur gesagt, damit er ein wenig vulnerabler wirkt.«

»Was heißt ›vulnerabler‹?«

»Verletzlicher. Geheimdienste mögen andere Geheimdienste, wenn sie möglichst vulnerabel sind.«

»Bin ich vulnerabel?«

»Für Sie, lieber Swami, ist dieses Wort erfunden worden.«

»Und Ihren Bruder haben Sie auch verraten.«

»Ein bisschen komplexer ist die Sache schon.«

»Sie bringen Dukkha über die Menschen. Jeder, der Ihnen begegnet, ist von Dukkha gezeichnet.«

»Können Sie nicht mal mit dem Dukkha-Quatsch aufhören?«

»Hätten Sie auch mich verraten, wenn es Ihnen genutzt hätte?«

»Warum sind Sie denn wieder so fuchsig? Das hört ja gar nicht mehr auf.«

»Also hätten Sie?«

»Sie sollten jetzt wirklich aufstehen, Basti. Wenn uns Schwester Gerda hier draußen erwischt, mitten im Schnee, dann können wir was erleben.«

»Bestimmt hätten Sie!«

Er steht nicht auf. Seine Daumen flitzen über die Kuppen der anderen Finger. Sie sind rot, aber er scheint nichts zu spüren. Vielleicht eine neue Gehirndysfunktion. Er könnte erfrieren und gleichzeitig Wärme empfinden, jedenfalls an seinen äußeren Extremitäten.

»Ich dachte, es freut Sie ein wenig, dass ich alles tue, um Israel gegen seine Feinde zu unterstützen. Ohne mich hätte es jedenfalls keinen Waffenhandel gegeben mit Deutschland.«

»Ich rede nicht gerne über Waffen. Waffen sind auch

Dukkha. Alles, was den Tod bringt, ist unendliches Dukkha.«

Ich setze mich neben ihn, trotz der rieselnden Kälte, strecke die Zunge raus, fange die Schneeflocken und schmecke sie. Sie schmecken nach nichts, entweder wegen meiner Kugel da oben, oder weil Schnee schon immer nach nichts geschmeckt hat, so wie Fensterscheiben nach nichts schmecken, wenn man sie ableckt, oder Delfter Keramiken (Sie würden staunen, was ich alles abgeleckt habe im Laufe meines Lebens).

Aber jetzt kommt da ein taubes Gefühl auf meiner Zunge hinzu, so als würde man mit Rasierklingen die Papillen abschaben. Ich frage mich, warum ich so viel Wert darauf lege, mich vor diesem lahmen Häuflein, das einmal munter und enervierend war und ununterbrochen geplappert hat, aber nun von Traurigkeit angesprungen ist, warum ich also so viel Wert darauf lege, dass es mir zuhört. Na ja, weil ihm ein bisschen Erbauung eben nicht schaden kann, antworte ich mir sofort.

Und ich sage: »Oberst Harel hat mehrere israelische Agenten nach Köln geschickt. Und noch im Herbst Neunzehnsechsundfünfzig, zehn Tage vor dem Sinai-Krieg, kam die erste Hilfslieferung in Israel an, amerikanische *half trucks*.«

Der Swami unterbricht das Geflitze seiner Daumen, nimmt ein wenig Schnee in die Hand und reibt sich das Gesicht damit ein.

»Später wurden die Lieferungen umfangreicher. Sie umfassten Noratlas- und Dornier-Flugzeuge, Fouga-Magister-Düsenmaschinen, Hubschrauber und Selbstfahrlafetten,

Ambulanzfahrzeuge, Flugabwehrgeschütze und ferngesteuerte Panzerabwehrwaffen. Und natürlich U-Boote.«

Der Swami hält sich die Ohren zu, an denen ein wenig Schnee hängenbleibt.

»Ich habe doch gesagt, ich rede nicht gerne über Waffen, Mann!«

»Aber mit den Waffen kam der Frieden. Sie reden doch gerne über Frieden.«

»Und Sie haben Israel also den Frieden gebracht?«

Ich muss schon sagen, dass ich bei dem Swami in letzter Zeit etwas beobachte, was in den ersten Momenten unserer Bekanntschaft nie zutage getreten ist. Ich nenne es mal eine selbstermutigende Feindseligkeit. So wie er sich jetzt zum zweiten Mal eine Ladung Schnee auf die Hand schaufelt und damit sein Gesicht einreibt, so würde er eigentlich am liebsten mir mein Gesicht einreiben, aber da dies mit seiner Religion und seinem Temperament beziehungsweise meinem nicht vereinbar ist, sublimiert er seinen Impuls in die Sprache hinein und fragt mich, mit jenem Hohn in der Stimme, den er an mir so verabscheut, ob ich also Israel den Frieden gebracht hätte.

Natürlich habe ich Israel den Frieden gebracht.

Jedenfalls den Frieden mit Deutschland.

14

Ev und ich blieben in Israel.
Kein Mensch rief uns nach Pullach zurück. Denn der BND war stolz auf mich. Die CIA profitiert von meinen Erkenntnissen. Der KGB ließ mich in Ruhe. Und der Mossad gewann mich lieb.

Ich konnte Shimon Peres in einem meiner Lieblingscafés an der Tel Aviver Meerespromenade zu einem Zitronensorbet einladen und in aller Ruhe über Uzi-Maschinenpistolen verhandeln. Peres wusste, dass ihn der deutsche Geheimdienst einlud, und in diesem Wissen lutschte er dieses Zitronensorbet mit einem solch wollüstigen Genussschauer, dass das rasch zwischen seinen Lauren-Bacall-roten Lippen dahinschmelzende Eis auf jede Art politischer Annäherung übertragbar schien.

Damals war die Zeit reif für Veränderungen.

Die Sowjetunion hatte die militärische Aufrüstung der Araber übernommen, um die für Israel radikalste Veränderung, nämlich seine Auslöschung, munter voranzutreiben.

Moshe Scharet war angesichts dieser Bedrohung, unter Anwendung einer angemessenen Intrige selbstverständlich, als Außenminister von Ben-Gurion abgesetzt worden.

Und der Sinai-Krieg, der im Oktober Neunzehnsechsundfünfzig ausbrach, tat ein Übriges, dass die israelischen

Notabeln mit einstigen ss-Kollaborateuren wie Jeremias Himmelreich, Exwehrmachtsgenerälen wie Reinhard Gehlen oder ehemaligen nationalsozialistischen Führungsoffizieren wie Franz Josef Strauß Eis essen gingen, um sich von ihnen retten zu lassen.

Wobei es bei Strauß ja exzellente kalte Ente gab.

Einmal hatte ich ihn nämlich aufsuchen müssen, den kurzbeinigen, halslosen und wie ein Eichenfass gewölbten Bazi, weil Peres mich gefragt hatte, wann der beste Zeitpunkt sei, um einem deutschen Spitzenpolitiker unangemeldet und privat aufzulauern.

Das ist natürlich Weihnachten.

Wir machten uns am sechsundzwanzigsten Dezember Neunzehnsiebenundfünfzig vom Pariser Flughafen und im kleinsten Auto, das man überhaupt nur mieten konnte, über vereiste, neblige Straßen nach Oberbayern auf.

Während der vierzehn Stunden dauernden Nachtfahrt versagte nicht nur die Wagenheizung, sondern auch Peres' Orientierungssinn, den kurz vor dem Ziel eine kleine Lawine durcheinandergebracht hatte (eigentlich war nur ein Schneebrett von einer Straßenfichte auf die Windschutzscheibe gerummst).

Begrüßt von ein paar rieselnden Flöckchen, die die Israelis »Schneesturm« nannten, erreichten wir das tiefverschneite Rott am Inn, den Geburtsort des unbegreiflichen und wunderbaren Hans Georg Asam, eines Kirchenmalers, den Papa sehr bewundert hatte. Natürlich führte ich den übermüdeten Shimon Peres und seine beiden aschkenasischen Begleiter in die Klosterkirche Rott. Ich erklärte ihnen alles, zeigte auch die Altarskulpturen von Ignaz Günther,

Spitzenleistungen der deutschen Barockplastik, über die wir noch angeregt plauderten, als schließlich das völlig unbewachte Bauernhaus von Doktor Strauß erreicht wurde und wir erst mal Steinchen ans Fenster werfen mussten, um zu schauen, ob er überhaupt da war und, falls ja, auch alleine.

Die Tür öffnete sich, und der überraschte, in einer offenen Trachtenweste (dezente Blüten auf grünem Samt) und langen Unterhosen angetroffene Verteidigungsminister freute sich über den unangekündigten Besuch. Ein junges Mädchen lief halbnackt hinter ihm die Treppe hoch. Marianne war damals Mitte zwanzig, Ende zwanzig höchstens, und erst seit kurzem mit »Franzeljott« verheiratet, wie sie ihn zärtlich nannte. Sie war es, die uns später die kalte Ente kredenzte und Bier aus der örtlichen Wirtshausbrauerei holte, ein köstliches Fundament für Geheimverhandlungen von höchster Brisanz.

Einer der beiden Aschkenasen war übrigens Chaim Laskow, General der israelischen Armee, der nach dem Krieg als britischer Offizier im Rheinland auf eigene Faust Naziverbrecher gejagt und skalpiert hatte, was er Franzeljott bei einem Radi erzählte, Gott sei Dank auf Hebräisch, so dass ich in meiner Übersetzung von gehäuteten Kaninchen sprechen konnte.

Der andere Mitarbeiter von Peres war Asher Ben-Natan, ein Wiener Jude, einer der klügsten und durchtriebensten Männer, die ich je in meinem Leben getroffen habe, großgewachsen, blauäugig und Curd Jürgens wie aus dem Gesicht geschnitten. Neben Oberst Harel war er der einflussreichste Geheimagent Israels, mit dem ich alle Schritte des deutsch-israelischen Waffengeschäfts minutiös vorbesprochen hatte. Er kam schnell zur Sache, da er Leiter der Einkaufskommission von Peres' Verteidigungsministerium war.

»Lieber Doktor Strauß«, flötete Ben-Natan, »unser Land braucht dringend Langstreckenbomber, Artillerie, Raketen und eine Kriegsflotte, und Herr Dürer« (in Deutschland war Herr Himmelreich natürlich Herr Dürer und niemand anderes) »ist der Ansicht, wir könnten Sie einfach direkt fragen.«

»Direkt frogn scho, aber was für mi dabei außispringt, ihr Ganoven, ihr, des freili würd i scho gern wissen.«

Strauß lachte dröhnend über seinen halben Spaß, aber nicht lange.

Denn Shimon Peres erklärte, dass man leider kein Geld habe, wirklich gar keins, sondern auf Spenden angewiesen sei, weshalb man um Langstreckenbomberspenden bitte, um Artillerie- und Raketenspenden ebenfalls, und auch die Kriegsflotte hätte man gerne umsonst.

Nun war Strauß wirklich perplex.

Noch wenige Tage zuvor war er in der Knesset als Kopf einer »Naziarmee von bestialischen Mördern« beschimpft worden, und nun wurde er in Unterhosen zu Weihnachten von bettelnden Juden belästigt, sollte aus den knappen Beständen der jungen Bundeswehr Waffen in den Nahen Osten verschenken, und zwar hinter dem Rücken des Bundestages, ohne Wissen der Amerikaner und gegen die Prinzipien seines Amtseids.

Nicht, dass Strauß diese Prinzipien allzu ernst genommen hätte – wobei er Lockerungen stets nach Maßgabe eines gesunden Eigeninteresses in Betracht zog, eines finanziellen zumal, und das völlige Fehlen eines solchen ließ seine kauenden Kiefer für einen Moment erlahmen.

Es kamen zwar noch weltstrategische Überlegungen zum Ausdruck, dass nämlich Israel als Bastion des Blablablawestens gegen die vom Warschauer Pakt sowjetisierten Blablablastaaten standhalten müsse, damit der Vordere Orient nicht an den Blablablakommunismus verlorengehe. Weshalb aber Strauß deshalb Munition und Panzer aus den eigenen Bundeswehrdepots stehlen sollte, die das Vaterland zur Abwehr einer sowjetischen Invasion soeben für teures Geld erst hineingestellt hatte, konnte ihm Shimon Peres auch nicht mit dem kandiertesten Blablabla erklären.

»Ihr Bürschl«, grantelte Strauß daher und begann, an den silbernen Knöpfen seines Wamses zu rupfen, »mia san scho drauf ogwiesen, dass mia mit dene Waffn net nua wichteln. Dass ma net wira a Vollidiot dosteht, des wär fei scho recht. *Manus manum lavat,* oda?«

Und dann fragte er rundheraus, was dem deutschen Volk denn solch ein narrischer Handel bringen sollte, solch ein narrischer.

Es trat eine gewisse Stille ein unter dem lamettaschweren Weihnachtsbaum. Man hörte nur das Geräusch der Rosinen, die der Skalpierer Laskow mit einem Messer aus dem Christstollen pulte.

Daher räusperte ich mich nach einer Weile, fasste mir ein Herz und sagte: »Dem deutschen Volk könnte es Frieden mit Israel bringen, Herr Minister. Frieden für immer.«

Da kann man als Hippie zweifeln, wie man will, auf seiner blöden Bank im Schnee, diesen Satz habe ich damals geäußert, das schwöre ich, und Strauß blickte ganz scheel zu mir herüber, seine Reptilienzunge schnellte mehrmals hervor, er legte die Gabel neben den Teller und lehnte sich in seinen Stuhl zurück, dass die Lehne krachte.

»Da schau her, unser Mann in Tel Aviv, a ganz a arroganter Zipfel.«

Auch Shimon Peres sah mich an, anerkennend, wie ich meinte, und meine große Angst war nur die, dass er ebenfalls »unser Mann in Tel Aviv« zu mir sagen würde, was natürlich den Tatsachen entsprach, mein Leben als Doppelagent aber auf einen gefährlichen Punkt geschürzt hätte.

Franz Josef Strauß wollte erst mal nachdenken. Um dies zu befördern, suchte er Rat bei drei Flaschen Bier, schüttete ein paar Obstler hinterher und schloss den Magen mit den Cognacpralinen, die wir ihm mitgebracht hatten. Dann schlug er einen Verdauungsspaziergang vor.

Und so trotteten Shimon Peres, seine beiden Adlaten und ich dem wankenden, in einen Bärenfellmantel gekleideten Hünen hinterher, ausgerechnet in die örtliche Klosterkirche hinein, in der wir bereits gewesen waren.

Wie freute sich das gut katholische Herz des Ministers, dass Shimon Peres offenkundig das grandiose Deckenfresko kannte, sich sogar an den Namen des Künstlers erinnerte (Matthäus Günther, nicht zu verwechseln mit Ignaz Günther) und die als »Rotter Himmelreich« bekannte Apotheose exakt in meinen nur wenige Stunden zuvor gefundenen Worten bestaunte, nicht zuletzt auch das Kamel, das in einem seitlichen Stuckfeld Asien allegorisierte, zwar das dümmste aller Tiere, aber auch das arabischste.

»Wenn man das sieht, möchte man glatt zur Christenheit gehören«, murmelte Asher Ben-Natan, ich sagte ja bereits, einer der klügsten und durchtriebensten Männer, die ich je gekannt habe.

Strauß hörte das, war entzückt, zeigte den beeindruckten Hebräern auch noch die Skulptur der Kaiserin Kunigunde, ein Meisterwerk des Rokoko, mit ihrer Linken rafft sie ihr Gewand wie zu einem wilden Tanz und lächelt ironisch, und Strauß ließ es sich nicht nehmen, die Dramatik der Szene zu erläutern, da Kunigunde nämlich des Ehebruchs bezichtigt worden war, als Beweis ihrer Unschuld über glühende Kohlen gehen musste, dies freudig tat und sich auch keine Brandblasen holte, so dass feststand, »dös sie net gepimpert hot«, wie Strauß auf angenehm alkoholisierte Weise sagte.

»Gepimpert?«, fragte Asher Ben-Natan.

»Eizipfelt«, sagte Strauß.

»Gefrevelt«, schlug ich vor.

Das Ebenbild einer tänzelnden Heiligen zu sehen, die dem Vorwurf des irrigen Geschlechtsverkehrs grinsend entgegentritt, und das alles am Fuße eines Altars inmitten eines Gotteshauses, wenn auch immerhin eines Gotteshauses der Ungläubigen, womit also nur ein sogenanntes Gotteshaus gemeint sein kann, war für uns ikonoklastische Juden dennoch eine Herausforderung.

Franz Josef Strauß hingegen merkte das nicht, sondern schloss den so kirchenfesten wie kunstgeschichtlich bewanderten Shimon Peres in seine Arme, wobei er eigentlich mich und meine bescheidenen Kenntnisse in seine Arme schloss, jedenfalls fühlte ich mich umschlossen.

Am Ende unseres Besuchs schenkte er uns erstens vier kleine hölzerne Marienfigürchen mit Jesuskind aus Ottobeuren und zweitens Präzisionsvernichtungswaffen im Wert von dreihundert Millionen D-Mark.

Doch, ich denke schon, dass ich den Frieden nach Israel gebracht habe. Vielleicht auf komplizierte und vorlaute Weise, aber anders ist Frieden in Israel auch nicht möglich. Der Hippie sitzt immer noch auf seinem Platz. Man könnte zwei mittelgroße Schneebälle gewinnen aus all dem Schnee auf seiner Mütze und auf seinem Pelzmantel und auf seiner Pyjamahose, die sich Flocke für Flocke von einer geblümten zu einer ungeblümten wandelt. Ob ich ihm antworten soll auf seine spöttische Frage? Ob ich die selbstermutigende Feindseligkeit damit unterwandern kann? Ist das überhaupt möglich?

»Ja, ich habe den Frieden nach Israel gebracht.«

»Danke«, sagt der Hippie wie im Traum.

15

Meine fünf Jahre in Tel Aviv waren meine fünf Jahre mit Ev.

Es waren fünf Jahre, in denen unsere Seelen (nehmen wir sie einfach als Bündel mentaler Konzepte, um uns nicht zu streiten, lieber Swami) von der Mündung zur Quelle zurückfanden – unsere Körper aber nicht.

Und dennoch waren wir verspielt. Manchmal spielten wir in diesen fünf Jahren miteinander wie Kinder Arzt spielen. Allerdings auf resignierte Art. Denn während man als Kind überrascht und fasziniert ist von den Untersuchungen des fremden, festen, jungen Fleisches und seiner elastischen Öffnungen, so waren wir überrascht und fasziniert von Narben und Schorfkrusten und Fettablagerungen, die an immer neuen Stellen des anderen auftauchten oder von alten Stellen nicht weichen wollten, sosehr man es von ganzem Herzen wünschte, wie die kleine weiße Linie in Evs Bauchdecke, die Annas Geburt ihr gerissen hatte.

Es waren fünf Jahre, in denen wir dieser Geschichte ihren Lauf ließen. Fünf Jahre lang taten wir uns nichts anderes an, als morgens gemeinsam zu frühstücken und abends gemeinsam an den Strand zu gehen. Ev schwamm immer ein Stück seitlich vor mir, ihr froschartiger Leib hüpfte auf Jaffa nach Süden zu, irgendwann überholte ich sie, tauchte neben ihr weg. Alte Bilder stiegen aus den Fluten auf, Erinnerungen daran, wie dieser vom Meeresgrund aus bläuliche, magere, wie ein Schwarm kleiner faltiger Fische dahingleitende Körper sich einst zu Leuchtgas entzündete, als sie mir, während Klein-Anna als Säugling neben uns im Körbchen schlief, in Hubs Standartenführer-Schlafzimmer die Arme weggedreht und die Augen gerichtet und mich gezwungen hatte, auch in ihre hineinzuschauen, die sich in mich senkten, fast bis zum Schluss, so dass wir im Rauch zukünftiger Ereignisse vergingen, fabulöser Ereignisse, die einem der nahende Orgasmus verheißt, die aber nicht mehr eintreffen, wenn man so gut wie fünfzig ist.

Dennoch waren wir nicht nur unglücklich.

Sondern auch besorgt.

Denn Tag für Tag hing über uns das Schwert, das einst Dionysos über der Brust seines Günstlings Damokles an ein Pferdehaar gebunden hatte. Jederzeit konnte das dünne Haar reißen. Jederzeit konnte irgendwo auf der Welt das Schwert in uns fahren, in Form eines Fotos beispielsweise, das den jugendlichen Jeremias Himmelreich mit pusteblumigem Haar zeigt und einer Nase, die nicht die meine ist. Es schien durchaus möglich, dass einer seiner jüdischen Kommilitonen aus Dorpat oder Berlin noch am Leben war. Womöglich wohnte der Mann drei Straßen weiter. Niemals konnten wir uns vor Entdeckung sicher fühlen. Nie.

Noch verstörender aber als diese schwebende, wie im Schlaf liegende und völlig unsichtbare Bedrohung war für mich eine sehr sichtbare: Ev veränderte sich. Sie veränderte sich mental, und sie veränderte sich seelisch, da sie nun selbst meinen melancholischen Beruf ausübte, einen Beruf, den sie so lange Zeit nur als Charakterschwäche wahrgenommen hatte.

Zwar besaß sie keinerlei konspiratives Talent. Aber jede Menge subversives. Das hatte sie als kleines Mädchen schon besessen, und manchmal ging immer noch das kindliche Temperament mit ihr durch. Während sie dann wie früher stehlen und lügen konnte im Sternbild der Anarchie, konnte sie es niemals und unter keinen Umständen von Dienst wegen.

Sie war nicht bereit, Elend zu hinterlassen. Sie war vor allem nicht bereit, in ihrem Krankenhaus die Kollegen, in unserer Straße die Nachbarn, in unserem Haus die Mitbewohner auszuspionieren. Sie war nicht mal bereit, »ausspionieren« in ihren Wortschatz aufzunehmen. Sie legte auch keine Akten an (während sie in späteren Zeiten Akten lieben sollte), hat niemals irgendjemanden denunziert und hielt es außerdem für völlig unmöglich, dass ich so etwas je getan haben könnte. Ich hatte es auch nicht getan, schwor ich ihr, denn das gemeinsame Frühstück und das gemeinsame Abendschwimmen hätten unter dieser Wahrheit gelitten, und das wollte ich nicht.

Das Einzige, was Ev in diesen fünf Jahren beim Mossad für vernünftig und angemessen hielt, war die Suche nach flüchtigen Nazis.

Es handelte sich dabei um ein elementares, schon seit langem schlummerndes Bedürfnis von ihr, das Oberst Harel nur noch zu wecken brauchte.

Unter seiner Aufsicht begann sie mit der Pirsch, verwandelt in die mondhelle, mit Pfeil und Bogen die Wälder der ss-Blutlande durchstreifende Artemis. Mich hielt sie fälschlicherweise für ihren Zwillingsbruder Apoll, ermahnte mich, Fährten aufzunehmen und die Verstecke der Entwischten zu finden. Denn deren Spuren führten fast alle nach Pullach, in den von scheuen Schatten bewohnten, mir so wohlvertrauten Hades hinab.

»Aber im Gegensatz zu dir«, sagte die Göttin der Jagd, des Mondes, des Waldes und Hüterin der Frauen, Kinder und ängstlichen Kunstmaler, »scheinen die Entwischten den Bundesnachrichtendienst nicht für den Hades, sondern für elysische Gefilde zu halten.«

Obwohl es keine deutlichen Zeichen gab, glaube ich, dass Ev schon damals Hub im Visier hatte. Vielleicht hoffte sie, dass der Gram der Jahre sich durch Verfolgungseifer lindern ließe. Sie begann, mit mir (und oft trotz meines Unbehagens) über den Unsäglichen zu sprechen. Denn viele Entwischte hatten seinen Lebensweg gekreuzt.

Evs Talent, alles persönlich zu nehmen, ihre Sehnsucht, ein neues Ziel zu definieren, und ihr natürliches Verlangen, die schwarze Wolke des Verlusts mit einem Sonnenstrahl zu vertreiben – und ist der Wunsch nach Rache nicht der einzige Sonnenstrahl, der durch jedes Unwetter dringt, das dich peinigt? –, fütterten sie bis obenhin mit verstohlenem Zorn.

Dieser Zorn äußerte sich, da er eben verstohlen war, eher in Geduld als in Ungeduld, in einer fast fiebrigen Intensität, mit der sie tagelang und in großer Ruhe die Massenmörder studieren konnte, die mit unserem Bruder in Kontakt gestanden hatten.

Nehmen Sie zum Beispiel Klaus Barbie, ein Mann, den Sie nicht kennen werden, deshalb erzähle ich was.

Eines Tages schleppte Ev einen ganzen Leitz-Ordner mit Ermittlungsakten über ihn zu uns nach Hause (streng verboten eigentlich, auch die vom deutschen Ordnungswahn gemästete Firma Leitz war in Israel nicht gern gesehen). Unsere helle Wohnung wurde spürbar dunkler. Wir setzten uns auf das Sofa, und Ev begann mir Seite für Seite vorzulesen. Ich legte meine Hand in ihre, wollte etwas Ruhe und Trost spenden, wie das alte Paare auf diese Weise miteinander tun.

Aber das Gegenteil trat ein.

Klaus Barbies Talente, so viel sollten Sie wissen, gründeten im Ausüben unmittelbaren Zwanges. Das Geräusch brechender Knochen war für ihn ein großer Schwarm Singvögel in Gottes blauem Himmel. Deren Gezwitscher verschaffte ihm nicht nur Befriedigung, sondern auch einen gewissen Ruf, den Ev in ihren Unterlagen durch ein sichergestelltes Fernschreiben des Unsäglichen bestätigt fand (ich drückte ihre Finger, und sie drückte zurück).

Mein Bruder hatte, so war es schwarz auf weiß in dem Fernschreiben zu lesen, im Jahr Neunzehndreiundvierzig Barbies Versetzung zur Gestapo nach Riga beantragt, vergeblich zwar, aber er wollte die etwas uninspirierten Verhörmethoden seiner Behörde auf Vordermann bringen. Es hatte sich offenbar in verschiedenen ss-Dienststellen und sogar bis ins Baltikum herumgesprochen, dass Untersturmführer Barbie förmlich sprühte vor Kreativität, die er im noblen Frankreich zu kultivieren wusste.

Zum Beispiel kam er auf die ungewöhnliche Idee, Vernehmungen nicht mehr in düsteren Gestapo-Kellern, sondern in der Luxussuite des Lyoner Grand Hotel Terminus durchzuführen, da dort ganz andere Möglichkeiten bestanden, wenn man einmal die Kronleuchter abgenommen und an den stabilen Deckenhaken katholische Priester mit dem Kopf voran aufgehängt hatte, um sie mit Elektroschocks zu überraschen. In den *salles de bain* nährten sich eingesperrte Kinder von Leitungswasser, bis sie halb verhungert waren. Nackte Frauen wurden auf das französische Bett geschnallt, bis zur Bewusstlosigkeit geprügelt, vergewaltigt und missbraucht, indem man sie zum Geschlechtsverkehr mit Schäferhunden zwang, während gleichzeitig beim Zimmerservice Champagner geordert werden konnte.

Evs Finger machten gar nichts mehr an solchen Stellen. Sie lagen wie Blei in meiner Hand. Ev nahm das Blei an sich, rückte auf dem Sofa ein Stück von mir fort, um so sachlich wie möglich das geiernde Kreisen um den Unsäglichen zu beginnen. Sie versuchte mich genau an jenen Tag heranzuführen, an dem das Fernschreiben – Hubs um Barbie bettelndes Fernschreiben – aufgesetzt worden war. Exakt den Tag, exakt die Stunde, exakt das Wetter und jedes einzelne Wort, das Hub wie Asche hatte fallenlassen, wollte sie wissen. Sie wollte auch wissen, ob ich mich an Details seiner Kleidung erinnern konnte (was soll das, er trug immer Uniform), und befragte sich schließlich selbst, ob sie ihren Mann gestreichelt oder bekocht oder verflucht haben könnte in jenem Moment.

Dann fiel uns ein, dass drei Wochen nach Absendung des Funkspruchs Klein-Anna geboren wurde und wir bis dahin, vermutlich auch am bewussten Tag, in jeder freien

Minute miteinander geschlafen hatten, vorsichtig, um den Embryo nicht zu stören.

Da sie ansonsten hätte weinen müssen, las Ev mir weiter über Barbie vor, der höchstpersönlich am Subjekt gearbeitet hatte, dazu Schneidbrenner, glühende Schürhaken, kochendes Wasser und eine ganze Sammlung an Peitschen, Werkzeugen und Knüppeln einsetzte. Um den Abwasch zu erledigen, wie das bei uns genannt wurde, beseitigte er kurz vor Einmarsch der 45. Infanteriedivision der U.S. Army in Lyon alle Spuren, indem er den Großteil seiner französischen Gestapo-Mitarbeiter erschießen ließ, zuletzt seine französische Geliebte, und auch wenn Erschießen Ihrer Meinung nach nicht möglich ist, transzendierender Swami, ist es dem menschlichen Auge doch nicht angenehm.

Ev stritt mit mir, weil ich Barbies Verhalten, ohne es werten zu wollen, einfach nur umsichtig fand. Ihr schienen meine Worte unangemessen zu sein, dabei wollte ich ihr nur die Kompetenz aufzeigen, die jemanden wie Klaus Barbie erst für Hub und später für die CIA und noch später für den Bundesnachrichtendienst interessant machte. Um in unserem Beruf erfolgreich zu sein, muss man einen gewissen Sinn für Qualität entwickeln und Emotionen beiseitelassen, wie bedauerlich das im Einzelfall auch sein mag.

Ich nahm Ev in den Arm. Erst wollte sie nicht, und dann lagen wir doch lange ineinander verzahnt. Zweimal fiel Schwimmen und einmal fiel Frühstücken aus.

Erst Tage später, als es ihr wieder besserging, sagte ich Ev, dass Barbie inzwischen unter dem Namen Klaus Altmann Oberstleutnant der bolivianischen Sicherheitskräfte geworden war, Berater für Vernehmungsmethodik und Anti-Guerilla-Taktik, außerdem Hüter der Org, so wie Hub oder ich.

Das eben war es, was sie nicht glauben mochte.

Und Sie vielleicht auch nicht, lieber Swami.

Aber noch Neunzehnsechsundsechzig hat Klaus Barbie dem BND Dutzende von Lageberichten aus La Paz geschickt, das weiß ich aus eigener Anschauung. Und im vergangenen Jahr brachte er Monika Ertl um, eine deutsche Befreiungsrevolutionärin der linken Zellen, die einen rührenden Versuch unternommen hatte, ihn mit Hilfe eines langhaarigen französischen Philosophen zu entführen. So etwas unglaublich Dämliches. Also wirklich. Bevor die Ertl lebend aus einem Polizeifahrzeug geworfen und direkt danach, während sie sich noch aufrappelte, mitten im Slum auf offener Straße erschossen wurde, hatte Barbie sie persönlich im Auftrag des bolivianischen Innenministeriums gefoltert, das wurde jedenfalls auf den Fluren des BND kolportiert.

An diese wahrlich schillernde Ork-Persönlichkeit, die an waschechte Uruk-Hai-Orks erinnert (die bekanntlich durch Tageslicht nicht geschwächt werden), war schwer heranzukommen, obwohl Ev geradezu bebte vor Verlangen, ihm in einem Vernehmungszimmer gegenüberzusitzen (natürlich auf der Schokoladenseite). Diese Frage-Antwort-Phantasie beherrschte ihr damaliges Leben. Ich habe das nie verstehen können. Aber damit wurde ihr Zweitaktmotor angeworfen für die nächsten Jahre.

Ein Erkenntnismotor, der für jeden Arbeitsschritt zwei Takte benötigt.

Frage. Antwort.
Frage. Antwort.
Frage. Antwort.
Frage. Antwort.
Und an Brennstoff gab es all diese Orks, die irgendeine Schnittmenge mit dem Unsäglichen bilden mussten, damit sie in den Tank geschüttet werden konnten. Begreifen Sie?

Ich rede von Alois Brunner zum Beispiel, der es ebenfalls als Leitz-Ordner auf unser Sofa schaffte. Bei ihm ratterte Evs Motor wirklich ganz schön durch.

Ich wurde Herrn Brunner einmal Neunzehndreiundfünfzig in Pullach vorgestellt, als er zu einer Lagebesprechung aus dem Ruhrgebiet kam, wo ihm eine Org-Dependance zur Leitung übertragen worden war. Er schaute im Camp Nikolaus auch bei Hub vorbei, seinem direkten Vorgesetzten, den er aus irgendwelchen ss-Zusammenhängen kannte, wie man damals aus Andeutungen heraushören konnte.

Wir aßen mittags zusammen in der Org-Kantine. Brunner hatte einen prominenten Unterbiss, dafür aber schlechte Zähne, in denen nach jedem Happen etwas hängen blieb, man konnte kaum hinsehen. Trotz verkniffener Züge wirkte er aber umgänglich, fast gutmütig, hatte einen derben Wiener Humor und trällerte beim Nachtisch ein Heurigenlied: »*Die Anna war als Gouvernant' mit mir sehr gut bekannt, hab das Mädl gern geschnupsert, na, das ist kei Schand. Oh, ich bin nicht mehr sehr lustig, meine Anna, die ist pfutsch, meine Anna, meine Anna, meine Anna, die ist pfutsch.*«

Ein Jahr später wurde der fröhliche Chansonnier von einem französischen Gericht zum Tode verurteilt. Er hatte nämlich einst als Eichmanns Stellvertreter eine unbekannte Anzahl von Menschen umgebracht (wenn auch phantasieloser als Barbie) sowie einhundertachtundzwanzigtausendfünfhundert Juden in die Gaskammern geschickt.

Immerhin hatte der Prozess in seiner Abwesenheit stattgefunden, und seine weitere, um nicht zu sagen ständige Abwesenheit aus Europa schien ein Gebot dienstlicher Fürsorge zu sein. Jedenfalls aus Sicht von Reinhard Gehlen.

Kraft seines Amtes organisierte der Doktor die Flucht seines begabten Agenten nach Syrien, wo Brunner in Damaskus Resident der Org wurde, fast zeitgleich wie ich in Tel Aviv. Zusätzlich heuerte er beim syrischen Geheimdienst an und betätigte sich dort als »Berater in Judenfragen«.

»Das heißt nichts anderes«, sagte Ev, »als dass er die künftigen Angriffe Syriens auf Israel mit vorbereitet.«

»Wie kommst du denn darauf?«

»In Syrien gibt es ja kaum noch Juden, die man vernichten könnte. Da fehlt der Beratungsbedarf.«

»Bitte Schatz, lass es nicht so nah an dich heran.«

Ev ließ es aber leider doch sehr nah an sich heran, weil das nun einmal ihr größtes Talent war, Dinge, die unfassbar weh tun, unter die eigene Haut zu schieben.

Als es dort subkutan zu schweren Infektionen kam (infizierte Träume, Schreie in der Nacht), forderte sie mich dazu auf, Oberst Harel die Aufenthaltsadresse von Herrn Brunner zu besorgen.

Dies war einerseits viel einfacher als bei Barbie, der als bolivianischer Geheimdienstoffizier von einem großen Sicherheitsapparat geschützt wurde, während Brunner unter falschem Namen ein Sauerkrautgeschäft mitten in der Altstadt von Damaskus betrieb (womit er mich mit meinem Laden für Künstlerbedarf von Platz eins der groteskesten BND-Tarnbetriebe verdrängte).

Andererseits jedoch barg eine solch beherzte Denunziation enorme Gefahren. Denn Brunner stand unter persönlicher Obhut von Reinhard Gehlen, und der Chef würde alle Orks des Universums auf mich hetzen, wenn er jemals erfahren müsste, dass ich einen seiner Residenten an den Mossad zu verraten wagte.

Ich brauchte einen Monat, um mit Ev das Für und Wider einer Preisgabe Brunners an die Israelis zu erörtern. Wenn Sie glauben, dass Ev dabei ihre Ansichten sachlich und vernunftbetont vortrug, so ist das ein Irrtum. Sie benutzte Tassen und Teller als Argumente, die links und rechts von mir an der Küchenwand zerschellten. Es wurde gebrüllt und geweint, und die moralische Entrüstung, die sie antrieb, stand in erkennbarem Kontrast zu meiner, die nicht einmal in Ansätzen vorhanden war, da ich vorrangig an unser Überleben dachte.

Eines Tages rief uns Isser Harel in sein Büro und zeigte das Foto eines sesselartigen Ungetüms, das aus Stahlrohren, Stahlplatten und verschiedenen Scharnieren bestand. Daneben sah man Alois Brunner in feinem Zwirn stehen, fröhlich, mit Urlaubsteint, untergehakt von zwei syrischen Offizieren, die einen Major anlächelten, der sich in den unbequemen Sessel mit Hitlergruß geflätzt hatte.

Es handelte sich um den *kursi almani*, den *deutschen Stuhl*.

»So heißt er bei den Syrern«, erklärte Harel. »Eines ihrer neuesten Folterinstrumente.«

Aber eigentlich hätte das Gerät *kursi brunneri* heißen müssen. Herr Brunner hatte den Brunnerstuhl nämlich ersonnen.

Er bestand aus drei beweglich montierten Metallschalen, einem Rückenteil aus Stahlfedern, einem sternförmigen Fuß und allerhand flexiblen Strukturen. Mittels einer Drehvorrichtung war es möglich, den Körper eines Häftlings, der auf der Apparatur festgeschnallt lag, nach allen Regeln der Kunst zu dekonstruieren. Bis dem Opfer die Wirbelsäule brach, konnten Stunden vergehen.

Ev fiel mir vor Dankbarkeit um den Hals, als ich ihr zwei Wochen später die Anschrift Brunners in die Tasche schob. Ich kann mich nicht erinnern, dass sie sich jemals zuvor über unmittelbar bevorstehende Exzesse so kindlich und rein gefreut hätte. Ihr Lächeln, ihr weicher Atem, ja ihr erratisches Glück schienen mir eine Bedeutung zu haben. Auf Fledermausschwingen und mit Hundekopf flog sie davon, wie die Erynnien.

Der Mossad fackelte nicht lange und schickte meinem BND-Kollegen ein in Geschenkpapier gewickeltes und nach Lebkuchen duftendes Päckchen mit Wiener Absender zu, denn dem herrlichen, von ihm einst judenrein geputzten Wien trauerte Alois Brunner hinterher, so dass man argloses Interesse des Adressaten erwarten durfte.

Hätte er die Sendung in einem kleinen Raum mit massiven Steinwänden geöffnet, so wären über den Suks von Damaskus sicherlich keine Heurigenlieder mehr erklungen. Leider jedoch stieg er auf seine Terrasse, von der der Blick weit über die Dächer der Altstadt bis hinüber zum Bahnhof reichte, und um ihre ganze vibrierende Leidenschaft zu entfalten, fand die Bombe nicht genug Druckwiderstand, so dass Herrn Brunner beim Aufdröseln der Geschenkverpackung die linke Wange verlorenging und das vorwitzige, auf Lebkuchen hoffende Auge.

Mehr aber auch nicht.

Ich glaube, dass ab diesem Moment, dem Moment, der aus der Theorie eine leere Augenhöhle machte, Ev ganz und gar bei sich ankam, bei jener Version ihrer selbst, die von Schmerz und Wut genährt aus der Puppe schlüpfte. Vielleicht hatte sie das gemeint, als sie einst von der »Geburt« sprach, die sie in Israel für sich selbst erhofft hatte.

Sie scheute nicht einmal mehr davor zurück, ein Dossier über Hub anzulegen, womit ihre Abneigung gegen jede Art Akte zu bröckeln begann.

Sie fand und zeigte mir eine übersetzte Zeugenaussage, die vor einem sowjetischen Gericht gemacht wurde und die Standartenführer Solm als *kühl, energisch, zum Töten entschlossen* beschrieb.

Sie besorgte das Fernschreiben seiner Dienststelle, das zwei neue Gaswagen für Riga anforderte, *Zuweisung von zehn Abgasschläuchen inklusive, da die vorhandenen bereits undicht sind.* Unterzeichnet von *Staf Solm*.

Eines Abends überraschte ich sie an ihrem winzigen Schreibtisch, wie sie Zeile um Zeile eines Protokolls erstellte, das sie überschrieb mit: *Mein Erlebnis mit Standartenführer Hubertus Solm am Güterbahnhof Posen vom 24. Februar 1941 (erfrorene Säuglinge).*

Bei all dem hörte sie weder auf, im Meer zu schwimmen, noch, auf unserem Balkon zu frühstücken, und sie spielte auch weiterhin auf resignierte Art mit mir, wenn wir abends nebeneinanderlagen, Haut an Haut, die Fenster geöffnet wegen der Hitze.

Doch mit den Gedanken war sie bei den Toten oder den zu Tötenden.

In der großen Verkettung von Ursachen und Wirkungen darf keine Tätigkeit isoliert betrachtet werden, auch nicht Evs Tätigkeit, die nicht aus ihr selbst heraus entstanden ist. Vor allem Oberst Harel förderte meine Schwester nach Kräften, zu dessen vertrauter Sachbearbeiterin für Entwischte sie schon nach kurzer Zeit aufstieg. Das lag auch daran, dass ihre Vorgängerin einen Nervenzusammenbruch erlitten hatte, nachdem ihr sieben Monate lang kein Gehalt ausgezahlt werden konnte. Der Mossad war damals wahrlich nicht das, was Sie heute damit verbinden, Basti.

Evs rasch wachsendes Archiv musste sie provisorisch im halbzerfallenen Keller der Löwenkopf-Villa einrichten, in einer Säulenhalle mit trockengelegtem Marmorbecken, die allgemein nur »der Harem« genannt wurde, weil aus den Mauerfugen noch immer der jahrzehntealte Duft wohliger Massageöle strömte. Hier nahmen Evs Akten den Geruch von schlafförderndem Lavendel an, bis sie ihn schließlich selbst annahm, wenn sie abends nach Hause kam und ins Bett fiel.

Wo immer sie konnte, wälzte sie die verdammten Leitz-Ordner, um sich inspirieren zu lassen. Sie schlug in den neueröffneten Archiven der Gedenkstätte Yad Vashem nach.

Sie korrespondierte mit jungen Historikern in Deutschland und den USA. Der Eifer lackierte ihre Wangen, sie schlief schlecht und brabbelte im Halbschlaf Namen von Massenmördern herunter, die sie wie Schäfchen zählte.

Im Meer fing sie an zu kraulen. Von einem Tag auf den anderen hatte sie sich den Schwimmstil, den ich bis heute unweiblich und für ein Säugetier ohne Flossen zu schnell finde, selbst beigebracht. Sie wurde ein Torpedo in rotem Trevira, der mir bald schon davonschoss.

Schließlich gab sie sogar ihre Stelle im Krankenhaus auf, um sich ganz der Waid zu widmen. Und natürlich der Beute.

Obwohl die Koryphäen der medizinischen Fakultät ihr eine glänzende Zukunft in ihren Reihen versprachen, wollte sie ihre Auffassungsgabe und Konzentration, ihre Effizienz und all das, was Sie licht- und liebevolles Sein nennen, Swami, auf diesem tödlichen Pflaster verschleudern.

Je mehr Informationen Oberst Harel durch Ev zusammentragen ließ, je mehr Unterlagen ihr seine Informanten aus den osteuropäischen Beutearchiven zuspielten, je mehr Zeugenaussagen der Überlebenden bei ihr eintrafen und je stärker ich meine BND-Personalkenntnisse mit ihr teilte, desto deutlicher wurde ihr Eindruck, dass die Org kaum mehr war als ein riesiges Klärwerk für Himmlers SS-Kloake.

»Ich sehe es so«, berichtete Ev dem Oberst und fasste die Bilanz all ihrer Erkenntnisse in einem einzigen Satz zusammen: »Es müssen noch weit radikalere Maßnahmen als bisher ergriffen werden.«

Ehrlich gesagt hätte diese Forderung, wäre sie nicht auf

Jiddisch erhoben worden, auch von Standartenführer Hubertus Solm stammen können, sogar die entschlossene Tonlage ähnelte der seinen.

Ich erschrak und versuchte, Evs gefährliche Fixierung auf die Orks zu relativieren. Aber meine Worte erreichten Agentin Himmelreich nicht, zerstoben schon vor ihrem Artemis-Blick, der weit in die Zukunft reichte, in eine Welt, die vor Gerechtigkeit geradezu platzen würde, leergefegt von aller Bosheit, und zwar mit ihrer tätigen Hilfe. Sie wollte den BND behandeln, wie sie Infekte, Viren, Krebsgeschwüre behandelt hatte.

Sie war auf einer Mission.

»Geben Sie mir ein paar Namen, Ev«, brummte Isser Harel genervt. »Ein paar BND-Namen.«

Und Ev gab ihm ein paar Namen.

O ja, sie gab ihm ein paar Namen.

16

Walther Rauff zum Beispiel, einst Chefentwickler von Heydrichs Gaswagen-Flotte, sicher einer der klangvollsten Namen, jedenfalls in den Ohren des Mossad. Rauff war Neunzehnzweiundvierzig Führer des ss-Einsatzkommandos Nordafrika gewesen und hatte den Auftrag gehabt, mit General Rommel nach Palästina einzumarschieren, Tel Aviv dem Erdboden gleichzumachen und alle dort siedelnden Juden zu töten, Leute wie Oberst Harel zuerst.

Kein Wunder, dass Isser sich lebhaft dafür interessierte, dass Rauff als BND-Resident in Chile saß, zweitausend D-Mark monatliche Dienstrente bezog und ebenfalls, nachdem ich seinen Aufenthalt in Erfahrung gebracht hatte, auf Evs Vorschlag hin eine Geschenkbox des Mossad erhielt, die er aber nicht öffnete, denn im Gegensatz zu Alois Brunner mochte er keine Süßigkeiten.

Der Bundesnachrichtendienst hielt seine schützende Arbeitgeberhand auch über BND-Namen wie den Eichmann-Adjutanten Otto von Bolschwing (unter dessen Führung die Juden von Bukarest umgebracht wurden), über den Gestapo-Offizier Hans Sommer (der für die penible Sprengung der Pariser Synagogen gesorgt hatte) und vor allem über Otto Barnewald, Exverwaltungsleiter in den KZs Mauthausen, Neuengamme und Buchenwald, mit dem ich in Pullach hin und wieder Tischtennis gespielt hatte. Er verfügte über einen bemerkenswerten Aufschlag.

BND-Name Hans Becher, Angehöriger des Judenreferats der Gestapo Wien und für zahlreiche Deportationen und sorgfältige Hausdurchsuchungen verantwortlich (er schoss gerne in die Kleiderschränke, bevor er sie öffnete), wurde von Gehlen als Instrukteur für Armee- und Polizeieinheiten nach Ägypten entsandt.

BND-Name Ernst Biberstein, Chef des luminösen und in Kiew für jüdische Ruhe sorgenden SS-Einsatzkommandos sechs in der Ukraine, ein ehemaliger Pastor, erhielt zwar beim Einsatzgruppenprozess Nürnberg das Todesurteil, sprang aber dem Henker auf und davon und direkt hinein in die Arme Gehlens, der ihn als Informanten durchfütterte.

Auch ein Stabsangehöriger des KZ Auschwitz konnte mit Sturmbannführer Ludwig Böhne für den BND gewonnen werden (Ev erinnerte sich noch aus ihrer Dienstzeit als Lagerärztin schemenhaft an ihn, ein kleiner Dicker mit Kaiser-Wilhelm-Bart).

BND-Name Hartmann Lauterbacher wiederum, Stellvertreter von Reichsjugendführer Baldur von Schirach, zeigte in Pullach jedem, der es sehen wollte, sein Hochzeitsfoto mit dem Trauzeugen Joseph Goebbels an seiner Seite. Lauterbacher war im Krieg Gauleiter von Niedersachsen und Namensgeber der recht spektakulären »Aktion Lauterbacher« gewesen (Gettoisierung aller noch lebenden Juden in Judenhäusern, in denen dann nicht mehr so lange gelebt wurde). Kurz vor der Kapitulation drohte er jedem seiner geliebten Niedersachsen mit Hinrichtung, der sich feige vor dem Feind abzusetzen wagte, setzte sich aber spornstreichs als Allererster ab, zusammen mit eins Komma sieben acht Millionen von ihm heroisch beschützten Zigaretten.

Beim BND leitete Lauterbacher Ende der fünfziger Jahre die Residentur Nordafrika, erst in Kairo, dann in Tunis, so dass er tatsächlich mein anrainender Amtskollege wurde, mit dem ich mich aufgrund der räumlichen Nähe mehrmals konspirativ traf, in einem erstklassigen Nilrestaurant zum Beispiel, um bei Kofta und Kuschari über dies und jenes zu sprechen.

Auch Herrn Lauterbacher wollte Ev mit einer kleinen Aufmerksamkeit überraschen, was aber die Spur auf mich (BND-Name Himmelreich) gelenkt hätte.

Der Unsägliche schien in dieser Umgebung noch eines der Leichtgewichte zu sein, obwohl Ev herausfand, dass er in die Enterdungsaktionen in den Bickern'schen Wäldern verstrickt war, wo in den Wochen, in denen ich erst Politow nach Moskau gejagt und danach im Gestapo-Gefängnis Riga auf meine Hinrichtung gewartet hatte, unter Hubs Oberbefehl Zehntausende halbverwester Leichen dem Erdboden entrissen wurden, man grub sie also aus, schichtete Knochen und Fleischfetzen auf riesige Holzroste, überschüttete sie mit Benzin, Öl und Teer, verbrannte die Kadaver an mehreren Tagen und zerstieß die verkohlten menschlichen Rückstände, bis sie nur noch Erde waren, schwarze Krume, in die unser Bruder noch junge Birken pflanzen wollte, doch dafür war keine Zeit.

»Nein«, resümierte Ev, »an BND-Namen ist kein Mangel. BND-Namen blühen an jedem Wegesrand. Ich sehe keinen Grund, warum wir sie nicht alle mit Stumpf und Stiel ausreißen sollten. Ihre Politik des Pflückens hier und da reicht nicht mehr, Isser.«

Sie sprach kühl und blasiert zu Oberst Harel, der wie ein Verhaltensgestörter in seinem Sessel vor- und zurückwippte, die Lippen zu einem Strich zusammengepresst. Wir saßen zu dritt in seinem Büro in Jaffa. Den Löwenkopf hatte er inzwischen an die Wand hinter seinem Schreibtisch gehängt, zweiäugig, den alten weißen Kieselstein mit aufgemalter Pupille links wie gehabt und rechts eine brandneue Glasmurmel, die mich anstarrte.

»Ja, Sie haben recht«, presste Harel schließlich hervor.

Neben mir atmete Ev erleichtert, fast wonnig auf.

Ich kenne dieses Geräusch so gut. Unter dem Weihnachtsbaum war es zu hören gewesen (als Ev zum ersten Mal kein Püppchen geschenkt bekam, sondern von Papa bemalte Zinnsoldaten wie ihre Brüder) oder auch am Telefon, als sie nach den verheerenden Bombenangriffen auf Berlin meine Stimme liebte. Dieser aspirative Ausdruck, einer Sorge abrupt entledigt zu sein, passte so schlecht zu Harels Feststellung, dass Ev recht hatte. Hatte sie damit recht, dass Paketbomben zu wenig Schaden anrichten? Hatte sie damit recht, ihren großen Bruder zum Abschuss freizugeben? Konnte sie damit recht haben, für ihn das Schlimmstmögliche zu wünschen? War sie ein besserer Mensch als er, indem sie ihrerseits begann, es ihm gleichzutun? Auslöschen? Liquidieren? Abschalten? Mit Stumpf und Stiel ausreißen?

Das waren Worte, die in ihrem Leben plötzlich eine Rolle spielten.

Nicht dass ich mich darüber erheben möchte, denn durch

dieses Vokabular hangelte auch ich mich voran. Aber Sich-in-jeder-Sekunde-im-Recht-Glauben war ein Gefühl, das ich bisher nur mit Hub in Verbindung gebracht hatte. Ev wurde ihm in gewisser Weise ähnlich. Und so, wie er sich immer als guter Mensch empfunden hatte, so gut empfand sie sich ebenfalls in diesem schwarzen existentialistischen Scharfrichterkostüm, das ich ihr noch am Morgen hinten zugemacht hatte.

»Jeremias!«, mahnte Oberst Harels Befehlsstimme und rüttelte mich aus meinen fruchtlosen Gedanken. Ich hasste es, Jeremias genannt zu werden.

»Isser?«, sagte ich gehorsam, obwohl ich seinen richtigen Vornamen noch mehr hasste als meinen falschen.

»Sie werden ihn in die Luft jagen.«

»Wen bitte?«

»Reinhard Gehlen.«

Eine Herzstillstandsstille senkte sich vom Rachen des Löwen herab, als würde sie wie kalte Luft aus seinem Maul fließen. Wo er wohl ausgebrüllt hatte? Er soll der Letzte seiner Art in Kleinasien gewesen sein, *panthera leo persica*, von Beduinen erlegt in der syrischen Wüste, komisch, an welches Latein man denkt in manchen Sekunden.

»Ich soll den Chef des Bundesnachrichtendienstes in die Luft jagen?«

»Das ist die einzige Lösung.«

»Herr Gehlen ist mein Vorgesetzter.«

»Ich bin Ihr Vorgesetzter.«

»Ich kann Herrn Gehlen nicht in die Luft jagen.«

»Aber Schatz, warum denn nicht?«

»Bitte Ev, misch du dich nicht ein.«

Oberst Harel stand auf und trat an die kleine Balkontür. Er sah nach draußen, in die den Arabern entrissene Stadt, und wenn ich sein Gesicht gezeichnet hätte, so wäre es das von Laokoon geworden, ein in weißen Marmor gehauenes Seufzen, erstaunlich, wie Isser innerhalb von Bruchteilen von Sekunden Emotionen mit Prinzipien verbinden konnte.

»Ein ehemaliger Wehrmachtsgeneral, der Hitler persönlich vorgetragen hat und jetzt den westdeutschen Geheimdienst mit diesen ganzen Nazis aufbaut?«, sprach er in Richtung Balkon. »Nein, das geht nicht. Er ist eine ständige Bedrohung für Israel.«

»Wieso das denn?«

»Blicken Sie mal in die Aktensammlung Ihrer Frau!«

»Ich kenne die Aktensammlung meiner Frau. Die wurde überhaupt erst mit meiner Hilfe die Aktensammlung meiner Frau.«

Er wandte sich um, immer noch Laokoons Schmerz im Blick, aber vermengt mit einer ganz anderen Entschlossenheit, die Schlangen loszuwerden, die ihn würgen und beißen.

»Wie kommt dieser Mann auf eine solch irre Idee, Jeremias? Wie kann er in Ägypten, in Tunesien, in Syrien, im Libanon, wie kann er in all unseren Nachbarstaaten ausgerechnet ehemalige ss-Leute als Residenten einsetzen? Sucht er nach der Endlösung?«

»Mich hat er doch auch eingesetzt.«

»Ja, und ehrlich gesagt wundert es mich, dass Sie nicht gleichfalls bei der ss waren. Das würde zu Gehlen passen, mir ein Kuckucksei ins Nest zu legen.«

»Ich glaube«, sagte Ev rasch, »mein Mann hat gewisse humanitäre Bedenken.«

»Humanitäre Bedenken?«, fragte Isser mich erstaunt. »Ich dachte, Sie verabscheuen Gehlen?«

»Natürlich verabscheue ich ihn. Aber ... aber der ganze Waffenhandel wird über ihn abgewickelt. Und über den Waffenhandel nähern sich unsere beiden Staaten an. Sie können doch nicht einen der höchsten Repräsentanten der Bundesrepublik in die Luft sprengen. Das ist, als würden Sie den Verteidigungsminister in die Luft sprengen, während er Ihnen U-Boote schenkt!«

»Lassen Sie das meine Sorge sein. Ich rede mit Ben-Gurion.«

Ev strich sich ihr Henkerskleidchen glatt und sagte pompös: »Wir brauchen ein Fanal, das der Welt unmissverständlich klarmacht, dass es für keinen Nazi Sicherheit gibt, wo immer er auch darauf hofft.«

»Das ist kein Fanal, das ist Selbstverbrennung«, sagte ich.

»Isser«, wandte sich Ev an den Oberst, und ich hasste ihre gönnerhafte Noblesse. »Sie sollten Jeremias diese Aufgabe nicht übertragen. Er ist ein Künstlertyp.«

Wie konnte sie mich Jeremias nennen? Wie konnte sie mir das antun?

»Ich soll ein Künstlertyp sein?«

»Reg dich nicht auf. Ich verstehe deine Bedenken.«

»Ich soll ein Künstlertyp sein? Ich bin ein Killertyp!«

»Schatz ...«

»Und es ist mir piepegal, wen ich in die Luft jage. Ich möchte nur sichergehen, dass wir hier nicht einer Paranoia aufsitzen, aufgrund deren sich am Ende dann Leute in ihrem Blut und ihrer Scheiße wälzen.«

»Wir sind beim Mossad, Jeremias«, sagte Isser sanft. »Natürlich sind wir paranoid. Aber nur weil wir paranoid sind, bedeutet das ja noch lange nicht, dass niemand hinter uns her ist.«

Mit diesem alten Witz (wahrlich kein Taw-Witz) wandte er sich vom Fenster ab, kam auf mich zu und umgriff mich an meinen Oberarmen wie an den Henkeln einer großen, mit Sorge und Widerwillen gefüllten Amphore.

»Nur Sie genießen Gehlens Vertrauen, Jeremias. Nur Sie kennen sein Haus und dürfen es betreten. Nur Sie kommen ohne Probleme an Sprengstoff. Sie kommen sogar ohne Probleme an BND-Sprengstoff. Vermutlich können Sie den Mann mit seinem eigenen Material ausschalten.«

Er ließ die Amphore los und gab ihr einen Klaps.

»Glauben Sie mir, vieles in Ihrem Leben hätten Sie anders und besser machen können. Aber das, was Sie jetzt tun werden, ist mit Abstand das Großartigste, was mit Dynamit möglich ist.«

17

Es kam einem nicht in den Sinn, sich den Befehlen von Isser Harel zu widersetzen. Dabei habe ich selten jemanden erlebt, der weniger natürliche Autorität als er ausstrahlte. Seine Garderobe war legendär. Niemals trug er etwas anderes als zerknitterte, sandfarbene Baumwolle, außerdem kurze Hosen, dazu die immergleichen Sandalen und merkwürdig gemusterte Strümpfe in Farben, die es nirgendwo zu kaufen gab. Er konnte keine Krawatte binden, und obwohl man es ihm immer wieder erklärte – auch ich brachte ihm mehrmals den Windsorknoten bei –, vergaß er sofort den nötigen ersten Schlaufenzug. Schließlich führte er jahrelang ein ursprünglich dunkelgrünes, speckig glänzendes und fertiggebundenes Krawattenmodell mit sich, das er sich bei Bedarf wie einen Galgenstrick über den Kopf zog, vor Zeugen jeglicher Art am Hals festzurrte, um danach mit gemütlichem Stolz zu dem unvermeidlichen Staatsbankett zu spazieren, wenn es denn sein musste, denn er hasste Banketts, ganz im Gegensatz zu Reinhard Gehlen.

Während Gehlen außerdem die gute deutsche Küche schätzte (Rehbraten! Cordon bleu!), aber auch die hervorragende italienische oder die noch bessere französische nicht verschmähte und sich in Pullach die Speisen stets im Kreise seiner Hohepriester von livrierten Nachwuchsagenten kredenzen ließ, ging Harel in der Mittagspause grundsätzlich unbegleitet in die einfachste Taxifahrerschenke Jaffas und ernährte sich monatelang nur von seinem geliebten Gurkensalat mit Joghurt und englischem Custard.

Er lehnte es ab, von einem Fahrer chauffiert zu werden, setzte sich stattdessen immer selbst ans Steuer, wenn es wohin auch immer ging. Er war ein entsetzlicher Autofahrer, hektisch und selbstgerecht, fuhr aber aus Tarnungsgründen stets auf eigene Faust, während er seinen Chauffeur Yossi auf dem Rücksitz platzierte, was die Wirksamkeit von Attentaten seiner Meinung nach stark reduzierte, jedenfalls ihn betreffend, natürlich nicht Yossi betreffend. Den Trick hatte er in einem Agatha-Christie-Roman entdeckt. »Von Miss Marple lernen heißt siegen lernen«, sagte er oft.

Leider lernte er von ihr kein Englisch.

Auch sein Hebräisch war grotesk. Er sprach fast ausschließlich Jiddisch, im hellen Singsang der lettischen Juden.

Längst hatten wir herausgefunden, dass er und seine Familie aus Dünaburg stammten, und er war überzeugt, dass er mit Ev auf irgendeine Weise verwandt sein musste, da seiner Meinung nach alle Jidn Dünaburgs untereinander verwandt waren.

Ich habe mich oft gefragt, wieso der Mossad, der aus einer Handvoll herablassend wirkender Tagediebe zu bestehen schien, stets unter Finanzierungsproblemen litt und von einem peinlichen Zwerg ohne sichtbare Führungsqualität geleitet wurde (wenn man einmal von seiner hervorstechendsten Eigenschaft absieht, nämlich der cholerischen

Ungeduld, mit der alleine aber auch kein Blumentopf zu gewinnen ist), wieso also aus dieser Mischpoke ein effizienter, furchterregender und eminent nützlicher Nachrichtendienst werden konnte, mithin das genaue Gegenteil der Org. Vermutlich, weil Isser Harel bereit war, das Undenkbare zu denken. Weil sein scharfer Verstand nicht schwächer war als sein Wille. Und weil Geschmack, auch der Geschmack des Moralischen (oder, wie er es abfällig nannte, die Moral des Geschmacks), für ihn keine Kategorie dienstlichen Handelns war.

Deshalb meinte er den Tötungsauftrag für Reinhard Gehlen auch vollkommen ernst.

Auf diese Weise konnte ich natürlich nicht den Frieden nach Israel bringen, lieber Swami.

Es war verstörend, dass Ev in dieser Angelegenheit eine solche Hingabe entwickelte. Mit Hingabe meine ich diesen Eifer, der die eigene Person hintanstellt, das Sich-Verströmende, das ich bei Ev noch nie entdeckt hatte, dazu war sie immer viel zu selbstbezogen gewesen. Zu sehr davon überzeugt, ein goldener Pokal zu sein im Spiel des Lebens. Etwas zu Bestechendes, zu Leichtes, zu Lustiges hatte sie vom ersten Moment an in unser Haus getragen, als dass es jetzt ganz erloschen sein konnte.

Oft wurde ihr schwindlig, vor allem in den Hitzemonaten Tel Avivs, sie musste sich dann in den Schatten setzen, machte aber kein Aufhebens mehr darum. Alles Hypochondrische war ihr entglitten, man könnte auch sagen: alles Unterhaltsame.

Ich fragte mich, wieso sie sich freiwillig gemeldet hatte.

Sie wollte unbedingt das Projekt Gehlen, Operation Thanatos genannt, gestalterisch entwickeln. Gemeinsam mit mir. Warum? Das fragte ich sie eines Morgens. Warum nur?

Sie pulte schweigend ein gekochtes Ei auf, murmelte etwas von Beistand und schwerer Prüfung und stopfte sich das Ei rein. Das war aber keine Antwort. Das war Distanz. Denn nur weil man morgens zusammen frühstückt und abends gemeinsam schwimmt, hat man dadurch ja nicht jene Distanz vermieden, die allen eheähnlichen Verbindungen anhaftet, ja die Ritualen geradezu innewohnt.

Ich begann widerwillig mit den Planungen für Operation Thanatos.

Dazu zeichnete ich aus dem Gedächtnis (und unter Protest) den Grundriss von Gehlens Starnberger-See-Villa nach und fand in 1.) der Speisekammer und 2.) dem Heizkeller geeignete Punkte für die Platzierung von Bomben. Ihren Wirkungsgrad berechnend, stellte ich diverse Detonationsüberlegungen an, deren fulminantes Ergebnis für manch Hassenswertes tragbar schien (die Teeabende mit schlesischem BND-Adel zum Beispiel oder auch den Labrador), für anderes jedoch unbedingt revidiert werden musste (die tumben Töchter oder auch Frau Herta, die sich ja mit mir verwandt glaubte).

Schließlich führten die zu erwartenden Kollateralschäden in eine Sackgasse. Ich verwarf die Dynamitvariante, prüfte gemeinsam mit Ev, ob nicht eine klassische Entführung für Herrn Gehlen die bessere Option darstellte.

Ev wollte den Doktor unbedingt vor Gericht bringen, ein Vorhaben, an dem schon der bedauernswerte Otto John gescheitert war, und als ich Ev das vorhielt, saß sie an unserem Tisch in der winzigen Küche, schmierte sich zur Abwechslung ein Brot mit Käse (wir sprachen fast nur noch am Frühstückstisch miteinander) und wollte den Kotzbrocken am Ende vor allem hängen sehen. Das jedenfalls knurrte sie.

»Aber schau doch mal, Schatz«, fing ich vorsichtig an und sagte dann eine Weile erst mal nichts mehr. Mir wurde plötzlich klar, dass wir in der ganzen Zeit sehr wenig über das Hängen gesprochen hatten, obwohl ja alles, was wir taten, letztlich darauf hinauslief.

»Was bedrückt dich?«, fragte sie.

»Bist du sicher, dass du das durchziehen willst?«

»Natürlich bin ich sicher.«

»Ben-Gurion wird es niemals genehmigen. Das weißt du auch.«

»Wir werden sehen.«

»Aber Gehlen hat doch den Juden nie was angetan. Es gibt etliche Persilscheine für ihn. Er hat sich sogar für die Entschädigungszahlungen an Israel eingesetzt. Und ohne ihn wärst du niemals hier.«

»Du wärst ohne ihn niemals hier.«

»Und zum Dank kriegt er einen Sack über den Kopf und wird von mir aufgeknüpft?«

Sie wandte sich mir zu, legte das angebissene Käsebrot zur Seite, und das Duo ihrer kleinen, übermüdeten Augen nahm mich in die Zange.

»Worauf willst du hinaus?«

»Ich finde dich sehr hart, Ev.«

»Ich soll hart sein?«

»Du bist rabiat geworden, seit du für Harel arbeitest.«

»Was stört dich daran?«

»Ich weiß nicht. Musst du unbedingt versuchen, diese ganzen Leute umzubringen?«
»Was meinst du mit Leute? Nazis?«
»Ja.«
»Du bist lustig. Wer besorgt denn die Adressen für ihre Geschenkpakete?«
»Ich muss das tun, damit wir überleben können. Ich tue es nicht gerne.«
»Du tust es nicht gerne?«
»Nein.«
»Ich tue es gerne.«
»Du veränderst dich, Ev.«
»Es sind Arschlöcher.«
»Leute wie Gehlen sind höchstens halbe Arschlöcher.«
Sie schlug mit der flachen Hand auf den Tisch, sprang auf und streckte ihren Zeigefinger aus (den rechten). Er reckte sich mir wie ein kleines Schwert entgegen. Sie wollte auch etwas sagen, denn sonst macht solch eine Geste ja keinen Sinn, aber was auch immer für ein Gedanke dahinterstand, er hatte keine Zeit zu reifen und wurde von ihr selbst weggelacht, ein verächtliches Schnauben kam hinterher, das Zeigefingerschwert verschwand, und beide Arme wurden vor ihrer Brust verschränkt. Dann holte sie tief Luft, um sich abzuregen, lief ein paar Schritte hin und her und blieb schließlich unter der Tür stehen, wo sie mich mit gerunzelter Stirn musterte, als müsse sie sich sehr über irgendwas wundern, zum Beispiel darüber, dass sie mit einer menschlichen Maus zusammenlebt, die an ihrem Küchentisch sitzt und auf ihr Käsebrot starrt.
»Was soll denn diese Predigt, Koja? Kannst du mir das

verraten?«, herrschte sie mich an. »Du hast mich doch dazu aufgefordert, aktiv zu werden. Zum ersten Mal seit Annas Tod mache ich wieder irgendwas Sinnvolles.«

»Als Ärztin hast du etwas viel Sinnvolleres gemacht.«

»Das war nur halbherzig.«

»Wer aus einem Koma erwacht, dem ist doch scheißegal, ob er nur halbherzig gerettet wurde.«

»Was wird denn das für ein Gespräch?«

»Ich weiß nicht, was das für ein Gespräch wird. Wir führen doch gar keine Gespräche mehr, sondern höchstens Verhandlungen. Wir arbeiten zusammen, und ehrlich gesagt, halte ich das für keine gute Entwicklung.«

»Habt ihr früher auch so zusammengearbeitet, Hub und du?«

»Wie?«

»So wie wir zusammenarbeiten?«

»Du meinst, über die Leute gesprochen, die sterben müssen?«

»Das habe ich nicht gesagt.«

»Das hast du gemeint.«

»Hör auf damit.«

»Ich würde mich nicht wundern, wenn du auch ein Dossier über mich angelegt hast.«

»Spinnst du?«

»Hauptsturmführer Solm! Geboren in Riga am neunten November Neunzehnneun! Folgende Tatvorwürfe!«

»Jetzt weiß ich, was das für ein Gespräch wird. Eins dieser Gespräche nämlich, wo das, was gesagt wird, und das, was gemeint ist, nichts miteinander zu tun haben!«

»Bin ich eine Nummer in deinen Akten oder nicht?«

»Es liegt nichts gegen dich vor! Nicht das Geringste!«
»Also ja.«
Sie ließ sich ratlos an die Türlaibung kippen.
»Wieso fragst du mich das alles?«
»Weil ich doch auch so ein halbes bin.«
Mich traf ein von allen Gewissheiten völlig ausgestorbener Blick.
»Ein halbes Arschloch.«
Es dauerte etwas. Dann bröckelte ihre Skepsis und machte einem schmalen Lächeln Platz, das in ihrem Gesicht wie ein ins Wasser geworfenes Steinchen kleine konzentrische Wellen schlug, hoch bis zum Auge, das ganz hell und groß wurde.
»Aber Liebster. Das ist doch was völlig anderes.« Sie stieß sich mit der Schulter von dem Türrahmen ab, schwebte herüber, setzte sich wieder zu mir, hielt ihre Hand an meine Wange, eine weiche, warme Hand ohne strafenden Zeigefinger im Gepäck.
»Du bist Jeremias Himmelreich«, sagte sie leise. »Du bist nicht mehr Konstantin Solm. Und Konstantin Solm hat gegen die Nazis gekämpft, obwohl er ihre Uniform tragen musste. Er hat ja niemanden getötet.«
Das stimmte nun gerade nicht, der Irrtum war aber nicht auszuräumen, und deshalb sagte ich nur: »Genau wie Gehlen.«
»Und Konstantin Solm hat ja auch niemandem irgendwas anderes angetan.«
Ich sah den Wald wieder vor mir, das erste Sonnenlicht bricht durch die Zweige.
»Oder?«

Die Schritte der schweigenden Menschen.

»Koja? Gibt es irgendwas, was du mir sagen musst?«

Das Geschrei und dann die Schüsse und der Säugling, der neben der Frau liegt, dieser Säugling.

»Koja?«

»Nein. Es ist nur so, dass ich nicht verstehe, wie du so gnadenlos sein kannst. Wenn du konsequent wärst, müsstest du auch mir gegenüber ohne Gnade sein, weil ich mich als Jude ausgebe. Du müsstest sogar dir gegenüber ohne Gnade sein, weil du ein falsches Leben führst. Da kannst du noch so viele Idioten an den Galgen bringen, du führst trotzdem ein falsches Leben.«

»Gott sei Dank.«

»Gott sei Dank?«

»Gott sei Dank gibt es nichts, was du mir sagen musst.«

Sie wischte mir irgendwas aus dem Gesicht, vielleicht eine Locke, die in meiner Kindheit mal da gewesen ist. Dann küsste sie mich, mit einer trägen, üppigen, trügerischen Zärtlichkeit, der ich schutzlos preisgegeben war, und fast hätte ich das Bild beschworen, das so klar an der Wand meiner Erinnerung hing, das von Schuld, Scham und Angst gemalt war, von keiner der Farben, die Ev von mir kannte, und wenn sie in diesem Moment geflüstert hätte, dass ich ihr alles sagen könne, alles, auch das Furchtbarste, weil ich ihr Mensch im reinsten Sinne des Wortes bin und vor ihr keine Masken brauche, dann hätte ich ihr dieses Bild gezeigt, und in mir würgte es, aber sie verschloss meinen Mund mit ihrem, bis ich abließ, um mich nicht zwischen ihren Zähnen zu übergeben, und ich hörte sie flüstern, dass ich so wahrhaftig sei, und dann ging es natürlich nicht.

In all die Verwirrung platzte nach vielen Wochen konzentrierter Vorbereitung das ganz reale Veto von Shimon Peres, dem sich der zaudernde Ben-Gurion anschloss.

Sie glaubten beide, dass ein Mordanschlag auf einen der wichtigsten Repräsentanten jenes Staates, der einem heimlich über den Exporthafen in Marseille Woche für Woche Kriegsgüter spendierte, keine ausschließlich positiven Effekte haben könne, von der Verletzung des Völkerrechts einmal ganz abgesehen, na ja, was Politiker eben so reden, wenn es ihnen in den Kram passt.

Ich war dennoch gewisser Sorgen enthoben. Meine Vorzüge haben nie im operativen Bereich gelegen, auch deshalb fühlte ich Erleichterung.

Oberst Harel hingegen lief wie ein Derwisch durch sein Büro, raufte sich die Glatze, riss sein Hemd aus der kurzen Hose, biss sogar hinein (einer der Gründe, warum die Hemden stets zerknittert waren) und schrie immer wieder »*A schand! A schand! A schand!*« mit sich überschlagender Stimme.

»Soll ich etwa, du Intrigant«, brüllte er in den Telefonhörer, an dessen anderem Ende das Ohr des Herrn Staatssekretärs Peres ertaubte, »soll ich etwa diesen Verbrecher völlig ungeschoren davonkommen lassen?«

Das große vulkanische Fanal, das sich der Oberst durch Sprengung oder Erhängung des Doktors erhofft hatte, es blieb aus.

Zwar schlug ihm die ebenfalls enttäuschte Ev als Ersatzdelinquenten Hans Josef Maria Globke vor, Adenauers Lieb-Hänschen und Chef des Bundeskanzleramtes (unter den Nazis Ministerialrat im Innenministerium, dort als

Judenreferent für das »J« verantwortlich, das in die einschlägigen Pässe eingestempelt wurde, auch erfinderisch in der Änderung jener Vornamen, die zu germanisch klangen und auf seine Initiative hin in »Israel« oder »Sarah« umgetauft werden mussten, außerdem den Begriff der Rassenschande so weit ausweitend, dass die »gegenseitige Onanie« zwischen Ariern und Juden mit dem Tode bestraft werden konnte, ausgerechnet jene behutsame und gleichzeitig üppige Zuwendung, durch die Ev und ich einander an lauen Mittelmeer-Winterabenden so gerne ins Mark trafen).

Oberst Harel fasste die Globke-Anregung aber nicht gut auf. Er fauchte meine in Zerknirschung so ungeübte Gattin an, dass sie ihm genauso gut Chruschtschow zur Erledigung vorschlagen könne. Auch alle anderen Kandidatenvorschläge Evs zerschellten an seiner Empörung, die sich an der mangelnden Prominenz des jeweils Auserkorenen auflud oder an nicht vorhandenen Wohnadressen, so wie bei Martin Bormann, der Adolf Hitlers Hans Globke gewesen war und nun auf einer Hacienda in Mexiko vermutet wurde, im Kreise gemächlich gezüchteter Hühner, aber zu Unrecht.

Ich war es, der den tobenden Mossad-Chef leise daran gemahnte, dass ja mein Referatsleiter Hach, der präzise Palästinafritz, immer noch die Adresse von Adolf Eichmann in seiner Schublade verwahrte. Nicht dass ich das nie zuvor erwähnt hätte, nur geglaubt hatte es keiner. Mir ist selbst unbegreiflich, wieso ich dem Umstand nicht schon früher Rechnung getragen hatte, vielleicht, weil Eichmann neben dem berühmten Auschwitz-Doktor Mengele (den Ev nicht kannte, da sie schon vor seinem Dienstantritt das KZ verlassen hatte) der einzige Entwischte war, für den die Org nicht die mindeste Aufmerksamkeit erübrigt hatte.

Als Isser erfuhr, dass der BND seit Jahren wusste, wo und unter welchem Namen sich der oberste Endlöser, der unterste Mensch, die brodelndste Blausäure aufhielt, bekam er einen Tobsuchtsanfall, der sich selbst für einen Choleriker seines Kalibers gewaschen hatte.

Er rief auf der Stelle Shimon Peres an, um ihn, obschon heimgesucht von röchelnder Heiserkeit, fragend anzuschreien, ob man nicht die Liquidierung von Reinhard Gehlen doch noch einmal auf den Prüfstand stellen könne, das Schwein habe dem jüdischen Volk die Adresse des ERZFEINDES vorenthalten, und wenn er ERZFEIND sage, dann meine er auch ERZFEIND, Obersturmbannführer Karl Adolf ERZFEIND, Chef des ERZFEINDreferats im Reichssicherheitshauptamt Berlin.

Peres redete dem Oberst gut zu, zeigte auch Elemente reinsten Verständnisses und schlug schließlich vor, die Liquidierung Herrn Eichmanns der Liquidierung Herrn Gehlens bei weitem vorzuziehen, schon um Verteidigungsminister Strauß und seine Waffenlieferungen nicht traurig zu machen.

So kam schließlich eins zum anderen.

Ich brauchte ein ganzes Jahr und zwei herbstliche Reisen nach Pullach, um Palästinafritz mit liebevollem Gemüt (ein wenig List, ein wenig Tücke) die entsprechenden Angaben über den wohlverwahrten Hebraisten zu entlocken.

Wie die Geschichte ausgegangen ist, wird Ihnen ja wohl kaum entgangen sein, reiselustiger Swami. Oberst Harel, der alte Fuchs, hat letztes Jahr in seinen Erinnerungen *The House on Garibaldi Street*, Viking Press, London 1973) einen deutschen Staatsanwalt für den Tipp auf Eichmann verantwortlich gemacht, ein geschickter Zug, teilwahr und ergiebig, zumal der Staatsanwalt längst mausetot ist.

Als Adolf Eichmann, verkleidet als Kopilot und in Gewahrsam eines mehr als aufgekratzten Sonderkommandos, in einer El-Al-Maschine am zweiundzwanzigsten Mai Neunzehnsechzig auf dem Flughafen Lod aufsetzte, holten Ev und ich unseren Chef direkt an der Rollbahn ab. Meine Herren, war der gut gelaunt! Isser hatte den Zugriff in Buenos Aires persönlich geleitet und führte, wie es seinem Temperament entsprach, einen Koffer von der Größe eines Schulranzens mit sich.

Wir ließen uns von ihm zum Ministerpräsidenten chauffieren, dem der gelungene Coup noch stolz mitgeteilt werden musste.

Vom Vorzimmer aus sah ich durch den geöffneten Türspalt Ben-Gurions famose Einstein-Frisur, die vor Genugtuung zu wackeln schien. Er war sogar fleischgewordene Würde, als er mir ein Schlückchen aus seinem Sektglas anbot, nachdem Isser meine Rolle in diesem Spektakel enthüllt hatte.

Zur Feier des Tages begleitete der Ministerpräsident uns allesamt nach draußen vor seinen Amtssitz und staunte nicht schlecht, dass sein mächtiger *Memuneh* sich selbst hinter das Steuer eines Fiats klemmte, um seine zwei Jeckes-Mitarbeiter nach Hause zu bringen, was beinahe schlimm geendet hätte, denn an der Bograshov Street kam uns ein Bus in die Quere, und unsere Bremsen waren nicht die besten (zumal Isser nicht gerne bremste).

Wir feierten noch ein wenig mit ihm in unserer Wohnung. Aber was heißt schon feiern bei jemandem, der Alkohol, Zigaretten und alle Art Süßwaren für störendes Beiwerk hält. Er bewunderte die vielen Bilder unserer Tochter an der Wand, und später am Abend zeichnete ich eine Karikatur von ihm, wie er dachte, dabei war es eine naturgetreue Wiedergabe seiner erstaunlichen Physiognomie.

Vielleicht war ich aber auch ein wenig aus der Übung gekommen.

In den fünf Jahren in Tel Aviv hatte ich kaum noch gezeichnet oder gemalt. Höchstens Bilder von gespaltenen oder innen brennenden Köpfen mit vielen Augen und Mündern schuf ich, keine einfachen Landschaften oder Porträts mehr.

Am nächsten Tag glich Tel Aviv einem brodelnden Kessel. Passanten liefen schreiend über die Straße, der Verkehr brach zusammen und auch das Telefonnetz des ganzen Landes. Vor den Transistorradios in den Bars und Rundfunkgeschäften ballten sich Menschentrauben, und in der Knesset kippte ein uralter Rabbi von seiner Abgeordnetenbank, weil das schrumpelige Herz der Neuigkeit von Eichmanns Ergreifung nicht gewachsen war. Überall wurden Autohupen betätigt, und alle Schiffe im Hafen ließen ihre Signale los, als gäbe es König Davids Vermählung zu feiern, dabei war nur eine Bestie gefangen, mit der Ev vor gar nicht allzu langer Zeit beim Bäcker in Posen angestanden hatte, und er, ganz Kavalier der alten Wiener Schule, hatte ihr den Vortritt gelassen.

Fünf Monate später rief mich Isser Harel an und sagte, dass ich ein Stück Dreck sei, ein undankbares und enttäuschendes Stück Dreck, und dass es in Deutschland zur Katastrophe kommen werde.

Aber das wusste ich schon, denn ich selbst sollte sie ja herbeiführen.

18

Mit der Ankunft von Ev und mir im Hafen Jaffas, am sechsten Januar Neunzehnsechsundfünfzig, hatte er begonnen, der Anfang vom Ende des *herem*.

Wenige Wochen später, es kann der dreißigste Januar Neunzehnsechsundfünfzig gewesen sein, zerfiel das totale Nein zum Gebrauch der deutschen Sprache. Die Jeckes durften wieder quatschen, auf dass ihnen der Schnabel brechen möge. Das generelle Auftrittsverbot für deutsche Musiker, Schauspieler und Tänzer blieb zwar bestehen. Ausnahmen konnten aber genehmigt werden. Und die Universitäten hatten die Erlaubnis, deutsche Fachliteratur einzuführen, vorzugsweise solche, die zum Bau von Kernreaktoren geeignet war, was sich noch als nützlich erweisen sollte.

Am sechsundzwanzigsten März Neunzehnsiebenundfünfzig erschien die erste Prominenz. Ihr wurde offiziell erlaubt, nach Israel einzufliegen, wenn auch nur als Privatsache, und so durfte der deutsche Kanzlerkandidat Erich Ollenhauer zwar nicht groß herumspazieren, aber eine schweigend erduldete, applausarme, immerhin öffentliche Rede halten über die Anmut der Sozialdemokratie (nicht der deutschen, sondern der israelischen, die ihn eingeladen hatte).

Am fünfzehnten September Neunzehnsiebenundfünfzig reiste der Chef des Deutschen Sportbundes Willi Daume unter Vernachlässigung seiner ihm längst aus dem Sinn gekommenen NSDAP-Mitgliedschaft nach Tel Aviv, um als erster offizieller Repräsentant der Bundesrepublik auch gleich die schöne Tradition der Sühnespende einzuführen. In seinem Fall brachte er einen Haufen bläulicher Es-tut-mir-leid-Trikots der Firma Adidas mit.

Das Frische, Fromme, Fröhliche und Freie des Sports führte in dieser frühesten administrativen Annäherung beider Länder dazu, dass danach Bundestagsabgeordnete als Sportfunktionäre getarnt nach Israel einsickern durften. Ein fetter und schwer rheumakranker Deputierter der FDP zum Beispiel kam als Tischtennisliebhaber und brachte eine entsprechende Spende für den israelischen Verband mit (fünfzehntausend Tischtennisbälle, die allerdings ein wütender Holocaust-Überlebender ins Meer schüttete – eine poetische, wenn auch kurze und leichte Überhöhung des Wellengangs war die Folge).

Am ersten Dezember Neunzehnsiebenundfünfzig lud das Weizmann-Institut das Münchener Max-Planck-Institut nach Israel ein. Da Institute nicht reisen können, kamen Wissenschaftler, vor allem Kernphysiker.

Was sie spendeten, weiß kein Mensch.

Und auch die nächste namhafte Spende, die Franz Josef Strauß im Nachgang zu unserem herrlichen Weihnachtsbesuch Neunzehnsiebenundfünfzig arrangierte, blieb bis heute nur einem engen Kreis erfreuter Wehrexperten bekannt.

Am ersten Januar Neunzehnsechzig war das Verbot der

Einfuhr deutscher Automarken endgültig passé, denn ausgerechnet Hitlers Kraft-durch-Freude-Wagen durfte in der ersten israelischen vw-Dependance verkauft werden, und er verkaufte sich glänzend (die Spenden von Volkswagen müssen herzzerreißend gewesen sein).

Am vierzehnten März Neunzehnsechzig begegneten sich David Ben-Gurion und Konrad Adenauer im Hotel Waldorf-Astoria in New York, und Sühnespenden aller Art wurden bei Eierlikör diskutiert, hießen aber Wirtschaftsabkommen und persönliches Miteinander.

Am ersten September desselben Jahres war die molluskenartige Annäherung der beiden Staaten so weit gediehen, dass sogar der um ein Haar von Isser Harel zum Tode verurteilte, von mir beinahe in die Luft gejagte und von Ev fast erhängte General a. D. Reinhard Gehlen das dringende Bedürfnis nach deutsch-israelischer Freundschaft verspürte, eine zutiefst erschreckende und besorgniserregende Sache natürlich.

Die Drähte zu mir waren von Pullach aus heiß gelaufen auf der Suche nach guten jüdischen Freunden, und ich hatte es vorgezogen, den von Grund auf unbefreundbaren Mossad-Chef nicht als Ersten über die Anfrage zu informieren, einer der grandiosen Fehler meines Lebens.

Kurz darauf saß ich im israelischen Verteidigungsministerium, und dort hielt sich Shimon Peres tatsächlich in seinem eigenen Büro die Ohren zu, da Oberst Harel einen Meter vor ihm stand und mit dem Brüllen gar nicht mehr aufhörte. Es dauerte einige Minuten, bis Isser so erschöpft war, dass er erst mal einen halben Liter Wasser nachkippen musste, um bei der Hitze nicht zu dehydrieren. Diese kurzen und lauten Schlucke nutzte Peres, um die Vorteile der von Deutschland erbetenen Zusammenarbeit der beiden Nachrichtendienste herauszustellen.

»Der BND ist bereit«, sagte er und zeigte mit den ausgestreckten Armen die Größe der deutschen Sühnespendierhose an, »alle Nahost-Erkenntnisse mit uns zu teilen. Er bietet an, unsere Agenten auszubilden und beim Einschleusen nach Ägypten Unterstützung zu leisten.«

»Ich habe schon Agenten nach Ägypten eingeschleust, als der BND noch Gestapo hieß.«

»Der BND ist keine Gestapo, sondern ein mit der CIA aufs Engste zusammenarbeitender –«

»Ich weiß, was der BND ist, du Schweinehund! Der BND sitzt da drüben und hintergeht mich!«

Er ließ nur seinen Unterkiefer in meine Richtung ausfahren, um den undankbaren Dreck nicht mit zu viel Achtung zu verwöhnen.

»Lieber Isser, mein Guter. Herr Himmelreich ist dein treuester Agent. Das hat er doch bewiesen. Er arbeitet aber auch für die Gojim. Was soll er denn machen, wenn die mit uns Fühlung aufnehmen wollen? Du weißt doch selbst, dass du dafür der Falsche bist.«

»Ich bin der Chef aller israelischen Institute, und wenn der Chef eines verfeindeten Instituts an irgendeines unserer Institute herantritt, dann sollte er an dessen verfluchten Chef herantreten und nicht an jemand Butterweiches wie dich.«

»Du wolltest schon nicht mit zu Strauß kommen damals. Du würdest niemals zu Gehlen den Kontakt suchen.«

»Ich würde schon zu ihm den Kontakt suchen, wenn ich genug Plastiksprengstoff dabeihätte.«

»Es ist völlig richtig, dass Sie mich informiert haben, Jeremias«, wandte sich Peres höflich an mich. »Aber bisher haben ja Ihre Leute den Arabern die Daumen gedrückt. Mir ist nicht ganz klar, was sich hinter dem Angebot verbirgt.«

»Ich soll Ihnen nur ausrichten«, antwortete ich, »dass die Operation Blaumeise ein breites Paket an Hilfslieferungen mit sich bringt.«

»Operation Blaumeise?«

»Alles Weitere möchte Ihnen Herr Gehlen gerne persönlich mitteilen.«

Peres dachte kurz nach, wozu er ein Auge schloss, bis er es nach einer Weile wieder öffnete und sein mit Nachsicht gefütterter Blick an Oberst Harel abprallte.

»Hör mal zu, Isser, mein Freund, ich finde, wir sollten trotz deiner Bedenken eine Abordnung *(klejne delegatsje)* nach Pullach schicken.«

»Die kannst du gerne schicken, wenn du keinen Funken Selbstachtung im Leib hast.«

»Natürlich mit dir an der Spitze.«

»Bist du meschugge?«

»Du bist der Chef aller Institute. Und wenn der Chef eines verfeindeten Instituts an irgendeines unserer Institute herantritt, dann sollte er an dessen verfluchten Chef –«

»Leck mich an meinem innersten Arschlochzipfel, Shimon Peres! Ein Staatssekretär hat mir überhaupt gar nichts zu sagen! Ich gehe zu Ben-Gurion!«

»Ich war schon bei Ben-Gurion.«

Dieser Umstand gefiel Oberst Harel überhaupt nicht.

»Du bist so ein eingebildeter Affe«, zischte er. »Nur weil dein Großvater Rabbi gewesen ist? Mein Großvater ist auch Rabbi gewesen.«

»Lass uns nicht streiten, wer der bessere Rabbi gewesen ist.«

»Meinst du, nur deine Familie haben sie umgebracht?« Isser ließ seine Hände wie losgelassene Sprungfedern zur Seite fliegen. »Meine Onkel! Meine Tanten! Alle tot! Alle abgeknallt von seinem Schwager!«

Er zeigte auf mich, und während Peres seine Überraschung gut verbergen konnte, sah ich hinter meinen Augen kleine Eiskristalle den Sehnerv emporklettern und meine Netzhaut kühlen, die wie eine Fensterscheibe beschlug, so dass ich außer wildem Herumgefuchtel nicht viel erkennen konnte.

»Meinen Onkel Moshe! Sein Schwager hat meinen Onkel Moshe ausgelöscht!«

»Isser, ich –«

»Meinen lieben Onkel Moshe!«, schnitt der Oberst ihm das Wort ab. »Sein Schwager hat meinen lieben Onkel Moshe Jacobsohn ausgelöscht! Und jetzt leitet er die Kantine in Pullach, in der die Abordnung gemütlich sitzen soll, zusammen mit dem Nazigeneral, den wir besser exekutieren sollten, du Schmock!«

Sensibler Swami. Hätte mir jemand auch nur einen Tag vorher gesagt, dass mir jemals in meinem Leben wieder Moshe Jacobsohn über den Weg laufen würde, sein Name und seine Erinnerung vielmehr, seine vor meinem geistigen Auge sich verfestigende Kontur, wie er mit mir damals in Dünaburg mit jüdischem Kappl auf dem Kopf die Geburtsregister nach Evs Namen durchforstet, wie er mich zum *gefilten fisch* in sein Haus einlädt am Abend, wie er vor mich tritt an die Grube, bestaunt von Stahlecker (»Sie kennen mich doch, Herr Jugendfirer, bitte lieber Herr Jugendfirer, kennen Sie mich noch? Meyer und Murmelstein? Die Namen kennen Sie doch? Bitte, bitte nicht, Herr Jugendfirer, bittebitte, ach!«), hätte mir jemand das einen Tag vorher gesagt, so wäre ich weit aufs Meer rausgeschwommen, so weit wie noch nie, und wäre vor Zypern untergegangen.

So hingegen erfuhr ich, dass Isser Harel nicht nur aus Lettland kam, genau wie ich, nicht nur aus Dünaburg stammte, genau wie Ev, und nicht nur Harel hieß, sondern eigentlich Halperin wie sein rabbinischer Großvater väterlicherseits, während sein nicht rabbinischer Großvater mütterlicherseits ein Levin gewesen war und außerdem der größte Essigmagnat Petersburgs.

Und so wie mein Opapabaron Schilling beim gemeinsamen Bridgespiel dem Zaren gerne Wein einschenkte, schenkte ihm Harels Großvater Levin gerne Essig ein, eine kleine, aber goldige Gemeinsamkeit. Was wird dem Zaren wohl besser gemundet haben? Ich konnte nicht einmal mir selbst antworten, sondern nur das auf mich niederprasselnde Leben Isser Harels hinnehmen, der aus Riga als Teenager mit einer in ein Brot eingebackenen Pistole nach Palästina ausgewandert war, und ich erfuhr noch sehr viele andere seltsame Dinge, die man innerhalb von drei Minuten hervorstoßen kann, bis dann wieder der Durst kommt und die Erschöpfung.

Peres hatte sich in der ganzen Zeit nicht bewegt, er kann

aber sehr gut zuhören, wenn es laut wird. Und als Harel japsend vor ihm im Sessel saß und nach Luft rang, fragte er ihn, ob er mir trauen würde oder nicht, denn das sei die einzig entscheidende Frage.

»Ich traue keiner Zungenspitze. Aber der Dreck hat uns den ERZFEIND gebracht. Und er hat uns Frau Himmelreich gebracht.«

Peres nickte staatsmännisch.

»Dann stell mit ihm eine Abordnung zusammen, Isser, mein Freund, mein Guter. Wie mein Großvater immer sagte: Wer sich gut beugen kann, kriecht vorwärts.«

»Kriechen war alles, was dieser kleine Rebbe draufhatte?«

Merkwürdigerweise stand Peres nicht auf, ging nicht um seinen Tisch herum, blieb nicht vor Oberst Harel stehen und ohrfeigte ihn auch nicht. Er blieb einfach sitzen, strich mit seinem Handrücken über das schönrasierte Kinn, eine bestens einstudierte Bewegung, und sagte, als er damit fertig war: »Wer gute Manieren hat, kann schlechte ertragen.« Dann machte er eine Pause, die genau so lang war, dass sie nicht wie eine Pause, sondern wie ein frisch vom Baum der Erkenntnis gepflückter Gedanke wirkte, und er fügte hinzu: »Das hat wahrscheinlich dein Großvater immer gesagt, der große Rebbe.«

Er war schon ein sehr interessanter Mann, der Herr Peres.

Ev duckte sich weg, als ich sie ansprach.

Warum tust du das, wollte ich wissen. Warum erzählst du dem Oberst alles über den Unsäglichen? Warum musst du ihm erzählen, dass er die Kantine leitet?

Es steht alles in den Akten, flüsterte Ev.

Gerade die Weichheit, mit der sie das sagte, holte mir das Blut aus dem Herzen.

Ach ja? Steht da auch drin, dass er einen Bruder hat? Und dass der Bruder sich in Israel versteckt? Und dass er sich eine jüdische Identität verschafft hat und als Hochverräter verurteilt werden wird, wenn man ihn findet? Steht das auch alles in den Akten?

»Es tut mir leid«, sagte sie. Wir standen bestürzt voreinander in unserer Wohnung, sie mit dem Rücken zur offenen Balkontür, fast sah es aus, als wollte sie verhindern, dass ich hinausrenne und mich über die Balustrade stürze.

»Was ist, wenn da irgendwo ein Foto auftaucht, womöglich mit gutsitzender ss-Uniform unter meinem Gesicht?«

»Du hast doch selbst alles entfernt.«

»Was weiß denn ich, wie viele Abzüge ich erwischt habe? Ich geh da jetzt nach Pullach als Jude zurück, weißt du, was das bedeutet?«

»Ja.«

»Du hast keine Ahnung!«

»Du wirst nicht ehrlich sein können.«

»Ehrlich? Nein. Wir können nie wieder ehrlich sein. Das kannst du dir ein für alle Mal abschminken.«

»Es ist wichtig, dass du keine Angst hast in Pullach.«

»Ich habe keine Angst in Pullach. Wenn ich dort dem Unsäglichen begegne, und er gibt mir einen Judaskuss, oder wenn mich sonst irgendwer auffliegen lässt, dann ist meine Tarnung geplatzt, und ich bleibe in Deutschland. Aber du, Ev.«

»Was?«

»Du bist hier in Israel! Dich werden sie hängen!«

»Quatsch.«

»Sie werden dich als Spionin aufhängen.«

Sie schob meine Hand in ihre, wie einen halberfrorenen Vogel, den man anwärmt.

»Du wirst dich klug präsentieren wie immer. Glaubwürdig und klug.«

»Wir können nicht ehrlich sein. Versteh das endlich! Ich will, dass du sagst, dass du nie wieder ehrlich bist!«

»Gut.«

Sie sagte nichts mehr, drehte sich nur um, zog mich an der Hand dicht hinter ihren Rücken, so dass ich ihr Gesicht nicht mehr sah. Auch ihr furchtsames Lächeln sah ich nicht mehr, nur den Schweiß auf ihrem Genick und dahinter den offenen Balkon. Ich stand so knapp hinter ihr, dass ich beobachten konnte, wie ihre Nackenhärchen sich in meinem Atem wiegten.

»Irgendwann wirst du mich finden«, sagte ich leise. »Das ist doch deine Aufgabe hier. Merkst du das nicht? Du wirst mich in irgendeiner Akte für Harel finden.«

»Hör auf, Koja.«

»Das kann so nicht ewig weitergehen. Eines Tages passiert was Schlimmes.«

»Es wird alles gut. Ich weiß es.«

Die letzten Tage vor dem Abflug sprach sie nicht mehr. Kein Frühstücken. Kein Abendschwimmen. Kein Sprechen. Unsere Körper hörten auf, sich wie Fleisch und Blut zu bewegen. Sie packte mir meinen Koffer. Sie gab mir meinen Kuss. Sie brachte mich sogar nach Lod zum Flughafen, schweigend und in dem roten Kleid mit weißen Tupfen, in dem ich sie vor langer Zeit gemalt hatte, zweimal, und das ihr Kraft gab, als ich hinter der Abfertigung verschwand.

19

Den schwarzen, oft in kleine Stückchen zerbrechenden Kohlestift, den ich immer dabeihabe, sogar wenn ich zum Röntgen muss, ziehe ich mit der Längsseite schräg über das Blatt Papier, um die Dunkelzonen zu schraffieren, die beim Hippie immer größer und ausgreifender werden.

Sein Gesicht fällt ein. Die Augen rutschen in die Höhlen zurück, als würden sie durch Unterdruck in den Schädel hineingesaugt. Er muss sich auf mich stützen, wenn wir zu unserem neuen Treffpunkt schlurfen, der grünen Bank im großen Flur. In den Hospitalpark, der wie eine Gletscherspalte aus ewigem Eis vor sich hin schimmert, schaffen wir es nicht mehr, und auch im Flur, den krummen Rücken an die breite Fensterfront gelehnt, sitzt er meistens nur noch und atmet, während ich ihn in meinen Block zeichne.

Für den Anfänger ist ein Sterbender, der sich dem Künstler als still dösendes Reptil in unendlicher Ruhe darbietet, ein scheinbar einfach zu zeichnendes Motiv. Mir jedoch wäre ein lebhafter Spatz lieber, oder ein von Zweig zu Zweig hüpfendes Kapuzineräffchen. Vielleicht würden die Tiere sogar besser zuhören als der pflanzenartige Hippie.

Er hört nicht zu.

Er macht mich ganz verrückt mit seiner lethargischen Teilnahmslosigkeit.

Die müssen mit ihm nun schnell machen.

Er braucht so rasch wie möglich einen OP-Termin.

Ich bezahle den Mumpitz auch, wenn es Probleme mit der Krankenkasse geben sollte.

Ich will doch nur, dass er zuhört.

Ist das zu viel verlangt?

Sein einziges Interesse gilt meinen Porträtzeichnungen, weil er durch sie erkennt, wie sein innerer Zustand nach außen durchscheint. Sein schleichendes Ableben verändert natürlich auch seine Persönlichkeit, und ich erkläre ihm, dass es beim Porträt gar nicht so sehr auf Ähnlichkeit ankommt (da Ähnlichkeit immer unvollkommen ist, das Wort schon deutet es an), sondern auf Charakter. Hunderte von Besuchern der Galleria Doria Pamphilj in Rom bewundern zum Beispiel täglich Porträts wie Velázquez' Gemälde *Papst Innozenz* X. Sie tun das nicht etwa wegen der Ähnlichkeit, die niemanden mehr interessiert, da niemand sich für Innozenz X. interessiert, der nur noch Staub und ein Totenschädel ist mit einem Sarg aus Marmor drum herum. Sondern die Bewunderung gilt dem Charakter seiner ehemaligen Erscheinung, dem Ewigen, das gleichzeitig nur ein in Öl festgehaltener Moment ist, aber den künstlerischen Wert ausmacht.

Und genauso versuche ich, den Hippie in meinen Skizzen zu charakterisieren.

»Ich sehe aber nicht wie ein Papst aus«, wispert Basti müde und blickt enttäuscht auf sein Bildnis, das ich ihm hinüberreiche.

»Sie sind ein Swami.«

»Ich sehe auch nicht wie ein Swami aus.«

»Ich zeichne, was ich sehe.«

»Sie sehen Reste.«

»Sie sind, was Sie eben gerade sind.«

»Wie eine Witzfigur sehe ich aus.«

»In allem, was wir sehen, steckt eine Karikatur, die wir erkennen müssen. Das hat der große Ingres einmal gesagt.«

Der Hippie hat noch nie vom großen Ingres gehört, aber es ist ihm egal.

»Ein Maler«, fahre ich ungerührt fort, »muss ein gutes Gespür haben für die Züge eines Menschen und die Karikatur darin entdecken.«

»Ich sehe aus wie einer bei *Asterix*.«

»Ihnen gefällt das Charakterologische nicht. Ihnen gefällt nicht, dass ich in Sie eindringe.«

»Sie dringen nicht in mich ein.«

»Sie merken es nur nicht. Es ist ja nichts, was weh tut.«

»Sie dringen nicht in mich ein. Ich dringe in Sie ein, na ja, dachte ich. Aber ich dringe auch in Sie nicht ein.«

»Weil Sie mir nicht zuhören.«

»Kann ich Sie mal zeichnen?«

»Bitte?«

»Geben Sie mir das Papier? Den Block? Ich will Sie zeichnen.«

»Man kann nicht einfach so zeichnen. Man kann ja auch nicht einfach so Klavier spielen.«

»Oh, Sie sind ja kein Stück von Beethoven oder so.«

Jetzt lernt der Hippie also zeichnen. Er zeichnet immer meine Physiognomie, um Schlussfolgerungen zu ziehen, wie er es nennt, ungefähr in der Art, wie Klein-Anna meine

Physiognomie gezeichnet hatte, als sie fünf Jahre alt war. Punkt, Punkt, Komma, Strich, fertig ist das Arschgesicht. Das murmelt der Hippie manchmal. Vielleicht glaubt er, ich höre es nicht. Vielleicht ist er nur einfach sehr stark in sich versunken.

Es ist nicht so, dass er keine Phantasie hat.

Ganz und gar nicht.

Das erste Porträt von mir hatte zum Beispiel Gitterstäbe um meinen Kopf, und der Swami sagte, es sei ein Vogelkäfig.

Ein andermal ritzt er mir Rasiermesserschnitte ins Gesicht, heilt sie aber mit Sicherheitsnadeln, die er mir durch die Haut treibt (er nimmt die echten Sicherheitsnadeln, mit denen Nachtschwester Gerda seinen Kopfverband befestigt hat, und sticht sie durch das Papier).

Dann steckt er meinen ganzen Körper in ein Ballkleid, macht aber ein Loch da, wo mein Penis ist (er malt meinen beschnittenen Judenpenis), und verziert mich mit einem Hitler-Bärtchen.

Auch in ein blutiges Schlafhemd werde ich gehüllt, mit Hilfe meiner roten Wachsmalkreiden. Er lässt auf meinem Kopf einen Nachttisch tanzen, aus dessen offener Schublade eine Wolke mit Schmetterlingen emporsteigt, Totenkopfflügel malt er besonders gerne.

Ich lasse den Hippie gewähren, lausche dem eifrigen Geraschel seiner Stifte (meiner Stifte) auf dem Papier und setze meine Geschichte fort, denn nur beim Zeichnen kann sich der erschöpfte Hippie noch auf Worte konzentrieren.

»Menschen, die zeichnen, sind oft glücklich«, hat Papa früher immer gesagt. »Sie verbringen so viel Zeit mit Sehen.«

20

Es fror, als müsse es immer frieren, wenn ich nach Deutschland zurückkomme, und es schneite sogar, aber nur in diesen kleinen Portionen, mit denen einem der eiskalte Wind die Augen herausbeißt. In Lettland hatte der Schnee *sniegs* geheißen, man sagte immer *sals un sniegs*, Eis und Schnee, als würde Schnee niemals alleine leben, und *sals un sniegs* sah am prächtigsten in hellem, farblosem Mittagslicht aus, genau so, wie er jetzt vor uns glitzerte, links und rechts der Straße.

Wir fuhren auf die große Haupteinfahrt zu. Sie war kaum wiederzuerkennen.

Die alte Holzbaracke hatte man abgerissen und gegen ein solides Wachhäuschen aus Backsteinen eingetauscht, das ein wenig an die Eingangssituation im Konzentrationslager Buchenwald erinnerte. Yossi murmelte das, der dort zwei Jahre lang jedes architektonische Detail hatte studieren können.

Wir warteten mit laufendem Motor und starrten zu dem Neubau. Über Eck waren moderne Panzerglasscheiben in die Mauern eingelassen worden. Hinter den grünlichen Scheiben sah man kleine Kakteen, eine Topfpflanze und zwei Echsen, die wie wir in den Schnee hinausblickten.

Zwei Wachleute traten heraus, keine GIS mehr wie früher.

Sie trugen deutsche Polizeiuniformen ohne Hoheitszeichen. An ihrem Ärmel war die Aufschrift *Bayerisches Landesamt für Frucht und Boden* aufgestickt, oder so ähnlich. Ein kurzer, flüchtiger Blick ins Wageninnere (Yossi zitterte neben mir), dann nahm die Wache Haltung an.

Quietschend öffnete sich das nagelneue Rolltor aus Eisenblech. Die beiden Fahrzeuge rauschten auf der frischasphaltierten Betriebsstraße hinein ins ehemalige Camp Nikolaus, vorbei an Mauerteilen und Elektrozäunen, die nichts mehr mit meinen zu tun hatten.

Da die Wachhunde bellten, konnte der kräftige Yossi gar nicht mehr aufhören zu zittern.

Vor der Doktorvilla stoppte Oberst Harel und stellte den Motor ab.

Nur die Witterung hatte ihn davon abhalten können, zu dem Empfang in kurzen Khakihosen zu erscheinen.

Er griff quer hinüber zur Beifahrerablage, zog seine einzigartige grüne Fertigkrawatte hervor, wollte sie sich umbinden und war dabei so nervös, dass er aus Versehen den zehn Jahre alten Dauerknoten löste. Ich hörte ein leises Fluchen. Wütend starrte er mich über den Rückspiegel an, als hätte ihm der immer noch im Status der Ungnade gehaltene Jeremias Himmelreich ein weiteres Leid zugefügt. Er nestelte kurz an dem Stück Stoff herum. Dann war ihm alles egal.

Er legte sich die Krawatte wie eine tote Schlange um den Hals, entstieg dem Auto und stapfte in seinem viel zu großen, offenstehenden Mantel durch Schnee und Wind auf eine Gruppe wartender Männer zu.

Reinhard Gehlen erkannte ich schon von weitem. Wie

immer trug er Schlapphut und eine Sonnenbrille, von der die seitlich heranwehenden Schneeflocken wie winzige silbrige Metallspäne abprallten. Ein schwarzer Biberpelzmantel und dunkle Lederhandschuhe gaben ihm ein kardinalhaftes Gepräge. Neben ihm standen in gefütterten Trenchcoats, kerzengerade und schafsblöde starrend, Herr Sangkehl und Palästinafritz. In einiger Entfernung, etwas gekrümmt, wartete Heinz Felfe, den ich aber erst spät erkannte.

Einen einarmigen Mann sah ich nirgends.

Kurz bevor Isser Harel bei Gehlen ankam, trat dieser zwei Schritte vor, ging an ihm vorbei, zog beide Handschuhe aus und nahm die Hand unseres noch unter Schock stehenden Fahrers Yossi, der, vielleicht wegen seiner beeindruckenden Statur, ganz gewiss aber aufgrund seines Sitzplatzes im Fond unseres Wagens, irrtümlich für den Leiter des Mossad gehalten wurde (für den Fahrer konnte man ihn nicht halten, da er eben nicht fuhr).

»*Nejn, nejn, nejn, nejn, nejn*«, sagte Yossi und schlug Gehlens Hand weg. Dabei flogen auch dessen Handschuhe im hohen Bogen in den Schnee und blieben dort wie abgehackte Gliedmaßen etwas vorwurfsvoll stecken.

Der Doktor war eher verblüfft als verärgert, aber hinter der Sonnenbrille konnte sich alles Mögliche abspielen. Das fängt ja gut an, dachte ich, und Gehlen sagte: »Das Vergnügen liegt ganz auf meiner Seite!«

Es war danach still genug, um die Missverständnisse rasch aufzuklären, indem ich Gehlen seine Handschuh aufhob und ihn diskret auf den kleinen Mann aufmerksam machte, der etwas seitab seine grüne Krawatte zu Boden warf und bis zu dieser Sekunde vollkommen ignoriert worden war.

»Verzeihung«, sagte Gehlen etwas unsicher und blickte auf den fast dreißig Zentimeter kleineren, schlechtrasierten, schlechtangezogenen und schlechtgelaunten Zwerg herab, dessen Krawatte so warm war und von Schweiß durchtränkt, dass um sie herum der Schnee schmolz.

»Sind Sie derjenige, welcher?«

»*Wos sogt der goj in sajn mame-loschn?*«, fragte mich Oberst Harel mit zusammengebissenen Zähnen.

»Er will wissen, ob Sie der Leiter unserer Delegation sind, Herr Oberst.«

»*Ich wejs nit tsi dos is klor: Ich red nor in majn mame-loschn.*«

»Was sagt er, Dürer?«, fragte Gehlen.

»Er würde gerne in seiner Muttersprache mit Ihnen kommunizieren.«

»Oh«, erwiderte Gehlen besorgt, »ich spreche not Englisch very good.«

Ich klärte meinen offiziellen Vorgesetzten darüber auf, dass mein inoffizieller Vorgesetzter gar kein Englisch gesprochen habe, sondern Jiddisch, da er ja kein Engländer sei, sondern Jude.

Das verwunderte Gehlen einerseits, andererseits aber auch nicht, wie er sagte, da er in den benutzten Lauten den gemeinsamen Wortstamm erkannt hatte, der ja in beiden germanischen Sprachen dominiere. Na ja, ich weiß nicht, ob man Jiddisch als germanische Sprache bezeichnen kann, jedenfalls nicht in den nächsten zwei Stunden, antwortete ich vorsichtig und bot meine Übersetzung an, aber berührt von seiner so völkerverbindenden Erkenntnis reichte Herr Gehlen dem Oberst Harel einfach mal die Hand.

Und ob Sie es glauben oder nicht, verdutzter Swami: Oberst Harel holte aus und hieb dem BND-Präsidenten genauso fest auf die Flosse, wie das schon Yossi gemacht hatte (immerhin passierte den Handschuhen nichts, die in der Linken des Doktors festumschlossen nur ein wenig zitterten).

Es ist nun nicht so, sprachloser Freund, dass General Gehlen diese Art Tätlichkeit alle Tage erlebte, schon gar nicht in der überraschenden Häufung. Er sah aber so aus.

Gar nicht missgelaunt und ohne Ausdruck unmittelbaren Schmerzes stand er weiterhin lächelnd und mit allen äußeren Zeichen geduldiger Hochachtung vor seinem Gast, umringt von den anderen Gästen und Gastgebern, die alle ebenfalls interessiert darauf warteten, wie es weitergehen würde, und tatsächlich, nach einer kleinen Weile hob der Mossad-Chef den Blick zum Himmel empor, er wusste ja aus seiner Jugend in Lettland noch um die beruhigende Wirkung von *sals un sniegs*, und nachdem ein paar Flocken Schnee auf seiner Gesichtshaut verendet waren, bot er seufzend und von sich aus das Ritual der Eintracht an, streckte seinen Arm zur Begrüßung aus und sagte:

»*A hant wos me ken si nit ophakn, darf men fest drikn.*«

»Eine Hand, die man nicht abhacken kann«, übersetzte ich nach kurzem Zögern, »die muss man kräftig schütteln.«

»Natürlich, natürlich«, erwiderte Gehlen verdattert und ließ sich kräftig schütteln.

»*An arabisch wertl.*«

»Arabisches Sprichwort.«

»Ich verstehe schon, Dürer. Fein. Mein Name ist übrigens Schneider.«

»Schneider?«, fragte Isser überrascht. »*Nischt* Gehlen?«
»Hier kennt man mich unter Doktor Schneider.«
»Dos hejst mit andere werter, as der goj sogt mir nur sajn indianer nomen?«, fragte Isser mich.

Keine Sorge, erklärte ich ihm rasch, bei der Org sind alle Namen falsch, immer, das ganze Leben lang. Man fühlt sich wohl dabei, die wahre Identität zu schützen oder, sagen wir, so zu tun, als könne man die wahre Identität durch den Humbug schützen, auch unter den albernsten Bedingungen, und niemand würde ihm übelnehmen, einen Decknamen seiner selbst zu präsentieren, und so nannte sich Oberst Harel, nachdem er die grüne Krawatte aufgehoben und in seine Manteltasche gestopft hatte, während des ganzen Besuches nur noch Shalom und Israel (Vorname und Nachname).

Doktor Schneider ließ es sich nicht nehmen, Shalom Israel und die anderen hohen Gäste persönlich über sein Areal zu führen, das durch den Winter in ein eisiges Grab verwandelt schien.

Trotz des stärker werdenden Schneefalls besichtigten wir in Schals und Mützen, von einem winterschlaflosen Eichhörnchen verfolgt, das weitläufige BND-Gelände. Es hatte kaum noch etwas mit jenem gemütlichen Camp Nikolaus zu tun, in dem Möllenhauer, ich, mein Bruder und all die anderen Orks sich vor Jahren noch häuslich eingerichtet hatten. Die letzten Mieter waren aus Goethes Gartenhäusern längst ausgezogen. In unseren ehemaligen Schlaf- und Wohnzimmern tippten nun Schreibfräulein Observationsberichte ab. Den Agenten-Kindergarten, die Agenten-

Grundschule, den Agenten-Milchladen gab es nicht mehr, und die von mir einst für Anna gebaute große Agententochter-Schaukel hatte man herausgerissen, um für neue Dienstbaracken Platz zu schaffen, die nun die einzelnen Altbauten miteinander verbanden.

Jenseits der Heilmannstraße, die das BND-Gelände in der Mitte durchschnitt, wurden neue Bürotrakte erschlossen. Moderne Skelettbaukonstruktionen schossen in die Höhe. Überall sah ich schneebedeckte Baustellen. Nicht einmal meine alte, das ganze Gelände umgürtende Ziegelmauer hatte man unangetastet gelassen, sondern sie nach und nach durch billigen Sichtbeton (mit hässlichen Schalhautfugen) ersetzt.

Das letzte verbliebene Relikt der Anfangszeit war das nach wie vor jedem Agenten zustehende Recht zur Haltung und Mitführung eines Privathundes, so dass wir auf unserem Rundgang jeder Menge Dackel, Terrier, Cockerspaniels, Schnauzer und sogar einem Wachtelhund begegneten, die von ihren Herrchen über die Schneewiesen Gassi geführt wurden, dort ihren Kot hinterließen und dafür als »Rübezahl«, »Purzel« oder »Hexy« zum Teil lautstarkes Lob erhielten, sehr zum Erstaunen des israelischen Geheimdienstes.

Am Ende erreichten wir die gutgeheizte Doktorvilla, die Martin Bormann einst mit deutscher Eiche und semitischen Tropenhölzern getäfelt hatte.

Man legte die Mäntel ab, betrachtete sich Bormanns Marmorbad (jetzt Doktor Schneiders Ruheraum), Bormanns Schlafzimmer (jetzt Doktor Schneiders Büro), sprach über

Bormanns Kunstgeschmack (Bronzestatuen, die zu Recht *Aphrodite* und *Galatea* hießen und im Garten den Schnee mit Haupt und Brüsten fingen), und vor allem über Bormanns aktuellen Aufenthaltsort, den der Doktor in Moskau vermutete, während Shalom Israel auf Feuerland tippte.

Als wir aufgewärmt waren, betraten wir den Tagungsraum im Erdgeschoss, dessen Stirnseite ich in letzter Sekunde noch des Ölporträts von Admiral Canaris entkleiden konnte.

Die Gäste setzten sich auf die rechte Seite des Konferenztischs, die lebhafte gewissermaßen. Außer Oberst Harel und Yossi, dessen bibbernde Muskelberge inzwischen zur Ruhe gekommen waren, gehörten auf israelischer Seite noch Shlomo Cohen und Champagner-Lotz zur Delegation.

Shlomo Cohen war ein spindeldürrer, einst erfolgreicher Maler mit wirrem Morphinistenblick, der aus einer weitgehend vergasten Hamburger Rabbinerfamilie stammte. Er nahm nie seine Gauloise von der klebrigen Unterlippe, lebte als Resident des Mossad in Paris und war für Terroranschläge aller Art in Mitteleuropa zuständig.

Champagner-Lotz, ein Kriegsheld der Hagana, blond, blauäugig, elegant, extrovertiert bis zur Lächerlichkeit und stolz auf seine intakte Vorhaut, hatten wir als Harels besten Kidon-Agenten im Gepäck. Seine Mutter war jüdische Schauspielerin, sein Vater westfälischer Theaterdirektor gewesen, von dem er all die Volkslieder im Münsterländer Platt kannte, mit denen er uns auf der Hinfahrt gequält hatte.

Ich saß dieser recht fauvistisch wirkenden Abordnung

gegenüber, die zum Teil schlecht, zum Teil schlampig, zum Teil existentialistisch und zum Teil wie Fürst Rainier von Monaco (Champagner-Lotz) gekleidet war.

Auf meiner Seite des Tisches, der linken beziehungsweise langweiligen, saßen mit dem Doktor, seinem Adjutanten Sangkehl, Palästinafritz und dem Leiter des Sowjetreferats Heinz Felfe vier verdrossene Deutsche, die alle die gleiche Brille und den gleichen grauen Anzug aus Baumwolle trugen. Das äußerlich einzig Verbindende zwischen beiden Delegationen waren die riesigen Ohren, die ihre jeweilgen Leiter kennzeichneten.

»Ich darf Sie sehr herzlich in unserem Haus begrüßen«, begann der Doktor endlich mit dem offiziellen Teil des Programms, und ich glaube, er hätte nicht »unser Haus« sagen sollen, dazu sah man zu viele Spuren von abgeschlagenen Hakenkreuzen über den Türstürzen. »Die Sicherheit Ihres blühenden Staates liegt unserer Regierung sehr am Herzen, vor allem Herrn Doktor Strauß, von dem ich Ihnen ganz ausdrücklich die besten Wünsche ausrichten soll.«

Die vier Israelis nahmen die Grüße stumm zur Kenntnis.

»Wie Sie vielleicht wissen, werden die Lieferungen, die mit Ihrem Verteidigungsministerium besprochen sind, über unsere Kanäle –«

»*Wos is di* Operation Blaumeise?«, unterbrach ihn Oberst Harel. Die lebhafte Seite des Tisches hob neugierig die Köpfe.

»Der Herr Oberst würde gerne wissen«, dolmetschte ich in das Entsetzen der langweiligen Tischseite hinein,

»worum es sich bei der Operation Blaumeise denn eigentlich handelt.«

Der Doktor nahm die Hand, auf der noch zarte Spuren der Begrüßungszüchtigung verblassten, vor den Mund, damit man den Ausdruck tiefster Missbilligung nicht auf seinen Lippen lesen konnte. Bis auf Adolf Hitler hatte in den letzten zwei Jahrzehnten vermutlich niemand gewagt, ihn zu unterbrechen oder ihm gar auf seine Finger zu schlagen. Und dass er beides geschehen ließ, musste eine ganz besondere Erscheinungsform der Gastfreundschaft sein, die auch in seinen Worten anklang, denn er erklärte, mit liebem Seitenblick zu mir, dass er sich freuen würde, wenn unsere beiden Länder ihre Gemeinsamkeiten auch auf den Bereich des Kundschaftens ausdehnen könnten, das eine enge und vertrauensvolle Zusammenarbeit zu schöner Blüte bringen würde. Der Versuch dazu sei eben die Operation Blaumeise, und er pfiff, man glaubt es kaum, eine kleine Vogelmelodie (die langweilige Tischseite lachte verkrampft, die lebhafte konnte es nicht fassen).

Dann bot der zauberhafte Doktor innerhalb von drei Minuten den Israelis Unterstützung auf allen Gebieten an. In der Ausbildung ihrer Agenten, in der militärischen Beschaffung, in der Finanzierung gemeinsamer Einsätze, in der Aufklärung gegen alle arabischen Nachbarstaaten. Zwei weitere Minuten später gehörte selbst die Infiltration des ägyptischen Geheimdienstes, der auf Bitten Präsident Nassers von der Org reorganisiert worden war, zu seinem Angebot. Nochmals zwei Minuten darauf offerierte er dem Mossad sogar Kopien des täglichen BND-Lageberichts an den Bundeskanzler, das höchstklassifizierte Dokument der deutschen Regierung. Und es war nicht einmal eine Viertelstunde vergangen, da wurde Oberst Harel Unterstützung und völlige Freiheit für dessen geheimdienstliche Aktivitäten in Deutschland angeboten.

»Welche geheimdienstlichen Aktivitäten meinen Sie denn?«, übersetzte ich Issers misstrauisch lauernde Frage.

»Ich denke, Sie wissen, welche ich meine.«

Betrübte Ahnungslosigkeit beherrschte die lebhafte Tischseite.

»Sie haben sicher erfahren«, ergänzte der Doktor langmütig, »dass in letzter Zeit eine Reihe deutscher Raketenwissenschaftler durch den ägyptischen Geheimdienst angeworben worden ist?«

»Ach das.«

»Die Herren Professoren sind dabei, in Ägypten ein Raketenprogramm zu entwickeln. Ein ähnliches Raketenprogramm wie unter Adolf Hitler.«

Oberst Harel winkte ab, wie um zu sagen, was soll's, und sah auf die Uhr.

»Die Technologie der chemischen und biologischen Sprengköpfe kommt aus Baden-Württemberg«, erklärte Gehlen.

»Davon haben wir gehört.«

»Dann wird Ihnen auch nicht entgangen sein, welche israelischen Städte zuerst ausradiert werden sollen, sobald die Entwicklung abgeschlossen ist?«

Eine merkwürdige Freude begann in mir aufzubrechen, als ich zur Kenntnis nahm, dass der BND die Bedrohung Israels durch das milliardenschwere Raketenprogramm General Nassers in seiner ganzen Tragweite erfasst hatte, kein

Wunder, denn ich hatte es an Hinweisen, Warnungen und Alarmmeldungen nun wahrlich nicht mangeln lassen. Ich sah auch, dass Oberst Harel zufrieden in sich hineinnickte, sich nach vorne beugte und die Fassade gesteigerten Desinteresses aufgab.

»Unser Mitarbeiter hier«, sagte er und deutete auf Champagner-Lotz, »könnte mit Ihrer Hilfe in Kairo eingesetzt werden und sich um das Problem kümmern. Er spricht fließend Deutsch, Französisch, Englisch, Arabisch, Jiddisch und Hebräisch.«

»Sechs Fremdsprachen sind sehr beeindruckend, können aber keine Raketenangriffe verhindern«, erwiderte Gehlen heiter. »Hier ist eine Liste sämtlicher an der ägyptischen Forschung beteiligter Personen.«

Der Doktor zeigte zum ersten Mal an diesem Tag sein berühmtes Alligatorenlächeln. Dann schob er Harel ein Schriftstück über den Tisch, das aufgrund seiner Bonbonfarbe als »rosa Liste« schon bald in aller Munde sein würde.

»Die Adressen sind aktuell?«, fragte der Oberst verblüfft, während er die Namen überflog.

»Überprüfen Sie, wie aktuell sie sind.«

Man hörte nur Harels Zeigefinger über die Liste streichen. Das Schneegestöber vor dem Fenster ließ den Raum noch stiller erscheinen.

»Ihnen ist bewusst«, fragte der Mossad-Chef nach einem kurzen Moment des Innehaltens und klopfte sich sanft den Zeigefinger an die Lippen, »dass wir diese Leute mit allen zur Verfügung stehenden Mitteln daran hindern müssen, ihre Arbeit zu vollenden?«

»Die Blaumeise ist ein Vogel, der weit fliegen kann«, erwiderte der Doktor freundlich.

»Sie wissen, was ich mit ›allen zur Verfügung stehenden Mitteln‹ meine?«

»Ich glaube nicht, dass ich das wissen möchte.«

Isser Harel setzte die Brille ab, legte sie vor sich auf den Tisch und wusch sich mit Luft das Gesicht, rubbelte kräftig, riss die Augenbrauen hoch und stöhnte. Dann ließ er die Hände wieder sinken, die die zusammengerollte grüne Krawatte griffen, einen Knoten hineinzogen und in den Aschenbecher warfen.

Endlich sagte er: »Nur dass wir uns nicht missverstehen, Doktor Schneider: Sie bieten uns an, Ihre eigenen Landsleute auf Ihrem eigenen Territorium auszuschalten?«

»Ich gehe davon aus, dass Sie uns ebenfalls entgegenkommen.«

»Glauben Sie mir, ich war selten so begierig darauf zu wissen, was als Nächstes gesagt wird.«

Der Doktor erhob sich, trat gravitätisch hinter seinen Stuhl, so dass die langweilige Tischseite die Köpfe recken musste, um ihm Respekt zu erweisen.

Die lebhafte Tischseite starrte nur lebhaft.

Der Doktor sagte: »Die entscheidende Auseinandersetzung mit der Sowjetunion steht unmittelbar bevor. Das spüre ich. Der Wille zum Angriff auf alles, was unser Leben lebenswert macht, spannt sich derzeit hinter dieser Wand zu einem gewaltigen Sprung.«

Der gesamte Tisch blickte zu der Holzverkleidung, auf die er zeigte und hinter der nichts als ein Klo war, in dem gerade jemand die Spülung bediente.

»Lenin hat die Essigfabrik Ihres Herrn Großvaters in Brand gesetzt, wie ich höre?«, fragte der Doktor.

»Das ist richtig«, sagte Harel. »Aber es war nur die Essigfabrik. Mein Großvater selbst wurde von anderen Herrschaften in Brand gesetzt.«

»Jedenfalls kann ich mir denken«, stammelte der Doktor erschrocken, ja verwirrt, »mit welchem Nachdruck Sie der kommunistischen Weltgefahr begegnen.«

»Sie möchten mit uns gegen die Sowjets arbeiten, ist es das, was Sie möchten?«, fragte der Oberst ungeduldig.

Der Doktor setzte sich wieder. Er schien über den Stuhl froh zu sein, der ihn in stabiler Position hielt.

»Wie man hört«, räusperte er sich, »haben Sie ein sehr gutes Informationsnetz im Osten.«

»Nun ja, wir haben ein paar Möglichkeiten.«

»Würden Sie uns daran teilhaben lassen?«

Lebhaft war die lebhafte Tischseite nun wirklich nicht mehr. Sie hörte mit einem Schlag auf zu atmen, so kam es mir vor. Shlomo hing seine unangezündete Zigarette wie Speichel aus dem Mund. Champagner-Lotz straffte seinen Herrenreiterkörper. Yossi blickte verstohlen zu Oberst Harel. Der betrachtete sich sein deutsches Gegenüber eine Weile, so wie man einen Tautropfen betrachtet, der sich in einem gerollten Blatt gefangen hat, das man in Händen hält und in der nächsten Sekunde zwischen den Fingern zerreiben könnte.

»Sie fragen mich allen Ernstes«, sagte Harel behutsam, »ob Sie unser Netz in der Sowjetunion übernehmen dürfen?«

»Partizipieren trifft es eher.«

Harel blickte wieder auf die rosa Liste, las einen der Namen laut vor *(Professor Doktor Kleinwächter)*, schüttelte den Kopf und sagte: »Ich habe in meiner Laufbahn schon viel Seltsames gehört, Herr Doktor. Aber noch niemals hat mich der Nachrichtendienst einer anderen Nation – und schon gar keiner so außergewöhnlichen Nation wie der Ihren – gebeten, ihn mit unseren exklusiven Aufklärungsergebnissen aus der Sowjetunion zu versorgen. Zumal Sie das Land auf dem Globus sind, das das größte Spionagenetz in der DDR und der Sowjetunion unterhält. Was wollen Sie denn mit den paar Sachen anfangen, die wir Ihnen zusätzlich mitteilen können?«

Fast wirkte es, als würde der Doktor den Kopf zwischen die Schultern stecken und innerlich davonschlurfen. Er lehnte sich aber nur verkniffen, fast trotzig, nach hinten, die Arme vor der Brust verschränkt, und schwieg.

Sangkehl räusperte sich, beugte sich vor und sagte: »Wir haben unsere Gründe, eine enge Zusammenarbeit in Betracht zu ziehen.«

»Und wir nicht.«

»Bedauerlich«, seufzte Sangkehl. »Da können wir dann auch nichts gegen die Massenvernichtungswaffen machen, an denen unsere Raketenforscher in Ägypten ihr Talent verschwenden.«

»Das werden wir sehen.«

»Da gibt es nichts zu sehen«, schaltete sich der Doktor wieder ein. Sein Ton war brüsker geworden, klang jetzt wieder mehr nach ihm selbst. »Die Politik wird sich da nicht auf Ihre Seite stellen. Das ist vollkommen ausgeschlossen. Ich weiß es von Doktor Strauß persönlich.«

Issers Stimme wurde rauh wie ein Flammenwerfer und klang nach jemandem, dem unüberhörbar die Geduld riss.

»Können Sie mir mal eine Sache verraten, Herr Doktor?«, zischte diese Stimme. »Sie führen uns über ein Gelände, das größer ist als das Pentagon in Washington. Sie herrschen über zweitausend Mitarbeiter, die als Aufklärer gegen den Warschauer Pakt arbeiten. Sie sind der wichtigste Informationszulieferer der CIA. Sie haben Hunderte von Informanten hinter dem Eisernen Vorhang, unendliche Mittel zur Verfügung und auch noch die Muße, jeden Ihrer Agenten hier seinen Hund in die schönste Geheimdienstzentrale der westlichen Welt kacken zu lassen. Und dennoch wollen Sie von meinem bescheidenen Institut alle Informationen haben, ohne dass Sie uns erst mal Ihre anbieten?«

Draußen hörte man Presslufthämmer schlagen. Die schönste Geheimdienstzentrale der Welt war dabei, noch schöner zu werden, und niemand im Raum sagte ein Wort.

Schließlich schnalzte der Doktor missbilligend mit der Zunge. Er atmete schwer, schien mit sich zu ringen, entknotete seine Arme und flüsterte: »Wir können Ihnen unsere nicht anbieten.«

»Wieso nicht?«, fragte Harel verblüfft.

»Wir haben einen Maulwurf.«

Nun kam Unruhe in die nicht mehr lebhafte lebhafte wie auch in die plötzlich lebhafte langweilige Tischseite, wenn auch aus unterschiedlichen Gründen.

Niemand aber im ganzen Raum erlebte eine solch innere Eruption wie KGB-Agent Vier-Vier-Drei, dessen vergessene Hohlräume (schon lange war er nicht mehr aktiv gewesen) in Trümmer sanken. Ich konnte mir, als ich mich aus den Ruinen meines alten, durch Genosse Nikitins Tod erledigten Ichs wühlte, beim besten Willen nicht vorstellen, dass man nach so langer Zeit die letzte kleine Maulwurfsklaue hatte finden können, die von mir noch übrig sein mochte.

»Was für einen Maulwurf?«, fragte ich daher mit seismologischem Interesse, obwohl ich natürlich hätte warten müssen, bis Isser diese Frage stellte.

Der Doktor schenkte Heinz Felfe ein Nicken, der mir daraufhin zuzuzwinkern schien. Fast hätte das in mir eine zweite Eruption ausgelöst.

»Wir erhalten schon seit zwei Jahren kaum noch Einblick in das politische Entscheidungszentrum der DDR«, sagte Felfe an mich gerichtet, bevor er sich Oberst Harel zuwandte. »Die Stasi hat nahezu alle unsere Informationslinien in Ostberlin zerfetzt. In der Sowjetunion bieten sich uns noch weniger Chancen, Aufklärung zu betreiben. Die meisten Kanäle sind zugeschüttet, viele unserer Quellen vom KGB aus dem Verkehr gezogen worden. Der Maulwurf sitzt vermutlich in meinem Referat. Abteilung Osteuropa. Allerhöchste Stelle.«

Ein betretenes Schweigen füllte den Raum.

»Herr Friesen ist über jeden Zweifel erhaben«, erklärte der Doktor, denn Felfe hieß Friesen im BND-Universum. »Das gilt auch für jeden anderen in dieser Runde. Aber direkt unterhalb der allerersten Kategorie wurden wir perforiert.«

Hier täuschte sich der Doktor.

Denn die unterirdisch grabende Lebensweise eines Maulwurfs, vielleicht haben Sie es in der Presse verfolgt, belesener Swami, hatte ausgerechnet der über jeden Zweifel erhabene Herr Friesen alias Felfe zur Perfektion entwickelt, der nicht nur physiognomisch, sondern durch seine ganze seidig-weiche Erscheinung Anzeichen einer beginnenden metamorphotischen Anpassung an sein Wappentier zeigte, natürlich auch durch ein einzelgängerisches Verhalten und jene sechs Dioptrien Fehlsichtigkeit, die sein wühlendes Wesen begünstigten. Komisch, dass ich ihn so lange für eine Katze gehalten hatte, aber er konnte vermutlich jede Gestalt annehmen. So war es ihm gelungen, als Leiter der deutschen Gegenspionage fünf Jahre nach sich selbst zu fahnden.

Nicht, dass es hier gut reinpassen würde, Basti, aber laut einem vor kurzem veröffentlichten Schadensmemorandum der Amis hat diese Maulwurfskatze mehr als einhundert russische CIA- und BND-Agenten verraten – von denen mindestens vierunddreißig hingerichtet wurden. Außerdem enttarnte sie weltweit vierundneunzig V-Männer des BND, schickte dreihundert Minox-Mikrofilme mit fünfzehntausendsechshundertsechzig vertraulichen Fotos nach Moskau und zerstörte mit deren Hilfe praktisch den gesamten Bundesnachrichtendienst. Das Beeindruckendste aber war, dass diese fleißige Maulwurfskatze damals auf jener schicksalhaften Konferenz, ein Jahr vor ihrer Enttarnung, zu Oberst Harel maunzte: »Wir sind uns schon sehr sicher, um welches Schwein es sich bei dem Verräter handeln könnte.«

Nach diesem Satz hatte es mich sogar angelächelt, das Maulwurfskatzenschwein, und da mich weder Genosse Nikitin noch Frau General Pertja jemals auf dieses Lächeln vorbereitet hatten, zitterten meine Hände so stark, dass ich sie in meine Hosentaschen stopfen musste.

»Wir treten nun von der Beobachtungsphase in die Planungsphase für den Zugriff«, grunzte Felfe weiter. »Aber bevor wir zuschlagen, müssen wir das Terrain sondieren.«

»Genau darum geht es hier, das Terrain zu sondieren«, bestätigte der Doktor.

»Da gibt es nicht viel zu sondieren«, bemerkte Isser Harel, »das klingt alles nach toter Vulkanasche.«

Der Doktor sagte: »Wir meinen aber nicht unser Terrain, sondern Ihres.«

Felfe pflichtete ihm bei: »Wenn wir in unserm Haus die Sicherheitslücke stopfen und den Mann festnehmen, werden wir alle Quellen verlieren, die noch hinter dem Eisernen Vorhang sitzen«, erklärte er dem staunenden Mossad. »Die Sowjets fackeln nicht lange. Wenn deren Maulwurf stirbt, sterben unsere Mäuse. Es wird viele tote Mäuse geben.«

»Um es in aller Offenheit zu sagen«, erklärte der Doktor in einem Tonfall, den ich ihm nie zugetraut hätte, »wir werden unser gesamtes Informationsnetz in Osteuropa verlieren. Deshalb bitten wir um Ihres.«

Gehlens Sekretärin Alo kam in dieser Sekunde hereingerauscht, fragte, ob die Herren vielleicht noch ein Käffchen oder ein Teechen oder ein Plätzchen wünschten, nahm den Müll mit raus, auch den Aschenbecher mit Isser Harels Krawatte drin, und machte leise die Tür hinter sich zu.

Nun schien auch im Sitzungssaal *sniegs un sals* zu fallen, auf jeden Einzelnen von uns.

»Diese Liste«, sagte Harel nach einer Ewigkeit und tippte auf das rosa Papier, »diese Liste wäre die absolut unabdingbare Voraussetzung für solch eine, wie soll ich sagen ... solch eine exotische Verständigung.«

»Selbstredend.«

»Inklusive aller finalen Maßnahmen, zu denen sich Israel auf deutschem Staatsgebiet gezwungen fühlen könnte.«

»Wir haben das größte Verständnis.«

»Unser Resident in Paris« (Isser zeigte auf Shlomo) »wird die Aktionen planen und koordinieren. Und Wolfgang Lotz hier« (Champagner-Lotz) »werden Sie als BND-Agenten in die deutschen Botschaftskreise in Kairo einführen.«

»Gerade wollte ich es selbst vorschlagen.«

»Ich muss natürlich mit meiner Regierung sprechen.«

»Gerne«, sagte der Doktor und ließ ein »*Lechajim!*« folgen, da er sich offenbar bei Palästinafritz erkundigt hatte, was auf Hebräisch »Prost« heißt. Er hob sein Wasserglas, ebenso wie die mühsam grinsende langweilige Tischhälfte, wohingegen die ehemals lebhafte Tischhälfte gar nichts hob und auch nicht grinste.

»Bedingung wäre außerdem«, fuhr Harel ungerührt fort, die erhobenen Wassergläser interessiert musternd (eines der Gläser zitterte, nämlich meines), »dass wir hier nie wieder auf Bormanns Garten blicken müssen. Wir brauchen in München ein festes Haus.«

»Selbstverständlich.«

»Und einen festen Liaisonoffizier.«

»Sehr gerne.«

Nun griff auch Oberst Harel zu seinem Glas, stieß ausgerechnet mit mir an und sagte: »Das sollte vielleicht der Herr Dürer sein.«

21

Wenn Sie das Porträt, das leider nicht das Geringste mit meinen Zügen zu tun hat (Sie haben wirklich zu viele Comics gelesen), wenn Sie Ihr Gekrakel also bitte beiseitelegen und sich ein bisschen aufrichten mögen, ich helfe Ihnen gerne, dann sehen Sie ganz hinten diesen Schornstein, Swami. Ein bisschen schief, ein bisschen schwarz, roter Backstein, hinter den Dächern dort. In der Nähe dieses Schornsteins liegt das feste Haus, nicht allzu weit weg von unserem Spital, in Schwabing also. Wir bräuchten zu Fuß eine halbe Stunde von hier (sofern wir andere Füße hätten).

Das feste Haus ist fast immer belegt. Auch während der Olympiade vor zwei Jahren hatte man dort zwei unserer Kidon-Regulierer einquartiert, Leute einer Spezialeinheit, ausgebildet für Attentate, Anschläge und jede Art von Liquidierung.

Sie verfolgten offenen Mundes, wie sich im Fernsehen vor der gesamten Weltöffentlichkeit einige beleibte deutsche Verkehrspolizisten in bonbonfarbene Trainingsanzüge quälten und mit Räuberleiter auf die Dächer des Olympiadorfs kletterten (zu klettern versuchten, besser gesagt), um die palästinensischen Geiselnehmer zu überraschen, die allerdings auch wussten, wie man ein TV-Gerät anschaltet.

Die Kidon-Leute griffen zu ihren Waffen und wollten rüber zum Stadion rennen, was ich nur unter Aufbietung all meiner Hebräischkenntnisse verhindern konnte, denn diese jungen Leute verstehen ja alle kein Jiddisch mehr.

So sahen wir also tatenlos zu, wie die israelische Olympiamannschaft abgeschlachtet wurde.

Es war das erste und einzige Mal, dass es in dem festen Haus zu Randale kam. Ein Kleiderschrank ging zu Bruch, ein Spiegel zerklirrte, und auch der Fernseher und zwei Fensterscheiben mussten dran glauben, weil ihnen einer der Kidon-Regulierer in seinem Strudel aus Zorn mit einer Axt die Meinung sagte.

Irgendein Nachbar rief die Polizei, aber das Letzte, was die Regulierer in diesem Augenblick sehen wollten, waren zwei schnurrbärtige bayerische Hauptwachtmeister, die an der Haustür klingelten und sich wegen Ruhestörung und Sachbeschädigung Notizen machten, anstatt vier Kilometer nördlich ein paar Terroristen zu erschießen. Daher hatte am Ende einer der Beamten, ein rotwangiger Lispler mit etwas überheblicher Selbstgewissheit, den Lauf einer Beretta M951 im Mund, was zu einer Menge Telefonkram führte und uns um ein Haar das schöne Wohnobjekt in bester Lage gekostet hätte.

Das feste Haus, in der Gründerzeit als Alterssitz eines Waffenfabrikanten erbaut, bestand aus insgesamt sechs Wohneinheiten auf drei Etagen und wurde von einer Jugendstilglastür erschlossen, die man innerhalb von drei Sekunden vollautomatisch mit einer hydraulischen Stahlplatte schusssicher verriegeln konnte.

Die Büroräume im Erdgeschoss färbten das ganze Gebäude mit dem Fluidum öffentlichen Wohles, da sie die als gemeinnützig anerkannte Geschäftsstelle der Deutsch-Israelischen Gesellschaft e. V. aufnahmen, die Ev mit Plakaten der Negev-Wüste und einem immerkranken Olivenbäumchen geschmückt hatte.

Niemand wäre auf die Idee gekommen, dass direkt daneben das geheime Mossad-Kommunikations- und Funkzentrum, der Tagungssaal und ein kleiner Sportraum lagen.

Im ersten Stock befanden sich die Unterkünfte für Agenten und Ausbilder, ein großer Aufenthaltsbereich und eine mit einer Stahltür gepanzerte und mit einer zwei Zentimeter dicken Bleischicht ummantelte Waffenkammer.

Und im zweiten Stock wohnten Ev und ich.

Unser Schlafzimmer lag direkt über dem Munitionsarsenal. Wären die dort gelagerten fünfzig Kilo TNT-Sprengstoff mitsamt den drei Kisten Handgranaten jemals in die Luft geflogen, so wären wir, Stahltür hin, Bleischicht her, als Feuerball in den Münchner Himmel gestiegen und über unserem kleinen Garten abgerieselt, in dem uns ein alter Apfelbaum aufgefangen hätte.

Oft saß ich im Sommer unter seinen Zweigen, die den leider so selten gewordenen roten Herbstkalvill trugen, eine merkwürdige Fügung, so dass Großpaping immer in meiner Nähe war, oder vielmehr war ich in seiner, die auch Mama (ab und zu, wenn ich nicht Herr Himmelreich sein musste, kam sie bei uns vorbei) mit immer noch enormen Gewissensbissen suchte.

Und auch Hub war natürlich auf diese Weise in meiner Nähe, das ließ sich gar nicht vermeiden. Deshalb erntete ich im Herbst nie das Obst, ließ alle Äpfel am Boden verrotten, bis sie nur noch eine braune, von Würmern und Mäusen durchwühlte Masse waren, deren Duft ich einsog und, wie es mit dem Alter kommt, die Bilder meiner Kindheit damit mästete, die schäumenden Strände Rigas, das vergorene Jugla, die faule Julisonne, in die Evs unsterbliche Beine sich setzten.

Hub begegnete ich unverhofft.

Als wir unter Oberst Harel und General Gehlen den Beginn der Operation Blaumeise beschlossen hatten, damals am *sals-un-sniegs*-Tag, mussten wir danach über die große, schneebedeckte Wiese hinüber zum Führerbunker stapfen, weil General Gehlen unbedingt zur Feier des Tages mit den Mossad-Leuten ein Wettschießen veranstalten wollte. Das war seine Vorstellung eines abgerundeten Verhandlungstages.

Die Schießbahn hatte ich schon vor Jahren in der untersten Bunkerebene eingerichtet, doch ich erkannte sie kaum wieder. Irgendjemand hatte versucht, sie indirekt zu beleuchten. Mit Fichtenholzpaneelen und der Farbe Grün war ein süddeutsches Kegelbahngefühl geschaffen worden. Es roch nach Wald, Männerschweiß und Pulverdampf, und an einer Wand hing ein Foto mit dem letztjährigen BND-Schützenkönig darauf, und sowohl ihm als auch den grinsenden Männern um ihn herum hatte man schwarze Balken vor die Augen geklebt, damit sie niemand erkennen konnte.

Als ich in den Schützenstand trat, nahm ich ganz hinten, am entgegengesetzten Ende der Bahn, einen Mann wahr, massig und kahl und vor einer Neonlampe erglühend, die schief über ihm hing. Er musste die Zielscheiben auswechseln, was ein Weilchen dauerte. An seinem einsamen Arm erkannte ich meinen Bruder früher, als er mich erkannte, und so sah ich sein ganzes Unglück.

In diesem Moment entsicherte Oberst Harel neben mir seine Waffe, blickte aber nicht auf, und auch kein anderer schien Notiz davon zu nehmen, dass der ehemalige Leiter der Gegenspionage Osteuropa, sichtlich von Alkohol zerrüttet, als Gnadenbrot die Pflege des Schießstandes erhalten hatte, denn Hub musste Scheibenspiegel aufstellen, den Kugelfang kontrollieren, die Punkte zählen und den Juden ihre Magazine nachladen.

Mich würdigte er, bei jedem Schritt leicht taumelnd, keines Blickes.

Oberst Harel und General Gehlen hatten sich aneinander gewöhnt. Gutgelaunt feuerten sie im Wechsel auf Pappscheiben, die Chruschtschows Gesichtszüge trugen. Da ich Isser gesagt hatte, dass der Doktor auf gar keinen Fall verlieren dürfe, verlor er auch nicht, sondern gewann einen kleinen Silberpokal, den er selbst gestiftet hatte und in den neben einem Davidstern und einem Kruzifix auch eine Art Brathuhn eingraviert war, das offensichtlich die gemeine Blaumeise *(parus caeruleus)* darstellen sollte.

Als wir alle vor den Führerbunker traten, um uns zum Abmarsch zu versammeln, war es schon dunkel geworden, und angeführt vom fröhlichen Pokalsieger zog die ganze Gruppe hinüber zum Gesellschaftshaus, wo den Gästen zu Ehren ein kleiner Empfang veranstaltet wurde. Gehlen hatte die Heerscharen seiner eigenen Verwandten eingeladen (sechzehn beim BND aufs Beste versorgte Familienmitglieder), die allesamt und jederzeit eine eindrückliche Party auf die Beine stellen konnten.

Ich stand in den Räumen, die ich selbst ein Jahrzehnt zuvor renoviert hatte. Ich achtete auf alte Baumängel und sehnte mich nach Selbstkritik, nahm ein Bier und ließ mich, bevor die Reden begannen und die Orks applaudierten, noch einmal zurück zum verlassenen Schießstand treiben. Hinter mir perlte Gelächter auf, und das Bild von Hub, wie er uns allen schweigend die geladenen Pistolen reicht, die Ohrenschützer mit seiner einen Hand aufsetzt, die Kreuzchen hinter unsere Namen malt, mischte sich mit Erinnerungen an ihn aus lange zurückliegenden Zeiten, in denen zumindest Spuren von Glück zu finden waren.

Es hatte aufgehört zu schneien. Die Sterne sahen aus, als hätten wir sie aus einer schwarzen Papierwand herausgeschossen mit nichts als Licht dahinter.

Ich betrat die leere Schießhalle und rief nach Hub. Niemand antwortete. Ich rief nochmals, lauter. Irgendwo fiel etwas zu Boden. Ich wollte nachsehen.

Da hörte ich von draußen Schritte heranhasten. Jemand bog in die Eingangstür und rannte mich fast um. Es war Heinz Felfe.

»Wo bleiben Sie denn?«, keuchte das Maulwurfkatzenschwein vorwurfsvoll, mit Alkohol im Atem. »Ich soll Sie holen.«

Ich verstand die Fürsorge nicht und die drängende Eile noch weniger. Ein Geräusch drüben in der Garderobe ließ Felfe zusammenzucken, und als ich das Zucken zu deuten versuchte und er mich gleichzeitig am Ärmel zupfte, um mich nach draußen zu ziehen, mehlig lächelnd, ahnte ich, was bevorstand.

Ich machte mich los und ging hinüber. Die Garderobentür war nur angelehnt. Als ich sie aufstieß, war mir innerhalb des Bruchteils einer Sekunde klar, wieso Yossi den weiten Weg von Tel Aviv nach Pullach hatte machen müssen, obwohl es kein Auto gab, das er fahren durfte, und eine Operation Blaumeise, die er auf den winzigen Schwingen seines Intellekts niemals hätte voranbringen können. Er stand breitbeinig vor meinem Bruder, die Faust wie einen Stein haltend, der mit meinem Eintritt in Hubs Gesicht sauste, um es in Fetzen Fleisch zu verwandeln, was in Ansätzen bereits gelungen war.

Oberst Harel saß auf einer Garderobenbank gegenüber, gemächlich eine Zigarette rauchend. Er starrte mit sehr trägem Blick zu mir herüber. Auch Yossi unterbrach die Schufterei. Sein liebes Dummejungengesicht wusste nicht, wohin mit den Augen. Aus dem Loch, das einmal Hubs Mund gewesen war, brodelte eine Fontäne Blut hervor, zusammen mit einigen Silben. Erst nach einiger Zeit wurde mir klar, dass sie den Klang meines Namens bildeten.

Ko. Brodel. Ja.

Mein halbes Leben lang hatte Hub mich beschützt. Immer war er zur Stelle gewesen, wenn ich Hilfe brauchte, bis heute ist er mein Akronym für Kühnheit. Einmal, als wir noch ganz klein waren und alle ihn noch Hubsi nannten, hatte er auf dem Gut Poll, wo wir die Sommerferien verbrachten, eine Gans in den Schwitzkasten genommen, weil sie meine streichelnde Hand blutiggebissen hatte. Dabei brach er dem Tier das Genick, so dass Hubsi bestraft wurde und drei Tage nicht aus dem Haus durfte, da die Gans noch nicht fett genug gewesen war, um geschlachtet zu werden.

Ich sah sein Auge, das unruhig im roten Saft schwamm und mich suchte.

»Kommen Sie«, hörte ich Felfe hinter mir flüstern, »Sie sollten nicht hier sein.«

Ich sah zu Harel, der seinen Blick abwandte und Yossi zunickte. Der presste bedauernd die Lippen zusammen und drosch mit dem nächsten Schlag Hubs Auge aus meiner Sichtachse. Mit dem übernächsten brach er etwas aus meines Bruders Kiefer.

Moshe Jacobson muss Oberst Harel viel bedeutet haben.

»Sie sollten wirklich nicht hier sein.«

Ich spürte, wie sich Felfes Hand auf meine Schulter legte, die sanfte Hand des KGB, bald schon enttarnt und zum Abhacken freigegeben. Jetzt jedoch, ein Jahr vor seiner Verhaftung sowie ein Jahr und dreieinhalb Tage vor der politischen Kreuzigung Reinhard Gehlens, blickte Felfe ohne erkennbares Interesse auf die stöhnende, einarmige, gerade ihr linkes Auge einbüßende Kreatur herab, die er einst mit Hilfe ihres rachsüchtigen, verlogenen, durch und durch missratenen Bruders beerbt hatte. Er ließ seine Klaue weiterwandern, legte den ganzen verlogenen Arm um mich, eine Geste Hubs kopierend, die mir die Tränen in die Augen trieb.

Und während er mich behutsam hinausführte, hörte ich hinter mir Yossi seine Arbeit vollenden.

Ko. Brodel. Ja.

Felfe wollte mich zur Party zurücklotsen, um mich auf

andere Gedanken zu bringen. Aber ich konnte Gehlen in diesem Moment nicht begegnen, ich konnte mir selbst nicht begegnen, und Isser Harel, der sich gewiss nach einiger Zeit wieder unter die Gäste mischen würde, konnte ich erst recht nicht begegnen.

Ich lief an den Lichtern vorbei, wirbelte bunt leuchtende Eiskristalle auf, lief unter Freddy Quinns fremden Sternen davon, die aus den Lautsprecherboxen quollen, rannte aus dem Tor hinaus bis zur Pullacher Dorfkirche, stieg dort in ein Taxi und ließ mich zu einem Münchner Bahnhofspuff fahren, wo ich mich von einer alten Italienerin durchficken ließ, die als gute Katholikin das Doppelte des normalen Honorars verlangte, wegen der Vorhaut, deren Fehlen ihr Angst machte.

Am Morgen danach, durch und durch und bis ins wankende Knochenmark betrunken, rief ich in Tel Aviv an und sagte Ev, oder jedenfalls versuchte mein Gehirn es ihr zu sagen, nicht unbedingt meine Zunge, dass Harels Preis für die deutsch-israelische Zusammenarbeit ein persönlicher gewesen sei: unser Bruder. Seine Gesundheit. Vielleicht sein Leben. Und Gehlen habe den Preis bezahlt und ich auch, und auch sie werde ihn bezahlen, denn sie habe Hub geliefert, Blut von meinem Blut, durch eine idiotische Akte.

Ich dachte, dass Ev irgendetwas dazu sagen würde, aber sie sagte gar nichts.

Dann erfuhr sie, dass ich nicht mehr nach Israel zurückkehren dürfe, und sie sagte immer noch nichts.

Der, der bleibt, hat immer die Katastrophen anderer überlebt. Das, was ist, ist immer nur ein kläglicher Rest.

Wir sterben weit über unsere Verhältnisse, wenn wir im Vollbesitz unserer Möglichkeiten sterben, das darf man nie vergessen, in unserem Beruf erst recht nicht, und deshalb ist die Kugel in meinem Kopf oder der fehlende Arm Hubs, auch sein zerflossener Augapfel und erst recht Ihre Schädelschraube, so betrüblich das alles sein mag, dennoch ein Memento für das, was an unendlicher Schönheit und Größe und Vollkommenheit untergegangen ist, während wir nur Schlag um Schlag all das verloren haben, was uns einst Sinn und Wert oder zumindest Glanz gab, so dass wir nichts erreichen konnten, gar nichts, außer am Ende übrig zu sein.

Von Hub blieb besonders wenig übrig.

Denn kurz nach den Ereignissen am Schießstand, die ihn ins Krankenhaus brachten und deren Folgen, wie er selber zu Protokoll gab, mit dem acht Meter tiefen Fall vom Dach des Führerbunkers zu tun hatten, von dem er alkoholisiert und sehr versehentlich gestürzt war, verstehen Sie, sehr versehentlich (haha), verlor er nach dreizehn Jahren Zugehörigkeit seine Stelle bei der Org.

Immerhin ließ man ihm seine Rente, vermutlich einer der Gründe, wieso er die wahren Umstände seiner Verletzungen mit in die Intensivstation nahm.

Nach der Entlassung wartete er auf mich in der Lobby meines Hotels, eine von Gipsverbänden und Mullbinden umwickelte Mumie mit Krücke und schwarzer Augenklappe, im Bayerischen Hof nun nicht gerade ein seltener Anblick in jenen Jahren.

Ich erschrak, als aus seinem Mund mein voller Name fiel,

ohne Brodeln, aber auch ohne die Zähne, die man für das weiche S braucht bei »Koja Solm«. Der gefährlichste Name für mich in jenen Jahren.

Ich ging hinüber zu der Couch, auf der er mich erwartet hatte, seit dem frühen Morgen schon, und er sagte mir, als ich vor ihm stehen blieb, was er von mir hielt und dass ich ihm seine Frau und sein Kind genommen habe, sogar seine Mutter, die kaum noch mit ihm spreche, seine materielle Existenz, seine Würde, seine körperliche Unversehrtheit und seine Zukunft.

Nur seine Vergangenheit, die hätte ich ihm gelassen, mehr als das, und es sei die gleiche wie meine. Er habe keine anderen Verbrechen begangen als ich, und die, die ich nicht hatte begehen müssen, habe er für mich getragen. Er sei von der Staatsanwaltschaft angeklagt worden und werde sich für die Vorkommnisse in Riga verantworten müssen. Die Org schütze ihn nicht mehr.

»Aber ich werde auf dich keine Rücksicht nehmen, Koja. Ich werde deinen Namen nennen, und es wird der einzige Name sein, den ich nennen werde.«

Nur mühsam konnte er sich auf seiner Krücke aufrichten.

»Deine geliebten Juden werden dir noch bei lebendigem Leibe die Haut abziehen. Das verspreche ich dir.«

Er drehte sich um und makste davon, wurde von der Hoteldrehtür eingeklemmt, lief rot an vor Wut und Scham, kam wieder zurück in die Lobby gehumpelt und rief mir durch die ganze Halle zu, so dass sich die Pagen, der Liftboy, die Rezeptionistinnen und mehrere Gäste zu ihm hindrehten: »Du wolltest, dass ich sterbe, aber du wirst vor mir sterben, und vielleicht werde ich dir dabei helfen können, kleiner Bruder!«

Ich nahm ihn nicht ernst, obwohl im Lichte seiner Worte meine Zukunft schon damals nur gestundet war, einer der Gründe, warum ich viel zu spät merkte, wie sich die Schlinge um meinen Hals zog.

22

Ev kam wenige Wochen später.
Sie richtete das feste Haus ein.

Sie kaufte ein schönes Doppelbett aus kanadischer Buche. Sie brachte keinerlei Dinge aus Tel Aviv mit. Sie sagte, auf lange Sicht müsse sie in Israel bleiben, um nicht wahnsinnig zu werden.

Annas Bilder aber hatte sie dabei. Sie rahmte all diese Bilder ein und hängte sie an unsere Wand, in der genau gleichen Abfolge wie in der Gaets Street (Ponys nach oben, Blumen nach unten).

Sie ging auch mit mir täglich zum Friedhof. Der töchterliche Staub führte uns zu dem eingewachsenen Tlingit-Grab, das Amama die ganzen Jahre über gut gepflegt hatte, mit frischen Blumen jede Woche und den aktuellsten Nachrichten der verrückt und jüdisch gewordenen Eltern Klein-Annas, die aus Israel so wenig von sich hören ließen.

Obwohl es ein Klischee ist, regnete es fast immer, sobald wir den Friedhof betraten. Ich hatte vergessen, wie Erde duftet, wenn der Regen vom Grabstein spritzt, hatte vergessen, was geschieht, wenn ein einzelner Tropfen immer auf dieselbe Stelle tropft, so dass die Erde allmählich aufweicht, bis sie durchlässig wird und nachgibt und einen Tunnel öffnet in die Tiefe, in die ich an manchen Tagen zu stürzen drohte.

Im August Neunzehneinundsechzig, zu Annas achtzehntem Geburtstag, versuchte Ev, die Volljährigkeit unserer Tochter zu feiern, zumindest die israelische, denn bis zur deutschen musste sie noch drei Jahre tot sein.

Ev buk einen baltischen Geburtstagskringel, kaufte Kerzen und zündete sie an, kaufte sogar ein rotes Etuikleid, wie es jetzt der letzte Schrei war. Als wir es an einem Bügel an die Wand hängten und sahen, wie gut das Kleid Annas schlanke Figur betont hätte, ihre Lebhaftigkeit und Geistesgegenwart, wie hübsch sie geworden wäre als junge Frau, wie ihr die Männerwelt zu Füßen gelegen hätte, die Cäsaren-Ponys trug und Camus las und auf genau jene Jean-Seberg-Nonkonformistinnen gewartet hatte, die man jetzt überall in den Godard-Filmen sah und denen Anna in die Jazzkeller vorangeschritten wäre, waren wir für einen Moment getröstet.

Aber es war ein sehr kurzer Moment.

Er trug nur so lange, bis Ev das Kleid in Fetzen geschnitten und sich in unseren Teppich eingerollt hatte.

Denn ein totes Kind ist das Ende. Ein totes Kind erlaubt keine Illusionen und keine Gegenwart. Mit einem toten Kind gibt es nie wieder auch nur eine einzige gegenwärtige Geburtstagsfeier. Nur noch geronnene, unwiederbringliche, durch kein zukünftiges Ereignis zu beschwichtigende Vergangenheit. Das Kind ist aus der Welt geschafft, und alle Versäumnisse diesem Kind gegenüber sind für alle Zeiten besiegelt.

Wenn ich Anna nie sagen konnte, dass sie mein Kind war, wenn ich ihr stets vorenthalten habe, was es für mich bedeutete, dieses Kind mit dem Hals seiner Mutter und dem

Sonnenlicht in den Augen auch nur zu betrachten (wahrlich ein knappes Glück), dann werde ich ihr das auch an ihrem achtzehnten Geburtstag vorenthalten, an ihrem zwanzigsten, an ihrem dreißigsten. Ich werde es ihr bis an mein Lebensende vorenthalten. Und bis an mein Lebensende werde ich das Versäumte in die Zukunft tragen. Und diese Verbindung zu meinem Kind, eine Verbindung des für immer Versäumten, die tagtäglich fortdauert (ohne jemals auch nur die Illusion von Gegenwart hervorzurufen), wird, glaube ich, schwer auszuhalten sein.

Aber manchmal geschehen Wunder.

Und mit einem solchen Wunder endeten die sechs Jahre, neun Monate und sechs Tage. Jene sechs Jahre, neun Monate und sechs Tage Regen, die seit Majas Ende über mir niedergegangen waren.

Sie endeten an Annas achtzehntem Geburtstag, weil Anna am Abend jenes Tages, als ich Ev aus dem Teppich gewickelt und mit einem heißen Tee versorgt und ins Bett gesteckt hatte, zu mir zurückkehrte.

Annas Stimme war in meinem Kopf, absolut gegenwärtig und klar und genau in dem Moment, als ich einschlafen wollte. Und sie fragte mich einfach, ob ich ihr gar nichts schenken wolle in diesem für sie so wichtigen Moment, nicht einmal ein Bild, und ich erschrak und stand mitten in der Nacht auf, ließ mich über dem Schreibtisch nieder und zeichnete Annas Gesicht, das ich aus der Erinnerung immer noch zeichnen konnte, vor allem den Bernsteinton ihrer wachen Augen traf ich, und ich setzte einen Körper unter das Gesicht, einen nackten Jean-Seberg-Körper, das war meine Geburtstagsüberraschung, und ich hoffte, dass Ev das nicht sah, da sie mich getadelt hätte.

Aber am nächsten Tag sprach Anna wieder zu mir, dass ich mir keine Sorgen zu machen brauche. Ihr gefiele ihr Körper einigermaßen, die etwas zu kleinen Brüste, die ich für sie ersonnen hatte (dabei waren sie groß, aber ihr kamen sie natürlich winzig vor), die hervortretenden Rippen, die Mama ihr blöderweise vererbt hatte, und ihre viel zu schmalen Baltenfinger, die sie sich bestimmt brechen würde, so schmal waren sie. Mir fiel erst auf, wie intensiv wir uns unterhielten, als mich Ev freundlich darauf aufmerksam machte, dass ich am Frühstückstisch Selbstgespräche führte, wie sie dachte.

Tatsächlich aber redete Anna in den merkwürdigsten Momenten mit mir, und natürlich musste ich antworten. Ob das nun in der Wartehalle eines Bahnhofs war, in der Stadtbibliothek oder im Sprechzimmer des Arztes, der mich wegen meiner Rückenbeschwerden behandelte.

Einmal musste ich in einen Einsatz, weil der Mossad mich angewiesen hatte, die Exekution von Professor Doktor Hans Kleinwächter in Angriff zu nehmen. Er gehörte zu jenen Raketenforschern, die von Harels rosa Liste sorgfältig einer nach dem anderen (oder, um mit Shlomo zu sprechen, *peu à peu*) abgearbeitet werden sollten.

Kleinwächter wohnte in Lörrach, einer badischen Grenzstadt in Sichtweite von Basel, wo er sich alle paar Monate von seiner Tätigkeit in Kairo erholte.

In den frühen Abendstunden eines arktischen Februartages wartete ich mit einem kleinen Kommando auf sein

Erscheinen. Wir hatten uns unter dunkelblauen Kiefern am Rande der Passstraße postiert, die der Professor üblicherweise wählte, um am Wochenende vom Stuttgarter Institut für Physik und Strahlenantriebe möglichst einsam und waldreich nach Hause zu kommen.

Kurz vor der Abfahrt nach Lörrach, hinter einer unübersichtlichen Serpentine, versperrte unser quergestellter Kommandowagen, ein von oben bis unten mit Sprengstoff gefüllter Mercedes, die Fahrbahn. Kleinwächter erkannte das Auto erst spät, trat die Bremse durch, die wie ein sterbendes Mastschwein durch den Wald schrie, und verhinderte die Kollision um Haaresbreite.

Aus der Dunkelheit machte ich mich auf den Weg und trat an den nach verbranntem Gummi riechenden Wagen heran. Der selbst im Mondlicht durchaus gebräunt wirkende Kleinwächter kurbelte das Seitenfenster herunter und schaute ganz besorgt unter seinem Pepitahut hervor. Besorgte schauen ja auch oft ein klein wenig vorwurfsvoll, aber Kleinwächter schien tatsächlich nur wissen zu wollen, ob es mir gutging. Er schien nicht besorgt um sich, sondern um mich zu sein. Sein Frageblick glaubte jedenfalls felsenfest daran, dass ein furchtbarer Unfall geschehen sein müsse und dass ich Hilfe benötige. Mein Antwortblick hingegen sagte ihm, dass er sich keine Gedanken zu machen brauche, und ich zog, ohne ein Wort zu verlieren, die Pistole mit dem Schalldämpfer aus meiner Manteltasche und drückte ab.

Aber ich traf nicht.

Die Kugel schlug einen Zentimeter neben dem Professorenohr in die Polsterlehne.

In dem Augenblick, als ich den Abzug tätigte, fragte

mich nämlich Klein-Annas Stimme, was ich da eigentlich tue. Ich weiß ganz genau, dass das meine Tochter war, die zu mir sprach, denn ich kenne ihre vorhaltende Stimme selbst nach so vielen Jahren noch, und sie sagte mehrmals »Papa« zu mir.

Ich blieb also wohl einige Sekunden in Zwiesprache mit meiner missvergnügten Tochter, erklärte ihr die Dinge, während ich die Waffe sinken ließ und der Mann vor mir einfach nur vor sich hin schrie, sich in den Fußraum abduckte, die Hände über dem Pepitahütchen verschränkt hielt und immer lauter wurde, so dass ich Anna kaum verstehen konnte.

Aus dem zweiten Fahrzeug, das wir als Fluchtwagen in einem zwanzig Meter weiter gelegenen Waldweg abgestellt hatten, sprang Spezialagent Nummer eins auf die Straße. Er hatte eine Maschinenpistole im Anschlag und schrie mir auf Hebräisch zu, ich solle zur Seite treten.

Tritt bitte nicht zur Seite, Papa, sagte meine Tochter laut und deutlich. Offenbar hatte sie mittlerweile Hebräisch gelernt, also was sollte ich tun?

Ich blieb unschlüssig stehen, und Professor Doktor Hand Kleinwächter, der inzwischen mitbekommen hatte, dass seine Exekutoren zu diskutieren beliebten, tauchte ohne Hut und ohne Wüstenbräune aus dem Unterbauch seines Fahrzeuges wieder auf, legte den Rückwärtsgang ein, gab Gas und fuhr, immer noch schreiend, wie eine gesengte Sau los.

Spezialagent Nummer eins wollte das Feuer eröffnen, als das Gesicht des nie wieder eine Raketensteuerung bauenden und nie wieder an eine Raketensteuerung auch nur denkenden Elektronikfachmanns (der inzwischen, wie man lesen konnte, die Mysterien der sogenannten Solarenergie erforscht) an ihm vorbeisauste. Aber die Waffe streikte. Der Wissenschaftler entkam mit schnell verblassenden Rücklichtern.

Nicht dass ich an Gott je geglaubt hätte, obwohl ich das Großpaping natürlich nicht hätte sagen können. Aber meine Tochter wollte den Tod Herrn Kleinwächters nicht, so sah ich das in jenem Moment, und so sehe ich es auch heute noch, und sie hatte wohl gewisse Möglichkeiten, ohne dass ich den Glauben an eine höhere Instanz zu sehr strapazieren möchte, ganz im Gegensatz zu Ihnen natürlich, dem Göttlichen so wohlgesonnener Swami.

Nach allem, was Sie mich gelehrt haben, gehe ich davon aus, dass das Bewusstsein meiner Tochter mit mir Kontakt aufgenommen hat, so wie Maja Dserschinskajas Bewusstsein Ihrer Meinung nach in ihren von mir so wohlgehüteten Zähnen sitzt. Ich weiß es nicht, ich stehe den Phänomenen des Lebens weitgehend, den Phänomenen des Sterbens vollkommen ratlos gegenüber.

Damals hingegen interessierten mich Phänomene nicht. Ich wollte einfach nur weg.

Ich rannte hinüber zu unserem Wagen, sprang auf den Rücksitz. Hinter dem Steuer saß ein schweißnasser Isser Harel. Er schrie auf mich ein, während er den Motor startete und unserer selbstgebastelten Mercedes-Bombe hinterherjagte, die den Rest des zerknirschten Kommandos (Spezialagent zwei gab es ebenfalls, offenbar nur, um Spezialagent eins zu trösten) Richtung Grenze trug.

»So was Dilettantisches!«, schrie Isser. »So was beschissen Dilettantisches habe ich noch nie erlebt! Wie kann man denn jemanden verfehlen? Wie denn bitte? Aus einer Schussdistanz von ... einem Bagel? Da verfehle ich nicht mal eine Ameise! So was unglaublich Dilettantisches! Was haben Sie denn da zu bereden gehabt? Scheiße! Was bereden Sie denn mit der Zielperson, wenn Sie an ihr vorbeischießen? Dass sie stillhalten soll? Wieso hat die verdammte Uzi von Tewje« (Spezialagent eins) »nicht funktioniert? Wieso ist das Projekt ein so unendlich beschissenes Projekt?«

Das konnte ich ihm alles nicht beantworten.

Papa hat immer gesagt, dass die empfundene Farbe eines Körpers (und damit waren ganz gewiss nicht nur Frauenkörper gemeint) nicht nur davon abhängt, welchen Teil des Wellenspektrums er reflektiert, wie uns die bekloppten Physiker immer weismachen wollen, sondern auch von unserer inneren Verfassung. Unsere Seele zeigt uns, vor allem uns Malern (zu denen Sie ja jetzt gewissermaßen auch gezählt werden dürfen, dilettierender Swami), wie uns zumute ist, wenn wir ganz gewisse Vorlieben für ganz gewisse Farben in ganz gewissen Lebensphasen haben. Bei Papa zum Beispiel war es immer ein Ausdruck allgemeinen Weltekels gewesen, wenn er viel Rosa benutzte. »Mein Sohn«, hatte Papa gesagt, »falls es jemals zu viel Rosa geben sollte in deinem Leben, dann bist du innerlich wie Kohle, dann fahr mal ein paar Wochen an die Riviera.«

Er hatte behauptet, dass es in der Natur, bis auf die Schamlippen der Frau, keine natürlichen Farbträger von Rosa gebe, selbst die liebliche Rose sei zu Mauve durch den

Menschen hinerzogen worden, ebenso alle rosa Lebensmittel, denn auch Fleisch sei nur dann rosa, wenn man es anbrate, es sei eine durch und durch künstliche, klebrige Farbe, die man unbedingt meiden müsse.

Eine merkwürdige Haltung Papas, der nicht weniger Rosa in seiner Arbeit benutzt hatte als Rubens oder Fragonard, die wie er jede Menge Ärsche hatten malen müssen.

Tatsächlich aber liebte ich in jenen Monaten das lichte, warme Pastell, ein Apricot, wie es meine Tochter gemocht hätte, das sagte sie mir persönlich.

Und auch das Willkommensgeschenk Reinhard Gehlens, um das ich mich zu kümmern hatte, die so prominente Namensliste berühmter Physiker und Ingenieure, war rosa gewesen wie Zuckerwatte, hatte sich jedoch im Zuge ihrer allmählichen Erledigung zu einem blutroten Mahlstrom unbegreiflicher Pannen verdunkelt.

Herr Professor Doktor Kleinwächter war nämlich nicht der Einzige, der diesem Stück Papier, so harmlos und optimistisch es daherkam, Tribut zollen musste.

Wenn ich nur an Hassan Kamil denke! Ägyptischer Rüstungsfabrikant. Multimillionär. Vertrauter von Präsident Nasser. Ein perfektes Opfer, da Herr Kamil nachweislich Israel von der Landkarte bomben wollte und zu diesem Zweck die deutschen Raketenbauer in hellen Scharen von der Schweiz aus anheuerte.

Anstatt den Charmeur sachgerecht zu pulverisieren, explodierte die von mir beschaffte Präzisionsbombe zwar wie geplant hoch über dem Teutoburger Wald in Herrn Kamils

Air-Lloyd-Chartermaschine. Überraschenderweise saß aber nicht er selbst darin, sondern als einziger Passagier nur seine Gemahlin, Ihre Hoheit Herzogin von Mecklenburg, Prinzessin von Wenden, Schwerin und Ratzeburg, Gräfin von Schwerin, Herrin der Lande Rostock und Stargard, Prinzessin von Mecklenburg-Strelitz, Enkelin Kaiser Wilhelms II. und leider in verwandtschaftlichen Beziehungen zu Gehlens lieber Frau Herta stehend.

Auch die Briefbombe, die dem aus Hamburg stammenden Leiter des Raketenprogramms in Kairo-Heliopolis zuging, einem gewissen Herrn Pals, Puls oder Pils, wurde nicht von ihm selbst geöffnet, sondern von seiner Sekretärin. Danach war vieles von ihr perdu (Augenlicht, Nasenflügel, Oberlippe, vier Finger), eine furchtbare Geschichte, die mich schwer belastete, zumal auch diese Dame ein rosa Kleid getragen hatte.

Eine andere, weitaus muskulösere Paketbombe, die außer dem Vorzimmerpersonal auch alle im Umkreis von zehn Metern herumstehenden Raketenforscher weggesprengt hätte (inklusive des im benachbarten Chefbüro verbarrikadierten Projektleiters), wurde von einem unaufmerksamen ägyptischen Arbeiter schon in der Postverteilungsstelle fallen gelassen (obwohl *Achtung! Zerbrechlich! Nicht fallen lassen!* auf der Verpackung stand, idiotischerweise auf Deutsch), so dass ein drei Meter breiter und einen Meter tiefer Bodenkrater entstand und elf Araber und ihre Körperteile in hohem Bogen durch die Luft flogen, eine Aufregung, die immerhin sechs der Männer individuell verstümmelt überleben konnten.

Beim größten deutschen Raketenhändler, dem Juristen

Doktor Heinz Krug, der nach Ägypten Spezialbleche, Mess- und Prüfgeräte, Maschinen und Ventile geliefert hatte, durfte dann aber wirklich nichts mehr schiefgehen.

Krug wurde hier in München unter meinen Augen aus seinem Wagen gebeten. Die beiden hochprofessionellen Kidon-Regulatoren (die ich sehr mochte, die auch zum Beispiel im festen Haus immer ihre Teller spülten), waren bestens vorbereitet und konnten für die etwas theatralische Befragung ein nachts unbewachtes Stahlwerk in Ismaning nutzen.

Dabei wurde Doktor Krug aus Versehen von einem zwei Tonnen schweren Stahlrohr in Mitleidenschaft gezogen, unter das man ihn eigentlich nur geschnallt hatte, um Eindruck zu machen und ein paar Namen zu erfahren. Leider kippte jedoch das Rohr aus der Kranaufhängung, und Doktor Krug sah danach so unmöglich aus, dass man ihn in einem Säurebad vollständig kompostieren musste (selbst die Natronlauge, eigentlich farblos, hatte einen rosa Stich, ich schwöre).

Die Geduld Gehlens war endgültig zu Ende, als auch noch die Kinder von Professor Goercke, Fachmann für elektronisches Messwesen, in ein Basler Hotel eingeladen und gebeten wurden, ihren Papa schleunigst aus Kairo nach Hause zu holen, bevor ihm noch etwas Furchtbares zustoße. Die Kinder trugen die unschuldigsten Namen, die deutsche Kinder überhaupt tragen können, nämlich Heidi und Hans, und mehr Rosa als bei Kindern, die Heidi und Hans heißen, ist ja gar nicht denkbar. Wissen Sie, jedes Land hat ja seine eigenen Nationaltabus. So wie England den Verrat als schändlichste Gemeinheit ächtet oder

Frankreich den Vatermord und Italien den vorehelichen Geschlechtsverkehr, so hält die deutsche Seele Gewalt an rosafarbenen Kindern für die Nummer eins unter den Kapitalverbrechen, und ich war nun wahrlich prädestiniert, mich dieser Auffassung aus schmerzlicher Erfahrung anzuschließen, und Annas Stimme (ruhig und warm) bestärkte mich darin.

Wohl aus diesem Grund hatte ich mich geweigert, den Einschüchterungsauftrag Harels auszuführen, den daher Shlomo von Paris aus mit zwei Stümpern plante, die auch noch so blöd waren, sich in Gegenwart von Klein-Heidi und Klein-Hans festnehmen zu lassen.

Beide Männer kamen in Haft.

Der Mossad saß offiziell auf der Anklagebank.

Eine unerträgliche Vorstellung für Oberst Harel. Täter zu sein und nicht Opfer. Strafe zu empfangen statt zu verteilen. Moralisch einer Nation anheimgegeben zu werden, die die Shoah erfunden hat.

Das zernagte Issers Contenance und sein Selbstbild, auf dem er eine bartlose Version Albert Schweitzers zu sehen glaubte, mit chirurgischem Besteck in den blitzeblanken Händen, das Herz so rein.

Ich traf ihn damals zum letzten Mal, als er mit seinem trippelnden Wutschritt ins feste Haus trommelte, laut »Shalom« rief und in die Räumlichkeiten der Deutsch-Israelischen Gesellschaft eine ganze Meute frisch eingeflogener israelischer Journalisten mitbrachte. Die *Haaretz*, die *Ma'ariv*, die *Jedi'ot Acharonot*, alle wurden durch Evs Archive gefüttert, bedienten und weideten sich an den Laufbahnen von NS-Raketenforschern, die, wie Harel fand, ihr Leben verwirkt hatten.

Die israelischen Zeitungen fanden das auch, und innerhalb weniger Tage fegte ein Sturm durch den Blätterwald, dessen Ausläufer schnell Deutschland erreichten und das Königreich der Orks in seinen Grundfesten erschütterten.

23

Reinhard Gehlen war ganz und gar nicht begeistert.
»Sagen Sie Herrn Harel, dass jetzt Schluss ist.«
Wir saßen in seinem Büro. Sein Gesicht war finster und fast so eingefallen wie Ihres, Swami, und die Haut hing wie zwei Echsen von seinen Wangen herab.
»Sehr wohl, Herr Doktor.«
Außer uns war nur noch Abteilungsleiter Sangkehl im Raum, hockte rechts von mir auf der Sesselkante, eine Sorgenkröte wie eh und je. Sein Gesicht-Nacken-Durchschuss glänzte vor Aufregung (die Narbe sonderte ein Sekret ab, als wäre eine Nacktschnecke über die Oberlippe in sein Nasenloch gekrochen). Er starrte wie paralysiert auf Gehlens Schreibtisch. Dort türmte sich ein Stapel von Tageszeitungen. Die Schlagzeilen hatten den Sound von *Perry-Rhodan*-Heftchen.

SOS aus dem All – Naziwissenschaftler planen Todesstern für Juden.

Wolken über Israel: Für neunzig Jahre durch radioaktive Strahlen verseucht?

Deutschland lässt seine Physiker im Auftrag Ägyptens in Hitlers kosmische Burgen reisen.

Ich übertreibe.
Aber so in der Art.

»Das ist ein einziger Alptraum«, knurrte Gehlen. »Sie leben doch in Schwabing mit diesen Irren. Können Sie denen nicht Einhalt gebieten?«

»Ich bin nur Liaisonoffizier«, log ich. »Der Mossad gibt mir kaum Einblick in seine Planungen.«

»Wenn diese Medienhetze nicht aufhört, werden wir das feste Haus schließen. Wir werden die ganze Bande rausschmeißen. Die kriegen aus Deutschland kein einziges Taschenmesserchen mehr geliefert. Und Adenauer wird offiziell Protest erheben und bis zu den Vereinten Nationen gehen. Davon sind wir genau so ein Stück entfernt.«

Er zeigte es mit Daumen und Zeigefinger. Daumen und Zeigefinger sahen kräftig aus, hatten seit Jahren die Familienjolle über den Starnberger See getrimmt, zitterten aber leicht, schon seit einiger Zeit, auch wenn sie ein Sektglas hielten oder die übliche Zigarre oder wie jetzt ein Stück Nichts.

»Sagen Sie das diesem Verbrecher. Und ich will keinen einzigen toten Akademiker mehr von irgendeiner Straße kratzen müssen. Ist das klar?«

»Völlig klar, Herr Doktor.«

»Wie kam er überhaupt auf diese schwachsinnige Idee?«

»Nun, wir gaben ihm die rosa Liste.«

»Ja, aber welches Nervenbündel hat sie ihm gegeben?«

Sangkehl und ich blickten den Doktor mit Respekt und Bewunderung an. Er war ja nun schon einundsechzig Jahre alt, sah aber aus wie einundachtzig. Aus seinen Ohren wuchsen Haare. Seine Hände lagen napoleonisch auf der Magengegend. Sangkehl fasste sich als Erster.

»Ich bin sicher«, sagte er in der ihm eigenen naiven Stimmlage, »das war der Heinz Felfe gewesen.«

»Felfe!«, fauchte Gehlen giftig. »Wirklich ein Jammer, dass man ihn nicht mit Benzin übergießen und anzünden kann. Ein großer Nachteil des demokratischen Systems. Jetzt sitzt er im Gefängnis und wartet gemütlich auf den Agentenaustausch!«

»Für uns alle eine Enttäuschung, dieser Rechtsstaat!«, wusste Sangkehl einen Punkt zu setzen.

»Und dabei war er bei der ss!«, zürnte Gehlen. »Der ss traut man ja allerhand zu, aber das eigene Vaterland zu verraten? An den Kommunisten? Verrät der Spaßvogel jeden Einzelnen seiner Kameraden! Sogar seinen Präsidenten, der ihn zwölfmal zum Teeabend eingeladen hat. Wie oft waren Sie bei mir zum Teeabend, Sangkehl?«

»Zweimal, Herr Doktor.«

»Dürer?«

»Einmal.«

»Da sehen Sie es! Felfe zwölfmal!«

Wir nickten bekümmert.

»Er hat sogar mit meiner Tochter getanzt. Ganz hin und weg war sie von ihm. Sogar das Wort ›Heirat‹ soll benutzt worden sein. Diese ganzen alten ss-Leute! Geborene Verräter. Waren Sie nicht auch bei der ss, Dürer?«

»Die ss warf mich ins Gefängnis, Herr Doktor.«

»Ausgezeichnet. Ganz ausgezeichnet. Wissen Sie was? Wir schließen das feste Haus jetzt schon. Sagen Sie dem Rumpelstilzchen in Tel Aviv, dass wir es schließen.«

»Herr Doktor …«

»Was?«

»Das geht nicht.«

»Wieso?«

»Der Mossad gibt uns freie Fahrt bei den Sowjets. Wir geben ihm freie Fahrt bei uns.«

»Freie Fahrt meinetwegen. Aber ohne festes Haus! Und ohne rosa Liste!«

»Wenn ich mir eine Bemerkung erlauben darf, Herr Doktor«, hüstelte Sangkehl sanft, und ich war wirklich dankbar, dass dieses doch so schlichte Gemüt genau wusste, wann es ernst wird. »Wenn der israelische Geheimdienst uns vom Verteiler seiner Informationen nimmt, wenn wir also die UdSSR-Aufklärung verlieren, wird die Bundesregierung auf mittlere Sicht im Osten blind sein. Blind, taub und stumm. Wir brauchen noch mindestens drei Jahre, bis wir einen eigenen Stamm an Personal haben.«

»Unsinn!«, rief Gehlen barsch. »Wir können uns den Israelis nicht auf Gedeih und Verderb ausliefern.«

Er griff in die Zeitungen vor ihm, hob unwirsch ein Boulevardblatt hoch und wedelte damit. »Hier steht, der BND würde die Ägypter mit Giftgas ausrüsten. Irgendwann wird da stehen: ›BND verkauft seine eigene Großmutter.‹ Nur weil Felfe diesen Juden die rosa Liste rausgibt. Was fällt ihm ein?«

Erschüttert von solch unermesslichem Abgrund an Charakterlosigkeit erhob sich Gehlen, um einen Platz zu suchen, an dem man frei atmen konnte, und er fand ihn wie so oft direkt vor seinem Fenster, vor dem er stehen blieb, sich streckte und über das unaufhaltsam emporwachsende BND-Gelände blickte.

»Zersetzt alles, was im Lande des Gegners gut ist! Verwickelt die Vertreter der herrschenden Schichten in verbrecherische Unternehmungen! Unterhöhlt auch sonst ihre Stellung und ihr Ansehen! Gebt sie der öffentlichen Schande vor ihren Mitbürgern preis! Nutzt die Arbeit der niedrigsten und abscheulichsten Menschen! Bringt überall geheime Kundschafter unter! Nun, Sangkehl, was glauben Sie, wer hat das gesagt?«

Sangkehl fasste sich unwillkürlich an seinen feuchten Gesicht-Nacken-Durchschuss und klimperte überrascht mit den Augen, wie ein Schuljunge, der nicht aufgepasst hat und nach der trigonometrischen Formel gefragt wird.

»Wer das gesagt hat?«, stotterte er ertappt.

»Ja, wer hat das gesagt?«

»Das werden vermutlich Sie gesagt haben, Herr Doktor.«

»Ich?«

»Nicht?«

»Ich soll gesagt haben: Nutzt die Arbeit der niedrigsten und abscheulichsten Menschen?«

»Nein?«

»Gehen Sie mir aus den Augen, Sangkehl.«

»Sehr wohl.«

Verdattert erhob sich der Abteilungsleiter, hätte um ein Haar die Hacken zusammengeschlagen, deutete eine Verbeugung an und verschwand rot wie ein Paradiesapfel durch die Tür nach draußen.

Mir war nicht klar, ob ich gehen oder bleiben sollte. Der Doktor verharrte als Silhouette vor dem hellen Fensterkarree. Ich fasste mir ein Herz und stand auf.

»Sie nicht, Dürer.«

»Gerne.«

Also bleiben. Ich setzte mich wieder.

Nach einer Minute, in der sich meine Emotionen zwischen Angst, Ekel und Mitleid nicht recht entscheiden konnten, sagte er, dass General Sun Tsu die richtige Antwort gewesen wäre und ob ich sie gewusst hätte.

»Leider nein.«

»*Die Kunst des Krieges*«, sagte Gehlen und nickte. »Zweieinhalbtausend Jahre alt. Klingt wie die aktuellen Leitsätze weltkommunistischer Aktivität.«

Endlich hatte er sich sattgesehen, kehrte zu seinem Schreibtisch zurück und ließ sich dahinter nieder. Er griff zu seiner Sonnenbrille und setzte sie auf. Sie machte ihn noch überheblicher als sein Blick.

»Jede Kriegsführung beruht auf Täuschung. Wenn wir nah sind, müssen wir den Feind glauben machen, dass wir weit entfernt sind. Wenn wir weit entfernt sind, müssen wir ihn glauben machen, dass wir nah sind. Wie nah sind Sie mir, Herr Dürer?«

»Ich bin kein Feind.«

»Ihr Bruder sagt, Sie wären einer.«

Angst. Eindeutig entschieden sich meine Emotionen für Angst, und ich versuchte, sie mit einem entwaffnenden Lächeln, das eher nach innen als nach außen wirken sollte, in den Griff zu bekommen.

»Ja, mein Bruder hat uns alle immer wieder überrascht.«

»Er hat mir ein Traktat geschickt. Gott sei Dank vertraulich.«

Er griff neben sich und zog mühevoll einen mächtigen Ordner aus dem Aktenfach seines Schreibtischs. Er legte ihn auf die Zeitungen, die unter dem Gewicht knirschten. Der Ordner enthielt Papiere, Fotos und Dossiers. Mehr konnte ich nicht erkennen, der Doktor presste seine Hand darauf.

»Da stehen all Ihre Verfehlungen drin seit Ihren frühesten Säuglingstagen. Er glaubt, Sie hätten für den KGB gearbeitet.«

Mir gelang ein elegantes Hohnlachen.

»Ich weiß, dass das Unsinn ist. Aber soweit ich erfahren habe, wird demnächst Anklage gegen Ihren Bruder erhoben. Kriegsverbrechen im Osten. Er hat Sie bereits schwer belastet. Wir haben bei der Kripo eine Quelle.«

»Mein Bruder hat mich ins Gestapo-Gefängnis gesteckt. Er hat mich zum Tode verurteilt. Das ist die Wahrheit.«

»Wahrheit ist die Sache der Sieger, sagt Sun Tsu.«

»Herr Doktor«, erwiderte ich und setzte jedes der folgenden Worte mit Bedacht, »mein Bruder ist kein Sieger.«

»Was ist mit Ihrer Schwester?«

»Wie bitte?«

»Ihr Bruder schreibt auch über Ihre Schwester. Ihre Frau. Seine Frau. Eine in der Tat erstaunliche Schwester.«

»Dürfte ich einmal sehen?«

Gehlen reagierte nicht. Ich sah nur in seiner Sonnenbrille die spiegelverkehrte Bewegung meines Armes, der auf ihn und den Ordner zuschwebte, unentschlossen verharrte und sich wieder zurückzog, wie eine Natter, die kein Futter findet.

»Finden Sie nicht auch«, raunte seine plötzlich müde gewordene Stimme, die von der üblichen Schärfe völlig gereinigt schien, »finden Sie nicht auch, dass wir nicht mehr im Gleichgewicht sind?«

»Im Gleichgewicht?«

»Hm?«

»Wen meinen Sie? Die Firma?«

»Die ganze Welt. Die Moral. Was gut ist und was schlecht ist. Alles ist aus den Fugen, das können Sie doch nicht leugnen.«

Ich hatte keine Ahnung, was unter »Gleichgewicht« gemeint sein konnte, und ich wusste auch mit dem tiefen Seufzer nichts anzufangen, der sich aus Gehlens Kehle rang. Seufzer passten nicht zu der Sonnenbrille und dem schmalen Bärtchen über dem Strich seines Mundes, der nicht einen Millimeter offen stand, um Seufzer herauszulassen.

»Stimmt es«, hörte ich nach zwei weiteren Seufzern, »stimmt es, dass Frau Himmelreich neuerdings beim Institut für Zeitgeschichte arbeitet?«

Das konnte ich nicht abstreiten.

»Und sie stellt unter ihrem jüdischen Namen, also dem Ihrigen, Materialien für … für NS-Prozesse zur Verfügung?«

Auch das entsprach den Tatsachen.

»Um Himmels willen, Dürer, ist sie denn Kommunistin geworden?«

Nein, meine Frau ist Historikerin geworden, eine auch mich zuweilen überraschende Historikerin, politisch aber völlig neutral.

»Historikerin? Ihr Bruder schreibt, sie hilft bei den Ermittlungen gegen ihn.«

Das konnte ich mir beim besten Willen nicht vorstellen, und genau das sagte ich dem Doktor.

24

In Wahrheit wusste ich natürlich genau, was mit »Gleichgewicht« gemeint war.

Ev stellte viele Materialien für NS-Prozesse zur Verfügung, am liebsten aber solche, die Hub ins Unglück stürzten. Ich habe Ihnen das noch gar nicht erläutert, lieber Swami, unterließ es aus Scham oder Nachlässigkeit oder wegen Ihres eigenartigen Mangels an Anteilnahme.

Ev hatte eine Stelle als Sachbearbeiterin beim angesehenen Münchner Institut für Zeitgeschichte ergattern können (ein vom Mossad beglaubigtes Geschichtsstudium und eine gefälschte Promotion an der Universität Tel Aviv halfen dabei). Dadurch erhielt sie Zugang zu zahllosen NS-Quellen, reiste viel (ach, sie liebte das Reisen) und brachte aus aller Herren Länder Archivmaterial, Prozessunterlagen, Zeugenaussagen, Fotos mit. Schmerz und Schmerzmittel zugleich.

Alles musste nach Israel geschickt, dort registriert, archiviert und ausgewertet werden.

Der Flut des Materials konnte man sich im Hauptquartier des Mossad nur mit der Einstellung von zusätzlichen wissenschaftlichen Mitarbeitern erwehren. Durch Personal entstehen Abteilungen, und durch Abteilungen entstehen Abteilungsleiter, manchmal sogar Abteilungsleiterinnen. Oberst Harel jedenfalls hatte Ev inzwischen zur Chefin der Erfassungsstelle NS-01 ernannt, wie die Abteilung für Entwischte genannt wurde. Natürlich musste sie oft nach Tel Aviv, verbrachte aber in Deutschland ihre Tage damit, unter Zuhilfenahme ihrer Unterlagen und ihrer nahezu alexandrinischen Bibliothek die Prozesse vorzubereiten.

Ich weiß, dass sich Buddhisten (wenn ich Sie der Einfachheit halber als Buddhisten bezeichnen darf) nicht für juristische Auseinandersetzungen interessieren. Für Gerichtsbarkeit erst recht nicht. Wenn man bei euch was falsch macht, wird das Karma in den Dreck gezogen, und zack, ist man demnächst eine Grille. Das ist eben eure Vorstellung von »Gleichgewicht«.

Aber Sie müssen es so sehen, Swami Basti: Der Generalstaatsanwalt in Berlin bereitete damals den größten Strafprozess vor, den es in Deutschland je geben sollte: Den Prozess gegen das Reichssicherheitshauptamt, der aus tausend hochgeachteten Bürgern dieser Republik auf einen Schlag tausend Grillen machen konnte.

Zur Bewältigung dieser karmischen Umwandlung ließ die Staatsanwaltschaft einen ganzen Gebäudeflügel des Justizpalastes Moabit freiräumen. Das Erdgeschoss wurde mit einhundertfünfzigtausend Aktenordnern geflutet. In die verbleibenden zwei Etagen zogen elf Staatsanwälte, dreiundzwanzig Polizisten, achtzehn Justizfachangestellte und Sekretärinnen, vier Fahrer und Kuriere, zwei Stenotypistinnen und vier beratende Historiker.

»Und ich bin einer dieser Historiker«, hatte Ev gesagt.

»Du bist kein Historiker«, widersprach ich. »Du bist ein Hochstapler.«

»Bin ich nicht.«

»Du weißt nicht mal, wann der Reichsdeputationshauptschluss war.«

»Was ist der Reichsdeputationshauptschluss?«, fragte sie in einem Ton, der den Reichsdeputationshauptschluss mit dem Reichssicherheitshauptamt verwechselte.

»Siehst du? Du wirst auffliegen. Alles wird unendlich peinlich werden, Schatz.«

Wir hatten uns über Strategien und Taktiken gestritten, denn das Verfahren gegen das Reichssicherheitshauptamt, zu dem Ev mit ihrem Entwischtenarchiv beitrug (durch Zeugenaussagen aus Israel, durch Befragungen von Überlebenden in München, durch Täterprofile und Aktensichtungen), hatte auch mit meinem Karma zu tun.

Ich hatte, das wissen Sie ja, ein Jahrtausend zuvor dort gearbeitet, in diesem labyrinthischen, nicht weit vom Haus Vaterland gelegenen und von Herrn Heydrich geleiteten Reichssicherheitshauptamt eben, das alle nur DAS AMT nannten.

Von den Schreibtischen dieser Behörde war elementares Dukkha ausgegangen. DAS AMT hatte die Schlachthöfe ersonnen und mit Dukkha bestückt. DAS AMT hatte die Kälber transportiert und dem Dukkha zugeleitet. DAS AMT stiftete Dukkha-Technik, Dukkha-Rechtsform, Dukkha-Bürokratie und koordinierte alles. DAS AMT sprach mit der Wehrmacht, telefonierte mit dem Auswärtigen Amt, konzipierte die paradiesische Tarnung und den Personalplan, der die Schlächter zu Eichmännern und die Eichmänner zur solidarischen Bürogemeinschaft machte, so dass keine Spur von Dukkha mehr zu erkennen war, außer für die, die meditierten natürlich, aber ich kann Ihnen verraten, dass bei der ss sehr wenig meditiert wurde.

Das Reichssicherheitshauptamt mit all seinen Phänomenen – den Schreibtischen, den Bürostühlen, den Schreibmaschinen, den Einsatzgruppen, den Konzentrationslagern und den Individuen – wollte Ev sichtbar machen.

Das Einzige, was mich mit Sorge erfüllte, war, dass ich selbst dabei sichtbar gemacht werden konnte.

»Schatz, du hast doch nichts getan«, versuchte Ev mich zu beruhigen. »Ich habe nirgendwo auch nur einen einzigen Hinweis auf dich und DAS AMT entdeckt.«

»Hast du etwa nach Hinweisen gesucht?«

»Es wird dich nicht betreffen, glaub mir.«

»Aber Hub wird es betreffen.«

»Ja«, sagte sie dunkel. »Hub wird es betreffen.«

Wie erklärt man einem Buddhisten, noch dazu einem unorthodoxen Mischmasch-Hindu-Buddhisten wie Ihnen, das deutsche Strafrecht? Es ist schon für Nichtbuddhisten schwer zu verstehen. Auf jeden Fall konzentriert es sich nicht auf das Prinzip der Einsicht und Selbstkritik, Swami, das kann man schon mal sagen. Das deutsche Strafrecht baut auch selten auf Reinkarnationsstrafen. Es sucht keine wandernde Seele, die in den Körper einer Ratte hineingestraft werden kann. Sondern es will einen Täter hier. Und jetzt. Im Raum-Zeit-Kontinuum. So schnell wie möglich.

Und wer so ein Täter ist. Was er ist. Und warum. Das ist auch nicht leicht begreiflich zu machen.

Da sage ich Ihnen jetzt mal in den einfachen Worten eines Nichtjuristen etwas Substantielles: Für das deutsche

Strafrecht ist der Täter einer Tat Der-mit-dem-großen-Interesse-dran.

Es ist nicht nötig, dass Der-mit-dem-großen-Interesse-dran die Tat auch begangen hat. Der, der sie begangen hat, kann, wenn er sie uneigennützig und unwissend und also ohne-großes-Interesse-dran begangen hat, von jeder Art Vorwurf befreit werden. Er ist dann nur ein Gehilfe. Ein Gehilfe von Dem-mit-dem-großen-Interesse-dran.

Diese Rechtsauslegung, lieber Swami, ist für alle Nazis in diesem Land ein Gottesgeschenk. Denn dadurch sind Adolf Hitler, Heinrich Himmler und Reinhard Heydrich, in Kurzform Hihihey genannt, tatsächlich Die-einzigen-drei-mit-dem-großen-Interesse-dran, also die Anstifter.

Die von Hihihey Angestifteten hingegen, die in den ss-Einsatzgruppen oder in Auschwitz und vor allem natürlich in DEM AMT einfach nur als Gehilfen wahnsinnig geholfen haben (denn das sagt ja schon das Wort Gehilfe, dass man von Herzen Unterstützung anbietet), waren eigentlich selbstlose Idealisten, die sich den erstaunten deutschen Gerichten gegenüber fast wie Buddhisten präsentierten, denn etwas Interesseloseres, Willenloseres und ohne jede persönliche Niedertracht Handelnderes als ss-Totenkopf-Kommandos konnte es eigentlich nicht geben.

Die Millionen der von ihnen erschossenen Juden wurden daher, immer dem gewöhnungsbedürftigen deutschen Strafrecht folgend, lieber Swami, ausschließlich von gutwilligen, ihres eigenen Tuns überdrüssigen Buddhisten zermalmt, die nicht nur nie gewollt hatten, was sie taten, sondern eigentlich vehement dagegen gewesen waren (aber gut, wie gesagt, der Wille und das Dagegensein waren natürlich nicht ihr Element, genau wie der erleuchtete Siddharta es dem Weisen vorschlägt).

Wem daher vor Gericht nicht mit letzter Gewissheit nachgewiesen werden konnte, dass er mit voller Absicht und leidenschaftlicher Begeisterung Kehlen durchgeschnitten oder jüdische Kinder ertränkt hatte, entkam der Nachstellung – selbst dann, wenn er in irgendeinem schlechtgeführten Konzentrationslager in die Verlegenheit gekommen sein sollte, dies und jenes durchschnitten oder ertränkt zu haben, sofern er es eben aus reiner Hilfsbereitschaft den Hihiheys gegenüber getan hatte und nicht aus Jux und Dollerei.

Selbst beim Roten Kreuz war nicht so viel Hilfsbereitschaft anzutreffen wie bei der gebenedeiten Schutzstaffel (die eben zum Beschützen erdacht war, drum hieß sie so). Infolgedessen blieben unterhalb der Hihiheys und oberhalb des betrüblichen Radikalabschaums keine Leute übrig, die Lust auf Dukkha gehabt hatten.

»Diese Erkenntnis wird jetzt geändert«, frohlockte Ev, und hier sind wir an der Stelle angelangt, die mit ihrem Verständnis von »Gleichgewicht« zu tun hat. »Dieser Prozess wird allen, die sich mit reinen Büroarbeiten herausreden, in die Parade fahren. Alle Verbindungen werden aufgedeckt. Deshalb muss DAS AMT auf die Anklagebank. Dann gibt es keine Gehilfen mehr. Dann kann man deinen Kollegen nachweisen, dass sie wussten, was sie taten.«

Mit solchen Worten schlief sie abends gewöhnlich ein, oft noch mit einem Joghurtbecher in der Hand und dem Joghurtlöffel im Mund, den ich, während sie leise schnarchte, vorsichtig wie ein Thermometer herauszog, damit sie sich nicht den Gaumen verletzt. Dann ließ ich mich behutsam aus unserem Bett gleiten, wusch den Löffel, warf den Joghurtbecher fort und vermied, ins Bett zurückzukehren, um nicht von ihrer beginnenden, sich im Schlaf verstärkenden Selbstmordstimmung infiziert zu werden.

Übertriebener Eifer hat immer einen Beigeschmack von Niedergeschlagenheit, das hatte Papa schon gesagt, der den Eifer Mamas (bezüglich des Apfel-Hosiannas zum Beispiel) für traurig, verderblich und dumm hielt, ja für eine Todesursache, unseren Großpaping betreffend.

Ich ging die Treppen hinunter, an unseren friedlich träumenden Kidon-Regulatoren vorbei, verließ das feste Haus und fühlte mich, nachdem ich die Haustür hinter mir zugezogen hatte, gleich ein bisschen besser.

Als ich über die menschenleere Münchener Freiheit spazierte – warm waren die Nächte und erfüllt vom Duft der Linden –, konnte ich schon wieder mit Anna diskutieren.

Das wäre im Schlafzimmer gar nicht möglich gewesen, denn wenn es hin und wieder doch einmal geschah, dachte Ev immer, ich würde laut mit mir selbst reden.

So ein Unsinn.

Nichts war befreiender, als durch das nächtliche Schwabing zu schlendern und mit meiner Tochter die Konflikte zu erörtern, die zwischen mir und ihrer Mutter schwelten. Anna missbilligte Evs Fixierung auf den Jagdtrieb. Mama ist wie ein Jack-Russell-Terrier, seufzte sie, ein Vogel im Busch, ein Hase im Unterholz, schon ist sie auf und davon. Wo hast du gelernt, wie sich ein Jack Russell verhält, fragte ich sie dann. Aber sie ermahnte mich, sie nicht mehr wie ein Kind zu behandeln. Und ja, sie war es, die mir auseinandersetzte, dass Mama früher oder später in irgendwelchen Akten auf Hub stoßen würde, ihren Vater unerklärbaren Grades, Pseudopapa nannte sie ihn, vielleicht um mir eine kleine Freude zu bereiten.

Und wenn Mama Pseudopapa in die Mangel nähme, würde es böse enden.

Dies alles ging mir durch den Kopf, als ich General Gehlen gegenübersaß und zum ersten Mal von dem Chinesen Sun Tsu hörte, außerdem vom Traktat meines Bruders erfuhr, das in einem Aktenordner auf dem Schreibtisch des Doktors der weiteren Verwendung harrte, und schließlich von dem Bemühen meiner Schwester Kenntnis erhielt, Hub wegen seiner Zugehörigkeit zu DEM AMT auf alle Zeiten zu vernichten.

Der Doktor ließ schon wieder einen verdrossenen Seufzer hören, beugte sich vor, griff mit beiden Händen den Ordner und hielt ihn in die Höhe, wie ein Auktionator, der ihn meistbietend versteigern möchte.

»Wir zahlen Ihrem Bruder eine ordentliche Pension. Dafür bewahrt er Stillschweigen. Stillschweigen, Dürer. Das ist die Abmachung. Mit so was hier bricht er die Abmachung.«

Der Ordner flog in hohem Bogen in den Papierkorb, der jedoch zu zart gebaut war für die Schwarte, so dass er mitsamt seiner Last umkippte. Ein paar Blätter rutschten heraus und verteilten sich auf dem Teppich. Dazwischen ein Foto. Ich sah Koja und Hubsi Arm in Arm in Riga, Mitte zwanzig. Vor ihren gestärkten weißen Hemden spannte sich eine kleine Hakenkreuzfahne, gehalten von unserer

Schwester, die hinter uns stand, genau in der Mitte hinter uns, das Kinn auf Hubsis Schulter gelegt, die Zipfel der Fahne mit ihren hübschen Baltenfingern umklammernd, alle grinsten so unglaublich jung in die Kamera. Und die Augen. Wie mit reinstem Glück bewaffnete Augen.

»Sie leben in München unter falschem Namen, Dürer. Unter dem Dach eines Instituts, gegen das Sie aufklären müssen. Ihr Bruder darf Sie nicht weiter gefährden. Wir haben ihm das gesagt.«

Er straffte sich, fand zu seiner alten Arroganz zurück und reichte mir eine Visitenkarte über den Tisch.

»Das hier ist der Anwalt, den er sich besorgt hat.«

Ich blickte auf die Karte.

»Vielleicht reden Sie mal mit ihm.«

Ich blickte immer noch auf die Karte.

»Sneiper heißt er. Kennen Sie den Lackaffen?«

25

Bei Sneiper zeigt der Hippie eine Spur von Reaktion.
Es verblüfft ihn, diesen Namen wieder zu hören, und in seiner Verblüffung spiegelt sich meine.

Er lässt seinen Stift fallen, mit dem er mich als Wurst zu zeichnen versucht.

Er kann nur noch Kritzelstriche malen. Seine Bewegungen sind die eines soeben Gestürzten. Der Mund steht offen. Vieles an ihm erinnert mich an Papa-im-Rollstuhl, auch sein unverstelltes Interesse an neuen Frauen.

»Koowlamba.«
»Wie bitte?«
»Koowlamba mullsien.«

Ich weiß beim besten Willen nicht, was der Hippie sagen will mit seiner vor ein paar Tagen wie flüssiges Blei in Wasser erstarrten Zunge. Aber er zeigt auf die junge hübsche Lernschwester, die ein paar Schritte neben uns die Flurpalme abstaubt. Sie heißt Schwester Sabine und ist erst seit kurzem auf unserer Station. Sie wird von Nachtschwester Gerda angelernt. Im Gegensatz zu Nachtschwester Gerda ist Lernschwester Sabine sehr schüchtern, und sehr schüchtern tritt sie auf uns zu, hebt den Stift des Hippies vom Boden auf und reicht ihn mir. Sie fasst den Hippie nicht gerne an, der manchmal unter spontanen Erektionen leidet, wenn sie ihm zu nahe kommt (sie riecht sehr gut, vielleicht deshalb).

»Warum wird denn Basti nicht operiert?«, frage ich Schwester Sabine, während ich dem Hippie den Stift zurückgebe.

»Oh, er steht ganz oben auf der Liste«, lispelt sie süß. »Aber bei einem Kassenpatient, wissen Sie, na ja.«

»Aber das sieht doch jeder, was mit ihm los ist. Er kann kaum noch sprechen. Er kann kaum noch laufen.«

»Das müssen Sie ehrlich gesagt die Ärzte fragen. Wahrscheinlich geht es ihm einfach noch zu gut. Er bekommt ja alles noch mit.«

»Koowlamba mullsien, hms Schneiba?«

»Was sagen Sie, Swami?«

»Hms Schneiba?«

»Sneiper?«

»Schneiba, jo.«

Ich wende mich an Lernschwester Sabine, die wirklich ungeheuer hübsch ist. Wie Botticellis *Primavera* steht sie da, die für den Florentiner so typische, nervöse Zartheit im etwas dümmlichen Antlitz, während sie den Staublappen wie frische Myrtenzweige in der Hand hält.

»Ich glaube, Basti mag Sie sehr gerne, Schwester Sabine«, sage ich. »Aber er möchte jetzt mit mir über jemanden sprechen, über einen gemeinsamen Bekannten gewissermaßen. Und er bittet um Verständnis, dass das unter vier Augen passiert.«

»Freilich, Verzeihung.«

Sie eilt erschrocken davon. Ich blicke ihr nach, wie sie den ganzen langen Flur hinunterschwebt, ihren Duft mitnimmt, ihre ganze Blöße (da Jugend ja immer eine Blöße ist, etwas ganz und gar Durchschaubares, während durch das Alter kein Menschenauge dringt).

26

Doktor Erhard Sneiper hatte seine Münchner Kanzlei im französischen Viertel, nicht weit vom Orleansplatz. Die Adresse lag westlich davon, ein mächtiges fünfstöckiges Gebäude mit einer theatralischen Barockfront, die frisch gestrichen worden war.

Im Erdgeschoss befand sich ein französisches Restaurant. Ein Kellner blickte mich mit freundlichen Froschaugen an, den späteren Gast witternd. Auf der Adressentafel unten las ich: *Dr. Sneiper, Mancelius, von Leyden & Partner, 2. Stock. Bitten ergebenst, Aufzug zu benutzen.*

Die Tür oben sah aus wie der handgeschnitzte Eingang eines genuesischen Fürstenpalasts, ließ sich aber ganz leicht mit einem Summerknopf öffnen. Sie führte in einen nach frischen Chrysanthemen duftenden Vorraum mit gar nicht mal so frischen Chrysanthemen, grünen Ledersesseln, mehreren Zeitschriften *(Jagd & Hund, Die Yacht),* einem verchromten Luxusaschenbecher und dem untergegangenen Baltikum an der Wand. Die Karte der russischen Ostseeprovinzen (Meyer-Verlag, 1892) glänzte hinter Glas in einem Goldrahmen, ein Stich Rigas hing direkt daneben. Sogar die muntere Sekretärin kam aus Goldingen, wie sie mir sofort sagte, trug einen Bernstein am Halskettchen, der traditionelle Schmuck baltischer Fräulein.

Erhard Sneiper empfing mich zwei Türen weiter im bescheidenen Ambiente des Biedermeier. Alleine der Teppich war ein Vermögen wert, der Schreibtisch erstaunlich modern, groß, mintgrüne Resopaloberfläche. Wir gaben uns die Hand, wie zwei Rigenser Herren sich die Hand geben. Die Holzverkleidung an der Wand passte gut zu seinem Teint, der von beherzten Alpenwanderungen erfrischt war. Das Jesuitische an ihm schien noch ausgeprägter zu sein als früher, weil er im Gegensatz zu mir kein Gramm Fett angesetzt hatte, nur lauernde Energie und Unverfrorenheit. Wenn ich jemals einen gnadenlosen Anwalt brauchen würde, käme ich hierher.

»Bitte setz dich, Koja. Ich bin froh, dass du gekommen bist.«

Ich fragte mich, ob die silbernen Manschettenknöpfe, die aus seinem Rockärmel herauslugten, tatsächlich kleine Totenköpfe zierten, wie es mir aus der Entfernung schien (es waren aber Schmetterlinge, wie ich beim Abschied sah).

Wir plauderten ein wenig über die Zeitenläufte, über das französische Restaurant unten, das ganz hervorragend schmeckende Fröschlein zubereite, und über die nette Umgebung, die nach erfolgreichen Schlachten in Frankreich benannt sei, Orléans, Balan, Lothringen, Metz, Paris, aber auch Woerth-Froeschwiller im Elsass, wo der preußische Kronprinz einst eine ganze welsche Kürassierbrigade verhauen hat. »Verhauen« sagte Erhard, um den alten Corpsbrüder-Jargon zu beleben, dem ich aber mit einigen Brocken Jiddisch schnell den Garaus machte.

Schließlich fragte mich mein alter Volksgruppenführer, ob ich Cola haben wolle, und da ich verdutzt blinzelte, erklärte er mir, dass er gar nichts anderes mehr zu sich nähme als Coca-Cola, man fühle sich immer frisch und munter danach, und dann sah ich ihm beim Coca-Cola-Trinken zu und wollte wissen, ob er mich noch für irgendwas anderes brauche, denn ich hätte gar nicht so viel Zeit.

»Dein Bruder ist wütend auf dich.«

»Ich weiß. Und er hat Evs Kind getötet.«

Ich sah, wie seine Augen sich mit einem traurigen Glanz überzogen.

»Es ist doch sehr bedauerlich, wenn Brüder einander die Güte und Nachsicht versagen. Zumal Hub sehr viel für dich getan hat.«

»Ich weiß, was er für mich getan hat. Und ich weiß, was er nicht für mich getan hat.«

Ich wusste auch, was er nicht für Erhard getan hatte, er hatte nämlich seinen Schwanz nicht für Erhard von Erhards Frau ferngehalten, aber an jene Ev Sneiper wollte ich nicht auch noch denken an diesem Tag, an dem sogar die Sonne kurz herauskam, es war ja Sommer, ich vergaß das zu erwähnen.

»Man hat Hub völlig ungerechtfertigterweise angeklagt. Und der Zorn und die Enttäuschung darüber haben ihn leider dazu verleitet, dich zu beschuldigen.«

»Wenn er sich noch mal so was leistet, wird Gehlen ihm die Haut abziehen.«

»Lass uns bitte zivilisiert miteinander reden«, sagte Sneiper mit warmem Tadel. »Hub hat einen Fehler gemacht. Ich versuche, da für euch beide einen guten Weg zu finden.«

Seine Stimme bekam diese Rechtsanwaltssalbung, als hätten Rechtsanwälte ein Kolophonium im Kehlkopf, mit dem sie immer im richtigen Augenblick ihre Stimmbänder harzen.

»Was soll denn das für ein Weg sein?«, fragte ich so ungeharzt wie möglich.

»Ein gemeinsamer.«

»Dass ich nicht lache.«

»Der Auschwitz-Prozess in Frankfurt hat für eine Menge Aufsehen gesorgt. Seitdem versuchen die linken deutschen Staatsanwaltschaften, gewisse Tätergruppen zu konstruieren. Allein dadurch wird es für euch ein gemeinsamer Weg werden.«

»Das, was Hub getan hat, habe ich nicht getan.«

»Er wird im Rigakomplex belangt werden, weil er in einer bestimmten Zeit in einer bestimmten Dienststelle in Riga war. Genau wie du.«

»Ja, aber ich habe da lettische Kunstausstellungen besucht, Erhard. Keine Massenmorde.«

»Und dann gibt es noch dieses andere Verfahren, ich weiß nicht, ob du davon gehört hast. Es wird da ein ganz großer Zirkus veranstaltet. Es geht um das Reichssicherheitshauptamt. Unser Reichssicherheitshauptamt.«

»Mein Reichssicherheitshauptamt war es ganz gewiss nicht.«

»Eine wirklich empörende Angelegenheit. Völlig unschuldige Menschen sollen da vernichtet werden. Geradezu die Spitze unserer Gesellschaft.«

Ich zeigte ihm das schwächste Lächeln, das ihm je geschenkt wurde, aber er sah großzügig darüber hinweg.

»Das ist ein politischer Prozess, Koja. Wenn der zustande kommt, ist Tür und Tor geöffnet für einen kommunistischen Erdrutsch in diesem Land. Nicht einmal Leute wie ich werden sicher sein, obwohl man als Staatsanwalt im Krieg ausschließlich nach Recht und Gesetz geurteilt hat.«

»Worauf willst du hinaus, mildtätiger Erhard?«

»Ist Deine-Frau-die-auch-mal-meine-Frau-war nicht in dieser Frage äußerst engagiert?«

»Ja«, sagte ich, »Ev sieht dem Prozess gegen DEIN AMT mit enormer Vorfreude entgegen.«

»Siehst du. Und deshalb brauchen wir deine Hilfe.«

Sie werden verstehen, ich hatte plötzlich große Lust, Coca-Cola in die Hand zu bekommen. Das sagte ich aber nicht, denn ich hätte sie nur über das Haupt dieses Mannes geschüttet, der mir manierlich und zugewandt davon erzählte, dass die Befriedung eines Volkes immer ein höheres Rechtsgut als die Sühne sei und dass seit dem Westfälischen Frieden stets ein Schlussstrich gezogen werden konnte unter die unschönen Begleitumstände Dreißigjähriger Kriege.

Ich sagte, ich würde ganz gewiss nicht helfen. Weder ihm noch meinem Bruder, noch irgendwelchen herausragenden Persönlichkeiten. Für niemanden könne ich etwas tun. Für keinen Ermordeten. Für keinen Mordanstifter. Für keinen Mordgehilfen.

»Nun«, erwiderte Erhard, »die juristischen Feinheiten dieser Unterscheidung sind dir vielleicht nicht so geläufig.«

»Doch, doch, allerdings. Es gibt Ermordete. Es gibt Mordanstifter. Und es gibt Mordgehilfen. Nur Mörder gibt es natürlich nicht.«

Schneller, als ich gedacht hätte, zog Erhard ein Bündel mit Papieren hervor, und da mir diese Situation vertraut war, denn ich hatte oft an feindseligen Schreibtischen gesessen, und mir waren darauf immer wieder lebensverändernde Dokumente zugeschoben worden, ahnte ich schon, dass da etwas ganz und gar Unangenehmes auf mich zukam.

Wenn ich aber gewusst hätte, was mich *in nuce* erwartete, lieber Swami, dann hätte ich gewiss nicht dieses dümmliche, naive, selbstgewisse und herablassende Gesicht gemacht, das einfach nicht zu den Papieren passte, auf die ich starren musste.

Ich las die eidesstattliche Erklärung von Finnberg, Emil, in der Voruntersuchungssache Solm, Konstantin:

Wie ich bereits in meiner Vernehmung vom 10. 5. 1960 Band X Bl. 906 angegeben habe, war ich von Mitte Juli 1941 bis Ende März 1942 in Riga. Konstantin Solm habe ich in dieser Zeit als einen der grausamsten und radikalsten Judenverfolger des ganzen Kommandos erlebt.

Ich las die eidesstattliche Erklärung von Haag, Edmund:

Obersturmführer Solm, Konstantin, meldete sich stets freiwillig, um nach seinen Worten »an der vordersten Front des Rassenkampfes« möglichst an allen Judenexekutionen teilnehmen zu können.

Ich las die eidesstattliche Erklärung von Hase, Robert:

Solm, Konstantin, war damals 28–32 Jahre alt, schlank, weder schmal- noch breitschultrig, größer als mittelgroß (ca. 175–180 cm). Solm blieb mir auch deshalb in

Erinnerung, weil er immer unter den Fichten saß und gezeichnet hat, vor allem Fichten. Bei einer Massenerschießung im August 1941 sah ich, wie Solm einen etwa dreijährigen Jungen seiner Mutter entriss, ihn in die Luft warf und mit seinem Bajonett auffing. Er sagte immer, man muss Kugeln sparen.

Dann konnte ich nicht mehr.
Erhard Sneiper hatte taktvoll in einem Porsche-Katalog geblättert, offenbar mit dem Gedanken spielend, sich einen Sportwagen zuzulegen.

Ich erfuhr, dass keine der Aussagen, die ich über mich las, jemals zur gerichtlichen Anwendung kommen müsste. Sie seien von Kameraden meines Bruders verfasst worden, die sich nicht als Kameraden von mir empfänden. Der Gehalt an Wahrheit sei vielleicht zu vernachlässigen, nicht aber der Gehalt an Wirkung auf bundesdeutsche Geschworenengerichte.

Ich sagte Sneiper, dass es Koja Solm gar nicht mehr gebe.
»Ja, das hat mir dein Bruder schon erzählt. Du heißt jetzt Himmelreich. Jeremias, oder?«
»So ist es. Koja Solm ist tot.«
»Der ist erst tot, wenn dein Bruder damit einverstanden ist.«
»Hub hat eine klare dienstliche Anweisung diesbezüglich.«
»Der BND hat ihn fallenlassen. Anweisungen des BND sind ihm egal.«
»Glaub mir, es wäre sehr schlecht, sich mit der Regierung anzulegen, Erhard.«

»Ach ja, steht plötzlich die Regierung hinter dir, kleiner Jude?«

In seinen Augen war ein fast lüsternes Glitzern zu sehen. Ob ihm schon einmal jemand den Kopf auf seinem Schreibtisch mit der mintgrünen Resopaloberfläche wie ein Ei aufgeschlagen hatte, fragte ich mich, gab aber keinen Ton von mir.

»Lass es mich so sagen, Koja«, säuselte mein Exschwager beschwichtigend, »dein Bruder wartet unten in diesem fabelhaften französischen Restaurant auf uns. Wir sollten da jetzt hinuntergehen und ein commentmäßiges baltisches Herrengespräch führen.«

So sah mich also der froschäugige Kellner wieder, der eine halbe Stunde zuvor so freundlich und hoffnungsvoll gegrüßt hatte. Seine Freundlichkeit schmolz dahin, denn ich trank nichts und ich aß nichts, während Erhard seine Geliebte Coca-Cola und *coq au vin* bestellte. An der Wand zu meiner Linken hing Jeanne Moreau, wie sie im Fahrstuhl zum Schafott fährt. Neben meinem rechten Ellenbogen war der linke Ellenbogen Hubs. Wir hatten beide unsere Ellenbogen aufgestützt, und niemand wollte als Erster seinen Ellenbogen runternehmen, schon gar nicht er, denn seiner war aus Kunststoff.

»Freunde, ich darf mich hier nie wieder blicken lassen. Nichtverzehrer sind nicht tolerabel. Esst wenigstens ein bisschen *foie gras*.«

Niemand sagte etwas. Hub hatte immerhin ein Glas Whisky neben seiner Armprothese.

»Gut. Ich versuche einen Vorschlag zur Güte.«

Sneiper tupfte sich mit der Serviette einen Weißbrotkrümel von der Lippe.

»Hub, du wirst Koja in Ruhe lassen. Keine Anschuldigungen mehr. Keine verrückten Briefe mehr. Keinen Koja Solm mehr. Es lebe Jeremias Himmelreich.«

Hub reagierte nicht, fixierte mich von der Seite.

»Und du, Koja, wirst der Generalamnestiebewegung behilflich sein.«

»Der was?«

»Ganz herausragende Persönlichkeiten dieses Landes streben eine Generalamnestie an für alle Kriegsteilnehmer. Also auch für jeden, der sich aus der Siegerperspektive heraus womöglich nicht immer picobello verhalten haben mag.«

»Ja und?«

»Die Herren haben großes Interesse daran, dass es zu einem Prozess gegen DAS AMT niemals kommen wird.«

»Da kann ich nichts tun.«

»Du kannst eine Menge tun, Koja. Du kannst uns diverse Unterlagen deiner Frau besorgen. Diverse Unterlagen des BND. Diverse Unterlagen des Mossad.«

»Diverse Unterlagen zur Einweisung in die Psychiatrie brauchst du offensichtlich dringender.«

»Dein Bruder sagt, du lebst unter deinem neuen Namen in einem Judenhaus? Stimmt das?«

Das kann doch nicht wahr sein, dachte ich, dass ich auf solch dreiste Weise genötigt werde. Ich wandte mich an Hub beziehungsweise an seinen Arm aus Plastik.

»Du hast keine Ahnung«, stieß ich hervor, »was passieren wird, wenn du solche Dinge nach außen trägst.«

Hub zog seine beiden Ellenbogen vom Tisch, griff mit der Hand, mit der er geboren wurde, in die Manteltasche, holte einen Revolver hervor und richtete ihn auf mich.

»Hub, mach keinen Blödsinn«, erschrak Sneiper.

Viele Jahre zuvor, als Papa versucht hatte, erst uns und dann sich selbst in den Kopf zu schießen, dabei aber an seiner Entscheidungsunlust scheiterte, hatte mein Bruder die silbrig lockende Waffe an sich genommen, und erst jetzt erinnerte ich mich, dass er, mein Engel und ewiger Beistand, schon damals erfuhr, wie es ist, in den Lauf einer geladenen Smith & Wesson No. 3 (Russian Model) nicht nur zu blicken, sondern auch blicken zu lassen, denn genau das ließ er mich. Nichts Böses war in seinem Blick gewesen, nur eine mich befremdende Neugier, die jetzt, vierzig Jahre und Dutzende von Exekutionen später, erloschen war, und mir wurde bewusst, dass, egal, was nun gleich passieren würde, er weder Reue noch Gewissensbisse empfinden könnte, denn immer schon war er unempfänglich für all jene Gefühle gewesen, die ihre Quelle in der Vergangenheit haben.

Der Kellner kam, um weitere Bestellungen aufzunehmen, blieb aber im Angesicht dessen, was seine Froschaugen erspähten, abrupt stehen.

Hub winkte ihn jedoch heran, steckte den Revolver wieder ein und fragte gleichmütig, ob der Herr Ober die Güte besäße, ihm und seinem Bruder einen Apfel zu bringen, möglichst einen roten.

27

Mein erster Gang war der zu Ev.
Ich wollte ihr alles sagen.

Leider hatte sie sich wenige Wochen zuvor in ihren Psychiater verliebt, einen noch jungen Mann Ende dreißig, den ausgerechnet ich ihr empfohlen hatte. Einer unserer Kidon-Leute war durch ihn von seinen Angstneurosen geheilt worden. »Ein wunderbarer Arzt«, hatte der Regulierer gesagt, »sehr einfühlsam. Ich schieße wieder mit absolut ruhigem Gewissen.«

Als Ev es mir eines Abends beichtete, lag sie in meinen Armen. Ich schloss die Augen und presste meine bebenden Kiefer über ihrem Kopf zusammen, um das aufsteigende Weinen zu unterdrücken. Sie hob ihr Gesicht zu mir, um mir zu versichern, dass es nichts mit mir zu tun habe, und ich war auch sicher, dass es nichts mit mir zu tun hatte, aber es hatte ganz sicher mit ihr zu tun, mit dem Psychiater und mit allen anderen Unzuträglichkeiten dieser Welt.

Anna wurde mir eine wichtige Stütze in dieser schweren Zeit.

Sie antwortete immer, wenn ich sie rief, sprach in melodiösen Sätzen, beruhigte mich, bat, die Beziehung zu Mama nicht zu hinterfragen. Sie sagte, dass ihre Mutter massenhaft gehirneigene Morphine ausschütten müsse, um Glück zu empfinden und den Verlust zu kompensieren, der sie wegen ihres Abschieds, wegen Annas Abschieds also, immer noch quäle.

»Ich kann nicht mit Mama reden, Papa. Nur mit dir geht das. Ich erreiche sie nicht. Vielleicht muss ein Schwanz sie erreichen.«

Ich sagte aufgebracht, sie solle nicht solch eine vulgäre Sprache benutzen, wenn sie über ihre Mutter rede. Sie entschuldigte sich gleich, aber ich dachte, warum soll sie auch nicht über Schwänze reden? Sie lebt ja in meinem Kopf, sieht, was ich sehe, hört, was ich höre, weiß sowieso über alles Bescheid, über all meine körperlichen Gebrechen, die verengte Harnröhre, den schlimmen Rücken, die Konsistenz meines Stuhlgangs. Irgendwann wissen das die Kinder sowieso, wenn man nur alt und hinfällig genug wird – oder aber wenn sie vor einem sterben.

Ich war allerdings erstaunt, wie sehr Anna sich in Beziehungsangelegenheiten auskannte. Paarbindendes Verhalten, Intimität, beziehungsexklusive Kinoabende, Eifersucht. Es gab nichts, über das wir nicht reden konnten.

»Ihr habt eine Geschwisterehe geführt, Papa«, sagte sie altklug. »Mama gewinnt die Fähigkeit zurück, einen jungen Liebhaber zu wählen. Das heißt, dass ihre Depression nachlässt. Ist das nicht fulminant?«

Ich musste zugeben, dass das durchaus fulminant erscheinen konnte aus so mancher Perspektive.

»Dann lass sie doch ins Leben zurück, Papa. Lass ihr doch den kleinen Psychiater.«

Er hieß David Grün, war Schindlerjude, hatte eine teure Praxis im Lehel und hütete darin eine Couch mit einer, wie sich herausstellte, für Beischlaf exzellent geeigneten Topographie. Ev sprach eines Tages dort vor, weil sie den zentralen Mechanismen ihrer Niedergeschlagenheit auf den Grund gehen wollte. Aber in der ersten Sitzung sagte sie das noch nicht, sondern erklärte David Grün, dass sie sich zerrissen fühle zwischen den beiden Ländern, die ihr wichtig waren, und ob er ihr sagen könne, welches die bessere Heimat für sie sei, Tel Aviv oder München.

David Grün bezeichnete Ev, nachdem er ihr Unterbewusstsein in zwei Nachmittagssitzungen tranchiert hatte, als »pseudologische Phantastin« in »chronisch gesenkter Stimmungslage«. Ev könne Traum und Wirklichkeit nicht voneinander unterscheiden, weshalb ihr Traum (Tel Aviv, symbolisiert durch eine Tasse schwarzen Kaffees in der linken Hand des Herrn Analytikers) und ihre Wirklichkeit (München, symbolisiert durch ein Kännchen weißer Milch in der rechten Hand) ineinander übergingen wie Milchkaffee und als solcher getrunken werden sollten, am besten heiß und in Deutschland (selbstverständlich geschah genau solches vor Evs bis dahin überhaupt nicht hingerissenen Augen).

So etwas Dämliches hatte Ev tatsächlich selten gehört und gesehen, was sie David Grün auch schnurstracks sagte, aber der wiegelte ab: Die Metapher sei schlicht, aber das Krankheitsbild leider auch, in einigen Dingen befinde sich Frau Himmelreich eben noch in der Phase der Pubertät, denn wie könne sie ernsthaft glauben, in Israel erwünscht zu sein, die Exfrau eines Kriegsverbrechers und amtierende Gattin eines Geheimagenten, die nicht mal in seiner Praxis sonderlich erwünscht war.

»Als ich ihm erklärte«, sagte mir Ev, »dass ich ihn aus

meiner fachlichen Sicht für einen grauenhaften Arzt hielte, erwiderte er, ich sei eine grauenhafte Patientin. Wir schrien uns an. Aber zwei Tage später schickte er mir einen Liebesbrief, erklärte, dass er mich nur so schlecht behandelt hätte, um keine emotionale Bindung zu mir aufzubauen, die aber nun durch meine Abwesenheit so stark geworden sei, weil er mein tiefes und attraktives Unglück sofort erkannt habe, und dass er mich gerne wiedersehen möchte, bald. Und so habe ich ihn wiedergesehen. Ich hoffe, du bist nicht böse, Koja. Du und ich, wir werden immer zusammen sein, und ich werde immer ehrlich zu dir sein, immer, immer.«

»Das ist doch fulminant«, sagte ich, dieses fatale Wort unserer Tochter benutzend, das sie natürlich von mir hatte.

Nachts, wenn ich still neben Ev lag und mich ihr gleichmäßiger, zufriedener, säuerlicher und aus ihrem offenen Mund wirbelnder Atem anwiderte (so sehr, dass ich mit dem Gedanken spielte, einfach den Joghurtlöffel zu nehmen und ihn ihr zur Abwechslung mal tief hineinzustecken in ihr Lügenmaul, dann mein Kopfkissen zu schnappen und auf ihren Schädel zu pressen und mich am besten auf das Kissen zu setzen mit meinem fetten Arsch und dem ganzen Wohlstandsgewicht), wachte Anna auf und fragte mich, was ich an Mama immer geliebt hatte.

Und stets fielen mir die kleinsten Dinge ein, wie sie zum Beispiel kurz vor dem Einschlafen die Fähigkeit verliert, das »Sch« auszusprechen, immer »Laf gut und narch nich!« haucht, bevor die Müdigkeit sie übermannt. Oder wie sie mich ansieht, sechzehn Jahre alt, in der Ostsee stehend, in die sie sich einfach mit dem Rücken zum Meer nach hinten fallen lässt, als wären die Wellen meine Arme. Und ihre

Schrift, die einerseits steil hingehauen ist, andererseits wie die Schrift Jane Austens fragile kleine Kringel über alle i malt – ja, diese kringelige Schrift ist wunderschön und hat mich immer inspiriert.

Doch als ich in ihr Zimmer trat (vom ominösen Treffen mit dem Unsäglichen und Sneiper zurückkehrend und total erledigt, noch immer das Mal von Hubs Revolverlauf auf meiner Stirn), war sie gerade außer Haus beim Einkaufen.
Und ich war innerlich so aufgewühlt, dass ich den Brief las, den Ev gerade an David zu schreiben im Begriff stand. Er lag offen auf ihrem Schreibtisch, und ihre Schrift inspirierte mich zu nichts als dunklen Schreien, denn die vier kleinen Kringel über den Worten *ich will dich ficken* sind ästhetisch nur genießbar, wenn man selbst gemeint ist. Und meine Empörung, mein Schmerz, meine Angst vermischten sich mit der Empörung, dem Schmerz, der Angst, die ich wie böse Blumen aus der Chrysanthemen-Kanzlei im französischen Viertel mitgebracht hatte. Es waren Stauden und Beete der Angst, ein unendlicher Garten der Angst, und ich beschloss, erst mal ein paar Tage nachzudenken, obwohl Anna mir vom Nachdenken dringend abriet. Nachdenken ist für die Angst wie Gülle, ein exzellenter Dünger.

In den Tagen, die folgten, bedrängten mich Fragen.
War es denn wirklich richtig, Ev in die erbärmliche Erpressung einzuweihen? Würde sie mir überhaupt glauben? Würden sie die eidesstattlichen Erklärungen meiner ehe-

maligen ss-Kameraden, die mich zu einem Monster formten, nicht doch zermürben? Hätte sie nicht immer David Grün zur Hand, der so frisch und jung und widerlich unangreifbar war, ein geradezu makelloser Gegenentwurf zu mir? Passte er als Jude nicht viel besser zu ihr? Passte er als Psychiater nicht viel besser zu ihr? Passte er als Rammler nicht viel besser zu ihr? Hatte er nicht einen größeren, steiferen, hartnäckigeren, belastbareren, auch psychisch belastbareren Schwanz als ich?

Aber Papa, hörte ich Anna ausgerechnet an dieser Stelle sagen, rede doch bitte mit Mama. Vertrau dich Mama an. Übe dich ein wenig in Zuversicht. Mama liebt dich. Sie ist dir Schirm und Schild. Sie langweilt sich doch schon mit David. Sex ist nur der größte gemeinsame Nenner.

Nein, rief ich. Du täuschst dich, rief ich. Geh weg! Lass mich in Ruhe!

»Schatz, was ist los?«, sagte Ev, als ich gerade Anna davonhuschen sah.

»Nichts.«

»Du wälzt dich hin und her. Pass auf dein Herz auf.«

»Schlaf weiter.«

»Du stöhnst die ganze Zeit. Irgendwas ist doch.«

Sie wird immer der Mensch bleiben, der mich am besten gekannt hat.

»Kann schon sein.«

»Was denn?«

Das Licht sprang an. Ich blinzelte und sah die ebenfalls blinzelnde Ev neben mir, die mit der Hand nach ihrer Brille suchte. Was um Himmels willen wollte ich ihr denn sagen? Ich hatte die Möglichkeit, mit ein paar dummen Worten den

Hammer auf den Amboss zu schlagen und unsere Welt in Trümmer zu legen – oder ich konnte ihn in die Luft werfen und auffangen.

Irgendetwas in mir entschied sich für die zweite Variante.

»Was willst du mir sagen, Schatz?«, fragte Ev schläfrig, deren Hand die Brille nicht fand (eine noch träumende Hand).

»Dass du derzeit so gerne Fellatio ausübst, das hat was mit dem Mossad zu tun.«

Ihr eben noch schwerer und entspannter Körper richtete sich etwas auf. Sie rieb sich die Augen, verklebte Elefantenaugen.

»Was hast du gesagt?«

»Dass du derzeit so gerne Fellatio ausübst, das hat was mit dem Mossad zu tun. Er stimuliert dich sexuell. Er macht dich an.«

»Es ist zwei Uhr nachts«, stöhnte sie und ließ sich aufs Kissen zurückplumpsen. »Außerdem mag ich Fellatio gar nicht besonders, Schatz.«

»Ich habe deinen Brief gelesen.«

Ev sagte nichts.

»Ich wollte es nicht, Ev. Ich kam nach Hause, und es ging mir nicht gut, und er lag da auf deinem Tisch halb fertig. Und da hab ich ihn gelesen.«

Ev sagte nichts.

»Du magst Fellatio ziemlich gerne in diesen Tagen.«

»Du liest meine Briefe, Koja?«

»Vielleicht fragst du mich, warum es mir nicht gutging, als ich nach Hause kam?«

»Warum ging es dir nicht gut?«

»Ich war bei Erhard.«

»Erhard?«

»Sneiper.«

Jetzt erst drehte sie sich zu mir, mit einem Mal hellwach (auch ihre Hand übrigens).

»Was machst du bei diesem Faschistenanwalt?«

Die Möglichkeit war da, ihr reinen Wein einzuschenken. Wurde ich von Sneiper nicht unter Druck gesetzt? Gezwungen? Bedroht? Ich hätte ihr alles sagen können über den geschmackvollen Faschistenanwalt. Und doch, vor die Wahl gestellt, dem Stolz oder der Wahrheit den Vorzug zu geben, gewinnt immer der Stolz. Und so murmelte ich nur: »Er ist dein Ex, Ev. Wir haben über dich gesprochen.«

»Du liest meinen Brief und gehst zu Sneiper, um über mich zu sprechen?«

»Ev, ich wollte nur –«

»Weißt du, dass er Advokat der Amnestie-Arschlöcher ist?«

»Ja, aber –«

»Wie kannst du dann hinter meinem Rücken zu diesem Dreckskerl gehen? Wie kannst du mich so bloßstellen?«

»Ev, jetzt mach mal halblang. Bloßstellen? Du bist es doch, die hier mit anderen Leuten schläft!«

»Aber doch nicht hinter deinem Rücken! Ich habe dir alles gesagt! Das hat doch alles nichts mit uns zu tun.«

»Ja, vielleicht für dich nicht.«

»Du bist zu besitzergreifend!«

»Ich bin nicht besitzergreifend!«

»David sagt auch, dass du zu besitzergreifend bist.«

»Ach, mit David Grün darfst du über mich reden oder was?«

»Mit David darf ich nicht über dich reden. Mit David muss ich über dich reden. David ist mein Psychiater.«

»David Grün ist dein verdammter Beschäler, und ich lasse mir Hörner aufsetzen, weil ich dich verdammt noch mal liebe und weil ich will, dass es dir bessergeht!«

»Schrei doch noch lauter, dann hört uns der halbe Mossad zu.«

»Ich kann doch wohl schreien«, schrie ich, »dass ich dich liebe, oder?«

Na ja, verehrter Swami, diese Sorte Gespräch geht ja immer eine Weile hin und her, ich will Sie damit nicht langweilen. Also machen wir es kurz: Am Ende nahm ich eine der kleinen Fluchten, die es bei einem Ehestreit immer gibt. Feige redete ich mich heraus, weil ich es einfach nicht vermochte, die große Abzweigung in die Gefahr und den Abgrund zu nehmen, die ich schon zweimal verpasst hatte.

Als mich Ev später fragte, eng an mich geschmiegt und bei gelöschtem Licht, was ich bei Sneiper denn gewollt habe, sagte ich nur, dass er den baltischen Völkerkommers organisiere und noch Mithelfer suche, und im Gedenken an Papa, der ja die Curonia so geliebt habe, würde ich die Gestaltung der Einladungskarten übernehmen (das Motto: Ex est! Schmollis! Fiduzit!).

»Aber du bist doch nicht mehr Koja Solm«, flüsterte Ev erschöpft, »du bist doch Herr Himmelreich.«

Ja, sagte ich, mach dir keine Sorgen, sagte ich, und ich rührte mich nicht vom Fleck und wartete, dass Anna zu uns stoßen würde.

Aber sie kam nicht, sie wollte uns nicht stören.
Nie habe ich mich glücklicher gefühlt, als wenn ich Ev in meinem Arm halten konnte, so wie in jener Nacht, obwohl ich schon wusste, dass ich sie verraten würde.

28

Mit einem zerstreuten Lächeln bedankte sich Erhard Sneiper, wenn ich ihm in den kommenden Monaten meine Aufwartung machte. Er empfing mich meistens in seinem Chrysanthemen-Büro und schaute taktvoll aus dem Fenster, während ich ihm über die Fortschritte des Reichssicherheitshauptamtverfahrens Bericht erstattete.

Ich redete mir ein, Ev damit zu beschützen. Ich hinterging sie, aber fürsorglich. Hätten Sneiper und Hub ohne mich nicht ganz andere Geschütze aufgefahren? Sorgte ich nicht für das Wohlergehen meiner Schwester, indem ich allzu bohrende Nachforschungen über sie hintertrieb? Was konnten meine Informationen schon anrichten?

Ev teilte mir mit, welche Entwischten zu Vernehmungen vorgeladen werden sollten.

Ich gab das weiter.

Ev beschwerte sich über die Staatsanwaltschaft.

Ich gab das weiter.

Ev freute sich über bevorstehende Verhaftungen.

Ich gab alles weiter.

Ich half den Entwischten, erst recht zu entwischen. DAS AMT musste mir dankbar sein. Selbst Sneiper sagte das mehrmals, und wenn er das sagte, sah ich ihm dabei voll in die Augen.

Erfreut informierte er seine Leute.

Von Hub hörte ich nichts mehr.

Um mich von meiner Niedertracht abzulenken, gab ich mir Mühe in allen Dingen. Ich zeigte Ev, wie gern ich sie hatte. Zum Beispiel begann ich, die Deckblätter ihres Entwischten-Archivs zu gestalten. Oberbegriffe wie »Gaswagen« und »Aktion T4« illustrierte ich naheliegend, »Konzentrationslager« hingegen schmückte ich zeichnerisch mit den Sehenswürdigkeiten der jeweiligen Standorte (es gab jedoch wenige Sehenswürdigkeiten in Sobibor, Treblinka und Auschwitz, in Riga immerhin den schönen Dom, und in Buchenwald konnte ich auf Weimar zurückgreifen und zeichnete Goethes Gartenhaus, verrückt, oder?).

Der Kummer über den Zusammenbruch meiner sowieso recht fragilen moralischen Maximen brachte mich immerhin zur Kunst zurück. Wahrscheinlich ein Akt trauernder Sublimierung. Im festen Haus hatte ich mir unter dem Dach ein kleines Atelier eingerichtet. Doktor Himmelreich, der Medizin studiert und Chirurgie praktiziert hatte, kannte zwar jeden jüdischen Witz und konnte ganze Kapitel von Egon Friedells *Kulturgeschichte* auswendig rezitieren. Für unmittelbar Kreatives hatte er aber kein Gespür gehabt, so dass ich als sein Wiedergänger leider auffallend talentlos bleiben musste. So zeichnete ich zwar dies und das, aber nur Ev, Anna und mir selbst zuliebe. Meistens Ulmenblätter oder Blumen aus den Münchner Parks.

Es war die einzige Ruhe, die ich finden konnte.

Papa hatte immer vor Ulmenblättern gewarnt. Vergiss nicht, dass Leben immer Bewegung ist, mein Sohn. Das war sein Credo. Zum Beispiel Wellen schraffieren. Das ist besser als Ulmenblätter schraffieren. Schwieriger. Sieh dir nur Dürer an. Oder da Vinci. Der große Leonardo konnte mit Blicken dem Wasser folgen, das er zeichnete, selbst wenn es aus einem Brunnen überströmte, strömte sein Auge mit. Nicht nur Ulmenblätter, Koja. Nicht nur *nature morte*. Und wenn, dann wenigstens berühren. Fass dein Ulmenblatt an. Wenn du es gezeichnet hast, betrachte, wie es zerfällt. Zeichne es noch mal nach einigen Tagen.

Es zerfällt wie dein Leben.

Das Schwerste in meinem zerfallenden Leben war, Herr Himmelreich zu bleiben.

München gepflastert von Menschen, die Koja Solm kannten.

Die Org gepflastert von Menschen, die Koja Solm kannten.

Eine bis nach Riga und die Höllenschlunde des Bickern'schen Waldes gepflasterte Kopfsteinpflasterstraße aus perlgrauen Menschenköpfen, die alle Koja Solm kannten.

Hunderte von Damoklesschwertern an Rosshaaren über mir.

Otto John zum Beispiel. Aus der DDR geflohen. Vor dem Hamburger Landgericht als Landesverräter verurteilt. Nach mehreren Jahren Zuchthaus freigekommen. Alt. Gebrochen. Einsam.

Aber wieder da.

Die Rückkehr des verlorenen Johnes, wie Adenauer höhnte.

Irgendwann kam Otto auch nach München, um nach mir

zu suchen. Er fuhr zur Adresse meiner ehemaligen Galerie. Galerie Solm in der Salvatorstraße. Er fand ein Herrenbekleidungsgeschäft vor. Ratlose Verkäufer, die ihm einen Sommeranzug andrehten kurz vor Herbstbeginn. Die Galerie Solm gab es nicht mehr. Und den Kunsthändler gleichen Namens gab es auch nicht mehr. Nirgends.

Da ein ehemaliger Präsident des Amtes für Verfassungsschutz weiß, wie man Vermisste aufspürt, tätigte Otto John einige Telefonanrufe. Er ließ Leute nach Belegen, Dokumenten, Steuerunterlagen, nach Schecks und Kontoauszügen, nach Beurteilungen und Einwohnermeldeamtbescheinigungen suchen. Er fragte Beamte des Finanzamtes, die Zugang zu vertraulichen Akten hatten. Er rief sogar Theodor Heuss an, ob der etwas von mir gehört habe. Er wandte sich an die SPD-Parteizentrale, da Koja Solm einst Parteimitglied gewesen war. Er setzte den Verbleib seines alten Freundes und treuen Retters bis zum Winter Neunzehnvierundfünfzig zusammen. Doch für die Zeit nach diesem Datum gab es nur noch Gerüchte. Konstantin »Koja« Solms Verbleib war ein Rätsel.

Selbst als Otto John vor der Tür meiner Mutter stand, konnte er nur hören, dass man nicht mit Straßenschuhen auf ihren guten Teppich treten dürfe und dass im Übrigen ihr Sohn schon wisse, wo er sei.

Schließlich fand Otto die Adresse von Ev heraus, Schwester meines Bruders, die sie war.

Ich kam von einem mit klarem Morgenlicht überfluteten Septemberspaziergang in Begleitung Annas aus dem Englischen Garten zurück. Ich schloss die Eingangstür auf

(Sie wissen schon, die mit der Drei-Sekunden-Panzerung), erkannte aber die Stimme und das hessische »Ei, des is jo eischenaadisch« erst, als ich schon mitten in Evs Geschäftsräumen stand. Otto hatte mir den Rücken zugedreht. Er war nachlässig rasiert, aufgedunsen, wirkte mit seinem flachen Filzhut und dem untertriebenen braunen Cordanzug immer noch wie ein Brite – aber wie ein mittelloser Brite.

Ev gab mir mit den Augen deutliche Verschwinde-schnell-Zeichen. Aber es war schon zu spät.

John drehte sich zu mir um. Seine Baritonstimme klang angenehm ruhig, da er während des Umdrehens weitersprach, meinen Namen erwähnte und seine Suche nach mir. Sein Blick war fahrig, verfing sich kaum in meinem, und ich spürte: Der Mann schaut durch mich hindurch.

Vielleicht lag es an seiner mangelnden Konzentration, dass er ohne Zeichen irgendeines Erkennens sich wieder von mir fortdrehte und mich für einen fremden Besucher hielt. Ich stand in Schockstarre und hörte, wie Ev ihm sagte, dass sie von ihrem Bruder Koja schon lange nichts mehr gehört habe, er solle in Südamerika sein, vielleicht Chile.

Dann fragte sie, weshalb er überhaupt nach Koja suche, und er antwortete, »ach, schon gut, er hädd mer middem bissel Geld aushelfe kenne, isch bin blank wie em Elsch sei Hinnerteil«.

Ich konnte unbehelligt und mit klopfendem Herzen nach oben eilen, hoch in unsere Dachwohnung. Dort blickte ich prüfend in den Spiegel. Ich besah meine Frisur, die sich durch eine teure Haartransplantation von einer Halbglatze nun doch in die etwas strubbelige Version einer Pusteblume zu verwandeln begann. Mein grauer Bart war am Kinn schütter, aber an den Wangen voll. Ich hatte eine Himmelreich-Brille, einen Himmelreich-Spazierstock, sogar einen Himmelreich-Gang, da man Menschen nicht an der Physiognomie, sondern an charakteristischen Bewegungsabläufen erkennt.

Es war zweifellos sehr viel getan worden, damit ich Jeremias Himmelreich bleiben konnte.

Bei der Org hatte Gehlen sogar dafür gesorgt, meine Stammakten zu vernichten, und sie durch Himmelreich-Akten ersetzt. Die meisten Mitarbeiter kannten mich unter dem Namen Dürer, den ich behielt. Die wenigen, die von Hubs und meiner Verwandtschaft wussten, waren in Pension oder gingen ihr entgegen.

Einer Enttarnung musste ich durch weitgehenden Verzicht auf jede Art von Öffentlichkeit entgegenwirken. Nicht einmal ins Theater oder in ein Konzert begleitete ich Ev, die für diese Gelegenheiten auf David Grün zurückgriff.

Nur ins Kino konnten wir gemeinsam huschen, immer kurz nach Beginn der Hauptvorstellung. Von keinem einzigen Film Fellinis kannte ich den Vor- oder Abspann, denn mit dem Einsetzen der ersten Takte der Schlussmusik liefen wir schon in die Nacht.

Und wenn wir durch die dunklen Straßen nach Hause zurückkehrten, bedroht von Lug und Trug, erschüttert von Verrat, den ich beging und für den ich in meinem Verhalten keinen Ausdruck finden konnte (ich wollte ja nicht, dass sie was merkt), dann fassten wir uns manchmal an den Händen, und mehr als dreimal war ich kurz davor zu beichten, dass ich DAS AMT mit ihren Unterlagen fütterte.

Doch es gelang mir nicht.

Der Mensch ist schwach, ein Korken im Strom. Letztlich kommt es nur darauf an, auf die richtige Welle zu fallen.

Obwohl Nachrichtendienste geradezu verpflichtet sind – oder jedenfalls ihren ganzen Ehrgeiz daransetzen –, ihre Aufgaben nicht unter Anwendung allzu legaler Mittel zu erledigen, ist das allgemeine Tamtam doch groß, wenn die Blutfontänen in aller Öffentlichkeit sprudeln.

Ministerpräsident David Ben-Gurion jedenfalls hatten die glücklosen Mordanschläge auf deutsche Raketeningenieure politisch so stark angeschlagen, dass er Oberst Harel als Mossad-Direktor entlassen musste.

Wir erfuhren es durch Isser persönlich, der uns anrief, um sich zu verabschieden. Es war ein schöner Märztag Neunzehndreiundsechzig. Ich weiß noch, dass eine Elster vor dem offenen Fenster krächzend antwortete, als Ev rief, ich solle zum Telefon herüberkommen. Issers Stimme klang durch den Hörer noch höher, als sie sowieso schon war, und nachdem er mir Perversion, Nichtswürdigkeit und Charakterschwäche jedes Kabinettsmitglieds seines Landes geschildert hatte (den Regierungschef eingeschlossen), erklärte er, dass er mit sich völlig im Reinen sei. Nur über ein Ulcus pepticum im Magen sei zu klagen. Da ich darauf nichts erwiderte, fragte er, ob ich überhaupt wisse, was ein Ulcus pepticum sei.

Ich sagte, wie könne ich das nicht wissen, als Doktor der Medizin, Facharzt für Chirurgie.

»Wenn Sie Facharzt für Chirurgie sind, Jeremias, dann bin ich das Jesuskind«, lachte Oberst Harel und legte auf.

Sein Nachfolger war Meir Amit, Intimfeind seines Vorgängers, Technokrat, Kommisskopf und Connaisseur aller Feinheiten notwendiger Hierarchie.

Meirs erste Amtshandlung betraf die Anrede, die ihm gebührte. Kein Vorname, das war schon mal klar, zumal sein Vorname der häufigste deutsche Nachname ist. Meir ließ sich Ramsad rufen. Häuptling Ramsad. Von Isser Harel sprach er nur als »Der-davor«. Man hörte Sätze wie: »Der-davor hat Bockmist gebaut«, oder: »So einen Mangel an Präzision kann nur Der-davor verursacht haben.«

Häuptling Ramsad hatte das spitze, grauweiße und tote Gesicht des Polarfuchsmuffs, aus dem mir Ev einst meinen linken Winterstiefel geschustert hatte, und ich sah es zum ersten Mal in all seiner Ausdruckslosigkeit, als ich mit Ev im neuen Mossad-Hauptquartier in der Tel Aviver Kaplan Street vorsprechen musste. Des Ramsads Pokermiene zeigte auch keine Spuren von Erstaunen, als wir erkennen ließen, wer sich hinter den Himmelreichs verbarg (die kleinen dunklen Flecken des Familienhintergrundes meine ich). Der Ramsad murmelte nur, dass Der-davor wieder Unsinn verzapft habe, den er geradebiegen müsse.

Shimon Peres aber schützte uns.

Evs Archiv der Entwischten schützte uns ebenfalls.

Und das feste Haus in München vermittelte Häuptling Ramsad das Gefühl, über ein Elite-Wigwam im Herzen der Unterwelt zu verfügen. Wirkungsmächtig. Aber leicht und überschaubar. Nahezu unbekannt. Schnell abzubauen. Keine Verschwendung. Kein Abschweifen. Von den Orks vollfinanziert. Keine direkte Verantwortlichkeit. Sabotageakte. Hochrisikozugriffe. Mordkommandos. Alles möglich.

Wir konnten weiterarbeiten, nur zurückhaltender als früher.

Aber was heißt schon »zurückhaltender«. Sowohl in Tel Aviv als auch in Pullach wurden radikale Geheimoperationen geplant. Redlich teilte man sich die Aufgaben. Der Mossad schlug in Europa, in Südamerika, dann in Teilen Asiens zu. Der BND lieferte das Geld, die Waffen, die Tarnung. Und ich wies als Koordinator die israelischen Killer in deutsche Gepflogenheiten ein.

Champagner-Lotz zum Beispiel. Er blieb ein Jahr im festen Haus in München, wohnte bei uns im Gästezimmer und erhielt durch mich seine Legende. Ehemaliger Adjutant Rommels. Ritterkreuzträger. Später Farmer in Australien. In der Art. Alles nachprüfbar. Nichts davon wahr.

Der BND organisierte ihm die Pässe, die Dankbriefe Rommels (von mir liebevoll falsifiziert) und sogar seine Waltraud, eine bildhübsche Ehefrau aus Essen-Kettwig.

Der Mossad kümmerte sich um Kommunikation, um Infrastruktur und um Shiva, eine andere bildhübsche Ehefrau aus Haifa, die den Betrug ihres Mannes schlecht aufnahm und einen Selbstmordversuch nur knapp überlebte.

Champagner-Lotz zog mit seiner Waltraud nach Kairo, züchtete dort Pferde und lernte ägyptische Generäle kennen, die für Araberhengste, Oktoberfeste, Waltrauds selbstgebackene Münchener Krapfen und Fragen aller Art offen waren.

Drei Jahre später vernichtete Champagner-Lotz im Alleingang die gesamte ägyptische Luftwaffe, deren geheime Startbahnen er per Funk an Israel verraten hatte.

Sie dürfen also nicht denken, dass ich nur mit Angst, Ulmenblättern und dem Liebhaber meiner Frau beschäftigt gewesen wäre. Allerdings auch nicht nur mit betrogener Unschuld. Ich war der Resident des Mossad mitten in München, und ein Resident hat alle Hände voll zu tun.

Was einem alleine schon Shlomo für Arbeit machte, mein Pariser Kollege! Er schleuste über unser Münchner Haus seine Regulierer durch; ich sammelte für ihn bei der Org Personalinformationen über die arabischen Geheimdienste; er zahlte über mich geheime Kommissionen an Agenten Syriens; wir arrangierten gemeinsam das Verschwinden eines libanesischen Geschäftsmanns, der in Füssen Urlaub machte, um dort einen Anschlag auf eine Synagoge in Paris vorzubereiten.

Alles legale Betriebsausgaben.

Alles deutsch-israelische Freundschaft.

Zurückgezahlt über Nahbeobachtung in Moskau und ein hellbraunes Haus in einer Leningrader Vorstadt, aus dem mit Hilfe eines umgebauten UKW-Senders Truppenverschiebungen des Warschauer Paktes nach Tel Aviv gefunkt wurden.

All diese Dinge wurden mit leidenschaftlicher Konzentration erledigt, die der Instandhaltung meiner inneren Ruhe nicht abträglich waren, einer Ruhe, die erst durch DAS AMT wieder aus dem Tritt gebracht wurde.

29

Auf das Müller'sche Volksbad an der Isarau hatte mich ausgerechnet Palästinafritz aufmerksam gemacht, weil er dort einmal die Woche seinen von Gehlens Labrador abstammenden Labrador baden, einseifen und einem Hundecoiffeur zum Frisieren überlassen konnte, während er selbst ein Stockwerk höher unter prunkvollen Ornamenten auf seine Weise sauber wurde (in einem Schwimmbassin, dessen Boden wie der Boden des Petersdoms gekachelt war).

Ich liebte mehr das römisch-irische Dampfbad, dessen irischer Aspekt mir rätselhaft blieb (vielleicht die Nähe zu alkoholischen Gelegenheiten, die im Volksbad reichlich vorhanden waren).

Eines Abends, die meisten Badegäste waren bereits gegangen, und der gestrenge Bademeister hatte den nahenden Feierabend angekündigt, setzte sich ein wabbelnder Körper neben meinen (pflatsch). Erst achtete ich nicht auf ihn, denn ich mochte es, auf der kleinen Empore über dem Rundbecken in dieser angenehmen, stillen Weise vor mich hin zu schwitzen. Doch der Mann beugte sich zu mir herüber, und ich roch seinen Zigarrenatem (ein komischer Geruch in einem Dampfbad).

»Wir wollen reden«, sagte er leise.
»Wer ist wir?«

»Sie und ich.«

Im Nebel waren seine Konturen kaum auszumachen, ein teigiges, ältliches Amselgesicht, älter als meines, mittendrin eine dicke, schwarzrandige Brille, darunter schwere, hängende Brüste, noch tiefer ein aus seinem Schoß blitzender Penis, mehr erkannte ich nicht.

»Ich habe keinerlei Bedürfnis, mit Ihnen zu reden.«

»Erhard Sneiper bat, Sie nicht aufzusuchen. Aber ich denke, es ist gut, Sie aufzusuchen.«

»Kennen wir uns?«

»Ich heiße Achenbach. Mitglied des Deutschen Bundestages. Ernst Achenbach.« Er lupfte seinen rötlichen Hintern, rutschte ein Stück näher zu mir und raunte: »FDP.«

Der Bademeister erschien erneut, sagte: »Noch fünf Minuten, die Herrschaften«, weckte einen Greis, der auf seiner Liege eingeschlafen war, und schlurfte davon.

»Was wollen Sie?«

»Sie glauben gar nicht, wie viele sich etwas antun vor lauter Angst. Redliche Deutsche, gegen die ermittelt wird. Von Brücken runter. Köpfe auf Schienen. Draußen habe ich Fotos.«

»Da hat Sneiper recht: Es ist ganz bestimmt nicht gut, mich aufzusuchen.«

»Von Ihnen habe ich auch Fotos, Herr Himmelreich.«

»Ich gehe dann mal unter die Dusche.«

»Oder besser gesagt: Herr Konstantin Solm.«

Ich setzte mich wieder.

»Tatsächlich keine Vorhaut«, grinste er. »Sie meinen es ganz schön ernst, was?«

Er hatte ein glattes, kahles Hängegesicht, das trotz der

beschlagenen Brillengläser gut zu den barockisierenden Schmuckelementen hinter ihm passte.

»Keine Sorge, Ihr kleines Geheimnis ist bei mir gut aufgehoben. Ich bin Partner von Herrn Sneiper. Sie sind Partner von Herrn Sneiper. Herrn Sneipers Partner sind auch meine Partner.«

»Was für eine Partnerschaft soll das sein?«

»Eine politische. Sie bringen uns ja durchaus brauchbare Informationen. DAS AMT hat Ihnen viel zu verdanken.«

Einen Moment lang fehlten mir die Worte, weil mir erst jetzt zu Sinnen kam, dass dieser feiste Mensch der berühmte Amnestiefunktionär und FDP-Politiker Ernst Achenbach war, von dem man immer mal wieder in der Zeitung las. Und von Ev wusste ich, dass er während der Besatzung in Paris an der deutschen Botschaft für Judenangelegenheiten zuständig gewesen war.

»Ich freue mich, dass Sie unsere Anstrengungen unterstützen, Herr Himmelreich. Aber lassen Sie es nicht an Fleiß fehlen. Fleiß ist der Schlüssel zu allem. Mit etwas mehr Fleiß bekommen Sie auch etwas brauchbarere Informationen.«

»Sie sind den ganzen Weg aus Bonn gekommen, um nackt nehmen mir zu sitzen und dummes Zeug zu reden?«

»Um Himmels willen, nein. Ich bin gerade in München zu Besuch, ich sitze mit dem fabelhaften Sneiper im Schankhaus, er erzählt von Ihnen. Und ich denke, schaue ich mir den Halunken doch mal genauer an, am besten so, wie Gott ihn erschaffen hat.«

»Gott hat mich nicht so erschaffen. Und Sie auch nicht. Gott hat kein Berge aus altem Fleisch erschaffen.«

Der Bademeister kam zurück und begann, die Heizungsrohre auszuschalten.

»Nun gut, Herr Himmelreich. Sie sind nicht in bester Stimmung. Machen wir es also kurz: Ich hätte gerne, dass Sie uns an anderer Stelle zu Hilfe kommen.«

Er stand auf.

»Herr Sneiper wird Ihnen eine Telefonnummer geben. Eine Bonner Telefonnummer. Unter dieser Nummer rufen Sie an.«

»Wen?«

»Der Bundesjustizminister sucht jemand Vertrauenswürdigen. Muss ein Verfolgter sein. Am besten ein verfolgter Jude. Da hat der fabelhafte Doktor Sneiper doch gleich an Sie und Ihre werte Frau Gemahlin gedacht.«

Der Bundesjustizminister?

Ich fuhr zu dem fabelhaften Doktor Sneiper nach Grünwald, in seine fabelhafte Residenz der tausend Gemächer, wogegen sich seine Kanzlei geradezu bescheiden ausnahm. Ich klingelte am Tor, ohne dass jemand öffnete, stieg über den Zaun und begegnete einem überraschten Zwergcollie. Dann stand ich vor Sneiper in seinem Einhundertzwanzigquadratmeterwohnzimmer mit großem Kamin und fragte ihn, warum er mir nicht die Tür geöffnet habe. Da ich keine Antwort erhielt, sondern nur einen Befehl (»Raus, aber schnell!«), wollte ich wissen, ob ihm an dem Zwergcollie was liege, der winselnd in meinem Arm zappelte und eine Grundreinigung im Müller'schen Volksbad gut vertragen hätte.

Da Erhard nur dümmliche Rechtsanwaltsrhetorik einfiel, nahm ich das Bowiemesser von seiner Wand, das er von einem gewissen Captain Miller geschenkt bekommen hatte, so stand es jedenfalls als Gravur auf der 15 Zentimeter langen Klinge.

Ich schnitt damit dem Zwergcollie den Kopf ab.

Sofort kam Leben in die Bude, und Sneiper gestand unter dem Ausdruck tiefsten Bedauerns, dass er mehreren Leuten von mir erzählt hatte, Leuten wie Werner Best (nie gehört) oder dem gemütlichen Herrn Achenbach zum Beispiel, der mich in der Sauna aufgesucht und unästhetisch bedroht hatte.

Der Zwergcollie lief inzwischen auf dem Teppich aus, und ich versicherte, dass das Tier mir leidtue, aber er hätte niemals meine Identität preisgeben dürfen. Niemals. Erhard weinte. Er weinte trotz meiner Erklärung, wie sehr ich seinen Schmerz beklage, aber Gott sei Dank seien seine Kinder ja schon groß und aus dem Haus. Und die Frau Gemahlin war in einer Kur in Bad Doberan.

»Ich weiß nicht, wieso euch an diesem Prozess so viel liegt, Erhard. Ich gebe dir alle Informationen über DAS AMT. Alle, die ich kriegen kann. Deinetwegen betrüge ich meine Frau. Und das möchte ich nicht. Ich liebe meine Frau.«

Er schniefte und wollte seine Tränen mit einem Seidentaschentuch abtrocknen, das er aus seiner Weste zog, eingesticktes Monogramm, aber ich brauchte es dringend für meine Klinge, und während ich sie abwischte, fuhr ich fort:

»Aber du hast mich nicht in der Hand. Ich habe dir das schon mal gesagt: Du hast keine Ahnung, mit wem du dich einlässt.«

Anna war danach monatelang wütend auf mich. Sie liebte ja Pferde, und ich versuchte sie zu besänftigen, indem ich ihr schwor, niemals einem Pferd ein Leid zuzufügen, was auch immer sein Besitzer mir angetan haben mochte.

»Weißt du, mein Liebling, dann hätte ich ja auch den Trakehnerhengst von Erhard enthaupten können. Der steht ja nur einen Kilometer entfernt in einem Stall. Aber das hätte ich niemals übers Herz gebracht. Ich töte keine Tiere, die du liebhast.«

Um es wiedergutzumachen, ging ich mit Anna in den Zoo nach Hellabrunn, wie wir es früher so oft getan hatten, kaufte ihre Lieblingszeitschrift *Das Tier und wir*, besuchte das alte Elefantenhaus, die Flusspferde, die Tiger, und Anna sagte, geh doch mal mit deinem Bowiemesser zu so einem Tiger rein, du Feigling.

Sie sind auch voller Zorn, Swami.

Das betrübt mich. Glauben Sie mir, ich möchte nicht als Unmensch erscheinen. Ich möchte auch nicht zynisch wirken. Denn bitte: Ich achte und liebe jede Kreatur, selbst Grillen achte ich, zumal ich ja selbst dereinst dieser Gattung angehören könnte, was soll ich sagen.

Aber Hunde, nein, Hunde sind mir einfach zuwider. Ich glaube, dass Geheimagenten dereinst als Hunde wiedergeboren werden, weshalb sonst kümmert sich der gemeine BND-Angehörige so liebevoll um seinen vierbeinigen Freund, nimmt ihn mit ins Büro, gönnt ihm eine neue Frisur im prachtvollsten Jugendstiljuwel der Bäderlandschaft Europas, lässt ihn wie Gehlen vor seinem Ofen schlafen, behandelt ihn besser als jeden Mitmenschen, vielleicht weil auch noch der abgerissenste Köter als treu gilt, eine Eigenschaft, die so viele von uns in ihrem Beruf wie Leben ersehnen und dann mit Trockenfutter und Pansen erkaufen.

Deshalb saß wahrscheinlich auch der Schock bei Erhard Sneiper so nachhaltig im Gemüt. Ein weiteres Zusammentreffen in seiner Kanzlei war jedenfalls ausgeschlossen. In seine Villa durfte ich erst recht nicht kommen.

So musste ich zur Übergabe der Telefonnummer, die mich nach Bonn zwingen sollte, zum Unsäglichen fahren. Erhard bestand darauf. Er wollte es mir so schwer wie irgend möglich machen.

Hub wohnte in einem Hinterhaus in Sendling.

Es war schon dunkel, als ich dort ankam. In der Treppenstiege funktionierte keine einzige Glühbirne. Vier Stockwerke musste ich mich an bröckelndem Putz und einem speckigen Holzgeländer durch Wolken verschiedenster Ausdünstungen nach oben tasten. Vor seiner Tür roch es nach Kohl und Kachelofen. Die Türklingel war herausgerissen. Nach minutenlangem Klopfen öffnete er. Im Dunkel wirkte sein Taumeln noch unwirklicher. Wie eine Fledermaus mit nur einem Flügel. Er hatte ein fleckiges Unterhemd an und war unschlüssig, ob er mich hereinlassen sollte.

»Die Telefonnummer!«, sagte ich nur.

Er grunzte und hielt sich mit seinem Arm an der Tür fest. Dann griff er an die Wand neben sich, machte Licht, trübes, gelbes 40-Watt-Licht. Er ging voraus durch einen engen Flur, der wie das Innere eines sinkenden U-Boots aussah. Was machte er nur mit der schönen BND-Pension? Die ganze Wohnung bestand aus Unrat und gefüllten Plastiktüten mit Aufschriften drauf. Sie stapelten sich in offenen Regalen, die bis zur Decke reichten. »U-Hosen«, »O-Hosen«, »Pantoffeln«, »Bunt 1«, »Bunt 2«, »Rettung«. Ich sah einen kleinen Altar, himmelblau der Auferstandene, zwei Kerzen, Dochte und Schwimmer für Ewige Lichter (schlecht vereinbar mit der protestantischen Ikonographie). In der Küche hortete er Brot. Auf dem Tisch stand eine Flasche Wodka und daneben lag die abgeschnallte Armprothese.

Er bot mir nichts an und ließ mich nicht hinsetzen.

»Du arbeitest also jetzt für uns, Brüderchen.«

»Wir sollten nicht reden.«

»Du und Ev, ihr jagt die Menschen, die euch aufgezogen haben. Die euch geliebt haben. Euer eigen Fleisch und Blut jagt ihr. Und trotzdem arbeitest du für uns.«

»Gib mir die Telefonnummer, und ich verschwinde.«

»Eure dumme Suche nach Gerechtigkeit. Die bringt noch viel größeres Leid als jedes Unrecht. Egal. Wichtig ist nur, dass jetzt ein Hund getötet wurde.«

»Das findest du wichtig?«

»Es verdient Aufmerksamkeit.«

»Ich finde es nicht so wichtig.«

»Das war sehr dumm von dir. Sneiper ist mächtig. Er liebte seinen Köter. Das wird dir noch leidtun.«

Er kicherte befriedigt in sich hinein und begann, die Schubladen seines Küchenschranks aufzureißen auf der Suche nach der Telefonnummer. Ich sah, dass er seine Socken zu den Messern gestopft hatte.

»Dieser Prozess wird niemals stattfinden. DAS AMT kriegt ihr nicht. Und mich auch nicht.«

»Werden wir sehen.«

»Sie haben die Untersuchungen eingestellt, falls du es noch nicht weißt.«

Ich starrte ihn an.

»Sie haben die Untersuchungen eingestellt?«

»Mangelnder Tatverdacht.«

Er durchwühlte eine Kaffeedose.

»Das freut mich für dich.«

»Du bist ein Lügner, Koja. Dich freut das nicht. Ich zeig dir, was dich freut.«

Ich sagte nichts.

»Komm mit. Ich hab's gefunden.«

Er verschwand nach rechts, tauchte in einen Verschlag ab, der durch einen Vorhang von der Küche abgetrennt war. Er schaltete das Licht an, ich hörte sein Murmeln. Ich ging nach kurzem Zögern hinüber, schob den Vorhang zur Seite und sah, dass von der Decke des Verschlags ein Strick herabhing. Den Strick zierte eine Henkersschlaufe, eine von einem Einarmigen gebundene, die somit keinen Schönheitspreis gewonnen hätte, aber gerade groß genug war, um einen Kopf hindurchzustrecken. Unter dem Strick stand ein Stuhl, und auf dem Stuhl saß Hub mit übereinandergeschlagenen Beinen und grinste mich besoffen an.

»Hier sitz ich jeden Abend und lass mich inspirieren, und wer weiß, wenn du Glück hast, dann steig ich auf den Stuhl und erlöse uns beide irgendwann mal.«

Er blitzte mich an, dreht sich um, öffnete im Sitzen die Schublade einer Kommode und zog einen Briefumschlag heraus. Angewidert streckte er ihn mir entgegen. Ich riss ihn auf.

»Du trägst einen schönen Mantel, Koja. Ausgezeichnete Schuhe.«

Auf Sneipers Anwaltsbogen sah ich seinen pompösen Briefkopf, und in der feinen Mädchenhandschrift, die vermutlich dem Fräulein aus Goldingen gehörte, war eine Telefonnummer mit Bonner Vorwahl verzeichnet.

0228/49336.

Darunter stand: *Gustav Heinemann, erreichbar täglich ab 09.00 Uhr. Himmelreich angekündigt.*

Vier Wochen später war ich des Justizministers Honorarberater in Fragen nationalsozialistischer Gewaltverbrechen.

30

Ein leidendes und gequältes Stück Fleisch.
Dieser zunehmende Verfall, der den Hippie heimsucht, erfüllt mich mit Sorge.
Inzwischen zeichnet er nicht mehr. Auch kann er meinen Erzählungen kaum noch folgen, klappert mit den Zähnen, sieht überall geköpfte Zwergcollies, sogar unter seinem Bett, und glaubt, dass die zweite Schraube in seinem Kopf zu nichts nütze sein werde, außer dass sie auch noch seine Träume kontrolliert. Sein Sprachzentrum hat sich endgültig von seinem Gehirn abgekoppelt und macht, was es will.
Mrkstlwormblk.
So klingen alle seine Worte.
Der Swami liegt, vollgepumpt mit Beruhigungsmitteln, auf einem Rollbett im Flur und wartet auf die Operation. Ich sitze neben ihm. Ich verspreche mir einiges von dem Eingriff, vor allem in Hinblick auf Bastis Wahrnehmungsapparat. Er trägt eine grüne Operationshaube aus textilem Vlies, Modell Astronaut, die unter dem Kinn wie ein Helm festgebunden ist und seinem Gesichtsoval etwas greisenhaft Weibliches gibt. Seine Haut befindet sich in einem katastrophalen Zustand. Weil er sich kaum noch bewegt, ist sie entzündet und fault, reißt an vielen Stellen,

springt auf. Flecken und offene Wunden überziehen seinen Körper.

Hin und wieder erscheint Nachtschwester Gerda und sieht nach ihm. Sie sagt mir, dass er gleich drankomme und es ihm gewiss wohltue, meine Hand zu spüren. Meine Hand, die in seiner liegt. Ich höre sein Röcheln.

Unsere Treffen im Flur des Krankenhauses haben schon lange aufgehört. Er litt unter jäh auftretenden Gleichgewichtsstörungen, von denen er behauptete (als er noch behaupten konnte), dass ich sie verursacht hätte mit meinen schrecklichen Geschichten. Aber das ist natürlich Unsinn. Seine Knochen sind brüchig geworden durch all die Monate im Krankenhaus. Ihr Kalziumhaushalt ist völlig erschöpft. Als ich mit ihm ein letztes Mal zu den Säuglingen im ersten Stock gehen wollte, rutschte er aus meiner Umarmung und fiel hin. Vielleicht hätte er wirklich kein Marrakesh Gold nehmen sollen. Jedenfalls nicht so viel.

Seit seinem Sturz liegt er nur noch in seinem Bett und ist kaum noch ansprechbar.

Ob er überhaupt hört, was ich sage?

»Hören Sie, was ich sage?«, frage ich.

Er zeigt keine Reaktion, obwohl er noch in Bruchstücken bei Bewusstsein sein muss.

Wissen Sie, Swami, flüstere ich, wenn Sie da jetzt reinfahren und Ihre zweite Schraube bekommen, dann werden Sie die Gabe Ihrer strahlenden Energie wieder zurückerhalten. Sie werden am Anfang vielleicht den Anstrengungen Tribut zollen müssen, die es für ein Gehirn bedeutet, so herumgeschüttelt zu werden. Aber Ihr Gehirn hat bisher durch alle Prüfungen hindurch solch einen unerwarteten Grad an

Reife erlangt, Basti, dass ich froh bin, wie sehr es meine Tragödie in ihrer ganzen Tragweite erfassen kann. Ihrem Kopf wünsche ich alles, alles Gute und werde mit ihm kommunizieren, wenn die Operation vorbei ist. Ich werde ihm berichten, wie es mit dem Bundesjustizministerium weiterging und von meiner furchtbaren Zeit dort. Und wenn Sie ins Koma fallen sollten, dann erst recht.

Die Hand des Hippies versucht sich mir zu entwinden, aber ich halte sie schön fest.

Schwester Gerda kommt mit munterem Schritt, im Schlepptau die wunderschöne Lernschwester Sabine.

So, dann wollen wir mal.

Sie entsperren die Bremsen des Bettes und rollen ihn davon, wie einen verrückten Einfall von Dalí.

31

Ich wollte nicht nach Bonn.

Was für ein Loch.

Das Wetter britisch, mit hoher Luftfeuchtigkeit und Novembernebel zu fast jeder Jahreszeit. Im Sommer wie Bangkok, nur wolkenverhangen und überwölbt von tropischen Gewittern. Im Winter kein Schnee. Das ganze Jahr Pfützen. Das Stadtbild verschroben, konturlos und im sprödesten Barock Mitteleuropas dahindämmernd, weil die Bonner Kurfürsten nie Geld hatten und ein Schloss bauten, das Madrid nicht mal als Zuchthaus genommen hätte.

Um ja nicht den Eindruck einer ordentlichen Hauptstadt zu erwecken, hatte die Bundesregierung alle Mühen und Kosten gescheut und den »vorläufigen Sitz der Bundesorgane« so vorläufig wie irgend möglich gestaltet. Die Abgeordneten wurden in eine aus allen Nähten platzende ehemalige Akademie für Lehrerbildung gestopft, die ein bisschen wie die Minsker KPDSU-Zentrale aussah, nur kleiner und provisorischer. Bonn war eine Zumutung und Ausdruck der deutschen Politik, so schnell wie möglich nach Berlin zurückkehren zu wollen.

Deshalb hatte Konrad Adenauer den Ehrgeiz gehabt, den nicht nur erbarmungswürdigsten, sondern auch winzigsten Regierungssitz Europas zu errichten. Und tatsächlich hatten nur die Hauptstädte Andorras (Andorra), Liechtensteins (Vaduz), Islands (Reykjavik), San Marinos (San Marino) und Monacos (Monaco) noch weniger Einwohner als Bonn, lagen aber wenigstens alle entweder in den Bergen oder am Meer, statt sich vom Rhein in zwei flache Teile schneiden zu lassen.

Ev hingegen war begeistert. Sowohl von der Stadt als auch von Herrn Heinemann, zu dem sie bei unserem Antrittsbesuch so viel Vertrauen fasste, dass sie ihn »Herr Heinzelmann« nannte, wenn auch aus Versehen.

Justizminister Gustav Heinemann passte geradezu phantastisch nach Bonn, war durch und durch Jurist, hatte zurückgekämmtes weißes Pomadenhaar, glatte, vollkommen geruchlose Haut, trug eine schreckliche Brille, aber mit Würde, und hätte auf einem Postamt als Briefmarkenkleber seinen Mann gestanden. Er vermied Musik, Gedichte, Romane, Filme, Oper, Theater, Tanz, Sonnenuntergänge und jede Art von Überschwang. Er liebte Luther, Theologie, Theoreme, Listen, Skat, Kirchentage, Worte wie »Zerbruch« und »Versuchlichkeit« und vor allem möglichst ton- und leidenschaftslose Ansprachen. Er hasste Atomkraft, die Wiederbewaffnung und Doktor Franz Josef Strauß, er verachtete den BND, Wichtigtuer und Tamtam. Er sprach fast immer mit sich selber, konnte ohne erkennbaren Anlass »Junge, Junge, Junge« sagen, befahl sich beim Verlassen jedes Raumes »ohne Tritt – Marsch« und kam in seinem Amtssitz auf uns zu mit den Worten: »Da muss man ja mal guten Tag sagen.«

Gustav Heinemann war einst Anhänger Adenauers gewesen. Nach dessen Aufrüstungsabenteuer und der nach

Heinemanns Meinung völlig absurden Gründung der Bundeswehr hatte er die CDU unter Protest verlassen, seine eigene Partei gegründet, war nach deren Untergang zur Sozialdemokratie übergelaufen und seit kurzem der erste linke Justizminister der Bundesrepublik. Sein erklärtes Amtsziel war es, die Große Strafrechtsreform auf den Weg zu bringen, ein Vorhaben, dem Sie, ich weiß schon, verständnislos gegenüberstehen, allein schon deshalb, weil es sich um ein Ziel handelt, ein ambitioniertes dazu. Für die Durchsetzung dieses Ziels brauchte Heinemann Mitarbeiter, die, wie er sagte, »vor allem moralisch über jeden Zweifel erhaben sind«.

Da war ich natürlich genau der Richtige.

Jemand ohne Fehl und Tadel, betrogen von der attraktivsten Fachfrau für Entwischte, die man nördlich der Alpen überhaupt vögeln kann, ach, immer gehen mir diese Invektiven durch den Kopf, auch damals, als ich neben Ev saß, ihre Begeisterung spürte, ihr An-den-Lippen-Hängen beargwöhnte, das dem eigenbrötlerischen Minister galt, aber sicher auch ihrem Galan gelten konnte, zumal David Grün weitaus schönere Lippen hatte.

»Wissen Sie, Herr Himmelreich«, klagte der Justizminister, während er Tee schlürfte, »mein ganzes Ministerium ist von alten Nazis versaut. Alle meine Abteilungsleiter waren bei der NSDAP.«

»Alle?«

»Ausnahmslos alle. Leider kann man Beamte nicht rausschmeißen. Aber die hecken etwas aus.«

»Verstehe«, sagte ich.

»Darauf werden Sie ein wenig achtgeben, ja?«

»Ich bin leider kein Jurist. Und als Historiker kommt nur meine Frau in Betracht.«

»Aber Sie sind doch Jude, Jude doch.«

»Das stimmt.«

»Sie kontrollieren hier im Amt den einschlägigen Schriftverkehr. Sie beraten mich als Aushäusiger, ja?«

»Gerne.«

»Das ist nicht schwer. Gerade der Blick eines Laien. Gesunder Menschenverstand. Achten Sie auf Leute, die eigenartige Vorschläge machen. Sicher haben Sie von den Amnestierern gehört?«

»Selbstverständlich.«

»Achenbach?«

Ich konnte schlecht sagen, dass ich Herrn Achenbach nur nackt kannte.

»Ein wenig.«

»Dieser Mensch versucht seit Jahren, die Verjährung durchzudrücken. Im Haus hat er viele Freunde. Wir dürfen das nicht zulassen. Nicht zulassen dürfen wir das.«

»Das werden wir auch nicht«, drängte Ev sich vor. »Die Juristensprache ist uns durchaus geläufig. Ich berate gerade die Berliner Staatsanwaltschaft im Prozess gegen das Reichssicherheitshauptamt.«

»Das ist eine erhebliche Waltung!«, lobte Heinemann.

»Ja«, sagte Ev unsicher, die nicht wusste, was mit »Waltung« gemeint war.

»Eine erhebliche Waltung, dieses Verfahren«, sagte er daher noch einmal.

Jeden Monat reisten wir für eine Woche nach Bonn. Wir erhielten dort ein kleines, zugiges Büro auf der Rosenburg, dem Amtssitz Heinemanns, und sichteten Akten, die die sogenannten Verjährungsparagraphen für a) Mord und b) Beihilfe zum Mord betrafen. Wir lasen die Sitzungsprotokolle der Kommission zur »Gro-Stra-Re«, wie die Große Strafrechtsreform intern genannt wurde. Ich legte Dossiers an über Dutzende von Beamten, die aus Heinemanns Sicht als belastet galten. Im Grunde waren wir Heinemanns jüdisches Feigenblatt, vielleicht auch seine geheimste Geheimpolizei, von der er nicht wissen konnte, dass sie, oder jedenfalls ihre verlogenere Hälfte, den Mossad, den BND und Erhard Sneipers Amnestierer an ihren Erkenntnissen teilhaben ließ, also eigentlich die ganze beschissene Welt.

Ich war mehrmals drauf und dran (das sagte ich Ihnen bereits), Ev in das immer dichtere Netz von Verschwörungen und Intrigen einzuweihen, das sich wie surrende, unterirdische Stromleitungen um meine Knöchel wand und mich lähmte.

Gleichzeitig kroch irgendetwas Bedrohliches sichtbar auf uns zu, wie eine giftige dunkelblaue Wolke. Aber ich war nicht fähig, Ev unter das Kinn zu fassen, ihren Blick zu heben und hoch in den sich rasch bedeckenden Himmel zu zeigen. Ich hatte das Ungemach unterschätzt, das im Begriff war zu schlüpfen. Das Unglück meiner möglichen Enttarnung wog dagegen schwerer. Angst ist selten logisch, sonst wäre es keine. Warum sollte man Angst vor Spinnen haben oder vor seinem Chef? Nichts ist jemals logisch, was einem den Schlaf raubt.

Dass eine Ursache eine Wirkung nach sich zieht, scheint zwar logisch zu sein, da haben Sie völlig recht. Wenn die Sonne verschwindet, wird es dunkel. Wenn es regnet, werde ich nass. Wenn mich jemand schlägt, tut es weh. Wenn mich jemand anlächelt, freue ich mich. Nennen Sie es ruhig Karma, lieber Freund.

Aber ich freute mich nicht, wenn Ev mich anlächelte. Ich empfand Furcht, keine Freude. Ich dachte an David Grün und Erhard Sneiper, nicht an die jedem Lächeln innewohnende Kraft der Gewissheit. Die Sonne verschwand, wenn ich streng vertrauliche Berichte über Herrn Achenbach, die Ev aus Hass auf Herrn Achenbach geschrieben hatte, an Herrn Achenbach schickte – ja, dann verschwand tatsächlich die Sonne. Aber dunkel wurde es nicht. Ich wurde nicht nass, nur weil es regnete. So ist das beim Verraten nicht. Da gibt es keine *actio–reactio*. Da gibt es auch keine Logik.

Man kann in Verhältnisse geraten, die völlig über einen hinausgehen. Und damals in Bonn, da ging alles über mich hinaus. Denn ich sah ja, wie glücklich Ev war, als sie mir am Bonner Schreibtisch gegenübersaß und glaubte, die Welt zu verbessern. Und ich wusste, dass ich sie unglücklich machte, als ich ihre Erkenntnisse weiterleitete, ihre Pfade verriet, ihre Jagdbemühungen zerstörte.

Aber sie war nicht unglücklich. Sie wurde nicht unglücklich. Sie erfuhr ja nichts. Und so erfuhr sie nicht, dass sie unglücklich gemacht wurde. Ich schlug sie, aber ihr tat nichts weh. Die Ursache zeigte keine Wirkung. Nur ich wurde unglücklich, obwohl ich eigentlich glücklich war, da ich ja mit meiner Frau daran arbeitete, die Entwischten zu erwischen, das Land zu demokratisieren, für Gerechtigkeit zu sorgen, das Dukkha zu schmälern.

Blablablabla.

Wenn nur David Grün nicht wäre, dachte ich.

Wenn David Grün nicht wäre, dann könnte ich Ev alles beichten.

Wie gerne würde ich das tun. Sie würde mich nicht verlassen, sondern bei mir bleiben, wie sie in den Tagen der bolschewistischen Besatzung Rigas bei mir geblieben war. Wie sie immer bei mir geblieben war.

Nächtelang diskutierte ich mit Anna, weil ich begann, mir bestimmte Gedanken zu machen. Na gut, es waren eher unbestimmte Gedanken, aber sie hatten damit zu tun, dass ich wusste, wie man Menschen verschwinden lässt. Diesen Zusammenhang kann man nun vermutlich nicht Karma nennen, lieber Swami. Obwohl auch vieles logisch scheint.

David Grün wird geschlagen. Ihm tut es weh (mir eher nicht).

David Grün verschwindet. Für Ev wird es dunkel (für mich eher nicht).

Anna weinte.

Sie sagte, ich hätte niemals dem armen Zwergcollie den Hals durchschneiden sollen. Nein, zischte ich, Erhard Sneiper hätte ich den Hals durchschneiden sollen. Und David Grün sollte ich den Hals durchschneiden. Er ist schuld, dass Ev so großes Leid geschieht.

Sogar Eduard Dreher habe ich seinetwegen auf dem Gewissen.

32

Heinemann hatte uns Eduard Dreher vorgestellt, nur wenige Wochen nach unserer Ankunft.

»Da muss man ja gleich mal guten Tag sagen, Herr Dreher«, begrüßte er den höflichen Herrn mit dem arroganten Pferdegesicht, nachdem dieser an die Tür von Heinemanns Büro geklopft hatte und eintrat, gerade als wir gehen wollten. Der Minister präsentierte uns als »Innenarchitekten«, was viele Deutungen zuließ, und fragte Dreher sofort nach seinem Traum der vergangenen Nacht. Dreher erwiderte, er habe von einer halben Giraffe auf einer Reise zum Mittelpunkt der Welt geträumt. Heinemann fand das eine erfrischende Sache für einen Ministerialdirigenten. »Herr Dreher schreibt nämlich derzeit ein kleines Traktat über die Traumwelt des Menschen. Wie ist der Titel noch mal?

»*Hier irrt Sigmund Freud*, Herr Minister.«

»Wo irrte Sigmund Freud denn?«, wollte Ev wissen.

»In der Betonung des Sexuellen im menschlichen Traume, werte Dame.«

»Finden Sie?«

»Wir sind ja keine animalischen Triebwesen. Sexualität ist bei uns eingeschmolzen in eine personale, auf Dauer angelegte Verbindung zu einem Menschen des anderen Geschlechts. Das ist eben das Erfreuliche.«

»Und Ihnen begegnet nichts Sexuelles im Traum?«
»Eigentlich träume ich nur vom Strafrecht. Und von der schönen Natur.«
»Gestern von den Hasen, die Sie als Diebesgehilfen festnehmen wollten«, erinnerte der aufmerksame Heinemann heiter.
»Allerdings, Herr Minister«, lächelte Dreher zurück.
»Für den Fall, dass Sie von mir träumen«, sagte Ev, »muss ich dann ja keine Angst vor allfälligem Samenerguss haben.«
Herr Dreher zwinkerte ein wenig, so als wäre ihm kalt, und Heinemann wippte auf seinen Sohlen einmal nach vorne, einmal zurück. Dann sagte er, dass es schön sei, wie ungezwungen man sich doch gleich fernab der üblichen Juristenkonversation begegnen könne und dass Herr Ministerialdirigent Dreher Generalreferent der Kommission zur Überarbeitung des Strafrechts sei, mithin Leiter der Gro-Stra-Re. Sein allerengster Mitarbeiter. Sodann öffnete er die Tür, geleitete Ev und mich nach draußen, und wir hörten, wie hinter der zugefallenen Tür »Heidewitzka, Herr Kapitän!« gerufen wurde (Heinemann) und kurz danach »Impertinent!« (Dreher).

Vier oder fünf Wochen später kam Ev aufgeregt in unser Büro gestürmt. Sie warf mir eine Akte hin, die auf Eduard Drehers Wach-Ich wie auch auf sein Unbewusstes einige Rückschlüsse zuließ. Das alte Träumerchen. In seinen halluzinogenen Jahren als Innsbrucker NS-Staatsanwalt hatte er seinen vor den Richterstuhl gezerrten schwarzwolligen Schäfchen unvergessliche Stunden bereitet. Gerade in der

Zauberküche seiner Strafkammer wurden die Delinquenten mit Raffinement eingekocht. Zahlreiche Todesurteile gaben dem Sud Würze, vor allem solche wegen Nichts-und-wieder-nichts.

Vorgang Karoline Hauser etwa. Stand ganz vorne in diesem Traumtagebuch, durch das ich mich staunend blätterte. Hauser war eine einundvierzig Jahre alte Fabrikarbeiterin – *»Volksschädling«* und *»gefährliche Gewohnheitsverbrecherin«* nach Meinung des von Traumverfehlungen gänzlich freien NS-Anklägers Dreher. Sie entkam dem von Träumerchen lockend geforderten Schafott recht knapp, obwohl sie *»aus verwerflichstem Eigennutz und daher böswillig«* einige Dutzend Kleiderkarten verschoben hatte.

Oder Vorgang Josef Knoflach. Ihm wurde als *»Gewohnheitsdieb und Gewaltverbrecher«* der Prozess gemacht. Der siebenundfünfzig Jahre alte Hilfsarbeiter Knoflach hatte ein Fahrrad *»unbefugt benutzt«*, um einen Laib Brot und ein Kilo Speck zu entwenden. Das Sondergericht befolgte Drehers Antrag und sprach die Todesstrafe aus. Wegen üblen Mopsens. Erst auf Intervention des Gauleiters von Tirol, der die Deutschen hasste und kein Landeskind wegen eines übel gemopsten Stücks Speck von einem Piefke köpfen lassen wollte, wurde das Urteil in eine Zuchthausstrafe von acht Jahren verwässert.

Oder Vorgang Anton Rathgeber. Fünf Wochen nach einem Luftangriff hatte der alte, versoffene Kaffeebrenner ein paar dreckige Kleidungsstücke aus einer Kiste mitgenommen, die *»herrenlos«* auf einem Trümmergrundstück herumstand. Dreher klagte Rathgeber als *»Volksschädling«* an, weil *»was er tat, als Plündern anzusehen«* sei, obwohl davon nichts im Gesetz stand, dass man sich mit weichem Müll nicht wärmen dürfe. Der phantasiebegabte Dreher (denn Phantasie zeigt sich nicht nur beim Träumen) ließ sich von dieser Gesetzeslücke nicht kleinkriegen. Er griff auf ein kraftvolles Hitler-Wort zurück, wonach auch belangloses Verhalten nachträglich zur Straftat umzumünzen sei, wenn »*das gesunde Volksempfinden*« es gebot.

Zehn Tage nach Prozessbeginn erging auf Drehers Antrag das beliebte Todesurteil. Einen in letzter Minute sogar von den Sonderrichtern befürworteten Antrag, »*den Rathgeber*« zu einer Zuchthausstrafe von zwölf Jahren »*zu begnadigen*«, wies Dreher selbstbewusst als unverdiente Barmherzigkeit zurück. Zwei Wochen danach wurde das Urteil vollstreckt und dauerte von der Vorführung des Opfers beim Scharfrichter bis zum Fallen des Fallbeils eine Minute und dreißig Sekunden.

Kein Wunder, dass unser Guillotinist nachts nur halbe Giraffen sah, aber erstaunlich die schönen Landschaften.

»Jetzt halt dich fest«, sagte Ev, »Dreher ist seit Neunzehneinundfünfzig im Bundesjustizministerium tätig. Und dreimal darfst du raten, womit er seine Bonner Karriere begonnen hat.«

»Mit der Wiedereinführung der Todesstrafe?«

»Weiter!«

»Mit Bordellverordnungen?«

»Mach keine blöden Witze. Weiter!«

»Ich weiß es nicht. Mit Forderung nach höheren Bezügen?«

»Generalamnestie!«

»Das ist nicht dein Ernst!«

Sie schob mir den entsprechenden Passus herüber. Ich las ihrem triumphierend die Zeilen entlanggleitenden Zeigefinger hinterher und erfuhr, dass Eduard Dreher nach Kriegsende aufgrund seiner NS-Verstrickung die Aufnahme in die Anwaltskammer Württemberg-Nord verwehrt worden war. Nach kurzem Herumkrebsen als Rechtsanwalt in Stuttgart wurde er in die Strafrechtsabteilung des Bundesjustizministeriums übernommen. Zuständigkeit: juristische Fragen zur Herbeiführung einer Generalamnestie.

Ich war beeindruckt.

»Hier, lies das mal.«

Evs Finger verschwand, weil sie ihn brauchte, um drauf rumzukauen.

Für Sigmund Freud ist jeder Traum Wunscherfüllung und Hüter des Schlafs, um Es-Impulse zu kontrollieren, dies nur mal am Rande.

»Mit allen korrespondiert?«, fragte ich erstaunt, während ich die entsprechende Stelle las.

»Werner Best!«, sagte sie.

»Friedrich Grimm!«, sagte sie.

»Hugo Stinnes!«, sagte sie.

»Ernst Achenbach!«, sagte sie nicht nur, sondern zischte es, jedenfalls kam es meinen fatalen Ohren so vor. »Die ganzen Arschlöcher. Alles Juristen. Und hier unten, den Namen kennst du!«

»Erhard Sneiper?«

»Gehört auch zu der Kamarilla. Hier hast du es schwarz auf weiß. Also lass dich da nie wieder blicken!«

Sie lief aufgeregt vor mir hin und her, mit den Zähnen den Zeigefingernagel beknabbernd. Sie bewegte sich wie diese *Tatort*-Kommissare in ihren *Tatort*-Kommissariaten, inszeniert, fast künstlich, depressions- und ironiefrei, ohne Interesse an lebensnahen Gesprächen oder auch nur einen einzigen Gedanken verschwendend an die ihnen so hörigen Hilfsinspektoren.

»Dreher gehört zu dieser Mischpoke«, vermutete Hauptkommissarin Himmelreich klug. »Er ist mit allen in Kontakt und sitzt wie ein Bandwurm im Darm der Justiz. Das ist der Feind!«

Hilfsinspektor Himmelreich blickte zu seiner Vorgesetzten respektvoll auf: »Wie kommt so jemand auf diese Position?«, fragte er, obwohl ihn das nicht die Bohne interessierte, sondern er nur um Aufmerksamkeit buhlte, und was konnte aufmerksamer sein als eine schnelle Antwort?

»Guter Draht zur SPD.«

»Dreher fährt links?«

Die Hauptkommissarin schüttelte den Kopf und begann, vor ihrem minderbegabten Kollegen zu dozieren, was dem Hilfsinspektor besonders gut gefiel, weil er es erotisch anziehend fand, wie sie sich dabei an ihren Gedanken berauschte (wie gerne hätte er mit ihren Gedanken geschlafen, selbst den allerbanalsten).

»Nur auf dem Trittbrett«, antwortete sie. »Der ist braun bis auf die Knochen. Aber gute Camouflage. Und absolut keine CDU, weil die ihn damals in Stuttgart am Wickel hatten. Sehr geschickt.«

»Und die Sozis machen das mit?«

»Adolf Arndt hat ihm den Weg geebnet.« Jetzt prüfte die Kommissarin ihren Kollegen auf Herz und Nieren. Würde er wissen, wer um alles in der Welt Adolf Arndt war?

»Willy Brandts Geburtshelfer?«, fiel es ihm Gott sei Dank ein, so dass die Kommissarin ihm die Gunst erwies, ihn an ihren messerscharfen Deduktionen weiterhin teilhaben zu lassen.

»Kein Mensch weiß, wieso«, begann sie jedoch erstaunlich ratlos. »Arndt ist Sozialist, Jude und noch dazu im Parteivorstand. Er ist gegen Verjährung. Er ist gegen Amnestie. Wieso ausgerechnet hartes SPD-Urgestein Dreher hier ans Ministerium empfiehlt? Keine Ahnung. Es war aber so.«

»Sympathie?«, vermutete der Hilfsinspektor.

Ach wie gerne würde er die Kommissarin bitten, ihn zum Oberinspektor zu machen, mit ihm alle Fahndungsstrategien durchzudiskutieren und den anderen Hilfsinspektor, den Polizeipsychologen David Grün, in die Sitte zu versetzen.

»Eher Verzweiflung«, beschied Kommissarin Himmelreich knapp. »Es gibt keine linken Juristen im Ministerium. Deshalb nimmt die SPD einen CDU-Hasser, wo auch immer der herkommen mag. Jeder im Haus weiß, was Dreher in Innsbruck getan hat. Dennoch schaut man weg. Sogar Opa Heinemann schaut weg.«

»Dreher segelt unter falscher Flagge?«

»Und niemand merkt es.«

»Er wird ein trojanisches Pferd zureiten.«

»Er ist das trojanische Pferd.«

»Wir müssen mit Heinemann sprechen.«

»Ach ja?«, sagte die Hauptkommissarin bitter, und ihr treuer Hilfsinspektor spürte schon am dünnen Tonfall, dass er die kurzen Momente intensiver Beachtung verwirkt hatte, denn sie widersprach ihm: »Dreher ist sein engster

Mitarbeiter. Und noch dazu ein Mann, der weiß, wie man Leute ausschaltet. Wenn man nicht aufpasst, werden am Ende wir aussortiert.«

Dennoch sprach Ev mit Heinemann, legte ihm unseren Bericht vor und wurde gerügt.
Und ich sprach mit Erhard Sneiper, legte ihm unseren Bericht vor und wurde gelobt.
Die Höflichkeit, mit der uns seitdem Ministerialdirigent Dreher in der Kantine begegnete, war ausgesucht. Soigniert. Man kann es nicht anders sagen.
Wovon er nachts träumte, erfuhren wir nicht mehr.
Die Kommissarin und ihr Hilfsinspektor legten sich für Monate auf die Lauer. Für Jahre. Es waren die Sixties, Swami. Da waren Sie schon groß. Vielleicht haben Sie mitgefeiert, was? Das volle Programm? Sie kennen das besser als ich. Beatles und so was. Martin Luther King. Apollo 13. Eine wahnsinnig schnelle Zeit. Aber nicht für Juristen. Juristen arbeiten ungefähr so, wie Gletscher arbeiten. Jedes Jahr um einen Meter Richtung Tal wandern. Dem Eis und den Paragraphen ist es egal, ob gerade der Rock 'n' Roll erfunden wird.
Die Gro-Stra-Re begann Neunzehneinundfünfzig zu tagen und war nach fünf Jahren noch nicht fertig und nach zehn Jahren nicht und nach fünfzehn Jahren auch nicht.
Erste Kommissionsmitglieder starben, zweite traten zurück, weil sie dritte nicht mochten. Pensionierungen kamen dazwischen und Wortlaute. Neue Regierungen und alte Seilschaften.
Niemals begegnete uns ein verdächtiges Vorhaben. Nir-

gends stießen wir auf Versuche, das Strafrecht zu konservieren und den Bedürfnissen all der Nazis anzupassen, deren Strafverfahren gleichzeitig überall in Deutschland aufploppten. Im Gegenteil. Was wir aus den Protokollen der Kommissionssitzungen herauslasen, klang nach Liberalisierung des deutschen Strafrechts, so wie damals alles nach Liberalisierung klang.

Die Hauptkommissarin traute dem Braten nicht. Sie hörte verschiedene Telefone ab, ohne Heinemann groß was zu sagen. Der Hilfsinspektor ließ sogar durch zwei Mossad-Agenten Drehers Haus observieren, fand aber nur heraus, wann dieser zum Kegeln ging und dass seine Ehefrau einen Liebhaber hatte.

Damals hatten eigentlich alle Ehefrauen Liebhaber. Es war ein Zeitphänomen. Dem Leidensgenossen fühlte ich mich dadurch menschlich näher, Ministerialdirigent hin oder her. Ich musste erst mal wieder ein paar seiner klassischen Plädoyers lesen, die in sehr klarer und deutlicher Sprache verfasst waren *(widerliches undeutsches Gesindel)*, um die gebotene Distanz wiederherzustellen.

Nirgendwo galoppierte ein trojanisches Pferd.

Auch der Reichssicherheitshauptamtsprozess gedieh trotz seiner dreiunddreißig Buchstaben. Nach sechs Jahren Vorbereitung sollte das Mammutverfahren endlich beginnen. Letzte Hausdurchsuchungen fanden statt. Erste Verhaftungen wurden angeordnet.

Und auch das Kommissariat Himmelreich war fest davon überzeugt, dass alles mit Recht und Ordnung vonstattengehen würde.

33

Erinnern Sie sich noch an Neunzehnachtundsechzig?
Ich muss sagen: Das erste gute Jahr, seit wir Lettland verlassen hatten.

Das erste gute Jahr seit zweieinhalb Dekaden.

Ein Jahr voller Aufregung und Kunst.

Ich frage mich, wie Papa sich wohl mit seinen pastosen Bacchanalien und den in warmen Ölfarben räkelnden Nymphen zwischen all den Happenings gefühlt hätte, all den Parolen und Performances, die diesem Jahr ins Gesicht sprangen.

Einmal kam auf der Münchener Freiheit ein grellgeschminktes Mädchen mit einem Pappkarton vor dem Leib auf mich zugewackelt, der durch eine Öffnung den Zugriff auf ihren entblößten Busen zuließ. Ihr zotteliger Freund lief neben ihr, hatte ein Megaphon vor dem Mund und schrie mich an, ich solle seiner Freundin genau zwölf Sekunden lang an die Brüste greifen, immer hereinspaziert, meine Daumen und Mittelfinger, immer hereinspaziert. Schließlich tat ich ihm den Gefallen, da es eine performative Kunstaktion war, die die gesellschaftliche Rolle des weiblichen Körpers auf stimulierende Art thematisierte, was Papa ja mehr oder weniger sein ganzes Leben lang gemacht hatte. Ihm wäre die Aktion durchaus angenehm gewesen, obwohl er auf den Pappkarton hätte verzichten können, und auf den brüllenden Freund natürlich auch.

Die Straße wurde in jenem Jahr der Quell allen Geschehens. Selbst vor unserem festen Haus fand eine Demo statt, und irgendjemand zerschmiss mit einem Stein das große Bürofenster der Deutsch-Israelischen Gesellschaft e. V.

Wir hatten damals nur einen einzigen Kidon-Regulierer als Gast, einen etwas dicklichen, aber gut beweglichen. Er staunte Bauklötze, dass inmitten all der brennenden amerikanischen Flaggen vor unserem Haus auch eine kleine israelische Fahne angezündet wurde. Die heißblütigen Demonstranten schrien: »Ihr seid Faschisten – Scheißzionisten«, und der Regulierer ging angesichts dieser blühenden Verwechslung hoch in die Waffenkammer.

Es war wirklich sehr gut, dass kein zweiter Stein mehr in ein zweites Bürofenster geworfen wurde.

Wann immer man vor die Tür ging, begegneten einem Leute wie Sie, lieber Swami, und es war Ev, die im Gegensatz zu mir ihre Berührungsängste in den Wind schrieb. Sie verströmte sich gerne in den Ho-Chi-Minh-Solidaritätskolonnen, weil sie ein neues, basisdemokratisches und antiautoritäres Deutschland marschieren sah. Sie konnte stundenlang über das Wort »marschieren« streiten, das einige Maoisten verbieten wollten (ebenso wie das Wort »schlurfen« übrigens, alles sollte nur noch »fortbewegen« heißen, keine der vielen Gangarten des Menschen sollte sich diskreditiert fühlen).

Ev erklärte sich gerne bereit, Erste Hilfe im »Erste-Hilfe-Komitee« zu leisten. Ihr medizinisches Know-how war bei den K-Gruppen äußerst beliebt, auf deren Nasenbeinen schutzpolizeiliche Gummiknüppel verschiedentlich Eindruck hinterließen. Sie vernachlässigte ihre Rolle als Hauptkommissarin Himmelreich sträflich, las nun Schriften wie Guy Debords *Gesellschaft des Spektakels* oder Herbert Marcuses *Versuch über die Befreiung*, die das Fundament unseres morgendlichen Frühstücksrituals bildeten, während wir am Abend, in Ermangelung des Mittelmeeres, den Spazierweg in den Englischen Garten einschlugen, wo am Monopteros Bob-Dylan-Lieder gesungen wurden, von trefflichen Vortragskünstlern und in Gegenwart bekifft tanzender Blumenmädchen, deren Leben wie Sand durch die Finger junger Gitarristen rann.

Neunzehnachtundsechzig war auch das Jahr, in dem Reinhard Gehlen seinen Abschied nahm. Er rief mich noch einmal in seine Gemächer, angeblich um letzte Erinnerungen an Koja Solm zu löschen, weshalb er mir einen Beutel mit zu Asche verbranntem Papierkram übergab.

Der Aufruhr, der in jenen Tagen von den Metropolen auch ins flache Land brandete, fand in den Fluren der Org gereizten Widerhall. Gehlens letzte Hausmitteilung, alle männlichen Beamten der Auswertungsabteilungen mit Uzi-Maschinenpistolen und jeweils einhundert Schuss Munition aus dem BND-Arsenal auszustatten, um davon auf dem abendlichen Heimweg im Falle antidemokratischer Zusammenrottungen Gebrauch zu machen, war von seinem designierten Nachfolger hastig aus der Druckmaschine gerissen und an den Reißwolf verfüttert worden.

»Der Rotzlöffel glaubt, das sei eine Jugendrevolte«, schnaubte der Doktor verächtlich.

»Ist es nicht?«

»Dürer!«, tadelte er mich. »Lange Hand! Ganz lange Hand!«

»Moskau?«

»Natürlich. Europaweiter Aufstand? Massenstreiks in Frankreich und Großbritannien? Das geht nicht ohne Moskau.«

»Sie haben es kommen sehen.«

»Seit langem.«

»Ihre Erfahrung, Herr Doktor.«

»Habe angeboten, noch zu bleiben.«

»Großartig.«

»Bis neunzig, sagte ich zum Kanzler, mach ich das gerne.«

»Bis neunzig?«

»Ich segle jeden Tag. Ich schwimme. Ich habe das Herz eines Studenten, sagt der Arzt.«

»Ihr werter Cousin?«

»Glauben Sie, Dürer, ich würde zu einem Arzt gehen, mit dem ich nicht verwandt bin?«

»Natürlich nicht, Verzeihung.«

»Die Demokratie, sagte der Kanzler, besteht auf sechsundsechzig.«

»Sechsundsechzig?«

»Jahre. Pensionsgrenze. Streichen der Segel.«

»Unglaublich. Sechsundsechzig.«

»Blücher war dreiundsiebzig, als er Napoleon bei Waterloo geschlagen hat.«

»Ich weiß.«

»Moltke war achtundachtzig, als er als Chef des Generalstabes zurücktrat.«

»Ein genialer Stratege.«

»Bis neunzig mache ich das doch mit links.«

Bei dem Gedanken leuchteten seine Augen ein klein wenig auf, wie Schiffslaternen im Nebel, während der Rest seiner Erscheinung – die knochige Gestalt, der kahle Totenschädel, das Angewiderte und Verdrossene, das sich in seine Mundwinkel gegraben hatte – dem Vergreisen nicht lange Widerstand leisten würde.

Er erhob sich hinter seinem Schreibtisch, ging ein paar Schritte hinüber zu dem großen Aktenschrank und zog die hölzerne, reichdekorierte Weltkarte auf, die ich ihm einst dort hatte hineintischlern lassen.

»Das war noch echte Kunst«, murmelte Gehlen. »Herta sagt, Sie seien ein Genie.«

»Sie schmeicheln mir, Herr Doktor.«

»Ich schmeichle niemandem.«

Er fuhr mit der Hand über den Kongo, für den ich einst Ebenholz hatte einlegen lassen, das Ende der vierziger Jahre ein Vermögen wert gewesen war. Seine Finger zitterten leicht, womöglich vor Rührung, vielleicht auch nur aus Kalkül, aber immer werde ich diesen letzten Anblick meiner Karte mit den knotigen Zitterhänden vor dem Ebenholz verbinden.

Nur vier Wochen nach meinem Abschiedsbesuch wurde es zusammen mit den Mahagoni-, Zitronenholz- und Kirschintarsien, die sich raffiniert von der amerikanischen Westküste bis nach Japan ineinanderwürfelten – Staaten und Ozeane, sogar Pullach, vor allem aber die arme Maja mit dem großen M über Moskau andeutend –, im Zuge der Renovierung des alten Büros zu Brennholz zerhackt.

Als wir schon an der Tür standen, sagte mir der Doktor, dass ich das feste Haus auch unter seinem Nachfolger, dem Rotzlöffel, verwalten würde. Er habe für alles gesorgt. Ich sei ein fabelhafter Liaisonoffizier, nicht so eine Enttäuschung wie mein Bruder, obwohl ich ja keinen Bruder hätte, ich sei ja der Herr Himmelreich, um nicht zu sagen der Herr Dürer, und die Tüte mit der Dokumentenasche solle ich in den Starnberger See kippen.

Eine Woche später erschien ich zu seiner offiziellen Verabschiedung. Seine alten Mitarbeiter traten alle an, Gesichtsschuss-Sangkehl, Pinocchio-Herre, Palästinafritz. Da konnte ich nicht fehlen.

Die Sekretärin Alo war auch da. Erst als ich die dicken Tränen unter ihren Brillengläsern wie Schneckenspuren hervorkriechen sah, wurde mir bewusst, dass Gehlen ein Mann war, den die Anerkennung durch Sekretärinnen tief befriedigte, selbst wenn sie dafür im Gegenzug geliebt werden mussten. Die Affäre, die beide seit zwanzig Jahren miteinander verband, wurde erst offenbar, als Alo gegen Mitternacht ohnmächtig zusammensank und Gehlen laut ein erschrockenes »Muschi!« rief, ein Wort, das aus seinem Mund einige Anwesende traumatisierte (vor allem natürlich seine Frau).

Die Veranstaltung fand im nagelneuen Kasino des Auswertungsgebäudes statt. Kanzler Kiesinger war dem Festakt ferngeblieben, ein Affront, der durch den leer gebliebenen Stuhl neben dem scheidenden BND-Präsidenten sichtbaren Ausdruck fand. Exkanzler Adenauer konnte nicht kommen, weil er seit einigen Monaten tot war. Die CIA schickte nur die zweite Garde oder alte, zu laut lachende Veteranen. Ich hörte von ferne Donald Day poltern, der schon betrunken war. Der ehemalige Chef der Agency, Allen Dulles, hatte gar ausrichten lassen, dass es ihm ein Herzensanliegen sei, der Feier und vor allem dem zu Feiernden auf keinen Fall seine Reverenz zu erweisen.

Die Vernichtung der Reputation des BND und die Zerstörung aller amerikanischen Aufklärungslinien jenseits der Mauer durch SS-Maulwurfkatzenschwein Heinz Felfe war weder vergessen noch vergeben. Bonn und auch Washington hatten den Schaden selbst fünf Jahre nach den Verhaftungen noch nicht kompensiert. Gehlen, auf dessen Entlassung seinerzeit John F. Kennedy gedrängt haben soll, wurde nur deshalb nicht gefeuert, weil der US-Präsident gerade noch rechtzeitig im Kugelhagel von Dallas starb.

Die Nachrichten aus dem Ostblock, die durch meine bescheidenen Bemühungen über Israel nach Pullach tröpfelten, waren für einen Geheimdienst zum Leben zu wenig und zum Sterben zu viel. Der Mossad hatte nur vergleichsweise spärliche operative Innenquellen in Russland, die noch dazu fast alle im Moskauer Gesundheitsministerium saßen, so dass die Org zwar erfuhr, wie viele russische Tuberkulosekranke pro Jahr zur Kur an die Krim geschickt wurden, was aber den Erkenntnisradius über militärisches Bedrohungspotential kaum erweiterte.

Der BND selbst konnte überhaupt keine Agenten mehr im Osten anwerben. Niemanden. Null.

Einschleusungen entfielen komplett.

Kein Spion mit halbwegs intaktem Selbsterhaltungstrieb war bereit, für ein paar Rubel sein Leben dem mit Abstand schlechtesten Geheimdienst der westlichen Hemisphäre anzuvertrauen. Es hätten ja noch andere Doppelagenten außer Heinz Felfe bei der Org schlummern können, ich zum Beispiel, denn mit meiner Reaktivierung musste ständig gerechnet werden.

Um es auf einen Nenner zu bringen: Die Informationen, die an die Gestade des BND gespült wurden, waren weit davon entfernt, streng gehütete Geheimnisse der sowjetischen Politik zu sein. Ganz ehrlich, lieber Swami: Damals hätte man in Pullach auch einfach jeden Morgen ein Exemplar der *Prawda* und des *Neuen Deutschland* studieren können, anstatt zweitausend Menschen in Lohn und Brot zu setzen.

Entsprechende Stimmung herrschte, als nun der *Master of Desaster*, wie Donald Day den wackeren Doktor zu nennen pflegte, im BND-Kasino auf seine Huldigung wartete, noch dazu mit Ehefrau Herta an seiner Seite, die am Ende des Abends und im Angesicht der bewusstlos gewordenen Alo auf ihren Mann einschlagen sollte, nachdem er sich über seine treue Sekretärin gebeugt und sie per Mund-zu-Mund-Beatmung wieder ins traurige Leben zurückgeholt hatte.

Zuvor jedoch hielt der Kanzleramtschef und ehemalige SA-Mann Karl Carstens die Festrede, ein schnittiger, bohnenstangenlanger Hanseat mit zerstrubbelten Augenbrauen, der sein Amt erst seit Anfang des Jahres ausübte und Reinhard Gehlen noch nie zuvor in seinem Leben gesehen hatte.

Der Doktor war darüber so erschüttert, von einem ihm vollkommen Fremden verabschiedet zu werden (denn von vollkommen Fremden kann man nur begrüßt oder beleidigt werden, niemals verabschiedet), dass er während der ganzen Rede in seinem Sun-Tsu-Brevier blätterte.

»*Gewiss sind Ihnen Enttäuschungen und Rückschläge nicht erspart geblieben*«, las Carstens derweil eine Laudatio vor, die irgendjemand im Kanzleramt geschrieben hatte, der unbedingt noch seinen flammenden Zorn auf das Felfe-Fiasko loswerden wollte, »*aber im Ganzen betrachtet*« (im Ganzen betrachtet, lieber Swami, also im Großen und Ganzen, an und für sich, von Pleiten und Pannen abgesehen, das heißt »im Ganzen betrachtet«), »*im Ganzen betrachtet ragt Ihre Leistung als bewunderungswürdig und für das Schicksal unseres Landes hoch bedeutsam heraus.*«

Höflicher kann man Versagen nicht preisen.

Am Ende gab es einen schönen Applaus, und die BND-Mitarbeiter, unter ihnen auch ich, seine von ihm erschaffene himmelreiche Kreatur, schenkten dem passionierten Earl-Grey-Trinker zum Abschied ein repräsentatives Teeservice aus putzintensivem Silber, außerdem zwei Kilo Zucker. Vom abwesenden Bundeskanzler erhielt er eine Bibel, seine zwölfte, wie er sagte. Donald Day überreichte ihm im Namen der Central Intelligence Agency einen Colt aus dem Amerikanischen Bürgerkrieg. Und aus Tel Aviv war ein Päckchen eingetroffen mit einer ausgestopften arabischen Blaumeise drin (es gibt keine Blaumeisen in Israel).

Danach fühlte ich mich wie erlöst.

Der Alte war weg.

Das Neue forderte sein Recht.

Der Frühling überwältigte mich. Es war ein wunderbarer Frühling, ein Frühling der Revolution. Ein verlorengeglaubtes Gefühl von grenzenloser Freiheit durchpulste mich, das ich zum letzten Mal gefühlt hatte, als ich frisch entlassen vor den Toren der Lubjanka stand, aber damals war ich zwanzig Jahre jünger und halb verhungert.

Es war herrlich, Ev noch vor der Dämmerung zu wecken und um fünf Uhr morgens unter einer Van-Gogh-Sonne einfach mal in unserem Citroën nach Paris aufzubrechen. Spontan und frohgemut.

Im Quartier Latin rauchten noch die letzten Barrikaden.

Die ganze Stadt atmete wie ein gerade geheiltes, aus dem Koma erwachendes Tier.

Wir liehen uns diesen Atem. Wir schliefen in einer kleinen Pension nahe der Bastille. Morgens zogen streikende Arbeiter mit roten Fahnen, dunkle Chöre schmetternd, an dem Käseladen vorbei, in dem wir an einem wackeligen Stehtisch zwei Croissants verdrückten und dessen Besitzer seine Butterberge, Crème-fraîche-Schüsseln, seine Kuh-, Schaf- und Ziegenkäsepyramiden mit Maos Lächeln verziert hatte und auf jeden Camembert zwanzig Prozent Revolutionsrabatt gab.

Wir liefen wie Kinder über die Seine-Brücken.

Wir dachten an Bonn und München und waren sicher, Sowohl-als-auch-Glück zu ernten, das heißt, an allen Fronten zu siegen, weil das Gute und das Neue (das Neue war damals das Gute) an allen Fronten siegte.

Ich hatte Ev seit Jahren nicht so glücklich erlebt. Sie konnte wieder die Nächte durchschlafen, obwohl das Fenster offen stand und wir bis morgens die Krawalle hörten.

Ihre Schweißausbrüche, ihre abrupt aufbegehrende Übelkeit, ihre Angstattacken. Alles verebbte.

Auch Anna freute sich, sah frischen Mut in den glühenden, fast kummerlosen Augen ihrer Mutter.

Und abends die Restaurants.

Wir gingen auf die sechzig zu, das beste Alter für Restaurants, mit und ohne Fensterscheiben (viele gingen zu Bruch).

Im Louvre, den Papa so geliebt hatte wegen der italienischen Abteilung, saß Ev drei Stunden lang neben mir und sah dabei zu, wie ich Nike von Samothrake zeichnete. Ich erzählte ihr nichts von meiner Zeit im Hakenkreuz-Paris, nichts von dem lustlosen SD-Beischläfer, der ich gewesen war in jenen furchtbaren Wochen, als ich auf der Flucht vor Evs Verzweiflung hier strandete. So schlecht ging es ihr damals, so unendlich schlecht, dass sie ihr Los verbessern wollte, indem sie sich freiwillig nach Auschwitz meldete.

Nun ging es ihr gut. Richtig gut. *Merveilleux. Excellent. Voilà.*

Und deshalb war ich der Meinung, dass sie David Grün nicht mehr brauchte.

Ich kann sogar noch genau sagen, wo mich die absolute Gewissheit packte, dass sie David Grün nicht mehr brauchte. Wir saßen in den Tuilerien, sie hatte ihren eckigen, schmalen Körper flach über eine dieser kurzen Pariser Bänke gelegt. Am Morgen hatten wir miteinander geschlafen wie schon lange nicht mehr. So dass wir eine einzige Oberfläche gebildet hatten, eine aus Runzeln und Kanten und wurstförmigen Ausstülpungen und wieder unsere Gerüche riechen konnten, stärker als früher.

Und nun, auf der Tuilerien-Bank, atmete ich mich durch ihre junge Bluse hindurch, kniete vor ihr auf der Erde, hatte meinen Kopf auf ihren Bauch gelegt, der immer noch fest war, nur von einer vergeblichen Geburt geprüft, und ich atmete und roch und spürte ihren warmen Körper und hörte Annas Flüstern, dass ich dort bleiben solle, nur einen Moment, und genau in diesem Moment strich Evs Hand über meinen Scheitel wie das erste Mal, und ich flog die Jahrzehnte zurück und sah aus großer Höhe unter mir zwei Kinder in einem verwunschenen Zuckergusshaus einander die Treue schwören, Hand und Haupt verpfändend, und in dieser Sekunde wusste ich mit absoluter Sicherheit, dass David Grün nicht mehr gebraucht wurde.

Nur Ev wusste es noch nicht.

David war ihr merkwürdig zugewachsen in den vergangenen Jahren. Wie ein neuer Pflanzentrieb einem alten Baum zuwächst. Aus meinem Mangel an Protest hatte sie geschlossen, dass ich einverstanden sein könnte. Sie dachte, ich sei ein wenig ihr Hund. Das verzieh ich Ev.

Ich war aber niemals einverstanden. Ich wollte nur, dass sie nicht stirbt. Ich wollte nur, dass es ihr gutgeht.

Aber jetzt ging es ihr ja gut.

Selbst Anna musste einräumen, dass es Mama gutging.

Wie wenig ich David Grün brauchte, musste niemand wissen. Ev hätte es nur traurig gemacht.

Meine Abscheu, wenn ich eines seiner langen, welligen, braunen, kein bisschen ins Graue changierenden Fadenhaare auf ihrem Pullover fand. Das Zittern meiner Lippe, wenn er vor der Haustür stand und klingelte wie ein Postbote, und ich öffnete die Tür, und er sagte »Hi, Jerry«, wie in einem amerikanischen Film. Er umarmte mich sogar. Das unglaubliche Weihnachten, als wir zu dritt vor dem Baum saßen und er mir zehn Gratis-Therapie-Stunden schenkte; auf einem selbstgemalten Gutschein musste ich es zur Kenntnis nehmen. Wie ich seine selbstgemalten Gutscheine hasste. Gutscheine für Ausflüge nach Neuschwanstein, Gutscheine für gutes Leben. Er malte wie ein Fünfjähriger, ich hasse es, wenn jemand nicht malen kann, das hasse ich auch an Ihnen, Swami. Ich hasste den Klang seiner Schritte, die ich hinter der Tür seiner Villa herantänzeln hörte, wenn ich Ev bei ihm abholte und sie ihm einen Kuss zum Abschied gab. Das Mal seiner Zähne auf ihrer Haut. Nur ein einziges in all den Jahren, in ihrem Nacken, ich konnte Wochen nicht schlafen. Die Tatsache, dass er wusste, dass ich Koja Solm heiße, und er meine Tätigkeit kannte und fast alle meine Geheimnisse, obwohl ich die zehn Gratis-Therapie-Stunden nicht in Anspruch genommen hatte. Ev hatte ihm alles gesagt. »Er ist mein Analytiker, Schatz, ich kann mich nicht verstellen.«

Wie er mich in der Hand hatte.

Das hasste ich am meisten. Er hatte mich in der Hand, und an dem Tag, an dem Ev ohne ihn glücklich sein könnte und ihn verlassen würde, wie man eben einen Therapeuten verlässt, könnte David Grün mich zerquetschen mit einem Telefonanruf oder einem selbstgemalten Gutschein für die Verhaftung eines Hochverräters.

Wie sehr ich ihn hasste, gerechter und bitte nicht voreilig urteilender Swami, kann nicht in Ihr Weltbild passen. Aber ich will ganz ehrlich sein in diesen winterlichen Zeiten. Und deshalb muss ich einräumen: Ich hasse und hasse und hasse diesen Mann und wollte, dass es aufhört.

34

In der Waffenkammer im festen Haus verwahrten wir, eingeschlossen in einen Safe von der Größe und Form einer Ziehharmonika, auch einige Substanzen in Glasphiolen. Die Amazonas-Indianer stecken bis heute kleine grüne Färberfrösche auf Spieße, setzen sie in Brand, und das, was dann von den strampelnden Tieren abtropft, lag in fünf meiner Glasphiolen. Keine Ahnung, wie es hieß. Irgendwas mit -xin am Ende. Es war einst zum unfreiwilligen Verzehr für naschhafte Raketenforscher gelagert worden, in den seligen Zeiten Oberst Harels. Jetzt lag es nur rum. Unkodifiziert. Buchhalterisch nicht erfasst. In meiner Verwahrung.

Ich fand, dass es für David Grün bestens geeignet war. Es vertrug sich hervorragend und völlig geschmacksneutral mit allen Lebensmitteln und hinterließ auf der Zunge ein leichtes Taubheitsgefühl. Prickeln im Gesicht. Koordinationsstörungen. Gangunsicherheit. Ataxie. Schwächegefühl. Muskelkrämpfe. Verwaschene Sprache. Aufsteigende Lähmungen. Starre Pupillen. Schwitzen. Erbrechen. Zyanose. Blutdruckabfall. Schließlich Herzstillstand. Im Blut war es nicht nachweisbar, und bis zur finalen Symptomatik konnten Monate vergehen.

Als wir aus Paris zurückkehrten, die glückliche Ev und

ihr sie anbetender Ehemann, hatte ich heftige Auseinandersetzungen mit Anna.

Einmal klopfte Ev ans Badezimmer, weil ich zu laut wurde. Ich gab wirklich viel auf die Meinung meiner Tochter, aber in diesem Fall fiel es mir schwer. Sie warf mir selbstsüchtiges Verhalten vor. Rücksichtslosigkeit. Sie sagte, ich würde diesen italienischen Fluss überschreiten, der gar kein Fluss war, gerade mal ein Bächlein, und dessen Name ihr nicht einfiel (sachte erinnerte ich sie an den Rubikon, in Latein und Geschichte war sie keine Wucht gewesen).

Wir diskutierten viel über ethisches Verhalten. Ich zeigte ihr all die hochaktuellen Bücher, die Ev überall herumliegen ließ, in denen es um Gewalt gegen Sachen und Gewalt gegen Personen ging und warum es legitim sein konnte, in Notsituationen regulative Mittel anzuwenden. Um nämlich Zustände zu verändern, Anna. Um unerträgliche Zustände zu verändern.

Aber Klein-Anna kannte sich aus, erinnerte mich an all die christlichen Gebote, die in meiner Familie in den Genen schwappten, zumindest ihr Wortlaut. Sie rief Großpaping vor mein geistiges Auge. Sie fuhr die wirklich schweren Geschütze auf.

Aber als sie mir tatsächlich vorwarf, wie ein feiger Mörder zu handeln, obwohl ich mich doch als listenreiche Stadtguerilla empfand, gab ich klein bei. Schweren Herzens und ohne überzeugt zu sein. Aber Anna hatte gedroht, nie wieder mit mir in Kontakt zu treten, wenn ich mich gehenließe, beziehungsweise David Grün gehen ließe, um genau zu sein. Und dieser Erpressung beugte ich mich.

Ich entnahm dem Safe alle fünf Glasphiolen, steckte sie in meine Aktentasche, verließ damit das Haus und spazierte in zwanzig Minuten hinüber zum Kleinhesseloher See. Wie den ganzen Sommer über lungerte auch an diesem Nachmittag das halbe Gesinnungsproletariat Schwabings auf den Liegewiesen herum. Aber die Bank, auf der Ev und ich immer ein kleines Päuschen machten, um auf das Seehaus am anderen Ufer zu blicken, war unbesetzt. Ich ging zum Wasser hinab, holte das Froschrückenzeug aus der Tasche, zerbrach die Phiolen und schüttete ihren Inhalt in den See.

Als die vierte Phiole geleert war, legte mir jemand die Hand auf die Schulter und sagte: »Hi, Jerry.«

David Grün stand vor mir, in Sportzeug, ein verschwitzter Dauerläufer, schön und braun, wie von Michelangelo in gefrorene Scheiße gemeißelt.

»Was machst du denn da?«

»Ach, Medikamente.«

»Du schüttest deine Medikamente weg, Jerry?«

»Alte Medikamente.«

»Medikamente sollte man niemals wegschütten. Ev hat gar nicht gesagt, dass du zum Arzt gehst.«

»Schon vorbei.«

»Sie macht sich Sorgen, weißt du.«

»Sie macht sich immer Sorgen.«

»Im Augenblick ist sie in einer Hochphase. Paris hat ihr so gutgetan.«

»Ja, es war schön.«

»Aber sie sagt, dass du ziemlich labil bist.«

»Quatsch.«

»Selbstgespräche?«

»Was?«

»Sie sagt, du führst Selbstgespräche?«

»Nicht dass ich wüsste.«

»Es sollen sogar Streitgespräche sein.«

»Ich streite mich mit mir?«

»Mit Anna?«

»Wer ist Anna?«

»Anna Solm?«

»Nichts rührt sich.«

»Du wirst wissen, wer Anna Solm ist, Jerry.«

Er runzelte die Stirn und lächelte gleichzeitig ungläubig.

»Jerry?«, fragte er nach.

»Du meinst Evs Tochter?«

»Wir wissen beide, Jerry, dass es nicht nur Evs Tochter war.«

Ich sagte nichts, sondern sah in Ufernähe einen Haubentaucher, der nach Luft rang, mit den Flügeln schlug und matt zur Seite kippte.

»Ich bin dein Freund, Jerry. Und Ev ist deine Freundin. Wir sind beide Ärzte und können beide für dich da sein.«

»Danke, David. Aber Ev ist meine Frau, nicht meine Freundin.«

»Da hinten schwimmen tote Fische auf dem See.«

»Tatsächlich.«

»Die Hitze.«

»Bestimmt.«

»Sei doch nicht so abweisend, Jerry. Ich mache mir Gedanken, weil Ev sagt, dass du manchmal mit verstellter Stimme sprichst. Du weißt, was Schizophrenie ist?«

»Wäre es in deinem Sinne, wenn ich wütend werde?«

»Entschuldigung. Ich meine es nur gut. Du hast deine Gratis-Therapiestunden nicht abgerufen. Warum denn nicht?«

»Ich brauche keine.«

»Es sind sehr deutliche Zeichen, wenn man über einen längeren Zeitraum hinweg Selbstgespräche führt. Hörst du Stimmen in deinem Kopf? Hörst du die Stimme von Anna Solm in deinem Kopf?«

»Ich muss jetzt weiter, David.«

»Du hast dich nie deiner Trauer gestellt. Weißt du, das kann krank machen. Ich habe so viele Jahre gebraucht, bis Ev sich ihrem Schmerz und ihrem Verlust stellen konnte. Jetzt siehst du doch, dass es ihr bessergeht.«

»Du hast Ev geheilt?«

»Bitte sprich nicht so sarkastisch. Nicht geheilt. Aber auf einen Weg gebracht. Auf einen Weg zu sich selbst gebracht. Du bist so weit weg von dir, mein Lieber. Du musst lernen zu trauern. Du musst lernen, die Trauer um deine tote Tochter zuzulassen.«

»Sie ist nicht meine Tochter.«

»Du hast zu niemandem Vertrauen, Jerry. Nicht für zehn Pfennige. Das ist pathologisch. Ich bin auf deiner Seite. Wirklich. Ich würde dir so gerne helfen. Ev hat mir so viel Wunderbares über dich erzählt. Es wäre doch furchtbar, wenn ihr euch verlieren würdet.«

»Wir werden uns nie verlieren.«

»Euer Verhältnis ist vielleicht anders, als es dir erscheinen mag.«

»Wie erscheint es mir denn?«

»Sicher.«

Ein Hund kam aus dem Wasser, mit triefendem Fell und einem Stöckchen im Maul, leicht taumelnd. Als er bei seinem Herrchen ablegte, knickte sein linker Hinterlauf ein.

»Nichts auf der Welt ist sicher, Jerry. Kein Gefühl ist jemals sicher. Ev hat Angst vor dir. Vor deinen Zuständen. Ich denke, du solltest das wissen.«

»Sie hat Angst vor mir?«

»Vor ein paar Monaten, da rief sie mich an. Mitten in der Nacht. Sie wollte sogar ausziehen.«

»Ausziehen?«

»Absolut unverantwortlich. Sie habe dich satt, sagte sie. Ich musste sehr intensiv mit ihr arbeiten. Sie kann dich nicht verlassen, nur weil es dir schlechtgeht. Ich habe sie ja auch nicht verlassen, als es ihr schlechtging. Und du auch nicht.«

»Nein.«

»Du lächelst, Jerry. Das ist gut. Ich mag dein Lächeln.«

»Ich lächle nicht.«

»Ich dachte, das sei ein Lächeln. Ich hab es für ein Lächeln gehalten. Sieh nur, diese unglaublich vielen toten Fische da drüben. Das sind ja mindestens zwanzig.«

»Wie beginnen wir unsere Therapiestunden?«

»Jerry?«

»Hm?«

»Du willst die Gratisstunden einlösen?«

»Ja, ich habe so ein spontanes Gefühl …«

»Danke, Jerry. Das ist großartig. Dieses spontane Gefühl ist unglaublich großartig. Lass es raus, Jerry.«

»Wollen wir vielleicht da rüber ins Seehaus gehen und ein Bier trinken?«

»Ich bin ein bisschen verschwitzt und in diesem Sportzeug –«

»Das macht doch nichts, David.«

»Nein, das macht nichts.«

»Nein.«

»Wir haben noch nie ein Bier zusammen getrunken, mein Freund.«

Wir gingen um den halben See herum, an ein paar splitternackten Hippies vorbei, an Mädchen mit Miniröcken vorbei, an entgeisterten Hubern und Meiern vorbei und an Polizisten, die mit gezogenen Schlagstöcken zu den Hippies rannten, gingen wir auch vorbei.

Wir setzten uns an einen freien Tisch, von wo aus David den nährstoffreichen, von Schleien, Graskarpfen und Hechten getüpfelten See nicht sehen konnte.

Als er aufs Klo ging, schüttete ich die fünfte Phiole in sein Weißbierglas.

35

Wie schön, dass wir wieder zusammen sind.

Ich habe sehr die Daumen gedrückt während der OP.

Und als Sie im Koma lagen, habe ich Ihnen von Neunzehnachtundsechzig erzählt.

Erinnern Sie sich?

Nachtschwester Gerda sagte mir, dass Sie nun leider nicht mehr sprechen können. Gar nicht mehr. Ist das so? Können Sie nicht mehr sprechen?

Aha.

Aber Sie hören mich ja noch.

Sehen Sie, hier sind wir wieder. Unser altes Fleckerl.

Da drüben das Fenster. Da hinten die Waschgelegenheit. Frische Blumen aus Nachtschwester Gerdas Treibhäuschen.

Marrakesh geht wirklich nicht mehr. Ich hatte Ihnen das gleich gesagt. Hasch. Dope. Shit. Nein. Diese Zeiten sind vorbei.

Nun hat Sie die Melancholie wirklich im Griff. Kein Optimismus mehr, was? Es könnte aber durchaus sein, dass es eine Melancholie erster Stufe ist, unter der Sie leiden. Eine Illusion also, hervorgerufen durch das intravenöse Speisen, also diese Salzlösung, die man Ihnen ins Blut schießt. Oder auch das Salz im Oberstübchen. Es soll dem Gehirn ja wie Salz schmecken, so eine Schraube. Sagt der griechische Arzt.

Und jetzt die zweite.

Menschen mit einem größeren geistigen Fassungsvermögen haben natürlich etwas höherstufige Zustände des Unglücklichseins als Sie. Ich bin darüber verzweifelt, dass ich verzweifelt bin, während Sie einfach nur eine schlichte Niedergeschlagenheit verspüren. Schlichte Niedergeschlagenheit ist aber etwas Gutes, etwas, das vorübergehen kann (durch besseres Essen, durch Verlust der Schädelschrauben, durch lebensverlängernde Maßnahmen).

Soll ich Ihnen noch einmal den Aleph-Witz von Herrn Himmelreich erzählen?

Also bitte, dann nicht.

Aber den Kopf bewegen können Sie?

Gut.

Aber Obacht.

Ich schiebe Sie jetzt in diese Ecke. Von hier kann man schön nach draußen sehen. Leider schneit es noch, aber die Wolken haben schon etwas Frühlingshaftes, so kraftvoll Geballtes, finde ich. Mein Motorradfahrer ist verstorben vor drei Tagen. Sein Bett ist frei. Deshalb hat sich das angeboten mit uns. Da, wieder so eine Wolke. Ist die schnell.

Ich freue mich wirklich, Sie wieder um mich zu haben. Ihr Schweigen erhöht Ihre Erträglichkeit erheblich. Ich habe auch ein paar Geburtsanzeigen von unten geholt. Hier, der kleine Kerl wird Ihnen gefallen.

Weshalb lieben Sie eigentlich die Neugeborenen so?

Weil die so unschuldig sind?

Das habe ich mir gedacht.

Mit Doktor Papadopoulos habe ich mich eingehend unterhalten, als Sie mich nicht leiden mochten. O doch, Sie mochten mich nicht leiden. Ich befragte den Griechen nach den möglichen Ursachen Ihrer Ablehnung. Er weiß es natürlich auch nicht. Aber wir sprachen über Melancholie und ihre Ausdrucksformen.

Das Stichwort heißt: depressiver Realismus. Ein Depressiver, sagte Doktor Papadopoulos, zumindest ein Depressiver der höherwertigen Stufe, kann sehr viel besser Kontakt zur Realität aufnehmen als ein sogenannter Glücklicher. Da gibt es Untersuchungen, die hat der Doktor hier im Haus durchgeführt, ehrlich. Melancholie ist ein … ein … ein Zeichen für eine im landläufigen Sinne des Wortes realistische Sicht auf die Welt. Auf deren Beschissenheit gewissermaßen, also Dukkha satt.

Deprimierte Versuchspersonen zum Beispiel, die eine Rakete zum Mond fliegen sollten, konnten sehr viel besser ihre Explosionswahrscheinlichkeit einschätzen als nicht deprimierte Versuchspersonen, die tatsächlich daran glaubten, dass der große Karton mit der Aufschrift NASA durch den Orbit flitzen könnte. Also Sie und ich, wir haben ein ausgewogeneres Urteilsvermögen als dumpfe Optimisten. Daher seien Sie doch bitte froh, dass Sie nicht mehr zu dieser Gruppe von Idioten gehören.

Wenn wir beide also glauben, dass wir an unseren Hirnverletzungen sterben werden, und zwar bald, so ist das einerseits eine beunruhigende Feststellung. Andererseits spricht es für unsere Intelligenz, vor allem auch für Ihre, wenn wir die Wahrscheinlichkeit richtig einschätzen.

Sie sind jetzt nicht mehr so fröhlich wie im Sommer. Na schön. Man kann das aber auch positiv ausdrücken: Sie sind intelligenter geworden. Und Sie sind es durch mich geworden. Am Grad der Depression erkennt der Doktor Papadopoulos die Intelligenz. Er ist nun selber nicht sehr depressiv, aber wissen Sie, wie soll das auch gehen, er ist ja Grieche. Ouzo und so. Olivenbäume. Immer Sonne, das ganze Jahr. Die Theorie ist natürlich sehr viel komplexer.

Nehmen Sie doch einmal die Hände runter. Was wollen Sie mir sagen? Ein Papier? Ich soll Ihnen ein Papier bringen?

Bitte.

Ich kann das kaum lesen. Ist das ein D?

Ach so.

David Grün mit Fragezeichen?

36

Also zu Ihrer stummen Frage, stummer Swami.

Als wir in Paris waren, Ev und ich, und als wir dort mitten im glückstaumelnden, pubertierenden Mai Neunzehnachtundsechzig das Ende Reinhard Gehlens feierten, allerlei bevorstehende Siege umjubelten, den zwanzigsten Jahrestag der Gründung Israels besangen und die auf dem Kopf stehende Welt gernhatten, tagte in Bonn der Bundestag. Es wurden keine Debatten geführt, nur Gesetze gemacht. Es war das, was Justizminister Heinemann einen »Graubrot-Termin« nannte.

Es kam an jenem denkwürdigen Tag auch das erste Dekret der »Gro-Stra-Re« zur Abstimmung. Ein Petitessengesetz. Es hatte wie alle Gesetze einen unaussprechlichen Namen, deshalb nannten wir es abfällig »Falschparkerquark«. Zumindest einige ennuyierte, durch die Revolutionswirren jener Tage verwöhnte Journalisten nannten es so, aber natürlich nicht die Juristen, die es von Ewigkeit zu Ewigkeit ersonnen hatten. Eduard Dreher, die effektive Viper, war schon im Winter auf Heinemann zugeschlängelt und hatte ihn gebeten, die Bestimmung so schnell als möglich zu verabschieden, ja, sie allen anderen kanonischen Maßnahmen vorzuziehen.

»Warum sollte man das tun?«, hatte Ev den Minister argwöhnisch gefragt, von der plötzlichen Eile irritiert. »Warum sollte man nicht alle neuen Strafrechtsgesetze ganz gemütlich in einem Rutsch verabschieden?«

»Weil es hier um Verkehrssünder geht«, erklärte Heinemann freundlich. »Bis die Gesamtheit der Strafrechtsnovellen vorlagefähig ist, kann noch viel Zeit vergehen.«

»Es ist doch schon viel Zeit vergangen.«

»Eben. Und Ordnungswidrigkeiten drängen. Junge, Junge, Junge.«

»Warum?«

»Sie bilden die weitaus größte Gruppe an Gesetzesübertretungen. Es gibt nun einmal mehr Falschparker als Serienmörder.«

»Der Serienmörder kann warten?«

»Wenn wir jetzt nicht handeln, werden noch in fünf Jahren die Taxifahrer, die um Mitternacht mit achtzig Sachen zum Bahnhof brausen, wie Diebe und Vergewaltiger behandelt. Niemand will das, das will niemand.«

»Also ist es ein gutes Gesetz?«

»Ach, *summum ius summa iniuria*, verehrte Frau Himmelreich«, seufzte der Minister, die Hände gefaltet.

Ev bat mich später, den Novellierungsentwurf an den Mossad weiterzuleiten und von einem israelischen Strafrechtler auf Herz und Nieren prüfen zu lassen. Das war sowohl lächerlich als auch typisch. Meine Schwester hatte Panik, dass uns irgendeine Kleinigkeit entgangen sein könnte. All ihre Unbekümmertheit war dahin. Sie hätte Eduard Drehers Giftzähne auch in Sperrzeitregelungen zur Gaststättenverordnung vermutet. Sie traute ihm alles zu.

Obwohl ich es übertrieben fand, schickte ich den Kram daher per Post nach Tel Aviv.

Für die Existenzberechtigung Israels schien die Nichtbeachtung westdeutscher Ampelschaltzeiten et cetera et cetera aber keine prominente Rolle zu spielen. Wahrscheinlich vergingen deshalb Wochen und Monate, in denen ich aus Tel Aviv nichts hörte. Gar nichts.

Nicht mal eine Eingangsbestätigung erreichte mich.

Gleichzeitig meldeten alle Hausjuristen des Bonner Justizministeriums ihr Einverständnis zu Drehers Eingabe. Einverständnis ist gar kein Ausdruck. Kein einziger Strafrechtler und kein einziger Politiker Deutschlands fand am Falschparkerquark auch nur das Geringste auszusetzen.

Null.

Deshalb wurde das Gesetz in Höchstgeschwindigkeit durchgepeitscht und am zehnten Mai Neunzehnachtundsechzig einstimmig verabschiedet.

Einstimmig heißt, dass von über vierhundert Abgeordneten kein einziger seinen Widerspruch anmeldete.

Niemand.

Nicht eine liebe Seele.

Seltsame Dinge geschahen in den Tagen danach.

Herr Achenbach lief mir, diesmal vorbildlich und vollständig angezogen, in Bonn über den Weg, unten am Rhein an der Baustelle zum Langen Eugen, dem einzigen Ort der Hauptstadt, wo überhaupt irgendwas Neues geschah. Er erkundigte sich aasig nach dem Wohlergehen der verehrten Frau Gemahlin. Nachdem ich ihm geantwortet hatte (»Gut, danke, Sie Widerling!«), fragte er (den Kopf im Nacken, um den Rohbau der Hochhausspitze zu würdigen und dabei »Ist das hässlich« seufzend), ob ich nicht Lust hätte, der FDP beizutreten, sobald meine Aufgaben im Justizministerium erledigt seien, womit ja demnächst gerechnet werden könne.

Kaum war ich wieder in München zurück, rief mich Erhard Sneiper an. Seine Stimme war wie Honig in warmer Milch und lud mich zu einem gemeinsamen Spaziergang in den Nymphenburger Schlosspark ein.

»Wenn du es einrichten kannst, Koja.«

Es war unser erstes Treffen nach dem unglückseligen Vorfall mit seinem heißgeliebten Zwergcollie. Seinen neuen Hund hatte Erhard auch dabei, einen drei Jahre alten, gut abgerichteten Dobermann. Das Tier konnte allerlei Kunststücke, bettelte mich winselnd an, ihm ein Stöckchen zu schmeißen, und als das nichts fruchtete, jagte er Kaninchen, erwischte ein besonders dummes, das ihn vermutlich für eine Art Oberkaninchen hielt, sonst wäre es ihm ja kaum hinterhergehoppelt. Vor unseren Augen wurde es zerfleischt.

Erhard betonte, wie froh er sei, dass ich so gut kooperiere. Sollte der Falschparkerquark im Herbst problemlos in Kraft treten, könne ich auf Hubs Großmütigkeit, auf seine Toleranz und auf seine baltische Erziehung vertrauen.

»Und natürlich auch auf meine«, fügte er liebenswürdig hinzu.

Ich sagte ihm, wie sehr ich mich darüber freute.

»Allerdings müsstest du dich bitte einmal beißen lassen«, entgegnete er.

Ich verstand nicht.

»Von Heinrich.«

Er zeigte auf den vor uns trabenden Dobermann, der noch ein bisschen weißes Kaninchenfell an der Schnauze hängen hatte.

»Wieso das denn?«

»*Quid pro quo.*«

»Du glaubst doch nicht im Ernst, dass ich mich von deinem Köter beißen lasse.«

»Satisfaktion, Koja. Satisfaktion.«

Er pfiff auf seinen Fingern. Der Hund blieb stehen, drehte sich um und fixierte sein Herrchen aufmerksam. Dann ging er in Habachtstellung. Jeder Muskel zeichnete sich unter dem schwarzen Fell ab, und für eine Sekunde musste ich an Mary-Lou denken. Auch sie hatte es geliebt, mich zu beißen.

»Arm oder Bein?«

»Da vorne sind Spaziergänger, Erhard ...«

»Arm oder Bein?«

»Du willst das wirklich durchziehen?«

»Wir bringen es hinter uns, und danach sind wir quitt.«

Er hatte immer noch nicht begriffen, mit wem er es zu tun hatte. Er war einer der dümmsten Menschen, die ich je getroffen habe. Trotz allen juristischen Scharfsinns, aller rhetorischen Begabung und all seiner analytischen Fähigkeiten hätte sein Grips besser in den Schädel eines Schimpansen gepasst.

»Was ist eigentlich mit deinen Haaren passiert?«, fragte er unvermittelt.

»Wieso?«

»Na ja, diese neue Frisur. Die vielen struppigen Haare.

Du hast dich ganz schön verändert in den letzten Jahren. Das ist Absicht, oder?«

Wahrscheinlich war es genau dieser Satz, der mir unmissverständlich klarmachte, dass es mit Erhard so nicht weitergehen konnte. Jemand, der meine mühsam bewerkstelligte physische Veränderung bezeugen konnte, jemand, der über meine Identität, meine Tarnung, meine Geschichte, meine Frau so genau Bescheid wusste, und vor allem jemand, der all seine Kenntnisse schon einmal an Leute wie Achenbach ausgeplaudert hatte, stellte ein unkalkulierbares Risiko dar. Und unkalkulierbare Risiken mussten reguliert werden. Das zumindest hatte ich beim Mossad gelernt.

»Bein!«, sagte ich schließlich.

Erhard trat einen Meter von mir weg, zeigte mit ausgestrecktem Zeigefinger auf meinen Oberschenkel und schrie in den weiten Park hinein: »Heinrich, fass!«

Im Krankenhaus gaben sie mir eine Tetanusspritze, holten mit einer Pinzette die Stoffreste aus dem Bein und nähten mit einem Dutzend Stichen die klaffenden Wunden.

Der Schmerz öffnete meine verschütteten Erinnerungen. Wie Sneiper mir einst den Bruder nahm und in Hitlers Paradies führte. Wie er mir die Schwester nahm und an seinen Herd stellte. Wie er mir sogar meinen Vater nahm, der bei einer von Sneipers abstrusen Heim-ins-Reich-Reden starb, vielleicht nicht durch mein Farbenspiel mit Erhards weißem Hemd gemeuchelt, sondern von der sagenhaften Dummheit der Nazi-Parolen gelähmt, warum habe ich diese Möglichkeit nie in Betracht gezogen, warum habe ich mich mit Selbstvorwürfen gegeißelt, statt den wahren

Schuldigen zur Rechenschaft zu ziehen? Und während mir all dies durch den Kopf ging, dachte ich an die Waffenkammer im festen Haus. Sie bot unendliche Variationen. Die Kidon-Regulierer nannten sie Varietäten, das klang vornehmer.

Hub selbst meldete sich auch bei mir. Das war das Größte. Ob ich über das Gespräch mit Sneiper schon ins Grübeln gekommen wäre, fragte er am Telefon.

»Wieso sollte ich?«

»Tut es weh?«

»Ja, es tut weh, Hub. Ich habe Schmerzen, falls dich das glücklich macht.«

»Glücklich würde mich machen, wenn du nicht mehr laufen könntest.«

»Der Schaden wird nicht ganz so groß sein.«

»Erhard ist zu nett zu dir. Er hat keine Ahnung, was für ein verfluchtes Monster du bist.«

»Was willst du?«

»Tatsache Nummer eins: Was er dir gestern über meine Großmütigkeit erzählt hat, ist um den Faktor zwölf übertrieben.«

»Was hat er mir denn gestern erzählt?«

»Ich kann's dir jederzeit vorspielen.«

»Er hat unser Gespräch aufgezeichnet?«

»Inklusive aller Schmerzensschreie. Du weißt wirklich nicht, in was für ein Spiel du geraten bist, kleiner Bruder.«

Ich würde keine Probleme haben mit dem Regulieren. Das war mir plötzlich klar. Eine Walther P1 mit Leichtmetallgriffstück kam mir in den Sinn. Die konservative, die professionelle, die für Erhard Sneiper am besten geeignete Methode.

»Tatsache Nummer zwei: Ich lasse dich nicht hochgehen, solange du jeden Dreck, der da in Bonn passiert, Satz für Satz an Erhard weiterleitest.«

»Nicht nur Erhard ist zu nett zu mir. Auch du bist zu nett zu mir. Warum sind zurzeit alle so nett zu mir?«

»Niemand ist nett zu dir. Alle reiten dich tiefer in die Scheiße.«

»Worum geht es?«

»Worum sollte es gehen?«

»Bei diesem Falschparkerquark? Da ist doch irgendwas nicht in Ordnung.«

»Das ist Tatsache Nummer drei.«

»Werde ich mir noch mal ansehen.«

Ich hörte seinen rasselnden Atem, sah seinen Hals förmlich vor mir, das kurze Stück eines dicken, pulsierenden Tintenfischarms, tausend Meter unter dem Meer, eingeklemmt in einer Felsspalte.

»Wenn du das tust«, sagte er gepresst, »wenn du auch nur den Versuch unternimmst, das Gesetz aufzuhalten oder zu verzögern ...«

»Pass auf, Hub«, unterbrach ich ihn. »Auch ich hab ein Tonbandgerät am Laufen. Hier rufen so viele Spinner an, die uns Jidn bedrohen und zurück nach Auschwitz wünschen, das geht auf keine Kuhhaut!«

Der Tintenfischarm wurde ganz schmal.

»Einmal Volksverräter, immer Volksverräter«, hörte ich.

Dann wurde aufgelegt. Das zerfetzte Muskelgewebe unter dem Mullverband peinigte mich so sehr, dass ich am liebsten geschrien hätte. Aber ich schrie nicht, sondern tat keinen Mucks und lauschte noch lange dem Besetztton.

Wenige Wochen später kam ein dicker Briefumschlag über die Kurierpost der israelischen Botschaft in München an. Er stammte von einem gewissen Jossele Rubinroth, Professor der Jurisprudenz an der Hebrew University Jerusalem.

In dem Umschlag steckten Kopien verschiedener juristischer Kommentare, zwei israelische Artikel aus Fachzeitschriften und ein recht kurzer, auf Deutsch verfasster Brief:

Sehr geehrter Herr Himmelreich!

Shalom und herzliche Grüße aus Eretz Israel!
Bitte entschuldigen Sie, dass ich mich erst nach so langer Zeit bei Ihnen zurückmelden kann, in persona et in casu. Leider lag ich mit Gallenblasenkrebs im Krankenhaus, was mich ein bisschen abgelenkt hat. Die mir von Ihnen vorgelegte Novellierung des deutschen Einführungsgesetzes zum Gesetz über Ordnungswidrigkeiten (EGOWIG) habe ich jedoch erhalten und mit Interesse studiert. Es enthält viele elegante Passagen. Es lässt auch in die Seele der Deutschen blicken, sofern man das möchte (besonders der Absatz über die Folgen des Nichteinhaltens der rechten Fahrbahnseite für geistig behinderte Fahrzeughalter entbehrt nicht eines gewissen Reizes).
Insgesamt scheint es sich jedoch um einen ausgemachten Blödsinn zu handeln.

Artikel 1 Ziffer 6 des Gesetzes enthält eine Umformulierung eines wichtigen Paragraphen des deutschen Strafgesetzbuches (STGB).
Die bis jetzt geltende Regelung des betreffenden § 50 Absatz 2 STGB besagt, dass für Beihilfe zum Mord lebenslänglicher Strafvollzug als Höchststrafe verhängt werden kann. Die Neuregelung unterscheidet nun, ob die Beihilfe zur Tat durch »besondere persönliche Eigenschaften, Verhältnisse oder Umstände« gekennzeichnet ist. Fehlen diese »besonderen persönlichen Eigenschaften«, so gilt die Beihilfe zur Straftat nur als Versuch und wird weitaus milder bestraft.

Dies ist zwar oberflächlich gesehen gut für einen Deutschen, der zum Beispiel in einem Lkw an einer roten Ampel als Beifahrer ohne »besondere persönliche Eigenschaften, Verhältnisse oder Umstände« dem Fahrer hilft, einen anderen Verkehrsteilnehmer, gleichfalls ein Fahrzeug führend, durch Vorfahrtnahme vorsätzlich hinzuschlachten.
Für gewöhnlich ist aber ein solcher Vorfall im Straßenverkehr eher selten zu beobachten, im israelischen jedenfalls nie. Deshalb scheint es mehr als verwunderlich, dass dieser Passus solch prominenten Eingang in einen Gesetzestext findet, der auf Verkehrsdelikte bezogen ist und somit bei Ihnen bona fide auch als »Falschparkerquark« firmiert.

Ich muss Ihnen jedoch leider mitteilen, dass meines Erachtens die der Strafherabsetzung zwingend folgende

Verkürzung der Verjährungsfrist, die im vorliegenden Fall angestrebt wird, auch auf alle anderen denkbaren Delikte des deutschen Strafgesetzbuches Anwendung finden kann.

Ich würde daher dringend anraten, alle nötigen Schritte sofort zu unternehmen, um das Inkrafttreten dieses perfiden und meinen Gallenblasenkrebs nachhaltig stimulierenden Gesetzes zu verhindern. Es ist durchaus denkbar, dass ansonsten (lex posterior derogat legi priori) sämtliche anhängigen wie folgenden Strafprozesse gegen nationalsozialistische Gewalttaten de lege ferenda hinfällig sind.

Mit sehr freundlichen Grüßen
Ihr
Jossele Rubinroth

Das trojanische Pferd war also an uns vorbeigeschoben worden und stand bereits schnaubend in der Stadt.

Es war nicht aus Galeerenholz, sondern aus Träumen gebaut, den so sehnsüchtigen Träumen Eduard Drehers vor allem. Er und all die anderen nachtaktiven Achäer warteten auf die Dunkelheit, in deren Schutz sie aus ihrem Danaergeschenk herauskriechen und die Welt in Brand setzen konnten. Die Sonne würde am ersten Oktober untergehen. Dem Fälligkeitstermin des Gesetzes.

Ich weiß bis heute nicht, wie Träumerchen Dreher es geschafft hat, an allen Instanzen vorbei oder besser durch alle Instanzen hindurch oder noch besser über alle Gehirne hinweg einen Gesetzestext vorzulegen, der Hunderte von

Entwischten über Nacht aller Sorgen entledigen könnte, während die trunkenen Trojaner ihre Fahnen schwangen.

Memor esto: Ein perfides und Professor Rubinroths Gallenblasenkrebs stimulierendes Gesetz.

Und gleichzeitig ein harmloses.

Wie konnte das geschehen, Swami?

Das Glück und das Unglück auf demselben Punkt der Zeitachse.

Sukkha hier. Dukkha da.

Was sollte der entsetzte Herr Himmelreich tun? Er war bedroht von Sneipers höllischen Heerscharen. Und doch konnte der Falschparkerfirlefanz noch zerknüllt werden. Ich musste nur zu Heinemann rennen, ihm Rubinroths Brief zeigen und den Lauf der Dinge verändern. Das Gesetz würde fallen, und mich dürften die Häscher holen und mir die Haut abziehen.

Aber ich hing an meiner Haut, lieber Swami.

Ich trennte mich ungern von ihr, sie war so empfindlich.

Wie konnte ich den Helden spielen, ohne das Stück zu ruinieren?

Es ging eben nicht.

Entweder. Oder.

Aber das einzig Richtige zu tun erfordert manchmal ein gerüttelt Maß an Wahnsinn. Und der fehlte mir. Ich fühlte mich geistig zu intakt, um die Rache meines Bruders, das Ende meiner Existenz, die Gefahr für meine arme Ev heraufzubeschwören, die von Hub, Sneiper, Achenbach – Anakondas, keine Vipern – zerquetscht werden würde, alles nur wegen ein paar Worten Juristenlatein. Haarspaltereien frisierter Hermeneutik.

Und obwohl es mich peinigte, kapitulierte ich, Swami, versteckte mich hinter meinen üblichen Gewohnheiten, ließ das EGOWIG gedeihen, schrie nicht auf, machte kein Tatütata, grüßte Herrn Heinemann täglich, vergaß Jossele Rubinroths Zeilen und wartete, dass die Tage vergingen und das so grandiose Neunzehnachtundsechzig seine Grandiosität verlor, seinen Mut und seine starken Farben.

Bis zum Inkrafttreten der juristischen Umnachtung am ersten Oktober Neunzehnachtundsechzig bemerkten im Justizministerium nur ein paar untergeordnete Beamte die möglichen Konsequenzen.

Eine halbe Woche vor dem Stichtag lag aber ein warnender, offensichtlich von niemandem ernstgenommener Vermerk eines vorwitzigen Ministerialdirigenten auf Evs Schreibtisch, mit der handschriftlich angefügten Bitte, ihn unverzüglich an den Justizminister weiterzuleiten. Ich las die Worte »*Dringender Appell!*«.

Da Ev noch nicht da war, nahm ich das Schriftstück an mich, trug es unruhig durch den Tag, behielt es zum Mittagstisch in meiner Jacke, schlug es mir am Abend ins Gesicht, zerriss es nachts in kleinstmögliche Teile und spülte es als Protestkonfetti in die Toilette.

Dann war der Herbst da und der große Quark in Kraft.

Nichts auf der Welt kann ein deutsches Gesetz jemals wieder aus ihr herausziehen (außer ein neues deutsches Gesetz, aber das dauert!).

Genau einen Tag nach dem Perpetuum, dem juristischen Für-immer-und-ewig, ging ich zu Ev und sagte, dass mir in der Nacht ein paar Dinge durch den Kopf gegangen seien.

»Ich glaube, Liebste«, sagte ich bekümmert, »diese komische Verfügung kann wirklich ganz fatale Folgen haben.«
Dann brach die Welt zusammen, so wie Ev sie gekannt hatte.

Justizminister Heinemann konnte gar nicht toben. Er war von seiner Temperamentslage her dazu nicht fähig. Das Lupfen seiner Brille und die Farbe seines Backpfeifengesichts sagten alles.

»Wie konnte das nur passieren?«, jammerte er, als wir ihm die Tragweite des Unglücks andeuteten. »Deshalb habe ich Sie doch eingestellt, damit das nicht geschieht!«

Bei jenen Autoritäten, die Juden in Gaskammern und politische Gegner in Todeszellen geschickt, Zigeuner und Geisteskranke abgespritzt, russische Partisanen und britische Kriegsgefangene liquidiert und polnische Professoren und französische Widerständler erschlagen hatten, bei diesen der *ars vivendi* so aufgeschlossenen Gentlemen knallten die Korken. Die Auswirkungen des Falschparkerquarks öffneten, Simsalabim, Handschellen und Zuchthaustore, leerten Anklagebänke und zertrümmerten alles, wofür Hauptkommissarin Ev Himmelreich die letzten Jahre gekämpft hatte.

Die sogenannten Schreibtischtäter (was für eine seltsame Möblierung), gegen die überwiegend wegen »Beihilfe zum Mord« ermittelt worden war, entwischten erneut und für immer.

Mit einem Schlag waren ihre Taten verjährt. Ihrem Wüten und Brennen hatten jene *besonderen persönlichen Eigenschaften, Verhältnisse oder Umstände* gefehlt, die auch einem Verkehrsteilnehmer fehlen, der sein Auto ohne Arg im Halteverbot abstellt.

Das eben ist angewandte Rechtswissenschaft, verehrter Swami.

Innerhalb weniger Wochen erhielt Ev die Nachricht, dass aufgrund des neuen Gesetzes das Mammutverfahren gegen die ehemaligen Amts- und Referatsleiter des Reichssicherheitshauptamtes, gegen Hunderte ihrer Adlaten, gegen das Zentrum der Dukkha-Maschinerie eingestellt worden war.

Auch gegen Hub Solm wurde nicht mehr ermittelt.

DAS AMT war fein raus.

Ev informierte die Medien, zu denen sie seit den Attentaten auf Nassers Raketenwissenschaftler pflegliche Beziehungen hatte. Zwar erschienen danach einige Artikel, aber nur auf den Seiten vier oder fünf des Politikteils. Der *Spiegel* berichtete immerhin über die Unbegreiflichkeit der Vorfälle, sprach von der *peinlichsten Panne* der Bonner Republik, von einer *Generalamnestie durch bodenlose Dummheit*.

Die wahren Hintergründe aber blieben verborgen.

»Ich bin auf solche Tücken nicht gekommen«, erklärte Gustav Heinemann entgeistert der Presse.

Aber niemand forderte seinen Rücktritt. Jeder Abgeordnete des Bundestages und sämtliche Juristen aller Parteien hatten seinem Gesetzentwurf zuvor zugestimmt. Ja und amen. Kein Wenn. Kein Aber.

Die offizielle Verlautbarung zu den Gründen des Fiaskos: ein Versehen. Ein Fauxpas. Bedauerliche Konzentrationsmängel.

Volksaufstände fanden nicht statt.

Kein einziger Apo-Aktivist, kein SDS-Mitglied, keiner der hunderttausend protestbegabten Studenten ging wegen des Skandals auf die Straße. Vietnam bot mehr Napalmbomben, gegen die man sich empören konnte. Und bessere Musik.

Es war, was es war: eine Paragraphengeschichte.

Und ich hatte sie nicht aufgehalten, sondern die Tore Trojas geöffnet in der Nacht.

Eduard Dreher gelang es, den Mantel des Vergessens über seine Person zu breiten. Seine Träume müssen damals die schönsten Landschaften Elysiens überflogen haben. Dass er dabei einen Dauersteifen gehabt hat, versteht sich von selbst. Seine Urheberschaft des Gesetzestextes jedenfalls löste sich in Rauch auf (unter meiner Mithilfe). Ev fand keinen einzigen Hinweis in den Akten, dass er es war, der die entscheidenden Formulierungen in den Falschparkerquark geschmuggelt hatte (ich tat mein Schlechtestes).

Die Protokolle der Kommissionssitzungen sind bis heute verschwunden (sie raspelten durch meinen Reißwolf).

Niemand klagte Ministerialdirigent Dreher an oder schmiss ihn wenigstens hinaus. Nicht einmal Justizminister Heinemann distanzierte sich. Und auch das lag an meiner heimlichen Fürsprache, die von Erhard Sneipers dezenten Anrufen natternd flankiert wurde.

37

Seit Jahren hatte Ev keine Wohnungseinrichtung mehr in solcher Gültigkeit in ihre Einzelteile zerlegt. Hin und wieder eine Porzellantasse, zuweilen mit Flüssigkeiten gefüllt, auch heißen. Das ja. Oder Lappen aller Art, die in Gesichter flogen (meins). Aber nun starb unsere Wohnung, wie sie nach dem Tod von Anna gestorben war: mit Hilfe von Säge, Beil, Ofenschieber, Hammer, Nagelfeile, Nagellackentferner, was ihr in die Finger kam.

Montags wurde die Küche zerhämmert. Dienstags unsere guten Villeroy-&-Boch-Vasen mit Blumen drauf und drin. Mittwoch war der Tag für zerschnittene Gardinen. Ev erlebte einen dramatischen Rückfall in ihre schwärzesten Stunden. Sie schlief nicht mehr, blätterte nachts wie manisch in ihren Unterlagen, ohne das Licht einzuschalten.

Ich hörte ihr rattenhaftes Rascheln in Papierbergen, nur vom Mondschein begünstigt.

Dann gab es Phasen, in denen sie sprichwörtlich verrückt war, hirnverbrannt. Sie schüttete sich rohe Eier in die Augen, faselte von »Spiegeleieraugen«, der gelbe Saft floss ihr über das Gesicht, sie amüsierte sich und fiel danach in totale Apathie.

Sie lag in ihrem Bett und versuchte, den Takt des Weckers mit der Zunge mitzuschnalzen, stundenlang, bis ich in einer Notapotheke Neuroleptika besorgen und sie halbwegs ruhigstellen konnte.

Eines Tages – ich kam mit Einkäufen zurück, die ihr nicht zuzumuten waren – sah ich sie in der Küche am Herd stehen, auf dem sie in einem großen blauen Kochtopf mit einem Holzlöffel rührend Blumen zerkochte, jene Blumen, die ich ihr zwei Tage zuvor geschenkt hatte, um die Vorgängerblumen aus den zerschmetterten Villeroy-&-Boch-Vasen zu ersetzen. Ich ging zu ihr hinüber und stellte das Gas ab.
»Bist du irre?«
»Was ist das?« Sie hielt mir den Brief entgegen, der zwischen ihren Fingerspitzen zitterte.
»Wieso wühlst du in meinen Schubladen rum, Ev?«
»WAS IST DAS, DU VERDAMMTES ARSCHLOCH?«
»Das ist der Brief des Juristen aus Jerusalem.«
»DER BRIEF DES JURISTEN AUS JERUSALEM? DU HAST MIR GESAGT, ES GIBT KEINEN BRIEF DES JURISTEN AUS JERUSALEM!«
»Bitte beruhig dich, Schatz. Es ist anders, als du denkst.«
Sie hatte geweint, wischte über ihre Augen, drehte sich fort, weg von mir. Ihr Rücken eine Panzerschildkröte.
»Erklär mir das, Koja!«
Ihre Haare ein verlassenes Vogelnest. Ihr Morgenmantel voller Kaffeeflecken und Muff.
»Gleich.«
Ich nahm den blauen Kochtopf in beide Hände, die ich mir bei der Gelegenheit gehörig verbrühte, ging hinaus auf unseren Balkon, schüttete die gedünsteten Blumen über die

Balustrade, sah, wie sie unten im kahlen Apfelbaum hängen blieben. *Lametta of desperation.*

Ich überlegte.

Dann kehrte ich in die Wohnung zurück.

In der Küche sagte ich: »Diese Bedenken des Professors haben mich genauso erschreckt wie dich. Natürlich habe ich ihn sofort angerufen.«

»Wann?«

»Am Tag, als der Brief kam.«

»Du hast ihn angerufen?«

»Ja.«

»Am Tag, als der Brief kam?«

»Ja.«

»Das will ich sehen.«

»Was willst du sehen?«

»Ich will das Verzeichnis aller Nummern sehen, die von hier aus angerufen wurden am Tag, als der Brief kam!«

»Ich habe aus einer Telefonzelle angerufen.«

»Du lügst.«

»In der Kaiserstraße.«

»Du lügst.«

»Ich war sehr aufgewühlt. Ich musste wissen, was los war.«

»Was war los?«

»Ich erreichte ihn.«

»Und?«

»Nichts. Er sagte mir, er hätte sich geirrt.«

Sie lachte. Etwa so, wie sie lachte, als sie sich die rohen Eier ins Gesicht geschlagen hatte.

»Es war aber so.«

»Wie du lügen kannst, unglaublich.«
»Er hatte den Passus im Absatz fünf übersehen. Er sagte, ich solle seinen Brief wegschmeißen.«
»Ich will auf der Stelle mit Professor Doktor Jossele Rubinroth telefonieren!«
»Ev, du kannst mir glauben.«
»Jetzt! Sofort!«
»Lass mich erst mit ihm reden.«
»Nein.«
»Er kennt dich nicht. Er kann deine Stimmung nicht einschätzen.«
»Egal.«
»Er hatte einen Mossad-Auftrag. Er wird dir gar nichts sagen.«
»Ich habe auch einen Mossad-Auftrag.«
»Ev, bitte tu das nicht.«
Sie setzte sich ihre Brille auf, suchte im Briefkopf nach der Telefonnummer und stapfte mit dem Schreiben aus der Küche hinüber in ihr Büro. Die Tür knallte wie eine Guillotine. Ich hörte, wie sie erst schluchzte und sich dann ans Telefon hängte und leise sprach und wieder schluchzte und wieder leise sprach. Ich sortierte den Einkauf in den Kühlschrank. Ich machte den Abwasch. Ich schrubbte den Boden.

Dann kam sie zurück.
»Er ist tot.«
»Um Himmels willen.«
»Gallenblasenkrebs.«
»So schnell?«
Ihr Gesicht ein Eimer aus Blech voll mit allerlei Flüssigkeiten.

»Hast du gewusst, oder? Dass er tot ist? Du hast mir diese beschissene Geschichte deshalb aufgetischt?«

»Ich schwöre, Ev, ich würde dir niemals etwas verheimlichen.«

»Du machst mir Angst, Koja. Du machst mir Angst mit deinen Selbstgesprächen und deinen Täuschungsmanövern und deinem ganzen Wahnsinn.«

»Meinem Wahnsinn? Schau dich mal an! Schau unsere Wohnung mal an!«

»Lenk nicht davon ab, dass du mich total verarschst, Koja!«

»Es tut mir leid, dass ich dir den Brief nicht gezeigt habe. Ich wollte dich nicht beunruhigen. Es tut mir unendlich leid.«

»Weißt du, wie unglaubwürdig das klingt? Dir schreibt jemand, dass das ganze Falschparkergesetz ein Verbrechen ist, und du sagst mir kein Wort? Wir wussten doch, dass Dreher was vorhat.«

»Wir alle haben Fehler gemacht in dieser Sache.«

»Kein einziges Wort hast du mir gesagt von diesem verdammten Brief! Kein einziges! David hat mich so gewarnt vor dir.«

»Wie geht es ihm?«

»Schlecht.«

»Hat die Milchkur was genutzt?«

»Er mag dich, Koja, aber er sagt, du bist gefährlich.«

»Er ist durcheinander.«

»Er ist nicht durcheinander. Er ist krank. Ich habe Angst, dass etwas Furchtbares passiert.«

»Bitte Schatz, jetzt mal den Teufel nicht an die Wand.«

Sie fing wieder an zu weinen. Ich kannte das schon. Sie konnte in solchen Momenten zu weinen anfangen, wie andere Leute zu sprechen anfangen. Ich ging und rieb den Panzerschildkrötenpanzer. Sie entzog sich, setzte sich hinüber auf die Couch. Ich musste dranbleiben, sank neben sie, meine gute Schulter betonend, so dass sie sich jederzeit dranlehnen konnte.

»Ich verstehe das einfach nicht«, weinte sie. »Seit Monaten geht es bergab. Keiner seiner Ärzte findet was. Was sind das für beschissene Ärzte? Das gibt es doch gar nicht.«

»Vielleicht hat er sich mit irgendwas vergiftet?«

»Ausgeschlossen. Die Blutwerte sind in Ordnung. Die Leberwerte auch. Aber diese Lähmungserscheinungen. Er hat Atemaussetzer in der Nacht. Es wird immer schlimmer. Als würden sich seine Nervenbahnen auflösen. Ich mache mir solche Vorwürfe!«

»Du kümmerst dich doch so lieb, Schatz.«

»Ich kümmer mich um gar nichts. Ich liege hier wie eine Leiche. Ich drehe durch. Was ist nur los? Ich dachte, er wäre überarbeitet.«

»David kommt wieder auf die Beine. Ein Sportler wie er.«

»Immer schlimmer wird es.«

»Ich habe einen großen Markknochen mitgebracht. Vom Metzger. Den koche ich aus und mache nachher eine schöne Brühe. Die kannst du ihm rüberbringen.«

»Das ist nett, Koja.«

»Nicht der Rede wert.«

»Diesen Brief von dem Professor aus Jerusalem, ich weiß nicht, ob ich dir den verzeihen kann.«

»Und dann gehen wir zum Italiener schön essen.«
»Du lügst mich nicht an, oder?«
»Du bist mein Leben, Ev.«
»Du wirst mich niemals anlügen?«
»Ich bin für dich da. Ich bin immer für dich da.«
»Ich glaube, ich hasse dich. Es tut mir so leid, aber ich hasse dich.«

Sie sprach das letzte Wort sehr leise, fast wehmütig, so dass ihr säuerlicher Atem von einer merkwürdigen Trance begleitet wurde, von einem sehnsüchtigen, weit in die Vergangenheit zurückgreifenden Ton, der ganz zu mir gehörte, zu einem Bild von mir, das sie in diesem Moment sah und das nichts mit meiner manipulativen Schulterdrehung, meiner vorsätzlichen Platzierung neben ihr, der Jetzt-Wärme unserer Körper zu tun hatte. Es war verrückt, dass sie für diese Worte diesen Tonfall gewählt hatte. Es war eine Kündigung, eine wunderschöne, ruhige, schmerzweiße und tief an mein Herz rührende Kündigung, ja, ein Abschied, der dem kommenden Abschied nur vorgriff.

Man weiß immer schon vorher, wenn etwas zu Ende ist.

Es sind diese Ahnungen, von denen Ihr Buddha gesprochen hat, diese zahllosen Bewusstseinsströme, die plötzlich ineinanderfließen. Etwas geschieht, dabei ist es schon geschehen oder wird erst geschehen. Und ich blickte Ev von der Seite an, sah ihr Profil, ihre haarfeinen Linien in den Mundwinkeln, die kleinen Vogelspuren neben den Augen, eher Kolibris als Krähen, der einst so gerne lachende, nun einzementierte Mund mit Zementlippen und dem kleinen Muttermal neben dem Kinn, auf dem ein weicher Flaum wuchs.

Ich wusste, dass es zu Ende war, obwohl die Anlässe erst kommen würden.

Ich erhob mich von der Couch, ließ den Brief Rubinroths in ihren Händen, den sie immer wieder las unter ihrer Glasglocke aus Irrsinn, und ging hinunter zum Apfelbaum. Ich pflückte die gekochten Blumen aus den Zweigen, lehnte mich an den Stamm und dachte sehr intensiv über David Grün nach, den Schindlerjuden, das Sportass mit dem scharfen Verstand unter lockigem Haar, den Hyperanalytiker, der mir alle zehn Gratis-Therapiestunden schuldig blieb.

Drei Wochen hielt er noch durch, bis er am Ende, als die Organe versagten – nur noch von Evs Hingabe am Leben erhalten –, das Zeitliche segnete.

Bis zuletzt soll er sich nach meinem Wohlergehen erkundigt haben.

So viel zu Ihrer stummen Frage wegen David Grün, ach stiller Swami.

38

Neunzehnneunundsechzig war die Steigerung von Neunzehnachtundsechzig und brachte für mich, trotz landender Raumschiffe auf dem Mond und eines mich umbrandenden halluzinogenen Zeitalters, jede Menge elementarer, ja man könnte sagen archaischer Ereignisse.

Zum Beispiel wurde Doktor Erhard Sneiper tot in seinem Wagen aufgefunden. Das war äußerst archaisch.

Jemand hatte ihm mit einer Walther P1 vom Rücksitz aus in den Hinterkopf geschossen, danach die von Gehirnmasse weitgehend entblößten Reste dieses Kopfes mittels einer Säge abgetrennt und in seinen Schoß gelegt, neben den völlig intakten, ansonsten ebenfalls vom Rumpf getrennten Schädel seines Dobermanns.

Die Polizei ging, da keinerlei Spuren zu finden waren, von einem jener neapolitanischen Auftragsmorde aus, die im Zuge dubioser Waffengeschäfte, in die der italophile *avvocato* verwickelt zu sein schien, hin und wieder vorkommen mochten (dass er italophil war, hatte ich gar nicht gewusst, wieso hatte er dann so viel Cola getrunken?).

Die Boulevardpresse nahm drei Ausgaben lang Anteil. Sie stellte auch die Biographie des so blitzschnell Entschlafenen vor, Familienstand, Geliebte, Lieblingsbordelle und auch Herkunft und Heimat, das verflossene Baltikum, die schönen alten Hansestädte Riga, Reval, Dorpat, die auf einer Sonderseite mit allen Sehenswürdigkeiten und vielen Fotos erstrahlten. (Am nächsten Tag wurde auf einer weiteren Sonderseite Neapel vorgestellt, ein unfaires Duell mit ungleichen Waffen.)

Ev erhielt Tage später einen langen Brief des Unsäglichen, der allerhand Ursachen für Anlässe schuf. Es war darin zu lesen, dass ich drei Jahre zuvor angeblich in Erhard Sneipers Auftrag und auf Vermittlung Herrn Achenbachs bei Gustav Heinemann im Bonner Justizministerium eingeschleust worden und dort konspirativ für die Amnestiefraktion tätig geworden sei.

Dem Brief lag ein Tonband bei, auf dem undeutlich, immer wieder gestört vom fröhlichen Bellen eines Dobermannrüden, die Aufzeichnung des Gesprächs zu hören war, das ich einst im Nymphenburger Schlosspark mit Erhard Sneiper geführt hatte. Man hörte auch deutlich, wie Erhard »Heinrich, fass!« rief, und dann hörte man meine Schreie.

Als Postskriptum erwähnte Hub, dass er mich für den Mörder seines Jugendfreundes, Evs Exmannes und meines ehemals so geliebten Volksgruppenführers Erhard Sneiper hielt.

Postpostskriptum: *Quod erat demonstrandum.*

Ev verließ mich am selben Tag.

Ich hatte damit gerechnet, wie ich Ihnen schon gesagt habe.

Dennoch ist es etwas anderes, wenn es tatsächlich geschieht.

Ich rannte ihr auf die Straße nach. Ich kniete mich vor sie in den Regen. Ich schmiss mich auf die Motorhaube des Taxis (vierhundertdreiundfünfzig D-Mark Reparaturgebühren für Lackierarbeiten). Sie war gefasst und blickte mir nicht ein einziges Mal ins Gesicht, als wäre ich Medusa, glühende Augen, Schuppenpanzer, lange Eckzähne, sehen Sie in der Glyptothek nach, was ich meine.

Ev kehrte nach Israel zurück.

Ich bin ihr nie wieder begegnet.

Sie legte ihren Dienst beim Mossad nieder, sah wohl keinen Sinn mehr darin, nachdem die Entwischten an allen Fronten entwischt waren.

Ich glaube, sie arbeitet jetzt im Schneider Children's Hospital in der Kaplan Street. Unsere alte Wohnung in der Graets Street hat sie behalten. Sie nahm alle Bilder Annas mit nach Tel Aviv. Nur nicht das Alaska-Aquarell, das die Tlingit-Königin Anna Baronin von Schilling im Kreise ihrer Indianer zeigt. Das nicht.

Von Anna hörte ich nie wieder etwas.

Ich rief sie oft in den letzten Jahren, rief ihren Namen in allen stimmlichen Schattierungen in das leere Gewölbe hinein, das mein Herz ist. Vergebens.

Manchmal glaube ich, ihr Lächeln mehr zu spüren als zu sehen, dann schlafe ich besser. Aber es kann Einbildung sein. Täglich ging ich an ihr Indianergrab und brachte immer etwas mit, ein Bonbon, einen Halbedelstein, ein vom Flohmarkt erstandenes Meerschaumpfeifchen. Einmal verschwand eine Zeichnung über Nacht, obwohl ein Kieselstein darauf gelegen hatte und kein Wind ging und kein Regen. Ich dachte, dass sie die kleine Mühe vielleicht zu sich hinab- oder hinaufgezogen haben mochte, denn auf dem Blatt sah man die Augen ihrer Mutter.

Ich selbst blieb im festen Haus. Ich tat, wie mir geheißen. Ich blieb allein und wurde, der ich bin.

39

Vor zweieinhalb Jahren, am Morgen des fünften September Neunzehnzweiundsiebzig, stürmte ein Palästinenserkommando, das sich Schwarzer September nannte (denn dieser September sollte der schwärzeste sein, den München seit langem gesehen hatte), das Olympische Dorf in Milbertshofen. Acht Terroristen nahmen fast ein Dutzend israelischer Sportler als Geiseln, mit denen sie in einer Boeing 727 nach Kairo entkommen wollten.

In der Nacht, vom Militärflugplatz Fürstenfeldbruck aus, rief mich Tzwi Zamir an, Nachfolger von Häuptling Ramsad, Nachfolger von Isser Harel, allmächtiger Chef des Mossad, offizieller Beobachter des deutschen Krisenstabes und mein höchster Vorgesetzter. Er befahl mir mit einer Stimme, die vor Wut kochte, unsere zwei Kidon-Regulierer von Schwabing aus sofort in Marsch zu setzen. Im Hintergrund hörte ich durchs Telefon Sturmgewehre feuern. Ich gab zu bedenken, dass die Agenten stockbesoffen seien, da sie vor lauter Frust, nicht schon am Morgen zum Einsatz gekommen zu sein, meine Wodkavorräte gekillt hätten.

»Wie besoffen sie auch immer sind«, knurrte Zamir düster, »so schlecht wie die deutschen Volltrottel können sie gar nicht schießen.«

Ich vernahm, wie im Hintergrund jemand »Bürschl, gib

halt a Ruh!« rief, wahrscheinlich war es die Stimme des CSU-Vorsitzenden Strauß. Tzwi Zamir hatte aus dem Büro des Krisenstabes angerufen, der im Flughafentower unter dem Feuer der Terroristen lag. Und dann sprach niemand mehr, weil Detonationen zu hören waren und in der Nähe eine Fensterscheibe zersplitterte. Die Leitung wurde unterbrochen. Dann war sie tot. Und da einer meiner Regulierer am Vormittag aus hilflosem Zorn den Fernseher aus dem Fenster geschmissen hatten, (Sie erinnern sich, Swami, ich erzählte das bereits), mussten wir am Transistorradio mitverfolgen, in welchem Massaker der Versuch der Polizei endete, die Geiseln gewaltsam zu befreien.

Mehrere Beamte wurden angeschossen, darunter ein Hubschrauberpilot. Einen Scharfschützen nahmen die eigenen Kollegen unter Sperrfeuer und verletzten ihn schwer. Ein anderer Polizist starb durch Querschläger. Fünf Terroristen kamen uns Leben. Keine der Geiseln überlebte. Alle verbluteten, verbrannten oder wurden von Granatsplittern zerfetzt.

Zwei Tage nach der Katastrophe lud man mich zu einer Fernsehtalkshow ein. Ein großes Studio in München-Unterföhring. Die Wände waren weiß und auch die Menschen. Ihre Gesichter meine ich.

Die Bundestagsparteien waren gebeten worden, Vorschläge zur Besetzung der Diskussionsrunde zu machen. Mich hatte die SPD vorgeschlagen, wegen meines jüdischen Hintergrunds. Gustav Heinemann, inzwischen Bundespräsident, hatte sich meiner erinnert. Denn einen ihnen zugewandten Juden brauchten die Gojim an diesem Abend.

Herr Himmelreich war trotz brennender Helikopter und des Versagens der deutschen Behörden doch sehr gebeten, die Fahne hochzuhalten in der Diskussion. Schwarzrotgold. Ein guter deutscher Staat (vor allem auch der bessere, verglichen mit Hammer und Zirkel da drüben).

Vor Beginn der Aufzeichnung fiel mir eine israelische Auslandskorrespondentin in der Runde auf, ganz jung, so jung wie Maja seinerzeit, und auch so schön, mit wilden Strubbelhaaren auf beiden Seiten, aus einem Kibbuz stammend nahe Caesarea, voll deutscher Töne (ihre Mutter war wohl aus dem türmereichen Köln geflohen).

Vielleicht erfasste mich die Trauer, weil sie ein M vor ihrem Namen trug. Mandolika, der Herbst ist da. Womöglich war ich aber auch traurig, weil das Olympiafiasko in mir wie in uns allen glühte. Oder aber es war das Dröhnen in meinem Kopf, das mich seit dem Verschwinden Evs nicht mehr in Ruhe ließ und durch diese Journalistin plötzlich in Stille überging, in völlige Stille, nur weil sie mir gegenübersaß und mich anstarrte. Die Kameras surrten, der Moderator surrte ebenfalls, und ich sah diese aufgerissenen Augen, deren Blick mich zersprengte.

Der Mossad hatte mich beauftragt, in der Talkshow die Haltung Israels zu vertreten, das schändliche Unvermögen der bayerischen Polizei hervorzuheben und möglichst hanebüchene Vergleiche zum Holocaust anzustellen. Der BND wiederum bat dringlich darum, genau das Gegenteil zu tun, die deutsche Seite zu verteidigen und keine Instrumentalisierung des Desasters zuzulassen.

Ich sagte dann jedoch etwas völlig Unerwartetes, oder etwas völlig Unerwartetes sagte etwas aus mir, es trat heraus gewissermaßen, wie Honig, Harz oder auch Eiter, es floss also. Ich hatte es nicht vorgehabt, nein wirklich, es geschah. Ich sagte, gefragt als Israelexperte Himmelreich und mitten in der Diskussion über den Terror und die Toten, dass ich gar nicht Herr Himmelreich sei.

»Nicht?«, wurde ich gefragt.

Nein, sagte ich, ich hätte viele Jahre lang einen völlig anderen Namen getragen, und zwar zu Recht.

»Welchen denn?«, mischte sich Mandolika in die Diskussion ein.

Mein Name sei Solm, Vorname Koja, gebürtig zwar aus Riga wie Herr Himmelreich, ansonsten aber von deutschen Baronen abstammend und einem störrischen Pastor, den die Bolschewiken in einen Sack gesteckt und lange unter Wasser gedrückt hatten, wie junge Katzen. Ein Jude sei ich nie gewesen. Doch habe mich der BND zu einem solchen gemacht. Ein BND-Jude sei ich gewesen, ein verbeamteter Jude gewissermaßen, aber kein echter.

Was glauben Sie, was da im Studio los war.

Und meine Liebe schwor ich Israel.

Obwohl ich deutsch bin bis auf die Knochen.

Der Moderator schaute schwitzend in seine vielen kleinen Kärtchen rein.

Ein Journalist der *Frankfurter Allgemeinen*, ein feister Hedonist mit feinem Seidenblau in seinen Augen (von der FDP entsandt), wollte wissen, ob ich, in anderen Worten, unter falschem Namen Geheimagent gewesen sei von Reinhard Gehlen. Und wer war dann Herr Himmelreich?

Ich weinte hemmungslos, dass selbst die Kameraleute schluckten. Und auch die Zuschauer auf ihren Bänken.

Dann sprach ich auch von meiner tiefen deutschen Schuld. Und jeder dort im Studio glaubte, ich rede von dem allgemeinen Kram, der damals Mode war, und nicht von dem, was Koja Solm zum Teil aus völlig freien Stücken sich geleistet hatte.

Nur diese junge Journalistin, Mandolika aus Köln und Caesarea, beugte sich zu mir herüber, legte mir die Hand auf meinen Arm (so weich der Druck, fast wie ein warmes Maul) und sagte vor laufender Kamera, dass ich ein bedeutender Mann sei, ein sehr bedeutender. Und das neue, das demokratische, das sozialdemokratische Deutschland könne froh sein, Männer wie mich zu haben, die ganz schonungslos die Wahrheit sagten, gerade im Angesicht der schrecklichen Ereignisse in München, wo man als Israeli vom Glauben wieder abzufallen drohe.

Vom Glauben an ein gutes Deutschland.

40

Der griechische Doktor sagt, dass wir uns wie eine Sportmannschaft benehmen sollen, dann können wir es schaffen.

Es gibt natürlich nur wenige Sportmannschaften, die aus zwei Mannschaftsmitgliedern bestehen. Aber ein paar gibt es doch. Die Tischtennisspieler zum Beispiel. Beim Doppel steht einer links, der andere rechts hinter der Platte. Tischtennis hat mir immer gefallen, weil die Idee poetisch ist, einen Tisch zum Sportgerät zu küren. Ich meine, es gibt Barren und Recks und Kästen, es gibt Hürden, Stangen, Floretts, es gibt Tausende Arten von Schlägern und Bällen, es gibt Netze und Bahnen und Kegel, es gibt Seile, es gibt Rennpferde, es gibt Pfeile und alle Arten von unfassbar schnellen Fahrzeugen. Aber einen Tisch? Einen Tisch hat der Mensch erfunden, um dran zu sitzen, zu essen, zu arbeiten, darauf zu zeichnen, Schach zu spielen (kein Sport!), Skat zu spielen (kein Sport!), die Ellenbogen draufzustützen und nachzudenken (auch kein Sport!), Sachen abzulegen wie Möhren, Äpfel, Bierflaschen oder Leichenteile zum Sezieren. Der Tisch ist das für jede Art Sport ungeeignetste Sportgerät der Welt, vom Bett vielleicht abgesehen. Aber im Bett gibt es nichts, was ich als Sport empfinde, obwohl da auch manchmal zwei Leute eine Mannschaft bilden.

Das allerdings hat Doktor Papadopoulos gewiss nicht gemeint.

Ich glaube, dass Tischtennis für den Hippie genau der richtige Sport wäre, wenn er sich noch bewegen könnte. Ich kann gut angreifen und schmettern, er kann hervorragend verteidigen. Und hoffentlich sagt er nicht, dass Buddhisten nicht angreifen und nicht verteidigen. Entschuldigung? Buddhisten sind die besten Tischtennisspieler der Welt, die Weltmeister kommen alle aus China oder Korea.

Doktor Papadopoulos hat auch eher auf den Spirit gezielt, als er von der Sportmannschaft sprach. Wir sollen zusammenhalten. Nicht alleine essen. Nicht alleine auf die Toilette gehen. Nicht alleine lesen. Nicht alleine die Ergotherapie durchziehen.

Gut, der Hippie kann nicht sprechen und nicht aufstehen, aber mit den Armen geht doch noch alles. Na ja, vielleicht geht auch nicht mehr alles mit den Armen, aber die Finger kann er bewegen. Flitzende Fingerchen wie Horowitz. Wie Rachmaninow. Was hatte Papa seinen Rachmaninow geliebt. Wenn er sich sehr anstrengt, der Hippie, wird es bald besser werden mit den Armen und auch den Beinen. In zwei, drei Jahren, sage ich ihm, können Sie wieder das Leben einer Schnecke führen. Ist ein Witz. Aber er lacht nicht. Sein Lachen, seine Fröhlichkeit, das alles ist natürlich stark in den Hintergrund getreten.

Ich muss eine Sache loswerden: Doktor Papadopoulos ist in Ordnung. Er findet es sogar niedlich, dass ich jetzt Doktor Frankensteinoulos zu ihm sage. Ich meine, aus dem Hippiekopf hat er wirklich den Kopf von Boris Karloff gemacht, diesem traurigen Monster. Überall Stöpsel und diese

Riesennaht von der Schläfe bis zum Ohr. Ich sage es dem Hippie. Ich zeige Fotos von *Frankensteins Braut*, die ich in einer Fernsehzeitschrift finde. Ich mache nur Spaß. Ich will ihn aufheitern.

Er hat immer gesagt, ich sei ein wunderbarer Mensch. Das war er, der das gesagt hat, nicht ich.

Irgendwie hatte ich es selbst fast geglaubt. Aber jetzt, wo ich ihm die Dinge erläutert habe, sieht es komplexer aus, wie?

Ich weiß nicht, wie viel gutes und schlechtes Karma ich angesammelt habe. David Grün war sicher kein gutes Karma. Ich bereue die Phiole in seinem Weißbier, obwohl ich sie nicht so stark bereue, wie der Swami das offenbar möchte. Er hatte Tränen in den Augen. Er hatte Tränen in den Augen wegen dieses Wichtigtuers. Nicht zu fassen.

Ich habe auch gutes Karma vorzuweisen. Ich war richtig lange Jude. Das ist mittlerweile extrem gutes Karma im sozialdemokratischen Deutschland, und wir alle wissen, was für ein beschissenes Karma das tausend Jahre lang gewesen ist.

Ich habe auch gutes Karma durch meine Zusammenarbeit mit dir angehäuft, Ev. Und die Regulierungen der Raketenforscher, ich weiß nicht, ob das wirklich schlecht war. Vielleicht war es schlecht, dass sie nicht geklappt haben. Vielleicht war es schlecht, dass es die Falschen traf. Ehefrauen, Lagerarbeiter, zwei Sekretärinnen. Ich würde mal sagen, da gibt es eine gewisse Karma-Balance, ja? Ein ausgeglichenes Karma-Konto.

Was aber die Talkshow anbelangt, damals nach dem Olympiamassaker, nun, da habe ich mich ein richtig großes Stück Richtung Nirwana vorgearbeitet, glaube ich. Der überforderte Moderator, die zauberhafte Mandolika, die anderen Studiogäste und zahlreiche Zuschauer kamen nach Ende der Sendung auf mich zu. Sie umarmten mich, sie klopften mir auf den Rücken und erklärten, wie sehr ich sie berührt und ein Stück weit mitgenommen hätte auf die schöne, traurige Flugreise in meine Seele.

Irgendein wohlmeinender Irrer erkundigte sich sogar nach meiner Vorhautsituation.

Nur der BND-Mitarbeiter, der routinemäßig vor Ort war (Standard, wenn Orks öffentlich auftreten), starrte mich schweigend und aus zusammengekniffenen Augen an und marschierte dann entschlossen in den Regieraum, um die Sendebänder einzufordern. Es war keine Live-Sendung. Das hätte noch gefehlt. Die Talkshow wurde niemals ausgestrahlt. Kein Mensch hat mich im Fernsehen heulen sehen.

Ich erhielt noch am selben Abend eine fristlose Suspendierung.

Verrat von Dienstgeheimnissen.

Unerlaubte Aufdeckung des Identitätsschutzes.

Gefährdung von inneren Aufklärungslinien.

Es war großartig.

Nicht ganz so großartig war es, aus dem festen Haus auszuziehen.

Auch der Mossad erfuhr, was ich an jenem Abend gesagt hatte, schon deshalb, weil er mich mit einem klaren Auftrag dorthin geschickt hatte. Darüber hinaus war die reizende Mandolika für die Auslandsaufklärung tätig, hatte aber lieber im luxuriösen Hotel Vier Jahreszeiten genächtigt als in meinem bescheidenen festen Haus in Schwabing. Was für ein falsches Biest.

Mandolikas Bericht über mein Verhalten war eine Aneinanderreihung von Schmähungen (*Himmelreich vulgo Solm: typisch deutsche Halbintelligenz ... hochgradig selbstspiegelnde, egozentrische Persönlichkeit ... manipulativer, bei aller Selbstentblößung zutiefst unehrlicher Charakter*).

Da sie nicht wissen konnte, dass ich im Grunde ihr Vorgesetzter war und meine Rolle in der Deutsch-Israelischen Gesellschaft e. V. ganz und gar nicht darauf beschränkt blieb, den Münchner Hotelier für Regulierer zu geben, kam ihr Urteil kaum zum Tragen.

Der Mossad-Chef Tzwi Zamir (Häuptling Ramsad war schon Jahre zuvor in die ewigen Jagdgründe der Politik eingegangen) sorgte dafür, dass ich mich in Tel Aviv zum Rapport einfand. Dort ließ er mich seine Enttäuschung spüren über die wahren und so extrem unjüdischen Hintergründe meiner Existenz. Ich hatte aber Israel viele Jahre lang treu gedient. Das wurde berücksichtigt in der Beurteilung meines Handelns.

Anstatt mich an die Wand zu stellen, reduzierte Tzwi Zamir nur meine Rentenbezüge. Außerdem wurde mir jegliche Auskunft über meine Operationen, über das feste Haus in München und die Identität meiner Kollegen für alle Zeiten untersagt.

Die Pensionsansprüche beim BND erhielt ich in vollem Umfang, das ist beamtenrechtlich gar nicht anders möglich. Da kam ganz schön was zusammen. Materiell gesehen. Wer schafft es schon, gleichzeitig deutsche und israelische Altersversorgung einzustreichen? Eigentlich nur die Holocaust-Überlebenden.

Das sage ich nicht nur dir, Ev. Das sage ich auch dem Hippie. Ich sage ihm, dass ich für ihn sorgen kann, ja dass ich ihm jegliche Unterstützung zuteilwerden lassen kann, wenn er hier wieder rauskommt. Ich bin nun fünfundsechzig Jahre alt. Ich habe eine Villa in Bogenhausen, nicht zu groß, nicht zu klein. Ein Ferienhaus im Tessin. Seit letztem Jahr führe ich auch wieder eine Galerie, ganz in der Nähe der Pinakotheken. Schwerpunkt deutsche Moderne.

Das mühsame Geschäft des Kopisten habe ich aufgegeben. Ich sehe ja auch nicht mehr sehr gut und halte mich überhaupt fern von illegalen Umständen. Mein Leumund ist auch als Koja Solm vortrefflich. Dass die Polizei nach so vielen Monaten immer noch vor der Tür sitzt (wenn auch immer seltener, um nicht zu sagen gelegentlich), hat mit ihrem allgemeinen Auftrag zu tun. Die Sicherheitsbehörden müssen dafür Sorge tragen, dass sich zu einem Projektil im Kopf eines unbescholtenen Bürgers kein zweites hinzugesellt. Reine Schutzmaßnahme, verstehen Sie? Ich stehe unter keinerlei Beobachtung. Warum auch? Die Todesumstände von Herrn Himmelreich (Originalausgabe) wurden nie mit meiner Person in Verbindung gebracht. Für uns verschissne Affen, uns falsche Irre, wie mein armer Hebräischlehrer mich und alle Orks nannte, wollte er nicht auf der Welt sein. So schrieb er zum Abschied, bevor er sich in den deutschen Wald hineinhängte. Für uns, und nur für uns, war er aber eben doch auf dieser Welt. Mein wackerer Witzesammler hat sich im Grunde zugunsten der deutsch-israelischen Völkerverständigung aufgeknüpft, damals über dem Blumenteppich der blauen Hasenglöckchen. Und damit verschwand er aus der Buchhaltung des Hier und Jetzt.

Daher geht es mir gold, auch privat konnte ich mich arrangieren. Bis zu meinem Unfall kamen zweimal in der Woche Damen von der Agentur Ariadne, diskret, sauber, professionell zugewandt.

Ich liebte es, sie in meinem Bad urinieren zu lassen, da ich eine dafür bestens geeignete Toilette besitze, in die man lautstark hineinstrullert, aus einem weiblichen Geschlecht jedenfalls. Wie komme ich darauf? Egal. Der Hippie kann sicher sein, dass er in mir einen verlässlichen, wohlhabenden, charakterlich gefestigten Freund findet. Mein Gott, er könnte mein Sohn sein.

Leider kann er nur auf kleine Papptafeln schreiben, was er mir mitteilen möchte. Nachtschwester Gerda hat aus einem Schreibladen jede Menge linierte Karten für ihn besorgt. Grüne, gelbe, blaue und rote. Außerdem grüne, gelbe, blaue und rote Filzstifte. Er hat eine blaue Tafel mit einem blauen FRAGEZEICHEN und eine gelbe Tafel mit einem gelben AUSRUFEZEICHEN vorbereitet. Wie kommt man auf so eine Kombination? Auf den blutroten Karten, die auf seiner Brust liegen und für die Kommunikation mit mir gedacht sind, stehen folgende Worte in natürlich roten Buchstaben:

»SCHWEIN!«

»MÖRDER!«

»RAUS!«

»NEIN, DANKE!«

»NEIN!«

»NIE!«

Ich sage dem Hippie, dass uns das nicht weiterbringen

wird und mit einer Sportmannschaft überhaupt gar nichts zu tun hat. Kein Tischtennisspieler sagt diese Worte zu seinem Partner (es sei denn, er ist ein wirklich sehr schlechter Partner, aber das bin ich nicht).

»FICK DICH!«, schreibt der Hippie mit zittrigen Fingern auf eine neue rote Karte.

»Verstehen Sie mich nicht falsch, Swami. Ich habe nichts gegen Ihre Wut. Ich verstehe Ihre Wut. Sie sind empört. Sie sind von mir enttäuscht. Aber damit können wir doch arbeiten.«

Er blickt mich nur an.

»Wir können als Sportmannschaft damit arbeiten. Das gemeinsame Training. Die gemeinsame Vorbereitung. Wie Doktor Papadopoulos sagt: auf ein gemeinsames Ziel zusteuern!«

Er lacht, als würde er kleine Kieselsteine aus der Kehle würgen, im Rachenraum sammeln und mir im nächsten Moment entgegenspucken.

»Sehen Sie, Swami. Sie haben mir so viel über Buddha erzählt. Aber dass auch Buddha sterben musste, das haben Sie mir nicht erzählt. Aber da der Buddha kein stinknormaler Mensch war, war auch sein Tod kein stinknormaler Tod.«

Der Hippie nimmt eine rote Karte und schreibt »NIRWANA« darauf.

»Meinetwegen ging er ins Nirwana ein. Aber mir ist egal, ob er danach noch existierte oder nicht existierte. Worauf ich hinauswill: Er wurde von den Würmern gefressen, so wie Sie oder ich von den Würmern gefressen werden. Und dann verwandelte er sich in etwas Besonderes.«

Er schreibt: »BESONDERES?«

»Natürlich was Besonderes. Aber wenn der besondere Buddha wie ein Mensch sterben konnte, dann konnte er auch wie ein Mensch leben. Und dann wusste er auch, was Wut war.«

Er schreibt: »WUT?«

»Ich weiß schon, dass Buddha die Leidenschaften nicht so gut fand. Aber er musste doch auch unendlichen Zorn gekannt haben und Hass.«

Er schreibt: »HASS?«

»Er muss Hass gekannt haben, aber da er kein stinknormaler Mensch war, hatte er auch keinen stinknormalen Hass. Er hatte erleuchteten Hass.«

Ich muss fünf Minuten warten, weil der Hippie eine Weile schreibt.

Dann lese ich: »LIES DAS MAHAPARINIRWANA SUTRA ÜBER DAS PARI-NIRWANA UND ERKENNE DASS DER HASS DEIN SELBST ZERSTÖRT DU ARSCHLOCH!«

»Ich rede doch auch von einem erleuchteten Hass, der nicht dein Selbst zerstört, sondern dich zu deinem Selbst führt, zu dem, was du wirklich bist. Die Macht des Sturms, zu reinigen und zu erneuern, die erkennst du nur im Hass.«

Ich lese: »FICK DICH!«

»Du hasst mich doch auch.«

Er lässt die »FICK-DICH!«-Karte in der Hand, bohrt sich mit dem kleinen Finger der anderen Hand in der Nase, immerhin.

»Du hasst mich. Das wissen wir beide. Und das ist etwas Gutes. Und das Gute müssen wir noch besser machen. Das müssen wir im Doppel noch besser machen. Ich die Vorhand. Du die Rückhand. Ping. Pong. Ping. Pong. Goldmedaille!«

Noch immer lese ich: »FICK DICH!«, während der Hippie seine Augen schließt.

»Wenn du erfährst, wie ich mir meine Kugel eingefangen habe, dann wird dir erleuchteter Hass vielleicht nicht mehr so unmöglich erscheinen.«

Er lässt ein wenig gefrorene Zeit über seine Augenbrauen bis hinunter zu den geschlossenen Lidern rieseln, wo sie liegen bleibt, schmilzt und aufgrund des hohen Säuregehalts die Augen aufätzt. In seinem Blick ist reine Gier. Er möchte es erfahren. Er will alles wissen. Er schaut mich an, und ich muss befürchten, dass das Gebiet hinter seinen Augen mit erfundenen Geschöpfen bevölkert ist, die er auf mich schießen lässt. Die »FICK-DICH!«-Karte sinkt langsam auf die Decke zurück, wie der einer vergifteten Kleopatra entgleitende Fächer.

Aber ich sage nichts mehr.

Ich gehe in mein Bett zurück, schalte meine Leseleuchte ein, lese die Biographie über Camille Claudel weiter, die mich seit Tagen fesselt. Ich lasse den Hippie in sich selbst ruhen, lasse die Säure tief in sein Gehirn eindringen, sehe, wie Nachtschwester Gerda hereinkommt, mir den Krankenhausfraß hinstellt, zu dem Hippie hinübergeht, ihm ein Löffelchen Joghurt zufüttern möchte.

Er schreibt eine Karte.

Sie liest: »SCHMECKT SCHEISSE!«

Sie nickt traurig, zupft seine Decke zurecht und bittet, dass er so nicht mit ihr reden möge, dabei redet er ja gar nicht.

Er ist aufgebracht und wund und inzwischen halb blind geworden, und so lasse ich ihm die Nacht.

41

Das Haus der Kunst. Kennen Sie das?
Sie leben seit zwanzig Jahren in München und kennen nicht das Haus der Kunst?

Als der Führer auf dem Piazzale Michelangelo über den Dächern von Florenz einst seufzte: »Endlich, endlich verstehe ich Böcklin!«, da beschloss er, München einen grandiosen Musentempel zu erbauen und mit Bronzesiegern, Gipsgeißen und einem Triptychon vollzustopfen, das *ss-Mann,* sa-*Mann, Arbeitsdienst* hieß.

Nun steht das Ding aus Granit und Kalk – entrümpelt, leer, ein Riesenbau mit einundzwanzig Titanenoberschenkeln statt Säulen – am Rande des Englischen Gartens. Bestimmt haben Sie schon mal auf seinen Treppen gesessen. Da werden Joints vertickt, soweit ich weiß, und durchaus Schlimmeres. Innen alles Marmor, die Türstöcke, die Treppen, die Sockelleisten. Wirklich alles Marmor. Urdeutscher Marmor: roter Marmor aus Kelheim, gelber aus Saalburg und der allergelbste vom Tegernsee.

An den Decken schimmern Hakenkreuze, echtes Blattgold auf rosa Mosaiken. In den Sälen fühlt man sich wie im Inneren eines majestätischen Dampfers. Hier finden Kunstausstellungen statt, Vernissagen, manchmal Performances. Auch die Neue Pinakothek, pulverisiert durch eine Fliegerbombe und ohne feste Bleibe, zeigt in diesen Räumen ihre Sammlung einst Entarteter.

Ein unerwarteter Zufall in Gestalt des Starnberger Großsammlers Ignatius Kirchmaier eröffnete mir vor einigen Monaten die nie erträumte Gelegenheit, Papas Werk in einer Gesamtschau erleben zu dürfen.

Kirchmaier, erotomanisch begabt, führte dem Projekt eine noch durch seinen Vater erworbene Sammlung Solm'scher Schäferstücke zu. Mädchenporträts, Frauenporträts, Damenporträts, von deren Existenz ich gar nichts gewusst hatte, steuerte der liebe Ignatius bei. Mama, zwei weitere Mäzene und das Rigaer Staatsmuseum halfen mit Leihgaben. Und aus den Beständen der Pinakothek kamen baltische Landschaften, deren emotionale Emanation durch haschende Nymphenleiber ins birkenreiche Bild gesetzt wurde.

Wie eine zerzauste, mit Regen vollgesogene alte Wolke stand ich vor dem weiblichen Akt, der meine verlorene Ev im Alter von fünfzehn, höchstens sechzehn Jahren zeigte, als sie gar noch nicht sehr weiblich war. Papa hatte sie als Göttin heiliger Meditation mit aufgestütztem Kopf in sein Atelier gelegt, genau auf die Sofaecke, in der ich als Kind so gerne lag. Ev trug ein Nichts aus Seide.

Mama aber erkannte es als ihr altes Negligé. Überhaupt war sie vollkommen gegen das Bild, das sie unschicklich fand, weil die Schönheit der Jugend und ihre ewigen Gesetze (dass man nämlich ihrer Betrachtung schwer entsagen kann) nur von Evs steinaltem Blick verhangen wurden, nicht von ihrer Kleidung. Skepsis lag in ihrem Lächeln, eine Skepsis, die auch in ihren dunklen Augen rauschte, und ich wunderte mich nicht, dass Papa das Bild *Melancholia* genannt hatte.

Zur Ausstellungseröffnung waren über dreihundert Besucher gekommen, vielleicht auch mehr. Und ob sie nun Jeremias Himmelreich oder Koja Solm oder gar nur Herrn Dürer kannten, sie alle hatte ich, der zur Solmhaftigkeit Zurückgekehrte, ganz herzlich eingeladen.
Nur Hub nicht.
Hub musste zu seinem Prozesstermin und die Gaswagen aus Riga erklären, beziehungsweise mussten die Gaswagen aus Riga erklärt werden, zusammen mit der Frage, warum der ehemalige Herr ss-Standartenführer auf ihr Vorhandensein so großen Wert gelegt hatte.

Mama kam in großer Schale, ein sich nach Papa zurücksehnender, habichtartiger Geist. Auch Herta Gehlen sah ich, onduliert, und sie hatte tatsächlich den durch und durch schlechtgelaunten Reini am Arm, der angewidert an Papas Werken entlangspazierte. Sogar Otto John meinte ich im Menschengewühl erspäht zu haben. Vollkommen überrascht aber streckte ich mich, als hinter einer Wolke amön sirrender und summender Kunstliebhaber die großen Ohren von Oberst Isser Harel aufblitzten. War das möglich? Konnte das überhaupt möglich sein? Auch ihm hatte ich eine Einladung zukommen lassen, aber ohne jede Hoffnung. Israel war so weit weg. Und er hatte auf die Postkarte nicht einmal geantwortet.

Der feinnervige Kurator, ein Grand Guignol wie er im Buche steht, nannte seine Ausstellung *Die Kunst des Ewiggest-*

rigen. Eros, Thanatos, Transzendenz und Pose. Das allegorische Werk des baltischen Künstlers Theo Solm. Mit Beginn des Festakts stakste er zum Rednerpult, einem recht stabilen Kasten, hauchte einige einleitende Sätze ins Mikrophon und kündigte mich schließlich als »Sohn und nicht einmal untalentierten Sohn« des Künstlers an.

Ich schritt also nach vorne, mit meinem besten Anzug gewappnet, und hielt zum ersten Mal in meinem Leben einen Vortrag über meinen Vater. Über meinen Vater und das typisch Solm'sche meines Vaters. Es ist aber wirklich komisch, öffentlich über seinen Vater zu sprechen, es fühlt sich einfach unmöglich an, so als würde die Glühbirne erklären müssen, wer Thomas Alva Edison gewesen war und warum er sein musste.

Ich sagte, was für eine Freude es für mich bedeute, dass so viele Besucher gekommen seien an diesem fast baltisch warmen, also nicht heißen Sonntagvormittag. Ich wolle (fuhr ich fort) einige Worte über *Melancholia* verlieren, Papas Porträt seiner geliebten Tochter, das hinter mir hing, so dass es jeder sehen konnte, als ich sprach.

Aus der Einsicht in menschliche Defizienz und durch deren gestalterische Umwertung zu Vorzügen (sagte ich) konnte Theo Solm auch aus der Physiognomie dieses Mädchens, das er Neunzehnvierundzwanzig oder Neunzehnfünfundzwanzig gemalt hat, die Essenz der Sehnsucht und Einsamkeit herausspüren (ich stockte). Betrachten Sie bitte, in welcher Blässe das ganze Gesicht gehalten wird. Und die Lippen fast bläulich (ich klärte über die Farbe Blau auf, die Farbe der Tiefe, die uns niemals so nah kommt wie Rot und uns nicht vereinnahmt wie das kinderliebe, sonnendurchglühte Gelb). Krank scheinen auch die Augen des Modells zu sein, ein winziges Karmesin hier an den Rändern hilft. Das melancholische Temperament, nach medizinischer Lehre aus den trockenen Körpersäften der schwarzen Galle emporsteigend, ersehen Sie aus der glanzvollen, ins Schwarz ihrer Pupillen und ihrer selbstgeworfenen Schatten ziehenden Sterblichkeit, die in so erschütterndem Kontrast steht zu ihrem Leben als frisches Fleisch. Ich behaupte (behauptete ich), dass dieser Gegensatz immer auch in allen noch so kitschig und pathetisch oder gar lüstern erscheinenden Bildern meines Vaters zu finden sei, da er eben selbst ein Melancholiker war, durch und durch ein Melancholiker, völlig gewiss, dass sich der Mensch mit all seinen Fähigkeiten, seinem abstrakten Denkvermögen und seinen unvorstellbaren Kenntnissen gleichwohl verlässlich und souverän nur im Bereich des Sichtbaren orientieren kann.

»Und doch – ist nicht das Unsichtbare das einzig Wertvolle am Menschen?«, fragte ich in den Saal hinein. »Das Unsichtbare dieses halben Kindes jedenfalls, meine Damen und Herren, hat mein Vater durch seine Kunst vermutlich in die nur denkbarste Nähe des Sichtbaren gebracht. Dass ich mir nun leider nicht verbeißen kann, eine gewisse Rührung zu zeigen (bitte verzeihen Sie meinen Mangel an Contenance)«, sagte ich, »ist genau diesem Umstand geschuldet, dass ich diese junge Frau, meine Schwester, Ev hieß sie und heißt sie noch ein Weilchen, wie ich hoffe, in den letzten fünfundfünfzig Jahren nicht für eine Sekunde gekannt habe. Dabei hätte ich nur dieses Bildnis betrachten müssen, das mein Vater mir vorenthielt, uns allen vorenthielt, auch meiner Mutter vorenthielt, dort unten steht sie und heult ebenso wie ich. Stattdessen hat Papa sein Werk einem völlig fremden Sammlersmann, dem Herrn Vater unseres im wahrsten Sinne des Wortes edlen Herrn Kirchmaier, für einen Apfel und ein Ei verkauft, ein Werk, das die Trauer des Menschen über sein zeitlich irdisches Dasein, über dessen Beschränkungen und Unerfüllbarkeiten an ein hübsches Mädchengesicht hängt. Ein schlechtes Geschäft. Doch will ich es nicht beklagen. Denn hätte Kirchmaier senior damals nicht zugeschlagen, wäre mir Ev, das alte Evakind – sie ging der Welt entzwei und wusste es –, in diesen Farben hinter mir, in diesem mir niemals geschenkten Lächeln, einfach nicht begegnet.«

Dann dankte ich der Stadt München, dem toten und dem lebenden Herrn Kirchmaier, dem Haus der Deutschen Kunst (jedoch nicht Adolf Hitler), der Pinakothek München, dem Städtischen Museum Riga, der sowjetischen Botschaft in Bonn, der SPD, dem BND (nur durch ein Nicken zu Herrn Gehlen), meiner Mutter, den vielen Gästen und Freunden, die gekommen waren (zwei Damen der Agentur Ariadne sah ich ebenfalls), und nicht zuletzt dem Herrn Kurator, der noch einen kunstwissenschaftlichen Beitrag, die Hauptansprache dieses Tages, zu Gehör bringen wolle.

Ich hätte nicht gedacht, dass das nun Folgende, das Bestürzende und Grauenhafte, in der möglichen Evolution des Tages auch nur in Spurenelementen angelegt gewesen war. Die Stimmung schien so aufgeräumt zu sein, ein wenig gelangweilt vielleicht, aber auch distinguiert und heiter, nur gedämpft durch die leise Furcht vor der kommenden, ganz gewiss recht wesensfremden Rede des Herrn Kurators, die tatsächlich begann mit: »Meine sehr verehrten Damen und Herren, lassen Sie bitte die Ars lunga den sentimentalen Pathfinder der Solm'schen Scientia machen, und fragen wir uns also alle gemeinsam: Ist das, was wir hier sehen, überhaupt Kunst?«

Ich trat zu Mama, die in der ersten Reihe stand und aus ihren Tränen stieg, deren sie sich schämte. Sie fühlte sich gekränkt durch meine ihr zu öffentlichen Worte. Vor allem wollte sie rasten, so nannte sie das Entkommen aus der Meute, daher leitete ich ihre fünfundneunzigjährigen Knochen ganz nach hinten zu den Marmorbänken, wo sie sich hinsetzte, zu einer kerzengeraden Statuarik ordnete und »Lass mich in Ruhe, Kind« sagte. Ich war weit weg vom Geschehen, ein großer Fehler.

Der Kurator redete sich in Fahrt, wie er glaubte. Die britzelnden Wunderkerzen seiner Gedanken sanken aber eher wie Ascheflocken auf die geprüften Häupter. Schon bald strahlte das Publikum die Unruhe eines schwer zu unterdrückenden Sich-Wegwünschens aus. Ein älterer Herr, an einen Pfeiler gelehnt, schien sogar zu schlafen. Das hatte Papa nicht verdient.

Plötzlich bemerkte ich aus dem Augenwinkel, wie ein junger Mann vortrat, ein Bärtiger mit Mao-Mütze. Aus seiner karierten Latzhose zauberte er ein Megaphon hervor und schaltete es ein. Es knackte ein-, zweimal bedrohlich. Schon brach der verschreckte Kurator seinen Satz direkt hinter »*haut goût* des naturalistischen Kitsches« ab und starrte, ein sprachloser Faun, hinüber zu Latzhose. Der schob das

Megaphon an seinen wild umhaarten Mund und rief, während er die geballte Faust hob: »Achtung, Achtung! Kunst, Kunst!«

Immerhin war die Langeweile weg, was ich dummerweise für ein gutes Zeichen hielt. Vermutlich aus dieser Prädisposition heraus erklären sich meine späteren geradezu fatalen Reaktionszeiten. Latzhose pustete nochmals in sein Megaphon, dann schrie er: »Dies ist ein Happening im Gedenken an den Kunstbürger Solm! Ihr seht nun eine autonome Aktion der Gruppe *art and revolution!*«

Sechs weitere junge Desperados standen plötzlich neben Latzhose. Schnell zogen sie sich aus, schnell wie der Blitz. Das einzig Irritierende daran schien für die Besucher zu sein, dass es sich um Österreicher handelte, denn genau das wurde zischelnd neben mir bedauert, als Latzhose begann, im Wiener Dialekt Mao-Zitate vorzutragen. Angefeuert vom Großen Vorsitzenden schoben die Nackten den Kurator zur Seite, machten dem schmalsten, wie Woody Allen aussehenden Aktivisten eine Räuberleiter, so dass er auf das ein Meter hohe Stehpult steigen konnte, das aber gefährlich wackelte. Dort oben angekommen, ging er in die Hocke, mit seiner Kehrseite uns zugewandt, die Arme angewinkelt, splitterfasernackt, ein eigentlich schönes, versammeltes Bild voll Solm'scher Kreatürlichkeit. Hochkonzentriert drückte er eine Wurst aus seinem Anus, aus der sie zunächst wie ein etwas schüchterner Maulwurf herausblinzelte, sich kurz zurückzog, um dann in einer fließenden Bewegung vollständig aus ihrem Bau zu kommen, was zu überhaupt gar keinen Kommentaren im atemlosen Publikum führte, erst recht nicht, als sie klatschend auf Hitlers Solnhofener Kalksteinboden fiel (farblich passte das ganz gut).

Spätestens jetzt hätte mir die Dimension des Geschehens vor Augen stehen müssen, denn sie stand jedem vor Augen, der die gutmütigen und geselligen Phantasten eben noch für die Bereicherung des Tages gehalten hatte.

Bevor noch jemand reagieren konnte, stellte sich ein anderer Artist vor Papas *Melancholia* und begann gewissenhaft zu masturbieren, während zwei junge Frauen sich im Hintergrund gegenseitig auspeitschten, dabei aber, um sich nicht weh zu tun, die Gemälde meines Vaters trafen. Als der Masturbierer an meine von Sehnen und Trauer erfüllte, aber nicht sonderlich schockierte Schwester (das sah ihr ähnlich) einen Schritt herantrat, ganz offensichtlich in der festen Absicht, der von Papa fünfzig Jahre zuvor aufgetragenen Dammarfirnis sein Ejakulat beizumischen, stand Reinhard Gehlen plötzlich neben mir, blass wie nie, reichte mir seine kleine, ihn stets begleitende und für Vorkommnisse dieser Art bestens geeignete Taschenpistole und sagte: »Eine ganz unvergessliche Veranstaltung, Dürer.«

Dann fügte er an, ich solle den Lümmeln ins Herz schießen.

Hier sind wir an der geeigneten Stelle, lieber Swami, um über erleuchteten Hass nachzudenken, denn angesichts der eingetretenen Umstände schien es mir nicht ratsam zu sein, von all meinen Begierden und Leidenschaften ausgerechnet in diesem Moment abzulassen. Ich nahm Gehlens freundliche Pistole, steckte sie in meine Tasche und setzte mich in

Bewegung, gerade als ein Zuschauer schrie: »Kommt hier mal die Polizei?«

Wie auf ein Stichwort skandierten die engagierten Künstler: »Polizei, Polizau, hol die dumme Bürgersau! Polizei, Polizau, hol die dumme Bürgersau!«

Der Saal begann nun zu brodeln, reagierte kontrastiv, aber noch träge. Ich rannte an Latzhose vorbei, schlug ihm im Lauf mit voller Wucht das Megaphon gegen die Zähne, sah noch sein Blut kommen, erreichte den Masturbierer, umfasste seinen Hals, nahm ihn in den Schwitzkasten, allerdings ohne großen Erfolg, denn er masturbierte einfach weiter, und ich hing wie ein Schal an ihm mit nichts als Watte in meinen vierundsechzig Jahre alten Armen. Irgendjemand zog an mir, dann traf mich ein Schlag am Kopf. Ich detonierte.

Als mein Auge wieder zu sich kam, schwankte der ganze von Hitler so schön in Fels gehauene Saal und drehte sich. Vor mir sah ich neben tänzelnden Füßen einen Zahn. Da es vielleicht mein eigener war, kroch ich darauf zu. Dann rutschte jemand ganz hinten vor dem Stehpult in Woody Allens Scheiße aus und fing sich wie der schwarze Schwan in *Schwanensee* mit Eleganz.

Ich schnappte den Zahn, kam auf die Beine.

Um mich Toben, Schnauben, Schreien, Gurgeln.

Von überall her strömte *art and revolution*. Kunstbürger schlugen zu. Künstler ließen sich schlagen. Ich stürzte erneut, sah, wie eines der jungen Peitschenmädchen meine Schwester zerschnitt mit einer riesigen Machete. Auf den Masturbierer wurde eingetreten von allen Seiten. Latzhose, das Gesicht leer wie ein geplatzter Blutbeutel, ging unbehelligt von Papabild zu Papabild und kippte zweifellos Natronlauge oder so was auf die bunten Schatten.

Ganz ferne hörte man schon Martinshörner jubeln.

Da tauchte Yossi neben mir auf.

Als sei es das Selbstverständlichste der Welt.

Yossi hatte ich zum Festakt nun überhaupt nicht eingeladen, wozu auch einen Chauffeur, der nicht mal fahren kann? Aber bevor es zu Fragen kommen konnte, half er mir auf die Beine, schob meinen linken Arm über seine Golemschultern, fasste mir mit der Rechten um den Leib und zerrte mich aus dem Gewühl heraus, um zu fliehen.

Dabei wollte ich gar nicht fliehen.

Und dennoch flohen wir durch stillere Räume, erreichten eine Treppe, die nach unten führte, stiegen in die Dunkelheit hinab, landeten in einem riesigen, seit dem Krieg kaum genutzten Kellerlabyrinth.

Ich wollte auch in kein Kellerlabyrinth.

Ich sagte Yossi, dass ich das nicht wollte, doch hielt er mich im Schraubstock seiner Fäuste fest, bis wir die Luftschutzanlage erreichten. Er zog mich in die Gasschleuse, wuchtete hinter uns die letzte Stahltür zu, verschloss sie mit dem schweren Eisenriegel und schaltete die Beleuchtung ein.

42

Eine einzelne Glühbirne sprang unter der Decke an. Tiefbunkerästhetik.

Ich sah Stahlbeton in allen Himmelsrichtungen. Ich sah auf dem grauschwarzen Stahlbeton auch die weiße Sütterlin-Aufschrift *Ruhe bewahren*. Ich sah Yossi, der an der Stahltür wartete. Ich sah einen einzelnen Stuhl mit Oberst Harel darauf, dessen Micky-Maus-Ohren expressive Schatten warfen. Ich sah ein Waschbecken mit einer Aktentasche drin. Und über dem Waschbecken sah ich ein altes Emaille-Schild hängen, ebenfalls mit dem Aufdruck *Ruhe bewahren*.

Und ich bewahrte Ruhe.

Isser Harel sagte: »Vielen Dank für die Einladung, Jeremias.«

Es war merkwürdig, ihn nicht in Sandalen, nicht in kurzen Hosen, nicht in zerknüllter Baumwolle und nicht in Tel Aviv zu sehen. Es war überhaupt merkwürdig, ihn zu sehen.

Ich begrüßte ihn und sagte, dass ich wieder hochmüsse.

»Sie müssen nicht hoch.«

Ich müsse hoch, um die Bilder meines Vaters zu retten, wiederholte ich, und ich würde mich freuen, wenn er und Yossi dabei helfen könnten.

»Es gibt nichts zu helfen, Jeremias«, erwiderte Isser Harel tonlos. »Wir helfen Ihnen nicht. Die Künstler da oben haben wir herbeigeflogen, damit sie uns helfen.«

Langsam begriff ich, dass der Zahn in meiner Hosentasche aus meinem Kiefer stammen könnte.

»Womit sollten die uns helfen?«

»Nicht Ihnen. Nur uns. Die helfen uns mit dem, was sie tun. Sind eben Künstler. Und was sie machen, ist eben Kunst.«

Er sprach mit hoher, aber ruhiger und fester Stimme, als würde er sagen, wie viel Uhr es ist. Dann blickte er mit dem Ausdruck größter Selbstverständlichkeit hoch an die Decke.

»Die werden jedes einzelne Gemälde da oben fertigmachen«, sagte er, »bis nichts mehr davon übrig ist.« Es klang versonnen.

Als ich seinem Blick folgte, bemerkte ich die Stille. Zwei Meter fünfzig dicke Stahlbetonstille. Kein Laut von oben. Stille macht es einem nicht immer leichter, die Ruhe zu bewahren.

»Sie haben diese Komödie veranlasst?«, fragte ich bestürzt.

Er senkte die Augen, strich sich über die Stirn und blieb die Antwort schuldig.

»Warum? Was haben die Bilder Ihnen getan?«

»Die sind von Ihrem Vater.«

»Ja, aber was haben sie Ihnen getan?«

»Ihr Vater war kein Jude. Ihr Vater hieß nicht Himmelreich. Ihr Vater ist in keinem Konzentrationslager ums Leben gekommen. Das, Jeremias, haben mir die Bilder getan.«

Ich zeigte ihm meine Verachtung, indem ich mich wortlos zur Gasschleuse umdrehte und darauf zuhumpelte. Als ich sie erreicht hatte und öffnen wollte, trat Yossi auf mich zu und rammte mir seine Faust unters Kinn. Ich ging zu Boden und merkte, wie ich mit aller Kraft getreten wurde, in den Unterleib, in den Brustkorb, ins Gesicht. Man griff mich an den Handgelenken, schleifte mich über den rohen Beton. Wie ein Sack wurde ich vor Issers Stuhl abgelegt. Es war eine ernste Sache.

»Auf dem Bild da oben, vor dem Sie vorhin sentimental geworden sind«, hörte ich die nachdenkliche Stimme von Oberst Harel nach einer Weile fragen, »habe ich da Frau Himmelreich erkannt?«

Ich nickte. Eine oder zwei meiner Rippen waren gebrochen, und ich spuckte Blut.

»Sie ist Kinderärztin in Tel Aviv, heißt es?«

Ich nickte und rappelte mich langsam auf.

»Sie ist nicht mehr mit Ihnen zusammen?«

Ich schüttelte den Kopf.

»Das ist gut. Sie würde uns fehlen.«

»Soll das eine Drohung sein?«

»Es gibt nichts zu drohen. Sie sind hier. Wir sind hier. Die Dinge passieren.«

»Der Mossad hat mich ehrenvoll entlassen.«

»Der Mossad hat Sie ehrenvoll entlassen?«

»Ich bekomme Rente.«

»Er bekommt Rente, Yossi.«

»Ich gehe jetzt.«

»Später.«

»Jetzt.«

Wieder setzte ich mich in Bewegung.

»Jeremias, das hatten wir doch schon.«

Ich schlurfte weiter.

»Wenn Sie die Tür erreichen, wird Yossi Ihnen den Arm brechen.«

Ich kam gut voran.

»Es tut ihm weh, wenn er Sie mit der Faust schlägt. Seine Faust ist nicht mehr die jüngste.«

Ich hatte nicht das Gefühl, dass es ihm weh tat, mir ins Gesicht zu schlagen. Ich landete erneut auf dem Boden, und dort blieb ich liegen.

»Was wollen Sie?«, fragte ich erschöpft.

Isser erhob sich.

Immer wenn er sich erhob, hatte das einen überraschenden Effekt, weil er im Gegensatz zu fast allen anderen Menschen, die sich erhoben, dabei nicht größer wurde. Gleichzeitig gab es seiner Erscheinung eine groteske Note, die er auch dadurch verstärkte, dass seine Gestik explodierte. Er ging vor mir auf und ab, ohne dass sich seine Stimme veränderte.

»Sie kamen in mein Institut. Kamen unter falschem Namen. Kamen unter falscher Identität. Unter Vorspiegelung falscher Tatsachen. Mit einer falschen Ehefrau. Als Sohn dieses Fickbildmalers. Als Bruder eines Massenmörders. Und Sie glauben, Sie kommen damit durch?«

»Sie war keine falsche Ehefrau.«

»Sie haben zugesehen, wie Yossi Ihren eigenen Bruder bestrafte. Sie waren dabei. Sie haben zugesehen, wie er ihm ein Auge ausschlug. Ich hasse diesen Mann. Aber einen Bruder wie Sie, den hat nicht einmal dieser Mann verdient.

Sie sind Abschaum, Jeremias Himmelreich, Koja Solm, Heinrich Dürer oder wie immer Sie heißen mögen.«

Was ich spürte, neben einem alles überwältigenden Gefühl der Erniedrigung, war mein mit wackelnden Zähnen bevölkerter Mund und der rechte Brustkasten, wo Gehlens Pistole, in meiner Anzuginnentasche verwahrt, mir durch irgendeinen Sturz die Rippen geprellt oder gebrochen hatte, der Situation aber auch etwas Verführerisches gab, da sie sich auf mein Kommando hin sehr schnell verändern konnte.

»Ich habe Ihnen treu gedient, Isser«, sagte ich und richtete mich mit Mühen auf. »Viele Jahre lang. Ich habe die großen Tiere für Sie gejagt, und Sie haben sich ihr Fell ins Büro genagelt. Ich habe Leute für Sie umgebracht, und ich bin nicht stolz darauf. Auf den Tag, als Sie Hub auseinandernahmen und ich zusehen musste, bin ich auch nicht stolz. Ja und? Hat Stolz irgendwas mit unserem Beruf zu tun? Nein. Niemals. Sind Sie stolz, hier zu sein und all das anzurichten? Ja, ich glaube schon.«

Er blickte mich an, verlangsamte seine Schritte. Ich zog mich an Yossi hoch, der mit seinem lieben Eselsgesicht nicht wusste, wie er darauf reagieren sollte.

»Sie sind aus Stolz hier! Es ist der Stolz, der Sie in Hitlers beschissenes Haus der Kunst treibt. Pissen Sie doch dahinten in die Ecke, wenn Sie stolz drauf sind, auf Führerbeton zu pissen.«

Oberst Harel hielt inne. Er bewegte sich gar nicht mehr. Er war wie ein Torpedo, den man mit großer Hast ins Abschussrohr geschoben hatte und der jetzt einfach dalag und auf die Zündung wartete.

Er gab Yossi ein Zeichen. Der packte mich, zerrte mich hinüber zum Waschbecken, in dem die Aktentasche lag. Er ergriff sie, schob mich zurück unter die Glühbirne und klappte dort die Tasche auf.

Als ich die Fotos das letzte Mal gesehen hatte, dreißig Jahre war es her, hatte mir Genosse Nikitin nur kontraststarke und billig produzierte Abzüge gezeigt. Jetzt sah man, was man Neunzehnvierundsiebzig aus den alten Negativen noch herausholen konnte. Das Labor hatte großen Ehrgeiz gehabt. Die Körnung störte kaum, jede Schattierung der Gesichtsausdrücke war erkennbar.

»Eine unserer lokalen Quellen sitzt im Archiv des KGB«, sagte Isser, der hinter mich trat. »Vor drei Monaten hat man uns das zugeschickt.«

Auf dem vierten Foto erkannte ich Moshe Jacobsohn. Er blickte ohne jeden Ausdruck, außer dem Ausdruck gehetzter Todesangst, in die Kamera. Mich sah man im Halbprofil. Hub war im Begriff, seine Waffe aus der Pistolentasche zu ziehen.

»Was sagen Sie dazu?«

Ich sagte nichts dazu.

»Wie war es, als mein Onkel starb?«

Ich konnte einfach gar nichts dazu sagen.

»Die Sonne schien. Man sieht es an den Lichtflecken hier, dass die Sonne geschienen haben muss.« Sein Finger tippte auf das Papier. »War es schön, als er starb? War es ein schöner Tag, als mein Onkel starb?«

Es war schlimm. Aber das war noch nicht das Schlimmste, sagte ich.

Das Schlimmste waren die Bilder, die jetzt folgen.

Der Oberst schrie auf. Dann ging er um mich herum, blieb direkt vor mir stehen, baute sich auf und spuckte mir ins Gesicht. Er musste von unten spucken, weil er so klein war, und traf in mein Nasenloch. Er atmete laut. Vielleicht weinte er.

Nach einer langen, unangenehmen Stille wandte er sich ab.

»Wir werden Sie nicht regulieren, Jeremias«, sagte er leise, immer noch abgewandt. »Die neue Mossad-Führung hat sich angesichts Ihrer Verdienste dagegen ausgesprochen. Man wird jetzt nicht mal Ihre Rente kürzen.«

Er nahm Yossi die Bilder ab, sortierte sie in der richtigen Reihenfolge und steckte sie in die Tasche zurück.

»Aber diese Fotos werde ich an alle Leute schicken, die was damit anfangen können. An die deutschen Behörden. An Ihren Bruder. An Ihre Mutter. An all Ihre sauberen Freunde dort oben.«

Er drehte sich zu mir um, betont langsam.

»Und natürlich an Frau Himmelreich.«

Wütend? Ja, Swami, Isser Harel war wütend. Er war so wütend, dass er sogar Zuflucht zur ironischen Tonlage nehmen musste, um nicht zu platzen vor Wut. Er hätte einen lausigen Mossad-Chef abgegeben, wenn er nicht jahrzehntelang wütend geblieben wäre. Sie müssen zugeben, dass jahrzehntelang wütend zu sein was anderes ist, als jahrzehntelang gerecht zu sein. Gerecht sein zu wollen klingt viel besser, als wütend sein zu wollen. Aber Sie sollten bitte eines beachten: Man kann von Hunger getrieben sein, von Durst, von dem Verlangen nach Liebe. Aber von dem Verlangen nach Gerechtigkeit kann man nicht getrieben sein.

Es sei denn, man nennt dieses Verlangen beim richtigen Namen. Und dann heißt es Wut.

Wut klingt natürlich nicht besonders. Natürlich würde es besser aussehen, wenn ein ehemaliger Mossad-Chef sich aus reiner und purer und friedlicher und sagen wir mal buddhistischer Erleuchtung aus Tel Aviv aufmacht, um für Gerechtigkeit zu sorgen.

Aber nicht dieses edle Gefühl hat Isser nach München verschlagen, in diesen feuchten, muffigen Nazibunker, in dem ihm internationale Verwicklungen drohen, falls Latzhose keine Lust auf eine Gefängnisstrafe hat und vielleicht Kontakte nennt, dunkle Kontakte, anonyme Kontake, aber israelische Kontakte.

Die Wahrheit ist, dass der alte Oberst einfach wütend war, stinkwütend war, nur deshalb ist er gekommen. Denn die Wut ist es, die uns antreibt und in Fahrt bringt. Auch Ev hat immer ihre Wut angetrieben und in Fahrt gebracht. Die Entwischten hat sie aus Wut gejagt, nicht aus Liebe zum Menschengeschlecht. Diese erleuchtete Wut, lieber Swami, diese erleuchtete Wut ist unser Motor, und wenn man sie für etwas Sinnvolles einsetzt, dann kann man sich damit nützlich machen. So einfach ist das. Ich kann mir nicht vorstellen, dass Buddha das anders sieht.

Ich selbst habe leider nie die Kurve gekriegt. Wut hätte ich lernen müssen, denn vielleicht war es gerade der Mangel an Wut, der als entscheidende Ursache all der Verhängnisse in Frage kommt, die mein Dasein zeitigt. Vielleicht war in mir einfach zu viel des Guten. Zu wenig Wut ist auch nicht gut – ein kleiner Reim, den Sie sich merken dürfen. Erleuchtete Wut, die brauchen wir. Nicht diese Anfälle von Raserei, die einen wie Fieber überfallen und alles nur schlechter machen.

Denn genau das geschah mit mir, als ich den so selbstgewiss wütenden, den in reinster Form wütenden, den mich wütend verachtenden, den mich nicht erkennenden, den von meiner Liebe zu Ev und zu Anna und zu Maja und zu Mumu und zu Marie-Lou und zu Mandolika und zu allen M-Frauen nichts ahnenden Scheißzwerg anstarrte, der den weiten Weg nur gekommen war, um mich zu demütigen und der Welt das Bild zu rauben von diesem Mädchen auf dem Sofa meines Vaters, das ich doch nie aufhören werde zu vermissen.

Und ich griff in meine Jacketttasche, holte die Pistole Reinhard Gehlens heraus, ein Pistölchen gewissermaßen, dennoch für eine Überraschung gut. Ganz verdutzt schaute Yossi. Das Kindliche wird er auch noch mit ins Grab nehmen. Da guckt er aus der Wäsche. Und selbst Oberst Harel war für einen Moment verwirrt. Ich schrie die beiden an, sie standen da wie stark erhitzte Zinnsoldaten. Dann sprang Yossi zwei Schritte vor, erreichte die Glühbirne, hüpfte in die Höhe und schlug sie aus mit seinen beiden bloßen Händen, zermatschte sie wie eine Riesenfliege. Klirr.

Und es war schwarz.

Ich wartete zu lange in der Dunkelheit, pochenden Herzens, vielleicht eine Sekunde oder zwei.

Dann schoss ich in Yossis Richtung.

Doch die Kugel ging daneben. Sie traf hingegen eine Stahltür, die halb offen stand und alte Bunkertrakte schützte. Von dort prallte sie in einem Winkel ab, der ihre Schussgeschwindigkeit nicht wesentlich verringerte, aber mit originellem Drall schlug sie auf die Abdeckung der Gasschleuse, die das Geschoss so kunstvoll weiterlenkte, dass es einen Betonpfeiler nur streifte und von dort, inzwischen kaum noch schneller als ein Vögelchen, zu mir zurückfand wie ein Bumerang, eine Billardkugel also, eine schwarze, das ist alles.

Sie schlug mit letzter Kraft durch meine Schädeldecke, so müde, dass ich ihren Aufprall spürte, dann wühlte sie sich durch den flüssigen Planetenkern, ein Feuerwerk an Farben, und an der Knochenwand schräg gegenüber blieb sie hängen, ja bitte schön, und Schluss.

43

Der Hippie reißt ganz weit die Augen auf.
Ich hole ihm den Umschlag.
Es ist der Umschlag, den mir Hub einst brachte.
Das ist schon lange her, mein lieber Herr Gesangsverein.
Ich ließ den Umschlag immer unter der Matratze, ich schlief darauf in jeder Nacht, obwohl es keine Zahnfee gibt, die dir am Morgen mit ein bisschen Schokolade dankt, was Saurem oder etwas Salzgebäck.
Ich zieh die Fotos jetzt ans Licht und zeige jedes einzelne dem Basti.
Es zittern seine Finger, es zittern seine Lider, es zittern zwischen den Frankensteinschädelschrauben seine letzten Haare.
Er sieht, wie ich inmitten der ss im Sonnenlicht mich fürchte.
Er sieht auch Moshe Jacobson und mein Profil.
Er sieht die Fotos immer wieder an.
Er sieht, wie ich mit der Pistole dort am Grubenrand den Arm ausstrecke, so viel Raum wie selten passt zwischen mich und diese Handschuhhand.
Ich lasse beide Augen auf beim Anlegen und Zielen, denn bei der ss gilt es als feige, ein Auge fortzukneifen.

Er sieht die Frau.
Er sieht das kleine Kind.
Er sieht, wie sich das Kind verwandelt durch die vielen Schüsse.
Ich schieße ja das ganze Magazin in dieses Kind.
Er sieht sich mein Gesicht auch aus der Nähe an.
Mein Gesicht auf dem Papier und nicht das andere.
Ich sage ihm, er darf die Wut auch ruhig kommen lassen.
Es leuchtet uns die Wut in eine bessere Welt.
Buddha wird verstehen unter seinem Bhodibaum.
Ich sage ihm, er soll jetzt richtig wütend werden.
Dann ist es Nacht.
Ich hole das Skalpell.
Ich lege mich zu ihm ins Bett.
Ich zeige ihm, wo er mich schneiden muss und auch wie tief.
Kein Mensch ist besser als der andere.
Das sage ich ihm aber nicht.
Es ist die Wut, die leuchten darf.

Am nächsten Morgen wache ich dann trotzdem auf, obwohl ich keinesfalls damit gerechnet hätte.
Der Hippie neben mir erglüht im frühen Sonnenstrahl, ist aber kalt.
Sein Mund steht auf wie beim Piranha.
Sein Kopf ist ausgelaufen in der Nacht, das Kissen nass.
Wegen der Schraube wohl, dem alten Klump.
Das Skalpell liegt am Boden.
Gleich rufe ich Nachtschwester Gerda.
Doch vorher sehe ich die kleine gelbe Karte.

Er muss sie in der Nacht geschrieben haben.
Die Schrift ist zitterig, und sie liegt ihm im Genick.
Gelber Stift auf gelber Karte.
Ich lese: »PEACE!«

Danksagung

Viele Bücher haben auf Form und Inhalt des vorliegenden Romans eingewirkt, der in starkem Maße auf der Arbeit anderer Autoren gründet. Ihnen allen möchte ich von Herzen meinen Dank aussprechen, auch wenn ich hier nicht allen Einflüssen gerecht werden kann, die dieses Buch ermöglicht haben.

In das historische Thema eingeführt hat mich im Jahr 2002 mein inzwischen verstorbener Ziehvater Heinz Kroeger, der mir für die jahrelangen Forschungen sein umfängliches Privatarchiv zur Verfügung stellte. Ihm verdanke ich auch den Hinweis auf die Studie *Deutschbaltische ss-Führer und Andrej Vlasov 1942–1945* von Matthias Schröder, ohne die *Das kalte Blut* niemals entstanden wäre (ebenso wenig wie die umfangreiche und unveröffentlichte Familiengeschichte gleichen Titels, die ich parallel zum Roman verfasst habe und in deren Literatur- und Quellenverzeichnis jene Fachbücher aufgelistet sind, ohne die mir der Zugang in die Welt der westlichen wie östlichen Geheimdienste und ihres nationalsozialistischen Äquivalents, des sd, verschlossen geblieben wäre, s. http://diolink.ch/krausbibliographie).

Die wichtigste fachliche Hilfe wurde mir in all den Jahren durch die Journalistin und Historikerin Anita Kugler zuteil, deren großartige Biographie *Scherwitz. Der jüdische ss-*

Offizier die Ambivalenz und Widersprüchlichkeit einer Figur beschreibt, die Opfer und Täter zugleich war. Wenn der vorliegende Roman dazu beitragen könnte, das vielschichtige Werk über jenen in der ss-Einsatzgruppe A tätigen, in jedem Sinne bizarren und mit krimineller Energie begabten Judenretter Fritz Scherwitz wieder einer breiteren Öffentlichkeit zugänglich zu machen, so wäre dies eine besonders schöne Begleiterscheinung meiner Bemühungen. Der Figur eines fließend Deutsch, Russisch und Jiddisch sprechenden ss-Offiziers hat der Protagonist der Erzählung, Koja Solm, jedenfalls eine hypothetische Vaterschaft zu verdanken.

Nachhaltige Wirkung auf mich und ganz direkt auf die Handlung hatte auch das brillante und nach über dreißig Jahren immer noch erschreckend aktuelle Standardwerk von Jörg Friedrich *Die kalte Amnestie. NS-Täter in der Bundesrepublik,* dessen Thesen inklusive einiger Sätze in die letzten Kapitel meines Buches eingeflossen sind. Hervorheben möchte ich außerdem dankend das Buch *Die ›Endlösung‹ in Riga* von Andrej Angrick und Peter Klein, aus dem (neben Andrew Ezergailis' *The Holocaust in Latvia*) mehrere Details zur Besatzungsgeschichte Rigas entnommen sind.

Michael Wildt hat einen Studienband zum SD herausgegeben *(Nachrichtendienst, politische Elite und Mordeinheit. Der Sicherheitsdienst des Reichsführers ss)* und noch dazu eine monumentale Gesamtdarstellung über das Führungskorps von Heydrichs Reichssicherheitshauptamt verfasst *(Generation des Unbedingten).* Die Frage, wie es möglich war, dass die bundesdeutsche Gesellschaft trotz der Integration des ehemaligen NS-Personals zur Demokratie finden konnte, drängt sich nach der Lektüre dieser Bücher auf und hat mich in die vorliegende Erzählung getrieben. Wenn ich im Übrigen die Geschichte des »Unternehmens Zeppelin« aus familiären Verbindungen kenne und die in der Zentralen Stelle Ludwigsburg vorhandenen staatsanwaltlichen Untersuchungen zu diesem Tatkomplex intensiv studiert habe, so haben mich doch erst die Arbeiten Michael Wildts wie auch eine Studie Klaus-Michael Mallmanns *(Der Krieg im Dunkeln. Das Unternehmen Zeppelin)* auf diese Aktenbestände aufmerksam gemacht, wofür ich sehr dankbar bin.

Studien über den Nationalsozialismus, deren Erkenntnisse in besonderem Maße in diesen Roman einflossen, sind unter anderem jene von Götz Aly (angefangen von *Biedermann und Schreibtischtäter* bis zu *Die Belasteteten* reichen seine Untersuchungen, die immer auch Nachwirkungen des NS-Staates in der politischen Gegenwart nachspüren), Christopher Browning *(Ganz normale Männer)*, Alexander Dallin *(Deutsche Herrschaft in Russland 1941–1945* wurde bereits 1958 geschrieben und setzt noch heute Maßstäbe), Peter Longerich *(Politik der Vernichtung)* sowie Raul Hilberg (*Die Vernichtung der europäischen Juden* ist mir ein ständiger Begleiter) und Saul Friedländer (dessen Arbeit *Kurt Gerstein oder die Zwiespältigkeit des Guten* mir die unauflösbare Ambivalenz von Menschen im moralischen Dilemma vor Augen geführt hat).

Für die unmittelbare Nachkriegszeit und die Wiedereingliederung der belasteten Nationalsozialisten in die Bonner Republik haben ganz besonders Werke von Christopher Simpson *(Der amerikanische Bumerang)*, Norbert Frei *(Karrieren im Zwielicht. Hitlers Eliten nach 1945)*, Gerd R. Ueberschär (Herausgeber von *Der Nationalsozialismus vor*

Gericht), Christina Ullrich (*Ich fühl mich nicht als Mörder*) und Annette Weinke *(Eine Gesellschaft ermittelt gegen sich selbst)* als Quellen gedient.

Der Hauptteil des Buches widmet sich dem Nachrichtendienst BND, der CIA, dem Mossad, der Stasi sowie dem KGB. Es ist mir unmöglich, aus der Vielzahl der veröffentlichten wie unveröffentlichten Quellen die für dieses Buch wichtigsten herauszugreifen, da sie mir alle gleich wertvoll erscheinen. Besonders zu Dank verpflichtet bin ich jedoch der bestürzenden Abrechnung von Tim Weiner mit dem amerikanischen Auslandsgeheimdienst *(CIA – Die ganze Geschichte)*, der unter anderem Details der Operation »Red Cap« entnommen wurden.

Bezüglich des vierten Buches *Schwarzrotgold* haben mir zur Gründungsgeschichte Israels neben vielen anderen Werken vor allem Bücher von Tom Segev *(Die ersten Israelis)*, Michael Bar-Zohar *(Spies in the Promised Land)* und Ari Shavit *(Mein gelobtes Land)* weitergeholfen. Aus dem letztgenannten Werk habe ich mich für konkrete Details bezüglich der Ankunft der Protagonisten in Israel inspirieren lassen. Dan Diners Werk *Rituelle Distanz* sind Details der deutsch-israelischen Verhandlungen in Wassenaar zu verdanken. Die Schilderung Isser Harels über die Gefangennahme Eichmanns in Buenos Aires *(Das Haus in der Garibaldistraße)* war eine wichtige Quelle für die entsprechenden Kapitel über den ehemaligen Mossad-Chef. Josef Joffes köstlichem Buch über den jüdischen Humor *(Mach dich nicht so klein, du bist nicht so groß!)* habe ich einige Witze entnommen.

Ich habe ausgiebig aus den Schriften verschiedener im Roman auftretender historischer Personen zitiert und daraus zum Teil fiktive Gespräche gestaltet, stellvertretend seien dafür Zitate von Heinrich Himmler, Reinhard Gehlen, Isser Harel und Shimon Peres genannt.

Was die Geschichte des BND und die Verstrickung vieler Mitarbeiter jener Behörde in NS-Gewaltverbrechen betrifft, so haben seit der mehrere Dekaden zurückliegenden Veröffentlichung des Klassikers von Heinz Höhne und Hermann Zolling *(Pullach intern)* in den letzten Jahren die Berichte darüber stark zugenommen. Die »Unabhängige Historikerkommission zur Erforschung der Geschichte des Bundesnachrichtendienstes 1945–1968« bringt derzeit eine Reihe von insgesamt 13 Monographien zur Frühgeschichte des BND heraus, von denen inzwischen die ersten vier erschienen sind. Auch wenn Informationen daraus leider nicht mehr in *Das kalte Blut* einfließen konnten, so sehe ich beispielsweise in der Monographie von Gerhard Sälter *(Phantome des Kalten Krieges)* nichts, was gegen die Thesen des Romans spräche. Im Gegenteil belegt diese sorgfältige Studie in noch verblüffenderem Ausmaß, als mir das ohne Kenntnis der Originalakten möglich war, wie ungebrochen die personellen Kontinuitäten im BND vom »Dritten Reich« bis in die sechziger Jahre reichten. Die Aversionen dieser Institution gegen jede Art der demokratischen und antifaschistischen Erneuerung sind frappierend. »Die Organisation Gehlen«, so schreibt Gerhard Sälter, »ist von Anfang an nicht nur ein Nachrichtendienst, sondern eine politische Organisation gegen die ehemaligen Opfer des Nationalsozialismus (gewesen).«

Als Sinnbild dafür habe ich die seinerzeit brisante Affäre Otto John in die Handlung eingebaut, die ebenso wie die Affäre Dreher oder die Raketenmission Ägyptens aus einer Vielzahl von Einzelstudien, journalistischen Reportagen, Fachbüchern und Hintergrundberichten der damaligen Tagespresse herausdestilliert wurde.

Einen einzigen Namen möchte ich im Zusammenhang des historischen Hintergrundgemäldes noch nennen, da der von mir hochverehrte Kulturwissenschaftler Harald Welzer für sein staunenswertes, kluges, nicht hoch genug zu preisendes Buch *Täter. Wie aus ganz normalen Menschen Massenmörder werden* einen Titel gefunden hat, der auch zu diesem Roman passen würde.

Von den fachlichen Recherchen abgesehen ist der Roman auch zahlreichen literarischen Vorbildern zu Dank verpflichtet. Das Repertoire seiner Ideen, sprachlichen Mittel und dramatischen Wendungen wurde durch die Lektüre vieler meiner Lieblingsautoren in mancherlei Hinsicht bereichert. Vor allem hätte ich ohne das monumentale Werk *Harmonia Cælestis* von Péter Esterházy womöglich gar nicht den Mut geschöpft, eine fiktive Jahrhundertgeschichte auf solch persönlicher Grundlage zu erfinden. Mehrere Attributionen der Geschichte des Großpapings Solm sind Esterházys Werk verpflichtet, auch einige Metaphern. Außerdem habe ich mir erlaubt, für das Ende des zweiten Buches *Der schwarze Orden* eine Erfindung von Gabriel García Márquez aus *Hundert Jahre Einsamkeit* zu paraphrasieren, was mir der Meister des Magischen Realismus auf seiner Wolke über Macondo hoffentlich nachsieht. Ebenfalls für das Ende dieses zweiten Buches wurde

Wilhelm Buschs Gedicht *Es sitzt ein Vogel auf dem Leim* verwendet. Wenn sich außerdem Spuren von den Werken Oda Schaefers, Vladimir Nabokovs, Henry Millers, Uwe Johnsons, Don DeLillos, John Irvings oder hundert anderer Autoren in den vorangegangenen Seiten finden sollten, dann deshalb, weil jeder, der schreibt, als Zwerg auf den Schultern von Riesen sitzt, die einen so durch die Welt führen, dass von ihnen immer etwas in Erinnerung bleibt. Also danke ich hiermit meinen Riesen, den lebenden wie den toten.

Das Licht dieser Welt hat die Geschichte der Familie Solm nur erblickt, weil die Verlegerin Tanja Graf versehentlich vor zwei Jahren das Manuskript in die Hände bekam, als es nichts weiter war als eine Vorlage zu meinem nächsten Kinofilm. Ich danke ihr herzlich für ihre felsenfeste Überzeugung, in diesem Ziegelstein aus Papier ein literarisches Projekt zu sehen, das sie glücklicherweise auch dem Diogenes Verlag zutrug. Dessen Verleger Philipp Keel danke ich für seinen Mut und seinen unbeirrbaren Optimismus, der jedem, der ihn kennt, in Gestalt unbändiger Begeisterung entgegentritt. Silvia Zanovello hat so lange und mit solcher Akribie und dermaßen sanfter Strenge auf Verbesserungen des Buches bestanden, bis sie tatsächlich eintraten, das unumstößliche Erkennungszeichen für sensationelle Lektorinnen. Tamar Lewinsky danke ich, dass sie freundlicherweise die jiddischen Textstellen gegengelesen und korrigiert hat. Mein Agent Uwe Heldt hat mir im Allgemeinen und diesem Buch im Besonderen vertraut, und ich bin immer noch zutiefst betroffen, dass er nicht mehr am Leben ist. Rebekka Göpfert danke ich für ihre große Energie und unerschütterliche Loyalität, mit der sie das Projekt als Agentin weiterbetreut hat. Meine Kusine Sigrid Kraus hat unsere gemeinsame Familiengeschichte vor Jahren zu einem großen Teil finanziert und ermöglicht und damit das Entstehen auch des vorliegenden literarischen Werkes mitverursacht, was ich ihr nicht hoch genug anrechnen kann. Meinen Produzenten und Kombattanten auf den Schlachtfeldern der Filmindustrie, Kathrin Lemme und Danny Krausz, bin ich zutiefst verbunden dafür, dass sie mich mitten in den kritischsten Produktionsphasen unseres Filmes *Die Blumen von gestern* großzügig für die Finalisierung des Romans von Verpflichtungen freistellten.

Nicht nur sie, sondern alle Beteiligten hat *Das kalte Blut* zu jeder Zeit viele Nerven gekostet.

Das gilt ganz besonders für meine Frau Uta Schmidt, die in den letzten fünfzehn Jahren das Personal der Wahnsinnigen und Verirrten, das dieses Buch bevölkert, in immer neuen Variationen ertragen musste, und für deren Liebe, Nähe, Geduld und scharfsinnige Urteilskraft ich mich von Herzen bedanke. Niemand hat stärker als sie an diese Geschichte geglaubt, und niemand hat mich in Stunden des Zweifels (von denen auch manche Tage voll waren) diesen Glauben stärker spüren lassen.

Die Verwandlung von historischen Ereignissen in einen Roman geht immer mit Verfälschungen, Verkürzungen, Lässig- wie Fahrlässigkeiten, der gelegentlichen Beugung von Faktizität und willkürlichen Eingriffen einher, und diese sind zusammen mit allen Irrtümern, Ungereimtheiten und faulen Tricks allein mir anzulasten.

*Bitte beachten Sie
auch die folgenden Seiten*

Chris Kraus
Die Blumen von gestern
Ein Filmbuch. Mit farbigem Bildteil

Totila Blumen ist Holocaustforscher und nimmt seine Arbeit sehr ernst. Als seine Kollegen versuchen, aus einem Auschwitzkongress ein werbefinanziertes Medienevent zu machen, geht ihm das gewaltig gegen den Strich. Obendrein wird ihm auch noch die exzentrische französische Studentin Zazie als Praktikantin aufgehalst, die mit seinem direkten Vorgesetzten ein Verhältnis hat.
Dabei wäre Totila jede berufliche Unterstützung willkommen. Neuerdings ist nämlich die Schirmherrin des geplanten Kongresses, die 93-jährige Auschwitzüberlebende Tara Rubinstein, nicht mehr willens, die Eröffnungsrede zu halten. Totila setzt alles daran, die Dame umzustimmen.
Die neue Assistentin ist ihm in der Angelegenheit jedoch keine große Hilfe. Vielmehr scheint Zazie ihre ganz eigene Agenda zu haben – eine Agenda, die eng mit Totilas Herkunft und einem wohlgehüteten Familiengeheimnis verknüpft ist.
Eine unwiderstehlich charmante Geschichte, von tollkühnem Humor und untergründiger Melancholie. Verfilmt mit Lars Eidinger, Adèle Haenel, Hannah Herzsprung und Jan Josef Liefers, Drehbuch und Regie: Chris Kraus.

»Mit *Die Blumen von gestern* ist Chris Kraus ein meisterlicher Film gelungen, der stilsicher zwischen Komik und Tragik balanciert. Aberwitzig, anspruchsvoll, genial.«
Deutsche Film- und Medienbewertung

Gewinner des Thomas-Strittmatter-Preises 2013

*Patrick Süskind
im Diogenes Verlag*

»Im Winter 1984 betrat ein Mann die literarische Szene, der seitdem zu den raffiniertesten und verblüffendsten Gestalten dieser an raffinierten und verblüffenden Gestalten nicht armen Epoche gehört.«
Der Spiegel, Hamburg

»Mit seinem Roman *Das Parfum* stürmte Patrick Süskind alle Bestsellerlisten. Und brachte das Erzählen in die deutsche Literatur zurück.«
Tages-Anzeiger, Zürich

Der Kontrabaß

Das Parfum
Die Geschichte eines Mörders
Auch als Diogenes Hörbuch erschienen,
gelesen von Hans Korte

Die Taube
Auch als Diogenes Hörbuch erschienen,
gelesen von Hans Korte

*Die Geschichte von
Herrn Sommer*
Mit Bildern von Sempé
Auch als Diogenes Hörbuch erschienen,
gelesen von Hans Korte

Drei Geschichten
und eine Betrachtung
Daraus die Geschichte *Das Vermächtnis
des Maître Mussard* auch als Diogenes Hörbuch
erschienen, gelesen von Hans Korte

Über Liebe und Tod

Bernhard Schlink im Diogenes Verlag

»Bernhard Schlink gehört zu den größten Begabungen der deutschen Gegenwartsliteratur. Er ist ein einfühlsamer, scharf beobachtender und überaus intelligenter Erzähler. Seine Prosa ist klar, präzise und von schöner Eleganz.«
Michael Kluger / Frankfurter Neue Presse

»Makellos-schlichte Prosa. Schlink ist ein Meister der deutschen Sprache.«
Eckhard Fuhr / Die Welt, Berlin

Selbs Justiz
Roman
Gemeinsam mit Walter Popp
Auch als Diogenes Hörbuch erschienen, gelesen von Hans Korte

Die gordische Schleife
Roman

Selbs Betrug
Roman

Der Vorleser
Roman
Auch als Diogenes Hörbuch erschienen, gelesen von Hans Korte

Liebesfluchten
Geschichten
Sämtliche Geschichten unter dem Titel *Liebesfluchten* auch als Diogenes Hörbuch erschienen, gelesen von Charles Brauer; außerdem die Geschichte *Seitensprung* als Diogenes Hörbuch, gelesen von Charles Brauer

Selbs Mord
Roman

Vergewisserungen
Über Politik, Recht, Schreiben und Glauben

Die Heimkehr
Roman
Auch als Diogenes Hörbuch erschienen, gelesen von Hans Korte

Vergangenheitsschuld
Beiträge zu einem deutschen Thema

Das Wochenende
Roman
Auch als Diogenes Hörbuch erschienen, gelesen von Hans Korte

Sommerlügen
Geschichten
Auch als Diogenes Hörbuch erschienen, gelesen von Hans Korte

Gedanken über das Schreiben
Heidelberger Poetikvorlesungen

Selb-Trilogie
Selbs Justiz · Selbs Betrug · Selbs Mord
Drei Bände im Schuber

Die Frau auf der Treppe
Roman
Auch als Diogenes Hörbuch erschienen, gelesen von Charles Brauer

Erkundungen
zu Geschichte, Moral, Recht und Glauben

John Irving
im Diogenes Verlag

»Der literarische Großmeister.«
Brigitte, Hamburg

Das Hotel New Hampshire
Roman. Aus dem Amerikanischen von Hans Hermann

Laßt die Bären los!
Roman. Deutsch von Michael Walter

Eine Mittelgewichts-Ehe
Roman. Deutsch von Nikolaus Stingl

Gottes Werk und Teufels Beitrag
Roman. Deutsch von Thomas Lindquist

Die wilde Geschichte vom Wassertrinker
Roman. Deutsch von Edith Nerke und Jürgen Bauer

Owen Meany
Roman. Deutsch von Edith Nerke und Jürgen Bauer

Rettungsversuch für Piggy Sneed
Sechs Erzählungen und ein Essay. Deutsch von Dirk van Gunsteren

Zirkuskind
Roman. Deutsch von Irene Rumler

Die imaginäre Freundin
Vom Ringen und Schreiben. Deutsch von Irene Rumler

Witwe für ein Jahr
Roman. Deutsch von Irene Rumler

My Movie Business
Mein Leben, meine Romane, meine Filme. Mit zahlreichen Fotos aus dem Film *Gottes Werk und Teufels Beitrag*. Deutsch von Irene Rumler

Die vierte Hand
Roman. Deutsch von Nikolaus Stingl

Bis ich dich finde
Roman. Deutsch von Dirk van Gunsteren und Nikolaus Stingl
Auch als Diogenes Hörbuch erschienen, gelesen von Rufus Beck

Die Pension Grillparzer
Eine Bärengeschichte. Deutsch von Irene Rumler
Auch als Diogenes Hörbuch erschienen, gelesen von Klaus Löwitsch

Letzte Nacht in Twisted River
Roman. Deutsch von Hans M. Herzog

Garp und wie er die Welt sah
Roman. Deutsch von Jürgen Abel

In einer Person
Roman. Deutsch von Hans M. Herzog und Astrid Arz

Straße der Wunder
Roman. Deutsch von Hans M. Herzog

Außerdem erschienen:

Ein Geräusch, wie wenn einer versucht, kein Geräusch zu machen
Eine Geschichte von John Irving. Mit vielen Bildern von Tatjana Hauptmann. Deutsch von Irene Rumler

Ian McEwan
im Diogenes Verlag

»McEwan ist unbestritten der bedeutendste Autor Englands.« *The Independent, London*

Der Zementgarten
Roman. Aus dem Englischen von Christian Enzensberger

Erste Liebe – letzte Riten
Erzählungen. Deutsch von Harry Rowohlt

Zwischen den Laken
Erzählungen. Deutsch von Michael Walter und Bernhard Robben
Daraus die Erzählung *Psychopolis* auch als Diogenes Hörbuch erschienen, gelesen von Christian Ulmen

Der Trost von Fremden
Roman. Deutsch von Michael Walter

Ein Kind zur Zeit
Roman. Deutsch von Otto Bayer

Unschuldige
Eine Berliner Liebesgeschichte. Roman. Deutsch von Hans-Christian Oeser

Schwarze Hunde
Roman. Deutsch von Hans-Christian Oeser

Der Tagträumer
Erzählung. Deutsch von Hans-Christian Oeser
Auch als Diogenes Hörbuch erschienen, gelesen von Anna König

Liebeswahn
Roman. Deutsch von Hans-Christian Oeser

Amsterdam
Roman. Deutsch von Hans-Christian Oeser

Abbitte
Roman. Deutsch von Bernhard Robben
Auch als Diogenes Hörbuch erschienen, gelesen von Barbara Auer

Saturday
Roman. Deutsch von Bernhard Robben
Auch als Diogenes Hörbuch erschienen, gelesen von Jan Josef Liefers

Letzter Sommertag
Stories. Deutsch von Bernhard Robben, Harry Rowohlt und Michael Walter

Am Strand
Roman. Deutsch von Bernhard Robben
Auch als Diogenes Hörbuch erschienen, gelesen von Jan Josef Liefers

For You
Libretto für eine Oper von Michael Berkeley. Zweisprachige Ausgabe. Deutsch von Manfred Allié

Solar
Roman. Deutsch von Werner Schmitz
Auch als Diogenes Hörbuch erschienen, gelesen von Burghart Klaußner

Honig
Roman. Deutsch von Werner Schmitz
Auch als Diogenes Hörbuch erschienen, gelesen von Eva Mattes

Kindeswohl
Roman. Deutsch von Werner Schmitz
Auch als Diogenes Hörbuch erschienen, gelesen von Eva Mattes

Nussschale
Roman. Deutsch von Bernhard Robben
Auch als Diogenes Hörbuch erschienen

Anthony McCarten
im Diogenes Verlag

»Anthony McCarten hat die unglaubliche Gabe, Geschichten so aufzuschreiben, dass es einem das Herz zerreißt, während man über seine Einfälle, Sprüche und seinen unbesiegbaren Humor lacht.«
Hamburger Abendblatt

»McCarten pflegt den satirischen Ton, ohne waschechte Satiren zu schreiben. Er ist, wie man so sagt, ein geborener Erzähler.« *Die Welt, Berlin*

»Anthony McCarten ist unter den literarischen Exporten aus Neuseeland einer der aufregendsten.«
International Herald Tribune, London

Superhero
Roman. Aus dem Englischen von Manfred Allié und Gabriele Kempf-Allié

Englischer Harem
Roman. Deutsch von Manfred Allié und Gabriele Kempf-Allié

Hand aufs Herz
Roman. Deutsch von Manfred Allié
Auch als Diogenes Hörbuch erschienen, gelesen von Rufus Beck

Liebe am Ende der Welt
Roman. Deutsch von Manfred Allié

Ganz normale Helden
Roman. Deutsch von Manfred Allié und Gabriele Kempf-Allié
Auch als Diogenes Hörbuch erschienen, gelesen von Rufus Beck und Jo Kern

funny girl
Roman. Deutsch von Manfred Allié und Gabriele Kempf-Allié
Auch als Diogenes Hörbuch erschienen, gelesen von Rufus Beck und Adriana Altaras

Licht
Roman. Deutsch von Manfred Allié und Gabriele Kempf-Allié

Joey Goebel
im Diogenes Verlag

Joey Goebel ist 1980 in Henderson, Kentucky, geboren, wo er auch heute lebt und Schreiben lehrt. Als Leadsänger tourte er mit seiner Punkrockband ›The Mullets‹ durch den Mittleren Westen.

»Joey Goebel wird als literarische Entdeckung vom Schlag eines John Irving oder T.C. Boyle gehandelt.«
Stefan Maelck/NDR, Hamburg

»Solange sich junge Erzähler finden wie Joey Goebel, ist uns um die Zukunft nicht bange.«
Elmar Krekeler/Die Welt, Berlin

Vincent
Roman
Aus dem Amerikanischen von
Hans M. Herzog und Matthias Jendis

Freaks
Roman
Deutsch von Hans M. Herzog
Auch als Diogenes Hörbuch erschienen,
gelesen von Cosma Shiva Hagen, Jan Josef Liefers,
Charlotte Roche, Cordula Trantow
und Feridun Zaimoglu

Heartland
Roman
Deutsch von Hans M. Herzog

Ich gegen Osborne
Roman
Deutsch von Hans M. Herzog

Doris Dörrie
im Diogenes Verlag

»Es ist vollkommen gleichgültig, ob Sie Doris Dörrie in der Badewanne, im Intercity-Großraumwagen, im Lehnstuhl oder in der Straßenbahn lesen, nur: Lesen Sie sie!« *Deutschlandfunk, Köln*

»Heute streiten sich die Feuilletonisten, ob sie besser Bücher schreiben kann oder besser Filme dreht. Die Antwort ist einfach: Doris Dörrie kann beides.« *Deutschland, Bonn*

Liebe, Schmerz und das ganze verdammte Zeug
Vier Geschichten
Daraus die Geschichte *Männer* auch als Diogenes Hörbuch erschienen, gelesen von Anna König

»Was wollen Sie von mir?«
Erzählungen. Mit Fotos von Helge Weindler

Der Mann meiner Träume
Erzählung
Auch als Diogenes Hörbuch erschienen, gelesen von Heike Makatsch

Für immer und ewig
Eine Art Reigen

Bin ich schön?
Erzählungen

Samsara
Erzählungen

Was machen wir jetzt?
Roman

Happy
Ein Drama

Das blaue Kleid
Roman

Mitten ins Herz
und andere Geschichten. Ausgewählt von Daniel Keel. Mit einem Nachwort der Autorin

Und was wird aus mir?
Roman
Auch als Diogenes Hörbuch erschienen, gelesen von Doris Dörrie

Kirschblüten – Hanami
Ein Filmbuch

Alles inklusive
Roman
Auch als Diogenes Hörbuch erschienen, gelesen von Maria Schrader, Petra Zieser, Maren Kroymann und Pierre Sanoussi-Bliss

Diebe und Vampire
Roman
Auch als Diogenes Hörbuch erschienen, gelesen von Doris Dörrie

Kinderbücher:

Mimi
Mit Bildern von Julia Kaergel

Mimi und Mozart
Mit Bildern von Julia Kaergel

*Christoph Poschenrieder
im Diogenes Verlag*

Christoph Poschenrieder, geboren 1964 bei Boston, studierte an der Hochschule für Philosophie der Jesuiten in München. Danach besuchte er die Journalistenschule an der Columbia University, New York. Er arbeitete als freier Journalist und Autor von Dokumentarfilmen, bevor er 2010 als Schriftsteller debütierte. Sein erster Roman *Die Welt ist im Kopf* mit dem jungen Schopenhauer als Hauptfigur erhielt hymnische Besprechungen und war auch international erfolgreich. Mit *Das Sandkorn* war er 2014 für den Deutschen Buchpreis nominiert. Christoph Poschenrieder lebt in München.

»Ein begnadeter Stilist, der sein Handwerk glänzend versteht und eine packende Geschichte leichtfüßig, stilistisch brillant und höchst lesenswert erzählen kann.« *Eckart Baier/Buchjournal, Frankfurt*

Die Welt ist im Kopf
Roman

Der Spiegelkasten
Roman

Das Sandkorn
Roman

Mauersegler
Roman